4

निर्देश

तोड़ो, कारा तोड़ो

नरेन्द्र कोहली

प्रकाशक

किताबघर प्रकाशन

4855-56/24, अंसारी रोड, दरियागंज, नई दिल्ली-110002

फ़ोन : 011-23266207, 41584421

E-mail : kitabgharprakashan@gmail.com
website : www.bookshindi.com

ग्यारहवां पेपरबैक संस्करण : 2024

आवरण : के.जी.पी.

मूल्य : पांच सौ रुपये

मुद्रक : राष्ट्रीय प्रिंटर्स
नवीन शाहदरा, दिल्ली-110032

TORO KARA TORO : 4 *(Nirdesh) (Novel in Hindi)*
by Narendra Kohli
Price : ₹ 500 (Paperback Edition)

ISBN—978-81-940921-9-3

तोड़ो, कारा तोड़ो

(औपन्यासिक जीवनी)

4

निर्देश

किताबघर प्रकाशन
नयी दिल्ली

रामनिवास यादव

तथा

शिशिर मित्तल

के लिए

सस्नेह

निर्देश

मणिभाई ने वह पत्र पढ़ा, एक बार स्वामी का चेहरा देखा और बिना कोई विशेष प्रतिक्रिया व्यक्त किए बोले, "एक व्यक्ति आपके साथ भेज देता हूँ। वह सारी व्यवस्था कर देगा। मैं आकर देखूँगा। कोई त्रुटि रह जाए, तो मुझे बता दीजिएगा।"

मणिभाई ने हजूरी को संकेत किया। मुँह से कुछ कहा भी नहीं और चले गए।

स्वामी को कुछ आश्चर्य हुआ : मणिभाई ने न कुछ उनके विषय में पूछा था, न दीवान जी साहब के विषय में। उन्होंने परिचय बढ़ाना तो दूर, किसी औपचारिक बातचीत की भी आवश्यकता नहीं समझी थी।

हजूरी मंत्री का संकेत समझ गया। वडोदरा में सब ही जानते थे कि मंत्री महोदय अत्यंत मितभाषी हैं।

बोला, "आइए।"

स्वामी अब भी सोच रहे थे : मणिभाई से उनकी यह भेंट दो मिनट की भी नहीं थी। मणिभाई ने दीवान जी साहब की इच्छा का पालन कर दिया था। राजकीय कर्तव्य के रूप में जूनागढ़ के दीवान के एक अतिथि के रहने की व्यवस्था कर दी थी। इससे अधिक न उन्हें स्वामी में कोई रुचि थी, न दीवान जी साहब में। वे अपने मन के भाव से नहीं, कर्तव्य-बुद्धि से काम कर रहे थे।

हजूरी उन्हें राजकीय विश्रामगृह में ले आया। प्रबंधक को बता दिया कि संन्यासी को मणिभाई ने भेजा है; और उनके लिए उत्तम व्यवस्था करने के लिए कहा है।...इससे अधिक कुछ कहने की आवश्यकता नहीं थी। राजकीय अतिथि के लिए जो प्रबंध होता आया था, वह हो गया। किसी ने उनकी उपेक्षा नहीं की थी। किसी ने दीवान जी साहब की अवज्ञा नहीं की थी। किंतु नानडेड वाला भाव कहाँ था!

स्वामी अपने कक्ष में आ गए। अपने आप को कुछ व्यवस्थित पाया तो उनका मन पिछले कुछ दिनों की घटनाओं की जुगाली करने लगा।...

जूनागढ़ से विदा होकर उन्होंने रामेश्वरम् जाने का मन ही नहीं बना लिया था, पूरी तैयारी भी कर ली थी; किंतु दीवान जी साहब चाहते थे कि एक बार दक्षिण की ओर निकल जाने से पहले स्वामी नानडेड अवश्य जाएँ। नानडेड दीवान जी साहब का अपना नगर था। वहाँ उनका पैतृक भवन था, उनका परिवार था। स्वामी उन सबसे मिले बिना रामेश्वरम् की ओर बढ़ गए तो दीवान जी साहब का सारा परिवार जन्म-जन्मों तक तृषित ही रह जाएगा। परिव्राजक का क्या पता है, वह फिर इस ओर लौटे न लौटे।...अपने परिवार के लोगों को स्वामी के दर्शन कराने में तो उनका निजी स्वार्थ था।...किंतु वे उन्हें वडोदरा भी भेजना चाहते थे। महाराज सायाजी राव गायकवाड़ से उनका मिलना राष्ट्रीय हित में था। वडोदरा जाए बिना तो स्वामी को आगे बढ़ना ही नहीं चाहिए था।

दीवान जी साहब की ये कामनाएँ निरर्थक नहीं थीं। न उनमें कोई व्यक्तिगत स्वार्थ ही था,

न सांसारिक महत्त्वाकांक्षा। स्वामी को भी उसमें प्रभु का कोई अदृष्ट निर्देश दिख रहा था, नहीं तो दीवान जी साहब इतनी हठ क्यों करते।

दीवान जी साहब ने स्वामी को नानडेड और वडोदरा में, कुछ लोगों के नाम, व्यक्तिगत पत्र दे दिए थे। एक पत्र वडोदरा के महत्त्वपूर्ण मंत्री मणिभाई जे० के नाम भी था। परिणामतः स्वामी इस समय मणिभाई के अतिथि थे।···

जूनागढ़ से स्वामी पलिताना आए थे। वहाँ जैन मतावलंबियों के तीर्थ शत्रुंजय पर्वत का आस्था की दृष्टि से बहुत महत्त्व है। वैसे समग्र रूप से पलिताना मंदिरों का नगर है। उनमें से अनेक तो ग्यारहवीं शती के बने हुए हैं; और कुछ उससे भी प्राचीन है। शत्रुंजय पर्वत के ऊपर हनुमान जी का एक मंदिर है। वहीं हंगार नाम के एक मुसलमान फकीर की दरगाह भी है।

उस सारे परिदृश्य पर विहंगम दृष्टि डालने के लिए स्वामी पर्वत के ऊपर चढ़े। दृश्य वस्तुतः बहुत सुंदर था। स्वामी को लगा कि वे आत्मलीन होते जा रहे हैं। मन जैसे अपने भीतर समाता जा रहा है और आनंद के सागर में गोते लगा रहा है। माँ का ऐसा सुंदर रूप सामने था। इच्छा होती थी, उसके चरणों में लोट-लोटकर गाएँ।

स्वामी को स्वयं पता नहीं लगा कि वे कब बैठ गए और गाने लगे। जगदंबा की स्तुति में जो कुछ स्मरण आया, वह सब गाया और फिर वे शिव की आराधना में डूब गए।

आत्मविस्मृति से बाहर निकले तो देखा : सामने एक बड़ी भीड़ एकत्रित हो गई थी। वे उठ खड़े हुए।

"बंद क्यों कर दिया महाराज!" एक व्यक्ति ने कहा, "अभी तो आनंद आने लगा था।"

"जगदंबा का आदेश है कि आज का आनंदोत्सव यहीं तक होना चाहिए। " स्वामी हँसे, "वैसे मैं आपके आनंद के लिए तो नहीं गा रहा था।"

"कहाँ ठहरे हैं महाराज?" एक ने पूछा।

"जहाँ वह ठहरा दे।" स्वामी ने आकाश की ओर अंगुली उठा दी।

"कहाँ जाना है?"

"जाना तो रामेश्वरम् है; किंतु किसी का आदेश है कि नानडेड होकर जाऊँ।" स्वामी ने कहा।

"नानडेड कौन ऐसा दूर है महाराज! दो दिन पलिताना में रुक जाएँ तो हम लोगों को भी इस संगीतमयी ईश्वरभक्ति का कुछ रस मिले।" उस व्यक्ति ने कहा।

"भक्तिरस के चटोरे हो?" स्वामी ने उसकी ओर देखा, "तो कल प्रातः फिर आ जाना। यहीं ईश्वरभजन करेंगे।"

"मैं तो आ जाऊँगा महाराज! किंतु नगर में ऐसे सैकड़ों लोग हैं, जो पहाड़ पर नहीं चढ़ सकते।" वह बोला, "नगरमंदिर में संकीर्तन हो जाए।"

"संकीर्तन कहीं कर लीजिए महाराज! किंतु जब तक पलिताना में रुकें, सेवक के घर में जूठन गिराएँ।" एक और व्यक्ति बोला, "जहाँ आदेश होगा, ले चलूँगा। मंदिर में, धर्मशाला में, पर्वत की चोटी पर···अपनी पीठ पर बैठाकर ले चलूँगा।"

"इतने मोटे आदमी को पीठ पर लादकर ले चलोगे?" स्वामी हँस रहे थे।

"ले चलूँगा महाराज!" वह बोला, "आज तक अखाड़े में जो पसीना बहाया है, वह और किस दिन काम आएगा!"

"तो यही निश्चित रहा," स्वामी बोले, "दो दिन पलिताना में रहूँगा और तुम्हारा अतिथि रहूँगा। तुम सबके लिए भगवद्भजन करूँगा। बहुत दिनों से अपने प्रभु को पुकारा नहीं है।"

नानडेड में दीवान हरिदास बिहारीदास देसाई के परिवार का मकान खोजने में स्वामी को तनिक भी कठिनाई नहीं हुई। जिससे पूछा, वही उन्हें देसाई परिवार की हवेली तक पहुँचा आने के लिए तैयार था।

दीवान जी साहब के छोटे भाई ने स्वामी का स्वागत द्वार पर ही किया। वे थाली सजाकर लाए—धूप, दीप से अर्घ्य दिया। आरती उतारी। चरण धोए और घर के भीतर ले गए।...स्वामी की आँखों में अश्रु आ गए। उत्तर भारत में तो भगवान् की आरती भी कठिनाई से ही उतारी जाती थी, अतिथि की आरती उतारने की तो कल्पना भी नहीं की जा सकती।

घर के एक-एक सदस्य ने आकर चरण छुए। अपने अधिकार के रूप में आशीर्वाद लिया। उन लोगों को दीवान जी साहब ने स्वामी के विषय में सब कुछ बता रखा था। किसी ने उनका परिचय तक नहीं पूछा और उनको परिवार के एक अत्यंत आत्मीय और श्रद्धेय सदस्य के रूप में अंगीकार कर लिया।

भोजन कराकर वे लोग उन्हें विश्राम के लिए अकेला छोड़ गए।

वहाँ के प्रवास में वे अत्यंत व्यस्त रहे। घूमना-फिरना, लोगों से मिलना, चर्चा करना। परिवार के लोग इस प्रकार उनके साथ लगे रहे, जैसे घर में कोई उत्सव हो रहा हो; और परिवार का प्रत्येक सदस्य उसमें मनोयोगपूर्वक आकंठ डूबा हो। संसार के किसी और काम की ओर उन लोगों का ध्यान ही नहीं था।

बंबई से पहले स्वामी को वडोदरा जाना ही था। यह गायकवाड़ की राजधानी थी। वडोदरा के गायकवाड़ के विषय में स्वामी ने बहुत कुछ सुना था...

1875 में लार्ड नार्थब्रुक ने मल्हाराव को कुशासन के आरोप में अधिकारच्युत कर दिया था। मल्हाराव पर आरोप था कि उन्होंने अंग्रेज रेजिडेंट को, उनकी मदिरा में हीरों का चूर्ण मिलाकर पीने को दिया था, ताकि उनकी मृत्यु हो जाए। किंतु आरोप सर्वसम्मति से प्रमाणित नहीं हो सका। जाँच समिति के तीन अंग्रेज सदस्यों ने माना कि मल्हाराव अपराधी थे। किंतु तीन भारतीय सदस्यों ने माना कि आरोप प्रमाणित करने के लिए पर्याप्त साक्षी नहीं है। मल्हाराव को अपराधी प्रमाणित नहीं किया जा सका, न ही उन्हें दंडित किया जा सका; किंतु उन्हें गद्दी से तो उतार ही दिया गया।

मल्हाराव के पूर्ववर्ती राजा खांडेराव की विधवा को फिर से अपना उत्तराधिकारी चुनने का अवसर दिया गया। उन्होंने किन्हीं अज्ञात कारणों से सायाजी राव को अपना उत्तराधिकारी चुना। सायाजी उनके दूर के संबंधी थे और उस समय अपने निर्धन परिवार के साथ गाँव में रह रहे थे। जब रेजिडेंट ने सायाजी राव को सलामी देते हुए उन्हें वडोदरा के महामहिम गायकवाड़ महाराज के रूप में संबोधित किया, उस समय सायाजी अपने घर के पास गली में अपने साथियों के साथ खेल रहे थे। रेजिडेंट ने बताया कि ब्रिटिश सरकार ने उन्हें वडोदरा के महाराज गायकवाड़ स्वीकार किया है और रेजिडेंट उन्हें खोजने और महलों में ले जाने के लिए आए हैं।

सायाजी वडोदरा आ गए। उन्हें उनकी किशोरावस्था में श्रेष्ठतम शिक्षा दी गई। तब तक

रियासत का प्रबंध टी० माधव राव को सौंपा गया। माधव राव पहले त्रावनकोर के दीवान थे और भारत के सर्वश्रेष्ठ प्रशासकों में से एक माने जाते थे। वयस्क होने पर जब सायाजी ने रियासत की बागडोर अपने हाथ में ली, तब तक रियासत प्रगति के मार्ग पर अपनी यात्रा आरंभ कर चुकी थी। उन्होंने तत्काल सुधार आरंभ किए। ये सुधार रियासत के लोगों के परंपरागत आलस्य और रूढ़ियों के विरुद्ध थे और उन्हें तोड़ने वाले थे। उनसे अंग्रेजों के लाभ को भी क्षति पहुँचती थी। अंग्रेज कब चाहते थे कि भारत की जनता पढ़-लिखकर कुछ जागरूक बने; और सायाजी राव ने शिक्षा का ही विकास किया था। उन्होंने अपनी रियासत में पुस्तकालय-आंदोलन चलाया। अपनी प्रजा को औद्योगिक शिक्षा देने के लिए एक संस्थान खोला। स्त्रियों की शिक्षा और विकास के लिए विभिन्न प्रकार की संस्थाएँ खोलीं और पिछड़ी जातियों के मार्ग में से बाधाएँ हटाकर उनके विकास का मार्ग प्रशस्त किया। ग्रामों में चिकित्सा के लिए एक योजना आरंभ की। ये काम सुचारु रूप से हो सकें, उसके लिए आवश्यक था कि उन पर कड़ी दृष्टि रखी जाए। स्वयं महारानी महिला शिक्षा की संरक्षिका थीं। इससे स्पष्ट था कि सायाजी राव इस विषय में पर्याप्त गंभीर थे।

स्वामी ने देखा कि मणिभाई उनकी ओर आ रहे थे।

"आप यह मत समझिएगा कि आप राजकीय अतिथिगृह में हैं। आप यही मानकर चलिए कि आप मेरे घर में हैं।" मणिभाई ने कहा, "मैं बहुत ईश्वरभीरु व्यक्ति हूँ, इसलिए आपको अपने घर में ठहराने का साहस नहीं कर सका। वहाँ आपको इतनी सुविधाएँ नहीं मिल सकती थीं। आपको पूजा-साधना के लिए एकांत की भी आवश्यकता होगी। मेरे घर में वह कहाँ! वहाँ तो चौबीस घंटे किलकिल ही रहती है। बड़ा परिवार है हमारा।"

स्वामी को आश्चर्य हुआ : यह मितभाषी मंत्री एक साथ कितना बोल गया!

"कोई बात नहीं।" स्वामी ने कहा, "मैं यहाँ पर्याप्त सुख से हूँ।"

"और कोई सेवा हो तो बताएँ।"

"मैं महाराज सायाजी राव से मिलना चाहता हूँ।"

मणिभाई जैसे स्तब्ध रह गए, "बड़ी कठिन आज्ञा दे दी आपने।"

"क्यों, वे किसी से मिलते नहीं?"

"नहीं! ऐसा तो नहीं है। संन्यासी तो हैं नहीं कि किसी से नहीं मिलेंगे। राजा हैं, सबसे मिलना ही पड़ता है।" मणिभाई बोले।

"तो क्या आजकल बहुत व्यस्त हैं?"

"ऐसी बात भी नहीं है।" मणिभाई बोले, "बात यह है कि वे अन्य भारतीय राजाओं से कुछ भिन्न हैं। वे अपने लिए नहीं, प्रजा के लिए राज करते हैं। उनकी न तो अध्यात्म में रुचि है, न भोग में।"

"तो?"

"आप उनसे क्या बात करेंगे?" मणिभाई बोले, "न वे आपसे धर्मचर्चा करेंगे, न आप उनको भोग से विरत करने के लिए कोई उपदेश दे सकेंगे।"

"मैं उनसे प्रजा की शिक्षा के विषय में बात करना चाहता हूँ।"

"क्या कहेंगे कि पाठशालाओं में वेद पढ़ाओ?"

"आप तो ऐसे कह रहे हैं, जैसे वेद पढ़ाना कोई मूर्खता की बात है। पाठशालाओं में वेद पढ़े और समझे जाते तो भारत कभी पराधीन नहीं होता।" स्वामी बोले, "वेदों में अध्यात्म भी है; किंतु जीवन को समझने और उसके अनेक क्षेत्रों का ज्ञान भी बहुत है। यदि हमने वेदों से गणित पढ़ा होता, तो आज भी हम संसार के शीर्ष पर होते।"

"आप शिक्षाविद् हैं क्या?"

"मैं तो एक संन्यासी हूँ।" स्वामी मुस्कराए, "किंतु संन्यासी भगवान् का चिंतन करते हुए, भगवान् के बनाए हुए जीवों के हित का भी चिंतन करता है। अतः शिक्षा के विषय में सोचना आवश्यक है।"

"पर हमारे राजा अपनी प्रजा की भौतिक उन्नति भी चाहते हैं।" मणिभाई ने कहा, "वे उसे ज्ञानी ही नहीं, संपन्न और समृद्ध भी देखना चाहते हैं।"

"मैं भी वही चाहता हूँ।"

मणिभाई स्तब्ध रह गए, "अच्छा! मैं दीवान जी से इसकी चर्चा करता हूँ। आशा है, वे महाराज से आपकी भेंट का प्रबंध करा देंगे।"

स्वामी को जिस समय सायाजी के साथ भेंट के लिए लाया गया, वे एक छोटे कमरे में अपने दीवान के साथ थे। एक प्रकार से वहाँ एकांत ही था। स्वामी के मन में पहली बात यही आई कि सायाजी उनसे सार्वजनिक रूप से अपने दरबार में मिलना नहीं चाहते थे। इस भेंट में भी जैसे एक प्रकार की गोपनीयता थी।

"आइए स्वामी जी!" सायाजी राव गायकवाड़ अपने स्थान से उठ खड़े हुए। उन्होंने हाथ जोड़कर प्रणाम किया। संन्यासी के चरण नहीं छुए।

स्वामी ने हाथ उठाकर आशीर्वाद दिया, "यशस्वी हों राजन्! भगवान् आपके हाथों प्रजा का कल्याण करवाएँ।"

"विराजिए।" सायाजी ने कहा, "आपके ठहरने की व्यवस्था में कोई त्रुटि तो नहीं है?"

"कोई त्रुटि नहीं है। मैं बहुत सुख से हूँ।" स्वामी बोले, "मैं अपने लिए कुछ माँगने नहीं आया।"

सायाजी ने कुछ आश्चर्य से स्वामी की ओर देखा, "धर्मचर्चा करने आए हैं? मेरी उसमें कोई रुचि नहीं है।"

"आया तो मैं धर्मचर्चा करने ही हूँ।" स्वामी हँसे, "किंतु मोक्ष की चर्चा नहीं। मैं राजधर्म की चर्चा करने आया हूँ राजन्!"

सायाजी चुपचाप उनकी ओर देखते रहे।

"अंग्रेज हम पर शासन क्यों कर रहे हैं?" स्वामी ने कहा, "वे अध्यात्म में तो हमसे उन्नत नहीं हैं।"

"ठीक कह रहे हैं आप।" सायाजी ने कहा, "वे भौतिक शक्ति में हमसे बढ़े-चढ़े हैं।"

"तो आप अपनी प्रजा के भौतिक विकास का प्रयत्न करें।" स्वामी बोले, "इसलिए कह रहा हूँ, क्योंकि हमारे भारतीय राजाओं को अपनी प्रजा के विकास से कहीं अधिक अंग्रेजों की प्रसन्नता की चिंता है। आप उनसे कुछ भिन्न हैं। आपने प्रजा को आधुनिक शिक्षा देने का प्रयत्न किया है।"

"प्राचीन भारतीय शिक्षा न देकर क्या मैंने अच्छा किया?"

"गुरुकुल प्रणाली को भी पूर्णतः छोड़ना नहीं चाहिए।" स्वामी बोले, "न ही संस्कृत और आधुनिक भारतीय भाषाओं का त्याग करना चाहिए।"

"दोनों बातें कैसे संभव हैं?"

"अन्धं तमः प्रविशन्ति येऽविद्यामुपासते।
ततो भूय इव ते तमो य उ विद्यायां रताः।।"

"ईशावास्योपनिषद् का यह मंत्र मैंने भी पढ़ा है," सायाजी ने कहा, "किंतु इसकी यहाँ क्या सार्थकता है?"

"यह संसार चैतन्य और जड़ प्रकृति—दोनों से बना है।" स्वामी ने कहा, "मेरे गुरु कहा करते थे कि ब्रह्म ही जब सक्रिय होता है, तो वह प्रकृति बन जाता है। इसलिए हम दोनों को एक ही मानकर चलें। इनमें से किसी एक की भी उपेक्षा न करें।" स्वामी ने रुककर सायाजी को देखा, "हमने विद्या को अपनाया और अविद्या को एकदम छोड़ दिया। अध्यात्म को अपनाया और संसार को छोड़ दिया। वस्तुतः हमने अध्यात्म को भी ठीक से नहीं अपनाया। मैं कहना चाहता हूँ कि संसार की उपेक्षा न हो। प्राचीन ज्ञान के साथ हम नए ज्ञान को भी जोड़ें। देश में विज्ञान के विश्वविद्यालय खुलें। कल-कारखाने आएँ। उद्योग फैले। गुजराती, व्यापार में तो चतुर हैं; किंतु उद्योग में उनका मन नहीं लगता। आप अपने राज्य में वेद भी पढ़ाएँ और कल-कारखाने भी बढ़ाएँ।…"

"मैं आपको देखकर चकित हूँ स्वामी जी!" सायाजी के स्वर में अपार श्रद्धा थी, "नहीं तो संन्यासी आकर कहते हैं कि मंदिर बनवा दो, धर्मशाला खुलवा दो। वे पाठशाला और औषधालय की भी बात कर सकते हैं; किंतु उद्योगधंधे…इनकी तो कभी चर्चा ही नहीं हुई।"

"मैं समझता हूँ राजन्! हमारे देश को व्यापार से अधिक उद्योग की आवश्यकता है।" स्वामी ने कहा, "औद्योगिक उत्पादन के क्षेत्र में हमें अंग्रेजों और अमेरिकियों से प्रतिस्पर्धा करनी होगी। आवश्यक है कि औद्योगिक प्रशिक्षणशालाएँ खुलें, इंजीनियरिंग कॉलेजों की स्थापना हो।…"

अवाक् सायाजी स्वामी को देखभर रहे थे। थोड़ी देर के पश्चात् बोले, "आप जानते हैं, मेरे पूर्ववर्ती गायकवाड़ को अंग्रेज रेजिडेंट की हत्या का आरोप लगाकर राज्य से हटाया गया।"

"जानता हूँ।"

"यदि हत्या का प्रयत्न किया गया तो क्यों किया गया?"

"स्वाधीनता के लिए।"

"अंग्रेजों की गृध्र दृष्टि वडोदरा पर लगी है। वडोदरा में पत्ता भी खड़कता है तो अंग्रेजों को विद्रोह की गंध आने लगती है।" सायाजी ने कहा, "और भारतीयों की शिक्षा-मात्र से अंग्रेजों का अहित होता है। वे चाहते हैं कि भारतीय लोग अनपढ़ और अचेत बने रहें, ताकि वे सुख-शांति से राज कर सकें।"

"जानता हूँ।"

"तो यदि मैं शिक्षा का प्रचार करता हूँ, तो वह अंग्रेजों की दृष्टि में विद्रोह है। अतः मुझे सावधान होकर चलना पड़ता है।" सायाजी ने कहा, "मैं हिंदू साधु-संन्यासियों से नहीं मिलता। धर्माचार्यों का स्वागत नहीं करता, क्योंकि उससे अंग्रेजों को देशभक्ति की गंध आती है।…"

स्वामी को लगा कि उनका अनुमान एकदम सत्य था।

"राजन्! कोई भी काम करने के लिए संगठन आवश्यक है। राजा भी चाहे तो अकेला कोई काम नहीं कर सकता, उसके लिए उसे एक तंत्र की स्थापना करनी पड़ती है।" स्वामी बोले, "क्या आपके उच्चाधिकारी भी जन सामान्य को जागरूक भारतीय बनाने में आपके सहायक हैं?"

"वस्तुतः यह काम तो मेरे राज सँभालने से पहले ही आरंभ हो गया था।" सायाजी ने कहा, "टी० माधव राव बहुत अच्छे प्रशासक थे। उन्होंने एक अच्छा संगठित दल मेरे लिए तैयार कर दिया था।" सायाजी ने रुककर स्वामी की ओर देखा, "मैं नहीं चाहता कि मैं अंग्रेजों की दृष्टि में खटकने लगूँ। इसीलिए वडोदरा का आधुनिकीकरण बहुत खुले रूप से नहीं करना चाहता…। अब मैं एक ऐसे सहायक की खोज में हूँ, जो योग्य हो, सेवापरायण हो, देखने-सुनने में पूरी तरह अंग्रेज और अंग्रेजियत समर्थक दिखाई पड़े, किंतु जिसकी आत्मा पूर्णतः भारतीय हो।"

स्वामी मौन बैठे रहे।

"आपको लगता है कि ऐसा कोई व्यक्ति मिल सकता है?"

"मेरा विचार है, बंगाल से ऐसे कई युवक निकलेंगे।" स्वामी बोले, "वहाँ के लोग जिस प्रकार पाश्चात्य शिक्षा और ईसाई धर्म की ओर आकृष्ट हुए हैं, उसकी प्रतिक्रिया भी अवश्यंभावी है। अंग्रेजों के निकट पहुँचकर वे उनका निर्मम और नृशंस रूप देखेंगे तो अपने आप उनसे घृणा करने लगेंगे।"

"प्रभु आपके वचन को सत्य करें।" राजा ने कहा।

"अच्छा राजन्!" स्वामी उठ खड़े हुए, "चलता हूँ। मैं जो अपेक्षाएँ लेकर आया था, आप पहले से ही उनका कार्यान्वयन कर रहे हैं। भगवान् आपको आपके लक्ष्य के निकट पहुँचाएँ। वडोदरा अंग्रेजों से रुष्ट युवकों की विहारस्थली बने।"

सायाजी राव गायकवाड़ ने चौंककर देखा : यह संन्यासी अंग्रेजों का भेदिया तो नहीं है? …या फिर यह कोई भविष्यवाणी ही तो नहीं कर रहा?

"मुझे बताया गया है कि आप वडोदरा छोड़कर जा रहे हैं।" अंततः सायाजी ने कहा।

"जाना तो मुझे वैसे भी था," स्वामी ने कहा, "किंतु आज आपसे चर्चा कर यहाँ से शीघ्र जाने का मेरा संकल्प और भी दृढ़ हुआ है।"

"क्यों?"

"यद्यपि न आप कोई राजनीतिक षड्यंत्र रच रहे हैं और न ही मैं राजनीति में कोई हस्तक्षेप कर रहा हूँ। फिर भी मुझे लगता है कि वडोदरा में मेरा रुकना हम दोनों के लिए ही कल्याणकारी नहीं है।"

"कहाँ जाएँगे?"

"लींबड़ी के ठाकुर जसवंतसिंह महाबलेश्वर आ रहे हैं। उनकी इच्छा है कि मैं कुछ दिन उनके निकट रहूँ।"

"उन्हें अंग्रेजों का कोई भय नहीं है?"

"शायद अंग्रेजों की उन पर अभी वक्र दृष्टि नहीं है।" स्वामी बोले।

संध्या समय वडोदरा से प्रस्थान करना था और अपराह्न में स्वामी को दीवान जी साहब का एक पत्र

मिला। उन्होंने अपने भाइयों की ओर से स्वामी के प्रति हार्दिक कृतज्ञता प्रकट की थी कि स्वामी ने अपनी चरणधूलि से उनके घर को पवित्र किया। उन्होंने आशा प्रकट की थी कि स्वामी को वहाँ जो कोई भी कष्ट हुआ होगा, उसके लिए स्वामी उनको और उनके परिवार को क्षमा करेंगे।

पत्र पढ़कर स्वामी बहुत भावुक हो उठे : दीवान जी साहब कैसे-कैसे और कहाँ-कहाँ उनसे संपर्क बनाए हुए हैं—जूनागढ़ में अपने घर में, गिरिनार की चोटी पर की गुफा के एकांत में, पोरबंदर में, भुज में, यहाँ वडोदरा में··· सब स्थानों पर वे उनका ध्यान रखते हैं, जैसे संसार में स्वामी कहीं भी हों, उनके ही अतिथि हैं। स्वामी की देखभाल उनका ही दायित्व है। वे स्वामी के लिए सारा प्रबंध करते हैं और फिर भी आशंकित रहते हैं कि स्वामी को किसी प्रकार की असुविधा न हो। पुरुष होकर भी कैसा माँ का-सा हृदय पाया है—आकंठ वात्सल्य से भरा हुआ।··· या फिर पिता का हृदय भी ऐसा ही होता होगा। ईश्वर भी तो जीव के पिता ही हैं··· कैसी करुणा है उनके मन में अपनी संतान के लिए···

स्वामी की आँखों से अश्रु टपकने लगे, "हे प्रभु! कैसी विचित्र है तुम्हारी लीला और कैसा विचित्र है तुम्हारा संसार। जो कृपा, आदर और सत्कार करता है, वह तो अपनी कृतज्ञता जता रहा है, क्षमाप्रार्थी है; और जो पीड़ा पहुँचाता है, वह जानता भी नहीं कि वह कैसा अनर्थ और जघन्य पाप कर रहा है।···"

स्वामी अपनी भावुकता को संयत करने का प्रयत्न करते रहे। काफी देर तक टहलते रहे, अपने कक्ष में—इधर से उधर और उधर से इधर। नाम का जाप करते रहे। किंतु उनको किसी भी प्रकार पूर्ण संतोष नहीं हुआ। अंततः पत्र लिखने बैठे :

वडोदरा
26 अप्रैल, 1892

प्रिय दीवान जी साहब,

यहाँ भी आपका पत्र पाकर बहुत प्रसन्नता हुई। नानडेड स्टेशन से आपके घर पहुँचने में मुझे कुछ भी कठिनाई नहीं हुई। और आपके भाई वैसे ही हैं, जैसे उन्हें होना चाहिए, बिलकुल आपके भाइयों जैसे। ईश्वर आपके परिवार पर सर्वोत्कृष्ट आशीर्वादों की वर्षा करे। मेरी सारी यात्राओं में ऐसा भव्य और अद्‌भुत कोई दूसरा परिवार नहीं मिला। आपके मित्र मणिभाई ने मेरे लिए सभी सुविधाएँ प्रदान की हैं। जहाँ तक उनके सत्संग का प्रश्न है, मैं उनसे केवल दो बार मिला। एक बार एक मिनट के लिए और दूसरी बार अधिक से अधिक दस मिनट के लिए, जब उन्होंने यहाँ की शिक्षा पद्धति पर चर्चा की। पुस्तकालय और रवि वर्मा के चित्र तो खैर मैंने देख ही लिए। यहाँ केवल वे ही दर्शनीय वस्तुएँ हैं। अतः आज शाम को बंबई जा रहा हूँ। फिर बंबई से लिखूँगा।

सस्नेह, आपका
विविदिशानन्द

पुनश्च : नानडेड में मैं मणिलाल नानूभाई से मिला। वे एक बहुत ही विद्वान् और पवित्र सज्जन हैं, और मैंने उनके सत्संग से बहुत ही आनंद प्राप्त किया।

स्वामी को लगा कि उनका मन अब कुछ-कुछ शांत हो गया था।

2

स्वामी ने अभी अपना परिचय भी नहीं दिया था कि नरोत्तमदास मुरारजी गोकुलदास ने जैसे बिछकर उनका आतुर स्वागत किया, "आइए, आइए स्वामी जी! मेरे धन्यभाग कि आप मेरे घर पधारे।"

उनके चेहरे पर कृतज्ञता थी और आँखें भी कुछ-कुछ भीग आई थीं। उनकी विह्वलता कह रही थी कि यदि स्वामी को आपत्ति न हो तो वे उन्हें साष्टांग प्रणाम कर उनकी चरणधूलि ले लें।

"गोकुलदास जी!" स्वामी ने एक प्रकार से उन्हें बाधित किया, "मैं वडोदरा से आ रहा हूँ, बंबई होते हुए। ठाकोर जसवंतसिंह जी ने सूचना भिजवाई थी कि वे इन दिनों महाबलेश्वर में होंगे। उन्होंने यह भी कहलवाया था कि मुझे उनके विषय में सूचनाएँ आपसे मिलेंगी।"

"जानता हूँ महाराज! जानता हूँ। मेरे ऐसे भाग्य कहाँ कि आप जैसे महापुरुष मेरे लिए यहाँ चरणरज गिराएँ। यह तो ठाकोर साहब का ही प्रताप है कि आपके दर्शन हो गए।" गोकुलदास बहुत प्रसन्न दिख रहे थे, "जब तक ठाकोर साहब महाबलेश्वर नहीं पधारते, तब तक तो मेरी कुटिया को अपनी उपस्थिति से पवित्र करेंगे न!"

"ठाकोर साहब महाबलेश्वर पधार नहीं चुके?" स्वामी ने कुछ चकित होकर पूछा।

"नहीं! वे आने वाले हैं। उनकी कोठी में उनके स्वागत की तैयारियाँ चल रही हैं।"

"पर वे तो चौबीस अप्रैल को ही आ जाने वाले थे।"

"वे चौबीस को लींबड़ी से प्रस्थान करने वाले थे। यहाँ पहुँचने में कुछ समय लग सकता है। मार्ग में कहीं रुक भी सकते हैं।"

स्वामी को लगा, उनसे कुछ भूल हो गई है। सूचना यही थी कि ठाकोर साहब चौबीस अप्रैल को महाबलेश्वर की यात्रा करने वाले हैं। वहाँ पहुँचने की कोई निश्चित तिथि उन्हें नहीं बताई गई थी। तिथियों में वे सदा ही कोई न कोई गड़बड़ कर देते हैं।

"हाँ! आप ठीक कह रहे हैं।" स्वामी रुके, "अब?"

"अब क्या महाराज!" गोकुलदास बोले, "इसे भी अपना ही घर समझिए।"

"गोकुलदास जी!" स्वामी हँस पड़े, "संन्यासी की कठिनाई यही है कि कोई घर, उसका अपना घर नहीं होता। जीवात्मा अपना घर छोड़कर संसार में आता है। उसे अपने घर लौटना तो है; किंतु वह घर इस संसार में तो कहीं हो नहीं सकता।"

"भूल हुई महाराज!" गोकुलदास ने कान पकड़े, "इसे अपना पड़ाव मानें, डेरा मानें, कुटिया मानें, जो कुछ भी मानें—पर ठाकोर साहब के महाबलेश्वर पहुँचने से पहले और कहीं अपने रुकने की व्यवस्था न करें।"

"शायद प्रभु ने मेरी भिक्षा की व्यवस्था आपके यहाँ ही की है। नहीं तो मैं यह क्यों मान लेता कि ठाकोर साहब चौबीस अप्रैल को महाबलेश्वर पहुँच रहे हैं।"

अभेदानन्द महाबलेश्वर पहुँचकर सोच ही रहे थे कि आश्रय का कहाँ प्रबंध करें : यहाँ की जलवायु ऐसी नहीं थी कि वे किसी वृक्ष के नीचे डेरा लगाने की योजना बना सकते।

"क्यों भाई! यहाँ कोई मंदिर है, जहाँ साधु को आश्रय मिल सके?" उन्होंने राह जाते एक व्यक्ति को रोका।

अपने लक्ष्य की ओर भागते उस व्यक्ति ने मार्ग में बाधास्वरूप आ खड़े हुए साधु को देखा और उन्हें बचाकर बाईं ओर से निकल गया; जैसे वह मनुष्य नहीं, कोई जलप्रवाह हो, जो चट्टानों के दाएँ-बाएँ होकर अपना मार्ग बनाता है।

अभेदानन्द को आश्चर्य हुआ। उनका आज तक का तो अनुभव था कि पश्चिमी भारत में प्रायः लोग साधु की अवज्ञा नहीं करते।

"सुनिए महाराज!" मार्ग चलता एक अन्य व्यक्ति रुक गया।

अभेदानन्द ने उसकी ओर देखा।

"आश्रय खोज रहे हैं?"

"हाँ भाई! पर वह व्यक्ति मुझे इस प्रकार बचाकर क्यों निकल गया, जैसे मैं कोई घृणित प्रस्ताव कर रहा हूँ?"

"परदेसी होगा।" उस व्यक्ति ने कहा, "वैसे तो मंदिर और धर्मशालाएँ भी हैं ही; किंतु आश्रय के लिए आप नरोत्तमदास मुरारजी गोकुलदास के घर चले जाएँ। वे अतिथिप्रेमी धार्मिक सज्जन हैं। साधुओं की सेवा में उनकी विपुल आस्था है। वे कहीं न कहीं आपके लिए व्यवस्था कर देंगे।" वह व्यक्ति बोला, "आजकल तो उनके घर में एक विद्वान् संन्यासी पहले से ही ठहरे हुए हैं। आपके लिए भी सत्संग हो जाएगा।"

अभेदानन्द अपने ही मन के भाव को समझ नहीं पाए। जाने क्यों उनके मन ने कहा कि वह दूसरा संन्यासी उनका अपना ही कोई गुरुभाई होगा। संभव है कि वह स्वयं नरेन्द्रनाथ ही हों। अभेदानन्द के मन में एक अनाम-सा उल्लास जागा।···पिछली बार जब भेंट हुई थी, तो नरेन्द्रनाथ ने उन्हें सांत्वना ही नहीं, कितना आत्मबल दिया था। उनके शब्द आज भी अभेदानन्द के कानों में गूँज रहे थे : 'तुम श्रीरामकृष्ण की संतान हो। मठ तुम्हारे लिए ही है। यदि तुम मठ में नहीं रहोगे, तो फिर मठ बना ही किसके लिए है?' ···प्रशंसा के जिस भाव से नरेन्द्रनाथ ने उन्हें देखा था और जितना सम्मान दिया था, उससे उनकी आत्मा जाने कब तक अपने भीतर पैठकर उत्सव मनाती रही थी।···समाधि का सुख भी अभेदानन्द ने जाना है; किंतु प्रशंसा और सम्मान का सुख भी किसी प्रकार कम नहीं है। लौकिक सुखों में तो शायद वैसा सुख दूसरा है ही नहीं···अपने मठ से दुखी होकर वे कलकत्ता छोड़ आए थे। उस दिशा में लौटने का उनका कभी मन ही नहीं हुआ; किंतु नरेन्द्रनाथ के उन छोटे-छोटे दो-तीन वाक्यों से वे इतने उत्साहित हुए थे कि वे भूल ही गए कि मठ में उनके विरुद्ध कोई षड्यंत्र चल रहा था।···पर अपने इस उल्लास में भी वे यह नहीं भूल पाते कि जहाँ कहीं नरेन्द्रनाथ उपस्थित हों, वहाँ अभेदानन्द का वह महत्त्व ही नहीं रह जाता, जो अकेले होने पर होता है। वे अकेले हों तो सब कुछ होते हैं। नरेन्द्रनाथ आ जाएँ तो अभेदानन्द शून्य हो जाते हैं। उनकी समझ में आज तक यह बात नहीं आई कि नरेन्द्रनाथ में ऐसा क्या है कि प्रत्येक व्यक्ति उन्हें ही महत्त्व देता है। अभेदानन्द भी श्रीरामकृष्ण की संतान हैं। उन्हें भी शास्त्रों का ज्ञान है। वेदांत पर उन्होंने भी चिंतन-मनन किया है। लोग तो उन्हें कहते ही वेदांती हैं।···वे भी संन्यासी हैं। उन्होंने भी तपस्या की है। वे भी समाधि का आनंद जानते हैं। वे भी ईश्वरनिर्भर हैं।···तो फिर नरेन्द्रनाथ में ही ऐसा क्या है कि उनकी बात आते ही अन्य सब लोग नगण्य हो जाते हैं। अवमानना की इस व्यथा को बहुत झेला है अभेदानन्द ने।

सहसा उनके अपने मन ने ही उनसे विद्रोह कर दिया···क्या कभी नरेन्द्रनाथ ने उनकी उपेक्षा

की है? क्या कभी नरेन्द्रनाथ ने स्वयं को उनसे श्रेष्ठ मनवाने का प्रयत्न किया है?···नरेन्द्रनाथ ने तो सदा उन्हें सहारा ही दिया है, आगे ही बढ़ाया है। तो उनके मन में यह तामसी ईर्ष्या क्यों है? ···वे क्या कभी इससे मुक्त नहीं हो पाएँगे?

अभेदानन्द को जैसे किसी ने चाबुक दे मारा था···ईर्ष्या?···वे ईर्ष्यालु हैं? उनके मन में ईर्ष्या है? अपने ही गुरुभाई के प्रति? वह भी नरेन्द्रनाथ के प्रति?···मन हुआ कि किसी भी पद्धति से वे इस विचार का खंडन करें···न हो तो अपना सिर किसी शिला पर दे मारें।···पर ईर्ष्या तो है, उनका मन उस दाह का अनुभव तो करता है···नहीं तो उनके मन में यह विचार ही क्यों आता?···

तो वे आज तक अपने मन के ईर्ष्या भाव को नहीं जीत पाए···सारी तपस्या किसी काम नहीं आई। वे माया के बंधनों को नहीं तोड़ पाए। अभी और तपस्या करनी होगी। अपने मन की इस महत्त्वाकांक्षा को भस्म करना होगा···अपने 'मैं' को जीतना होगा।···

अभेदानन्द ने दो-एक जगह पूछा और खोजते-खोजते नरोत्तम मुरारजी गोकुलदास के घर पहुँच गए।

वही बात हुई। देखा, नरेन्द्रनाथ वहाँ पहले से ही विद्यमान थे।

इससे पहले कि अभेदानन्द अपने मन के भावों को देख-परख सकते, उनका विश्लेषण कर सकते, स्वामी ने हँसकर कहा, "भाई! तुम व्यर्थ ही मेरा पीछा क्यों कर रहे हो? हम दोनों ही ठाकुर का नाम लेकर बाहर निकले हैं। अच्छा हो कि हम अकेले-अकेले ही यात्रा करें।"

अभेदानन्द का पहले से ही ईर्ष्यापीड़ित मन स्वागत के इस वाक्य को झेल नहीं पाया।

कहाँ तो वे सोच रहे थे कि नरेन्द्रनाथ उन्हें देखते ही प्रसन्नता से उछल पड़ेंगे। जूनागढ़ के ही समान उन्हें अपने कंठ से लगा लेंगे। वे लोग कुछ समय आनंदपूर्वक एक साथ बिताएँगे।···और कहाँ बिना किसी अभिवादन के, बिना कोई कुशल समाचार पूछे, वे कह रहे हैं कि अभेदानन्द उनका पीछा क्यों कर रहे हैं? फिर अपना महत्त्व?···

अभेदानन्द बहुत प्रयासपूर्वक हँसे; किंतु उनकी कटुता न मिट सकी, न छिप सकी।

"मैं तुम्हारा पीछा क्यों करूँगा? उससे क्या मिल जाएगा मुझे? मैं ईश्वर के पीछे लगा हूँ, तुम्हारे पीछे नहीं।" उनका स्वर पर्याप्त तीखा था, "परिभ्रमण करते हुए जैसे तुम यहाँ आ गए हो, वैसे ही संयोग से मैं भी यहाँ आ पहुँचा हूँ। यह ईश्वर की इच्छा है या ठाकुर की प्रेरणा; किंतु इसमें मेरी कोई योजना नहीं है।···"

स्वामी ने उनकी बात का कोई प्रतिकार नहीं किया, न ही उनके चेहरे पर किसी प्रकार की कोई उद्विग्नता उभरी। वे शांत भाव से चुपचाप बैठे अभेदानन्द की ओर देखते रहे।

अभेदानन्द का आक्रोश अभी चुका नहीं था। वे उसी प्रवाह में बोले, "इसके पश्चात् मैं पुणे, वडोदरा, नासिक, दंडकारण्य इत्यादि की यात्रा करते हुए दक्षिण की ओर जाऊँगा। मेरा विचार है कि तुम उत्तर की ओर चले जाओ ताकि हम फिर इस प्रकार कहीं भी संयोग से न मिल सकें।"

स्वामी जोर से हँसे। अभेदानन्द के आक्रोश का उन पर कोई प्रभाव नहीं हुआ था। पर उन्होंने अभेदानन्द के इस आदेश के विषय में कुछ कहा भी नहीं।

गोकुलदास ने आश्चर्य से दोनों को देखा, "तो आप लोग पहले से ही एक-दूसरे को जानते हैं?"

"हम दोनों गुरुभाई हैं।" स्वामी ने कहा, "ये स्वामी अभेदानन्द बड़े विद्वान् और तपस्वी हैं। आप इन्हें मुझसे किसी प्रकार भी कम न मानें।"

अभेदानन्द का आक्रोश झाग बनकर बैठ गया।...क्या स्वामी जान गए थे कि अभेदानन्द ने मन ही मन उनसे अपनी तुलना की थी? वे गोकुलदास को बता रहे थे या स्वयं अभेदानन्द को ही जता रहे थे कि वे कहीं भी उनकी अवहेलना नहीं करेंगे?...नरेन्द्रनाथ में सचमुच अहंकार नहीं था, नहीं तो अभेदानन्द के कथन के पश्चात् वे उनकी इस प्रकार प्रशंसा नहीं करते।...शायद अभेदानन्द तपस्या में उनसे कुछ ऊने ही थे।...

गोकुलदास ने हाथ जोड़कर अभेदानन्द को प्रणाम किया, "स्वामी जी! कृपा कर आप हमारा आतिथ्य स्वीकार करें। अपने गुरुभाई से भेंट कर ही न लौट जाएँ। उससे हमारा संतोष नहीं होगा।"

"यदि आप लोगों को कोई असुविधा न हो तो मुझे क्या आपत्ति हो सकती है।" अभेदानन्द ने सहज होने का प्रयत्न किया, "मैं तो स्वयं ही आश्रय की खोज में आया था। मैं क्या जानता था कि मेरे ये गुरुभाई भी यहाँ पहले से ही स्थापित हैं।"

"हमें क्या असुविधा हो सकती है।" गोकुलदास बोले, "हमारा तो यह परम सौभाग्य है।"

"वैसे मैं यहाँ दो-तीन दिन ही रुकूँगा।" अभेदानन्द ने अनायास ही स्वामी को सुनाया, "संन्यासी तीन दिनों से अधिक कहीं नहीं रुकता।"

"उसके पश्चात्?" गोकुलदास ने पूछा।

"पुणे चला जाऊँगा।"

"चलिए, तीन दिन ही सही। हमारे लिए इतना भी बहुत है।"

भोजन के पश्चात् जब दोनों गुरुभाई विश्राम करने आए तो उन्होंने पहली बार एक-दूसरे को एकांत में देखा।

"आप कुछ चिंतित लग रहे हैं।" अभेदानन्द ने कहा, "क्या बात है? कोई विशेष समस्या?"

"समस्याएँ ही समस्याएँ हैं।" स्वामी बोले, "क्या तुमने ध्यान नहीं दिया कि हिंदुओं को इस समय आध्यात्मिक उत्थान की अत्यधिक आवश्यकता है?"

अभेदानन्द चुपचाप उनकी ओर देखते रहे : तो समस्या उनकी अपनी नहीं, समग्र हिंदू समाज की थी।...पर संन्यासी होकर नरेन्द्रनाथ इन सामाजिक पचड़ों में पड़ते ही क्यों हैं?

"प्राचीनतम मुसलमान इतिहासलेखक फरिश्ता के प्रमाण से, उसके समय में हिंदुओं की संख्या साठ करोड़ थी। अब हम बीस करोड़ हैं। शेष कहाँ गए?" स्वामी ने रुककर उनकी ओर देखा, "मर गए? हाँ! मरे भी, मारे भी गए।...शेष मुसलमान और ईसाई हो गए।...और फिर जब हिंदू धर्म में से एक व्यक्ति बाहर जाता है, उससे न केवल हमारा एक व्यक्ति कम हो जाता है, वरन् हमारा एक शत्रु बढ़ जाता है। फिर जो हिंदू मुसलमान या ईसाई बने हैं, उनमें अधिकतर तलवार के भय से बने हैं, या फिर वे उनके वंशज हैं।"

"पर वे तो हिंदू धर्म त्याग चुके हैं। वे भ्रष्ट हो चुके।" अभेदानन्द ने निःश्वास छोड़ा।

"तो?" स्वामी का स्वर कुछ उग्र था।

अभेदानन्द को आश्चर्य हुआ : नरेन्द्रनाथ अपने प्रत्यक्ष अपमान पर भी उग्र नहीं होते थे; किंतु अपने धर्म और देश की बात पर...

"उन्हें फिर से हिंदू धर्म में वापस लिया जा सकता है?" अभेदानन्द ने कहा।

"अवश्य! निश्चय ही वे वापस लिए जा सकते हैं और लिए जाने चाहिए।" स्वामी बोले, "यदि

हम ऐसा नहीं करेंगे तो हमारी संख्या निरंतर घटती जाएगी और अंततः संसार का यह सर्वश्रेष्ठ धर्म समाप्त हो जाएगा।"

"जो लोग तलवार के बल पर मुसलमान बनाए गए थे, वे अब जीवित नहीं हैं। अब जो मुसलमान और ईसाई हैं, वे जन्मतः पराए हैं।"

"जन्मतः परायों के तो समूह के समूह, अतीत में हिंदू धर्म में लिए गए हैं और यह उपक्रम आज भी चल रहा है।"

"किनको स्वीकार किया हिंदुओं ने?" अभेदानन्द कुछ उत्तेजित थे।

"आदिम जातियों, सीमांत के राष्ट्रों और मुसलमानों से पूर्व आए सभी विदेशी विजेताओं को हिंदुओं ने अपनी बाँहों में समेट लिया था। आज तुम उनको पृथक् से पहचान भी नहीं सकते। यह उन जातियों के विषय में भी सत्य है, जिनकी पुराणों में विशेष उत्पत्ति हुई है। मैं समझता हूँ कि वे लोग बाहर से आए थे और हिंदू धर्म को ग्रहण कर भारतमाता की संतान बन गए थे।"

"तो क्या उन्हें प्रायश्चित्त करना होगा?"

"अपनी इच्छा से धर्मपरिवर्तन कर, अपने मातृधर्म में लौटने के लिए प्रायश्चित्त का अनुष्ठान उपयुक्त है; किंतु जो लोग बलात् हमसे पृथक् कर दिए गए, अथवा वे नए लोग जो हममें सम्मिलित होना चाहते हैं—उनके लिए प्रायश्चित्त की शर्त नहीं होनी चाहिए।"

"पर इस प्रकार हिंदू धर्म में आए लोग किस जाति के होंगे? उनकी कोई पहचान भी तो होनी चाहिए, नहीं तो वे हिंदुओं के इस विशाल समाज में कभी खप नहीं पाएँगे। उन्हें समाज में कोई उचित स्थान भी तो मिलना चाहिए।"

"लौटने वाले लोग निश्चय ही अपनी पहली जाति प्राप्त कर लेंगे। नए लोग अपनी नई जाति बना लेंगे।" स्वामी बोले, "तुम्हें स्मरण होगा कि वैष्णव धर्म में पहले भी ऐसा किया जा चुका है। विभिन्न जातियों से आए हुए और बाहर के लोग एक झंडे के नीचे मिले और उन्होंने अपनी एक जाति बना ली—और वह भी बहुत आदरणीय। रामानुज से लेकर बंगाल के चैतन्य तक, सभी महान् आचार्यों ने यही किया है।"

"नए लोग शादी-विवाह कहाँ करेंगे?"

"आपस में। जैसा कि अब करते हैं।" स्वामी ने शांत भाव से कहा।

पर अभेदानन्द का मन शांत नहीं था। स्वामी की इन बातों ने उनके मन के शांत समुद्र में सहस्रों प्रश्नतरंगों को जन्म दे दिया था।

"इन नवागंतुक हिंदुओं को बहुमुखी हिंदू धर्म में से अपनी इच्छानुसार कोई धार्मिक विश्वास चुन लेने की स्वतंत्रता होगी या उनके लिए कोई एक पद्धति निश्चित कर दी जाएगी?"

"वे अपने लिए स्वयं चुनेंगे। जब तक मनुष्य अपने लिए स्वयं नहीं चुनता, हिंदू धर्म की भावना ही नष्ट हो जाती है। हमारे धर्म का सार ही अपना इष्ट स्वयं चुनने में है।"

स्वामी उठकर कुछ व्याकुलता में टहलने लगे।

अभेदानन्द को लगा कि स्वामी इस समय एक धधकती ज्वाला के समान थे। हिंदुओं के आध्यात्मिक उत्थान के विचारों से उनकी आत्मा तिलमिला रही थी।

"तुम्हारी इस व्याकुलता से मुझे कुछ डर लगता है।" अभेदानन्द ने कहा, "कोई अनहोनी न हो जाए।"

"डरो नहीं।" स्वामी के स्वर में पर्याप्त आश्वासन था, "भय की कोई बात नहीं है। मैं अपने भीतर ऐसी ऊर्जा और शक्ति का अनुभव कर रहा हूँ कि जैसे मैं फट पड़ूँगा। किंतु यह ऊर्जा फटने के लिए नहीं, अपना लक्ष्य पूरा करने के लिए है; और वह यह करके ही रहेगी।"

नानूभाई जूनागढ़ आए तो बहुत चिंतित थे।

अभिवादन के पश्चात् जो पहला प्रश्न उन्होंने पूछा, वह दीवान जी साहब की मोच के विषय में था।

दीवान जी हँसे, "मेरी मोच जगत्प्रसिद्ध हो गई है। स्वामी जी ने भी अपने पत्र में मेरी मोच के विषय में जिज्ञासा की है, जैसे और कोई बात ही न रह गई हो चर्चा के लिए।"

नानूभाई, हरिभाई की मोच को भूल गए, "स्वामी जी! कहाँ हैं स्वामी जी इन दिनों?"

"बहुत दूर नहीं हैं। अभी पुणे में हैं। दो-चार दिन पहले ही उनका 15 जून का पत्र आया है।" दीवान जी साहब ने बताया, "तुम्हें भी अपनी हार्दिक शुभकामनाएँ भेजी हैं।"

"मुझे!" नानूभाई कुछ चकित होकर बोले, "उन्हें मेरा स्मरण भी है?"

"सबका स्मरण है उन्हें। तुम्हारा, मेरे परिवार का, मेरे भाइयों का। वडोदरा से अपने पत्र में उन्होंने लिखा था : 'नानडेड में मैं मणिलाल नानूभाई से मिला। वे बहुत ही विद्वान् और पवित्र सज्जन हैं। मैंने उनके सत्संग से बहुत ही आनंद प्राप्त किया।' "

"अच्छा! और आपके परिवार—आपके भाइयों के विषय में क्या लिखा?"

"आवश्यकता से अधिक प्रशंसा की है।" दीवान जी साहब ने रुककर नानूभाई को देखा, "मैंने अपने जीवन में ऐसा कृतज्ञ व्यक्ति नहीं देखा। क्या किया हमने उनके लिए? कुछ सुविधाएँ ही तो उपलब्ध कराईं, जो प्रशासन अपने कर्मचारियों और साधारण जनों तक को उपलब्ध करा देता है। किंतु उसके बदले में स्वामी ने हमें क्या से क्या बना दिया। जो कुछ हमने दिया, वह तो उनको कोई भी दे सकता था; किंतु जो कुछ उन्होंने हमें दिया, वह ईश्वर की कृपा से उसका कोई दूत ही दे सकता था। जो पवित्रता मैंने स्वामी के चरित्र में देखी, वह अद्भुत है। उन्होंने लिखा है कि उन्हें बहुत दिनों से मेरा पत्र नहीं मिला। आशंकित हैं कि कहीं उन्होंने मुझे अप्रसन्न तो नहीं कर दिया। ...सबका ध्यान रखते हैं, सबकी चिंता करते हैं, सबकी भावनाओं की रक्षा करते हैं। उन्हें कैसे बताऊँ कि उनसे अप्रसन्न होना पाप है।"

"पर वे महाबलेश्वर से पुणे कैसे चले गए?"

"महाबलेश्वर में भी वे लींबड़ी के ठाकोर साहब के साथ थे। उन्हीं के साथ पुणे भी आ गए।"

"ठहरे किनके साथ हैं?"

"ठाकोर साहब के साथ ही ठहरे हैं। ठाकोर साहब का पुणे में अपना स्थान है।"

"अच्छा है, ठाकोर साहब का स्थान वहाँ है।" नानूभाई ने कहा, "अन्यथा मराठा लोगों का सूक्ष्म आतिथ्य उन्हें कुछ कष्टकर ही लगता।"

"जहाँ तक मैं समझता हूँ, स्वामी जी अब इन सब बातों से ऊपर उठ चुके हैं। उत्-आसीन हैं वे।"

"तो फिर हमारी इतनी प्रशंसा क्यों कर रहे हैं?"

"प्रत्येक व्यक्ति में उसके गुणों को देखना और उन गुणों की सराहना करना ही उनका

स्वभाव है।"

"कब तक ठहरेंगे पुणे में?"

"लिखा तो है कि वहाँ दो-एक सप्ताह रहकर हैदराबाद होते हुए रामेश्वरम् चले जाएँगे।"

"मुझे नहीं लगता कि वे अब कभी नानडेड आ पाएँगे।"

"संभव तो नहीं लगता।" दीवान जी साहब बोले, "वे तो पहले भी जूनागढ़ से दक्षिण जाना चाह रहे थे। मैंने ही आग्रह किया था कि नानडेड होते जाएँ।"

"कहकर तो गए थे कि संभव हुआ तो नानडेड लौटेंगे।"

"तो क्या कहते, संभव होगा, तो भी नहीं लौटेंगे?"

"नहीं···।"

"ऐसे आश्वासनों को उनका वचन नहीं माना जा सकता।" दीवान जी साहब बोले, "क्योंकि मैं जानता हूँ कि वे वचन दे दें, तो उसे अवश्य पूरा करते हैं।"

"हाँ! वह तो है। पर हमारी इच्छा होती है कि हम अधिक से अधिक समय उनके साथ रहें।"

"किसकी इच्छा नहीं है कि उनके साथ रहे। किंतु वे किस-किस के साथ रहें।"

"और आपकी दरबारी कठिनाई का क्या हुआ?" नानूभाई ने पूछा।

दीवान जी साहब हँस पड़े, "देखिए, कैसी आनंद की बात है न! स्वामी ने भी यह जानना चाहा है। उन्होंने लिखा है : 'शायद अब तक जूनागढ़ में आपके रास्ते से सारी बाधाएँ दूर हो गई होंगी; कम से कम मुझे ऐसी आशा है।' "

"तो क्या वह झगड़ा समाप्त नहीं हुआ?"

"यह राजनीति है नानूभाई!" दीवान जी साहब का स्वर गंभीर हो गया, "यहाँ राजधर्म नहीं है, राजनीति है। इसमें सबसे प्रबल है स्वार्थ! यहाँ जो भी आता है, वह यही सोचकर आता है कि उसे अधिक से अधिक बटोरना है—धन के क्षेत्र में, पद के क्षेत्र में।···और प्राप्ति के मार्ग में जो कोई आता है, उसे सदा के लिए हटा देना है।"

"फिर भी?"

"दरबार है, और दरबार में षड्यंत्र चलते ही रहते हैं।" दीवान जी साहब बोले, "यह वहाँ का दैनंदिन का क्रम है।···उसकी क्या चिंता करनी।"

3

ठाकोर साहब का प्रणाम कुछ सहमा हुआ और उदास लग रहा था। स्वामी ने आशीर्वाद दिया; किंतु समझ गए कि आज ठाकोर साहब जैसे अपने आप में नहीं थे। वे साधारण बातों से विचलित होने वाले पुरुष नहीं थे।

"स्वामी जी! क्या किसी को कभी पूर्ण सत्य भी मिल सकता है?" ठाकोर साहब की जिज्ञासा पीड़ा का दंश लिए हुए थी, "मुझे जीवन-भर लगता रहा है कि जिसे हमने सत्य माना, वह कुछ ही दिनों में अपनी सत्यता से डिग जाता है और हमें कुछ और सत्य दिखने लगता है।"

"ईशावास्योपनिषद् में आपने पढ़ा होगा, 'हिरण्मयेन पात्रेण सत्यस्यापिहितं मुखम्। तत्त्वं

पूषन्नपावृणु सत्यधर्माय दृष्टये।।' " स्वामी बोले, "इसकी व्याख्या लोगों ने विभिन्न प्रकार से की है; किंतु एक अर्थ यह भी है कि सत्य का मुख स्वर्ण से ढका हुआ है। उस स्वर्णिम आवरण को हटा लीजिए ताकि मैं उस सत्य का दर्शन कर सकूँ।" स्वामी रुके, "सत्य प्राप्त होता है; किंतु केवल उन्हीं को, जो निर्भय होकर, बिना दुकानदारी किए, उसके मंदिर में जाकर केवल उसी के लिए उसकी पूजा करते हैं।" स्वामी ने ध्यान से उनकी ओर देखा, "किंतु बात क्या है ठाकोर साहब?"

"हमारे गोतियों के एक परिवार में एक बालक का जन्म हुआ है, जो कहता है कि अपने पिछले जन्म में वह किसी और का पुत्र और पति था।..."

"ऐसी घटनाएँ तो प्रायः सुनने में आती रहती हैं।" स्वामी ने हलके ढंग से कहा, "उसकी छानबीन होनी चाहिए कि वह बालक जो कुछ कह रहा है, वह स्वयं अपनी बुद्धि से कह रहा है या वहाँ किसी और की दुष्ट बुद्धि कार्य कर रही है। वैसे यह वैज्ञानिक खोज का विषय है; किंतु कभी-कभी पुलिस की खोज का विषय भी बन जाता है।"

"वैज्ञानिक खोज का विषय तो है; किंतु हमारे यहाँ उसके कारण अनेक परिवार संकट में पड़ गए हैं; और मेरी समझ में नहीं आ रहा कि सत्य क्या है।"

"संकट क्या है?" स्वामी बोले, "यह तो एक रोचक कथा हो सकती है।"

"उस बच्चे के आधार पर दोनों परिवारों, उनके मित्रों और संबंधियों में खींचतान चल रही है कि वह पिछले जन्म वाले परिवार का पुत्र है या नए परिवार का। पिछले परिवार में काफी संपत्ति है। युवती बहू है, छोटा-सा बालक है, वृद्ध माता-पिता भी हैं। पिछले जन्म वाला परिवार उस बालक को अपने यहाँ ले जाना चाहता है ताकि वह संपत्ति युवती बहू के माध्यम से उसके मायके में न चली जाए। इस जन्म वाला परिवार बालक के लिए उसकी पिछले जन्म की वधू, उसके पुत्र और उसकी संपत्ति की माँग कर रहा है।..."

"विदूषक हैं वे लोग।" स्वामी बोले, "पिछले जन्म वाला युवा शरीर अग्नि को समर्पित हो चुका। उस शरीर के सारे रिश्ते-नाते समाप्त हो चुके। संपत्ति का अधिकार जिस शरीर का था, वह शरीर अब है ही नहीं। परिवार देह-संबंध से बनते हैं। देह समाप्त होते ही वे संबंध भी समाप्त हो जाते हैं। न पुरानी संपत्ति का नई देह पर कोई अधिकार है, न नई देह का पुरानी संपत्ति पर। उस नवजात शिशु को कोई भी परिवार एक युवती पत्नी का पति और एक शिशु का पिता कैसे मान सकता है।..."

ठाकोर साहब कुछ देर मौन बैठे कुछ सोचते रहे और फिर एक प्रकार के आवेश के साथ बोले, "तो फिर पुनर्जन्म का अर्थ क्या हुआ? न वह व्यक्ति रहा, न उसके संबंध। फिर पुनर्जन्म कैसा?"

"एक अर्थ में यह पुनर्जन्म है ही नहीं। जन्मांतर भी कहें या न कहें—इसमें भी द्वंद्व है।"

"यह सब क्या गोरखधंधा है स्वामी जी?"

"जिसकी मृत्यु होती है, वह शरीर पुनः जन्म नहीं लेता। शरीर तो नया ही आता है। अतः यह पुनर्जन्म नहीं है।...और जो आत्मा नया शरीर धारण करती है, उसका न जन्म होता है, न मृत्यु। जैसे मनुष्य अपने पुराने मलिन और जीर्ण वस्त्र उतारकर उसके स्थान पर नए वस्त्र धारण करता है, वैसे ही आत्मा अपना पुराना आवरण उतारकर एक नया और मोहक आवरण धारण करती है। इसे ही हम सामान्य भाषा में पुनर्जन्म अथवा जन्मांतर कह देते हैं।"

"विचित्र है यह गोरखधंधा स्वामी जी! बुद्धि इसको मानना नहीं चाहती और मन है कि उसे

माने बिना नहीं रहता।"

"भगवान् कृष्ण ने गीता में बहुत स्पष्ट शब्दों में कहा है : 'हे अर्जुन! मेरे और तेरे, पहले भी बहुत सारे जन्म हो चुके हैं। उन सबको मैं जानता हूँ, तू नहीं जानता।' फिर कहा, 'ऐसा कोई समय नहीं था, जब मैं नहीं था, या तू नहीं था, या ये राजा लोग नहीं थे।' इतना ही नहीं, यह भी कहा कि 'जीवात्मा आदि में अदृश्य होता है, मध्य में दिखाई पड़ता है, और अंत में फिर से अदृश्य हो जाता है।' क्या उनकी ये उक्तियाँ आपकी बुद्धि को संतुष्ट करने के लिए पर्याप्त नहीं हैं?"

"भक्ति के क्षणों में तो वे पर्याप्त से भी अधिक हैं। किंतु मेरा पाजी मन दुर्बुद्धिपूर्वक जब अपने तर्क करने लगता है तो कुछ कठिनाई होने लगती है।" ठाकोर साहब बोले, "आखिर संसार के अन्य चिंतक, मेरा तात्पर्य है कि अभारतीय चिंतक, भारतीय दर्शन के विरोधी चिंतक भी तो इस विषय में कुछ सोचते होंगे।"

"सुसंपन्न देशों के सर्वश्रेष्ठ विचारक आत्मा के पूर्वास्तित्व के विरोधी धर्मों में पले होने के बावजूद इस विश्वास का समर्थन करते हैं।" स्वामी बोले, "यह विश्वास हिंदू और बौद्ध धर्म का तो आधार ही है। प्राचीन मिस्र का शिक्षित वर्ग भी इसे मानता था। प्राचीन ईरानी भी अंततः इसी निष्कर्ष पर पहुँचे। यूनानी तत्त्ववेत्ताओं ने इसे अपने दर्शनशास्त्र की नींव बनाया। हिब्रुओं में फैरिसी लोगों ने इसे स्वीकार किया। मुसलमानों में से प्रायः सभी सूफियों ने इसकी सत्यता अंगीकार की।"

"यह सब तो मुझे ज्ञात ही नहीं था।" ठाकोर साहब बोले, "क्या कहते हैं वे?"

"बाह्यतः यह अंतर शव की अंत्येष्टि के रूपों द्वारा स्पष्ट हो जाता है। बहुधा म्लेच्छों का भरसक प्रयत्न यही रहता है कि मृत शरीर की—सावधानी के साथ उसे गाड़कर या और अधिक परिश्रम के साथ आलेपन द्वारा उसे ज्यों का त्यों बनाए रखते हुए—रक्षा की जाए। इसके विपरीत भारतीयों की सामान्य प्रथा मृत शरीर को जला डालने की है और यही एक महान् रहस्य की कुंजी है। यथार्थ तो यही है कि कोई भी म्लेच्छ जाति—चाहे मिस्री हों या असीरियन या बेबिलोनियन— हिंदुओं की सहायता के बिना कभी यह जान नहीं पाए कि आत्मा का शरीर से पृथक् अस्तित्व है और वह शरीर से स्वतंत्र रहकर भी जीवित रहती है।"

"मृतक शरीर को जलाने या दफनाने से क्या अंतर पड़ता है स्वामी जी!" ठाकोर साहब बोले, "हमने तो उसे समाप्त कर ही दिया, चाहे मिट्टी के हवाले किया, चाहे अग्नि के। चाहे जल में बहा दिया, चाहे वायु और सूर्य को सौंप दिया।"

"जहाँ कहीं यह स्वीकार किया गया कि आत्मा से ही शरीर का अस्तित्व है, आत्मा के पृथक् होते ही शरीर नष्ट हो जाता है, वहाँ आत्मा को ही पृथक् यथार्थ मनुष्य भी माना गया। इसका अर्थ है कि शरीर के निर्माण से पहले भी आत्मा का अस्तित्व है।" स्वामी बोले, "अतः मृतक शरीर को बचाए रखने का कोई लाभ नहीं था। वहाँ मृतक शरीर को जलाकर, अपने उस विश्वास को बाह्य रूप में सदैव प्रकट किया। आर्यों की एक पुरानी जाति—ईरानियों ने प्राचीनकाल से ही, बिना किसी सामी प्रभाव के, अपने यहाँ के मुर्दों को पृथक् करने की एक अद्भुत रीति प्रचलित की। वे जहाँ अपने मृतकों को त्यागते हैं, उसे शांति की मीनार मानते हैं, उसे 'दख्म' नाम से पुकारा जाता है। 'दख्म' शब्द 'दह' धातु से बना है। वह भी एक प्रकार का दहन ही हुआ।"

"तो अन्य लोग अपने मृतकों का दाह क्यों नहीं करते?"

"जिन जातियों ने 'अस्तित्व' की प्रकृति के विश्लेषण की ओर अधिक ध्यान नहीं दिया, वे अपने

सर्वस्वरूपी इस शरीर के परे कभी नहीं पहुँचीं।" स्वामी ने कहा, "और जब कभी उन्हें उसके परे जाने के लिए उच्चतर आलोक द्वारा प्रेरणा हुई, तब भी वे केवल इसी सिद्धांत पर पहुँचीं कि किसी भी प्रकार कभी सुदूर भविष्य में यह शरीर ही पुनः जीवित होकर अविनाशी बन जाएगा।"

"मृत शरीर पुनर्जीवित हो जाएगा?"

"हाँ! किंतु इसके विपरीत हिंदुओं ने यह खोजा कि इस चिंतनशील प्राणी का वास्तविक स्वरूप क्या है।" स्वामी बोले, "उन्होंने खोज निकाला कि इस लौकिक शरीर के परे, और उनके पूर्वज जिस तेजस्वी शरीर की आकांक्षा करते रहे, उससे भी परे, 'यथार्थ मानव' वह सत्य तत्त्व, वह अस्तित्व है, जो इस शरीररूपी आवरण या वस्त्र को धारण कर लेता है। उस आवरण के जीर्ण हो जाने पर उसे अलग फेंक देता है। उस अस्तित्व का नाम 'आत्मा' है, वह परमात्मा का अंश है। यह आत्मा जन्म और मरण-रहित है।"

"क्यों?"

"यह आत्मा किसी प्रकार के सम्मिश्रण या संयोग से बनी हुई नहीं है, वरन् स्वतंत्र सत्ता है। अतः न तो वह उत्पन्न की जा सकती है और न उसका नाश ही किया जा सकता है। वह तो भिन्न-भिन्न अवस्थाओं में से यात्रा कर रही है।"

"तो शरीर धारण करने से पहले वह कहाँ थी?"

"हिंदू तत्त्ववेत्ता कहते हैं—वह भौतिक दृष्टि से भिन्न-भिन्न शरीरों में यात्रा कर रही थी, या यथार्थ में तात्त्विक दृष्टि से, वह भिन्न-भिन्न मानसिक भूमिकाओं में यात्रा कर रही थी।"

"हिंदू दार्शनिकों ने पुनर्जन्म का जो सिद्धांत निकाला है, उसके लिए वेदों के उपदेश के सिवाय भी कोई प्रमाण है?"

"हाँ हैं। पर पहले विदेशियों के विचारों को सुन लें।"

ठाकोर साहब चुपचाप उन्हें देखते रहे, जैसे वे दत्तचित्त होकर सुन रहे हों।

"आई०एच० फिक्टे ने आत्मा की अमरता की चर्चा की है। वे कहते हैं : 'प्राकृतिक जगत् में अस्तित्व की अक्षयता अथवा अविच्छिन्नता के विरुद्ध एक तर्क है। सामान्यतः कहा जाता है कि जिस वस्तु का किसी काल में जन्म होता है, उसका किसी न किसी काल में विनाश भी होता ही है। जिसका आरंभ है, उसका अंत भी होता है। आत्मा भूतकाल में थी, अतः भविष्य में भी होगी।'..."

"इस विवाद में आत्मा का पूर्व अस्तित्व तो पहले ही मान लिया गया है।" ठाकोर साहब बोले, "यह उसके अविच्छिन्न अस्तित्व के विरोध में न होकर, उसके पक्ष में एक अतिरिक्त युक्ति हो गई।"

"आप ठीक कह रहे हैं।" स्वामी बोले, "वस्तुतः शरीरविज्ञान के इस सत्य के संपूर्ण अर्थ को समझने की आवश्यकता है कि यथार्थ में न कोई वस्तु उत्पन्न की जा सकती है, न उसका नाश ही संभव है। इसी को समझने से यह भी समझा जा सकता है कि भौतिक शरीर के रूप में अथवा उसके भीतर दृष्टिगोचर होने के पूर्व आत्मा का अस्तित्व अवश्य रहा होगा।"

"कभी-कभी मैं सोचता हूँ स्वामी जी! यदि पुनर्जन्म होना ही है, तो शरीर के नाश का क्या अभिप्राय? जब तक उसे रहना है, एक ही शरीर चलता चले।"

स्वामी हँस पड़े, "मनुष्य के लिए जैसे नींद आवश्यक है, वैसे ही 'इच्छाशक्ति' के लिए मृत्यु आवश्यक है। यदि मनुष्य की स्मृति और उसका एक ही व्यक्तित्व बने रहें, तो बिना किसी लाभ के

अनंत काल तक उन्हीं कर्मों को करना और उन्हीं दुःखों को भोगना होगा, जो उसे कभी सह्य नहीं होगा। ग्रीक लोग भी मानते रहे हैं कि आत्मा को लेथी में डुबोकर मृत्युरूपी नींद में से नया प्राणी बनकर, दूसरी बुद्धीन्द्रिय को साथ लेकर पुनः प्रकट होती है। नया दिवस उसे नए तटों की ओर ललचाता है।"

"लेथी क्या?"

"यह वैतरणी के समान एक अलौकिक नदी मानी जाती है।"

"तो प्रमुख तो आत्मा ही हुई।" ठाकोर साहब बोले, "शरीर तो आनुषंगिक ही हुआ।"

"जी हाँ! अतएव दर्शनशास्त्र को आत्मा की देहांतर प्राप्ति पर ही ध्यान देना चाहिए।" स्वामी जी बोले, "हमारे अनुभव लुप्त या नष्ट नहीं होते। हमारे कर्म यद्यपि प्रकटतः लुप्त हो गए लगते हैं, किंतु वे सूक्ष्म रूप में, अदृष्ट रहकर, अपना अस्तित्व बनाए रखते हैं। परिणामतः वे नवजात शरीर के मन की प्रवृत्ति का रूप धारण कर लौट आते हैं। छोटे-छोटे बच्चे भी मृत्यु का भय अपने साथ लेकर आते हैं। वस्तुतः हमारे पिछले जन्मों के कर्म ही हमारी प्रवृत्तियों के रूप में हमारे साथ आते हैं।"

"तो हमारे इस जन्म की प्रवृत्ति हमारे पिछले जन्मों में सायास किए गए कर्मों का परिणाम है?"

"यह तो स्पष्ट ही है कि ये प्रवृत्तियाँ हमें इस जन्म में प्राप्त नहीं हो सकतीं, अतः उनका मूल हमें अपने पिछले जन्म में ढूँढ़ना चाहिए।" स्वामी बोले, "यदि यह सच है कि हम उन प्रवृत्तियों को अपने साथ लेकर जन्म लेते हैं, तब तो बिलकुल यही सिद्ध होता है कि उनका एकमात्र कारण गत जन्म में जानबूझकर किए गए हमारे कर्म ही हैं।"

"जब इतना कुछ प्रमाणित हो जाता है तो सब लोग इस विषय में सहमत क्यों नहीं हैं?"

"...जहाँ तक वर्तमान जीवन की प्रवृत्तियों को भूतकालीन कर्मों द्वारा समझने की बात है, वहाँ तक भारत के पुनर्जन्मवादी और वर्तमान विकासवादी एकमत हैं। अंतर केवल इतना ही है कि हिंदू लोग अध्यात्मवादी होने के कारण उसे जीवात्माओं के सज्ञान प्रयत्नों के द्वारा समझते हैं और विकासवादी लोग, भौतिकवादी होने के कारण, उसे पिता से पुत्र में आने वाले, आनुवंशिक संक्रमण द्वारा समझाते हैं।...जो वर्ग शून्य से उत्पत्ति होने का सिद्धांत मानता है, वह इस प्रक्रिया की व्याख्या करने में असमर्थ है।"

"तो विवाद केवल पुनर्जन्मवादियों और भौतिकवादियों में है?"

"हाँ! पुनर्जन्मवादी मानते हैं कि सभी अनुभव प्रवृत्तियों के रूप में, अनुभव करने वाली जीवात्माओं में संगृहीत रहते हैं। और उस अविनाशी जीवात्मा के पुनर्जन्म द्वारा संक्रमित किए जाते हैं।" स्वामी बोले, "भौतिकवादी लोग 'मस्तिष्क' को सभी कर्मों का आधार और कोशिकाओं के द्वारा उनके संक्रमण का सिद्धांत मानते हैं।"

"तो विवाद पुनर्जन्म और कोशिकाओं के द्वारा आनुवंशिक संक्रमण के सिद्धांतों के मध्य है।" ठाकोर साहब बोले, "और यह विवाद आध्यात्मिकता और भौतिकता का विवाद है।"

"ठीक कह रहे हैं आप।" स्वामी ने कहा, "और यदि कोशिकाओं द्वारा आनुवंशिक संक्रमण, समस्या को हल करने के लिए पूर्णतः पर्याप्त है, तो भौतिकता ही अपरिहार्य है और आत्मा के सिद्धांत की कोई आवश्यकता नहीं है।"

"और यदि यह पर्याप्त नहीं है तो?"

"यदि वह पर्याप्त नहीं है, तो प्रत्येक आत्मा अपने साथ इस जन्म में अपने भूतकालिक अनुभवों को लेकर आती है, यह सिद्धांत पूर्णतः सत्य है।" स्वामी बोले, "पुनर्जन्म या भौतिकता–इन दोनों में से किसी एक को मानने के सिवाय और कोई गति नहीं है। प्रश्न यह है कि हम किसे मानें?"

"मैं समझता हूँ कि हम तो पुनर्जन्म को ही मान सकते हैं।" ठाकोर साहब बोले, "स्वामी जी !···"

स्वामी को आश्चर्य हुआ, ठाकोर साहब रुक क्यों गए?

"कहिए?"

"भगवान् कृष्ण ने अर्जुन से कहा था कि उनके भी अनेक जन्म हो चुके हैं और अर्जुन के भी।" ठाकोर साहब बोले, "उन्हें अपने पूर्वजन्मों की स्मृति थी; किंतु अर्जुन को नहीं थी।"

"कहा था।"

"तो स्वामी जी! आपके भी अनेक जन्म हुए होंगे और मेरे भी; और यह भी सत्य है कि पूर्वजन्मों की स्मृति संभव है।"

"ठीक कह रहे हैं ठाकोर साहब!"

"मुझे अपने पूर्वजन्मों की कोई स्मृति नहीं है।" ठाकोर साहब बोले, "आपको है?"

स्वामी ने जोर का एक ठहाका लगाया, "तो यह सारी चर्चा मुझे घेरने के लिए थी?"

ठाकोर साहब मुस्कराकर रह गए।

"ठाकोर साहब!" स्वामी बोले, "मेरे गुरु स्वीकार करते थे कि उन्हें प्रकृति के अत्यंत गोपनीय रहस्यों का ज्ञान था। वे यह भी स्वीकार करते थे कि वे उन सारे रहस्यों को हमारे लिए प्रकट कर देना चाहते थे, जैसे श्रीकृष्ण ने गीता में बार-बार अर्जुन को कहा। भगवान् ने अर्जुन को अपना विराट् रूप तक दिखा दिया। किंतु···"

"किंतु?"

"मेरे गुरु कहते थे कि जब वे बताना चाहते हैं तो कोई उनके कंठ में अवरोध बनकर बैठ जाता है, कोई उनकी जिह्वा को पकड़ लेता है। जगदंबा नहीं चाहतीं कि ये सारे रहस्य इस प्रकार प्रकट हों।"

"तो आपको अपने पूर्वजन्मों का ज्ञान है, किंतु उसे प्रकट करने की अनुमति नहीं है?"

"इतना ही कह सकता हूँ कि शास्त्र में जो लिखा है, वह सत्य है।" स्वामी बोले, "और शास्त्र कहता है कि पूर्वजन्मों की स्मृति भी संभव है।"

ठाकोर जसवंतसिंह को उस रात जैसे नींद ही नहीं आई।···मन में विचार उमड़-घुमड़ रहे हों तो नींद कहाँ से आए। स्वामी के पास प्रत्येक रहस्य का ज्ञान था। प्रत्येक जिज्ञासा का समाधान था। उन्होंने जैसे ठाकोर साहब को जन्म-जन्मांतरों के आर-पार घुमा दिया था।···प्रत्येक जीव जैसे प्रभु से पृथक् होकर, अलग-अलग रूपों में, अलग-अलग शरीरों में, अलग-अलग संगी-साथियों को अपना सगा-संबंधी मानकर एक ही जीवन जीता था। कुछ देर जीकर वह सो जाता था और पिछले जीवन को भूल जाता था। नींद से जागता था और समझता था कि उसका नया जीवन आरंभ हो गया है, जिसका और किसी जन्म से कोई संबंध नहीं था।···जल समुद्र में था तो अपने आपको समुद्र

समझता था। मेघ बनकर उड़ा तो अपने आपको मेघ ही मानने लगा, जैसे वह समुद्र था ही नहीं। वर्षा हुई तो भूल गया कि वह मेघ था। यही स्मरण रहा कि वह जल की बूँद है। जल की वह बूँद पहाड़ पर गिरी तो हिम हो गई, तालाब में जा मिली तो तालाब हो गई, नदी में चली आई तो नदी हो गई, भूमि में समा गई तो कहीं कुआँ, कहीं चश्मा और कहीं झरना हो गई।...प्रकृति ने कैसा मायाजाल फैलाया है कि जीव स्वयं को भूलकर अपने शरीर को स्मरण रखता है और स्वयं को शरीर मात्र समझने लगता है।...

ठाकोर साहब चकित थे स्वामी के ज्ञान पर! शास्त्र तो जैसे उन्हें हस्तामलक हैं।...लोग शास्त्र पढ़ते हैं, कुछ उन पर विश्वास करते हैं, कुछ तो विश्वास भी नहीं करते।...किंतु स्वामी तो जैसे शास्त्र को जीते हैं।...कुछ समय उनके साथ व्यतीत कर ठाकोर साहब को अपना शास्त्रज्ञान भी पहले से कहीं अधिक समृद्ध लगने लगा था।...

रात बहुत हो गई थी। ठाकोर साहब को नींद अब भी नहीं आ रही थी। उन्होंने अपनी दैनंदिनी निकाली। लिखा :

'4 और 5 मई, 1892 : जन्मांतरवाद की चर्चा पर मैंने गंभीरता से विचार किया है। मैं स्वामी विवेकानन्द के शास्त्रों के अथाह ज्ञान पर चकित हूँ। उनसे चर्चा करने पर शास्त्रों के मेरे ज्ञान में अत्यधिक वृद्धि हुई है।...

'धोती-कुर्ता और पगड़ी—इन तीन चीजों का हम अलग-अलग तरह से प्रयोग करते हैं। यदि हम किसी सेवक को पगड़ी लाने का आदेश दें और वह उसके स्थान पर धोती ले आए, तो हम उसे समझेंगे, क्योंकि व्यवहार में ये तीनों चीजें भिन्न-भिन्न हैं। पर गंभीरता से विचार करने पर स्पष्ट हो जाएगा कि व्यावहारिक रूप में भिन्न प्रतीत होने पर भी तीनों वस्तुओं का परम अर्थरूप तो मात्र कपास ही है। कपास से ही तीनों चीजें बनी हैं। बारंबार फटकर उनका नाश होगा। नष्ट होकर उसके परमाणु मिट्टी में मिलकर कपास के बीज को स्फुट करेंगे। उसका पौधा होगा, उसमें फूल लगेंगे और इन फूलों से कपास उत्पन्न होगी। कपास से सूत होगा और सूत से धोती, कुर्ता, पगड़ी आदि अनेक वस्तुएं निर्मित हो व्यावहारिक दशा को प्राप्त होंगी। वैसे ही सृष्टि के सभी प्राणी-पदार्थ, प्रकृति-पुरुष के प्रभाव से व्यवहार दशा को प्राप्त होते हैं। व्यावहारिक दृष्टि से यह उनका पुनर्जन्म है। परंतु यदि हम उसके परम अर्थरूप प्रकृति-पुरुष के मूल स्वरूप की जाँच करें, तो पारमार्थिक दृष्टि से यह उनका पुनर्जन्म नहीं है। तात्पर्य यह है कि जब तक प्राणी-पदार्थ अपने मूल स्वरूप की उपलब्धि नहीं कर लेते, तभी तक पुनर्जन्म प्राप्त करते रहते हैं; परंतु मूल स्वरूप को पाने के बाद उनके लिए पुनर्जन्म का अस्तित्व नहीं रह जाता। मूल स्वरूप को प्राप्त करना तथा जन्म-मृत्यु को प्राप्त करना बड़ा ही कठिन कार्य है।'

4

1892 का तपता हुआ जून का महीना था और उदररोग से पीड़ित अखंडानन्द जामनगर की गलियों में घूमते हुए किसी धर्मार्थ औषधालय का पता पूछ रहे थे।

लोगों ने उन्हें कविराज मणिशंकर विट्ठल के द्वार पर पहुँचा दिया।

कविराज ने ध्यान से उनका परीक्षण किया और गंभीर स्वर में पूछा, "कौन है आपके साथ ?"

"प्रभु हैं और मेरे गुरु हैं।"

"कहाँ हैं?"

"वे सूक्ष्म अस्तित्व हैं। उनका गली-मुहल्ले वाला वैसा तो कोई पता-ठिकाना नहीं है कि उनको पत्र लिखा जा सके या जाकर मिला जा सके।" अखंडानन्द ने कहा।

कविराज ने एक अटपटी दृष्टि उन पर डाली और पूछा, "डेरा कहाँ है?"

"जामनगर में तो कोई स्थान नहीं है।" अखंडानन्द ने कहा।

"यह रोग ऐसा नहीं है महाराज कि एक बार कोई भस्म या चूर्ण खाकर आप ठीक हो जाएँ।" कविराज ने कहा, "आपको विश्राम करना होगा। नियमित औषधिसेवन करना होगा और पथ्य का भी ध्यान करना होगा। पेड़ तले रहने अथवा मंदिर का प्रसाद खाते रहने से इस रोग का उपचार नहीं होगा।"

"भिक्षा में तो पथ्य मिलता नहीं कविराज!"

"तो आप यहीं टिक जाइए। मेरे ही घर।" कविराज बोले, "औषध और पथ्य का प्रबंध भी हो जाएगा और आपको प्रातः और सायं देख भी लूँगा।"

अखंडानन्द ने आकाश की ओर देखा और हाथ जोड़ दिए, "मैं नहीं जानता था प्रभु कि तुम अच्छा आश्रय देना चाहते हो तो पहले उदरशूल देते हो। और फिर उसमें से मार्ग बनाकर आश्रय तक पहुँचाते हो।"

कविराज भी हँसे, "प्रभु अद्‌भुत लीलाधर हैं।"

दो दिनों के उपचार से उदरशूल का कष्ट दूर हो गया।

"तो अब मैं अपने भ्रमण पर निकल सकता हूँ?" अखंडानन्द ने पूछा।

"अभी महीना-भर आपको पथ्य पर रहना है।" कविराज बोले, "भ्रमण करेंगे। भिक्षा पर रहेंगे। कुछ भी अला-बला खाएँगे, तो पुनः उदरशूल होगा। और हो गया तो इस बार दो दिनों में ठीक नहीं होगा।"

"तो?"

"स्वस्थ होना है तो सब कुछ भूलकर कुछ दिन शांति से यहीं रहिए। मान लीजिए कि आपको अस्पताल में भर्ती कर लिया गया है।" कविराज हँसे, "अपने प्रभु को पत्र लिखकर कुछ दिनों का अवकाश ले लीजिए और यहाँ ऐसे ही रहिए, जैसे कोई छुट्टियाँ मनाने किसी पहाड़ पर जाता है या फिर आप एक संन्यासी के रूप में यहीं अपना चातुर्मास कीजिए।"

अखंडानन्द कुछ देर सोचते रहे और फिर बोले, "मेरी एक पुरानी इच्छा है कि मैं चरक सुश्रुत संहिता का अध्ययन करूँ।"

"तो वही कीजिए।" कविराज ने कहा, "बैठे-बैठे संहिता पढ़िए। कोई शंका हो तो मुझसे चर्चा कर लीजिए। कोई लक्षण समझना हो तो उस लक्षण के रोगी को देख लीजिए। नाड़ी परीक्षण सीख लेंगे तो बहुत काम आएगा—अपने लिए भी और समाज़ के लिए भी। मैं तो कभी-कभी सोचता हूँ कि प्रत्येक संन्यासी को चिकित्सक होना चाहिए। ऐसा हो जाए तो हमारे सारे समाज के रोग और औषधि संबंधी समस्या का समाधान हो जाए।"

अखंडानन्द मान गए। ऐसा अवसर जाने फिर कब उपलब्ध हो। मिले न मिले।

उन्होंने ग्रंथ का अध्ययन आरंभ किया। संस्कृत उन्हें आती थी; किंतु इतनी भी नहीं आती थी कि मूल ग्रंथ को बिना किसी की सहायता के पढ़ और समझ सकें। उस पुस्तक में मूल मंत्रों के साथ व्याख्या अथवा अनुवाद नहीं था। कविराज ने कहा तो था कि कोई कठिनाई हो तो उनसे चर्चा कर लें; किंतु वह तो रोगों और औषधियों के विषय में कहा था। यह तो नहीं कहा था कि संस्कृत शब्दों के अर्थ पूछने उनके पास चक्कर लगाते रहें; और वे अपने रोगियों को छोड़कर अखंडानन्द को संस्कृत भाषा पढ़ाते रहें।

अखंडानन्द ने स्वामी को बहुत स्मरण किया। जब तक नरेन्द्रनाथ साथ थे, तब तक संस्कृत का अभ्यास कर लिया होता तो कितना अच्छा होता।...और संयोग से ही अखंडानन्द का ध्यान इस ओर गया कि कविराज के घर के साथ ही 'चतुष्पथी' नामक संस्कृत का एक विद्यालय था। इतना निकट संस्कृत विद्यालय! वे चमत्कृत हो उठे।...वे कविराज के घर रहते हुए भी संस्कृत पढ़ने के लिए विद्यालय की सहायता ले सकते थे। पहले तो उनका मन हुआ कि वे विद्यालय में भर्ती ही हो जाएँ। पढ़ने ही लगे हैं तो एक बार ढंग से संस्कृत पढ़ ही लें; किंतु फिर टाल गए।...ऐसे में वे संस्कृत का व्याकरण पढ़ते रह जाएँगे और 'चरकसंहिता' कहीं पीछे छूट जाएगी। इससे तो अच्छा है कि वे विद्यालय के स्थान पर शब्दकोश की सहायता लें।...शब्दकोश तो उन्होंने ले लिया; किंतु विद्यालय की ओर से भी वे आँखें नहीं मूँद सके।

वे कुछ जिज्ञासाएँ लेकर विद्यालय में पहुँचे तो देखा कि विद्यालय के बच्चे कहीं बाहर से आए थे और अपने बैनर और बैंड-बाजा सँभाल रहे थे।

"अरे, कहाँ गए थे तुम लोग?" अखंडानन्द ने पूछा।

"भिक्षाटन करने।"

"तुम भिक्षाटन करने गए थे! तुम तो संन्यासी नहीं हो?"

"संन्यासी नहीं हैं; किंतु अनाथ तो हैं।" एक बच्चे ने कहा, "भिक्षा माँगकर नहीं लाएँगे तो भोजन कहाँ से करेंगे?"

"चुप रे!" उनके गुरु ने डाँटा, "हमारे देश में प्राचीन काल से बटुक भिक्षा पर जीवित रहते और विद्यार्जन करते थे।"

"और महाराष्ट्र में तो धनी से धनी घर के बालक को भी भिक्षा माँगने के लिए भेजा जाता है, चाहे वह मात्र औपचारिकता ही क्यों न हो।"

अखंडानन्द कुछ नहीं बोले। वे समझ गए थे कि गुरु चाहे परंपरा की दुहाई देते रहें; किंतु सत्य वही था, जो उस बालक ने कहा था। स्पष्टतः वह विद्यालय के रूप में एक प्रकार का अनाथालय ही था। यह दूसरी बात थी कि उसे अनाथालय का रूप न देकर संस्कृत विद्यालय का रूप दे दिया गया था।

अखंडानन्द अपनी समस्याएँ भूल गए। उनके मन में संस्कृत विद्यालय—चतुष्पथी—की समस्याएँ घुमड़ने लगीं। उन बच्चों को वेदों का 'हस्तपथ' और 'स्वरपथ' सिखाया जाता था। मंत्रों, श्लोकों और ऋचाओं का अर्थ उनके शिक्षक भी नहीं जानते थे।...शुक्ल यजुर्वेद के अध्यापक और शिष्य हाथों के समुचित संचालन के साथ गहरे और सुरीले स्वर में गाने लगते तो समझ में चाहे कुछ न आए, किंतु अखंडानन्द बहुत आनंद का अनुभव करते थे। उन्हें लगा कि उनका रोग तो इस पाठ

को सुनकर ही दूर हो जाएगा। कविराज ने छुट्टियाँ मनाने का परामर्श दिया था। वह परामर्श पूरा हो रहा था। मन को ऐसा विश्राम कौन-सा पार्वतेय प्रदेश अथवा सागरतट दे सकता था। अखंडानन्द अपनी सुविधा से बैठ जाया करते और चारों वेदों का विभिन्न गुरुओं के द्वारा उनका सस्वर पाठ सुना करते।

पर तब अखंडानन्द के मन में आया कि वे लोग उनके लिए इतना कुछ कर रहे हैं, अखंडानन्द को भी उनके लिए कुछ करना चाहिए। सेवा न सही, आदान-प्रदान ही सही।...जाने इस समय स्वामी कहाँ होंगे...वे होते तो किसी न किसी प्रकार धन की कुछ व्यवस्था कर देते। जामनगर के महाराज से ही कुछ ले आते। न होता तो किसी भी राजा या दीवान को कहकर सहायता जुटा देते। किंतु धन के लिए स्वामी को खोजने के लिए निकल पड़ना संभव नहीं था।...हाँ! वाराणसी में प्रमदा बाबू को लिखा जा सकता था। इन निर्धन विद्वानों के पालन-पोषण में सहायता के लिए वे अवश्य ही कुछ कर पाएँगे।...

अखंडानन्द ने प्रमदा बाबू को लिखा। प्रमदा बाबू ने तत्काल सहायता भेजी और उससे चतुष्पथी के छात्रों और अध्यापकों के लिए एक भंडार स्थापित किया गया।

अखंडानन्द अपना रोग और उसका उपचार भूलकर स्वयं शुक्ल यजुर्वेद के छात्र बन गए। पहले तो वे बड़े आनंद से पढ़ते रहे; किंतु कुछ ही दिनों में वे ऊबने लगे।...अध्यापकों को मंत्रों के अर्थ नहीं आते थे और अखंडानन्द को अर्थ जाने बिना तृप्ति नहीं होती थी।...शब्द-माधुर्य तो अर्थ जानने की उनकी तृष्णा को और भी बढ़ा देता था। आखिर इतने सुंदर शब्दों में कहा क्या जा रहा था।...

अपनी इसी खोज में अखंडानन्द ने नगर के मंदिरों के चक्कर काटने आरंभ किए। प्रतिमाओं के दर्शन कर, उन्हें प्रणाम कर, स्तुति करने बैठ जाते थे। कभी-कभी एकांत देखकर ध्यान भी करने लगते थे।...

अखंडानन्द बाहर से आए तो कविराज ने मुस्कराकर उनको देखा, "आपके आश्रम वाले ब्रह्मचारी आए थे।"

अखंडानन्द को स्मरण हो आया कि वहाँ निकट ही एक आश्रम था। वे अनेक बार वहाँ गए थे। उसके प्रबंधक ब्रह्मचारी जी से उनकी पटती भी खूब थी।...जामनगर के राजा उस आश्रम के प्रत्यक्ष नहीं तो परोक्ष संरक्षक थे। आश्रम के लिए वह भूमि उन्होंने निःशुल्क दी थी।

"वे अस्वस्थ हैं क्या?"

"नहीं! वे मेरे पास नहीं, आपके पास आए थे।"

"मेरी कोई शिकायत लेकर आए थे?"

"नहीं! वे कह रहे थे कि मैं आपको संदेश दे दूँ कि आपकी खोज सफल हुई। उन्होंने वह खोज लिया है, जिसकी आपको आवश्यकता थी।"

"इस पहेली को तो मैं सुलझा नहीं पा रहा।"

"तो आश्रम जाकर उनसे भेंट कर लें।"

अखंडानन्द आश्रम पहुँचे।

ब्रह्मचारी जी उनकी प्रतीक्षा ही कर रहे थे।

"स्वामी जी! एक द्रविड़ ब्राह्मण मिल गए हैं, जो वेदमंत्रों का अर्थ कर सकते हैं।" ब्रह्मचारी जी ने कहा, "वे चातुर्मास के लिए जामनगर में रुके हुए हैं। मैंने उन्हें आश्रम में ही ठहरा लिया है। मिलेंगे?"

"अवश्य!" अखंडानन्द प्रसन्न हो उठे, "आपने मेरा बहुत बड़ा काम कर दिया ब्रह्मचारी जी! इसके लिए तो मैं आपका जितना भी आभार मानूँ, कम है।"

"यदि आप सचमुच मेरे कृतज्ञ हैं तो मेरी एक सहायता करें।"

"आज्ञा करें।" अखंडानन्द उनके सामने हाथ जोड़कर बैठ गए।

"बात गंभीर है, इसे विनोद में मत उड़ा दीजिएगा।" ब्रह्मचारी जी बोले।

"नहीं! मैं सुन रहा हूँ।"

"आप जानते हैं कि यह आश्रम भगवान् की अनुकंपा से जामनगर के महाराज की कृपा का फल है। उन्होंने यह सारी भूमि निःशुल्क दी है।"

"जानता हूँ।"

"तो यह भी जानते होंगे कि मैं अब पर्याप्त वृद्ध हो चुका हूँ। अब समय है कि मैं अपने किसी युवा साथी को आश्रम का दायित्व सौंपकर इससे मुक्त हो जाऊँ।"

अखंडानन्द समझ नहीं पा रहे थे कि ब्रह्मचारी जी यह सारी चर्चा उनसे क्यों कर रहे थे।...

"आप जानते हैं कि न तो मैंने इस आश्रम को मठ का रूप दिया और न ही इसका कोई उत्तराधिकारी तैयार किया।...परिणाम यह है कि या तो मेरे पश्चात् यह आश्रम अयोग्य हाथों में चला जाएगा और समाज का अहित करेगा, या फिर राजा जी यह भूमि वापस ले लेंगे और आश्रम समाप्त हो जाएगा।..."

अखंडानन्द ब्रह्मचारी जी का संकट समझ रहे थे।...किंतु वे क्या चाहते हैं?

"मेरा विचार है कि आप इस दायित्व को सँभाल लें और यहाँ शांति से बैठकर वेदों का अध्ययन करें।" ब्रह्मचारी जी ने कहा, "चाहें तो इसे संस्कृत पढ़ने-पढ़ाने का केंद्र बना लें और 'चतुष्पथी' को भी यहाँ ले आएँ। उन बेचारों का भी संकट कट जाएगा और आश्रम भी एक अच्छा काम कर सकेगा।"

ब्रह्मचारी जी ने उनकी ओर देखा किंतु अखंडानन्द चुप ही रहे।

"आश्रम भी सुयोग्य हाथों में रहेगा और मैं भी निश्चिंत होकर अपने प्राण त्याग सकूँगा।"

इस बार अखंडानन्द को बोलना ही पड़ा, "आप मुझसे स्नेह करते हैं और आपकी कृपा मुझ पर है—यह तो मैं जानता था; किंतु आप मुझ पर इतना भरोसा करते हैं, यह मुझे ज्ञात नहीं था।"

"तो क्या कहते हैं आप? मैं महाराज से आपके नाम की चर्चा करूँ?"

"जल तभी तक निर्मल रहता है, जब तक बहता है। संन्यासी तभी तक माया से मुक्त रहता है, जब तक परिव्राजक है। संन्यासी को एक स्थान पर तीन रातों से अधिक नहीं रुकना चाहिए।"

"पर आप काफी समय से जामनगर में ही हैं और कविराज के अतिथि हैं।"

"वह मेरी बाध्यता है।"

"आप आश्रम का महत्त्व और उसकी संपत्ति का मूल्य जानते हैं?"

"इतना ही जानता हूँ कि उसका काफी मूल्य है।"

"आपके मन में उसको पाने की इच्छा नहीं जागती?"

"संपत्ति के लिए मन में इच्छा जागे तो पहले अपना भगवा वस्त्र उतार देना चाहिए।"

"आपकी इस अनिच्छा की सूचना महाराज को मिल गई तो वे आपसे रुष्ट भी हो सकते हैं। आप एक प्रकार से उनका तिरस्कार कर रहे हैं।"

"राजा के रोष से भयभीत होकर तो कोई संन्यासी अपनी तपस्या नहीं कर सकता।" अखंडानन्द का स्वर पर्याप्त दृढ़ था।

"जैसी आपकी इच्छा।" ब्रह्मचारी बोले, "जाइए, वेदों के ज्ञाता, उस द्रविड़ ब्राह्मण से मिल लीजिए।"

अखंडानन्द द्रविड़ ब्राह्मण के पास आए।

"मेरा नाम वेदानन्द है।" उसने कहा।

"भगवान् आप पर कृपा बनाए रखें। मेरा प्रणाम स्वीकार करें।"

"ब्रह्मचारी जी ने बताया है कि आप वेदों के अध्ययन में मेरी सहायता चाहते हैं।"

"जी!"

"मैं जो परिश्रम करूँगा, आप मुझे उसका क्या शुल्क देंगे?"

"मैं नहीं जानता था कि आप वेतनभोगी हैं।" अखंडानन्द कुछ व्याकुल हो गए, "एक संन्यासी आपको क्या शुल्क दे सकता है।"

"आपका जन्म किस प्रदेश का है?"

"बंगाल में जन्म हुआ था मेरा।"

"तो ठीक है, शुल्क के रूप में आप मेरे लिए दुर्गासप्तशती का पाठ करेंगे। बंगाल का संन्यासी यह काम बहुत सुविधा से कर सकता है।"

"ठीक है।" अखंडानन्द को वेदानन्द के इस व्यवसाय से प्रसन्नता हुई।

"तो हम दोनों ही अपना काम भगवान् का आदेश मानकर करेंगे।"

5

"सारे धर्मों में से ईसाई धर्म सर्वश्रेष्ठ है। यही कारण है कि उसके अनुयायी—व्यक्ति तथा राष्ट्र—सुखी, समृद्ध और शक्तिशाली हैं।" सोराब जी ने कहा, "और हिंदू धर्म निकृष्ट होने के कारण, हिंदू लोग गरीब, दुर्बल तथा कष्ट में हैं।"

प्रो० महादेव शिवराम गोले ने चकित होकर सोराब जी की ओर देखा। ये सज्जन मूलतः तो पारसी थे। उन्होंने एक हिंदू महिला से विवाह कर लिया था और फिर दोनों ईसाई हो गए थे। अब वे सारे संसार को ही ईसाई बनाने पर तुले हुए थे।

प्रो० गोले पिछले सप्ताह-भर से इसी द्वंद्व में फँसे हुए थे।…मन एक बार इधर और दूसरी बार उधर दोलायमान था। क्या वे सचमुच ही एक निकृष्ट धर्म में पैदा हुए हैं…और उसी को झेलते जा रहे हैं? क्या सोराब जी ने ईसाई धर्म स्वीकार कर समझदारी का काम किया है?…पर धर्म में समझदारी

चाहिए या श्रद्धा? गोले अपना धर्म कैसे त्याग सकते थे? वे एक निष्ठावान हरिभक्त परिवार में जन्मे और पले थे। पूना का शनिवार पेठ का गोवर्धन पर्वत मंदिर उन्होंने ही बनवाया था।...

तभी उन्हें सूचना मिली थी कि ठाकोर जसवंतसिंह के साथ एक बंगाली संन्यासी आए हुए हैं। प्रो० गोले के प्रायः सभी परिचित लोग उनसे भेंट कर आए थे और वे संन्यासी सोराब जी के सारे परिवार से परिचित हो चुके थे। तो प्रो० गोले ही क्यों स्वामी से भेंट नहीं करते?

वे स्वामी से मिले और अवसर पाते ही उन्होंने अपना प्रश्न ही नहीं, अपना मन खोलकर स्वामी के सम्मुख रख दिया, "हिंदुओं को ईसाई बनने से रोकने के लिए क्या हमें अपने धर्म में सुधार नहीं करना चाहिए?"

स्वामी ने ध्यान से प्रो० गोले को देखा। उनकी कही-अनकही पीड़ा को समझा। बोले, "सुधारवाद और धर्म, ये दोनों भिन्न पंथ हैं, और जिसने एक में पैर रख दिया है, उसे दूसरे को भूल जाना चाहिए। सुधारवाद, ऐहिक सुख के लिए है और धर्म पारमार्थिक सुख के लिए।"

"पर पश्चिम के लोगों ने तो सुधार को अपनाया है।..."

"हाँ! पाश्चात्य लोगों का काफी सुधार हो चुका है। उन लोगों ने अपने ऐहिक सुख की ओर पूरा ध्यान दिया है और स्वधर्म को पूर्णतः भूल गए हैं। हम उनका बल, उनका उद्यम तथा उनका सुख देखते हैं और विस्मित रह जाते हैं। हमें लगता है कि उनके धर्म में ही कोई विशेष गुण होगा। पर वे अपना स्वीकृत धर्म, आचरण में न लाने के विषय में जितने सावधान हैं, उतना सावधान पृथ्वी पर कोई भी दूसरा समाज नहीं है। जिन ईसाइयों में थोड़ा-सा भी धर्मभाव है, वे इसे स्पष्ट रूप में स्वीकार करते हैं और इसके लिए बड़ा खेद भी व्यक्त करते हैं, पर सुधारवाद के तूफानी वेग के सामने ऐसे क्षुद्र बुलबुलों की क्या बिसात? यूरोप के राष्ट्रों के इतिहास का अवलोकन करने से ईसाई धर्म की दुर्बलता दिखाई पड़ जाती है; और अब तो यह दुर्बलता अपनी चरम सीमा पर पहुँच गई है। सोराब जी को तुम एक सामान्य ईसाई गृहस्थ का उदाहरण समझो। अंतर इतना ही है कि ऐसे लोग प्रसंग के अनुसार, अल्पाधिक स्पष्ट वक्ता अथवा प्रियभाषी हो जाते हैं। आम ईसाई लोग जब अपने हृदय के व्यावहारिक विचार बिलकुल स्पष्ट रूप से व्यक्त करते हैं, तो हम हिंदू लोग उनकी शक्ति को देखकर चकित अवश्य हो जाते हैं, पर उनकी नीच मनोवृत्ति से हमें घृणा भी अवश्य होती है। ईसा मसीह यदि धरती पर पुनः अवतरित हों, तो उनके राज्य में हमें जितनी सहजता से प्रवेश मिलेगा, उतना कम ही ईसाई लोगों द्वारा संभव होगा। कोई भी इस बात को स्वीकार करेगा कि ईसा मसीह ने जिन तत्त्वों का उपदेश दिया, उनका स्वयं ईसा के अनुयायियों की अपेक्षा, हमारे संत तुकाराम ने कहीं अच्छी तरह पालन किया है।"

"आप सच कह रहे हैं।" प्रो० गोले ने कहा।

"यूरोप में सुधारवाद के काल को कुछ लोग पुनर्जीवन का काल कहते हैं। धर्मपालन से उनके पापों में जो मृतकता आ गई थी, उससे उनका पुनर्जीवन हुआ है। उस सुधार को अब लगभग तीन सौ वर्ष हो चुके हैं। इससे उनमें ज्ञान और ऐश्वर्य के लिए असीम पिपासा जागी है। फलस्वरूप ऐहिक सुखों के प्रति आकर्षण बढ़ा है। यह सुधार है?"

"मेरी तो कुछ समझ में नहीं आ रहा।" प्रो० गोले ने कहा, "मेरा संभ्रम है कि टूटता ही नहीं।"

"हममें और यूरोपवासियों में एक बड़ा अंतर है।" स्वामी बोले, "हम लोगों की बर्बरता समाप्त हुए अनेक सहस्राब्दियाँ बीत चुकी हैं। हमारे स्वभाव में से क्रूरता, साहस और चंचलता आदि लुप्त

हुए बहुत समय बीत गया है, जबकि यूरोपवासियों में ये प्रवृत्तियाँ अब भी बहुत मात्रा में विद्यमान हैं। अनेक शताब्दियों तक हमारे जीवन पर सद्-असद् विचारशक्ति का प्रभाव होने के कारण इसने हमारे स्नायुओं के बल को शांत और युद्धप्रेम को समाप्तप्राय कर दिया है। यूरोपवासी, अब इस अवस्था का आरंभ कर रहे हैं। हम धार्मिकता से संतुष्ट हो गए हैं, यूरोपवासियों में भविष्य में कभी वह स्थिति आएगी।"

"पर क्या वे ईसाई होकर भी ईसा के उपदेशों को नहीं मानते?" प्रो० गोले ने कुछ चकित होकर पूछा।

"ईसा हमारी ही श्रेणी के व्यक्ति थे। उन्होंने गरीब, दुर्बल और पीड़ितों के हृदय को आश्वासन देकर उनमें धर्मबल और पारमार्थिक सुख की अभिरुचि पैदा करने की चेष्टा की, किंतु उनके द्वारा प्रवर्तित धर्म अनुपयुक्त स्थान में जा पड़ा। जो लोग देशाभिमान, राजसत्ता, युद्धप्रेम और सामान्यतः बर्बरता की अवस्था में थे, उनके बीच दीनों के लिए निर्मित इस धर्म की दुर्दशा ही होनी थी। वही हुआ। जिन गिने-चुने लोगों में पहले से ही धर्मप्रीति थी, उनके ईसाई पंथ अपना लेने से उन्हें हमारे यहाँ के साधुओं के समान वैराग्य प्राप्त हुआ। शेष लोग अज्ञानवश ऐश्वर्य-लोभी धर्माधिकारियों के चंगुल में फँसकर मूर्ख बन गए। इन धर्माधिकारियों ने हर प्रकार के अनाचार आरंभ किए। धर्म तत्त्व के साथ लोगों का परिचय नहीं होने दिया और धर्म के नाम पर उन्हें लूटने भी लगे। उन धर्माधिकारियों के क्रूर एवं निंद्य कृत्यों का वर्णन तक संतापकारी है। इन धर्माधिकारियों ने ईश्वर के जो अधिकार बलपूर्वक हथिया लिए थे, धन एवं सहायता के बदले में वे उसका कुछ अंश, राजसत्ता के लिए तड़पने वाले लोगों को भी देने लगे। राजा, सरदार और जागीरदारों को अपनी मनोकामना पूरी करने की सुविधा हो गई। इस प्रकार यूरोप में प्रारंभ से ही धर्म की दुर्दशा के फलस्वरूप इतने अनाचार आरंभ हुए और अज्ञानी लोगों की इतनी दुर्गति हुई, जिसकी कल्पना तक नहीं की जा सकती।"

"फिर भी वे अपने धर्म को हमारे धर्म से श्रेष्ठ मानते हैं?"

"ईसाई राष्ट्रों का पिछली उन्नीस शताब्दियों का इतिहास ईसा के अनुचरों का इतिहास नहीं है। ईसाई जगत् के इतिहास का एक पृष्ठ भी ऐसा नहीं है, जिसे पढ़कर ईसा अपने शिष्यों की प्रशंसा करते। वे जो भी पृष्ठ पढ़ते, उससे उन्हें ज्ञात होता कि उनके अनुयायियों ने अपनी ऐहिक महत्त्वाकांक्षाओं के चलते, धर्म की दसों आज्ञाओं को तोड़ा है और उनके पर्वतोपदेश को बुहारकर अपने जीवन से बाहर फेंक दिया है।"

"तो वे किस सुधार की चर्चा करते हैं?"

"ईसाई धर्म की पर्याप्त दुर्दशा हो जाने के पश्चात् उसमें सुधार आरंभ हुए। इस उद्धार के प्रयत्न में क्रमशः उसमें दुर्बलता आती गई। धर्मतत्त्व एकदम ही तल में डूब गया। आजकल ईसाई धर्म का खोखला ढाँचा मात्र है। बड़े तामझाम के साथ, कहने मात्र को पूज्य होकर खड़ा है। किंतु प्रश्न है कि अन्याय और अपराध के द्वारा जो बड़ी उपलब्धियाँ होती हैं, उन्हें बनाए रखकर क्षमा की आशा करना उचित है क्या? प्रतिदिन अपराध करना और फिर प्रतिदिन क्षमा माँगना—क्या यह परम दयालु ईश्वर को पसंद आएगा?"

"तो वे लोग अन्य धर्मावलंबियों को ईसाई कैसे बना लेते हैं?"

"यूरोपीय लोग जहाँ कहीं भी गए, वहाँ के मूल निवासियों को उन्होंने समाप्त कर दिया। उन्हें

गोलियों से भून डाला या फिर निरे पशुओं के समान काट डाला। जो थोड़े-बहुत बचे हुए हैं, उनका अस्तित्व भी संकट में है।" स्वामी बोले, "उनके पूर्ण विनाश के पश्चात् ईसाई धर्मोपदेशक वहाँ गए और उन्हें हलकी श्रेणी के ईसाई बनाने का प्रयत्न किया। यूरोपवासियों ने जिन्हें अपना दास बनाया, उनके प्रति उनका राजकीय व्यवहार अमानवीय और क्रूरतापूर्ण रहा; किंतु उनकी आत्माओं के उद्धार के लिए ईसाई धर्मोपदेशकों और पैसे का कभी अभाव नहीं रहा। अनेक ईसाई तो सोचते होंगे कि जो धर्म उनके यहाँ से निष्कासित हो गया, क्यों न उसका उपयोग दूसरे लोगों के लिए किया जाए। राजनीति के चलते ईसाई लोगों ने केवल अन्य धर्मावलंबियों के साथ ही ऐसा व्यवहार नहीं किया। ईसाई राष्ट्रों में पहले जातिभेद या वर्गभेद बड़ा प्रबल था और तत्कालीन धर्म के द्वारा उसका मंडन भी किया जाता था। उन दिनों निम्नवर्ग की दशा बड़ी दुःखद थी। वे प्रायः दास ही थे। अब उसी निम्नवर्ग को श्रमिक का पद मिला है।"

"पर वे तो आज भी स्वयं को इतना श्रेष्ठ मानते हैं।" प्रो० गोले ने कहा।

"इस पृथ्वी पर अपनी श्रेष्ठता सिद्ध करने वाले, अहंकार के पुतले, अपनी गर्वोक्तियों के वशीभूत, अन्य धर्मावलंबियों को पीड़ा देने वाले, उनके समान और कोई नहीं हैं।"

"ईसा ने यह सब करने को तो नहीं कहा था।" प्रो० गोले बोले।

"ईसाई धर्म का पालन केवल उनके कुटुंब के भीतर किया जाता है और वह भी उनकी पूर्व परंपरा के कारण। अपने शेष आचरण और राजनीति में से उन लोगों ने ईसाई धर्म को पूरी तरह से निष्कासित कर डाला है।" स्वामी बोले, "आजकल सुधार की सत्ता हर जगह स्थापित हो चुकी है। शौर्य, वीरता, साहस, ज्ञान, शोध, बुद्धिमत्ता, कल्पना आदि अनेक गुणों में पाश्चात्य लोग अन्य राष्ट्रों से आगे निकल गए हैं; और उनका वर्चस्व स्थापित हो गया है। उनके इस वर्चस्व अथवा उन्नति का ईसाई धर्म से तनिक भी संबंध नहीं है। कोई भी धर्म ऐसी उन्नति के काम आने वाला नहीं है। धर्म तो ऐसी ऐहिक उन्नति में बाधक ही होता है।" स्वामी ने प्रो० गोले की ओर देखा, "आज मनुष्य के सामने यह विकट प्रश्न है कि उसे सुधार चाहिए या धर्म? कितनी मात्रा में उन्नति और कितनी मात्रा में धर्म? धर्म भी न हो और उन्नति भी न हो तो ऐसी अवस्था को मात्र बर्बरता की अवस्था कहना चाहिए।"

"तो?" प्रो० गोले ने पूछा।

"ईसाई धर्म में जो थोड़े से उदात्त तत्त्व हैं भी, वे हिंदू धर्म के तत्त्वों के ही समान हैं। सभी धर्मों के मूल तत्त्व समान ही हुआ करते हैं। किंतु हिंदू धर्म के तत्त्व न केवल चिंतनोपयोगी हैं, अपितु अधिक व्यावहारिक भी हैं। फिर हिंदुओं का स्वभाव भी धार्मिक है। इसी कारण से हम लोगों पर धर्म-तत्त्व का अधिक प्रभाव हुआ है और वह हमारी मनोवृत्ति के साथ बहुत कुछ एकरूप हो गया है।"

पुणे में न्यूट्रल लाइंस में एल्लपा बलराम भवन में बैठे ठाकोर जसवंतसिंह किसी गहरी सोच में डूबे थे।...

स्वामी चले गए थे। महाबलेश्वर और पुणे में उनका संग बड़ा मधुर रहा था। ठाकोर साहब का हाथ बार-बार अपनी गोद में रखी अपनी दैनंदिनी पर चला जाता था। वे कितनी ही बार उसके पृष्ठ उलटकर अपनी ही लिखी हुई पंक्तियों को पढ़ चुके थे। वे पंक्तियाँ पढ़ते हुए उन्हें लगता था

कि वे स्वामी के निकट पहुँच गए हैं।...उनकी दृष्टि अपनी दैनंदिनी पर पड़ी...

8 मई, 1892 : 'वेद में ज्ञान, कर्म तथा उपासना—ये तीन मुख्य खंड हैं। सृष्टि का क्रम दीर्घकाल तक एक समान चलता रहे और मनुष्य मात्र में अन्य प्राणियों की अपेक्षा, जो विशिष्टता है, उसके उपयोग हेतु वेद में ये तीन कांड प्रदर्शित किए गए हैं। सृष्टिक्रम को समझने हेतु पहले ज्ञान प्राप्त करने की आवश्यकता है। ज्ञान प्राप्त करने के पश्चात् उस ज्ञान से लाभ उठाने की स्वाभाविक इच्छा उत्पन्न होती है। इस इच्छा को परिपूर्ण करने के लिए, तन और मन को संयमित करना पड़ता है; और उसी का नाम कर्म है। सभी इच्छाओं की पूर्ति होती रहने से, स्वभावतः ही अहं उत्पन्न हो जाता है और संसार की आसक्ति में इतनी वृद्धि हो जाती है कि लोग आत्मा के सच्चे स्वरूप को भूल जाते हैं। परमात्मा का अखंड, अविनाशी, सच्चिदानंद स्वरूप विस्मृत हो जाता है। व्यक्ति आत्मा और परमात्मा के यथार्थ महत्त्व को समझ नहीं सकता और जगत् के अनित्य, परिवर्तनशील, अशाश्वत प्राणी-पदार्थों से मिथ्या महत्त्व जोड़ लेता है। इसके फलस्वरूप अज्ञान की वृद्धि होने से मनुष्य बुद्धिहीन तथा बलहीन होकर अधम अवस्था का भोग करता है। ऐसा होने पर असार संसार की आसक्ति से छूटने के लिए, मिथ्या माने जाने वाले प्राणी-पदार्थों में स्थापित ममत्व से उत्पन्न दुःख-तापों से निवारण करने के लिए और आत्मोन्नति के हेतु परमात्मा की उपासना करने की भी आवश्यकता है। वेद, ईश्वर प्रेरित सच्चा धर्मग्रंथ है; और इस प्रकार उसके तीनों कांडों के उत्तम हेतु हैं—ऐसा सिद्ध हो जाता है।"

12 मई, 1892 : 'कल की चर्चा से प्रमाणित हुआ कि प्राचीन काल में वर्ण केवल गुण और कर्म पर आश्रित थे।' स्वामी ने मनुस्मृति से एक श्लोक उद्धृत किया था :

शूद्रो ब्राह्मणतामेति ब्राह्मणश्चैति शूद्रताम।
क्षत्रियाज्जातमेवं तु विद्याद्वैश्चात्तथैव च।।[1]

...जब स्वामी ने यह बात कही थी तो ठाकोर साहब को विश्वास ही नहीं हुआ था।...वे ही क्या, सारा समाज मानता था कि संसार में भगवान् की इच्छा के बिना एक पत्ता भी नहीं हिलता है। तो हिंदू समाज में जो वर्ण थे, उन्हें कोई और कैसे बना सकता है?...उन्होंने अपनी आपत्ति स्वामी के सामने रखी थी। स्वामी ने उन्हें महाभारत में से युधिष्ठिर और नृग की कथा सुना दी थी। नृग ने पूछा कि ब्राह्मण कौन है? युधिष्ठिर ने कहा, "जिसके स्वभाव में करुणा है, दया है, ममता है, त्याग है, दान है। जिसके मन में भक्ति, ज्ञान और वैराग्य है। जो भिक्षा पर निर्भर रहकर भी समाज के हित में चिंतन करता है और स्वाध्याय करता है।"

नृग ने कहा, "ये सारे गुण तो किसी शूद्र में भी हो सकते हैं।"

युधिष्ठिर ने कहा, "व्यक्ति अपने स्वभाव के कारण शूद्र होता है। उसमें यदि इतने सारे सात्त्विक गुण हैं तो वह शूद्र कैसे हुआ?"

नृग ने कहा, "क्योंकि वह शूद्रपुत्र है। शूद्र के घर में जन्मा है।"

"वर्ण वंश से नहीं होता।" युधिष्ठिर ने कहा, "वह कर्मों से होता है; और कर्म अपने गुणों अथवा स्वभाव से प्रेरित होते हैं।"

---

1. मनुस्मृति, 10/65

"किंतु भगवान् ने तो गीता में कहा है कि मैंने चार वर्णों का निर्माण किया है।" ठाकोर साहब ने कहा।

"भगवान् ने कहा है, 'गुण कर्म विभागशः…' इसका अर्थ कहीं भी यह नहीं है कि भगवान् ने संसार में चार वर्ण बनाए हैं। इसका अर्थ है कि भगवान् ने संसार में चार प्रकार के गुणों वाले लोग—चार प्रकार के स्वभाव वाले लोग—बनाए हैं। और प्रत्येक व्यक्ति अपने स्वभाव के अनुसार ही कर्म करता है।"

"किंतु पिता-पुत्र का स्वभाव तो एक ही होगा न?" ठाकोर साहब ने कहा।

"क्यों? प्रह्लाद का स्वभाव हिरण्यकशिपु के समान था क्या? या रावण का स्वभाव विश्रवा मुनि के समान था?" स्वामी बोले, "दशरथ ने अनेक विवाह किए, किंतु भगवान् राम ने एकपत्नीव्रत का निर्वाह किया। कृष्ण ने ऋषियों के चरण धोए और उनका पुत्र सांब ऋषि का परिहास करने के लिए पेट पर मूसल बाँधकर स्त्री वेश धारण कर उनके पास जा पहुँचा। आपको लगता है कि वंश परंपरा से माता-पिता के गुण संतान में संक्रमण करते हैं?…"

"तो फिर भगवान् ने ऐसा क्यों कहा?"

"भगवान् ने जो कहा, हम उसे ठीक से समझने का प्रयत्न नहीं कर रहे हैं।" स्वामी बोले, "और भगवान् ने तो यह भी कहा है :

न कर्तृत्वं न कर्माणि लोकस्य सृजति प्रभुः।
न कर्मफलसंयोगं स्वभावस्तु प्रवर्तते।।

प्रभु न कर्तापन की, न कर्म की और न ही कर्मफल की रचना करते हैं। यहाँ तो स्वभाव ही परस्पर व्यवहार कर रहे हैं।"

"पर स्वभाव तो प्रभु ने ही बनाया है न?"

स्वामी हँसे, "ठाकोर साहब! हम पुनर्जन्म के संदर्भ में यह बात निश्चित कर चुके हैं कि हमारे पिछले जन्म के कर्म, हमारे साथ इस जन्म का स्वभाव बनकर आते हैं।"

"हाँ! यह तो हम निश्चित कर चुके हैं।"

"तो आपका वर्तमान जन्म का स्वभाव किसने बनाया? आपके पिछले जन्म के कर्मों ने!"

"तो फिर प्रभु ने क्या किया?"

"त्रिगुणात्मक प्रकृति बनाई। उसके अलंघ्य नियम तय किए।" स्वामी बोले, "हमारा समाज जिसे वर्ण कहता है, वह वंश पर आधृत है। वंश एक प्रकार का समाज है। समाज को हमने बाँटा है। यह सामाजिक व्यवस्था है। प्रभु ने ऐसा कुछ नहीं बनाया है।"

ठाकोर साहब अपनी दैनंदिनी के पृष्ठ उलटते गए…

18 मई : 'अधर्म अथवा पाप पर बहुत लंबी चर्चा हुई। धर्म के दस लक्षणों के विरुद्ध किया गया कोई भी कर्म अधर्म माना जाएगा। वही पाप है। पाप तीन प्रकार के हैं—शारीरिक, मानसिक और वाचिक।'

23 मई : 'सत्त्व, रजस और तमस के भेद के कारण मनुष्यों का स्वभाव भिन्न-भिन्न होता है।'

25 मई : 'स्वामी दयानन्द ने कहा है कि ईश्वर, माया और जीव अनादि हैं। किंतु विवेकानन्द कहते हैं कि प्रकृति और पुरुष अनादि हैं। और उनके संगम का प्रभाव है—जीव। मुझे उनका विचार उचित जान पड़ता है।'

9, 10 तथा 11 जून : 'स्वामी श्री विवेकानन्द जी के शास्त्रीय ज्ञान से मेरे मन में बड़ा ही आनंद तथा आश्चर्य उपजा है। शास्त्रों के विषय में मेरा जो ज्ञान था, उनके साथ चर्चा करने से उसमें यथेष्ट वृद्धि हुई है। वेदों के षडंग माने जाने वाले षट्शास्त्रों के विषय में जानकारी को लिपिबद्ध करते हुए मुझे परम आनंद हो रहा है।...'

स्वामी विदा हो रहे थे तो जसवंतसिंह प्रार्थना किए बिना नहीं रह सके, "स्वामी जी! मेरे साथ लींबड़ी चलें और सदा के लिए वहीं रहें।"

स्वामी की आँखों में स्नेहस्निग्ध इंकार प्रकट हुआ, "अभी नहीं राजन्! अभी मुझे बहुत काम करना है।"

जसवंतसिंह समझ नहीं पाए कि संन्यासी को ऐसा क्या काम करना है, जिसके कारण वह एक स्थान पर टिककर नहीं रह सकता।...पर काम तो स्वामी को करना ही था। ऐसे लोग संसार में जीवन का सुख भोगने नहीं आते, वे कुछ काम करने ही आते हैं।...

"अभी मैं विश्राम नहीं कर सकता।" स्वामी बोले, "यदि कभी मुझे अवकाशप्राप्त जीवन जीने को मिला, तो मैं आपके पास आ जाऊँगा।"

जसवंतसिंह का मन स्वामी के शब्दों पर अटक गया...अवकाशप्राप्त जीवन...जैसे वे कोई नौकरी कर रहे हों। नौकरी आवश्यक हो। परिवार के पालन-पोषण के लिए नौकरी होती है। अपनी वृद्धावस्था के लिए कुछ प्रबंध करने के लिए नौकरी होती है।...और फिर या तो व्यक्ति की आवश्यकताएँ पूरी हो जाती हैं, तो वह नौकरी का त्याग कर देता है, या वह अवस्था के उस शिखर पर पहुँच जाता है, जहाँ से उसका स्वामी उसे स्वयं ही नौकरी से मुक्त कर देता है।...पर स्वामी का न कोई परिवार था, न वे कोई नौकरी कर रहे थे।...तो फिर यह अवकाशप्राप्ति...

"आप किसी की नौकरी में हैं क्या?" जसवंतसिंह ने कुछ चुहल में कहा।

"नहीं! नौकरी में नहीं हूँ। मैं तो दास हूँ। नौकरी आप अपनी इच्छा से छोड़ सकते हैं, दासता से मुक्त होना अपने वश का नहीं होता।"

जसवंतसिंह चकित रह गए, "किसके दास हैं आप?"

"जगदंबा का...और अपने गुरु का।" स्वामी मुस्कराए, "उनका काम पूरा करूँगा, तो ही वे मुझे अवकाश देंगे।..."

जगदंबा का काम...जसवंतसिंह सोच रहे थे...स्वामी सचमुच ही जगदंबा का काम कर रहे थे। उनके जिम्मे कोई अलौकिक काम था।...वह साधारण काम नहीं था।...

6

काठियावाड़ में भोजन पकाने में घी का कुछ अधिक प्रयोग करने का प्रचलन है। न चाहते हुए भी भोजन गरिष्ठ हो जाता है। कविराज मणिशंकर और अखंडानन्द की सारी सावधानियों के बावजूद अखंडानन्द को पुनः उदररोग हो गया।

"महाराज! इस बार आप स्वस्थ हो जाएँ तो या तो मैं आपको किसी आश्रम में भेज दूँगा, जहाँ घी उपलब्ध ही न हो या फिर किसी ऐसे घर में, जहाँ घी का ऐसा दुरुपयोग न होता हो।"

"पर मैंने तो घी खाया ही नहीं।"

"आपने तो नहीं खाया।" कविराज हँसे, "उस भोजन ने खाया था, जिसे आप खा तो गए, किंतु पचा नहीं सके।"

"कविराज! आप अनुमति दें तो मैं स्वामी जी को अपने घर ले जाऊँ?"

"आप?" अखंडानन्द ने पूछा।

"आप सेठ शंकरलाल हैं।" कविराज ने बताया, "व्यवसाय से बैंकर हैं। अपनी गद्दी है। रुपए-पैसे और सोने-चाँदी का कारोबार है।"

"पर महाराज! मैं तो संन्यासी हूँ। लक्ष्मी से सदा दूर ही दूर रहा हूँ।" अखंडानन्द कुछ घबराए से बोले।

"कोई बात नहीं। आपको इनकी लक्ष्मी का बोझ नहीं सँभालना पड़ेगा। अन्य अनेक प्रत्याशी लक्ष्मी का वाहन बनने को तैयार बैठे हैं।" कविराज बोले, "वैसे ये धर्मप्रिय पुरुष हैं। आपकी अच्छी सेवा करेंगे।"

"चलिए महाराज!" शंकरलाल ने कहा, "मेरा घर भी आपकी चरणधूलि से कुछ पवित्र हो जाएगा।"

अखंडानन्द ने कविराज की ओर देखा।

"ले तो जा रहे हैं सेठ जी!" कविराज ने शंकरलाल से कहा, "यदि आपके घर पर इनके रोग का उपशमन होना है और इन्हें पूर्ण स्वस्थ होना है, तो इन्हें चार मास तक दोपहर को दूध-भात और रात को केवल दूध देना होगा। इसके अतिरिक्त और कुछ नहीं। ऐसा न हो कि आप इनका सत्कार करने लगें और ये फिर से बिस्तर पर पड़ जाएँ।"

"नहीं कविराज! आपकी आज्ञा से बाहर कुछ नहीं होगा।" शंकरलाल बोले, "ये माँगेंगे, तो भी नहीं दूँगा।"

"जिस गाय का दूध इन्हें दिया जाए, उसके चारे का भी ध्यान रखना पड़ेगा। उसे केवल हरा चारा खिलाना है। यह न हो कि वह माश की दाल खा रही हो और ये उसका दूध पीकर अस्वस्थ हो जाएँ। वह और भी ऐसा कुछ न खाए, जिससे इन्हें कष्ट झेलना पड़े।"

शंकरलाल हर प्रकार से तैयार थे, "एक गाय इनके नाम की अलग से बाँध दूँगा। न वह घर से बाहर जाएगी, न कुछ उलटा-सीधा खाएगी। जो कुछ खाएगी, घर में खाएगी और वह हरे चारे के सिवाय और कुछ नहीं होगा।"

अखंडानन्द को दो-चार दिन तो उस परिवार का स्वरूप समझने में लग गए। संयुक्त परिवार था और

आकार में काफी बड़ा था। संपत्ति के स्वामी शंकरलाल थे; किंतु वे विधुर थे और उनकी अपनी कोई संतान नहीं थी। व्यवसाय में चाहे उनका मन कितना भी लगता हो; किंतु घर में क्या होता रहता है, उसकी ओर उनका ध्यान तनिक भी नहीं था। घर को नौकर चलाते थे और आदेश देने का अधिकार घर के प्रत्येक सदस्य को था।

अखंडानन्द का शंकरलाल की वृद्धा माता से भी परिचय हुआ। वे बैठी कपड़े धो रही थीं कि अखंडानन्द उनके पास पहुँच गए।

"माता जी, आप अपने कपड़े किसी से धुलवाती नहीं या कोई धोता नहीं?"

"जैसे इस शरीर को अपने रोग स्वयं ही झेलने पड़ते हैं, वैसे ही इसे अपने वस्त्र भी स्वयं ही धोने पड़ते हैं।" वृद्धा ने कहा।

"यह नियम केवल आप पर लागू होता है, अन्य लोगों के कपड़े तो नौकर धोते हैं।"

"जिनके नौकर हैं, उनके धोते हैं। मैं इस घर में क्या हूँ कि नौकर मेरे कपड़े धोएँ!" वे बोलीं, "मुझे तो अपना काम स्वयं ही करना है।"

"लाइए, आपके वस्त्र मैं धो देता हूँ।" अखंडानन्द उनके पास बैठ गए।

"तुम मेरे नौकर हो साधु बाबा?"

"नौकर नहीं हूँ, पुत्र तो हूँ। पुत्र का धर्म है सेवा।" अखंडानन्द बोले, "माँ का काम पुत्र नहीं करेगा तो कौन करेगा?"

वृद्धा उठ खड़ी हुई, "देखो महाराज! पहले ही जाने किन पापों का फल भोग रही हूँ। अब मेरे सिर पर और पाप मत चढ़ाओ।"

"पुत्र काम करे तो माँ के सिर पर पाप नहीं चढ़ता, पुत्र को पुण्य मिलता है।"

"न! न!!"

वृद्धा पीछे हटीं और सहसा उनका पैर फिसल गया। वे गिर पड़ीं।

अखंडानन्द ने आगे बढ़कर उनको उठाया। उन्होंने देखा कि घर के अन्य अनेक लोगों ने भी वृद्धा को गिरते देखा, किंतु कोई उनकी सहायता को नहीं आया।

अखंडानन्द वृद्धा को उनके कमरे तक लाए। उनके हाथ से धुले हुए कपड़े ले लिए और उन्हें पलंग पर लेटा दिया।

"तुम चाहते थे न सेवा करना! लो, तुम्हें सेवा का अवसर मिल गया।" वृद्धा ने मुस्कराने का प्रयत्न किया।

"गिरने से बचा सकता तो सेवा होती माँ!" अखंडानन्द बोले, "चलिए, अब आप लेट जाइए।"

"आपकी माँ इस प्रकार उपेक्षित क्यों हैं? ऐसी दुर्दशा?" एकांत देखकर अखंडानन्द ने शंकरलाल से पूछा, "न तो आपके पास धन की कमी है और न ही परिवार में लोगों की। तो माता जी का ध्यान क्यों नहीं रखा जाता? वृद्ध तो हम सबको किसी न किसी दिन होना है।"

शंकरलाल कुछ चिंतित दीखे, "पुत्र के विवाह के पश्चात् तो माँ वैसे ही उपेक्षित हो जाती है। और फिर मेरी तो पत्नी भी नहीं है कि मैं उससे कह सकूँ कि माँ का ध्यान रखे।"

"आपकी पत्नी न सही, आपके भाइयों की पत्नियाँ तो हैं। वे भी तो माता जी की बहुएँ हैं। उनके बेटे हैं। वे दादी का ध्यान रख सकते हैं। फिर घर में नौकर हैं। उनको कहा जा सकता है।

माता जी के लिए अलग से नौकर रखा जा सकता है।"

शंकरलाल कुछ और उदास हो गए, "बहुएँ तो वे भी हैं, किंतु यदि वे अपनी सास की सेवा नहीं करना चाहतीं, तो मैं क्या करूँ? उनको आदेश देने का अधिकार मुझको नहीं है। और मेरे भतीजे…।" शंकरलाल ने अपना वाक्य अधूरा छोड़कर अखंडानन्द की ओर देखा, "नया नौकर रखूँ तो बहुएँ उसे भी अपने काम में लगा लेंगी। बताइए, मैं क्या करूँ?"

"आप प्रतिदिन प्रातः अपनी माँ को प्रणाम करने जाएँ और उनसे उनकी आवश्यकताओं के विषय में पूछें। उनकी आपूर्ति का प्रयत्न करें। सबको जानने दीजिए कि घर का मुखिया चाहता है कि माता जी सुखी रहें।"

शंकरलाल मौन रहे, जैसे किसी द्वंद्व से जूझ रहे हों। अंततः उन्होंने अपना सिर उठाकर अखंडानन्द की ओर देखा, "मैं यथासंभव आपकी आज्ञा का पालन करने का प्रयत्न करूँगा।"

सप्ताह-भर बाद वृद्धा ने अखंडानन्द को बुलाया।

"मैं जानती हूँ कि यह सब कैसे हुआ है पुत्र!"

"क्या हुआ है माँ?"

"अब मेरे कपड़े भी नौकर धोने लगे हैं।" वृद्धा अति प्रसन्न दीख रही थीं।

"और यह कैसे हुआ है?"

"मेरा बेटा अब प्रातः मुझे प्रणाम करने आता है।" वृद्धा ने बताया, "मेरा हालचाल पूछता है। अपने हाथों से मेरी आवश्यकताओं की चीजें लाकर देता है और जाते-जाते मेरी हथेली पर चार आने रख जाता है।"

"उससे नौकर आपके कपड़े धोने लगे?"

"चार आने पैसों में बड़ी शक्ति है। जिसके हाथ पर भी पैसे-दो पैसे रख दो, वही सेवापरायण हो जाता है।" वृद्धा ने कहा, "घर में सबको मालूम हो गया है कि शंकरलाल चाहता है कि लोग मेरी सेवा करें।"

"पर सेठ जी सदा घर में तो नहीं होते और आप किसी की शिकायत करती नहीं।"

"सेठ जी नहीं होते, किंतु तुम तो होते हो साधु बाबा!"

वृद्धा को प्रसन्न देखकर अखंडानन्द मग्न हो गए।

तब अखंडानन्द ने कुछ ध्यान से शंकरलाल को देखा : शंकरलाल धर्मभीरु पुरुष थे। वे प्रातः जल्दी उठकर स्नान करते थे, पूजा करते थे, शास्त्रों का अध्ययन करते थे, माला फेरते थे, मंदिर जाते थे और अतिथियों का सत्कार करते थे। उनकी उपस्थिति में घर में भिक्षुकों, ब्राह्मणों तथा साधुओं का सदा स्वागत होता था। रात का भोजन शंकरलाल ऐसे ही लोगों के साथ करते थे।

अखंडानन्द पढ़ रहे थे कि शंकरलाल आए।

"आप अभी तक सोए नहीं सेठ जी?" अखंडानन्द ने पुस्तक पर से दृष्टि हटाई।

"आपको बिना स्मरण कराए कि रात बहुत हो चुकी है, कैसे सो सकता हूँ।" शंकरलाल मुस्कराए।

"ओह!" अखंडानन्द कुछ संकुचित हुए, "मेरे जागते रहने से किसी को असुविधा होगी?"

"हाँ!"

"किसे?"

"मुझे।" शंकरलाल बोले, "आपको स्वस्थ रखने का दायित्व मेरा है। आप रात को इतनी देर तक जागते रहेंगे, तो बीमार तो पड़ेंगे ही। "

"ओह!"

"तब या तो कविराज आपको यहाँ से उठाकर अपने घर ले जाएँगे या फिर झंडू भट्ट जी आपको अपने औषधालय में भर्ती कर लेंगे।"

"तो यह बात है।"

"जी! अब सो जाइए! आज पर्याप्त पढ़ चुके आप।" शंकरलाल ने कहा, "और यदि आप अभी नहीं सोएँगे तो प्रातः मेरे साथ सैर के लिए कैसे जाएँगे? जाएँगे भी तो कुछ अच्छी बातें करने के स्थान पर उबासियाँ लेते रहेंगे।"

"नमो नारायणः!"

अखंडानन्द अपने कक्ष में बैठे पढ़ रहे थे। उन्होंने खिड़की से देखा, द्वार पर एक साधु भिक्षा के लिए खड़ा था।

"नमो नारायणः!" साधु ने पुनः पुकारा।

मदनभाई घर से निकलकर आया, "माफ करो बाबा!"

मदनभाई घर का सबसे पुराना और अधिकारसंपन्न नौकर था।

अखंडानन्द कुछ चकित हुए। शंकरलाल के घर में एक साधु को भिक्षा से मना किया जा रहा था।

"इतने बड़े सेठ के घर से साधु को भिक्षा नहीं मिलेगी?" साधु कह रहा था।

"साधु को भिक्षा क्यों नहीं मिलेगी। किंतु यहाँ एक साधु प्रतिदिन भोजन करते हैं—दोनों समय। अब कितने साधुओं को भोजन कराएँगे हम! एक ही काफी है, दूसरे के लिए अवकाश नहीं है। जाओ, माफ करो!"

क्षण-भर में ही अखंडानन्द के लिए सारा भूमंडल घूम गया। वे जैसे बैठे थे, वैसे ही बाहर निकल आए।

"आज मैं घर पर भोजन नहीं करूँगा। तुम इन साधु को भोजन करा दो।" अखंडानन्द ने मदनभाई से कहा और बाहर चले गए।

वे कुछ सोचकर बाहर नहीं निकले थे। कहीं जाने की कोई योजना मन में नहीं थी।...अभी थोड़ी देर पहले ही उनके मन में आया था कि शंकरलाल आने ही वाले होंगे। उनके आते ही भोजन की तैयारी हो जाएगी। भोजन के समय या भोजन के बाद संभव है, सेठ जी कोई जिज्ञासा कर बैठें। ऐसे समय में लंबी धर्मचर्चा हो जाती है।...और कहाँ अब वे स्वयं ही घर से निकल आए थे। कह आए थे कि भोजन नहीं करेंगे, तो भोजन के समय लौटना भी नहीं था।

उनके मन में सहस्त्रों झंझावात चल रहे थे। वे ही कारण थे...वे ही इस अधर्म के कारण थे... वे ही अन्य साधुओं का भोजन छीन रहे थे...वे ही शंकरलाल के दान पर सर्प के समान कुंडली

मारकर बैठ गए थे।…बहुत दिन रुक गए हैं यहाँ। इसे अपना ही घर समझ बैठे।…

आज तो उन्होंने सुन लिया; किंतु मदनभाई जाने कितने साधुओं को यही कहता होगा। प्रतिदिन कहता होगा।…वे दोनों समय वहाँ भोजन करते हैं, इसलिए उस घर से किसी और साधु को भिक्षा नहीं मिलेगी।…उन्हें क्या अधिकार है, अन्य लोगों को इस प्रकार वंचित करने का…उन्हें यह स्थान खाली कर देना चाहिए।…ठीक है कि वे यहाँ शंकरलाल की इच्छा से आए थे…और अपने रोग का उपशमन करने आए थे। किंतु साधु का एक स्थान पर इतने समय तक टिके रहना ठीक नहीं है। वे साधु होते हुए भी गृहस्थ होते जा रहे हैं।

अखंडानन्द जाने कहाँ-कहाँ घूमते रहे। कई बार मन में आया कि वे आश्रम में ब्रह्मचारी जी के पास थोड़ी देर बैठ आएँ। थोड़ी धर्मचर्चा कर आएँ।…न हो तो अपने पुराने संस्कृत विद्यालय 'चतुष्पथी' में ही हो आएँ…कविराज से ही भेंट कर आएँ…किंतु उनका मन कहीं जाने के लिए नहीं माना।…आज उन्हें अपने मन से ही मिल लेना चाहिए।…आज निर्णय हो जाना चाहिए कि उनका व्यवहार क्या होना चाहिए। उन्हें शंकरलाल के घर में और रहना है या नहीं…कविराज द्वारा बताया गया, उनके रोग के उपशमन का काल अभी समाप्त नहीं हुआ था। यदि वे शंकरलाल का घर त्याग देते हैं तो फिर वे अपना पथ्य कहाँ पाएँगे?…संभव है, पथ्य ठीक से न मिलने के कारण उनका रोग फिर से उभर आए…पर वे क्या चाहते हैं—अपना स्वास्थ्य या धर्म?…उन्होंने धर्म कमाने के लिए अपना घर छोड़ा था अथवा स्वास्थ्यलाभ के लिए?…तपस्या का समय तो अब आया है। हरि पूछ रहे हैं कि रोगी रहकर भी, पेट में उठते शूल का कष्ट सहकर भी, तपस्या कर सकोगे?…

तो फिर यही हो। वे सेठ शंकरलाल का घर छोड़ देंगे। वे जामनगर छोड़ देंगे।

लौटकर उन्होंने देखा, वह साधु शंकरलाल के साथ भोजन कर रहा था।

अखंडानन्द प्रसन्न हुए; किंतु तत्काल ही उनके मन ने चेतावनी दी…अभी उन्हें सेठ जी को अपने निश्चय की सूचना देनी है।…उनकी बात सुनकर जाने शंकरलाल क्या कहें…

"कहाँ चले गए थे आप?" शंकरलाल ने कहा, "हम भोजन के लिए आपकी प्रतीक्षा करते रहे।"

"पर मैं तो कह गया था कि मैं भोजन नहीं करूँगा।" अखंडानन्द ने कहा।

"आप भोजन करते ही कहाँ हैं?" शंकरलाल हँसे, "आप भूल जाते हैं कि रात के समय आपको केवल दूध पीना है।"

मदनभाई भोजन परोसने आए तो शंकरलाल ने कहा, "स्वामी जी के लिए दूध लाओ।"

मदनभाई खड़ा अखंडानन्द की ओर देखता रहा।

"जाओ।" शंकरलाल बोले।

"पर स्वामी जी ने तो भोजन के लिए मना किया है।"

"भोजन वे करते ही कहाँ हैं।" शंकरलाल बोले, "मैं भी तो दूध लाने के लिए ही कह रहा हूँ।"

मदनभाई ने पुनः एक बार अखंडानन्द की ओर देखा : शायद वे मना कर दें, किंतु उन्होंने कुछ नहीं कहा।

मदनभाई दूध ले आया।

"मदनभाई!" शंकरलाल ने कहा, "तुम्हें तुम्हारा वेतन समय से मिलता है?"

"बराबर मिलता है सेठ जी!"

"पेट भर भोजन मिलता है?"

"हाँ सेठ जी!"

"तुम्हें इस घर में किसी प्रकार का अभाव दिखाई देता है?"

"नहीं सेठ जी!"

"तो जब भगवान् की कृपा से हमें किसी प्रकार की कमी नहीं है, तो साधु को भिक्षा क्यों नहीं दे सकते?"

"मोटाभाई मना करते हैं।" मदनभाई ने तत्काल कहा, "वे कहते हैं कि स्वामी जी के प्रभाव से इस घर में दान की मात्रा कुछ अधिक ही बढ़ गई है। सेठ जी कुछ अधिक ही धार्मिक होते जा रहे हैं। हमारा धन धूलि के समान लुटाया जा रहा है।..."

"मोटाभाई से कहो, उन्हें जो बात कहनी है, मुझसे कहें।"

"बड़ी बहूरानी...।"

"चुप रहो और मेरी बात सुनो।" शंकरलाल ने उसे धमकाया, "आज से इस घर से कोई साधु भूखा नहीं जाएगा। तुम किसी साधु का तिरस्कार नहीं करोगे। चालीस साधु भी आएँ तो उनको भोजन दोगे।"

"बड़ी बहू मना करें तो?"

"माता जी से पूछो। मुझसे कहो।"

"घर है या सदाव्रत...। और फिर मानूँ भी तो किसकी मानूँ..." मदनभाई बड़बड़ाता चला गया।

"आप लोग मदनभाई की बात का बुरा न मानें।" शंकरलाल बोले, "घर का पुराना नौकर है; और नौकर पुराना हो जाता है तो घर का सदस्य जैसा ही हो जाता है।" वे रुके, "वह भी क्या करे, घर के जितने सदस्य हैं, सबका अपना-अपना मत है। बेचारा मदनभाई किसी को मना तो नहीं कर सकता न! और फिर मोटाभाई मेरा सबसे बड़ा भतीजा है। मेरे बाद सब कुछ उसी को तो सँभालना है।"

"युवराज है वह।" नए साधु ने हँसकर कहा।

प्रातः शंकरलाल और अखंडानन्द बग्घी पर सैर के लिए निकले, तो अखंडानन्द ने कहा, "सुना है कि जामनगर में कोई मूल जी हैं, जो बहुत सुंदर भजन गाते हैं।"

"हाँ! प्रशंसा तो मैंने भी सुनी है।"

"आपने कभी उनका गायन नहीं सुना?"

"ऐसा तो नहीं है कि एकदम नहीं सुना।" शंकरलाल बोले, "पर न तो बहुत ध्यान से सुना है और न नियमित ही।"

"कल जो साधु आए थे, वे कह रहे थे कि वे नगर के किसी मंदिर में संध्या समय नियमित गाते हैं।" अखंडानन्द ने कहा, "सोचता हूँ, मैं भी वहाँ चला जाया करूँ।"

"आप सचमुच सुनना चाहते हैं तो कुछ न कुछ करना ही होगा।"

"मेरे गुरुभाई हैं, नरेन्द्रनाथ दत्त। भगवा धारण करने के पश्चात् विविदिशानन्द नाम रखा है उन्होंने। वे गाते हैं तो व्यक्ति अपने तन-बदन की सुध भूल जाता है। भक्ति साकार होकर सामने

आ बैठती है। मन प्रभु में ऐसा रमता है, जैसे बस दर्शन होने ही वाले हैं।"

"कहाँ हैं वे?"

"नहीं जानता।" अखंडानन्द बोले, "होंगे बंबई अथवा उसके आसपास ही।"

"आप हमें उनके दर्शन नहीं करा सकते?"

"आपका ही पुण्य बली होगा तो दर्शन हो जाएँगे। मेरे पुरुषार्थ से नहीं।"

शंकरलाल कुछ नहीं बोले।

अगले दिन प्रातः अखंडानन्द ध्यान-जप कर उठे तो उन्हें सूचना मिली कि मूल जी आए हुए हैं। वे उनकी प्रतीक्षा कर रहे हैं।

अखंडानन्द चकित रह गए। कल उन्होंने सेठ जी से चर्चा की और आज मूल जी उनके घर आ गए।

मूल जी ने उन्हें प्रणाम किया।

"यह क्या सेठ जी?" अखंडानन्द ने पूछा।

"कल आपने चर्चा की तो मेरे ध्यान में कई बातें आईं।" शंकरलाल ने कहा, "मूल जी हमारे नगर की विभूति हैं और हम उनका उचित सम्मान नहीं कर रहे। मैंने सोचा, यह काम मुझे करना चाहिए।...दूसरी बात यह कि जब लोग उनके भक्ति संगीत से ईश्वर के दर्शन पाने को हो जाते हैं, तो हम क्यों चूकें? हमें भी तो इस अवसर का लाभ उठाना चाहिए।...मैंने इनसे प्रतिदिन यहाँ आकर कुछ सुनाने का अनुरोध किया है।"

"बड़ी कृपा है आपकी। मैं नहीं जानता कि आप मेरी इच्छा इस प्रकार पूरी करेंगे।" अखंडानन्द बोले।

"जब मुझे लगा कि आपकी इच्छा में मेरी भी इच्छा है, तो कुछ तो मुझे करना ही था।" शंकरलाल बोले, "जाने कितने वर्षों से मेरी इच्छा थी कि मेरे घर में भी भगवान् के भजन मधुर स्वर में गूँजें। अब आपके बहाने वह इच्छा पूरी हुई है।"

"आप यह भी नहीं जानते होंगे स्वामी जी कि सेठ जी ने सोचा कि मूल जी की नियमित आय का कोई साधन हो जाए, तो उन्हें अपनी आजीविका के लिए द्वार-द्वार क्यों भटकना पड़े। भगवान् का नाम लेंगे और अपने परिवार का पालन करेंगे।"

तो यह बात थी। मूल जी को नियमित रूप से घर पर आकर गाने के लिए नियुक्त कर दिया था सेठ शंकरलाल ने।

मूल जी ने उस दिन बहुत तल्लीन होकर गाया। अखंडानन्द और शंकरलाल तो थे ही, घर की सारी महिलाएँ भी आ गई थीं। अन्य पुरुषों में से कोई नहीं आया था। मोटाभाई ने काम के बहाने से अपनी पत्नी को भी वहाँ नहीं बैठने दिया था।

दोपहर के भोजन से पहले अखंडानन्द ने कुछ चकित भाव से देखा कि आज शंकरलाल की वृद्धा माता के सदा खाली रहने वाले कक्ष में बहुत भीड़ थी। जाने कैसी सभा हो रही थी। अखंडानन्द ने अधिक ध्यान नहीं दिया। वह सेठ जी के परिवार का मामला था। उसमें लिप्त होना एक संन्यासी के लिए उचित नहीं था। किंतु उस सभा के समाप्त हो जाने पर माता ने उन्हें बुला भेजा।

उन्होंने जाकर माता को प्रणाम किया तो वृद्धा ने उन्हें बैठ जाने के लिए कहा।

"क्या बात है माता! कैसे स्मरण किया?"

"हम माता को गुजराती में 'बा' कहते हैं। 'बा' कहो।"

"कैसे स्मरण किया बा?"

"पुत्र! शंकरलाल को धर्म की ओर मुड़ते देखकर मुझे प्रसन्नता होती है।" बा ने कहा, "किंतु उनके भतीजों को लगता है कि शंकरलाल पर तुम्हारा प्रभाव बढ़ता जा रहा है। यह उन्हें शुभ नहीं लगता। मेरा सबसे बड़ा पोता—शंकरलाल का सबसे बड़ा भतीजा—मोटाभाई बहुत व्याकुल है। वह किसी भी प्रकार इस प्रभाव को रोकना चाहता है।"

"केवल मोटाभाई?"

"नहीं! वे सारे ही। मोटाभाई बड़ा होने के कारण उनका नेता है।"

"मोटाभाई को एक संन्यासी का प्रभाव अशुभ लगता है?"

"हाँ! क्योंकि संन्यासी के प्रभाव में शंकरलाल अच्छा व्यवसायी नहीं रहा है।" बा ने कहा, "धन के प्रति उसका दृष्टिकोण बदल रहा है।"

"आप क्या चाहती हैं?"

"मैं चाहती हूँ कि घर में क्लेश न हो।"

"ठीक है। मैं वही करूँगा, जिससे घर में क्लेश न हो।"

अखंडानन्द ने शंकरलारल से विदा माँगी। तत्काल सारे घर में समाचार फैल गया कि संन्यासी घर छोड़कर जा रहे हैं। सबने उनके चरण छूकर उनको प्रणाम किया।

किंतु शंकरलाल के जैसे प्राण निकल गए, "क्यों जाना चाहते हैं आप? क्या कष्ट है आपको इस घर में?"

"कोई कष्ट नहीं है। न मैं रूठकर जा रहा हूँ, न असुविधाओं से घबराकर।" अखंडानन्द हँसे, "सेठ जी! मैं संन्यासी हूँ। संन्यासी को इतनी देर तक एक स्थान पर नहीं रहना चाहिए। इससे उस स्थान, उन लोगों और उस परिवार के प्रति मोह बढ़ता है। हम जो अपना परिवार ही छोड़ आए हैं, उन्हें शोभा नहीं देता कि वे किसी और परिवार के प्रति इस प्रकार का मोह पालें।"

"वह तो सिद्धांत मात्र है।" शंकरलाल बोले, "आपके यहाँ रहने से मेरे घर में धर्म का प्रभाव बढ़ रहा है। परिवेश सुधर रहा है। मेरा अपना आत्मिक विकास हो रहा है।...आप यह सब रोककर क्यों चले जाना चाहते हैं?"

"मैं न अपने मठ के नियमों को तोड़ सकता हूँ और न ही अपने मठ के अध्यक्ष की आज्ञा का उल्लंघन कर सकता हूँ।"

शंकरलाल आँखों में अश्रु भरकर उनके चरणों पर गिर पड़े, "मैं आपके मठ के महंत स्वामी ब्रह्मनन्द को पत्र लिखकर आपको एक लंबे समय तक यहाँ रोके ऱखने की अनुमति ले लूँगा। मैं यहाँ, जामनगर में, आपके गुरु श्रीरामकृष्णदेव का एक मंदिर बनवा दूँगा। उनकी पूजा और सेवा की व्यवस्था कर दूँगा।"

अखंडानन्द को यह प्रस्ताव प्रसन्न तो कर गया कि कलकत्ता से इतनी दूर जामनगर में ठाकुर के नाम का मंदिर होगा। ठाकुर की प्रतिमा स्थापित होगी। उनकी पूजा होगी। उनका यश फैलेगा।...

किंतु अखंडानन्द की व्याकुलता दूर नहीं हुई।...उन्हें लग रहा था कि वे शंकरलाल की गृहस्थी

में गहरे धँसते जा रहे हैं। उनके कारण परिवार में क्लेश का भय है।···और सबसे बड़ी बात यह है कि वे सुख-सुविधा के दास बनते जा रहे हैं। मोह उन्हें घेर रहा है। ठाकुर के मंदिर का प्रस्ताव भी एक प्रकार का मायाजाल है। ठाकुर की पूजा हो, यह तो वे चाहते हैं; किंतु एक मंदिर के पुजारी बनकर वहाँ बैठ जाना उनका लक्ष्य नहीं है। मंदिर के पुजारी किसी की सेवा नहीं करते।···उन्हें अब किसी मोह में नहीं फँसना है।···शंकरलाल उन्हें जाने नहीं देंगे। या उनके प्रति अखंडानन्द के मन में बैठा मोह ही उन्हें जाने नहीं देगा, तो उन्हें इस मोहजाल को तोड़ना होगा।···उन्हें किसी रात को, बिना किसी को बताए, यहाँ से चुपचाप दूर चले जाना चाहिए, जैसे वे और स्वामी भागलपुर में मन्मथ बाबू का घर छोड़ आए थे।···

पर वह स्थिति नहीं आई। शंकरलाल ने चुप रहकर अपनी सहमति तो नहीं दी, किंतु अपनी असमर्थता स्वीकार कर ली।

शंकरलाल चाहे कितने उदास हों; किंतु घर के अन्य सदस्यों ने स्वीकार कर लिया था कि वे जा ही रहे हैं।

अखंडानन्द अपने सामान की पोटली बाँधकर सबसे पहले 'बा' से विदा लेने गए। वे शंकरलाल के कमरे की ओर जा ही रहे थे कि उन्होंने शंकरलाल को कराहते हुए सुना।

वे घबराए-से उनके कमरे में आए। देखा, शंकरलाल अपने बिस्तर पर लेटे थे और ज्वर से तप रहे थे। उसी ताप में उनके मुख से कराहने का स्वर निकल रहा था।

तत्काल अखंडानन्द की योजना बदल गई। वे शंकरलाल को इस स्थिति में छोड़कर नहीं जा सकते थे। घर में इतने लोग विद्यमान थे; किंतु शंकरलाल के पास कोई नहीं था। न उनके ज्वर से किसी का मन तपता था और न उनकी कराह से किसी का मन पिघलता था।···वे शंकरलाल को इस स्थिति में छोड़कर कैसे चले जाते?···

वे शंकरलाल के बिस्तर से लगकर बैठ गए। कपड़ा गीला कर शंकरलाल के माथे पर रखा और मदनभाई को बुलाकर कहा कि मोटाभाई को किसी चिकित्सक को बुलाने के लिए कहे।

मोटाभाई स्वयं आए, "स्वामी जी! आप तो जा रहे थे?"

"हाँ! पर सेठ जी को इस अवस्था में छोड़कर नहीं जाऊँगा। पहले इनके उपचार की व्यवस्था कीजिए।"

"वह सब तो हो जाएगा···।"

"जब तक सेठ जी स्वस्थ नहीं होते, मैं नहीं जा रहा। यहीं रहूँगा। सेठ जी की सेवा करूँगा।"

मोटाभाई चुपचाप खड़े रहे।

"वैद्य को बुलाया है क्या?"

"नहीं! अभी किसी को भेजता हूँ।" वे बोले, "अभी मैं आपको कॉफी भेजता हूँ। आप दोनों के कॉफी पीने का समय हो गया है।"

जामनगर में कॉफी का पर्याप्त प्रचलन था और स्वामी अखंडानन्द को कॉफी बहुत पसंद थी। वे और शंकरलाल प्रायः साथ ही साथ कॉफी पिया करते थे।

एक नौकर कॉफी के दो प्याले दे गया।

"मैं अभी नहीं जा रहा सेठ जी! थोड़ा साहस कर उठिए और कॉफी पी लीजिए।" अखंडानन्द ने कहा, "मैं पी रहा हूँ।"

शंकरलाल को कुछ राहत मिली। अखंडानन्द अभी नहीं जा रहे थे। उन्होंने उठकर बैठने का प्रयत्न किया। अखंडानन्द ने सहायता की। दो-तीन तकिए रखकर उन्हें बैठा दिया।

अखंडानन्द ने कॉफी का प्याला उठाया तो देखा : उस पर कोई तैल पदार्थ तैर रहा था। घूँट भरा। उसका स्वाद भी कुछ तीखा था, जैसे कॉफी की कुछ अधिक तीव्र गंध जिह्वा पर न रहकर नाक में घुस गई हो।

अखंडानन्द समझ गए, यह सब नौकरों की मूर्खता से होता है। या तो चाय के समान इसमें भी कोई गुजराती मसाला डाल दिया होगा या फिर कॉफी को भी तेज गंध के मसालों और घी के साथ रख दिया होगा।···लगता ही नहीं था कि कॉफी पी रहे हैं। यह तो कोई आयुर्वेदिक काढ़ा-सा लगता था।

कॉफी समाप्त करते ही पेट में मरोड़ उठा। अब वे शंकरलाल की सेवा नहीं कर सकते थे। स्वयं ही ऐसी स्थिति में आ गए थे कि कोई उनकी सेवा करता। सारा दिन वे अतिसार से पीड़ित रहे। शंकरलाल ने वैद्य झंडू भट्ट को चिकित्सा के लिए बुलाया।

अखंडानन्द चार दिन बिस्तर पर रहे। उपचार होता रहा और वे क्रमशः स्वस्थ होते गए।

स्वस्थ होकर अखंडानन्द झंडू भट्ट का धन्यवाद करने गए। उनका भार काफी कम हो गया था और वे अब भी स्वयं को बहुत दुर्बल अनुभव कर रहे थे।

"आपका बहुत-बहुत धन्यवाद भट्ट जी!" अखंडानन्द ने कहा, "ठीक तो हूँ; किंतु दुर्बल हो गया हूँ।"

"आपको शायद अनुमान नहीं है कि आप रोग की किस स्थिति तक पहुँच चुके थे।"

"मेरा यकृत सदा से दुर्बल और संवेदनशील रहा है; किंतु इस प्रकार का अतिसार मुझे कभी नहीं हुआ। लग रहा था कि यदि आप न आते तो मेरा तो प्राणांत ही हो जाता। बता सकते हैं कि मैंने ऐसा क्या खा लिया था, जिससे मेरा उदर इतना पीड़ित हो उठा?"

"मैंने सुना है कि उस घर में आपको विष देकर आपकी हत्या करने का षड्यंत्र रचा गया था।"

"क्या?"

"मेरा निदान भी इसका समर्थन करता है।"

"यह कैसे संभव है।" अखंडानन्द हँसे, "संन्यासी की हत्या से किसी को क्या मिलेगा?"

"यह तो हत्या का प्रयत्न करने वाला ही बता सकता है; किंतु अब आप उस घर में न ही रहें, तो अच्छा है।"

"क्या वह घर मेरे लिए इतना संकटपूर्ण हो गया है?"

"आप प्राणों से जाएँगे और उस घर के लोग बँधे-बँधे फिरेंगे।"

अखंडानन्द को भट्ट जी की बात पर तनिक भी विश्वास नहीं हुआ; किंतु वे इस बात से सहमत हो गए कि अब उन्हें सेठ जी का घर छोड़ देना चाहिए। शंकरलाल अब स्वस्थ भी हो चुके थे। अखंडानन्द की सेवा की उनको कोई आवश्यकता नहीं थी।

अगले दिन जब अखंडानन्द विदा होने के लिए अपने कपड़े समेट रहे थे, उन्हें शंकरलाल के रोने का स्वर सुनाई दिया।

अखंडानन्द ने जाकर देखा : शंकरलाल अपने बिस्तर पर औंधे पड़े हुए अपनी सिसकियों को

दबाने का प्रयत्न कर रहे थे।

"मैं जामनगर में ही रहूँगा और आपसे मिलता रहूँगा।"

शंकरलाल उठ बैठे। आँसू पोंछे।

"मैं क्या करूँगा। आपके जाने के विचार से ही मेरे प्राण निकलने लगते हैं।"

"इतना मोह अच्छा नहीं होता सेठ जी!"

"जानता हूँ। पर मेरा मन मेरे वश में नहीं है।"

"मन तो किसी का भी उसके वश में नहीं होता।" अखंडानन्द बोले, "किंतु उसे वश में करना पड़ता है।"

"प्रयत्न करूँगा।" शंकरलाल ने कहा, "अच्छा! एक प्याला कॉफी पीते जाइए।"

अखंडानन्द सहमत हो गए।

कॉफी आई।

अखंडानन्द ने प्याला हाथ में लिया तो देखा : आज भी उनकी कॉफी पर वैसा ही तैल पदार्थ तैर रहा था और उसमें से वैसी ही तीव्र गंध आ रही थी। अखंडानन्द ने एक घूँट भरा।...उसकी प्रतिक्रिया देखते ही वे झंडू भट्ट के घर की ओर दौड़े।...उनके पेट में कॉफी का प्रभाव आरंभ हो गया था। पेट में मरोड़ उठने लगे थे।...

"उन्होंने आपकी कॉफी में जायफल के बीज मिला दिए हैं।" झंडू भट्ट ने पर्याप्त निश्चित भाव से कहा।

"हुआ तो कॉफी से ही है। कॉफी में आज भी वैसा ही तैल पदार्थ और वैसी ही तीव्र गंध थी।" अखंडानन्द बोले, "किंतु मेरी हत्या का प्रयत्न और वह भी सेठ जी की नाक के नीचे...मेरे लिए अब भी यह विश्वास करना कठिन है।"

वैद्य उठकर गए और जायफल के कुछ बीज ले आए। उन्होंने एक बीज लिया और अखंडानन्द की जिह्वा से उसे छुवाया। उसके स्पर्श मात्र से ही अखंडानन्द का रोग अंकुरित होने लगा।

"क्या विचार है?"

"लगता है कि आपका निदान ठीक है। किंतु वे मेरी हत्या क्यों करना चाहते हैं?"

"देखिए! सेठ शंकरलाल आपके प्रभाव में हैं। वे न केवल आपकी बात सुनते और मानते हैं, आप पर मनमाना धन व्यय कर रहे हैं, जो उनके भतीजों को पसंद नहीं आ रहा है। अब तक जो कर रहे थे, वह तो कर ही रहे थे, अब वे रामकृष्णदेव का मंदिर बनवाने की भी बात कह रहे हैं। जाने वे उस पर कितना धन व्यय करेंगे और कितना धन उसके रखरखाव के लिए देते रहेंगे। ऐसे में उनके भतीजे, जो उनकी सारी संपत्ति के उत्तराधिकारी हैं, यह कैसे सहन करेंगे कि संपत्ति उनके हाथों में आने से पहले ही समाप्त हो जाए।"

अखंडानन्द को सच्चाई समझ में आ रही थी।...वे समझ रहे थे कि मोटाभाई यह नहीं मान रहे कि शंकरलाल अपना धन शुभ कामों में लगा रहे हैं। वे यह मान रहे हैं कि शंकरलाल मोटाभाई का धन लुटा रहे हैं। यह ठीक था कि यह सारी संपत्ति शंकरलाल के पश्चात् उनके भतीजों को ही मिलने वाली थी।...किंतु वे लोग तो अभी से उसे अपनी मान बैठे थे और समझते थे कि शंकरलाल को व्यय का कोई अधिकार नहीं था।...इस घर में शंकरलाल के साथ रहकर अखंडानन्द उन्हें यह परामर्श तो नहीं दे सकते थे कि वे साधुओं को भोजन न करवाएँ। मंदिर न जाएँ, दान न दें, पर

यदि वे यह नहीं कर सकते थे तो घर में क्लेश तो बढ़ेगा ही···एक ही मार्ग बचता था कि संन्यासी अपनी राह चले और इस परिवार को अपनी राह चलने दे।···ऐसा न हो कि वे लोग विक्षिप्त होकर शंकरलाल की ही हत्या कर दें।···

"आप मेरे घर पर आ जाएँ।" भट्ट जी ने कहा, "आपके प्राणों को अभी शंकरलाल के घर में भी भय है और संभव है कि आपके उदर में पहुँचे हुए विष के शमन की भी आवश्यकता पड़े। आप मेरे घर आ जाएँ और मेरे निकट रहें। आपका उपचार हो जाएगा और मुझे साधु का संग मिल जाएगा।"

अखंडानन्द बहुत देर तक सोचते रहे।···

"अच्छा वैद्य जी! मैं आपके पास ही आ जाता हूँ।" अखंडानन्द ने कहा, "मुझे अपने प्राणों से अधिक सेठ शंकरलाल के प्राणों का भय है। मैंने आज तक पराए धन के प्रति लोभ का इससे घृणित उदाहरण नहीं देखा।"

"जाइए! सेठ जी को इसकी सूचना दे आइए!"

रात को अखंडानन्द ध्यान करने बैठे, तो उनके मन में अनेक प्रश्न ऊबचूब कर रहे थे : धर्म के बीज से पाप का अंकुर क्यों फूट रहा है? कहाँ दोष है, शंकरलाल के चिंतन अथवा आचरण में? क्यों धर्म का फल धर्म के रूप में विकसित नहीं हो रहा?

अखंडानन्द ने पाया कि भट्ट जी का घर, घर से अधिक चिकित्सालय था। वह विभिन्न प्रकार के रोगियों से अँटा रहता था। भट्ट जी उन्हें औषध भी देते थे और भोजन भी।···जाने यह धन कहाँ से आता था।

वे प्रातः चार बजे सोकर उठ जाते थे। जब वे पूजा कर बाहर आते थे तो लोगों का आना आरंभ हो जाता था। वे लोग वहीं अपनी प्रातः की चाय भी पीते थे और अपना निदान कराकर औषध भी प्राप्त करते थे। भट्ट जी धनियों और निर्धनों को एक समान निःशुल्क औषध देते थे, चाहे वह मकरध्वज जैसी महँगी पुष्टिकारक दवा ही क्यों न हो। रोगियों को देखकर, उनको औषध देकर वे अपनी टमटम पर बैठकर नगर में अपने रोगियों को देखने के लिए निकल जाते थे और किसी रोगी से कोई पैसा नहीं लेते थे।

अखंडानन्द प्रातः भ्रमण से लौटे तो देखा कि एक अपरिचित गँवार-सा व्यक्ति स्वयं भट्ट जी के बिस्तर पर लेटा था। उसका सारा शरीर किसी भयंकर चर्म रोग से पीड़ित था। एक स्त्री किसी तेल से उसकी मालिश कर रही थी। भट्ट जी निकट ही बैठे अपनी किसी पुस्तक के पृष्ठ उलट रहे थे।

अखंडानन्द ने पूछा, "क्या हो रहा है भट्ट जी?"

"यह व्यक्ति असंयमी रति-पिशाच है। उसी से उसे यह रोग हो गया है। आयुर्वेद का कहना है कि ऐसा रोगी चिकित्सक के सामने एक मृदुल बिस्तर पर लेटे और एक स्त्री तेल से उसके शरीर का अभ्यंजन करे। अभ्यंजन समझते हैं—मालिश। मैंने उन सारे निर्देशों का पालन कर दिया है और अब मैं इसकी औषधि खोज रहा हूँ।"

"पर यह, ऐसा रोगी—आपके बिस्तर पर क्यों लेटा है?" अखंडानन्द ने कुछ आपत्तिपूर्ण स्वर

में पूछा।

"क्योंकि उसके लिए एक उपयुक्त मृदुल बिस्तर तैयार करने में कुछ समय लगेगा।"

कुछ समय पश्चात् वह व्यभिचारी कामासक्त व्यक्ति स्वस्थ हो गया और भट्ट जी के घर में ही एक कर्मचारी के समान रहने लगा।

अखंडानन्द के मन में सहस्रों विचार बवंडर के समान ऊधम मचा रहे थे। प्रभु उन्हें यहाँ लाए हैं। लगभग एक वर्ष से वे यहाँ हैं। उन्होंने सेठ शंकरलाल के घर रहकर पूजा-पाठ, साधु-संग, ध्यान-धारणा का संसार भी देखा था···किंतु उसका प्रभाव कितना भयंकर था। उसी घर में हत्यारे पनप रहे थे। षड्यंत्र रचे जा रहे थे। सांसारिकता का कुप्रभाव था वहाँ।···और झंडू भट्ट के घर पर सेवा का व्यापार था। उस सेवा से लंपट और व्यभिचारी लोग भी सेवा में प्रवृत्त हो रहे थे।

प्रभु की क्या इच्छा थी? क्या वे अखंडानन्द को समझा रहे थे कि प्रभु का नाम जपने से बड़ी तपस्या रोगी की सेवा थी? सेवा तब तक नहीं हो सकती, जब तक दुखियों के प्रति मन में अपार करुणा न हो। यह करुणा भट्ट जी के मन में थी। उनकी अवस्था प्रायः सत्तर वर्ष की थी। फिर भी उनकी करुणा उनसे काम कराए जा रही थी। शायद उसी करुणा के कारण भट्ट जी के निदान में इतना सत्य था, उनकी औषधियों में इतना बल था कि मरता हुआ व्यक्ति भी नीरोग होकर उठ खड़ा होता था।

भट्ट जी प्रायः अपनी मौज में गाया करते थे : 'क्या कोई ऐसी विधि है, जिससे मैं दूसरे शरीरों में प्रवेश कर जाऊँ और उनके कष्ट अपने शरीर पर सहन कर सकूँ।'

अखंडानन्द भी इन पंक्तियों को मंत्र के समान गाया करते थे। रतिदेव की इस उक्ति[1] ने उनके मन में पीड़ित लोगों के प्रति करुणा का कोई अज्ञात उत्स खोल दिया था। पीड़ित लोगों के प्रति सहानुभूति ने उन्हें बाध्य किया कि वे उन समस्याओं के समाधान के लिए मार्ग खोजें।···भट्ट जी को संस्कृत की ही कुछ और पंक्तियाँ भी बहुत प्रिय थीं : 'मुझे न राज्य की कामना है, न स्वर्ग की, न मोक्ष की। मैं एक ही कामना करता हूँ कि दुखियों का दुःख दूर हो।'[2]

ना काम्येऽहम् गतिमृइश्वरत् परम् अष्टा···

अखंडानन्द को अपने गुरु के वे शब्द आज भी स्मरण थे : 'मैं जीवनपर्यंत सीखता हूँ।' अखंडानन्द भी महान् आत्मा भट्ट जी के जीवन से सेवा का पाठ पढ़ने लगे, 'मनुष्य से प्रेम करना और उसकी सेवा करना शिव की उपासना का सर्वश्रेष्ठ रूप है।'

7

स्वामी पुणे से बंबई आए। 120 मील। और वहाँ से खंडवा चले गए। 333 मील।

उन्हें रामेश्वरम् जाना था। खंडवा उनके मार्ग में नहीं पड़ता था, फिर भी वे खंडवा चले आए।

---

1. श्रीमद्भागवतम् 9/21/1-18
2. 9/21/12

पर खंडवा में रुके नहीं। मन में ओंकारेश्वर और उज्जैन के दर्शन करने की इच्छा थी।…इंदौर जाने की भी इच्छा थी। न होती तो वे बेदकर के नाम दीवान जी साहब से पत्र क्यों लेते।…

ओंकारेश्वर, नर्मदा में एक सुंदर टापू है। ओंकारेश्वर के दर्शन कर स्वामी माहेश्वर आए। यह भी नर्मदा में स्थित है और इसका संबंध अहल्याबाई होल्कर के साथ बताया जाता है। स्वामी के मन में अहल्याबाई के लिए भी बहुत सम्मान था। वे स्थानों को ही नहीं देखते थे, उनसे संबंधित लोगों से भी जैसे भेंट करते चलते थे।…स्वामी मंडलेश्वर भी गए। इसे कुछ लोग प्राचीन महिष्मती भी मानते हैं। इसका संबंध उभय भारती के नाम के साथ जोड़ा जाता है। वे मंडनमिश्र की पत्नी थीं और उन्होंने कामशास्त्र संबंधी प्रश्नों से शंकराचार्य को मूक कर दिया था।…स्वामी मन ही मन में हँस रहे थे, कहीं उनका सामना भी किसी 'उभय भारती' से न हो जाए…

स्वामी बरवाहा से इंदौर गए। 40 मील। तब उज्जैन।

इंदौर में जिस व्यक्ति के नाम दीवान जी साहब का पत्र था, वे श्री खंडेराव चिमणराव बेदकर थे। वे 1890 से 1892 तक इंदौर के दीवान थे। उनके स्थान तक पहुँचने में संध्या व्यतीत हो गई और प्रायः रात्रि का आगमन हो गया था। फिर भी स्वामी ने पूरी आश्वस्ति से द्वार का कुंडा खटखटाया।

कपाट खोलने वाले कर्मचारियों ने उन्हें गृहस्वामी बेदकर के सम्मुख उपस्थित किया।

एक अपरिचित संन्यासी को अपने सम्मुख खड़े देखा तो उनका चेहरा विकृत हो गया।

"नमो नारायणः।" स्वामी ने कहा और दीवान जी साहब का पत्र उन्हें थमा दिया।

"क्या चाहते हैं?" बेदकर का स्वर तनिक भी मधुर नहीं था।

"संन्यासी को धन-संपदा नहीं, मात्र आश्रय चाहिए।"

"तो किसी धर्मशाला में जाइए।" बेदकर ने कहा, "यह मेरा घर है, कोई मठ नहीं।"

स्वामी के लिए यह सब बहुत अप्रत्याशित था। दीवान जी साहब के पत्र का ऐसा अनादर कहीं नहीं हुआ था।

"धर्मशाला या मठ में जाने के लिए मुझे आपके नाम दीवान जी साहब का पत्र लाने की क्या आवश्यकता थी?" स्वामी ने पूछा।

"इस बात को मैं भी नहीं समझ पा रहा हूँ।" बेदकर ने उत्तर दिया, "खैर, दीवान जी साहब का पत्र आपको इस घर में रहने का कोई अनिवार्य अधिकार नहीं दे देता। यह कोई सरकारी परमिट या लाइसेंस नहीं है, न इंदौर में जूनागढ़ के नवाब का राज्य है, और न ही दीवान जी साहब मेरे स्वामी हैं। घर मेरा है, दीवान जी साहब का नहीं; और मैं अपने घर में संन्यासियों को ठहराना उचित नहीं समझता।"

"तो जाऊँ?"

"जा भी सकते हैं और चाहें तो रात-भर के लिए कहीं पड़े भी रह सकते हैं।" बेदकर का स्वर तनिक भी कोमल नहीं हुआ, "संन्यासी को पलंग और गद्दों की आवश्यकता नहीं होनी चाहिए।"

"जाता हूँ। नमो नारायणः।" स्वामी ने कहा, "भगवान् आपको सद्बुद्धि दें।"

"क्यों, रात को रुकना नहीं है?"

"नहीं।"

"कहाँ जाएँगे? कोई और ठिकाना है? किसी और व्यक्ति के नाम दीवान जी साहब का पत्र ?"

"नहीं! ठिकाना तो नहीं है; किंतु कहीं भी रह लूँगा—किसी वृक्ष के नीचे।"

"क्यों, गृहस्थ की छत चुभती है क्या?"

"नहीं! प्रभु का आँचल अच्छा लगता है।" स्वामी बोले, "आपकी छत के नीचे रात बिताई, और प्रातः उठने पर आपने कह दिया कि कुल्ला करने के लिए पानी भी नहीं देंगे, तो?"

"संन्यासी को इतना क्रोधी भी नहीं होना चाहिए।"

"किसी को इस कारण उपदेश भी नहीं देना चाहिए, क्योंकि वह संन्यासी है और आपके द्वार पर आश्रय माँगने आया है।"

स्वामी चल पड़े।

एक मंदिर का द्वार खुला मिला, तो वे उसमें प्रवेश कर गए।

पुजारी तो नहीं मिला, प्रबंधक मिल गया।

"हमारे पास साधुओं को ठहराने के लिए कमरे तो नहीं हैं।" प्रबंधक ने कहा, "हाँ! मेरे इस कार्यालय से काम चल जाए, तो आप रात-भर यहाँ रुक जाइए। प्रातः कोई न कोई प्रबंध हो ही जाएगा।"

"साधु के लिए इतना ही पर्याप्त है।" स्वामी ने कहा।

"तो आप यहाँ विराजें।" प्रबंधक ने कहा, "मैं बाजार से भोजन भिजवा देता हूँ। घर का भोजन तो इस समय नहीं मिल पाएगा।"

"भिजवा सकें, तो भिजवा दें।" स्वामी बोले, "नहीं तो एक समय का उपवास साधु का कोई अहित नहीं कर सकता।"

"नहीं! उपवास क्यों करेंगे।" प्रबंधक बोला, "मैंने तो केवल इसलिए कहा कि कहीं आपका भोजन संबंधी कोई नियम आड़े न आता हो।"

"नहीं! ऐसी कोई बात नहीं है।"

प्रबंधक जाने लगा तो स्वामी ने उसे रोक लिया, "एक कृपा और करते जाएँ।"

"कैसी कृपा?"

"आपकी लेखन-सामग्री देखकर मन ललचा गया है।" स्वामी बोले, "यदि आपको कोई आपत्ति न हो तो मैं दो-एक पत्र लिखना चाहूँगा।"

"तो लिखिए न।"

"आपका कागज और आपकी लेखनी लूँगा।"

"इसे अपना ही कार्यालय समझिए।"

स्वामी भोजन कर चुके और लड़का बर्तन लेकर चला गया तो स्वामी पत्र लिखने बैठे।

इंदौर

प्रिय दीवान जी साहब,

आपके इंदौर वाले मित्र के विषय में क्या कहूँ...उनकी शालीनता के विषय में जितना कम कहा जाए, उतना ही अच्छा। निश्चित रूप से सारे दाक्षिणात्य एक समान नहीं हैं। मैंने महाबलेश्वर

में ठाकुर जसवंतसिंह के साथ ठहरने की सूचना शंकर पांडुरंग को पत्र लिखकर दी थी। उन्होंने पत्रोत्तर में लिखा था, 'मुझे प्रसन्नता है कि आपको वहाँ लींबड़ी के ठाकुर मिल गए। नहीं तो आपको वहाँ पर्याप्त असुविधा होती। सत्य यह है कि हम महाराष्ट्रीय लोग गुजरातियों के समान अतिथिप्रिय नहीं हैं।' इससे आपको सारा विषय समझ में आ जाएगा।

आपका

विविदिशानन्द

इंदौर के बेदकर का व्यवहार तो एक हलका-सा संकेत भर था। मध्य भारत में कुछ उत्तर की ओर जाने के समय, परिस्थितियाँ कठिनतर होती जा रही थीं।...स्वामी को लग रहा था कि वे विचित्र प्रकार के स्वभाव के लोगों में जा पहुँचे थे। जाने क्यों यहाँ लोग न केवल अत्यंत अभद्र थे, वे अतिथि-सत्कार-विमुख थे। माँगने पर एक मुट्ठी भिक्षा तक नहीं देते थे। ठहरने की जगह माँगने पर डाँट-फटकारकर भगा देते थे। वे बेदकर के गोत्र के ही लोग लगते थे, हाँ! उनमें राक्षसी तत्त्व बेदकर से भी कहीं अधिक था।

कभी ऐसा भी हुआ कि कई दिनों तक निर्जल-निराहार रहने के बाद किसी प्रकार जीवन धारण मात्र के उपयुक्त, थोड़ा-सा कुछ खाकर ही शरीर-रक्षा करनी पड़ी।...

वे निढाल हुए एक वृक्ष की छाया में अचेत पड़े हुए थे। यहाँ कोई आने-जाने वाला भी नहीं था। संध्या समय तीन पुरुष उस ओर से जाते दिखाई दिए। स्वामी ने पुकारने का प्रयत्न किया, किंतु दुर्बलता के कारण कंठ से स्वर ही नहीं निकला। हाथ से संकेत करना चाहा तो हाथ नहीं उठा... इसे ईश्वर की इच्छा मानकर स्वामी ने प्रयत्न भी त्याग दिया; किंतु उन तीनों में से जो प्रौढ़ था, उसकी दृष्टि उन पर पड़ी...

"अरे, यहाँ कौन लेटा है?"

"लेटा है कि मरा पड़ा है!..." एक युवा ने कहा।

"चुप!" प्रौढ़ ने उसे डाँटा, "जो मुँह में आता है, बक देता है।"

प्रौढ़ उनके पास आ गया। दोनों युवाओं ने भी उसका अनुकरण किया।

स्वामी ने अपनी आँखें खोलकर उन्हें देखा और बोलने का प्रयत्न किया; किंतु कुछ बोल नहीं पाए।

"चलो उठाओ इसे।" प्रौढ़ ने कहा, "किसी रोग या भूख-प्यास से निढाल हो गया है।"

"उठाकर क्या करोगे बाबू?" पहले युवा ने कहा, "देख तो रहे हो कि साधु है। पता नहीं कितने श्वास बाकी हैं। मर गया तो हम बँधे-बँधे फिरेंगे।...हमारी सेवा से स्वस्थ हो भी गया, तो हम पर ही चढ़ दौड़ेगा कि मेहतर होकर हमने इसे छुआ क्यों?"

"अरे, हम भी कोई बाहमन हैं कि मरते हुए आदमी को छोड़कर चल दें।" प्रौढ़ ने कहा, "मर गया तो भी हम ही उठाएँगे। बच गया तो मुर्दा फूँकने से बच जाएँगे।"

उन तीनों ने मिलकर स्वामी को उठाया और अपने घर ले आए। मुँह में पानी टपकाया तो स्वामी बोलने योग्य हो गए...

"मुझे कुछ खाने को दो। भूखा हूँ।..."

"हम जात के मेहतर हैं, हमारे घर का खाओगे?"

स्वामी ने स्वीकृति में सिर हिला दिया।

"हमारे घर का क्यों?" प्रौढ़ ने कहा, "ठाकुर के घर से जो हलवा-पूरी लाए हो, वही दे दो।"

दूसरा युवा पहली बार बोला, "इतनी दूर से जो बचाकर लाए हैं, वह न स्वयं खाएँ, न अपने बच्चों को खिलाएँ। इसको दे दें?···क्या लगता है यह हमारा?"

"जो कुछ लगते हैं, उनको तो प्रतिदिन खिलाते हैं।" प्रौढ़ ने कहा, "साधु को मेहतर के घर का खिलाकर पाप क्यों कमाते हो? ठाकुर के घर का खिला दो। उसका धर्म भ्रष्ट होने से बच जाएगा।"

"बच्चों के मुँह का कौर छीनकर नहीं खाऊँगा।" स्वामी ने कहा, "मुझे अपने घर की सूखी रोटी खिला दो।"

"तुम्हारा धर्म भ्रष्ट हो जाएगा।" प्रौढ़ ने कहा।

"मेरा धर्म अपने प्राणों की रक्षा करना है और वह तुम्हारे घर की सूखी रोटी से होगा।" स्वामी ने कहा, "संकोच मत करो। जल्दी करो। भूख से मेरे प्राण निकल रहे हैं।"

"ठाकुर को पता लग गया तो वह हमारे प्राण ले लेगा।" युवा ने कहा।

"ठाकुर को यदि मेरे प्राणों की इतनी ही चिंता थी, तो उस समय भोजन क्यों नहीं दिया, जब मैं गाँव में द्वार-द्वार भिक्षा माँग रहा था?"

स्वामी उस परिवार के साथ कई दिन रहे। इस उपेक्षित नीच जाति के लोगों के हृदय की श्रेष्ठता देखकर वे विस्मित रह गए। उनमें उच्च भावों के अंकुर देखकर स्वामी के मन में बड़े वेग से विचार मंथन हुआ···सिद्धि-लाभ के लिए मैंने संसार-त्याग किया है। घर-घर भिक्षा माँगने और जगह-जगह घूमने मात्र से वह उद्देश्य पूरा नहीं हो सकता। मैं निर्लज्ज भाव से घूम-घूमकर दूसरों के घर भोजन करता हूँ और इससे विवेक को कष्ट भी नहीं होता—बिलकुल एक कौए के समान। अब और भिक्षाटन नहीं करूँगा। मुझे खिलाने से गरीबों को क्या लाभ? बल्कि एक मुट्ठी चावल मिलने पर वे अपने बाल-बच्चों को खिला सकते हैं। फिर यदि भगवत्प्राप्ति ही नहीं हुई, तो इस देह को रखने से क्या लाभ?···

एक गहन आध्यात्मिक असंतोष तथा आत्मविसर्जन के भाव ने उन्हें आच्छन्न कर लिया था।···उस परिवार से विदा लेकर जब वे चले तो उनके भीतर जैसे बहुत कुछ बदल चुका था।

···सुदूरव्यापी घने जंगल से होकर चलते हुए स्वामी जी ने सोचा कि निराहार रहकर तपस्या के द्वारा देह त्याग कर देने में क्या हानि है? निरुद्देश्य एक अनावश्यक देह को ढोने और दूसरों के भाग के अन्न को खाकर उनके लिए संकट पैदा करने का क्या लाभ?···वे सारा दिन पैदल चलते रहे। मार्ग में अन्न का एक दाना भी नहीं मिला। न फल मिला, न कोई अन्य खाद्य पदार्थ। संध्या समय वे थके शरीर के साथ एक वृक्ष के नीचे सो गए। उनका मन भगवत्-चिंतन में निमग्न था। वे निरंतर उससे पूछ रहे थे--इस जीवन का क्या लक्ष्य था? इस शरीर का क्या लाभ था?···दोनों नयन लक्ष्यहीन-से शून्य में अपने प्रश्नों का उत्तर खोज रहे थे।···आकाश या क्षितिज से कोई समाधान तो अवतरित नहीं हुआ। हाँ! उन्होंने देखा कि वृक्षों के पीछे से निकलकर एक बाघ उनकी ओर आ रहा था। शायद प्रभु ने उनके प्रश्नों के उत्तर के रूप में ही यह बाघ भेजा था।···यदि तुम्हारे शरीर का कोई प्रयोजन नहीं है, तो उसे व्यर्थ जीवित रखकर क्या करना है। समर्पित कर दो इस बाघ को उसे।···

बाघ निकट आकर उनके सम्मुख बैठ गया, मानो छलाँग लगाने की तैयारी में हो।

स्वामी के मन में आया, 'हम दोनों ही तो भूखे हैं। मुझे इस देह में ज्ञान की प्राप्ति तो हुई नहीं,

और इसके द्वारा संसार में किसी का कल्याण होने की भी कोई संभावना नहीं है। अतः इस शरीर से यदि इस भूखे पशु की क्षुधा मिट जाए, तो क्या बुरा है?'

वे प्रतीक्षा कर रहे थे कि कब वह छलाँग मारकर उन पर आक्रमण करेगा।...कुछ समय और बीत गया। बाघ ने उन पर छलाँग नहीं लगाई।...सहसा वह उठा और पलटकर तेजी से घने वन में कहीं अदृश्य हो गया। स्वामी सोचते रहे, शायद वह लौटकर आए। शायद वह अपनी शेरनी को बुलाने गया हो।...पर वह नहीं लौटा।

वह रात उसी वृक्ष के नीचे प्रभु-चिंतन में बीती। प्रातः उनका मन दूसरी ही दिशा में चल पड़ा। जिसके प्रति आपके मन में हिंसा का भाव न हो, वह हिंस्र पशु भी आपके प्रति हिंसा का भाव नहीं रखता।...या फिर यह प्रभु की कृपा का उदाहरण है। वह जिसकी रक्षा करना चाहता है, उसे इस सृष्टि का कोई तत्त्व नष्ट नहीं कर सकता।...स्वामी भगवान् की असीम करुणा का चिंतन करते हुए, कृतज्ञतापूर्ण हृदय से आगे चल पड़े।

थके-माँदे और भूखे स्वामी चले जा रहे थे। ग्रीष्म का सूर्य आग बरसा रहा था और इस प्रकार यात्रा करना सर्वथा असंभव था। उनकी यात्रा का एकमात्र लक्ष्य किसी छायादार वृक्ष के नीचे पहुँचना ही रह गया था। बड़े परिश्रम से वे एक वृक्ष के निकट पहुँचे और लेट गए। शरीर एक प्रकार से चेतनारहित हो रहा था।...कितनी ही बार वे निराहार रह चुके थे। क्षत-विक्षत पाँवों से क्लांत देह लेकर मृत्यु के समक्ष उपस्थित हुए थे। कितनी ही बार, दिन पर दिन अन्न की एक मुट्ठी भी न मिल पाने के कारण, चलना असंभव हो गया था। तब भी तो श्रांत शरीर से किसी वृक्ष की छाया में लेट जाते थे। लगता था कि प्राण वायु उनके शरीर से निकलती जा रही है। बोल नहीं सकते थे, विचार करना भी असंभव हो जाता था। ऐसा पहली बार तो नहीं हो रहा था।...और अकस्मात् ही उनके मन में विचार उठा...शक्ति पदार्थ में नहीं, आत्मा में है। यह तो परम सत्य है कि आत्मा में अनंत शक्ति निहित है। आत्मा ही शक्ति है। यह कैसी अनहोनी है कि शरीर और इंद्रियाँ शक्तिस्वरूपा आत्मा पर आधिपत्य जमा लें और उसे अशक्त बना दें?...मैं आत्मा हूँ। मैं निर्बल कैसे हो सकता हूँ। मुझे कोई भय नहीं है। मेरी मृत्यु नहीं हो सकती। मैं नश्वर नहीं हूँ। मृत्यु का मेरे लिए कोई अस्तित्व नहीं है। मेरा न कभी जन्म हुआ है, न मृत्यु ही होगी। मुझे न क्षुधा है, न तृष्णा। सोऽहम्। सोऽहम्। सारी प्रकृति में क्षमता नहीं कि मुझे मसल डाले। प्रकृति तो मेरी दासी है।...उन्होंने अपनी आत्मा को संबोधित किया, "हे देवदेव! हे परमेश्वर! अपनी महिमा प्रकट करो! स्वराज्य में प्रतिष्ठित होओ। विरक्त मत होओ।"

उन्होंने अनुभव किया कि उनके शरीर में नई शक्ति का संचार हो गया है। मन की अचेतनता दूर हो गई है। इंद्रियों में भी सक्रियता आ गई है। मन में संकल्प जागा कि वे दुर्बलता के सामने कभी घुटने नहीं टेकेंगे।

8

बैरिस्टर हरिदास चट्टोपाध्याय न्यायालय से लौटे और उन्होंने अपने द्वार पर एक संन्यासी को खड़े पाया।

"कहिए महाराज!" हरिदास ने बंगाली हिंदी में कहा।

"ए खाने केयू शाधुबाशा पावा जाबे न कि?"

हरिदास का मुँह विस्मय से खुल गया, "आपनी बांगाली न कि?"

और बिना स्वामी का उत्तर सुने, हरिदास उनका स्वागत कर बैठे, "आशून! आशून!!"

"बंगाल से दूर, एक बंगाली को देखकर बहुत प्रसन्नता होती है।" वे स्वामी को अपने घर के भीतर ले गए, "और जो बंगाल से जितनी दूर है, वह उतना ही प्रसन्न होता है।"

"ऐसे ही भारत से दूर किसी भारतीय को देखकर प्रसन्नता होगी।" स्वामी बोले।

"उसका अनुभव मुझे नहीं है।"

"अनुभव तो मुझे भी नहीं है।" स्वामी बोले, "मैंने तो बस आपकी बात का फलक कुछ व्यापक कर दिया है। हम बंगाली हैं, यह ठीक है; किंतु हमें स्वयं को वहीं तक सीमित नहीं रखना चाहिए—मनुष्य बन सकें, तो सबसे अच्छा, न हो तो भारतीय तो बन ही जाना चाहिए।"

"हम तो यहाँ बंगालियों को ही जोड़ नहीं पा रहे हैं।" हरिदास हँसे, "कुछ प्रयत्न आप भी कर देखें। आप यहाँ कितने दिन रुकेंगे?"

"यह तो आश्रय मिलने पर निर्भर है।" स्वामी ने कहा, "वैसे मैं रामेश्वर जाने का संकल्प कर निकला हूँ। बहुत दिन खंडवा में रहने का विचार नहीं है।"

"तो आप साधुबासा न खोजें, मेरे ही घर पर टिक जाएँ।" हरिदास ने कहा, "मैं प्रयत्न करूँगा कि आप यहाँ के बंगाली समाज से मिल सकें।"

"ठीक है। उनसे भी मिल लूँगा। कुछ धर्मचर्चा हो जाएगी और कुछ संगीत।..."

"संगीत!" हरिदास की आँखें चमक उठीं।

"आपका जन्म खंडवा में ही हुआ है क्या?" स्वामी ने पूछा।

"नहीं!" हरिदास बोले, "जन्म तो हुगली जिले के गोसाईं-मालपाड़ा ग्राम में हुआ था। 1862 ई० के फरवरी मास में।"

"शिक्षा कहाँ पाई?"

"परिवार तो हमारा अत्यंत निर्धन था, किंतु छात्रवृत्ति मिल गई।" हरिदास बोले, "इसलिए पढ़ाई हेयर स्कूल और प्रेसिडेंसी कॉलेज में हुई। अभावों ने साथ नहीं छोड़ा तो एम० ए० की पढ़ाई बीच में ही छोड़कर ट्यूशन करने लगा और आपूर्ति विभाग में नौकरी कर ली। उससे घर चला और कानून की पढ़ाई भी कर ली। 1878 में बी० एल० की परीक्षा पास कर अलीपुर और पाबना में वकालत आरंभ की। तभी नागपुर में बसे विपिनकृष्ण बसु मिल गए। उनके परामर्श पर खंडवा चला आया।...नदिया के प्यारीलाल गांगुली भी मेरे ही साथ आए थे। तब से यहीं हूँ।..."

"यहाँ बंगाली जज तो अधिक नहीं हैं, जिनके कारण बंगाली वकील यहाँ जमते जा रहे हैं?" स्वामी हँस रहे थे।

"हैं न!" हरिदास बोले, "माधवचंद्र गंगोपाध्याय हैं। माधव बाबू मेरठ से स्थानांतरित होकर जिला जज के रूप में खंडवा आए हैं। उनके आने से खंडवा में काली-पूजा आरंभ हुई थी। माधव बाबू ने माँ काली की मिट्टी की प्रतिमा बनवाकर प्यारी बाबू के घर पर उनकी पूजा की थी। दूसरे हैं—माधवचंद्र बंद्योपाध्याय, जो यहाँ के सिविल जज हैं।"

स्वामी कुछ सोच रहे थे।...

"क्या सोच रहे हैं?"

"बंकिम बाबू भी चट्टोपाध्याय ही थे और बंगाल के उसी क्षेत्र से संबंधित थे।"

"हाँ! बंकिमचंद्र चट्टोपाध्याय के पड़दादा और मेरे पड़दादा सगे भाई थे।" हरिदास बोले, "फिर भी कहाँ बंकिम बाबू और कहाँ मैं।"

"बंकिम बाबू अत्यंत राष्ट्रप्रेमी थे।..."

"हाँ!" हरिदास बोले, "कांग्रेस में तो मैं भी जाता हूँ और राजनीति में चरमपंथी हूँ।"

"राजनीति! और समाजनीति क्या है?"

"यहाँ एक ग्रंथालय और एक स्कूल आरंभ किया है।" हरिदास बोले, "यहाँ खजूर के वृक्ष बहुत हैं। सोचा, उनके रस से गुड़ और चीनी का उत्पादन किया जाए, उससे इस अंचल का विकास होगा।"

"कुछ किया या सोचकर ही रह गए?"

"अभी तो कुछ प्रयोग ही किए हैं और पत्र-पत्रिकाओं में कुछ निबंध लिखे हैं; किंतु विश्वास है कि निकट भविष्य में एक लिमिटेड कंपनी बनाई जाएगी।..."

"निबंध लिखने तक तो ठीक है।" स्वामी हँसे, "बंगाली लोग इस काम में चतुर हैं। आपकी कंपनी बन सके, उसके लिए मेरा आशीर्वाद! भगवान् आपको सफल करें और आप इस अंचल की उन्नति कर सकें।"

खंडवा के सिविल जज, माधवचंद्र बंद्योपाध्याय ने स्वामी के सम्मान में अपने घर पर एक भोज दिया। वहीं सारा बंगाली समाज जुट आया।

"स्वामी जी! भोजन से पहले संगीत। धर्मचर्चा बाद में।" लोगों ने शोर मचाया।

स्वामी हँसे, "संगीत विषयक मेरे ज्ञान के संदर्भ में आप कुछ जानते भी नहीं हैं, फिर भी संगीत का आग्रह कर रहे हैं।...और भोजन के पश्चात् आप अपने-अपने घर जाकर विश्राम करना चाहेंगे, तो धर्मचर्चा कब होगी?"

कोई कुछ नहीं बोला।

"ठीक है, पहले संगीत।" स्वामी ने जैसे उनकी बात मान ली, "धर्मचर्चा हो न हो।"

उपस्थित लोगों में उत्साह की लहर उठी, "यह स्वामी काफी उदार और आधुनिक लगता है।"

स्पष्ट था, धर्मचर्चा के लिए वे लोग अधिक उत्सुक नहीं थे।

स्वामी ने गाया :

ॐ पूर्णमदः, पूर्णमिदम्, पूर्णात् पूर्णमुदच्यते।
पूर्णस्य पूर्णमादाय, पूर्णमेवावशिष्यते।।

इन पंक्तियों को स्वामी ने घुमा-फिराकर अनेक बंदिशों में गाया। उनके स्वर का जादू स्पष्ट ही सबको बाँध रहा था।

स्वामी मौन हुए, तो एक प्रकार की मर्मर ध्वनि उठी, जैसे लोग शिकायत कर रहे हों।

"क्या बात है—आप लोगों को मेरा गायन प्रीतिकर नहीं लगा?" स्वामी मुस्करा रहे थे।

"नहीं! ऐसी बात नहीं है, स्वामी जी!" हरिदास बोले, "शब्द, स्वर और संगीत तो अद्भुत है।

किंतु किसी को अर्थ समझ नहीं आया। आप शायद उपनिषद् से गा रहे हैं; और उससे लोगों का परिचय नहीं है।"

"हाँ! यह ईशावास्योपनिषद् का पहला मंत्र है।" स्वामी बोले, "संगीत से तो आपका परिचय कोई भी करवा देगा; किंतु उपनिषद् की चर्चा संन्यासी भी न करे, तो कौन करेगा हरि बाबू?"

"बात तो ठीक है, किंतु उपनिषद् समझ में भी तो आना चाहिए।"

"बहुत सरल अर्थ है।" स्वामी बोले, "ऋषि ने कहा है कि 'वह पूर्ण है। यह भी पूर्ण है। पूर्ण में से पूर्ण ही उत्पन्न होता है। और यदि पूर्ण में से पूर्ण को निकाल लें, तो भी पूर्ण ही शेष बचता है।' "

"यह कविता है या पहेली?" प्यारीलाल गांगुली ने टिप्पणी की, "हमारे धर्मग्रंथों में ऐसी ऊटपटाँग बातें भरी पड़ी हैं, इसीलिए तो कोई उनको पढ़ता नहीं है।"

"सत्य कहा आपने। जिन मंत्रों को सहस्रों वर्षों से लोग अपने गले का हार बनाए हुए हैं, उनके विषय में आपका विचार है कि उनको कोई पढ़ता नहीं है—क्योंकि आपने उन्हें नहीं पढ़ा।" स्वामी बोले।

"ऐसा ही मान लीजिए।"

"तो उपनिषद् का पहला प्रमाण तो आप ही हैं।" स्वामी हँस पड़े, "आप अपने आपको पूर्ण सृष्टि मानते हैं। आप नहीं पढ़ते तो कोई नहीं पढ़ता। अब आपसे पूर्ण और कौन हो सकता है?"

एक जोरदार ठहाका पड़ा और प्यारीलाल गांगुली बाबू कुछ झेंप गए, "अच्छा, मान लिया कि लोग पढ़ते हैं, कंठस्थ करते हैं; किंतु समझते भी हैं? मुझे तो ऐसा कोई नहीं मिला।"

"हाँ! आपको कोई नहीं मिला। आज तक कोई नहीं मिला। पर अब हम प्रयत्न करते हैं कि आज आपको कोई ऐसा मिल जाए, जो इसका अर्थ समझता हो और आपको भी समझा सकता हो।" स्वामी का स्वर अत्यंत गंभीर हो गया, "ध्यान दीजिए कि यह ऊटपटाँग बात क्या है।"

"क्या है?"

"इस मंत्र में 'वह' का तात्पर्य है ब्रह्म! हम मानते हैं कि ब्रह्म पूर्ण है।" स्वामी ने कहा, "और 'यह' का अर्थ है—सृष्टि। हम मानते हैं कि सृष्टि भी अपने आप में पूर्ण है।"

"सृष्टि कहाँ से पूर्ण हो गई?" प्यारीलाल गांगुली के स्थान पर बोस बाबू ने मोर्चा सँभाल लिया।

"सृष्टि से अभिप्राय है 'प्रकृति'।" स्वामी बोले, "आज के वैज्ञानिक प्रकृति का अध्ययन कर उसके नियमों का आविष्कार कर रहे हैं और पाते हैं कि नेचर इज़ कंप्लीट इन इटसेल्फ।"

"नेचर की बात और है। नेचर इज़ कंप्लीट इन ऑल इट्स आस्पेक्ट्स।"

"हम 'नेचर' को ही संस्कृत और बाँग्ला में 'प्रकृति' कहते हैं महाशय। 'मदर नेचर' अर्थात् 'जगदंबा'—माँ दुर्गा।" स्वामी बोले, "ब्रह्म में से प्रकृति का जन्म हुआ है। पूर्ण में से पूर्ण का जन्म हुआ है।"

"क्या प्रमाण है?" बोस बाबू ही पुनः बोले।

स्वामी ने सामने ही बैठी एक माँ-बेटी की ओर संकेत किया, "इन माता और पुत्री को जानते हैं आप?"

"हाँ! ये प्यारीलाल गांगुली बाबू की पत्नी और पुत्री हैं।"

"आपकी पत्नी पूर्ण स्त्री हैं या नहीं, प्यारी बाबू?"

"नहीं मानेंगे तो घर जाकर पिटेंगे।" पीछे से एक स्वर आया।

"हाँ! हाँ! पूर्ण स्त्री हैं।" प्यारीलाल गांगुली बाबू ने मान लिया, "कोई भी जानता है कि वे विकलांग नहीं हैं।"

"उनसे इस पुत्री का जन्म हुआ। यह पूर्ण कन्या है या नहीं?"

"है।"

"यही है पूर्ण से पूर्ण का जन्म होना।" स्वामी बोले, "गूलर से पूर्ण बरगद का जन्म होता है और बरगद से अनेक गूलरों का; और वे सारे गूलर अपने आप में पूर्ण होते हैं तथा कितने ही पूर्ण वटवृक्ष उगा सकते हैं। कितने उदाहरण चाहिए आपको?"

"ये उदाहरण तो ठीक हैं।" बोस बाबू बोले, "किंतु गणित का विज्ञान इसको नहीं मानता। पूर्ण में से पूर्ण को निकाल लेंगे, तो शेष क्या बचेगा–अंडा? दस में से दस को निकाल लेंगे तो शेष दस नहीं बचते, शून्य ही बचता है। ऐसा न होता; और संसार आपके मंत्र जैसा होता तो हम दस रुपए जेब में डालकर हाट करने जाते। दस रुपयों की मछली खरीदते और दस रुपए बचाकर घर ले आते, क्योंकि दस में से दस निकालने पर दस ही तो बचते।..."

"ऐसा क्यों?" प्यारीलाल गांगुली बोले, "मैं तो प्रतिदिन सौ रुपए अपने पर्स में डालता। उसमें से सौ रुपए अपनी पत्नी को दे देता और फिर अपने पर्स में सौ ही रुपए बचे हुए पाता।"

"सरकार अपने सारे कर्मचारियों को वेतन दे देती और फिर उसके राजकोष में उतना ही धन बचा रहता।" किसी और ने कहा, "एकाउंट्स और ऑडिट वाले झख मार रहे होते।"

"गणित तो अपने आप में पूर्ण विज्ञान है; किंतु उसको अभी आप छोड़ दीजिए। जो माँ संतान को जन्म देती है, वह क्या अपूर्ण हो जाती है? वह आपको कहीं अधूरी लगने लगती है? उसमें से कुछ कम हो जाता है? अभाव का अनुभव होता है आपको?" स्वामी मुस्कराए, "संतान को जन्म देने के पश्चात् भी वह संपूर्ण है। आम की एक गुठली से एक वृक्ष जन्मता है और उसमें सैकड़ों-सहस्रों पूर्ण आम फलते हैं, जो उन गुठलियों से युक्त होते हैं, जो सहस्रों वृक्ष उगा सकती हैं, तो क्या वह वृक्ष कहीं से अपूर्ण हो जाता है?"

"गणित की बात कीजिए महाशय! गणित की।" बोस बाबू बोले, "कृषिशास्त्र को अभी रहने दीजिए।"

"चलिए, गणित की ही बात करते हैं।" स्वामी ने उनकी बात स्वीकार कर ली।

प्यारीलाल गांगुली का मुखड़ा खिल उठा था और हरिदास बाबू कुछ चिंतित हो उठे थे।

"आप दस में से दस घटाते हैं, तो शेष बचता है शून्य। दस में दस जोड़ते हैं तो परिणाम है–बीस।"

"ठीक।"

"गणितज्ञों से मेरा प्रश्न है कि पूर्ण क्या है–दस या बीस या शून्य?"

"अपना निर्णय दें जज महोदय!" एक सज्जन ने कहा।

"दस या बीस तो गणित की दृष्टि से भी पूर्ण नहीं हैं।" माधवचंद्र बंद्योपाध्याय बोले, "पूर्ण तो शून्य ही है।"

"तो शून्य में से शून्य को घटाइए और शून्य में शून्य को जोड़िए।" स्वामी बोले, "फल क्या है–शून्य ही तो।"

उपस्थित लोगों में एक मर्मर ध्वनि फैल गई, जैसे उनकी समझ में कोई चमत्कार हो गया हो।

"समुद्र में से मेघ उठते हैं और सारे संसार को सींच आते हैं, किंतु समुद्र की पूर्णता में कोई अंतर नहीं आता और उन मेघों का बरसाया हुआ सारा जल पुनः आकर समुद्र में मिल जाता है और समुद्र एक से दो नहीं हो जाता—पूर्ण से कुछ अधिक नहीं हो जाता।"

"यह मंत्र तो हमारी समझ में आ गया है स्वामी जी!" हरि बाबू बोले, "क्यों जज साहब?"

"हाँ! यह तो स्पष्ट ही है।" जज साहब बोले, "इससे स्पष्ट और क्या होगा—पक्षी के अंडे में से भी पूर्ण पक्षी जन्मता है और अन्य जीव-जंतुओं और वनस्पतियों की संतान भी अपने आप में पूर्ण ही नहीं होती, अपने जैसे पूर्ण जीव को जन्म देने में समर्थ होती है।"

"और पूर्ण में पूर्ण जोड़ें कैसे?" प्यारीलाल गांगुली पुनः अटक गए थे।

"मनुष्य हो या कोई अन्य जीव-जंतु; अथवा कोई वनस्पति—अपने क्षय के पश्चात् जब वह पंचभूतों में विभाजित हो जाती है और प्रकृति में जा मिलती है, तो भी प्रकृति पूर्ण ही रहती है, पूर्ण से कुछ अधिक नहीं हो जाती।" स्वामी ने अपने सामने उपस्थित लोगों को देखा, "एक मंत्र और सुनना चाहेंगे?"

"हाँ! स्वामी जी!" जज साहब ने आग्रह किया।

घर लौटकर हरि बाबू बोले, "स्वामी जी! प्यारेलाल गांगुली वकील हैं और संस्कृत के अच्छे जानकार भी। अपने इसी अहंकार में वे आपकी आलोचना कर रहे थे। अंत में जब आपके तर्क और उत्तर सुनकर वे निःशस्त्र हो गए, तो उन्होंने मेरे पास आकर कहा, "स्वामी का चेहरा ही उनकी महानता को प्रकट करता है। ये किसी दिन संसार में कोई बहुत महान् कार्य करेंगे।"

स्वामी के चेहरे पर जैसे एक दिव्य ज्योति प्रकट हो गई, "मैं अपने विषय में कुछ नहीं जानता; किंतु मेरे गुरुदेव और भी प्रबल रूप से कुछ ऐसी ही बात कहा करते थे।"

"आपके गुरुदेव को तो हम नहीं जानते; किंतु आपकी क्षमता को कुछ-कुछ जान गए हैं।" हरि बाबू बोले, "मेरी बुद्धि कहती है कि आप जैसे सर्वगुण संपन्न संन्यासी का केवल बंगालियों से ही नहीं, सारे खंडवा नगर से परिचय होना चाहिए।"

"तो?"

"आपको एक खुली सभा में व्याख्यान देना चाहिए।"

"खुली सभा में?" स्वामी ने हरि बाबू की ओर देखा, "मैं गुरु-शिष्य की भाँति आपसी निकटता के सहारे व्यक्तिगत चर्चा ही करता आया हूँ। वक्तासुलभ स्वरों का उत्थान-पतन का कौशल मुझे आता नहीं है।"

"वक्ता की वक्तृता न मिले, खंडवावासियों को आपका ज्ञान तो मिलेगा। कुछ धर्मचर्चा तो होगी।"

"ठीक है।" स्वामी बोले, "जैसी आपकी इच्छा! किंतु फिर आप उपयुक्त संख्या में श्रोता एकत्रित कर दीजिए।"

हरि बाबू सहमत हो गए; किंतु व्यावहारिक कठिनाइयाँ ऐसी थीं कि उस छोटे-से नगर में न उतने श्रोता एकत्रित हो सके और न कभी वह व्याख्यान ही हो सका।

अक्षयकुमार घोष कलकत्ता से नौकरी की खोज में खंडवा आया था। उसकी स्वामी से भेंट हुई।

"स्वामी जी! मेरे लिए एक छोटी-मोटी नौकरी का प्रबंध कर दीजिए।"

"मैं क्या कोई उद्योग या व्यापार खोले बैठा हूँ।" स्वामी बोले, "पुत्र! नौकरी अपने कर्म से मिलती है या भगवान् की कृपा से।"

"आप इतने लोगों को जानते हैं। सब लोग आपको इतना मानते हैं। आप जिससे कह देंगे, वह मुझे रख लेगा।"

स्वामी हँसे, "रखता तो ईश्वर ही है। अब जाने वह तुम्हें किसके वेश में आश्रय देगा। मैं तुम्हारे लिए भगवान् से प्रार्थना करूँगा।"

"भगवान् से प्रार्थना करने के स्थान पर आप सिविल जज से मेरे लिए सिफारिश कर दें। वह छोटा और निश्चित मार्ग है।"

"तुम जानते हो, वह मैं नहीं कर सकता।" स्वामी बोले, "सब लोग ऐसे नहीं होते, जिनसे इस प्रकार की प्रार्थना की जा सके।"

"आप मेरी सहायता नहीं करना चाहते?"

"मैं चाहता हूँ कि तुम अपनी सहायता स्वयं करो। ईश्वर तुम्हारी सहायता करेंगे। फिर भी यदि आवश्यकता पड़ी तो मैं भी तुम्हारी सहायता करूँगा।"

"चारों ओर जोरों की चर्चा है कि अगले वर्ष शिकागो में एक धर्मसंसद का आयोजन होने जा रहा है।" हरि बाबू ने कहा, "हमारा आग्रह है कि आप उसमें अवश्य सम्मिलित हों।"

"उसकी चर्चा मैंने पोरबंदर और जूनागढ़ में भी सुनी है।"

"तो आप उसमें सम्मिलित क्यों नहीं होते?" हरि बाबू ने कहा, "आप किसी से कम हैं?"

"कम-ज्यादा मैं नहीं जानता। बात तो किराए-भाड़े की है।" स्वामी बोले, "यदि मुझे कहीं से मार्गव्यय मिल जाए तो कदाचित् मैं अमरीका चला जाऊँ।"

"किराया-भाड़ा?" हरि बाबू गंभीर हो गए, "यदि आप कुछ अधिक समय तक खंडवा में रहें, तो मुझे विश्वास है कि हम आपके किराए-भाड़े का प्रबंध कर सकेंगे। निश्चय ही।"

"मेरी कामना है कि मैं ऐसा कर सकूँ। यहाँ प्रत्येक व्यक्ति इतना कृपालु है।" स्वामी ने कहा, "किंतु मुझे तीर्थ करने रामेश्वरम् जाना है। यदि मैं इस प्रकार स्थान-स्थान पर दो-दो सप्ताह रुकता हुआ चलूँगा, तो कभी रामेश्वरम् नहीं पहुँच पाऊँगा।"

स्वामी को जाने के लिए इस प्रकार तैयार देखकर हरि बाबू ने उन्हें बंबई में रहने वाले अपने भाई के नाम पत्र दिया और कहा, "वे आपका बंबई के प्रसिद्ध बैरिस्टर सेठ रामदास छबीलदास से परिचय करा देंगे। संभवतः वे आपकी कुछ सहायता कर सकें। स्वामी जी! आपका भविष्य अत्यंत उज्ज्वल है।"

हरि बाबू ने उन्हें रेल का टिकट खरीदकर दिया और स्वामी रेलगाड़ी से बंबई चल पड़े। वे जुलाई, 1892 के अंतिम सप्ताह में बंबई पहुँचे।

9

बंबई में हरिदास चट्टोपाध्याय के भाई ने उनका परिचय बैरिस्टर रामदास छबीलदास से करा दिया। बैरिस्टर रामदास स्वामी के समवयस्क ही थे। उन्होंने उनका स्वागत किया और पूछा, "क्या आप जानते हैं स्वामी जी कि हम लोग आर्यसमाजी हैं?"

"शायद मैंने पूरा परिचय नहीं कराया है।'' हरिदास बाबू के भाई कुछ अटपटा गए, "बैरिस्टर साहब के पिताजी सेठ छबीलदास लल्लूलाल भंसाली, स्वयं बैरिस्टर रामदास तथा इनके बहनोई श्यामजी कृष्ण वर्मा स्वामी दयानन्द के घनिष्ठ संपर्क में रहे हैं।"

स्वामी कुछ चौंके, "श्यामजी कृष्ण वर्मा आपके बहनोई हैं? वे जो अजमेर में हैं?"

"जी! आप उन्हें जानते हैं?" रामदास ने पूछा।

"मैं अजमेर में उनके साथ ही ठहरा था—पंद्रह दिन।" स्वामी ने कहा, "वे विद्वान् भी हैं, तेजस्वी और क्रांतिकारी भी।"

"हाँ! यहाँ बंबई में वे मेरे सहपाठी थे।" रामदास ने कहा, "एक बार पिताजी ने पूछा कि मेरी कक्षा में सबसे मेधावी लड़का कौन है? मैंने श्यामजी का नाम बता दिया। पिताजी बोले 'उसे एक दिन अपने घर लेकर आना।' वह हमारे घर आने लगा। वह सबको ही अच्छा लगा। पिताजी को इतना भा गया कि उन्होंने उसे भानुमती के वर के रूप में चुन लिया। यथासमय उनका विवाह हो गया। इसलिए वह मेरा बहनोई है।"

"ये लोग आर्यसमाज, बंबई के सदस्य ही नहीं, उसके संस्थापक सदस्य हैं।" हरिदास चट्टोपाध्याय के भाई ने परिचय आगे बढ़ाया, "बैरिस्टर रामदास ने कैंब्रिज विश्वविद्यालय से बार-एट-लॉ तथा बी०सी०एल० की परीक्षाएँ उत्तीर्ण की हैं। 1875 में इन्होंने स्वामी दयानन्द से संस्कृत का अध्ययन किया है। 1884 में इन्होंने कैंब्रिज से ही संस्कृत में एम०ए० की परीक्षा उत्तीर्ण की है। इनका संस्कृत में लिखा 'पद्मिनी' चंपू काव्य प्रकाशित हुआ था।"

"बस! बस चट्टोपाध्याय!" रामदास हँसे, "यह तो परिचय नहीं, विरुदावली हो गई।"

"होनी ही चाहिए। जो व्यक्ति भारतीय और पाश्चात्य ज्ञान का ऐसा धनी हो, उसकी विरुदावली ही होनी चाहिए।" स्वामी बोले, "पर आपका इस बात पर विशेष बल क्यों था कि आप आर्यसमाजी हैं। श्यामजी कृष्ण वर्मा ने कभी इस बात को बहुत रेखांकित नहीं किया।"

"बताना उचित समझा कि बाद में कहीं आपको हमारे सिद्धांतों के कारण कोई असुविधा न हो।" रामदास बोले।

"नहीं, मुझे कोई असुविधा नहीं है। हम तो निर्गुण और सगुण दोनों प्रकार से उपासना करते हैं।" स्वामी ने कहा, "आपको तो मेरे कारण कोई असुविधा नहीं होगी?"

"नहीं! संभव है कि आप हमारे साथ रहकर आर्यसमाज को ही स्वीकार कर लें।"

"तो इसका अर्थ है कि मैं आपके साथ रह रहा हूँ?"

"खंबाला हिल्स में अपना एक अच्छा बँगला है। आपके रहने का प्रबंध उसी में कर देता हूँ। आपको कोई असुविधा नहीं होगी।"

खंबाला हिल्स के बँगले में ही स्वामी का बैरिस्टर के पिता सेठ छबीलदास लल्लूलाल भंसाली से प्रगाढ़ परिचय हुआ। वे स्वयं को भानुशाली कुल के सूर्यवंशी क्षत्रिय मानते थे। भानुशाली लोग

राजा भानुशाल के वंशज थे, जो भारत के उत्तर-पश्चिम प्रदेश में राज किया करते थे। बलूचिस्तान में स्थित हिंगलाज माता उनकी कुलदेवी थीं। भानुशाली या भंसाली लोग वहाँ से दक्षिण की ओर आए और सिंध, कच्छ, सूरत और चेवल में बस गए। चेवल बंबई बंदरगाह की दूसरी ओर, अलीबाग से थोड़ा और आगे स्थित है। चेवल पहले शिवाजी महाराज के अधिकार में था और उन्होंने वहाँ एक किला भी बनवाया था। वहाँ एक छोटी-सी पहाड़ी पर हिंगलाज माता का मंदिर है, जिसे स्थानीय लोग हिंगलदेवी कहते हैं। प्रतिवर्ष पौष पूर्णिमा के अवसर पर चेवली भंसाली कुल के लोग वहाँ एकत्र होकर, स्थानीय लोगों के साथ मिलकर, विशेष पूजा, हवन इत्यादि में भाग लेते हैं।

छबीलदास अवस्था में स्वामी से लगभग चौबीस वर्ष बड़े थे, किंतु व्यवहार के धरातल पर उन्हें एक-दूसरे को समझने में तनिक भी कठिनाई नहीं थी। वे बंबई के प्रसिद्ध व्यापारी थे। उन्होंने अपना जीवन पंद्रह रुपए मासिक नौकरी से आरंभ किया था; किंतु शीघ्र ही अपनी कुछ बड़ी नावें खरीदकर भावचा--ढाका बंदरगाहों में विदेशी जलयानों में माल की लदाई तथा उतराई का कार्य करने लगे। बाद में विदेशियों से व्यापार करने के लिए, 'गेलेलियो' नाम का अपना जलयान प्राप्त किया। उन दिनों मानचेस्टर की कपड़ा मिलें खूब जोर-शोर से चल रही थीं। अंग्रेजी कपड़ों की धूम सारे संसार में मची हुई थी। छबीलदास ने मानचेस्टर का माल बंबई में बेचकर अपार धन अर्जित किया था। सौराष्ट्र के जामनगर में उनका एक कारखाना था, जिसमें हाथी दाँत से शोभाकरी वस्तुओं का निर्माण होता था। अपने जलयान गेलेलियो के माध्यम से लल्लूलाल अपनी इन वस्तुओं का इंग्लैंड और फ्रांस में निर्यात किया करते थे। बंबई नगर के आसपास उन्होंने बहुत सारी जमीन-जायदाद खरीद ली थी। बंबई में वे एक ही दिन में भवन खड़ा कर देने वाले जादूगर के रूप में प्रसिद्ध थे।

नल बाजार क्षेत्र में उनकी एक चाल थी, जिसमें आग लग जाने से उनकी 52,000 रुपयों की क्षति हो गई। उसी स्थान पर नई चाल बनाने की अनुमति लेने के लिए छबीलदास जब बंबई के म्युनिसिपल कमिश्नर आर्थर क्रॉफोर्ड के पास गए, तो क्रॉफोर्ड ने न केवल अनुमति नहीं दी, यह भी बताया कि अब वह भूमि सरकार की हो चुकी है। छबीलदास सहज ही हथियार डालने वालों में से नहीं थे। उन्होंने गुप्त रूप से ईंटें, पत्थर, लकड़ी आदि सभी प्रकार की निर्माण-सामग्री, मजदूरों, थवइयों और बढ़इयों को एकत्र किया और एक रात में ही चाल का निर्माण पूरा कर दिया। अगली सुबह तक वह चाल तैयार खड़ी थी, जैसे वह कभी जली ही न हो।

उनकी शीग्राम (छह से आठ घोड़ों की गाड़ी) गवर्नर की शीग्राम से पीछे चला करती थी। एक बार संयोगवश वह गवर्नर की शीग्राम से आगे निकल गई। इसे गवर्नर का अपमान माना गया और छबीलदास पर मुकदमा चला। यह उनका बौद्धिक कौशल ही था कि वे उस मुकदमे से बेदाग निकल गए।

संध्या-समय छबीलदास और स्वामी वार्तालाप की मुद्रा में बैठे थे।

"अच्छा, आप जो कहते हैं कि साकार उपासना और मूर्तिपूजा आदि सब सत्य हैं।" छबीलदास बोले, "यदि आप वेद के द्वारा प्रमाणित कर मुझे साकार उपासना अथवा साकार ईश्वर की बात समझा सकें, तो मैं आर्यसमाज छोड़ दूँगा।"

"क्यों नहीं कर सकता। अवश्य कर सकता हूँ।" स्वामी ने दृढ़ स्वर में उत्तर दिया।

और तब वेदों से साकार उपासना के संबंध में अनेक प्रमाण देकर स्वामी ने उन्हें हिंदू धर्म

का स्वरूप समझाया। स्वामी की असाधारण प्रतिभा के सामने छबीलदास का कोई तर्क नहीं चला; और अंततः उन्हें साकार उपासना से सहमत होना पड़ा।···

छबीलदास काफी समय तक चुपचाप बैठे मनन करते रहे और फिर बोले, "स्वामी जी! मैं अपनी प्रतिज्ञा से बँधा हूँ।···आर्यसमाज छोड़ दूँगा।"

स्वामी हँस पड़े, "मेरी रुचि इसमें नहीं है कि आप आर्यसमाज के भीतर रहते हैं या बाहर। मैं तो केवल यह चाहता हूँ कि आप साकार उपासना का विरोध करना छोड़ दें। उपासना के विभिन्न रूपों की सत्यता को स्वीकार करें।"

छबीलदास, स्वामी से इतने प्रभावित थे कि वे उनकी संगति में बने रहने के अनेक बहाने ढूँढ़ते रहते थे।

"स्वामी जी! आपकी रुचि हो तो एक दिन कान्हेरी गुफाएँ घूमने का कार्यक्रम बनाएँ।"

"कितनी दूर हैं?"

"दूरी से डरते हैं क्या?"

"परिव्राजक दूरी से डरने लगा तो फिर परिव्राजक कैसा?"

"नगर से तीस मील उत्तर की ओर हैं। बोरीवली से तो वे कुल छह-सात मील हैं। उनकी स्थिति सैलसेट द्वीप पर है। वैसे तो वह मुख्य भूमि का ही अंग है; किंतु एक जलधारा के माध्यम से पृथक् हो गया है। उसकी तीन दिशाओं में समुद्र है।···"

"आप तो ऐसे देवता हैं, जो साधक से पूछते हैं, 'वर लोगे क्या?' "

"तो यह वर आपको प्रिय है।"

छबीलदास ने कार्यक्रम बना लिया। सहायता के लिए अपने साथ लगभग चालीस आदमी ले लिए। अनेक पेट्रोमेक्सों का भी प्रबंध था। गुफाओं के भीतर अंधकार दूर करने के लिए वह आवश्यक था।

वहाँ पहुँचकर स्वामी ने देखा : घने वन के भीतर, तीन ओर से समुद्र द्वारा घिरे एक पहाड़ पर कुछ प्राकृतिक और कुछ मानवनिर्मित गुफाएँ थीं। उन्हें बताया गया कि वहाँ 109 गुफाएँ तथा चैत्य आगार बने हुए थे। बौद्ध धर्म के उत्कर्ष काल में इनमें बौद्ध भिक्षुओं का निवास हुआ करता था। बुद्धघोष भी अपने कुछ शिष्यों के साथ यहाँ कुछ समय के लिए रहे थे। बाद में वे श्रीलंका और बर्मा चले गए थे।

'तब शायद यहाँ इतना घना वन नहीं रहा होगा।' स्वामी ने सोचा।

स्वामी उस अति प्राचीन परित्यक्त बौद्ध मठ तथा उसके परिवेश को देखकर मुग्ध हो गए।

"क्या इस स्थान का जीर्णोद्धार कर, यहाँ पुनः एक अध्ययन और साधना केंद्र नहीं बनाया जा सकता?" स्वामी ने कहा।

"यदि आपको यह स्थान इतना ही प्रिय लगा है और आप यहाँ अपना मठ स्थापित करना चाहते हैं, तो यह स्थान आपके लिए उपलब्ध कराया जा सकता है।" छबीलदास ने कहा।

स्वामी के मन में एक स्वप्न जागा···तीन ओर से समुद्र से घिरा हुआ, सुंदर स्थान।···छोटी गुफाओं में दो-दो साधक रहेंगे। प्रत्येक गुफा में स्नान के लिए एक कुंड तथा पेयजल की व्यवस्था। सभागृह के लिए सुंदर उत्कीर्ण कला द्वारा अलंकृत स्तंभों वाला एक बड़ा आगार। उपासना के लिए, उससे भी विशाल एक चैत्यागार।···कैसा दिव्य स्थान होगा यह!···पर यह स्थान इतना आत्मीय और

परिचित क्यों लग रहा है? उन्हें ऐसा क्यों लग रहा है कि वे पहले भी वहाँ आए हैं। आए ही नहीं हैं, वे यहाँ रहे भी हैं।...क्या अपने किसी पूर्वजन्म में वे ही तो बुद्धघोष होकर नहीं जन्मे थे? वे ही तो बुद्धघोष के रूप में अपने शिष्यों के साथ यहाँ नहीं रहे थे?...

"जाने माँ की क्या इच्छा है!" और स्वामी आगे चल पड़े।

छबीलदास समझ नहीं पा रहे थे कि स्वामी किस प्रकार के व्यक्ति हैं। कभी तो वे इतने घुमक्कड़ प्रतीत होते थे, जैसे एक स्थान पर टिकना उनका स्वभाव ही न हो। किंतु जब वे कोई पुस्तक लेकर बैठ जाते थे तो इतने घरघुस्सू हो जाते थे, जैसे कभी बाहर निकलेंगे ही नहीं।

उनकी वेदाध्ययन की पिपासा को देखते हुए छबीलदास ने उनका परिचय महामहोपाध्याय राजाराम शास्त्री और उनके पुस्तकालय से करा दिया।

पंडित राजाराम शास्त्री बोडस के परिवार में कुलपरंपरा से ही वेदों का अध्ययन होता चला आया था। पंद्रह वर्ष की आयु में ही उन्हें वेदों का अच्छा ज्ञान हो गया था और क्रमशः संपूर्ण काशीखंड में एक महान् विद्वान् के रूप में उनकी कीर्ति फैल गई थी। वे 1857 के आरंभ में ग्वालियर की महारानी द्वारा आयोजित एक सोमयज्ञ में सम्मिलित होने गए थे। उधर सिपाही विद्रोह आरंभ हो गया। यज्ञ स्थगित हो गया और पंडितों को घर लौट जाना पड़ा। काशी लौटते समय पंडित राजाराम शास्त्री को भी अंग्रेज सैनिकों ने बंदी बना लिया; किंतु पूछताछ के पश्चात् मुक्त कर दिया। लौटकर शास्त्री जी पुनः अध्ययन में लग गए और उन्होंने व्याकरण, न्याय, ज्योतिष, अलंकार, वेदांत आदि विद्याओं में दक्षता प्राप्त की। 1872 ई० में एलफिंस्टन कॉलेज, बंबई में शास्त्री जी व्याकरण के प्राध्यापक नियुक्त हुए। कॉलेज से बचे हुए समय में वे अपने घर पर भी विद्यार्थियों को शिक्षा दिया करते थे। शास्त्री जी अतीव सात्त्विक वृत्ति के ब्राह्मण थे। अध्ययन और अध्यापन में उनकी इतनी निष्ठा थी कि रात के नौ-दस बजे तक कोई न कोई शिक्षार्थी उनके पास आता ही रहता था।

स्वामी ने अक्षयकुमार घोष को अपने द्वार पर खड़े देखा तो चकित रह गए।

"तुम बंबई में हो? मुझे तो कोई सूचना ही नहीं थी।" स्वामी बोले, "खंडवा से कब आए?"

"आपको सूचना देने ही तो आया हूँ।"

"लगता है, खंडवा तुम्हें रास नहीं आया।...चलो, प्रसन्नता की बात है कि तुम बंबई में हो... आजीविका के लिए बंबई अच्छा नगर है।"

"और अप्रसन्नता की बात यह है स्वामी जी! कि मैं अभी तक अपने लिए आजीविका का कोई साधन खोज नहीं पाया हूँ।"

"प्रभु की इच्छा।"

"यह प्रभु की इच्छा है या प्रभु की अप्रसन्नता?"

"प्रभु आनंदस्वरूप हैं। वे कभी अप्रसन्न नहीं हो सकते।"

"तो फिर यह सब क्या है?"

"प्रभु की लीला, वे ही जानते हैं।"

अक्षय कुछ देर मुँह लटकाए बैठा रहा। फिर बोला, "मैं प्रभु को नहीं जानता। आपको जानता हूँ। आप ही कृपा कीजिए। आपके आतिथेय छबीलदास कोई छोटे-मोटे व्यक्ति नहीं हैं। उनका इतना बड़ा व्यवसाय है। आप उन्हीं से कह दें। कोई बड़ी चीज नहीं माँग रहा हूँ। जैसी भी कोई छोटी-मोटी

नौकरी वे दे देंगे, उसे स्वीकार कर उनका उपकार मानूँगा।"

स्वामी को ठाकुर बहुत याद आए। वे कहा करते थे कि वे किसी से सांसारिक याचना नहीं करते। यह लड़का उनसे वही करने को कह रहा था; और उन शब्दों में कह रहा था, जिनमें कभी स्वयं स्वामी ने ठाकुर से याचना की थी, 'मैं माँ को नहीं जानता। आपको ही जानता हूँ।'

स्वामी ने तत्काल कुछ नहीं कहा।...वे मन से चाहते थे कि अक्षय के लिए कोई ठीक-ठाक प्रबंध हो जाए; किंतु लोगों के लिए नौकरियों का प्रबंध करना संन्यासी का काम नहीं था। फिर क्या करें वे? छबीलदास से इस प्रकार का निवेदन करना उचित होगा क्या? सब कुछ होते हुए भी वे एक सांसारिक पुरुष ही नहीं, पक्के व्यापारी थे। उनसे कुछ माँगना, स्वयं को उनके बंधनों में बाँधना था। उनका पुत्र रामदास भी धर्म को जानता था, अध्यात्म को नहीं। ऐसा अनुरोध उचित नहीं होगा।...और अक्षय की असफलता के पीछे भगवान् की जो लीला थी, उसे वे नहीं जानते थे, अक्षय भी नहीं जानता था; किंतु प्रभु तो जानते ही थे।

उनकी दृष्टि अक्षय पर पड़ी तो अक्षय ने हाथ जोड़ दिए, "स्वामी जी! कृपा करें।"

स्वामी को लगा कि यदि वे अपने स्थान से उठ नहीं खड़े होते तो वह उनके पैर ही पकड़ लेगा। लोभी पुरुष अपना स्वार्थ जानता है, दूसरे की बाध्यता नहीं।...स्वामी उठ खड़े हुए।

"मैं छबीलदास अथवा रामदास से कुछ नहीं कहूँगा। किंतु एक काम कर सकता हूँ।"

"क्या?" अक्षय ने पूछा।

"एक सज्जन के नाम एक पत्र देता हूँ...।"

"पर उस सज्जन की कुछ क्षमता भी तो होनी चाहिए...केवल सज्जनता पर्याप्त नहीं है।"

"क्षमता है उनकी।" स्वामी ने कहा, "और उससे बड़ी बात यह है कि यदि वे तुम्हारे लिए कुछ करेंगे, तो न तुमसे उसका मूल्य चाहेंगे, न मुझसे।"

"कौन हैं वे?"

"जूनागढ़ के दीवान।"

स्वामी ने हरिभाई के नाम एक पत्र लिखा :

बंबई

प्रिय दीवान जी साहब,

पत्रवाहक बाबू अक्षय कुमार घोष मेरे एक मित्र हैं। वे कलकत्ता के एक कुलीन परिवार के हैं। मुझे खंडवा में मिले और हमारा परिचय हो गया, यद्यपि कलकत्ता में मैं इनके परिवार को बहुत पहले से जानता हूँ।

वे एक बहुत ईमानदार और बुद्धिमान युवक हैं और कलकत्ता विश्वविद्यालय के पूर्व स्नातक हैं। आपको विदित है कि बंगाल में इस समय संघर्ष कितना कठिन है और यह गरीब तरुण किसी नौकरी की खोज में निकला है। आपकी प्रकृति की स्वाभाविक उदारता को जानते हुए, मैं समझता हूँ कि इस युवक के निमित्त कुछ करने के लिए, आपसे सादर निवेदन कर मैं आपको उद्विग्न नहीं कर रहा। मुझे अधिक कुछ लिखने की आवश्यकता नहीं है। आप इस लड़के को परिश्रमी और ईमानदार पाएँगे। यदि एक सहजीवी के प्रति किया गया एक भी उदारतापूर्ण कार्य उसके संपूर्ण जीवन

को सुखी बना देता है, तो मुझे आपसे यह कहने की कोई आवश्यकता नहीं कि यह लड़का इसका एक पात्र है। वह भद्र एवं सहृदय है, जैसे कि आप।

आशा है कि मेरे इस निवेदन से आप उद्विग्न और परेशान नहीं होंगे। एक बड़ी विचित्र परिस्थिति में किया गया यह निवेदन अपने ढंग का पहला और अंतिम है। आपकी उदार प्रकृति में विश्वास एवं आशा के साथ,

भवदीय

विविदिशानन्द

"यह लो।" स्वामी ने पत्र उसे दे दिया, "मेरी पहुँच इससे ऊपर नहीं है। यदि इससे भी कोई काम न बने, तो मान लेना कि भगवान् ने तुम्हारे खाते में कोई विशेष काम लिख रखा है, जो समय आने पर स्वयं ही तुम्हारे सामने प्रकट हो जाएगा।"

अक्षय ने स्वामी के चरण छुए और विदा हो गया।

शास्त्री जी और उनकी पुस्तकों के मोह में स्वामी बंबई में दो महीनों तक टिके रह गए। जूनागढ़ से दीवान जी साहब का पत्र आया था। वे चकित थे कि स्वामी बंबई में इतना समय क्यों बिता रहे हैं!

स्वामी ने तत्काल उत्तर दिया :

22 अगस्त, 1892

बंबई

प्रिय दीवान जी साहब,

आपका पत्र पाकर बहुत ही कृतार्थ हूँ। इस पत्र से विशेष रूप से यह सिद्ध होता है कि आप मेरे प्रति पूर्ववत् कृपालु हैं।

मुझे बहुत प्रसन्नता हुई कि आपका जोड़ करीब-करीब ठीक हो गया है। कृपया अपने उदारमना भाई से कहें कि वचन भंग के लिए मुझे क्षमा करें। मुझे यहाँ कुछ संस्कृत पुस्तकें और उन्हें समझने के लिए सहायता मिल गई है, जिनके अन्यत्र मिलने की आशा मैं नहीं करता। मैं उन्हें समाप्त करने के लिए व्यग्र हूँ। कल यहाँ मैंने आपके मित्र श्री मनसुखाराम से भेंट की, उनके साथ एक संन्यासी मित्र ठहरा है। वे और उनके पुत्र मेरे प्रति बहुत ही दयालु हैं।

यहाँ 15-20 दिन रहने के बाद मैं रामेश्वरम् के लिए प्रस्थान करूँगा और लौटते समय निश्चय ही आपके पास आऊँगा।

यह संसार वास्तव में आप जैसे उच्चात्मा, सहृदय एवं दयालु पुरुषों के कारण ही समृद्ध है। शेष तो जैसा किसी संस्कृत कवि ने लिखा है, 'कुठार सदृश्य हैं, जो अपनी माताओं के तारुण्य वृक्ष का उच्छेदन करते हैं।'

यह असंभव है कि मैं कभी आपकी पितृवत् उदारता और देखभाल को भूल जाऊँ, और मुझ जैसा गरीब फकीर आप जैसे महान् मंत्री का इस प्रार्थना के सिवा क्या प्रत्युपकार कर सकता है कि संसार में जो कुछ काम्य है, समस्त वरदानों का प्रदाता उसे आपको प्रदान करे, और जीवन के अंत

में–जो अंत बहुत, बहुत ही दिन तक भगवान् स्थगित रखे–आपको परमानंद, अनंत सुख और पवित्रता की अपनी शरण में ले ले।

भवदीय
विवेकानन्द

पुनश्च : देश के इन भागों में यह देखकर मुझे बड़ा दुःख है कि संस्कृत तथा अन्य विद्याओं का बड़ा अभाव है। देश के इस भाग के निवासी स्नान, खान-पान आदि संबंधी स्थानीय अंधविश्वासों के पुंज को ही अपना धर्म समझते हैं; और यही उनका सारा धर्म है।

ये बेचारे! इनको नीच और धूर्त पुरोहित वेदों और हिंदू धर्म के नाम पर निरर्थक हास्यपूर्ण कुरीतियाँ और मूर्खताएँ सिखा रहे हैं (स्मरण रखें कि इन बदमाश पुरोहितों और इनके पूर्वजों ने 400 पुश्तों से वेद की एक प्रति के दर्शन तक नहीं किए हैं।)। आम लोग उसी का अनुगमन कर स्वयं को पतित कर लेते हैं। कलियुगी ब्राह्मणरूपी राक्षसों से भगवान् इनकी रक्षा करें। मैंने आपके पास एक बंगाली लड़के को भेजा है। आशा है, उसे आपकी कृपा प्राप्त होगी।

आपका
विविदिशानन्द

10

1892 ई० में अक्तूबर का महीना था।

बंबई के विक्टोरिया टर्मिनस स्टेशन पर पुणे जाने वाली गाड़ी प्लेटफॉर्म पर लग चुकी थी। तिलक आए तो उन्हें डब्बा एकदम खाली मिला। वे आराम से बैठ गए। सामान जमा लिया। घड़ी देखी : गाड़ी चलने में अभी कुछ समय शेष था।...क्या करें? प्रश्न था कि इतने-से समय में वे क्या कर सकते थे? उन्हें हँसी आ गई।...मनुष्य काम नहीं करता और यही सोचता रहता है कि इतने से जीवन में वह क्या करे? काम इतने हैं कि सारा जीवन लगा दो तो पूरे न हों। फिर भी वह काम में न लगकर, इस चिंता में लगा रहता है कि इतने छोटे-से जीवन में वह क्या करे?...और अर्जुन ने तो यहाँ तक कह दिया था :

ज्यायसी चेत्कर्मणस्ते मता बुद्धिर्जनार्दन।
तत्किं कर्मणि घोरे माँ नियोजयसि केशव।।

'हे जनार्दन! यदि आप ज्ञान को कर्म से श्रेष्ठ मानते हैं, तो फिर मुझे इस भयंकर कर्म में क्यों झोंक रहे हैं?'...तिलक मन ही मन कुछ प्रमुदित हो रहे थे।...यदि वर्तमान शब्दावली में सोचें तो कहेंगे कि अर्जुन शायद 'व्हाइट कॉलर जॉब' चाहता है। कह रहा है कि सोचने-समझने का काम दो। मुझे बैठकर चिंतन करने का काम दो। युद्धक्षेत्र के धूल-धक्कड़ में रक्तपात करने जैसे भयंकर कर्म में क्यों जोत रहे हो?...कोई काम करना नहीं चाहता। सबको हाथ पर हाथ धरे बैठे रहना अच्छा लगता है।...पर कृष्ण कहाँ छोड़ने वाले हैं।...

न कर्मणामनारम्भान्नैश्कर्म्यं पुरुषोऽश्नुते।
न च सन्नयसनादेव सिद्धिं समधिगच्छति।।

'मनुष्य न तो काम आरंभ किए बिना योगी हो सकता है और न ही वह बिना कर्म के सांख्य-ज्ञान पा सकता है।' कर्म आवश्यक है। अनिवार्य है कर्म। कर्म के बिना कुछ नहीं है—न योग न सांख्य।···और कितनी बड़ी बात कह दी कृष्ण ने···

उत्सीदेयुरिमे लोका न कुर्यां कर्म चेदहम्।
संकरस्य च कर्ता स्यामुपहन्यामिमाः प्रजाः।।

'यदि मैं क्षण-भर को भी कर्म न करूँ तो सारे लोक नष्ट हो जाएँगे···'

उनके चिंतन-प्रवाह में बाधा पड़ी। डब्बे के द्वार पर कुछ लोग आ खड़े हुए थे। शायद वे भी इसी डब्बे में यात्रा करना चाहते थे। तिलक का ध्यान अनायास ही उस ओर चला गया। वे लोग डब्बे में प्रवेश कर रहे थे।···सबसे पहले जो व्यक्ति भीतर आया, वह संन्यासी था—गेरुवाधारी युवा संन्यासी। उसकी अवस्था अभी तीस वर्षों की भी नहीं होगी। उसका व्यक्तित्व प्रभावशाली और कुछ विशिष्टता लिए हुए था। उसके साथ तीन व्यक्ति और थे। वे साधारण गुजराती व्यापारी जैसे लग रहे थे। संन्यासी ने तिलक की ओर ध्यान नहीं दिया था, किंतु उसके साथियों में से एक ने तिलक को देख लिया था।

"अरे आप!" उसने हाथ जोड़कर प्रणाम किया।

तिलक ने पहचाना, वे बंबई के प्रसिद्ध बैरिस्टर रामदास छबीलदास थे। बंबई के प्रसिद्ध व्यापारी सेठ छबीलदास लल्लूभाई के ज्येष्ठ पुत्र।

उन्हें प्रणाम करते देख उनके साथियों का ध्यान भी तिलक की ओर गया। उन्होंने भी हाथ जोड़कर सम्मानपूर्वक प्रणाम किया।

संन्यासी ने भी उनकी ओर देखा।

बैरिस्टर रामदास ने परिचय कराने की शैली में कहा, "स्वामी जी! आप हमारे प्रसिद्ध सामाजिक और राजनीतिक नेता श्री बालगंगाधर तिलक हैं। आपने 'केसरी' और 'मराठा' समाचार-पत्र देखे ही होंगे। ये ही उनके संपादक-संचालक हैं। राजनीति में काफी उग्रता और निर्भीकता से अंग्रेजों का विरोध करते हैं। वैसे विरोध तो ये कंसेंट बिल का भी कर रहे हैं। पता नहीं ये बाल-विवाह का समर्थन क्यों कर रहे हैं।"

स्वामी ने देखा : पैंतीस एक वर्षों के युवा तिलक अपनी मूँछों में काफी भव्य लग रहे थे। उनके चेहरे पर जो तेज था, वह उनकी ऊर्जा का परिचायक था।

स्वामी ने हाथ उठाकर अभिवादन किया, "नमो नारायणः।"

"और ये हमारे स्वामी जी हैं।" रामदास ने कहा, "बहुत ही विद्वान् व्यक्ति हैं। सिद्ध कोटि के तपस्वी हैं। आपको इनसे बात कर अच्छा लगेगा।"

"यात्रा अच्छी कटेगी आपकी।"

"स्वामी जी!" तीसरे व्यक्ति ने कहा, "अब जब संयोग से ये मिल ही गए हैं और परिचय हो ही गया है, तो आप पुणे में इनके घर पर भी ठहर सकते हैं।"

तिलक ने कुछ विस्मय से उस व्यक्ति को देखा। वे बैरिस्टर रामदास से तो परिचित थे, किंतु उस व्यक्ति को नहीं जानते थे। वे संन्यासी को भी नहीं जानते थे। फिर वह व्यक्ति किस विश्वास से कह रहा था कि संन्यासी उनके घर पर ठहर सकते हैं।···संन्यासी ने उस प्रस्ताव के विषय में कोई विशेष उत्साह नहीं दिखाया था।···तो फिर तिलक ही क्या कहते। वे चुपचाप बैठे रहे। पुणे पहुँचकर देखा जाएगा कि संन्यासी क्या चाहता है। आवश्यक हुआ तो उसके रहने का प्रबंध किसी सार्वजनिक स्थान पर करवा देंगे।···

गाड़ी चलने का संकेत मिलते ही बैरिस्टर रामदास और उनके साथी विदा हो गए। स्वामी ने ऊपर की ओर देखा, "शिव! शिव!!" उन्होंने अपने संभावित आतिथेय के रूप में तिलक से परिचय बढ़ाने का कोई प्रयास नहीं किया। वे आत्मलीन हो गए थे।

तिलक अपनी जिज्ञासा रोक नहीं पाए। बोले, "स्वामी जी! पुणे में कहाँ ठहरेंगे?"

"जहाँ ईश्वर ठहराएँगे, वहीं ठहर जाऊँगा।"

"वहाँ ईश्वर का कोई घर नहीं है।"

"सारे घर ईश्वर के ही हैं, लोग उन्हें अपना माने बैठे हैं।" स्वामी मुस्कराए।

तिलक ने पहली बार ध्यान दिया कि संन्यासी की आँखें बहुत गहरी और आकर्षक थीं।

"आपने गीता तो पढ़ी होगी?" तिलक ने पूछा, "या उस संप्रदाय के हैं, जिसमें लिखना-पढ़ना वर्जित है?"

"पढ़ी तो है, चाहे उतनी समझी न हो, जितनी आपने समझी है।"

तिलक उनकी ओर देखते रहे—यह शालीनता थी अथवा संन्यासी कटाक्ष कर रहा था?

"मैंने भी क्या समझी है," अंततः तिलक बोले, "एक बात मेरी समझ में नहीं आई···।"

स्वामी ने दृष्टि उठाकर उनकी ओर देखा : कुछ कहा नहीं।

"भीष्म से झगड़कर कर्ण ने शपथ ली थी कि जब तक पितामह जीवित हैं, वह युद्ध में सम्मिलित नहीं होगा।"

स्वामी ने सहमति में सिर हिलाया।

"किंतु जब दुर्योधन अपने गुरु द्रोण के सम्मुख युद्धक्षेत्र में उपस्थित अपने योद्धाओं के नाम गिना रहा है, उसमें कर्ण का नाम भी है।" तिलक बोले, "तो क्या कर्ण ने अपनी प्रतिज्ञा तोड़ी?"

"पहली बात तो यह है कि कर्ण ने कहा था कि भीष्म पितामह के युद्ध में सक्रिय रहते हुए वह युद्ध में शस्त्र नहीं उठाएगा, वह युद्ध में सम्मिलित नहीं होगा। उसने यह नहीं कहा था कि वह युद्धक्षेत्र में ही नहीं आएगा। उस समय युद्धक्षेत्र में ऐसे अनेक लोग थे, जो युद्ध नहीं कर रहे थे।" स्वामी ने कहा।

तिलक को लगा, संन्यासी ठीक ही कह रहे हैं—यह बात उनके ध्यान में नहीं आई थी।

"दूसरी बात।" संन्यासी ने बिना रुके हुए कहा, "दुर्योधन ने उन लोगों के नाम गिनाए हैं, जो उसके लिए शस्त्र धारण कर अपने प्राण देने को तत्पर हैं। वे इस समय युद्धक्षेत्र में हैं अथवा युद्ध कर रहे हैं—ऐसा कुछ उसने नहीं कहा है।"

"आप ठीक कह रहे हैं।" तिलक ने कहा।

"एक बात और है।" संन्यासी ने कहा, "पितामह के शरशैया पर लेट जाने के पश्चात् कर्ण युद्ध में सम्मिलित हुआ। उस समय पितामह जीवित तो थे, किंतु युद्धक्षेत्र से अथवा युद्ध से हट चुके

थे।...इसका अर्थ यह हुआ कि पितामह को महासेनापति मानकर, उनके अधीन होकर युद्ध करना कर्ण को स्वीकार्य नहीं था। शायद यही उसकी प्रतिज्ञा थी, क्योंकि द्रोण के सेनापतित्व में उसने युद्ध किया।"

"यह बात तो स्पष्ट हो गई।" तिलक कुछ प्रसन्न मन से बोले। उन्हें लगा कि संन्यासी से चर्चा करने की उनकी अनिच्छा समाप्त हो गई थी, "मेरी समझ में यह नहीं आया कि दुर्योधन, धृष्टद्युम्न को द्रोण का शिष्य कैसे कह रहा है?..."

स्वामी ने कुछ कहना चाहा, किंतु तिलक ने उन्हें रोक दिया, "यह मत कह दीजिएगा कि हवनकुंड से जन्म लेकर वह द्रोण का शिष्य बनने आ गया और द्रोण ने उसे अपनी नियति मानकर धृष्टद्युम्न को शिष्य बना लिया—जैसा कि महाभारत में लिखा है। जितना मैं द्रोणाचार्य के चरित्र को समझता हूँ। उनमें प्रतिशोध और प्रतिहिंसा का इतना प्राबल्य है कि वे ऐसा कर ही नहीं सकते। अपनी हत्या के उद्देश्य से उत्पन्न हुए धृष्टद्युम्न को अपने अधिकार में पाकर द्रोण पहले ही क्षण में उसे समाप्त कर देते। जो व्यक्ति निर्दोष एकलव्य का अँगूठा कटवा सकता है, अपने प्रियतम शिष्य अर्जुन को पानी भरने के लिए भेजकर अपने पुत्र को धनुर्वेद की शिक्षा दे सकता है, वह धृष्टद्युम्न को इसलिए शस्त्रविद्या देगा कि उसे सीखकर धृष्टद्युम्न उसका वध कर सके? असंभव! असंभव!!"

"मैं आपसे सहमत हूँ।" स्वामी ने कहा, "पर गीता में दुर्योधन ने द्रोण से आपके शिष्य—'द्रुपदपुत्रेण तव शिष्येण'—कहा है। या तो हम मान लें कि उस काल के संस्कृत व्याकरण को हम नहीं जानते, अतः इन शब्दों का गलत अर्थ लगा रहे हैं..."

"ऐसा नहीं है।" तिलक ने कहा, "इन शब्दों का और कोई अर्थ हो ही नहीं सकता।"

"मैं इस बात को इतनी दृढ़ता से नहीं कहता हूँ, क्योंकि काल-भेद से भाषा और उसके अर्थ को समझने में कठिनाई भी हो सकती है। फिर भी मैं आपसे सहमत हूँ कि ऐसा नहीं है।" स्वामी ने कहा, "दुर्योधन झूठ भी बोल सकता है। महाभारत में अनेक बार उसने मिथ्याभाषण किया है। किंतु यहाँ वह झूठ नहीं बोल रहा। जो द्रोण का शिष्य न रहा हो, उसके विषय में वह द्रोण से ही नहीं कह सकता कि वह उनका शिष्य है।..."

"तो?"

"धृष्टद्युम्न कभी न कभी, किसी कालखंड में द्रोण का शिष्य अवश्य रहा है।" स्वामी ने कहा, "द्रुपद और द्रोण की शत्रुता हो जाने के पश्चात् यह संभव नहीं है। तो इसका अर्थ है कि वह उनका शिष्य उस काल में था, जब द्रुपद और द्रोण मित्र थे।..."

"पर धृष्टद्युम्न का तो जन्म ही द्रोण द्वारा द्रुपद को अपमानित करने, अर्जुन द्वारा उनको बाँधकर लाए जाने और द्रोण द्वारा उनका आधा राज्य छीन लेने के पश्चात् हुआ है।" तिलक कुछ उत्तेजित स्वर में बोले।

"आप ठीक कह रहे हैं।" स्वामी ने कहा, "यदि आपकी बुद्धि यह स्वीकार कर सकती है कि एक युवा योद्धा, अपने शस्त्रों के साथ हवनकुंड से जन्म ले सकता है, तो धृष्टद्युम्न कभी द्रोण का शिष्य नहीं रहा; किंतु यदि हम यह मानें कि वह एक सामान्य बालक के समान माँ के गर्भ से उत्पन्न हुआ था। समय आने पर वह अपने पिता के मित्र द्रोणाचार्य के आश्रम में शिक्षा के लिए गया था। उसके पश्चात् किसी समय द्रोणाचार्य ने विवाह किया। उनके पुत्र का जन्म हुआ। वह बड़ा हुआ और जब उन्हें लगा कि वे अपने पुत्र को गाय का दूध भी नहीं दे पा रहे हैं, तब वे द्रुपद के पास

आए। वहाँ उन दोनों में मतभेद या विरोध हुआ और द्रोण हस्तिनापुर चले आए। कुरु राजकुमारों को प्रशिक्षित किया और उनको ले जाकर द्रुपद को पराजित किया। तब द्रुपद ने अपने अपमान का प्रतिशोध लेने के लिए एक यज्ञ कर अपने परिवार सहित व्रत लिया। उस व्रत में माना गया कि धृष्टद्युम्न और द्रौपदी इसे अपना नया जीवन मानेंगे। उसका लक्ष्य केवल प्रतिशोध है। वे मानेंगे कि वे माँ के गर्भ से नहीं, प्रतिशोध के हवनकुंड में से जन्मे हैं।" स्वामी ने रुककर तिलक की ओर देखा, "आप ध्यान दीजिए कि शिखंडी हवनकुंड में से नहीं जन्मा है, इसलिए उसके जीवन का लक्ष्य द्रोण का वध नहीं है।"

"तो आपका कहना है कि धृष्टद्युम्न और द्रौपदी हवनकुंड में से नहीं जन्मे थे, उन्होंने उसे अपना नया जीवन मानने का व्रत लिया था?"

"जी! यही कह रहा हूँ।" स्वामी ने कहा।

"पर यह बेतुकी बात नहीं लगती आपको?" तिलक बोले, "यह नया जन्म क्या होता है?"

"संभव है कि आपको बेतुकी लगती हो, किंतु मुझे नहीं लगती।" स्वामी हँसे।

"क्यों?"

"मैंने अपनी माता के गर्भ में से जन्म लिया था। मेरे माता-पिता थे, बहन-भाई थे, जाति और गोत्र थे। मेरा एक नाम था। जीवन में कुछ ज्ञान और कुछ धनसंपदा पाने के लक्ष्य थे, कुछ कर्तव्य और अधिकार थे।…"

"तो?"

"तब मैंने संन्यास अंगीकार किया।" स्वामी ने कहा, "उस क्षण से मेरा पिछला जीवन समाप्त हो गया और एक नया जीवन आरंभ हो गया। अब न मेरे माता-पिता हैं, न भाई-बहन हैं, न कुलगोत्र और जाति इत्यादि हैं। मेरा वह नाम भी नहीं है। मैं उन्हें भूल गया हूँ। अपने स्कूल-कॉलेज के प्रमाणपत्र फाड़ दिए हैं मैंने। अब अपने परिवार के प्रति मेरा कोई दायित्व नहीं है। मेरा एक ही व्रत है—ईश्वर की खोज। मेरा यह जन्म उस विधि-विधान में से हुआ है, जिसमें मुझे संन्यास की दीक्षा दी गई।"

तिलक विस्मय से स्वामी को देखते रहे : स्वामी का तर्क कितना अकाट्य और पूर्ण था। उन्होंने कभी यह सोचा नहीं था। उनके मन में स्वामी के प्रति सम्मान बढ़ता जा रहा था।…

"स्वामी जी! इसी संदर्भ में एक और प्रश्न मेरे मन में है।…"

"पूछिए।" स्वामी ने मुस्कराकर कहा, "संकोच मत कीजिए। हो सकता है कि आपके उस प्रश्न का उत्तर मेरे पास न हो।"

"तो फिर पूछने का लाभ क्या होगा?"

"फिर हम दोनों मिलकर उस प्रश्न का उत्तर खोजेंगे।" स्वामी की मुस्कान अत्यंत मनमोहक थी, "सत्य की खोज बड़ी आनंददायक यात्रा है।"

तिलक स्वामी से असहमत नहीं थे। वे जानते थे कि किसी भी और कैसे भी सत्य की खोज कितनी आनंददायी थी। बोले, "गीता के अनुसार, अर्जुन ने कृष्ण से कहा कि मेरा रथ दोनों सेनाओं के मध्य ले चलो, मैं देखना चाहता हूँ कि वे कौन-कौन-से लोग हैं, जो दुर्योधन के पक्ष से मेरे विरुद्ध शस्त्र उठाकर लड़ने आए हैं। यहाँ तक कह दिया, 'योत्स्यमानान् अवेक्षे अहम् ये ऐते अत्र समागताः। धार्तराष्ट्रस्य दुर्बुद्धेः युद्धे प्रियचिकीर्षवः।।' दुर्बुद्धि दुर्योधन का युद्ध में हित चाहने वाले जो राजा इस

सेना में आए हैं, उन युद्ध करने वालों को मैं देखूँगा।–ठीक है?"

स्वामी ने सहमति में सिर हिला दिया।

"और जब उसने देखा कि द्रोण और भीष्म भी उससे लड़ने आए हैं, तो उसने गांडीव फेंक दिया।" तिलक बोले, "मेरे मन में प्रश्न उठता है कि जब वह युद्धक्षेत्र में आया और उसने कहा कि मुझे दोनों सेनाओं के मध्य ले चलो, तो क्या वह नहीं जानता था कि द्रोण और भीष्म उसके विरुद्ध लड़ेंगे? इतनी सूचना तो सारे ही योद्धाओं को थी कि भीष्म दुर्योधन के महासेनापति हैं। द्रोण भी हस्तिनापुर राज्य के कर्मचारी थे। तो अर्जुन ने युद्धक्षेत्र में ऐसा नया क्या देखा, जिससे वह इतना विचलित हो गया और कहने लगा कि वह भिक्षा माँगकर जीवन व्यतीत कर लेगा, किंतु अपने गुरुओं और कुलवृद्धों का वध नहीं करेगा?"

स्वामी मुस्कराए, "द्रोण और भीष्म से तो वह विराट् के गोहरण प्रसंग में हुए युद्ध में भी लड़ा था। उन्हें वहाँ पराजित भी किया था, किंतु वहाँ उनका वध नहीं किया था। वध करना अनिवार्य नहीं था, क्योंकि गायों को छुड़ाने का अपना लक्ष्य वह प्राप्त कर चुका था। आपको स्मरण होगा कि अपनी तरुणाई में भी अर्जुन ने द्रुपद को पराजित कर उसका वध नहीं किया था, उन्हें बंदी कर ले आया था और जब भीम ने पांचाल सैनिकों का संहार करना आरंभ किया था, तो अर्जुन ने ही यह कहकर उसे रोक दिया था कि व्यर्थ में रक्तपात क्यों कर रहे हो?"

"हाँ!"

"किंतु यहाँ वध अनिवार्य था। वह उनका वध न करता, तो वे उसका वध कर डालते।···" स्वामी ने मौन होकर उनकी ओर देखा, "किंतु एक बात और है।···विराट्नगर में वह अकेला लड़ रहा था। वह मानता था कि उसके प्राणों को कोई संकट नहीं था। और यहाँ···।"

"यहाँ?" तिलक ने उनकी ओर देखा।

"यहाँ 'भ्रातृन, पुत्रान, पौत्रान, सखीन' को भी देखा। यहाँ युद्धक्षेत्र में उसके अपने भाई और पुत्र भी खड़े थे। युद्धक्षेत्र में खड़े प्रत्येक व्यक्ति को प्राणों का संकट होता है। वहाँ किसी के भी प्राण जा सकते हैं। अर्जुन को राज्य की आकांक्षा अपने लिए नहीं, अपने पुत्रों और पौत्रों के लिए ही थी। राज्य उन्हीं लोगों के लिए चाहिए था और वे युद्धक्षेत्र में खड़े थे। अर्जुन जानता था कि यदि युद्ध होता है, तो उनमें से कोई भी मारा जा सकता है। वे सारे के सारे भी मारे जा सकते हैं।" स्वामी बोले, "उसका मोह तो स्पष्ट है। वह नहीं चाहता था कि वह भीष्म और द्रोण को मारे; किंतु वह यह भी नहीं चाहता था कि उसके भाई, पुत्र और पौत्र मारे जाएँ। भीष्म और द्रोण के प्रति तो मोह था ही; किंतु उसका अधिकांश मोह तो अपने पुत्रों, भाइयों, भतीजों और पौत्रों के प्रति था। वह उनकी मृत्यु नहीं देख सकता था।"

"हाँ!" तिलक बोले, "किंतु उसने यह कहा तो नहीं।"

"और उससे स्पष्ट क्या कहता।" स्वामी ने उत्तर दिया, "वह युद्ध करता रहा और भीष्म तथा द्रोण का वध करने से बचता रहा। उसके लिए कृष्ण और युधिष्ठिर से डाँट खाता रहा। किंतु अपने पुत्र को मरने से तो वह नहीं रोक सका। इसी परिणाम की आशंका से उसके होंठ सूख रहे थे। शरीर क्लांत हो रहा था।"

तिलक आत्मलीन-से बैठे चुपचाप कुछ सोचते रहे।

"अर्जुन के मोह को आज आपने एक दूसरे ही रूप में दिखाया है।" कुछ क्षणों के पश्चात् वे

बोले, "अच्छा! आप गीता को समाजशास्त्रीय ग्रंथ मानते हैं या धार्मिक?"

"पहले आप यह बताएँ कि आप इन दोनों में कैसे अंतर करते हैं?" स्वामी ने कहा, "भेद क्या है इन दोनों में?"

तिलक ने स्वामी से उत्तर की अपेक्षा की थी, प्रश्न की नहीं; किंतु प्रश्न महत्त्वपूर्ण था। स्वामी यह प्रश्न न भी पूछते तो संभव था कि किसी समय तिलक स्वयं ही अपने आपसे यह जिज्ञासा करते। बोले, "समाजशास्त्र से तात्पर्य है कि समाज में सबके अधिकार बराबर मानकर, सबके हित में काम किया जाए। समाज के प्रति अपने दायित्वों को पहचाना जाए और उनको पूरा किया जाए। किस प्रकार सारा समाज उन्नति करे, कैसे सारे समाज में सौहार्द का वातावरण बने; और फिर भी व्यक्ति अपना विकास कर सके।"

"और धर्म क्या है?" स्वामी ने पूछा और फिर स्वयं ही बोले, "धर्म भी तो सबके अधिकारों की रक्षा करना ही है। दूसरों को उनका देय देना और अपना अधिकार प्राप्त करना है।...धर्म है, न दूसरे का धन छीनना और न अपना धन छिनने देना। न पराई स्त्री पर पापपूर्ण दृष्टि डालना और न अपनी पत्नी पर किसी को पापपूर्ण दृष्टि डालने देना।"

"इस दृष्टि से तो नागरिकशास्त्र और धर्मशास्त्र में कोई अंतर ही नहीं है।" तिलक बोले, "पर मेरा ध्यान बार-बार गीता के वर्क-कल्चर पर जाता है। काम करो, पूरा काम करो, निष्काम कर्म करो। किसी भी समाज के विकास के लिए यह सर्वश्रेष्ठ मार्ग है।"

"यहाँ तक तो वह ठीक है। यह व्यक्ति और समष्टि, मनुष्य और प्रकृति का संबंध स्पष्ट करता है। किंतु समाजशास्त्र या नागरिकशास्त्र का कोई ग्रंथ यह नहीं कहता कि एक विद्वान् ब्राह्मण, चांडाल, गाय, हाथी और कुत्ते को एक ही दृष्टि से देखो। समाजशास्त्र का कोई ग्रंथ स्थितप्रज्ञ की परिभाषा नहीं करता। वह अहंकार का निषेध नहीं करता। वह कर्म, अकर्म और विकर्म का संबंध स्पष्ट नहीं करता। वह कर्म में अकर्म और अकर्म में कर्म देखने को नहीं कहता...।"

"ठहरिए! ठहरिए! स्वामी जी!" तिलक ने जैसे कुछ हड़बड़ी में कहा, "मैं जानना चाहता हूँ कि कर्म में अकर्म और अकर्म में कर्म देखने का अर्थ आप क्या करते हैं।"

"इस वक्तव्य की व्याख्या अनेक प्रकार से हो सकती है और होती रही है। लोगों ने अपनी-अपनी रुचि और अपने-अपने संप्रदाय के सिद्धांतों के अनुसार इसकी व्याख्या की है।" स्वामी ने उनकी ओर देखा, "मैं घोर आस्तिक हूँ, इसलिए ईश्वर को बीच में लाए बिना नहीं रहता।"

"ईश्वर? ईश्वर का यहाँ क्या काम?"

"ईश्वर का ही तो सारा काम है तिलक जी महाराज!" स्वामी ने हँसकर कहा, "मैं भोजन करता हूँ। मैं मानता हूँ कि मैंने अपने भोजन से अपने शरीर में रक्त का निर्माण किया है। पर क्या यह सच है?"

"सच नहीं है क्या?"

"तो आप थाल में भोजन परोसें और उसका रक्त बनाकर दिखाएँ।"

"मैं रक्त नहीं बनाता; किंतु मेरा शरीर बनाता है।" तिलक बोले, "मुझमें और मेरे शरीर में अंतर क्या है?"

"मुझमें और मेरे शरीर में बहुत अंतर है।" स्वामी अत्यधिक गंभीर हो गए, "मैं तो आत्मा हूँ, परमात्मा का अंश हूँ। शरीर क्या है—पंचभूतों का पुतला। मैं अमृतपुत्र हूँ और शरीर मृत्तिका का

पुतला है, जिसे ईश्वर ने बनाया है। ईश्वर ने यह यंत्र बनाया, ईश्वर ने अन्न उपजाया…।"

"तो हम यह न मानें कि अन्न किसान ने उपजाया?"

"किसान अन्न उपजा सकता तो कभी अकाल न पड़ता।" स्वामी ने कहा, "हम यह मानते हैं कि ईश्वर किसान के माध्यम से अन्न उत्पन्न करता है। हमें दिखाई देता है कि किसान कर्म कर रहा है; किंतु कर्म तो ईश्वर कर रहा है। तो किसान के कर्म में अकर्म है।…और ईश्वर हमें कर्म करता दिखाई नहीं देता, इसलिए ईश्वर के अकर्म में कर्म है।" स्वामी ने तिलक की ओर देखा, "आप मेरी बात समझ रहे हैं न? ईश्वर ने ऐसा बीज न बनाया होता, जिसमें से अंकुर फूट सकता और अनाज की बालियाँ प्रकट हो सकतीं, तो किसान किससे अन्न उत्पन्न करता? ईश्वर ने ऐसा शरीर न बनाया होता, जो अन्न खाकर, उसमें से रक्त, मांस, मज्जा और मल बनाता तो मैं अन्न खाकर रक्त कहाँ से बनाता? इसका अर्थ हुआ कि ऊपर का सारा व्यापार माया का व्यापार है। हमें सब कुछ भौतिक धरातल पर होता दिखाई देता है और उसका कर्ता कोई न कोई है; किंतु सत्य यह है कि न तो हमें अपनी इन भौतिक आँखों से कर्ता दिखाई देता है, न उसका कर्म। इसलिए हमें अकर्म में कर्म देखना चाहिए। परिवर्तन में उस अपरिवर्तित को देखना चाहिए। दूसरी ओर जो कर्ता और कर्म दिखाई देते हैं—वहाँ न कर्ता है, न कर्म। वहाँ हमें कर्म में अकर्म और कर्ता में अकर्ता देखना चाहिए।"

"जब हम कुछ करते ही नहीं हैं, तो कर्म सिद्धांत का क्या होगा?"

"कर्म सिद्धांत अपने स्थान पर एकदम ठीक है। भगवान् कहते हैं कि तुम कर्म करो, उसका फल मैं दूँगा।" स्वामी बोले, "हमको समझना चाहिए कि हम कुआँ खोदेंगे तो भगवान् हमें वह जल देंगे, जो उन्होंने पृथ्वी के नीचे एकत्रित कर रखा है। किंतु हमको यह नहीं मानना चाहिए कि हमने स्वयं जल उपजाया है। हमारा यह शरीर अपने कर्म से जल खोज सकता है, उसे अपनी इच्छानुसार संचित और प्रवाहित भी कर सकता है, उसका प्रबंधन कर सकता है; किंतु जल तो ईश्वर ने ही बनाया है और उसे विभिन्न रूपों में अनेक स्थानों पर हमारे उपयोग के लिए रख दिया है—पृथ्वी के नीचे, समुद्र में, मेघों में, पर्वतों के ऊपर हिम के रूप में।" स्वामी निमिष-भर रुके, "भगवान् कहते हैं कि तुम घर्षण करो तो मैं तुमको अग्नि दूँगा, जो मैंने लकड़ी में संचित कर रखी है। हमने घर्षण ही किया है, अग्नि उत्पन्न नहीं की। मनुष्य मानता है कि संतान उसने उत्पन्न की है; किंतु स्त्री और पुरुष भगवान् ने बनाए हैं, वीर्य और रज का निर्माण ईश्वर ने किया है।…भगवान् के अकर्म में से हमें सब स्थानों पर उसके कर्म को पहचानना होगा।…और जितना हम इस तथ्य से परिचित होते जाएँगे, उतना ही हमारा कर्तृत्व का अहंकार कम होता जाएगा।"

"ठीक है।" तिलक बोले, "तो हम चर्चा कर रहे थे कि गीता धार्मिक ग्रंथ है या समाजशास्त्रीय?"

"और मैं कह रहा था कि समाजशास्त्र के नियम वस्तुतः धर्म के ही नियम हैं।" स्वामी ने कहा, "किंतु गीता में केवल नियम नहीं हैं। वह सृष्टि का सत्य प्रकट करती है। स्रष्टा का विराट् रूप प्रदर्शित करती है। जीव का स्वरूप बताती है। जीव और ईश्वर के संबंध को व्याख्यायित करती है। सृष्टि का आदि और अंत बताती है।…और धर्म से आगे बढ़कर मोक्ष का मार्ग दिखाती है। उसके लिए कर्म, ज्ञान और भक्ति के मार्गों का निर्देश करती है। अंत में कृष्ण कहते हैं कि सारे धर्मों को छोड़कर मेरी शरण में आ जा, मैं तुझे सारे पापों से मुक्त कर दूँगा।…ऐसा क्या समाजशास्त्र का कोई ग्रंथ कह सकता है?"

"तो हम उसे हिंदुओं का नीतिशास्त्र नहीं कह सकते क्या?"

"नीतिशास्त्र भी कह सकते हैं," स्वामी बोले, "किंतु वह नीतिशास्त्र मात्र नहीं है, उससे कहीं अधिक है।"

तिलक मौन हो गए। वे कुछ विचार कर रहे थे। उनके चेहरे पर द्वंद्व के कुछ भाव उभरे, जैसे मन में कुछ तर्क-वितर्क चल रहा हो।

"मैंने कुछ अनुचित कह दिया क्या?" स्वामी ने पूछा।

"नहीं। आपने तो कुछ अनुचित नहीं कहा, मैं ही सोच रहा हूँ कि जो लोग अध्यात्म में लिप्त होना नहीं चाहते, वे गीता से किस रूप में लाभान्वित हो सकते हैं?"

"गीता तो ऐसी सीढ़ी है, जिसके जितने सोपान चढ़ जाएँ, आप उतने ही ऊँचे हो जाएँगे।" स्वामी ने कहा, "मोक्ष नहीं चाहते तो धर्म ले लीजिए। धर्म भी नहीं चाहते तो समाजशास्त्र ले लीजिए, नीतिशास्त्र ले लीजिए, मनोविज्ञान ले लीजिए।"

तिलक को लगा कि स्वामी एकदम ठीक कह रहे हैं। यदि कहीं विभिन्न प्रकार के सिक्कों और नोटों के रूप में एक सहस्र रुपए रखे हैं और कोई व्यक्ति एक सहस्र रुपए नहीं चाहता, तो जितने चाहता है, उतने तो ले ही सकता है।

गाड़ी पुणे स्टेशन पर रुकी और वे दोनों साथ-साथ उतरे। तिलक का सामान कुली ने उतारा। स्वामी ने अपना सामान स्वयं ही उठा लिया—एक मृगचर्म, एक या दो कपड़े, एक कमंडल...

"अच्छा श्रीमन्!" स्वामी ने कहा, "आपकी संगति में यात्रा अच्छी तरह कट गई। चर्चा लाभकारी रही।"

तिलक चौंके, "आप मुझसे विदा ले रहे हैं क्या?...बैरिस्टर रामदास ने तो कहा था कि आप मेरे साथ मेरे घर पर ठहरें...।"

"उन्होंने पुणे में मेरे लिए एक आश्रय खोजने के लिए एक प्रस्ताव हवा में उछाल दिया था। शायद आपकी प्रतिक्रिया देखना चाहते थे।...आपने उस प्रस्ताव के संदर्भ में कुछ नहीं कहा, न उसकी किसी प्रकार की स्वीकृति ही दी...और घर आपका है, रामदास का नहीं। मुझे आपसे विदा तो होना ही है।" स्वामी मुस्करा रहे थे।

"तब मैं आपको जानता ही कितना था..."

"अब ही आप मुझे कितना जानते हैं।"

"आप ठीक कह रहे हैं स्वामी जी!" तिलक बोले, "मैं तत्काल, बिना पूरी तरह सोच-विचार किए किसी भी प्रस्ताव को अपनी सहमति नहीं दे सकता।...कुछ मेरे स्वभाव की मर्यादा है और कुछ मेरी परिस्थितियों की सीमाएँ।"

"मैं समझ सकता हूँ। मेरे मन में आपके प्रति कोई शिकायत नहीं है।"

तिलक को लगा, जैसे वे अपनी किसी भूल का स्पष्टीकरण दे रहे हों, "किसी अपरिचित व्यक्ति को इस प्रकार अपने घर में कैसे ठहराया जा सकता है।...और आजकल तो अंग्रेजों के गुप्तचर मेरे चारों ओर फैले हुए हैं।"

स्वामी हँसे, "अब आपको कैसे विश्वास हो गया कि मैं आपके लिए किसी संकट का कारण नहीं बनूँगा। गाड़ी में हम एक साथ अवश्य रहे हैं; किंतु मैंने आपको कितना जाना है और आपने

मुझे कितना जान लिया है।...गीता के विषय में मैंने आपके कुछ विचार जाने हैं और आपने मेरे। संभव है कि हमने गीता को कुछ अधिक जान लिया हो।"

"गीता के विषय में आपके विचार जानकर, मैंने आपको ही जाना है।" तिलक बोले, "मैंने जाना है कि आपकी संगति में कितना कुछ जाना जा सकता है। इसी से मेरे मन में इच्छा हुई है कि मैं कुछ और समय आपके साथ रहने का अवसर अपने हाथ से न जाने दूँ।"

"मैं राजनीतिक व्यक्ति नहीं हूँ।" स्वामी ने कहा।

"जान गया हूँ।" तिलक बोले, "किंतु मैं अध्यात्म से इतना दूर भी नहीं हूँ कि आपसे कोई चर्चा ही न कर सकूँ।"

"आपको कोई असुविधा तो नहीं होगी?"

"नहीं! एकदम नहीं।" तिलक बोले, "मेरे घर का एक भाग ऐसा भी है, जिसमें इन दिनों कोई नहीं रहता। वह आपके एकांतवास के लिए अच्छा रहेगा। अपनी वकालत और संपादकी के कारण मैं घर पर अधिक रहता ही नहीं। भोजन के समय ही आपसे भेंट हुआ करेगी।...आइए! सारा कुछ यहीं स्टेशन पर ही कह-सुन लेना आवश्यक नहीं है। घर चलकर भी कुछ बातें हो सकती हैं।"

तिलक चल पड़े। स्वामी उनके साथ चले।

"आपका नाम क्या है स्वामी जी?" सहसा तिलक ने पलटकर पूछा, "सामाजिक मर्यादा की बात मैं नहीं कहता; किंतु अवस्था में मैं आपसे बड़ा हूँ। कहीं तो आपके नाम की चर्चा करनी पड़ सकती है।"

"मेरा नाम!" स्वामी हँसे, "नाम और रूप की माया से ही तो हमें मुक्त होना है महाराज! मैं कुछ नहीं हूँ, बस, एक साधारण संन्यासी हूँ। और ऐसा मैंने क्या किया है कि आपको मेरे नाम का उल्लेख करना पड़ जाए।"

तिलक के मन में आया कि कहें कि आखिर तो संन्यासियों के भी नाम होते हैं। शंकराचार्य भी नाम के बिना नहीं थे।...किंतु यदि स्वामी नहीं बताना चाहते तो अधिक आग्रह करने का क्या लाभ?

तिलक कचहरी जाने लगे तो उन्होंने पूछा, "आप एकांत से ऊब तो नहीं जाएँगे? किसी को आपके पास भेज दूँ?"

"मैं अकेला नहीं हूँ।" स्वामी हँसे, "मेरे साथ अनेक चिंताएँ हैं; और उनका निवारण करने के लिए मेरे भगवान् हैं।"

"मैंने तो इसलिए पूछा, क्योंकि मनुष्य एक सामाजिक प्राणी है।"

"मैं समाज का विरोधी नहीं हूँ; किंतु समाज प्रतिक्षण मुझे घेरे रहे, ऐसी इच्छा भी नहीं है। साधक को कुछ समय एकांत में भी बिताना चाहिए।"

"आप ठीक कह रहे हैं।" तिलक बोले, "पर आप किसी से मिलना चाहेंगे—किसी धर्माचार्य से?"

"नहीं।"

"किसी सेठ-साहूकार से?"

"नहीं।"

"किसी पत्रकार या संपादक से?"

"नहीं! वैसे आपसे मिल लेने के पश्चात् किसी और पत्रकार से क्या मिलना?"

"किसी अधिकारी से?"

"नहीं।"

"किसी राजनीतिक नेता से?"

"नहीं।"

"किसी को कह जाऊँ कि कुछ अंतराल से आकर आपकी आवश्यकता पूछ जाए?"

"नहीं! मुझे किसी चीज की आवश्यकता नहीं पड़ेगी।" स्वामी पूर्णतः संतुष्ट थे।

"आपके पास कुछ पैसे हैं क्या? यदि आपको किसी चीज की आवश्यकता पड़े…"

"पैसे तो मेरे पास नहीं हैं।" स्वामी हँसे, "आज भी नहीं हैं और प्रायः होते भी नहीं। संन्यासी का पैसों से क्या संबंध?"

"आपके पास थोड़े-से पैसे भी नहीं हैं?"

"एक पैसा भी नहीं।"

"कभी नहीं होता?"

"प्रायः नहीं होता।"

"तो काम कैसे चलता है?"

"चल ही रहा है। भगवान् चलाते हैं। आवश्यकता होने पर वे ही धन भेज देते हैं।"

"यात्रा के लिए टिकट भी भगवान् ही खरीद देते हैं या फिर बिना टिकट चलते हैं, अंग्रेजी राज के खाते में?"

"यात्राओं के लिए कोई श्रद्धालु अगले गंतव्य तक की टिकट ले देता है।" स्वामी बोले, "आप मेरे लिए चिंतित न हों। संन्यासी तो सदा ही ईश्वर के भरोसे है।"

तिलक चले गए।

दोपहर के भोजन के लिए तिलक समय से आ गए थे।

"आपको राजनीति में तनिक भी रुचि नहीं है?"

"ईश्वर को खोजने वाले और उससे प्रेम करने वाले संन्यासी को माया में रुचि कैसे हो सकती है।"

"पर हमारा देश अंग्रेजों का दास है।" तिलक कुछ आवेश में बोले, "वे हमारी गर्दन दबाए हुए हैं। हमारी छाती पर बैठे हुए हैं। हमारा खून पी रहे हैं। ऐसे में हम अपने देश से, अपने देशवासियों से उदासीन कैसे हो सकते हैं?"

"मैं देशवासियों से उदासीन कहाँ हूँ।" स्वामी का स्वर भी कुछ ऊपर उठा, "प्रभु के बनाए इन जीवों की चिंता मुझे सोने नहीं देती; किंतु भारत की समस्याओं का समाधान राजनीति तो नहीं है।"

"राजनीतिक समस्याओं का समाधान राजनीतिक नहीं तो और क्या होगा?"

"न ये समस्याएँ राजनीतिक हैं, न उनका समाधान राजनीतिक होगा।" स्वामी बोले, "समस्या है—मनुष्य का लोभ और स्वार्थ। समस्या है—मनुष्य का अहंकार और ऐंद्रिय भोग की लिप्सा।"

"और वह तो रहेगी ही।" तिलक का स्वर कुछ ऊँचा हो गया, "आप तपस्या कर अपनी लिप्साओं से मुक्त हो सकते हैं; किंतु अंग्रेजों की लिप्सा तो हमारी तपस्या से नहीं छूटेगी। तो उनसे

हम अपनी रक्षा कैसे करें? राजनीतिक संघर्ष न करें? भारतमाता को बेड़ियों में जकड़े रहने दें?"

"नहीं!" स्वामी बोले, "भारतमाता बेड़ियों में क्यों जकड़ी रहे? पर मेरा प्रश्न है कि भारतमाता को बेड़ियों में जकड़ा किसने—अंग्रेजों की धन और अधिकार लिप्सा ने, अथवा भारत के शासकों के स्वार्थ और लोभ ने? अंग्रेजों की बंदूक ने अथवा भारतवासियों के विलास और कायरता ने? अंग्रेजों के बल ने अथवा भारतीयों की धर्महीनता ने?"

तिलक मौन रह गए। सचमुच यह चिंतन-मनन का विषय था। उन्हें प्रायः लगा था कि अंग्रेजों या उनसे पहले आने वाले विदेशी आक्रांताओं का इतिहास क्रूरतापूर्ण अवश्य था; किंतु उस समय का भारत का इतिहास भी तुच्छता, दुर्बलता, मूर्खता और अत्याचारों का ही इतिहास था।"

"हिंदुओं का चरित्र इतना गिरा हुआ न होता, तो विदेशी कैसे यहाँ आकर शासन करने लगते ? हम ईर्ष्या-द्वेष के मारे एक-दूसरे के विरुद्ध विदेशियों की सहायता न करते, तो वे हमारे देश में पग भी कैसे रख सकते?" स्वामी ने कहा, "पहले हिंदुओं ने अपना धर्म, कर्तव्य, देशप्रेम और बलिदान का आदर्श त्यागा या पहले विदेशी आक्रांता आकर उनकी छाती पर बैठ गए?"

तिलक ने तत्काल कोई उत्तर नहीं दिया। कुछ सोचकर बोले, "आप इतिहास का बहुत बड़ा सत्य रेखांकित कर रहे हैं; किंतु अब तो वह सब हो चुका है। हम शताब्दियों की दासता झेल चुके हैं। अब तो अपनी स्वतंत्रता के लिए राजनीतिक संघर्ष करना होगा न?"

"नहीं! यदि हिंदुओं का चरित्र वैसा का वैसा रहा, तो कोई राजनीतिक संघर्ष उन्हें स्वराज्य नहीं दिला सकता। स्वराज्य मिल भी गया और चरित्र न सुधरा तो पुनः दासता आ घेरेगी। इसलिए तिलक जी! समस्या चरित्र की है। हमें इस देश का चरित्र सुधारना होगा और उसका एकमात्र मार्ग है—अध्यात्म। मैं राजनीतिक आंदोलन के स्थान पर आध्यात्मिक अभियान चलाना चाहता हूँ। हिंदू स्वार्थी और लोभी न रहे। विलास का दास न रहे। ईर्ष्या-द्वेष को जीतकर देश के लिए कष्ट सहने के लिए प्रस्तुत हो। सेवा की दीक्षा ले। अपने देश के दीन-दुखियों पर अत्याचार का अपना शताब्दियों पुराना अभ्यास बंद करे। पीड़ितों को साक्षात् भगवान् शिव का रूप मानकर उनकी सेवा करे, उनकी उपासना करे; और इस सेवा का अवसर देने के लिए उनका कृतज्ञ हो। तब ही यह देश स्वाधीन हो पाएगा।"

तिलक मुग्ध भाव से स्वामी को देखते रहे।

"क्या देख रहे हैं?"

"आपको इस प्रकार बोलते सुनकर मन में एक विचार आया है," तिलक बोले, "क्यों न यहाँ आपके सार्वजनिक भाषण का आयोजन किया जाए। आप हिंदी या अंग्रेजी किसी भी भाषा में बोल सकते हैं।"

"नहीं!" स्वामी कुछ चिहुँककर बोले, "मैंने कभी सार्वजनिक भाषण नहीं किया। उसका मुझे अभ्यास नहीं है। मुझे उसकी आवश्यकता भी नहीं है।...और जहाँ तक भाषा का प्रश्न है, अंग्रेजी एक विदेशी भाषा है। उस पर मेरा कितना अधिकार हो सकता है? हिंदी हमारे राष्ट्र की भाषा अवश्य है। उसमें सारे देश का कार्य-व्यापार चलता है; किंतु मेरी मातृभाषा तो बाँग्ला ही है, उसे यहाँ कोई समझेगा नहीं।"

"आप भक्तों के सामने प्रभुचर्चा नहीं करते?"

"वह भाषण नहीं होता। प्रभु की लीला के विषय में एक भक्त के कृतज्ञ उद्गार होते हैं।"

अगले दिन तिलक भोजन पर बैठे तो जैसे उनके मन में पहले से ही कुछ प्रश्न तैयार थे।

"स्वामी जी! आप राजनीतिक आंदोलन के समर्थक नहीं हैं; किंतु समाज-सुधार के विषय में आपका क्या विचार है?"

"समाज को तो सुधरना ही होगा, नहीं तो यह देश रसातल में चला जाएगा।" स्वामी बोले, "किंतु मैं समझता हूँ कि इस क्षेत्र में भी अभी बहुत सोच-विचार का अवकाश है। विदेशों और विधर्मों के संस्कारों में पले-बढ़े समाजों के अनुकरण को मैं समाज-सुधार नहीं मानता।"

"कोई उदाहरण देंगे आप?"

"आप बताएँ, आप किसको समाज-सुधार कहते हैं?" स्वामी बोले, "आर्यसमाज और ब्राह्मसमाज ने हिंदू समाज के सुधार के नाम पर बहुत कुछ ऐसा किया है, जिसे मैं मात्र हिंदुओं का विभाजन मानता हूँ, सुधार नहीं।"

"बाल-विवाह के विषय में आपका क्या विचार है?" तिलक जैसे उनकी परीक्षा ले रहे थे।

"बाल-विवाह हिंदू धर्मशास्त्र के विरुद्ध है। ब्रह्मचर्य आश्रम को पूरा किए बिना गृहस्थ आश्रम में प्रवेश नहीं किया जा सकता।" स्वामी ने कहा, "इसका अर्थ है कि हिंदुओं को सुधारना नहीं है, किसी नए संप्रदाय के गठन की आवश्यकता नहीं है, उन्हें केवल स्मरण कराना है कि वे अपने धर्मशास्त्र के अनुसार चलें।"

"विधवा-विवाह के विषय में आपका क्या विचार है?"

"विधवा-विवाह का हमारे धर्मशास्त्र में कोई विरोध नहीं है। उसके अनेक रूप और उदाहरण हमारे पास पहले से ही विद्यमान हैं। कुछ विशिष्ट परिस्थितियों में विवाह-विच्छेद और पुनर्विवाह की अनुमति भी दी गई है।" स्वामी ने कहा।

"उदाहरण दे सकते हैं?"

"तारा ने सुग्रीव से विवाह किया। कुछ लोग मानते हैं कि मंदोदरी ने भी विभीषण से विवाह किया।" स्वामी बोले, "गुप्त वंश में ध्रुवस्वामिनी ने रामगुप्त को त्यागकर चंद्रगुप्त से विवाह किया। मैं इनमें से किसी का भी विरोधी नहीं हूँ। समाज अपनी आवश्यकताओं के अनुसार अपने विधान का निर्माण करता है। महाभारत में बहुपतित्व, कानीन पुत्र और नियोग पद्धति द्वारा संतान उत्पन्न करने को भी मान्यता दी गई है। किंतु यह समाज का विधि-विधान है, अध्यात्म की दृष्टि से आदर्श स्थिति नहीं है।"

"अध्यात्म क्या कहता है?"

"धर्म से आगे, अध्यात्म में चरण वह रखता है, जो सांसारिक सुख का उल्लंघन कर मोक्ष-प्राप्ति की ओर बढ़ता है।" स्वामी ने कहा, "वहाँ इंद्रियों का भोग श्रेयस्कर नहीं है। अतः शरीरभोग को भी मोक्ष के मार्ग की बाधा माना जाता है। मन में वैराग्य जाग जाए तो स्त्री-पुरुष का शारीरिक भोग मन में सुख नहीं, वितृष्णा उत्पन्न करता है। इसलिए हनुमान और भीष्म के ब्रह्मचर्य को सम्मान की दृष्टि से देखा जाता है। कौशल्या, सुमित्रा, कैकेयी और कुंती की वैधव्य तपस्या को पूजनीय माना जाता है।"

"तो?"

"विवाह सामाजिक प्रथा है। उसकी आवश्यकता भी है, क्योंकि समाज की इकाई परिवार है; किंतु यदि दैवयोग से किसी को वैधव्य रूप में सामाजिक दायित्वों से मुक्ति मिल गई है, तो उसे पुनः

उसी जंजाल में फँसाना बहुत श्रेयस्कर नहीं है।" स्वामी ने कहा, "उसे उस ईश्वरप्रदत्त अवसर का समाजहित में प्रयोग करना चाहिए।"

"इसे स्पष्ट करें।" तिलक ने उनकी ओर देखा।

"बंगाल में स्थिति कुछ भिन्न है। वहाँ पर्दाप्रथा है। स्त्रियाँ प्रायः पर्दे में बंद हैं। सार्वजनिक रूप से समाज में नहीं आतीं। सामाजिक कार्य के क्षेत्र में उनसे बहुत अधिक अपेक्षाएँ नहीं की जा सकतीं; किंतु चूँकि महाराष्ट्र में महिलाएँ पर्दे में बंद नहीं हैं, इसलिए कुछ कुलीन विधवाएँ, गार्हस्थ्य के दायित्व से मुक्त होने के कारण, बौद्ध काल के योगियों के समान धर्म और अध्यात्म के प्रचार-प्रसार के लिए अपना जीवन समर्पित कर सकती हैं।"

"आप तो सबको संन्यासी बना देंगे।"

"नहीं! मैं सबको संन्यासी बनाना नहीं चाहता। आपको तो मैंने एक बार भी संन्यास ग्रहण करने को नहीं कहा।" स्वामी जोर से हँसे, "संन्यास केवल उनके लिए है, जो मोक्षार्थी हैं। निष्काम कर्म और सेवा के माध्यम से अपने रजोगुण को विलीन कर चुके हैं।"

"पर सारी विधवाएँ तो इस श्रेणी में नहीं आतीं।"

"हाँ! सारी विधवाएँ इस श्रेणी में नहीं आतीं।" स्वामी बोले, "न ही किसी स्त्री के लिए यह कामना की जा सकती है कि वह विधवा हो जाए; किंतु प्रभु के विधान के अनुसार यदि कोई विधवा हो ही गई है, तो उसे उस वैधव्य को स्वीकार कर लेना चाहिए कि ईश्वर ने उसके लिए गार्हस्थ्य का नहीं, तपस्या का विधान किया है।"

"यह बात पुरुषों के लिए भी कही जा सकती है।" तिलक ने प्रतिकार किया।

"एकदम कही जा सकती है। मैं कब कहता हूँ कि विधुर दूसरा विवाह करें ही।" स्वामी बोले, "मैं यह मानता हूँ कि कोई भी महान् सामाजिक, धार्मिक, आध्यात्मिक, राष्ट्रीय या मानवीय कार्य करने के लिए परिवार के बंधन से मुक्त रहना चाहिए। जो पति अथवा पत्नी के बिना न रह सके, वह विवाह करे, अवश्य करे; किंतु विवाह को मानव-जीवन का अनिवार्य सत्य न माना जाए। एक बार विवाह कर यदि दैव की इच्छा से उससे मुक्त हो जाता है, तो उसे पुनः उस जंजाल में न फँसकर मानव की सेवा का व्रत लेना चाहिए।"

"यह एक संन्यासी का दृष्टिकोण है।"

"आप ऐसा कह सकते हैं; किंतु देश का स्वातंत्र्य युद्ध करने वाले क्रांतिकारी भी यही कहेंगे।" स्वामी बोले, "किसी भी क्षेत्र का साधक यही कहेगा। या तो मनुष्य अपने परिवार का पालन-पोषण कर सकता है या फिर कोई साधना कर सकता है।"

"पर आप कुलीन विधवाओं से ही ऐसी आशा क्यों करते हैं?"

"उनकी सामाजिक मर्यादा के कारण।" स्वामी बोले, "समाज में उनकी बात अधिक ग्राह्य होगी।"

तिलक ने अकस्मात् ही जैसे पैंतरा बदला, "कहीं आपकी यह धारणा तो नहीं है कि भगवद्गीता संन्यास का प्रचार करती है, इसलिए सबको संन्यासी हो जाना चाहिए?"

"भगवद्गीता संन्यास का प्रचार करती तो कृष्ण अर्जुन को युद्ध के लिए प्रोत्साहित नहीं करते।" स्वामी बोले, "गीता कर्मसंन्यास और कर्मयोग में चाहे बहुत भेद न करती हो, किंतु जितना भी भेद करती है, उसमें वह कर्मयोग को ही श्रेष्ठ मानती है। वह प्रत्येक व्यक्ति को निष्काम भाव से कर्म करने को कहती है। अनासक्त कर्म ही तो योग है। कर्म समाज में होता है, वन में नहीं।

सामाजिक कर्म भी ¯समाज में होता है। तपस्या में एकांत का महत्त्व है; किंतु वह तपस्या का अभ्यास है, वास्तविक तपस्या तो समाज में ही होती है। वन के एकांत में रहकर कोई व्यक्ति सत्य बोलने की तपस्या कैसे कर सकता है? सत्य तो समाज में ही बोला जा सकता है। सेवा तो समाज में ही की जा सकती है। त्याग भी तो समाज में ही हो सकता है।"

संध्या-समय तिलक घर आए। चाय पी। स्वामी से दिन-भर की उनकी गतिविधि के विषय में जानकारी प्राप्त कर चुके तो बोले, "स्वामी जी! जहाँ तक मैं समझ पाया हूँ, आप बहुत लोगों से मिलना-जुलना पसंद नहीं करते; किंतु किसी सभा में जाने में भी कोई आपत्ति है क्या?"

"आपकी मान्यता है कि मैं अधिक लोगों से मिलना-जुलना नहीं चाहता; किंतु सभा में भी तो लोग ही होंगे। जितने अधिक लोग होंगे, उतनी ही सभा सफल होगी।" स्वामी हलके-हलके मुस्करा रहे थे।

"कहना मैं यह चाहता था कि आप यह तो पसंद नहीं करते कि लोग यहाँ आकर आपको उद्विग्न करें, आपकी दिनचर्या में बाधा डालें, तो क्या आप एक सभा में चलना चाहेंगे, जहाँ कुछ भले लोग आपसे मिल सकें और आप कुछ भले लोगों से परिचित हो सकें।"

"कहाँ ले जाना चाहते हैं?"

"हीराबाग में एक क्लब है—दक्कन क्लब। मैं उसका सदस्य हूँ। प्रायः उसकी साप्ताहिक बैठकों में जाया करता हूँ। आज काशीनाथ गोपीनाथ का भाषण है।

"विषय?"

"ज्ञात नहीं है, किंतु विषय दर्शनशास्त्र से संबंधित है।" तिलक बोले, "संभव है, विषय आपकी रुचि का हो।"

"हो भी सकता है।" स्वामी हँसे, "पर महाराज! मेरी रुचि केवल दार्शनिक विषयों तक ही सीमित नहीं है।"

"फिर तो अवश्य चलें।"

काशीनाथ गोपीनाथ का भाषण जटिल, दार्शनिक समस्याओं से संगुंफित उत्कृष्ट भाषण था। उस भाषण के पश्चात् किसी के पास कुछ कहने को नहीं था। एक तो विषय ही इतना विद्वत्तापूर्ण था कि अंग्रेजी शिक्षा के उपाधिधारियों की पहुँच वहाँ तक नहीं थी। दूसरे, बात जिनकी समझ में आ गई थी, उन्हें कुछ पूछना ही नहीं था। तीसरे, जो बात समझ में ही न आई हो, उसके विषय में प्रश्न कैसे पूछा जा सकता था।

तिलक ने स्वामी की ओर देखा, "आप कुछ कहना चाहेंगे स्वामी जी?"

वे चकित रह गए, जब उन्होंने देखा कि स्वामी बोलने के लिए उठ खड़े हुए। स्वामी प्रांजल अंग्रेजी में उस विषय का दूसरा पक्ष प्रस्तुत कर रहे थे। वह क्रमशः उसकी गहराई में उतरते गए। विषय वही था किंतु प्रस्तुति इतनी भिन्न थी कि लगता था कि श्रोता किसी और विषय में सुन रहे हैं।

स्वामी ने अपना वक्तव्य पूरा किया तो लोगों ने घड़ी देखी : वे पूरा एक घंटा बोलते रहे थे। प्रत्येक श्रोता उनकी योग्यता से अत्यधिक प्रभावित हुआ था। सबकी इच्छा थी कि स्वामी और बोलें।

अन्य विषयों पर भी बोलें। किसी दिन उनका अकेले का स्वतंत्र भाषण रखा जाए।...

नगर के अनेक लोग स्वामी के आसपास जमा होने लगे। स्वामी उनसे प्रायः गीता और उपनिषदों के विषय में चर्चा करते थे।...जब लोग अधिक संख्या में आने लगे, स्वामी ने तिलक से कहा, "मैं कल आपसे विदा ले रहा हूँ।"

अगले दिन घर के किसी भी सदस्य के जागने से पहले ही वे जा चुके थे।

सर मोरोपंत जोशी ने प्रतिवर्ष के समान इस वर्ष भी गर्मी की छुट्टियों में महाबलेश्वर की ठंडी जलवायु में विश्राम हेतु बाजारपेठ के निकट मालकमपेठ में एक बँगला किराए पर लिया था, पर वे नहीं जानते थे कि इस प्रवास में भी उनके पास कुछ अतिथि आ जाएँगे। बँगला छोटा पड़ रहा था और वे सोच रहे थे कि कोई बड़ा बँगला किराए पर लिया जाए।

अपनी पत्नी यशोदाबाई के साथ प्रातः की सैर कर डेरे की ओर लौट रहे थे कि मन हुआ कि बाजारपेठ में अपने हाउस एजेंट दीक्षित जी से मिलते चलें। संकेत कर दें कि कोई अच्छा-सा बड़ा बँगला उपलब्ध हो तो उसे उनके लिए ले लें।

दीक्षित जी इतनी सुबह अभी ग्राहकों के लिए तैयार नहीं थे; किंतु सर मोरोपंत जोशी न तो साधारण ग्राहक थे और न ही साधारण जन कि उन्हें बाद में आने के लिए कहा जाता। दीक्षित जी ने आग्रहपूर्वक उन्हें बैठाया।...जाने जोशी जी किस काम से आए थे। ऐसे लोगों से संपर्क किसी भी एजेंट के लिए लाभदायक ही हो सकता है।

वे चाय बनवा ही रहे थे कि एक आगंतुक आकर द्वार पर खड़ा हो गया। शरीर पर एक लबादा था और सिर पर पगड़ी। अवस्था से युवा था और चेहरे पर भव्यता और तेजस्विता दोनों ही थीं। किंतु वह बहुत थका हुआ लग रहा था, जैसे सारी रात चलता ही रहा हो।

"कहिए?" दीक्षित जी ने पूछा।

"मैं पथिक हूँ। सतारा से आ रहा हूँ।" वह बोला, "जानना चाहता हूँ कि यहाँ कहीं मेरे खाने-पीने का प्रबंध हो सकता है?"

यशोदाबाई जोशी ने उसकी ओर देखा, "चलिए हमारे घर। मैं आपके खाने-पीने का प्रबंध कर देती हूँ।"

जोशी जी कुछ द्वंद्व में लग रहे थे; किंतु अपनी पत्नी द्वारा दिए गए निमंत्रण को वे निरस्त नहीं कर सकते थे। और फिर एक साधु को भोजन कराना कोई इतनी बड़ी बात भी नहीं थी कि वे उसके लिए अपनी पत्नी का दिल दुखाते।

जोशी जी के मन में एक और बीज अंकुरित हो रहा था : ईश्वर के अस्तित्व पर वाद-विवाद करना उनका अत्यंत प्रिय व्यसन था। अब यह साधु हाथ आ गया था। वे उससे इस विषय में विवाद करने को स्वतंत्र थे।

मार्ग में ही जोशी जी ने पूछा, "आप संन्यासी हैं। क्या करते हैं?"

स्वामी भी मौज में थे। बोले, "ईश्वर को खोजा करता हूँ।"

"खोज पाए?"

"मार्ग तो मिल ही गया है।"

"उसके अस्तित्व का प्रमाण दे सकते हैं?"

"यह सारी सृष्टि ही उसके अस्तित्व का प्रमाण है।"

"वैज्ञानिक ढंग से बताइए।"

"शुरू हो गए आप।" यशोदाबाई ने टोका, "घर पहुँच लें। स्वामी जी कुछ खा-पी लें, तब ईश्वर को खोज लीजिएगा।"

भोजन के उपरांत स्वामी विदा नहीं ले पाए। मोरोपंत जोशी ने उन्हें रोक लिया। छोटे बँगले, घर में अतिथियों की उपस्थिति और स्थानाभाव का बहाना भी नहीं चला। घर में रहते तो यह विवाद चलता रहता। संध्या समय भ्रमण के लिए जाते तो वही विषय होता। कुछ लोग, जिन्होंने भ्रमण के समय उनका यह संवाद सुना था, वे घर भी आने लगे और एक प्रकार से घर में सांध्य गोष्ठी होने लगी।

दिन-भर स्वामी चर्चा करते थे, किंतु रात को नौ बजे वे ध्यान के लिए बैठ जाते थे और प्रातः चार बजे तक ध्यान में बैठते थे।

वे प्रातः ध्यान से उठे तो जोशी जी से बोले, "मैं देख रहा हूँ कि आपके घर में अनेक अतिथि हैं और माता जी दिन-भर उनके सत्कार में व्यस्त रहती हैं। उन्हें दिन में विश्राम का समय नहीं मिलता।"

"हाँ! दिन में तो विश्राम का समय नहीं मिलता।"

"और रात कों आपकी छोटी बच्ची बहुत रोती है।" स्वामी बोले, "उसके कारण वे रात को भी सो नहीं पातीं। इससे तो वे अस्वस्थ हो जाएँगी।"

"तो क्या किया जाए?"

जोशी जी सोच रहे थे कि यह संन्यासी अभी कहेगा कि वे नहीं चाहते कि उसके काम का बोझ उन पर पड़े, इसलिए उसे जाने की अनुमति दी जाए।

किंतु स्वामी के पास दूसरा ही प्रस्ताव था, "रात को बच्ची मुझे दे दिया कीजिए ताकि माता जी आराम से सो सकें।"

"रात को आप समाधि लगाएँगे या बच्ची को बहलाएँगे?" जोशी जी हँसे, "अरे, बच्ची है। नींद टूटेगी तो रोएगी। भूख लगेगी तो रोएगी। गीला करेगी तो रोएगी।"

"जो भी करेगी, मैं सँभाल लूँगा।"

जोशी जी और यशोदाबाई—दोनों के लिए ही यह प्रस्ताव अनोखा था। घर आए एक संन्यासी को वे अपनी नौ महीने की बच्ची सौंप दें कि रात-भर वह उसे सँभाले ताकि यशोदाबाई आराम से सो सकें।...पर स्वामी का आग्रह ऐसा था कि उन्हें मना नहीं किया जा सकता था।

"आप एक दिन बच्ची मुझे देकर देखिए तो।" स्वामी ने कहा।

"आपको कष्ट होगा।"

"यदि आपको लगे कि मुझे या बच्ची—दोनों में से किसी एक को भी कष्ट हो रहा है, तो कल से बच्ची को माता जी ही सँभालें।"

रात को ध्यान में बैठने से पहले स्वामी यशोदाबाई के पास आए।

"माता जी! आज आप इस बच्ची को मेरी झोली में डालकर देखिए तो।"

यशोदाबाई स्वामी का आग्रह टाल नहीं पाईं। उन्होंने कमलाबाई को चादर में अच्छी तरह

लपेटकर स्वामी की गोद में लेटा दिया और स्वयं सोने के लिए चली गईं।...जाने रात को कब जागना पड़े।...

प्रातः अपने अभ्यास के अनुसार यशोदाबाई की नींद चार बजे टूटी। उनका ध्यान सबसे पहले इस ओर गया कि आज रात-भर वे अटूट नींद सोई हैं। एक बार भी कमलाबाई के रोने का स्वर नहीं आया।...या यदि वह रोई हो तो उसे किसी और ने सँभाल लिया होगा...पर और कौन? घर में और ऐसा था ही कौन, जो उनकी नींद पूरी करने के लिए बच्ची को स्वयं सँभालता।

वे भागती हुई कमरे से बाहर आईं। तभी स्वामी भी उठे और उन्होंने बच्ची लाकर उनको सौंप दी।

"इसने आपको परेशान तो नहीं किया?"

"रात-भर चिहुँकी भी नहीं।"

स्वामी जब तक जोशी जी के घर रहे, कमलाबाई को रात को वे ही सँभाला करते थे।

11

दस अक्तूबर को स्वामी कोल्हापुर पहुँचे। यह नगर पुणे से 232 किलोमीटर दूर पंचगंगा नदी के दक्षिणी तट पर बसा हुआ है। प्राचीन काल में कोल्हापुर 'करवीर' के नाम से विख्यात एक महत्त्वपूर्ण तीर्थस्थल और व्यापारिक केंद्र था। यहाँ आद्याशक्ति महालक्ष्मी का शक्तिपीठ है। वहाँ अन्य देवी-देवताओं के भी दर्जनों भव्य मंदिर हैं। स्कंदपुराण में इस 'काराष्ट्र' को काशी से भी अधिक पवित्र तथा दर्शन मात्र से पापनाशक बताया गया है। कोल्हापुर नगर, छत्रपति कुल की राजधानी है। वहाँ साक्षात् शिवाजी के ही वंशज राज करते रहे हैं। छत्रपति शिवाजी के कनिष्ठ पुत्र राजाराम महाराज के वंशज होने के कारण कोल्हापुर के राजा अपने नाम के साथ छत्रपति की उपाधि लगाते थे। कुछ वर्षों पूर्व उस कुल में एक दुखद घटना हो गई थी। अंग्रेजों ने कोल्हापुर के तरुण स्वाभिमानी राजा, चौथे शिवाजी की अहमदनगर के किले में नृशंस हत्या करा दी थी। विधवा रानी निःसंतान थीं, इस कारण उन्होंने 1884 ई० में कागल के जमींदार जयसिंह राव घाटगे के ज्येष्ठ पुत्र यशवंतराव को गोद ले लिया था, जिससे शिवाजी का वंश आगे चल सके। वे छत्रपति शहूजी महाराज कहलाए।

स्वामी कोल्हापुर के राजप्रासाद के मुख्य द्वार तक पहुँच चुके थे। द्वारपाल के निकट जाकर स्वयं ही रुक गए।

"इस द्वार से भिक्षा नहीं दी जाती साधु बाबा! उसके लिए धर्माधिकारी का कार्यालय है।" द्वारपाल ने कहा।

"मैं भिक्षा लेने नहीं आया।" स्वामी ने कहा, "मुझे महाराज से भेंट करनी है।"

द्वारपाल ने पीछे मुड़कर अपने अधिकारी की ओर देखा।

"क्या बात है?"

"इन साधु बाबा को महाराज से भेंट करनी है।"

अधिकारी अपने स्थान से उठकर उनके निकट आ गया, "महाराज के दर्शन करने हैं या उनसे

भेंट करनी है?"

"भेंट करनी है।" स्वामी ने कहा।

"तुम्हारे मित्र हैं महाराज! तुम्हारे बराबर के हैं कि उनसे भेंट करनी है?" अधिकारी बोला, "इतना भी नहीं सीखा अभी तक कि भिक्षा ही लेनी हो तो महाराज के सम्मुख कैसे जाया जाता है ? तुम्हें कुछ तो विनीत होना चाहिए।"

स्वामी ने एक लिफाफा उसकी ओर बढ़ा दिया, "यह भावनगर के महाराज तख्तसिंह जी द्वारा दिया गया परिचय-पत्र है—महाराज के नाम है।"

अधिकारी ने लिफाफे को उलट-पलटकर देखा। लिफाफा बंद था और उस पर भावनगर महाराज की मुहर लगी हुई थी। महाराज के नाम पत्र को खोलने का उसको अधिकार नहीं था। और बिना यह जाने कि पत्र में क्या था, वह उस संन्यासी को भीतर नहीं जाने दे सकता था।

"राजकुमार शाहूजी महाराज भावनगर में ही शिक्षा प्राप्त कर रहे हैं। महाराज तख्तसिंह ने वहाँ भेंट न करवा, आपको यहाँ भेज दिया।" अधिकारी बोला, "मैं कुछ समझ नहीं पाया।"

"मुझे कोल्हापुर आना था—तीर्थ की दृष्टि से। मैं राजकुमार से भावनगर में भेंट कर लेता तो क्या तीर्थ हो जाता?" स्वामी ने कहा।

"तो अब आप क्या चाहते हैं महाराज?" अधिकारी बोला, "पत्र तो राजा के नाम है, तीर्थ के नाम नहीं।"

"महारानी आनंदीबाई से भेंट करवा दें—राजकुमार की अनुपस्थिति में वे ही शासक हैं।"

"महारानी साहिबा का स्वास्थ्य ठीक नहीं है। स्वास्थ्य-लाभ की दृष्टि से विश्राम करने के लिए वे पन्हालगढ़ गई हुई हैं।"

"तो आप क्या चाहते हैं?" स्वामी ने कहा, "भावनगर के महाराज को उनका पत्र लौटा आऊँ?"

"नहीं! आप बैठें।" वह बोला, "मैं भीतर समाचार भिजवाता हूँ। जैसा आदेश आएगा, वैसा कर दिया जाएगा।"

स्वामी बैठ गए। न उस अधिकारी ने उनसे कोई बात की और न ही स्वामी ने उससे कुछ कहा।

भीतर से जो संदेश आया, वह संदेशवाहक ने अधिकारी के कान में कहा।

"आप इनके साथ जाएँ।" अधिकारी ने कहा, "ये आपका मार्गदर्शन करेंगे।"

स्वामी को राव साहब लक्ष्मणराव गोलवलकर के सम्मुख उपस्थित कर दिया गया। वे महारानी के निजी सचिव (खानगी कारभारी) थे। स्वामी ने देखा : भावनगर के राजा का पत्र उनके हाथ में था।

राव साहब आँखों ही आँखों में उन्हें तौलते रहे।

"आपको लगता हो कि वह पत्र जाली है तो मैं जस्टिस महादेव गोविन्द राणाडे का पत्र उपस्थित करूँ।" स्वामी ने कहा।

"नहीं! कोल्हापुर में साधु-संतों पर संदेह नहीं किया जाता।" राव साहब ने कहा, "मैं तो केवल यह सोच रहा हूँ कि आपके ठहरने की व्यवस्था राजमहल में की जाए, नगर की भीड़ में जन सामान्य के मध्य की जाए या फिर किसी सुंदर प्राकृतिक स्थल पर की जाए।"

"संन्यासी को आप कहीं भी ठहरा दें, वह प्रसन्न ही रहेगा।" स्वामी ने कहा, "किंतु भीड़ अधिक न हो और प्रकृति निकट हो तो अच्छा है।"

स्वामी के ठहरने का प्रबंध खासबाग में किया गया।

"आप कितने दिनों तक कोल्हापुर को सनाथ करेंगे महाराज!"

"संन्यासी के लिए एक स्थान पर तीन दिन ठहरने का विधान है।"

"हम प्रत्येक तीन दिनों के पश्चात् आपका स्थान बदल सकते हैं स्वामी जी!" राव साहब बोले, "किंतु महारानी के पन्हालगढ़ से लौटने से पूर्व हम आपको कोल्हापुर से विदा नहीं कर सकते।"

विजापुरकर ने सुना कि कोल्हापुर में एक महान् संन्यासी आए हैं; और वे अंग्रेजी बोल सकते हैं। विजापुरकर के लिए रुकना कठिन हो गया। संध्या समय अपनी सैर से लौटते हुए वे घर न जाकर स्वामी के दर्शनों के लिए चल पड़े। दूर से ही संन्यासी का तेजस्वी स्वर सुनाई पड़ रहा था। लगता था कि वहाँ और भी अनेक लोग आए हुए हैं।...असाधारण स्वर था स्वामी का और रूप भी। विजापुरकर ने निकट पहुँचकर प्रणाम किया। स्वामी की वाग्धारा में कोई विघ्न नहीं आया। न तो उन्होंने संन्यासियों के समान 'नारायण' अथवा कुछ और कहकर उन्हें आशीर्वाद दिया, न किसी और प्रकार की प्रतिक्रिया प्रकट की। वे बिना रुके, वेगपूर्ण प्रवाह में अपनी बात कहते चले गए।...

विजापुरकर ने देखा कि जब भी कोई व्यक्ति नया प्रश्न करता था, तो वे तत्काल उसका उत्तर देते थे, जैसे कोई गेंद फेंकी जाने पर दीवार से टकराकर तत्काल उसी वेग से लौट आती है।...न केवल वे असाधारण रूप से बहुश्रुत थे, वरन् अपने विषय को शब्दों में अत्यंत मनोहारी रूप में प्रस्तुत करने में भी दक्ष थे।

ऐसे व्यक्ति कोल्हापुर आएँ और राजा रमैया परिषद् में उनका भाषण न हो, यह कैसे संभव था। विजापुरकर तथा उनके साथियों ने स्वामी को घेर लिया, "कल आप राजा रमैया परिषद् में लोगों को संबोधित करने का कष्ट करें।"

"मैं सार्वजनिक भाषण नहीं करता।" स्वामी ने कहा, "मुझे अभ्यास नहीं है।"

"सार्वजनिक भाषण क्या!" राव साहब बोले, "ऐसे ही, जैसे यहाँ चर्चा हुई, वहाँ भी हो जाएगी। स्थान बदल जाएगा, काम तो यही है महाराज! कुछ और लोग आपकी वाणी से लाभान्वित हो पाएँगे।"

स्वामी ने अपनी सहमति दे दी।

"हमारी ओर से कोई विशेष सुविधा का प्रबंध...?"

"नहीं! वह उसे औपचारिक बना देगा।"

"आप भाषण के लिए कोई लिखित संकेत या वैसी कोई सुविधा चाहेंगे?"

"नहीं!"

परिषद् वाले भाषण में उनका बहुत ही तेजस्वी रूप प्रकट हुआ। पहले तो वे धर्म की चर्चा करते रहे, फिर हिंदू धर्म के स्वरूप की बात आई; और अंत में अन्य धर्मों से कुछ तुलना भी हो गई।

"बौद्ध धर्म के विषय में आपका क्या विचार है?" एक श्रोता ने प्रश्न किया, "क्या वह हिंदू

धर्म से अधिक विकसित धर्म नहीं है?"

"बौद्ध धर्म मेरे धर्म की एक विद्रोही संतान है।" स्वामी ने कड़ककर कहा, "उससे अधिक कुछ नहीं।"

"और ईसाई धर्म--जिसका आज संसार में बोलबाला है।"

"वह मेरे धर्म का एक धुँधला-सा अनुकरण है।…" स्वामी ने कहा, "यूरोपवासी धर्म को कैसे समझ सकते हैं? वे तो विलास के पीछे भाग रहे हैं।"

किसी ने हस्तक्षेप किया, "मांसाहारी लोग धर्म को कैसे समझ सकते हैं?"

स्वामी ने तत्काल उसे रोक दिया, "नहीं! नहीं! तुम्हारे प्राचीन ऋषि भी मांसाहारी थे। क्या आपने उत्तररामचरितम् नहीं पढ़ा?"

और उन्होंने 'उत्तररामचरितम्' में से धाराप्रवाह कुछ छंद उद्धृत कर दिए, जिनमें मांसाहार का स्पष्ट वर्णन था।

"लगता है, यह संन्यासी ब्राह्मण नहीं है।" भीड़ में से कोई फुसफुसाया, "मांसाहार का प्रचार कर रहा है।"

"पूछकर देखो।" दूसरे ने कहा।

किंतु किसी ने पूछने का साहस नहीं किया।

पन्हालगढ़ से महारानी के लौटने पर उनके निजी सचिव ने उन्हें स्वामी के आगमन की सूचना दी; और भावनगर के महाराज द्वारा प्रदत्त पत्र पढ़कर सुनाया। महारानी गंभीर हो गईं : भावनगर के महाराज अकारण ही किसी की इतनी प्रशंसा नहीं कर सकते। संन्यासी में अवश्य ही कुछ गुण होंगे। …स्वभाव से ही वे धार्मिक प्रवृत्ति की थीं और साधु-संतों की सेवा तो उनके कुल की परंपरा थी। "आपने उन्हें देखा है राव साहब?"

"महारानी जी! वे तो दिव्य पुरुष हैं।"

"कोई चमत्कार दिखाया है उन्होंने?"

"वे तो स्वयं ही साक्षात् चमत्कार हैं।" राव साहब ने कहा, "वे कोई चमत्कार नहीं दिखाते। किसी को प्रभावित करने का कोई प्रयत्न नहीं करते।…"

"तो?"

"आप स्वयं ही उनके दर्शन कर लें। स्वयं समझ जाएँगी।" राव साहब बोले, "मैं उनकी विद्वत्ता की बात नहीं कह रहा हूँ। विद्वान् तो कितने ही देखे हैं मैंने। किंतु स्वामी जी की उपस्थिति में जिस सात्त्विकता और निर्मलता का अनुभव व्यक्ति स्वयं करता है, उसे शब्दों में कैसे बताया जा सकता है?"

"कोई माँग है उनकी?"

"नहीं महारानी साहेब! अत्यंत निर्लोभी हैं।"

"तो फिर कल उनको राजमहल में आमंत्रित करो।"

महारानी का मन स्वामी के दर्शनों के लिए उत्सुक हो उठा था। राव साहब अकारण ही किसी की प्रशंसा नहीं करते। शेष दरबारी भी तो उनसे सहमत थे। कहीं ऐसा तो नहीं कि स्वामी के कोल्हापुर पधारने के कारण ही महारानी स्वस्थ हो गई हों, ताकि वे पन्हालगढ़ से यहाँ आ सकें और उनके दर्शन कर

सकें। उन्हें पूर्ण विश्वास था कि ईश्वरीय योजनाएँ मनुष्य की गतिविधि को संचालित करती हैं।···

स्वामी के देदीप्तिमान रूप को देखकर महारानी का मन भक्ति से अभिभूत हो उठा।··· सात्त्विकता की यह साक्षात् मूर्ति स्वयं चलकर उनके घर आई और वे अस्वस्थ होकर पन्हालगढ़ में बिस्तर पर पड़ी रहीं। उनके कोल्हापुर आने से पहले ही यदि स्वामी विदा हो जाते तो वे कैसी तो वंचित हो जातीं। उनके निजी सचिव राव साहब सचमुच हीरे की परख कर सकते हैं। तभी तो उन्होंने उन्हें रोके रखा।

राजवंश की परंपरा के अनुसार, महारानी ने स्वामी जी की पादपूजा की। भेंट के रूप में जब चाँदी के एक बड़े थाल में सजाकर हीरे और जवाहरात लाए गए तो दरबारियों की भी आँखें फट गईं। कहीं महारानी अपनी मर्यादा से बाहर जाकर राजकोष खाली ही तो नहीं कर रहीं।···पर किसमें साहस था कि वह महारानी का हाथ पकड़ लेता। युवराज भी तो उपस्थित नहीं थे।···

"किंतु माँ! मैं तो एक विरक्त संन्यासी हूँ।" स्वामी ने हँसकर कहा, "मेरे लिए हीरे-मोती, मणि-माणिक्य किस काम के? ये राजकोष की शोभा हैं। इन्हें वहीं रहने दीजिए।"

"धन तो सबके काम का होता है स्वामी जी!"

"स्वयं ईश्वर जिनका ऐश्वर्य है, उन्हें इन सांसारिक मणियों की आवश्यकता नहीं होती।"

"तो मैं आपका सत्कार कैसे करूँ स्वामी जी?"

"आपके राज्य में आया हूँ। अपनी कुलदेवी माँ भवानी के दर्शन करा दें। करवीर निवासिनी महालक्ष्मी के दर्शनों का प्रबंध करा दें।"

महारानी ने राव साहब की ओर देखा। उन्होंने स्वीकृति में अपना सिर हिला दिया।

"वह हो जाएगा।" महारानी ने कहा, "पर क्या आप जैसा देवपुरुष छत्रपति के द्वार से खाली हाथ जाएगा? इससे तो यह कुल अपमानित होगा महाराज!"

"खाली हाथ!" स्वामी हँसे, "सबको खाली हाथ ही जाना है माँ!"

"फिर भी।"

"तो कुछ ऐसा करें, जिससे आपके द्वारा मेरा सत्कार भी हो जाए और संन्यासी की मर्यादा भी भंग न हो।"

महारानी से विदा होकर स्वामी राव साहब के साथ करवीरनिवासिनी महालक्ष्मी के मंदिर में पहुँचे।

स्वामी मंदिर के गर्भगृह में खड़े थे। उनके नेत्र भावविभोर हो उठे थे। वे जैसे अपनी खुली आँखों से देवी का चिन्मय रूप देख रहे थे। जो भवतारिणी काली देवी दक्षिणेश्वर में खड़ी अपने भक्तों को अभयदान कर रही थीं, वे ही यहाँ आद्याशक्ति महालक्ष्मी के रूप में भुक्ति-मुक्ति प्रदान कर रही थीं।

स्वामी अब खड़े नहीं रह सके। भूमि पर लेटकर साष्टांग दंडवत् प्रणाम किया।

"माँ! मैं तुम्हारी शरण में हूँ। तुम्हारी शरण में हूँ। जहाँ भी हूँ, तुम्हारी ही शरण में हूँ।"

लौटकर अपने कक्ष में आए तो देखा : महारानी का एक अनुचर दो भगवे वस्त्र लिए आया खड़ा था।

"महारानी ने कहा है, इन्हें तो स्वीकार कर ही लें महाराज!"

"महारानी साहेब से हमारा धन्यवाद कहना।" स्वामी ने कहा, "मैं ये दोनों वस्त्र स्वीकार कर रहा हूँ और अपने पुराने दो वस्त्र छोड़े जा रहा हूँ। संन्यासी के पास अधिक बोझ नहीं होना चाहिए।"

12

1892 के अक्तूबर की एक सुबह। 6 बज रहे थे। वकील भाटे स्नान-ध्यान कर अभी उठे ही थे कि किसी ने दरवाजा खटखटाया। गृहस्थ का द्वार था। कोई न कोई आता-जाता ही रहता था। भाटे को कोई आश्चर्य नहीं हुआ। वे सहज भाव से गए और द्वार के कपाट खोल दिए।

भाटे ने ध्यानपूर्वक देखा : वह कोई परिचित व्यक्ति नहीं था। संन्यासी था, यह तो उसके भगवे वस्त्रों से ही स्पष्ट था; किंतु इतना युवा संन्यासी! भाटे ने उसकी ओर देखकर मराठी में कहा, "कहिए, मैं आपकी क्या सेवा कर सकता हूँ?"

संन्यासी ने उत्तर मराठी में नहीं दिया, हिंदी में कहा, "मुझे वकील साहब से मिलना है। श्रीमान भाटे से।"

"मैं ही हूँ—भाटे। कहिए?"

"मैं आपके एक मित्र का पत्र लाया हूँ। क्या आप उसे देखना चाहेंगे?" संन्यासी ने पूछा।

भाटे को कुछ आश्चर्य हुआ।···मित्र का पत्र! ऐसा उनका कौन-सा मित्र है, जो एक संन्यासी के माध्यम से उनको पत्र भेज रहा है? सहसा उनके मन में कौंधा—कहीं यह किसी क्रांतिकारी संगठन की ही तो योजना नहीं है।···वे ही लोग पुलिस से बचने के लिए संन्यासियों का वेश धारण कर सारे देश में घूम-घूमकर लोगों को संगठित करते हैं। कहीं वे लोग उनसे कोई सहायता तो नहीं चाहते?···जो भी हो, पत्र देखे बिना तो वे कुछ नहीं जान पाएँगे। यह तो स्पष्ट ही था कि संन्यासी मराठीभाषी नहीं था, अन्यथा वह उनके मराठी में पूछे गए प्रश्न का उत्तर मराठी में ही देता।

इस बार भाटे ने अपना प्रश्न अंग्रेजी में किया, "किस मित्र की ओर से आए हैं आप?"

उत्तर में संन्यासी अत्यंत शुद्ध उच्चारण के साथ अंग्रेजी में ही बोला, "मैं राव साहब लक्ष्मणराव गोलवलकर की ओर से आपके नाम एक पत्र लाया हूँ।"

"कौन से गोलवलकर?" भाटे ने परीक्षा की दृष्टि से पूछा।

"कोल्हापुर की महारानी के निजी सचिव।" संन्यासी रुका और फिर मराठी उच्चारण में बोला, "खानगी कारभारी।"

भाटे का आश्चर्य कुछ और बढ़ गया। उन्होंने आज तक किसी संन्यासी को अंग्रेजी बोलते हुए नहीं सुना था। यदि कोई बहुत ही विद्वान् संन्यासी होता तो संस्कृत बोलने लगता; किंतु यह संन्यासी तो आधुनिक शिक्षा पाए हुए विश्वविद्यालय के किसी स्नातक के समान अंग्रेजी बोल रहा था।···सहसा भाटे सजग हुए। वे अनजाने ही अब तक संन्यासी से अशिष्ट व्यवहार कर रहे थे। उन्होंने एक बार भी उसे भीतर आने के लिए नहीं कहा था।···और फिर यह संन्यासी तो उनके घनिष्ठ मित्र गोलवलकर का नाम ले रहा था। वे संन्यासी का ही नहीं, गोलवलकर का भी अपमान कर रहे थे।

अनायास ही वे एक ओर हट गए और बोले, "भीतर आइए!"

उन्होंने पीछे हटकर छत की ओर मुँह कर पुत्र को पुकारा, "गणपति! ओ गणपति! चटाई बिछा दे।" और वे पुनः संन्यासी की ओर मुड़े, "आइए! भीतर आइए!"

गणपति ने चटाई बिछा दी। स्वामी आकर उस पर बैठ गए। भाटे भी पूरे सम्मान के साथ स्वामी के निकट चटाई पर ही बैठे।

"कहाँ है वह पत्र?"

स्वामी ने अपने हाथ में पकड़े हुए भगवे वस्त्र में लिपटे कागजों को खोला। भाटे ने देखा, उसमें दो-तीन पुस्तकें थीं। उन्हीं में से एक के कुछ पृष्ठ पलटकर संन्यासी ने एक लिफाफा निकाला और भाटे की ओर बढ़ा दिया।

भाटे का ध्यान इस ओर गए बिना नहीं रहा कि यह संन्यासी अन्य संन्यासियों से भिन्न है। वह सामान्य संन्यासी के समान नंगे बदन नहीं था। उसने भगवे रंग का चाहे अलखला ही धारण कर रखा हो, किंतु उसमें जेब थी, जो सामान्य संन्यासियों के अलखले में नहीं होती। उसने भगवे वस्त्र की ही एक बनियान भी पहन रखी थी। ऐसी बनियान तो कोई संन्यासी नहीं पहनता।···संन्यासी के पास सामान्य संन्यासियों जैसा दंड न होकर गृहस्थों के समान सैर करने वाली छड़ी थी।

भाटे ने उत्सुकतापूर्वक पत्र खोलकर पढ़ा। पत्र गोलवलकर का ही था; और उन्होंने संन्यासी की प्रशंसा में इतना कुछ लिखा था कि भाटे सहज ही उस पर विश्वास नहीं कर सके। गोलवलकर ऐसा व्यक्ति नहीं था, जो किसी की इस प्रकार अतिशयोक्तिपूर्ण प्रशंसा करे। उसके शब्द सधे हुए तथा नपे-तुले हुआ करते थे। और यह पत्र तो अपना संतुलन खोए हुए अथवा पूर्णतः समर्पित किसी भक्त का था।···उनके मन में आया—कहीं यह संन्यासी कोई सम्मोहिनी शक्ति तो नहीं रखता, जिससे उसने गोलवलकर से यह सब लिखवाया हो? या फिर यह कहीं कोई ठगी ही तो नहीं? ···उन्होंने पत्र को ध्यान से देखा : संदेह का कहीं कोई कारण नहीं था। पत्र गोलवलकर का ही लगता था।

"आप राव साहब को कैसे जानते हैं?" भाटे ने पूछा।

"मैं श्रीमान गोलवलकर को नहीं जानता था।" संन्यासी ने सहज भाव से कहा, "मुझे किसी और ने कोल्हापुर की महारानी के नाम पत्र दिया था और कोल्हापुर में मैं महारानी का ही अतिथि था। उसी अवधि में राव साहब को मुझसे कुछ स्नेह हो गया।"

भाटे को कुछ और आश्चर्य हुआ। किसी और ने इस संन्यासी को महारानी के नाम पत्र दिया था और अब यह लक्ष्मणराव का पत्र लेकर उनके पास आया है।

"महारानी के नाम आपको परिचय-पत्र किसने दिया था?" भाटे ने पूछा।

"भावनगर के महाराज ने।"

इस बार भाटे की आँखें विस्मय से पूरी तरह खुल गईं।···यह कैसा संन्यासी था, जो एक दरबार से परिचय-पत्र लेकर दूसरे दरबार जाता था। यह संन्यासी है या कोई राजा?···तत्काल भाटे के मन में संशय जागा—कहीं यह सब झूठ ही तो नहीं? किंतु सत्यासत्य की परीक्षा का उनके पास कोई साधन नहीं था। जब तक उनके पास कोई पुष्ट प्रमाण नहीं था, तब तक वे संन्यासी को ठग और इस पत्र को जाली कैसे मान सकते थे? यदि वे ऐसा कुछ करते तो लक्ष्मणराव के प्रति यह अन्याय ही होता।

"ठीक है।" भाटे उठते हुए बोले, "आप स्नान-ध्यान कर लें, तब तक भोजन तैयार हो जाएगा।" चलते-चलते भाटे ठहर गए, "यहाँ कितने दिन ठहरेंगे?"

"संन्यासी को किसी नगर में तीन दिन से अधिक नहीं ठहरना चाहिए।"

भाटे कुछ निश्चिंत हुए : यदि यह व्यक्ति ठग भी था, तो ऐसा क्या हो जाएगा? उसे तीन ही दिन तो ठहरना था। इससे अधिक ठहरने का प्रयत्न करेगा, तो वे ठहरने नहीं देंगे। तीन दिनों तक वे लोग अतिरिक्त रूप से सजग रहेंगे और संन्यासी की चौकसी करते रहेंगे।···हाँ! इस विषय

में भी सावधान रहने की आवश्यकता है कि कहीं वह उन्हें ही सम्मोहित न कर ले।...

"अच्छा! अब आप स्नान-ध्यान कर लें।"

"मैं वह सब कर चुका हूँ।" संन्यासी ने मधुर ढंग से कहा, "अन्यथा इतनी सुबह मैं आपके घर कैसे पहुँच सकता था।"

"ठीक है। तो आप विश्राम करें। यात्रा करके आए हैं तो थक गए होंगे।" भाटे ने कहा, "भोजन तैयार होते ही मैं आपको सूचित करूँगा।"

भाटे के मन में बैठा चिंतनशील वकील फिर कुछ सक्रिय हुआ। यदि यह अपना स्नान-ध्यान कर प्रातः छह बजे यहाँ पहुँच भी गया है, तो यह प्रातः कितने बजे जागा होगा? पिछले पड़ाव से कितने बजे चला होगा?...किंतु भाटे की व्यावहारिक बुद्धि ने उन्हें यह सब पूछने से रोक दिया...यदि कहीं वे यह सब पूछ बैठे और संन्यासी ने बताया कि वह प्रातः दो बजे उठकर अपने नित्यकर्म में लग जाता है, तो भाटे का मन और भी चिंतनग्रस्त हो जाएगा। बहुत संभव है कि ये सब संन्यासी की योजना के ही अंग हों।...

"आप ब्राह्मण हैं?"

"संन्यासी का कोई वर्ण नहीं होता।" स्वामी ने कहा, "मैं संन्यास ग्रहण करने से पहले भी ब्राह्मण नहीं था। आपकी दृष्टि से मैं अब्राह्मण ही हूँ।"

"ब्राह्मण नहीं हैं और संन्यासी हैं।"

"संन्यास से वर्ण का क्या संबंध?" स्वामी ने कहा, "वह ईश्वर के निकट पहुँचने की जीवन-पद्धति है। ईश्वर-प्राप्ति प्रत्येक जीव का अधिकार है। वही जीवन का उद्देश्य है।"

अब भाटे के पास पूछने के लिए ऐसा कुछ विशेष नहीं था। संन्यासी ने जो कुछ कह दिया था, उसमें अनेक संभावित प्रश्नों के उत्तर निहित थे। इतना तो स्पष्ट ही था कि यह संन्यासी साधारण साधु नहीं था। वह जीवन से भयभीत होकर, जीवन-संग्राम से भागा हुआ कायर नहीं था। न ही उसने अपनी आजीविका के लिए यह जीवन-पद्धति अपनाई थी। किंतु भाटे यह निश्चय नहीं कर पा रहे थे कि यह संन्यासी असाधारण था या असामान्य। और फिर लक्ष्मणराव ने अपने पत्र में इस संन्यासी की इतनी प्रशंसा कर उनके पास भेजा था, तो उसने भी तो कुछ देखा ही होगा। उसने एक तटस्थ-सा परिचय-पत्र नहीं दिया था संन्यासी को। उसने लिखा था कि संन्यासी के किए गए सत्कार के लिए वह व्यक्तिगत रूप से उनका आभारी होगा।...

संन्यासी के मन में छल-कपट नहीं था। वह कुछ भी छिपा नहीं रहा है। चाहता तो स्वयं को ब्राह्मण बता सकता था। सात्त्विक भोजन के नाम पर स्वादिष्ट भोजन माँग सकता था।

"आपका नाम?" भाटे ने चलते-चलते पूछा, "लक्ष्मणराव ने आपका नाम लिखा ही नहीं है।"

"मेरा फिर वही उत्तर होगा," स्वामी ने मुस्कराकर कहा, "संन्यासी का कोई नाम नहीं होता। मैं एक संन्यासी हूँ।"

इस बार भाटे संन्यासी की बात को बिना किसी प्रतिवाद के स्वीकार नहीं कर सके। बोले, "शंकराचार्य संन्यासी नहीं थे, अथवा उनका नाम नहीं था?" भाटे ने अपनी बात पर बल देते हुए कहा, "यह रहस्यात्मकता तो मैंने कभी किसी संन्यासी में नहीं देखी।"

स्वामी मुस्कराए, "यह रहस्यात्मकता नहीं है महोदय! अपने अहंकार को मिटाने का एक प्रयत्न मात्र है। नाम और रूप अहंकार के ही अंग तो हैं।"

"नाम से अहंकार का क्या संबंध?" भाटे ने कहा, "नाम तो प्रत्येक व्यक्ति का होता है।"

"प्रत्येक व्यक्ति में अहंकार भी तो होता है।" स्वामी ने कहा, "मेरा एक नाम होगा तो मैं दूसरों से पृथक् एक अस्तित्व हूँगा। मेरा अस्तित्व दूसरों से पृथक् है तो दूसरों से मेरी तुलना भी होगी। दूसरों से तुलना होगी तो मैं स्वयं को दूसरों से विशिष्ट प्रमाणित करना चाहूँगा। अहंकार इसी प्रकार स्फीत होता है श्रीमन्!" स्वामी ने कुछ रुककर कहा, "मैं यह नहीं कहता कि मेरा अहंकार पूर्णतः समाप्त हो गया है; किंतु उसका प्रयत्न कर रहा हूँ।"

"अच्छा! जैसी आपकी इच्छा।" भाटे चलने के लिए उठ खड़े हुए थे, "आप विश्राम करें। मैं भोजन की व्यवस्था करता हूँ।"

13

भाटे ने स्वयं अपनी देख-रेख में संन्यासी को भोजन करवाया। संन्यासी ने भोजन से किसी प्रकार की कोई विरक्ति नहीं दिखाई। जो कुछ उसे परोसा गया था, उसने उसे पूरे समारोह से खाया। न किसी पदार्थ विशेष के प्रति आतुरता दिखाई और न ही अन्य किसी पदार्थ का अनादर किया।

भोजन हो चुका तो गणपति ने स्वामी के हाथ धुलवाए।

स्वामी ने कुल्ला किया और गणपति से पूछा, "क्यों बालक! तुम्हारे घर में सुपारी और पान का पत्ता मिल जाएगा क्या?"

गणपति ने अपने पिता की ओर देखा। उनके घर में पान का पत्ता और सुपारी ही नहीं, पान के लिए आवश्यक अन्य मसाले और तंबाकू भी उपलब्ध था। किंतु संन्यासी को क्या-क्या देना है और क्या नहीं देना है—इसका निर्णय तो पिता ही करेंगे।

"हाँ! हैं क्यों नहीं! हैं न!" भाटे ने स्वयं कहा और पुत्र को आदेश दिया, "जाओ, माँ से पान का पत्ता और सुपारी ले आओ।"

स्वामी ने गणपति को रोका, "यदि पान का तंबाकू हो तो थोड़ा-सा वह भी ले आना।"

भाटे ने फिर एक बार आश्चर्य से संन्यासी की ओर देखा, "आप ब्राह्मण नहीं हैं, फिर भी संन्यासी हैं। संन्यासी हैं और फिर भी उन पदार्थों की इच्छा रखते हैं, जो केवल गृहस्थ के ही उपभोग के लिए होती हैं। यह सब तो बड़ा विचित्र लग रहा है स्वामी जी! भोग और संन्यास—दोनों एक साथ निभ सकते हैं क्या?"

स्वामी ने उन मधुर शब्दों में छिपी ताड़ना को पहचाना। हँसकर बोले, "मैं अपने गुरु श्रीरामकृष्ण परमहंस को मिलने से पूर्व सांसारिक जीवन व्यतीत करने वाला एक साधारण युवक था। गुरु के संपर्क में आने के बाद मेरा जीवन पूर्णतः परिवर्तित हो गया। सांसारिक भोग त्यागे। बहुत कुछ त्यागा। कुछ नहीं भी त्यागा। तंबाकू का सेवन भी तो वैसा ही साधारण अभ्यास है, जैसा प्रतिदिन भोजन करना। इससे ईश्वर को पाने और न पाने में किसी प्रकार की सुविधा या असुविधा नहीं है। तो उसको त्यागने के लिए व्यर्थ अपनी ऊर्जा क्यों गँवाऊँ?"

भाटे को कचहरी जाना था। वे चले गए।...किंतु कचहरी में अपने सारे काम के दबाव के मध्य भी

वे उस अद्भुत संन्यासी को क्षण-भर के लिए भी भुला नहीं सके। उसकी विभिन्न बातें भाटे के मन को लगातार आंदोलित करती रहीं। आज तक भाटे ने जिस प्रकार के संन्यासी देखे थे, वह उस प्रकार का संन्यासी तो नहीं है। जो कुछ वह कह रहा है, वह सत्य है या मात्र पाखंड ही है?...भाटे कुछ समझ नहीं पा रहे थे और उनका मन बार-बार इसी निष्कर्ष पर पहुँच रहा था कि वह संन्यासी कुछ भी हो, उसे समझ पाना सरल नहीं है।

संध्या-समय भाटे घर लौटे तो कपड़े बदलकर सीधे संन्यासी के पास गए। देखा, संन्यासी लेटा हुआ कोई पुस्तक पढ़ रहा था। सामान्य साधुओं के समान संन्यासी नंगे बदन नहीं था। इस समय उसने अलखला नहीं पहन रखा था, किंतु बनियान अब भी थी।...यह पुस्तक कहाँ से आई? दो-तीन पुस्तकें तो उसके पास प्रातः भी थीं। यह पुस्तक उन्हीं में से एक है, या उसने उनके घर से कोई पुस्तक माँगी है...पर दूसरे ही क्षण उनके मन में आया कि यह बात अधिक महत्त्व की नहीं है कि पुस्तक कहाँ से आई। महत्त्वपूर्ण यह है कि वह पुस्तक कौन-सी है?...कौन क्या पढ़ता है, इससे उसके व्यक्तित्व ही नहीं, उसके मन को भी अच्छी तरह समझा जा सकता है।...संन्यासी ने पुस्तक कुछ इस ढंग से पकड़ रखी थी कि भाटे उसका नाम नहीं पढ़ पा रहे थे। उनको पूछना ही पड़ा, "क्या पढ़ रहे हैं स्वामी जी?"

स्वामी उठ बैठे, "आ गए वकील साहब?"

भाटे का ध्यान इस ओर गए बिना नहीं रहा कि संन्यासी संबोधन के लिए कभी-कभी तो साधुओं के समान 'बच्चा' अथवा 'वत्स' शब्द का प्रयोग करता है, और कभी साधारण सामाजिक जन के ही समान 'वकील साहब' जैसा संबोधन भी करता है। उसके संबोधन में दूसरे के लिए सम्मान है या स्नेह। उपेक्षा कहीं नहीं है।...

"हाँ! आज कचहरी के बाद सीधा घर ही चला आया।" भाटे ने कहा, "सोचा, आज आपके सत्संग का लाभ उठाया जाए।"

"आइए! हमारे पास सिवाय सत्संग के और है ही क्या! शिव! शिव!! अनुचित न समझें तो यहीं बैठें।" स्वामी ने कहा।

"नहीं! आइए, बाहर बैठते हैं। अच्छा मौसम है।" भाटे ने कहा, "ऐसा मौसम और कहीं नहीं, बेलगाम में ही होता है।"

"मेरे देश की प्रत्येक ऋतु प्यारी है। और कौन-सी ऋतु नहीं है हमारे पास! क्यों न हो हमारे देश का भूगोल कितना वैविध्यपूर्ण है! सहस्रों वर्गमील का पर्वतीय क्षेत्र है। सहस्रों मील लंबा सागर-तट है। सपाट मैदान हैं, घाटियाँ हैं, वादियाँ हैं, नदियाँ हैं, मरुभूमियाँ हैं।...क्या नहीं है हमारे पास!"

भाटे को लगा, यह संन्यासी जितनी श्रद्धा से ईश्वर की महिमा गाता है, उतनी ही श्रद्धा से यह अपने देश की भी चर्चा करता है।

संन्यासी उठकर उनके साथ चल पड़ा। चलने से पहले उसने पुस्तक गेरुए वस्त्र में लपेटकर वहीं रख दी।

"क्या पढ़ रहे थे स्वामी जी?"

"फ्रांसीसी संगीत के विषय में एक पुस्तक पढ़ रहा हूँ।" संन्यासी ने धीरे से उत्तर दिया।

भाटे का मन फिर से खटक गया : एक संन्यासी का फ्रांसीसी संगीत से क्या संबंध? कल को

यह कहेगा कि मैं फ्रांसीसियों की दावतों में बैंड भी बजाता हूँ।···प्रातः जैसे कह रहा था कि तंबाकू के सेवन से ईश्वर-प्राप्ति में सुविधा होती है, न असुविधा; वैसे ही कह देगा कि ईश्वर को जैसे भजन गाकर रिझाया जा सकता है, वैसे ही फ्रांसीसी तुरही बजाकर भी रिझाया जा सकता है···

"पुस्तक अंग्रेजी में है?" भाटे ने अपने विचारों के वेग को रोका।

"नहीं। फ्रांसीसी में है।" स्वामी अन्यमनस्क-से होकर बोले, "शिव! शिव!!"

"आप फ्रांसीसी भाषा भी जानते हैं?" भाटे मन ही मन सोच रहे थे कि वे इस संन्यासी के विषय में किस-किस बात को लेकर चमत्कृत होंगे। वे उसके विषय में जितना भी जानते जाते हैं, उतने ही चकित भी होते जाते हैं।

"बहुत अच्छी तरह तो नहीं जानता। कामचलाऊ ज्ञान मैंने प्राप्त कर लिया है।" स्वामी सहसा हँसे, "सत्य·तो यह है कि मैं स्वयं नहीं जानता कि इस पुस्तक को पढ़कर मैं अपना संगीत संबंधी ज्ञान बढ़ा रहा हूँ या फ्रांसीसी भाषा का ही अभ्यास कर रहा हूँ। भाषा का सौंदर्य भी माँ सरस्वती का अद्‌भुत वरदान है। कहीं विषय प्रधान हो जाता है और कहीं भाषा ही महत्त्वपूर्ण हो जाती है।"

बाहर आकर वे लोग खुले में रखी कुर्सियों पर बैठ गए।

"अन्य कौन-सी पुस्तकें आप अपने साथ रखते हैं?" भाटे ने जानकारी चाही, "अपनी प्रिय पुस्तकें आप अपने साथ रखते होंगे?"

"संन्यासी के पास कोई स्थायी संपत्ति नहीं होती। पुस्तकें भी नहीं।" स्वामी ने कहा, "और हमारे लिए प्रिय क्या और अप्रिय क्या? सब उसी विभु की विभुता है। माँ प्रकृति जन्म भी देती है, पालन-पोषण भी करती है; और नष्ट भी कर देती है।" वे थोड़ी देर रुके, "इस समय मेरे पास भगवद्‌गीता की एक प्रति और कुछ उपनिषद् भी हैं। उनको थोड़ा-थोड़ा पढ़ता हूँ और कुछ-कुछ मनन करता रहता हूँ। वैसे मेरे पास सदा ये ही पुस्तकें नहीं रहतीं, समय-समय पर आवश्यकतानुसार बदलती भी रहती हैं।"

"आपको संस्कृत का भी ज्ञान है?" भाटे ने पूछा, "या फिर अनुवाद के माध्यम से ही गीता और उपनिषदों का अध्ययन करते हैं?"

"माँ के प्रसाद से संस्कृत का भी थोड़ा-सा कामचलाऊ ज्ञान पाया है। संस्कृत से असंपृक्त रहकर इस देश की आत्मा को समझना बड़ा कठिन है।" स्वामी ने कहा, "मेरी इच्छा है कि इस देश के लोग संस्कृत को कुछ और गंभीरता से पढ़ें।"

भाटे को इतनी प्रसन्नता संन्यासी की किसी अन्य बात से नहीं हुई थी।

"यह तो बहुत ही अच्छी बात है स्वामी जी! मैं स्वयं सोचता हूँ, आजकल संस्कृत का ज्ञान है ही कितने लोगों को। मेरे मन में बड़ी अभिलाषा है कि मेरा पुत्र संस्कृत का अच्छी तरह अभ्यास कर संस्कृत का वास्तविक विद्वान् बन जाए। आजकल मैं उसे अष्टाध्यायी पढ़वा रहा हूँ।" और सहसा भाटे ने घर की ओर मुख कर उच्च स्वर में पुकारा, "गणपति! ओ गणपति!"

जब तक गणपति नहीं आया, भाटे उत्सुकतापूर्वक उसके आने की दिशा में देखते रहे।

गणपति ने निकट आकर पूछा, "क्या है बाबा?"

भाटे ने मुख से बिना कुछ कहे, उसकी बाँह पकड़कर उसे एक विशेष स्थान पर जैसे स्थापित करते हुए कहा, "यहाँ खड़ा हो! स्वामी जी की ओर मुँह कर और इन्हें अष्टाध्यायी के वे श्लोक सुना, जो तू अभी-अभी कंठस्थ कर रहा है।"

गणपति के मन में ऐसे काम के लिए अपनी ओर से कोई उत्साह नहीं था। वैसे वह इस प्रकार के प्रदर्शनों का काफी अभ्यस्त हो चुका था। वह जानता था, घर में आए किसी भी आगंतुक के सामने, उसके इस प्रकार के प्रदर्शन के माध्यम से स्वयं गौरवान्वित होना उसके पिता को बहुत पसंद था। ऐसे प्रदर्शनों के पश्चात् प्रसन्न होकर वे गणपति को जिस प्रकार शाबाशी देते थे, उससे वह भी उत्साहित हो जाता था। गणपति ने अपने पिता की ओर देखा और आज्ञाकारी पुत्र के समान उनकी इच्छा पूरी करने के-से भाव चेहरे पर लिए हुए बोला, "बाबा! कौन-से श्लोक सुनाऊँ?"

"जो तुझे अच्छी तरह कंठस्थ हों। जो तूने कल ही कंठस्थ किए हों।" भाटे ने कहा।

गणपति ने परंपरागत ढंग से रटे गए श्लोकों का उच्चारण आरंभ किया, जैसे बहुधा संस्कृत की पाठशालाओं में सिखाया जाता था। एक ही साँस में तीन-चार श्लोक सुनाकर वह रुक गया।

"बहुत अच्छा उच्चारण है बालक तुम्हारा।" स्वामी ने कहा, "किंतु अभी निर्दोष नहीं है।"

"क्या दोष है उसके पाठ में?" भाटे ने आकस्मिक आवेश के साथ इस प्रकार कहा, जैसे संन्यासी ने गणपति की कोई त्रुटि रेखांकित कर उसका अपमान कर दिया हो।

स्वामी ने स्वयं श्लोकोच्चारण आरंभ किया।

भाटे स्तब्ध रह गए। संन्यासी पंडितों के समान श्लोकों का उच्चारण नहीं कर रहा था। वह तो जैसे मधुर स्वर में गायन कर रहा था।...नहीं! यह मधुर स्वर में गायन ही नहीं था...यह तो अलौकिक संगीत था।...उसमें माधुर्य था, किंतु वह माधुर्य अपार्थिव था...अपने स्वर के माध्यम से संन्यासी जैसे किसी ऋषि आश्रम के वातावरण की अलौकिक सात्त्विकता का सृजन कर रहा था।

अपना पाठ समाप्त कर स्वामी ने कहा, "दोष तुम्हारा नहीं है। संभव है, तुम्हें सिखाने वाले ने ही इस ओर ध्यान न दिया हो; किंतु जो श्लोक तुम कंठस्थ कर रहे हो, उनका पाठ भी शुद्ध होना चाहिए और उच्चारण भी।"

गणपति को संन्यासी का व्यवहार तनिक भी नहीं भाया। आज तक सदा उसकी प्रशंसा ही की गई थी। उसकी स्मरण-शक्ति को सराहा गया था। उसकी बुद्धि और प्रतिभा को उच्च कोटि का बताया गया था; और यह संन्यासी था कि उसके पाठ की त्रुटियाँ बता रहा था। गणपति ने इसके लिए तो श्लोकोच्चारण नहीं किया था।...

"मैंने तुम्हारा दोष बताया है पुत्र! उसका बुरा नहीं मानना।" स्वामी ने गणपति की ओर देखा, "तुम्हारे दोषों की उपेक्षा कर तुम्हारी प्रशंसा कर देता, तो तुम आजीवन झूठी प्रशंसा सुनते और पीठ पीछे लोग तुम्हारी निंदा करते। किंतु इस सुधार के पश्चात् कोई तुम्हारी निंदा नहीं कर पाएगा।"

किंतु गणपति को इस प्रकार सुधारा जाना तनिक भी अच्छा नहीं लगा था। इस प्रकार तो कोई किसी की प्रशंसा ही नहीं करेगा।...वह मराठी की कविता नहीं सुना रहा था, जिसमें कोई दोष ही न हो। यह तो संस्कृत का श्लोक था, जिसका पाठ करते हुए गुरुजी भी लड़खड़ा जाते हैं।...ऐसे संन्यासी के सामने तो कुछ सुनाना ही नहीं चाहिए, जो न केवल उन श्लोकों को समझता है, वरन् उनका शुद्ध उच्चारण भी जानता है...और उसे वे श्लोक कंठस्थ भी हैं।...इससे तो बाबा के वे मित्र ही अच्छे हैं, जो संस्कृत का एक शब्द भी नहीं समझते और उसके पाठ की धाराप्रवाह प्रशंसा कर जाते हैं।

गणपति ने उसी क्षण मन ही मन संकल्प कर डाला कि भविष्य में वह इस संन्यासी के सम्मुख तो कभी श्लोक-पाठ करेगा ही नहीं।...

14

अगले दिन दोपहर को कचहरी में तारकुंडे ने भाटे को छेड़ा, "अरे भाटे! सुना है, आजकल तुम्हारे घर में कोई संन्यासी ठहरा हुआ है?"

तारकुंडे का अपना कार्यालय कचहरी के पास ही था। वे बहुधा दोपहर के समय गपशप के लिए भाटे के पास आ जाया करते थे।

"हाँ! दो दिन से एक स्वामी जी आए हुए तो हैं इंजीनियर साहब! किंतु आपको किसने कहा?"

"सारे मित्रों में इसकी चर्चा है।" तारकुंडे ने कुर्सी पर बैठते हुए कहा, "कल संध्या ही आपटे कह रहा था कि तुम संन्यासी की बड़ी सेवा कर रहे हो। मुझे तभी आश्चर्य हुआ कि पढ़े-लिखे होकर भी तुम किन जाहिलों के चक्कर में पड़े हो।···" तारकुंडे के चेहरे पर उसकी वितृष्णा उभर आई, "साधु-सेवा! माई फुट!"

"अरे भाई! एक्सीक्यूटिव इंजीनियर साहब!" भाटे हँसे, "तुम्हारे जैसा धर्मप्राण हिंदू तो सारे देश में ढूँढ़े नहीं मिलेगा। ब्रह्ममुहूर्त में उठकर रात के सोने तक तुम्हारा ऐसा कौन-सा क्षण है, जो धार्मिक कर्मकांड से मुक्त होता है। कोई पूर्णिमा, अमावस्या, एकादशी तुम नहीं छोड़ते; और तुम ही साधुसेवा की निंदा कर रहे हो!"

"देखो भाटे!" तारकुंडे बोले, "तुम जानते हो कि यह सारा ढकोसला मैं इसलिए ढोए जा रहा हूँ, क्योंकि जन्म से मुझे इसका अभ्यास है। अन्यथा आज के वैज्ञानिक युग में धर्म या धर्म में विश्वास की सार्थकता ही क्या है?···और फिर ये साधु-संन्यासी···ये सब तो हमें मूर्ख बनाने के लिए हैं। जो निठल्ला कोई काम नहीं करना चाहता, वह संन्यासी हो जाता है।···और हमारी मूर्खता की सीमा देखो कि उन अनपढ़ गँवार भिखमंगों को धर्मगुरु समझकर अपने घर में ठहराते हैं। उनके प्रति पूज्य भाव दिखाते हैं। उनकी सेवा करते हैं।" तारकुंडे ने भाटे की ओर देखा, "अब तुम स्वयं को ही देखो। किसी भले आदमी से फीस लिए बिना न उसकी बात सुनोगे, न उसे कोई परामर्श दोगे; किंतु उस साधु के इशारों पर दुनिया-भर के नाच नाचोगे। बताओ, यह कोई वैज्ञानिक दृष्टिकोण है?"

तब तक आपटे और दीघे भी वहाँ आ गए थे। तारकुंडे की बात उन्होंने कुछ सुनी थी, कुछ नहीं सुनी थी; किंतु इस वार्तालाप में उनकी रुचि कम नहीं थी।

"साधुसेवा, सत्संगति और धर्मलाभ के लिए होती है।" आपटे ने कहा, "वह व्यवसाय तो है नहीं कि सोचा जाए कि उससे क्या लाभ होगा; और विज्ञान को तो उसमें करना ही क्या है?"

"मेरी बात सुनो।" भाटे ने कहा, "मैं तारकुंडे से चाहे पूरी तरह सहमत न भी होऊँ, किंतु किसी मूर्ख को धर्मगुरु मानकर, उसकी पूजा करने के पक्ष में मैं भी नहीं हूँ।"

"तो फिर उस साधु को क्यों बैठा रखा है घर में?" तारकुंडे ने कहा, "निकालकर बाहर करो।"

"यही तो कह रहा हूँ।" भाटे बोले, "अपने पत्र में तो लक्ष्मणराव ने उसकी प्रशंसा लिखी ही थी, मैंने भी उसे अब तक बहुत अद्भुत पाया है। मुझे तो वह बहुत विद्वान् और पंडित लगता है।"

"अच्छा!" तारकुंडे ने जैसे अपनी आँखें भाटे के वक्ष में गाड़ दीं, "अंग्रेजी समझता है?"

"तुमसे अच्छी अंग्रेजी बोलता है।" भाटे ने कहा, "संस्कृत के ग्रंथ उसे कंठस्थ हैं। हिंदी धाराप्रवाह बोलता है। बाँग्ला उसकी मातृभाषा है। फ्रांसीसी की पुस्तक पढ़ रहा है।···"

तारकुंडे ने भाटे को इस प्रकार देखा, जैसे वे यह सब उसे ही नीचा दिखाने के लिए कह रहे

हों, "अच्छा! अच्छा!! कोई बड़ा भाषाविद् है। जानता भी है या जानने का नाटक कर रहा है?" किंतु भाटे के उत्तर से पहले ही बोले, "अच्छा बताओ, दर्शनशास्त्र पढ़ा है उसने?"

"मैं नहीं जानता।" भाटे बोले, "किंतु साधु है तो दर्शन से अनभिज्ञ भी नहीं होगा।"

"मैं बताऊँ।" आपटे ने कहा, "मेरा विचार है कि हमें अपने नगर के नेताओं और विद्वानों को एकत्रित कर उसकी विद्वत्ता की थाह लेनी चाहिए। इतना ही पढ़ा-लिखा है तो उसे इसमें कोई आपत्ति नहीं होनी चाहिए।"

"नहीं! उसे आपत्ति क्या होगी!" भाटे सहमत हो गए।

"हम आ गए तो फिर नाक-भौं मत चढ़ाना!" तारकुंडे बोले, "सोच लो। फिर न हम सच बोलने में संकोच करेंगे, न उसे उधेड़ने में। फिर मत कहना कि स्वामी जी को नंगा क्यों कर दिया। तुम्हारा अतिथि जो ठहरा···वैसे तो संन्यासी लोग होते ही नंगे हैं।"

"शालीनता की सीमा नहीं लाँघोगे तो कुछ नहीं कहूँगा।" भाटे ने कहा।

"तो बुला लें मित्रों को?" आपटे ने पूछा।

"क्या कहेंगे मित्रों को?" दीघे ने कहा, "कि आओ! सब मिलकर एक साधु की परीक्षा लें ?"

"नहीं! यह सब कहने की आवश्यकता नहीं है।" भाटे बोले, "स्वामी जी के दर्शनों और धर्मचर्चा के लिए तो लोगों को बुलाया ही जा सकता है।" वे रुके, "मैं स्वयं भी सोच रहा था कि कहीं ऐसा तो नहीं कि साधु तो विद्वान् नहीं है, मैं ही उससे अधिक प्रभावित हो उठा हूँ।"

"भई, मैं आया तो उसका सारा प्रभाव-वभाव उड़ जाएगा। और कहे देता हूँ, धर्म-वर्म की नहीं, दर्शनशास्त्र और विज्ञान की चर्चा करूँगा।" तारकुंडे ने कहा, "फिर चाहे तुम्हारे साधु महाराज रहें या भाग जाएँ।···बहुत बूढ़े तो नहीं हैं कि फिर उनके बुढ़ापे पर दया करने को कहने लगो?"

"नहीं। युवा हैं एकदम। तीस वर्ष के भी शायद ही हों।"

"ओह!" तारकुंडे के चेहरे पर आश्चर्य था।

"तो ठीक है।" आपटे बोले, "सब लोग संध्या-समय भाटे के घर में चर्चा के लिए जुटते हैं। धर्मलाभ हो गया तो ठीक; ज्ञानचर्चा हो गई तो ठीक और भंडाफोड़ हो गया तो ठीक।"

"मित्रों के अतिरिक्त कुछ और लोगों को भी आमंत्रित कर लें?" दीघे ने पूछा, "मेरा तात्पर्य है, जन साधारण को?"

"कर लो। कुछ अधिक लोग होंगे तो संन्यासी को भी अच्छा लगेगा कि उसका प्रवचन सुनने इतने लोग आए हैं।"

"और उसकी भद्द उड़ेगी तो सारे नगर को ज्ञात भी हो जाएगा कि एक पाखंडी को उसका यथार्थ रूप दिखा दिया गया है।" तारकुंडे ने प्रसन्न होकर कहा।

"स्वामी जी! मुझे बताया गया है कि आप बहुत विद्वान् पुरुष हैं। हमारा सौभाग्य है कि आप हमारे नगर में पधारे हैं।" तारकुंडे ने मधुर ढंग से बात आरंभ की; किंतु उन शब्दों के पीछे से झाँकती उनकी अश्रद्धा को कोई भी स्पष्ट देख सकता था, "यदि आप बुरा न मानें तो दो-एक प्रश्न मैं भी करना चाहूँगा।"

"अवश्य! अवश्य!!" स्वामी ने स्वागत किया, "मैं विद्वान् हूँ या नहीं—इसके विषय में क्या कहूँ; किंतु धर्मचर्चा मुझे अच्छी लगती है।"

"धर्मचर्चा तो हमें भी अच्छी लगती है स्वामी जी! किंतु यदि वह मूर्खता से लिप्त न हो तो।" तारकुंडे अपनी पर आ गए, "स्वामी जी! पौराणिक कपोल कथाएँ मत सुनाइएगा; वैज्ञानिक ढंग से आप मुझे यह बताइए कि आपका वेदांत जो यह कहता है कि सारी सृष्टि में एक ही तत्त्व विद्यमान है—उसका कोई वैज्ञानिक प्रमाण भी है?"

"अवश्य है! है क्यों नहीं? चेतन, अचेतन, स्थूल, सूक्ष्म—सभी दम साधे एकत्व की ओर दौड़ रहे हैं।" स्वामी ने सहज भाव से मुस्कराकर कहा, "पहले मनुष्य ने जिन भिन्न पदार्थों को देखा, उनमें से प्रत्येक को भिन्न मानकर, उनको भिन्न-भिन्न नाम दिए। बाद में विचार कर यह निश्चय किया कि समस्त पदार्थ तिरसठ मूल द्रव्यों से उत्पन्न हुए हैं।" स्वामी ने रुककर तारकुंडे की ओर देखा, "मूल द्रव्य समझते हैं न आप? जिन्हें अंग्रेजी में रसायनशास्त्र पढ़ने वाले लोग एलिमेंट कहते हैं।"

तारकुंडे ने अपना सिर हिला दिया, जैसे सब कुछ समझ रहे हों।

"बहुत-से लोगों को संदेह था कि इन मूल द्रव्यों में से अनेक मिश्रित द्रव्य अर्थात् यौगिक—कंपाउंड—हैं।" स्वामी ने बात आगे बढ़ाई, "जैसे-जैसे समय बीतता जा रहा है, अनेक मूल द्रव्य मिश्रित द्रव्य प्रमाणित होते जा रहे हैं। जब रसायनशास्त्र अंतिम मीमांसा पर पहुँचेगा, उस समय सभी मूल द्रव्य एक ही पदार्थ के अवस्थाभेद मात्र समझे जाएँगे।"

"आपके पास इसका कुछ प्रमाण भी है?" तारकुंडे ने कुछ उद्दंडता से कहा।

"पहले ताप, आलोक और विद्युत् को सभी भिन्न समझते थे। अब प्रमाणित हो गया है—ये सब एक ही हैं। एक ही शक्ति के अवस्थांतर मात्र हैं।" स्वामी ने अपनी दृष्टि श्रोताओं पर जमाई, "लोगों ने पहले समस्त पदार्थों को चेतन, अचेतन और उद्भिज—इन तीन श्रेणियों में विभक्त किया था। उसके बाद देखा गया कि उद्भिज में भी दूसरे सभी चेतन प्राणियों के समान प्राण हैं, केवल गमन-शक्ति नहीं है। तब बाकी रह गईं दो श्रेणियाँ—चेतन और अचेतन। भविष्य का शोध तय कर देगा कि जिन्हें हम अचेतन कहते हैं, उनमें भी थोड़ा-बहुत चैतन्य अवश्य है।"

"यह तो निराधार भविष्यवाणी है। आपकी इस बात को हम बिना किसी प्रमाण के कैसे स्वीकार कर लें?" तारकुंडे के स्वर में स्पष्ट अभद्रता थी।

भाटे को लगा, तारकुंडे को बुलाकर कहीं उन्होंने भूल तो नहीं की? किसी की विद्वत्ता और ज्ञान को परखना एक बात है और उसका अपमान करना दूसरी। तारकुंडे तो झगड़ा मोल लेने के लिए शोहदों का-सा व्यवहार कर रहा है।

"तारकुंडे! स्वामी जी से इस प्रकार बात नहीं करते।" भाटे से कहे बिना नहीं रहा गया।

स्वामी ने अपना हाथ उठाकर संकेत से भाटे को रोका, "कोई बात नहीं वकील साहब! आप चिंतित न हों। मैं इन बातों का बुरा नहीं मानता।" उन्होंने तारकुंडे की ओर देखा, "किस बात का वैज्ञानिक प्रमाण चाहिए आपको?"

"आपने आरंभ में ही कह दिया है स्वामी जी!" तारकुंडे ने इस प्रकार कहा, जैसे वह निश्चित रूप से जानता हो कि संन्यासी भूल कर चुका है और अब बस वह पराजय स्वीकार करने ही वाला है, "कि चेतन और अचेतन सभी एकत्व की ओर दौड़ रहे हैं; किंतु आपके पास क्या प्रमाण है कि अचेतन पदार्थ एकत्व की ओर दौड़ रहे हैं?"

"प्रमाण उनके पास नहीं है, जो पृथ्वी का निरीक्षण नहीं करते," स्वामी ने सहास कहा, "पृथ्वी में जो ऊँची-नीची जमीन देखी जाती है, वह भी समतल होकर एकरूप में परिणत होने की सतत चेष्टा

कर रही है। वर्षा के जल से पर्वत आदि ऊँची जमीन धुल जाने पर उस मिट्टी से गढ़े भर रहे हैं। एक उष्ण पदार्थ को किसी स्थान पर रखने पर वह चारों ओर के द्रव्यों के साथ समान उष्ण भाव धारण करने की चेष्टा करता है। उष्णता इस प्रकार संचालन, संवाहन, विकिरण आदि पद्धतियों से सर्वदा समभाव या एकत्व की ओर अग्रसर हो रही है।"

"ये सब तो कवि के प्रमाण हैं, वैज्ञानिक के नहीं।" तारकुंडे ने पुनः कहा, "कोई वैज्ञानिकों वाला प्रमाण दीजिए।"

"वृक्ष के फल, फूल, पत्ते और उसकी जड़ ऊपर से भिन्न प्रतीत होते हैं। पाठशालाओं में बच्चों को पढ़ाया भी इसी प्रकार जाता है। किंतु रूपाकार भिन्न होने पर भी पदार्थ तो एक ही है। विज्ञान इसे प्रमाणित कर चुका है।" स्वामी ने कहा, "प्रिज्म के भीतर से देखने पर सफेद रंग, इंद्रधनुष के सात रंगों के समान पृथक्-पृथक् विभक्त दिखाई देता है। खाली आँखों से देखने पर एक ही रंग और लाल या नीले चश्मे से देखने पर सभी कुछ लाल या नीला दिखाई देता है।"

"आप विषय से भटक रहे हैं स्वामी जी!" तारकुंडे के चेहरे पर विजयिनी मुस्कान थी, "अपने इन बचकाने उदाहरणों से आप प्रमाणित क्या कर रहे हैं?"

भाटे के चेहरे पर फिर विरोध झलका, किंतु स्वामी का चेहरा तथा स्वर अब भी निर्द्वंद्व थे, "सत्य तो एक ही है। माया के द्वारा हम उसे पृथक्-पृथक् देखते हैं। देशकालातीत सत्य अद्वैत और अखंड है। उसके कारण मनुष्य को इस सृष्टि के विभिन्न पदार्थों का ज्ञान होता है; किंतु उस संपूर्ण सत्य को मनुष्य देख नहीं पाता, जान नहीं पाता।"

भाटे का विचार था कि अब शायद तारकुंडे का मुख बंद हो जाएगा; किंतु तारकुंडे चुप नहीं हुए। पैंतरा बदलकर बोले, "जो कुछ हम अपनी आँखों से देखते हैं, सदा वही सत्य नहीं होता। रेल की समानांतर पटरियाँ दूर जाकर परस्पर मिलती हुई प्रतीत होती हैं। मृगतृष्णा तथा रज्जू में सर्पभ्रम आदि ऑप्टिकल इल्यूजन होते ही रहते हैं। सभी प्राणियों के नेत्र भिन्न-भिन्न क्षमतायुक्त लेंस मात्र हैं। हम लोग किसी वस्तु को जिस प्रकार का देखते हैं, घोड़ा उसको कुछ बड़े आकार में देखता है, क्योंकि उसके नेत्रों का लैंस कुछ भिन्न शक्ति वाला है।" तारकुंडे गर्वपूर्ण भाषण की मुद्रा में आ गए थे, "जॉन स्टुआर्ट मिल ने कहा है···" सहसा उन्होंने रुककर स्वामी की ओर देखा, "जॉन स्टुआर्ट मिल का नाम सुना है न?"

स्वामी स्वीकृति में हलके से मुस्कराए।

"जॉन स्टुआर्ट मिल ने कहा है," तारकुंडे ने अपनी बात आगे बढ़ाई, "मनुष्य चाहे सत्य के पीछे पगला जाए, किंतु परम सत्य को समझने की क्षमता उसमें नहीं है; क्योंकि प्राकृतिक सत्य सामने आने पर भी मनुष्य समझ नहीं पाएगा कि यही वास्तविक सत्य है। हम लोगों का सारा ज्ञान सापेक्ष है, निरपेक्ष तथा पूर्ण सत्य को देख सकने की पूर्ण क्षमता हममें नहीं है। अतएव निर्गुण ब्रह्म अथवा जगत् के कारण को मनुष्य कभी नहीं समझ सकता।" तारकुंडे ने स्वामी की ओर देखा, "क्या कहते हैं स्वामी जी!"

तारकुंडे के स्वर का विष सबका हृदय जला रहा था। यदि कोई उससे अप्रभावित दिख रहा था, तो वह स्वयं स्वामी ही थे।

स्वामी ने सहज शांत भाव से कहा, "हो सकता है कि आपको और आपके परिचितों को परम तथा निरपेक्ष ज्ञान न हो; किंतु इससे यह निष्कर्ष कैसे निकाला जा सकता है कि किसी को भी परम

ज्ञान नहीं है।" स्वामी ने तारकुंडे पर अपनी दृष्टि जमाई, "आप कभी उत्तरी ध्रुव प्रदेश गए हैं?"

"नहीं!" तारकुंडे ने कहा।

"आपका कोई मित्र गया है?"

"नहीं।"

"आपका कोई संबंधी गया है?"

"नहीं।"

"पर फिर भी वहाँ अन्य लोग गए हैं। वहाँ कुछ लोग रहते भी हैं।" स्वामी ने कहा, "ज्ञान और मिथ्या ज्ञान नामक दो अवस्थाएँ हैं। इस समय आप जिसे ज्ञान कह रहे हैं, वह वस्तुतः मिथ्या ज्ञान है। सत्य ज्ञान के उदित होने पर वह तिरोहित हो जाता है, उस समय सब एक दिखाई देता है—द्वैत ज्ञान अज्ञानजनित है।"

संन्यासी से सहमत होने के स्थान पर तारकुंडे कुछ और भी उग्र हो गए, "यह तो बड़ा भयानक तर्क है साधु महाराज! यदि ज्ञान तथा अज्ञान—ये दो ही अवस्थाएँ हैं, तो जिसे आप परम ज्ञान समझते हैं, वह भी तो मिथ्या ज्ञान हो सकता है। और हमारे जिस द्वैत ज्ञान को आप मिथ्या ज्ञान कह रहे हैं, वह भी तो सत्य ज्ञान हो सकता है।"

स्वामी के माथे पर शिकन तक नहीं आई, "आप ठीक कहते हैं, इसीलिए तो वेद में विश्वास करना चाहिए। हमारे पूर्वकालीन ऋषि-मुनिगण समस्त द्वैत ज्ञान को पार कर, इस अद्वैत ज्ञान का अनुभव कर, जो कह गए हैं, उसी को वेद कहते हैं। स्वप्न और जाग्रत अवस्थाओं में से कौन-सी सत्य है और कौन-सी असत्य, इसे विचारने की क्षमता हम लोगों में नहीं है। जब तक हम लोग इन दोनों अवस्थाओं को पार कर, इनकी परीक्षा नहीं कर सकेंगे, तब तक कैसे कह सकते हैं कि यह सत्य है और वह असत्य? केवल दो विभिन्न अवस्थाओं का अनुभव होता है—इतना ही कहा जा सकता है। जब हम एक अवस्था में रहते हैं तो दूसरी अवस्था हमें भूल मालूम पड़ती है। स्वप्न में हो सकता है, हमने कलकत्ता में क्रय-विक्रय किया, पर दूसरे ही क्षण में स्वयं को बिछौने पर लेटे हुए पाते हैं। जब सत्य ज्ञान का उदय होगा, तब एक से भिन्न और कुछ नहीं देखोगे। उस समय समझ सकोगे कि पहले का द्वैत ज्ञान मिथ्या था। किंतु ये सब दूर की बातें हैं। हाथ में खड़िया लेकर अक्षरारंभ करते ही यदि कोई रामायण-महाभारत पढ़ने की इच्छा करे, तो यह कैसे संभव होगा? धर्म अनुभव का विषय है, बुद्धि के द्वारा समझने का नहीं। अनुभव के लिए प्रयत्न करना ही होगा, तब उसका सत्यासत्य समझा जा सकेगा।"

तारकुंडे का जैसे धैर्य ही समाप्त हो गया। अत्यंत खीज के साथ बोला, "स्वामी जी! मैंने आपसे पहले ही कहा था कि मैं आपका प्रलाप नहीं सुनूँगा। मुझे तो केवल वैज्ञानिक प्रमाण चाहिए।"

"तारकुंडे!" भाटे ने उन्हें टोका।

"आप शांत रहें वकील साहब!" स्वामी ने कहा, "मैं इन्हें वैज्ञानिक प्रमाण ही दूँगा। बिना तर्कसंगत वैज्ञानिक प्रमाण के हम किसी की बात क्यों स्वीकार कर लें।" वे तारकुंडे की ओर मुड़े, "दो अंश उद्जन और एक अंश ओषजन लेकर—पानी कहाँ है? कहने से काम नहीं चलेगा। उनको एक सख्त स्थान पर रखकर, उनके भीतर से विद्युतप्रवाह चलाकर उनका संयोग करना होगा। तभी पानी दिखाई देगा और ज्ञात होगा कि उद्जन और ओषजन नामक गैसों से पानी उत्पन्न होता है। अद्वैत ज्ञान की उपलब्धि के लिए भी ठीक उसी प्रकार धर्म में विश्वास चाहिए, आग्रह चाहिए,

अध्यवसाय चाहिए; और चाहिए प्राणपण से प्रयत्न। तब कहीं अद्वैत ज्ञान होता है। एक महीने के अभ्यास को तो मनुष्य त्याग नहीं सकता, फिर दस वर्ष के पुराने अभ्यास की तो बात ही क्या! प्रत्येक व्यक्ति के सैकड़ों जन्मों का कर्मफल उसकी पीठ पर बँधा है। एक मुहूर्त-भर श्मशान-वैराग्य हुआ नहीं कि कहने लगे, 'कहाँ! मुझे तो सब एक दिखाई नहीं पड़ता।' "

"यह बात मान लें तो अदृष्टवाद आ जाता है।" यद्यपि तारकुंडे ने अभी मैदान नहीं छोड़ा था, फिर भी उसके मंद स्वर से उसका क्षीण होता हुआ आत्मविश्वास प्रकट हो रहा था, "यदि पिछले इतने सारे जन्मों का कर्मफल एक जन्म में समाप्त नहीं हो सकता, तो फिर उसके लिए प्रयत्न ही क्यों किया जाए? जब सबको मुक्ति मिलेगी तो हमको भी मिल जाएगी।"

"वैसा नहीं है।" संन्यासी ने कहा, "कर्मफल तो भोगना ही पड़ेगा; किंतु अनेक उपायों से कर्मफल त्वरित गति से भी समाप्त हो सकते हैं। मैजिक लैंटर्न की पचास तस्वीरें दस मिनट के भीतर भी दिखाई जा सकती हैं, और दिखाते-दिखाते सारी रात भी काटी जा सकती है। यह तो उसकी तीक्ष्णता पर निर्भर है।"

तारकुंडे ने पहले के समान तत्काल ही न तो कोई आपत्ति की और न ही कोई प्रश्न दागा। वह थोड़ी देर मौन ही बैठा रहा। अन्य लोग इस अपेक्षा में मौन साधे बैठे रहे कि अभी तारकुंडे कुछ न कुछ पूछेगा ही। पहले वह अपनी तसल्ली कर ले।...

"अच्छा स्वामी जी! अंत में मुझे केवल एक बात और बताइए कि हमारे ऋषि उसी ढंग से भौतिक आधार पर अपने सिद्धांत प्रतिपादित क्यों नहीं करते, जैसा कि पाश्चात्यों ने किया है?"

स्वामी ने जैसे मात्र क्षण-भर अपने मस्तिष्क को विचारों पर केंद्रित किया और बोले, "सुविधा के लिए हम संपूर्ण सृष्टि को दो भागों में बाँट सकते हैं—चेतन और अचेतन। मनुष्य चेतन विभाग का एक श्रेष्ठ प्राणी है। किसी-किसी धर्म के मतानुसार ईश्वर ने अपने ही समान रूप वाली सर्वश्रेष्ठ मानव-जाति का निर्माण किया है। कोई कहता है, मनुष्य पूँछरहित वानर विशेष है; कोई कहता है कि केवल मनुष्य में ही विवेचना शक्ति है, उसका कारण यह है कि मनुष्य के ही मस्तिष्क में जल का अंश अधिक है। जो भी हो, मनुष्य प्राणी विशेष है और सभी प्राणी सृष्टि के अंशमात्र हैं—इस विषय में मतभेद नहीं हैं। अब, सृष्टि क्या है, इसे समझने के लिए एक ओर पाश्चात्य विद्वान् संश्लेषण—विश्लेषणात्मक उपायों का अवलंब लेकर, 'यह क्या?' 'वह क्या?' इस प्रकार अनुसंधान करने लगे; और दूसरी ओर हमारे पूर्वज भारत की गर्म हवा और उर्वर भूमि में, शरीर-रक्षा के लिए बिलकुल थोड़ा समय देकर, कौपीन धारण कर, टिमटिमाते दीये के प्रकाश में बैठकर, कमर बाँधकर विचार करने लगे कि ऐसा कौन-सा पदार्थ है, जिसके जान लेने पर, सब कुछ जाना जा सकता है—कस्मिन् विज्ञाते सर्वमिदं विज्ञातं भवति? उन लोगों में अनेक प्रकार के लोग थे। इसलिए चार्वाक के, 'जो कुछ दिखता है, वही सत्य है' मत से लेकर शंकराचार्य के अद्वैत मत तक सभी हमारे धर्म में पाए जाते हैं।" स्वामी ने रुककर तारकुंडे की ओर देखा, "दोनों की अपनी-अपनी अन्वेषण पद्धति है, दोनों की अपनी-अपनी तर्क पद्धति है; और दोनों की अपनी-अपनी अनुभव पद्धति।"

"पर हम क्या करें स्वामी जी!" तारकुंडे जैसे झल्लाया हुआ था, "एक के अनुसार चलें तो दूसरे के द्वारा गलत ठहराए जाते हैं और दूसरे के अनुसार चलें तो पहले के द्वारा गलत ठहराए जाते हैं। आप उस व्यक्ति की पीड़ा के विषय में सोचिए, जो अपनी परंपरा और अभ्यास के अनुसार, एक विशिष्ट जीवनपद्धति में जी रहा हो, और उसकी ज्ञानपद्धति अन्य वर्ग की होने के कारण प्रत्येक क्षण

उसे कहती रहती है कि उसकी जीवनपद्धति पूर्णतः भ्रमित है। वह न अपना आचरण बदल सकता है और न अपना ज्ञान।"

"या तो वह व्यक्ति एक ही वर्ग से अपना आचरण और ज्ञान प्राप्त करे अथवा उनका समन्वय करे। दोनों को पृथक्-पृथक् रखकर दोनों को अंगीकृत करना असंभव है।"

"किंतु उन दोनों का समन्वय तो हो ही नहीं सकता।"

स्वामी मुस्कराए, "अब ये दोनों दल एक ही स्थान पर पहुँच रहे हैं और अब दोनों ने एक ही बात कहनी आरंभ कर दी है। दोनों ही कहते हैं कि इस ब्रह्मांड के सभी पदार्थ एक अनिर्वचनीय, अनादि, अनंत वस्तु के प्रकाश मात्र हैं। देश और काल भी वही हैं। काल अर्थात् युग, कल्प, वर्ष, मास, दिन और मुहूर्त आदि समयसूचक काल, जिसके अनुभव में सूर्य की गति ही हमारी प्रधान सहायक है। जरा सोचकर तो देखो, वह काल क्या मालूम होता है? सूर्य अनादि नहीं है। ऐसा समय अवश्य था जब इस सूर्य की सृष्टि नहीं हुई थी और ऐसा समय भी आएगा, जब यह सूर्य नहीं रहेगा। यह निश्चित है। अतः अखंड समय एक अनिर्वचनीय भाव अथवा वस्तु विशेष के अतिरिक्त भला और क्या है? देश या आकाश कहने पर हम लोग पृथ्वी अथवा सौर जगत् संबंधी सीमाबद्ध स्थान विशेष समझते हैं; किंतु वह तो सिवाय समग्र सृष्टि के अंशमात्र के और कुछ भी नहीं है। अतएव अनंत देश भी काल के ही समान एक अनिर्वचनीय भाव या वस्तु विशेष है।"

"यही लगता है स्वामी जी!" तारकुंडे पहली बार कुछ सहमत होते-से लगे।

"अब सौर जगत् और सृष्टि पदार्थ कहाँ से और किस प्रकार आए? साधारणतः हम लोग कर्ता के अभाव में क्रिया को नहीं देख पाते। इसलिए समझते हैं कि इस सृष्टि का अवश्य कोई कर्ता है; किंतु ऐसा होने पर तो सृष्टिकर्ता का भी कोई सृष्टिकर्ता आवश्यक है; किंतु वैसा हो नहीं सकता।..."

"यही तो! यही तो!!" तारकुंडे जैसे सारा आत्मनियंत्रण खोकर स्वामी के साथ सहमति जता बैठे।

"इसीलिए आदि कारण, सृष्टिकर्ता या ईश्वर भी अनादि, अनिर्वचनीय, अनंत भाव अथवा वस्तुविशेष है।" स्वामी ने कहा, "पर अनंत की अनेकता तो संभव नहीं है, अतः ये सारी अनंत वस्तुएँ एक ही हैं; और वही एक, विविध रूपों में प्रकाशित है।"

स्वामी ने जैसे अपनी बात पहली बार पूर्ण करके देखा, "तुम्हारी शंकाओं का समाधान हुआ जिज्ञासु?" उनका स्वर एकदम बदला हुआ था।

तारकुंडे कुछ नहीं बोले। उन्होंने अपनी आँखें मूँदकर हाथ जोड़ दिए।

तारकुंडे तथा अन्य मित्र चले गए। घर में एकांत हो गया तो भाटे ने क्षमायाचना-सी करते हुए स्वामी से कहा, "मन में कुछ और नहीं सोचिएगा स्वामी जी! हमारे एक्सीक्यूटिव इंजीनियर तारकुंडे साहब अपने ज्ञान के अभिमान में कभी-कभी कुछ अधिक ही उग्र हो जाते हैं। मैं नहीं जानता था कि वे इस प्रकार उद्दंडता और अशिष्टता पर उतर आएँगे, अन्यथा मैं उन्हें आपसे इस प्रकार विवाद करने की अनुमति नहीं देता।"

स्वामी ने सहास भाटे को आश्वस्त किया, "मैं ऐसे लोगों की बातों का तनिक भी बुरा नहीं मानता। ऐसे लोग पहले अग्नि उगलते ही हैं। जब तक वे अपनी भड़ास निकाल नहीं लेते, तब तक वे दूसरे आदमी की बात को ग्रहण नहीं कर सकते।" उनके स्वर की गंभीरता बढ़ गई, "ऐसे समय

में हमें अश्वप्रशिक्षकों की पद्धति का ही उपयोग करना चाहिए। जब कोई अश्वप्रशिक्षक किसी अनाड़ी बछेड़े को साधना चाहता है, तो उसका एक ही लक्ष्य होता है कि वह किसी प्रकार उसकी पीठ पर सवार हो जाए। एक बार उसकी पीठ पर जम जाए, तो उसका प्रयत्न केवल जमकर उसकी पीठ पर बैठे रहने का ही होता है। वह बछेड़े को मुक्त छोड़ देता है कि वह अपने सवार को गिराने का भरसक प्रयत्न कर ले। उस उछलकूद में बछेड़ा अपनी सारी अनघड़ ऊर्जा खर्च कर देता है। जब बछेड़ा सारी उछलकूद मचाकर थक जाता है, तब प्रशिक्षक का वास्तविक कार्य आरंभ होता है। अब प्रशिक्षक बछेड़े का स्वामी होता है और वह शीघ्र ही बछेड़े को समझा देता है कि वह अपना नियंत्रण तनिक भी शिथिल नहीं करेगा। थका हुआ बछेड़ा प्रशिक्षक के नियंत्रण को जल्दी समझ लेता है।" स्वामी हँसे, "वाद-विवाद और वार्तालाप में भी यही सर्वश्रेष्ठ पद्धति है। अपने विपक्षी को अपना पूरा जोर लगा लेने देना चाहिए। उसे इतना अवसर देना चाहिए कि वह अपनी भड़ास अच्छी तरह निकाल ले और जब वह थक जाए, तो अपना तर्क उसे समझा देना चाहिए। अपने विपक्षी को मात्र चुप करा देना पर्याप्त नहीं है, उसे सहमत कर लेना चाहिए। ऐसी सारी अवस्थाओं में परिणाम यही होना चाहिए कि विपक्षी अपने मन से आपका तर्क स्वीकार कर ले।"

"आप ठीक कहते हैं स्वामी जी! वस्तुतः यह छोटा-सा नगर है। यहाँ के लोग कूपमंडूक के समान अपने सीमित ज्ञान को ही बहुत समझते हैं। हमारे इंजीनियर साहब भी ऐसे ऊँट हैं, जो कभी पहाड़ के नीचे नहीं आए। अपने ज्ञान का प्रदर्शन और शास्त्रार्थ में अपने विपक्षी को पराजित करने का सुख प्राप्त करना उनके इस सारे वितंडावाद का एकमात्र लक्ष्य है।"

स्वामी गंभीर ही नहीं, कुछ चिंतित भी हो गए। बोले, "मेरा लक्ष्य वाद-विवाद में विजय प्राप्त करना अथवा तर्कयुद्ध में अपने विपक्षी को पराजित करना नहीं है; वरन् मैं अपने भाइयों को यह समझाना चाहता हूँ कि समय आ गया है कि हम विश्व-भर को दिखा दें कि हमारा धर्म मरणासन्न नहीं है, वरन् यही समय है जब हमें सारे संसार में वेदांत के अमूल्य सिद्धांतों का प्रचार करना चाहिए। वस्तुतः वेदांत को अब तक ठीक से समझा ही नहीं गया। उसे एक संप्रदाय विशेष की बपौती मान लिया गया है और इस ओर ध्यान ही नहीं दिया गया कि वह मानव को प्रेरित करने का एक शाश्वत स्रोत है।"

"किंतु स्वामी जी!" भाटे ने बहुत दिनों से अपने मन में जमी हुई आपत्ति को मुखरित कर दिया, "क्या आपको ऐसा नहीं लगता कि वेदांत के सिद्धांत कायरों और आलसियों को अपनी दुर्बलताओं को छिपाने के लिए ढाल के समान उपयोगी लगते हैं?"

"सत्य है कि कायर और आलसी भी वेदांत की आड़ ले सकते हैं। उसकी घोषणाएँ कर सकते हैं; किंतु उसका व्यवहार केवल वीर तथा समर्थ हृदय लोग ही कर सकते हैं।" स्वामी ने भाटे की ओर देखा, "वेदांत मंदाग्नि के रोगियों के लिए अपाच्य है।"

भाटे ने कुछ नहीं कहा; किंतु उनकी दृष्टि में पूर्ण संतोष नहीं था। वे जैसे अब भी इस विषय को कुछ और स्पष्ट किए जाने के लिए स्वामी की ओर देख रहे थे।

"यदि एक बलिष्ठ पुरुष सायास सोच-समझकर अपने दुर्बल विरोधी के प्रति बलप्रयोग नहीं करता, तो यह कहा जा सकता है कि वह उदात्त चरित्र का स्वामी है।" स्वामी ने कहा, "किंतु दूसरी ओर एक दुर्बल व्यक्ति पिटता भी रहे और यह कहता भी रहे कि उसने हिंसा का प्रयोग न करने का संकल्प किया है, तो यह अहिंसा नहीं, उसकी कायरता का आवरणमात्र है। यही कहा था

श्रीकृष्ण ने अर्जुन से।" स्वामी के स्वर में एक अलौकिक दीप्ति थी, "अर्जुन की युद्ध के प्रति अनिच्छा, अपने बंधुओं के विरुद्ध बलप्रयोग न करने के संकल्प के रूप में ही नहीं, उसके मोहग्रस्त मन की कायरता के रूप में समझी जा सकती है। इसीलिए श्रीकृष्ण को अट्ठारह अध्यायों के विस्तृत उपदेश का सहारा लेना पड़ा।"

भाटे ने उत्तर में कुछ नहीं कहा। शायद वे स्वामी की बात पर मनन कर रहे थे और इस विषय में तत्काल कुछ नहीं कहना चाहते थे।

सहसा स्वामी हँस पड़े, "आज कुछ अधिक ही हो गई गंभीर वार्ता, तर्क-वितर्क और पक्ष-विपक्ष।"

"अभी तो आपकी भेंट हमारे आंचलिक वनाधिकारी से नहीं हुई है।" भाटे भी कुछ हलके मन से बोले, "यदि कहीं वे भी आ गए होते, तो वितंडावाद कुछ और भी उग्र हो गया होता।"

"कौन हैं वे?" स्वामी ने सहज जिज्ञासा की।

"वे भी आपके बंगाल के ही निवासी हैं—हरिपद मित्र। वे भी पाश्चात्य विज्ञान के रोग से ग्रस्त हैं। अतः धर्म को और विशेष रूप से हिंदू धर्म को केवल रूढ़िग्रस्त, अवैज्ञानिक और अंधविश्वास मानते हैं।"

"ऐसे विद्वान् लोगों से तो अवश्य ही धर्मचर्चा करनी चाहिए।" स्वामी बोले, "संभव है कि वे भी आजकल में दर्शन दें।"

"नहीं!" भाटे बोले, "वे यहाँ नहीं आएँगे।"

"क्यों?"

"सामान्यतः मराठीभाषियों की गतिविधियों से वे स्वयं को असंपृक्त ही रखते हैं। वैसे भी वे यह मानते हैं कि हम ब्राह्मण हैं, अतः अशिक्षित और पोंगापंथी हैं। वे कायस्थ होने के नाते सुशिक्षित और प्रगतिशील हैं।"

"वे तो बड़े रम्य व्यक्तित्व के स्वामी प्रतीत होते हैं।" स्वामी बोले, "देखिए, शायद हमारे भाग्य से वे आपके घर पदार्पण करें।"

भाटे के मन में एक नई योजना बन आई, "स्वामी जी! यदि आपको बहुत अटपटा न लगे तो हम थोड़ी देर के लिए उधर हो ही आते हैं। अभी भोजन में कुछ विलंब है।" भाटे कुछ रुककर बोले, "शायद बंगाल की भूमि से इतनी दूर एक बंगाली से मिलकर उन्हें प्रसन्नता हो।"

"मुझे कोई आपत्ति नहीं है।" स्वामी ने उत्तर दिया।

15

हरिपद मित्र के मन में कुछ भी स्पष्ट नहीं था : उसे यह नौकरी चाहिए या नहीं चाहिए? उसकी नौकरी अच्छी है या नहीं?···नौकरी तो उसे चाहिए थी। नौकरी के बिना वेतन कहाँ! और वेतन नहीं मिलेगा तो परिवार का पालन-पोषण कैसे होगा? यदि इतना आकर्षक वेतन न होता तो वह बंगाल में अपना घर छोड़कर यहाँ बेलगाँव में धक्के खाने क्यों आता? और जब वह वन में, सागरतट पर, पर्वतों तथा घाटियों में दौरे पर जाता है, तो उसे अपनी नौकरी, नौकरी ही नहीं लगती। वह तो

सैर-सपाटा ही लगता है। लोग जाने कितना रुपया खर्च कर ऐसे स्थानों को देखने भर के लिए आते हैं। आँख भर देख भी नहीं पाते और वापस लौट जाते हैं।...और एक वह है कि नौकरी के नाम पर उन स्थानों पर जाता है। सब स्थानों पर उसके ठहरने का सुविधाजनक प्रबंध होता है। उसका सत्कार होता है, उसकी आज्ञाओं का पालन करने के लिए नौकरों-चाकरों की सेना उसके साथ होती है... किंतु कार्यालय में लौटते ही अफसरों की डाँट-डपट, दफ्तरी कार्यवाहियाँ तथा दुनिया-भर के झंझट उसे घेर लेते हैं।...

पर स्पष्ट तो उसके सामने कुछ भी नहीं है...उसने सोचा...उसका जन्म क्यों हुआ है? उसे किसने बनाया है?...ईश्वर है या नहीं?...कुछ भी तो स्पष्ट नहीं है।

दरवाजे का कुंडा खटका और किसी ने बाहर से पुकारा, "हरिपद बाबू!"

हरिपद कुछ चैतन्य हुआ। सायं के आठ बज रहे थे। दोपहर कब की ढल चुकी थी। अब तो संध्या भी विदा होने की तैयारी में थी।...और वह अभी तक दोपहर माने, बिस्तर पर अलसाया पड़ा था।

नौकर ने कपाट खोले तो हरिपद ने देखा : भाटे साहब थे। पर उनके साथ यह गेरुआ धारण किए कौन था, मोटा-सा स्थूलकाय संन्यासी। कैसा प्रसन्न लग रहा था मोटू। बिना पैसे के खाने को मिल जाता है न। तभी।

और भाटे को तो यह रोग ही है कि किसी न किसी बाबा को पकड़कर उसके सामने हाथ जोड़े बैठा रहता है। उसका विचार है कि ये बाबा लोग बहुत ज्ञानी और पहुँचे हुए हैं। इनके चरण धो-धो कर पिएगा, तो वह सीधा मेल ट्रेन से स्वर्ग जाएगा। स्वयं बुद्धू है तो सारी दुनिया को सीधा समझता है। इस संसार में इतना सरल होना भी ठीक नहीं है।

पर यह इस बाबा को हरिपद के घर क्यों ले आया?

हरिपद कुछ पूछता, उससे पहले ही भाटे ने हिंदी में कहा, "ये एक विद्वान् बंगाली संन्यासी हैं। आपसे मिलने आए हैं।"

"बंगाली हैं?" हरिपद के मन में क्षेत्रीयताजन्य आत्मीयता जागी। उसने निकट आए संन्यासी की ओर ध्यान से देखा : एक प्रशांत मूर्ति, नेत्रों में जैसे तड़ित का आवास हो, दाढ़ी-मूँछ मुँड़ी हुई, शरीर पर भगवा अलखला, पैरों में कोल्हापुरी चप्पल और सिर पर गेरुआ पगड़ी।

हरिपद को वह भव्य मूर्ति आकर्षक लगी। मन सहज ही उनके अनुकूल हो गया और उनका सत्कार करने की इच्छा जागी।

"आइए! बैठिए।" हरिपद ने बाँग्ला में कहा और आसन की ओर संकेत किया। उसका मन कह रहा था...विद्वान् हैं और बंगाली भी हैं—वार्तालाप में सुविधा रहेगी। पर क्या सुविधा होगी?...बीच में भाटे बैठा है तो वे बाँग्ला में बात कैसे करेंगे?

"आप बंगाली हैं। हम बाँग्ला में बात करें या भाटे साहब की सुविधा के लिए अंग्रेजी में?"

"भाटे साहब को असुविधा न हो, इसलिए हम बाँग्ला में बात नहीं करेंगे; किंतु अंग्रेजी क्यों? हिंदी में क्यों नहीं? बंगाल के बाहर भिन्न भाषाभाषियों को अंग्रेजी में नहीं हिंदी में बात करनी चाहिए। हिंदी हमारी राष्ट्रभाषा है।" स्वामी ने कहा।

हरिपद का माथा ठनका...सारे पाखंडी ही तो गेरुआ धारण कर देश में इधर-उधर घूम रहे हैं।

कोई काम-धाम नहीं। मुफ्त का खाते हैं और परिश्रमी लोगों के अन्न पर हाथ साफ कर मूँछ पर ताव देते हैं। वैसे काला अक्षर भैंस बराबर होगा, पर दिखाएँगे, जैसे जगत्-भर के एकमात्र विद्वान् वे ही हैं।···भाटे को बुद्धू बनाने में कठिनाई ही क्या है। है तो वकील; किंतु धर्म के नाम पर तर्क-वितर्क नहीं करता। बाबा जी ने रटे-रटाए संस्कृत के पाँच-सात श्लोक सुनाए होंगे और भाटे चित। उसने इस पर भी ध्यान नहीं दिया होगा कि वे श्लोक धर्मशास्त्र के हैं या वैद्यकशास्त्र के। ···और फिर भाटे ठहरा महाराष्ट्र का ब्राह्मण। उसके घर मछली नहीं मिली होगी, तो बाबा जी ने सोचा, 'चलो हरिपद मित्र के घर चलो। बंगाली है। और कुछ नहीं तो मछली तो खिलाएगा ही।···'

'अभी खिलाता हूँ इसे मछली'—हरिपद ने मन ही मन कहा, 'यह भी क्या याद करेगा कि किसी बंगाली बाबू से पाला पड़ा था।' "बाबा! आप हुक्का पीते हैं क्या?" हरिपद स्वयं ही अपने स्वर की खनक से प्रसन्न हो रहा था, "पर पहले ही बता दूँ कि मैं कायस्थ हूँ और मेरे घर में एक ही हुक्का है। यदि आपको आपत्ति न हो तो थोड़ा तंबाकू मँगवाऊँ?"

हरिपद को निराश होना पड़ा। उसने अपने मन में संन्यासी के चेहरे पर उड़ती हवाइयों की कल्पना की थी; किंतु संन्यासी तो कुछ अधिक ही आश्वस्त स्वर में बोला, "मुझे जो भी मिल जाए, मेरा काम उसी से चल जाता है—हुक्का, सिगरेट, बीड़ी, चुरुट, सिगार···और मुझे आपके हुक्के से तंबाकू पीने में कोई आपत्ति नहीं है।"

'कैसा संन्यासी है यह···' हरिपद ने सोचा, 'तनिक भी सात्त्विक मालूम नहीं होता। छुआछूत को नहीं मानता···कोई अघोरी है क्या?'···

"अच्छा! आप बैठिए।"

स्वामी और भाटे बैठ गए तो हुक्का तैयार करवाने के लिए कहने के बहाने हरिपद भीतर चला गया।

इंदुमती ने पूछा, "कौन आया है?"

"दो गिलास पानी भिजवा दो और हुक्का तैयार करवा दो।" हरिपद बोला, "अभी बताता हूँ।"

नौकर के हाथ पानी भेजकर इंदुमती ने पुनः पूछा, "कौन है?"

"अरे, वह मूर्ख भाटे एक बंगाली संन्यासी को ले आया है। सोचा होगा, बंगाली बाबू को मूर्ख बनाकर यहीं जम जाएगा, पर यह नहीं समझता कि मैंने भी घाट-घाट का पानी पी रखा है।···"

"कोई संन्यासी हैं? हमारे घर ठहरेंगे?" इंदुमती ने उत्साह से पूछा।

हरिपद ने एक कठोर दृष्टि उस पर डाली, "इसमें प्रसन्न होने की क्या बात है? आया है तो इसी प्रयोजन से आया होगा, पर हरिपद इतना मूर्ख नहीं है कि किसी भी राह चलते ऐरे-गैरे को अपने घर में टिका ले।"

"क्या वे अपना सामान लाए हैं?" इंदुमती ने जैसे हरिपद की बातों को सुना ही नहीं था, "उन्होंने कहा है कि वे हमारे घर में ठहरेंगे?"

"तुम तो मूर्ख हो एकदम। किसी भी पाखंडी को देखकर भक्तिसागर में गोते खाने लगती हो।"

"रहने दो अब यह सब।" इंदुमती की वाणी में आदेश था, किंतु हरिपद की उपेक्षा नहीं थी, "अपने घर से इतनी दूर कभी कोई बंगाली भद्रपुरुष आया भी है। और फिर ये तो संन्यासी हैं। उन मरे ईसाई पादरियों से इतना सिर मारते हो, थोड़ी देर इनसे भी कुछ धर्मचर्चा कर लेना।"

"मैं तो चर्चा कर लूँ, पर उसको कुछ आता हो तब न।" हरिपद खीजकर बोला, "सिर मुँड़ा कर भगवा धारण कर लेने से ही तो कोई ज्ञानी नहीं हो जाता।"

"अच्छा! तुम बात करके तो देखो।" इंदुमती बोली, "विद्वान् संन्यासी हो तो ठीक। मूर्ख भिखारी हो तो दो दिन में चलता कर देना।"

हरिपद असमंजस की स्थिति में स्वयं को ठेलता हुआ बैठक में आ तो गया, किंतु उसे जैसे कोई बात ही नहीं सूझ रही थी। उसी झोंक में बोला, "आप अपना सामान तो लाए नहीं हैं, तो मेरे यहाँ ठहरेंगे कैसे?" मुख से शब्दों के निकलते ही उसकी समझ में आ गया कि उसका व्यवहार कहीं न कहीं शालीनता का अतिक्रमण कर रहा है। स्वयं को सुधारते हुए बोला, "मेरा अभिप्राय है कि आपका सामान यहाँ मँगवा लूँ क्या?"

स्वामी ने बहुत ठहरी हुई दृष्टि से हरिपद को देखा और बोले, "मैं भाटे साहब के घर में बहुत आराम से हूँ। वहाँ मुझे तनिक भी असुविधा नहीं है। इसीलिए यहाँ आपके घर आकर ठहरने का कोई कारण नहीं है।" फिर सहसा स्वामी के चेहरे पर शैशव का उल्लास और चपलता आ विराजी, "वैसे भी यदि मैं यहाँ आ गया तो भाटे साहब कहेंगे कि एक बंगाली को देखते ही मेरी प्रादेशिकता जाग उठी है और मैं मछली के लोभ में यहाँ आ गया हूँ।" पुनः गंभीर होकर स्वामी ने कहा, "भाटे परिवार अत्यंत भक्ति और स्नेह से मेरी देखभाल कर रहा है। उनका मन दुखाना उचित होगा क्या? ठहरने-ठहराने के विषय में फिर कभी सोचा जाएगा। अभी तो थोड़ी गपशप तक ही रहने दीजिए।"

हरिपद को यह सुनकर शांति मिली कि संन्यासी उसके घर ठहरने की योजना बनाकर नहीं आया है; किंतु तत्काल उसे स्मरण हो आया कि इंदुमती की योजना संन्यासी को अपने घर ठहराने की है। ऐसा न हो कि वह मान बैठे कि हरिपद ने ही संन्यासी को यहाँ न ठहरने के लिए प्रेरित किया है।...उसे पत्नी का विशेष भय नहीं था; किंतु उसने अपने मन को पहचाना : वह अपने आप को कहीं बहुत अपमानित पा रहा था।...संन्यासी का तिरस्कार कर उसे बहुत प्रसन्नता होती, किंतु संन्यासी ने उसे उसका अवसर ही नहीं दिया था। हरिपद स्वयं को ही तिरस्कृत पा रहा था।...

हरिपद जान भी नहीं पाया कि कब उसका मन आक्रामक हो गया। अपनी क्रूरता में वह मर्यादा भी भूल गया था, "कुछ वर्दियाँ बड़ी सुरक्षित होती हैं।" वह बोला, "जैसे पुलिस की वर्दी, सेना की वर्दी। वर्दी देखते ही उनका सम्मान करना पड़ता है। किंतु फिर भी उन वर्दियों को प्राप्त करने के लिए कुछ परीक्षाएँ देनी पड़ती हैं। सरकार की मान्यता प्राप्त करनी पड़ती है; किंतु संन्यासी की वर्दी बड़े मजे की है। जो चाहे, जब चाहे, उसे पहनकर सम्मान का भाजन बन जाता है। क्यों बाबा?"

स्वामी ने तनिक भी उत्तेजित हुए बिना अत्यंत शांत भाव से कहा, "हाँ! बहुत-से अपराधी भी वारंट के भय से अथवा अपने दुष्कर्मों को छिपाने के लिए संन्यासी के वेश में घूमते फिरते हैं।"

स्वामी ने जिस निर्दोष भाव से यह बात स्वीकार कर ली थी, उससे हरिपद स्वयं अपनी ही दृष्टि में दोषी हो गया था। उसने देखा कि संन्यासी की आँखें तो अब भी निर्मल थीं; किंतु भाटे के अधर अवश्य हँसी में कुछ वक्र हो गए थे। अपने अपराध की फाँस को कुछ कम करने के लिए अनायास ही हरिपद जैसे स्पष्टीकरण देने पर आ गया, "नहीं! मेरा अभिप्राय किसी अपराधी से नहीं था। मैं तो उनके विलास की बात कर रहा था। संसार का भोग भी करेंगे और त्यागी भी कहलाएँगे। मेरा तात्पर्य है, गाँजा, चरस।..." हरिपद स्वयं ही समझ नहीं पाया कि वह अपनी बात के दंश को कम करने के लिए सफाई दे रहा था अथवा तंबाकू पीते हुए संन्यासी को आहत करने के लिए

साधन जुटा रहा था।···

"हाँ! साधुओं के भी कुछ विलास होते हैं।" स्वामी ने मुस्कराकर कहा, "किंतु पूर्ण सत्य यही नहीं है, इसमें तुम लोगों का भी कुछ दोष है। तुम लोग सोचते हो, संन्यासी होते ही उसे ईश्वर के समान त्रिगुणातीत हो जाना चाहिए। उसे पेट-भर अच्छा खाने में दोष, बिछौने पर सोने में दोष, यहाँ तक कि जूता और छाता तक व्यवहार में लाने में दोष। क्यों? वह मनुष्य नहीं है?" संन्यासी ने हरिपद की आँखों में देखा, "तुम लोगों के मत में जब तक कोई परमहंस न हो जाए, तब तक उसे गेरुआ वस्त्र पहनने का अधिकार नहीं है। पर यह भूल है। एक संन्यासी से मेरा वार्तालाप हुआ। अच्छी पोशाक में उनकी खूब रुचि थी। तुम लोग उन्हें देखकर घोर विलासी समझते; किंतु वे सचमुच यथार्थ संन्यासी थे।"

हरिपद को स्वामी के तर्क का उत्तर नहीं सूझा, तो जैसे अँधेरे में ही बाण मारा, "यह मतभेद तो किसी भी विषय में हो सकता है।"

"मतभेद तो कहीं भी हो सकता है। देश, काल और पात्र के भेद से नैतिकता एवं सौंदर्यशास्त्र तक में मतभेद पाया जाता है।" स्वामी ने सहज भाव से स्वीकार कर लिया, "तिब्बत में बहुपतित्व की प्रथा प्रचलित है। हिमालय भ्रमणकाल में मेरी इस प्रकार के एक तिब्बती परिवार से भेंट हुई थी। उस पविार में छह पुरुष थे। उन छह की एक ही पत्नी थी। अधिक परिचय हो जाने पर एक दिन मैंने उनकी इस कुप्रथा के विषय में कुछ कहा। इस पर वे खीजकर बोले, 'तुम साधु-संन्यासी होकर लोगों को स्वार्थपरता सिखाना चाहते हो? यह मेरी ही उपभोग्य है, दूसरे की नहीं—इस प्रकार का भाव क्या अन्याय नहीं है?' मैं तो सुनकर दंग रह गया।" स्वामी ने हुक्के से एक कश लिया, "नाक और पैर की लघुता के आधार पर ही चीन में सौंदर्य का विचार होता है—यह सभी जानते हैं। आहार इत्यादि के संबंध में भी ऐसा ही है। अंग्रेज हमारे समान सुगंधित चावल का भात खाना पसंद नहीं करते। एक बार एक अंग्रेज जज़ का स्थानांतरण हो जाने पर, वहाँ के बहुत-से वकीलों ने उनके सम्मान के लिए बढ़िया अनाज भेजा। उसमें कई सेर सुगंधित चावल भी थे। जज ने उन चावलों का भात खाकर मन में सोचा कि वकीलों ने उसके लिए सड़े हुए चावल भेज दिए हैं। उसने उनके प्रति अपनी नाराजगी जता भी दी।" स्वामी ने हरिपद पर एक दृष्टि डाली और कहा, "एक बार मैं रेलगाड़ी में यात्रा कर रहा था। उसी डब्बे में चार-पाँच अंग्रेज भी बैठे थे। बातचीत तंबाकू पर केंद्रित हुई, तो मैंने कहा, "पानी वाले हुक्के में सुगंधित गुड़ाकू का उपयोग ही तंबाकू का सर्वश्रेष्ठ उपयोग है।' संयोग से उस समय मेरे पास बहुत बढ़िया तंबाकू विद्यमान था। मैंने वह तंबाकू उन्हें दिखाया। वे लोग सूँघकर बोले, 'यह तो दुर्गंधयुक्त है, इसे आप सुगंधित कहते हैं।' "

हरिपद स्वामी का तर्क समझ गया। जो कुछ वह कह रहा था, वह यथार्थ था। उसे मानने में हरिपद को कोई संकोच भी नहीं था; किंतु चुपचाप सहमत हो जाने से हरिपद को अपना गौरव क्षीण होता लगता था। उसने स्वामी के तर्क को अपनी ओर मोड़ा, "तो जब मत-वैविध्य इतना स्वाभाविक है तो मुझे भी अधिकार है कि मैं संन्यासियों के विषय में आपसे भिन्न, अपना एक स्वतंत्र मत रखूँ।"

"अवश्य! मत-वैभिन्न्य के ही तो उदाहरण हैं—ये हमारे इतने सारे धर्म और संप्रदाय।" स्वामी तत्काल सहमत हो गए, "विविधता अपने आप में तनिक भी अनुपयोगी या हानिकारक नहीं है। उससे असुविधा तब होती है, जब कोई एक मत स्वयं को दूसरे पर आरोपित करने का प्रयत्न करता है;

अथवा किसी समस्या का समाधान करने के स्थान पर, लोग अपने-अपने मत का पक्ष लेकर झगड़ा करने लगते हैं।"

"तर्क तो दोनों ओर होता है।" हरिपद ने स्वामी की बात समझने के स्थान पर जैसे अपना ही आलाप लिया, "एक दिन मैंने एक पागल देखा—ठीक-ठाक व्यक्ति था। थोड़ी-बहुत अंग्रेजी भी जानता था। विशेषता उसकी यह थी कि हर समय पानी ही माँगता रहता था। उसके पास एक फूटा लोटा था। पानी का कोई भी स्रोत देखते ही, चाहे वह नाला हो, हौज हो, तालाब हो—बस, वहीं पानी पीने लगता था। मैंने उससे इतना पानी पीने का कारण पूछा, तो बोला, 'नथिंग लाइक वाटर सर !' मैंने सोचा कि उसे लोटे की इतनी ही आवश्यकता है, तो मैं उसे एक ठीक-ठाक लोटा दे दूँ; किंतु वह सहमत नहीं हुआ। कारण पूछने पर बोला, 'यह लोटा फूटा हुआ है, इसलिए इतने दिनों से मेरे पास टिका हुआ है। अच्छा होता तो कब का चोरी चला गया होता।' " हरिपद ने अपनी जीत की घोषणा की, "देखा आपने! तर्क तो एक पागल का भी था।"

स्वामी ने हरिपद का अभिप्राय समझा अवश्य, किंतु उन्होंने वितंडावाद में रुचि नहीं दिखाई। अपने सहज शांत स्वर में बोला, "वह तो कोई भव्य पागल मालूम होता है। ऐसे लोगों को झक्की कहते हैं। हम सब लोगों में इस प्रकार का कोई आग्रह या झक्क होता ही है।"

स्वामी की बात से हरिपद चौंका, कहीं वे उसे ही तो झक्की प्रमाणित करने का प्रयत्न नहीं कर रहे?

किंतु स्वामी रुके नहीं, "हम लोगों में उसे दबा रखने की क्षमता है। पागल में वह नहीं है। रोग, शोक, अहंकार, काम, क्रोध, ईर्ष्या या अन्य किसी अत्याचार या अनाचार से दुर्बल होकर, मनुष्य के अपने संयम को खो बैठने से ही असंतुलन उत्पन्न होता है। मन के आवेग को वह फिर सँभाल नहीं पाता। तब हम लोग उसे पागल कहते हैं।"

मृग के समान कुलाँचें भरता हरिपद का मन जैसे ठिठककर खड़ा हो गया : क्या स्वामी उसे झक्की समझते हैं और अब संकेत कर रहा है कि वह पागल हो जाएगा?...दूसरी ओर उसके मन में स्वामी के प्रति प्रशंसा का भाव भी उठ रहा था।...यह संन्यासी साधारण मूर्ख भिखारी नहीं है। यह विद्वान् भी है और बुद्धिमान भी।...

और हरिपद स्वयं भी समझ नहीं पाया कि कब उसके मन ने स्वामी के प्रति प्रशंसा और विरोध को मिलाकर एक ही उक्ति में प्रकट कर दिया, "बाबा! आप यदि प्रयत्न करें, तो मुझसे भी अधिक धन अर्जित कर सकते हैं। तो फिर संन्यासी होकर अपना समय यों ही आलस्य में क्यों गँवा रहे हैं—निठल्लों के समान? दूसरों की सहायता पर क्यों निर्भर हैं? समाज के लिए कोई हितकर काम कर अपने लिए धन अर्जित क्यों नहीं करते?"

स्वामी तनिक भी आहत नहीं हुए। मुस्कराकर बोले, "तुम इतने कष्ट से उपार्जन कर रहे हो। इसका बहुत थोड़ा-सा अंश अपने लिए व्यय करते हो, शेष का एक अंश उनके लिए व्यय करते हो, जिन्हें तुम अपना समझते हो। वे लोग उसके लिए न तुम्हारा आभार मानते हैं और न उतने से संतुष्ट होते हैं, जितना तुम उनके लिए व्यय करते हो। जो राशि तुम कौड़ी-कौड़ी जोड़ रहे हो, उसका तुम्हारे बाद कोई और उपभोग करेगा और बहुत संभव है कि यह कहकर तुम्हारी निंदा करे कि तुम उसके लिए और अधिक राशि क्यों छोड़ नहीं गए। यह तो तुम्हारी स्थिति है; और मैं तो कोई परिश्रम नहीं करता। भूख लगने पर पेट पर हाथ रखकर, हाथ को मुँह के पास ले जाकर, संकेत कर देता हूँ।

जो पाता हूँ, खा लेता हूँ। कुछ भी कष्ट नहीं उठाता, कुछ भी संग्रह नहीं करता। हम दोनों में से कौन अधिक बुद्धिमान है—तुम या मैं?"

हरिपद अवाक् बैठा रह गया : स्वामी सच बोल रहे थे। पर यह सत्य कितना कटु था। हरिपद स्वयं को बुद्धिमान समझ रहा था और स्वामी उसे बता रहे थे कि यह सारी दुनियादारी मात्र मूर्खता है।···हरिपद इस संन्यासी को इस प्रकार तो नहीं छोड़ सकता···

किंतु तभी स्वामी उठ खड़े हुए। उनके बिना कुछ कहे ही भाटे भी उठकर खड़े हो गए, जैसे स्वामी के संकेतों पर नाचने वाली कोई कठपुतली हों।

हरिपद को लगा कि सुख का कोई साधन न होने पर भी यह संन्यासी उससे सहस्रगुना सुखी है। उसे कोई अभाव नहीं है, उसके मन में कोई अपेक्षा ही नहीं है, कोई कामना और इच्छा नहीं है।

"अच्छा! अब हम चलते हैं। आपसे मिलकर बहुत प्रसन्नता हुई।" स्वामी ने कहा, "आशा है, फिर भी मिलेंगे।"

हरिपद इस आकस्मिकता से अकबका गया, "थोड़ी देर और बैठते।" उसे लग रहा था कि उसके स्वर में आग्रह नहीं, याचना थी।

"वैसे तो हम कुछ करते नहीं। निठल्ले बैठे रहते हैं। फिर भी हमारी एक दिनचर्या है।" स्वामी बोले, "दिन-भर कुछ न कुछ करते ही रहना पड़ता है। अब भी कुछ करने का समय हो गया है।" स्वामी ने जाने के लिए पग बढ़ाया।

हरिपद समझ नहीं पाया कि उसे ऐसा क्यों लग रहा था कि जैसे उसका कुछ बहुत मूल्यवान छिना जा रहा है; और उसे बचाने के लिए उसे कुछ उद्यम तो करना ही चाहिए। सारा कुछ नहीं बच सकता तो कुछ न कुछ तो बचा ही लिया जाए।···

"बाबा! आप मेरे यहाँ ठहरना नहीं चाहते तो कल प्रातः चाय पीने ही आ जाइए।" हरिपद के मुख से अनायास ही निकला, "मुझे बड़ी प्रसन्नता होगी।"

"अच्छा।" स्वामी ने और कुछ नहीं कहा और बाहर की ओर चल पड़े।

भाटे भी उनके पीछे ही चले गए और हरिपद समझ नहीं पाया कि उसने उन्हें जाने देकर उचित किया या उसे किसी भी प्रकार उन्हें रोक लेना चाहिए था।

रात को सोने के लिए लेटा तो हरिपद को लगा कि उसके मन में अब स्वामी के लिए प्रशंसा ही प्रशंसा थी, तनिक भी विरोध नहीं था। उसका विरोध जाने कब क्षीण होकर शून्य में विलीन हो गया था।···ऐसा निस्पृह, चिरसुखी, सदा संतुष्ट, प्रफुल्लमुख पुरुष तो उसने पहले कभी देखा ही नहीं था। वह तो सोचा करता था कि सारा सुख धन में ही था। जिसके पास धन नहीं है, उसे मर ही जाना चाहिए। उसने कल्पना भी नहीं की थी कि पूर्णतः निस्पृह होकर कोई मनुष्य जीवित भी रह सकता है।···पर यह संन्यासी···हरिपद को लगा, उसकी बहुत सारी मान्यताएँ शायद ढहती जा रही हैं।···

प्रातः हरिपद की नींद खुली। वह हड़बड़ाकर उठ बैठा, जैसे बहुत देर तक सोता रह गया हो। देखा : छह बज रहे थे। उसने तो संन्यासी को प्रातः चाय पर बुलाया था। वे शायद आने ही वाले हों और वह अभी तक पड़ा सो रहा है।···

हरिपद ने उठकर हाथ-मुँह धोया, मंजन किया, कपड़े बदले…किंतु उसे लगातार यही लगता रहा कि उसने कुछ नहीं किया—वह केवल उस पढ़े-लिखे, विद्वान् बंगाली संन्यासी की प्रतीक्षा करता रहा था।…एक-आध बार उसके मन ने उसे धिक्कारा भी—उस संन्यासी की इतनी प्रतीक्षा करने की उसे क्या आवश्यकता थी? क्या लेना था उसे संन्यासी से?…वह उसके घर नहीं ठहरना चाहता, न ठहरे। चाय पीने के लिए नहीं आना चाहता, न आए।…किंतु अगले ही क्षण उसके विवेक ने उसके मन को डपट दिया…संन्यासी को ठहरने के लिए बहुत स्थान मिल जाएँगे। चाय भी बहुत मिल जाएगी पीने को। हरिपद को ही वैसा संन्यासी नहीं मिलेगा। हरिपद से वह सहस्र गुना विद्वान् है। सुख के किसी साधन के अभाव में भी वह हरिपद से कहीं अधिक सुखी है। हरिपद उसे क्या देगा …वही हरिपद को हजार चीजें दे सकता है।…

आठ बज गए तो हरिपद के लिए और रुकना कठिन हो गया।…

उसे धुला हुआ धोती-कुर्ता निकालते देख, इंदुमती ने कहा, "अभी तो कपड़े बदले थे। अब क्या है?"

"वे कपड़े तो मैंने घर में रहने के लिए पहने थे, अब बाहर जा रहा हूँ।"

"कहाँ जा रहे हो?"

"भाटे के घर जाऊँगा।" हरिपद कुछ आवेश में बोला, "वह मराठी ब्राह्मण स्वामी जी को आने नहीं दे रहा होगा। कह रहा होगा कि हरिपद तो कायस्थ है।"

"कौन स्वामी जी? वे बाबा, जो कल आए थे?" इंदुमती ने कुछ आश्चर्य से पूछा, "वे अब स्वामी जी हो गए?"

"हाँ! हाँ!! वे ही। अब तुम मेरा सिर मत खाओ।" हरिपद कुछ खीजकर बोला, "मैं उन्हें लिवाने जा रहा हूँ।"

इंदुमती मुस्कराई, "तुम अकेले बंगाली उस महाराष्ट्रीय ब्राह्मण से अपने स्वामी जी को छीन लाओगे?"

"हाँ! हाँ!! छीन लाऊँगा।" हरिपद आवेश में बोला, "अकेला क्यों? अपने साथ कवीश्वर को ले जाऊँगा।"

इंदुमती कुछ नहीं बोली। हड़बड़ाहट में तैयार होते हुए हरिपद को चुपचाप देखती रही।

कवीश्वर के साथ भाटे के घर पहुँचकर हरिपद ने देखा कि वहाँ तो पूरा दरबार लगा हुआ था। भाटे ने भी जाने किस-किस को बुलाकर, भीड़ जमा कर रखी थी। कुछ एक वकील थे, कुछ व्यापारी। दो-एक अध्यापकों को भी हरिपद पहचानता था। किंतु अन्य अनेक ऐसे लोग थे, जिन्हें उसने कभी देखा भी नहीं था।…भाटे भी बस सभा-व्यसनी है। कोई अवसर मिलना चाहिए उसे, फिर देखो, कैसी भीड़ जुटाता है।

हरिपद द्वार पर ही ठिठक गया। ब्राह्मण वकील खांडेकर अंग्रेजी में पूछ रहा था, "संध्या इत्यादि आह्निक कृत्य के मंत्र संस्कृत में हैं। उसका एक भी शब्द मेरी समझ में नहीं आता। इस मंत्रोच्चारण का क्या कोई फल है?"

स्वामी ने अंग्रेजी में ही पूछा, "आपको संस्कृत नहीं आती?"

"मुझे हिंदी भी नहीं आती। मराठी भी टूटी-फूटी ही है।"

"तो फिर अंग्रेजी से ही काम चलाते हैं।" स्वामी ने कहा, "जिन मंत्रों का उच्चारण करते हुए आपको उनका अर्थ समझ में नहीं आता, उनका भी उत्तम फल है। ब्राह्मण संतान होने के नाते, इच्छा होते ही आप उन शब्दों का अर्थ सुविधा से समझ सकते हैं। फिर भी आप उनका अर्थ समझने का प्रयत्न नहीं करते तो दोष किसका है? और यद्यपि आप मंत्रों का अर्थ नहीं समझते, तो भी जब संध्या वंदन आदि आह्निक कार्य करने बैठते हैं, उस समय आपके मन में क्या भाव होता है—कोई पुनीत कर्म कर रहा हूँ अथवा पाप कर रहा हूँ? यदि धर्म-कर्म जैसा पुनीत कर्म करने के संकल्प के साथ बैठते हैं, तो उत्तम फल पाने के लिए यही पर्याप्त है।"

स्वामी के रुकते ही हरिपद ने भीतर प्रवेश कर स्वामी जी को प्रणाम किया। स्वामी ने आशीर्वाद देने की मुद्रा में हाथ उठा दिया; किंतु न तो किसी विशेष परिचय को प्रकट किया और न ही आज के चाय के निमंत्रण के विषय में कुछ कहा। हरिपद चुपचाप एक ओर बैठ गया।

तभी अध्यापक दंडवते ने संस्कृत में कहा, "धर्म विषयक चर्चा मलेच्छ भाषा में नहीं होनी चाहिए। पुराणों में इसका स्पष्ट निषेध है।" और दंडवते ने अपने अभ्यासानुसार संस्कृत का एक श्लोक उद्धृत कर दिया।

"किसी भी भाषा में धर्मचर्चा हो सकती है।" स्वामी ने संस्कृत में ही कहा और उन्होंने वेद से प्रमाण उद्धृत करते हुए मुस्कराकर निर्णय दिया, "उच्च न्यायालय के निर्णय को अधीनस्थ न्यायालय निरस्त नहीं कर सकता।"

हरिपद अवाक् बैठा सुनता रहा। उसे लगा, यह तो जैसे क्रिकेट की नेट-प्रैक्टिस हो रही है। स्वामी बल्ला लिए खड़े थे और श्रोतागण चारों ओर से तेज गेंदबाजों के समान अपने प्रश्न फेंकते जा रहे थे—कभी संस्कृत में, कभी अंग्रेजी में और कभी हिंदी में। संन्यासी का चमत्कार देखो कि प्रत्येक प्रश्नकर्ता को उसी भाषा में उत्तर देते हैं, जिसमें उसने प्रश्न पूछा है।

नौ बज गए, सभा समाप्त हो गई। लोग अनिच्छापूर्वक उठे और क्षमा माँगकर गए, जैसे इस प्रकार उठकर जाना कोई अपराध हो। पर किसी को कचहरी जाना था, किसी को कार्यालय, किसी को स्कूल।...

हरिपद उठकर स्वामी के एकदम निकट आ गया।

"बच्चा!" स्वामी बोले, "इतने लोगों का मन दुखाकर तुम्हारे घर आना उचित नहीं जँचा। तुम बुरा नहीं मानना।"

हरिपद को जैसे टिकने के लिए आधार मिल गया, "वे लोग तो अब चले गए हैं। कृपया अब चलें। अपना सामान भी दिखा दें। हम लिए चलते हैं। अब दो-चार दिन मेरे घर रहें। मेरी व्यथा शांत हो जाएगी।"

"क्षतिपूर्ति चाहते हो?" स्वामी मुस्कराए।

"आपसे क्षतिपूर्ति नहीं चाहता स्वामी जी!" हरिपद ने कानों को हाथ लगाया, "अपना स्वार्थ साध रहा हूँ। लोभी मनुष्य न्याय-अन्याय तो नहीं देखता न!"

"संन्यासी के लिए सब घर एक जैसे हैं।" स्वामी ने कहा, "घर और वन एक जैसे हैं, इसलिए मेरा न कोई आग्रह है, न कोई विरोध। हाँ! मैं अपने कृपालु आतिथेय की उपेक्षा नहीं करूँगा। तुम भाटे साहब को मना लो, मैं तुम्हारे साथ चला चलूँगा।"

स्वामी वहीं बैठे रहे। भाटे को हरिपद अलग ले गया और स्वामी जी को अपने साथ ले जाने

की बात कही। भाटे भला कहाँ सहमत होने वाले थे। किंतु हरिपद ने उनका पीछा नहीं छोड़ा, "देखो! इतने स्वार्थी मत बनो। साधुओं पर सबका समान अधिकार होता है। मेरा भी कुछ उपकार हो जाएगा तो तुम्हें क्या आपत्ति है?"

"पर कोई कारण भी तो हो।" भाटे ने कहा, "उन्हें यहाँ कोई कष्ट है क्या, या तुम उनको यहाँ से अधिक सुविधाएँ दे सकोगे। यदि स्वामी जी को उसमें अधिक सुख हो, तो तुम अवश्य उनको ले जाओ। पर केवल बंगाली होने के कारण, तुम उन पर अपना अधिकार मानकर, यहाँ से उठा ले जाओ, तो न मैं तुम्हारा यह अधिकार मानता हूँ और न ही साधु को अपने घर से निकालने का पाप मैं अपने सिर लूँगा।"

"नहीं! बंगाली होने का अधिकार नहीं जमा रहा हूँ।" हरिपद बोला, "न ही स्वामी जी तुममें और मुझमें कोई भेद कर रहे हैं। यह तो हमारा अपना भाईचारा है। तुम मेरे सुख के लिए थोड़ा सात्त्विक त्याग नहीं कर सकते? ब्राह्मण हो, कुछ तो त्यागी बनो। मैं तो कायस्थ हूँ, स्वार्थ कैसे छोड़ दूँ।"

भाटे कुछ देर चुप रहे, फिर बोले, "चलो, तुम्हें कोई सुख मिलता है, तो तुम उन्हें ले जाओ; पर देखो, अपने मूर्खतापूर्ण प्रश्नों से उन्हें अधिक परेशान मत करना। मैं जानता हूँ कि तुम आधे नास्तिक हो और आधे ईसाई। भगवान् की दया से तुममें धर्मबुद्धि जागी है, तो मैं तुम्हारे मार्ग का रोड़ा नहीं बनना चाहता। किंतु संध्या समय स्वामी जी को पुनः यहीं ले आना। संध्या समय बहुत सारे लोग उनके दर्शन करने तथा उनसे वार्तालाप करने यहीं आएँगे।"

हरिपद ने गद्गद होकर भाटे के सामने हाथ जोड़ दिए, "धन्यवाद ब्राह्मण देवता! धन्यवाद!"

उसका मन कुछ ऐसा विह्वल हो रहा था कि यदि वह थोड़ा संयम न करता, तो शायद भाटे के पाँव ही छू लेता।

"बताओ, कहाँ है उनका सामान?"

भाटे हँसे, "सामान तो ऐसे पूछ रहे हो, जैसे कोई गाड़ी लादनी हो। अरे भाई! साधु का सामान है। एक कमंडलु है, जिसे स्वामी जी स्वयं उठाएँगे और भगवे कपड़े में लिपटी एक-दो पुस्तकें हैं, उन्हें तुम उठा लो।"

"बस?"

"बस।"

"मनुष्य इतने कम सामान के साथ जीवित कैसे रह सकता है?" हरिपद चकित था।

हरिपद के घर उत्सव बरस पड़ा। इंदुमती को उसकी दीर्घाभिलषित वस्तु प्राप्त हो गई थी।...जाने क्यों उसे लग रहा था कि उसके पति का अब नास्तिकता से पीछा छूटने ही वाला है। और ब्राह्मण रसोइया, 'महाराज' तो जैसे अपने जीवन की सार्थकता ही पा गया था।

समारोहपूर्वक चाय का आयोजन हुआ। संन्यासी ने मिठाई का पहला टुकड़ा मुँह में रखा ही था कि हरिपद ने बड़ा साहस करके अपने मन में बड़ी देर से कुलबुलाता हुआ प्रश्न पूछा, "स्वामी जी! कौन-सी पुस्तक पढ़ रहे हैं आप?"

"तुमने देखी नहीं?" संन्यासी ने पूछा, "तुम्हारे ही हाथ में तो थी। मैंने सोचा, तुमने देख ली होगी।"

"नहीं! मैंने सोचा कि आपकी इच्छा के बिना..."

"अब देख लो।"

हरिपद ने कपड़ा हटाकर पुस्तक निकाली : अक्षर तो रोमन ही थे, किंतु भाषा? उसने दो-तीन बार प्रयत्न किया, किंतु पुस्तक का नाम उसकी समझ में नहीं आया।

"यह कौन-सी भाषा है स्वामी जी?"

"यह पुस्तक फ्रांसीसी संगीत के विषय में है।"

"आप फ्रेंच भी जानते हैं?" हरिपद ने चकित होकर पूछा। वह तो अब तक उनकी हिंदी, बाँग्ला, संस्कृत तथा अंग्रेजी से ही चमत्कृत था।

"सीख रहा हूँ।" संन्यासी ने उत्तर दिया, "और इसी बहाने फ्रांसीसी संगीत के विषय में भी कुछ जानकारी प्राप्त करता जा रहा हूँ।"

"क्या लाभ होगा इस श्रम से?" हरिपद के मुख से अनायास ही निकल गया, "कोई नौकरी तो आपको करनी नहीं है।"

"ज्ञान नौकरी के लिए नहीं होता वत्स!" स्वामी का स्वर गंभीर था, "ज्ञान का व्यावसायीकरण उसका अपमान है। आज हमारी शिक्षा इसीलिए दूषित है, क्योंकि वह हमारे विकास के लिए नहीं, हमारी नौकरी के लिए है; और ज्ञान का कोई महत्त्व इसलिए नहीं है, क्योंकि उसे नौकरी जैसी तुच्छ वस्तु का माध्यम मात्र माना जाता है।" उन्होंने हरिपद की ओर देखा, "तुमने क्या-क्या पढ़ा है अब तक?"

"मैं! मैं!" हरिपद थोड़ा हकलाया, किंतु फिर अपने संपूर्ण आत्मविश्वास का आह्वान कर बोला, "मैंने अंग्रेजी शिक्षा प्राप्त की है स्वामी जी! कॉलेज में मैंने भौतिकशास्त्र, रसायनशास्त्र, भूगर्भशास्त्र तथा वनस्पतिशास्त्र इत्यादि वैज्ञानिक विषय पढ़े हैं।"

"पाठ्यक्रम के बाहर भी कुछ पढ़ा है?"

"हाँ! मैंने हक्सले, डार्विन, मिल, टिंडल, स्पेंसर आदि पाश्चात्य विद्वानों को भी कुछ-कुछ पढ़ा है।" हरिपद ने उत्तर दिया।

"अर्थात् ऐसा कुछ नहीं पढ़ा, जिसे भारतीय कहा जा सके।" संन्यासी ने मुस्कराकर कहा।

"मैं केवल तर्कसंगत तथा युक्तियुक्त विषय ही पढ़ सकता हूँ।" हरिपद को लगा, उसने स्वामी का आतंक परे धकेल दिया है और उसके भीतर फिर पुराना हरिपद जाग उठा है, जो धर्म के विरुद्ध शास्त्रार्थ करने को कमर कसकर तैयार हो गया है।

"यह तो उचित ही है," स्वामी उससे सहमत हो गए, "पर इससे भारत के ज्ञान का विरोध कहाँ है?"

"भारतीय ही नहीं," हरिपद कुछ धृष्टता से बोला, "मेरा तो विचार है कि ईश्वर तथा धर्म संबंधी कोई भी विचार वैज्ञानिक नहीं है और कम से कम भारत में तो नहीं ही है।"

अपने कथन की प्रतिक्रिया में संन्यासी को निरुद्विग्न देखकर हरिपद का साहस कुछ और बढ़ गया। अभी पिछले ही दिनों उसने 'टाइम्स' में एक कविता पढ़ी थी, जिसमें कवि ने दावा किया था कि 'ईश्वर क्या है, कौन-सा धर्म सत्य है—आदि तत्त्वों को समझना अत्यंत कठिन है।' हरिपद को यह कविता अपने मनोनुकूल तथा अपने चिंतन के बहुत निकट प्रतीत हुई थी। उसने वह कविता बहुत सँभालकर रखी थी। हरिपद वह कविता उठा लाया और बोला, "इसे पढ़िए। देखिए, कैसी सुंदर

कविता है और कवि ने कितनी सत्य बात कही है।"

स्वामी ने उसके हाथ से वह कतरन ले ली और एक दृष्टि उस पर डाली। उनके चेहरे पर अभी भी कोई प्रतिक्रिया प्रकट नहीं हुई थी। वे अपनी शांत और गंभीर वाणी में सहज रूप से बोले, "यह कवि तो अत्यंत भ्रमित है, जबकि कविकर्म तो अपनी भावात्मक तीव्रता के आधार पर सत्य का साक्षात्कार करने में है।"

"आप इससे सहमत नहीं हैं?" हरिपद ने कुछ आक्रामक स्वर में पूछा।

"सहमति अथवा असहमति तो किसी विचार से हुआ करती है।" स्वामी ने उत्तर दिया, "इस कविता में तो कोई विचार ही नहीं है।"

"विचार कैसे नहीं है।" हरिपद फट पड़ने की सीमा तक जा पहुँचा, "धर्म में जिस प्रकार की परस्पर विरोधी बातें कही जाती हैं, उन्हें कौन समझ सकता है?"

"कौन-सी परस्पर विरोधी बातें?"

"जैसे कि···जैसे कि···" हरिपद क्षण-भर के लिए अटका, "ईश्वर को न्यायप्रिय भी कहा गया है और दयावान भी। क्या आप समझते हैं कि जो न्यायी है, वह किसी पर दया भी कर सकता है ? है कोई इसका वैज्ञानिक आधार?"

"क्यों नहीं।" संन्यासी उसी प्रकार सहज भाव से बोले, "क्या प्रत्येक जड़ पदार्थ में केंद्रप्रसारी और केंद्रगामी—दो परस्पर विरोधी शक्तियाँ काम नहीं करतीं?"

हरिपद मुँह बाए स्वामी को देखता रहा, जैसे कुछ भी न समझा हो।

"सेंट्रिफ्यूगल और सेंट्रिपिटल फोर्सेस समझते हो?" स्वामी ने पूछा।

हरिपद ने सहमति में सिर हिला दिया।

"उन्हीं को अपनी भाषा में केंद्रप्रसारी और केंद्रगामी शक्तियाँ कह रहा हूँ।"

"ओह!" हरिपद ने तो सोचा भी नहीं था कि अंग्रेजी के इन वैज्ञानिक शब्दों के लिए भारतीय भाषाओं में भी कोई शब्द हो सकता है।···और स्वामी उसे विज्ञान भी पढ़ा सकते हैं।···

"तो यदि प्रत्येक जड़ पदार्थ में ये दो विरोधी शक्तियाँ हो सकती हैं तो दया और न्याय—ये दोनों विरोधी होते हुए भी, ईश्वर में नहीं रह सकते?" स्वामी ने अपनी दृष्टि उसके चेहरे पर टिका दी, "मैं इतना ही कह सकता हूँ कि ईश्वर के संदर्भ में तुम्हारा ज्ञान नहीं के बराबर है।"

स्वामी के तर्क के सम्मुख हरिपद सर्वथा निरुत्तर था; किंतु वह स्वामी के निष्कर्ष इतनी सहजता से कैसे स्वीकार कर लेता। उसका वर्षों का चिंतन, मनन, अध्ययन—सब नष्ट हो रहा था। उसने जैसे अपने दुर्ग को बचाने का एक और प्रयत्न किया, "मुझे पूर्ण विश्वास है कि सत्य···" वह शब्दों के अभाव में अटका और फिर अंग्रेजी में बोला, "दि ट्रुथ इज़ एब्सोल्यूट।"

"सत्य निरपेक्ष है।" स्वामी ने उसके वाक्य का अनुवाद कर दिया।

"हाँ! सत्य निरपेक्ष है। उसके विभिन्न या एकाध रूप नहीं हो सकते, इसलिए इतनी विरोधी बातों का प्रचार करने वाले ये सारे धर्म एक ही समय में सत्य कैसे हो सकते हैं?" हरिपद ने कुछ उग्र होकर कहा, "ईश्वर हिंदुओं को तो कहता है कि गाय की रक्षा करो और मुसलमानों और ईसाइयों को कहता है कि गोमांस खाओ। ये दोनों बातें कैसे सत्य हो सकती हैं?"

"सत्य तो निरपेक्ष ही है।" संन्यासी बोले, "किंतु सत्य के नाम पर किसी भी विषय में हम जो कुछ जानते हैं, या कालांतर में जानेंगे, वह सभी सापेक्ष सत्य—रिलेटिव ट्रुथ है।···"

"क्यों? हम एब्सोल्यूट ट्रुथ क्यों नहीं जान सकते?" हरिपद ने स्वामी की बात समाप्त होने की प्रतीक्षा नहीं की।

"क्योंकि निरपेक्ष सत्य की धारणा इस सीमाबद्ध मन-बुद्धि के द्वारा असंभव है।" स्वामी ने कहा, "इसीलिए सत्य अपने आप में निरपेक्ष होते हुए भी अलग-अलग संस्कारों और देशकाल के लोगों के मन में अलग-अलग रूपों में प्रकाशित होता है। सत्य के वे विभिन्न रूप और भाव, उस नित्य निरपेक्ष सत्य का अवलंबन करके ही प्रकाशित होते हैं। इसीलिए वे सब एक ही प्रकार और एक ही श्रेणी के हैं। जिस प्रकार विभिन्न दूरियों से छवि लेने पर एक ही सूर्य के चित्र एक-दूसरे से भिन्न दिखाई पड़ते हैं, उसी प्रकार सापेक्ष सत्य के विषय में भी समझना चाहिए। प्रत्येक सापेक्ष सत्य अथवा धर्म, उसी नित्य निरपेक्ष सत्य का आभास होने के कारण सत्य है।"

स्वामी का तर्क हरिपद की समझ में आ गया था। उसकी बुद्धि ने उस तर्क की सत्यता भी स्वीकार कर ली थी, फिर भी जैसे उसका अड़ियल अहंकार घुटने टेकने के लिए तत्पर नहीं था। हठ करता-सा वह बोला, "यदि धर्म इतना ही वैज्ञानिक और तर्कसंगत है, तो फिर धर्म के प्रचारक, तर्क की बात न कर, बार-बार मात्र विश्वास पर इतना बल क्यों देते हैं? वे क्यों यह मानते हैं कि धर्म का मूल ही है विश्वास।"

"कोई किसी देश का राजा हो जाए, तो फिर उसे खाने-पीने का कष्ट नहीं रहता; किंतु राजा होना ही तो कठिन है।" स्वामी के चेहरे पर एक हलकी-सी मुस्कान उभरी, "विश्वास हो गया तो फिर शेष रह ही क्या गया? क्या जोर-जबरदस्ती करने से भी कभी विश्वास हुआ है? बिना अनुभव के विश्वास होना असंभव है।"

हरिपद का मुख कुछ इस मुद्रा में खुल गया, जैसे स्वामी का कथन सर्वथा अनपेक्षित हो। बोला, "आपका विचार है कि लोगों में विश्वास नहीं है?"

स्वामी अत्यंत उदासीन रूप में बोले, "लोग कहते हैं कि उन्हें ईश्वर में विश्वास है। शायद वे यह मानते भी हैं। किंतु वस्तुतः वे विश्वास करते हैं क्या?"

"नहीं करते?"

"ईश्वर में विश्वास करके न तो कोई झूठ बोल सकता है, न चोरी कर सकता है, न अन्याय कर सकता है, न अत्याचार। जब यह सब है तो विश्वास कहाँ है?" स्वामी बोले, "यदि मनुष्य एक बार ईश्वर पर विश्वास कर ले, तो फिर न झूठ रहेगा, न छल, न अन्याय, न अत्याचार, न शोषण, न वंचना।"

हरिपद जैसे स्तब्ध बैठा रह गया।...उसने तो सचमुच ही कभी इस ओर ध्यान नहीं दिया था। ...सत्य तो यही था कि जो व्यक्ति झूठ बोलता है, अन्य लोगों को धोखा देता है, अन्याय और अत्याचार करता है, वह मन ही मन यह मानकर चलता है कि उसका झूठ, धोखा और अन्याय देखने वाला कोई नहीं है। यदि कहीं वह अपने निकट ईश्वर के अस्तित्व का अनुभव करता, उसे कहीं हलका-सा भी आभास होता कि अंतर्यामी सर्वज्ञ ईश्वर कहीं है, तो वह झूठ बोल सकता क्या?...इसका अर्थ हुआ कि चाहे वह मुख से कुछ भी कहता रहे, उसके मन में ईश्वर का विश्वास नहीं है...और विश्वास क्यों नहीं है? क्योंकि उसने ईश्वर का अनुभव नहीं किया है।...

हरिपद ने आश्चर्य से स्वामी की ओर देखा : कितना बड़ा सत्य स्वामी ने ऐसे सहज भाव से कह दिया, जैसे कोई महत्त्व की बात ही न हो। उसकी इच्छा हुई कि वह स्वामी के चरणों में लोट

जाए और रोकर कहे, 'तो उसके अनुभव की विधि भी बता दीजिए स्वामी!'

पर वह यह सब कह नहीं सका। जाने कौन-सा संकोच उसकी जिह्वा को थामे हुए था। इतना ही कह पाया, "आप जैसा साधु मिल जाए तो जीवन सार्थक हो जाए।"

स्वामी पहली बार हँसे। हरिपद उस हँसी का कारण नहीं समझ पाया।...और वे किस पर हँस रहे हैं?...

"हम क्या साधु हैं।" स्वामी का स्वर एक हलका अवसाद लिए हुए था, "साधु तो ऐसे-ऐसे हैं कि उनके दर्शन अथवा स्पर्श मात्र से मनुष्य में दिव्य ज्ञान उदित हो जाए।"

हरिपद को लगा, स्वामी अपने किसी अभाव से पीड़ित हैं। कदाचित् वे अपने आप पर ही हँस रहे थे...पर वह अभाव कैसा हो सकता है?

दोपहर के भोजन का विशद और वैभवपूर्ण आयोजन था। स्वामी को समझते देर नहीं लगी कि इसमें गृहस्वामी का शिष्टाचार ही नहीं, गृहस्वामिनी तथा रसोइए की श्रद्धा तथा कई घंटों का परिश्रम भी सम्मिलित था।

भोजन कराकर हरिपद ने स्वयं लोटा भर जल लेकर उनके हाथ धुलाए और हाथ पोंछने को गमछा दिया।

"भोजन बहुत ही अच्छा और स्वादिष्ट था।" संन्यासी ने हरिपद से कहा, "किंतु संन्यासी को ऐसा भोजन रुचिकर नहीं हो सकता, जिसके लिए दूसरे लोगों को इतना श्रम और आयोजन करना पड़े।"

"यह तो मेरी पत्नी की श्रद्धा थी स्वामी जी!" हरिपद ने कहा।

"मैं उस भावना का तिरस्कार नहीं कर रहा; किंतु संन्यासी को किसी के कष्ट का निमित्त नहीं बनना चाहिए।"

स्वामी विश्राम करने चले गए।

हरिपद अपने कमरे में आकर लेटा, तो उसे स्वयं पर आश्चर्य हो रहा था कि वर्षों से पाली-पोसी गई उसकी आपत्तियाँ आज जाने कहाँ विलीन हो गई थीं। यदि कोई शंका मन में उभरती भी थी, तो वह जिज्ञासा का वेश धारण कर लेती थी। वह याचक होती थी, विरोधी नहीं। वह स्वामी से टकराने से पहले ही झुक जाता था। शास्त्रार्थ करने के स्थान पर जिज्ञासु शिष्य बन जाता था।

16

हरिपद संध्या समय संन्यासी को लेकर भाटे के घर पहुँचा। वहाँ सचमुच ही लोगों की भीड़ लगी थी। भाटे का बड़ा-सा कमरा उस अवसर के लिए छोटा पड़ गया लगता था। स्वामी के आसन ग्रहण करते ही लोगों की जिज्ञासाएँ आरंभ हो गईं।

"संन्यासी तो समाज को त्याग देता है," ठाकरे ने हिंदी में प्रश्न किया, "तो फिर वह अपने देश की माया छोड़कर, सभी देशों पर समदृष्टि रखकर, सारी मानव-जाति के कल्याण की चिंता क्यों नहीं करता? उससे देशभक्ति की अपेक्षा क्यों है?"

"जो अपनी माँ को भोजन नहीं देता, वह दूसरे की माँ का पालन क्या करेगा!" स्वामी ने संक्षिप्त-सा उत्तर देकर ठाकरे की ओर देखा।

ठाकरे ने दूसरा प्रश्न नहीं किया। स्वामी के एक ही वाक्य ने जैसे उसकी सारी जिज्ञासाओं का समाधान कर दिया था।

"स्वामी जी! यह तो आप भी स्वीकार करेंगे कि हमारे प्रचलित धर्म में, आचार-व्यवहार में, सामाजिक प्रथाओं में अनेक दोष हैं।" समाज-सुधारक भाटे ने कहा, "तो फिर हम उनकी प्रशंसा कैसे कर सकते हैं?"

"उन सभी का संशोधन करने की चेष्टा करना हम लोगों का मुख्य कर्तव्य है; किंतु सार्वजनिक रूप से समाचार-पत्रों में उनकी निंदापूर्ण व्याख्या कर अंग्रेजों की दृष्टि में स्वयं को और भी हीन प्रमाणित करने की क्या आवश्यकता है? घर के दोषों को मुहल्ले में प्रदर्शित करने वाले के समान मूर्ख और कौन होगा? अपने घर के गंदे कपड़ों को लोगों की आँखों के सम्मुख फैलाने का क्या प्रयोजन है?"

"अंग्रेजों ने हमारे दोषों को जाना, तभी तो मिशनरी लोगों ने इस देश में आकर हमारा इतना उपकार किया।" हरिपद कहे बिना नहीं रह सका।

"किंतु उन्होंने हमारा अपकार भी तो कम नहीं किया।" स्वामी ने उत्तर दिया, "देशवासियों के मन की श्रद्धा को एकदम नष्ट कर देने का अद्‌भुत प्रबंध उन्होंने कर छोड़ा है। श्रद्धा के साथ-साथ मनुष्यत्व का भी नाश हो जाता है—इस बात को क्या कोई समझता है? हमारे देव-देवियों की निंदा किए बिना वे अपने धर्म की श्रेष्ठता क्यों नहीं दिखा पाते? और एक बात है। जो जिस धर्म मत का प्रचार करना चाहते हैं, उन्हें उसमें पूर्ण विश्वास होना चाहिए और तदनुरूप कार्य करना चाहिए। अधिकांश मिशनरी कहते कुछ हैं और करते कुछ और हैं। कपट के लिए तो धर्म में कोई स्थान नहीं है।"

"स्वामी जी! कृपया सुख और दुःख की तनिक व्याख्या करें।"

"समस्त प्राणी सतत सुखी होने की चेष्टा में रत हैं; किंतु बहुत ही थोड़े लोग सुखी हो पाते हैं। काम-धाम भी सभी लोग सतत करते रहते हैं; किंतु उसका ईप्सित फल पाना प्रायः संभव नहीं होता। विपरीत फल उपस्थित होने का कारण क्या है, यह समझने की चेष्टा भी कोई नहीं करता। इसलिए मनुष्य दुःख पाता है।" स्वामी ने प्रश्नकर्ता की ओर देखा, "धर्म का मूल उद्देश्य है मनुष्य को सुखी करना। किंतु अगले जन्म में सुख पाने के लिए, इस जन्म में दुःख भोगना कोई बुद्धिमानी का काम नहीं है। इस जन्म में ही, इसी मुहूर्त से सुखी होना होगा। जिस धर्म के द्वारा यह संपन्न होगा, वही मनुष्य के लिए उपयुक्त धर्म है। इंद्रियभोगजनित सुख क्षणिक है, और उसके साथ अवश्यंभावी दुःख भी अनिवार्य है। शिशु, अज्ञानी और पाशविक स्वभाव वाले मनुष्य ही इस क्षणस्थायी दुःखमिश्रित सुख को वास्तविक सुख समझते हैं। यदि इस सुख को भी कोई जीवन का एकमेव उद्देश्य बनाकर, चिरकाल तक संपूर्ण रूप से निश्चिंत और सुखी रह सके, तो वह भी कुछ बुरा नहीं है। किंतु आज तक इस प्रकार का मनुष्य देखा नहीं गया। साधारणतः जो इंद्रिय चरितार्थता को ही सुख मानते हैं, वे धनवान और विलासी लोगों को अपने से अधिक सुखी समझकर, उनसे द्वेष करने लगते हैं; और बहुत व्यय से प्राप्त होने वाले उनके उच्च श्रेणी के इंद्रियभोग के पदार्थों को देखकर, उन्हें पाने के लिए लालायित होकर दुखी हो जाते हैं। सम्राट् सिकंदर सारी पृथ्वी को

जीतकर यही सोचकर दुखी हुआ था कि अब पृथ्वी को जीतने के लिए और कोई देश नहीं रह गया है। इसीलिए बुद्धिमान मनीषियों ने बहुत देख-सुनकर, सोच-विचारकर अंत में सिद्धांत स्थिर किया है कि किसी एक धर्म में यदि पूर्ण विश्वास हो, तभी मनुष्य निश्चिंत और यथार्थ सुखी हो सकता है।…"

"किसी एक धर्म का क्या अर्थ है स्वामी जी!" भाटे ने पूछा, "आपका तात्पर्य हिंदू धर्म, इस्लाम अथवा ईसाई मत से तो नहीं?"

"नहीं वकील साहब!" स्वामी के चेहरे पर स्नेह सिंचित मुस्कान थी, "धर्म से मेरा तात्पर्य वह नहीं है। देखो…विद्या-बुद्धि आदि सभी विषयों में प्रत्येक मनुष्य का स्वभाव पृथक्-पृथक् देखा जाता है। इसी कारण उनके उपयुक्त धर्म का भी भिन्न-भिन्न होना आवश्यक है; अन्यथा वह किसी भी तरह उनके लिए संतोषप्रद नहीं होगा। वे किसी भी प्रकार उसका अनुष्ठान कर सुखी नहीं हो पाएँगे। अपने-अपने स्वभाव के अनुकूल धर्म मत को स्वयं ही देख-भालकर, सोच-विचारकर चुन लेना चाहिए। इसके अतिरिक्त कोई दूसरा उपाय नहीं है। धर्मग्रंथ का पाठ, गुरु का उपदेश, साधु-दर्शन, सत्पुरुषों का संग आदि उसे इस मार्ग में सहायता मात्र देते हैं।"

"यह धर्म तो पूजापद्धति नहीं, कर्मपद्धति हुई स्वामी जी!" खांडेकर ने कहा, "क्या कर्म भी हमारा धर्म हो सकता है?"

"कर्म ही तो हमारा धर्म है।" स्वामी बोले।

"किंतु कर्म ही तो हमें बाँधता है।" भाटे ने आपत्ति की, "यदि हम कर्म करते रहेंगे, तो कर्म-बंधन से कैसे बचेंगे?"

"कर्म किए बिना कोई भी नहीं जी सकता; और जगत् में केवल अच्छा या बुरा कर्म–इस प्रकार का कोई कर्म नहीं है। सत्कर्म करने में कुछ न कुछ दुष्कर्म भी करना ही पड़ता है। इसलिए उस कर्म के द्वारा जैसा सुख होगा, वैसे ही साथ ही साथ कुछ न कुछ दुःख एवं अभाव का बोध भी होगा–यह अवश्यंभावी है। यदि उस थोड़े-से दुःख को भी ग्रहण करने की इच्छा न हो, तो फिर विषय-भोगजनित ऊपरी सुख की आशा भी छोड़ देनी होगी। अर्थात् स्वार्थसुख का अन्वेषण करना छोड़कर, कर्तव्य बुद्धि से सभी कार्य करने होंगे। इसी का नाम निष्काम कर्म है। भगवान् गीता में अर्जुन को उसी का उपदेश देते हुए कहते हैं–'काम करो। किंतु फल मुझे अर्पण कर दो, अर्थात् मेरे लिए ही काम करो।' "

हरिपद मुग्ध मन से सुनता चला गया। उसने स्वयं ही अपने मन में होने वाले परिवर्तनों को लक्ष्य किया और चकित हुआ। पहले तो स्वयं ही स्वामी से ऐसे प्रश्न करना चाहता था, ऐसे तर्क देना चाहता था, जिससे स्वामी निरुत्तर हो जाएँ, पराजित हो जाएँ…और शायद अपमानित भी हो जाएँ। किंतु क्रमशः उसे स्वामी की युक्तियों ने मुग्ध कर लिया था। उसने इस सीमा तक स्वामी से तादात्म्य कर लिया था कि वह नहीं चाहता था कि कोई स्वामी का विरोध करे अथवा उन्हें नीचा दिखाने का प्रयत्न करे।…जब कोई व्यक्ति स्वामी से कोई अटपटा प्रश्न करता था, तो उसके मन में जैसे कोई खीज जागती थी और वह उस प्रश्नकर्ता का विरोधी हो जाता था। उसकी इच्छा होती थी कि स्वामी उस व्यक्ति को ऐसा करारा उत्तर दें कि वह फिर कभी प्रश्न पूछने का साहस ही न कर सके। और जब स्वामी उलझी से उलझी गुत्थी सुलझा देते थे, प्रश्नकर्ता के तर्कों का शमन कर देते थे, तो हरिपद अपने मन में एक अलौकिक आह्लाद का सुख अनुभव करता था।…

और सहसा वह अपना यह परिवर्तन देखकर चकित रह गया कि उसे वे प्रश्नकर्ता भी अच्छे

लगने लगे हैं। यदि वे समस्याएँ नहीं रखेंगे तो स्वामी समाधान किसका करेंगे? उनकी विद्वत्ता उद्घाटित कैसे होगी? वे प्रश्नकर्ता तो एक प्रकार से स्वामी के बौद्धिक वैभव के साक्षात्कार का निमित्त बन रहे थे। हरिपद का उनसे क्या विरोध हो सकता था?···शायद इसीलिए ईश्वर से प्रेम करने वाला भक्त ईश्वर का विरोध करने वाले दुष्टों से भी प्रेम करने लगता है, क्योंकि वे उसके विभु की विभुता के प्रदर्शन के निमित्त बनने लगते हैं।···

हरिपद चौंका···यह क्या है? क्या स्वामी के दर्शनों से ही उसके मन की गुत्थियाँ खुलने लगी हैं? या···स्वामी ने कहीं उसे सम्मोहित तो नहीं कर लिया? सम्मोहित···

सहसा उसका ध्यान अपनी घड़ी की ओर गया।···ओह!···रात के नौ बज रहे थे। ये श्रोता उन्हें छोड़ेंगे नहीं; और स्वामी स्वयं उन्हें रोकेंगे नहीं।···कहीं ऐसा न हो कि अधिक देर होते देख भाटे उन्हें भोजन करवा दे और फिर उन्हें अपने घर लिवा ले जाने का बहाना ही समाप्त हो जाए।···

"अच्छा मित्रो!" सहसा वह उठ खड़ा हुआ, "अब स्वामी जी को भोजन करने का अवकाश दें।"

उपस्थित लोगों पर जैसे ग्लानि का भाव छा गया : उन लोगों ने अपने स्वार्थ के कारण एक संन्यासी को भूखा रखा था। किसी ने भी चर्चा को आगे चलाने का आग्रह नहीं किया; और हरिपद स्वामी को लेकर चला।

"आज के इस तर्क-वितर्क ने तो आपको थका ही डाला होगा स्वामी जी!" हरिपद ने चलते-चलते कहा, "इन लोगों को कुछ तो सोचना चाहिए।"

"बच्चा! मैं अपनी उपयोगिता सिद्ध कर रहा था, क्योंकि तुम लोग ठहरे उपयोगितावादी लोग। यदि मैं मौन साधे बैठा रहूँ, तो तुममें से कौन मुझे एक मुट्ठी अन्न भी खाने के लिए देगा।" स्वामी सहज भाव से हँसे, "मैं इस प्रकार अनवरत बोलता हूँ। सुनकर लोगों को आनंद मिलता है। वे दल के दल आते हैं। किंतु यह जान लो, जो लोग सभा में तर्क-वितर्क करते हैं, अनेक प्रश्न पूछते हैं, वे वस्तुतः सत्य को जानने के लिए ऐसा नहीं करते। मैं भी समझ जाता हूँ कि कौन किस भाव से क्या कह रहा है और उसे उसी शैली में उत्तर देता हूँ।"

हरिपद के पग चलते जा रहे थे; किंतु उनसे कहीं अधिक वेग से उसका मन चल रहा था। उसके मन में जैसे एक भयंकर विलोड़न मचा हुआ था। वह क्या समझता था और सत्य क्या निकला।··· उसकी अपनी विद्या बुद्धि तो जैसे अपना मुँह छिपाती फिर रही थी। वह जानता ही क्या है? समझता ही कितना है?···उसने स्वयं को कभी इतना कंगाल नहीं पाया था।···और यह व्यक्ति, जो उसके साथ चल रहा है—वह मानो राजा था। वह भी मनुष्य था। पर क्या वह सचमुच ही मनुष्य था?···स्वामी जी मनुष्य होते तो कैसे इतना चिंतन कर लेते? कैसे इतना ज्ञान होता उनको? वह सब अपौरुषेय था···अपौरुषेय···

"स्वामी जी! आप किसी भी समय, किसी भी प्रश्न का इतना सुंदर और उत्तम उत्तर कैसे ढूँढ़ लेते हैं?" हरिपद से पूछे बिना नहीं रहा गया।

स्वामी ने हरिपद की ओर दृष्टि फेरी, "तुम तो चमत्कृत-से लगते हो। तुम्हें लगता है कि मैं किसी भी समय किसी भी प्रश्न का तत्काल उत्तर ढूँढ़ निकालता हूँ; किंतु ऐसा है नहीं। तुम्हारे लिए ये प्रश्न नए हो सकते हैं। तुम पहली बार उन पर विचार कर रहे हो सकते हो; किंतु मैं तो लगातार

इन्हीं प्रश्नों का चिंतन, मनन तथा अध्ययन करता रहा हूँ। ये प्रश्न जाने कितनी बार मैंने अपने आप से पूछे हैं और जाने कितनी बार लोगों ने ऐसी जिज्ञासाएँ मुझसे की हैं। मैं उनके समाधान का प्रयत्न निरंतर करता रहा हूँ।" स्वामी ने रुककर प्रश्न-भरी दृष्टि से हरिपद की ओर देखा, "फिर भी तुम मानोगे कि मैं इन प्रश्नों के उत्तर उसी समय तत्काल गढ़ लेता हूँ।"

हरिपद चमत्कृत दृष्टि से स्वामी को देखता रहा; जाने वे सत्य कह रहे हैं या केवल शालीनतावश अपनी शक्ति कम करके बता रहे हैं। वे कदाचित् अपनी इस अद्भुत बौद्धिक शक्ति का श्रेय स्वयं नहीं लेना चाहते थे।…किंतु वे मिथ्या भाषण नहीं कर सकते। ऐसा संन्यासी झूठ नहीं बोलेगा। शालीनतावश भी नहीं…क्रीड़ा में भी नहीं…

"स्वामी जी! शालीनता में या शिष्टाचारवश किसी सत्य को ढँकना अथवा उसके स्थान पर कोई मधुर झूठ बोल देना क्या उचित है?"

स्वामी ने अपनी बड़ी-बड़ी गंभीर आँखें हरिपद के चेहरे पर टिका दीं।…हरिपद को लगा जैसे उनकी आँखों ने उसका मन पढ़ लिया हो और वे उसे उपालंभ दे रही हों कि वह उन पर कटाक्ष करने का प्रयत्न क्यों कर रहा है।…इसके पहले कि हरिपद अपनी घबराहट में कुछ और कह बैठता, स्वामी ने ही कहा, "झूठ प्रत्येक स्थिति में झूठ ही है; इसलिए किसी भी अवस्था में उसे उचित नहीं ठहराया जा सकता। जब हम झूठ बोलते हैं और मान लेते हैं कि किसी अन्य उदात्त कारण से हमारा यह झूठ बोलना उचित है, तो हम मिथ्या भाषण की परंपरा का श्रीगणेश करते हैं। सत्य, शिष्टाचार और शालीनता के अपने-अपने क्षेत्र हैं। यह आवश्यक नहीं कि सत्य हमेशा अशिष्ट ही हो। वरन् मैं तो यह कहूँगा कि सत्य कभी अशिष्ट अथवा अशालीन हो ही नहीं सकता।" स्वामी ने पुनः हरिपद की ओर देखा, "सत्य को अशिष्ट और अभद्र ढंग से कहना अनुचित है।"

हरिपद पूछना चाह रहा था, तो क्या जो कुछ अभी स्वामी ने कहा—वह सत्य था? क्या वह मात्र शिष्टाचार नहीं था? किंतु यह पूछने का उसका साहस ही नहीं हुआ। जब स्वामी ने कह ही दिया कि सत्य और शालीनता के अलग-अलग क्षेत्र हैं; तो फिर इस प्रश्न का औचित्य ही क्या रह जाता है?

घर पहुँचते ही हरिपद को एक प्रकार की हड़बड़ी मच गई। बहुत विलंब हो चुका था। स्वामी ने अभी तक भोजन नहीं किया था। संन्यासी को इतनी देर तक भूखा रखना क्या अधर्म नहीं है?

हरिपद कभी अपने ही मन पर मुग्ध होता और कभी चकित। पहले तो वह कभी ऐसा उद्यमी नहीं था। आज वह इतना सक्रिय कैसे हो गया है?…इंदुमती और महाराज के होते हुए भी हरिपद ने स्वयं भोजन परोसने में उनकी सहायता की। स्वामी के सम्मुख आकर इस प्रकार बैठ गया, जैसे या तो उनको पंखा करने लगेगा या वह जिज्ञासा करेगा कि क्या उन्हें किसी और वस्तु की आवश्यकता है?

स्वामी ने उसकी ओर ध्यान नहीं दिया। वे मनोयोग से भोजन करते रहे। हरिपद को लगा कि यह अच्छा ही हुआ कि वे उसकी ओर ध्यान नहीं दे रहे; अन्यथा उसका वहाँ बैठना कठिन हो जाता।

"अच्छा स्वामी जी! आप जब यात्रा पर निकलते हैं, तो आपके पास कोई योजना होती है ?"

"कैसी योजना?" स्वामी ने पूछा।

"आपको कहाँ जाना है, कहाँ ठहरना है? वह व्यक्ति अपने घर पर न मिला तो, आप कहाँ ठहरेंगे?"

स्वामी हँसे, "यह तो गृहस्थों की यात्रा हुई। संन्यासी इस प्रकार भ्रमण नहीं करते। यदि मैं इस प्रकार निश्चय करके चलूँ कि मुझे कहाँ और किसके घर टिकना है, तो मुझे उनको सूचित भी करना होगा और यदि वे घर पर नहीं मिलें तो कहीं और ठहरने की व्यवस्था भी करनी होगी। उसके लिए अपने पास कुछ धन भी रखना होगा, किंतु मेरे पास तो धन होता ही नहीं।"

स्वामी के कथन से हरिपद की किसी समस्या का समाधान नहीं हुआ, वरन् वह और भी उलझ गया, "क्या आप अपने साथ एक भी पैसा लेकर नहीं चलते?"

"नहीं!" स्वामी ने कहा, "मेरा संकल्प है कि मैं रुपए-पैसे को अपने हाथ से नहीं छूऊँगा। इसका यह अर्थ नहीं कि कोई और मेरे खर्च के लिए धन लेकर साथ चले। इसका अर्थ यह है कि मैं धन ग्रहण नहीं करूँगा; अथवा अपने पास एक भी पैसा नहीं रखूँगा।"

"तो यदि आपको ठहरने का कोई उचित स्थान नहीं मिले, तो आप क्या करेंगे?" हरिपद ने पूछा, "क्योंकि आपके पास अपना पैसा तो है नहीं।"

स्वामी हँसे, "तुम एकदम अबोध बालकों के समान जिज्ञासु हो। संन्यासी तो ईश्वर के भरोसे ही जीता है। यदि ईश्वर की इच्छा होगी तो वह ठहरने की उचित व्यवस्था कर देगा और यदि उसकी इच्छा नहीं होगी, तो संन्यासी किसी पेड़ तले, और पेड़ भी नहीं मिला तो आकाश तले रह लेगा।"

हरिपद को जैसे धक्का लगा। बोला, "पर स्वामी जी! आकाश तले रहने से तो बहुत संभव है कि व्यक्ति की मृत्यु हो जाए—रात की ठंड अथवा दिन के ताप से।"

स्वामी की गंभीर दृष्टि उसकी ओर घूमी, "संन्यासी यह मानता है कि मनुष्य की मृत्यु गर्मी अथवा ठंड, भूख अथवा प्यास, रोग अथवा दुर्घटना से नहीं होती। मनुष्य का जीवन और मनुष्य की मृत्यु दोनों ही ईश्वर की इच्छा पर निर्भर करते हैं।"

"तो इसका अर्थ यह हुआ कि हमें अपना जीवन बचाने का कोई प्रयत्न ही नहीं करना चाहिए।"

"नहीं! मैंने यह तो नहीं कहा।" स्वामी बोले, "आत्मरक्षा तो हमारा धर्म है। मनुष्य अपना प्रयत्न करता रहता है; किंतु होता वही है, जो ईश्वर की इच्छा होती है। तुम्हें एक रोचक घटना सुनाऊँ।" स्वामी ने कहा, "मैं उन दिनों इस संकल्प पर चल रहा था कि अपने आप न भोजन माँगूँगा, न उसको प्राप्त करने का प्रयत्न करूँगा। ईश्वर की इच्छा से जो भोजन मुझे प्राप्त हो जाएगा, वही खाऊँगा, अन्यथा भूखा ही रहूँगा।" स्वामी ने एक बार पुनः दृष्टि उठाकर हरिपद की ओर देखा।

हरिपद का मुख आश्चर्य से लगभग खुला हुआ था : सोच रहा था कि कहीं यह भी संभव है कि व्यक्ति न भोजन माँगे, न प्राप्त करने का प्रयत्न करे, फिर भी उसको भोजन मिल जाए। कहीं स्वामी उसे ईश्वरकृपा की पौराणिक कहानियाँ तो नहीं सुना रहे।

"मैं यात्रा कर रहा था और तीन दिनों से मुझे कुछ भी नहीं मिला था। वह तीसरा दिन था और शाम ढल रही थी। लगता था, उस दिन भी भूखे ही सोना पड़ेगा। किंतु भूखे को नींद भी तो नहीं आती। शरीर बहुत दुर्बल हो गया था। चलने में भी कठिनाई हो रही थी। सहसा किसी ने पुकारा, 'साधु बाबा!' मैंने मुड़कर देखा। एक बड़े भवन के सामने साईस की पोशाक पहने एक व्यक्ति खड़ा मुझे पुकार रहा था। मुझे अपनी ओर आते देख, उसने हाथ जोड़कर प्रणाम किया। मैंने आशीर्वाद की मुद्रा में हाथ उठा दिया। उसने पूछा, 'सुबह से कुछ खाया है या नहीं?' मैंने अस्वीकार में सिर हिला दिया। 'तो फिर आओ मेरे साथ।' उसने कहा और वह मुझे अपने साथ भीतर ले गया। मैंने

देखा कि वह किसी बड़े आदमी की अश्वशाला थी और मुझे लाने वाला उसका साईस था। उसने मुझे पानी दिया और कहा, 'हाथ-मुँह धो लो और कुछ खा लो।'

"मैंने हाथ-मुँह धोए और उसकी पोटली के सामने भोजन करने बैठ गया। पोटली में चटनी के साथ कुछ रोटियाँ थीं। मैंने भोजन आरंभ किया। चटनी काफी तीखी थी। किंतु भ्रमण के दौरान मुझे मिर्चें खाने का काफी अभ्यास हो गया था। कई बार तो सिवाय मिर्च के और कोई वस्तु ही नहीं होती थी, जिसके साथ रोटी खाई जा सके। भूख में मैंने मिर्च के तीखेपन की चिंता नहीं की। मैं खाता रहा और वह साईस कहता रहा, 'शायद भगवान् की यही इच्छा थी कि यह भोजन तुम्हें मिले। आज दोपहर को खाना खाने का अवसर ही नहीं मिला और अब संध्या को घर जा रहा हूँ। सोच रहा था कि खाना लौटा ले जाकर क्या करूँगा। वहाँ तो घरवाली और रोटी पकाए बैठी होगी।'

"मैंने उसकी कथा पर कोई टिप्पणी नहीं की और अपना ध्यान भोजन पर ही केंद्रित रखा; किंतु भोजन समाप्त करते ही मेरे पेट में इतनी तीखी जलन हुई कि मैं उसे सहन नहीं कर सका। पीड़ा के मारे मैं भूमि पर ही लोट गया। साईस मेरी अवस्था देखकर सिर पीटने लगा : 'हाय! मैंने यह क्या किया। एक साधु के प्राण ही ले लिए।' और मैं सोचता रहा कि शायद भूखे पेट इतनी तीखी मिर्च खाने के कारण ही ऐसा हुआ होगा।

"साईस अस्तबल से बाहर सड़क पर खड़ा लोगों को सहायता के लिए पुकार रहा था और मैं भीतर किसी तरह से उस पीड़ा को सहन करने के लिए फर्श पर लोट लगा रहा था। थोड़ी देर में साईस की आवाजें सुनकर उसके साथ एक व्यक्ति आया। उसके सिर पर एक टोकरी थी। उसने टोकरी एक ओर रखी और मुझसे पूछने लगा कि मुझे क्या कष्ट है। मैंने पूछा कि उसकी टोकरी में क्या है? उसने बताया कि वह इमली बेचने जा रहा है। मैंने उससे कहा कि पानी में थोड़ी इमली घोलकर मुझे दे दे। उसने वैसा ही किया। इमली का घोल पीने के पश्चात् मेरे पेट की जलन का शमन हो गया। शायद वही मेरी दवा थी और उसी की उस समय मुझे आवश्यकता थी।"

स्वामी ने कथा समाप्त कर हरिपद की ओर देखा, "देखा तुमने। ईश्वर न केवल अपनी इच्छानुसार भोजन भिजवा देता है, वरन् आवश्यकता होने पर वह औषधि भी उपलब्ध करा देता है।"

हरिपद सोच रहा था कि वह स्वामी की इस कथा का विश्वास करे या न करे? यह तो दैवी विधान वाली पौराणिक कहानी थी, जिसमें ईश्वर प्रत्येक व्यक्ति का स्वयं ध्यान रखता है और उसकी दैनंदिन की आवश्यकताएँ पूरी करता है; किंतु हरिपद ने आज तक जो जीवन देखा था, उसमें ईश्वर का कहीं कोई हस्तक्षेप नहीं था। मनुष्य स्वयं कर्म करता था और अपने लिए वस्तुएँ उपलब्ध करता था। अन्याय भी था, अत्याचार भी था; किंतु कभी ईश्वर ने किसी भले आदमी की रक्षा के लिए इस प्रकार कोई योजना बनाई हो, ऐसा तो उसने कभी नहीं देखा; किंतु स्वामी जो कह रहे हैं, वह मिथ्या भी नहीं हो सकता। स्वामी मिथ्या भाषण नहीं करते। उन्होंने अभी तक एक भी घटना इस दृष्टि से नहीं सुनाई, जिससे वे हरिपद को प्रभावित कर, उस पर अपना रौब डाल, उससे कोई लाभ उठाना चाहते हों। यह घटना भी वार्तालाप के संदर्भ में उसके पूछने पर उन्होंने संन्यासी की ईश्वरनिर्भरता के रूप में ही सुनाई थी।...किंतु कितना कठिन जीवन था। कैसी स्थिति रही होगी कि जान पर बन आए और मनुष्य अपने प्राण बचाने का प्रयत्न भी न करे। कैसा दृढ़ संकल्प था। क्या इसी को प्राचीन काल में तपस्या कहा जाता था?

स्वामी का ध्यान हरिपद की चिंताओं की ओर नहीं था। वे तो जैसे अपनी मौज में आ गए

थे और उनके मन में अपने संस्मरण जाग उठे थे। उन्होंने हरिपद की ओर देखा और बोले, "संन्यासी के भ्रमण के बड़े रोचक संस्मरण होते हैं वत्स! कहीं बहुत सम्मान मिलता है और कहीं 'यहाँ साधु-संन्यासियों के लिए कोई स्थान नहीं है' कहकर अपमानित किया जाता है। बहुत सारे स्थानों पर यह कहकर धकिया दिया जाता है कि साधु-संन्यासी और कोई नहीं, चोर ही साधुओं का वेश धारण किए इधर-उधर घूमते हैं। पुलिस भी पीछे लग जाती है।"

"क्या आपके पीछे भी पुलिस पड़ी?" हरिपद ने पूछा।

"हाँ! कुछ घटनाएँ तो इस प्रकार की भी हुई हैं।" स्वामी बोले, "उन दिनों मैं बहुत सुबह उठकर भ्रमण के लिए चल पड़ता था और तब तक चलता रहता था, जब तक कोई मुझे रोककर भोजन न परोस दे अथवा धूप की प्रखरता मुझे पेड़ के नीचे ठहरने के लिए बाध्य न करे। कभी ग्रैंड ट्रंक पर चल रहा होता तो कभी गाँवों के साथ लगती, धूल भरी कच्ची सड़क पर। उस दिन मैं इसी प्रकार चला जा रहा था कि पीछे से किसी ने पुकारा। मैंने मुड़कर देखा तो पाया कि एक घुड़सवार पुलिस अधिकारी मुझे पुकार रहा है। वह अपनी पूरी वर्दी में था। उसके हाथ में बेंत था, जिसे वह बड़े अंदाज से घुमा रहा था। उसके पीछे-पीछे दो सिपाही थे। मैं रुक गया। वे लोग मेरे पास आ गए।

"उस सब-इंस्पेक्टर ने मुझसे पूछा, 'कौन हो तुम?'

"मैंने सहज भाव से कहा, 'आप देख रहे हैं, एक साधु हूँ।'

"उसने कठोर आँखों से मेरी ओर देखा और उद्दंड स्वर में गुर्राकर बोला, 'जानता हूँ कितने साधु हो। जितने चोर, उचक्के-बदमाश होते हैं, वे सब साधुओं के वेश में ही घूमते हैं। चलो, अभी बंद कर देता हूँ, फिर पता लग जाएगा, कितने साधु हो।'

"मैंने सहज भाव से पूछा, 'थानेदार साहब! कितने दिनों के लिए बंद करेंगे?'

"उसका स्वर कुछ और भी अशिष्ट हो गया, 'हफ्ता, पंद्रह दिन, महीना-भर, जितना चाहूँ, बंद कर सकता हूँ; या जब तक तेरी बदमाशी ही न छूट जाए।' मैं उसके निकट गया और अत्यंत याचना भरे विनीत स्वर में बोला, 'थानेदार साहब! क्या ऐसा नहीं हो सकता कि आप मुझे छह महीनों के लिए बंद कर दें।' उसने मेरी ओर देखा कि कहीं मैं उसे चिढ़ा तो नहीं रहा। किंतु मेरी भंगिमा या वाणी में ऐसी कोई बात उसे दिखाई नहीं दी। वह कुछ चकित हुआ। बोला, 'क्यों जेल जाना चाहता है?' मैंने उत्तर दिया, 'वहाँ जीवन कम से कम इससे सरल होगा। यहाँ तो दिन-भर चलता हूँ, तो भी नहीं जानता कि भोजन मिलेगा या नहीं। वहाँ कम से कम दो समय का भोजन तो आराम से मिल जाएगा।' उसने डपटा, किंतु अब उसका स्वर कुछ कोमल था, 'जेल में चक्की पीसनी पड़ती है। खालाजी का घर नहीं है कि आराम से बैठकर रोटी तोड़ोगे।' मैंने पहले के समान निष्कंप स्वर में कहा, 'जितना भी परिश्रम करना पड़ेगा, करूँगा। इस जीवन की कठोरता से तो वह फिर भी सुखदायी ही होगा।' उसने मेरी ओर वितृष्णा से देखा और बोला, 'जा! भाग जा! तेरे जैसे लोगों के लिए मुफ्त रोटी नहीं रखी जेल में। सरकार ने जेल बनाई है, अनाथालय नहीं।' " स्वामी हँस पड़े, "जब मैं अपने रास्ते जा रहा था, तो वह मुझे जेल भेजना चाहता था; और जब मैं जेल जाने के लिए तैयार हो गया, तो वह अपने रास्ते चला गया।"

हरिपद को लग रहा था कि संन्यासी के जीवन की घटनाएँ सुनकर उसके शरीर का रक्त जैसे पानी हो रहा था; और वे इस प्रकार हँसकर सुना रहे हैं, जैसे वह कोई तमाशा ही हो।

रात अधिक हुई जानकर हरिपद ने स्वामी के सोने का प्रबंध कर दिया और स्वयं अपने कमरे

में चला गया। वह बड़ी देर तक करवटें बदलता रहा; किंतु उसे नींद नहीं आई। उसके मन में इतनी बातें उथल-पुथल मचा रही थीं कि उसको नींद आ भी नहीं सकती थी। और ये सारी बातें इस स्वामी के विषय में ही थीं।...इतने वर्षों तक इतने संदेह, आशंकाएँ, प्रश्न, अविश्वास और अनास्थाएँ, जो उसने पाल रखी थीं—स्वामी की दो-चार बातें सुनकर वे सब जाने कहाँ विलीन हो गई थीं। अब तो लगता था जैसे पूछने को उसके मन में ही कुछ नहीं बचा था। वहाँ अब स्वामी के प्रति श्रद्धा ही श्रद्धा थी।

हरिपद को याद आया कि पिछले काफी समय से इंदुमती किसी गुरु से मंत्र-दीक्षा लेने की हठ कर रही थी; किंतु हरिपद का तो अपना कोई विश्वास ही नहीं था। वह यह भी नहीं चाहता था कि उसकी पत्नी किसी ऐसे व्यक्ति को अपना गुरु बना ले, जिसके प्रति हरिपद के मन में तनिक भी आस्था न हो। उसने अपनी पत्नी को मना तो कभी नहीं किया; किंतु बार-बार यही कहता रहा था कि ऐसे व्यक्ति को ही गुरु बनाना, जिसकी भक्ति वह भी कर सके। ऐसा न हो कि पत्नी के गुरु के घर में प्रवेश करते ही, वहाँ क्लेश और विग्रह जाग उठे। आज स्वामी को अपने निकट पाकर जैसे साक्षात् समाधान उसके सामने खड़ा हो गया था। उसने इंदुमती की ओर देखा, "जाग रही हो या सो गई?"

इंदुमती ने उनींदी-सी करवट ली, "क्या है?"

"मैंने तुमसे कहा था न कि यदि किसी सद्गुरु को गुरु बनाओगी तो मैं भी तुम्हारे साथ दीक्षा मंत्र ले लूँगा।"

"हाँ! कहा तो था।" इंदुमती ने कहा, "किंतु इस समय इस चर्चा का क्या अर्थ?"

मैं सोचता हूँ कि ये स्वामी यदि तुम्हें अपने गुरु बनाने योग्य लगें" हरिपद ने कहा, "तो तुम उनकी शिष्या हो सकती हो।"

इंदुमती उत्कंठा में उठकर बैठ गई, "क्या वे तुम्हारे गुरु होंगे? यदि वे गुरुदीक्षा दे दें, तो मैं तो कृतार्थ हो जाऊँगी।"

"पूछकर देखूँगा।" हरिपद ने धीरे से कहा।

प्रातः नींद खुली तो हरिपद के मन में सबसे पहले स्वामी से दीक्षा लेने की ही बात आई। तत्काल वह उन्हें प्रणाम करने उनके कमरे की ओर गया। मन में श्रद्धा और भक्ति थी, इसलिए साहस और बढ़ गया था। जाकर देखा : स्वामी अपनी पुस्तक उलट-पलट रहे थे। लगा कि वे काफी पहले से जागे हुए हैं। संभव है कि अब तक इंदुमती या महाराज उनको चाय इत्यादि भी पूछ गए हों।

हरिपद ने निकट जाकर प्रणाम किया। स्वामी ने आशीर्वाद की मुद्रा में हाथ उठाया और बोले, "संन्यासियों को नगर में तीन दिन और गाँव में एक दिन से अधिक नहीं रुकना चाहिए। मैं आज यहाँ से चला जाना चाहता हूँ।"

हरिपद जैसे आकाश से गिर पड़ा। वह तो मन में क्या-क्या स्वप्न सँजोए आया था। स्वामी पूर्ण निर्ममता से उसे जहाँ का तहाँ छोड़कर जाने की तैयारी में थे। किंतु हरिपद यह कैसे स्वीकार कर लेता। बोला, "स्वामी जी! हम दोनों तो आपसे गुरुदीक्षा लेने का स्वप्न लिए बैठे हैं। यदि आप आज चले जाएँगे, तो हमारा वर्षों से पाला स्वप्न बिखर जाएगा।"

स्वामी ने हँसकर कहा, "आजकल देश में गुरुओं की कमी है क्या? कोई और संन्यासी आ

जाएगा, जो स्वयं ही तुम्हारा गुरु बनने को आतुर होगा।"

हरिपद तड़प उठा। उसका स्वर आवेश में कुछ ऊँचा उठ गया, "मैं किसी भी संन्यासी को अपना गुरु बनाने को तैयार नहीं हूँ।"

स्वामी हँसे, "तुम व्यक्ति को ठोक-पीटकर, परख और देखकर गुरु बनाना चाहते हो, उसी प्रकार मुझे भी तो शिष्य बनाने के लिए व्यक्ति को देखना-परखना होगा।"

"वही तो कह रहा हूँ।" हरिपद ने कहा, "आप यहाँ रहें और हमें देखें, परखें; और जब आप संतुष्ट हो जाएँ, तो ही हमें गुरुमंत्र दें।"

"मुझे मेरे ही शब्दों में बाँध रहे हो।" स्वामी बोले, "गृहस्थ के लिए गृहस्थ गुरु ही ठीक है। गुरु होना बहुत कठिन है। शिष्य का समस्त भार वहन करना पड़ता है। दीक्षा से पहले गुरु के साथ शिष्य का कम से कम तीन-चार बार साक्षात्कार होना आवश्यक है।"

"तो उसमें कठिनाई ही क्या है?" हरिपद ने पूछा।

"एक स्थान पर अधिक दिन रहने से उससे माया-ममता बढ़ जाती है।" स्वामी बोले, "हम लोगों ने घर और आत्मीय जनों का त्याग किया है। अतः जिन बातों से उस प्रकार की माया में पड़ने की संभावना हो, उनसे दूर रहना ही अच्छा है।"

हरिपद मौन नहीं रहा। बोला, "आप कभी मुग्ध होने वाले नहीं हैं। आप माया-मोह में पड़ने वाले नहीं। मैं तो सोच रहा था कि आप यहाँ रहेंगे तो सर्वसाधारण के लिए आपके व्याख्यान की व्यवस्था करूँगा ताकि लोग आपके विचारों को सुनें और उनका कल्याण हो।"

"तो तुम मेरे लिए माया के और भी बंधन तैयार कर रहे हो।" स्वामी मुस्कराए।

"माया के बंधन नहीं, मैं तो जनकल्याण के लिए आपके व्याख्यान की बात सोच रहा हूँ।" हरिपद बोला, "आप संन्यासी होकर जनकल्याण की उपेक्षा कर सकते हैं क्या?"

"नहीं!" स्वामी बोले, "किंतु व्याख्यान देने पर नाम, यश, ख्याति की स्पृहा जागती है और उससे अहंकार का पोषण होता है। मैं व्याख्यान आदि कर्मों से दूर ही रहना चाहूँगा। पर यदि लोग आकर मुझसे प्रश्न करते हैं और मैं उनके प्रश्नों का समाधान कर सकता हूँ, तो उसमें मुझे आपत्ति नहीं है।"

"पर यदि आप आज ही चले जाएँगे, तो लोग आपसे प्रश्न करने किस समय आएँगे?" हरिपद धीरे से बोला, "आप आज न जाएँ स्वामी जी!"

स्वामी हँसे, "जिस प्रकार संन्यासी को मोह नहीं पालना चाहिए, वैसे ही गृहस्थ को संन्यासी के प्रति मोह नहीं पालना चाहिए।"

हरिपद को लगा, वह शायद अब शांत नहीं रह पाएगा। बहुत संभव है कि स्वामी की अस्वीकृति से उसकी आँखों में आँसू ही आ जाएँ। अपने आपको सँभालता हुआ बोला, "यदि आप आज जाने का प्रयत्न करेंगे, तो मैं सपरिवार आपके चरणों को थामकर आपके मार्ग में लेट जाऊँगा। देखूँगा, आप कैसे जाते हैं।"

स्वामी कुछ देर शांत बैठे सोचते रहे और फिर धीरे से बोले, "तुम मेरा मोह बढ़ाकर ही रहोगे। अच्छा, आज मैं रुक जाता हूँ; किंतु कहे देता हूँ कि दो दिनों से अधिक नहीं रुकूँगा। उसके पश्चात् चाहे तुम मेरे पैर पकड़कर लेटो, या कुछ और करो, मैं रुक नहीं पाऊँगा और इस बात का तुम बुरा भी नहीं मानना।"

हरिपद को जैसे राहत मिल गई। जो स्वामी तत्काल जाने को उद्यत थे, वे पूरे दो दिन और उसके घर में रुकेंगे। इससे बड़ी प्रसन्नता की बात और क्या हो सकती है।

"ठीक है, दो दिन ही सही।" हरिपद बोला, "किंतु इन दो दिनों में ही हमें गुरुमंत्र देने का भी समय अवश्य निकालें।"

"जैसी तुम्हारी इच्छा।" स्वामी ने कहा।

"आपके मन में कभी विदेश जाने का विचार भी आया है?" हरिपद ने पूछा।

"क्यों?"

"मैं प्रायः इस विषय में सोचा करता था।" हरिपद ने कहा, "आपको देखा तो मन में आया कि परिव्राजक की सीमा क्या है? आपके लिए तो सारा संसार एक जैसा है। भ्रमण का सुख आपको कहीं भी ले जा सकता है।"

स्वामी हरिपद को देखते रहे और फिर धीरे से बोले, "परिव्राजक के लिए भ्रमण केवल भ्रमण-सुख के लिए नहीं है। उसका लक्ष्य केवल एक है—ईश्वर की खोज। वही शायद मुझे विदेश भी ले जाए।"

हरिपद को लगा कि यह कहते हुए, स्वामी की मुद्रा कुछ और ही हो गई है। वे सामान्य व्यक्ति नहीं रह गए हैं, जैसे इस संसार के जीव ही न हों।

"कहाँ?" उसके मुख से अनायास ही निकला।

"मैंने सुना है कि अमरीका के नगर शिकागो में एक धर्मसंसद हो रही है। संभव है कि मुझे उसमें जाना पड़े।"

हरिपद की दृष्टि स्वामी के चेहरे की दीप्ति से बँध गई। वह चेहरा, उसे वैदिक काल के किसी ऋषि के-से तेज से चमकता लग रहा था।...वे कह रहे थे कि संभव है कि उन्हें वहाँ जाना पड़े।...'पड़े' का क्या अर्थ था? क्या कोई और उनको बाध्य कर रहा था कि वे वहाँ जाएँ? कौन है वह जो उन्हें बाध्य कर रहा है? वह कोई सांसारिक शक्ति तो नहीं हो सकती।...

और सहसा स्वामी सहज हो गए, "मेरी इच्छा धर्मसंसद में जाने की है। पर जाने के लिए काफी धन की आवश्यकता है, जिसका प्रबंध मेरे पास नहीं है।"

हरिपद के मन में उत्साह जागा, "आप तैयारी करें। हम इस काम के लिए सारे नगर में से चंदा इकट्ठा कर सकते हैं।"

किंतु हरिपद का उत्साह स्वामी को प्रोत्साहित नहीं कर सका, "नहीं पुत्र! अभी नहीं। पहले मुझे रामेश्वरम् जाना है। मैंने उस तीर्थ के दर्शन करने का प्रण कर रखा है।"

"चले जाइएगा, इतनी जल्दी भी क्या है।" हरिपद ने कुछ विनोद के स्वर में कहा, "न रामेश्वरम् कहीं भागा जा रहा है और न आपका प्रण टलने वाला है।"

"यदि मैं इस प्रकार रुकता-रुकता चलूँगा तो शायद वहाँ कभी भी नहीं पंहुँच पाऊँगा।"

"कैसे जाएँगे—पैदल?"

"संन्यासी पैदल ही जा सकता है। हाथी-घोड़े तो मेरे पास हैं नहीं।"

"आपके पास हाथी-घोड़े नहीं हैं, किंतु सरकार के पास रेलगाड़ी है।" हरिपद बोला, "कृपया उसका सदुपयोग करें।"

"उसकी टिकट में भी पैसे लगते हैं।"

"जानता हूँ।" हरिपद बोला, "आपके लिए टिकट मैं ले आऊँगा।"

स्वामी मुस्कराए, "तो मैं रेलगाड़ी में चला जाऊँगा।"

क्षण-भर बाद हरिपद ने पूछा, "यहाँ से सीधे रामेश्वरम् जाएँगे?"

"नहीं! यहाँ से गोवा जाने का विचार है।" स्वामी ने रुककर उसकी ओर देखा, "डॉ० वी० वी० शिरगाँवकर को जानते हो?"

"बेलगाँव में उन्हें कौन नहीं जानता। बेलगाँव के अत्यधिक प्रमुख नागरिक हैं।"

"मैंने उनके सम्मुख गोवा देखने की इच्छा प्रकट की थी।" स्वामी ने कहा, "उन्होंने मडगाँव में अपने एक विद्वान् मित्र सुब्राय नायक को लिखा कि वे वहाँ मेरी देखभाल करें।"

"तो आपको मडगाँव तक का टिकट ला दूँ?" हरिपद ने पूछा, "पणजी में तो रेल का स्टेशन है नहीं।"

"यही ठीक रहेगा।"

स्वामी गाड़ी के डिब्बे में बैठ गए, तो हरिपद ने अपना सिर उनके चरणों पर रख दिया, "आज से पहले मैंने कभी श्रद्धा और भक्ति से आपूर्त मन से इस प्रकार किसी को प्रणाम नहीं किया है। आपको प्रणाम करने का ऐसा अवसर पाकर मैं स्वयं को धन्य मान रहा हूँ।"

स्वामी ने आशीर्वाद बरसाता अपना हाथ उसके सिर पर रख दिया।

गाड़ी चली तो स्वामी ने धीरे से कहा, "डॉ० शिरगाँवकर को सूचना दे देना कि मैं गोवा के लिए चल पड़ा हूँ।"

17

स्टेशन से लौटते हुए, मार्ग में ही हरिपद डॉ० शिरगाँवकर को सूचित करता आया कि स्वामी गोवा चले गए हैं।

घर में घुसते ही उसे बहुत भयंकर-सा खालीपन लगने लगा था—पूर्ण रिक्ति। खोखलापन।... घर क्या था, किसी विधवा की उजड़ी हुई माँग थी। सूनी-सूनी। घर का सारा वैभव लुट गया था। सारी श्री उजड़ गई थी।...उसके मन में एक ही बिंब बार-बार उभर रहा था—जैसे कोई परिवार कोई मकान खाली कर गया हो, परिवार के सारे सदस्य और सारा सार्थक सामान कहीं और चला गया हो। पीछे रह गया हो खाली भवन! दीवारें, फर्श और छत।...या फिर पीछे छूट गया, व्यर्थ का कबाड़। टूटी-फूटी चीजें और परिवार के मन से उतर गया अनावश्यक, निरर्थक सामान।...स्वामी के चले जाने के पश्चात् उसका अपना घर वैसा ही हो गया था।

उसे और कुछ नहीं सूझा तो वह स्वामी को पत्र लिखने बैठ गया।...उसने अपने विषय में कुछ लिखा। लिखा, शायद इस समय वह बहुत भावुक स्थिति में है। अवसाद उसे घेरे हुए है और वह नहीं जानता कि वह इससे कैसे निकल पाएगा।...वे वहाँ पहुँच गए होंगे। अपना ध्यान रखें। अपने आपको बहुत कठिनाई में न डालें। कठिन व्रत न लें।...सहसा उसकी लेखनी रुक गई...वह अपने गुरु को उपदेश दे रहा था। वह जानता था कि यह उसका स्नेह ही था; किंतु उसे इस प्रकार लिखने

का कोई अधिकार था क्या?…उसने उनकी भविष्य की योजनाओं के विषय में भी पूछा। अब वे गोकर्ण और महाबलेश्वर भी जाएँगे क्या? या सीधे रामेश्वरम् ही चले जाएँगे। वैसे तो गोवा भी रामेश्वरम् के मार्ग में नहीं था और वह नहीं जानता था कि उनका गोवा में क्या काम था। फिर भी …वे अपनी छड़ी अपने साथ ले गए थे न! स्टेशन पर उसे उसका ध्यान नहीं आया था और घर में भी वह उसे नहीं मिली थी।…उसने प्रार्थना की कि वे उसे यदा-कदा पत्र लिखते रहें। उसे पूर्णतः विस्मृत न कर दें। अब उसका जीवन और उसका विकास उन्हीं पर निर्भर है।

पत्र भेजकर वह जैसे उसी क्षण से उसके उत्तर की अचेतन-सी प्रतीक्षा करने लगा था। किंतु उत्तर आने में एक सप्ताह लग गया।…स्वामी का पत्र काफी संक्षिप्त था; किंतु भावनाशून्य नहीं था। उन्होंने अपने विषय में सारी सूचनाएँ दे दी थीं।…हरिपद को लगा, जैसे उसके हाथ कोई अनमोल खजाना लग गया है। वह स्वयं को रोक नहीं पाया। पत्र जेब में डालकर सीधा डॉ० शिरगाँवकर के पास पहुँचा।

डॉ० शिरगाँवकर ने पत्र पढ़ा :

मडगाँव
1892

प्रिय हरिपद,

अभी-अभी तुम्हारा एक पत्र मिला है। मैं यहाँ सकुशल पहुँच गया। मैं पणजी और उसके आसपास के कुछ ग्रामों को देखने गया था। आज ही लौटा हूँ। गोकर्ण, महाबलेश्वर और अन्य स्थानों के दर्शन की इच्छा का मैंने परित्याग नहीं किया है। कल प्रातः ही गाड़ी से मैं धारवाड़ जा रहा हूँ। मैं छड़ी साथ ले आया हूँ। डॉ० यागदेकर के मित्र ने मेरा बड़ा आतिथ्य किया। भाटे तथा अन्य लोगों को, जो वहाँ हैं, मेरा अभिवादन कहना। भगवान् तुम और तुम्हारी धर्मपत्नी पर आशीर्वाद की वर्षा करें। पणजी नगर बहुत ही साफ-सुथरा है। यहाँ के अधिकतर ईसाई साक्षर हैं तथा अधिकांश हिंदू निरक्षर हैं।

तुम्हारा, सस्नेह
सच्चिदानन्द

पत्र पढ़कर डॉ० शिरगाँवकर ने उसकी ओर देखा।

"डॉक्टर साहब, गोवा के हिंदू अनपढ़ क्यों हैं?"

"स्वामी ने ऐसा लिखा अवश्य है किंतु ऐसा कुछ नहीं है। न हिंदू अनपढ़ हैं, न ईसाई पढ़े-लिखे हैं।" डॉ० शिरगाँवकर ने कहा, "जो संभ्रांत और पढ़े-लिखे हिंदू थे, वे पुर्तगाली शासन से अपनी संपत्ति बचाने के लिए ईसाई हो गए हैं। पुर्तगाली नियमों के अंतर्गत गोवा में संपत्ति का अधिकार केवल ईसाइयों को ही है। अतः उन पढ़े-लिखे संभ्रांत हिंदुओं ने अपने धर्म और अपनी संपत्ति में से संपत्ति को चुना और धर्म का त्याग कर दिया।"

"ओह!" हरिपद को आश्चर्य हुआ, "तो मनुष्य अपने धर्म से अधिक अपनी संपत्ति को प्रेम करता है।"

"सत्य तो यही है।" डॉ० शिरगाँवकर ने कहा, "स्वामी के बेलगाँव में पदार्पण करने से पहले यहाँ ही कितने लोग अपने धर्म से प्रेम करते थे? और यहाँ तो कोई लोभ और भय भी नहीं था।"

"आप ठीक कह रहे हैं।" हरिपद को लगा, डॉ० शिरगाँवकर जैसे उसकी ही मनःस्थिति की ओर संकेत कर रहे थे। वह भी तो विज्ञान के भ्रम में धर्म को हीन मानता आया था।

"ये डॉ० यागदेकर कौन हैं?" सहसा हरिपद ने पूछा।

"मेरे मित्र हैं।" डॉ० शिरगाँवकर ने कहा, "मैंने ही कहा था कि गोवा के सुब्राय लक्ष्मण नायक मेरे मित्र डॉ० यागदेकर के मित्र हैं। मैं समझता हूँ कि वे उन्हीं की चर्चा कर रहे हैं।"

"स्वामी ने बहुत संक्षिप्त पत्र लिखा है।" हरिपद ने कहा, "कितना अच्छा होता, यदि वे विस्तार से सब कुछ लिखते। पर शायद उनके पास इतना समय नहीं रहा होगा।"

डॉ० शिरगाँवकर हँसे, "मित्र महाशय! पत्र की यह संक्षिप्तता आपके गुरु की महानता का प्रमाण-पत्र है।"

"मैं समझा नहीं।"

"उन्होंने अपने पत्र में जो कुछ लिखा है, वह सत्य ही लिखा है; किंतु वहाँ जो कुछ घटित हुआ है, वह इससे कहीं अधिक है। उनके स्थान पर मैंने अथवा आपने यह पत्र लिखा होता तो आत्मगौरव में सैकड़ों पृष्ठ लिखे होते।"

हरिपद चुपचाप उनकी ओर देखता रहा।

"जो सूचनाएँ मुझे मिली हैं, उनके अनुसार, जब स्वामी मडगाँव के रेलवे स्टेशन पर उतरे तो देखकर चकित रह गए कि उनके स्वागत के लिए सैकड़ों लोग आए हुए थे। वे तो चुपचाप निकल जाना चाहते थे; किंतु वहाँ तो एक समारोह का-सा वातावरण था। ईसाई पुर्तगालियों के दबाव में वहाँ के हिंदुओं का दम घुट रहा था। अतः एक विद्वान् हिंदू संन्यासी के गोवा आगमन को उन्होंने एक धार्मिक उत्सव का-सा रूप दे दिया था। यह उनका धर्म-प्रेम भी था और अपने विदेशी विधर्मी शासकों के प्रति विद्रोह का उद्घोष भी।"

"पर गोवा में यह सूचना पहुँची कैसे?"

"सूचना तो मैंने ही भिजवाई थी कि एक अत्यंत विद्वान् संन्यासी आ रहे हैं, उनका स्वागत सत्कार करना। यह नहीं कहा था कि उनकी शोभायात्रा निकालना और नगर में धर्म का आंदोलन चलाना। पर वहाँ के हिंदुओं के मन में आया और उन्होंने कर दिया।" डॉ० शिरगाँवकर ने कहा, "स्वामी जी को एक सुसज्जित बग्घी में बैठाकर शोभायात्रा के रूप में सुब्राय लक्ष्मण नायक के घर तक लाया गया, जहाँ उनके ठहराए जाने की व्यवस्था थी।"

"सुब्राय लक्ष्मण नायक?"

"चार सौ वर्ष पहले पुर्तगाल से गोवा आए धर्मांध ईसाइयों ने मडगाँव के ग्रामदेवता श्रीदामोदर के मंदिर का ध्वंस कर हिंदुओं की पूजा-अर्चना और सारे पर्व-त्योहारों पर प्रतिबंध लगा दिया था।" डॉ० शिरगाँवकर रुके, "आप जानते हैं कि मडगाँव का प्राचीन नाम मठग्राम था?"

"अरे! मैंने तो कभी इस विषय में सोचा ही नहीं।"

"पुर्तगालियों के उस सारे आतंक के होते हुए भी मडगाँव के सुप्रतिष्ठित नायक परिवार ने अपना एक बड़ा हॉल दामोदर जी के मंदिर और प्रार्थना सभा के रूप में खोल दिया। तब से मडगाँव के निवासी उसे ही अपना मंदिर मानते हैं। इसी कुल में 1854 में सुब्राय का जन्म हुआ। उन्होंने घर पर पुर्तगाली, फ्रेंच तथा लैटिन सीखी। फिर संस्कृत पढ़ी। नीलकंठ भट्ट जम्भोटकर से उन्होंने न्याय, मीमांसा, वेदांत, वैद्यक तथा ज्योतिष आदि शास्त्रों का गहन अध्ययन किया। वेदांत और आयुर्वेद में

उनकी विशेष गति थी। युवावस्था में ही दूसरी पत्नी का भी देहांत हो जाने के कारण वे पूर्णतः समाज-सेवा में प्रवृत्त हो गए। निर्धन रोगियों की निःशुल्क चिकित्सा करते हैं। एक मराठी विद्यालय की स्थापना की है। 1882 में गोवामित्र नामक एक मराठी मासिक का प्रकाशन आरंभ किया। हिंदू सार्वजनिक सभा की स्थापना की। एक वाचनालय चलाया।" डॉ० शिरगाँवकर ने कहा, "थोड़ी-सी चर्चा से ही सुब्राय नायक, स्वामी की मेधा, विद्या और ज्ञान से अभिभूत हो गए। तब स्वामी ने सुब्राय नायक को बताया कि वे एक विशेष उद्देश्य से गोवा आए हैं।"

"पर उन्होंने मुझे तो कुछ नहीं बताया था।" हरिपद ने कहा।

"मुझे भी नहीं बताया था।"

"क्या उद्देश्य था उनका?"

"वे ईसाई मत संबंधी लैटिन तथा अन्य भाषाओं में लिखी गई, उन पुरानी पुस्तकों और पांडुलिपियों को पढ़ना चाहते थे, जो अन्यत्र अनुपलब्ध थीं।" डॉ० शिरगाँवकर ने बताया, "पहले तो नायक को आश्चर्य हुआ कि एक हिंदू संन्यासी ईसाई मत के विषय में जानना ही क्यों चाहता है? अपना समय नष्ट करने से क्या लाभ? क्या हिंदू शास्त्रों में ज्ञान की कमी थी? और फिर जो कुछ स्वामी पढ़ना चाहते थे, वह सब अंग्रेजी में नहीं था। कुछ लैटिन में था, कुछ पुर्तगाली में, कुछ स्पेनिश में और कुछ फ्रांसीसी में? स्वामी क्या करेंगे उनका?...उन्होंने स्वामी से धर्म और ईश्वर चर्चा आरंभ की। उन्हें समझाने का प्रयत्न किया कि वह सब पढ़ने का कोई लाभ नहीं है।"

"स्वामी समझ गए?"

"सुब्राय नायक समझ गए कि स्वामी अपने ईश्वर को केवल हिंदू शास्त्रों तक ही सीमित नहीं मानते। वे ईश्वर को प्रत्येक कोण से जानना चाहते हैं।" डॉ० शिरगाँवकर बोले, "नायक को यह भी समझ में आ गया कि स्वामी को ईसाई मत के विषय में विस्तृत ज्ञान था। उन्हें कुछ भी समझाना नायक की क्षमता से बाहर था। तो उन्होंने अपने एक विद्वान् ईसाई मित्र जे० पी० आलवेयर्स को अपने घर पर आमंत्रित किया। स्वामी से उसका परिचय कराया और उन दोनों को भिड़ा दिया।"

"कौन चित हुआ?"

"यह पता नहीं है; किंतु आलवेयर्स ने स्वामी से चर्चा की, तो उनकी भी समझ में आ गया कि उनके सामने बैठा जिज्ञासु साधारण व्यक्ति नहीं था और उसके प्रश्नों का उत्तर देना, आलवेयर्स के बस का नहीं था।...उसने स्वामी को बताया कि उनके प्रश्नों के उत्तर तो शायद मिल जाएँगे, किंतु वह सामग्री लैटिन में है। स्वामी ने कहा कि वे यह जानते हैं; किंतु इसका उतना महत्त्व भी नहीं है। लैटिन का कुछ ज्ञान उन्हें है, कुछ वे काम चला लेंगे। किसी जानकार से अनुवाद करवा लेंगे। किसी की सहायता ले लेंगे। भाषा उनके मार्ग की बाधा नहीं हो सकती।"

"स्वामी के मार्ग में कोई चीज बाधा नहीं हो सकती।" हरिपद ने जैसे अपने आप से कहा, "उनका संकल्प बाधाओं के पर्वतों को रेणु में बदल देता है।"

"आलवेयर्स, स्वामी के व्यक्तित्व और ज्ञान से इतना प्रभावित हुआ कि उसने तत्काल ही उनके रहने का प्रबंध राचोल के मठ में करवा दिया। वह मडगाँव से चार मील दूर था और गोवा में धर्मज्ञान का सबसे पुराना मठ था। लैटिन के प्राचीन और महत्त्वपूर्ण ग्रंथ तथा पांडुलिपियाँ वहीं संगृहीत की जाती थीं।"

"तो स्वामी ने जो लिखा है कि वे पणजी के आसपास के ग्राम देखने गए थे, वे ग्राम राचोल

में ही थे?" हरिपद उल्लसित मुद्रा में आ गया था।

"इसीलिए तो मैंने कहा कि स्वामी ने आत्मगौरव नहीं गाया। बस, ग्रामों में जाने की सूचना भर दे दी।" डॉ० शिरगाँवकर ने कहा, "स्वामी ने उस मठ में ईसाइयों के साथ, ईसाइयों के समान, तीन दिन व्यतीत किए। महत्त्वपूर्ण ग्रंथों का मनोयोग से अध्ययन किया। मठ के छात्रों, पादरियों और फादर सुपीरियर तक से धर्मचर्चा की। और इस सीमा तक की कि उनके ईसाई मत संबंधी गहन और अद्‌भुत ज्ञान को देखकर वहाँ के सबसे बड़े धर्मज्ञाता फादर सुपीरियर भी चकित रह गए। कहना चाहिए कि स्वामी के ज्ञान के सम्मुख नतमस्तक हो गए। उन लोगों ने बड़े सम्मान और समारोह के साथ उनको अपने मठ से विदा किया और फिर भी आने का निमंत्रण दिया।"

"स्वामी मडगाँव लौट आए?"

"हाँ! वे मडगाँव लौट आए। वहीं से तुम्हें वह पत्र लिखा, जो तुम्हें आज मिला है। उनके साथ-साथ उनकी ख्याति भी मडगाँव आ गई, वरन् पूरे गोवा में फैल गई। उसे हिंदुओं ने कम, ईसाइयों ने अधिक फैलाया। पास और दूर के अनेक पादरी स्वामी से नियमित रूप से मिलने के लिए आने लगे; और गोवा से विदाई के समय हिंदुओं द्वारा स्वामी को सम्मानित करने के लिए जो समारोह आयोजित किए गए, उनमें उन पादरियों ने भी उत्साहपूर्वक भाग लिया।"

"तो स्वामी अब गोवा में नहीं हैं?"

"उन्होंने अपने पत्र में लिखा तो है कि वे अगले दिन धारवाड़ के लिए चल पड़ेंगे।"

"तो मुझे उनका पत्र ही विलंब से मिला है?"

"हाँ!"

"तो गोवा में ईसाइयों ने ही स्वामी का सम्मान किया?"

"उन्होंने भी किया।" डॉ० शिरगाँवकर बोले, "सुब्राय नायक संस्कृत के विद्वान् तो हैं ही, प्रतिष्ठित वैद्य भी हैं। उनके परिवार के इष्टदेव दामोदर जी हैं। उन्होंने स्वामी को इतना पवित्र और महान् माना कि उनके ठहरने का प्रबंध दामोदर जी के मंदिर के साथ वाले कमरे में किया गया। नायक ने उन्हें अपने इष्टदेव के बाद दूसरा स्थान दिया। वह कमरा और स्वामी द्वारा प्रयुक्त प्रत्येक वस्तु को उन्होंने उसी रूप में सुरक्षित रखने का संकल्प किया है, जिस रूप में स्वामी उसे छोड़ गए थे। उन्होंने माना है कि स्वामी दामोदर जी के प्रतिनिधि थे, अतः उस परिवार में उनका वही महत्त्व रहेगा।" डॉ० शिरगाँवकर ने रुककर हरिपद की ओर देखा, "यह सब लिखा तुम्हारे गुरु ने?"

"नहीं।"

"क्यों नहीं लिखा?"

"क्यों?"

"क्योंकि उस व्यक्ति में अहंकार का लेशमात्र भी नहीं है। वे अपने अहंकार को जीत चुके हैं। समाज के जिस व्यवहार को हम अपने लिए गौरव की बात मानेंगे, वे उसका कोई महत्त्व ही नहीं मानते। यह उनके चरित्र की नम्रता और सहजता है।..." डॉ० शिरगाँवकर रुके, "मुझे एक और बड़े रोचक प्रसंग की सूचना मिली है।"

"कैसा प्रसंग?"

"सुब्राय नायक के अनुरोध पर एक दिन स्वामी ने कुछ भजन गाए। गोवा के प्रसिद्ध तबलावादक खारुप जी पर्वतकर ने उनके साथ संगत की। स्वामी गाते रहे और खारुप जी के चेहरे

की ओर देखते रहे। संगीत का कार्यक्रम समाप्त हो गया। सब लोग प्रसन्न थे। स्वामी की प्रशंसा कर रहे थे और नायक को ऐसा अच्छा कार्यक्रम करवाने के लिए बधाई दे रहे थे। तभी स्वामी ने खारुप जी से पूछा कि जब इतना मनोहारी संगीत चल रहा हो तो उनके चेहरे पर आनंद की अनुभूति न होकर विकृतियाँ क्यों प्रकट होने लगती हैं? वे अपना चेहरा इतना तोड़ते-मरोड़ते क्यों हैं?⋯आसपास खड़े लोग सुनकर स्तब्ध रह गए। वे खारुप जी को एक श्रेष्ठ तबलावादक मानते थे, और कहीं यह भी स्वीकार करते थे कि संगीत में जान डालने के लिए खारुप जी द्वारा किया गया कठिन प्रयास ही उनके चेहरे और शरीर को हिलाता-डुलाता है।⋯और स्वामी कह रहे हैं कि वे अपना चेहरा बिगाड़ते क्यों हैं? तबला बजाते हुए अपना चेहरा विकृत क्यों करते हैं? चेहरा विकृत किए बिना भी तो तबला बजाया जा सकता है।⋯खारुप जी को स्वामी की बात से ठेस लगी। उनका अभिमान जागा और उन्होंने कहा कि चेहरा तो बिगड़ेगा ही। उसके बिना तबला बजाना संभव नहीं है।"

"तो?"

"स्वामी ने तबला अपनी ओर घसीट लिया। विदा होते हुए लोग रुक गए। संगीत सभा फिर से आरंभ हो गई। स्वामी ने खारुप जी को अपने सामने बैठा लिया और उनके समान ही बजाकर दिखाया⋯किंतु उनके चेहरे पर कोई विकार नहीं आया। वे पूर्णतः शांत और स्वाभाविक बने रहे।⋯खारुप जी ने उन्हें बहुत विस्मय से देखा। उनके मन की ग्लानि उनके चेहरे पर प्रकट हुई। उन्होंने हाथ जोड़कर स्वामी से क्षमा माँगी। स्वामी हँस पड़े। बोले, "मुझसे क्यों क्षमा माँगते हैं। माँगनी ही है तो माँ सरस्वती से माँगें कि आप उनके सम्मुख प्रसन्नवदन होकर नहीं बैठ सके।' "

स्वामी विदा होने लगे तो नायक ने उनसे उनका एक चित्र माँगा। स्वामी के पास अपना कोई चित्र नहीं था। छविकार बुलाकर चित्र खिंचवाया गया। नायक परिवार ने उस चित्र को एक अनमोल स्मृतिचिह्न के रूप में सँभालकर रखा है।"

18

मैसूर के दीवान सर के० शेषाद्रि अय्यर कुछ ही क्षणों के वार्तालाप से समझ गए कि यह युवा संन्यासी आकर्षक व्यक्तित्व का ही नहीं, दिव्य शक्ति का भी स्वामी था, जो इतिहास पर अपनी छाप छोड़ने वाला था। वे स्वामी को अपने साथ अपने घर ले आए।

"आप जब तक चाहें, यहाँ रहें।" शेषाद्रि अय्यर बोले, "इसे अपना ही घर समझें।"

"संन्यासी जिसे अपना घर समझता है, उसे तो त्याग देता है।" स्वामी ने कहा, "इसे आपका घर समझकर ही रहूँगा। वैसे तो हम मानते हैं—सबै भूमि गोपाल की।"

"तो गोपाल की भूमि समझकर ही रहें।" शेषाद्रि प्रसन्न थे, "मैं आपको मैसूर दरबार के सारे महत्त्वपूर्ण लोगों से परिचित करवा दूँगा और महाराज से भी भेंट करवा दूँगा।"

सबसे पहले उन्होंने जिस व्यक्ति से मिलवाया, वे मैसूर राज्य के परामर्शदाता अब्दुल रहमान थे।

"आप हिंदू धर्म के विषय में चर्चा करते हैं?"

"नहीं! मुझे धर्मचर्चा प्रिय है।" स्वामी ने कहा।

"कभी कुरान भी देखा है आपने?" रहमान ने पूछा।

"अब्दुल रहमान!" दीवान जी ने टोका, "संन्यासियों से इस प्रकार बात नहीं करते। तुमने कभी अपने किसी इमाम से पूछा है कि उसने वेद देखे भी हैं?"

"नहीं पूछा। उन्होंने देखे भी नहीं हैं।"

"स्वामी जी ने कुरान को तुमसे भी अच्छी तरह पढ़ा है।" दीवान जी ने कहा।

"बंगाली में पढ़ा है?"

"नहीं! अरबी में पढ़ा है।" स्वामी बोले, "आपको कुछ पूछना है?"

"हम अपने किसी मौलवी के सामने कुरान पर कोई प्रश्न नहीं उठा सकते।" अब्दुल रहमान ने कहा, "किंतु मैं आपसे चर्चा कर सकता हूँ।"

अब्दुल रहमान ने अनेक बार कुरान के विषय में चर्चा की—उसके अपौरुषेय होने के विषय में। उसके सिद्धांतों और निष्कर्षों के विषय में। उसके आध्यात्मिक परिवेश के विषय में। उसके समाज के विषय में। उसके आध्यात्मिक और नैतिक सिद्धांतों के विषय में। और एक दिन वह अपने कुछ मित्रों को अपने साथ ले आया।

"स्वामी जी! इन्हें आपसे कुरान के विषय में कुछ चर्चा करनी है।" वह बोला, "आप डरें नहीं। ये सब मेरे मित्र हैं। पढ़े-लिखे विद्वान् हैं। आपकी किसी बात का बुरा नहीं मानेंगे। आस्थावान हैं, किंतु फिर भी कुछ संशय हैं…।"

"संशय हैं, इसका अर्थ है कि इन्होंने कुरान को ध्यान से पढ़ा है और उस पर मनन किया है।" स्वामी मुस्कराए, "किंतु पहले यह बता दें कि आपका दृष्टिकोण क्या है—कुरान अथवा किसी भी धार्मिक ग्रंथ को समझने के लिए आप उस तक उठना चाहते हैं अथवा उस ग्रंथ को अपनी बुद्धि के धरातल पर नीचे लाना चाहते हैं?"

"इसमें क्या अंतर पड़ेगा?" एक व्यक्ति ने पूछा।

"यदि आप ऊपर उठना चाहते हैं तो आपके प्रश्न को जिज्ञासा माना जाना चाहिए। यदि ग्रंथ को अपनी बुद्धि के तल पर नीचे घसीटना चाहते हैं तो आपके प्रश्न संशय भी हो सकते हैं, आपत्ति भी और आपका अस्वीकार भी।"

"आप इसे हमारी जिज्ञासा या हमारा भ्रम ही मानें।" वे ही सज्जन बोले, "आपसे चर्चा कर धुँधलका छँट जाए तो हमारी समझ कुछ साफ हो जाए।"

मैसूर के महाराज श्री चामराजेन्द्र वाडियार का दरबार लगा हुआ था। शेषाद्रि अय्यर ने उनके सामने युवा संन्यासी को प्रस्तुत किया।

"महाराज! हममें से बहुतों ने धर्म के विषय में बहुत कुछ पढ़ा है; किंतु हमारी उपलब्धि क्या है?" शेषाद्रि अय्यर बोले, "मैं आज तक जितने भी लोगों से मिला हूँ, उनमें से किसी के पास भी इस युवा संन्यासी की-सी अंतर्दृष्टि नहीं है। ये अद्भुत हैं। इन्होंने धर्मज्ञाता के रूप में ही जन्म लिया है, नहीं तो इतनी छोटी-सी अवस्था में इतना ज्ञान कैसे प्राप्त किया होगा।"

महाराज ने देखा : स्वामी गैरिक वस्त्र में थे; किंतु उनका व्यक्तित्व सर्वथा राजसी लग रहा था।

"आपको क्या चाहिए महाराज?" राजा ने पूछा।

"मुझे आपसे कुछ नहीं चाहिए राजन्!" स्वामी ने तेजस्वी स्वर में कहा, "मैं आपके पास याचक

के रूप में नहीं आया हूँ। मुझे देने वाला मेरा प्रभु है।"

"संन्यासी का राजदरबार से एक ही संबंध है। किसी वस्तु की आवश्यकता होने पर ही वह राजदरबार में आता है।" राजा ने कहा, "प्राचीन काल में भी जब कोई तपस्वी अपना आश्रम छोड़कर राजदरबार में आता था, स्पष्टतः कुछ माँगने ही आता था।"

"अब धर्म पाने के लिए राजा, ऋषि के आश्रम में नहीं जाते, इसलिए धर्म देने के लिए संन्यासी को राजा के दरबार में आना पड़ता है।" स्वामी ने कहा, "मैं आपको कुछ देने के लिए ही आया हूँ।"

महाराज चकित रह गए, "आप मुझे क्या देंगे स्वामी जी?"

"मैं आपको वेदों और भारतमाता का संदेश देने आया हूँ।"

महाराज को लगा कि संन्यासी के पास तेजस्वी और भास्वर विचार हैं, व्यक्तित्व के आकर्षण हैं और जैसे कि शेषाद्रि अय्यर कह रहे हैं, अतुल ज्ञान और सूक्ष्म धार्मिक अंतर्दृष्टि है।

"तो आज से आप राज-अतिथि हुए।" महाराज ने कहा, "आपका निवास राजप्रासाद में ही होगा, ताकि आप जो कुछ हमें देने आए हैं, वह हम समय-समय पर आपसे प्राप्त करते रहें।"

और तब अकस्मात् ही राजा ने पूछा, "स्वामी जी! आपका मेरे दरबारियों के विषय में क्या विचार है?"

स्वामी ने उत्तर देने में एक क्षण का भी विलंब नहीं किया, "महाराज का हृदय परमार्थी और उदार है; किंतु दुर्भाग्यवश आप दरबारियों से घिरे हुए हैं; और दरबारी सदा दरबारी ही होते हैं।"

राजा को इस प्रकार के उत्तर की तनिक भी अपेक्षा नहीं थी। उनकी समझ में नहीं आया कि वे स्वामी को इस समय क्या कहें। फिर भी सायास बोले, "नहीं स्वामी जी! कम से कम मेरे दीवान ऐसे नहीं हैं। वे बुद्धिमान और विश्वसनीय हैं। उन्होंने आपकी इतनी प्रशंसा की है।"

"ठीक है महाराज! किंतु दीवान का तो काम ही राजा को लूटना और पोलिटिकल एजेंट का घर भरना है।"

राजा को लगा कि यदि इस विषय पर स्वामी से और चर्चा की गई, तो यहीं, इसी समय कोई दुर्घटना घट जाएगी। उन्होंने विषय बदल दिया।

राजा ने स्वामी को अपने निजी कक्ष में बुलाया, "मेरे प्रिय संन्यासी! बहुत स्पष्टवादी होना सदा सुरक्षित नहीं होता। यदि आप इसी प्रकार मुखर होकर सार्वजनिक रूप से वक्तव्य देते रहे, जैसा कि आपने उस दिन दरबार में दिया था, तो मुझे भय है कि किसी दिन विष देकर कोई आपकी हत्या कर देगा।"

स्वामी ओजस्वी स्वर में बोले, "प्राणों के भय से संन्यासी सत्य बोलने से डर जाएगा? कल यदि आपका पुत्र मुझसे आपके विषय में पूछे, तो क्या मैं उसे यह नहीं बताऊँगा कि अन्य अनेक भारतीय राजाओं के समान आप भी अधिकांशतः अंग्रेजों की कठपुतली ही हैं। आप किसी भी क्षेत्र में न तो दबाव डालकर अपनी बात मनवा सकते थे, न मनवाने का प्रयत्न करते थे। परिणामतः उससे आपकी प्रजा का अहित ही हुआ है और देश के लिए भी यह व्यवहार कल्याणकारी नहीं है।"

"पर यह आपके हित में नहीं है।"

"मैं अपना हित साधने के लिए कुछ नहीं कहता।" स्वामी ने कहा, "आपके प्रिय तिप्पेस्वामी हैं। बहुत प्रतिष्ठित व्यक्ति हैं; किंतु प्रजा के मन में उनकी छवि तनिक भी शुभ नहीं है। हो सकता

है कि वह छवि गलत ही बनी हो, अकारण हो। किंतु वैसा है।"

"जानता हूँ।"

"आप उन्हें अपने से कुछ दूर ही रखें।"

"मैंने आज तक जितने मनुष्यों को जाना है, आप उनमें सबसे महान् हैं। आप संसार में असाधारण कार्य करने के लिए अवतरित हुए हैं। अतः मैं नहीं चाहता कि आपके प्राणों पर किसी भी प्रकार का कोई संकट आए।"

"आपकी छत्रछाया में मुझे क्या संकट हो सकता है।"

"तिप्पेस्वामी की शक्ति को आप नहीं जानते।" महाराज ने कहा, "मैसूर के राजप्रासाद अथवा राजदरबार में तिप्पेस्वामी का तिरस्कार या निंदा करने वालों के लिए प्राणों का संकट है। भारतीय राजाओं के प्रासादों में कोई यदि राजा के प्रियतम लोगों में से किसी की इस प्रकार अवमानना करता है, तो वह सुरक्षित नहीं है।"

"आप जो कह रहे हैं, वह सत्य ही होगा; किंतु न मैं असत्य भाषण करता हूँ, न सत्य को छिपाने के लिए मौन रहता हूँ।"

"आप इतने कठोर क्यों हैं?" राजा ने कहा, "कोई सुनेगा तो सोचेगा कि आप मेरा अपमान कर रहे हैं, जबकि ऐसा नहीं है। मेरी अनुपस्थिति में आप मेरी चर्चा प्रेम और सम्मान से ही करते हैं।"

"मैं व्यक्ति के मुख पर उसके दोष बताता हूँ और उसकी पीठ पीछे, उसके दोषों को भुलाकर उसके गुणों का बखान करता हूँ।"

"किंतु संसार की तो यह रीति नहीं है।"

"मैं रीति सीखने नहीं, नीति सिखाने आया हूँ।"

महाराज उनकी ओर देखते ही रह गए।

दीवान, स्वामी के ऐसे भक्त हुए कि उनके पीछे पड़ गए कि वे उनसे कोई उपहार स्वीकार कर लें। उन्होंने सुन लिया था कि कोल्हापुर की रानी स्वामी के प्रति अपनी सारी श्रद्धा भक्ति के पश्चात् भी, उनके चरण पकड़कर एक नया भगवा वस्त्र स्वीकार करने को ही सहमत कर पाई थीं। उससे अधिक कुछ नहीं।...

पर दीवान चाहते थे कि वे स्वामी को कौपीन या कोई भगवा वस्त्र नहीं, कुछ ऐसा समर्पित कर दें, जो संसार में सदा स्मरण रखा जाए। मूल्यवान् से मूल्यवान् वस्तु, जो अब तक कोई राजा-महाराजा भी उन्हें न दे सका हो। उनके वश में होता तो वे स्वामी को कोहनूर हीरा समर्पित कर देते।

उन्होंने अपने एक सचिव को आदेश दिया कि वे स्वामी को बाजार की सर्वश्रेष्ठ दुकान पर ले जाएँ। वहाँ जो कुछ उपलब्ध हो, वह सब उन्हें दिखाएँ। स्वामी जिस-जिस चीज पर अंगुली रख दें, वह चीज उन्हें खरीद दी जाए। वे चाहें तो सारी दुकान या सारा बाजार ही खरीद दिया जाए। उसके लिए जो भी मूल्य चुकाना पड़े, वह चुकाने के लिए दीवान तैयार थे।

स्वामी बड़े धर्मसंकट में थे। उन्हें न कोई उपहार चाहिए था, न कोई मूल्यवान् पदार्थ। किंतु दीवान कुछ ऐसे तुल गए थे कि उनको मना करना स्वामी को बहुत क्रूर कर्म लग रहा था।

अपने आतिथेय को हताशा से बचाने के लिए स्वामी सचिव के साथ बाजार जाने को तैयार

हो गए। सचिव ने बड़ी संख्या में नकद धनराशि अपने साथ ले ली। किंतु तब भी वे आशंकित थे कि कहीं वह धन कम न पड़ जाए। जितना बड़ा उपहार दीवान स्वामी को देना चाहते थे, उसे देखते हुए, ऐसी स्थिति आने की पर्याप्त संभावना थी। उस स्थिति से निपटने के लिए उन्होंने अपने साथ चेकबुक भी ले ली थी। स्वामी कितनी भी महँगी चीज माँग लें, उस राशि का चेक तो लिखा ही जा सकता था। उसका भुगतान कैसे हो, वह बाद में देखा जाएगा।

स्वामी एक उत्सुक और चंचल बच्चे के समान सब कुछ देखते रहे और अनेक चीजों की प्रशंसा करते रहे। वे बच्चों के खिलौनों से लेकर हीरे-जवाहरात के आभूषणों तक—सब कुछ देख गए। उनकी सब चीजों में रुचि थी। वे उनके विषय में अनेक प्रश्न करते थे। कभी-कभी मूल्य भी पूछ लेते थे। सचिव का रक्तचाप ऊँचा-नीचा होता रहा।···

अंत में स्वामी बोले, "बंधु! दीवान जी की इच्छा है कि मैं अपनी पसंद का सर्वश्रेष्ठ पदार्थ खरीद लूँ।"

"जी स्वामी जी!"

"मूल्य···।"

"कितना भी हो।"

"यहाँ चुरुट बहुत अच्छे हैं।" स्वामी बोले, "ऐसा करो कि तुम मुझे यहाँ उपलब्ध सर्वश्रेष्ठ चुरुट ले दो। महँगे तो हैं किंतु दीवान जी हठ कर रहे हैं।"

सचिव की जान में जान आई। चुरुट कितने भी महँगे हों, हीरों से महँगे नहीं हो सकते।

"कितने डिब्बे स्वामी जी?"

"एक चुरुट भाई!"

"बस, एक चुरुट?" सचिव जैसे आकाश से गिर पड़ा : ऐसा नासमझ आदमी उसने आज तक नहीं देखा था।

"हाँ! एक चुरुट! आधा तो ये लोग बेचेंगे नहीं।" स्वामी बोले, "क्या बहुत महँगा है?"

"महँगा तो है। पूरे एक रुपए का एक चुरुट है।" सचिव ने कहा।

दुकान से बाहर आकर स्वामी ने एक रुपए में खरीदा गया वह चुरुट सुलगाया। उनके चेहरे पर संसार-भर का संतोष अंकित हो गया। अपनी खरीददारी से इतने प्रसन्न वे कभी नहीं हुए थे।

महाराज ने स्वामी को अपने निजी कक्ष में बुलाया। दीवान भी स्वामी के साथ गए।

महाराज ने पूछा, "स्वामी जी! मैं आपके लिए क्या कर सकता हूँ?"

स्वामी ने सीधा उत्तर नहीं दिया। वे एक घंटे तक अपने संकल्पों और योजनाओं की चर्चा करते रहे। उन्होंने राजा को भारत की स्थिति के विषय में बताया। कहा, "भारत की संपत्ति उसका अध्यात्म और दर्शन है। किंतु आज हमारे देश की आवश्यकता आधुनिक वैज्ञानिक विचार और सर्वांगीण, आमूलचूल सुधार की है।'

राजा स्तब्ध अवाक् बैठे रहे। स्वामी ने कहा, "भारत का दायित्व है कि वह अपना कोश पश्चिम के साथ बाँटे।" स्वामी स्वयं वेदांत के प्रचार के लिए अमेरिका जाना चाहते हैं।···

"उससे हमें क्या लाभ होगा?"

"मैं चाहता हूँ कि पश्चिमी संसार हमारे युवकों को कृषि, उद्योग तथा अन्य तकनीकी विज्ञानों की शिक्षा देकर हमारी भौतिक स्थिति को सुधारने में हमारी सहायता करे।"

"ऐसा संभव है क्या?"

"संभव क्यों नहीं है। ज्ञान का आदान-प्रदान तो सदा से होता रहा है।"

"तो आप अमेरिका जाएँ।" महाराज जैसे अपने आपे में नहीं थे।

"चला तो जाऊँ। किंतु अमेरिका जाने और वहाँ रहने का खर्च?" स्वामी जैसे उन्हें चुनौती दे रहे थे।

महाराज को आज समझ आया था कि यह संन्यासी उन्हें आज तक किस काम के लिए तैयार कर रहा था। उसका स्वार्थ आज उनके सामने खुल गया था।···किंतु वे कोई बहुत बड़ी चीज नहीं माँग रहे थे।···फिर वह काम पूरे देश के लिए लाभकारी था।

"वह सब आप हम पर छोड़ दें। हम आपको वचन देते हैं कि आपको किसी प्रकार की कोई असुविधा नहीं होगी।"

"आप जानते हैं कि आप मुझे क्या वचन दे रहे हैं?" स्वामी ने उन्हें चेताया।

"जानते हैं। सब कुछ सोच-समझकर कह रहे हैं।" राजा ने कहा, "न हम नशे में हैं, न किसी आवेश में, न आपने हमें किसी मंत्र से सम्मोहित कर हमारी चेतना का हरण किया है। ऐसे श्रेष्ठ कार्य के लिए आपको जिस भी सहायता की आवश्यकता होगी, वह हम करेंगे।"

स्वामी की आँखें बंद हो गईं, जैसे वे कुछ सोच रहे हों। जब आँखें खुलीं, तो वे तनिक भी उत्साहित नहीं लगे। अत्यंत शांत स्वर में बोले, "ठीक है महाराज! आपका यह वचन उधार रहा। उपयुक्त अवसर आने पर मैं आपके इस वचन का उपयोग करूँगा।"

"पर अभी क्यों नहीं?" दीवान कुछ परेशान होकर बोले, "केवल इसलिए कि आपको रामेश्वरम् जाना है? यह तो कोई ऐसा कारण नहीं है, जिसके लिए इतने महान् कार्य को टाला जाए।"

"रामेश्वरम् तो आप फिर भी जा सकते हैं।" महाराज ने कहा, "अमेरिका से लौटकर।"

"नहीं! पहले तो मुझे रामेश्वरम् ही जाना होगा।" स्वामी बोले, "चाहे अमेरिका रामेश्वरम् के मार्ग में ही क्यों न पड़ता हो।"

"क्यों?"

"यह तो माँ ही जानें। अभी मुझे माँ का आदेश नहीं है।" स्वामी ने कहा और आकाश की ओर देखा, "शिव! शिव!"

"माँ? कौन माँ? आपकी माँ? उनको पत्र लिखकर पूछा जा सकता है।" दीवान जी बोले, "यहाँ से किसी व्यक्ति को भेजा जा सकता है।"

"माँ तो एक ही हैं। त्रिपुर सुंदरी। महिषासुरमर्दिनी।" स्वामी बोले, "उनके निर्देश के बिना कोई कुछ नहीं करता। कहीं कुछ नहीं होता। उनका काम है, वे ही करेंगी।"

स्वामी ने जिस दिन मैसूर से विदा होने की चर्चा की, महाराज का मन भर आया। बोले, "क्या आप कुछ दिन और नहीं ठहर सकते?"

वही शाश्वत समस्या···स्वामी ने सोचा और कहा, "नहीं! अब और संभव नहीं है। कारण मत पूछिएगा। मैं बता नहीं पाऊँगा।"

"तो फिर मुझे आपकी स्मृति के रूप में कुछ चाहिए।" राजा ने कहा, "मैं आपकी वाणी का फोनोग्राफिक रिकॉर्ड बनवाना चाहता हूँ।"

"मुझे कोई आपत्ति नहीं है राजन्!" स्वामी ने कहा, "किंतु न मेरा यह शरीर और मेरा यह स्वर शाश्वत है, न ही वह रिकॉर्ड शाश्वत होगा। नश्वर पदार्थों का संग्रह किस काम आएगा? शाश्वत का संग्रह कीजिए। हरिनाम ही शाश्वत है।"

"अपना शरीर रहते तक मैं जब चाहूँ, तब आपका स्वर सुन पाऊँ, मेरे लिए इतना ही पर्याप्त है। शाश्वत तो मैं भी नहीं हूँ।"

राजा ने वह रिकॉर्ड बनवाया और राजप्रासाद की अत्यंत मूल्यवान वस्तुओं के साथ उसे भी सुरक्षित स्थान पर रखवा दिया।

राजा ने कहा, "स्वामी जी! मैं आपकी चरणपूजा करना चाहता हूँ।"

"क्यों?"

"गुरु की चरणपूजा क्यों की जाती है?"

"किंतु मैं आपका गुरु नहीं हूँ।"

"मेरी दृष्टि में हैं। मैं ऐसा मानता हूँ।"

"आप ऐसा मानते हैं, तो भी मैं आपको उसकी अनुमति नहीं दूँगा।" स्वामी ने कहा, "चरण पुजवाने की साध, गुरु और संन्यासी के लिए भी हितकर नहीं है। आपकी इच्छा पूरी हो—उसमें मुझे कोई आपत्ति नहीं है; किंतु मैं स्वयं को अपने शिष्यों के पतन का उपकरण नहीं बनने दूँगा।"

स्वामी विदा होने को तैयार खड़े थे।

राजा ने उनके लिए मूल्यवान उपहारों का ढेर लगा रखा था। वे चाहते थे कि स्वामी वह सब कुछ स्वीकार करें।

"आप तो मुझे लाद ही देना चाहते हैं।" स्वामी हँस पड़े, "किंतु मैं इन्हें कहाँ रखूँगा? ले कैसे जाऊँगा?"

"उसकी व्यवस्था हम करेंगे।" राजा ने कहा, "बस, आप स्वीकार भर कर लें।"

"और संन्यासी के अपरिग्रह का क्या होगा?"

"इतनी-सी चीजों से अपरिग्रह समाप्त हो जाएगा?" दीवान जी बोले, "इतना सामान तो आपको किसी भी राजा के एक वरांडे में रखा मिलेगा।"

"पर न मैं राजा हूँ, न मेरा कोई वरांडा है।" स्वामी हँसे, "आप कल्पना कीजिए कि यह सामान किसी प्रकार मेरे साथ चले और मैं किसी खेत की मेड़ पर वृक्ष के नीचे सो जाऊँ, तो यह सामान किसका होगा?"

"लुटेरों का।"

"तो आप लुटेरों को क्यों यह सुविधा देना चाहते हैं?"

"किंतु हम तो यह सब आपको दे चुके।" राजा बोले, "अब आप लुटेरों को दें अथवा साधुओं में बाँट दें।"

राजा के आग्रह को देखते हुए अंततः स्वामी ने कहा, "यदि आपका इतना ही आग्रह है तो कृपा कर मुझे एक धातुविहीन हुक्का दें। वह मेरे लिए उपयोगी होगा।"

राजा प्रसन्न हो गए। उन्होंने प्रशिंशपा[1] की लकड़ी की बहुत बारीक काम वाली अलंकृत पाइप प्रस्तुत की। स्वामी ने उसे स्वीकार कर लिया।

राजा ने अपने मंत्रियों, अधिकारियों और प्रजा की उपस्थिति में झुककर स्वामी के चरणों में प्रणाम किया। दीवान जी स्वामी द्वारा स्वीकार किए गए एक रुपए के एक चुरुट से संतुष्ट नहीं थे। उन्होंने अपने अंतिम प्रयत्न के रूप में स्वामी के अलखले की जेब में नोटों की एक गड्डी ठूँसने का असफल प्रयास किया।

"आप मुझे भेंट नहीं, पीड़ा दे रहे हैं दीवान जी!"

"आपको इनकी आवश्यकता होगी स्वामी जी!"

"भगवान् आवश्यकता देंगे, तो उसके अनुसार धन भी भेज देंगे।" स्वामी बोले, "कुछ करना ही चाहते हैं तो कृपया मेरे लिए रेल का एक टिकट खरीद दें।"

"कहाँ जाना चाहेंगे?" दीवान ने कहा, "महाराज तो आपको अमेरिका तक का टिकट लेकर देने को प्रस्तुत हैं।"

"यदि माँ की इच्छा होगी कि मैं महाराज के धन से अमेरिका की यात्रा करूँ तो मैं उनसे टिकट ले लूँगा।" स्वामी ने कहा, "अभी तो बस त्रिशूर तक जाना है। और वह टिकट महाराज नहीं, आप लेकर दें।"

"त्रावनकोर और कोचीन राज्य में अभी रेलगाड़ी नहीं चलती।" दीवान ने कहा, "त्रिशूर के लिए आपको वहाँ से कोई बीस-इक्कीस मील दूर शोरानूर में उतरना पड़ेगा। उसके आगे पैदल या फिर बैलगाड़ी।"

"ठीक है। शोरानूर तक की सही।"

यह मानकर कि स्वामी उससे अधिक और कुछ भी स्वीकार नहीं करेंगे, दीवान ने उनके लिए द्वितीय श्रेणी का एक टिकट मँगवा दिया और कोचीन के दीवान श्री शंकरैया के नाम एक पत्र दे दिया।

19

शोरानूर से त्रिशूर तक स्वामी बैलगाड़ी में आए। बैलगाड़ी कोचिन राज्य के एक शिक्षाधिकारी डी० ए० सुब्रामण्य अय्यर के घर के सामने से निकल रही थी कि स्वामी गाड़ी रुकवाकर उतर गए।

अय्यर अपने द्वार पर खड़े थे।

"यहाँ कहीं स्नान करने के लिए जल का उचित प्रबंध हो सकता है?" स्वामी ने मुस्कराकर पूछा, "गर्मी बहुत है। मैं पसीने से नहा चुका हूँ।"

"कहाँ से आ रहे हैं?" अय्यर ने जिज्ञासा की।

"आ तो मैसूर से रहा हूँ। वहाँ इतनी गर्मी नहीं थी; और यहाँ की गर्मी का मुझे अनुमान नहीं था।"

"अनुमान होता, तो त्रिशूर नहीं आते या मालाबार की ओर ही नहीं आते?"

1. रोज़वुड

"आना तो था ही, मन को भी तैयार कर लाता।"

"आइए!"

अय्यर उन्हें घर के भीतर ले आए और स्नानागार दिखा दिया।

"आप स्नान कर लें। मैं यहाँ आपकी प्रतीक्षा कर रहा हूँ।"

"प्रतीक्षा? प्रतीक्षा क्यों? नहाकर मैं चला ही जाऊँगा।"

"नहाकर भूख भी लगेगी। कुछ खाने का मन होगा, आवश्यकता भी होगी।"

"आप बहुत दयालु हैं।"

"पहले देख लें, स्नानागार में आपको किसी और चीज की आवश्यकता तो नहीं है।"

स्वामी स्नान कर बाहर आए तो देखा कि अय्यर ने अल्पाहार का प्रबंध कर रखा था। इडली, वड़ा और साँबर।...

"मैंने साँबर लगवा तो दिया है," अय्यर ने कहा, "किंतु आपका गला कुछ ठीक नहीं लग रहा। कहीं इससे बिगड़ न जाए।"

"तो साँबर न लूँ।"

"साँबर नहीं लेंगे तो इडली कैसे खाएँगे?" अय्यर बोले, "आप खा लें, बाद में मैं आपको जिला अस्पताल में डॉ० डिसूजा को दिखा दूँगा। अंग्रेजी दवा खा लेते हैं न?"

"न अंग्रेजी भोजन से वितृष्णा है, न अंग्रेजी औषधि से।" स्वामी बोले, "पर आप मेरे लिए इतना कष्ट क्यों कर रहे हैं? मैंने तो आपसे केवल स्नान करने के स्थान के लिए पूछा था।"

"हाँ! पूछा तो स्नान के उचित प्रबंध के विषय में ही था; किंतु वह तो आप कहीं भी किसी नदी, नहर, कुल्या, किसी मंदिर अथवा धर्मशाला के कुएँ, बावड़ी में कर सकते थे। मेरे घर के सामने ही क्यों बैलगाड़ी से उतरे, क्यों मुझसे ही पूछा, किसी और से क्यों नहीं पूछा?"

स्वामी हँस पड़े, "हाँ! माँ अन्नपूर्णा ने मेरे स्नान और भोजन का यहीं प्रबंध किया था।"

सूर्योदय हुआ। पक्षियों ने कलरव कर प्रभु की वंदना की। पुरोहित ने आकर बंद मंदिर के कपाट खोले।

तभी उसने ध्यान दिया कि सामने के वटवृक्ष के नीचे एक संन्यासी आसन जमाए बैठा था। शायद वह मंदिर खुलने की प्रतीक्षा कर रहा था। पहले तो उसके मन में आया कि वह जाकर संन्यासी से उसका परिचय पूछे; किंतु फिर उसने अपना विचार त्याग दिया। यह कोडंगाल्लूर का प्रसिद्ध काली मंदिर था। उसमें पूजा-उपासना करने के लिए दूर-दूर से लोग आते थे। कोई दिन ऐसा व्यतीत नहीं होता था, जिस दिन राजपरिवार के लोग वहाँ दर्शन करने न आते हों।...तो इस संन्यासी में ही क्या नई बात थी कि पुरोहित मंदिर में पूजा की तैयारी न कर, उस संन्यासी का परिचय पूछने जाता।...पर बेचारा बहुत जल्दी आ गया था। संभव है कि रात को ही आ गया हो। बहुत प्रतीक्षा करनी पड़ेगी इसे।...

मंदिर के कपाट खुल गए हैं—देखकर स्वामी अपने स्थान से उठ आए। तभी उन्होंने देखा कि द्वार के दोनों ओर दो आरक्षी भी खड़े थे। पहले या तो अंधकार में वे दिखाई नहीं दिए थे, अथवा उन्हें बंद मंदिर के द्वार पर खड़े रहने की आवश्यकता नहीं रही होगी।

स्वामी के प्रवेश-द्वार के निकट आते ही, एक आरक्षी उनके मार्ग में आ गया। उसने मलयालम में कुछ कहा।

"मैं देवी की उपासना करना चाहता हूँ।" स्वामी ने संस्कृत में कहा।

आरक्षी ने भी कुछ कहा। उसकी मुद्रा कह रही थी कि वह स्वामी को भीतर जाने की अनुमति नहीं देगा। स्वामी ने बिना उत्तेजित हुए उसकी ओर देखा, वहीं खड़े रहकर देवी को हाथ जोड़कर नमस्कार किया और वटवृक्ष के नीचे अपने स्थान पर लौट आए।

मंदिर में जो पहला दर्शनार्थी आया, वह युवा था। उसने मंदिर में प्रवेश करते हुए स्वामी की ओर देखा। आरक्षियों से कुछ चर्चा भी की। वह मंदिर में बहुत देर तक नहीं रुका। शायद स्वामी के ध्यान ने ही उसे देवी के निकट अधिक देर रुकने नहीं दिया था। बाहर निकल वह सीधे स्वामी के सम्मुख आ खड़ा हुआ।

"क्या चाहिए तुम्हें?" वह बोला, "प्रसाद से ही हो जाएगा कि तुम्हारे भोजन का प्रबंध करूँ?"

स्वामी ने उसकी ओर देखा, किंतु कुछ कहा नहीं। चुपचाप आँखें बंद कर लीं। निश्चित रूप से वह उनकी भूख के लिए चिंतित नहीं था। वह उन्हें चिढ़ाने का प्रयत्न कर रहा था।

युवक को संतोष नहीं हुआ।

"ऐ, कहाँ से आए हो? माँ के दर्शन करने आए हो अथवा माँ ने ही भेजा है तुम्हें?" वह पुनः बोला, "पर हमारे पास एक पुरोहित है, दूसरे की हमें आवश्यकता नहीं है।"

इस बार स्वामी ने आँखें भी नहीं खोलीं। युवक इस प्रकार बोल रहा था, जैसे स्वामी ने उसके सामने पुरोहित की नौकरी के लिए आवेदन किया हो।

"आसपास नारियल के बहुत पेड़ हैं। किसी पर भी चढ़ जाओ और नारियल तोड़कर खा लो।" उसने कहा, "या फिर गूलर तोड़-तोड़कर पेट भर लो।"

"तुम दिन-भर यही करते हो क्या?" स्वामी ने शांत भाव से पूछा।

"वेश तो संन्यासी का है, किंतु तुम मुझे संन्यासी लगते नहीं हो।"

"मैंने कब यह इच्छा प्रकट की कि मैं तुम्हें संन्यासी लगूँ?"

तभी दो और युवा मंदिर की ओर जाते दिखाई दिए। पहला युवक उनकी ओर ही चला गया। वह उन्हें स्वामी के विषय में कुछ बताता रहा।...और वे तीनों ही स्वामी के पास लौट आए।

"नमस्कार! हम कोडंगाल्लूर के राजप्रासाद से आए हैं। राजवंश के सदस्य हैं। आप हमें राजकुमार भी मान सकते हैं। मेरा नाम कोचुन्नी थंपूरन है। मेरे भाई का नाम भट्टन थंपूरन है।" उनमें से एक ने संस्कृत में कहा, "आप कहीं बाहर से आए लगते हैं और हमारा मित्र विनीतकुमार बता रहा है कि आप शायद कल रात से ही यहाँ बैठे हैं।"

"रात से तो नहीं, किंतु प्रभात से बैठा हूँ।" स्वामी ने संस्कृत में उत्तर दिया, "क्या मैं आपसे एक प्रश्न पूछ सकता हूँ?"

"पूछिए।"

"देवी के दर्शनों के लिए मुझे मंदिर में प्रवेश करने से क्यों रोका गया?"

"आप बाहर से आए हैं।" भट्टन ने संस्कृत में ही कहा, "बाहर से आए लोगों की जाति का निर्णय करना कठिन है। इसलिए इस मंदिर की परंपरा है कि बाहर से आए किसी व्यक्ति को प्रवेश नहीं करने दिया जाता।"

"जाति का मंदिर में प्रवेश से क्या संबंध है?" स्वामी ने कहा, "क्या माँ कालिका किसी एक जाति की ही माता हैं। इतर जातियाँ उनकी संतान नहीं हैं।"

"नहीं! ऐसा नहीं है।" इस बार भी भट्टन ही बोला, "वस्तुतः मंदिर का निर्माण इसीलिए होता है कि वहाँ पवित्र विचारों के सच्चरित्र लोग आएँ, ताकि वहाँ का परिवेश सात्त्विक तरंगों से भरा रहे और दर्शनार्थी का मन पवित्र रहे। यदि हम जाति-विचार नहीं करेंगे, तो वहाँ किसी भी जाति का व्यक्ति प्रवेश करेगा और अपने साथ अपवित्र विचार-तरंगों को ले जाएगा। मंदिर की पवित्रता नष्ट होगी। इसीलिए यहाँ की परंपरा है कि मंदिर में केवल सवर्ण ही जा सकते हैं।"

स्वामी को बंगलौर के डॉ० पाल्पू स्मरण हो आए। मडगाँव से धारवाड़ होते हुए स्वामी, मैसूर राज्य में बंगलौर पहुँचे थे। वहाँ वे बंगलौर की नगरपालिका के स्वास्थ्य अधिकारी डॉ० पी० पाल्पू के अतिथि थे।

डॉ० पाल्पू केरल की इज़हावा जाति के थे। केरल के ब्राह्मणों के व्यवहार से पीड़ित थे। सब प्रकार से योग्य होने पर भी जाति-विचार के कारण उन्हें त्रावनकोर राज्य में अच्छी सरकारी नौकरी नहीं मिली थी। अतः उन्होंने मैसूर राज्य में नौकरी कर ली थी।

डॉ० पाल्पू ने स्वामी को बताया कि केरल में किस प्रकार दलित जातियाँ सवर्णों से पीड़ित हैं।

स्वामी ने उनकी पूरी गाथा सुनकर कहा था, "तुम ब्राह्मणों का अनुसरण करते ही क्यों हो? अपने ही समाज में किसी सच्चरित्र व्यक्ति को खोजो और उसके बताए हुए मार्ग पर चलो।"

डॉ० पाल्पू ने स्वामी की बात मान ली और अपने ही समाज के नारायण गुरु में अपना आदर्श खोज निकाला। वे इज़हावा समाज के नेता माने गए। डॉ० पाल्पू ने अपना समय और धन अपने समाज के उत्थान के लिए लगाया।

...और आज वही जाति-विचार साक्षात् उनके सामने खड़ा था।

"मंदिर में केवल सच्चरित्र लोगों को जाने देना चाहिए, यह तो उचित ही है।" स्वामी ने कहा, "किंतु जाति का चरित्र से क्या संबंध?"

"ब्राह्मण लोग सच्चरित्र होते हैं।" कोचुन्नी ने कहा, "आप ऐसा नहीं मानते?"

"नहीं!" स्वामी ने कहा, "आपका यह मित्र विनीतकुमार क्या ब्राह्मण है?"

"जी!"

"और यह प्रातः से मुझे चिढ़ाने और अपशब्द कहने में लगा है, जबकि मैंने इससे बात भी नहीं की थी।" स्वामी ने कहा, "आपको ज्ञात ही होगा कि युधिष्ठिर के राजसूय यज्ञ में भगवान् कृष्ण ने ऋषियों के जूठे पत्तल उठाए थे।"

"ज्ञात है।" कोचुन्नी ने कहा।

"उन्हीं भगवान् कृष्ण के पुत्र सांब ने अपने मित्रों के साथ मिलकर ऋषियों के उपहास की योजना बनाई थी।"

"हाँ! सांब ने पेट पर मूसल बाँध, गर्भवती स्त्री का वेश बनाया था। उसके मित्र उसे लेकर ऋषियों के पास गए थे और उनसे पूछा था कि यह गर्भवती स्त्री पुत्र को जन्म देगी या कन्या को?" भट्टन ने कहा।

"तो आप यह भी जानते होंगे कि उन ऋषियों ने शाप दिया था—श्रीकृष्ण के पुत्रों को शाप दिया था कि वह गर्भवती महिला एक मूसल को जन्म देगी और उससे सारे यादव वंश का नाश होगा।"

स्वामी ने कहा, "आपका यह ब्राह्मणपुत्र प्रातः से मेरे साथ वही व्यवहार कर रहा है, जो यादवपुत्रों ने ऋषियों के साथ किया था।" स्वामी ने दोनों राजकुमारों की ओर देखा, "मैं जाति और चरित्र के संबंध के इस सिद्धांत को मानने से इंकार करता हूँ।"

"तो आप मानते हैं कि जाति और चरित्र का कोई संबंध नहीं है?"

"नहीं! एकदम नहीं।" स्वामी बोले, "बताइए जाति क्या है?"

"हम ब्राह्मण हैं।"

"नहीं!" स्वामी ने कहा, "जाति का संबंध आपके व्यवसाय से है। आप मंदिर में पूजा करने की नौकरी करते हैं अथवा लोगों के घर जाकर उनका पूजा-पाठ का काम कर उसकी दक्षिणा पाते हैं, तो पुरोहिताई आपका व्यवसाय है। जितने लोग यह व्यवसाय करते हैं, वे एक साथ रहते हैं। एक प्रकार का जीवन जीते हैं। आपस में ही शादी-विवाह करते हैं। वे एक समाज का निर्माण करते हैं। उसे वे अपनी जाति या बिरादरी कहते हैं।"

"और वर्ण?" भट्टन ने पूछा।

"वर्ण आपका स्वभाव, स्वधर्म अथवा आपकी प्रकृति है। ईश्वर ने संसार में विभिन्न प्रकार के व्यक्ति बनाकर भेजे हैं। उनके स्वभावों को मोटे तौर पर चार भागों में विभाजित किया गया है। यह मनुष्य का मन अथवा मानसिकता है। उसका मनोविज्ञान है। यह उसका व्यक्तिगत गुण है, यह किसी समाज की विशेषता नहीं है।" स्वामी ने कहा, "आपका जन्म किसी भी वंश में हुआ हो, उसका वर्ण से संबंध नहीं है। महात्मा बुद्ध क्षत्रिय राजा के घर जन्मे थे, किंतु संन्यासी हो गए। उनका स्वधर्म ब्राह्मण का था। विश्वामित्र वंश से क्षत्रिय थे, किंतु वर्ण से ब्राह्मण थे। रावण वंश से ब्राह्मण था, किंतु वर्ण से राक्षस अथवा शूद्र था। मराठों के अनेक पेशवा वंश से ब्राह्मण थे, किंतु अपने वर्ण और व्यवसाय से क्षत्रिय थे। वर्ण का ठीक अर्थ समझो राजकुमारो!"

दोनों राजकुमार अवाक् खड़े रह गए। क्या कहते, उनके पास स्वामी के तर्कों का कोई उत्तर नहीं था।

"जाति अथवा वर्ण के आधार पर किसी व्यक्ति अथवा समाज को अपमानित करना पाप है और केरल में यह पाप बहुत अधिक मात्रा में हो रहा है। यह वर्ण की शुद्धता नहीं, सामाजिक अपराध है। इसका प्रायश्चित्त उसे करना पड़ेगा।" स्वामी बोले, "ब्राह्मण के मन में दया और करुणा होनी चाहिए। उसका श्रेय धर्म और ज्ञान होना चाहिए। तप और त्याग उसका गुण है। जिनके मन में करुणा नहीं है, जो भगवान् के बनाए हुए जीवों को किसी भी बहाने से पीड़ित और प्रताड़ित करते हैं, वे ब्राह्मण नहीं हो सकते। जिनके जीवन का लक्ष्य ईश्वर, धर्म और ज्ञान न होकर शासन, धन-संपत्ति और भोग है—वे ब्राह्मण कैसे हो सकते हैं?"

"क्या शास्त्र इसका प्रमाण देता है?" भट्टन ने बड़े निरीह-से स्वर में पूछा।

"अनेक स्थानों पर। महाभारत में नृग और युधिष्ठिर तथा शिव और पार्वती का वार्तालाप देख लें। भगवद्गीता में स्वयं भगवान् श्रीकृष्ण की उक्तियाँ देख लें।"

"हम स्वयं इन प्रमाणों को देखना चाहेंगे।" कोचुन्नी ने कहा।

"प्रसन्नता का विषय है कि आप किसी के कहने मात्र से ही नहीं मान लेते। आप मूल स्रोत देखना चाहते हैं। अवश्य देखिए।" स्वामी ने कहा, "प्रभु आपका कल्याण करें।"

राजकुमार जाने के लिए मुड़े।

"आप कहाँ ठहरे हैं?" सहसा कोचुन्नी ने पूछा।

"जहाँ प्रभु ने ठहरा रखा है।" स्वामी ने कहा।

"कहाँ?" भट्टन ने कुछ आग्रह से पूछा।

"इसी वटवृक्ष के नीचे।" स्वामी हँसे, "आजकल यही मेरा आश्रम, मठ, प्रासाद, डेरा और ठिकाना है।"

"एक बात है···।" कोचुन्नी ने कुछ कहना चाहा।

स्वामी ने उसकी ओर देखा।

"आप चाहें तो मंदिर में जाकर देवी के दर्शन कर सकते हैं। अब आपको कोई नहीं रोकेगा।"

"आपकी कृपा के लिए आभारी हूँ।" स्वामी ने कहा, "किंतु मैं कोई विशेषाधिकार नहीं चाहता। केवल अपने स्वार्थ के लिए आपकी परंपराएँ तोड़ना उचित नहीं समझता। जब मंदिर के द्वार सबके लिए खुल जाएँगे, मैं भी दर्शन कर लूँगा। माँ तो जानती ही हैं कि मैं उनके द्वार पर बैठा हूँ। उनकी ममता उमड़ेगी तो स्वयं चलकर बाहर आ जाएँगी।"

कोचुन्नी का चेहरा कैसा तो हो गया और भट्टन के भी पग रुक गए। वे दोनों स्वामी के निकट आ गए, "आप समझते हैं कि ऐसा संभव है?"

"जब होना होता है, तो ऐसा ही होता है।" स्वामी पूर्ण विश्वास के साथ बोले, "माँ अपनी संतान को उससे कहीं अधिक प्रेम करती है, जितना प्रेम संतान अपनी माँ से करती है। मैं अपनी माँ के लिए करता ही क्या हूँ, फिर भी सदा माँगता रहता हूँ। वे सब कुछ करती हैं, कुछ माँगती नहीं, सदा देती ही रहती हैं।"

कोचुन्नी और भट्टन ने एक-दूसरे की ओर देखा। भट्टन ने आगे बढ़कर स्वामी के चरण छूकर प्रणाम किया, "हमारा एक निवेदन मान लें महाराज!"

"राजकुमार होकर निवेदन कर रहे हैं।" स्वामी हँसे।

"आपसे तो राजा भी निवेदन ही कर सकते हैं।"

"कहिए।"

"आप एक बार हमारे महल में पधारें।"

"उससे क्या होगा? आपसे तो भेंट हो ही चुकी।" स्वामी बोले, "और फिर मैं माँ के द्वार पर आया हूँ, महाराज के द्वार पर तो नहीं।"

"हम प्रयत्न करेंगे कि महाराज आपके दर्शनों के लिए समय निकालें। राजपुरोहित से भी थोड़ी धर्मचर्चा हो जाए तथा हमारी माता भी आपको प्रणाम कर सकें।"

स्वामी खिलखिलाकर हँस पड़े, "मैं तो स्वयं माता को प्रणाम करने के लिए यहाँ धरना दिए बैठा हूँ। अब राजप्रासाद में जाऊँ ताकि माता मुझे प्रणाम कर सकें···कैसी विचित्र बात कर रहे हैं आप?"

"आह! हाँ!" कोचुन्नी ने कहा, "अच्छा, हम कल आपके दर्शन करेंगे और इस विषय में चर्चा भी करेंगे।"

वे प्रणाम कर चले गए।

अगले दिन राजमहल से कुछ स्त्रियाँ आईं। उस समय स्वामी ध्यान कर रहे थे। उनका ध्यान पूरा

होने तक उन्होंने प्रतीक्षा की। स्वामी के चेहरे की आभा और एक प्रकार की दिव्य शांति के भाव वैसे ही थे, जैसे शास्त्र में उल्लिखित थे।

"मैं कोचुन्नी और भट्टन की बड़ी भाभी हूँ।" स्वामी का ध्यान पूरा होने पर, उन्हें प्रणाम कर, उसने संस्कृत में कहा।

स्वामी ने कुछ चकित भाव से उसकी ओर देखा, "आप संस्कृत बोलती हैं माँ!"

"हाँ! हम लोग तो संस्कृत ही बोलते हैं। क्यों?"

"जहाँ-जहाँ मैंने भ्रमण किया है, भारत के किसी भी भाग में महिलाओं को संस्कृत बोलते नहीं सुना। हमारे तो शताब्दियों पुराने नाटकों में भी महिलाएँ प्राकृत बोलने लगी थीं।..."

"होगा। किंतु हम लोग संस्कृत ही बोलती हैं।" वह बोली, "मेरी सास–कोचुन्नी और भट्टन की माता–भी आपके दर्शन करने आना चाहती थीं, किंतु कुछ कारणों से वे नहीं आ सकीं।"

"कोई बात नहीं।" स्वामी बोले, "उन्हें इतना कष्ट करने की आवश्यकता नहीं है। वे स्वयं माता हैं। वहीं से मुझे आशीर्वाद दे दें, बहुत है। मेरे भाग्य में होगा तो मुझे उनके दर्शन हो जाएँगे। किंतु माँ! मैं आपसे निवेदन करना चाहता हूँ।"

"आदेश करें।"

"आप लोगों के यहाँ शिक्षा का अभाव नहीं है। आप सब पढ़ी-लिखी विदुषी हैं, फिर मैं यह क्या देख रहा हूँ कि समाज में भेदभाव बहुत है। शिक्षा ने सबको समान नहीं बनाया है, भेद को बढ़ाया है। इसका अर्थ है कि शिक्षा का सदुपयोग नहीं हो रहा है। जिस पिछड़े समाज को शिक्षा से वंचित रखा गया है और उसे उपेक्षित और अपमानित किया जा रहा है, वह भी तो उसी नारायण का अंश है, जिसके अंश हम हैं। या वे लोग हमारे प्रभु के बनाए हुए नहीं हैं? किसी और की संतान हैं वे?"

"नहीं स्वामी जी! दूसरा कोई परमात्मा है ही नहीं। ईश्वर तो एक ही है।"

"तो फिर यह भेदभाव क्यों है? ऊँच-नीच क्यों है? कुछ लोग माँ के दर्शनों से वंचित क्यों हैं? वे शूद्र क्यों हैं? हम उन्हें आर्य बनाने का प्रयत्न क्यों नहीं कर रहे, जो हमारे ऋषि कर रहे थे?"

"आप महात्मा हैं स्वामी जी! आप ही ऐसी बातें सोच सकते हैं। हम तो साधारण जीव हैं। अपनी परंपराओं का पालन भर कर रहे हैं। इस विषय में कभी सोचा ही नहीं।"

"परंपराओं का पालन अवश्य करो माँ! मैं भी परंपरावादी व्यक्ति हूँ। किंतु रूढ़ियों से तो समाज को मुक्त करो। जिसका अपमान आपका समाज कर रहा है, वह भी तो नारायण का ही अंश है। नारायण के इस अपमान का दंड आपको नहीं मिलेगा क्या?"

"शाप न दें स्वामी जी!" एक दूसरी महिला ने कहा, "हम सब तो आपका आशीर्वाद प्राप्त करने आई हैं।"

"मैं शाप नहीं दे रहा माँ!" स्वामी बोले, "आपको कर्म-सिद्धांत समझा रहा हूँ। अपने आज के कर्मों से आपका समाज अपना भविष्य लिख रहा है।"

"हम आपकी बात को महाराज और राजपुरोहित–दोनों के सम्मुख रखेंगी।" पहली महिला बोली, "आप रुष्ट न हों।"

"प्रभु आपका कल्याण करें।" स्वामी ने अपना हाथ उठा दिया।

राजकुमारियाँ स्वामी का संकेत समझ गईं। वे उनको जाने को कह रहे थे।

"प्रणाम महाराज! हम जा रही हैं।" पहली महिला बोली, "प्रयत्न करेंगी कि कल माता जी के साथ आपके दर्शन करें।"

अगले दिन कोचुन्नी और भट्टन अपनी माता और बड़ी भाभी के साथ प्रातः, मुँहअँधेरे ही स्वामी के दर्शनों के लिए आए।...किंतु स्वामी अपने स्थान पर नहीं थे। उन लोगों ने प्रतीक्षा की, शायद स्वामी आसपास कहीं गए हों। किंतु स्वामी वहाँ कहीं नहीं थे। आरक्षियों से पूछा गया। वे इतना ही बता पाए कि पिछली रात सूर्यास्त तक तो स्वामी वहीं थे।...

"लगता है, वे चले गए हैं।"

"परिव्राजक एक स्थान पर टिककर नहीं रहते।" माता ने कहा, "इससे यह भी स्पष्ट है कि वे यहाँ राजपरिवार की कृपा पाने की प्रतीक्षा में नहीं बैठे थे।...

"मुझे तो लगता है कि वे राजपरिवार पर कृपा करना नहीं चाहते थे।" कोचुन्नी ने कहा।

"मैं सोच रही हूँ," उनकी भाभी ने कहा, "कि उनके दर्शनों की हमारी अभिलाषा पूरी नहीं हुई, तो हम कितने निराश हुए हैं।...शायद वे हमें यह समझाना चाहते थे कि देवी के दर्शनों की अभिलाषा से आने वाले लोगों का मंदिर में प्रवेश वर्जित कर, हम उन्हें कितना निराश कर रहे थे।"

माता ने अपनी पुत्रवधू को देखा, "शायद तुम ठीक कह रही हो वधू!"

20

चंदूलाल और रमैया प्रातः सागरतट पर सैर कर रहे थे।

यह उनका प्रतिदिन का नियम था। एरनाकुलम का सागर बहुत सुंदर था। सैर तो शरीर के स्वास्थ्य और स्फूर्ति के लिए थी; किंतु सागर की लहरें तो मन को भी ऊर्जा से भर जाती थीं। थोड़ी-थोड़ी देर में लहरें उठती थीं। सब एक जैसी थीं, फिर भी एक-दूसरी से कितनी भिन्न। व्यक्ति उन्हें देखे तो देखता ही रह जाए।

उन्होंने देखा : एक नाव किनारे लगी थी। उसमें से दो-चार लोग उतरे थे। उनमें से एक संन्यासी था। वह पूर्णतः भगवे वस्त्रों में था और हाथ में एक दंड लिए हुए था। कोई आगंतुक था। इस क्षेत्र का तो क्या, वह केरल प्रदेश का ही नहीं लगता था।

अपनी उत्सुकता में वे दोनों उसकी ओर बढ़े, "प्रणाम!"

"नमो नारायणः।" संन्यासी ने कहा, "आप लोग एरनाकुलम के ही निवासी हैं?"

दोनों मित्रों ने एक-दूसरे की ओर देखा : उन दोनों को ही हिंदी नहीं आती थी। वे इतना ही समझ पाए कि उस एक वाक्य में एरनाकुलम का नाम आया था। वह एरनाकुलम के विषय में ही कुछ पूछ रहा होगा।

"नो हिंदी।" चंदूलाल ने कहा, "कम टु माई हाउस। ईट समथिंग।"

रमैया को कुछ अच्छा नहीं लगा : यह चंदूलाल भी विचित्र है। किसी को भी अपने घर ले जाएगा, खिलाए-पिलाएगा। अरे, पहले यह तो पूछ लो कि वह कौन है, कहाँ से आया है, क्या चाहता है?...वह नाव से ही तो उतरा है, कोई स्वर्ग से तो नहीं उतरा।

वे तीनों चंदूलाल के घर आए।

"आप थोड़ी अंग्रेजी जानते हैं?"

"बहुत थोड़ी-सी।" स्वामी ने मुस्कराकर कहा।

चंदूलाल स्वामी के खिलाने-पिलाने का प्रबंध करने में लगा और रमैया ने अपने सारे मित्रों को सूचना पहुँचा दी कि चंदूलाल सागर पार कर आए एक संन्यासी को अपने घर ले आया है, जो हिंदी और अंग्रेजी जानता है, पर मलयालम नहीं जानता।

थोड़ी ही देर में चंदूलाल के घर पर लोगों की भीड़ लग गई।

चितंबी स्वामी भी उस समय एरनाकुलम में ही थे। वे स्वामी से मिलने के लिए आए। किंतु वहाँ भीड़ लगी देखकर वापस लौट गए। ऐसी भीड़ में तो वे स्वामी से कोई चर्चा नहीं कर सकते थे।

स्थानीय लोगों ने उन्हें चितंबी स्वामी के विषय में बहुत कुछ बताया। कुछ लोगों ने यह वचन भी दिया कि वे चितंबी स्वामी को वहाँ लाएँगे और उनसे परिचय कराएँगे, ताकि वे दोनों कुछ बातें कर सकें।

"यदि चितंबी स्वामी इतने महान् व्यक्ति हैं, तो वे मेरे पास क्यों आएँ, मैं ही उनके पास जाऊँगा। चितंबी स्वामी उस समय शंकर मेनन के घर पर रह रहे थे। स्वामी, शंकर मेनन के घर गए। चितंबी स्वामी हिंदी नहीं जानते थे; किंतु संस्कृत में संवाद कर सकते थे। वे स्वामी को एकांत में एक पेड़ की छाया में ले गए, ताकि कुछ आत्मीय बातें कर सकें। जिस वृक्ष के नीचे वे लोग खडे थे, उसके ऊपर शंकर मेनन का पाला हुआ बंदर बैठा था। उन्हें अपने वार्तालाप में डूबे देख बंदर को अच्छा नहीं लगा। वे लोग उसकी उपस्थिति की चिंता ही नहीं कर रहे थे, न उसकी ओर ध्यान दे रहे थे। बंदर व्याकुल हो उठा और उसी व्याकुलता में वह पेड़ की टहनियों को झकझोरने लगा।

स्वामी ने सिर उठाकर बंदर की ओर देखा और बोले, "मेरे मन के समान ही चंचल है।"

चितंबी स्वामी उत्फुल्ल हो उठे, "आप जैसा एक महान् व्यक्ति ही ऐसी बात कर सकता है।" और वे गंभीर हो उठे, "आप चिन्मुद्रा के विषय में पूछ रहे थे।"

स्वामी की जिज्ञासा भी प्रबल हो उठी, "चिन्मुद्रा ऐसी क्यों होती है?"

चितंबी स्वामी तमिल साहित्य के विद्वान् थे। उन्होंने उसका उचित उत्तर दिया। स्वामी ने प्रसन्न होकर उनके दोनों हाथ थाम लिए और अपना सिर झुकाकर उससे स्पर्श किया और हिंदी में कहा, "बहुत अच्छे।"

जिन्होंने देखा, उन्होंने अर्थ निकाला कि स्वामी ने अपने सिर पर उनके हाथ रखकर उनसे आशीर्वाद लिया है। किंतु स्वयं चितंबी स्वामी का कहना था कि वो स्वामी की कृतज्ञता जताने की अपनी शैली थी।

चितंबी हँसे, "स्वामी! आप नहीं जानते कि मैं आपका कितना बड़ा प्रशंसक हूँ।"

"प्रशंसक आप हैं या नहीं, पर बड़े आप अवश्य हैं–वह भी महान् के अर्थ में।" स्वामी ने कहा।

"आपका संगीत अद्भुत है। आपका स्वर स्वर्णपात्र के समान है। ओह! वह कितना मधुर है।" वे बोले, "और आपकी आँखें! ऐसी सुंदर आँखें केवल देवमूर्तियों की ही हो सकती हैं।"

वे दोनों संस्कृत में वार्तालाप कर रहे थे। संस्कृत के एक विद्वान् भी वहाँ आ उपस्थित हुए।

"स्वामी! आपकी भाषा में व्याकरण की भूल है।" उन्होंने कहा।

स्वामी हँस पड़े, "मुझे व्याकरण का अनुसरण नहीं करना है।..."

"तो अशुद्ध भाषा बोलनी है?"

"नहीं। व्याकरण को मेरा अनुसरण करना होगा।"

जिस दिन स्वामी उनसे विदा हुए, चितंबी स्वामी ने कहा, "सिवाय एक मांसाहार के इस दोष के, आप ईश्वरप्रेरित व्यक्ति हैं।"

स्वामी ने चितंबी स्वामी का पता अपनी डायरी में लिखा और कहा, "मैं मालाबार में एक वास्तविक पुरुष से मिला।"

चितंबी स्वामी विह्वल हो उठे, "आपकी और मेरी क्या तुलना? आप गरुड़ हैं और मैं एक मच्छर!"

21

13 दिसंबर, 1892 को प्रातः प्रो० के० सुंदरामा अय्यर अपने घर पर किसी की प्रतीक्षा कर रहे थे। उनके अतिथि को अब तक आ जाना चाहिए था।

बाहर कुछ हलचल हुई। उनके बारह वर्षीय पुत्र रमेश ने सूचना दी, "अप्पा! आपसे मिलने के लिए दो मुसलमान आए हैं।"

"मुसलमान?" उन्होंने पूछा, "उनमें एक हिंदू संन्यासी नहीं है?"

"लगता तो नहीं।"

'तो यह कोई और आ गया है।' प्रो० सुंदरामा ने सोचा, 'आना किसी और को था, आ कोई और गया।'

वे बाहर आए। देखा : दो व्यक्ति खड़े थे। एक तो साधारण मुसलमान था, किंतु यह दूसरा...कुछ स्पष्ट नहीं था।

"जी?"

"मैं एरनाकुलम से आ रहा हूँ। मुझे कोचीन के दीवान के सचिव डब्ल्यू० रमैया ने आपके पास भेजा है। मेरे आने की सूचना आपको होगी—ऐसा मुझे बताया गया था।" भगवावेशधारी ने कहा, "ये मेरे मार्गदर्शक हैं—मुहम्मद करीम। कोचीन रियासत के कर्मचारी हैं। कोचीन सरकार की ओर से इन्हें मेरे साथ भेजा गया है।"

सुंदरामा परेशानी में थे।...सूचना तो थी, किंतु उन्हें तो एक हिंदू संन्यासी के आने की सूचना थी।

सुंदरामा उन्हें ऊपर के कमरे में ले गए।

संन्यासी ने कहा, "आप मेरा परिचय जानना चाहेंगे।"

"अवश्य। आपका नाम?" सुंदरामा ने कहा।

"मैं एक संन्यासी हूँ और संन्यासियों की नाम में कोई विशेष रुचि नहीं होती। मैं चारों धाम करने निकला हूँ। रामेश्वरम् की ओर जा रहा हूँ।"

सुंदरामा के मन में बात स्पष्ट हो गई। ये वे ही हिंदू संन्यासी थे, जिनके आने की सूचना उन्हें थी। पहली बार उन्होंने ढंग से प्रणाम किया, "प्रणाम स्वामी जी!"

स्वामी ने हाथ उठाकर आशीर्वाद दिया।

"फिर भी आप अपने विषय में कुछ बताएँगे?"

"प्रभु की खोज में निकला एक संन्यासी हूँ। अपने विषय में क्या बताऊँ? कोई पद नहीं है, कोई अधिकार नहीं है, कोई गुण भी नहीं है। मेरा क्या परिचय?" स्वामी ने कहा, "आपसे एक प्रार्थना है⋯।"

"कहिए।" प्रो० सुंदरामा कुछ आशंकित थे, जाने संन्यासी की क्या आज्ञा हो जाए, जिसे वे प्रार्थना कह रहे हैं।

"जितनी जल्दी हो सके, मेरे साथी के लिए भोजन की व्यवस्था करवा दें। वे भूखे हैं।"

"आप विश्राम करेंगे?"

"नहीं! वह सब बाद में होगा, पहले आप उनके भोजन की व्यवस्था कर दें।"

"आप भी कुछ लेंगे?"

"पहले आप उनके भोजन की व्यवस्था कर दें।"

"आपके लिए कमरा तैयार है।"

"ठीक है; किंतु पहले आप उन्हें खिला दें।"

"आपने कुछ खाया है?"

"मार्ग में थोड़ा दूध पिया था। पर उसकी आप चिंता न करें। मुझे कई-कई दिन भूखे रहने का अभ्यास है।⋯आप मेरे मार्गदर्शक के लिए⋯"

प्रो० सुंदरामा के मन में कुछ खीज जागी। मन हुआ कि पूछें, वह कोई लाट साहब है क्या? या कोचीन का दीवान है? किंतु स्वयं को संयत किया और यथासंभव शांत स्वर में पूछा, "वे कोचीन स्टेट के कोई बड़े अधिकारी हैं?"

"हाँ! वे कोचीन स्टेट सर्विस में चपरासी हैं। सरकारी अधिकारी हैं और मेरे मार्गदर्शक हैं। उन्होंने यह सारा कष्ट मेरे लिए सहन किया है।" संन्यासी ने कहा, "कृपया आप⋯।"

"वे अपनी सरकारी नौकरी पर हैं⋯।"

"वह उनकी सरकार जाने। मैं तो इतना ही जानता हूँ कि उन्होंने मेरे लिए कष्ट सहा है और इस समय वे भूखे हैं। वैसे कोई सरकारी नौकरी पर हो, तो भी उसे भूख लगती ही है। कृपया आप⋯।"

"अच्छा! अच्छा!"

सुंदरामा उठ गए। भीतर जाकर पत्नी से मुहम्मद करीम के भोजन की व्यवस्था के लिए कहा।

"संन्यासी से पहले एक मुसलमान चपरासी को खिलाएँगे?"

"हाँ!"

"चपरासी खाता रहेगा और संन्यासी भूखा बैठा रहेगा?"

"तो मैं क्या करूँ, संन्यासी की ऐसी ही इच्छा है।"

स्वामी ने अपनी उपस्थिति में मुहम्मद करीम को भोजन करवाया। उसने तृप्त होकर खाया और

स्वामी भी संतुष्ट दिखे। उसे विदा कर वे घर के भीतर आए।

"आपने भी दो दिनों से ढंग से भोजन नहीं किया होगा?"

स्वामी हँसे, "वह मुझसे अधिक भूखा था। वह स्वतंत्र नहीं था। मेरी आज्ञा के अधीन था। अतः उसका भरण-पोषण मेरा दायित्व था। सेवक को भूखा रखकर तो भगवान् भी स्वयं नहीं खाते। फिर वह हमारा अतिथि भी था।"

"आपने एरनाकुलम से चलने के पश्चात् क्या खाया है?"

"थोड़ा दूध पी लिया था।"

"बस, एक गिलास दूध ही तो। अब बताइए, आप कैसा भोजन करना चाहेंगे।"

"आप जो खिला देंगे, खा लूँगा।"

सुंदरामा ने भोजन लाने को कह दिया।

"किस प्रदेश के निवासी हैं? केरल के तो नहीं लगते।"

"यह शरीर बंगाल की मिट्टी से बना है।"

"ओह! बंगाल ने इधर बहुत सारे महानुभाव उत्पन्न किए हैं।" सुंदरामा ने कहा, "आजकल मुझे ब्राह्म समाज के प्रचारक केशवचंद्र सेन सबसे महान् दिखाई देते हैं।"

"अच्छा है कि केशवचंद्र सेन महाशय का नाम आप लोगों तक पहुँच गया है।···किंतु मेरा आपसे थोड़ा मतभेद है। आध्यात्मिक क्षेत्र में मेरे ठाकुर की तुलना में केशवचंद्र सेन अभी मात्र एक बालक हैं। वे मेरे गुरु श्री श्रीरामकृष्णदेव के चरणों में बैठकर उनसे शिक्षा ग्रहण करते थे।···"

सुंदरामा ने स्वामी की ओर देखा : क्या वे मात्र अपने गुरु की महिमा को प्रतिपादित करने के लिए ऐसा कह रहे हैं?

"आप अपने गुरु के विषय में कुछ बताएँगे?"

"अवश्य।" स्वामी बड़ी देर तक उन्हें अपने गुरु के विषय में बताते रहे।

भोजन आया। स्वामी ने अपना दो दिनों का उपवास तोड़ा और रुचिपूर्वक भोजन किया। स्वामी की उपस्थिति, उनका स्वर, उनकी आँखों की द्युति, उनके विचार और उनकी वाणी का प्रवाह ऐसा मनोहारी था कि सुंदरामा का वहाँ से उठने का मन ही नहीं हुआ।

पत्नी ने संकेत कर उन्हें भीतर बुलाया, "आपको जाना नहीं है? राजकुमार आपकी प्रतीक्षा कर रहे होंगे।"

सुंदरामा को सब कुछ स्मरण था।···किंतु स्वामी की उपस्थिति ने उन्हें एक प्रकार के सम्मोहन में बाँध रखा था। उनकी स्थिति तो उस बच्चे के समान हो रही थी, जो घर आए अतिथि के आगे-पीछे इसलिए घूम रहा हो कि वे अभी अपना सामान खोलेंगे और उसके लिए विभिन्न प्रकार के खिलौने निकालकर उसे देंगे···

संध्या समय प्रो० सुंदरामा, स्वामी को लेकर प्रो० रंगाचार्य के घर गए। प्रोफेसर उस समय घर पर नहीं थे। कहाँ गए होंगे? अधिक संभावना थी कि वे तिरुवनंतपुरम् क्लब में गए होंगे। वे वहाँ मिल गए तो बहुत अच्छा। न मिले तो अन्य अनेक लोग होंगे। लक्ष्य तो स्वामी को विभिन्न लोगों से मिलवाना ही था।

प्रो० रंगाचार्य क्लब में नहीं थे। प्रो० सुंदरामा ने स्वामी का परिचय प्रो० सुंदरम् पिल्लै से

कराया। तब तक प्रो० एम० रंगाचार्य भी आ गए। उनसे भी परिचय हुआ। दीवान पेशकार और नारायण मेनन से भी परिचय हो गया।

पर नारायण मेनन शायद क्लब से विदा हो रहे थे। उन्होंने दीवान पेशकार को प्रणाम किया। पेशकार ने अपना बायाँ हाथ, दाहिने हाथ से थोड़ा ऊपर उठाकर नारायण मेनन के अभिवादन का उत्तर दिया।...स्वामी का मन खटक गया।...उन्होंने केरल में आकर ही जाना था कि यहाँ के ब्राह्मणों द्वारा शूद्रों के अभिवादन का उत्तर देने की यही पारंपरिक पद्धति थी।...तो दीवान पेशकार वंश से ब्राह्मण रहे होंगे और नारायण मेनन को वे शूद्र मानते होंगे।...पद्धति जो भी रही हो, किंतु प्रो० नारायण मेनन जैसा विद्वान् व्यक्ति शूद्र कैसे माना जा सकता था?

प्रो० सुंदरामा ने भी देखा कि पेशकार का व्यवहार स्वामी को अच्छा नहीं लगा। स्पष्टतः वे मान रहे थे कि पेशकार ने प्रो० मेनन का अपमान करने का प्रयत्न किया था। स्वामी के चेहरे पर प्रतिकार की एक हलकी-सी रेखा उभरी। किंतु उन्होंने कुछ कहा नहीं।

लोग आते और जाते रहे। अंत में वहाँ केवल पाँच व्यक्ति बच गए थे। स्वामी, दीवान पेशकार, उनके भाई, प्रो० रंगाचार्य और प्रो० सुंदरामा। जब वे भी विदा होने लगे तो दीवान पेशकार ने झुककर स्वामी को प्रणाम किया।

"नमो नारायणः।" स्वामी ने कहा। न उन्होंने पेशकार के अभिवादन का उत्तर हाथ जोड़कर दिया और न ही आशीर्वाद के लिए हाथ उठाया। संन्यासी द्वारा गृहस्थों के अभिवादन का उत्तर देने की यह प्राचीन परंपरागत पद्धति थी।

पेशकार का चेहरा विकृत हो गया। जब वह स्वयं को रोक नहीं सका तो बोला, "स्वामी जी! संन्यासी द्वारा भी किसी भले आदमी के अभिवादन का समुचित उत्तर तो दिया ही जाना चाहिए। आपको नहीं लगता कि आपका व्यवहार मेरे प्रति अपमान का नहीं तो अवहेलना का तो है ही।"

स्वामी उसकी ओर मुड़े, "यदि नारायण मेनन के अभिवादन का उत्तर ब्राह्मणों की परंपरागत पद्धति में देने का अधिकार आपको है, तो मुझे भी आपके अभिवादन का उत्तर संन्यासियों की परंपरागत पद्धति में देने का पूरा अधिकार है।"

उत्तर कठोर था। इसमें स्वामी का रोष ही नहीं, पेशकार के लिए उनके अनुचित अहंकार के लिए फटकार भी थी। पेशकार मुँह फुलाए हुए चले गए।

अगले दिन पेशकार के भाई प्रो० सुंदरामा के घर आए।

"कहिए।" प्रो० सुंदरामा ने कहा।

"मैं जरा स्वामी जी से मिलना चाहता हूँ।"

"क्यों? लड़ने आए हैं?"

"नहीं! लड़ने तो नहीं आया।"

"तो?"

"मिलने आया हूँ।"

"देखिए, एक बात स्पष्ट कर दूँ।" प्रो० सुंदरामा ने कहा, "मेरे घर पर कोई स्वामी जी से असम्मानपूर्वक बात करे, यह मुझे सहन नहीं होगा।"

"नहीं भाई! आप यह क्यों मान रहे हैं कि मैं स्वामी जी के लिए प्रतिकूल भाव लेकर आया

हूँ।" वे बोले, "आप मुझे उनके दर्शन तो करने दें।"

प्रो० सुंदरामा ने उनको अनिच्छापूर्वक स्वामी जी के कक्ष में भेज दिया।

उसने हाथ जोड़कर अभिवादन किया और स्वामी जी के सामने भूमि पर बैठ गया।

"मैं दीवान पेशकार का भाई हूँ।"

"कहिए।"

"कल शायद आप उनसे रुष्ट हो गए थे।"

"संन्यासी को किसी से रुष्ट होने का अधिकार नहीं है।" स्वामी ने बहुत शांत स्वर में कहा, "हाँ! नारायण मेनन का अपमान मुझे कुछ विचलित अवश्य कर गया था।"

"हाँ! दीवान को ऐसा नहीं करना चाहिए था। हमें उसका दुःख है।" उसने कहा, "मैं आपसे यही कहने आया था कि भविष्य में ऐसा नहीं होगा। आप अपना रोष त्याग दें।"

"मैं रुष्ट नहीं हूँ।"

"आपकी कृपा बनी रहे।" उसने खड़े होकर हाथ जोड़े और लौट गया।

स्वामी ने क्लब में बहुत थोड़ा-सा समय बिताया था, किंतु वे सारे उपस्थित लोगों पर अपने व्यक्तित्व की छाप छोड़ गए। तिरुवनंतपुरम् में हिंदू समाज का एक विचित्र-सा मिश्रित रूप था। उस छोटे से नगर में दक्षिण भारत की सारी जातियों-प्रजातियों के लोग मिले-जुले दिखाई पड़ते थे। तिरुवनंतपुरम् क्लब की भी वही स्थिति थी।

स्वामी सबसे ही खुलकर बातें करते थे, किंतु प्रो० रंगाचार्य में उनको जैसे अपना-सा ही रूप दिखाई दिया। उनके विचार और मूल्य एक जैसे ही थे और वे भी ज्ञान के वैसे ही भंडार थे, जैसे स्वयं स्वामी थे। अभिव्यक्ति का वैसा ही चारु और स्पष्ट कौशल। अपने ज्ञान का तात्कालिक प्रयोग कर सकने की क्षमता। नैतिक और बौद्धिक विवादों के बुलबुलों को तत्काल अपनी कुशाग्रता से फोड सकने की क्षमता। मनुष्य गें प्रत्येक उदात्त, नैतिक और कल्याणकारी तत्त्व, प्रकृति और कला में प्रत्येक सुंदर वस्तु के लिए भावात्मक लगाव और सहानुभूति।

"एक द्रविड़ के रूप में मैं स्वयं को हिंदू शासनतंत्र से सर्वथा निष्कासित पाता हूँ।"

स्वामी ने उन्हें देखा : ये प्रो० सुंदरम् पिल्लै थे।

"प्रो० सुंदरम्, आप चाहे कितने ही विद्वान् क्यों न हों; किंतु बिना विशेष चिंतन-मनन किए ही, स्वयं को जातीय पूर्वाग्रहों की धारा में बहने के लिए छोड़ देना स्पृहणीय नहीं है। मैंने दक्षिण भारत की यात्रा में पहले भी असंतुलित और अति साधारण मस्तिष्क के लोगों में यह अरुचिकर रोग पाया है।"

युवराज मार्तंड ने प्रो० सुंदरामा से पिछले दिन न आने का कारण पूछा, तो प्रो० सुंदरामा ने स्वामी के विषय में स्पष्ट रूप रो बता दिया। युवराज स्वामी से मिलने को व्यग्र हो उठे। उन्होंने स्वामी से भेंट का समय माँगा और प्रार्थना की कि यदि वे राजप्रासाद में आ सकें तो उनकी कृपा होगी।

स्वामी और प्रो० सुंदरामा युवराज से मिलने के लिए राजप्रासाद में आए।

"मेरे गुरु ने बताया है कि आप परिव्राजक के रूप में भारत के चारों धामों की यात्रा कर रहे हैं।"

युवराज ने कहा, "मुझे इस प्रकार के जीवन का कोई अनुभव नहीं है। इसलिए जानने की उत्सुकता है कि आप कहाँ-कहाँ गए और किन-किन लोगों से मिले।"

स्वामी ने विभिन्न देसी रियासतों, राजाओं और उनके दरबारों की चर्चा की। युवराज की रुचि और भी बढ़ गई।

"आपको भारतीय राजाओं में किसने सबसे अधिक प्रभावित किया?"

"मैं जिन हिंदू राजाओं से मिला हूँ, उनमें से अपनी योग्यता, देशभक्ति, ऊर्जा और दूरदर्शिता से मुझे सबसे अधिक वडोदरा के गायकवाड़ ने प्रभावित किया। राजस्थान में एक छोटी-सी रियासत है"'उसे रियासत भी नहीं कहना चाहिए, वह जयपुर राज्य का ठिकाना भर है—खेतड़ी। वहाँ के राजा अजितसिंह ने भी मुझे बहुत प्रभावित किया। वे तो मेरे मित्र ही हो गए। उनमें देशभक्ति, प्रजावत्सलता के साथ-साथ धर्म और अध्यात्म का तत्त्व भी बड़ी मात्रा में है। जैसे-जैसे मैं दक्षिण की ओर बढ़ा, मुझे भारतीय राजाओं और शासकों की क्षमता, बुद्धि और चरित्र में अवरोह ही दिखाई दिया है।"

"आप मेरे चाचा—त्रावनकोर के महाराज—से मिले हैं?"

"नहीं!"

"क्यों? आप उनसे मिलना नहीं चाहेंगे?"

"मिलना तो चाहता हूँ ; किंतु अभी समय ही नहीं मिला है।" स्वामी ने कहा, "जैसे ही उनसे मिलने की व्यवस्था होगी, भेंट करने जाऊँगा।"

स्वामी ने मार्तंड वर्मा के अध्ययन इत्यादि के विषय में गंभीर जिज्ञासाएँ कीं। उनसे उनके जीवन का लक्ष्य भी पूछा।

"मेरी त्रावनकोर रियासत के लोगों और उनके कार्यकलापों में बहुत रुचि है। मेरा संकल्प है कि मैं महाराज के प्रमुख और निष्ठावान प्रजाजन के रूप में राजपरिवार और अपनी प्रजा के कल्याण की वृद्धि के लिए, उनके हित में जो भी कर सकूँगा, वह करूँगा।"

युवराज, स्वामी से बहुत प्रभावित हुए। उनका रूप-रंग और व्यक्तित्व ऐसा था कि उनसे प्रभावित हुए बिना रहा ही नहीं जा सकता था।

"मैं आपका एक चित्र खींचना चाहता हूँ स्वामी जी!" युवराज ने कहा, "मुझे वैसे भी फोटोग्राफी का व्यसन है; किंतु आप जैसा व्यक्तित्व सामने पाकर मैं स्वयं को एकदम रोक नहीं पा रहा।"

स्वामी छवि खिंचवाने की मुद्रा में बैठ गए, "लो राजकुमार! अपना व्यसन पूरा करो।"

युवराज ने चित्र उतारा।

"अब क्या करोगे इसका?"

"इसे एक कलाकृति के रूप में विकसित करूँगा और मद्रास संग्रहालय में कलाचित्रों की प्रदर्शनी में प्रदर्शित करूँगा।"

"तुममें बहुत सारी संभावनाएँ हैं, युवराज!" स्वामी बोले, "किंतु मुझे भय है कि विश्वविद्यालय की यह पश्चिमी शिक्षा कहीं तुम्हें आत्मकेंद्रित और स्वार्थी न बना दे।"

"मेरी अपनी ऐसी कोई इच्छा नहीं है; और प्रभु की इच्छा के सम्मुख मेरा कोई वश नहीं है।"

स्वामी युवराज को आशीर्वाद देकर चले आए।

दूसरे और तीसरे दिन का अधिकांश भाग, स्वामी और सुंदरामा साथ-साथ ही रहे। तीसरे दिन की

संध्या के समय प्रो० रंगाचार्य आए। स्वामी की धारणा थी कि प्रो० सुंदरामा परंपरावादी हिंदू थे—विचारों में भी और क्रियाकलाप में भी। स्वामी ने हिंदू धर्म के विषय में जो कुछ भी कहा, वह सुंदरामा को प्रीतिकर ही लगा। यद्यपि बीच-बीच में वे स्थानीय लोकाचार के विरुद्ध अपना आक्रोश प्रकट करते ही रहते थे।

"यदि धर्म के अपने अंधविश्वास हैं तो विज्ञान के भी अंधविश्वास हैं। स्वतःसृष्टि और विकासवाद दोनों ही तर्क की कसौटी पर अपूर्ण और असंतोषजनक हैं। फिर भी अनेक वैज्ञानिक संसार को खुली पुस्तक कहते हैं। संशयवाद की भी अनेक लोग इतनी प्रशंसा करते हैं; किंतु वह भी तो मात्र अज्ञान ही है। उसने भारत के योग की उपेक्षा कर अपना अज्ञान और अहंकार ही प्रदर्शित किया है। पाश्चात्य मनोविज्ञान मनुष्य के अतिचैतन्य और मनुष्य की प्रकृति को समझने में पूर्णतः असफल रहा है। जहाँ पाश्चात्य विज्ञान स्तब्ध होकर ठहर जाता है, वहाँ भारतीय ज्ञान आकर मानव अस्तित्व के उच्च धरातलों, अस्तित्व और अनुभवों की व्याख्या करता है, उसका चित्रण करता है और उच्चतर अस्तित्व और अनुभवों के विषय में व्यावहारिक ज्ञान देता है।" स्वामी रुके, "केवल धर्म—और विशेषकर भारतीय ऋषियों का धर्म—ही मनुष्य के मन की उदात्त और सूक्ष्म गतिविधियों को समझ सकता है। वही इसकी लौकिक आकांक्षाओं को मर्यादित भी कर सकता है। तब ही हम ईश्वर के अस्तित्व को समझ सकते हैं, और जान सकते हैं कि उसके अतिरिक्त जो कुछ भी है, वह माया के बंधन में उसका सीमित प्रकटीकरण है।"

"तो आपको लगता है कि मनुष्य को अपनी लौकिक कामनाओं को सीमित कर, अलौकिक जीवन व्यतीत करना चाहिए?" प्रो० सुंदरामा ने कहा।

"ये दोनों ही मनुष्य को इंद्रियों के बंधन में बाँधे रखते हैं। जीवात्मा, अपने सत्त्व को शुद्ध कर, इन दोनों से ऊपर उठकर ही अपने जीवन के सर्वोत्तम लक्ष्य—मोक्ष—को प्राप्त कर सकता है।" स्वामी ने कहा, "तभी मनुष्य और देवता इस जीवन के तुच्छ आडंबर और मिथ्या अभिमानों से ऊपर उठ सकते हैं।"

"और जातिवाद···" प्रो० सुंदरामा रुके, "विशेषकर ब्राह्मणों के महत्त्व के विषय में आपका क्या विचार है?"

"ब्राह्मण तब तक जीवित रहेंगे, जब तक वे निःस्वार्थ कर्म करते रहेंगे और समग्र समाज को अपना ज्ञान मुक्तहस्त बाँटते रहेंगे।" स्वामी ने कहा, "ब्राह्मणों ने इस देश के लिए बहुत महान् काम किए हैं। वे आज भी महान् कार्य कर रहे हैं और भविष्य में इससे भी महानतर कार्य करना ही उनकी नियति है।"

"हमारे समाज में महिलाओं से अनेक अधिकार छीन लिए गए हैं।" प्रो० सुंदरामा ने कहा, "शिक्षा का अधिकार, स्वेच्छा से विवाह का अधिकार···। जाति के नाम पर भी अनेक प्रकार की स्वतंत्रता को बाधित किया जा रहा है। आप क्या इसे उचित और शास्त्रसम्मत मानते हैं?"

स्वामी गंभीर हो गए, "यह अनुचित है। शिक्षा, विवाह और महिलाओं के सम्मान के संदर्भ में शास्त्र की आज्ञा का उल्लंघन नहीं होना चाहिए। महिलाएँ हों अथवा ऊँची-नीची जातियाँ—उन सबको संस्कृत की शिक्षा दी जानी चाहिए। उन्हें भारत की प्राचीन आध्यात्मिक संस्कृति को आत्मसात् करना चाहिए और अपने जीवन में प्राचीन ऋषियों के विचारों और सिद्धांतों का अनुभव करना चाहिए। तब ही वे अपने ज्ञान और अपने अनुभव के अनुसार अपनी समस्याओं का विश्लेषण कर अपनी

आवश्यकताओं के अनुसार उनका समाधान करेंगे।"

सुंदरामा ने पूछा, "और सागर की यात्रा के विषय में आपका क्या विचार है? हमारे आज के पंडित उसका भी तो निषेध कर रहे हैं।"

"पाश्चात्य देशों की सामाजिक स्थितियों में कुछ ऐसा सुधार होना चाहिए कि हिंदुओं को वहाँ भी खान, पान और शुचिता की वे स्थितियाँ मिल सकें, जिनके वे युग-युगों से अभ्यस्त हैं। ब्राह्मण तथा अन्य वर्णों में वेदांत का प्रचार कर उन्हें समझाना होगा कि संसार की सारी जीवात्माएँ, उसी ब्रह्म का अंश हैं, अतः खानपान के बंधनों को इतना नहीं कसना चाहिए कि आप भिन्न समाज के भिन्न लोगों से मिल ही न सकें।" स्वामी का स्वर कुछ और सबल हो गया, "वैसे, जो हिंदू इन बंधनों को तोड़ने को प्रस्तुत थे, उनके लिए सागरतरण के मार्ग में कहीं कोई बाधा नहीं है। हमारे शास्त्र सागरतरण का विरोध नहीं करते।"

अगले दिन प्रो० सुंदरामा समाचार लाए कि त्रावनकोर के दीवान, शंकर सब्बियर ने महाराज से उनकी भेंट का प्रबंध कर दिया है।...राजा ने स्वामी को दो दिन बाद का समय दिया था।

स्वामी राजा से मिलने गए।

राजा ने स्वयं खड़े होकर स्वामी का स्वागत किया। उन्हें बैठने के लिए उच्च आसन दिया। उनके कुशल-क्षेम के विषय में पूछा।

स्वामी संक्षेप में उत्तर दे चुके तो राजा जैसे संतुष्ट होकर बोले, "जब तक आप तिरुवनंतपुरम् और त्रावनकोर राज्य में हैं, मेरे दीवान आपकी प्रत्येक सुविधा का ध्यान रखेंगे।"

राजा उठ खड़े हुए। यह भेंट समाप्त होने का संकेत था। भेंट मात्र तीन मिनटों में समाप्त हो गई।

स्वामी को कुछ निराशा हुई। किंतु वे कोई शिकायत नहीं कर सकते थे। राजा का व्यवहार पर्याप्त गरिमामय था और स्वामी उनके व्यवहार से प्रभावित भी हुए थे।

स्वामी का तिरुवनंतपुरम् में वह चौथा दिन था। प्रो० सुंदरामा ने अपने श्रद्धेय मित्र एस० रामाराव को संदेश भेजा। रामाराव त्रावनकोर राज्य में मलयालम भाषा में दी जाने वाली शिक्षा के निदेशक थे। अवस्था में प्रो० सुंदरामा से बड़े थे। उनके चरित्र की दृढ़ता, जीवन की पवित्रता तथा प्रभु के प्रति सच्ची भक्ति के कारण सुंदरामा ने सदा उनका सम्मान किया था और उनके प्रति स्निग्धता का अनुभव करते थे।

रामाराव स्वामी के व्यक्तित्व से इतने अभिभूत हुए कि उन्हें अपने घर आकर भिक्षा ग्रहण करने का आग्रह कर बैठे। स्वामी ने उसे तत्काल स्वीकार कर लिया। उनके घर भोजन कर स्वामी रामाराव के साथ ही लौटे। रामाराव ने निवेदन किया कि स्वामी उन्हें इंद्रिय निग्रह के विषय में कुछ बताएँ। स्वामी ने 'कृष्णकर्णामृत' के लेखक लीलाशुक के जीवन के ही समान एक अत्यंत जीवंत कथा सुनाई। उसके अंतिम चरण का उन्होंने जैसे साक्षात् वर्णन किया।...अंत में जैसे निष्कर्ष ही उपस्थित कर दिया, "यदि इंद्रियाँ संयत न हों और मन भटकता रहे, तो आरंभ में ही कठोर से कठोर पग उठाना चाहिए, ताकि मन अपनी भटकन छोड़कर प्रभु की ओर उन्मुख हो। जैसे लीलाशुक ने अपनी आँखें निकालकर प्रभु को अर्पित कर दीं।"

मन्मथनाथ भट्टाचार्य उस समय मद्रास में महालेखाकार के सहायक थे। स्वामी को सूचना मिली कि वे सरकारी काम से तिरुवनंतपुरम् आए थे। रेजिडेंट के खजाने में किसी प्रकार के गबन की खोजबीन करनी थी। स्वामी ने प्रो० सुंदरामा के माध्यम से मन्मथनाथ बाबू के विषय में सारी जानकारी प्राप्त कर ली।

उस दिन से स्वामी की दिनचर्या कुछ बदल गई। वे प्रातः ही मन्मथ बाबू के पास चले जाते थे। प्रायः अपना समय वहीं बिताते थे; और रात्रिभोजन के पश्चात् ही लौटते थे।

प्रो० सुंदरामा ने स्वामी से शिकायत की, "अब तो आप हमें तनिक भी समय नहीं दे रहे हैं। लोग आपसे मिलने आते हैं और निराश होकर लौट जाते हैं। आज भी कुछ लोग आए हैं। कृपया उन्हें छोड़कर न जाएँ।"

स्वामी हँसे, "हम बंगाली लोग भी कबाइली किस्म के लोग हैं। मन्मथ बाबू मेरे सहपाठी रहे हैं। वे संस्कृत कॉलेज, कलकत्ता के पूर्व प्राचार्य पंडित महेशचंद्र न्यायरत्न के पुत्र हैं, इसलिए उनका मुझ पर विशेष अधिकार है। बहुत दिनों से मछली भी नहीं खाई है। मन्मथनाथ बाबू के घर मछली भी मिल रही है।"

प्रो० सुंदरामा ने अपनी वितृष्णा प्रकट की, "मांसाहार! आप संन्यासी होकर भी मछली खाते हैं।"

स्वामी हँसे, "भारत के प्राचीन ब्राह्मण मांसाहार करते थे। वे यज्ञों में पशुओं का वध करते थे। अपने अतिथियों को मधुपर्क देने के लिए भी वे पशुबलि करते थे। यद्यपि हिंदू शास्त्र शाकाहार को ही वरीयता देते हैं; किंतु मांसाहार का सर्वथा निषेध नहीं करते। बौद्ध धर्म के प्रचार के साथ ही शाकाहार का विकास हुआ है। मैं तो यह भी मानता हूँ कि भारतीय समाज में मांसाहार के त्याग ने ही उनकी शक्ति को कम किया है, उनकी लड़ने की इच्छा को समाप्त किया है; और उसके परिणामस्वरूप अंततः हम लोग अपनी स्वतंत्रता भी खो बैठे हैं।"

"क्या शाकाहारी लोग लड़ नहीं सकते?"

"लड़ सकते हैं। उनमें से कुछ तो बहुत बलवान् भी होते हैं।" स्वामी बोले, "किंतु समूह के रूप में उनकी लड़ने की इच्छा क्षीण हो जाती है। विदेशी आक्रमणकारियों से टकराने की इच्छा नहीं रह जाती। अंततः वे पराजित हो जाते हैं। इतिहास इसका साक्षी है।"

"तो क्या अपनी लड़ने की इच्छा बचाए रखने के लिए मनुष्य राक्षस हो जाए?" प्रो० सुंदरामा कुछ रुष्ट थे।

"राक्षस मत बनिए; किंतु अपने जीवन, सम्मान और संपत्ति को बचाने के लिए, प्रतिरोध करने के लिए समाज और देश को संघर्ष तो करना ही पड़ेगा।" स्वामी ने कहा, "इधर बंगालियों ने सामूहिक रूप से मांसाहार पर कुछ बल दिया है। वे किसी पुरोहित से कुछ पशुओं पर मंत्राभिषिक्त जल छिड़कवा कर उन पशुओं को बिना किसी धार्मिक ग्रंथि के अपने भोजन के रूप में प्रयुक्त करते हैं।" स्वामी बोले, "यदि हिंदुओं को संसार में अन्य जातियों के संघर्षपूर्ण समाज में जीवित रहना है, तो उन्हें मांसाहार से विमुख नहीं होना चाहिए।"

प्रो० सुंदरामा न केवल परंपरावादी ब्राह्मण परिवेश में जन्मे थे, उनका पालन-पोषण भी उन्हीं संस्कारों में हुआ था। वे स्वामी के विचारों से तनिक भी सहमत नहीं हो पा रहे थे।

"एकमात्र वैदिक धर्म ने ही मनुष्य को सिखाया है कि प्रकृति से उसका संबंध बंधुत्व और एकता

का है।" प्रो० सुंदरामा बोले, "मनुष्य भी प्रकृति का ही अंग है। हमें यह भी सिखाया गया है कि राजनीतिक सत्ता अथवा अपने इंद्रियों के सुख जैसे तुच्छ लक्ष्यों के लिए हमें मानवता से पतित नहीं होना है।..."

"मैं आपसे सहमत हूँ कि राजनीतिक सत्ता अथवा किसी भी प्रकार की सत्ता के लिए मानवता से पतित नहीं होना चाहिए।" स्वामी ने उनकी बात काटी, "किंतु स्वतंत्रता की रक्षा प्रत्येक स्थिति में की जानी चाहिए।"

"मनुष्यता, स्वतंत्रता से अधिक महत्त्वपूर्ण है।" प्रो० सुंदरामा ने और भी बल देकर कहा, "सब जीवों के प्रति करुणा और विश्वबंधुत्व जैसी उदात्त और दिव्य भावनाओं को कभी नहीं त्यागना चाहिए, जो हिंदुओं और विशेषकर दक्षिण भारत के ब्राह्मण की विलक्षण संपत्ति है। उसे समयातीत या पिछड़ापन मानने की भूल कभी नहीं करनी चाहिए।..."

"कोई आपको पिछड़ा हुआ माने या न माने, दासता आपको पिछड़ने पर बाध्य कर देगी।" स्वामी ने कहा, "हमारा एक सहस्र वर्षों का इतिहास इसका साक्षी है।"

"हम सारे जीवों के प्रति भ्रातृभाव बनाए रखकर और मनुष्योचित भोजन करके ही नैतिक धरातल पर अपना उत्थान कर सकते हैं।" सुंदरामा बोले, "हमें अपने उत्थान और अन्य समाजों और संस्कृतियों से संघर्ष इत्यादि जैसी तुच्छ भावनाओं के लिए स्वयं को पतित नहीं करना है।"

पर प्रो० सुंदरामा स्पष्ट देख रहे थे कि अपनी आलोचना के प्रति स्वामी का भाव अवमानना का ही था।

"मेरा विचार है कि इस विषय में हम कभी भी सहमत नहीं हो सकते।" स्वामी का स्वर आवेशपूर्ण था, "दासता का प्रतिकार न करना अधर्म है। आप गृहस्थ नहीं, मुमुक्षु संन्यासी के आचरण का समर्थन कर रहे हैं। वह समाज का मार्ग नहीं है। कोई स्वाभिमानी समाज और देश उस मार्ग पर नहीं चल सकता।...पर आपके संस्कार मेरा तर्क नहीं सुन रहे और न ही सुनेंगे।"

"वह सब ठीक है।" प्रो० सुंदरामा ने अपने पुत्र रामास्वामी की ओर संकेत किया, "मैं इसे मांसाहार करने को कहूँगा, तो क्या यह बड़ा देशभक्त बन जाएगा? देश की समस्याओं का निदान करने लगेगा।"

"व्यावहारिक देशभक्ति केवल देश के प्रति प्रेम की भावना तक ही सीमित नहीं है, उसका अर्थ है देशवासियों की सेवा करने का उन्माद। मैं सारे भारत में अपने पैरों पर घूमा हूँ और मैंने अपनी आँखों से अपने देशवासियों का अज्ञान, पीड़ा, मलिनता और क्षुद्रता देखी है। मैं इस दुर्भाग्यपूर्ण स्थिति को बदल देने की कामना की धधकती ज्वाला में आकंठ जल रहा हूँ।..."

"यह क्या उनके कर्मों का फल नहीं है?" रामास्वामी ने पूछा।

"यदि वे अपने कर्मों का फल भोग रहे हैं, तो हमारा दायित्व क्या है? पड़े रहने दें उन्हें दुःखों के सागर में। उनकी सहायता न करें?" स्वामी बोले, "नहीं रामास्वामी! हमारा धर्म है कि हम उनका कष्ट दूर करें। यदि तुम ईश्वर को पाना चाहते हो तो मनुष्य की सेवा करो। नारायण तक पहुँचने के लिए दरिद्रनारायण—भारत के भूखे मरते लाखों लोगों की—की सेवा करो।"

"पर स्वामी! मैं अभी अपने धर्मग्रंथ पढ़ना चाहता हूँ।"

"अभी तुम छोटे हो। किंतु मैं आशा करता हूँ कि किसी दिन तुम श्रद्धापूर्वक उपनिषद्, ब्रह्मसूत्र और भगवद्गीता पढ़ोगे। वे प्रस्थानत्रयी में गिने जाते हैं। इतिहास, पुराण और आगम भी पढ़ोगे।

तुम इन ग्रंथों के समान कोई ग्रंथ संसार-भर में नहीं पाओगे। सारे जीवों में एक मनुष्य ही है, जो जानना चाहता है कि कहाँ, क्यों और क्या?…"

"स्वामी! आप यहाँ एक सार्वजनिक भाषण क्यों नहीं देते? लोगों को उससे बहुत लाभ होगा।" प्रो० सुंदरामा ने कहा।

"मैंने आज तक कोई सार्वजनिक भाषण नहीं किया है।" स्वामी ने कहा, "यदि मैं ऐसा कुछ करूँ तो मेरे हाथों एक शोचनीय और उपहासास्पद असफलता लगेगी।"

"मैसूर के महाराजा ने आपको शिकागो में होने वाली धर्मसंसद में हिंदू धर्म का प्रतिनिधित्व करने को कहा है।" प्रो० सुंदरामा ने कहा, "यदि आप एक साधारण सभा में भाषण नहीं कर सकते तो विद्वानों की उस महासभा का सामना कैसे करेंगे?"

"यदि प्रभु की इच्छा होगी कि मैं उनकी वाणी बनकर उनका संदेश संसार को दूँ और सत्य तथा सात्त्विक जीवन की सेवा करूँ, तो वे मुझे उसके योग्य बना देंगे।"

सुंदरामा को लगा कि स्वामी उन्हें टालने का प्रयत्न कर रहे हैं।

"यद्यपि मुझे हिंदू धर्म के मूलभूत और केंद्रीय सत्यों में पूर्ण विश्वास है, फिर भी मुझे इस प्रकार के किसी अलौकिक हस्तक्षेप में बहुत संदेह है।" सुंदरामा ने कहा, "मैंने मूल ग्रंथ नहीं पढ़े और न ही उनके तर्कों के संदर्भ में अंतर्दृष्टि प्राप्त की है। न ही मुझे ऐसी कोई दिव्य अनुभूति हुई है कि मैं आपके इस वक्तव्य के सत्य को देख सकूँ।"

स्वामी का स्वर तीखा हो उठा, "प्रो० सुंदरामा! आप अपने दैनंदिन जीवन में जितने भी परंपरागत विधि-विधान और पूजा-पाठ वाले निष्ठावान हिंदू हों, किंतु आपके मन में विश्वास नहीं है। आपका पूजा-पाठ बस दिखावा ही है। प्रभु पर विश्वास नहीं है आपको। आप प्रभु की शक्ति को भी अपनी शक्ति के ही समान ससीम मानते हैं।"

22 दिसंबर, 1892 का दिन था। स्वामी मन्मथनाथ भट्टाचार्य के साथ प्रस्थान करने वाले थे।

संस्कृत व्याकरण के महाविद्वान् पंडित वागीश्वर शास्त्री युवराज मार्तंड वर्मा के आश्रित थे और अपनी सात्त्विकता, विद्वत्ता और शालीनता के लिए समाज में अत्यंत सम्मान के पात्र थे। प्रो० सुंदरामा के आग्रह पर युवराज ने शास्त्री जी से निवेदन कर उन्हें प्रो० सुंदरामा के पुत्र को संस्कृत पढ़ाने के लिए तैयार कर लिया था। प्रो० सुंदरामा उनके कृतज्ञ थे। स्वामी के प्रवास के इतने दिनों में शास्त्री जी कभी प्रो० सुंदरामा के घर नहीं आए थे।

आज शास्त्री जी भागते-दौड़ते, हड़बड़ाए-से आए, " प्रो० सुंदरामा! मुझे स्वामी से मिलवा दें।"

"पर वे तो जा रहे हैं।"

"तो क्या हो गया। दो मिनट। बस, दो मिनट। भेंट चाहे दो मिनटों की ही क्यों न हो; किंतु आप मुझे उनसे मिलवा दें।"

"इतने दिनों से वे हमारे घर पर थे। आपको सूचना नहीं थी?"

"थी। सूचना तो थी कि उत्तर भारत के एक अत्यंत विद्वान् संन्यासी आपके घर पर ठहरे हुए हैं…।"

"तो? तब क्यों नहीं आए? आज एकदम अंतिम क्षण में…"

"मैं अस्वस्थ था।"

"तो अब दो मिनटों में क्या हो जाएगा?"

"एक आवश्यक चर्चा करनी है।" वे अत्यंत व्यग्र थे, "चर्चा आवश्यक है।"

स्वामी और भट्टाचार्य गाड़ी में बैठने के लिए सीढ़ियाँ उतर रहे थे।

शास्त्री जी ने अत्यंत याचनापूर्ण ढंग से प्रार्थना की, "प्रो० सुंदरामा, उन्हें दो मिनट के लिए रुक जाने के लिए कहें।"

प्रो० सुंदरामा बाध्य हो गए। वे स्वामी से इतना ही कह सके कि शास्त्री जी उनसे मिलने आए हैं।

स्वामी रुक गए। उन्होंने शास्त्री जी से संस्कृत में ही वार्तालाप आरंभ किया, जो सात-आठ मिनट तक चला।

प्रो० सुंदरामा संस्कृत नहीं जानते थे। वे समझ नहीं पाए कि उन दोनों में क्या चर्चा हो रही है। किंतु इतना तो वे समझ ही रहे थे कि स्वामी परेशान अथवा उद्विग्न नहीं थे।

चर्चा समाप्त हुई। स्वामी मुस्कराए। उन सबको आशीर्वाद दिया और चले गए।

"यह सब क्या था शास्त्री जी?"

"संस्कृत व्याकरण की एक गुत्थी वर्षों से उलझी हुई थी। मैं सिर पटक-पटककर थक गया था, किंतु उसका समाधान नहीं हो रहा था।"

"तो अब हो गया?"

"हाँ! इतने से समय में ही स्वामी ने उस समस्या के विषय में अपनी राय और संस्कृत भाषा का अपना उत्कृष्ट ज्ञान प्रदर्शित कर दिया। मेरा वर्षों का परिश्रम आज सार्थक हुआ।"

22

"हम यहाँ से कहाँ जाएँगे?" स्वामी ने मन्मथ बाबू से पूछा।

"आपके विषय में तो मैं नहीं कह सकता।" मन्मथ बाबू बोले, "जाने परिव्राजक कहाँ जाएगा। आप अभी क्षण-भर में निश्चय कर सकते हैं कि कन्याकुमारी न जाकर रामेश्वरम् जाएँगे…"

"परिव्राजक तो स्वयं भी नहीं जानता कि वह कन्याकुमारी जाएगा या रामेश्वरम् या कहीं और!" स्वामी ने कहा, "आप बताइए कि आपकी क्या योजना है?"

"नगरकाइल जाना है, यहाँ से लगभग चालीस-बयालीस मील। कन्याकुमारी वहाँ से बारह मील दूर है।" मन्मथ बाबू बोले, "मुझे वहाँ कुछ सरकारी काम है।"

"रुकेंगे कहाँ—डाकबँगले में?"

"नहीं! रत्नस्वामी अय्यर के घर पर।" मन्मथ बाबू ने कहा, "वे वहाँ नमक के कलक्टर हैं। हम उन्हीं के अतिथि होंगे। उसके आगे मैं पांडिचेरी जाऊँगा। आप पांडिचेरी चलना चाहेंगे?"

"नहीं।"

"अच्छी जगह है।"

"मेरा विरोध पांडिचेरी से नहीं है।" स्वामी बोले, "किंतु अभी मुझे कहीं और जाना है।"

"तो नगरकाइल से हमारी दिशाएँ पृथक् हो जाएँगी।" मन्मथ बाबू ने कहा, "मैं तो सरकार के अधीन हूँ, अपनी इच्छा से मार्ग नहीं बदल सकता।"

"मैं भी अपनी माँ के अधीन हूँ।" स्वामी हँसे, "न अपनी इच्छा से कुछ कर सकता हूँ, न अपनी इच्छा से चल सकता हूँ। इस मस्तिष्क को भी वह ही चलाती है और इन पैरों को भी।"

"तो आप अभी बच्चे हैं।" मन्मथ बाबू हँसे, "माँ की अंगुली पकड़कर चलते हैं।"

"इसीलिए संसार में आकर भी औरों के समान भटका नहीं हूँ।"

"तो माँ हमें क्यों नहीं चलातीं? माँ केवल आपकी ही हैं?"

"आपका वयस्क होने का भाव ही माँ के आड़े आता है। अपने शिशु पुत्र को प्रत्येक माँ अपने वक्ष से लगाए रखती है, किंतु वयस्क पुत्र को तो कोई माँ गोद में नहीं लेती।"

"तो मनुष्य कभी वयस्क ही न हो?"

"वयस्क होने का भाव तो अहंकार मात्र है।" स्वामी ने हँसकर कहा।

"मनुष्य अपने पैरों चल तो सकता है।"

"चलाती तो तब भी माँ ही हैं; किंतु अदृश्य रहकर। तब वे अपना आभास नहीं होने देतीं।" स्वामी ने कहा, "माँ की अंगुली थामकर चलने वाला शिशु अपनी माँ की इच्छा को देखता, सुनता और समझता है।"

मन्मथ बाबू ने कुछ चमत्कृत होकर स्वामी की ओर देखा; किंतु स्वामी ने अपनी आँखें बंद कर ली थीं। वे अपना चेहरा आकाश की ओर उठाकर बोले, "शिव! शिव!!"

रामेश्वरम् जाने का संकल्प बीच में ही रह गया। स्वामी कन्याकुमारी की ओर खिंचे चले आए। सीधा तर्क तो यही था कि नगरकाइल से कन्याकुमारी का मार्ग सीधा और छोटा था। उसके इतने निकट आकर वहाँ से उलटी दिशा में मुड़ जाना उचित नहीं था।...किंतु स्वामी यह भी अनुभव कर रहे थे कि उनके मन को कोई कन्याकुमारी की ओर आकृष्ट कर रहा था। बार-बार लगता था कि माँ अपनी तर्जनी से कन्याकुमारी की ओर संकेत कर रही हैं। पवन उसी ओर चला जा रहा था। सागर का जल उसी ओर बह रहा था।...स्वामी यह निश्चय नहीं कर पा रहे थे कि यह कोई वास्तविक निर्देश था या उनके अपने ही मन की माया थी, जो उन्हें भरमा रही थी।...

नगरकाइल में मन्मथ बाबू से विदा होकर वे पैदल ही चल पड़े। मन्मथ बाबू उनके लिए किसी सवारी का प्रबंध कर देने पर तुले हुए थे; किंतु स्वामी ने उसे स्वीकार नहीं किया। माँ के द्वार पर जाना था, तो सवारी पर नहीं, माँ की दी हुई, अपनी इन दो टाँगों पर ही चलकर जाना था।...मार्ग में कई स्थानों पर वे सागर के कुछ निकट और कहीं कुछ दूर होते गए थे। पर उन्हें सागर उतना आकृष्ट नहीं कर रहा था, जितना प्रायः किया करता था। उन्हें लग रहा था कि वे किसी स्थान विशेष तक पहुँचने को व्याकुल नहीं थे। स्थान का क्या है। धरती हो या सागर—वे तो सब स्थानों पर एक जैसे ही थे; किंतु कन्याकुमारी कोई स्थान नहीं था। वह माँ का स्थान था। वहाँ तो माँ थीं। उनकी माँ। जिन्हें वे कहाँ-कहाँ ढूँढ़ आए थे। थीं तो वे सर्वत्र ही; किंतु कहीं वे सर्वथा अदृश्य थीं, कहीं उनका आभास मात्र मिलता था, और कहीं वे पूर्णतः प्रकट थीं—साक्षात्।

जैसे-जैसे वे कन्याकुमारी के निकट होते जा रहे थे, उनके पैरों में जैसे पंख उगते आ रहे थे। पंख बढ़ते जा रहे थे—संपाती के जैसे। मन होता था, उड़कर माँ के चरणों में पहुँच जाएँ...या फिर

हनुमान जी के समान एक बार कूदें और सीधे माँ के सम्मुख जा उतरें।

आदि शक्ति माता जगदंबा ने कन्या के रूप में भगवान् भोलेनाथ को पाने के लिए जहाँ तपस्या की थी, पहले तो भक्तों ने उनका मंदिर वहीं बनाया होगा।···किंतु माँ की यह कैसी माया थी कि उस स्थान को सर्वसाधारण से कुछ दूर रखने के लिए उन्होंने सागर को आदेश दिया कि वह अपनी लहरों रूपी खड्ग से काटकर उस शिला को मुख्य भूमि से पृथक् कर दे।···होगा, उसका भी कोई कारण होगा। वे नहीं चाहती होंगी कि मछुआरे दिन-भर वहाँ अपनी नौकाएँ डालें, मृत मछलियों की दुर्गंध, सांसारिक चर्चाओं और सांसारिक व्यवहार से उस स्थल की पवित्रता को नष्ट कर दें। वे नहीं चाहती होंगी कि सैलानी आएँ और अपनी भोगवृत्ति से उस स्थान के परिवेश को दूषित करें। वह तपस्या भूमि थी, दूषित करने के लिए नहीं थी।···सागर धरती को काटकर, उस शिला—श्रीपाद शिला—को कुछ दूर कर दे। सागर स्वयं उसकी रक्षा करे। सागर के जीव-जंतु—बड़ी मछलियाँ, मकर, नक्र, ग्राह उसके पहरेदार बने रहें, ताकि विशेष आवश्यकता होने पर ही कोई वहाँ जाए।···मंदिर तो साधारण लोगों ने बनवाया था; किंतु श्रीपाद शिला पर, चरण-चिह्न तो स्वयं माँ ने छोड़े थे। तपःपूत चिह्न!

श्रीपाद शिला के मुख्य भूमि से कट जाने पर, लोगों ने शिला तक जाने के परिश्रम से बचने के लिए, मुख्य भूमि पर वैसा ही एक मंदिर बना लिया था। श्रीपाद चिह्न तो वे नहीं ला सके थे, पर उसमें माँ की प्रतिमा स्थापित कर दी थी। अब वही माँ का मंदिर था। लोग वहीं पूजा-अर्चना कर संतुष्ट थे। वहाँ माँ नहीं, तो माँ की छाया तो थी ही।···

बहुत देर से माँ से बिछड़ा हुआ बच्चा, जिस आतुरता से अपनी माँ से मिलता है, उसी आतुरता से दौड़ते हुए स्वामी ने सागरतट पर बने मंदिर में माँ की प्रतिमा को हर्षोन्माद में साष्टांग प्रणाम किया।···

"बहुत भटकाया तुमने माँ! पर अब मैं आ गया हूँ! मैं आ गया!"

स्वामी की आँखों से निरंतर अश्रु बह रहे थे। हृदय उमड़-उमड़कर ऊपर आ रहा था।···वे डबडबाई आँखों से माँ के चेहरे को देख रहे थे। उन्हें माँ के नयनों में स्वागत की द्युति दिखाई दी।···वे जानते थे कि वे यहाँ रोने-धोने नहीं आए थे। वे तो माँ के बुलाने पर आए हैं। क्यों बुलाया है माँ?··क्या इस पुत्र के प्रति कुछ माया जन्मी है? दर्शन होंगे माँ? एक बार ठाकुर के कहने पर उस रात दक्षिणेश्वर के मंदिर में गए थे। कैसा जीवंत और सघन आभास हुआ था। वह अनुभूति वे आज तक नहीं भूल पाए।

···वे एक कोने में बैठ गए। स्तुति गायन किया और नाम-जप करने लगे।···मन ने कहा, 'माँ की चरण-वंदना करने आया है, तो उनके श्रीपाद के दर्शन भी तो कर।'

स्वामी माँ को प्रणाम कर मंदिर से बाहर निकल आए।···उनकी दृष्टि श्रीपाद शिला की दिशा में टिकी हुई थी; और पैर चलते जा रहे थे। चलते-चलते वे वहाँ तक पहुँच गए, जहाँ मिट्टी समाप्त हो रही थी और पानी आरंभ हो रहा था।···जल ने पैरों को छुआ, तो उनका ध्यान उस ओर गया।

"साधु महाराज! क्या शार्क पकड़ने जा रहे हैं या साँप?" एक नाविक उनके सामने खड़ा था।

स्वामी ने दृष्टि उठाकर उसकी ओर देखा : वह हिंदी बोल रहा था।

"तो तुम हिंदी भी बोल लेते हो?"

"यह तीर्थस्थल है महाराज! यहाँ सारे भारत से भक्तजन आते हैं। वे हिंदी ही बोलते हैं। यहाँ अंग्रेजी से काम नहीं चलता। हिंदी न बोलें तो पेट कहाँ से भरें।" वह रुका, मैंने पूछा, "शार्क पकड़ने

जा रहे हैं क्या?"

"तुम शार्क खरीदते हो क्या?" स्वामी ने हँसकर पूछा।

"मैं खरीदकर क्या करूँगा?"

"तो मैं पकड़कर किसको बेचूँगा?"

नाविक हँस पड़ा, "तो महाराज! पानी में कहाँ चलते जा रहे हैं। यह स्थान शार्कों और हिंस्र जलप्राणियों से भरा पड़ा है। दो-चार गज भी जल में गए, तो वे आपको घसीटकर पाताल में ले जाएँगे।"

स्वामी ने देखा कि उनके आसपास लोगों की भीड़ एकत्रित होती जा रही है। वे लोग उनकी चर्चा सुन रहे थे। उनमें तीर्थयात्री भी थे, पंडे भी और नाविक भी। कुछ छिटपुट सामान बेचने वाले लोग भी थे।

"मुझे श्रीपाद शिला पर जाना है।" स्वामी ने कहा।

"तो आओ, ले चलते हैं।" दो-तीन नाविकों ने एक साथ कहा और जैसे वे उन्हें अपनी-अपनी नौका की ओर खींचने लगे।

स्वामी ने देखा : वे कठनौकाएँ, जैसे वृक्ष के तने को खोदकर बनाई गई थीं। न उनमें गहराई थी और न नाव का आकार ही नाव जैसा था। यह तो किसी लट्ठे पर बैठकर यात्रा करने जैसा था। लहर आई या किसी महामत्स्य ने थपेड़ा मारा अथवा किसी और कारण से नाव डोली तो यात्री सीधे समुद्र को समर्पित हो जाएगा।...स्वामी जानते थे कि नाविकों को इसका अभ्यास होता है। सागरतटों पर ऐसी नौकाएँ होती हैं। नाव उलट जाए तो नाविक तैरने लगते हैं और नौका को सीधा कर फिर से उसमें चढ़ जाते हैं। किंतु यह स्थान सैलानियों के लिए बनाया गया निर्दोष सागरतट नहीं था। यहाँ नाव उलट गई और नाविक पानी में गया तो उसे भी तो शार्क खींचकर ले जा सकता है। किंतु और कोई विकल्प नहीं था।

"इतने लोग क्यों खींच रहे हो भाई! मुझे तो किसी एक नौका में ही जाना है।"

सहसा एक नया नाविक प्रकट हुआ, "जाओगे तो एक ही नौका में, किंतु देने के लिए भाड़ा भी है?"

"भाड़ा? मुझसे भाड़ा लोगे?" स्वामी ने कुछ चकित होकर पूछा, "मुझसे तो पुण्य कमा लो। मैं तीर्थयात्री हूँ और फिर संन्यासी हूँ।"

"यहाँ जो भी आता है, वह तीर्थयात्री ही होता है।" वह बोला, "और कोई गृहस्थ तो उस शिला तक जाने का प्रयत्न भी नहीं करेगा। किसको अपने प्राण भारी पड़े हैं। और फिर वहाँ है ही क्या? एक मंदिर तक तो है नहीं।"

"कितना भाड़ा है?"

"दो पैसे दे दो।"

"नहीं! तुम संन्यासी हो, पाँच पाइयाँ, चलो, चार पाइयाँ ही दे दो।"

"मेरे पास तो एक पाई भी नहीं है।" स्वामी बोले, "सच पूछो तो फूटी कौड़ी भी नहीं है। पता नहीं, क्यों पूछ बैठा कि भाड़ा क्या है।"

"तो हम किस लाभ के लिए, इन शार्कों, साँपों और महामत्स्यों के बीच में से अपनी नौका लेकर जाएँ। एक बार किसी ने धक्का दे दिया और नाव उलट गई, तो हम शार्क के मुँह में भी हो

सकते हैं और समुद्र के पेट में भी।"

"तुम्हारे लाभ के विषय में मैं क्या कहूँ, मेरे पास तो कुछ नहीं है।"

"तो अपनी नाव ले आओ।" नया आया नाविक चला गया।

अन्य लोगों की रुचि भी समाप्त हो गई थी। स्वामी अब उनके लिए सवारी नहीं रह गए थे। ग्राहक नहीं थे। उनके साथ माथापच्ची करना व्यर्थ था। वे नए ग्राहकों की खोज में चले गए थे।

स्वामी तट के साथ-साथ कुछ दूर तक चलते चले गए।···उन्हें नहीं लगता था कि इस तीर्थभूमि पर कोई नाविक उन्हें शिला तक निःशुल्क ले जाएगा। भक्तों के लिए यह तीर्थ होगा, किंतु नाविकों के लिए तो यह अर्जनभूमि थी। वे यहाँ अपनी आजीविका कमाने आए थे, पुण्य कमाने नहीं।···या तो स्वामी तब तक रुकें, जब तक कि कोई श्रद्धालु भक्त उनका भाड़ा देने के लिए, प्रस्तुत नहीं हो जाता।···किंतु स्वामी के पास समय नहीं था। माँ उन्हें बुला रही थीं।···माँ उन्हें बुला रही थीं और वे भाड़े के अभाव में रुके बैठे थे? जिसकी सृष्टि है, जिसका सागर है, जिसके शार्क, सर्प और महामत्स्य हैं—वही माँ उन्हें बुला रही हैं और वे इस प्रतीक्षा में खड़े हैं कि कोई नौका उन्हें उस शिला तक ले जाए। काठ की नौका?···शिला तक तो धन का शुल्क लेने वाली काठ की नौका ले जाएगी···भव-सागर को तरने के लिए कौन-सी नौका आएगी? किस धन से उसका और उसका शुल्क चुकाया जाएगा? वे व्यर्थ के झंझट में पड़े हैं। माँ ने बुलाया है और उन्हें जाना है। माँ ने कब कहा कि वे नाव में ही आएँ? वहाँ सामने की उस शिला पर माँ बैठी उनकी प्रतीक्षा कर रही हैं और वे नौका और नाविक की प्रतीक्षा में हैं। माँ से बड़ा नाविक भी कोई है क्या?

बिना किसी से कोई चर्चा किए, बिना अधिक सोच-विचार किए, बिना अपने आसपास देखे, स्वामी एक चट्टान पर चढ़े और उस ग्राह-सघन जल में कूद पड़े···

छपाक्!···

उनके कूदने के शब्द से अनेक लोगों का ध्यान उस ओर आकृष्ट हुआ। तट पर जमा हो आई भीड़ ने देखा कि वह युवा संन्यासी सागर में तैरता हुआ, श्रीपाद शिला की दिशा में बढ़ रहा था। आसपास का सागर बहुत अशांत था। लहरों पर लहरें उठ रही थीं, थपेड़ों पर थपेड़े पड़ रहे थे, जैसे लहरें संन्यासी को उसके दुस्साहस पर चेतावनी दे रही हों।···

किंतु स्वामी का मन उस सागर से भी अधिक व्याकुल था। उन्हें लहरों पर नृत्य करती अपनी माँ दिखाई दे रही थी। आकृति स्पष्ट नहीं थी। चारों ओर वाष्प का आवरण था। नीहारिकाओं के समान वह आकृति बन और बिखर रही थी। उसकी मुद्राएँ पल-पल परिवर्तित हो रही थीं। कभी वह हँसकर भुजाएँ बढ़ा देती थीं, जैसे गोद में उठा लेंगी···कभी केवल मुस्कान से आकृष्ट कर रही थीं। कभी माथे पर त्यौरी आ जाती थी, "तुझमें माँ से मिलने की अटूट आतुरता क्यों नहीं है? समुद्र से डरता है? शार्कों से डरता है? उन तुच्छ जीवों की शक्ति पर तुझे विश्वास है और अपनी माँ, जगदंबा की शक्ति पर विश्वास नहीं है? माँ नहीं चाहेंगी तो कोई मत्स्य तेरे निकट भी कैसे आएगा और माँ की इच्छा होगी तो इन लहरों से तुझे कौन बचा सकता है?···समर्पण नहीं है तुझमें? विश्वास का कच्चा है क्या? तू समुद्र की गोद में नहीं, अपनी माँ की गोद में है। माँ अपनी भुजाओं में थोड़ा हिलाए-डुलाए, थोड़ा उचका दे, उछाल दे, तो क्या उससे संतान का अहित हो सकता है?···देखा है किसी बच्चे को इस प्रकार माँ के हाथों से गिरकर चोट खाते? प्राण गँवाते?

रामसुब्बा अय्यर ने स्वामी को कूदते देखा और उसका कलेजा मुँह को आ गया।...यह संन्यासी समुद्र में नहीं, मृत्यु के मुँह में कूदा था। अभी उसका तड़पता हुआ शरीर दिखाई देगा।...या शायद वह भी दिखाई न दे, सागर के श्वेत, काले या लाल जल में मनुष्य का थोड़ा-सा रक्त आकर मिल जाएगा और संन्यासी का शरीर भक्षकों के पेट में पहुँच जाएगा।...सुब्बा का मन हुआ कि वह संन्यासी की सहायता के लिए जाए। पर कैसे जाए? उसमें तो इतना साहस नहीं था कि संन्यासी के समान समुद्र में कूद पड़े और तैरता हुआ उसके पास जा पहुँचे।...नौका लेकर जाए? पर तब तक तो जो होना है, हो चुका होगा...

सुब्बा ने अपने आसपास देखा। दो-चार पगों की दूरी पर खड़ा एक अधेड़ व्यक्ति संन्यासी की दिशा में देख रहा था और चिंतित प्रतीत हो रहा था।

"यह संन्यासी तो नहीं बचेगा।" वह बोला।

"लगता तो ऐसा ही है, पर हम क्या करें?...आप?"

"मैं सदाशिव पिल्लै।" उस व्यक्ति ने कहा, "यहीं रहता हूँ।"

"हम हिंदू लोग अपने धर्म के लिए कुछ नहीं करते।" सुब्बा ने खीजकर कहा, "उस संन्यासी के समान कोई पादरी कूदा होता तो सारे नौका वाले उसे बचाने के लिए भाग खड़े हुए होते।"

"क्यों?"

"क्योंकि नाविक भी ईसाई हैं।"

"इन पादरियों ने यहाँ सबको ही ईसाई बना डाला है।"

वे दोनों साथ-साथ बैठ गए।...

"क्या हम सचमुच उसके लिए कुछ नहीं कर सकते?"

"अपने प्राण दे सकते हैं।" सुब्बा ने कहा।

"मैं अपने प्राण देने के लिए नहीं, उसके प्राण बचाने के लिए कह रहा हूँ।" सदाशिव पिल्लै कुछ खीजकर बोला।

"आप उसके लिए कुछ करना क्यों चाहते हैं?" सुब्बा ने कहा, "वह जानबूझकर अपनी इच्छा से समुद्र में कूदा है, किसी ने उसे न तो धक्का दिया है, न समुद्र में कूदने को बाध्य किया है।"

"वह असाधारण साहसी है। असाधारण व्यक्ति है।" सदाशिव बोला, "मैंने उसे निकट से देखा है। पैदल आते भी देखा है, मंदिर में प्रार्थना करते भी देखा है।..."

"क्यों देख रहे थे आप उसको?"

"उसके व्यक्तित्व से प्रभावित होकर। ऐसा तेजस्वी पुरुष मैंने आज तक नहीं देखा। मैं उसकी गतिविधि का ध्यान रख रहा था। पर मैंने यह नहीं सोचा था कि वह इस प्रकार समुद्र में कूद पड़ेगा, नहीं तो मैं उसे नौका का भाड़ा दे देता।"

"कह तो आप ठीक ही रहे हैं।" सुब्बा ने कहा, "मैंने भी उसे कूदते और तैरते देखा है, पर मेरे तो हाथ-पैर सुन्न हो गए। जड़ हो गया था मैं।"

"देखते हैं कि वह जीवित वापस आता है या शिला तक पहुँचता है।"

"अब क्या करना है?"

"प्रतीक्षा ही कर सकते हैं।"

दोनों मौन हो गए।

"संध्या समय तक यदि संन्यासी नहीं लौटे तो हमें कुछ करना ही होगा।" सदाशिव पिल्लै ने चिंतित स्वर में कहा।

सुब्बा ने उसकी ओर देखा अवश्य, किंतु कुछ कहा नहीं।

स्वामी तैरते जा रहे थे।...कैसा अच्छा लग रहा था। वे थे और उनकी माँ थीं। उनके मध्य कोई नहीं था। उनके मन में माँ से मिलने की जितनी और जैसी उत्कंठा आज थी, उसका एक विचित्र-सा सुख था। लग रहा था कि वे प्रकृति से जैसे कोई खेल खेल रहे हैं। वे माँ से मिलना चाहते थे और प्रकृति मार्ग में विभिन्न प्रकार की बाधाएँ फैलाए बैठी थी, जैसे कोई बच्चा अपनी माँ को सामने देखकर दौड़ता हुआ सीधा उसके पास जा रहा हो, और कोई व्यक्ति खेल-खेल में ही मार्ग में अपनी बाँह फैलाकर उसको रोक ले, अपनी टाँग अड़ाकर उसे आगे न जाने दे, या आँखों के सामने अपनी हथेली रखकर माँ को दृष्टि से ओझल कर दे।...किंतु वे वैसे शिशु नहीं थे कि माँ के आँख से ओझल होते ही हताश होकर रो पड़ते।...वे जानते थे कि माँ उनके निकट ही हैं। आसपास हैं। उन्हें देख रही हैं। लीला कर रही हैं। माँ और बेटा लुका-छिपी खेल रहे हैं। उन्होंने माँ को खोज लिया तो ठीक, अन्यथा माँ ही उन्हें गोद में उठा लेंगी और खिलखिलाकर हँस पड़ेंगी।...

स्वामी ने समुद्र बहुत बार देखा था; किंतु पानी के इतने ऊँचे उठते पहाड़ पहले कभी नहीं देखे थे। लहरों से उन्होंने बहुत खेल खेले थे; किंतु लहरों ने अजगर बनकर उनको इस प्रकार कभी नहीं बाँधा था, न इस प्रकार उठा-उठाकर फेंका था, जैसे हाथी क्रुद्ध होकर किसी को अपनी सूँड़ में उठा-उठाकर दूर फेंकता रहे, या फिर क्रुद्ध ऋषभ किसी के प्राण लेने के लिए उसे अपने सींगों पर उठा-उठाकर ऊँचे से ऊँचे उछालने का प्रयत्न करे।...समुद्र में कूदने से पहले उन्होंने लोगों से शार्क, सर्प तथा महामत्स्यों की चर्चा सुनी थी। किसी ने नहीं कहा था कि यहाँ समुद्र बहुत भयंकर था, सभी ने यही कहा था कि इसमें रहने वाले जलचर अत्यंत हिंस्र और मानवभक्षी थे।

सहसा स्वामी की समझ में अपनी माँ का खेल आ गया।...वस्तुतः समुद्र उन्हें उछाल नहीं रहा था, उन हिंस्र जलचरों से बचा रहा था। लहरें उन्हें छोड़तीं तो जलचर उन्हें पकड़ते। लहरें उन्हें अपने सिर पर उठा लेती थीं और शार्क नीचे से ही मुँह बाए उन्हें देखते रहते थे। लहरें उन्हें ऊपर ही ऊपर से समुद्र पार करा रही थीं, जैसे वे सागर के ऊपर से उड़ते हुए जा रहे हों।...क्या हनुमान ने भी इसी प्रकार सागर पार किया था?...कहा जाता है कि उन्होंने कूदकर एक छलाँग में ही सागर पार कर लिया था; किंतु उनकी समुद्री यात्रा में बाधाएँ तो सारी समुद्र में से ही उपजी थीं।...तो वे तैर ही रहे होंगे, किंतु इसी प्रकार तैर रहे होंगे, जिसमें जल में कम और हवा में अधिक रहे होंगे।

सहसा उन्हें पानी के कम होने का आभास हुआ और उन्होंने देखा कि वे श्रीपाद शिला के निकट पहुँच गए थे। पैरों के नीचे उन्हें चट्टानों का ठोस आधार मिल गया था; किंतु सामने जहाँ वे हाथ टेककर पानी से बाहर आने की सोच रहे थे, वहीं जलचर बैठा सुस्ता रहा था, अथवा उनकी प्रतीक्षा कर रहा था। वह अभी उनकी बाँह को अपने दाँतों में चीथकर उन्हें घसीटता हुआ जल में ले जाएगा तो इतना तैरकर थक गए स्वामी आत्मरक्षा के लिए क्या कर पाएँगे?...

किंतु जलचर समुद्र में से सहसा इस प्रकार प्रकट हो गए एक नए जीव को अपने इतने निकट देखकर जैसे घबरा गया और अपने बचाव के लिए समुद्र की शरण में चला गया।...उसके द्वारा खाली किए गए स्थान पर अपना हाथ टिका, स्वामी समुद्र से बाहर आ गए। अब वे पूर्णतः आश्वस्त थे

कि वे अपने गंतव्य पर पहुँच गए हैं।

उन्होंने दृष्टि उठाकर देखा : सागर और आकाश मिलकर एक हो रहे थे। उनके मध्य की दूरी लहरों ने मिटा दी थी। वेदांत का कितना अच्छा उदाहरण था। सारी प्रकृति मिलकर एकरूप हो गई थी। और यह ही जगदंबा का निराकार रूप था! वास्तविक रूप! शरीर तो वे किसी कारणवश धारण करती थीं। स्वामी का मन भी लहरों के समान ही नाच रहा था।

वे आगे आए : श्रीपाद चिह्न वहाँ से दूर नहीं थे।...स्वामी की आँखों में अश्रु आ गए। शरीर रोमांचित हो उठा और मन उमड़-उमड़कर मुँह की ओर आने लगा। यहाँ उनकी माँ ने तपस्या की थी।...वे घुटनों के बल वहीं बैठ गए।...माँ! तुम्हारी तपस्या से पाषाण पिघल गए थे और तुम्हारे चरण-चिह्न यहाँ अंकित हो गए थे, या भक्तों ने बाद में तुम्हारी प्रतिमा स्थापित की थी और तुमने स्वयं ही सागर का जल बनकर उस मंदिर और प्रतिमा को धो दिया?...क्यों करती हो माँ! तुम ऐसा क्यों करती हो? किसी के मन में प्रेरणा बनकर उभरती हो कि वह तुम्हारी प्रतिमा बनाए, तुम्हारा मंदिर बनाए और कहीं और किसी के मन को प्रेरित करती हो कि वह तुम्हारे मंदिर को तोड़ दे, प्रतिमा को खंडित कर तुम्हें अपमानित करे?...

सहसा स्वामी का मन ठहर गया।...क्या माँ भी मान-अपमान का अनुभव करती हैं? क्या अपना मंदिर बनता देख वे प्रसन्न होती हैं? और मंदिर के खंडित होने पर उनको कष्ट होता है? क्या माँ को भी यश की तृष्णा है? उन्हें भी सम्मान की भूख है?...ऐसा होता तो उनका मंदिर कैसे टूट सकता था? उनकी प्रतिमा कैसे खंडित हो सकती थी?...यह तो मनुष्य का ही मन था कि अपने अहंकारवश स्वयं को सारी सृष्टि से पृथक् मानता था। अपने मान-सम्मान की चिंता करता था। अपना यश अपयश मानता था। स्वयं को किसी से छोटा और किसी से बड़ा मानता था।...

स्वामी ने माँ के चरणों के सम्मुख माथा टेक दिया। "...दर्शन दो माँ! प्रत्यक्ष दर्शन दो!...एक बार दक्षिणेश्वर में तुम्हारा आभास पाया था तो मेरी मोह-माया नष्ट हो गई थी। अब एक बार तुम्हारे प्रत्यक्ष दर्शन हो जाएँ, तो यह सुख-दुःख सब मिट जाएँ। चिंताएँ और समस्याएँ समाप्त हो जाएँ। मैं तुम्हारे चरणों में बैठा, तुम्हारे सुंदर मुख को निहारता रहूँ। तुम्हारी आनंदस्वरूप प्रतिमा को देखता, स्वयं को भूला रहूँ। मेरे लिए इस माया-मोह का अस्तित्व ही न रहे।"

सहसा स्वामी को माँ की सजीव उपस्थिति का भान होने लगा। माँ यहीं उनके आसपास थीं। अपने विराट् रूप में उनके चारों ओर थीं। बस, प्रकट नहीं हो रही थीं।...

पल-पल में आकाश और समुद्र के रंग बदल रहे थे। मेघों और झंझावातों के रूप बन और बिगड़ रहे थे। पवन का अलौकिक संगीत जैसे किसी आनंद नगरी का निर्माण कर रहा था।...और उसमें से स्वामी को माँ की संगीतमयी वाणी सुनाई पड़ रही थी..."तू आया तो है पुत्र! किंतु किसलिए आया है? सागर का सौंदर्य देखने तो नहीं आया है। सोच पुत्र! ध्यान कर! अपने लक्ष्य का निर्धारण कर! मुझे प्रत्यक्ष देखना चाहता है, या चाहता है, मैं तेरे हृदय में सदा निवास करूँ? बोल, क्या चाहता है? क्षण-भर के दर्शन अथवा सदा का हृदय निवास?..."

अगले दिन प्रातः ही सुब्बा सागरतट की ओर चल पड़ा। रात को वह ठीक से सो नहीं पाया था। क्षण-भर को आँख लगती तो उस युवा संन्यासी की आकृति उसके मन में तांडव करने लगती। और फिर जोर से शब्द होता...छपाक्!

उसे दिखाई देता कि संन्यासी पानी में कूद पड़ा था···उसका कलेजा मुँह को आने लगता। उसका मन जोर-जोर से चिल्लाने लगता, 'अभी कोई हिंस्र जंतु उसको फाड़ खाएगा और अभी उसका रक्त जल के ऊपर तैरता दिखाई देगा।'

सुब्बा उठकर बैठ जाता। उसकी पत्नी ने उसे कई बार टोका। उसे समझाया। सो जाने को कहा।···किंतु सुब्बा को नींद नहीं आई।

सागरतट पर सदा के समान चहल-पहल थी। लोग अपने-अपने कामों में लगे हुए थे। यात्री, पंडे, मछुवारे, नाविक, साधारण केले और कच्चा नारियल बेचने वाले।···पर किसी को भी उस संन्यासी की चिंता नहीं लग रही थी। किसी को भी स्मरण नहीं था कि कल एक संन्यासी नाव के भाड़े के पैसे न होने के कारण, श्रीपाद शिला तक जाने के लिए सागर में कूद पड़ा था।···कल सबने देखा था; किंतु आज किसी को भी स्मरण नहीं था। एक ही दिन में लोग सब कुछ भूल गए थे। सबको अपने दो पैसे कमा लेने की पड़ी थी।···कितना निर्मोही है यह संसार!

सहसा सुब्बा की दृष्टि सदाशिव पिल्लै पर पड़ी।···वह एक दीवार से टेक लगाए, एकटक श्रीपाद शिला की ओर देख रहा था। उसके हाथ में एक पोटली-सी थी।

सुब्बा को कुछ आश्चर्य हुआ। निकट जाकर पूछा, "उस संन्यासी का कोई समाचार है?"

सदाशिव ने कुछ चौंककर उसकी ओर देखा, "ओह, आप! नमस्ते।"

"नमस्ते।" सुब्बा ने कहा, "उस संन्यासी का कोई समाचार है?"

"मैंने यहाँ लोगों से पूछा है, किंतु किसी को कुछ मालूम नहीं है।" सदाशिव ने कहा, "किसी ने उसे लौटते नहीं देखा। किसी प्रकार की दुर्घटना की भी कोई सूचना नहीं है। दो-एक लोगों ने यह भी कहा है कि उन्होंने संन्यासी को वहाँ श्रीपाद शिला पर ध्यान लगाए बैठे देखा है।"

"उसे देखा है?"

"वे कहते तो हैं।"

"तो बेचारा कल से भूखा होगा।"

"मैं भी यही सोचकर उसके लिए कुछ भोजन लाया था।" सदाशिव ने अपने हाथ में पकड़ी पोटली की ओर संकेत किया, "किंतु श्रीपाद शिला तक जाने का साहस नहीं कर सका।"

सुब्बा उसे देखता रह गया : रात-भर सुब्बा को संन्यासी की चिंता रही थी, किंतु चलते हुए, उसने यह नहीं सोचा था कि संन्यासी भूखा होगा। सदाशिव के ध्यान में यह भी रहा।

"तो हम दोनों ही उसके पास चलते हैं।" सुब्बा ने कहा।

"कैसे?"

"नौका से चलेंगे। भाड़ा आधा-आधा कर लेंगे।" सुब्बा बोला, "हम तैरकर नहीं जा सकते।"

"चलो, नाव कर लेते हैं।" सदाशिव सहमत हो गया।

"तो मैं भी थोड़ा फल खरीद लूँ। खाली हाथ जाना अच्छा नहीं लगता न!"

स्वामी ने आँखें खोलीं, तो उन्हें आभास हुआ कि कोई और भी उनके निकट है।

दो व्यक्ति हाथ जोड़े उनके सामने खड़े थे।

"मैं सदाशिव पिल्लै और ये सुब्बाराव! हमने आपको समुद्र में कूदते देखा था। हम आपकी कुशलता का समाचार लेने आए हैं।"

"मैं सकुशल हूँ।" स्वामी ने बहुत मंद स्वर में कहा।

"आपने कल से कुछ खाया भी नहीं है।"

"हम प्रतीक्षा कर रहे थे कि आप ध्यान से उठें तो हम आपसे लौट चलने की बात भी करें।"

"मैं आपका आभारी हूँ कि आपने मेरा इतना ध्यान रखा।" स्वामी ने भावशून्य निर्विकार स्वर में कहा।

"हम आपके लिए कुछ भोजन भी लाए हैं।"

"आप मुझे परेशान न करें।"

"पर आप कल से भूखे हैं।"

"तो एक खोह में कुछ फल और दूध रख जाइए।" स्वामी बोले, "आवश्यकता होने पर खा लूँगा।"

उस अंतिम शिला पर बैठकर स्वामी ने अपना मन एकाग्र किया। वे ध्यान में गहरे उतरते चले गए। उनका ध्यान भारत के वर्तमान और भविष्य पर एकाग्र हो रहा था। देश के इस पतन का कारण क्या है? एक द्रष्टा के दिव्यदर्शन के रूप में उन्होंने देखा…क्यों भारत उन्नति की चोटी से पतन के गर्त में गिर गया।…उस एकांत में जहाँ चारों ओर झाग और पवन का वेग ही सुनाई पड़ता था, उनके सारे अस्तित्व में मानो भारत का गंतव्य प्राण के रूप में स्पंदन कर रहा था। भारत की उपलब्धियाँ आकाश के ग्रहों के समान उनके हृदयाकाश में द्युतिमान थीं।…अनागत शताब्दियाँ काल के आवरण को हटाकर अपना रहस्य उद्घाटित कर रही थीं। भारतीय संस्कृति के क्षमतावान स्वरूप के यथार्थ को स्वामी ने साक्षात् देखा। जिस प्रकार कोई वास्तुकार अनबने भवन की कल्पना ईंट और पत्थरों में करता है, उसी प्रकार उन्होंने भारत को उसके मूर्त रूप में देखा। साक्षात् देखा। सांगोपांग देखा। उन्होंने देखा कि भारतमाता की धमनियों में दौड़ने वाला रक्त कुछ और नहीं, केवल धर्म था। अध्यात्म ही उसका प्राण था। उन्हें अनुभव हुआ : भारत का निर्माण उसी सर्वोच्च आध्यात्मिक चेतना की पुनर्प्रतिष्ठा से होगा, जिसने उसे सदा के लिए भक्ति, श्रद्धा और मानवता का पालना बना दिया था।…उन्होंने भारत की महानता को देखा। उन्होंने उसकी सीमाओं और दुर्बलताओं को भी देखा। भारत अपनी अस्मिता खो चुका था।…अब एकमात्र आशा ऋषियों की संस्कृति में थी। उसे पुनः जगाया जाए, उसे पुनः जीवंत किया जाए, उसे पुनः स्थापित किया जाए।…धर्म भारत के पतन का कारण नहीं था। पतन का कारण था—धर्म के आदेशों की अवहेलना, उनका उल्लंघन। धर्म का आचरण संसार की सबसे बड़ी शक्ति को जन्म देता है।

मुमुक्षु संन्यासी एक सुधारक, एक राष्ट्रनिर्माता, विश्वशिल्पी में परिणत हो गया था। उनकी आत्मा करुणा से पिघलकर जैसे सर्वव्यापक हो गई।…हे भगवान्! जिस देश में बड़ी-बड़ी खोपड़ी वाले आज दो सहस्र वर्षों से यह ही विचार कर रहे हैं कि दाहिने हाथ से खाऊँ या बाएँ हाथ से? पानी दाहिनी ओर से लूँ या बाईं ओर से। अथवा जो लोग फट-फट स्वाहा, क्रौं, क्रूँ हुं हुँ करते हैं, उनकी अधोगति न होगी, तो और किसकी होगी? कालः सुप्तेषु जागर्ति कालो हि दुरतिक्रमः। काल का अतिक्रम करना बहुत कठिन है। ईश्वर सब जानते हैं, भला उनकी आँखों में कौन धूल झोंक सकता है?

जिस देश में करोड़ों लोग महुआ खाकर दिन गुजारते हैं, और दस-बीस लाख साधु और दस-बारह

करोड़ ब्राह्मण उन गरीबों का खून चूसकर जीते हैं; और उनकी उन्नति के लिए कोई चेष्टा नहीं करते, वह देश है या नरक? वह धर्म है या उसकी भ्रमित व्याख्या करने वाला पिशाच नृत्य? मैं भारत को घूम-घूमकर देख चुका हूँ--क्या बिना कारण के कहीं कोई कार्य होता है? क्या बिना पाप के दंड मिल सकता है?···सब शास्त्रों और पुराणों में व्यास के ये दो वचन हैं–'परोपकार से पुण्य होता है और परपीड़न से पाप।'···देश का दारिद्र्य और अज्ञता देखकर कोई सो कैसे सकता है?···क्या गुरुदेव नहीं कहा करते थे कि खाली पेट से धर्म नहीं होता? वे गरीब, जो पशुओं का-सा जीवन व्यतीत कर रहे हैं, उसका कारण अज्ञान है। पाजियों ने युग-युगों से उनका खून चूसा है और उन्हें अपने पैरों तले कुचला है।···हिंदू, मुसलमान, ईसाई–सबने ही उन्हें पैरों तले रौंदा है। उनके उद्धार की शक्ति भी भीतर से अर्थात् कट्टर हिंदुओं से ही आएगी। बुराइयाँ धर्म के कारण नहीं, वरन् धर्म को न मानने के कारण होती हैं। दोष धर्म का नहीं, समाज का है।···स्वामी ने स्पष्ट देखा : संन्यास और सेवा–ये युगल विचार ही भारत का उद्धार कर सकते हैं।

हाँ! वे अमेरिका जाएँगे। भारत के करोड़ों लोगों के नाम पर, उनके प्रतिनिधि बनकर वे अमेरिका जाएँगे। अपने मस्तिष्क की शक्ति से वे वहाँ संपत्ति अर्जित करेंगे। भारत लौटकर वे अपने देशवासियों के उत्थान का प्रयत्न करेंगे। या फिर इस प्रयत्न में अपने प्राण दे देंगे। और कोई सहायता करे, न करे; गुरुदेव उनकी सहायता करेंगे।

उनका वर्षों का चिंतन आज कुछ निष्कर्षों पर पहुँचा था। उन्हें मार्ग मिल गया था। उन्होंने अश्रुभरी आँखों से सागर को देखा : उनका हृदय अपने गुरु और जगदंबा के चरणों में नत हो गया। आज से उनका जीवन अपने देश की सेवा को समर्पित था। विशेष रूप से अस्पृश्य नारायण की सेवा के लिए, भूखे नारायणों के लिए, करोड़ों-करोड़ दलित और दमित नारायणों के लिए। ब्रह्म का साक्षात्कार, निर्विकल्प समाधि का आनंद, उनके जीवन का लक्ष्य नहीं था, जीवन का लक्ष्य था– सेवा। उन्होंने नारायण को देखा–संसार के स्वामी, अनुभवातीत, किंतु सारे जीवों में व्याप्त। उनका असीम प्रेम कोई भेदभाव नहीं करता–कोई ऊँच-नीच नहीं है, शुद्ध और अशुद्ध, धनी और निर्धन, पुण्यात्मा और पापी–किसी में कोई भेद नहीं करते वे। उनके लिए धर्मलाभ ही मनुष्य के लिए महत्त्वपूर्ण नहीं था। मनुष्य को प्रयत्न करना चाहिए–वेद, ऋषि, तपस्या और ध्यान, आत्मसाक्षात्कार···किंतु यह सर्वसाधारण···उनका जीवन, उनके सुख-दुःख, उनकी पीड़ा और दीनता, उनकी निर्धनता और असहायता। मानव-यातना से निरपेक्ष धर्म तत्त्वहीन और सारहीन था।···

चौथे दिन सदाशिव पिल्लै और सुब्बाराव पुनः आए। आज उनके साथ और लोग भी थे। वे लोग इस प्रकार एक संन्यासी को भूखे-प्यासे मर जाने की अनुमति नहीं दे सकते थे।

किंतु आज स्वामी का मन कुछ बदला हुआ था। उनका व्यवहार शुष्क और हतोत्साहित करने वाला नहीं था।

"क्या बात है बंधुओ?"

"स्वामी जी! हम आपको वापस ले जाने के लिए आए हैं।"

"क्यों? क्या तुम्हारे देश में एक संन्यासी को एकांत तपस्या करने का अधिकार नहीं है?" स्वामी हँस रहे थे।

"क्यों नहीं है।" सुब्बाराव ने साहस कर कहा, "किंतु शार्कों से घिरे एक एकांत द्वीप पर उसे

भूखे मरने की अनुमति तो समाज नहीं दे सकता।"

"तो?"

"हमारे साथ वापस चलें।" सदाशिव ने कहा, "और समाज के निकट कहीं अपने अनुकूल स्थान खोजकर तपस्या करें।"

"ठीक है।" स्वामी हँस पड़े, "माँ ने कहा है, 'समाज के निकट नहीं, समाज के लिए तपस्या कर।' "

वे लोग स्वामी को लेकर अपनी कठनौका में वापस कन्याकुमारी आए। तट पर उत्सुक लोगों की भीड़ एकत्रित हो गई थी।

"क्या करने गए थे?"

"माँ के चरण-चिह्नों को प्रणाम करने गया था।"

"तीन दिनों तक प्रणाम करते रहे?"

"प्रणाम करने में तो एक क्षण ही लगा," स्वामी बोले, "तीन दिन तो उन्हें पुकारने में लग गए।"

"आप कौन हैं?"

"मैं! मैं श्रीरामकृष्णदेव का एक साधारण शिष्य हूँ।"

"वे कौन हैं?"

"वे एक ऋषि थे।" स्वामी के चेहरे पर तेज आ विराजा, "संसार बहुत शीघ्र उनके विषय में बहुत कुछ जानेगा और उनकी पूजा करेगा।"

"कैसी तपस्या करते हैं आप?"

"जो समाज के दुःख दूर कर सके।" वे बोले।

"आपने वहाँ क्या पाया?"

"जिस सत्य की खोज में मैं वर्षों से मानसिक और शारीरिक यात्रा कर रहा था, वह मुझे श्रीपाद शिला पर मिल गया।"

23

रामेश्वरम् जाना था; किंतु स्वामी सागरतट के साथ-साथ न चलकर उत्तर में मदुरै पहुँचे। रामनाड के राजा भास्कर सेतुपति वहीं थे। स्वामी ने उनके पास त्रावनकोर के युवराज का पत्र भिजवा दिया। सेतुपति ने उन्हें तत्काल बुला भेजा।

"त्रावनकोर के युवराज को आप कैसे जानते हैं?"

"तिरुवनंतपुरम् में मैं उनके गुरु प्रो० सुंदरामा का अतिथि था।"

"आप मुझसे क्यों मिलना चाहते हैं?"

"युवराज ने कहा था कि आप भारत के राजाओं में अत्यंत मेधावी लोगों में से एक हैं।"

"उससे क्या?"

"मैं आपके साथ देश के लोगों के विषय में कुछ चर्चा करना चाहता हूँ।"

"धर्मचर्चा नहीं?"

"नहीं।"

"तो कहिए।"

स्वामी ने उन्हें निर्धन लोगों की शिक्षा, कृषि के विकास, भारत की समस्याओं और भारत की शक्ति के विषय में अपने विचार बताए।

सेतुपति स्तंभित रह गए, "ऐसा संन्यासी तो मैंने पहले कभी नहीं देखा। आप कह रहे हैं कि माँ ने आपको समाज के लिए तपस्या करने को कहा है।...."

"जी।"

"तो आप तपस्या करें।" एक दरबारी ने कहा, "व्यर्थ ही सारे देश का भ्रमण करने और राजसभाओं में वक्तव्य देने का क्या लाभ?"

"मेरा तो विचार है कि यह सारा परिश्रम ही व्यर्थ का है।" दूसरे सभासद ने कहा, "जिस अदृष्ट को पाने का प्रयत्न सारे तपस्वी करते हैं, उस अदृष्ट को देखना ही संभव नहीं है, पाना तो बहुत दूर की बात है। पता नहीं, उसका कोई अस्तित्व है भी या नहीं।...."

उसने स्वामी की ओर देखा : लगा, स्वामी सहसा ही साधारण नहीं रहे हैं। वे किसी अलौकिक प्रकाश से जाज्वल्यमान हो गए हैं। उद्दीप्त स्वर में बोले, "मैंने उस अदृष्ट को देखा है।"

स्वामी का वह सात्त्विक रूप सबको अवाक् कर गया। किसी को साहस ही नहीं हुआ कि कह सके कि उनके पास इसका क्या प्रमाण था।...

सेतुपति अभिभूत हो उठे, "आप शिकागो की धर्मसंसद में अवश्य जाएँ स्वामी जी! मुझे लगता है कि आपके उस सम्मेलन में सम्मिलित होने से भारतमाता का भाल अवश्य ऊँचा होगा। भारत के अध्यात्म की ओर सारे संसार का ध्यान आकर्षित करने तथा भावी भारत के निर्माण का श्रीगणेश करने का यह स्वर्णिम अवसर है।"

"मैं भी ऐसा ही समझता हूँ।" स्वामी ने कहा, "किंतु उसके लिए काफी धन की आवश्यकता है।"

"तो सेतुपति का धन कब और किसके काम आएगा?" सेतुपति ने कहा, "मैं किसी बड़े राज्य का अधिपति नहीं हूँ। मेरा राज्य रामनाड जिले का आधा भाग है। उसमें रामेश्वरम् और धनुषकोडि पड़ते हैं। राज्य की आय भारत की बड़ी-बड़ी रियासतों के बराबर नहीं है, फिर भी तीन लाख रुपए वार्षिक से अधिक है।"

"पर आप मेरे लिए इतना कुछ क्यों करना चाहेंगे?"

"आपमें मुझे भारत का भविष्य दिखाई पड़ रहा है।" सेतुपति ने कहा, "मैं भगवान् राम की ओर से रामनाड का रक्षक नियुक्त किए गए राजा का वंशज हूँ। यद्यपि मैं उनके बनाए गए सेतु की रक्षा के लिए कुछ भी नहीं कर रहा, किंतु सेतुपति की उपाधि तो धारण करता ही हूँ। मेरा दायित्व है कि मैं धर्मकार्य के लिए सागर लाँघने आए वानरों की भी सहायता करूँ।"

"पर मैं वानर नहीं हूँ।" स्वामी हँसे।

"आप विद्वान् और सुदर्शन संन्यासी हैं; किंतु आप हनुमान जी से कम नहीं हैं, जो सागरतरण का संकल्प किए बैठे हैं।...." सेतुपति ने रुककर उनकी ओर देखा, "आज के युग में अमेरिका ही सोने की लंका है। आप सागर पार करें और उस धरती पर राक्षसी प्रवृत्तियों के घर जला आएँ। भारत का सम्मान, जो पश्चिम में बंदी भी है और अपमानित भी, उसे सुरक्षित लौटा लाएँ।...इसके लिए मैं

आपको दस सहस्र रुपए देने को प्रस्तुत हूँ।"

"पर अमेरिका से पहले मैं रामेश्वरम् जाना चाहता हूँ।" स्वामी ने कहा।

"अवश्य जाइए। वह तो अपना ही स्थान है।" सेतुपति ने कहा, "खेद यही है कि कुछ कारणों से मैं आपके साथ नहीं चल सकता। किंतु जैसी सुविधाएँ आपको चाहिए···।"

"नहीं! मुझे कोई विशेष सुविधा नहीं चाहिए। प्रभु की सेवा में जाना है। वहाँ विशिष्ट नहीं, अकिंचन बनकर ही जाना चाहिए।"

"और अमेरिका?"

"उपयुक्त अवसर पर आपको अपने निश्चय की सूचना दूँगा।"

स्वामी चले गए, तो जैसे सभासद सजीव हुए। उनकी वाणी फूटी, "आपका दस सहस्र का प्रस्ताव ठुकराकर चला गया।···"

"इतना भी नहीं सोचा कि इससे दाता का कितना अपमान होता है।"

"मुझे तो लगता है···।" एक सभासद आधा वाक्य बोलकर रह गया।

"क्या लगता है तुम्हें?" राजा ने पूछा।

"आपने इतनी सरलता से दस सहस्र रुपयों का प्रस्ताव रख दिया," सभासद बोला, "तो संन्यासी को लगा कि इसकी उपेक्षा करो, शायद राजा राशि बढ़ा दें।"

"मेरे मन में दूसरा विचार है।" एक अन्य सभासद बोला, "संन्यासी पढ़ा-लिखा है।···और फिर···।"

"और फिर?"

"बंगाली है।"

"अर्थात् चतुर है।"

"चतुर तो है ही। बंगाल में राजनीति भी बहुत है।" एक अन्य सभासद बोला, "अमेरिका पहुँचकर उसने क्रांतिकारियों का समर्थन आरंभ कर दिया तो अंग्रेज ढूँढ़ेंगे कि उसे अमेरिका किसने भेजा है।···"

"अमेरिका न भी जाए। संभव है, हिंदू समाज में घुसपैठ करने का कोई मार्ग खोज रहा हो।" वह सभासद बोला, "उसने दिखा दिया है कि वह कितना बड़ा त्यागी है। सेतुपति के दस सहस्र रुपयों को क्षण-भर में ठुकराकर चल दिया। माया को इस प्रकार ठुकराने वाले संन्यासी को तो हिंदू अपने सिर पर उठा लेंगे।···"

"पर उसने यह नाटक सेतुपति के प्रासाद में ही क्यों किया?"

"उसकी चतुराई तो भगवान् ही जानें।"

"कहीं वह सेतुपति को किसी प्रकार की हानि पहुँचाने का तो प्रयत्न नहीं कर रहा? हिंदू समाज में उनकी प्रतिष्ठा को धक्का लगाने का कोई षड्यंत्र।"

सेतुपति से और नहीं सुना गया। उनका मन खट्टा हो गया। उन्होंने इतना बड़ा प्रस्ताव रखा और यह संन्यासी उसे इस प्रकार ठुकराकर चला गया। रामेश्वरम् तो कभी भी जाया जा सकता है। वह कहीं भागा नहीं जा रहा। किंतु अमेरिका इस प्रकार तो नहीं जाया जा सकता। तो क्यों वह संन्यासी उनके प्रस्ताव को इस प्रकार ठुकराकर चला गया, जैसे उसका कोई महत्त्व ही न हो।···संभव है कि उसे अमेरिका जाना ही न हो, वह वैसे ही उनके सामने अपने बड़े-बड़े संकल्पों की डींग मारकर अपना

महत्त्व जता रहा हो।...पता नहीं कितना सच्चा उसका संन्यास है और कितना पाखंड मात्र है।...

रामेश्वरम् में समुद्र के पवित्र जल में स्नान करने और मंदिर में पूजा करने के पश्चात् स्वामी को लगा कि उनके जीवन की एक चिर इच्छा पूर्ण हुई है।

वे धनुषकोडि तक गए। वहाँ का भूगोल देखकर वे चमत्कृत रह गए। राम जी ने भी कैसा स्थान चुना था, लंका प्रवेश के लिए। सारे सागरतट पर यह लंका से निकटतम स्थल था। वानरों ने घूम-फिरकर सारा सागरतट छान मारा होगा। तभी तो वे राम जी को यह सूचना दे पाए होंगे कि यह निकटतम स्थल था।...पहले इस स्थान को, जिसे आज रामनाड कहा जा रहा है, अपने अधिकार में किया होगा, ताकि यहाँ सेतु-निर्माण की सामग्री सुरक्षित रखी जा सके, सेतु बनने की गतिविधि निर्बाध चल सके। फिर राम ने अपने प्रभु महादेव शिव की उपासना कर इस स्थान को रामेश्वरम् घोषित किया होगा।...और तब सेतु-निर्माण आरंभ हुआ होगा। यह स्थान वानरसेना का स्कंधावार रहा होगा...राक्षसों तथा उनके मित्रों से इस सेतु की रक्षा का प्रबंध यहीं से संचालित होता होगा। कौन होगा सेतुपति उस समय? रामकथा में तो उसकी चर्चा नहीं है; किंतु वह सुग्रीव का कोई सेनापति ही रहा होगा। संभव है कि युद्ध के पश्चात् उसी सेनापति को इस सेतु और रामनाड के क्षेत्र का अधिपति बना दिया गया हो। सेतु की रक्षा और उसके रखरखाव के लिए आवश्यक धन रामनाड की आय से ही आता होगा।...तो भास्कर सेतुपति, सुग्रीव के उसी सेनापति का वंशज होगा। किंतु उसे किसी वानर का वंशज कहा जाए, तो उसे अच्छा नहीं लगेगा। दूसरी ओर वह डार्विन है कि सारी मानव-जाति को ही वानरों की संतान कह रहा है। निश्चय ही रामायण के वानर शाखामृग नहीं रहे होंगे–वे भी किसी और प्रकार के नर ही रहे होंगे, तभी तो उन्हें वानर कहा गया, जैसे नरों की एक पहाड़ी प्रजाति को किन्नर कहा गया।...या फिर वन में रहने वाले नर को ही वानर कहते होंगे...

कई दिनों से स्वामी भिक्षा माँगते दिशाओं और मार्ग से निरपेक्ष पैदल चलते जा रहे थे। उनका संकल्प रामेश्वरम् जाने का था। वह पूर्ण हो चुका था। अब? अब उन्हें अमेरिका जाना था; किंतु माँ के आदेश की प्रतीक्षा थी।...जाने माँ की इच्छा क्या है? वे कब बोलेंगी? कब बताएँगी? कब उनका गंतव्य तय करेंगी...

सहसा मार्ग में धूल अधिक उड़ने लगी। अकस्मात् ही आँधी चल पड़ी है क्या? उन्होंने घूमकर देखा : एक गाड़ी आ रही थी और उनके पर्याप्त निकट पहुँच चुकी थी। ऐसा नहीं लगता था कि गाड़ीवान उन पर गाड़ी चढ़ाना चाहता है। शायद वह उनके पास रुकना चाहता है।

वे एक किनारे होकर ठहर गए। गाड़ी पास आकर रुकी और उसमें से मन्मथनाथ भट्टाचार्य प्रकट हुए।

"मैं तब से कह रहा था कि मेरे साथ चलिए और आप धूल-भरे मार्गों पर पैदल चलने की हठ पकड़े हुए हैं। धूलिधूसरित पदाति संन्यासी–कैसा रोमांटिक विचार है। कमंडलु में कुछ है क्या? भिक्षाटन करते आ रहे हैं?"

स्वामी मुस्कराए, "आप कहाँ से आ रहे हैं मन्मथ बाबू, और कहाँ जा रहे हैं?"

"मैं तो अपनी नौकरी के चक्कर में घूम रहा हूँ।" मन्मथ बाबू ने कहा, "और अब पांडिचेरी जा रहा हूँ।"

"पर वहाँ तो फ्रेंच लोगों का राज है।"

"है, किंतु मेरा आना-जाना वहाँ भी होता रहता है।" मन्मथ बाबू ने कहा, "आइए, गाड़ी में बैठिए! मार्ग में बातें होंगी।"

स्वामी गाड़ी में बैठ गए।

"आप कहाँ-कहाँ से हो आए?"

"कन्याकुमारी, मदुरै, रामेश्वरम्"।"

"और अब?"

"अभी निश्चय नहीं किया।"

"तो मेरे साथ चलिए।" मन्मथ बाबू बोले, "पांडिचेरी में कुछ दिनों का काम है। आप विश्राम करें। फिर हम एक साथ मद्रास चलेंगे। वहाँ आप मेरे घर पर बहुत सुविधा से रह सकते हैं। वहीं से आपको शिकागो भेजने का प्रबंध करेंगे।"

"बहुत बड़ी बात कह रहे हैं मन्मथ बाबू!"

"माँ ने कहलवा दी।"

"तो चलो, माँ की ही इच्छा पूरी हो।"

24

पांडिचेरी का सागरतट सचमुच बहुत सुंदर था। सागरतट और नगर में बने हुए फ्रांसीसी रुचि के भवन, पांडिचेरी का रूप अंग्रेजों द्वारा शासित प्रदेशों से कुछ भिन्न कर देते थे।

"स्वामी जी! आप तमिल जानते हैं?"

"थोड़ी-थोड़ी समझ सकता हूँ; किंतु उसमें भली प्रकार संवाद नहीं कर सकता।" स्वामी ने अंग्रेजी में कहा।

अलासिंगा चौंके, उन्होंने जीवन में पहली बार किसी संन्यासी को अंग्रेजी बोलते सुना था।

"मैं एम०सी० अलासिंगा पेरुमल हूँ। पाचयेप्पा कॉलेज, मद्रास से संबंधित हाई स्कूल का हेडमास्टर हूँ।" उन्होंने कहा, "ये मेरे मित्र बालाजी तथा जी० जी० नरसिम्हाचारी हैं। हमारे कुछ अन्य मित्र भी हमारे साथ पांडिचेरी आए हुए हैं। हमने देखा कि आप यहाँ लिखकर लगाए गए कुछ आदेशों को बड़े ध्यान से पढ़ रहे हैं। तभी उत्सुकता जागी कि आप तमिल और अंग्रेजी में से कोई भाषा पढ़ और समझ सकते हैं क्या? मद्रास के आप लगते नहीं, इसलिए तमिल नहीं जानते होंगे और हिंदू संन्यासी को अंग्रेजी का ज्ञान हो नहीं सकता।"

"प्रभु की कृपा है कि थोड़ी अंग्रेजी बोल लेता हूँ।"

"कहाँ स्थान है आपका?"

"परिव्राजक हूँ।"

"मेरी एक जिज्ञासा है स्वामी जी!"

स्वामी ने उसकी ओर देखा।

"भ्रमण का क्या लाभ है? संन्यासी एक स्थान पर टिककर तपस्या क्यों नहीं करता?"

"विशेष रूप से दो कारण हैं।" स्वामी ने कहा, "एक तो किसी स्थान विशेष और समाज विशेष से मोह न हो और दूसरे, भ्रमण के बिना जीवन का वास्तविक ज्ञान प्राप्त नहीं होता।"

"भ्रमण केवल भारत में ही हो?" पेरुमल ने कहा, "ज्ञान केवल भारत में ही है।"

"आध्यात्मिक ज्ञान तो केवल भारत में ही है।" स्वामी बोले, "फिर भारत के चारों धाम करने का अर्थ पूरे भारतवर्ष से अपना रागात्मक संबंध स्थापित करना भी है। यह राष्ट्रप्रेम और देशभक्ति का ही एक अन्य रूप है।" वे रुके, "वैसे विदेश-भ्रमण का कहीं निषेध नहीं है।…"

"संन्यासी हो?" सहसा किसी ने उन्हें संस्कृत में टोका।

स्वामी ने दृष्टि उठाकर देखा : एक दाक्षिणात्य ब्राह्मण अपनी परंपरागत वेशभूषा में उनके सामने खड़ा था।

"हाँ!"

"हिंदू हो?"

"मैं तो यही मानता हूँ।"

"शास्त्र पढ़े हैं? संस्कृत जानते हो?"

स्वामी को उसके ये सारे प्रश्न बेहद अटपटे लगे। वह तो जैसे उनकी परीक्षा ले रहा था। और कैसी पुलिसिया पड़ताल कर रहा था, 'ऐ लाइसेंस है?'

"कुछ न कुछ तो जानता ही हूँ महाराज! पर आपकी जिज्ञासा क्या है?"

"तुम कुछ नहीं जानते। सामान्य जन को शास्त्र विरोधी बातें बता रहे हो।…"

स्वामी समझ गए कि उनका सामना एक रूढ़िवादी, कट्टरपंथी और अहंकारी पंडित से हो गया है। कुछ विवाद होने की भी संभावना थी। वह व्यक्ति विद्वान् कम और उग्र अधिक था।…

"मैंने क्या शास्त्रविरोधी कह दिया?" स्वामी कुछ चकित थे।

"शास्त्रानुसार हिंदुओं को न विदेश जाने, न विदेशियों और विधर्मियों से संपर्क करने तथा अपना ज्ञान उनके साथ बाँटने की अनुमति है।"

"तो फिर समाज में सुधार कैसे होगा?" स्वामी बोले, "देश और समाज में प्रगति कैसे होगी?"

"हिंदू धर्म को सुधार की कोई आवश्यकता नहीं है। पश्चिम में सब मलेच्छ हैं। उनके साथ संपर्क हिंदुओं को दूषित ही करेगा।" वह बोला, "समुद्र-यात्रा की चर्चा सुनकर ही मेरे तन-बदन में आग लग जाती है।" उसने अपना अँगूठा स्वामी के चेहरे के सामने नचाया, "कदापि न! कदापि न!!"

"राम भी तो सागर पार कर लंका में गए थे।" स्वामी बोले, "तो साधारण लोगों को सागर-यात्रा की अनुमति क्यों नहीं है…?"

"तुम अपने को श्रीराम समझते हो? वे गए थे, मलेच्छों और राक्षसों को मारने। तुम मलेच्छों से मिलने की बात कर रहे हो। प्रकृति ने स्वयं ही हिंदू राष्ट्र और मलेच्छों को विलग करने के लिए उनके मध्य समुद्र बना दिया है।" वह बोला।

"समय आ गया है कि हिंदू धर्म आत्मनिरीक्षण करे।" स्वामी बोले, "पश्चिम के साथ अपने गौरव, संस्कृति और महत्त्व की तुलना करे। अपने मूलभूत सिद्धांतों को त्यागे बिना नए युग और नई परिस्थितियों के अनुकूल स्वयं को ढाले।"

पंडित ने बहुत उग्र रूप से विरोध किया, "हिंदू धर्म को न आत्मनिरीक्षण की आवश्यकता है,

न संशोधन की और न किसी प्रकार की तुलना की। पश्चिम में केवल मलेच्छ रहते हैं। उनसे संपर्क से हिंदू धर्म पतित ही होगा।"

स्वामी को लगा कि इस प्रकार का संकीर्ण दृष्टिकोण ही देश का अहित कर रहा है। उनका स्वर भी कुछ उग्र हो गया, "प्रत्येक सुशिक्षित हिंदू का यह दायित्व है कि वह हिंदू सिद्धांतों को व्यावहारिकता की कसौटी पर कसे। हमें अपनी भूतकालीन अंध गुफाओं से बाहर निकलना चाहिए और आगे बढ़ते हुए प्रगतिशील विश्व को देखना और समझना चाहिए। और यदि कुछ ऐसे सिद्धांत अथवा प्रथाएँ हैं, जो हमारी प्रगति को बाधित कर रही हैं अथवा हमारे सिद्धांतों को दूषित कर रही हैं, तो हमें उनमें संशोधन करना चाहिए।"

"यह सब अंग्रेजी पढ़े मूर्खों की बकवास है।" पंडित ने चिल्लाकर कहा, "अब समय आ गया है कि क्षुद्रजन उठ खड़े हों और अपना अधिकार माँगें। सुशिक्षित हिंदुओं का दायित्व है कि वे दमित और पिछड़े हुए लोगों को शिक्षा देकर उन्हें आगे बढ़ाएँ, उन्हें आर्य बनाएँ। सामाजिक समता का सिद्धांत अपनाएँ, पुरोहितों के पाखंड को निर्मूल करें, जातिवाद के दूषित सिद्धांतों को समाप्त करें; और धर्म के उच्चतर सिद्धांतों को प्रकट कर उन्हें व्यवहार में लाएँ।"

पंडित को क्रोध आ गया। बोला, "भिक्षा माँगने वाला एक परिव्राजक धर्म के विषय में क्या जानता है। तुम अभी बच्चे हो। जो कुछ तुम कह रहे हो, वह कभी नहीं होगा—कदापि न! कदापि न!"

स्वामी ने कहा, "वेदांत का आदर्श है समानता और भ्रातृभाव। किंतु उसका कार्यान्वयन और सुधार पूर्णतः हिंदू सिद्धांतों के अंतर्गत होना चाहिए।"

"हिंदू धर्म के अंतर्गत समानता हो।" पंडित कुछ सहमत तो हुआ, "किंतु काला पानी हिंदुओं और मलेच्छों की विभाजक रेखा है। सागर पार करना कदापि धर्मसंगत नहीं है।"

"मैं आपसे सहमत नहीं हूँ। सागर यदि प्रकृति की ओर से बनाई गई विभाजक रेखा है तो सागर पार के लोग हमारे देश में कैसे आ गए? प्रकृति को चाहिए था कि उन्हें सागर के उस पार ही रोक देती।"

"तो कूद पड़ो सागर में और डूब मरो।" पंडित क्रोध में तमतमाया हुआ, फुफकारता-सा चला गया।

तब स्वामी का ध्यान गया कि पेरुमल और उसके मित्र अभी भी उनसे चर्चा करने की प्रतीक्षा में खड़े हैं।

"आप कब तक पांडिचेरी में हैं?" पेरुमल ने पूछा।

"माँ ही जानें।" स्वामी बोले, "मैं मन्मथ बाबू के साथ ठहरा हुआ हूँ। उनको यहाँ कोई सरकारी काम अटकाए हुए है। जिस दिन उनका काम पूरा हो जाएगा, हम यहाँ से चल पड़ेंगे।"

"और कहाँ जाएँगे?" बालाजी ने पूछा।

"मद्रास। मन्मथ बाबू मद्रास में ही नौकरी करते हैं।"

"हम आपसे मद्रास में भी मिलेंगे।" पेरुमल ने कहा, "किंतु हम चाहते हैं कि यहाँ भी एक संध्या आपके साथ बैठकर कुछ चर्चा करें। क्या यह सौभाग्य हमें प्राप्त हो सकता है?"

"यदि यह सौभाग्य है तो यह तुम्हें किसी भी क्षण प्राप्त हो सकता है।" स्वामी हँसे, "संन्यासी के द्वार पर दरबान नहीं हुआ करते। जब इच्छा हो चले आओ।"

"तो हम कल ही आपके पास आएँगे।" पेरुमल ने कहा।

अगले दिन संध्या समय तीनों मित्र स्वामी से मिलने आए।

"कल उस पंडित से आपकी जो चर्चा हुई···"

"चर्चा नहीं हुई," स्वामी हँसे, "धक्के-मुक्के से कहा-सुनी हो गई।"

"आप उसे जो भी कहें, हमें तो उसमें बहुत प्रकाश दिखाई दिया है।" पेरुमल ने कहा, "आधुनिक शिक्षा हमारे मन में अपने धर्म और संस्कृति के संबंध में अनेक संशय और प्रश्न उत्पन्न करती है। हमारे प्राचीन पंडित उन संशयों को दूर करने के स्थान पर वितंडावाद करते हैं, जिससे हमें कोई लाभ नहीं होता। ऐसे में इच्छा होती है कि एक आधुनिक विद्वान् से अपने धर्म और संस्कृति को जानें-समझें। आपने एकदम मेरे मन की बात कही थी कि प्रत्येक शिक्षित व्यक्ति का दायित्व है कि वह अपने धार्मिक सिद्धांतों की परीक्षा करे। उन्हें आधुनिकता की कसौटी पर कसे।"

"तो आप मेरी प्रशंसा करने के लिए उपस्थित हुए हैं?" स्वामी हँस रहे थे।

"नहीं!" पेरुमल हँसे, "यह तो भूमिका है।"

"तो आप मुख्य वक्तव्य पर आएँ।"

"हमें 'हिंदू' नामक समाचारपत्र के संपादक से ज्ञात हुआ है कि अमेरिका के शिकागो नगर में एक धर्मसंसद का आयोजन हो रहा है। उसमें संसार के सारे देशों से विभिन्न धर्मों के प्रतिनिधियों को बुलाया जा रहा है।" पेरुमल ने कहा, "किंतु हमने अभी तक नहीं सुना कि हिंदू धर्म के, मेरा तात्पर्य है कि सनातन धर्म के, किसी प्रतिनिधि को भी आमंत्रित किया गया हो। मैं नहीं जानता कि यह उनका अज्ञान है अथवा वे जानबूझकर कुछ ऐसा कर रहे हैं··· ।"

"तुम्हें कैसे मालूम है पेरुमल कि सनातन धर्म के किसी प्रतिनिधि को नहीं बुलाया गया है?" स्वामी ने कुछ विस्मित होकर पूछा, "संभव है कि निमंत्रण कहीं आया हो और तुम्हें उसका ज्ञान न हो।"

"संभव है।" पेरुमल ने हँसकर कहा, "किंतु मैं जानता हूँ कि 'हिंदू' के संपादक के पास तो निमंत्रण आया है; किंतु जगद्गुरु शंकराचार्य के पास निमंत्रण नहीं आया है। उन्हें इसकी सूचना ही नहीं है। उन्हें इसकी चिंता भी नहीं है। 'हिंदू' के संपादक की इस संसद में कोई रुचि नहीं है। उन्होंने न तो उसके विषय में सूचनाओं को ध्यान से पढ़ा है और न ही उन्हें सँभालकर रखा है।···इतना तो उन्होंने बताया है कि उन्हें धुँधला-सा स्मरण है कि वहाँ से थियोसोफिस्ट, जैन, बौद्ध, ब्राह्मसमाज, आर्यसमाज इत्यादि संगठनों को निमंत्रित किया गया है।···"

स्वामी चिंतित दृष्टि से उसकी ओर देख रहे थे।

"हम नहीं चाहते कि उस संसद में सनातन धर्म ही अनुपस्थित रह जाए।"

"ऐसा तो कोई हिंदू नहीं चाहेगा।" स्वामी ने कहा।

"तो अब तक हम चाहते थे कि वहाँ हिंदू धर्म का प्रतिनिधित्व हो; किंतु हमको उसके उपयुक्त कोई व्यक्ति दिखाई नहीं दे रहा था।" बालाजी ने कहा।

"अब कोई दिखाई दे गया?" स्वामी ने जैसे परिहास में पूछा।

"आप हैं न!" पेरुमल ने कहा, "हम चाहते हैं कि आप वहाँ जाएँ।"

"तुमने मुझमें ऐसा क्या देख लिया भाई?" स्वामी बोले, "कि मैं सागरतट पर एक उद्दंड पंडित से झगड़ा कर सकता हूँ।"

"नहीं! हमने बहुत कुछ देखा है और बहुत सोच-समझकर आपके पास आए हैं।" पेरुमल बोले, "क्या आपकी इच्छा नहीं है कि आप अमेरिका जाएँ और धर्मसंसद में अपने धर्म का प्रतिनिधित्व करें?"

"इच्छा तो मेरी भी है। मैंने अपनी यह इच्छा मैसूर और रामनाड के राजाओं के सम्मुख प्रकट भी की थी। उन दोनों ने मुझे आर्थिक सहायता का आश्वासन भी दिया है।"

"आश्वासन क्यों? सहायता राशि क्यों नहीं दी?"

"मैंने राशि माँगी ही नहीं।"

"हम कारण जान सकते हैं?"

"क्यों नहीं। संन्यासी की बातें गोपनीय नहीं होतीं।" स्वामी मुस्कराए, "मैं अपनी अथवा उन राजाओं की इच्छा से कुछ नहीं करना चाहता। अमेरिका मैं तब ही जाऊँगा, जब उसके लिए मुझे माँ का आदेश होगा। संभव है कि मुझे भेजने की उनकी इच्छा न हो। संभव है कि वे न चाहती हों कि मेरी यात्रा के लिए धन, इन राजाओं के कोष से आए। धर्मकार्य के लिए धन भी तो सात्त्विक होना चाहिए।"

"माँ का आदेश? वह कैसे आएगा? वे पत्र लिखने से तो रहीं।" पेरुमल को लग रहा था कि स्वामी कोई बहुत असंभव अथवा काल्पनिक बात कह रहे हैं। उन्होंने आज तक नहीं सुना था कि किसी व्यक्ति को किसी भी देवी अथवा देवता ने यात्रा का आदेश दिया हो।

"नहीं! पत्र तो नहीं लिखतीं।" स्वामी ने ठहाका लगाया, "तार भेज देती हैं।"

25

पांडिचेरी छोड़ने से पहले मन्मथ बाबू ने मैसूर गें अपने एक मित्र को पत्र लिखा था कि स्वामी उनके साथ हैं; और वे उनके साथ मद्रास जाएँगे। उस मित्र ने मद्रास में अपने अनेक परिचितों को सूचित कर दिया कि स्वामी निकट भविष्य में मद्रास आ रहे हैं।

स्वामी मद्रास पहुँचे। फरवरी का महीना था; किंतु न तो शीत के विदा होने का कोई प्रमाण था, न वसंत ऋतु के आगमन का कोई आभास। जब से उन्होंने केरल में प्रवेश किया था, तब से गर्मी का ही सामना करना पड़ रहा था। लगता था कि यहाँ बारहों महीने ग्रीष्म ऋतु ही रहती है। स्वामी वासंती बयार का एक सुखद झोंका पाने के लिए भी तरस जाएँगे।

मन्मथ बाबू, रहमत बाग, बीच रोड, संत थोम में रहा करते थे। स्वामी को उन्होंने घर के पश्चिमी भाग में दो कमरों का एक खंड दे दिया था।

स्वामी जिस दिन मद्रास पहुँचे उसी दिन पेरुमल, जी०जी० नरसिम्हाचारी तथा उनके चार मित्र उनसे मिलने आ गए।

मन्मथ बाबू ने उनका स्वागत किया, "बहुत जल्दी आ गए आप लोग! स्वामी आज ही तो आए हैं। थके हुए भी हैं।"

"हमें कुछ-कुछ ऐसा आभास था; किंतु हम अपना धैर्य और बनाए नहीं रख सके।" पेरुमल

ने कहा, "जिस दिन से पांडिचेरी से आए हैं, हम स्वामी जी की प्रतीक्षा कर रहे हैं।"

"ठीक है, किंतु उन्हें बहुत थकाइएगा नहीं।"

मन्मथ बाबू उन्हें स्वामी की संगति में छोड़कर चले गए।

स्वामी का चेहरा मुस्कराता हुआ और तेजस्वी था। आँखों में चमक थी।

उनका शरीर थका हुआ था; किंतु थकान उनके उत्साह को मंद नहीं कर पाई थी।

"स्वामी जी! हमारी एक संस्था है—ट्रिप्लिकेन सोसायटी फॉर लिटरेचर। हम सब ही आधुनिक शिक्षा प्राप्त और अपने-अपने क्षेत्रों के पढ़ने-लिखने वाले लोग हैं। इसीलिए हमारी जिज्ञासाएँ अनंत हैं।" पेरुमल ने कहा, "हमारी संस्था में भी आपके विषय में चर्चा हुई है। हममें से अधिकांश की इच्छा है कि आपको अपनी संस्था में भाषण के लिए बुलाया जाए।"

"पर अभी यह निश्चित नहीं हुआ कि आपको विषय क्या दिया जाए।" बाला जी ने कहा, "आप जानते ही हैं कि सब लोगों को तो धर्म और अध्यात्म में रुचि होती नहीं।"

"संसार में ऐसा कोई विषय नहीं है, जिसमें संसार के प्रत्येक व्यक्ति को रुचि हो।"

"क्या आप बता सकते हैं कि आर्य और द्रविड़ संस्कृति में कोई समन्वय हो सकता है?"

"क्या आप मुझे आर्य और द्रविड़ संस्कृतियों का अंतर बता सकते हैं?" स्वामी ने एक तीखी दृष्टि प्रश्नकर्ता पर डाली, "या क्या आप मुझे बता सकते हैं कि आर्य किसी जाति या रेस का नाम है?"

"क्यों नहीं! आर्य लोग बाहर से भारत में आए हैं; और द्रविड़ भारत के मूल निवासी हैं।"

"आपके पास इसका कोई प्रमाण है?" स्वामी ने पूछा, "क्या सारे वैदिक और संस्कृत वाङ्मय में आपको कोई ऐसा प्रमाण मिला है, जिसमें आपकी तथाकथित आर्य जाति ने अपने मूल निवास-स्थान को स्मरण किया हो? क्या आपके तथाकथित द्रविड़ साहित्य में आर्यों के भयंकर आक्रमण और नरसंहार का कोई वर्णन है?...या कोई और प्रमाण?"

"तो हमें ऐसा क्यों पढ़ाया जाता है?"

"क्योंकि स्कूल और कॉलेजों में वही पढ़ाया जाता है, जो शासक चाहते हैं। अंग्रेज चाहते हैं कि आप यह सब पढ़ें और फलस्वरूप भारत अनेक टुकड़ों में बँटे। हिंदू स्वयं को एक न मानें। किंतु आप अंग्रेज नहीं हैं। आप अपने देश को खंडित करने वाली बातें क्यों कर रहे हैं?"

"हमने तो कभी सोचा भी नहीं था कि पाठ्यक्रम में जो कुछ पढ़ाया जाता है, वह असत्य भी हो सकता है।"

"तो आज से आँखें खोलकर अपना पाठ्यक्रम पढ़िए। वह एक विदेशी शासक द्वारा इस देश पर अपना शिकंजा जकड़ने का एक माध्यम भी तो हो सकता है।" स्वामी के स्वर में तेज जागा, "वे आप पर शासन करने आए हैं, आपको सत्य का पाठ पढ़ाने नहीं आए।"

"तो 'आर्य' का क्या अर्थ है?"

"श्रेष्ठ! सभ्य! सुसंस्कृत! ऋषिगण इस सारे समाज को सुशिक्षित कर आर्य बना रहे थे; और रावण सबको भौतिकता और स्वार्थ में लिप्त कर राक्षस बना रहा था।"

"आपको लगता है कि साहित्य से समाज का कोई हित होता है?" बालाजी ने विषय बदल दिया।

"पहली बात तो यह है कि साहित्य के नाम पर जो कुछ लिखा जाता है, वह सारा कुछ साहित्य

नहीं होता। किंतु जो सत्साहित्य होता है, वह निश्चय ही समाज के लिए हितकारी होता है।" स्वामी बोले, "आखिर हम आज भी रामायण और महाभारत से लाभान्वित हो रहे हैं।"

"तो आप सत्साहित्य किसे मानेंगे?"

"जो अपनी कला की रक्षा तो करे; किंतु आपकी परंपरा में से सर्वश्रेष्ठ को प्रतिष्ठित करे।" स्वामी बोले, "जो साहित्य जीवन को कुरूप करता है, जाति का नाश करता है, अपनी परंपरा को ध्वस्त करता है—वह सत्साहित्य कैसे हो सकता है?"

"आपको लगता है कि भाषा का संस्कृति से कोई संबंध होता है?"

"निश्चित रूप से होता है। आपसे आपकी भाषा तो क्या, उसका एक शब्द भी छीन लिया जाए, तो आप अपनी संस्कृति से दूर जा पड़ते हैं। भाषा संस्कृति का वाहन है।" स्वामी बोले, "उदाहरण के रूप में संस्कृत का एक शब्द है 'आयु'। आप उसे क्या कहेंगे?"

"एज।" पेरुमल ने कहा।

"और वय को क्या कहेंगे? अवस्था को क्या कहेंगे?"

"एज।"

"अब देखिए, आयु का अर्थ है—पूर्ण जीवन का वह काल, जो जीवात्मा ब्रह्मा से लिखाकर लाया है। वह नियत है। आयु जन्म के समय ही निश्चित होती है। अथवा ऐसे कहिए कि आयु निश्चित कराकर ही जीवात्मा जन्म लेता है।"

"आप सत्य कह रहे हैं।"

"तो यह शब्द बताता है कि हम उस संस्कृति से संबद्ध हैं, जो यह मानती है कि जीवात्मा अपनी नियति के साथ आता है।"

"ठीक।"

"आयु किस आधार पर नियत होगी? उसका कोई कारण भी तो होगा?"

"पूर्वजन्म के कर्म।"

"तो आप यह मानकर चल रहे हैं कि पूर्वजन्म भी होता है और उसके कर्मों का फल जन्म-जन्मांतरों में जीवात्मा के साथ चलता है?"

"जी।"

"तो आप जन्मांतरवाद और कर्मसिद्धांत दोनों में विश्वास करते हैं?"

"जी।"

"तो एक स्थिति वह भी होगी, जब कर्मफल अभी आरंभ नहीं हुआ था?"

"अवश्य।"

"तब जीवात्मा ने कर्म नहीं किया था, कामना नहीं की थी। तब वह शुद्ध आत्मा थी?"

"जी!"

"तब हम आत्मा के स्वरूप पर विचार करते हैं और इस निष्कर्ष पर पहुँचते हैं कि जब तक किन्हीं भी कारणों से आत्मा के साथ सूक्ष्म शरीर नहीं जुड़ जाता, जब तक वह मन, बुद्धि और अहंकार से संबद्ध नहीं होती, तब तक वह शुद्ध आत्मा है, परमात्मा का अंश है।"

"ठीक कह रहे हैं आप।"

"तो एक शब्द आयु के साथ एक संस्कृति के चिंतन के इतने पहलू जुड़े हुए हैं। शताब्दियों

की अपनी तपस्या से मनीषियों ने उस शब्द में ये अर्थ भरे हैं। यदि वह शब्द आपकी भाषा में से विलुप्त हो जाता है, तो आप एक शब्द नहीं, बहुत कुछ खो रहे हैं।" स्वामी हँसे, "तुम कुछ नहीं पूछ रहे नरसिम्हाचारी? तुम्हारी इस चर्चा में कोई रुचि नहीं है क्या?"

"नहीं! रुचि तो बहुत है; किंतु मैं अपने इन मित्रों के समान विद्वान् नहीं हूँ।" नरसिम्हाचारी ने कहा, "वे लोग अपने प्रश्नों के माध्यम से अपनी विद्वत्ता का परिचय ही तो दे रहे हैं।"

"और तुम?"

"मैं सबसे समझदार हूँ। मैं मौन बैठा, उन प्रश्नों के उत्तरों को सुनता हुआ ज्ञानलाभ कर रहा हूँ।"

और सचमुच नरसिम्हाचारी ने देखा कि जिस आधुनिक संन्यासी के दर्शनों की उत्सुकता में वह चला आया था, उससे उसके मित्र साहित्यिक, वैज्ञानिक, ऐतिहासिक और दार्शनिक प्रश्न पूछ रहे थे। स्वामी के उत्तर बिजली के समान त्वरित और द्युतिमान होते थे और प्रश्नकर्ता को अवाक् कर देते थे।

"मैंने पांडिचेरी में भी आपसे अपनी ट्रिप्लिकेन साहित्य समिति की चर्चा की थी।" पेरुमल ने कहा, "हमारी महत्त्वाकांक्षा है कि वह जीवन के महत्त्वपूर्ण विषयों पर गंभीर चर्चा करने वाली अत्यंत सक्रिय संस्था बने। उसके लिए हम प्रत्येक क्षेत्र के महत्त्वपूर्ण लोगों को अपने यहाँ आमंत्रित कर उनके व्याख्यान करवाते हैं। मैं, सी० रामानुजाचारी, जी० वेंकट रंगाराव, डी० आर० बालाजी राव, जी० जी० नरसिम्हाचारी—हम सब ही उस समिति के सदस्य हैं।"

"तुम लोग अच्छा काम कर रहे हो।"

"तो फिर आप उसमें व्याख्यान दे रहे हैं न?" पेरुमल ने पुष्टि कर लेनी चाही, "उससे न केवल हमारा ज्ञानवर्धन होगा, वरन् मद्रास की जनता भी आपसे परिचित हो जाएगी।"

जाने क्या हुआ कि स्वामी अपना चिरपरिचित वाक्य—'मैं सार्वजनिक भाषण नहीं देता।' नहीं कह सके। वे मौन बैठे रहे।

"हम इसे आपकी स्वीकृति मानें?" पेरुमल ने पूछा।

स्वामी फिर भी मना नहीं कर सके। उनके भीतर से अस्वीकार नहीं उठ रहा था। बोले, "भाषण क्या और व्याख्यान क्या। तुम लोगों से कुछ धर्मचर्चा कर लूँगा।"

दो घंटों की चर्चा के पश्चात् यात्रा से थके संन्यासी को विश्राम करने का अवसर देने के विचार से पेरुमल और उनके मित्र विदा हो गए। मार्ग-भर वे स्वामी के अद्भुत व्यक्तित्व, उनकी विद्वत्ता एवं योग्यता की चर्चा करते रहे।

स्वामी विश्राम के लिए लेटे तो उनके मन में एक ही प्रश्न था—उन्होंने सार्वजनिक भाषण के लिए मना क्यों नहीं किया? क्या माँ चाहती हैं कि वे मंच से बोलें। अभ्यास करें। क्या यह शिकागो जाने की तैयारी है?…

मन्मथ बाबू का घर नगर के युवा और वृद्धों के लिए, अध्यापकों और छात्रों के लिए, परंपरावादी पंडितों और आधुनिकतावादी विद्वानों के लिए बौद्धिक चर्चा और जिज्ञासा का तीर्थ हो गया। स्वामी को भी वराहनगर मठ छोड़ने के पश्चात् पहली बार यहाँ विश्वविद्यालयों में शिक्षित युवकों की संगति मिली थी। उन्होंने पाया कि वे युवक अपने देश की सेवा करने के इच्छुक थे; किंतु अभी दिशा और

मार्ग से परिचित नहीं थे। शायद वे प्रतीक्षा में थे कि कोई आए और उन्हें किसी महान् कार्य में नियुक्त करे।

स्वामी अत्यंत आनंदित थे।

किसी ने पूछा, "वेदांतिक चिंतन के होते हुए भी हिंदू मूर्तिपूजक क्यों हैं?"

चपला सरीखी दमकती आँखों से स्वामी ने प्रश्नकर्ता की ओर देखा और कहा, "क्योंकि हमारे पास हिमालय है।"

श्रोता की समझ में नहीं आया : यह उसके प्रश्न का उत्तर था क्या?

"नहीं समझे?" स्वामी ने पूछा।

"नहीं!" श्रोता ने सिर हिला दिया।

"हमारे पास प्रकृति इतने सुंदर रूप में है कि मनुष्य उसको देखकर मुग्ध होकर उसकी पूजा किए बिना रह ही नहीं सकता।" स्वामी बोले, "तो मूर्तिपूजा तो होगी ही।"

"हिमालय सुंदर है, पर यूरोप में भी आल्प्स है।" श्रोता ने कहा।

"उनके पास आल्प्स तो है, किंतु न सौंदर्य देखने वाली भारतीय आँखें हैं, न हमारे जैसा भावनाप्रधान हृदय है।" स्वामी ने कहा, "और किसी ने भी अपने देश की वैसी कल्पना की है, जैसी हमने भारतमाता के रूप में की है?"

श्रोताओं को लगता था कि स्वामी शालीनता, विनय, स्पष्टवादिता और प्रामाणिकता के समन्वय थे। किसी समय वे ऐसे पंडित से क्षमायाचना कर लेते थे, जो उनका निरंतर अपमान करता रहा हो; और किसी समय अपने श्रोताओं को अपने तर्क से बचने का कोई अवसर दिए बिना, उन पर प्रभंजन के समान फट पड़ते थे। किंतु वह सब नैसर्गिक और स्वतःस्फूर्त होता था। वे किसी के लिए भी कठोर शब्दों का प्रयोग नहीं करते थे। किंतु आवश्यक होने पर वे आलोचना से चूकते नहीं थे।

एक पंडित ने पूछा, "समयाभाव के कारण क्या संध्यावंदन त्यागने में कोई हानि है?"

"क्या?" स्वामी ने जैसे तड़पकर उग्र रूप धारण कर लिया, "प्राचीन काल के वे विराट् पुरुष, वे पुराण ऋषि, जो समयाभाव के कारण, मंथर गति से चलते नहीं, भूमि को फलाँगते थे, उनके विषय में सोचकर ही आप एक भुनगे के रूप में संकुचित हो जाएँगे—उन ऋषियों के पास समय था और आपके पास समय नहीं है।"

एक पश्चिमीकृत मस्तिष्क के हिंदू ने अपमानजनक ढंग से कहा, "वैदिक ऋषियों की निरर्थक शिक्षाएँ…"

स्वामी ने उसे अपना वाक्य पूरा नहीं करने दिया। उस पर वज्र के समान टूट पड़े, "अपने पूजनीय पूर्वजों की इस प्रकार चर्चा करने का तुम्हारा साहस कैसे हुआ? थोड़े-से ज्ञान ने तुम्हारे मस्तिष्क को कुचल डाला है। तुमने ऋषियों के विज्ञान की परीक्षा की है? तुमने कभी वेद पढ़े भी हैं? ऋषियों ने संसार को चुनौती दी है। साहस है तो उस चुनौती को स्वीकार करो। उनके निष्कर्षों की परीक्षा करो।"

जिन लोगों ने स्वामी को मद्रास में सुना, वे यह देखकर चकित थे कि स्वामी वेदों और वेदांत को विज्ञान के रूप में प्रस्तुत करते थे। और अपने व्यक्तिगत जीवन में उसे चरितार्थ कर बताते थे। अभी वे वाल्मीकि, कालिदास और भवभूति का गुण बखान रहे होते थे, और दूसरे ही क्षण वे होमर, विर्जिल, शेक्सपियर और बायरन की चर्चा कर रहे होते थे। वे ट्रॉजेन, पांडवों, हैलेन और द्रौपदी की

एक साँस में चर्चा कर सकते थे। अभी वे ग्रीक कला की इंद्रियग्राह्यता की चर्चा कर रहे होते थे और दूसरे ही क्षण वे हिंदू कला और संस्कृति की इंद्रियातीत स्थिति को प्रतिष्ठित कर रहे होते थे।

"आप हिंदुओं के किस संप्रदाय के अनुयायी हैं स्वामी जी?"

"मैं हिंदू हूँ। सारे संप्रदाय मेरे अपने हैं। हिंदुओं के सारे संप्रदाय जिस सिद्धांत को मानते हैं, मैं उस सिद्धांत को मानता हूँ। वेदांती हूँ मैं। वेदांती हूँ, ताकि हिंदुओं के किसी भी संप्रदाय के लिए पराया न हो जाऊँ।"

"वेदांती हैं, तो अद्वैत के माध्यम से आप यह घोषणा करते हैं कि आप और ईश्वर एक ही हैं।" एक सज्जन हँसे, "तब तो आप सब प्रकार के बंधनों से मुक्त हो गए। ईश्वर पर बंधन कैसा? कोई मर्यादा नहीं, कोई बंधन नहीं, कोई दायित्व नहीं। आप कुछ अनुचित भी करें, धर्म के मार्ग से विचलित भी हो जाएँ, तो भी आपको रोकने वाला कौन है?"

स्वामी का स्वर निष्कंप दीपशिखा के समान स्थिर और दृढ़ था, "यदि मैं निष्ठा से विश्वास करता हूँ कि मैं ईश्वर का अंश हूँ; मैं और ईश्वर तत्त्वतः एक ही हैं; तो मैं अपने आप ही पाप से घृणा करूँगा। मुझे किसी बंधन की आवश्यकता ही नहीं है। युद्ध सत्त्व को तमोगुण आच्छादित नहीं कर सकता।"

संध्या समय स्वामी समुद्रतट पर टहल रहे थे। वहाँ भी पंद्रह-बीस व्यक्ति उनके साथ थे।

"स्वामी जी! वहाँ मन्मथ बाबू के घर पर पचासों लोग आपकी प्रतीक्षा करते रहते हैं और आप यहाँ सागरतट पर खुली हवा का आनंद ले रहे हैं।"

"लोगों की उस भीड़ से बचने के लिए ही तो प्रकृति माँ की शरण में आ गया हूँ।" स्वामी ने ठहाका लगाया।

पर तभी उन्होंने माँ प्रकृति की गोद में मछुआरों के भुभुक्षापीड़ित, नंग-धड़ंग बच्चों को कमर तक जल में डूबकर अपनी माताओं के साथ काम करते देखा।

उनकी आँखों में अश्रु आ गए। स्वर भर्रा गया, "हे मेरे प्रभु! तुम ऐसे दीनहीन जीवों की सृष्टि क्यों करते हो? मैं उनको देख नहीं सकता। कब तक? हे प्रभु! कब तक?"

लगा, वे भी उन बच्चों के साथ मछलियाँ पकड़ने के लिए चले जाएँगे।

"आइए, हम दूसरी ओर चलें!" अलासिंगा पेरुमल ने कहा।

"चिंगा! तुम मुझे बच्चा समझकर बहलाना चाह रहे हो।"

अलासिंगा को अच्छा लगा, स्वामी उसे चिंगा कहकर संबोधित कर रहे थे। यह नाम उसके मित्रों का दिया हुआ था।

"आपको क्या बहलाना।" अलासिंगा ने कहा, "माँ की लीला को आपसे अधिक और कौन जानता है। आप ही तो कहते हैं कि माँ से दयालु कोई नहीं है।"

"हाँ! पर माँ की दया का यह रूप बड़ा ही करुण है।"

स्वामी के पास विभिन्न वर्गों और दलों के युवा आ रहे थे। वे लोग प्रायः किसी न किसी समाज सुधार आंदोलन से प्रभावित थे। समाज में कोई नई क्रांति कर देने को आतुर-व्याकुल थे।...

स्वामी ने उन्हें देखा और सहम गए।...वे लोग गलत दिशा में जा रहे थे—वे सुधार का एक

ही अर्थ जानते थे···अपनी समग्र परंपरा का तिरस्कार···नकार···ध्वंस, अपना ही विनाश। जिस अंग पर एक फोड़ा हो, उस अंग को शरीर से काटकर पृथक् कर देना।···

स्वामी ने उनसे बार-बार कहा कि उन्हें विदेशी विचारों और आदर्शों का मंथन और विश्लेषण करना चाहिए; और भौतिकवादी विदेशी संस्कृति से सावधान रहना चाहिए। हमारे इतिहास में जो कुछ भी महान् और गौरवपूर्ण था, उसकी रक्षा करनी चाहिए, अन्यथा हमारे राष्ट्रीय ढाँचे की नींव ही धँस जाएगी। वे सामाजिक सुधार के विरोधी नहीं थे, वरन् वे तो स्वयं इस देश और समाज को सुधार कर, इसे जगद्गुरु बना देना चाहते थे; किंतु वे सुधार भारत के भीतर से आने चाहिए, भारत के बाहर से नहीं।···वे रचनात्मक होने चाहिए, ध्वंसात्मक नहीं।

क्रिश्चियन कॉलेज में रसायनशास्त्र के असिस्टेंट प्रोफेसर, शिंगारवेलु मुदालियार से स्वामी की कीर्ति सुनी नहीं गई। मन में ईर्ष्या की ऐसी आग लगी कि स्वामी से भिड़ने का निश्चय कर डाला। आज तक वह स्वयं को नास्तिक मानता आया था। व्यावहारिक जीवन में यदि धर्म का कोई लाभ था, तो ईसाई होने में ही था। हिंदू धर्म की कोई उपयोगिता इस संसार में तो दिखाई नहीं पड़ती थी। वह अपने ऐंठते हुए मन में स्वामी के सम्मान को रौंदने की महत्त्वाकांक्षा लेकर आया था।

"देखिए स्वामी जी!" उसने कहा, "संसार में कितने सुख-आराम हैं। प्रेम है, संबंध हैं, धन-संपत्ति है, वस्त्राभूषण हैं, खेत-खलिहान हैं। और आप इन सबकी ओर से आँखें मूँदे, उस ईश्वर की ओर देख रहे हैं, जो कहता है कि संसार के सुख त्याग दो। सुखों के उस अपहरणकर्ता से प्रेम कर क्या मिलेगा आपको?"

"तुम्हारी भेंट महात्मा बुद्ध से हो गई होती, तो उन्हें ज्ञान हो जाता कि संसार में कोई सुख भी है। तब वे क्यों कहते, 'सर्वं दुःखम्।' " स्वामी मुस्कराए, "ईसा तुमसे मिले होते, तो क्यों कहते कि ईश्वर के राज्य में, एक ऊँट तो सूई के छेद में से गुजर सकता है, किंतु एक धनी व्यक्ति स्वर्ग में प्रवेश नहीं पा सकता। कृष्ण से तुम्हारी भेंट हो गई होती, तो वे क्यों अनासक्ति का प्रचार करते?···ओह! शिंगारवेलु! तुम इतनी देर से क्यों आए?"

"आप कटाक्ष कर रहे हैं?"

"नहीं! मैं तो शोक प्रकट कर रहा हूँ।"

"तो आप ही बताइए कि सांसारिक भोगों को किस सुख के लोभ में त्याग दें? क्या है संसार में, जिसे पाने के लिए इंद्रियों का भोग छोड़ दें?"

"जाओ, किसी बच्चे को समझा आओ कि उसके मिट्टी के घोड़े से अधिक मूल्यवान् वस्तुएँ भी संसार में हैं। वह उस घोड़े को त्याग दे और वास्तविक घोड़ा प्राप्त करने का प्रयत्न करे।" स्वामी बोले, "तुम भी उस बच्चे के ही समान हो। अपना मिट्टी का घोड़ा नहीं छोड़ोगे।"

शिंगारवेलु स्तब्ध रह गया : सचमुच वह इतना अज्ञानी है कि वह जानता ही नहीं कि इस सृष्टि में वास्तविक सुख क्या है!

"किसी कुत्ते को समझा सकते हो कि संसार में एक से बढ़कर एक पकवान हैं, वह सूखी हड्डी को चबाना छोड़ दे; क्योंकि हड्डी को चबाकर वह जिस रस का अनुभव कर रहा है, वह और कुछ नहीं, उसके अपने मसूड़ों का रक्त है।"

"नहीं! कुत्ते को तो यह नहीं समझाया जा सकता।" शिंगारवेलु के मुख से अनायास ही निकल गया, "पर मैं कुत्ता नहीं हूँ।"

"मैंने तुम्हें कुत्ता कब कहा मेरे बच्चे! मैं तो कुछ उदाहरण दे रहा था।" स्वामी हँसे, "कीचड़ का कीड़ा कभी कल्पना नहीं कर सकता कि साफ-सुथरा फर्श कीचड़ से अधिक सुखकर हो सकता है।"

"आप मुझे विभिन्न प्रकार की गालियाँ दे रहे हैं।"

"नहीं मेरे बच्चे! मैं तुमसे प्रेम करता हूँ। चाहता हूँ कि तुम्हारी हठधर्मी छूटे और तुम ज्ञान के संसार में प्रवेश करो।"

"आपके सामने मेरी हठधर्मी क्या चलेगी।" शिंगारवेलु मुस्कराया, "मैं तो आपके एक ही तर्क से पराभूत हो गया।"'मुझे आप अपना एक निष्ठावान शिष्य समझें।"

"सचमुच तुम बहुत प्यारे और निर्मल बुद्धि के अबोध शिशु हो। तुम्हारा नाम शिंगारवेलु किसने रख दिया। तुम्हारा नाम तो किडी होना चाहिए था।" स्वामी हँसे, "सीज़र ने कहा था—'मैं आया, मैंने देखा और मैं विजेता हो गया।' किंतु किडी आया, उसने देखा और वह पराजित हो गया।"

वी० सुब्रमणिया अय्यर भी अपने कुछ सहपाठियों के साथ मन्मथ बाबू के घर कुछ तमाशा करने का सुख प्राप्त करने आया था।

उस समय स्वामी अर्द्धनिद्रित और अर्द्धजाग्रत-सी अवस्था में हुक्का पी रहे थे। लगता था कि किसी गहरी सोच में हैं। उनकी मुद्रा ही ऐसी थी कि व्यवधान उपस्थित करने का साहस करना कठिन था।

किंतु सुब्रमणिया के साथियों में साहस की कमी नहीं थी। जो अधिक साहसी था, वह आगे बढ़ा और उसने पूछा, "सर! भगवान् क्या है?"

स्वामी हुक्का पीते रहे, जैसे उन्होंने प्रश्न सुना ही न हो और फिर अकस्मात् ही बोले, "मेरे बच्चे! ऊर्जा क्या है?"

सुब्रमणिया और उसके सहपाठी 'ऊर्जा' की परिभाषा करने लगे और स्वामी उन्हें काटते चले गए। जब कोई भी संतोषजनक परिभाषा नहीं कर पाया तो स्वामी पूर्ण चैतन्य होकर बोले, "मेरे मित्रो! जिसका उपयोग तुम प्रतिदिन, प्रतिक्षण करते हो, उसकी परिभाषा तो तुम कर नहीं सकते; और मुझसे अपेक्षा करते हो कि मैं ईश्वर की परिभाषा करूँ, और तुम्हें समझा भी दूँ।"

सुब्रमणिया के साथियों ने कुछ और प्रश्न किए, और उन्हें उनके अवाक् कर देने वाले उत्तर मिले। अंततः सुब्रमणिया को छोड़ सब लोग चले गए।

सुब्रमणिया जाने किस आकर्षण में रुका रहा। संध्या हो गई थी। स्वामी सागरतट पर टहलने के लिए निकल पड़े। उनके साथ उनके शिष्यों का पूरा समूह था। सुब्रमणिया भी उनके पीछे-पीछे चल पड़ा।

सहसा स्वामी ने पूछा, "मेरे बच्चे! वितंडावाद ही कर सकते हो या तुम कुश्ती भी लड़ सकते हो?"

सुब्रमणिया इस विचित्र प्रश्न के लिए तनिक भी तैयार नहीं था। अनायास ही उसके मुख से निकल गया, "हाँ! क्यों नहीं।"

"तो आओ। दो-दो हाथ हो जाएँ।" स्वामी ने कहा।

"आपका नाम तो 'पहलवान स्वामी' या 'एथलीट स्वामी' होना चाहिए।" सुब्रमणिया हँस पड़ा।

स्वामी ने ट्रिप्लिकेन साहित्य समिति में भाषण दिया। वहाँ मद्रास नगर के चुने हुए एक सौ बुद्धिजीवी उपस्थित थे।...वे लोग इस निष्कर्ष पर पहुँचे थे कि स्वामी अभूतपूर्व वक्ता थे। उनके उस आकर्षक व्यक्तित्व में असाधारण, विराट् और चमत्कारिक बौद्धिकता, विराट् ज्ञान, राष्ट्रभक्ति की उद्दाम ज्वाला, चुलबुला परिहास और अकुंठ संन्यास का भाव संचित था।

वहीं अलासिंगा पेरुमल ने यह प्रस्ताव रखा कि शिकागो में होने वाली धर्मसंसद में हिंदू धर्म का प्रतिनिधित्व करने के लिए स्वामी को भेजा जाए।...सारी सभा ने मुक्त कंठ से प्रस्ताव का समर्थन किया। चारों ओर से जैसे जयजयकार होने लगा। उस उत्साह को देखकर स्वामी स्वयं चकित थे।...

सभा के अंत में स्वामी ने पूछा, “चिंगा! यह सब क्या था? क्या तुम पहले से योजना बना कर आए थे? यह बैठक क्या इसी उद्देश्य से बुलाई थी?”

अलासिंगा मुस्कराया, “निश्चय करके तो नहीं आए थे; किंतु मन में तो था ही। मैंने आपको पांडिचेरी में ही कहा था।”

“पर यहाँ इस घोषणा का लाभ?”

“यह तो जनमत जानने के लिए है।” अलासिंगा ने कहा, “हमने जान लिया है कि लोग इस प्रस्ताव के पक्ष में हैं।...”

“किंतु तुम्हारी ट्रिप्लिकेन साहित्य समिति यह निर्णय कैसे कर सकती है? तुम्हारी संस्था का सामर्थ्य है कि इतना खर्च उठा सके?”

“नहीं है।” अलासिंगा ने कहा, “अब तक यह हमारी कामना थी। व्यक्तिगत कामना। कभी मैंने कहा कि आप जाएँ। कभी आपने कहा कि आप जाना चाहते हैं। अब हम उसे एक संस्था की ओर से प्रस्तावित कर रहे हैं। हमारा अगला पग होगा कि हम कुछ प्रतिष्ठित लोगों को अपने इस प्रयास में सम्मिलित कर लें। एक संगठन बनाएँ। यात्रा इत्यादि के लिए धन एकत्रित करें। अब तक जितने भी लोगों ने आपको सहायता का आश्वासन दिया है, उनसे धन प्राप्त करें।”

स्वामी भी समझ रहे थे। अलासिंगा ठीक कह रहा था : अब तक कामना के परे न तो कोई प्रयास ही किया गया था और न ही किसी संगठन ने ऐसा कोई लक्ष्य अपने सामने रखा था।

प्रातः का समय था। पंद्रह-बीस युवक मैलापुर में सर एस० सुब्रमण्य अय्यर के घर की ओर जा रहे थे। स्वामी भी उनके साथ थे। उनके हाथ में अपना दंड था और युवकों के हाथ में प्रस्ताव था कि स्वामी को हिंदू धर्म के प्रतिनिधि के रूप में शिकागो की धर्मसंसद में सम्मिलित होने के लिए भेजा जाए।

नगर में अनेक लोगों को सूचना थी कि आज अलासिंगा पेरुमल और उनके मित्र इस प्रकार का प्रस्ताव लेकर सर सुब्रमण्य अय्यर के पास जाने वाले हैं। उनका विचार था कि यदि सर सुब्रमण्य अय्यर इस प्रस्ताव से सहमत हों तो वे इस आयोजन के संरक्षक बनना स्वीकार करें। विभिन्न गलियों से निकलकर अनेक लोग, अपना समर्थन जताने के लिए उन युवकों के साथ मिलते जा रहे थे। क्रमशः भीड़ बढ़ती जा रही थी। अय्यर महोदय के घर तक जाते-जाते इतने लोग हो गए कि उन्हें बाहर ही रुकना पड़ा। कुछ थोड़े से लोगों के साथ स्वामी घर के भीतर गए।

बाहर खड़े लोगों में एक ही चर्चा थी कि स्वामी एक महान् साधु हैं और उन्हें अमेरिका भेजा जाना चाहिए।

सर सुब्रमण्य अय्यर ने उनका स्वागत किया।

"आपका प्रस्ताव बहुत शुभ है।" उन्होंने कहा, "मुझे मालूम नहीं है कि क्या कारण है कि धर्म संसद का निमंत्रण किसी भी प्रतिष्ठित हिंदू संस्था के पास नहीं आया है। या तो संसद के आयोजक हम लोगों के विषय में कुछ जानते ही नहीं हैं, या फिर वे हमारे किसी प्रतिनिधि को आमंत्रित नहीं करना चाहते। ऐसे में यह और भी आवश्यक हो जाता है कि हम किसी योग्य व्यक्ति को अपने प्रतिनिधि के रूप में भेजें। नहीं तो विश्वस्तर के उस मंच पर हिंदुओं का पक्ष सर्वथा अनुपस्थित रहेगा।"

"हम आपसे सहमत हैं।" अलासिंगा ने कहा।

"और आप क्या कहते हैं स्वामी जी?"

"मैं समझता हूँ कि अपने सिद्धांतों के प्रचार का समय आ गया है। ऋषियों के धर्म के सक्रिय होने का अवसर उपस्थित है। जब विदेशी हाथ हमारे धर्म के प्राचीन दुर्ग को ध्वस्त करने पर तुले हुए हों, क्या हम चुपचाप निष्क्रिय बैठे रहेंगे? क्या हम इसकी अपराजेयता से संतुष्ट हैं?...हम निष्क्रिय बैठे रहेंगे, या हम भी प्राचीन काल में धर्मगौरव के प्रचार के दिनों के समान कुछ आक्रामक होंगे? क्या हम अपनी जातियों, बिरादरियों, संप्रदायों और प्रादेशिकता के बंदी रहेंगे या हम भारत के हित में अन्य विचार-वृक्षों में अपनी शाखाएँ पल्लवित करेंगे?" स्वामी का तेजस्वी स्वर गूँजा, "पुनः उठ खड़े होने के लिए भारत को सबल और संगठित होना होगा। अपनी संपूर्ण जिजीविषा को एकाग्र करना होगा।"

सर सुब्रमण्य अय्यर मुस्कराए, "आप देख रहे हैं कि यह युवा संन्यासी, सारे सांसारिक बंधन तोड़ चुका है और स्वयं को पूर्णतः मुक्त कर चुका है। फिर भी उसको कुछ प्रिय है और वह है–उसका देश। उसको एक ही पीड़ा है–देश की हीन अवस्था। उसका एक ही कष्ट है–देश का पतन।" उन्होंने रुककर स्वामी की ओर देखा, "मैं समझता हूँ कि स्वामी को अदृष्ट से धर्म के प्रचार का आदेश मिल चुका है। अतः अब विलंब का कोई कारण नहीं है। यह आरंभ होना चाहिए स्वामी जी! और इसे आप ही कर पाएँगे।"

"तो हम संगठित होकर उसके लिए धन एकत्रित करना आरंभ कर दें?" अलासिंगा ने पूछा।

"अवश्य।" सर सुब्रमण्य अय्यर ने कहा, "किंतु एक परामर्श है।"

सबने उनकी ओर देखा।

"हमें इस विषय में तनिक भी संकीर्ण नहीं होना है। हमें अधिक से अधिक लोगों को इसमें सम्मिलित करना है। दीवान बहादुर रघुनाथ राव की अध्यक्षता में एक सभा होनी चाहिए। वे राष्ट्रीय स्तर के व्यक्ति हैं। उन्होंने अनेक कानूनी शोधग्रंथ लिखे हैं। एक लंबे समय तक वे हिंदू नेशनल सोशल कॉन्फ्रेंस के महासचिव रहे हैं। उनका हमारे साथ होना, हमारे लिए बहुत हितकारी है।"

"वैसे भी वे एज ऑफ कंसेंट बिल के बहुत बड़े समर्थक हैं।" अलासिंगा ने कहा, "इस दृष्टि से स्वामी उन्हें अपने मन के बहुत निकट पाएँगे।"

"उस सभा में स्वामी भारतीय संस्कृति की पाश्चात्य व्याख्याओं का विश्लेषण करें और लोगों को समझाएँ कि पश्चिम के लोग हमें कितना गलत समझते हैं और हमारे सिद्धांतों के साथ वे कैसा अनर्थ कर रहे हैं।"

"मैं सोच ही रहा था कि इस संदर्भ में भी कुछ चर्चा होनी चाहिए।" स्वामी ने कहा।

"और वहीं विधि-विधानपूर्वक स्वामी को शिकागो भेजे जाने का प्रस्ताव पारित किया जाए।"

"यह तो ठीक है ; किंतु उससे भी अधिक आवश्यक है, हिंदुओं को यह समझाना कि आधुनिक सभ्यता के संदर्भ में अपने महान् आध्यात्मिक सिद्धांतों को जीवन में चरितार्थ कैसे किया जाए।" स्वामी ने कहा।

स्वामी बाहर से आए तो देखा कि मन्मथ बाबू का रसोइया उनका हुक्का अपने हाथों में लेकर बहुत ध्यान से देख रहा है। यह प्रशिंशपा का बना वही हुक्का था, जो स्वामी को मैसूर के महाराजा ने भेंट किया था।

स्वामी को देखते ही उसने हुक्का उसके स्थान पर रख दिया और आँखों में कुछ भय लिए स्वामी की ओर देखता रहा, जैसे चोरी करता हुआ पकड़ा गया हो।

"क्या देख रहे थे?" स्वामी ने मुस्कराकर पूछा।

"आपका हुक्का।"

"सुंदर है?"

"बहुत सुंदर है! मैंने आज तक ऐसा सुंदर हुक्का नहीं देखा।"

"तुम इसे लेना पसंद करोगे?"

रसोइए ने संकोच से सिर झुका दिया। 'न' वह कहना नहीं चाहता था और 'हाँ' कहने का साहस नहीं हो रहा था।

स्वामी ने हुक्का उठाकर उसकी ओर बढ़ा दिया, "यह लो। अब यह तुम्हारा हुआ।"

रसोइया अपनी झेंप में हँसा : यह कैसे संभव हो सकता था।

किंतु स्वामी ने वह हुक्का उसकी ओर बढ़ा दिया, "लो।"

रसोइए की जैसे आँखें फट गईं, "नहीं स्वामी जी! मेरा तात्पर्य यह नहीं था।"

"यह हुक्का अब तुम्हारा हुआ।" स्वामी ने पुनः कहा।

"बाबू मेरी चमड़ी उधेड़ देंगे।"

"कोई कुछ नहीं कहेगा। मेरा हुक्का है, मैं तुम्हें दे रहा हूँ। "

26

अलासिंगा पेरुमल और उनके मित्रों ने स्वामी की यात्रा के लिए धन एकत्रित करना आरंभ कर दिया था। मन्मथ बाबू ने पाँच सौ रुपए देकर इस संग्रह का शुभारंभ किया। नगर के अन्य संभ्रांत लोगों ने भी काफी उदारता दिखाई। अलासिंगा अत्यंत उत्साहित थे। वे घर-घर जाकर धन एकत्रित कर रहे थे। द्वार किसी धनी का हो अथवा निर्धन का, खटखटाया अवश्य जाना चाहिए।...कोई एक पैसा दे, एक रुपया दे, सौ रुपए दे—सबका स्वागत होना चाहिए।

शिष्यों के उत्साह से स्वामी भी उत्साहित थे।...अमेरिका जाने की चर्चा तो कब से चल रही थी; किंतु वह चर्चा ही थी। अब उसने आकार लेना आरंभ किया था। यह माँ की ही इच्छा थी। स्वामी ने अपनी ओर से तो कुछ भी नहीं किया था। जहाँ-जहाँ उनके सामने धन का प्रस्ताव आया,

उन्होंने शालीनतापूर्वक टाल दिया। अब माँ ने स्वयं ही इन लड़कों के रूप में आयोजन आरंभ कर दिया है। स्वामी को भी स्वयं को तैयार कर लेना चाहिए।···

अलासिंगा ने आकर प्रणाम किया।

"सुखी रहो वत्स!"

"स्वामी जी! वैसे तो हमारा अनुष्ठान ठीक ही चल रहा है। लोग अपने-अपने सामर्थ्य के अनुसार, उदार मन से धन दे रहे हैं।" उसने कहा, "किंतु जहाँ से हमें अधिक आशा थी···"

"कहाँ से अधिक आशा थी···?"

"रामनाड के राजा भास्कर सेतुपति से···।"

"उन्होंने तुम्हारी आशा पूरी नहीं की?"

"उनकी तो प्रतिक्रिया ही हमारी समझ में नहीं आई।"

"क्या हुआ?" स्वामी ने कुछ आश्चर्य से पूछा।

"हमने उनको भी पत्र लिखा था।" अलासिंगा ने बताया, "उनका उत्तर आया है कि वे इस प्रयोजन के लिए एक पाई भी देने को तैयार नहीं हैं। उन्हें अब किसी भी संन्यासी पर विश्वास नहीं रहा, विशेष रूप से बार-बार अपना निश्चय बदलने वाले इस स्वामी पर।"

···पर स्वामी ने तो अपना निश्चय कभी नहीं बदला। सेतुपति से चर्चा हुई थी तो उनसे यही कहा था कि उपयुक्त अवसर पर वे उन्हें बता देंगे। इसमें निश्चय बदलने जैसी तो कोई बात नहीं थी।···

"सुनने में आया है कि सेतुपति के मन में आपको लेकर अनेक आशंकाएँ हैं।" अलासिंगा ने कहा, "उन्हें लगता है कि आपके इस आयोजन में धर्म से अधिक राजनीति है। संभव है कि आपका संबंध किसी क्रांतिकारी संगठन से हो। ऐसे में आपकी सहायता कर वे अंग्रेजों की दृष्टि में अपराधी बन जाएँगे।···"

स्वामी को भी सेतुपति से बहुत सारी अपेक्षाएँ थीं। एक वही तो था, जो राम के नाम पर राज कर रहा था। अन्य प्रत्येक राज्य में राजनीति थी। एक रामनाड में ही तो धर्म था। राम के रामेश्वरम् की रक्षा उसे करनी थी। राम के सेतु की रक्षा उसे करनी थी। धर्म की रक्षा उसे करनी थी। धर्म को प्रोत्साहित उसे करना था।···किंतु सेतुपति की प्रतिक्रिया से लगा कि उनकी सारी योजनाएँ ध्वस्त हो गई हैं।···कदाचित् माँ की इच्छा नहीं थी कि वे अमेरिका जाएँ। यह उनका अपना ही योजनाविलासी मन था, जो अनेक प्रकार की कामनाओं को पाल रहा था।···वर्षों से पाल रहा था। और वे मानते रहे कि यह उनकी कामना नहीं, माँ का निर्देश था। माँ ने एक ही झटके में अपनी इच्छा प्रकट कर दी। सब कुछ ध्वस्त हो गया।···उन्हें तनिक-सा भी आभास होता तो वे ऐसी आशा ही क्यों पालते।···वे माँ की इच्छा के सम्मुख नतमस्तक हैं। माँ की इच्छा ही सर्वोपरि है।···

स्वामी मौन बैठे रह गए।

"क्या इस समय राजपूताना से सहायता नहीं मिल सकती?" अलासिंगा ने पूछा।

"दुःख है कि इस समय मेरे लिए पुनः राजपूताना लौटना संभव नहीं है।"

"कोई विशेष कारण?"

"यहाँ—सागरतट पर ही, इस समय इतनी भयंकर गर्मी पड़ रही है। पता नहीं, राजपूताना की उस मरुभूमि में और भी कितनी भयंकर गर्मी होगी। और मैं गर्मी एकदम सहन नहीं कर सकता।"

"कोई तो मार्ग निकालना ही होगा स्वामी जी!"

"मैं मद्रास से बंगलूरु और वहाँ से ग्रीष्म ऋतु बिताने के लिए उटकमंड चला जाऊँगा। गर्मी में मेरा मस्तिष्क खौलने लगता है।" स्वामी बोले।

"और हमारी योजना?"

"हमारी योजना क्या होती है, सब माँ की इच्छा से होता है!…"

"ठीक है। किंतु हम इतनी जल्दी हाथ खड़े नहीं करेंगे।" अलासिंगा ने कहा, "हम कैसे मान लें कि यह सेतुपति का कोई भ्रम न होकर माँ की इच्छा है। आपको ऐसा कोई संकेत मिला है?"

"मेरी सारी योजनाएँ मिट्टी में मिल गईं।" स्वामी बोले, "मैं केवल मद्रास पर निर्भर नहीं रहना चाहता था, इसीलिए मद्रास से शीघ्रातिशीघ्र चल देने के लिए व्यग्र हो उठा था। यहाँ से जल्दी चला गया होता तो मेरे पास कई महीनों का समय होता। मैं उत्तर भारत के किसी राजा की सहायता प्राप्त करने का प्रयत्न करता। किंतु अब विलंब हो चुका। समय नहीं है।" उन्होंने अलासिंगा की ओर देखा, "ऐसी गर्मी में कहीं आ-जाकर, किसी राजा-महाराजा की सहयोग-प्राप्ति के लिए, मैं कोई प्रयास न कर सकूँगा। ऐसा करने से मुझे अपने जीवन से ही हाथ धोने पड़ेंगे। और फिर राजपूताना के मेरे घनिष्ठ मित्र मुझे पाकर, आबद्ध कर लेंगे। वे मुझे कहीं जाने नहीं देंगे। इसीलिए मैं चाहता था कि अपने मित्रों को बताए बिना ही किसी नवीन व्यक्ति की सहायता से यह काम कर लूँ।…किंतु मद्रास में मुझे विलंब हो गया। बहुत विलंब हो गया। सब कुछ मटियामेट हो गया।…"

"कुछ तो करना होगा स्वामी जी!"

"करना क्या है। अब उस प्रयास को छोड़ देना होगा। अब मैं पूर्णतः ईश्वर पर निर्भर हूँ।" स्वामी बोले, "उसकी जो इच्छा है, वही पूर्ण हो। यह मेरे प्रारब्ध का फल है, किसी को क्या दोष देना।"

"मैसूर के महाराजा?"

"देखना है कि मैसूर के महाराजा मेरी सहायता करते हैं क्या? दक्षिणी राजाओं के वचन का अब कोई भरोसा नहीं है। वे राजपूत नहीं हैं। राजपूत अपने वचन के लिए प्राण दे सकता है।"

"तो?"

"जैसे स्वर्ग में होती है, वैसे ही इस धरती पर भी तुम्हारी इच्छा पूर्ण हो। जगत् में तुम्हारी ही महिमा घोषित हो रही है और सब ओर तुम्हारा ही राज्य है।"[1]

"किंतु स्वामी जी! हमने काफी धन एकत्रित कर लिया है।" अलासिंगा ने उनके सामने एक कागज रख दिया।

स्वामी ने कागज पर लिखी राशि पढ़ी तो कुछ विचलित हो उठे, "हे माँ! मैं यह सब अपनी इच्छा से कर रहा हूँ? मैं अपने ही उत्साह में बहा जा रहा हूँ? या जो कुछ मैंने सोचा और किया है, इसमें अदृश्य का भी कोई हाथ है? ओ माँ! अपनी इच्छा प्रकट करो। तुम ही कर्ता हो। मैं तो तुम्हारा एक उपकरण मात्र हूँ।"

स्वामी ने अपनी आँखें मूँद लीं। वे कुछ सोच रहे थे।

---

1. Thy will be done on earth as it is in heaven, for thine is the glory and the kingdom for ever and ever.

"एक काम करो मेरे बच्चो! इस धन को ले जाओ और निर्धनों में वितरित कर दो।"

अलासिंगा ने अपने साथियों की ओर देखा : यह धन उनका नहीं था। यह सार्वजनिक धन था। इसे उन्होंने एक विशेष प्रयोजन से विभिन्न लोगों से लेकर जमा किया था। अब यदि वह स्वामी की यात्रा के लिए खर्च नहीं भी हो रहा, तो उसे दाताओं को लौटाने के स्थान पर निर्धनों में वितरित कर देना उचित था? जिनका धन था, उन्हें वे क्या उत्तर देंगे?···किंतु स्वामी का आदेश था कि वे उसे निर्धनों में वितरित कर दें। और वे स्वामी की आज्ञा का उल्लंघन नहीं कर सकते थे।···इसका अर्थ यह भी था कि स्वामी अब शिकागो नहीं जाएँगे। जो प्रस्ताव ट्रिप्लिकेन साहित्य समिति ने पारित किया था, जिसे सर सुब्रमण्य अय्यर ने अपना समर्थन दिया था और जिसे दीवान बहादुर रघुनाथ राव ने अपना संरक्षण दिया था, उसे अलासिंगा सदा के लिए त्याग दे, केवल इसलिए कि सेतुपति ने उसे अपना समर्थन नहीं दिया?

स्वामी मुस्कराए, "मेरे बच्चो! मैं माँ को अपनी इच्छा प्रकट करने को बाध्य करने के लिए दृढ़प्रतिज्ञ हूँ। मैं अंधकार में आगे पग बढ़ाऊँ, उससे पहले माँ को बताना होगा कि उसकी इच्छा क्या है। यदि यह उसकी इच्छा है तो धन पुनः आएगा। अपने आप आएगा।"

अलासिंगा का द्वंद्व पिघल नहीं रहा था।

"यह धन वितरित कर दो, मेरे कंधों से एक बहुत बड़ा बोझ उतर जाएगा।"

अब अलासिंगा के सामने गुरु की आज्ञा का पालन करने के सिवाय और कोई मार्ग नहीं था।

विलक्षण बौद्धिक और देशभक्ति की अग्नि से धधकता संन्यासी अब केवल भक्त था। स्वामी के लिए माँ और प्रभु में कोई अंतर नहीं था। उनकी आत्मा अशांत थी। वे माँ की इच्छा जानने के लिए तड़प रहे थे।···संध्या समय लोग आ जाते थे तो प्रवचन भी होता था; किंतु उसका विषय एक ही था—भक्ति। आत्मसमर्पण। शरणागति। प्रार्थना।···वे निरंतर माँ और अपने गुरु से मार्गदर्शन के लिए प्रार्थना करते रहे। अब वे दीर्घकालीन ध्यान में बैठते थे। भोजन बहुत कम हो गया था और माँ के भजन गाते-गाते इतने भावुक हो जाते थे कि समाधि की-सी स्थिति हो जाती थी।

कौन जानता है माँ की लीला!
शायद तुम्हीं वह द्रष्टा हो,
जो जानता है
कि कौन उन गहराइयों का स्पर्श कर सकता है,
जहाँ माँ ने अपने शब्दहीन अमोघ बाण
छिपा रखे हैं।

संभवतः शिशु ने उन छायाओं की झलक पाई है,
इन दृश्यों के पीछे,
विस्मय और कौतूहल-भरी आँखों से
वे कंपित आकृतियाँ, जो
अनिवार्य प्रबल घटनाओं की कारण हैं।

माँ के अतिरिक्त और कौन जानता है
कि वे कैसे, कहाँ से और कब आती हैं।

ज्ञानदीप्त उस ऋषि ने संभवतः
जो कुछ कहा, कहीं उससे समधिक देखा था।
कब किस आत्मा के सिंहासन पर
माँ विराजेगी,
कौन जानता है!

किन नियमों में मुक्ति बँधी है,
कौन पुण्य करते उसकी
इच्छा-संचालन।
वह किस धुन में कौन-सी
बड़ी से बड़ी व्याख्या कर दे, कौन जाने,
उसकी इच्छा मात्र ही वह विधान है,
जिसका कोई विरोध संभव नहीं।

पता नहीं, पुत्र को कौन वैभव प्राप्त हो जाएँ,
पिता ने जिसका स्वप्न भी न देखा हो,
माँ अपनी पुत्री में
हजार गुना शक्तियाँ भर सकती है,
उसकी इच्छा!

मन्मथ बाबू को लग रहा था कि उनका घर सामान्य घर नहीं रह गया था। वह कोई पवित्र मंदिर हो गया था। कोई व्यक्ति भी उस घर में आध्यात्मिक उन्माद की तरंगों का अनुभव किए बिना रह नहीं सकता था।

27

स्वामी चकित थे। अकस्मात् ही हैदराबाद से यह निमंत्रण कैसे आ गया?...जैसे शून्य में से कोई पर्वत उग आया हो। बुलाने वालों में इतने अधिक और महत्त्वपूर्ण नाम थे कि उसके महत्त्व को नकारना कठिन था।...

स्वामी माँ की लीला पर मुग्ध थे। वे यहाँ माँ के सम्मुख, आसन-पट्टी डाले, हठ ठाने बैठे थे कि माँ अपनी इच्छा प्रकट करें; और माँ थीं कि उन्हें टालने के लिए हैदराबाद से निमंत्रण भिजवा रही थीं...कुछ दिनों के लिए हैदराबाद आ जा...टल जा...हठ छोड़! कैसा संकेत है यह—क्या इच्छा

है माँ की? जाने इस निमंत्रण का क्या अर्थ है।

मन्मथ बाबू ने हैदराबाद में सुपरिंटेंडिंग इंजीनियर, अपने मित्र मधुसूदन चट्टोपाध्याय को पत्र लिखा कि स्वामी दस फरवरी को हैदराबाद पहुँच रहे हैं; और वे उनके अतिथि होंगे। आमंत्रित करने वाले कोई भी हों, मन्मथ बाबू अड़े हुए थे कि स्वामी, मधुसूदन बाबू के घर पर ही ठहरें।

हैदराबाद स्टेशन पर पाँच सौ लोगों की भीड़ उनका स्वागत करने के लिए जमा थी।···जाने-माने और महत्त्वपूर्ण लोग आए थे—धनी भी, ज्ञानी भी, पदाधिकारी भी। स्वामी मन ही मन मुस्कराए···माँ लुभा रही थीं उनको···रुक जा! यहीं रुक जा! यहाँ भी बहुत लोग हैं तुझे सुनने वाले, सम्मान करने वाले, पैर पूजने वाले। क्या करेगा शिकागो जाकर? क्या रखा है वहाँ? यश चाहिए? यहीं मिल जाएगा। धन चाहिए? यहीं ढेर लग जाएगा। न सही भास्कर सेतुपति! और लोग हैं धन वाले। सेतुपति से भी धनवान। और धन तो माँ का है। जिसे चाहें, निहाल कर दें।···रुक जा! रुक जा!···

पर माँ! मैं यश या धन के लिए नहीं जा रहा।···मैं तो यह मानकर जा रहा था कि यह तुम्हारी इच्छा है—धर्म के प्रचार के लिए, देश के सम्मान के लिए, दरिद्रों की सेवा के लिए।···मुझे यश और धन का क्या करना है? मुझे तो तुम्हारी भक्ति ही पर्याप्त है। तुमने ही तो मुझे समाधि से परे धकेला कि मुझे अपना सुख नहीं खोजना है। मुझे तुम्हारा काम करना है।···तो बताओ, क्या काम है तुम्हारा? अपनी इच्छा प्रकट करो माँ!···

स्वामी अपने भगवे वस्त्रों में हाथ में कमंडल पकड़े, आत्मलीन-से गाड़ी से उतरे।···किससे बात करें, किससे न करें···किसका प्रणाम स्वीकार करें, किसका न करें···किसे आशीर्वाद दें, किसे न दें···पर ऐसा तो कोई जीव नहीं है, जिसे आशीर्वाद न दिया जा सके···किंतु वे इन जीवात्माओं से नहीं, अपनी माँ से बात करना चाहते थे···और माँ थी कि सैकड़ों शरीर धारण कर उनके सामने खड़ी थी। वह उन्हें अंतर्मुखी नहीं रहने देगी। वह उन्हें बाहर के संसार में धकेल रही थी।···

स्वामी देख रहे थे : उन्हें एक प्रकार की शोभायात्रा के रूप में बाबू मधुसूदन चट्टोपाध्याय के बँगले तक लाया गया। अनेक लोग, जो उनका स्वागत करने स्टेशन नहीं पहुँच पाए थे, वे बँगले पर पहुँचे थे।···

"किसी हिंदू संन्यासी का स्वागत करने के लिए कभी इतनी भीड़ स्टेशन पर नहीं उमड़ी।" मधुसूदन बाबू ने बताया।

"उसका सारा श्रेय आप लोगों को है। आपने परिश्रमपूर्वक प्रचार किया, संगठन किया, लोगों को जुटाया। जाने मेरे विषय में लोगों को क्या-क्या बताया।" स्वामी बोले, "माँ! तेरी लीला। अपने पुत्र को बहलाने के लिए कैसे-कैसे मंच सजाती है।"

···और मन ही मन स्वामी माँ से कह रहे थे···तुम नहीं चाहतीं कि मैं शिकागो जाऊँ, तो स्पष्ट बता दें न माँ! इतनी माया रचने की क्या आवश्यकता है?···मैं तो तुम्हारे आदेश के भ्रम में अमेरिका जाना चाहता था। तुम नहीं चाहतीं, तो क्यों जाऊँगा। मैं, एक संन्यासी, सांसारिक व्यवहार से अनभिज्ञ, अकेला और अनजाना, उस अपरिचित और अनजाने देश में, एक अपरिचित संस्कृति में पले लोगों को उनके लिए एकदम अनजाना संदेश सुनाने क्यों जाऊँगा?···

लोग अपनी श्रद्धा प्रकट कर और उनके चरणों में प्रणाम निवेदन कर विदा हो गए। आज का इतना ही कार्यक्रम था। वे चाहते थे कि स्वामी अब विश्राम करें।

अगले दिन नगर के एक सौ प्रतिष्ठित हिंदुओं का शिष्टमंडल स्वामी से मिलने आया। वे अपने साथ मिठाई, फल और दूध लाए थे। उन्होंने निवेदन किया कि स्वामी नगर के महबूब कॉलेज में एक व्याख्यान करने की कृपा करें, इससे नगर के लोगों का लाभ होगा।

"परसों ठीक रहेगा?"

"13 फरवरी। ठीक है।"

"समय और विषय इत्यादि आप लोग निश्चित कर लें।"

स्वामी कालिचरण बाबू के साथ गोलकुंडा का दुर्ग देखने चले गए।

अगली सुबह स्वामी सर खुर्शीदजाह के निमंत्रण पर कालिचरण बाबू के साथ उनसे मिलने गए। कालिचरण बाबू ने मार्ग में ही बता दिया, कि सर खुर्शीदजाह साधारण मुसलमानों के समान नहीं थे। वे अपनी धार्मिक सहिष्णुता के लिए विख्यात थे। वे पहले मुसलमान थे, जिन्होंने हिमालय से कन्याकुमारी तक के सारे हिंदू तीर्थों के दर्शन किए थे।

खुर्शीदजाह बड़े सम्मान से मिले। उन्होंने आदरपूर्वक स्वामी को बैठाया और बोले, "क्या ऐसा संभव नहीं है कि हम हिंदू धर्म, इस्लाम और ईसाइयत इत्यादि को भूलकर केवल धर्मचर्चा कर सकें?"

"संभव क्यों नहीं!" स्वामी बोले, "ईश्वर, उसके प्रेम और आत्मानुभव की बात करें, तो अपने आप ही अध्यात्मचर्चा हो जाएगी। मेरे गुरु केवल अध्यात्मचर्चा करते थे। विभिन्न पंथों की दीवारों का उनके लिए कोई अस्तित्व ही नहीं था।"

यह भेंट दो घंटों तक चली। हिंदू धर्म, ईसाई मत और इस्लाम के तत्त्वचिंतन पर भी चर्चा हुई। नवाब ने हिंदू धर्म में स्वीकृत सगुण साकार ईश्वर की अवधारणा पर आपत्ति की। वे निर्गुण, निराकार ईश्वर को मानते थे।

स्वामी ने ईश्वर की अवधारणा के विकास की विस्तृत चर्चा की और उन्हें ईश्वर के व्यक्ति के रूप में अस्तित्व की आवश्यकता समझाई। नैसर्गिक रूप से मनुष्य का अनुभव व्यक्तिगत था, इसीलिए मनुष्य का विचार जिस सीमा तक जा सकता था, वह वैयक्तिक ही हो सकता था।

उन्होंने बताया कि सिवाय हिंदू धर्म के प्रत्येक धर्म का संस्थापक कोई एक–व्यक्ति–मनुष्य था। उन धर्मों को अपने अस्तित्व के लिए उस एक व्यक्ति पर निर्भर रहना होता था। दूसरी ओर, वेदांत कुछ सिद्धांतों पर आधृत था, अतः उसे व्यक्तियों की आवश्यकता नहीं थी। इसी तथ्य के आधार पर वह सार्वभौमिकता का दावा करता था। समस्त धर्मों की सारी अवधारणाएँ, मनुष्य की प्रकृति से जन्मी थीं और सत्य को जानने के प्रयत्न में से उत्पन्न हुई थीं। सारे आदर्श–सिद्धांत–सत्य थे। उपासना पद्धतियाँ तो उन आदर्शों तक पहुँचने के लिए मार्ग भर थीं। उनमें से किसी भी पद्धति का एकाग्रता से पालन किया जाए तो मनुष्य में विद्यमान देवत्व को प्रकट होना ही था। वेदांत का अद्वैत सिद्धांत स्पष्ट करते हुए, उन्होंने कहा कि मनुष्य सारे जीवों में सर्वश्रेष्ठ है। क्योंकि मनुष्य की शुद्ध आध्यात्मिक बुद्धि ने ही इन सत्यों का आविष्कार किया है। इस प्रकार मनुष्य माया के सारे बंधनों का अतिक्रमण कर सकता था और स्वभाव से ही वह दिव्य था।

स्वामी बोल रहे थे और उनकी आँखें चमक रही थीं, उनका चेहरा आलोकित था। उनके व्यक्तित्व से ऊर्जा निःसृत होती लग रही थी। स्वयं को बहुत संयत रखते हुए भी उन्होंने कह ही दिया कि वे शाश्वत धर्म का प्रचार करने के लिए पश्चिमी देशों में जाना चाहते हैं।

"स्वामी जी! मैं आपके इस उद्देश्य में सहायता करना चाहता हूँ। इस प्रयोजन के लिए मैं आपको एक सहस्र रुपए दे सकता हूँ।"

"अभी समय नहीं आया है नवाब साहब!" स्वामी ने कहा, "माँ का आदेश मिल जाएगा, तो मैं आपको अवगत करा दूँगा।"

स्वामी ने मक्का मसजिद, चार मीनार, फलकनामा, निज़ाम के प्रासाद, बशीरबाग तथा अन्य दर्शनीय स्थल देखे।

13 को प्रातः स्वामी हैदराबाद के प्रधानमंत्री सर आशमनजाह से मिले। रियासत के पेशकार राजा नरेन्द्रकृष्ण बहादुर और महाराजा शिवराज बहादुर से मिले। उन सारे ही उच्च अधिकारियों ने उनकी सहायता का वचन दिया।

अपराह्न में महबूब कॉलेज में उनका व्याख्यान था : 'पश्चिमी देशों में मेरा उद्देश्य।' पंडित रत्नलाल उस समय अध्यक्ष थे। एक सहस्र लोगों ने व्याख्यान सुना, जिनमें कुछ यूरोपीय भी थे।

स्वामी ने हिंदू धर्म की महानता की चर्चा की। अतीत में हिंदू संस्कृति और हिंदू समाज की महानता को प्रतिष्ठापित किया। वैदिक और वेदांतिक चिंतन का समग्र रूप प्रस्तुत किया। ऋषियों की महान् विधिनिर्माताओं के रूप में चर्चा की, उनका शास्त्रकार रूप प्रस्तुत किया। स्पष्ट किया कि पुराण किस प्रकार उदात्त नैतिक सिद्धांतों की स्थापना करते हैं। अंततः उन्होंने अपने जीवन-लक्ष्य की चर्चा की—भारत का पुनरुत्थान! उससे कम किसी स्थिति में नहीं।

उन्होंने घोषणा की कि उनको आदेश था कि वे भारत के एक प्रतिनिधि के रूप में व्रती बनकर पश्चिम के देशों में जाएँ और वहाँ वेदों और वेदांत के गौरव का उद्घाटन करें।

अगले दिन बेगम बाजार के प्रसिद्ध साहूकार सेठ मोतीलाल के नेतृत्व में अनेक लोग उनसे मिलने आए। उन्होंने उन्हें अमेरिका जाने के लिए मार्गव्यय देने का वचन दिया। थियोसोफिकल सोसायटी और संस्कृत धर्ममंडल सभा के प्रतिनिधि भी मिलने आए।

पुणे की अनेक हिंदू संस्थाओं की ओर से तार आया कि वे कृपा कर तत्काल पुणे पधारें। स्वामी ने अपनी असमर्थता व्यक्त कर दी। उन्हें अभी हैदराबाद में हिंदू मंदिरों के ध्वंसावशेष, बाबा सर्फुद्दीन का मज़ार और सर सालारजंग का प्रासाद देखना था।

"महाराज! मेरे सिर पर हाथ रख दें, ताकि मेरा ज्वर मुझे छोड़ जाए।"

स्वामी जानते थे कि भारत में यह सामान्य विश्वास था कि यदि कोई संत किसी रोगी के सिर पर हाथ रखे तो वह रोगी ठीक हो जाता है।

"तुम्हें ज्वर है?"

"हाँ महाराज! और वह वैद्यों की औषध से ठीक नहीं हो रहा।"

"किंतु तुम हो कौन? अपना परिचय तो तुमने दिया ही नहीं।"

उस व्यक्ति ने अपने आसपास खड़े लोगों की ओर देखा।

"सम्मानित ब्राह्मण हैं। व्यवसाय से व्यापारी हैं। समाज में अच्छी साख है।" कालिचरण बाबू ने बताया, "इनमें ऐसी शक्ति है कि ये शून्य में से कोई भी वस्तु प्रकट कर सकते हैं।"

"…किंतु लुप्त नहीं कर सकते?" स्वामी हँसे।

"हाँ महाराज! नहीं तो इस ज्वर को लुप्त कर देता।" व्यक्ति ने भी हँसने का प्रयत्न किया, "आप कृपापूर्वक मेरे सिर पर हाथ रख दें।"

"मैं भी तुम्हारा जादू देखना चाहता हूँ पुत्र!" स्वामी ने कहा, "मुझे भी अपना चमत्कार दिखाओ।"

"ज्वर से मुक्त होकर अवश्य दिखाऊँगा।"

"वचन देते हो?"

"जी! वचन देता हूँ।"

स्वामी ने उसके सिर पर हाथ रख दिया।

उस समय तो वह स्वामी के चरण छूकर चला गया; किंतु अगले दिन आया।

"स्वस्थ हो?"

"हाँ महाराज! आपके स्पर्श से ज्वर लुप्त हो गया।"

"प्रसन्न हो?"

"इतना प्रसन्न तो मैं कभी नहीं था महाराज!"

"तो अपना चमत्कार दिखाओ।"

उसने एक लँगोटी के सिवाय अपने सारे वस्त्र उतार दिए।

मौसम कुछ ठंडा था। वह अभी-अभी ज्वर से उठा था। कहीं फिर से अस्वस्थ न हो जाए, स्वामी ने अपना कंबल उसे दे दिया। वह कंबल ओढ़कर कमरे के एक कोने में बैठ गया। पच्चीस जोड़ी आँखें उसकी ओर देख रही थीं।

"आपको जो कुछ भी चाहिए, कागज के एक टुकड़े पर लिख दीजिए।" उसने कहा।

पच्चीस के पच्चीस लोगों ने लिखकर दिया। अधिकांश लोगों ने उन फलों के नाम लिखे थे, जो वहाँ फलते ही नहीं थे—अंगूरों के गुच्छे, संतरे, सेब तथा ऐसे ही अन्य फल, जो केवल पर्वतों पर फलते थे। किसी एक ने अंजीर भी लिख दिया था।...सबने अपनी पर्चियाँ उसे पकड़ा दीं।

उसने अपने उस खाली कंबल में से फल निकालने आरंभ किए...अंगूरों के गुच्छे...गुच्छे नहीं झाबे...संतरों के ढेरों के ढेर...सेबों की टोकरियों पर टोकरियाँ...उस व्यक्ति के अपने शरीर के भार से दुगने फल वहाँ जमा हो गए।

"खाइए! इन फलों को खाकर देखिए! अच्छे हैं।"

किसी ने हाथ नहीं बढ़ाया। सबने एक-दूसरे की ओर देखा। कौन पहल करे? एक प्रकार का संकोच था। संभवतः यह सम्मोहन था और वास्तविक फल वहाँ थे ही नहीं।

अपने दर्शकों का संकोच देख उस व्यक्ति ने स्वयं फल खाने आरंभ कर दिए।...अन्य लोगों का संकोच भी टूटा। सबने ही कोई न कोई फल खाया।...वे वास्तविक फल थे...रस और स्वाद से भरपूर।

अंत में उसने गुलाब के फूलों का एक बड़ा-सा गुच्छा निकाला। प्रत्येक फूल अपने आप में पूरा और अत्यंत सुंदर था। उसकी पँखुड़ियों पर ओस की बूँदें जड़ी हुई थीं। एक-एक पँखुड़ी अक्षत थी—न मसली हुई, न कुम्हलाई हुई, न मुरझाई हुई।

"आखिर यह सब क्या है? कैसा चमत्कार है? इसका रहस्य क्या है?"

"कुछ नहीं। हाथ की सफाई है।" वह मुस्कराया।

"कुछ भी हो सकता है, किंतु मात्र हाथ की सफाई नहीं है।" स्वामी ने कहा, "हाथ की सफाई होती तो तुम इतनी चीजें, इतनी बड़ी मात्रा और इतनी अधिक संख्या में कहाँ छुपाकर रखते?"

वह मुस्कराकर मौन रह गया।

स्वामी ने बहुत सोचा और उसके चमत्कार का विश्लेषण किया। वे इस निष्कर्ष पर पहुँचे कि व्यक्ति-मन, विश्व-मन के संपर्क में है। प्रत्येक मन का संसार के प्रत्येक दूसरे मन से संपर्क है। वह योगी, जिसने व्यवस्थित ढंग से अध्ययन किया है, और अपने अभ्यास से इन असाधारण शक्तियों को प्राप्त किया है, वह अपनी इच्छा के आग्रह से दूसरों के मन को भी बाध्य कर सकता है कि वे वही देखें और अनुभव करें, जो उनका मन चाहता है।

मद्रास स्टेशन पर उनकी अगवानी के लिए उनके शिष्य आए हुए थे।

स्वामी आत्मविश्वास से भरे हुए थे। महबूब कॉलेज में व्याख्यान ने स्पष्ट कर दिया था कि वे छोटी गोष्ठियों में ही नहीं, बड़े सम्मेलनों में भी अपनी बात सफलतापूर्वक कह सकते थे और लोगों को प्रभावित कर सकते थे। निश्चित रूप से अधिक श्रोताओं को देखकर वक्ता की निहित क्षमताएँ भी प्रकट हो जाती हैं।

मद्रास में प्रतिदिन नए शिष्य और नए श्रोता आ रहे थे; किंतु स्वामी के मन में अमेरिका जाने का विचार और भी सघन और दृढ़ होता जा रहा था। किसी-किसी क्षण उन्हें पूर्वाभास होने लगता था कि अमेरिका में कैसी घटनाएँ उनकी प्रतीक्षा कर रही हैं।

मार्च और अप्रैल में स्वामी के शिष्यों ने पुनः उनकी यात्रा के लिए धन एकत्रित करना आरंभ किया। उनमें से कुछ मैसूर, रामनाड और हैदराबाद भी गए। उन्होंने स्वयं को एक चंदा समिति के रूप में संगठित कर लिया था। अलासिंगा पेरुमल उनके नेता थे। उन्हें घर-घर जाकर पैसे माँगने में भी कोई संकोच नहीं था। अधिकांशतः वे मध्यम वर्ग के लोगों के पास ही जाते थे। स्वामी ने कहा था : "यदि माँ की इच्छा है कि मैं अमेरिका जाऊँ तो उसके लिए धन साधारण जन से आना चाहिए। मैं भारत के असहाय और निर्धन लोगों के लिए ही अमेरिका जा रहा हूँ।"

अप्रैल के मध्य तक चंदा समिति ने चार सहस्र रुपए एकत्रित कर लिए थे। इसमें मैसूर और रामनाड के राजाओं का भी योगदान था। मन्मथ बाबू के आग्रह पर इस बार रामनाड के राजा ने अपना विरोध छोड़कर 500 रुपए भेज दिए थे। सुब्रमण्य और मन्मथ बाबू ने भी पाँच-पाँच सौ रुपए दिए।

स्वामी ने पुनः माँ और अपने गुरु से प्रार्थना की। उन्हें आभास हो रहा था कि उन्हें जाना है; किंतु वे उसका दिव्यदर्शन चाहते थे, स्पष्ट आदेश चाहते थे।...

स्वामी अर्द्धसुप्तावस्था में थे...वे समझ नहीं पा रहे थे कि वे कहाँ हैं। सहसा जैसे धुंध हटी और उन्हें लगा, वे स्वयं तो सागर से दूर हैं; किंतु उनके सामने सागरतट था। वे सागरतट तक जा नहीं सकते थे, किंतु उसे अत्यंत स्पष्ट रूप में देख सकते थे।...और उस सागरतट पर ठाकुर खड़े थे।

स्वामी को रोमांच हो आया। उनकी आत्मा जैसे ठाकुर के निकट जाने को तड़प उठी, किंतु वे अपने स्थान से हिल भी नहीं पा रहे थे। ठाकुर ने मुस्कराकर उनकी ओर देखा, जैसे यशोदा ने कृष्ण को ऊखल के साथ बाँधकर देखा होगा।...एक ललित हठीली मुस्कान...

ठाकुर अपने स्थान पर खड़े नहीं रहे। वे स्वामी की ओर देखते रहे और सागर की ओर बढ़ते रहे। तट छोड़कर वे सागर के जल में आ गए थे। सागर की लहरें उनके चरणों पर लोट रही थीं। ठाकुर तब भी नहीं रुके। वे आगे बढ़े। अब लहरें उनके घुटनों-घुटनों तक थीं।···स्वामी कहना चाहते थे, 'ठाकुर! पानी की ओर ध्यान दें।'···किंतु ठाकुर उन्हें लुभा रहे थे। वे आगे, और आगे, और आगे बढ़ते जा रहे थे।···

'ठाकुर!' स्वामी ने पुकारना चाहा; किंतु उनके कंठ से स्वर नहीं निकला।

ठाकुर ने अपने हाथ से उन्हें अपने पास आने का संकेत किया।

'किंतु आप तो स्वयं पानी में डूबते जा रहे हैं।' स्वामी ने कहना चाहा, 'ये लहरें आपको बहा ले जाएँगी।'

उन्हें ठाकुर का स्वर सुनाई दिया, "आ जा! मेरे पीछे आ जा!"

और ठाकुर की आकृति विलीन हो गई।

स्वामी जाग ही नहीं उठे, सचेत भी हो गए।···उनका मन आनंद से परिपूर्ण हो गया था। गुरु का आदेश मन पर अंकित हो गया था, "आ जा! मेरे पीछे आ जा!"

तो ठाकुर भी उनके साथ होंगे। यह दिव्याभास साधारण नहीं था। स्वामी मान गए कि यह अलौकिक आदेश था। अब उन्हें अमेरिका जाना ही था। उनके संशय और द्वंद्व समाप्त हो चुके थे।

···पर दूसरी ही रात उन्होंने स्वप्न देखा कि उनकी माता···भुवनेश्वरी देवी···का देहांत हो गया है।···

इसमें दिव्याभास जैसा कुछ नहीं था। यह तो साधारण स्वप्न ही था। किंतु ऐसा स्वप्न भी क्यों? मन व्याकुल हो उठा।

अपने परिवार और मठ से इन दिनों उनका कोई संपर्क नहीं था। ऐसी सांसारिक बातों के लिए वे पत्र-व्यवहार चाहते भी नहीं थे। एक ओर वे जगदंबा और अपने गुरु के आदेश पर विदेश जाने की तैयारी में थे और दूसरी ओर उनके सांसारिक संबंध और मोह उन्हें भ्रमित कर रहे थे।···किंतु वे वास्तविकता जाने बिना इतनी लंबी यात्रा पर जा भी कैसे सकते थे?···

मन्मथ बाबू ने वास्तविकता जानने के लिए, कलकत्ता एक तार भेजा।

मद्रास में उनकी यात्रा के प्रबंधक उन्हें तत्काल अमेरिका भेजने पर तुले हुए थे; और दूसरी ओर स्वामी का मन अपनी माता के जीवन और स्वास्थ्य को लेकर चिंतित था। माता के विषय में पक्का समाचार पाए बिना वे किसी भी प्रकार अमेरिका जाने को प्रस्तुत नहीं थे। कैसे संन्यासी थे वे?···

मन्मथ बाबू, स्वामी की मानसिक स्थिति से परिचित थे। स्वामी ऐसे नहीं जाएँगे। न वे अपनी आध्यात्मिक शक्ति का प्रयोग करेंगे, न वे पत्र लिखेंगे। वे जगदंबा के आदेश की प्रतीक्षा करेंगे।···गोबिन्द चेट्टी नगर से कुछ दूर रहता था। माना जाता था कि उसने अपनी तपस्या के बल पर कुछ रहस्यमय शक्तियाँ प्राप्त कर ली थीं। वह मनुष्य का भूत और भविष्य पढ़ लेता था।

मन्मथ बाबू के निवेदन पर अपने संशयों से मुक्ति पाने के लिए स्वामी गोविन्द चेट्टी से मिलने के लिए तैयार हो गए।

मन्मथ बाबू, अलासिंगा, एक और शिष्य तथा स्वामी ने कुछ यात्रा रेल से और कुछ पैदल की। वे गोविन्द चेट्टी के पास पहुँचे। एक भयानक कंकाल-सा मनुष्य उनके सामने था। वह श्मशान के निकट बैठा हुआ था। उसके शिष्यों ने बताया कि गोविन्द चेट्टी की शक्तियाँ भूतों को पूरी तरह वश में किए हुए हैं।

वे लोग चेट्टी के निकट जाकर बैठ गए। गोविन्द चेट्टी ने उनकी ओर तनिक भी ध्यान नहीं दिया। जैसे वे वहाँ हों ही नहीं। वह अपने किसी कर्मकांड में लगा रहा। स्वामी बैठे-बैठे उकता गए। उनका व्याकुल मन कुछ और अशांत हो उठा था। बोले, "चलो! यहाँ कोई समाधान नहीं है। हम व्यर्थ ही इस चक्कर में पड़े हैं।"

मन्मथ बाबू भी कुछ शंकालु हो उठे थे। आवश्यक तो नहीं कि जो कुछ चेट्टी के विषय में कहा जाता है, वह सत्य ही हो। हो भी तो क्या, वह उनकी सहायता करना चाहे, तभी तो कुछ होगा।

"उठो।" मन्मथ बाबू ने अलासिंगा को संकेत किया।

अलासिंगा भी उठकर खड़े हो गए। वे विदा होने लगे तो चेट्टी ने कुछ कहा।

स्वामी ने अलासिंगा की ओर देखा। अलासिंगा दोभाषिए का कार्य कर रहे थे।

"रुकने के लिए कह रहा है।" अलासिंगा ने बताया।

चेट्टी ने पेंसिल से कुछ आकृतियाँ बनाईं और उसके पश्चात् उस पर अपना ध्यान केंद्रित करने की प्रक्रिया में सर्वथा स्थिर हो गया—स्तब्ध, स्पंदनहीन, जैसे मनुष्य न हो, प्रस्तर की प्रतिमा हो।···उसके पश्चात् उसने धीरे-धीरे बोलना आरंभ किया।

"नरेन्द्र···नरेन्द्रनाथ दत्त है तुम्हारा नाम। विश्वनाथ दत्त के पुत्र हो···माता का नाम भुवनेश्वरी देवी है···" और उसके पश्चात् जैसे वह उनकी पूरी वंशावली ही बोल गया।

अलासिंगा अनुवाद करते जा रहे थे।

स्वामी चुपचाप उसकी ओर देखते रहे।

"स्वामी रामकृष्णदेव तुम्हारी रक्षा कर रहे हैं। तुम्हारे इस सारे परिभ्रमण में वे तुम्हारे साथ रहे हैं। छाया के समान···। छाया के समान तुम्हारे साथ लगे रहे हैं।"

"मेरी माँ!" स्वामी ने कुछ आतुरता से कहा, "मेरी माँ का क्या समाचार है?"

अलासिंगा ने प्रश्न दुहरा दिया और उसका उत्तर सुनकर कहा, "स्वामी जी! वे कह रहे हैं, आपकी माता जी पूर्णतः स्वस्थ और प्रसन्न हैं। उन्हें किसी प्रकार का कोई मानसिक और शारीरिक कष्ट नहीं है।···भरमा रही हैं। प्रेतात्माएँ भरमा रही हैं। वे धर्म का प्रसार रोकना चाहती हैं।···"

और सहसा चेट्टी पर जैसे कोई दौरा पड़ गया। उसने अपने उन्माद में कुछ कहा।

स्वामी ने अलासिंगा की ओर देखा।

"वे कह रहे हैं कि बहुत शीघ्र ही आपको बहुत दूर के, सात समुद्र पार के देशों की यात्रा करनी पड़ेगी—धर्म के प्रचार के लिए।"

स्वामी स्तब्ध रह गए···श्मशान की सीमा पर बैठे इस चेट्टी के मुख से माँ किस रूप में अपनी इच्छा प्रकट कर रही है।···अपना यह आदेश सुनाने के लिए ही क्या माँ ने उन्हें इतनी दूर बुलाया था?···

स्वामी मद्रास लौट आए। तब तक कलकत्ता से तार भी आ चुका था कि उनकी माता स्वस्थ और

सानंद हैं।···किंतु अब इस तार का कोई विशेष महत्त्व नहीं था। वे तो साक्षात् जगदंबा का आदेश सुनकर आए थे। उनका मन पूर्णतः शांत था।···फिर भी···चेट्टी की सूचना सूक्ष्म मार्ग से आई थी और यह सूचना स्थूल भौतिक माध्यमों से। इससे पहली सूचना के सत्य की पुष्टि हो गई थी।···

मद्रास में स्वामी का संपर्क थियोसोफिकल सोसायटी के कुछ सदस्यों से हुआ था। वे लोग उनके भाषणों में आए थे। उनके संस्थापक अध्यक्ष मद्रास में नहीं थे। श्री एडगे भी वहाँ नहीं थे। एक प्रकार की जड़ता को तोड़ने के लिए अनेक गोष्ठियाँ और सभाएँ की जा रही थीं। स्वामी की गतिविधियों के कारण थियोसोफिकल सोसायटी भी कुछ सक्रिय हो उठी थी। स्वामी उनके केंद्रीय कार्यालय में भी गए थे।

स्वामी कर्नल ऑलकॉट से मिले। कर्नल ने उनका स्वागत किया, "मेरा सौभाग्य स्वामी सच्चिदानन्द कि आप हमारे कार्यालय में आए।"

स्वामी ने उनकी ओर देखा, "मैं अपने एक स्वार्थ से आया हूँ।"

"आप जैसे संन्यासी का क्या स्वार्थ हो सकता है।" वे हँसे।

"मैं आपसे अमेरिका के कुछ लोगों के नाम परिचयपत्र चाहता हूँ, ताकि यदि आवश्यकता हो तो मुझे अमेरिका में सहायता मिल सके।"

"क्यों नहीं। क्यों नहीं।" कर्नल ऑलकॉट ने कहा, "उसके लिए आवश्यक है कि आप हमारी संस्था के सदस्य हों। फिर हम संसार में कहीं भी आपकी सहायता के लिए प्रस्तुत हैं।···"

स्वामी कुछ नहीं बोले।

"आप हमारी सोसायटी की सदस्यता स्वीकार करेंगे?"

"नहीं।" स्वामी ने कहा, "मैं आपकी सदस्यता कैसे ग्रहण कर सकता हूँ। मैं आपके अनेक सिद्धांतों पर विश्वास नहीं करता।"

"मुझे खेद है कि ऐसी स्थिति में मैं आपके लिए कुछ नहीं कर सकता। हमारी सहायता अपने सदस्यों के लिए है, अपने विरोधियों के लिए नहीं।"

'एक निर्धन, अज्ञात संन्यासी—अमेरिका जा रहा है, सात समुद्र पार—बिना किसी परिचय और बिना किसी मित्र और सहायक के।···और मानवता का यह पुजारी धर्मांतरण का खेल खेल रहा है। यह भी किसी चर्च के पादरी से कम तो नहीं।···' स्वामी सोच रहे थे।

स्वामी को विदा कर कर्नल ऑलकॉट तत्काल अमेरिका में अपने मित्रों को पत्र लिखने बैठ गया। वह उनको चेतावनी दे रहा था कि वे लोग भारत से आने वाले एक संन्यासी स्वामी सच्चिदानन्द से सावधान रहें। उसे किसी प्रकार की कोई सहायता न दें। वह उनका विरोधी ही नहीं, भयंकर शत्रु प्रमाणित हो सकता है।

यात्रा के लिए स्वामी की सारी मानसिक तैयारी हो चुकी थी। कर्नल ऑलकॉट का तिरस्कार उनका उत्साह मंद नहीं कर सका था।···वे श्रीमाँ का आशीर्वाद लेकर कलकत्ता से निकले थे। अब देश छोड़ने से पहले उनको श्रीमाँ का आशीर्वाद लेना ही था।

कलकत्ता जाना संभव नहीं था। वह श्रेयस्कर भी नहीं था। उन्होंने श्रीमाँ को पत्र लिखकर आशीर्वाद माँगा; किंतु यह भी लिख दिया कि वे उनकी योजना अभी किसी पर प्रकट न करें।

श्रीमाँ को अपने सर्वाधिक प्रिय पुत्र नरेन का पत्र मिला।···कितने महीने बीत गए थे। कहीं

से नरेन का कोई समाचार नहीं आया था।

श्रीमाँ की आँखों में सामने उनका वह दिव्य स्वप्न घूम गया···ठाकुर के देहांत के पश्चात् उन्होंने देखा था···श्रीरामकृष्णदेव का सूक्ष्म शरीर अपने प्रिय शिष्य नरेन के शरीर में समा गया था। भविष्य में वे अपने इस सर्वप्रिय प्रियदर्शी शिष्य के माध्यम से ही काम करने वाले थे।···

किंतु पत्र पढ़कर श्रीमाँ के प्राण जैसे उनके नखों में समा गए। वे अपने इस प्रिय पुत्र को सात समुद्र पार कैसे भेज दें···वे अपने पुत्र को दंडकवन जाने से भी कठोर आज्ञा कैसे दे सकती हैं।···किंतु वे यह भी जानती थीं कि ठाकुर की यही इच्छा थी। नरेन के शरीर में जैसे ठाकुर ही विदेश जा रहे थे।···वे कहा करते थे कि दूर देश में भी उनके कुछ शिष्य हैं, जिनकी भाषा वे नहीं समझते।···वे अपने मातृत्व को नरेन के लिए बंधन नहीं बनने देंगी।···माँ का दुर्बल हृदय तो पुत्र को कभी अपने से दूर होने ही नहीं देगा; किंतु ठाकुर की इच्छा।···वे ठाकुर की इच्छा के मार्ग का अवरोधक नहीं बनेंगी।···

श्रीमाँ ने स्वामी को आशीर्वाद भेजा। अपना ध्यान रखने को भी कहा। अपना समाचार भेजते रहने का निर्देश दिया और लिखा···मैंने अपनी आँखों से देखा है कि ठाकुर का सूक्ष्म शरीर तुममें समा गया है। ठाकुर ने यह इसीलिए दिखाया होगा कि मैं तुम्हारे विषय में अधिक चिंता न करूँ। किंतु चिंता तो मुझे करनी ही होगी। माँ अपने पुत्र के विषय में चिंता किए बिना कैसे रह सकती है।···

स्वामी ने पत्र पढ़ा। वे आनंद से नाच उठे और खूब-खूब रोए। अपने आवेग को सँभालने के लिए, वे पहले तो अपने कमरे में जाकर बंद हो गए और वह भी पर्याप्त नहीं लगा तो निकलकर सागरतट पर चले गए।

"समय आ गया है।" उन्होंने अपने आप से कहा, "माँ की यही इच्छा है।"

सागरतट से लौटे तो जैसे कोई ज्योति उनके चेहरे को आलोकित किए हुए थी।

उनके शिष्य उनका प्रवचन सुनने के लिए एकत्रित हो चुके थे।

"हाँ! अब मुझे पश्चिम के लिए प्रस्थान करना होगा। पश्चिम की ओर। मैं प्रस्तुत हूँ। तत्पर हूँ। जगदंबा ने अपनी इच्छा का संकेत कर दिया है, उसे प्रकट कर दिया है, लिखकर आज्ञा भेज दी है। किसी को कोई संशय नहीं रहना चाहिए। अब हमें पूरी गंभीरता से तैयारी में जुट जाना चाहिए। यहाँ मत बैठो, जाओ, काम करो!"

28

राजा अजितसिंह और राजमहिषी चांपावत कुँवरि आगरा आ गए थे। जाने खेतड़ी में समय से अच्छे डॉक्टर और दाइयाँ उपलब्ध हो पाएँ, न हो पाएँ।···वे किसी प्रकार की कोई असावधानी या अव्यवस्था नहीं चाहते थे।···पहले दो राजकुमारियाँ थीं। उनके जन्म के समय भी सारी सावधानियाँ बरती गई थीं। पूर्ण व्यवस्था की गई थी। अंग्रेज सिविल सर्जन और लेडी डॉक्टर का प्रबंध किया गया था। उनकी सहायता के लिए नर्सों के साथ दाइयों का भी जमघट इकट्ठा किया गया था।···और इस बार तो राजमहिषी को पूरा विश्वास था कि स्वामी जी के आशीर्वाद से खेतड़ी को युवराज प्राप्त होने ही वाला है। अतः प्रसव आगरा में हो तो ही अच्छा है।···

माघ की शुक्ला नवमी, 26 जनवरी, 1893 को राजकुमार जयसिंह का जन्म हुआ। तात्कालिक रूप से जो उत्सव मनाया जा सकता था, वह आगरा में ही हुआ। ब्राह्मणों को दान-दक्षिणा दी गई। निर्धन जनता में नकद, कपड़े और मिठाइयाँ बाँटी गईं।···

किंतु अजितसिंह के मन में एक बड़े उत्सव की कल्पना थी। उसे वे खेतड़ी में, अपने गुरु की उपस्थिति में ही करना चाहते थे। गुरु के बिना उत्सव कैसा? पर वे थे कहाँ? काफी समय से उनका कोई समाचार नहीं था।

मुंशी जगमोहन लाल ने कलकत्ता पत्र लिखा। महेन्द्रनाथ दत्त के 28 फरवरी, 1893 के पत्र से ज्ञात हुआ कि स्वामी जी मद्रास में हैं और विदेश जाने की चिंता में हैं। मद्रास में उनके भक्तगण उनके विदेश जाने के लिए धन एकत्रित कर रहे थे। आवश्यक धन के एकत्रित होते ही वे अमेरिका के लिए प्रस्थान करेंगे।

अजितसिंह सन्नाटे में आ गए। वे अपनी ही गृहस्थी में उलझे रहे और उनके गुरु अपनी एक इच्छा पूरी करने के लिए द्वार-द्वार से धन एकत्रित कर रहे हैं। अजितसिंह ने तो कब से सोच रखा था कि ऐसा कोई अवसर आने पर सारा खर्च वे ही वहन करेंगे। और उनके गुरु ने उनको सूचना ही नहीं दी···गुरु ने सूचना नहीं दी अथवा उन्होंने अपने गुरु की सुध नहीं ली?···

राजा ने जगमोहनलाल को बुलाया।

"अन्नदाता!"

"मुंशी जी! हमसे बड़ा प्रमाद हुआ है।"

मुंशी जी चकित खड़े रह गए।

"हमने अपने गुरु को खेतड़ी से विदा कर फिर उनकी सुध ही नहीं ली।"

"इसमें महाराज का क्या दोष है। एक परिव्राजक का अता-पता कोई कैसे रख सकता है।"

"स्वामी जी ऐसे परिव्राजक नहीं हैं, जिनका ठौर-ठिकाना ढूँढ़ना कठिन हो। जिस नगर में जाते हैं, वहां आध्यात्मिक भूचाल आ जाता है। वहाँ के सारे समाचार-पत्र उनके समाचारों से अँटे पड़े होते हैं। हमने ही अपना सूत्र तोड़ लिया था।" राजा रुके, "और कितनी लज्जा की बात है कि अजितसिंह का गुरु अपनी विदेश यात्रा के लिए वहाँ मद्रास में बैठा साधारण जन से धन एकत्रित कर रहा हो। मेरा धन फिर किस काम का है?"

"तो महाराज की क्या आज्ञा है?"

"आप आज ही मद्रास चले जाइए। वे किसी मन्मथनाथ भट्टाचार्य के घर पर ठहरे हुए हैं। उनको ढूँढ़ना कठिन नहीं होगा। उनके पैर पकड़कर यहाँ ले आइए।"

"यदि वे अमेरिका के लिए प्रस्थान कर चुके हुए तो?"

"उनके भाई के पत्र से तो ऐसा नहीं लगता।" अजितसिंह बोले, "वे जा चुके हुए, तो हम कुछ नहीं कर सकते। या तो उत्सव नहीं होगा या फिर फीका होगा। किंतु यदि वे अभी नहीं गए हैं, तो उन्हें ले आइए।"

"वे आने को सहमत न हुए तो?"

जगमोहनलाल ने देखा कि उनकी ओर उठी हुई अजितसिंह की आँखों में रोष था, "तो आपकी योग्यता किस दिन के लिए है। उनके चरण पकड़कर ले आइए। चाहे वे एक ही दिन के लिए आएँ; किंतु अमेरिका जाने से पहले राजकुमार को आशीर्वाद देते जाएँ और···।"

जगमोहनलाल चुपचाप उनकी ओर देखते रहे।

"और उनसे कहिएगा, उनको अमेरिका भेजने के व्यय का सारा दायित्व मेरा है। यह खेतड़ी का अधिकार है। वे हमें हमारे अधिकार से वंचित करने की कठोरता न बरतें।"

मद्रास पहुँचकर मुंशी जी को मन्मथ बाबू का मकान खोजने के लिए थोड़ा परिश्रम करना पड़ा। किंतु इतना तो वे समझ ही गए कि किसी भी पढ़े-लिखे व्यक्ति से अंग्रेजी बोलने वाले विद्वान् बंगाली संन्यासी के विषय में पूछा जाए तो वह कुछ न कुछ बता ही देता है।

मुंशी जी ने कपाट खटखटाए।

नौकर ने द्वार खोला, "क्या है?"

नौकर बंगाली ही लगता था। बोल तो वह हिंदी ही रहा था; किंतु हिंदी बोलने का अभ्यस्त नहीं लगता था, इसलिए घर आए व्यक्ति का ढंग के शब्दों में स्वागत करना उसके लिए कठिन था। अंग्रेजी नहीं जानता था, नहीं तो शायद अंग्रेजी ही बोलता या फिर तमिल।...

"स्वामी जी घर पर हैं क्या?" मुंशी जी ने पूछा।

"नहीं हैं।"

मुंशी जी के प्राण सूख गए। अभी यह कह देगा कि वे अमेरिका चले गए हैं, तो वे क्या करेंगे...राजा जी का तो दिल ही बैठ जाएगा। पुत्रजन्म के उत्सव बेरंग और बेढब हो जाएँगे।

"कहाँ गए हैं?" मुंशी जी ने साहस कर पूछा।

"समुद्र पार।" नौकर ने कहा।

मुंशी जी को लगा कि उनकी धमनियों में रक्त जम गया है।...आखिर वही हुआ जिसका भय था। वे समुद्र पार चले गए हैं। समुद्र पर...या समुद्र पार...

अब मुंशी जी समुद्र की यात्रा पर गए हुए जलपोत को लौटा तो नहीं सकते थे।...क्या करें वे? और महाराज को क्या उत्तर दें?...खेतड़ी में सब लोग आस लगाए बैठे होंगे...

मुंशी जी अपनी व्याकुलता में टहलने लगे।

"तुम कौन है? कोथाय से आया है?" नौकर ने पूछा।

अब मुंशी जी क्या कहते! वे कौन हैं...कहाँ से आए हैं...क्या करने आए हैं...

उनकी दृष्टि पास वाली कोठरी पर पड़ी। खिड़की खुली थी और उसमें से खूँटी पर टँगे भगवे वस्त्र दिखाई पड़ रहे थे।...

मुंशी जी चौंके, "ये वस्त्र किसके हैं?"

"स्वामी जी का है।"

"तुम तो कह रहे थे कि स्वामी जी समुद्र पार गए हैं?"

"हाँ! गिया तो है। तो क्या सारा कापोड़ा लेकर जाएगा।"

तभी मकान के सामने एक गाड़ी आकर रुकी। मुंशी जी ने देखा : उसमें से स्वामी जी उतर रहे थे। उनके साथ दो-एक लोग और भी थे।...मुंशी जी की जान में जान आई।...स्वामी अभी गए नहीं थे। नौकर जो कुछ कह रहा था, उसका अर्थ शायद इतना ही था कि वे सागरतट पर गए हैं।...टहलने के लिए अथवा तैरने के लिए...

मुंशी जी ने आगे बढ़कर स्वामी जी के चरण पकड़ लिए।

स्वामी ने कुछ आश्चर्य से देखा, "अरे मुंशी जी! आप कहाँ से आ गए? अकस्मात्!"

"सीधा खेतड़ी से आ रहा हूँ महाराज!"

"खेतड़ी में सब कुशल तो है न?"

"आपकी कृपा है।" मुंशी जी बोले, "भगवान् की कृपा और आपके आशीर्वाद से खेतड़ी के युवराज जयसिंह ने जन्म लिया है। महाराज अजितसिंह तब से आपके दर्शनों के लिए व्याकुल हैं। वे अपने गुरु की अनुपस्थिति में पुत्रजन्म के आनंद का अनुभव भी नहीं कर पा रहे। मैं आपको राजकुमार के जन्मोत्सव के लिए खेतड़ी ले चलने के लिए आया हूँ महाराज!"

स्वामी ने उनकी ओर देखा, "आइए, भीतर आइए!"

स्वामी अपने आसन पर बैठ गए। मुंशी जी को भी बैठने का संकेत किया।

"राजा अजितसिंह मेरे अभिन्न मित्र हैं। उनके इस सुख से मैं अप्रभावित कैसे रह सकता हूँ।" स्वामी बोले, "किंतु मैंने 31 मई को अमेरिका जाने का निश्चय किया है। उसी के लिए प्रबंध में लगा हूँ।..."

मुंशी जी स्वामी की ओर देखते रहे।

"ऐसी दशा में खेतड़ी कैसे जा सकता हूँ? अब समय ही कहाँ है?" स्वामी बोले, "आप मेरी बात समझ रहे हैं न?"

मुंशी जैसे रो पड़े, "अधिक नहीं तो एक दिन के लिए आप पधारिए। आपका चलना आवश्यक है। राजा जी ने आग्रहपूर्वक निवेदन किया है। इस अवसर पर आपके न जाने से राजा जी के मन को बहुत कष्ट होगा।..."

"मैं राजा अजितसिंह को तनिक भी कष्ट देने को पाप समझता हूँ।" स्वामी बोले, "किंतु मैं यह सारा काम अधूरा छोड़कर तो नहीं जा सकता।"

"आप विदेश जाने के लिए जो प्रबंध कर रहे हैं, उसकी तनिक भी चिंता न करें।" मुंशी जी ने कहा।

"कैसे न करूँ?"

"राजा जी सारा प्रबंध कर देंगे। बस, आप एक बार खेतड़ी पधारें।" मुंशी जी ने कहा, "महाराज अजितसिंह इस बात से दुखी हैं कि उनके गुरु के विदेश जाने का व्यय कहीं और से आ रहा है। वे कह रहे थे कि यह व्यय तो उनका अधिकार है। उनका अधिकार उनसे क्यों छीना जा रहा है?"

स्वामी को मुंशी जी के इस वाक्य में जैसे एक नया प्रकाश दिखाई दिया...क्या जगदंबा चाहती हैं कि उनकी यह यात्रा भी अजितसिंह के पवित्र धन से हो?...अब उन्हें समझ में आ रहा था कि जगदंबा ने उन्हें क्यों मैसूर और रामनाड के राजा और हैदराबाद के रईसों का धन लेने की अनुमति नहीं दी।...यह धन तो राजा अजितसिंह के कोष से ही आना था।...और वे मान रहे थे कि वे राजपूताना को बहुत पीछे छोड़ आए हैं।...

"मन्मथ बाबू! मुझे खेतड़ी जाना ही होगा।" स्वामी के स्वर में उनका संकल्प बोल रहा था।

मद्रास से खेतड़ी की इस लंबी यात्रा में उनका पहला पड़ाव बंबई था।

"बंबई में ठहरने की क्या व्यवस्था होगी मुंशी जी?"

"जैसी स्वामी जी, आप चाहेंगे। कोई बँगला किराए पर ले लें या किसी होटल में जा टिकें।"

"नहीं! मैं पंडित महामहोपाध्याय राजाराम शास्त्री बोडस के घर ठहरूँगा। आठ महीने पूर्व उनके साथ शास्त्र-अध्ययन कर चुका हूँ। वहाँ मैं आराम से रहूँगा।" स्वामी बोले, "किंतु उनके पास शायद आपको सुविधा न लगे। राजपुरुष हैं न!"

मुंशी जी समझ रहे थे : स्वामी उन्हें संकेत कर रहे थे कि शायद पंडित जी के घर में उतना स्थान न हो अथवा वहाँ सुविधा न हो।

"यदि आप वहाँ सुविधा से हों, तो आप हमारी चिंता न करें।" मुंशी जी ने कहा, "पर यहाँ कितने दिन टिकना है? वहाँ राजा जी आपकी प्रतीक्षा कर रहे होंगे।"

"मुंशी जी! यात्रा थका भी देती है। बस, कुछ विश्राम कर लें। अपने कुछ मित्रों से मिल लें।...और कंपनी के कार्यालय में जाकर अमेरिका के लिए अपना टिकट आरक्षित करा लूँ।"

"किंतु राजा...।" मुंशी जी कुछ कहते-कहते रुक गए, "मैं अभी इतना धन लेकर नहीं आया कि टिकट खरीदा जा सके।..."

"कोई बात नहीं। मद्रास के मेरे शिष्यों ने जो धनराशि एकत्रित कर मुझे दी है, उससे अमेरिका का टिकट खरीदा जा सकता है।"

मुंशी जी उन्हें रोकना चाहते थे, किंतु कुछ सोचकर चुप रह गए।

स्वामी ब्रह्मानन्द और तुरीयानन्द—काँगड़ा, पठानकोट, गुजराँवाला, लाहौर आदि स्थानों का भ्रमण करते हुए कराची और वहाँ से जलयान द्वारा बंबई पहुँचे थे। उन्हें ज्ञात था कि ठाकुर के एक गृहस्थ शिष्य कालिपद घोष, कागज के व्यापारी जॉन डिकंसन कंपनी के प्रतिनिधि के रूप में बंबई में ही वर्तमान थे। दोनों गुरुभाई उनके परेल रोड पर स्थित मकान पर जा पहुँचे।

"अरे, आप लोग!" कालिपद ने कहा, "मुझे आज ही सूचना मिली है कि नरेन्द्र बाबा भी यहीं आए हुए हैं और पंडित महामहोपाध्याय राजाराम शास्त्री बोडस के घर पर ठहरे हुए हैं।"

"पर वे यहाँ कैसे आ गए? वे तो रामेश्वरम् की ओर गए थे।" ब्रह्मानन्द ने कहा।

"खेतड़ी में राजकुमार ने जन्म लिया है। वे उसे आशीर्वाद देने जा रहे हैं। मद्रास से खेतड़ी जाते हुए मार्ग में यहाँ रुके हैं।" कालिपद ने कहा, "सुना है कि उनका शीघ्र ही अमेरिका जाने का कार्यक्रम है।"

"उनसे मिलना अनिवार्य है।" तुरीयानन्द बोले, "चलो, चलते हैं।"

"अरे महाराज! थोड़ा विश्राम तो कर लीजिए। कुछ खा-पी लीजिए।" कालिपद बोले, "अभी अभी तो आए हैं आप! नरेन्द्र बाबा इतनी देर में कहीं चले नहीं जाएँगे।"

"तुम नरेन्द्र को नहीं जानते काली बाबू!" तुरीयानन्द ने कहा।

स्वामी एक साधारण हुक्का लिए हुए धूम्रपान कर रहे थे। अपने गुरुभाइयों को देखते ही वे हाथ में हुक्का लिए दौड़ते हुए आ गए। बोले :

"अभिमानं सुरापानं गौरवं घोररौरवम्।
प्रतिष्ठा शूकरीविष्ठा तस्मात् एतत्र्यं त्यजेत।।"

श्लोक सुनकर तुरीयानन्द को निश्चित विश्वास हो गया कि स्वामी इन तीनों से मुक्त हो चुके हैं। नहीं तो उन लोगों को देखते ही वे यह श्लोक क्यों सुनाते। यह तो एक प्रकार से उन्होंने अपना कुशल समाचार दिया है।

इससे पहले कि वे लोग कुछ कहते, स्वामी बोले, "हरिभाई! अब इस घर में और नहीं रहूँगा। यहाँ के लोग तुम लोगों को उतनी श्रद्धा से नहीं देख सकेंगे।"

"क्यों?"

"उपाधिधारी बड़े पंडित हैं न!" स्वामी ने कहा, "चलो, कालिपद के घर ही चलें। वह हम सब को बड़े प्रेम से रखेगा।"

वे तीनों कालिपद के घर आ गए। काली बाबू ने उनका स्वागत किया। स्वामी ने उन्हें बता दिया कि मुंशी जगमोहनलाल कहाँ ठहरे हैं। काली बाबू ने मुंशी जी को स्वामी के स्थान परिवर्तन की सूचना भिजवा दी और अगले ही दिन एक मोटर का प्रबंध कर अपने गुरुभाइयों को बंबई परिदर्शन करा दिया।

संध्या समय स्वामी जी के पास अनेक लोग धर्मचर्चा सुनने आया करते थे। वस्तुतः यह कालिपद का ही प्रबंध था। वे चाहते थे कि जब तक स्वामी जी उनके पास हैं, तब तक लोगों को उनके ज्ञान का लाभ मिलता रहे।

लोग आ गए और स्वामी उठे नहीं।

"तुम्हारे भक्तगण आ गए हैं।" तुरीयानन्द ने कहा।

"आज तुम ही इन लोगों को कुछ बताओ।"

"क्यों? वे तुमसे कुछ सुनने की आशा लेकर आए हैं। मेरे कहने से उन्हें संतोष होगा क्या?" तुरीयानन्द हँसे, "पास ही सिविल सर्जन बैठा हो तो कोई साधारण डॉक्टर से अपना उपचार करवाएगा क्या?"

"आज मेरा स्वास्थ्य ठीक नहीं है। तुम बोलो, मैं लेटे-लेटे गुनूँगा।"

तुरीयानन्द को वैसे भी बोलने में संकोच था और फिर नरेन्द्र के सामने बोलने का क्या अर्थ? वे तो उनके गुरु के समान थे। उनके सामने बोलते हुए तो तुरीयानन्द को यही लगेगा कि वे परीक्षा दे रहे हैं। जाने नरेन्द्र बाबा उन्हें कितने अंक दें।

"अरे बोलो न!" स्वामी ने कहा।

तुरीयानन्द को अब भी बहुत संकोच था; किंतु स्वामी का आग्रह नहीं टाल सकते थे। बाध्य होकर उपस्थित लोगों के सामने धर्मचर्चा करने बैठ गए। आरंभ तो शांत भाव से ही किया था, किंतु बोलते-बोलते भाव तरंग में आ गए और उनका सारा प्रवचन त्याग, तपस्या और वैराग्य पर केंद्रित हो गया।

लोग विदा हो गए।

"इन संसारासक्त लोगों को तुमने इतने कठोर त्याग और तीव्र वैराग्य की बातें क्यों सुनाईं?" स्वामी कुछ रोष से बोले, "तुम भले ही तपस्वी संन्यासी हो, किंतु सुनने वाले तो गृहस्थ थे। वही बोलना चाहिए था, जो उनके लिए उपयोगी था। तुम्हारी बातें सुनकर ये लोग विचलित हो जाएँगे। वही बोलना चाहिए, जिसे लोग ग्रहण कर सकें।"

तुरीयानन्द को अपने वराहनगर मठ के वे दिन स्मरण हो आए, जब नरेन्द्र बाबा उन लोगों को

बैठाकर पढ़ाया करते थे। आज वे उन्हें वक्तृत्व कला सिखा रहे हैं।

वे हँस पड़े, "सोचा, श्रोताओं में तुम भी हो, इसलिए साधारण-सा व्याख्यान देने से मुझे यश नहीं मिलेगा। कुछ अच्छा, बढ़िया-सा बोला जाए, ताकि तुमसे कुछ प्रशंसा मिल सके। कुछ अच्छा बोलने के प्रयास में ही ऐसी गड़बड़ हो गई।"

स्वामी ने उस विषय में और चर्चा नहीं की।

"हरि भाई! इतनी तपस्या इत्यादि करके भी अभी तक मैं समझ नहीं सका कि धर्म इत्यादि क्या चीज है।" उनके चेहरे पर गहरी पीड़ा का भाव था और भाव की तीव्रता से उनका शरीर जैसे काँप रहा था। उन्होंने अपने वक्ष पर हाथ रखा और कहा, "पर भारतवर्ष का भ्रमण कर अब देखता हूँ कि मेरा हृदय काफी विशाल हो गया है। मैंने अनुभूतिप्रवण होना सीखा है। देश के दीन-दुखियों के लिए मेरे प्राण रो रहे हैं। सबके प्रति सहानुभूति का अनुभव हो रहा है।"

उनका गला भर्रा आया और वे आगे नहीं बोल सके। तुरीयानन्द ने देखा, उनकी आँखों से अश्रु बह रहे थे। उनके मन ने जैसे आतुर होकर पूछा···क्या यह भावना और ये शब्द किसी भगवान् बुद्ध के ही नहीं थे?

"···इसीलिए अमेरिका जा रहा हूँ। देखता हूँ, इनके लिए वहाँ क्या कर पाता हूँ।"

स्वामी के तेजस्वी मुखमंडल को देखकर तुरीयानन्द को लगा कि स्वामी अपनी साधना पूरी कर चुके हैं और जगत् को अपने गुरु का संदेश सुनाने जा रहे हैं।···

"अमेरिका जा रहा हूँ।" स्वामी ने पुनः कहा, "माँ ने दिखाया है कि वहाँ जो कुछ हो रहा है," उन्होंने अपने वक्ष पर हाथ रखा, "सब इसी के लिए हो रहा है।"

तुरीयानन्द विस्मित रह गए। यह कैसी भविष्यवाणी है? इसका अर्थ क्या है?···पर उन्होंने पूछा कुछ नहीं।

स्वामी ने कालिपद से कहकर अमेरिका-यात्रा के लिए जलपोत का टिकट आरक्षित करा लिया। वे उसके लिए जगमोहनलाल पर निर्भर नहीं रहना चाहते थे। उनके मन में अपने जाने की तिथि निश्चित थी। जगमोहनलाल से कहते तो वे राजा से पूछने का सुझाव भी दे सकते थे और तिथि को आगे पीछे करने का आग्रह भी कर सकते थे।

जगमोहनलाल ने देखा कि स्वामी जी ने टिकट आरक्षित करा लिया है; किंतु वे कुछ बोले नहीं। राजा जी की आज्ञा के बिना वे स्वामी के कार्यक्रम में हस्तक्षेप नहीं करना चाहते थे।

स्वामी अपने गुरुभाइयों और जगमोहनलाल के साथ राजस्थान की ओर चल पड़े। उनके दोनों गुरुभाई, आबू रोड में उतरकर तपस्या करने चले गए। खेतड़ी भवन में उनके रहने की पूरी व्यवस्था थी।

29

खेतड़ी में राजकुमार का जन्मोत्सव अपने पूर्ण यौवन पर था। बाहर से आए अतिथियों, अपने राजकुँवर का दर्शन करने आई ग्रामीण जनता एवं राजकीय मेहमानों से छोटा-सा खेतड़ी भीड़भाड़ वाला नगर हो गया था। निकटवर्ती सभी राज्यों के प्रतिनिधि सम्मिलित होने आए थे। सीकर के राजा साहब

1,100 व्यक्तियों सहित पधारे थे।

चाँदनी रात थी। पन्नालाल तालाब पर हो रहे उत्सव में अजितसिंह अपने सरदारों के साथ पूर्वी घाट पर बैठे थे।

"राजन्! सीढ़ियों पर बैठकर क्या आनंद आएगा। सरोवर में नौकाविहार होना चाहिए।" छज्जूसिंह ने कहा।

"बात तो पते की है।" कई लोगों ने समर्थन कर दिया।

"मैं तो छज्जूसिंह के लिए ही डर रहा था कि कहीं पानी के भय से चक्कर खाकर सरोवर में ही न जा गिरें।" अजितसिंह बोले, "मैं राजकुंवर के जन्मोत्सव को छज्जूसिंह की बलि नहीं देना चाहता।"

"कमाल करते हैं अन्नदाता!" छज्जूसिंह बोले, "राजकुँवर पर सौ-सौ छज्जूसिंह बलिहारी। जो राजपूत रक्त सरोवर में तैरकर चक्कर नहीं खाते, वे पानी में चक्कर खा जाएँगे!"

अजितसिंह ने पीछे खड़े हजूरी की ओर देखा, "नावें मँगाने का प्रबंध करने के लिए कहो।"

नावें आने में देर नहीं लगी। शायद वे पहले से ही तैयार थीं। नाव में वेश्याओं का नृत्य होता रहा। ऊपर से चाँदनी बरसती रही।...राजा स्वयं भी नाव में बैठ गए।...

मुंशी जी ने स्वामी जी के पधारने की सूचना राजा को दी।

रात के नौ बज रहे थे। सारा महल दीपावली से जगमगा रहा था। चारों ओर उत्सव चल रहे थे और नगर सजा हुआ था। गीत और संगीत अपने यौवन पर थे। स्वामी की गाड़ी को आते देख, सैनिकों ने अपने शस्त्रों से सलामी दी।

राजा अपने राजसी बजरे में थे, जो हीरों, फूलों, मालाओं और पाम के पौधों से सजाया गया था।

राजा ने आसन छोड़ दिया और अपने गुरु के सम्मुख लेटकर साष्टांग प्रणाम किया। स्वामी ने राजा को आशीर्वाद दिया और उनको हाथ से पकड़कर खड़ा किया। सारे उपस्थित मुसाहिब और अतिथि खड़े हो गए और उन्होंने स्वामी को प्रणाम किया।

राजा स्वामी को उनके आसन की ओर ले गए और गायकों ने स्वागत का गीत गाया।

मुंशी जगमोहनलाल ने दो रुपए स्वामी की नजर किए और राजा ने चाँदी के पच्चीस रुपए भेंट किए। राजा ने अपने अतिथियों को स्वामी का परिचय दिया और बताया कि स्वामी जी के ही आशीर्वाद से उनके घर राजकुमार का जन्म हुआ है। नवजात शिशु को बड़े समारोह से स्वामी के सम्मुख लाया गया, ताकि स्वामी उसे आशीर्वाद दे सकें। आशीर्वाद के पश्चात् राजकुमार को वापस प्रासाद में भेज दिया गया।

स्वामी तटस्थ भाव से बजरे में बैठे रहे। राजा के मुसाहिब अपने आनंद के लिए बैठे थे; और स्वामी राजा के सुख के लिए।...रात को दस बजे नावें रोक दी गईं। वे लोग उतरकर तालाब से बाहर आए।

राजा ने अब स्वामी जी से गण्यमान्य अतिथियों, राजाओं और सरदारों का परिचय करवाया। स्वामी जी का सनातन धर्म के सिद्धांतों को प्रतिपादित करने के लिए पश्चिम की यात्रा का उद्देश्य बताया।

वे सब स्वामी के चारों ओर घिर आए। एक प्रकार से पंक्तिबद्ध होकर उन्होंने स्वामी को प्रणाम

किया और उनका आशीर्वाद लिया।

राजा स्वयं, नवलगढ़ के बैरीसाल जी, कुँवर नारायणसिंह जी, जगमोहनलाल और स्वामी जी को हाथियों पर बैठाकर बाग में लाए। उद्यान में अन्य लोगों को विदा कर स्वामी के साथ स्वयं छवि निवास में आ विराजे। राजा के पास कहने को बहुत कुछ था और उन्हें स्वामी से पूछना भी बहुत कुछ था। बातों का कोई अंत नहीं था⋯राजा परम प्रसन्न थे।⋯

ग्यारह बजे थाल आरोगया गया और विश्राम के लिए जाते-जाते बारह बज गए।

स्वामी को दीवान जी साहब का एक पत्र मिला। बहुत सारे उपालंभ थे। वे अमेरिका जा रहे थे और उन्होंने न दीवान जी से मिलने का प्रयत्न किया था और न उन्हें भेंट करने का अवसर दिया था। पत्र में स्नेह छलछला रहा था। स्वामी तत्काल पत्रोत्तर लिखने बैठ गए :

खेतड़ी

मई, 1893

प्रिय दीवान जी साहब,

मुझे पत्र लिखने से पूर्व, निश्चय ही आपको मेरा पत्र नहीं मिला। आपका पत्र पढ़ते समय मुझे हर्ष और विषाद दोनों ही हुए। हर्ष इसलिए कि आपकी जैसी शक्ति, हृदय और पद वाले व्यक्ति का स्नेह पाने का सौभाग्य मुझे है; और दुःख यह देखकर कि मेरा मंतव्य ठीक नहीं समझा गया। मुझ पर विश्वास कीजिए, मैं आपका पितृवत् आदर करता हूँ। स्नेह की तो कोई सीमा ही नहीं है। आपके और आपके परिवार के प्रति मेरी कृतज्ञता असीम है।

आपको स्मरण होगा कि पहले से ही मेरी इच्छा शिकागो जाने की थी। जब मैं मद्रास में था, वहाँ की जनता ने स्वयं ही मैसूर और रामनाड के राजाओं के सहयोग से मुझे भेजने का सारा प्रबंध कर दिया।

आपको यह भी विदित होगा कि खेतड़ी के महाराज और मैं स्नेह के अंतरंगतम सूत्र से आबद्ध हैं। उनको सूचना मिली कि मैं अमेरिका जा रहा हूँ। स्नेहवश खेतड़ी महाराज ने सोचा कि प्रस्थान करने से पूर्व उनसे भेंट करना मेरा कर्तव्य है, और विशेष रूप से ऐसे अवसर पर, जब भगवान् ने उनके सिंहासन के लिए एक उत्तराधिकारी प्रदान किया था।

वहाँ उसका उत्सव चल रहा था। उस उत्सव में मेरी उपस्थिति निश्चित करने के लिए उन्होंने अपने वैयक्तिक सचिव को मुझे लिवा लाने के लिए मद्रास तक भेजा; और मैं यहाँ आने के लिए विवश हो गया।

स्नेहाकांक्षी

सच्चिदानन्द

21 अप्रैल, 1893 से 9 मई, 1893 तक, तीन सप्ताह हर्षोल्लास के साथ व्यतीत हो गए। स्वामी के जाने का समय निकट आ रहा था। उन्हें जनानी ड्योढ़ी में लाया गया। उन्होंने राजकुमार को सच्चरित्र होने का आशीर्वाद दिया।

महारानी और उपस्थित महिलाओं ने स्वामी जी को प्रणाम कर आशीर्वाद प्राप्त किया।

अजितसिंह ने स्वामी की विदाई से पहले डाक दरबार बुलाया।

"विदाई के इन क्षणों में हमें बताते जाएँ, स्वामी जी! कि सत्य क्या है?"

"पूर्ण सत्य, एक और अद्वितीय है।" स्वामी बोले, "परंतु साधारणतः जिसको हम लोग सत्य मानते हैं, वह आपेक्षिक रूप से सत्य है। ज्यों-ज्यों मनुष्य में ज्ञान की वृद्धि होती जाती है, त्यों-त्यों वह एक सत्य को छोड़कर दूसरे सत्य को ग्रहण करता जाता है। मनुष्य जिसको त्याग देता है, वह मिथ्या नहीं है, किंतु जिसको ग्रहण करता है, वह और श्रेष्ठतर सत्य है। इस अवस्था में चरम सत्य की प्राप्ति नहीं होती। चरम सत्य की प्राप्ति हो जाने पर आपेक्षिक सत्य ज्ञान का लोप हो जाता है।"

"ठीक है महाराज!" राजा बोले, "जो व्यक्ति सत्य के वास्तविक रूप को जानता है, उसके लिए आपका यह नाम–विविदिशानन्द–हमें बहुत अटपटा लगता है। कठिन भी है। बिना टीकाकार की सहायता से साधारण लोगों को इसका अर्थ समझ में नहीं आ सकता। उच्चारण करना भी सरल नहीं है। इसे क्यों ढो रहे हैं?"

स्वामी मुस्कराए, "मैं जिज्ञासु हूँ। ज्ञानपिपासु हूँ। विविदिषा का यही अर्थ है–जिज्ञासा, ज्ञान पिपासा। इसे कैसे छोड़ दूँ? उससे तो मेरा चरित्र ही बदल जाएगा।"

"हम शिष्यों को विश्वास है कि आपका विविदिषाकाल समाप्त हो चुका है।" राजा बहुत आत्मविश्वास से बोले, "आप उसे बहुत पीछे छोड़ आए हैं।"

"तो आपके विचार से मेरा नाम क्या होना चाहिए?"

"आपको पूर्ण ज्ञान प्राप्त हो चुका है, इसलिए हम आपके अनुयायी बनना चाहते हैं। हमारे विश्वास को आप बना रहने दीजिए। हमारी दृष्टि में आप विवेक की पराकाष्ठा तक पहुँच चुके हैं। हम आपको विवेकानन्द कहना चाहते हैं। हमारी प्रार्थना स्वीकार कीजिए। हमें कह लेने दीजिए।"

"जैसी आपकी इच्छा राजन्!" स्वामी ने सहज ही स्वीकार कर लिया। किंतु राजा को जैसे पूर्ण संतोष नहीं हुआ, "एक निवेदन और है।"

"क्या?"

"अब से आप अपना परिचय इसी नाम से देंगे और इसे परिवर्तित नहीं करेंगे।"

"नहीं करूँगा; किंतु जो लोग मुझे नित्यानन्द, सच्चिदानन्द, चिन्मयानन्द अथवा विविदिषानन्द के नाम से जानते हैं, उन सबको कैसे सूचित करूँगा कि मैंने अपना नया नामकरण किया है।" स्वामी बोले, "और मेरे गुरुभाई! वे तो मुझे नरेन्द्र नाम से ही जानते हैं, या फिर नरेन्द्र बाबा!"

"हम अपना इतिहास नहीं बदल सकते; किंतु अपना नया भविष्य तो आरंभ कर सकते हैं।"

"ठीक है राजन्! आपकी इच्छा पूरी होगी।"

10 मई, 1893। राजा प्रातः ही उठ गए। स्वामी जी को आज विदा होना था। स्वामी जी को साथ लेकर उद्यान में पधारे। वहाँ से स्वामी जी पींजस (शाही सवारी) में बैठकर खेतड़ी से रवाना हुए। जयपुर तक अजितसिंह स्वयं साथ गए। स्वामी को विदा करने के लिए आवश्यक धन देकर, मार्गव्यय और आवश्यक सामान की यथेष्ट व्यवस्था करने के लिए अजितसिंह ने जगमोहनलाल को स्वामी के साथ बंबई भेजा।

अजितसिंह के लिए स्वामी को स्वयं से विलग करना कठिन था···और विशेषकर तब, जब वे जानते थे कि स्वामी एक दीर्घकाल के लिए उनसे बहुत दूर जा रहे हैं।···स्वामी को विदा कर राजा भारी मन से खेतड़ी लौटे।

स्वामी और मुंशी जगमोहनलाल आबू में एक रेलवे कर्मचारी के घर रात के लिए रुके। स्वामी ब्रह्मानन्द और तुरीयानन्द खेतड़ी हाउस में ठहरे हुए थे। स्वामी के आने की पूर्वसूचना पाकर वे लोग बैलगाड़ी की यात्रा कर उनसे मिलने के लिए, आबू रोड स्टेशन पर, उस रेलवे कर्मचारी के घर आए।

"तुम लोग प्रसन्न नहीं दीखते।" स्वामी ने कहा।

"अरे, हमारी सारी प्रसन्नता बैलगाड़ी के हिचकोलों ने हर ली है।" ब्रह्मानन्द ने बताया।

"तो तुम लोग बैलगाड़ी से आए हो?"

"हाँ!"

"क्या गाड़ीवान ने तुम्हारे लिए पयाल का गद्दा नहीं बनाया था—ताकि तुम लोग आराम से लेट सको और हिचकोलों से बच सको?" स्वामी ने पूछा।

"नहीं तो।" तुरीयानन्द ने कहा, "आराम से लेटना···अरे, हमारा पोर-पोर दुख रहा है।"

स्वामी कुछ रुष्ट हुए, "गाड़ीवान को चार आने पैसे दिए होते, तो वह तुम्हारे लिए एक राजसी गद्दा तैयार कर देता। इतनी-सी भी व्यावहारिक बुद्धि नहीं है तुम लोगों को?"

"संन्यासी के पास व्यावहारिक बुद्धि अधिक होती है या निर्धनता?" तुरीयानन्द ने उनकी आँखों में देखा।

"निर्धनता! निर्धनता तो है। सारा देश निर्धन है।" स्वामी के नेत्र सजल हो गए, "इसीलिए मैं कुबेर के घर जा रहा हूँ—अमेरिका। देखो, वहाँ क्या कर पाता हूँ।"

"आप ईश्वर-प्राप्ति के लिए यात्रा कर रहे हैं या ऐश्वर्य-प्राप्ति के लिए?" ब्रह्मानन्द हँसे।

"भगीरथ गया था न हिमालय पर, निर्धन जनता के लिए गंगा लाने। मैं ईश्वर की विपन्न संतान के लिए ऐश्वर्य लाने जा रहा हूँ, ताकि वे अपनी आजीविका की ओर से निश्चिंत होकर ईश्वर को प्राप्त करने की बात सोच सकें।"

"जिन्हें ईश्वर प्राप्त हो जाता है, उन्हें आजीविका अथवा ऐश्वर्य की आवश्यकता रह जाती है क्या?" तुरीयानन्द ने पूछा।

"जो आजीविका की चिंता में ईश्वर के विषय में सोच भी नहीं पाते, उनकी बात कर रहा हूँ। भूखे भजन न होई गोपाला।" स्वामी बोले, "वे ईश्वर की ओर प्रवृत्त हो जाएँ, तो अपनी चिंता स्वयं कर लेंगे। फिर हमें उनके लिए क्या करना है?"

"नरेन्द्र बाबा ठीक कह रहे हैं।" ब्रह्मानन्द ने कहा।

"हाँ गजराज! ठीक ही तो कह रहा हूँ।" स्वामी ने ब्रह्मानन्द को अपने शैशवकाल के समान ही चिढ़ाया और फिर उदास हो गए।

"अच्छा, तुम ऐसा करो हरिभाई!" स्वामी ने कहा, "राखाल को यहीं छोड़ दो और तुम मठ में वापस लौट जाओ। वहाँ रहकर ठाकुर का काम करो और मठ को सुधारने का प्रयत्न करो।"

आबू स्टेशन पर स्वामी गाड़ी में बैठे थे। एक अन्य बंगाली सज्जन आकर उनके साथ ही बैठ गए।

वे उनके सत्संग का लाभ उठाना चाहते थे।

टिकट निरीक्षक यूरोपियन था। उसने टिकट देखे और लौटा दिए।

"तुम बाहर जाओ! तुम फर्स्ट क्लास में नहीं बैठ सकते। यह रेलवे कर्मचारियों के लिए नहीं है। निकलो बाहर।" उसने उस बंगाली सज्जन से कहा।

"पर नियम तो यह है कि स्थान खाली हो तो हम इसमें बैठ सकते हैं। कोई टिकटधारी आ जाएगा तो मैं यह स्थान उसके लिए खाली कर दूँगा।" उस बंगाली सज्जन ने कहा, "मैंने इस समय यहाँ बैठकर रेलवे के किसी नियम का उल्लंघन नहीं किया है।"

"नहीं! तुम बाहर निकलो और मुझसे बहस मत करो।" टिकट निरीक्षक ने उसे डाँट दिया।

स्वामी चुप नहीं रह सके, "जब नियम ही स्पष्ट नहीं हैं और स्थान खाली है तो ये महाशय यहाँ क्यों नहीं बैठ सकते?"

टिकट निरीक्षक की त्योरियाँ चढ़ गईं। वह घृणा से मुँह बिचकाकर बोला, "तुम बीच में टाँग मत अड़ाओ।"

" 'तुम' से क्या अभिप्राय है आपका?" स्वामी का अधिकारपूर्ण स्वर गूँजा, "आप प्रथम और द्वितीय श्रेणी के यात्रियों से व्यवहार कर रहे हैं और शिष्टाचार का तनिक भी ज्ञान नहीं है आपको? मुझे 'तुम' कह रहे हैं। 'आप' नहीं कह सकते?"

स्वामी का अधिकारपूर्ण स्वर सुनकर उसका आत्मविश्वास डोल गया। अंग्रेजी में बोला, "मुझे खेद है। मुझे हिंदी का पर्याप्त ज्ञान नहीं है। मैं तो केवल इतना चाहता था कि यह व्यक्ति···"

स्वामी ने उसका वाक्य बीच में ही काट दिया, "अभी आप कह रहे थे कि आपको हिंदी का पर्याप्त ज्ञान नहीं है। मैं समझता हूँ कि आपको अंग्रेजी का भी समुचित ज्ञान नहीं है। जिसे आप 'यह व्यक्ति' कह रहे हैं, ये एक भद्र पुरुष हैं। ए जैंटलमैन।"

टिकट निरीक्षक ने एक बार ध्यान से स्वामी को देखा और डिब्बे से बाहर चला गया।

"हम स्वयं अपने आत्मसम्मान की रक्षा नहीं करेंगे, तो संसार में कोई हमारा सम्मान नहीं करेगा।" स्वामी ने उन बंगाली सज्जन से कहा।

स्वामी 10 मई को खेतड़ी से चले थे और 18 को बंबई पहुँचे थे। स्वामी ने खेतड़ी से ही मद्रास में अपने शिष्यों को सूचना दे दी थी कि वे मद्रास से नहीं, 31 मई को बंबई से प्रस्थान कर रहे हैं। अलासिंगा पेरुमल अपने चचेरे भाई एम० सी० कृष्णमचारी के साथ स्वामी से पहले ही बंबई पहुँच गए थे। स्वामी बंबई स्टेशन पर उतरे तो अलासिंगा उनका स्वागत करने के लिए वहाँ उपस्थित थे।

अलासिंगा ने स्वामी जी के चरण छुए और उठकर खड़े हुए तो स्वामी जी ने देखा, उनकी आँखों में अश्रु थे।

"क्या हुआ चिंगा? तुम बहुत विह्वल लग रहे हो।"

"स्वामी जी! मैं मद्रास से आपके लिए एक बहुत दुखद समाचार लाया हूँ।"

"क्या हुआ?"

"बाला जी के पुत्र का निधन हो गया है।"

"भगवान् उसकी आत्मा को शांति दें।" स्वामी बोले, "इस अवस्था में पुत्रशोक।"

"आप भी वहाँ नहीं थे। उसे सांत्वना कौन देता और कैसे देता?" अलासिंगा बोले, "मेरा तो

कुछ कहने का साहस ही नहीं हो रहा था। बड़ी कठिनाई से उसका सामना कर सका।"

"मैं उसे पत्र लिखूँगा।"

"मद्रास में होते तो जी० जी० नरसिम्हाचारी भी अवश्य आते, किंतु वे मैसूर गए हुए थे।"

"उसे सूचना दे दी थी न?"

"तार तो भेज दिया था; किंतु आपके प्रस्थान से पहले उनका बंबई पहुँचना शायद संभव नहीं होगा।"

"उसे न आ पाने का कष्ट तो होगा।"

"विदाई के समय स्वयं उपस्थित होकर आपको प्रणाम न कर पाने का खेद उसे बहुत दिनों तक सालेगा। किंतु मैं कुछ कर नहीं सकता था। पता नहीं उसके पास यात्रा के लिए धन का प्रबंध भी है या नहीं!"

दीवान जी हरिदास बिहारीदास देसाई जानते थे कि इस बार स्वामी के साथ अनेक लोग होंगे। कुछ लोग उन्हें विदा करने भी आएँगे। उन्होंने उनके ठहरने की व्यवस्था अपने एक व्यापारी मित्र के घर कर दी थी। किंतु उन व्यापारी महोदय का पत्र खेतड़ी में ही मिल गया था कि स्वामी जी अकेले होते तो और बात थी। वे इतने लोगों के ठहरने का प्रबंध नहीं कर पाएँगे।...

"तो कहाँ रुकना है स्वामी जी?" जगमोहनलाल ने स्वामी की ओर देखा, "उस व्यापारी ने तो पहले ही मना कर दिया है।"

"चिंता क्या है मुंशी जी!" स्वामी हँसे, "ठहरना तो हमें वहाँ है, जहाँ माँ ने हमारा ठिकाना बनाया है। यह स्थान तो दीवान जी साहब ने चुना था। माँ नहीं चाहतीं कि हम वहाँ ठहरें। कोई कारण होगा। दीवान जी साहब माँ की व्यवस्था में हस्तक्षेप करने का प्रयत्न कर रहे थे। अतः अपने मन की कर नहीं पाए।"

अंततः मुंशी जी ने अपना प्रबंध कौशल दिखाया। उन्होंने अलासिंगा सहित स्वामी को बंबई में हवादार और खुले स्थान पर ठहराने का प्रबंध कर दिया। कृष्णमचारी तो उस सारी व्यवस्था से इतने प्रसन्न थे कि उनका मन सदा ही खेतड़ी के महाराज और जगमोहनलाल के प्रति सद्भावनाओं से भरा रहता था। मुंशी जगमोहनलाल ने यह ध्यान भी रखा कि कुछ और लोग स्वामी से मिलने आएँ तो स्थान का अभाव न हो।

स्वामी अपने स्थान पर टिक गए थे। अब समय कम था और देश छोड़ने से पहले उन्हें बहुत सारे काम करने थे। उन्होंने पहला पत्र दीवान जी को लिखा :

बंबई

22 मई, 1893

प्रिय दीवान जी साहब,

कुछ दिन हुए बंबई पहुँच गया हूँ। थोड़े ही दिनों में रवाना हो जाऊँगा। आपके मित्र, वे वणिक सज्जन, जिनको आपने मेरे ठहरने के लिए घर की व्यवस्था करने की सूचना दी थी, लिखते हैं कि उनके मकान में अतिथियों के कारण, जिनमें कुछ अस्वस्थ भी हैं, बिलकुल स्थान नहीं है। उन्हें मुझे निवास न दे सकने का बहुत दुःख है। खैर, मुझे किसी प्रकार हवादार स्थान मिल गया है।

···खेतड़ी के महाराज के प्राइवेट सेक्रेटरी और मैं—दोनों एक साथ रहते हैं। उनके प्रेम और कृपा के लिए आभार प्रकट करने में मैं असमर्थ हूँ। वे एक सम्माननीय राजपुरुष हैं, जिनका राजा लोग सिंहासन से उठकर स्वागत करते हैं। तब भी वे इतने सरल हैं कि कभी-कभी उनका सेवा भाव देखकर मैं लज्जित हो जाता हूँ।

प्रायः देखने में आता है कि अच्छे से अच्छे लोगों पर कष्ट और कठिनाइयाँ आ पड़ती हैं। इसका समाधान न भी हो सके, फिर भी मुझे जीवन में ऐसा अनुभव हुआ है कि जगत् में कोई ऐसी वस्तु नहीं है, जो मूल रूप में भली न हो। ऊपरी तरंगें चाहे जैसी भी हों, किंतु वस्तुमात्र के अंतराल में प्रेम एवं कल्याण का अनंत भंडार है। जब तक हम उस अंतराल तक नहीं पहुँचते, तभी तक हमें कष्ट मिलता है। एक बार उस शांतिमंडल में प्रवेश करने पर फिर चाहे आँधी और तूफान के जितने तुमुल झकोरे आएँ; वह मकान, जो सदियों की चट्टान पर बना है, हिल नहीं सकता। मेरा पूर्ण विश्वास है कि आप जैसे निःस्वार्थी और सदाचारी सज्जन, जिनका जीवन सदा दूसरों की भलाई में बीता है, उस दृढ़ धरातल पर पहुँच चुके हैं, जिसे भगवान् ने गीता में ब्राह्मी स्थिति कहा है।

जो आघात आपको लगे हैं, वे आपके लिए उस परम पुरुष तक पहुँचने में सहायक हों, जो इस लोक और परलोक में प्रेम का एकमात्र पात्र है, जिससे आप यह अनुभव कर सकें कि परमात्मा ही भूत, वर्तमान तथा भविष्य की प्रत्येक वस्तु में विद्यमान है और प्रत्येक वस्तु उसमें स्थित है और अंततः उसी में विलीन होती है। ॐ शांति।

आपका स्नेहांकित
विवेकानन्द

स्वामी के मन में बार-बार डी० आर० बाला जी का भी ध्यान आ रहा था। इस अवस्था में पुत्रशोक।···शायद स्वामी के शब्द उसे कुछ सांत्वना दे पाएँ।

बंबई
23 मई, 1893

प्रिय बाला जी,

जो दारुण से दारुण विपत्ति मनुष्य पर पड़ सकती है, उसे सहते हुए प्राचीन यहूदी महात्मा ने सत्य ही कहा है, 'माता के गर्भ से मैं नग्न आया और नग्न ही लौट रहा हूँ; प्रभु ने दिया और प्रभु ही ले गए, धन्य है प्रभु का नाम!' इन वचनों में जीवन का रहस्य छिपा है। ऊपरी सतह पर चाहे लहरें उमड़ आएँ और आँधी के बवंडर चलें, परंतु उनके अंदर, गहराई में अपरिमित शांति, अपरिमित आनंद और अपरिमित एकाग्रता का स्तर है। कहा गया है कि 'शोकातुर व्यक्ति धन्य हैं, क्योंकि वे शांति पाएँगे।' क्यों पाएँगे? क्योंकि जब कराल काल आता है और पिता की दीन पुकार और माता के विलाप की परवाह न कर हृदय को विदीर्ण कर देता है, जब शोक, ग्लानि और नैराश्य के असह्य बोझ से धरती का अवलंब भी विच्छिन्न-सा दिखाई पड़ता है, जब मानसिक क्षितिज में असीम विपदा और घोर निराशा का अभेद्य परदा-सा पड़ा दिखाई देता है, तब अंतःचक्षु के पट खुल जाते हैं और अकस्मात् ही ज्योति कौंध जाती है। स्वप्न का तिरोभाव होता है और अतींद्रिय दृष्टि से सत्य का महान् रहस्य प्रत्यक्ष दिखाई देने लगता है। यह सत्य है कि उस बोझ से बहुतेरी दुर्बल नौकाएँ डूब

जाती हैं, परंतु प्रतिभासंपन्न मनुष्य, जो वीर हैं, जिनमें बल और साहस है, उनको उस समय उस अनंत अक्षर परमानन्दमय सत्ता या ब्रह्म का स्वयं साक्षात्कार होता है, जो ब्रह्म भिन्न-भिन्न देशों में भिन्न-भिन्न नामों से पुकारा और पूजा जाता है। वे बेड़ियाँ, जो इस जीवात्मा को दुःखमय भवकूप में बाँधे हुए हैं, कुछ समय के लिए मानो टूट जाती हैं और वह निर्बंध आत्मा उन्नतिपथ पर आगे बढ़ती है और धीरे-धीरे परमात्मा के सिंहासन तक पहुँच जाती है, 'जहाँ दुष्ट लोग सताना छोड़ देते हैं और थके-माँदे विश्राम पाते हैं।' भाई! दिन-रात यह विनती करना न छोड़ो और दिन-रात यह रट लगाना न छोड़ो : 'तुम्हारी इच्छा पूर्ण हो।'

हमारा धर्म प्रश्न करना नहीं, वरन् कर्म करना और मर जाना है। हे प्रभु! तुम्हारा नाम धन्य है। तुम्हारी इच्छा पूर्ण हो। भगवन्! हम जानते हैं कि हमें तुम्हारी इच्छा स्वीकार करनी पड़ेगी। भगवन्! हम जानते हैं कि जगदंबा के हाथों से ही हम दंड पा रहे हैं।' मन उसे ग्रहण करने को तैयार है, पर निर्बल शरीर को यह दंड असहनीय है। हे परम पिता! जिस शांतिमय समर्पण का तुम उपदेश देते हो, उसके विरुद्ध यह हृदय की वेदना सतत संघर्ष करती रहती है। हे प्रभु! तुमने अपने समग्र परिवार को अपनी आँखों के सामने नष्ट होते देखा और उन्हें बचाने को हाथ न उठाया—ऐसे प्रभु, तुम हमें बल दो। आओ नाथ! तुम हमारे परम गुरु हो, जिसने यह शिक्षा दी है कि सिपाही का धर्म आज्ञापालन है, प्रश्न करना नहीं। आओ हे पार्थसारथि! मुझे भी एक बार वह उपदेश दे जाओ, जो अर्जुन को दिया था कि तुम्हारे प्रति जीवन अर्पित करना ही मनुष्य-जीवन का सार और परम धर्म है, जिससे मैं भी पूर्वकाल की महान् आत्माओं के साथ दृढ़ और शांत भाव से कह सकूँ, 'ॐ श्री कृष्णार्पणमस्तु।'

परमात्मा तुम्हें शांति प्रदान करें, यही मेरी सतत प्रार्थना है।

—विवेकानन्द

अजितसिंह ने मुंशी जगमोहनलाल को स्वामी जी की यात्रा के लिए उचित प्रबंध करने के लिए साथ भेजा था।...किंतु उन्हें अकेले जाकर सारी खरीददारी करना उचित नहीं जँचा। वे चाहते थे कि स्वामी जी साथ चलकर अपनी पसंद की चीजें खरीद लें। और स्वामी थे कि मानते थे कि उनके पास उनकी आवश्यकता की चीजें पहले से ही पर्याप्त मात्रा में विद्यमान हैं।

पर मुंशी जी उन्हें बाजार ले आए। स्वामी देखते रहे और मुंशी जी उनके लिए आवश्यक सामग्री एकत्रित करते रहे।

कपड़े की दुकान पर मुंशी जी ने कहा, "कोई अच्छा-सा रेशमी वस्त्र दिखाइए, महाराजाओं के पहनने योग्य।"

"किस प्रयोजन के लिए?" दुकानदार ने पूछा।

"स्वामी जी का अलखला बनेगा। अलखला समझते हैं—चोगा। उसी वस्त्र की पगड़ी होगी—साफा।"

"मुंशी जी! आप एक संन्यासी के लिए वस्त्र खरीद रहे हैं या राजा अजितसिंह के लिए?" स्वामी ने टोका।

"मैं उस संन्यासी के लिए वस्त्र खरीद रहा हूँ, जो राजाओं के गुरु हैं।" मुंशी जी बोले, "आप सनातन धर्म के प्रतिनिधि ही नहीं, खेतड़ी महाराज के गुरु होकर धर्मसंसद में जा रहे हैं। इसके बिना शोभा नहीं होगी। और मैं अपने राजा का सम्मान कम नहीं होने दूँगा।"

"तो?"

"गुरु को अपने शिष्य से भी उत्तम वस्त्र पहनने चाहिए। आप अपना मान-सम्मान न मानें; किंतु खेतड़ी के महाराज का सम्मान तो होना चाहिए।" जगमोहन बोले।

वहाँ से बाहर निकलकर मुंशी जी थॉमस कुक एंड कंपनी के कार्यालय में घुस गए।

"यहाँ क्या काम है?"

"आपके लिए टिकट खरीदना है।" मुंशी जी बोले, "वैसे भी यह कंपनी अमेरिका में आपसे संपर्क रखेगी। डाक इत्यादि का प्रबंध देखेगी। आपको धन की आवश्यकता हो तो इस कंपनी के माध्यम से भेजा जा सकता है।"

"पर टिकट तो मैं खरीद चुका हूँ।"

"वह साधारण श्रेणी का है।" जगमोहनलाल ने उत्तर दिया, "महाराज ने कहा है कि आपको प्रथम श्रेणी में यात्रा करनी है।"

"संन्यासी प्रथम श्रेणी में यात्रा नहीं करते।"

"किंतु खेतड़ी के महाराज के गुरु प्रथम श्रेणी से नीचे नहीं चलते।"

"स्वामी जी! आप अमेरिका जा रहे हैं, वहाँ समय का बहुत महत्त्व है।" अलासिंगा ने कहा, "आपके पास एक घड़ी भी होनी चाहिए।"

"ठीक है। एक खरीद दो।" स्वामी ने सहज भाव से कहा।

"आपके पास कुछ परिचय कार्ड भी होने चाहिए।"

"ठीक है। एक सौ छपवा लो।"

"कार्ड पर क्या नाम लिखूँ—सच्चिदानन्द?"

जगमोहनलाल के कान खड़े हो गए।

स्वामी ने मुंशी जी की ओर देखा और मुस्कराए, "नहीं! विवेकानन्द लिखो।"

"आपने फिर से नाम बदल लिया?" अलासिंगा चकित थे।

"नहीं! अपने वचन का निर्वाह कर रहा हूँ।"

स्वामी जी यात्रा में कम से कम सामान रखना चाहते थे। इतने अधिक सामान की देखभाल करना भी उनके लिए एक समस्या थी।

31 मई, 1893 को स्वामी जी को जलयान में बैठाने के लिए मुंशी जगमोहनलाल, अलासिंगा पेरुमल, उनके चचेरे भाई एम० सी० कृष्णमचारी तथा बंबई के कुछ अन्य लोग बंदरगाह पर गए। ओरिएंट कंपनी के पेनिनशुला जहाज से स्वामी बंबई से अमेरिका के लिए रवाना हुए।

स्वामी के मुखमंडल पर एक अलग ही भाव झलक रहा था। अनमने-से स्वामी जलपोत के चौबारे (डेक) पर टहल रहे थे। उनके मन में कभी भारत और कभी अमेरिका का चित्र झलकने लगता था। कभी धीरे-धीरे टहलते और कभी स्थिर खड़े हो जाते।...परंतु वे किसी से बातें नहीं कर रहे थे।

स्वामी के एक नवीन शिष्य ने कहा, "महाराज! आप परदेश में हिंदू धर्म पर बोलने जा रहे हैं। साथ कुछ ग्रंथ इत्यादि भी ले जा रहे हैं क्या? नहीं ले जा रहे तो कम से कम यह तो लेते ही जाइए। काम आएगा।"

उसने स्वामी की ओर एक पुस्तक बढ़ा दी। स्वामी ने देखा : वह मध्वाचार्य का ग्रंथ—'सर्व-दर्शन

संग्रह'—था।

स्वामी के मुख से धाराप्रवाह श्लोक प्रवाहित होने लगे। शिष्य ने मिलान किया, वे सारे उसी ग्रंथ में से थे।...

"इतना पर्याप्त है या सारा ग्रंथ सुनाऊँ?"

शिष्य अवाक् खड़ा रह गया। उसके पास न कुछ कहने को था, न कोई और ग्रंथ देने का साहस।

...स्वामी जी जँगले का सहारा लिए, जलपोत के चौबारे पर खड़े थे। मातृभूमि क्षिप्र वेग से उनसे दूर होती जा रही थी। उस समय कितनी ही कल्पनाएँ उनके मानसपटल से होकर गुजर रही थीं। ठाकुर, श्रीमाँ, वराहनगर मठ में रहने वाले तथा वन-पर्वतों में तपस्यारत अपने गुरुभाइयों की स्मृतियाँ जैसे उनकी आत्मा से लिपटी हुई थीं। उनतीस वर्षों की अवस्था का वह युवक अपने साथ असंख्य स्मृतियों का बोझ लिए भारतभूमि से विदा हो रहा था। अपने महान् पूर्वजों की परंपरा और उनका उत्तराधिकार, गुरुदेव का आशीर्वाद, हिंदू शास्त्रों का ज्ञान, पश्चिम का ज्ञान-विज्ञान, अपनी आध्यात्मिक अनुभूतियाँ, भारत के अतीत का गौरव, उसका वर्तमान पतन और भावी गौरव का आभास, तेज धूप में खेतों में श्रमरत करोड़ों भारतवासियों की आशा-आकांक्षाएँ, पुराणों की भक्तिपूर्ण कथाएँ, बौद्ध दर्शन की दार्शनिक उड़ानें, वेदांत का इंद्रियातीत सत्य, भारतीय दर्शन की सूक्ष्मता, संत कवियों के प्राणस्पर्शी भजन, अजंता-एलोरा के प्रस्तर शिल्प तथा मूर्तिकला, राजपूत और मराठा योद्धाओं की वीरगाथाएँ, आलवार भक्तों के स्तोत्र, उत्तुंग हिमालय की तुषारमंडित गिरि शृंखलाएँ, गंगा की कलकल ध्वनि, इन सबने मिलकर स्वामी के मन पर भारतमाता का चित्र अंकित कर दिया था।...उस भारतभूमि का, जो अपने आप में एक विश्व है, जिसका इतिहास तथा समाज एक में से उद्भूत अनेक को मान्यता देता है; और अनेक में से उसकी एकता को खोज निकालता है।...स्वामी सोच रहे थे...धर्मसंसद में भारतमाता का प्रतिनिधित्व करने के लिए माँ के पास विवेकानन्द से अधिक योग्य कोई पुत्र नहीं था क्या?[1]

30

श्रीमाँ जयरामबाटी से कलकत्ता आ गई थीं। बेलुड़ ग्राम में ठीक गंगातट पर नीलांबर मुखोपाध्याय के मकान में उनके रहने का प्रबंध किया गया था। स्वामी त्रिगुणातीतानन्द उनके सेवकों में से थे। वे प्रतिदिन निष्ठा से शाम को हरसिंगार के वृक्ष के नीचे साफ-सुथरा कपड़ा बिछा देते, जिससे श्रीमाँ की पूजा के फूल जमीन पर गिरकर पूजा के अयोग्य न हो जाएँ।

प्रातः जब त्रिगुणातीतानन्द श्रीमाँ की पूजा के लिए हरसिंगार के पुष्प लेकर उनके सम्मुख पहुँचे तो माँ जैसे उनकी प्रतीक्षा ही कर रही थीं। त्रिगुणातीतानन्द ने भूमि पर माथा टेककर प्रणाम किया तो आशीर्वाद देते हुए माँ बोलीं, "पुत्र! लगता है कि अब साधारण पूजा से काम नहीं चलेगा। अब मुझे पंचतपा करना ही होगा। पर वह होता क्या है, मैं नहीं जानती।"

पंचतपा का नाम सुनकर ही त्रिगुणातीतानन्द जैसे हतप्रभ रह गए।

1. स्वामी विवेकानन्द : एक जीवनी—लेखक : स्वामी निखिलानन्द

वे घुटनों के बल बैठे अवाक्-से उन्हें देखते रहे और जैसे अपने प्राणों का सारा साहस संचित कर बोले, "माँ! जब आप जानती ही नहीं कि वह है क्या, तब आप पंचतपा क्यों करना चाहती हैं?"

"पहले हम किसी वस्तु को जानते हैं और तब उसकी आवश्यकता पड़ती है पुत्र! या पहले आवश्यकता पड़ती है, तब हम उसे खोज निकालते हैं?"

त्रिगुणातीतानन्द मौन रह गए। माँ सच कह रही थीं। पहले उन्हें पंचतपा की आवश्यकता पड़ी थी, अब वे उसे खोज रही थीं।

"ठीक है माँ! मैं शारदानन्द महाराज से इसकी चर्चा करता हूँ। वे जैसा परामर्श देंगे, आपको सूचित कर दूँगा। पंचतपा का प्रबंध भी तो उन्हें ही करना होगा न!"

त्रिगुणातीतानन्द चले गए। श्रीमाँ पूजा में लग गईं।

योगीन माँ आईं तो श्रीमाँ ने उनसे भी पूछा, "यह पंचतपा क्या होता है योगीन?"

"क्यों पूछ रही हो माँ?"

"बहुत टाल लिया, किंतु लगता है अब पंचतपा बिना निर्वाह नहीं है।" श्रीमाँ ने निश्चयात्मक स्वर में कहा।

योगीन उत्सुकता-भरी दृष्टि से उन्हें देखती रहीं। फिर पूछा, "क्यों निर्वाह नहीं है?"

"ठाकुर के देहमुक्त होने के पश्चात् मेरे मन में तीव्र वैराग्य उत्पन्न हुआ था। सामने आए कार्यों को मैं कर्तव्य भाव से कर तो अवश्य लेती थी, किंतु मन में निरंतर गूँजता रहता था कि जब ऐसे अनोखे महापुरुष ही चले गए तो मेरे रहने की क्या सार्थकता है। मुझे कुछ भी अच्छा नहीं लगता था। किसी से बात करने अथवा मिलने की इच्छा नहीं होती थी। किसी का मुख भी नहीं देखना चाहती थी। मैं मुँह ढाँपे चुपचाप पड़ी रहती थी। जड़वत् हो गई थी।"

"इसी को तो वैराग्य कहते हैं माँ!"

"कुछ लोग इसे वैराग्य कहेंगे; किंतु मेरा मन इसे वैराग्य भी नहीं मानता था। एक ओर से वैराग्य हो तो कहीं दूसरी ओर अनुराग भी होता है। संसार से वैराग्य हो तो प्रभु के प्रति अनुराग होता है।" माँ बोलीं, "पर मेरा मन तो जैसे उचाट ही हो गया था—मृत शिला-सा।"

"ठाकुर के चले जाने से किसका मन उचाट नहीं हुआ माँ! "

"ठीक कहती हो। मैं नहीं जानती कि अन्य लोगों की क्या स्थिति थी।" माँ बोलीं, "उन्हीं दिनों मुझे प्रायः एक दर्शन होता था—दाढ़ी-मूँछ वाले एक संन्यासी मुझे पंचतपा करने के लिए कहा करते थे।"

"दाढ़ी-मूँछ वाले संन्यासी!" योगीन चकित थीं।

"मैं पहले तो इसके प्रति उदासीन रही; किंतु संन्यासी बार-बार हठ करते रहे। उनका वह आग्रह मेरे लिए न मान्य था और न त्याज्य ही। यह द्वंद्व मेरे लिए और भी कष्टकारक हो गया। तब ठाकुर के शिष्य—मेरे ये पुत्र—मुझे इस जड़ता से मुक्ति दिलाने के लिए तीर्थयात्रा कराने ले गए थे। हम लोग जब काशी में थे तो एक नेपाली साध्वी प्रायः मेरे पास आया करती थीं। वे विविध अनुष्ठानों से अभिज्ञ थीं। एक दिन उन्होंने मुझसे कहा, 'माई! पंचतपा करो।' "

"वह भी?"

"साध्वी की बात से मेरा चिंतन दूसरी ओर मुड़ा। मैंने सोचा, बाहर यदि दुःसह आग जलाई

जाए तो भीतर की ज्वाला बुझ भी सकती है; अथवा कम से कम उसका कष्ट कम हो सकता है। यह बोध भी होने लगा था कि मेरे इस शरीर की रक्षा का भी कोई प्रयोजन है। मेरे कानों में ठाकुर के ये शब्द ध्वनित होते रहते थे, 'तुम मर नहीं पाओगी। तुम्हें जीवित रहना होगा।' "

"ठीक ही तो कहते थे ठाकुर। आप भी निकट नहीं होंगी तो आपके इन सारे बच्चों का क्या होगा?" योगीन ने कहा, "उनका आपके सिवाय और है ही कौन! माता-पिता दोनों एक साथ चले जाएँ तो बच्चे तो एकदम ही अनाथ हो जाएँगे।"

"मैं भी ठाकुर की इच्छा के विरुद्ध कहाँ कुछ करना चाहती थी।" श्रीमाँ ने कहा, "उन्हीं दिनों मुझे कुछ और दिव्य दर्शन हुए। मैंने कामारपुकुर में अपनी खुली आँखों से देखा कि एक ग्यारह-बारह वर्ष की बालिका मेरे साथ-साथ डोलती फिर रही है। कभी आगे, कभी पीछे और कभी साथ-साथ। उसके बाल रूखे, वस्त्र गैरिक और गले में रुद्राक्ष की माला थी।···"

"आपने पूछा नहीं कि वह कौन है?"

"पूछती किससे? वह कोई और लगती तो उससे पूछती। यह भी नहीं लगता था कि वह मैं ही हूँ। वह ग्यारह-बारह वर्षों की बालिका मात्र थी। मैं और वह एक कैसे हो सकती थीं। ऐसा लगता था कि मेरे मन का कोई अंग जैसे मेरे शरीर से बाहर निकलकर मेरे सामने खड़ा हो गया है। वह बालिका मुझसे कुछ कहती नहीं थी। बस, मेरे सामने आ-आकर मुझे कुछ स्मरण कराती रहती थी।" श्रीमाँ ने कहा, "मैं जितना उसकी ओर मुखर होती थी, उसका मौन और भी सुदृढ़ होता जाता था। वह रूक्ष और शुष्क थी। मैं बहुत देर में समझ पाई कि वह मेरा आंतरिक वैराग्य था, जो उस बालिका के रूप में मूर्तिमंत हो उठा था।"

"तो अब क्या हुआ माँ?"

"वह गैरिकधारिणी रूक्ष कन्या मुझे सोने नहीं देती है।" माँ बोलीं, "मैं सोती हूँ तो वह आकर मेरे साथ लेट जाती है। अब पंचतपा किए बिना नहीं चलेगा।" माँ चुप तो हो गईं; किंतु जैसे एक वाक्य और कहने से स्वयं को रोक नहीं पाईं, "मेरा वह पुत्र भी जाने कहाँ तप रहा होगा···?"

"कौन? नरेन?"

"हाँ!"

योगीन चुपचाप बैठी रहीं। उनके मन में भी विचार प्रवाह बहुत वेग से चल रहा था।···जाने माँ अपने वैराग्य से पीड़ित हैं···या उस रूक्ष गैरिक कन्या से ही छुटकारा पाना उनके लिए आवश्यक हो गया है···या फिर यह नरेन को उसके अज्ञात कष्टों से मुक्त करने के लिए तपना चाहती हैं।···अनेक बार योगीन को लगा था कि ठाकुर हों, श्रीमाँ हों, नरेन हों···ये सब लोग शरीर से कहीं भी क्यों न हों, किंतु एक सूक्ष्म धरातल पर वे सब एक-दूसरे से निरंतर संबद्ध हैं।···जैसे वायुमंडल में रहने वाला प्रत्येक जीव वायु के माध्यम से और प्रत्येक जल जीव, जल के माध्यम से एक-दूसरे से संबद्ध रहता है। क्या माँ को लगा है कि नरेन किसी कष्ट में है?···

"ठीक है माँ! मैं भी आपके साथ पंचतपा करूँगी।" योगीन माँ ने कहा।

श्रीमाँ और योगीन माँ—दोनों के लिए पंचतपा अनुष्ठान की व्यवस्था की गई। छत के ऊपर मिट्टी डालकर, चारों ओर पाँच-पाँच हाथ की दूरी पर उपलों की आग जलाई गई। अग्नि का घेरा काफी बड़ा था और तेज लपटें उठ रही थीं। उधर आकाश पर ग्रीष्म ऋतु का प्रचंड मार्तंड अपने पूरे वेग

से तप रहा था। श्रीमाँ जब गंगा-स्नान करके आईं, तब उन पाँचों अग्नियों का भीषण दृश्य देखकर उनके मन में संशय जागा।

"यह व्रतानुष्ठान संभव होगा योगीन?"

योगीन माँ ने साहस बढ़ाते हुए कहा, "माँ! प्रवेश करो। भय किस बात का है?"

श्रीमाँ ने ठाकुर का स्मरण कर उस अग्नि के ठीक बीच आसन जमा लिया और ठाकुर के नाम का जाप करने लगीं। योगीन माँ भी पास ही बैठ गईं। पंचाग्नियों के बीच प्रविष्ट हो, श्रीमाँ ने अनुभव किया कि जैसे अग्नि तापहीन हो गई है। वह अग्नि उनको डरा ही रही थी, तपा नहीं रही थी। तो क्या यह उनके संकल्प और मनोबल की परीक्षा थी?

प्रातः का सूर्य मध्याह्न में सिर पर आ गया और अपना प्रचंड ताप ढाल, अपना क्रूरतम रूप दिखाकर संध्या के समय विदा हो गया। तब माँ अपनी सहचरी के साथ उठ आईं।

देखा, उनके अनेक शिष्य एकत्रित थे। चिंता से उनके चेहरे मुरझाए हुए थे। उन्होंने दिन-भर वहाँ उपस्थित रहकर माँ को इस प्रकार तपते देखा था। अब तो उन्हें निश्िंचत हो जाना चाहिए था। माँ अग्नि के घेरे से बाहर निकल आई थीं। वे स्वस्थ थीं, सुरक्षित थीं।

माँ ने अपना हाथ उठाकर उन्हें आशीर्वाद दिया, "सुखी रहो पुत्रो! ठाकुर में तुम्हारी भक्ति बनी रहे। मेरे लिए चिंता करने की आवश्यकता नहीं है।"

"आप बहुत दुर्बल लग रही हैं।" त्रिगुणातीतानन्द ने कहा, "कहीं आप अस्वस्थ ही न हो जाएँ।"

"पंचाग्नि ताप ने थका भर दिया है, वैसे स्वस्थ हूँ।"

एक दिन के तपने से उनका आत्मबल कुछ बढ़ा ही था। अब तक जो अज्ञात था, अब वह ज्ञात हो गया था। यह ताप तो कुछ भी नहीं था। श्रीमाँ उससे कहीं अधिक ताप सह सकती थीं।···

सात दिनों तक श्रीमाँ की तपस्या चलती रही। तपस्या पूरी कर जैसे उन्होंने पहली बार अपने रूप की ओर ध्यान दिया। सारे शरीर की त्वचा झुलसकर काली पड़ गई थी। किंतु मन की अग्नि का ताप शांत हो गया था और प्रकाश कुछ बढ़ गया था। मन की सर्वथा बंध्या भूमि में जैसे जीवन की कुछ कोंपलें उग आई थीं।···उन्होंने अनेक बार अपने चारों ओर उस रूक्ष गैरिकवस्त्रा बालिका को ढूँढ़ा···वह अब उनके आसपास कहीं नहीं थी। क्या वह उनके भीतर समा गई थी?···

एक भक्त ने पूछा, "माँ! आपको तपस्या की क्या आवश्यकता है? साक्षात् जगदंबा भी तपस्या करेंगी क्या?"

"तपस्या की आवश्यकता है।" माँ ने कहा, "पार्वती ने भी शिव के लिए तपस्या की थी। मैंने भी यह सब किया। न करती, तो लोग कहते, 'वे भी तो साधारण मनुष्यों के ही समान खाती-पीती और रहती हैं।' "

"तो क्या केवल लोकापवाद के भय से यह सब किया?"

"नहीं! ये पंचतपा इत्यादि अपने लिए किया, अपनों के लिए किया—ये सब स्त्रियों को ही फबते हैं। वे विभिन्न प्रकार के कष्ट सहा करती हैं न! ठाकुर ने सभी प्रकार की साधनाएँ की हैं। वे कहा करते थे, 'मैंने साँचे तैयार कर दिए हैं। तुम उनमें अपना जीवन ढाल लो।' "

भक्त ने कहा, "पर आपको यह सब करने की क्या आवश्यकता है? आपके इतने शिष्य हैं।···"

"बेटा! तुम सबके लिए ही किया। लड़के क्या इतना कर सकेंगे। इसी से मुझे करना पड़ता

है।" श्रीमाँ ने उत्तर दिया, "मेरे सारे पुत्र तप रहे हैं। उन सबके कष्ट को कुछ कम करने के लिए यह सब किया।"

पंचतपा की आंतरिक ज्वाला की शांति होने पर, आँखें नींद के लिए ललकने लगी थीं। मन हो रहा था कि एकांत में किसी शांत स्थान पर गहरी निद्रा में सो जाएँ और मन भरकर सोएँ।···

श्रीमाँ बिस्तर पर लेटीं तो अकस्मात् ही वह गैरिकधारिणी कन्या उनके ध्यान में आई। कहीं आज भी तो वह उनके साथ उनके बिस्तर पर आकर नहीं लेट गई?···नहीं, आज वह नहीं आई थी। परिवेश में उस प्रकार की रूक्षता और शुष्कता भी नहीं थी। परिवेश कुछ-कुछ स्निग्ध हो उठा था।···पर इतना ही तो पर्याप्त नहीं था। परिवेश स्निग्ध हो जाए तो क्या जीवन जीने योग्य हो जाता है? उस स्निग्धता के लिए ही शरीर धारण किया जाता है? श्रीमाँ को यह कारण अपने शरीर धारण का पर्याप्त प्रयोजन नहीं लगता। ठाकुर के चले जाने के बाद उनका यह शरीर किस प्रयोजन से इस संसार में था? क्या देखना था उन्हें? क्या करना था उन्हें??···

पूर्णिमा की रात्रि थी। गंगा का जल उस चाँदनी में जैसे पवन के हलके झकोरों के साथ अठखेलियाँ कर रहा था। श्रीमाँ का मन भी उस चाँदनी से एकाकार होने का हो रहा था। शायद उससे मन के ताप को कुछ शीतलता मिल जाए। ठाकुर होते तो उनके प्रश्नों के उत्तर देकर कब से उनके मन की उद्विग्नता शांत कर चुके होते। ठाकुर थे नहीं और उनके पुत्र सारे संसार में भिखारियों के समान भटक रहे थे। पहले क्या कमी थी इस भारत में भिक्षुकों की कि ठाकुर उनमें कुछ और की वृद्धि कर गए। जाने बेचारा नरेन्द्र इस समय कहाँ होगा?···

उद्यानगृह से गंगा में उतरने की सीढ़ियों पर बैठी श्रीमाँ मुग्ध नेत्रों से गंगा की अद्भुत और अपूर्व छवि देख रही थीं। माँ! तुम भगवान् शिव की प्रिया हो। उन्होंने तुम्हें अपने शीश पर धारण कर रखा है। तुम उनकी प्रकृति हो। त्रिगुणात्मक प्रकृति। यह सब तुम्हारी ही तो माया है। मन हो रहा है कि मैं भी प्रकृति के इस सुंदर दृश्य में घुल-मिलकर तुम्हारा ही अंग बन जाऊँ। तुम्हें यह सौंदर्य प्रभु से मिला है। ईश्वर का अपना ऐश्वर्य हो तुम! इसीलिए तो अलौकिक हो, लोकोत्तर है तुम्हारा यह सौंदर्य···

अकस्मात् श्रीमाँ ने देखा कि ठाकुर उनके पीछे से आकर तेजी से गंगाजी में उतर गए। उन्होंने माँ की ओर कोई ध्यान ही नहीं दिया। एक बार पलटकर देखा भी नहीं, जैसे माँ वहाँ हों ही नहीं। ऐसी अनदेखी···पर यह क्या? ठाकुर का वह चिन्मय शरीर गंगा के पवित्र जल में विलीन हो गया। डूबा नहीं, विलीन हो गया···घुल गया गंगा में, उसी का अंग हो गया।···जैसे मनुष्य का शरीर न हो, मिस्री की डली हो।

यह क्या? वे भी तो अपने शरीर को इसी प्रकार गंगा में घोल देना चाहती थीं और ठाकुर ने यहाँ भी आकर पहल कर दी। श्रीमाँ का सारा शरीर रोमांचित हो उठा। वे स्तंभित हो अपलक दृष्टि से एकटक निहार रही थीं।···कदाचित् ठाकुर ने डुबकी लगाई हो, वे पुनः प्रकट हों···पर यह तो नरेन्द्र था। यह यहाँ कहाँ से आ गया? ठाकुर तो अशरीरी हो चुके थे, पर नरेन्द्र ने तो अभी शरीर धारण कर रखा था। वह इस प्रकार शून्य में से कहाँ से प्रकट हो गया? कहाँ से आ गया? और तभी नरेन्द्र ने 'जय रामकृष्ण' कहते हुए अपने दोनों हाथों से वह गंगा का जल लेकर चारों ओर अकस्मात् एकत्रित हो गए अगणित नर-नारियों के मस्तकों पर छिड़कना आरंभ किया। श्रीमाँ ने देखा कि असीम

जनसमुदाय उस जल के स्पर्श से उसी क्षण मुक्ति पा रहा है।...

यह दृश्य इतना सजीव था कि कई दिनों तक उनकी आँखों में समाया रहा। श्रीमाँ समझ रही थीं कि उस समय सचमुच वह घटना घटित नहीं हुई थी। श्रीरामकृष्ण और नरेन्द्र का आना वे किसी प्रकार स्वीकार कर भी लें, किंतु रात्रि के उस समय, जब घाट पर एक प्राणी भी नहीं था, इतने नर-नारी कहाँ से एकत्रित हो गए? वह तो ऐसा था, जैसे कोई दाता धन लुटा रहा हो और कँगले भिखारियों को उसकी सूचना मिल जाए और वे किसी बड़े नद की बाढ़ के समान उमड़ पड़ें। नहीं ! वह घटना सचमुच नहीं घटी थी, वह तो ठाकुर ने जैसे उनके मन और कल्पना में प्रकट होकर उनके प्रश्नों का उत्तर उन्हें दिया था। उन्हें बताया था कि ठाकुर स्वयं क्या करने आए थे। उनकी लीला का प्रयोजन क्या था? नरेन्द्र क्यों तप रहा था? उसका लक्ष्य क्या था? वह क्या करने वाला था? ठाकुर की लीला को वह प्रसारित करेगा। गंगा के जल के समान उसे तीनों लोकों में प्रवाहित होना है। यह सब देखने के लिए श्रीमाँ को भी यह शरीर धारण करना है।...नरेन्द्र ने जाते हुए कहा था कि अब वे ही उसकी माँ हैं। तो माँ को अपने पुत्र की तपस्या को देखने के लिए जीवन धारण करना होगा। उसको परामर्श देना होगा, उसे मार्ग दिखाना होगा, उसकी कीर्ति का सुख देखना होगा। और ठाकुर की लीला से लाभान्वित होने वाले लोगों को आशीर्वाद देना होगा।

31

जून, 1893 का आरंभ था और लगभग दोपहर का समय। कैनेडियन पैसेफिक लाइन का 6,000 टन का एम्प्रेस ऑफ इंडिया जलपोत सागर की लहरें चीरकर आगे बढ़ रहा था। जलपोत का कप्तान अपने सहयोगी के साथ निरीक्षण के लिए निकला था।

"यह हिंदू साधु आज भोजन करने आया था?" सहसा कप्तान ने पूछा।

"हॉल में तो दिखाई नहीं दिया। संभव है, उसने भोजन अपने केबिन में मँगवा लिया हो।"

कप्तान ने उसे कुछ घूरकर देखा, "वह अपने कमरे में भोजन नहीं मँगवाता। कहीं वह अस्वस्थ न हो।"

"वह नहीं जानता था कि यहाँ कितनी ठंड होती है।" सहयोगी ने कहा, "अपने साथ पर्याप्त ऊनी वस्त्र क्यों नहीं लाया। वह हिंदू अज्ञानी है और उसे भेजने वाले उसके चेले-चपाटे मूर्ख हैं। यात्रियों को ऊनी वस्त्र देने का दायित्व हमारा तो नहीं है।"

"वह अज्ञानी हो सकता है और उसे भेजने वाले मूर्ख; किंतु लोगों को ठंड से मरते देख चुपचाप खड़े रहना भी मानवता नहीं है।" कप्तान ने कहा, "किसी को उसके अज्ञान का दंड मृत्यु के रूप में नहीं दिया जा सकता।"

वे लोग एक केबिन के द्वार पर रुके। द्वार बंद था। कप्तान ने हलके-से द्वार खटखटाया। भीतर से एक मंद स्वर आया, "आ जाइए! द्वार खुला है।"

वे भीतर प्रवेश कर गए। स्वामी पद्मासन में बैठे थे। उन्होंने एक कंबल ओढ़ रखा था; किंतु वे स्वस्थ नहीं लग रहे थे।

"भोजन किया?" कप्तान ने पूछा।

स्वामी ने कुछ दुर्बल स्वर में कहा, "मैं ध्यान कर रहा था। भोजन की विशेष इच्छा नहीं हुई।"

कप्तान ने आगे बढ़कर स्वामी के माथे का स्पर्श किया, "आपको ज्वर है, इसलिए भोजन की इच्छा नहीं हुई।" उसने रुककर स्वामी को देखा, "आपके पास इस कंबल के अतिरिक्त और कोई ऊनी वस्त्र नहीं है?"

स्वामी ने उदास-सी मुस्कान के साथ उसे देखा, "मेरे मित्रों ने मुझे ग्रीष्म ऋतु में भेजा तो उसी के अनुसार वस्त्र भी दिए। उन्होंने ऊनी नहीं, रेशमी वस्त्र दिए हैं।"

"इस कंबल के सहारे आप वैंकुअर तक जीवित नहीं पहुँच सकेंगे।" कप्तान कुछ रुककर बोला, "अच्छा! मैं देखता हूँ कि मैं क्या कर सकता हूँ। और आप बैठिए नहीं, लेट जाइए!"

कप्तान केबिन से बाहर निकलकर रुक गया। उसका सहयोगी भी आ गया।

"डॉक्टर को सूचित करो और मेरे केबिन से कम से कम चार कंबल इन्हें भिजवा दो।"

"किंतु यह नियम विरुद्ध है।" सहयोगी ने विरोध किया, "ऐसे में तो अन्य यात्री भी बहुत कुछ माँगेंगे।"

"जो कह रहा हूँ, वह करो।" कप्तान ने उसे डाँटा, "किसी को मृत्यु की ओर धकेलना भी नियमानुकूल नहीं है।"

"वह तो समझ रहा था कि वह अपने भगवान् को ओढ़कर इस ठंड का सामना कर लेगा।"

कप्तान ने उसे घूरकर देखा और आगे बढ़ गया।

32

मंगलवार, 25 जुलाई, 1893 को सात बजे सायं, जलपोत कनाडा के जलपत्तन वैंकुअर पहुँचा। वैंकुअर 1886 में अग्निसात् हो चुका था। अब उसके ध्वंसावशेष पर एक टूटा-फूटा, जर्जर नगर उग रहा था।

स्वामी और छबीलदास लल्लू भाई अपने सामान सहित डेक पर खड़े थे।

"लीजिए स्वामी जी! आपको कष्ट तो बहुत हुआ; किंतु अब वैंकुअर आ गया है। आशा है, आपके कष्ट समाप्त हो जाएँगे।" लल्लू भाई बोले।

स्वामी हँसे, "संन्यासी को क्या सुविधा और क्या असुविधा! क्या कष्ट और क्या सुख-आराम!..."

"नहीं। शीत ने आपको बहुत परेशान किया। कप्तान ने वस्त्रों से..."

"हाँ! कप्तान भला आदमी है। भगवान् उस पर अपनी कृपा बनाए रखें। संन्यासी को यह सब सहन करना चाहिए :

मात्रास्पर्शास्तु कौन्तेय शीतोष्णसुखदुःखदाः।
आगमापायिनोऽनित्यास्तांस्तितिक्षस्व भारत।।[1]

मुझे शीत से उतना कष्ट नहीं हुआ, जितना ईश्वर के प्रतिबिंब इन जीवों के प्रति हो रहे भेदभाव को देखकर हो रहा है।"

---

1. 14/2, श्रीमद्भगवद्गीता

स्वामी की दृष्टि सामने से गुजरने वाले फटे हाल काले मजदूरों की एक टोली पर टिकी हुई थी।

"कैसा भेदभाव स्वामी जी?"

"बहुत भेदभाव है मनुष्यों में। भेद से असहिष्णुता जन्मी है और असहिष्णुता से धर्मांधता।"

"क्या कह रहे हैं आप?" छबीलदास लल्लू भाई ने चौंककर कहा।

"जलपोत पर भी सत्ता, धर्म और जाति के आधार पर मनुष्यों को विभाजित देखा।" स्वामी बोले, "स्वयं को श्रेष्ठ मानना, दूसरों को कष्ट देना, उन्हें अपमानित करना। लगता है, अहंकार ने मानवता को निगल लिया है।"

छबीलदास भी देख रहे थे, उनके सामने से लोग गुजर रहे थे। कोई बहुत धनी था, कोई एकदम फटेहाल। प्रायः गोरे लोग संपन्न वेश में थे और काले मजदूरों के रूप में।

"संसार में भेदभाव तो सदा ही रहा है स्वामी जी! जो अधिक पैसे की टिकट खरीदेगा, वह सुख से यात्रा करेगा और···वैसे भी शासक लोग दासों से···"

"इस संसार के आगे भी एक यात्रा है।" स्वामी स्वप्निल-से स्वर में बोले, "उसके लिए अच्छे टिकट की चिंता नहीं है किसी को। दास और स्वामी!" वे हलके से हँसे, "अपने स्वामी को पहचानते नहीं, इसलिए स्वयं को दूसरों का स्वामी समझ बैठे हैं। अपने अहंकार में ईश्वर के जीव को पीड़ित कर हम स्वयं ईश्वर का ही अपमान कर रहे हैं। शिव! शिव!!"

छबीलदास लल्लू भाई को स्वामी की बात का कोई उत्तर नहीं सूझ रहा था। वैसे भी उन्हें यहाँ से निकलने की जल्दी थी, "आइए चलें!"

जलपत्तन में बेहद भीड़भाड़ और हलचल थी। लोगों की भीड़ की भीड़ जलपोत से उतरती थी, उनकी अगवानी करने आए लोगों का उत्साह और कोलाहल बढ़ जाता था। स्वामी अपने सामान सहित, खोए-से, एक ओर खड़े हो गए थे। छबीलदास कुछ सूचनाएँ लेने चले गए थे।···स्वामी को अपना यह सारा सामान बंधन लग रहा था। संन्यासी को क्या लेना इस सारे सामान से? किंतु मुंशी जगमोहनलाल और स्वामी के अन्य शिष्यों ने उनकी एक नहीं मानी। कहने को वे सारे शिष्य थे; किंतु अंत तक अपनी मनमानी ही करते रहे।

क्रमशः लोगों की भीड़भाड़ कम होती गई। कुछ कुली आकर स्वामी को घेरकर खड़े हो गए थे। स्वामी सोच ही रहे थे कि वे इन लोगों से कैसे निबटें कि छबीलदास आते दिखाई दिए।

"एटलांटिक एक्सप्रेस तो छूट चुकी स्वामी जी!" वे बोले, "और कोई गाड़ी इस समय जाती नहीं। अब प्रातः ही कुछ मिलेगा।"

"ये लोग कैसी अंग्रेजी बोल रहे हैं।" स्वामी ने अपनी भुजाओं से अपने वक्ष को घेरा। उन्हें अब भी ठंड लग रही थी।

"ये लोग अंग्रेज नहीं लगते। किसी और देश के हैं।" छबीलदास ने कहा, "अंग्रेजी पढ़ी भी नहीं होगी। जो कुछ सुन-सुनाकर सीखा, उसी को अपनी सुविधानुसार बोल रहे हैं।"

"इसका अर्थ है कि हमें कहीं न कहीं भाषा की समस्या भी हो सकती है।" स्वामी ने कहा।

"हाँ! हो तो सकती है; किंतु मुझे तो दूसरी चिंता है।"

"किस बात की?" स्वामी ने पूछा।

"प्रशांत महासागर के उत्तरी भाग से आते हुए ठंड से आपने बहुत कष्ट पाया है।" छबीलदास

ने कहा, "अभी हमें कनाडा के दक्षिणी-पश्चिमी भाग में से होकर जाना है।"

"तो?"

"चलिए, सामान उठवाते हैं और रात काटने का कोई प्रबंध करते हैं।"

छबीलदास ने सारा दायित्व अपने ऊपर ले लिया। कुलियों से भी उन्होंने ही बात की और वे ही सामान उठवाकर ले गए।

रात काटने के लिए एक कोठरी का प्रबंध छबीलदास ने कर लिया था। प्रातः उन्हें अपने गंतव्य तक जाने के लिए रेलगाड़ी मिल गई। यह कैनेडियन पैसेफिक की गाड़ी थी और स्वामी के कहने पर छबीलदास ने उसकी ऑब्जर्वेशन कार का टिकट लिया था, ताकि वे मार्ग में उसकी ऊपर की मंजिल से शीशे की खिड़कियों में से सारी दृश्यावली देख सकें। गाड़ी सुविधाजनक थी; किंतु दक्षिण-पश्चिमी कनाडा में से होकर गुजर रही थी। पहाड़ों पर बर्फ जमी हुई थी। स्वामी को अपने सूती कपड़ों में कुछ-कुछ ठंड लग रही थी।

"सावन में ऐसा शीत!"

"स्वामी जी! आपके पास ऊनी कपड़े हैं न?" छबीलदास ने कुछ चिंता दिखाई।

"जगमोहन ने भी नहीं सोचा था कि इस ऋतु में ऊनी कपड़ों की आवश्यकता होगी।" स्वामी हँसे, "और दुनिया-भर का भूगोल पढ़कर मेरे ध्यान में भी नहीं आया कि यहाँ यह स्थिति होगी।"

कैथरीन एब्बॉट सैनबोर्न भी उसी गाड़ी में यात्रा कर रही थी। उसके लिए विराट् पर्वतों की हिमाच्छादित चोटियाँ, घाटियाँ, खड्ड, पर्वतों के फट जाने से बनी कंदराएँ, विराट् ग्लेशियर भी बहुत आकर्षक थे; किंतु विश्व-भर से आए यात्रियों के उस जनसागर में भी उसकी रुचि कम नहीं थी। वे सब शिकागो जा रहे थे।···भारत के पारसी, कैंटन के लखपति व्यापारी, न्यूजीलैंड से आए यायावर, पुर्तगाली और स्पेनी व्यापारियों की सुंदर फिलिपिनो पत्नियाँ, जापानी संभ्रांत पुरुष, उनकी सुसंस्कृत पत्नियाँ, कॉलेजों में पढ़ने वाले उनके पुत्र—राजसी ढंग से पले और ज्ञानी···

उसकी उन सब में रुचि थी, अतः वह अपने आरक्षित स्थान पर बैठने के बदले उन सबके पास जा-जाकर, उनसे परिचय बढ़ा रही थी, उनसे बातें कर रही थी। वे सब उसको अपने घरों में आमंत्रित कर रहे थे।···कैथरीन जानती थी कि उसका अपना घर उनके प्रासादों और अट्टालिकाओं के समान नहीं था। अपने घर के विषय में उसे कोई भ्रम भी नहीं था; किंतु वह निःसंकोच अपने उस देहाती घर की प्रशंसा कर रही थी। वह उन सबको अपना परिचय-पत्र दे रही थी, जिस पर उसका स्थायी पता लिखा था—मैटकाफ मास। वह बॉस्टन और उसके आसपास के जाने-माने विद्वान् और धनीमानी लोगों की चर्चा भी कर रही थी, जो प्रायः उससे मिलने आया करते थे। उसका अपने सहयात्रियों को खुला निमंत्रण था···जो कोई भी उसके घर आना चाहे···उसका द्वार उन सबके लिए खुला था। वहाँ उनका हार्दिक स्वागत होगा।···उस भीड़ में कैथरीन की दृष्टि उस भारतीय संन्यासी पर भी पड़ी—पौरुष की भव्य प्रतिमूर्ति। लंबा-ऊँचा, साँवला और आकर्षक—जैसे इतालवी अभिनेता साल्विनी, ऑथेलो के रूप में उसके सामने आ खड़ा हुआ हो। उसकी चाल कैसी राजसी थी, जैसे कोई सिंह उन्मुक्त रूप से वन में विचरण कर रहा हो। उसकी आँखें कैसी काली और स्नेहमयी थीं। बातों में रुचि लेने पर उन्हीं आँखों में कैसे दीपक जल उठते थे। उसकी पगड़ी कई गज लंबे पीले कपड़े की थी। भगवा चोगा, जो कुछ गुलाबी कमरबंद से बाँधा गया था। पतलून नसवारी भूरी थी।

गहरे चॉकलेटी, लगभग काले जूते।

कैथरीन को लगा कि संन्यासी उससे भी अच्छी अंग्रेजी बोल रहा है; और वह प्राचीन और समकालीन अंग्रेजी साहित्य से भली भाँति परिचित है। वह सहज रूप से शेक्सपियर, लौंगफैलो, टैनिसन, डार्विन, मूलर और टिंडल की उक्तियाँ उद्धृत कर रहा था। बाइबल के पृष्ठ ऐसे बोल रहा था, जैसे सारा बाइबल उसे कंठस्थ हो। सारे पंथों का ज्ञान था उसे और उनके विषय में पर्याप्त सहिष्णु भी था। वह व्यक्ति नहीं, स्वयं शिक्षा, प्रकाश या ज्ञान का प्रकटीकरण था।

विदा होते हुए, कैथरीन संन्यासी को नहीं भूली। बोली, "यदि कभी किसी संयोग से आप मेरे घर आ जाएँ तो मैं आपको कुछ विद्वान् और सुसंस्कृत लोगों से मिलाना चाहूँगी।"

28 जुलाई को गाड़ी विनीपेग रेलवे स्टेशन पर पहुँची। रात के ग्यारह बज रहे थे। यहाँ उन्हें गाड़ी बदलनी थी। अगली बार सेंटपाल रेलवे स्टेशन पर स्वामी और छबीलदास ने पुनः गाड़ी बदली।

रविवार, 30 जुलाई को वे लोग शिकागो पहुँचे। रात के ग्यारह बज चुके थे। शिकागो बड़ा नगर लगता था। यहाँ स्टेशन पर बहुत गहमागहमी थी। चारों ओर कुलियों की छीनझपट ही नहीं, उनकी जबरदस्ती भी दिखाई पड़ रही थी। स्वामी सजग थे कि पास से गुजरते हुए लोग उनकी वेशभूषा को आश्चर्य से देख रहे थे। कुछ लोग तो मुँह भी बना रहे थे।

"परे हट निगर! अब ये काले लोग भी हमारे लिए रास्ता नहीं छोड़ते।" एक व्यक्ति मुखर ढंग से घृणा दर्शाता हुआ अपने मार्ग चला गया।

स्वामी आश्चर्य से उसे देखते ही रह गए, "शिव! शिव!!"

कुछ कुली स्वामी से जर्मन बोल रहे थे। स्वामी उनकी भाषा नहीं समझते थे और न ही वे लोग स्वामी की बात समझ पा रहे थे। छबीलदास तटस्थ भाव से यह सब देख रहे थे।

"इनका क्या करना है?" स्वामी ने पूछा।

"हमें क्या करना है।" लल्लूभाई बोले, "अभी किसी अच्छे होटल का कोई एजेंट आ जाएगा, तो सब ठीक हो जाएगा।"

और होटल का एक एजेंट आया।

"आइए! मैं आपको एक अच्छे होटल में ले चलता हूँ। कब तक स्टेशन पर इन कुलियों से कुश्ती करते रहेंगे।" उसने अपना रेटकार्ड निकालकर छबीलदास को दे दिया था।

स्वामी ने उनकी ओर देखा।

"आपके लिए कुछ महँगा है।"

स्वामी ने सहमति में अपना सिर हिला दिया।

छबीलदास ने हामी भर दी। एजेंट ने संकेत किया। उसके साथियों ने सामान सँभाल लिया था। एक व्यक्ति स्वामी के दंड को उठाकर उनकी ओर देखता हुआ, जैसे पूछ रहा था, इसका क्या करना है?

स्वामी ने उसके हाथ से दंड लेकर स्वयं सँभाल लिया।

स्वामी और छबीलदास होटल के अपने कमरे में पहुँचे। बैरा उनका सामान ले आया था। वह सामान रख सलाम कर खड़ा हो गया। स्वामी ने हाथ उठाकर उसे आशीर्वाद दिया। बैरे को जैसे कुछ समझ

में नहीं आया। कुछ देर वह प्रतीक्षा करता रहा और फिर मुँह बनाकर बाहर चला गया।

"यह ऐसा मुँह बनाकर क्यों गया, जैसे उसने नीम के पत्ते चबा लिए हों।" स्वामी अपने आप से ही बोले।

"वह आपसे कुछ पुरस्कार माँग रहा था और आपने उसे आशीर्वाद दिया।" छबीलदास हँसे, "वह न तो आशीर्वाद का अर्थ समझता होगा और न ही उसने उसकी कामना की होगी।"

"विचित्र हैं ये लोग।" स्वामी भी हँसे, "मुझ भिक्षुक से भिक्षा माँग रहा है।"

"यह होटल आपके लिए कुछ महँगा है स्वामी जी!" छबीलदास ने कहा, "मैं नहीं जानता कि आपके पास कितना धन है।"

"इस अपरिचित नगर में यही सुरक्षित है।" स्वामी बोले, "कल वर्ल्ड कोलंबियन एक्सपोजीशन के कार्यालय में चलेंगे। प्रतिनिधियों के रहने इत्यादि की व्यवस्था वे कर ही देंगे। रात-भर की ही तो बात है।"

"कर दें, तो ही अच्छा है। नहीं तो···" छबीलदास लल्लूभाई ने अपना वाक्य अधूरा ही छोड़ दिया।

33

वर्ल्ड कोलंबियन एक्सपोजीशन एक विराट् प्रदर्शनी थी। चारों ओर भाप और बिजली की चमत्कारी चीजें प्रदर्शित हो रही थीं। संभ्रमित-से स्वामी उन सबके बीच में से गुजर रहे थे। वे अकेले ही थे। छबीलदास लल्लू भाई अपने व्यवसाय के संदर्भ में कहीं चले गए थे। वे स्वामी के समान न तो प्रदर्शनी देखने आए थे, न धर्मसंसद में भाषण करने अथवा लोगों के भाषण सुनने। उन्हें तो अपना व्यापार करना था और लंदन के अपने कार्यालय में पहुँचना था।

स्वामी को आवश्यकता हुई तो उन्होंने कुछ एक लोगों से पूछ भी लिया। उन सबके मध्य में से मार्ग बनाकर कार्यालय में पहुँचे।

काउंटर पर बैठे व्यक्ति ने स्वामी की विचित्र वेशभूषा को चकित दृष्टि से देखा और एक कुर्सी की ओर संकेत कर दिया।

स्वामी बैठ गए।

"कहिए।"

"मैं धर्मसंसद में भाग लेने के लिए भारत से आया हूँ।"

"धर्मसंसद तो ग्यारह सितंबर से आरंभ होगी।" उस व्यक्ति ने कहा।

स्वामी ने आश्चर्य से उसकी ओर देखा, "उसमें तो अभी छह सप्ताह हैं।"

"हैं तो।"

"पर इस एक्सपोजीशन को आरंभ हुए तो तीन महीने हो गए हैं।"

"तो? इससे धर्मसंसद के आरंभ होने का क्या संबंध? धर्मसंसद, एक्सपोजीशन का अंग है, एक्सपोजीशन, धर्मसंसद का अंग नहीं है।"

"यहाँ शिकागो में मेरे पास अपने रहने की कोई व्यवस्था नहीं है।"

"तो सोच-समझकर आना चाहिए न! यह कोई धर्मशाला तो है नहीं।" वह कुछ रुका, "आप प्रतिनिधि हैं?"

स्वामी ने सिर हिला दिया।

"पंजीकरण हो चुका है?" उस व्यक्ति ने अपने सामने रखा रजिस्टर उठा लिया, "क्या नाम है आपका?"

"पंजीकरण? नहीं तो। क्या करना है उसके लिए?"

"तो पंजीकरण भी नहीं हुआ। सोए हुए थे क्या अब तक? परिचय-पत्र और संस्तुति-पत्र कहाँ हैं?"

"कैसा परिचय-पत्र?" स्वामी चकित थे।

"किस संस्था के प्रतिनिधि हैं आप? कोई प्रत्यय-पत्र नहीं लाए?" उस व्यक्ति ने कहा।

"मैं वेदांत के विषय में चर्चा करने आया हूँ। वेदांत, जो मानव-मात्र की समानता का सिद्धांत है।"

"चर्चा तो तब करोगे, जब हम करने देंगे। स्वीकृत प्रतिनिधियों के सिवाय वहाँ कोई बोल नहीं पाएगा।"

"मैं संसार के प्राचीनतम धर्म के अनुयायी हिंदुओं का प्रतिनिधि हूँ।"

"ऐसी कोई संस्था हमारी मान्य सूची में नहीं है। वैसे संसद में श्रोता के रूप में बैठना हो तो बात और है। टिकट लेकर भी बैठ सकोगे।"

"यदि मैं ऐसा कोई परिचय-पत्र भारत से मँगवा लूँ तो?"

उस व्यक्ति ने थोड़ी देर तक चुपचाप उनकी ओर देखा और बोला, "पूछकर आता हूँ।"

वह व्यक्ति अपने पीछे की मेज पर बैठे एक अन्य व्यक्ति के पास चला गया। वह उसका अधिकारी लगता था। स्वामी उसकी ओर देखते रहे। वह उनकी ओर संकेत कर कुछ कह रहा था। पीछे की मेज वाला व्यक्ति भी चकित भाव से उनकी ओर देखता रहा; और फिर विद्रूप से हँस पड़ा।

वह व्यक्ति लौटा। गंभीर मुद्रा बनाकर बोला, "खेद है कि प्रतिनिधियों के पंजीकरण का समय समाप्त हो चुका है। अब प्रत्यय-पत्र लाने पर भी कुछ नहीं हो सकता।"

स्वामी ने एक निराश दृष्टि उस पर डाली और बिना कुछ कहे लौट पड़े।

वह व्यक्ति और उसका अधिकारी अपने-अपने स्थानों से उन्हें जाते देखते रहे। वे बाहर निकल गए तो अधिकारी सामने काउंटर पर आ गया, "न समय का पता किया, न पंजीकरण कराया; और आधी पृथ्वी की यात्रा कर चला आया।"

"काले लोगों की बुद्धि।"

34

सायंकाल का समय था। अपनी सारी असफलता और निराशा भूलकर स्वामी उस भीड़भाड़ में जा रहे थे। वे धर्मसंसद के लिए आए थे; किंतु एक्सपोजीशन में भी उनकी कम रुचि नहीं थी।

एक स्थान पर भारतीय राजाओं की वेशभूषा में एक व्यक्ति, अनेक लोगों में घिरा खड़ा था।

स्वामी ने इधर-उधर देखा, जैसे अपने अनुमान की पुष्टि करना चाहते हों। निकट ही एक व्यक्ति जो रंग-रूप से भी भारतीय लग रहा था और लाँग वाली धोती बाँधे हुए था—हाथ में कागजों का पुलिंदा लिए कुछ बेच रहा था। स्वामी ने उसकी ओर देखा।

"प्रणाम स्वामी जी!"

"कल्याण हो।" स्वामी बोले, "आप मुझे पहचानते हैं?"

"आपके इस वेश को कोई भी भारतीय सुविधा से पहचान सकता है। आप संन्यासी हैं।"

स्वामी ने उस राजसी वेशभूषा वाले व्यक्ति की ओर संकेत किया, "वे कौन हैं?"

उस व्यक्ति ने प्रकट विरक्ति से उस ओर देखा, "कपूरथला के राजा हैं। भारत की जनता का धन निर्दयता से यहाँ लुटा रहे हैं।"

महाराजा ने दो भारतीयों को हिंदी बोलते सुनकर उनकी ओर देखा।

"कल्याण हो महाराज!" स्वामी ने कहा।

"ओह! भारत के संन्यासी!" राजा ने कहा, "क्या करने आए हैं महाराज यहाँ—धन कमाने अथवा छुट्टियाँ बिताने?"

राजा ने प्रश्न अवश्य पूछा था; किंतु उसका उत्तर सुनने के लिए वे रुके नहीं। अपने मुख पर एक वक्र-सी मुस्कान लेकर आगे बढ़ गए।

"देखा आपने! कैसे मुँह फेरकर चल दिए। ये लोग अपने देशवासियों को पहचानना भी नहीं चाहते।"

"आप कहाँ से आए हैं?" स्वामी ने पूछा।

"महाराष्ट्र से।" वह बोला, "ब्राह्मण हूँ।"

स्वामी ने उसके स्वर में ब्राह्मण होने का गर्व पहचाना। वह निश्चित रूप से निर्धन था। पढ़ा लिखा भी विशेष नहीं लगता था; किंतु उसे अपने ब्राह्मणत्व का गर्व था।

उसे अपने धन का अहंकार है, इसे अपनी जाति का।''''स्वामी सोच रहे थे''' "यहाँ कोई काम करते हैं?"

"कलाकार हूँ। अपने नाखून और कील से कागज पर चित्र बनाता हूँ और बेचता हूँ।"

"आपका परिचय?"

स्वामी ने घूमकर देखा, पाँच-छह लोगों का झुंड था। कुछ कैमरे थे। तो ये पत्रकार होंगे।

"आप?" स्वामी ने पूछ ही लिया।

"हम पत्रकार हैं। मेले के समाचार लेने आए हैं।"

"मैं भारत से आया एक संन्यासी हूँ। संन्यासी समझते हैं आप?"

"समझते हैं।" प्रश्नकर्ता ने कहा, "क्या करने आए हैं?"

"धर्मसंसद में भाग लेने का आकांक्षी हूँ।"

"आप कपूरथला के महाराजा को जानते हैं? यहाँ उन्हें बहुत महत्त्व दिया जा रहा है। कुछ लोग तो उन्हें आसमान पर चढ़ा रहे हैं।"

स्वामी समझ गए कि पत्रकार की रुचि उनमें या भारत में नहीं, कपूरथला के महाराजा में है।

"नहीं! मेरा उनसे कोई परिचय नहीं है।"

"वह इनसे बात करेगा तो ये उसे जानेंगे।" महाराष्ट्रीय ब्राह्मण बीच में कूद पड़ा, "वह तो भाग

खड़ा हुआ। कुलीनों के सामने वह कैसे खड़ा होगा?"

"वे कुलीन नहीं हैं?" पत्रकार ने पूछा।

"नहीं। यह आदमी बड़ी नीच जाति का है।"

"पर वह राजा है।"

महाराष्ट्रीय ब्राह्मण उत्तेजित हो उठा, "क्या होता है राजा? अंग्रेजों के जूते चाटने से कोई राजा हो जाता है। राजा तो तब होता है, जब उसका राज्य हो। उसके पास अधिकार हो। वह प्रजा का पालन करता हो।"

"तो इनके साथ वैसा नहीं है?"

"ये!" वह घृणा से बोला, "ये अंग्रेजों के दास हैं। उनके जूठे पत्तल चाटते हैं। उनकी दया पर जीते हैं, उनकी कृपा से मरते हैं। करने को कुछ है नहीं। भोगी हैं, विलासी हैं। इनमें से प्रायः तो अत्यंत नीच कोटि के दुराचारी हैं।"

"अच्छा! धन्यवाद!"

पत्रकार अपने कागज समेटने लगा और उसका साथी स्वामी और महाराष्ट्रीय ब्राह्मण के चित्र खींचने में व्यस्त हो गया।

प्रातः स्वामी ने समाचार-पत्र देखा और पहला पृष्ठ पलटते ही चौंक गए। बड़ी प्रमुखता से उनका चित्र छपा था। साथ ही समाचार भी था। उन्होंने ध्यान से वह पढ़ा। उसे रखकर दूसरा और तीसरा समाचार-पत्र भी देखा।

वे चकित थे : वह सब तो उन्होंने नहीं, उस सनकी ब्राह्मण ने कहा था। इन सत्यवादी संपादकों ने, उसे उनके नाम से छाप दिया था और कॉलम के कॉलम रँग डाले थे। उनकी प्रशंसा के पुल बाँधकर, उनके मुख से ऐसी-ऐसी कल्पित बातें कहलवा डाली थीं, जो उन्होंने कभी स्वप्न में भी नहीं सोची थीं।

वे व्याकुलता में टहलने लगे।···पत्रकार का काम सत्य का प्रसारण है, मसाला बेचना नहीं। इनका क्या विश्वास करे कोई? बेचारे राजा की ऐसी धुलाई की है कि शिकागो के संभ्रांत समाज में वे मुँह नहीं दिखा सकेंगे। अपना पत्र बेचने के लिए मेरे ही देशवासी को ऐसी चोट पहुँचाई।···बेचारे महाराजा!

35

स्वामी होटल के अपने कमरे में बैठे थे। उनके सामने मेज पर कुछ नोट और सिक्के रखे हुए थे। वे उन्हें ध्यान से देख रहे हैं।···उन्होंने निराशा में सिर हिलाया।···कपाट खटके और छबीलदास ने कमरे में प्रवेश किया। स्वामी ने पैसों को दराज में डाल दिया।

"तो क्या सोचा है स्वामी जी?" छबीलदास ने कहा, "मुझे तो यह नगर बहुत महँगा लग रहा है।"

"जानता हूँ। पैसे खर्च होते जा रहे हैं और धर्मसंसद आरंभ होने में अभी एक मास और है।"

"मैं बॉस्टन जा रहा हूँ। वह शिकागो से बहुत सस्ता स्थान है।" लल्लू भाई बोले, "मैं वहाँ से

आगे चला जाऊँगा। आप चाहें तो यह एक महीना वहीं बिता लें। कुछ पैसों की बचत तो अवश्य होगी।"

"शायद आप ठीक कह रहे हैं।" स्वामी ने कहा।

स्वामी और छबीलदास लल्लू भाई बॉस्टन जाने वाली गाड़ी के एक डिब्बे में आत्मलीन-से बैठे अपने अपने काम के विषय में सोच रहे थे। छबीलदास को अपने काम के अतिरिक्त थोड़ी-सी चिंता स्वामी की भी थी। स्वामी न अमेरिका से परिचित थे, न पैसे के संसार से। जिस प्रकार वे खर्च करते थे, या कहें कि जिस प्रकार लोग उनसे पैसे ठगकर ले जाते थे, उससे उनका धन बहुत जल्दी समाप्त हो जाएगा। तब? पर छबीलदास कहाँ-कहाँ उनकी रक्षा करेंगे?

एक हट्टा-कट्टा किंतु जाहिल-सा दिखने वाला व्यक्ति स्वामी के निकट से निकला। उसने स्वामी को विचित्र दृष्टि से देखा। वह स्वामी का उपहास-सा करता हुआ हँसा। अपने इस उपहास को छुपाने का उसने तनिक भी प्रयत्न नहीं किया। छबीलदास की आँखों में कुछ विरोध उभरा।

वह व्यक्ति बिफर गया, "घूरता क्या है बे! एक घूँसे में बत्तीसी बाहर आ जाएगी।"

उसने घूमकर अपने साथियों की ओर देखा, जैसे उनसे अपने कृत्य की प्रशंसा माँग रहा हो। दूसरा व्यक्ति भी स्वामी को देखकर दुष्टता से मुस्कराया। छबीलदास और स्वामी से कोई विरोध न पाकर वह निराश-सा आगे बढ़ गया।

पहला हटा तो दूसरा आ गया। स्वामी ने उसकी ओर देखा। वह उनकी पगड़ी पकड़कर खींचने का प्रयत्न कर रहा था। स्वामी ने अपनी पगड़ी बचाने का प्रयत्न किया।

उस व्यक्ति ने अपने गंदे दाँत दिखाए, "पूँछ है? पूँछ है तेरी?"

वह निर्लज्जता से हँसता हुआ आगे निकल गया।

कैथरीन एब्बॉट सैनबोर्न अपने घर लौटकर शायद अपनी घुमक्कड़ी की थकान से ही अस्वस्थ हो गई थी। बीमारी से उठी ही थी कि पैंतालीस शब्दों का एक तार प्राप्त हुआ। सूचना थी कि ऑब्जर्वेशन कार का उसका परिचित भारतीय संन्यासी बॉस्टन के क्विंसी हाउस में ठहरा था और उसके संदेश की प्रतीक्षा कर रहा था।

उसे स्मरण हो आया कि उसने संन्यासी को कहा था कि यदि वह स्वयं को एकाकी अनुभव करे, या उसे सहायता की आवश्यकता पड़े तो कैथरीन के घर के द्वार उसके लिए सदा खुले थे। वह उनका पूरा सत्कार करेगी। उन्हें हावर्ड के प्रोफेसरों, कॉनकॉर्ड के दार्शनिकों, न्यूयॉर्क के पूँजीपतियों, समाज की प्रतिष्ठित महिलाओं और प्रतिभाशाली लेखकों और वक्ताओं से मिलाएगी। यह मध्य अगस्त था। विश्वविद्यालय में अवकाश था। कोई महत्त्वपूर्ण व्यक्ति नगर में नहीं था। सब छुट्टियाँ मनाने गए हुए थे। तो उस विद्वान् पंडित को वह कहाँ व्यस्त रखेगी? कैथरीन सचमुच पगला गई थी। फिर भी साहस कर तार भेजा, 'आपका तार मिला। आज आ जाएँ। 4.20 की गाड़ी से।'

गाड़ी रुकी। कैथरीन ने उन्हें उतरते देखा और आशंका से काँप उठी। जाने उनका रंग, रूप और वेशभूषा स्थानीय लोगों पर क्या प्रभाव डाले। किंतु स्वामी का स्वागत स्तब्धता ने किया। लोगों के लिए वे एक अजूबा ही थे। ऑब्जर्वेशन कार में संसार-भर के लोगों के बीच वे चाहे राजसी और कुछ

पृथक्-से लग रहे थे; किंतु गूसविले के इस स्टेशन पर वे विस्मयकारी ही थे। उनका सामान इतना अधिक था कि उसे उतारने के प्रयत्न में गाड़ी अपने अगले स्टेशन पर दस मिनट विलंब से पहुँची। वे अपने साथ एक पूरा पुस्तकालय लेकर आए थे।···उन पुस्तकों का बोझ···तौबा···उनका साफा पहले से भी अधिक गुलाबी हो गया था। वे इस स्थान के एकांत और सरलता से प्रभावित हुए; किंतु अपनी शालीनता में उन्होंने कुछ कहा नहीं।

मेटकाफ ग्राम में केट का घर–ब्रीजी मेडोज–पुराना-सा भवन था। उसकी आधी छत वाइल नामक बेल से छाई हुई थी। आसपास पाइन, सिल्वर बर्चेस और एल्म के बड़े-बड़े वृक्ष थे। एक प्राकृतिक तलैया भी थी, जिसमें कुमुदनी खिली हुई थी। दो छोटी कुल्याएँ भी आसपास से निकलती थीं, जिनके किनारे फॉरगेट-मी-नॉट से अँटे पड़े थे।

स्वामी को केट को सौंप छबीलदास अपने काम से आगे की यात्रा पर चले गए थे। उन्हें अमेरिका में अनेक स्थानों पर जाना था। वे यह भी नहीं जानते थे कि वे स्वामी से अमेरिका में पुनः मिल भी पाएँगे या फिर भारत में ही भेंट करेंगे। उन्हें लंदन भी जाना था और घर वापस पहुँचकर अपना कामधाम देखने की भी जल्दी थी।

केट एक सुदक्ष गृहिणी के समान स्वामी को चाय पिला रही थी।

"यहाँ का परिदृश्य बहुत सुंदर है। कब से रह रही हैं आप यहाँ?"

"मैं मूलतः न्यू हैम्पशायर से हूँ। यहाँ यह उजड़ा-सा फार्म मुझे भा गया। मैंने इसे खरीदकर अब ब्रीजी मेडोज बना दिया है।"

"करती क्या हैं?"

"घूमती हूँ। बातें बनाती हूँ। व्याख्यान देती हूँ; और कुछ लिखती हूँ।" केट हँसी।

"क्या लिखती हैं?"

"कृषि जीवन के विषय में कुछ साधारण उपन्यास लिखे हैं। यात्रा-वृत्तांत लिखे हैं।" केट ने विषय बदला, "मेरे कुछ अच्छे विद्वान् मित्र हैं। मेरी इच्छा है कि आपको उन सबसे परिचित कराऊँ। मेरा चचेरा भाई है फ्रैंकलिन बैंजामिन सैनबोर्न। कॉनकॉर्ड में रहता है। विद्वान् व्यक्ति है। वह अमेरिका की समाजशास्त्र परिषद् का सचिव है और उसने बहुत सारे दार्शनिकों की जीवनियाँ लिखी हैं। आप उसे पसंद करेंगे।"

"मुझे आपके मित्रों से मिलकर निश्चित रूप से प्रसन्नता होगी।"

बॉस्टन में सड़क पर से बग्घी पर केट सैनबोर्न और स्वामी जा रहे थे। स्वामी शांत भाव से बैठे थे और केट कुछ उचकी-सी सड़क पर अपने परिचितों को देखकर हाथ हिला रही थी। उसकी आँखों में जैसे किसी उपलब्धि का संतोष था और अधरों पर शरारत-भरी मुस्कान। लोग स्वामी को देखकर मुस्करा ही नहीं रहे थे, मुख से विचित्र आवाजें भी निकाल रहे थे।

बग्घी हनेवेल की ओर निकल गई। पथरीली ग्रामीण सड़क पर एल्म वृक्षों से घिरे हुए पुराने घर थे, पुराने चर्च। मौन गाँव। शांत प्रसन्न खेत।

स्वामी के चेहरे पर कोई प्रसन्नता नहीं थी। उन्हें यह सब विचित्र ही नहीं, एक बोझ-सा लग

रहा था, जैसे वे बलात् अपना दमन कर किसी बाध्यता में यह सब झेल रहे थे।

बॉस्टन में एक तारघर में खड़े स्वामी तार का फॉर्म भर रहे थे।

फॉर्म भरकर उन्होंने क्लर्क की ओर बढ़ाया, "ये पैसे।"

उन्होंने एक नोट उसके सामने रख दिया। क्लर्क ने हिसाब कर अपने पैसे काट शेष वापस कर दिए।

"यह तार आज भारत पहुँच जाएगा?"

"यहाँ से आज चला जाएगा।" क्लर्क बोला, "पहुँचने के विषय में मैं कुछ नहीं जानता। पता नहीं तुम्हारे देश में तार की व्यवस्था है भी या नहीं।"

स्वामी बिना कुछ कहे तारघर से बाहर निकल आए।

वे उदास-से चलते जा रहे थे। उन्हें ठंड लग रही थी। वे अपने ठंडे होते हुए हाथों और भुजाओं को रगड़कर गर्म करने का प्रयत्न कर रहे थे। सहसा पीछे से किसी ने उन्हें धक्का दिया। उन्होंने पलटकर देखा : एक आवारा-सा व्यक्ति खड़ा था। वह बिना किसी संकोच के दाँत निकालकर हँस रहा था। तभी एक दूसरा आकर उनके पास खड़ा हो गया। स्वामी को देखा और हँसा। सहसा अपना हाथ बढ़ाकर उसने स्वामी को चिकोटी काटी।···

स्वामी समझ गए कि वे लोग उनसे झगड़ा आरंभ करने का बहाना खोज रहे हैं। स्वामी को न उनसे झगड़ा करना था, न लड़ना था। वे चुपचाप मुड़कर कुछ जल्दी-जल्दी चलने लगे। वे दोनों व्यक्ति अपने स्थान पर खड़े हँसते रहे, जैसे उनका अपमान करने का प्रयत्न कर रहे हों।

सहसा स्वामी ने पलटकर देखा, उनके पीछे आवारा लड़कों और पुरुषों की जैसे एक भीड़-सी चल रही थी। वे लोग किसी भी समय उन पर आक्रमण कर सकते थे।···स्वामी दौड़ने लगे। भीड़ भी चिल्लाती हुई उनके पीछे दौड़ पड़ी। वे और वेग से भागने लगे। वे एक-दो मोड़ मुड़कर कहीं दुबक गए। भीड़ दौड़ती हुई आगे निकल गई।

शोर थमा तो स्वामी बाहर निकले। आकाश की ओर देखा, "शिव-शिव! कैसी परीक्षा ले रहे हो प्रभु?"

36

अलासिंगा पेरुमल को स्वामी का भेजा हुआ तार मिला। वे चिंतित आँखों से अपने गुरु के तार को देख रहे थे।

पत्नी ने उनकी चिंता देखी तो बोली, "क्या है? कौन आया था?"

"अमेरिका से स्वामी जी का तार आया है। हम लोगों ने बड़ी मूर्खता की। बिना समय और वहाँ की जलवायु का पूरा पता लगाए उन्हें अमेरिका भेज दिया। वहाँ के शीत में स्वामी जी ठिठुर रहे हैं। उनके पास न वहाँ रहने के लिए पैसे हैं, न भारत लौटने के लिए।"

"तो?"

"मैं जा रहा हूँ।"

"कहाँ? अमेरिका?"

"पगली हो तुम तो। यहाँ उनके भक्तों से कहकर कुछ पैसे भिजवाने का प्रबंध करने जा रहा हूँ।"

"खेतड़ी के महाराज को क्यों नहीं लिखते?"

"उन्हें भी सूचित करूँगा, किंतु हमें भी तो कुछ करना चाहिए।"

"प्रातः के गए अभी तो तुम आए हो। छह घंटों से साइकिल चला रहे हो, अब कहाँ जाओगे?"

"मन्मथ बाबू के पास जा रहा हूँ। उन्हें तो सूचना दूँ।"

"दो। अवश्य दो। पर अपने बेटे की भी तो कुछ खबर लो।" पत्नी कुछ झल्लाई हुई बोली, "दो महीने से वह चारपाई पकड़े हुए था। अब कुछ-कुछ हिलने-डुलने लगा है, तो तुम स्वयं चारपाई पकड़ने का प्रबंध कर रहे हो।"

"कुछ नहीं होता मुझे। मैं अभी आया।"

"भगवान् न करे कि तुम्हें कुछ हो।" पत्नी ने कहा, "किंतु दो महीनों से जितनी भागदौड़ तुम कर रहे हो, उससे मुझे डर लगता है।"

"किस बात से डरती हो?"

"तुम्हारे स्वभाव से डरती हूँ।" पत्नी की आँखों में पानी भर आया, "अस्वस्थ पुत्र के लिए तो भागदौड़ करनी ही थी; किंतु तुम्हारे जीजा जी को भी क्या सूझा कि सीनेट के चुनाव के लिए खड़े हो गए। उनके लिए लोगों को सहस्रों पत्र लिखने और सैकड़ों लोगों से मिलकर प्रार्थना करने की क्या आवश्यकता थी।"

"समाज में रहकर बहुत-कुछ करना पड़ता है।" अलासिंगा ने कहा, "अब तुम अपने आपको सँभालो और मुझे जाने दो। स्वामी जी बहुत कष्ट में हैं और परदेस में हैं। कुछ हो सका तो ठीक, नहीं तो अपनी ओर से ही कुछ करूँ।"

"तुम किसी धन्ना सेठ से कम तो हो नहीं।"

मद्रास में थियोसोफिकल सोसायटी के कार्यालय में बैठे दो व्यक्ति समाचार-पत्र पढ़ रहे थे।

कर्नल आल्कॉट बाहर से आए तो उनकी बाछें खिली हुई थीं।

"लो सुनो! समाचार आया है कि उस संन्यासी सच्चिदानंद को उसके भक्तों ने सूली पर चढ़ा दिया।"

"जैसे ईसा को यहूदियों ने चढ़ाया था।"

पहला व्यक्ति भी चिहुँककर बोला, "सच? क्या हुआ?"

"कुछ पूछा, न जाना और भेज दिया उसे अमेरिका। धर्मसंसद के आरंभ होने में अभी महीना भर पड़ा है और उसके पास न भोजन के लिए पैसे हैं और न शीत ऋतु के लिए ऊनी कपड़े। ठंड में अकड़कर मर जाएगा वह शैतान तो। भगवान् हमारा भला करें।"

"आपको कैसे सूचना मिली कर्नल?"

"उसका वह शिष्य अलासिंगा गली-गली पैसे इकट्ठे करता डोलता फिर रहा है।"

"वैसे बहुत प्रसन्न होने की बात नहीं है। वह वहाँ किसी धनी महिला को पटा लेगा। तुम नहीं जानते उसे। बहुत सारे गुर हैं उसके पास।" पहले व्यक्ति ने कहा।

कर्नल आल्कॉट सहमत नहीं हुए, "अरे छोड़ो! इस समय अमेरिका की जो हालत है, जानते भी हो। मंदी चल रही है वहाँ। बैंक बंद हो रहे हैं। व्यापार घाटे में जा रहे हैं। चारों ओर बेकारी फैली हुई है। इस समय उसे कोई घास भी नहीं डालेगा।"

"कोई न डाले घास। उसका क्या है, हाथ में कटोरा लेगा और भिक्षा माँगने चल देगा।"

"भारत नहीं है वह कि कटोरा लेकर भिक्षा माँगने चल देगा।" कर्नल आल्कॉट ने कहा, "पकड़कर जेल में डाल देंगे बच्चू को।"

"सड़क पर सोएगा तो बर्फीली रात की ठंड से अकड़कर मर जाएगा और भीख माँगेगा तो जेल में सड़कर मरेगा।"

वे तीनों परमानन्द की स्थिति में जोर से हँसे।

अलासिंगा मन्मथनाथ भट्टाचार्य के घर पहुँचे।

"क्या बात है पेरुमल! कुछ घबराए हुए लगते हो।"

अलासिंगा ने स्वामी का तार मन्मथ की ओर बढ़ा दिया, "हमने अपने मूर्ख उत्साह के कारण स्वामी जी को बहुत बड़ी कठिनाई में डाल दिया है।"

मन्मथ बाबू ने तार पढ़ा, "ओह! पर हमें धर्मसंसद के आरंभ होने की ठीक-ठीक तिथि ज्ञात क्यों नहीं हुई?"

"कौन बताता?" अलासिंगा ने कहा, " 'हिंदू' के संपादक अय्यर धर्मसंसद की परामर्शदाता समिति में थे; किंतु उनको न उसमें सम्मिलित होना था, न किसी को भेजना था। उनसे ही हमने यह उड़ता-उड़ता समाचार सुना था। इससे अधिक तो वे भी नहीं जानते थे। यहाँ से किसी ने पत्र-व्यवहार तो किया ही नहीं।"

"पर भारत में किसी को तो ठीक-ठीक सूचना होगी।"

"जो कुछ मुझे अब ज्ञात हुआ है, वह इतना ही है कि धर्मसंसद के प्रबंधकों ने अपने परामर्शदाताओं के रूप में भारत से जिनको चुना, वे हैं कलकत्ता के प्रतापचंद्र मजूमदार। बंबई के बी० बी० नागरकर। ये दोनों ही ब्राह्मसमाजी हैं। स्वयं को हिंदू मानते ही नहीं। तो हमें समाचार कहाँ से मिलता।"

"यह कौन-सी बुद्धि है कि विश्व-भर के धर्मों की संसद हो और उनमें एक भी हिंदू प्रतिनिधि न हो।" मन्मथ बाबू बोले।

"वे हिंदुओं का प्रतिनिधित्व नहीं चाहते।" अलासिंगा ने कहा, "वे आर्य समाज, ब्राह्म समाज, जैन समाज, बौद्ध समाज के प्रतिनिधि को निमंत्रित करते हैं, ताकि हिंदू स्वयं को एक मान ही न सकें। छोटे-छोटे संप्रदायों में बँटकर आपस में ही लड़ मरें।"

"लगता तो कुछ ऐसा ही है।"

"वह तो हुआ सो हुआ। अब स्वामी जी को कुछ पैसे तत्काल भेजे जाने चाहिए। मैं यहाँ से प्रयत्न कर रहा हूँ। आप खेतड़ी के महाराज से संपर्क करें।"

"वह तो मैं करूँगा ही; किंतु यह हुआ कैसे?" मन्मथनाथ जैसे अपने आप से पूछ रहे थे, "उनको जो एक सौ सत्तर पौंड ड्राफ्ट के रूप में दिए थे, कहीं वे खो तो नहीं गए?"

"आप ऐसा क्यों सोच रहे हैं?"

"अरे, इतनी जल्दी उनके पैसे समाप्त नहीं हो सकते।" मन्मथ बाबू बोले, "या तो वे कहीं खो बैठे हैं, या फिर किसी ने उन्हें ठग लिया है।" मन्मथ बाबू बोले, "कुछ पैसे अजितसिंह ने भी तो दिए होंगे। कहीं ऐसा तो नहीं कि स्वामी जी वहाँ की महँगाई देखकर घबरा उठे हों।"

"जो भी हुआ है। अलासिंगा ने कहा, "हमें कुछ न कुछ तो करना ही होगा।"

"दीवान जी!"

"हुकुम!"

"आपने अपनी ओर से निस्संदेह बहुत अच्छा प्रबंध कर स्वामी जी को अमेरिका भेजा; किंतु वे तो वहाँ महान् संकट में हैं।"

"मैंने मन्मथ बाबू का पत्र देख लिया है महाराज!"

"तो यह सब क्या है? सोचना चाहिए था न कि वहाँ इतनी महँगाई है। स्वामी जी के पास न रहने का स्थान है, न भोजन की व्यवस्था और न ही ऊनी कपड़े। उन्हें तत्काल पाँच सौ रुपए भेजिए।"

जगमोहनलाल अकबका गए, "ऐसी बात है तो उन्हें कोई बड़ी राशि भेज दें।"

"आप जानते हैं, वे संन्यासी हैं। अपनी आवश्यकता से अधिक एक पैसा स्वीकार नहीं करेंगे। अभी इतने ही भेजिए, पर भेजिए तत्काल। वह कंपनी है न, थॉमस कुक एंड सन। उनके माध्यम से भेजिए। रुपए उन्हें शीघ्रातिशीघ्र मिलने चाहिए।" राजा अजितसिंह के मन पर एक भारी बोझ था।

"महाराज! मन्मथ बाबू ने बड़ा स्पष्ट लिखा है कि उनकी समझ में नहीं आ रहा है कि स्वामी जी को इतनी जल्दी पैसों की आवश्यकता क्यों पड़ गई।" मुंशी जी बोले, "इसका अर्थ है कि पैसों की यथेष्ट व्यवस्था की गई थी।"

"वह सब ठीक है।" अजितसिंह बोले, "व्यवस्था की गई होगी। किंतु मेरे लिए महत्त्वपूर्ण यह है कि इस समय स्वामी जी को पैसों की आवश्यकता है। वे कष्ट में हैं। उन्हें पैसे भेजिए।" राजा ने रुककर मुंशी जी की ओर देखा, "मन्मथ बाबू ने यह भी लिखा है कि उनको या तो ठग लिया गया है या लूट लिया गया है। स्वामी जी सांसारिक आदमी नहीं हैं। पैसे सँभाल नहीं पाए होंगे। किंतु कारणों को खोजना और उनका विश्लेषण करना महत्त्वपूर्ण है या उनका कष्ट दूर करना।"

"मैं तत्काल पैसे भिजवाने की व्यवस्था करता हूँ महाराज!"

37

महिला कारागार, बॉस्टन की अधीक्षिका श्रीमती जॉन्सन, कैथरीन एब्बॉट सैनबोर्न से मिलने आईं।

"केट! हमारा एक काम कर दो भई!"

"क्या काम है, जो मैं कर सकती हूँ और आप नहीं कर सकतीं?"

"हमारी सुधारशाला में तुम्हारा एक रोचक-सा भाषण हो जाए। बहुत दिनों से वहाँ कोई मनोरंजक कार्यक्रम नहीं हुआ। मनहूसियत छाई रहती है। तुम्हारे जैसा विनोदी वक्ता आसपास कोई और है नहीं और तुम पिछले दिनों यहाँ थीं भी नहीं।"

"जैसे कि होती तो तुम्हारी उस मनहूस जेल में चली ही आती।" केट हँसीं।

"क्या?"

"तुम जानती हो, मैं अपने विनोदी व्याख्यान ऐसे ही नहीं उँडेलती फिरती।" केट ने कहा, "मैं वह काम पैसों के लिए करती हूँ। तुम्हारी सुधारशाला क्या देगी मुझे।···और वैसे भी उस कारागार में बंदिनी उन स्त्रियों के सामने बोलकर मुझे क्या मिलना है।"

"बड़ी स्वार्थी हो।" श्रीमती जॉन्सन के मुख से अनायास ही निकला, "किसी और का भला करने के विषय में भी कभी सोच लिया करो।"

केट ने कुछ कहने को मुँह खोला ही था कि स्वयं को रोक लिया। उसकी आँखों में एक आकस्मिक चमक जागी।

"चलो, तुम्हारी उन बंदरियों के मनोरंजन का प्रबंध मैं कर देती हूँ।"

"बंदरियों?"

"अरे, बंदिनियाँ ही सही। क्या अंतर है।"

"कैसे?" श्रीमती जॉन्सन ने शब्दों पर अधिक विवाद नहीं किया। वे जानती थीं कि केट को शब्दों से खेलने का व्यसन था।

"मैं अपने साथ लाई तो हूँ एक विचित्र देश का वह विचित्र प्राणी—विवेकानन्द। उसे ले जाओ। वह केवल धर्म की बातें करता है। पैसा माँगना उसे आता ही नहीं। वह तुमसे कुछ नहीं माँगेगा।"

"मेरी वे बंदिनियाँ धर्मोपदेश सुनेंगी? और वैसे भी वह ईसाई नहीं है। उस मूर्तिपूजक हीदन का धर्मोपदेश?"

"अरे, उसे देखकर ही तुम्हारी बंदिनियों के चेहरे खिल उठेंगे। अपने सुंदर चेहरे और उस भगवे परिधान में वह संन्यासी नहीं, भारत से आया कोई महाराजा लगता है। और वह बुढ़ऊ नहीं है। युवा है एकदम। तीस वर्षों का भी नहीं होगा।"

श्रीमती जॉन्सन कुछ विचार कर बोलीं, "सच कह रही हो?"

"एकदम सच! शत-प्रतिशत सच!"

19 अगस्त, 1893 को महिला कारागार, बॉस्टन में स्वामी आए। अधीक्षिका श्रीमती जॉन्सन अपने कार्यालय में बैठी थीं। स्वामी को प्रवेश करते देख वे उठकर खड़ी हो गईं। उनका मुख विस्मय से कुछ खुल गया।

कुछ सजग होकर उन्होंने स्वागत किया, "आपकी बड़ी कृपा है स्वामी जी! हमारे निमंत्रण पर आप पधारे। किसी संन्यासी को यहाँ बुलाने का मेरा पहला ही अवसर है। किसी धार्मिक प्रयोजन से चर्च के कोई पादरी आए हों तो आए हों; किंतु व्याख्यान के लिए···"

"आप चिंता न करें, मेरा भी किसी कारागार में आने का यह पहला ही अवसर है श्रीमती जॉन्सन!"

"हम इसे कारागार नहीं, सुधारशाला कहते हैं।"

"क्या सचमुच ही उन्हें सुधारने का प्रयत्न किया जाता है?"

"आप स्वयं अपनी आँखों से देख लें। हम उन्हें दंडित नहीं करते। बाहर के दुष्ट प्रभावों से उनकी रक्षा कर, उनको सुधरने का पूरा अवसर देते हैं।"

“आश्चर्यजनक! बंदियों से इतना सहृदय व्यवहार! उनका चरित्र सुधर जाए तो वे लौटकर समाज के उपयोगी अंग बन सकते हैं।”

“इसीलिए हम चाहते हैं कि आप उनको अपने देश की परंपराओं और रीति-रिवाजों के विषय में बताएँ।” श्रीमती जॉन्सन ने कहा, “ये महिलाएँ अपराध के अतिरिक्त भी कुछ चर्चा सुनें। कुछ अच्छी बातें सीखें और अपने जीवन को सुधारें।”

स्वामी कुछ भावुक हो उठे, “मैं किसी दुखी के कुछ काम आ सकूँ तो मेरा जीवन सार्थक हो जाएगा।”

स्वामी एकांत में व्याकुल-से टहल रहे थे। उनके मन में विचारों का झंझावात चल रहा था।

“मैं अपने देश की दशा के विषय में सोचता हूँ तो मेरे प्राण व्याकुल हो उठते हैं। भारत में हम निर्धनों को, साधारण लोगों को, पतितों को क्या समझते हैं और उनके साथ कैसा व्यवहार करते हैं। उनके लिए न कोई उपाय है, न बचने की राह, न उन्नति का कोई मार्ग ही। भारत के दरिद्रों का, पतितों का, पापियों का कोई साथी नहीं है, कोई सहायक नहीं है। वे कितना भी प्रयत्न क्यों न करें, वे कुछ नहीं कर सकते। वे दिन-प्रतिदिन डूबते जा रहे हैं।

भारत में नारी संबंधी आदर्श बहुत महान् हैं; किंतु उनकी वर्तमान स्थिति अच्छी नहीं है। हम शाक्त हैं। किंतु शाक्त का अर्थ क्या है? शराब और भाँग का सेवन?”स्वामी ने आकाश की ओर देखा”“हे प्रभु! क्यों नहीं मेरे देशवासियों को समझाते कि जगत् में सर्वव्यापक महाशक्ति तुम ही हो। जो स्त्रियों को तुम्हारी शक्ति का रूप माने, वही शक्ति का पुजारी है।”सहसा वे कुछ आत्मलीन हो गए, “यहाँ लोग अपनी स्त्रियों को इसी रूप में देखते हैं। हम लोग स्त्री जाति को नीच, अधम, महा हेय और अपवित्र कहते हैं। फल हमारे सामने है—हम लोग पशु, दास, उद्यमहीन एवं दरिद्र हो गए।”शक्ति के बिना संसार का उद्धार नहीं हो सकता। भारत में शक्ति का निरादर होता है।” वे जैसे चौंक गए। मन में कुछ उजाला हुआ, “उस अनुपम शक्ति को भारत में पुनः जाग्रत करने के लिए ही क्या माँ का जन्म हुआ है?”

उन्होंने अपनी आँखें बंद कर लीं। उनके मन में एक चित्र उभरा—श्रीमाँ का एक अत्यंत भव्य चित्र। उनकी आँखों से वात्सल्य और प्रेरणा की धारा बहकर स्वामी को जैसे निमज्जित कर रही थी। “माँ! तुम्हें केंद्र बनाकर फिर से गार्गी और मैत्रेयी जैसी नारियों का जन्म संसार में होगा।” स्वामी ने पुनः अपनी आँखें बंद कर लीं।”“माँ! कल महिला कारागार देखा। बंदियों से ऐसा सहृदय व्यवहार! भारत के दरिद्रों, पतितों और पापियों का कोई साथी नहीं, कोई सहारा देने वाला नहीं, उनका निस्तार नहीं है। क्रूर समाज उन्हें जो चोट पहुँचा रहा है, उसका अनुभव वे कर रहे हैं, पर वे नहीं जानते कि चोट कौन कर रहा है। वे भूल गए हैं कि वे भी मनुष्य हैं। परिणाम है पराधीनता।”

कुछ देर स्वामी मौन रहे और पुनः बोले, “चिंतनशील लोगों ने विचार भी किया तो दुर्भाग्यवश इसका दोष हिंदू धर्म के मत्थे मढ़ा।”स्वामी ने आँखें मूँदकर अपने गुरु को स्मरण किया, “ठाकुर! वे मानते हैं कि संसार के इस सर्वश्रेष्ठ धर्म का नाश ही समाज की उन्नति का एकमात्र उपाय है। वे नहीं समझते कि दोष धर्म का नहीं है। धर्म तो सिखाता है कि संसार-भर के सभी प्राणी हमारी ही आत्मा के विविध रूप हैं। वे विचारवान होकर भी नहीं समझते कि इस हीन अवस्था का कारण है—धर्म पर आचरण नहीं करना। समाज में सहानुभूति का अभाव।”

स्वामी एक वृक्ष के पास रुक गए··· "अत्याचार और दासता एक ही सिक्के के दो पक्ष हैं।···पृथ्वी पर ऐसा कोई धर्म नहीं है, जो हिंदू धर्म के समान इतने उच्च स्वर से समानता के गौरव का उपदेश देता हो, और पृथ्वी पर ऐसा कोई समाज नहीं है, जो हिंदू समाज के समान गरीबों और नीच जाति वालों का गला ऐसी क्रूरता से घोंटता हो।"···स्वामी ने सिर उठाकर आकाश की ओर देखा–"प्रभु! तुमने मुझे दिखा दिया है कि इसमें दोष धर्म का नहीं, उनका है जो ढोंगी और दंभी हैं, जो पारमार्थिक और व्यावहारिक सिद्धांतों के रूप में अनेक प्रकार के अत्याचारों के अस्त्रों का निर्माण करते हैं। युगों के मानसिक, शारीरिक और नैतिक अत्याचार ने ईश्वर के प्रतिरूप इस मनुष्य को भारवाही पशु और भगवती की प्रतिमा स्त्री को संतान को जन्म देने वाली दासी बना दिया है···" उनकी आँखें पुनः आकाश की ओर उठ गईं, आँखों में अश्रु आ गए, कंठ अवरुद्ध हो गया··· "मुझे शक्ति दो प्रभु! कि मैं इनके लिए कुछ कर सकूँ।···"

स्वामी ब्रीजी मैडोज के भीतर आ रहे थे, द्वार पर ही केट मिल गई।

"बाहर किससे बातें कर रहे थे स्वामी!"

"अपने ईश्वर से।"

"उससे तो अच्छा था कि थोड़ी देर मेरे पास ही बैठ जाते, मैं तुम्हारी बातों का उत्तर तो देती।"

स्वामी हँसे, "वह उत्तर ही नहीं देता, कुछ प्रश्न और उन प्रश्नों का समाधान करने की सामर्थ्य भी देता है।"

केट भौचक-सी उन्हें देखती रही और फिर सँभलकर मुस्कराई, "शायद अपनी इसी चातुरी के कारण तुम यहाँ की स्त्रियों में बहुत लोकप्रिय होते जा रहे हो।" वह रुकी, "तुम्हें स्मरण है न, कल तुम्हें बॉस्टन जाना है?"

"हाँ! और वहाँ एक बड़े महिला क्लब में मुझे व्याख्यान देना है, जो रमाबाई की सहायता कर रहा है।"

"हाँ! पर मैं यह स्मरण दिला रही हूँ कि बॉस्टन में कुछ कपड़े भी खरीदने हैं। अमेरिका में अधिक दिन रहना है, तो तुम्हारे इस विचित्र परिधान से काम नहीं चलेगा। देखते नहीं हो, मार्ग में तुम्हें देखने के लिए भीड़ लग जाती है।" केट बोली, "यहाँ काले रंग का एक लंबा कोट पहनो। वह सम्मानजनक लगता है।"

"किंतु मेरा यह भगवा परिधान?···"

"व्याख्यान देने के समय के लिए, एक गेरुआ पहनावा और पगड़ी रख लो। मेरा कहा मानो। यहाँ की महिलाएँ यही चाहती हैं। यहाँ हमारी ही प्रभुता है। हमारी सहानुभूति के बिना काम नहीं चलेगा। किसी काम में सफलता नहीं मिलेगी तुम्हें।"

"और उन कपड़ों पर जो खर्च आएगा?"

"हाँ! खर्च तो आएगा।" केट ने कहा, "जाड़ों के कपड़ों का भी ऑर्डर देना है। बहुत साधारण वस्त्र लिए जाएँ, तो भी।···"

"सौ-पचास रुपयों में हो जाएगा?" स्वामी ने पूछा।

"नहीं! रुपयों में?" हिसाब करती है, "तीन-चार सौ रुपए तो लग ही जाएँगे। पर स्वामी! कुछ भले आदमी तो लगोगे। देखो, यहाँ की महिलाएँ पुरुषों के वस्त्रों पर बहुत ध्यान देती हैं और इस

विषय में बहुत हठी हैं। फिर इस देश में स्त्रियों की ही प्रभुता है। पादरी लोग इनसे खूब धन निचोड़ लेते हैं। महिलाएँ ही प्रतिवर्ष रमाबाई की ढेर सारी सहायता करती हैं। अब तुम अपने विषय में सोच लो।"

स्वामी मुस्कराए, "जैसी आपकी इच्छा श्रीमती कैथरीन सैनबोर्न!"

केट से सूचना पाकर उसके चचेरे भाई फ्रैंकलिन बैंजामिन सैनबोर्न उससे मिलने आए।

"एक सच्चा हिंदू साधक! भक्त भी है। यह व्यक्ति तो शोध के लिए बड़ा रोचक विषय है।" फ्रैंकलिन हँसे।

"रोचक नहीं, वह सरस है। सुरुचिपूर्ण भी है।" केट ने संशोधन किया।

"इस समय कहाँ है?"

"भीतर एकांत में बैठा ध्यान कर रहा है। कभी अपने ईश्वर से बातें कर रहा होता है, कभी दीवारों से।"

"देखो! मैं अब इतना छोटा बच्चा भी नहीं हूँ कि कोई बौद्ध गुह्य साधक मुझे मूर्ख बना सके।"

"पर वह बौद्ध तो नहीं है।" केट ने कहा।

"तो ब्राह्मविद्यावादी होगा—थियोसोफिस्ट।"

"नहीं! वह थियोसोफिस्ट भी नहीं है। वह हिंदू है—शुद्ध परंपरावादी सनातनी हिंदू।"

"तुम तो अपने हलके-फुलके उपन्यास और यात्रा-वृत्तांत लिखो।" फ्रैंकलिन ने कहा, "साधना और धर्म के चक्कर में मत पड़ो। मुझे स्वयं उससे बात कर अपना आकलन करने दो।"

38

24 अगस्त, 1893 को सालेम में श्रीमती केट टैनेट वूड्स के घर—166 नाथ स्ट्रीट, सालेम—में 'थांट एंड वर्क क्लब' की बैठक हो रही थी। श्रीमती केट टैनेट वूड्स उसकी अध्यक्षा थीं।

अनेक महिलाएँ उपस्थित थीं। कक्ष के एक कोने में एक मेज पर चाय, कॉफी तथा अन्य अनेक प्रकार के पेयों का प्रबंध था। सबके हाथों में किसी प्रकार का कोई गिलास अथवा प्याला था। साथ ही गरमागरम बहस चल रही थी।

"यह केट सैनबोर्न उस हिंदू संन्यासी को क्या ले आई है, अपने को बड़ी तीसमारखाँ समझने लगी है।"

"तो तुम्हें क्या कष्ट है? तुम भी किसी को ले आओ। न हो तो उस संन्यासी को ही केट से झटक लो।" दूसरी महिला ने कहा।

"बहुत सुंदर है क्या?" तीसरी ने पूछा।

"काला है और मूर्तिपूजक है।" पहली महिला ने वितृष्णा से कहा।

"सुंदर तो है न?" तीसरी महिला ने पुनः बल देकर पूछा।

"बकवास बंद करो।" पहली महिला रुष्ट हो गई, "बात को समझने का प्रयत्न करो। हमारा क्लब इतना प्रतिष्ठित हो चुका कि केट को इससे ईर्ष्या होने लगी है। हमें नीचा दिखाने के लिए वह इस हिंदू संन्यासी को कहीं से पकड़कर लाई है।"

श्रीमती वूड्स ने कुछ उच्च स्वर में कहा, "जरा शांत हो जाइए और कुछ गंभीर भी। मैं केट सैनबोर्न के घर उस संन्यासी से मिल चुकी हूँ। वह चाहे उसका प्रदर्शन कर रही हो या शेखी बघार रही हो। मैंने यह बैठक इसलिए बुलाई है, क्योंकि मुझे लगता है कि हमें उसका एक भाषण अपने क्लब में रखना चाहिए। एक दूर और विचित्र देश से आया व्यक्ति हमें कुछ न कुछ नया अवश्य बताएगा। मेरा विश्वास कीजिए, वह व्यक्ति विद्वान् है।"

"हाँ, व्याख्यान हो! ठीक तो है।" तीसरी महिला ने कहा, "लाया कोई भी हो। वह कोई हीरों का नेकलेस तो है नहीं कि जो लाया है, उसी के गले में पड़ा रहे। हम भी उसे अपने क्लब में बुला सकते हैं। हमारी सदस्याएँ भी अपनी आँखें सेंक लें। केट हमें रोक नहीं सकती। सुना है, भगवे में वह बड़ा भव्य लगता है।"

श्रीमती वूड्स पुनः बोलीं, "मेरी बात सुनिए। मैं आपकी ठंडी होती हुई आँखें सेंकने के लिए उसे यहाँ बुलाना नहीं चाहती।···मैं उसे धर्मचर्चा के लिए बुलाना चाहती हूँ।"

"पागल हो तुम। वह हीदन है, मूर्तिपूजक। उसी धर्म का है, जिसने बाल विधवाओं की दुर्गति कर रखी है, जिसमें स्त्रियों का कोई सम्मान नहीं है। पंडिता रामबाई ने क्या बताया था हमें?" पहली महिला ने कहा।

तीसरी महिला तमककर कुछ कहने को हुई कि दूसरी महिला ने उसे रोक दिया, "तो इसमें परेशानी की क्या बात है। भारत में महिलाओं की दशा पर ही उसका भाषण करवा लेते हैं। अपने आप ही घिर जाएगा। जितनी पिटाई चाहो, कर लेना।"

"और जितनी चाहो, आँखें सेंक लेना।" तीसरी महिला ने कहा।

"फिर वही।" पहली महिला तड़पकर बोली।

"तो इतना चिढ़ती क्यों है, कटखन्नी!" तीसरी महिला ने जैसे चुनौती दी, "मैं तो स्वामी को दस जगह बुलाऊँगी। वह कौन-सा उसके लिए पैसे माँगता है।"

श्रीमती वूड्स बोलीं, "आपको सूचना दे दूँ कि मैंने उस संन्यासी को अपने घर अतिथि के रूप में रहने का निमंत्रण दिया है। वह सहमत हो गया है। वह 28 अगस्त को सालेम आएगा। आप लोगों की सहमति हो तो उसी दिन संध्या समय उसका भाषण रख लें।"

तीसरी महिला ने चिढ़ाती हुई वक्र आँखों से पहली महिला को देखा, "रख लो! रख लो! जो चिढ़ते हैं, उनको चिढ़ने दो।"

अब तक चुप रहने वाली चौथी महिला ने भी अपना परामर्श दे डाला, "मुहल्ले के बच्चों के लिए भी उसका एक भाषण करवा देना। उनका ज्ञानवर्धन ही होगा। हाँ! वह कौन-सा पैसे माँगता है।"

39

स्वामी और फ्रैंकलिन बेंजामिन सैनबोर्न बाहर से आए थे।

केट ने कपाट खोलते ही पूछा, "अरे, कहाँ चले गए थे तुम लोग? प्रोफेसर तुमसे मिलने बॉस्टन गए और तुम लोग मिले ही नहीं।"

"कौन प्रोफेसर?" स्वामी ने पूछा।

"वे हमारे, मेरा तात्पर्य है, वे फ्रैंकलिन के मित्र हैं।"

"जिनसे मिलने हम बॉस्टन गए थे—प्रो० हेनरी जॉन राइट। मैंने बताया न कि वे भाषाविज्ञान, पुरातत्त्व और यूनानी इतिहास के विद्वान् हैं।...पर तुम्हें कैसे मालूम हुआ केट! कि उनसे हमारी भेंट नहीं हो सकी?"

"उनका संदेश आया है कि उन्हें बड़ा खेद है कि वे स्वामी से नहीं मिल सके।" केट ने कहा।

"भगवान् की इच्छा।" स्वामी ने कहा, "अच्छा! मैं कुछ देर एकांत में रहूँगा।"

स्वामी अपने कमरे में चले गए।

"यह अच्छा नहीं हुआ।" फ्रैंकलिन ने कहा, "मैं चाहता था कि स्वामी को एक बार प्रो० राइट से अवश्य मिलवा दूँ।"

"तो अभी क्या बिगड़ा है।" केट ने उत्तर दिया, "वे अपने परिवार के साथ एनिक्वास्म में छुट्टियाँ बिताने आए हुए हैं। स्वामी को वहाँ आने और सप्ताहांत बिताने का निमंत्रण दे गए हैं। वहीं चले जाओ। दूर ही कितना है।"

"केट! आज फिर मेरी स्वामी से चर्चा हुई है—विभिन्न विषयों पर। तुम व्यर्थ ही रमाबाई सर्किल, सुधारशाला और बालबाड़ियों में उसके भाषण करवा रही हो। यह उस व्यक्ति और उसके ज्ञान का अपव्यय है, अवमूल्यन भी और शोषण भी। वह इन सबसे कहीं बड़ा विद्वान् है।"

"अरे! तो मैं कोई बलात् धकेल देती हूँ। वह स्वयं ही तो उन लोगों के निमंत्रण स्वीकार कर रहा है। मना क्यों नहीं कर देता। और वैसे भी घर में व्यर्थ आँखें बंद कर बैठे रहने से तो कहीं अच्छा है कि बाहर निकलकर चार लोगों से मिल लेता है। और कुछ नहीं तो इसी बहाने उसका हमारे समाज से परिचय तो हो जाएगा।"

जब से फ्रैंकलिन बैंजामिन सैनबोर्न ने स्वामी की चर्चा की थी, प्रो० राइट एक प्रकार के द्वंद्व में थे : क्या सचमुच ही भारत से आया यह अज्ञात संन्यासी इतना ही विद्वान् है, जितना फ्रैंकलिन कहता है? होता तो अब तक एकदम अविख्यात कैसे होता? सुधारशालाओं और बालबाड़ियों में क्यों व्यर्थ भाषण करता फिरता?...कहीं ऐसा तो नहीं कि कैथरीन ने उसके सामने संन्यासी की प्रशंसा कर दी हो और फ्रैंकलिन ने उसका अक्षरशः विश्वास कर लिया हो? कैथरीन एकदम साधारण बुद्धि की लेखिका है। थोड़ी चपल भी है। उसकी कसौटी को बिना परखे, प्रो० राइट अपने लिए सत्य मानने को तैयार नहीं थे। वह उन्हें बेहद प्रदर्शनप्रिय लगती थी—शेखी की सीमा तक। वह यदि कहीं से इस भगवाधारी को पकड़ लाई है तो वह चाहेगी कि सारे संसार में उसका ढिंढोरा पीटे। आवश्यक नहीं कि वह इस संन्यासी की विद्वत्ता से प्रभावित हुई हो। उसके लिए तो यह अधिक महत्त्वपूर्ण है कि वह सारे अमेरिका को बता दे कि उसके पास संन्यासी नाम की एक वस्तु है, क्या किसी और के पास भी है? इन महिलाओं का क्या है—अपने क्लब में प्रदर्शित करने के लिए उनके पास नए और विचित्र वस्त्र होने चाहिए, आभूषण होने चाहिए।...इनमें अधिग्रहण की वासना इतनी अधिक होती है कि किसी भी नई वस्तु को प्राप्त करने के लिए मचल उठती हैं और उसका कोई भी मूल्य चुकाने को तैयार हो जाती हैं।

...किंतु फ्रैंकलिन की वे इतनी सरलता से उपेक्षा नहीं कर सकते। वह विद्वान् व्यक्ति है और उसमें दार्शनिक प्रवृत्ति भी है। उसमें उन्हें ब्राह्मविद्या और सांसारिक घटनाओं के प्रति आकर्षण का

विचित्र मिश्रण मिलता है। शायद इसीलिए वह कुछ दार्शनिकों की जीवनियाँ लिखने की ओर प्रवृत्त हुआ है। कुछ लोग कर्म करने के लिए जन्म लेते हैं और कुछ लोग उनका गुणगान करने के लिए। प्लुटार्क सम्राट् नहीं बन सका तो सम्राटों की जीवनियाँ लिखने लगा। फ्रैंकलिन बैंजामिन सैनबोर्न भी इन दार्शनिकों के लिए एक प्लुटार्क सिद्ध हो सकता है।

अंततः उन्होंने स्वामी से स्वयं मिलकर उनको जानने का निश्चय किया था। इसीलिए वे बॉस्टन तक गए भी थे। तय यह हुआ था कि स्वामी को लेकर फ्रैंकलिन बॉस्टन आ जाएगा और वहीं उन लोगों की पहली भेंट हो जाएगी। उसके पश्चात् वे आवश्यक समझेंगे तो स्वामी से मिलेंगे अन्यथा वही उनकी अंतिम भेंट होगी।...किंतु संयोग ही था कि बॉस्टन की भूलभुलैयों में वे एक-दूसरे से मिल नहीं पाए। प्रो० राइट वहाँ और ठहर नहीं सकते थे। उनका परिवार एनिक्वास्म में उनकी प्रतीक्षा कर रहा था।...वे रात तक अपने परिवार के पास नहीं लौटे तो मेरी को शिकायत हो सकती थी कि उनके काम परिवार की छुट्टियाँ मनाने के मार्ग में भी बाधा बन जाते हैं।...वे भी क्या करें? प्रायः ही उनकी छुट्टियाँ किसी प्रकार की संगोष्ठी में बदल जाती हैं। वस्तुतः उनका अपना मन ही नहीं मानता कि वे अपनी छुट्टियाँ सागरतट पर धूप में बैठकर अपनी त्वचा को सँवलाने में गँवा दें।...यह जीवन इसके लिए तो नहीं मिला। जीवन में उनका एकमात्र श्रेय ज्ञान है। वे ज्ञान के लिए कहीं भी जा सकते हैं, कोई भी सुख छोड़ सकते हैं, कितना भी समय दे सकते हैं। इसी लोभ में वे स्वामी से मिलने भी गए थे।

अंततः उन्होंने मध्यम मार्ग निकाला था। उन्होंने मेटकाफ संदेश भिजवा दिया था। स्वामी एनिक्वास्म आने और उनके परिवार के साथ सप्ताहांत बिताने के लिए आमंत्रित थे। प्रो० राइट अपने परिवार के साथ छुट्टियाँ भी बिता लेंगे और स्वामी के विषय में अपना आकलन भी कर लेंगे।

बॉस्टन से तीस मील दूर उत्तर-पूर्व में एटलांटिक सागर के तट पर, एनिक्वास्म ग्राम के बाहर, एक आकर्षक स्थल पर प्रो० जॉन हेनरी राइट स्वामी विवेकानन्द के साथ टहलते हुए जा रहे थे। वे अपने परिवेश से सर्वथा असावधान और स्वामी की वाणी से पूर्णतः ग्रस्त थे।

स्वामी अपनी गंभीर संगीतमयी वाणी के सहारे जैसे अपना कहा हुआ एक-एक शब्द उनकी चेतना में उतारते जा रहे थे।

"सीखना मेरा धर्म है। मैं अपनी धर्म-पुस्तक को, आपकी धर्म-पुस्तक के प्रकाश में अधिक अच्छी तरह पढ़ता हूँ। और जब मैं आपके धर्म प्रवक्ताओं से अपने ऋषियों की प्रकाशहीन भविष्यवाणियों से तुलना करता हूँ, तो उनमें भी प्रकाश आ जाता है। सत्य सदैव विश्वव्यापी होता है। यदि केवल मेरे ही हाथ में छह अंगुलियाँ हों और आप सबके हाथों में पाँच, तो आप यह कभी नहीं मानेंगे कि मेरा हाथ वास्तव में प्रकृति की सच्ची कृति है, अपितु आप उसे असामान्य और रोगग्रस्त ही मानेंगे। ठीक यही बात धर्म के विषय में भी है। यदि केवल एक ही धर्म सच्चा हो और शेष सभी असत्य, तो आपको यह कहने का अधिकार होगा कि वह धर्म रोगग्रस्त है। यदि एक धर्म सत्य है, तो अन्य सब भी सत्य होने चाहिए। इस प्रकार हिंदू धर्म उतना ही आपका भी है, जितना कि मेरा।"

"ठीक है।" प्रो० राइट ने स्वामी को आगे नहीं बढ़ने दिया, "किंतु हिंदू धर्म इतना बिखरा हुआ है कि यह निर्णय करना कठिन हो जाता है कि वस्तुतः हिंदू धर्म है क्या?"

"हिंदू धर्म वेदों पर आधृत है।" स्वामी ने एक भी क्षण के व्यवधान के बिना उत्तर दिया, "वेद का अर्थ है जानना। यह विद् धातु से बना है। वेद एक ऐसी ग्रंथमाला है, जिसमें हमारे विचार से सभी धर्मों का सारतत्त्व निहित है, पर हम ऐसा नहीं मानते कि सत्य केवल उनमें ही है। ये ग्रंथ हमें आत्मा के अमरत्व की शिक्षा देते हैं। प्रत्येक देश के प्रत्येक मानव-हृदय में एक दृढ़ संतुलन खोज निकालने की नैसर्गिक इच्छा है—कुछ ऐसा खोजने की आकांक्षा, जो कभी परिवर्तित न होता हो। हम ऐसी वस्तु प्रकृति में नहीं पा सकते; क्योंकि यह समस्त विश्व अनंत परिवर्तनों का एक समूह मात्र ही तो है; किंतु इससे यह निष्कर्ष निकालना कि अपरिवर्तनशील कुछ है ही नहीं, दाक्षिणात्य बौद्धों और चार्वाकवादियों की ही भूल से ग्रस्त होना है। चार्वाक के अनुयायी विश्वास करते हैं कि जड़ पदार्थ ही सब कुछ है और मनस्तत्त्व कुछ भी नहीं। अतः धर्म मात्र धोखा है। नैतिकता तथा सज्जनता बेकार के अंधविश्वास हैं। वेदांत हमें सिखाता है कि मनुष्य मात्र अपनी पाँच इंद्रियों से बँधा नहीं है। इंद्रियाँ केवल वर्तमान को जानती हैं, भूत तथा भविष्य को नहीं; किंतु वर्तमान में भूत और भविष्य भी निहित होते हैं तथा तीनों ही समय के विभाजन मात्र हैं। यदि कोई ऐसी वस्तु न होती, जो इंद्रियों से परे है, जो समय से स्वतंत्र है...तथा जो भूत और भविष्य को मिलाकर वर्तमान में एकीभूत कर देती है, तो वर्तमान भी अज्ञात ही होता।"

"पर स्वतंत्र है क्या?" प्रो० राइट ने अपने गंभीर स्वर में कुछ इस प्रकार पूछा, जैसे इस स्वतंत्रता का ही निषेध कर रहे हों।

"हमारा शरीर नहीं।" स्वामी ने तत्काल उत्तर दिया, "क्योंकि वह बाह्य स्थितियों पर निर्भर है; और न हमारा मन ही; क्योंकि जिन विचारों से वह बना है, वे कारणजन्य होते हैं। स्वतंत्र हमारी आत्मा है। वेद कहते हैं कि समस्त संसार स्वतंत्रता और परतंत्रता का, मुक्ति और बंधन का मिश्रण है, किंतु इन सबके माध्यम से स्वतंत्र, अमर, शुद्ध, पूर्ण और पवित्र आत्मा देदीप्यमान है। क्योंकि यदि वह स्वतंत्र है, तो नष्ट नहीं हो सकती। मृत्यु तो एक परिवर्तन मात्र ही है और कुछ स्थितियों पर निर्भर करती है। यदि आत्मा स्वतंत्र है तो वह पूर्ण अवश्य होगी, क्योंकि अपूर्णता भी तो एक स्थिति मात्र है और इसीलिए वह परतंत्र है। यह अमर और पूर्ण आत्मा सर्वोच्च ईश्वर से लेकर क्षुद्रातिक्षुद्र मानव में एक ही होनी चाहिए। उन दोनों के बीच का अंतर, केवल आत्मा की अभिव्यक्ति के परिमाण का अंतर होगा।..."

प्रो० राइट ने जैसे स्वामी को टोकने के लिए मुँह खोला, किंतु फिर कुछ सोचकर चुप ही रह गए।

"किंतु आत्मा शरीर धारण क्यों करती है?" स्वामी के स्वर में जैसे उनकी जिज्ञासु आत्मा का चीत्कार था। वे अपने ही प्रश्न का साक्षात् उत्तर बन गए, "जिस कारण से मैं अपने आपको देखने के लिए दर्पण का उपयोग करता हूँ, जिस प्रकार मैं दर्पण में प्रतिबिंब होता हूँ, उसी प्रकार शरीर में आत्मा प्रतिबिंब होती है। आत्मा ईश्वर है। प्रत्येक मनुष्य अपने भीतर पूर्ण देवत्व धारण करता है। कोई शीघ्र तथा कोई विलंब से अपने उस देवत्व को प्रदर्शित करता है। यदि मैं एक अँधेरे कमरे में हूँ, तो मेरे लाख चाहने पर भी वहाँ तनिक भी प्रकाश नहीं होगा। प्रकाश करने के लिए मुझे दियासलाई जलानी ही पड़ेगी। ठीक उसी प्रकार हम कितना ही रोएँ, कलपें, उससे हमारा अपूर्ण शरीर, तनिक भी अधिक पूर्ण नहीं हो सकता। किंतु वेदांत शिक्षा देता है कि अपनी आत्मा का आह्वान करो और अपना देवत्व प्रदर्शित करो। अपने बच्चों को सिखाओ कि वे दिव्य हैं और धर्म सकारात्मक वस्तु

है, नकारात्मक प्रलाप मात्र नहीं। वह दलितों के आर्तनाद का विषय नहीं है, वरन् है हमारा प्रसार और हमारी अभिव्यक्ति।"

"ठीक है।" प्रो० राइट बोले, "किंतु आज का मनुष्य प्रत्येक वस्तु को अपनी उपयोगिता की कसौटी पर कसना चाहता है। अमेरिका में आपसे प्रत्येक व्यक्ति पूछेगा कि आपके इन सिद्धांतों अथवा निष्कर्षों का व्यावहारिक पक्ष क्या है?"

स्वामी ने चौंककर प्रो० राइट को इस प्रकार देखा, जैसे पूछना चाहते हों कि क्या तुम लोग इतनी-सी बात भी नहीं समझते? किंतु उनके शब्द, प्रत्यक्ष रूप से प्रो० राइट के प्रश्न का उत्तर थे, "प्रत्येक धर्म यह मानता है कि मनुष्य का वर्तमान तथा भविष्य, उसके अतीत से प्रभावित होता है। वर्तमान तो अतीत का परिणाम मात्र है। तब इसकी व्याख्या क्या हो सकती है कि प्रत्येक बालक ऐसे अनुभव लेकर जन्मता है, जिन्हें केवल आनुवंशिक संक्रमण का फल नहीं कहा जा सकता। यह कैसे होता है कि कोई अच्छे माता-पिता से उत्पन्न होता है, अच्छी शिक्षा प्राप्त करता है और अच्छा मनुष्य बन जाता है, जबकि दूसरा व्यक्ति मंद और निर्बुद्ध माता-पिता से उत्पन्न होकर फाँसी के तख्ते पर अपना अंत प्राप्त करता है। बिना ईश्वर पर दोषारोपण किए आप इस असमानता का कारण कैसे स्पष्ट कर सकते हैं? एक दयालु पिता अपनी संतान को ऐसी स्थितियों में क्यों डाले, जिनसे दुर्गति का आना अवश्यंभावी है। यह कहने से काम नहीं चल सकता कि ईश्वर आगे उसमें सुधार करेगा। ईश्वर के पास दंड देने के लिए साक्षि—धन तो है नहीं, फिर यदि वह मेरा प्रथम जन्म है, तो मेरी स्वाधीनता कहाँ जाएगी? बिना पूर्वजन्म के अनुभव के इस संसार में आने पर तो मेरी स्वाधीनता का अंत हो ही जाएगा, क्योंकि मेरा मार्ग-निर्धारण तो दूसरों के अनुभवों के आधार पर होगा। यदि मैं स्वयं अपना भाग्यनिर्माता नहीं हूँ तो मैं स्वतंत्र नहीं हूँ। अपने इस अस्तित्व की दुर्गति के दायित्व को मैं स्वीकार कर लेता हूँ और कहता हूँ कि पूर्वजन्म में मैंने बुरा किया है, उसका मैं प्रतिकार करूँगा। यह हमारी आत्मा के पुनर्जन्म का दर्शन है। हम इस जीवन में पिछले जीवन का अनुभव लेकर आते हैं और इस जीवन का सौभाग्य और दुर्भाग्य हमारे कर्मों का फल होता है। इस प्रकार हम सदैव श्रेष्ठ से श्रेष्ठतर होते जाते हैं। अंततः हमें पूर्णता की प्राप्ति होती है।"

"आपकी बात मैं समझ रहा हूँ स्वामी!" प्रो० राइट ने पुनः अपनी शंका प्रकट करने की इच्छा से स्वामी को टोका, "किंतु हिंदू धर्म का कोई एक विशिष्ट रूप तो इससे प्रकट नहीं होता। हिंदू धर्म के अंतर्गत ईश्वर के इतने रूप हैं और उपासना की इतनी पद्धतियाँ हैं, क्या उन सबके मूल में कोई एक सिद्धांत स्वीकार किया जा सकता है?"

"हम विश्व के एक पिता असीम और सर्वशक्तिमान ईश्वर में विश्वास करते हैं।" स्वामी ने उत्तर दिया, "किंतु यदि हमारी आत्मा अंततः पूर्ण हो जाती है, तो वह भी असीम हो जाएगी। पर दो निरपेक्ष असीम सत्ताओं के अस्तित्व के लिए स्थान नहीं है। इसलिए हम एक सगुण ईश्वर में विश्वास करते हैं, और हम स्वयं ही तो वह हैं। ये तीनों वे स्थितियाँ हैं, जिन्हें प्रत्येक धर्म ने प्राप्त किया है। पहले हम ईश्वर को बहुत दूर देखते हैं, फिर हम उसके निकट आ जाते हैं और उसे सर्वव्यापकता देते हैं। इस प्रकार हम उसमें निवास करने लगते हैं तथा अंत में हमें ज्ञान होता है कि हम स्वयं वही हैं। एक बाह्य ईश्वर की धारणा असत्य नहीं है, वस्तुतः ईश्वर संबंधी हर धारणा और इसीलिए हर धर्म सत्य है, वेदों की पूर्णता की धारणा की लक्ष्य-प्राप्ति की यात्रा में, ये तो भिन्न-भिन्न स्तर अथवा सोपान मात्र हैं। इसीलिए न केवल हम सहन ही करते हैं, अपितु हम हिंदू लोग हर धर्म

को स्वीकार करते हैं। मुसलमानों की मसजिदों में नमाज पढ़ते हैं, पारसियों के मंदिर में अग्नि के सम्मुख उपासना करते हैं; और ईसाइयों के क्रूस के सम्मुख घुटने टेकते हैं—यह मानते हुए कि निम्नतम जड़ पूजा से लेकर, उच्चतम अद्वैतवाद तक मानवात्मा द्वारा असीम को प्राप्त और प्रत्यक्षीकृत करने के ये अनेक प्रयत्न हैं, जो अपने जन्म और वातावरण के संयोग से निर्धारित होते हैं तथा जिनमें से प्रत्येक प्रगति की एक अवस्था प्रकट करता है। हम इन सब पुष्पों को एकत्र करके उन्हें प्रेम के सूत्र में बाँधते हैं; और इस प्रकार उपासना का एक आश्चर्यजनक पुष्प-गुच्छ निर्मित करते हैं।" स्वामी ने अपनी दृष्टि को प्रो० राइट के चेहरे पर टिकाया, "यदि मैं ईश्वर हूँ तो मेरी आत्मा सर्वोच्च सत्ता का मंदिर है और मेरी प्रत्येक क्रिया उपासना का एक अंग होनी चाहिए। भक्ति केवल भक्ति के लिए, कर्तव्यपालन केवल कर्तव्य के लिए—पुरस्कार की आशा अथवा दंड के भय के बिना—होना चाहिए। इस प्रकार मेरे धर्म का अर्थ है प्रसार; और प्रसार का उच्चतम भाव में अर्थ होता है—साक्षात्कार और प्रत्यक्षीकरण। शब्दों की केवल अस्पष्ट गुनगुनाहट, सिर झुकाना या घुटनों के बल बैठना मात्र नहीं। मनुष्य को ईश्वर होना है; इसीलिए वह एक अनंत यात्रा में दिनोंदिन अधिक से अधिक देवत्व को प्राप्त करता जाता है।"

प्रो० राइट को लगा, अब उनका मन विद्रोही मुद्रा में नहीं है। वह स्वामी के तर्कों को काटने के लिए किसी भी प्रकार के कुतर्क खोजने का क्लांतिहीन प्रयास नहीं कर रहा है और यह अनुभव कर रहा है कि वह आज तक इस सत्य को नहीं जानता था।

वे लोग इस समय तक प्रो० राइट के कॉटेज और श्रीमती लेन के बोर्डिंग हाउस के मध्य का लॉन पार कर रहे थे। अपने-अपने विचारों में लीन वे इस तथ्य के प्रति सजग नहीं थे कि आसपास के सारे लोगों की आँखें न केवल उनकी ओर उठती जा रही थीं, वरन् उन पर टिकती जा रही थीं।

श्रीमती राइट ने अपने कॉटेज में से देखा : प्रो० राइट के साथ आने वाला व्यक्ति अभी युवा ही था। उसने एक लंबा भगवा कोट पहन रखा था। कोट! हाँ, कोट ही तो था; किंतु उसमें कुछ तो ऐसा था, जो उसे राजसी रूप प्रदान करता था। कोट घुटनों के नीचे तक पहुँचता था और कमर पर से लाली लिए, नारंगी रंग के कमरबंद से बँधा हुआ था। युवक की चाल डगमगाती हुई, किंतु रौबदार और महिमामयी थी। उसकी सीधी तनी हुई ग्रीवा और अनढँके सिर में कुछ ऐसा था कि राह चलने वाला प्रत्येक व्यक्ति रुककर, एक बार उसे अवश्य देखता था। युवक झूमता-झामता धीरे-धीरे ऐसे चल रहा था, जैसे उसने चलने में कभी शीघ्रता बरती ही न हो।…उसके कमरबंद के अंत में बँधा फुँदना कुछ इस गरिमा के साथ झूल रहा था कि देखने वाला यह भूल ही जाता था कि अपनी इस अवस्था में वह अपेक्षा से अधिक स्थूल था।

उन्होंने जब कॉटेज में प्रवेश किया तो श्रीमती राइट का ध्यान इस ओर गए बिना नहीं रहा कि उस अपरिचित और अद्भुत व्यक्ति को देखने के लिए न केवल उनके तीनों बच्चे बैठक में आ गए थे, वरन् आसपास के भी अनेक लोग कॉटेज के चारों ओर मँडरा रहे थे। उन्हें तनिक-सा भी प्रोत्साहित किया जाता तो वे लोग भीतर आकर उस व्यक्ति का परिचय ही नहीं जानना चाहते, उससे बातें करने का भी प्रयत्न करते।

प्रो० राइट ने स्वामी से बैठने का आग्रह किया। स्वामी ने नम्रतापूर्वक सिर झुकाया और कुर्सी पर बैठ गए। बैठकर उन्होंने अपने लहराते चोले सदृश कोट से अपनी टाँगों को अच्छी तरह ढँक

लिया, जैसे कोई महिला अथवा पुरोहित ही ढँक सकते हैं।

श्रीमती राइट ने देखा : उस युवक की काली, असाधारण और सुंदर आँखों में से एक अपरिचित संस्कृति झाँक रही थी।...विरोधी होने पर कदाचित् वह विकर्षक भी हो सकती थी। युवक कुछ साँवला था, जिसे अमेरिका में हलके रंग का वर्णसंकर भी माना जा सकता है। उसके भरे हुए अधर काकेशियन जाति के लोहित आभा वाले अधर थे, जिन पर बैंगनी रंग की हलकी-सी परछाई थी। उसके दाँत नियमित और व्यवस्थित थे—झक सफेद। कभी-कभी वे क्रूर भी लग सकते थे। उसकी आँखें सवाक् और सुंदर थीं और माथा गौरवमय ढंग से उठा हुआ था। उसकी अवस्था कम लगती थी—अपने वास्तविक वय से भी कम।

प्रो० राइट ने उनका अपनी पत्नी और बच्चों से परिचय कराया, "ये स्वामी विवेकानन्द हैं। किसी विश्वविद्यालय में प्रोफेसर नहीं हैं; किंतु बीहड़ विद्वान् हैं। इतना जानते हैं, जितना कि कोई जान सकता है।"

प्रो० राइट चुप हो गए। वे अपनी ओर से स्वामी का परिचय करा चुके थे। इससे पहले कि श्रीमती राइट हाथ मिलाने के लिए आगे बढ़तीं, स्वामी ने अपना दाहिना हाथ उठाकर उन्हें आशीर्वाद दिया।

श्रीमती राइट ने अपने अनुमान से ही जाना कि स्वामी का अभिवादन करने का यह भारतीय ढंग होगा।

"तुम समझ गई होंगी मेरी! कि ये वे ही हिंदू संन्यासी हैं, जिनकी मैं प्रतीक्षा कर रहा था।"

"यह तो मैं समझ ही गई थी कि आप किसी की प्रतीक्षा कर रहे हैं।" श्रीमती राइट हँसीं, "वैसी प्रतीक्षा, जैसी किसी महत्त्वपूर्ण ग्रंथ को पढ़ते हुए उसके निष्कर्षों की करते हैं, या किसी विशिष्ट उत्खनन में रुचि लेते हुए उसके परिणामों की करते हैं।"

"दोनों उपमाएँ बहुत सुंदर हैं।" स्वामी ने कहा।

"अच्छा स्वामी जी! क्या लेंगे आप?" श्रीमती राइट ने पूछा, "चाय, कॉफी या कुछ ठंडा? वैसे थोड़ी-सी वर्षा के कारण इतनी उमस हो गई है कि ठंडा पेय ही अच्छा लगेगा।"

"जी नहीं। धन्यवाद! अभी कुछ नहीं। रात के भोजन से पहले कुछ नहीं।" स्वामी पूर्णतः संतुष्ट लग रहे थे।

"पर कुछ तो...।" श्रीमती राइट ने किसी दक्ष गृहिणी के समान आग्रह किया, "सुना है, भारत में अतिथि को देवता माना जाता है।"

"हाँ! और देवता का सत्कार किया जाता है।" स्वामी बोले, "आपको भी सत्कार का पर्याप्त अवसर मिलेगा; किंतु इस समय कुछ नहीं।"

"मैं कारण जान सकती हूँ?"

"गृहस्थ और संन्यासी में कुछ अंतर तो आपको करना ही पड़ेगा। भोजन संबंधी नियमों का भी।"

"आप संन्यासी हैं, अर्थात् धर्म-प्रचारक?" प्रो० राइट ने कहा।

"नहीं! मैं धर्म-प्रचारक नहीं हूँ।" स्वामी का स्वर स्पष्ट रूप से दृढ़ हो गया, "और उस अर्थ में तो एकदम ही नहीं हूँ, जिस अर्थ में ईसाई पादरी धर्म-प्रचारक होते हैं।"

"मैं समझी नहीं।" मेरी ने कहा, "धर्म-प्रचारकों में भी कोई अंतर हो सकता है क्या?"

"हाँ! बहुत अंतर है। वस्तुतः ईसाई पादरी धर्म-प्रचारक कम, धर्मांतरण प्रचारक अधिक होता है। हिंदू किसी के धर्म-परिवर्तन में रुचि नहीं रखता, क्योंकि वह मानता है कि कोई भी उपासना पद्धति आपको ईश्वर तक ले जा सकती है। अतः ईश्वर-प्राप्ति और अपने मोक्ष के लिए किसी को भी अपनी उपासना पद्धति के परिवर्तन की आवश्यकता नहीं है। आवश्यकता है, अपने पथ पर पूरी निष्ठा और सच्चाई से चलने की।"

मेरी स्तब्ध रह गई, "क्या आप यह भी नहीं मानते कि आपका धर्म ही संसार का एकमात्र सच्चा धर्म है?"

स्वामी हँस पड़े, "नहीं! हम न ऐसा मानते हैं, न ऐसा कहते हैं। हम मानते हैं कि सत्य एक ही है, जिसे विद्वान् लोग विभिन्न शब्दों में प्रकट करते हैं। हम धर्मांधता और कट्टरता को धर्म नहीं, संप्रदाय मानते हैं और सांप्रदायिकता मानवता के लिए एक संकट है।"

तभी श्रीमती मेरिल्ल ने कॉटेज में प्रवेश किया, "हम भी आपके अतिथि से कुछ चर्चा करना चाहते हैं।" उनका स्वर पर्याप्त उत्तेजित था।

"आओ! आओ! स्वामी हमारे ही नहीं, सारे एनिक्वास्म के अतिथि हैं।" मेरी ने उदारतापूर्वक कहा।

प्रो० राइट ने देखा : श्रीमती मेरिल्ल की आँखों में आतुरता थी और उनके कपोल उत्तेजना से लाल हो रहे थे। उनके आगे-पीछे भी कुछ महिलाएँ भीतर चली आई थीं। कुछ पुरुष भी खिड़कियों से झाँक रहे थे।

यहाँ कोई गंभीर चर्चा नहीं हो सकती—प्रो० राइट ने सोचा—किंतु वे उन लोगों को अपने कॉटेज से बाहर तो नहीं निकाल सकते थे।

"मुझको अत्यंत खेद है कि बॉस्टन में मुझे न पाकर आपको बड़ी असुविधा हुई।" स्वामी ने कहा, "आशा है, आप क्षमा करेंगे।"

"आप क्यों क्षमा माँग रहे हैं। आपका रंच मात्र भी दोष नहीं है। उस संयोग के लिए यदि दोषी कोई है तो वह मैं हूँ या फिर बैंजामिन।...आपकी यह प्राच्य शालीनता, अमेरिका में आपको ही दोषी ठहरा देगी।"

"स्वामी! आपको संन्यासी बने हुए कितना समय हुआ है?" सहसा मेरी ने पूछा।

"मैंने अट्ठारह वर्षों की अवस्था में संन्यास लिया था।"

मेरी पूछना ही चाहती थी कि अब उसकी अवस्था क्या है कि स्वामी ने कहा, "अब लगभग तीस वर्षों का हूँ।"

मेरी ने आँखें भरकर संन्यासी की ओर देखा : वह ठीक कह रहा था। तीस से अधिक का वह नहीं था। तो बारह वर्ष हो गए उसे संन्यासी बने हुए।

"आपके यहाँ संन्यासी का क्या अर्थ है?"

"संन्यासी का अपना कोई परिवार नहीं होता।" स्वामी बोले, "वह कंचन और कामिनी से दूर रहता है।"

"तो फिर आप मुझसे दूर रहेंगे? मैं भी तो स्त्री हूँ।"

स्वामी हँसे, "संन्यासी स्त्री से दूर नहीं रहता। कोई अपनी माता से दूर कैसे रह सकता है। वह स्त्री के कामिनी रूप से दूर रहता है। मेरे लिए प्रत्येक स्त्री माता के समान है।"

"कंचन से दूर रहते हैं तो आप अपनी आजीविका अपने मठ से प्राप्त करते हैं?"

"हमारा कोई मठ नहीं है। कोई संपत्ति नहीं है। हमारे लिए अपरिग्रह का अर्थ सचमुच अपरिग्रह है।"

"तो आजीविका के लिए क्या करते हैं?"

"ईश्वर पर निर्भर रहते हैं।"

"भिक्षा माँगते हैं?" प्रो० राइट ने पूछा।

"नहीं! वह भी नहीं कर सकते। माँगते नहीं, दान देने वाले की प्रतीक्षा करते हैं।"

मेरी सोच रही थी कि पूछे कि कोई अपने आप नहीं देगा तो क्या भूखे रहेंगे? किंतु उससे भी अधिक उग्र रूप से एक प्रश्न उसके मन में था कि अमेरिका में तो वे भिक्षा माँग नहीं सकते। कोई उन्हें जानता भी नहीं कि अपने आप दे जाए। तो क्या करेंगे वे? भूखे मर जाएँगे?... किंतु ऐसा प्रश्न पूछना...

प्रो० राइट ने देखा कि मेरी की ओर से कोई प्रश्न पूछा नहीं जा रहा था। बोले, "यदि आप धर्म-प्रचारक नहीं हैं, तो स्वयं को क्या मानते हैं?"

"मैं! मैं धर्म का अन्वेषक हूँ, साधक हूँ।" स्वामी ने कहा, "उसका साक्षात् अनुभव करने का प्रयत्न कर रहा हूँ।"

"वह तो एक गृहस्थ भी हो सकता है। उसके लिए संन्यासी होने की क्या आवश्यकता है?"

"संन्यास तो अपना सब कुछ ईश्वर को सौंपने और पूर्णतः उस पर निर्भर होने की घोषणा है।" स्वामी हँसे, "इससे लोगों को ज्ञात हो जाता है कि मैं भिक्षुक हूँ, अतः वे मुझसे भिक्षा न माँगें। गेरुए को देखकर सबको ज्ञात हो जाता है कि मेरा कोई परिवार नहीं है। मेरी सांसारिक बातों में कोई रुचि नहीं है।..."

"स्वामी! धर्म का अन्वेषण तो हो चुका। आप उसमें और क्या अन्वेषण करेंगे? आप गीता के मार्ग पर चलते हैं तो गीता का अन्वेषण गीताकार ने किया। धर्म का अन्वेषण ईसा ने किया। हमारे पादरी उसी धर्म का प्रचार करते हैं। वे उसका अन्वेषण नहीं करते।...आप?"

"आप सत्य कहते हैं कि धर्म का अन्वेषण तो हो चुका।" स्वामी हँसे, "किंतु अपने लिए तो उस धर्म का अन्वेषण प्रत्येक व्यक्ति को स्वयं ही करना पड़ता है। ईसा ने धर्म का साक्षात्कार किया और हमें मार्ग दिखाया। अब उस मार्ग पर चलना तो हमें स्वयं ही पड़ेगा न! केवल यह कहने से कि ईसा धर्म के मार्ग पर चले थे, अथवा तुम भी मानो कि ईसा धर्म के मार्ग पर चले थे, हमें मोक्ष नहीं मिल सकता।"

"तो हिंदुओं में धर्म का अन्वेषण क्या है?"

"किसी धर्मगुरु अथवा किसी धर्मसिद्धांत पर अपनी निष्ठा प्रकट कर देना हिंदू धर्म नहीं है।"

"तो?"

"अपने जीवन में निरंतर ईश्वर की खोज करना, उसको पहचानना, निरंतर उसके निकट जाना, उसके समान होने का प्रयत्न करना और फिर वही हो जाना–हिंदू धर्म है।"

"तो आप इस विचार का प्रचार नहीं करते?"

"हाँ! कोई पूछता है तो उसे बताते हैं। किंतु यह नहीं कहते कि अपना मार्ग छोड़कर हमारे मार्ग की महत्ता स्वीकार करो। उससे कहते हैं कि अपने मार्ग पर सच्चाई और निष्ठा से चलो। अपने

मार्ग से ही ईश्वर तक पहुँचो। ईश्वर को प्राप्त करने का प्रयत्न करो। अपने मार्ग का गुणगान करना और लोगों को उस मार्ग की महत्ता स्वीकार करने को बाध्य करना धर्म का अन्वेषण नहीं, सांप्रदायिक प्रचार है। जब भावना संप्रदाय की हो तो उसमें धर्म रंच मात्र भी नहीं रह जाता। धर्म को पाने के लिए संप्रदाय से उदासीन होना पड़ता है।"

"ये धर्म और संप्रदाय एक ही नहीं हैं?" मेरी की जिज्ञासा पुनः जाग उठी थी।

"नहीं!" स्वामी का स्वर कुछ उत्तेजित था, "संप्रदाय को धर्म मानना बहुत बड़ी भूल है।"

"दोनों में अंतर क्या है?"

"अपनी उपासना पद्धति को सृष्टि की एकमात्र उपासना पद्धति मानना या उसे दूसरी पद्धतियों से श्रेष्ठ मानना संप्रदाय है। और किसी भी उपासना पद्धति से ईश्वर तक पहुँचने का प्रयत्न धर्म है।"

"आपको मालूम है स्वामी! कि ईसाई धर्म इस बात को नहीं मानता।..."

"चर्च नहीं मानता।" स्वामी ने जैसे प्रो० राइट की बात में संशोधन किया।

"और अमेरिका उसी चर्च की बात मानता है।" प्रो० राइट ने कहा, "आपके विचार आपके लिए इस ईसाई देश में कठिनाई उत्पन्न कर सकते हैं।"

"मैं इस समय माता मरियम के पुत्र की संतानों के बीच हूँ। इसमें भय क्या है, मैं भी ईसा से उतना ही प्रेम करता हूँ...।"

"ईसा से प्रेम करते हैं तो आप ईसाई हैं।" मेरी ने कहा।

"मैं ऐसा ईसाई हूँ, जो श्रीकृष्ण से भी प्रेम करता है और बुद्ध से भी; और चाहता हूँ कि आप ऐसी ईसाई हों, जो ईसा के साथ श्रीकृष्ण से भी प्रेम कर सकें।" स्वामी ने कहा, "आपको ईसा को त्यागने की आवश्यकता नहीं है, श्रीकृष्ण और बुद्ध को भी ग्रहण करने की आवश्यकता है।"

प्रो० राइट के मन में जैसे आँधी चल रही थी। उन्होंने भी धर्म और धर्मों के इतिहास को बहुत पढ़ा और समझा था। किंतु ऐसा धर्म और उसका ऐसा साधक!

40

रात के भोजन के लिए वे लोग मेज पर बैठे तो प्रो० राइट ने स्वामी की ओर देखा, "भोजन में आपकी क्या अपेक्षा है?...मेरा अभिप्राय है कि आप किन-किन पदार्थों को निषिद्ध मानते हैं?"

स्वामी मुस्कराए, "संन्यासियों की जिस श्रेणी से मेरा संबंध है, उनके लिए किसी विशिष्ट खाद्य-पदार्थ की आकांक्षा अथवा किसी पदार्थ का तिरस्कार निषिद्ध है। मुझे जो कुछ भी दिया जाएगा, उसे ही भिक्षा के रूप में ग्रहण करूँगा।"

"कुछ भी?" प्रो० राइट ने पूछा, "मांस भी?"

"मांस भी।" स्वामी पूर्णतः आश्वस्त दिख रहे थे।

प्रो० राइट ने आश्चर्य से उनकी ओर देखा, "आप ब्राह्मण नहीं हैं?"

"संन्यासी समाज को त्याग देता है, इसलिए उसके लिए कोई सामाजिक विधान नहीं होता। वैसे मेरा जन्म ब्राह्मण परिवार में नहीं हुआ।"

"हम लोग प्रायः गर्मियों में यहाँ आ जाते हैं और सर्दियाँ आरंभ होने तक यहीं रहते हैं।" श्रीमती राइट ने विषय बदल दिया, "यहाँ आकर मेरे पति बाहर के संसार से कोई संपर्क रखना नहीं चाहते। उनका कहना है कि यदि बाहर का संसार एनिक्वास्म में भी उनके साथ आ जाएगा, तो छुट्टियाँ बीत तो जाएँगी किंतु मनाई नहीं जा सकेंगी।"

"मैं यहाँ कोई बहुत एकांत तो नहीं देखता।" स्वामी ने कहा।

"नहीं! निर्जनता नहीं है; किंतु फिर भी शांति है।" प्रो० राइट ने उत्तर दिया, "विश्वविद्यालय के अनेक प्रोफेसर यहाँ अपनी छुट्टियाँ बिताने आए हुए हैं।"

"कभी-कभी कोई परिचित यात्री यहाँ से गुजरता है तो मिलने के लिए आ जाता है।" श्रीमती राइट ने जोड़ दिया, "हमारे कॉटेज के साथ ही मिस लेन का बोर्डिंग हाउस है। उसमें अनेक लड़कियाँ रहती हैं। कभी-कभी वे भी आ जाती हैं। सागरतट पर आसपास के अनेक ग्रामीण भी मिल जाते हैं। यह एक और ही प्रकार का संसार है। हार्वार्ड से एकदम भिन्न। हार्वार्ड में तो लोगों से मिलना भी एक श्रम होता है। वह एक काम है, जिससे मन और शरीर थकता है। यहाँ के लोगों से मिलने पर थकान नहीं होती, क्योंकि यहाँ प्रत्येक भेंट मस्तिष्क को थका देने वाली संगोष्ठियों में नहीं बदल जाती।" मेरी मुस्कराई, "यहाँ हम विश्राम करते हैं। मन और शरीर को ढीला छोड़ देते हैं। शुद्ध मनोरंजन।"

"किंतु मेरे आ जाने से तो ऐसा नहीं रहेगा।" स्वामी हँसे, "और आपको मुझे यह भी बताना पड़ेगा कि इस प्लेट में क्या है और उसे कैसे खाते हैं।"

"कुछ पदार्थ आपके लिए एकदम नए हैं। उनको खाने की विधि तो मैं बताऊँगी।" श्रीमती राइट ने स्वामी की प्लेट में परोसते हुए कहा, "किंतु रुचि और स्वाद तो आपको ही विकसित करना पड़ेगा।" वे तनिक रुकीं, "मुझे लगा है कि कुछ पदार्थ आपको रुचे नहीं हैं।"

"उसकी चिंता आप न करें। भोजन में मेरी बहुत रुचि है, लगभग उतनी ही जितनी महाभारत के पात्र भीम को थी—पकाने में भी और खाने में भी।" स्वामी रुके, "भीम को जानती हैं आप?"

"जानती हूँ। महाभारत ग्रंथ तो नहीं, किंतु उसकी कथा पढ़ी है मैंने।"

"इस समय यह जानने में भी मेरी रुचि है कि क्या आपको यह देखकर आश्चर्य नहीं हुआ कि प्रोफेसर ने अपनी इन छुट्टियों को नीरस बनाने के लिए मुझे यहाँ आमंत्रित कर लिया है?"

"यह तो होना ही था।" वे हँसीं, "मैं अपने पति को जानती हूँ।"

"क्या जानती हो तुम?" प्रो० राइट ने जैसे चुहल की।

"मेरे पति अपनी कल्पनाओं में डूबे रहने वाले व्यक्ति हैं।" श्रीमती राइट ने स्वामी को बताया, "उनके लिए वह सब कुछ बहुत महत्त्वपूर्ण है, जो इस पृथ्वी के धरातल से लुप्त हो चुका है और अब केवल मानव-जाति की स्मृति में अस्तित्व बनाए हुए है। जैसे प्राचीन ग्रीस का इतिहास, उसकी प्राचीन सभ्यता, दिवंगत शासक और योद्धा। उनके प्रासाद और मंदिरों के खँडहर।...यह सब इनका जीवित संसार है। वे हम लोगों के साथ अर्थात् अपने परिवार के साथ ऐसे ही रहते हैं, जैसे रेलगाड़ी में यात्रा करने वाला कोई यात्री अपने सहयात्रियों के मध्य रहता है। उसका शरीर रेलगाड़ी में होता है; किंतु उसका मन अपने घर में बैठे परिवार के साथ होता है। कब उसका स्टेशन आए, कब उसके ये साथी, उससे पृथक् हों और कब वह अपने परिवार में जा बैठे।"

"तो क्या मैं अपने परिवार में नहीं बैठा हूँ?" प्रो० राइट ने जिज्ञासा तो की, किंतु कोई भी

समझ सकता था, वह वास्तविक जिज्ञासा न होकर, मात्र वार्तालाप को आगे बढ़ाने का प्रयत्न था।

"बैठे तो आप अपने परिवार में ही हैं; किंतु आपका परिवार है—ग्रीक इतिहास, क्लासिक पुरातत्त्व तथा भाषा विज्ञान। पत्नी और बच्चे तो रेलगाड़ी के सहयात्री हैं।" श्रीमती राइट ने स्वामी की ओर देखा, "ये अपने सम्मुख खड़ी किसी भी असाधारण सुंदरी की उपेक्षा कर सकते हैं, किंतु उत्खनन से निकली हुई टूटी-सी मूर्ति की अवहेलना नहीं कर सकते।"

"अच्छा है। आपके मन में किसी जीवित स्त्री के लिए ईर्ष्या नहीं होगी।" स्वामी ने मुस्करा कर प्रो० राइट की ओर देखा, "तो फिर इनकी मुझमें क्या रुचि हो सकती है? मैं तो किसी उत्खनन में धरती से निकली हुई मूर्ति नहीं हूँ।"

"आपको भी तो खोदकर ही निकाला है मैंने।" इस बार प्रोफेसर हँसे, "नहीं तो कौन जानता है कि भारत से एक विद्वान् हिंदू संन्यासी अमेरिका आया हुआ है। जो केट सैनबोर्न आपको मेटकाफ तक लेकर आई, वह तो एक महाराजा और संन्यासी का अंतर भी नहीं जानती।"

"आप वर्तमान काल के व्यक्ति हैं।" श्रीमती राइट ने कहा, "किंतु एक अत्यंत प्राचीन परंपरा के प्रतिनिधि हैं। मेरे पति का आपकी ओर आकृष्ट होना स्वाभाविक ही है। प्राचीन ग्रीस हो, रोम हो, भारत हो, मिस्र हो, चीन हो—ये सब प्रो० राइट को आकृष्ट कर सकते हैं।"

स्वामी हँस पड़े, "प्रोफेसर! आपकी पत्नी के मन में आपके प्रति बहुत सारी शिकायतें जान पड़ती हैं। मुझे आपका परिचय देने के व्याज से वे अपने मन की भड़ास निकाल रही हैं।"

"नहीं! मुझे बहुत शिकायतें नहीं हैं।" श्रीमती राइट बोलीं, "अपने काल्पनिक परिवार तक पहुँचने के लिए प्रोफेसर को यथार्थ में से होकर गुजरना पड़ता है।...मूर्ति हो या पुस्तक, खँडहर हो या शब्द—वे सब वर्तमान संसार के ही अंग हैं। प्रोफेसर इस संसार से मुक्त नहीं हो सकते।"

"आप खाने की ओर से उदासीन न हों।" प्रो० राइट के अधरों पर एक गंभीर मुस्कान थी। उन्होंने मेज से उठाकर एक प्लेट स्वामी की ओर बढ़ाई, "यह तो आपने लिया ही नहीं। मेरी पत्नी अपनी वाचालता में इस समय कुछ लक्ष्यभ्रष्ट हो गई है।"

स्वामी ने अपनी प्लेट में भोजन परोसा, "मेरा विचार है कि श्रीमती राइट की निरीक्षण-शक्ति पर्याप्त तीक्ष्ण है, भाषा सही और सटीक है तथा उसमें विनोद और परिहास भी है। गंभीर तो वे हैं ही। यदि वे कुछ लिखें तो अच्छी लेखिका हो पाएँगी।" स्वामी ने रुककर उस दंपती को देखा, "मुझे तुलना तो नहीं करनी चाहिए, फिर भी मुझे लगता है कि कैथरीन एब्बॉट सैनबोर्न, यद्यपि लेखिका हैं, तो भी उनकी निरीक्षण-क्षमता और भाषा—दोनों ही न इतनी प्रखर हैं, न इतनी गंभीर।"

"आप नहीं जानते।" प्रोफेसर ने उत्तर दिया, "मेरी बहुत कम लिखती है, किंतु लिखने की आकांक्षा उसके मन में भी बहुत है।"

"कम क्यों लिखती हैं?" स्वामी ने सहज जिज्ञासा की।

"मुझे बहुत कम विषय लिखने के लिए प्रेरित करते हैं।" श्रीमती राइट ने स्वीकार किया, "और फिर मुझे अपने बच्चों को भी तो सँभालना है।"

"बच्चे बड़े हो रहे हैं। उन्हें आत्मनिर्भर होने दो। उन्हें अनावश्यक रूप से अपने ऊपर आश्रित रखना उचित नहीं है।" प्रो० राइट ने स्वामी की ओर देखा, "वैसे इनकी लेखन-प्रतिभा का अधिकांश अंश तो पत्र लिखने में ही व्यय हो जाता है।"

स्वामी ने देखा : श्रीमती राइट के चेहरे पर कुछ मिश्रित भावनाएँ थीं। उनकी प्रसन्नता भी

जैसे अवसादपूर्ण थी।

"जो मुझ पर आश्रित नहीं रहता, वह स्वतंत्र ही नहीं हो जाता, आत्मतुष्ट और आत्मकेंद्रित भी हो जाता है।" श्रीमती राइट ने कहा, "उसे मेरी आवश्यकता नहीं रह जाती। वह मेरा अपमान नहीं करता; किंतु उसके लिए मेरी सार्थकता कम हो जाती है। इसीलिए कोई भी माँ नहीं चाहती कि उसके बच्चे बड़े हो जाएँ। बच्चों का वयस्क होना ही माँ की अनावश्यकता की घोषणा है।" श्रीमती राइट ने अपनी आँखों में आए अश्रुओं को छिपाने के लिए दो वर्ष के जॉन को उठाकर अपनी गोद में ले लिया, "मेरा जॉन पूर्णतः मेरा है, क्योंकि वह पूर्णतः मुझ पर आश्रित है। इसी के माध्यम से मैं अपनी पूर्ण सार्थकता और मातृत्व का अनुभव करती हूँ। यह मेरा है, पूरी तरह मेरा, क्योंकि इसका घर-परिवार भी मैं हूँ और रेलगाड़ी की सहयात्री भी। इसके लिए संसार की सर्वश्रेष्ठ सुंदरी भी मैं ही हूँ और उत्खनन के पश्चात् भूमि से निकली हुई खंडित मूर्ति भी। भाषा के नाम पर वह मेरे मुख से निकले हुए शब्दों को ही जानता है; और उसके ज्ञान का सीमांत भी मैं ही हूँ।"

स्वामी ने एक गंभीर दृष्टि श्रीमती राइट पर डाली, "मैं आपसे थोड़ा-सा असहमत हूँ श्रीमती राइट! बच्चे जब बड़े हो जाते हैं तो वे अपनी माँ पर निर्भर नहीं रहते; किंतु माँ उनके लिए निरर्थक नहीं हो जाती। केवल पक्ष बदल जाते हैं। पहले माँ अपनी संतान का पालन-पोषण कर अपनी सार्थकता पाती है, बाद में वैसे ही संतान माँ के लिए उपयोगी होकर अपनी सार्थकता खोजती है। माँ के प्रति संतान के मन में क्या भाव होता है, यह कोई मुझसे पूछे।" स्वामी ने स्वयं अनुभव किया कि उनका स्वर विह्वल हो गया था।

"शायद यह भारत और अमेरिका के चिंतन का अंतर है।" श्रीमती राइट ने कहा।

"यह भी एक कारण है। अमेरिका में जब कोई स्त्री युवती और सुंदरी नहीं रह जाती, वह किसी के काम की नहीं होती।" स्वामी बोले, "भारत में एक वृद्ध महिला को आते देख राजा भी उसको मार्ग देने के लिए सामने से हट जाएगा। भारत में माँ की पूजा होती है। वह ईश्वर का प्रत्यक्ष रूप है।"

"हमारे अन्य दोनों बच्चों से भी मिलिए स्वामी!" सहसा प्रो० राइट ने विषय बदल दिया, "यह है एलिजाबेथ, जिसे हम बैसी कहकर पुकारते हैं। यह तेरह वर्षों की हो गई है। अब यह छुट्टियों में घर से बाहर रहने और सैर करने को बहुत आतुर रहती है। सागर में तैरने की इसकी रुचि और क्षमता बहुत बढ़ गई है।" प्रो० राइट ने रुककर अपने बड़े पुत्र को देखा, "ऑस्टिन दस वर्षों का है; किंतु बैसी से भी अधिक गंभीर हो गया है।"

"पापा! आप भी बस!" एलिजाबेथ ने बीच में ही कुछ इतराकर कहा।

"अरे बेटी, गंभीरता कोई अच्छी बात थोड़ी है। वह तो अपना बचपन खो रहा है।" प्रोफेसर बोले, "मैं तो तुम्हारी प्रशंसा में ही कह रहा था कि तुम यौवन की चंचलता और शोखी की ओर बढ़ रही हो। ऑस्टिन तो समय से पहले ही प्रौढ़ता और गंभीरता की ओर जा रहा है। और मुख्य बात तो यह है कि" प्रोफेसर ने कुछ रुककर अपने दोनों बच्चों की ओर देखा, "इतने भिन्न स्वभाव होने पर भी ये दोनों एनिक्वास्म आने के बहुत इच्छुक रहते हैं। बैसी को सागर की चंचलता लुभाती है और ऑस्टिन को उसकी विराटता और गंभीरता।"

श्रीमती राइट ने अपने मुख से कुछ नहीं कहा, किंतु उनका मन जैसे लगातार बोल रहा था।...ऑस्टिन की गंभीरता से इंकार नहीं किया जा सकता था। वह बड़ा हो रहा था। पढ़ाई में अच्छा

चल रहा था। पुस्तकों की ओर अधिक वेग से आकर्षित हो रहा था।...फिर भी उन्हें लगता है कि अपने पिता के समान वह भी यथार्थ से अधिक कल्पना में जीता है।...गंभीर होने के साथ-साथ वह बहुत कल्पनाशील भी था। वह बाहर की वस्तुओं को अत्यंत गंभीरता से देखता-परखता था; और फिर अपने भीतर कहीं डूब जाता था।...जाने क्यों श्रीमती राइट को लगता था कि ऑस्टिन का इस प्रकार कल्पना में तल्लीन हो जाना उन्हें तनिक भी सुख नहीं देता, उलटे अनेक प्रकार की आशंकाएँ उन्हें डरा जाती थीं।...वह अपनी कल्पना में जितना अधिक लीन होगा, प्रत्यक्ष जीवन और संसार का उतना ही तिरस्कार करेगा। वह अपने कल्पनालोक में कुछ पाना चाहेगा, तो इस यथार्थ संसार के किसी महत्त्वपूर्ण तत्त्व का त्याग करेगा।...कल्पनाशील मनुष्य पूर्णतः इस संसार का हो ही नहीं सकता।...

वे लोग बैठक में आकर सोफे पर बैठ गए। प्रो० राइट ने अपना सिगार सुलगाया ही था कि उनकी दृष्टि स्वामी पर जा पड़ी। वे भाँप गए कि उनसे भूल हो गई है।

"आप सिगार लेंगे?" उन्होंने अचकचाकर पूछा।

"मिल जाए, तो अच्छा ही लगेगा।"

प्रो० राइट ने उठकर उन्हें एक सिगार दिया और उसे सुलगाने में उनकी सहायता की, "मेरी अशिष्टता को क्षमा कीजिएगा। जाने क्यों मैंने स्वयं ही मान लिया कि आप तंबाकू का रसास्वादन नहीं करते होंगे।"

"संन्यासी से अपेक्षित तो यही है कि वह कोई भी व्यसन न पाले।" स्वामी मधुर ढंग से मुस्कराए, "किंतु हमारे गुरुदेव कहा करते थे कि सोने में मिलावट न हो तो उसका कोई गहना नहीं बन सकता। शायद वैसे ही किसी व्यसन के बिना कोई शरीर नहीं बनता।"

श्रीमती राइट बच्चों को उनके कमरे में पहुँचाकर आई थीं। वे अभी बैठी भी नहीं थीं कि उनकी दृष्टि द्वार की ओर उठ गई, "शायद कोई आया है।"

उन्होंने कपाट खोले। सामने हार्वार्ड लॉ स्कूल के प्रोफेसर यूगीन वामबॉ खड़े थे। अभिवादन के पश्चात् वे भीतर आए।

"मैं आप लोगों के एकांत का अतिक्रमण कर रहा हूँ।" वे अत्यंत शिष्ट ढंग से बोले, "किंतु स्थिति कुछ ऐसी ही है कि मैं स्वयं को रोक नहीं पा रहा हूँ।"

"आप बैठिए तो।" श्रीमती राइट ने सोफे की ओर संकेत किया, "मुझे तो आप कुछ नर्वस लग रहे हैं—घबराए हुए-से।"

"ओह, हाँ!" प्रो० वामबॉ अपनी झेंप मिटाने के लिए जोर से हँसे, "आपने मेरी चोरी पकड़ ली है श्रीमती राइट! मैं इस समय सचमुच कुछ नर्वस हूँ।"

प्रो० राइट ने उन्हें सोफे पर बैठ जाने भर का समय दिया, और पूछा, "कोई विशेष कारण?"

"विशेष ही समझिए।" वे बोले, "मिस लेन बोर्डिंग हाउस की लड़कियों और कुछ अन्य स्थानीय लोगों के साथ कुछ सैलानियों ने भी इन भद्र पुरुष को आपके साथ यहाँ आते देखा है।"

"ओ! ये स्वामी विवेकानन्द हैं।" प्रो० राइट ने प्रो० वामबॉ को बीच में ही टोक दिया, "ये भारत से आए हिंदू संन्यासी हैं और मैं कॉनकॉर्ड के बैंजामिन फ्रैंकलिन सैनबोर्न के माध्यम से इन तक पहुँचा हूँ।"

प्रो० वामबॉ ने उठकर स्वामी से हाथ मिलाया, "इन्होंने अपने रूप, वेशभूषा और भाव-भंगिमा

से अनेक लोगों के मन में ढेर सारी जिज्ञासाएँ जगा दी हैं। वे लोग इनके विषय में जानना चाहते हैं। बीस-बाईस व्यक्ति तो इस समय मेरे ड्राइंगरूम में बैठे हैं। मैं उन लोगों को भी इस समय अपने साथ यहाँ ले आता; किंतु एक तो उसके लिए आपकी अनुमति चाहिए थी, दूसरे, आपके ड्राइंगरूम में इतने लोगों के लिए स्थान भी नहीं है।"

"आप ठीक कह रहे हैं।" प्रो० राइट ने उत्तर दिया, "हमें स्वामी की अनुमति लिए बिना उनको अमेरिकी जनता की कृपा पर छोड़ने का अधिकार नहीं है।"

स्वामी का ध्यान अमेरिकी समाज की भिन्नता की ओर गया। भारत में न तो उनसे मिलने के लिए किसी को इस प्रकार अनुमति की आवश्यकता थी, और न ही कोई गृहस्वामी कहता कि उसका घर छोटा है, इसलिए लोग उसके घर न आएँ। वह तो अपनी कुटिया में भी सबका स्वागत करता।

"स्वामी! आपको अमेरिकी जनसाधारण से मिलने में कोई आपत्ति न हो तो हम प्रो० वामबॉ के कॉटेज में चलें?" प्रो० राइट ने कहा।

स्वामी तत्काल उठ खड़े हुए, "मुझे क्या आपत्ति हो सकती है। मैं तो अमेरिकी भाई-बहनों से मिलने के लिए ही आधी पृथ्वी की यात्रा करके आया हूँ।"

41

प्रो० वामबॉ के कॉटेज तक पहुँचने के लिए उन्हें अधिक चलना नहीं पड़ा। उनके ड्राइंगरूम में पर्याप्त प्रकाश था। अनेक लोग एकत्रित थे, अतः बहुत सारा कोलाहल था। ऋतु पर्याप्त गर्म थी। वर्षा हो चुकी थी, किंतु उमस कम नहीं हुई थी। स्वामी ने पहली ही दृष्टि में देख लिया था कि सामने बैठे सब लोग एक ही जैसे नहीं थे। यदि उनमें प्रो० वामबॉ जैसे अध्यापक थे तो साधारण ग्रामीण भी थे, जो शायद अंग्रेजी की वर्णमाला से भी परिचित न हों। किंतु अधिक संख्या साधारण नागरिक स्त्री-पुरुषों की थी, जो शायद मिस लेन के बोर्डिंग हाउस में ठहरे हुए सैलानी थे। बहुत संभव है कि वे दिन-भर घूमने अथवा विश्राम करने के पश्चात् रात के भोजन के उपरांत इसी प्रकार कहीं मिलते हों और किसी प्रकार की चर्चा करते हों।

स्वामी ने हाथ उठाकर उन्हें आशीर्वाद दिया और आग्रह के अनुरूप एक कुर्सी पर जा बैठे।

प्रो० वामबॉ ने उपस्थित श्रोताओं से उनका परिचय कराया और कहा कि स्वामी का लक्ष्य है—धर्मचर्चा। जो सज्जन अपनी जानकारी बढ़ाने के लिए उनसे कोई प्रश्न पूछना चाहें, वे पूछ सकते हैं।

स्वामी ने पाया कि इन लोगों के मध्य भी वे ब्रीजी मेडोज की-सी स्थिति में ही प्रस्तुत किए गए थे। श्रोता ज्ञान अथवा धर्म संबंधी अपनी जिज्ञासाएँ लेकर प्रस्तुत नहीं हुए थे। स्वामी उनके सम्मुख किसी नए तथा विचित्र जंतु के समान प्रस्तुत कर दिए गए थे। अब जिसे जैसे खेलना हो, खेल ले। उनके चेहरों पर स्वामी के प्रति विरोध नहीं था; किंतु अपरिचय तथा असंबंध की भावना तो थी ही।

"आपके पिछड़े देश को अंग्रेजों जैसी उन्नत और सभ्य जाति के संपर्क में आकर कैसा लगता है?"

स्वामी की तल्लीनता टूटी। उन्होंने दृष्टि उठाकर प्रश्नकर्ता की ओर देखा : स्वयं प्रो० वामबॉ ऐसा प्रश्न कर रहे थे, जो भारत में कोई गँवार भी अपने अतिथि से नहीं पूछेगा।···भारत पिछड़ा हुआ है और अंग्रेज सभ्य और उन्नत।···स्वामी को लगा कि यदि इन लोगों के मन में उनके अथवा भारतवासियों के प्रति कोई वैर अथवा द्वेष भावना न भी हो, तो भी वे इस प्रकार के प्रश्नों से अपने अज्ञान में ही स्वामी का वक्ष विदीर्ण कर देंगे···चिड़ियाघर में किसी निरीह प्राणी के पिंजरे के बाहर खड़े अबोध बच्चे जब उससे अपना परिचय बढ़ाने के लिए उसे कंकड़ मारते हैं, तो क्या वे जानते हैं कि वे उस प्राणी से शत्रुता का व्यवहार कर रहे हैं?

स्वामी की बड़ी-बड़ी आँखें पूर्णतः खुल गईं। उनकी आत्मा में जैसे कोई दुर्दमनीय निर्झर फूट पड़ा। अपनी संगीतमयी वाणी में वे मंथर गति से बोले, जैसे कोई सँकरे बाँध पर पाँव जमा-जमाकर चल रहा हो, "···अभी कुछ दिन पहले, चार सौ वर्ष भी तो नहीं हुए, जब अंग्रेज सर्वथा असभ्य और बर्बर थे। क्रूर, निष्ठुर, नृशंस और बर्बर···उनकी महिलाओं की चोलियों पर कीड़े रेंगा करते थे। वे नहाते नहीं थे, अपने शरीर से उड़ती दुर्गंध को दूर करने के लिए, अपने शरीर पर सुगंधित तरल छिड़का करते थे।···अब भी वे अपनी बर्बरता से कुछ ही उबरे हैं। वे उससे पूर्णतः मुक्त नहीं हुए हैं।···उनके संपर्क में आकर सहस्रों वर्षों की सुसंस्कृति में पगी हिंदुओं जैसी जाति को कैसा लगेगा?"

"झूठ!" एक क्षुब्ध श्रोता अपने दुःख और पीड़ा को चीत्कार में परिणत कर बोला, "झूठ है यह। ऐसी स्थिति तो कम से कम पाँच सौ वर्ष पूर्व थी।"

स्वामी सहज भाव से मुस्कराए, "क्या मैंने नहीं कहा कि कुछ दिन पहले? जब आप मानव-जाति के इतिहास को देखते हैं, तो कुछ शताब्दियों का अर्थ ही क्या है?" और सहसा उनके स्वर में परिवर्तन आया। उसमें आवेश नहीं था। वह लुब्ध करने वाला तथा पूर्णतः शांत था, "वे लोग बर्बर हैं, पर उसके लिए मैं उन्हें दोष नहीं देता। भयंकर शीत, तंगी और अभाव—जो उनकी जलवायु की देन है—ने उन्हें बर्बर बना दिया है। वे केवल हत्याओं और लूटपाट की बात सोचते हैं। वे वृद्ध सम्राट् बहादुरशाह जफर के पुत्रों के सिर काटकर थालियों में सजाकर, पिता के पास भेंटस्वरूप भेज सकते हैं। वे जिस मार्ग से जाते हैं, उसे जलाकर क्षार कर देते हैं। माताओं की आँखों के सम्मुख उनके बच्चों को दो टुकड़े कर देते हैं। स्त्री-पुरुषों को भाले की नोकों पर उछाल सकते हैं। असंख्य निरीह लोगों को फाँसी पर लटकाकर, भारत के प्रत्येक वृक्ष की शाखा को लज्जा में नतशिर होने को बाध्य कर सकते हैं।"···स्वामी ने अपनी प्रभावशाली आँखें अपने श्रोताओं पर जमा दीं, "उन्होंने भारतीय उद्योगधंधों को नष्ट करने के लिए भारतीय कारीगरों के हाथ काट दिए। कृषि को ध्वस्त करने के लिए भूमि का प्रबंध ऐसा किया कि किसान दो समय भोजन भी प्राप्त न कर सके। व्यापार को नष्ट करने के लिए हमारा सारा धन ढोकर अपने देश ले गए। लोग संगठित होकर उनका विरोध न कर सकें, उसके लिए सारे समाज को धर्मों, जातियों तथा क्षेत्रों के आधार पर विभाजित कर, उनके मन में एक-दूसरे के विरुद्ध विष के बीज बोए। कहाँ है उनका धर्म? वे पवित्र आत्मा का नाम लेते हैं, वे मानव बंधुओं से प्रेम का दावा करते हैं, वे दूसरों को सभ्य बनाते हैं—ईसाई बनाकर। हमारे सामने प्रश्न है कि वे मानवपुत्र को ईसाई बनाकर उसे सभ्य बना रहे हैं अथवा उसकी जातीय अस्मिता समाप्त कर उसे अपना दास बना रहे हैं।···"

"क्या ईसा की शरण में जाकर लोग सभ्य नहीं बनते?" एक ओर से किसी ने चिल्लाकर कहा।

"अंग्रेजों को उनके धर्म ने नहीं, उनकी भूख ने सभ्य बनाया है।" स्वामी बोले, "और जैसे सभ्य

वे हैं, वह हम जानते हैं। मानव-प्रेम केवल उनके अधरों पर है। हृदय में तो सिवाय हिंसा और कलुषित लोभ के और कुछ नहीं है। 'मैं तुमसे प्रेम करता हूँ, मेरे भाई! मैं तुमसे प्रेम करता हूँ।' यह सब कहते-कहते भी वे उसकी गर्दन रेतते रहेंगे। उनके दोनों हाथ रक्त से आरक्त हैं।" स्वामी का स्वर और भी धीमा और मधुर हो गया। उसकी सघनता बढ़ती ही जा रही थी, मानो वह किसी मनुष्य का स्वर न हो, किसी मंदिर में बजने वाली संगीतमयी घंटी हो। वे जैसे किसी और लोक से बोल रहे थे, "किंतु ईश्वर का न्याय उन पर शिलाओं के समान टूटकर गिरेगा। ईश्वर ने कहा था, 'प्रतिशोध का अधिकार मेरा है। प्रतिदान मैं दूँगा।' " स्वामी की आँखों में एक अपार्थिव प्रकाश था, "विनाश आ रहा है। तुम ईसाई हो ही कितने? संसार के एक तिहाई भी तो नहीं। उन चीनियों को देखो। कोटि-कोटि हैं वे। वे हैं ईश्वर के प्रतिशोध का साक्षात् रूप। और वे तुम पर टूट पड़ेंगे। एक बार फिर जैसे हूणों का आक्रमण होगा।" स्वामी के अधरों पर मंद हास छा गया, "वे सारे यूरोप पर छा जाएँगे। वे उसकी ईंट से ईंट बजा देंगे। पुरुष, स्त्रियाँ और बच्चे—सब नष्ट हो जाएँगे। एक बार फिर से अंधकार युग का आरंभ होगा।" स्वामी का स्वर दया और विषाद से परिपूर्ण था। और फिर जैसे उन्होंने स्वयं को सायास उस मनःस्थिति से विलग किया, "पर मुझे चिंता करने की क्या आवश्यकता है? विनाश तो आकर ही रहेगा। ईश्वर के प्रतिशोध को तो आना ही है।...किंतु उस विनाश में से एक नए और सुंदर विश्व का निर्माण होगा...।"

श्रोताओं के चेहरे पर भय की कालिमा थी। उन आँखों में त्रास था। उनके मुख सूख गए थे; और कंठ शायद अवरुद्ध हो गए थे। स्वामी की वाणी ने यह विनाशलीला उनकी आँखों के सम्मुख सजीव रूप में प्रस्तुत कर दी थी।

"क्या यह सब बहुत शीघ्र होने वाला है?" किसी ने फुसफुसाती-सी आवाज में धीरे से पूछा।

स्वामी ने अपनी तल्लीनता से बाहर निकलकर अपने श्रोताओं की ओर देखा : लोगों के मन उत्कंठा से जैसे अपने पंजों पर खड़े थे। उनकी गर्दनें तनी हुई थीं और उनकी सहमी हुई आँखें किसी प्रकार का कोई संरक्षण खोज रही थीं।

"उसे आने में एक सहस्र वर्ष भी नहीं लगेंगे।"

श्रोताओं ने चैन की साँस ली। उनकी तनी हुई शिराएँ ढीली पड़ गईं। वे सुरक्षित थे...

स्वामी की आँखों से उनका स्वार्थी और संकुचित रूप छिप नहीं सका।...वे लोग केवल अपने इस जीवन के लिए चिंतित थे। इसके पश्चात् क्या होगा, इसकी चिंता उन्हें नहीं थी। यह विश्व उनका नहीं है, यह देश उनका नहीं है, मानव-जाति उनकी नहीं है। इसके बाद का कोई नया जीवन भी उनका नहीं है।...उन सबकी सुरक्षा की उन्हें चिंता नहीं है। उन सबको कुछ भी हो जाए...कोई बात नहीं। उनके अपने इस प्यारे जीवन की रक्षा होनी चाहिए।

"ईश्वर प्रतिशोध लेगा।" स्वामी ने पुनः कहा, "तुम उसे धर्म में नहीं देख सकते, तुम इसे राजनीति में नहीं देख सकते; किंतु तुम्हें इसे इतिहास में देखना पड़ेगा। जैसा अतीत में हुआ है, वैसा ही भविष्य में होगा। यदि तुम लोगों का दलन करोगे, तो तुम भी उत्पीड़ित किए जाओगे। भारत में इस समय हम ईश्वर के प्रतिशोध से पीड़ित हैं। ध्यान से मेरी बात सुनो...।" स्वामी के स्वर में एक सघन अनुगूँज थी, "उन्होंने धन के लिए असहाय लोगों का दमन किया। उन्होंने यातना की असहाय पुकार नहीं सुनी। लोग जब अन्न के कुछ दानों की भिक्षा माँग रहे थे, उन्होंने उसे अनसुना कर सोने और चाँदी के बर्तनों में व्यंजनों का आस्वादन किया।...परिणाम क्या हुआ? मुसलमान उन पर टूट पड़े।...हत्याएँ...नरसंहार...वे

उन्हें पैरों तले रौंदते चले गए। वे भारत पर छा गए। शताब्दियों तक भारत बार-बार पराजित हुआ। एक के पश्चात् एक जातियाँ आती रहीं और भारत का विनाश करती रहीं।...और अंत में अब आए हैं—अंग्रेज। सबसे पतित। सबसे क्रूर। सबसे बर्बर। तुम आज के भारत को देखो। हिंदुओं ने अपने पीछे क्या छोड़ा? स्थान-स्थान पर अद्भुत मंदिर। मुसलमानों ने क्या छोड़ा? सुंदर प्रासाद और भवन।...और अंग्रेजों ने क्या छोड़ा? मनों के हिसाब से शराब की टूटी हुई बोतलों के ढेर। और कुछ नहीं। ईश्वर ने मेरे देशवासियों पर दया नहीं की, क्योंकि उनके अपने मन में दया नहीं थी। उन्होंने क्रूरतापूर्वक अपनी प्रजा का क्षरण किया था, इसीलिए जब उन्हें स्वयं सहायता की आवश्यकता पड़ी, उनकी प्रजा में इतनी शक्ति ही नहीं बची थी कि वह उनकी सहायता कर सकती।...मनुष्य चाहे ईश्वर के प्रतिशोध को न देख पाए, वह इतिहास के प्रतिशोध से इंकार नहीं कर सकता।...और अंग्रेजों से भी वह प्रतिशोध लिया जाएगा। उन्होंने अपनी एड़ियाँ हमारी गर्दनों में धँसा रखी हैं; उन्होंने अपने सुख के लिए हमारे रक्त की अंतिम बूँदें भी निचोड़ ली हैं। वे हमारे अरबों रुपए लूटकर अपने साथ ले गए हैं, जबकि हमारे गाँव के गाँव और प्रदेश के प्रदेश भूख से तड़प-तड़पकर मर गए हैं।...अब चीनवासी, ईश्वर के प्रकोप के रूप में, वज्र बनकर उन पर गिरेंगे। यदि आज चीनी उठें और अंग्रेजों को बुहारकर समुद्र में फेंक दें—अंग्रेज इसी योग्य हैं—तो यह न्याय ही होगा।"

स्वामी मौन हो गए। विभिन्न मंद स्वरों का एक अद्भुत मर्मर स्वर उठा। स्वामी ने उस पर कोई विशेष ध्यान नहीं दिया। थोड़ी-थोड़ी देर के पश्चात् वे आँखें उठाकर छत को देख लेते थे और मंद तथा मधुर स्वर में कहते, 'शिव! शिव!!' उनको घेरकर बैठे श्रोता व्याकुल और परेशान थे। ऊपर से चाहे वे मौन थे, किंतु उनके हृदय में तपता हुआ लावा बह रहा था।...उनके सामने बैठा यह काला आदमी उनके सजातियों को इस प्रकार बुरा-भला कह रहा था और वे लोग अपने सारे आक्रोश के बावजूद स्वयं को इतने असहाय पा रहे थे।

प्रो० राइट अनासक्त भाव से बैठे स्वामी को देख रहे थे : यह व्यक्ति सत्य कह रहा था। हमें इतिहास का विश्लेषण इसी प्रकार करना चाहिए। जातियों के उत्थान-पतन शायद इसी प्रकार होते हैं। हम उसमें कार्य-कारण का संबंध ढूँढ़ते और देखते हैं; किंतु ईश्वर का न्याय नहीं खोजते।...किंतु भारत में अभी भी अंग्रेजों का राज है। यह व्यक्ति जब भारत लौटेगा, बंदी बना लिया जाएगा। इसे गोली मारी जा सकती है, फाँसी दी जा सकती है, आजीवन कारावास दिया जा सकता है...भारत लौटने पर ही क्यों, यहाँ भी...यह इंग्लैंड न सही, न्यू इंग्लैंड तो है। गोरी जातियाँ, एशियाई और अफ्रीकियों की तुलना में तो स्वयं को परस्पर सजातीय ही मानती हैं...

"स्वामी!" सहसा प्रो० राइट बोले, "अंग्रेजों के विषय में सार्वजनिक रूप से ऐसे वक्तव्य देकर, क्या आप अपने लिए संकट नहीं मोल ले रहे हैं?"

"भारत लौटना है या नहीं?" भीड़ में से किसी ने अपना मुँह छिपाकर कहा।

सहसा प्रो० राइट हँस पड़े, जैसे अपनी बात की कटुता समाप्त करने के लिए इस गंभीर आशंका पर परिहास का आवरण डाल रहे हों।...उनके मन में एक धुँधली-सी कल्पना थी कि शायद स्वामी कहें कि यहाँ अपने मित्रों में बैठे, वे जो सहज आत्मीय वार्तालाप कर रहे हैं, वह अंग्रेजों के कानों तक कैसे पहुँचेगा; या शायद वे कहें कि वे भारत से इतनी दूर हैं कि वहाँ के शासकों तक यह समाचार पहुँच ही नहीं पाएगा; या शायद अंग्रेजों और अमेरिकियों को पृथक् जातियों की मान्यता

देकर कहें कि उनका विरोध अंग्रेजों से है, अमेरिकियों से नहीं। अमेरिकी तो भारत के मित्र हैं…

किंतु स्वामी ने इनमें से कुछ नहीं कहा। सहसा वे गंभीर हो गए और फिर उनके मुखमंडल पर एक तेज झलका, “नहीं! वे एक योगी के साथ ऐसा व्यवहार करने का साहस नहीं कर सकते।” स्वामी ने कहा और जैसे वे आवेशग्रस्त होकर अपना नियंत्रण खो बैठे, “कई बार मेरी इच्छा होती है कि अंग्रेज सरकार मुझे बंदी बना ले; या मुझे गोली से उड़ा दे। ऐसा दुस्साहस करके दिखाए वह। यह उनके ताबूत की पहली कील होगी।” स्वामी के सफेद दाँतों की चमक जैसे सारे परिवेश में उजास भर गई, “मेरी मृत्यु सारे देश में दावाग्नि का काम करेगी।…दावाग्नि…।”

प्रो० राइट को जाने क्यों ऐसा अनुभव हुआ कि स्वामी की वह मुस्कान जो अभी थोड़ी देर पहले तक अत्यंत मधुर थी, अब हिंस्र हो उठी है। उनके उन सुंदर एकरूप दाँतों से सहसा ही क्रूरता क्यों व्यंजित होने लगी है?…

“आप लोग इतने ही विरुद्ध हैं अंग्रेजों के; या अंग्रेज इतने ही आततायी हैं, तो आप लोग विद्रोह क्यों नहीं करते?” एक ग्रामीण ने स्वामी के आवेश से सम्मोहित होते हुए कहा, “क्या आपको स्वतंत्रता नहीं चाहिए?”

स्वामी ने उसकी ओर देखा : नहीं! वह व्यक्ति अपने विरोध के कारण उनसे कुतर्क नहीं कर रहा था। वह तो शायद उनकी सहानुभूति में, उनकी पीड़ा से दुखी होकर, अपना आश्चर्य प्रकट कर रहा था।

“स्वतंत्रता तो हम चाहते ही हैं।” स्वामी ने उत्तर दिया, “1857 ई० में भारत में विद्रोह ही तो हुआ था; किंतु शायद आप कल्पना न कर सकें कि उसे किस निर्दयता से कुचला गया। लोगों को संगीनों से बींधा गया। वृक्षों की शाखाओं से लटकाया गया। तलवारों से काटा गया। उनके जीवित शरीरों को तपते हुए लोहे से दागा गया। मृत्यु के पश्चात् भी उन्हें अपमानित तथा धर्मभ्रष्ट करने के लिए मुसलमानों को जलाया गया और हिंदुओं को दफनाया गया…।”

“वह विद्रोह था?” प्रो० वामबॉ जैसे अनायास ही आपत्ति कर बैठे, “हमने तो पढ़ा है कि वह राजद्रोह था, गदर था। भारतीय सिपाहियों ने सैनिक अनुशासन ही भंग नहीं किया था, निर्दोष अंग्रेज स्त्री-पुरुषों और बच्चों को मार भी डाला था। तो क्या उन्हें दंडित नहीं किया जाता?”

“हाँ! आप शायद उसे गदर ही कहेंगे। यही मानेंगे कि तब अपराधी सैनिकों को दंड मात्र ही दिया गया था।” स्वामी ने सीधे प्रो० वामबॉ की आँखों में देखा, “पर हम उसे सिपाहियों का सत्ता से द्रोह नहीं, देश का प्रथम स्वतंत्रता संग्राम मानते हैं। यदि अनुशासन भंग करने वाले सैनिकों को दंडित ही करना था, तो दिल्ली में सर्वनाश, कत्लेआम करने की क्या आवश्यकता थी? दुकानों को लूटने और मकानों में आग लगाने की क्या आवश्यकता थी? घरों में भीत मूषक के समान छिपे हुए बूढ़ों, बच्चों और स्त्रियों को खोज-खोजकर उनकी हत्या करने की क्या आवश्यकता थी?”

“आपके पास क्या प्रमाण है कि यह सब हुआ?” मिस लेन के बोर्डिंग हाउस में ठहरे एक सैलानी ने असमंजस-भरे स्वर में पूछा, “तब तक तो आपका जन्म भी नहीं हुआ होगा। भारतीयों ने अंग्रेजों को कलंकित करने के लिए कुछ प्रवाद भी तो फैलाए हो सकते हैं।”

“मैं तो केवल उन घटनाओं की ओर संकेत-भर कर रहा हूँ, जिनका लिखित वर्णन स्वयं सैनिक और असैनिक अंग्रेज पदाधिकारियों ने किया है।” स्वामी बोले, “आपकी इच्छा हो तो मैं आपको उनके नाम बताऊँ।…”

"पर कोई अंग्रेज स्वयं किए गए अत्याचारों का लिखित वर्णन क्यों करेगा?" श्रीमती राइट चकित थीं।

"क्योंकि वे उसे अत्याचार नहीं मानते। वे भारतीयों को मनुष्य नहीं मानते। जैसे वे अमेरिका और ऑस्ट्रेलिया के पूर्ववासियों को पशु मानकर उनका आखेट करते रहे हैं, वैसे ही वे हमें भी पशु मानते हैं, जिनके प्राण लेना उनके लिए गर्व का विषय है, उनकी वीरता का द्योतक है।" स्वामी के स्वर में उत्तेजना थी, "वे उन शिकारियों के समान हैं, जो वन के सिंहों को मारकर, उनके सिर गर्वपूर्वक अपने घर की दीवारों पर टाँगते हैं।...तुम समझते हो कि ईश्वर इस प्रकार के राक्षसी कृत्य क्षमा कर देगा?...नहीं! प्रतिशोध ही उसका न्याय है...। ईसा ने स्वयं कहा है, 'जो पेड़ अच्छा फल नहीं देता, वह काटा और आग में झोंक दिया जाएगा।' " स्वामी ने पुनः छत को देखा, "शिव! शिव!!"

"जो ईश्वर हमें परीक्षक की दृष्टि से देखता है, जो हमसे साधारण मनुष्य के समान प्रतिशोध लेता है, हम उसकी उपासना क्यों करें?" पीछे खड़ा एक ग्रामीण जैसे फट पड़ा। जाने कब से उसके मन में ईश्वर के प्रति कोई पुराना संशय दबा पड़ा था, जो स्वामी की बातों से उभरकर उसकी जिह्वा पर आ गया था, "यदि ईश्वर भी हमारा शत्रु हो सकता है, तो हम उससे प्रेम क्यों करें?"

स्वामी की बड़ी-बड़ी स्वप्निल आँखें उसकी ओर उठीं और वे अविचलित स्वर में बोले, "हिंदुओं का एक महान् ग्रंथ है महाभारत!..."

"भगवद्गीता जिसका अंग है?" एक महिला ने पूछा।

"हाँ! भगवद्गीता उसी का अंग है।" स्वामी ने पुष्टि की, "उस ग्रंथ के नायक युधिष्ठिर के विषय में एक बात बताता हूँ। दुर्योधन ने उनका राज्य छीन लिया था और उन्हें बारह वर्षों के लिए वन भेज दिया था। वन में वे बहुत कष्ट में थें। राज्य और धन-संपत्ति तो दूर, खाने को भोजन भी नहीं था। किंतु फिर भी युधिष्ठिर नित्य ईश्वर की उपासना करते थे। प्रत्येक क्षण उनकी जिह्वा पर प्रभु की प्रशंसा तथा प्रेम की चर्चा रहती थी। उनकी पत्नी द्रौपदी उनके इस व्यवहार से तनिक भी प्रसन्न नहीं थी।..."

"कैसे रह सकती थी," एक सैलानी ने उनकी बात काटी, "कोई पत्नी यह सहन नहीं कर सकती कि उसका पति किसी से भी उससे अधिक प्रेम करे—चाहे वह प्रेम ईश्वर के प्रति ही क्यों न हो।"

"खैर, मुझे पति-पत्नी संबंधों का कोई अनुभव नहीं है।" स्वामी मुस्कराए, "बात युधिष्ठिर और द्रौपदी की है। एक दिन द्रौपदी का क्रोध सारी मर्यादाएँ लाँघ गया। उसने युधिष्ठिर को बहुत बुरा-भला कहा। उनकी असफलताओं को गिनाया, अपने दुःखों और कष्टों की चर्चा की, दुर्योधन के सुखों, सत्ता और वैभव का वर्णन किया और युधिष्ठिर को डाँटते हुए पूछा, 'आपने इतने वर्षों तक ईश्वर की उपासना की है। क्या दिया है आपके ईश्वर ने आपको?' युधिष्ठिर ने उत्तर में कहा, 'मैं धर्म का व्यापारी नहीं हूँ। उस पर्वत हिमालय को देखो। उसने मेरे लिए क्या किया है, या मैंने उसके लिए क्या किया है? क्या संबंध है उसका और मेरा? किंतु फिर भी मैं उससे प्रेम करता हूँ; क्योंकि सुंदर वस्तुओं से प्रेम करना मेरी प्रकृति है। इसीलिए मैं ईश्वर से भी प्रेम करता हूँ।' " स्वामी ने क्षण-भर रुककर अपने श्रोताओं को देखा, "भक्ति का अर्थ ही है अहेतुक प्रेम। लोभ, याचना अथवा भय का नाम भक्ति नहीं है। भगवद्गीता में श्रीकृष्ण ने अहेतुक भक्ति और निष्काम कर्म का ही उपदेश दिया है।" वे रुके, "और क्या कहा है ईसा ने—'अपने प्रभु ईश्वर को अपने सारे हृदय, अपनी सारी आत्मा और अपनी सारी बुद्धि से प्रेम करो।' "

थोड़ी देर के लिए वहाँ एक चुभने वाला सन्नाटा छा गया। उसे तोड़ा प्रो० राइट ने, "स्वामी! व्यक्ति संसार त्यागकर संन्यास ग्रहण करता है, क्योंकि उसे धन नहीं चाहिए; किंतु प्रत्येक संन्यासी को अपने जीवनयापन के लिए अथवा अपनी संस्था के निर्माण, प्रचार और प्रसार के लिए धन की आवश्यकता होती है। तब वही संन्यासी, जिसने स्वेच्छा से धनोपार्जन त्यागा था, व्यक्ति, संस्था अथवा समाज से धन की याचना करता है। जब धन से मुक्ति ही नहीं है, तो फिर उसके त्याग से क्या लाभ? संन्यासी याचना के स्थान पर अर्जन क्यों नहीं करता? क्यों नहीं वह स्वयं अर्जित किया हुआ धन अपने लक्ष्य के लिए दान करता?"

स्वामी ने धैर्यपूर्वक प्रो० राइट की ओर देखा और फिर अपनी दृष्टि आकाश की ओर उठाई जैसे वे अपने सामने बैठे श्रोताओं से संबोधित न हों, ऊपर की ओर वर्तमान किसी अदृश्य सत्ता से वार्तालाप कर रहे हों, "कौन याचक है और कौन दाता? कौन माँगता है और कौन देता है? कौन लेकर कृतज्ञ होता है और कौन देकर कृतार्थ होता है?" उन्होंने रुककर पुनः एक बार प्रो० राइट की ओर देखा और कहा, "एक राजा एक ऋषि को बहुत मूल्यवान् उपहार देना चाहता था; किंतु ऋषि उससे कुछ भी लेने को सहमत नहीं थे। राजा ने बहुत आग्रह और अनुरोध किया कि वे उसके साथ महल में चलें और उससे कुछ माँग लें। अंततः ऋषि ने अगले दिन महल में आने का वचन दिया। राजा प्रसन्न होकर अपने नगर लौट गया। अगले दिन जब ऋषि महल में आए, तो राजा अपनी दैनिक पूजा कर, ईश्वर से प्रार्थना कर रहा था, 'हे परमपिता! मुझे धन दे, संपत्ति दे, साम्राज्य दे! मैं तेरे द्वार का भिखारी हूँ। मेरी कामना पूरी कर! मेरी खाली झोली भर दे!...'

"ऋषि ने यह सब सुना और वे लौट पड़े। राजा ने लौटते हुए ऋषि को रोका, 'आपने अपनी भेंट तो मुझसे माँगी ही नहीं। बिना कुछ माँगे ही क्यों लौटे जा रहे हैं?' ऋषि ने कहा, 'मैंने सोचा था कि तुम एक राजा हो। तुम्हारे पास बहुमूल्य वस्तुओं का भंडार होगा; इसीलिए तुमसे कुछ माँग लूँगा। यह तो मुझे यहाँ आकर ही ज्ञात हुआ कि तुम राजा नहीं स्वयं एक भिखारी हो। अब भिखारी से कुछ भी क्या माँगना।' " स्वामी ने रुककर प्रो० राइट की ओर देखा, "आप मुझे बता सकते हैं प्रोफेसर! यहाँ कौन दाता है और कौन याचक?"

प्रो० राइट स्वामी की कथा के मर्म को समझ रहे थे। सचमुच दाता अथवा अर्जक होने का अभिमान कोई अर्थ नहीं रखता।

"आपने पढ़ा होगा प्रोफेसर! शेक्सपियर ने कहा है कि सारी संपत्ति तो ईश्वर की है। मनुष्य तो उसका चौकीदार ही है।"

प्रो० राइट अपने मनन में कुछ इतने डूब गए कि उन्होंने कोई उत्तर नहीं दिया। प्रो० वामबॉ ने इस अवसर का लाभ उठाकर चर्चा को आगे बढ़ाया, "मैं संन्यास को बुरा नहीं समझता। संन्यासी तो प्रत्येक धर्म में होते हैं; किंतु संन्यासी को धर्म-प्रचारक होना चाहिए।" प्रो० वामबॉ ने स्वामी पर एक तीखी दृष्टि डाली, "ईसाई संन्यासियों की बात मेरी समझ में आती है। वे ईसा के मत का प्रचार करते हैं; क्योंकि वह मत अपने अनुयाइयों की रक्षा करता है, उनका उद्धार करता है, उनका पालन-पोषण करता है, उन्हें समृद्ध करता है। सारे ईसाई देश इसका प्रमाण हैं। सारे ईसाई देश समृद्ध और शक्तिशाली हैं।...किंतु एक हिंदू संन्यासी...?"

प्रो० वामबॉ ने अपना वाक्य अधूरा छोड़ दिया, किंतु स्वामी उनका अभिप्राय अच्छी तरह समझ चुके थे। उन्होंने अपनी बड़ी-बड़ी श्यामल आँखें खोलीं और प्रो० वामबॉ पर टिका दीं, "यदि ईसाई

मत में अपने अनुयाइयों का उद्धार करने की इतनी क्षमता है, तो उसने इथोपियन और अबीसीनियाई लोगों का उद्धार क्यों नहीं किया?...आप ईसाई देशों के धनी होने पर गर्व करते हैं और ईसा कहते हैं, 'सूई के नाके से होकर ऊँट का निकलना अधिक सहज है, किंतु धनी का ईश्वर के राज्य में प्रवेश पाना कठिन है।' " अब तक स्वामी का आवेश जैसे पुनः लौट आया था, "अध्यात्म के धरातल पर इस पृथ्वी का कोई भी देश हिंदुओं से आँखें नहीं मिला सकता। विचित्र बात है कि ईसाई राष्ट्रों के मस्तिष्क में जाने क्यों एक विगलित विचार आज तक जमा हुआ है क्योंकि ईसाई देश समृद्ध और शक्तिशाली हैं, इसीलिए ईसाई मत हिंदू धर्म से श्रेष्ठतर है। इसका स्पष्ट उत्तर है कि इसी तर्क के आधार पर हिंदू मत एक धर्म है और ईसाई मत धर्म नहीं है; क्योंकि इस राक्षसी और नारकीय संसार में केवल दुष्ट और अधर्मी लोग ही समृद्ध होते हैं, धर्म तो सदा ही कष्ट झेलता आया है। वैसे भी भौतिक विज्ञान केवल सांसारिक समृद्धि ही दे सकता है, जबकि अध्यात्म उसे शाश्वत जीवन प्रदान करता है।" स्वामी का आवेश सागर की लहरों के समान लौट-लौटकर आ रहा था, "और यदि आपका विचार है, ईसाई होने मात्र से ही कोई सच्चरित्र हो जाता है, तो अपने देश और समाज के चरित्र पर दृष्टि डालिए। अपने देश में मंच पर होने वाली स्त्री की दुर्दशा और नग्नता देखिए। अपनी सड़कों पर बिखरी हुई भयंकर अनैतिकता को देखिए। अपने समाज के विकट मदिरापान को देखिए। अपने यहाँ की चोरियों और डकैतियों को देखिए। पश्चिम में होने वाली हत्याओं और दक्षिण में होने वाली छुरेबाजी की घटनाओं की ओर ध्यान दीजिए।...ईसाई जगत् में इतने अपराध क्यों हैं? ईसाई हो जाने से ही कोई धार्मिक हो जाता, तो यह सब क्यों है?..."

श्रीमती राइट के मन में स्वामी की बातों ने जैसे विचारों की एक शृंखला बना दी थी। वे स्वामी के कथन के प्रवाह में बहती भी जा रही थीं और उससे उबरने के लिए, प्रवाह के विपरीत तैरने का प्रयत्न भी कर रही थीं...उनके मन में, भारत में होने वाले ठगों के भयंकर उत्पात की चर्चाएँ घूम गईं।...किंतु फिर उनका मन संकुचित होकर रह गया।...यह आरोपों-प्रत्यारोपों का अवसर नहीं था। स्वामी के समाज पर इस प्रकार का आरोप लगाकर, वे स्वामी के वक्तव्य को असत्य प्रमाणित नहीं कर सकतीं। स्वामी का कथन सत्य था...वे अपने देश के चरित्र को नहीं जानतीं क्या?...

श्रीमती राइट देख रही थीं कि यह भी एक विचित्र बात थी कि एक दूरस्थ और अपरिचित देश से आकर स्वामी उन लोगों को उनके समाज की दुर्बलताएँ दिखा रहे थे; और वे लोग जैसे किसी मंत्र में बँधे, सब कुछ सुन रहे थे। स्वामी के तर्कों के विरुद्ध भी तर्क दिए जा सकते थे, किंतु वहाँ बैठे हुए अमेरिकी समाज के अनेकानेक धड़ों के लोग कितने चाव से उनकी बातें सुन रहे थे। इन साधारण, घरेलू और देहाती महिलाओं की आँखों में जैसे उत्फुल्लता के दीपक जल रहे थे, उनके कपोल उत्तेजना से आरक्त थे।...कल गली-मुहल्लों और चौराहों तक में यह बात फैल जाएगी कि स्वामी ने किससे क्या कहा।...

लगता था कि स्वामी का लालन-पालन अत्यंत तर्कमय वातावरण में हुआ था। वे सुकरात की शैली में तर्क करते थे। बड़ी चतुराई से अपनी बात किसी निर्दोष अथवा सर्वमान्य तथ्य से आरंभ कर देते थे और फिर उनमें से विचित्र तथा अनुत्तरणीय निष्कर्षों को निकाल लेते थे। उनके वक्तव्यों में चित्रात्मक उदाहरण और सुंदर कथाएँ गुँथी पड़ी थीं। वे वैसे विद्वान् वक्ता नहीं थे, जो किसी को समझ ही न आते हों।...

42

प्रातः चाय की मेज पर नमस्कार के पश्चात् स्वामी आत्मलीन ही रहे। किंतु श्रीमती राइट कितनी देर चुप रहतीं। धीरे से बोलीं, "स्वामी! आपको नहीं लगता कि कल रात वातावरण बहुत गर्म हो गया था?"

"मौसम या वार्तालाप?" स्वामी ने मुस्कराकर पूछा।

"दोनों ही। हवा में उमस थी और आपके शब्दों में ताप।"

"मैंने कुछ अनुचित कहा क्या?"

"कह नहीं सकती; किंतु सोचती हूँ कि भारतीयों ने भी तो अंग्रेजों के विरुद्ध कुछ किया ही होगा।" श्रीमती राइट बोलीं।

"किया क्यों नहीं।" स्वामी का स्वर कुछ उल्लसित हो उठा, "झाँसी की रानी लक्ष्मीबाई ने अपनी सेना सजाकर, अंग्रेजों से झाँसी की रक्षा का प्रयत्न किया। वह लड़ी। घोड़े पर सवार होकर, हाथ में तलवार लेकर मर्दों से बढ़कर लड़ी। पराजय सामने दिखी तो समर्पण के अपमान से बचने के लिए अपने प्राणों पर खेल गई। उसने वीरों के समान मृत्यु को गले लगाया। वह मानवी नहीं, देवी थी—रणचंडी। हम उसकी पूजा करते हैं···अंग्रेजों के हाथों में पड़ गई होती तो वे उसे जॉन ऑफ आर्क के समान जीवित जला देते। इससे नीच कार्य भी कोई जाति कर सकती है?" स्वामी का स्वर कुछ मंद हुआ, "मैं एक ऐसे व्यक्ति को जानता हूँ···जिसके चार-चार पुत्रों ने अंग्रेजों के हाथों वीरगति प्राप्त की है। वह जब उनकी चर्चा करता है, तो तनिक भी विचलित नहीं होता; किंतु जब वह झाँसी की रानी की चर्चा करता है तो उसकी आँखों से झर-झर आँसू बहने लगते हैं।···उस देवी का स्वाभिमान और स्वतंत्रता का युद्ध क्या अनुशासनहीनता है? वह क्या राजद्रोह था?"

श्रीमती राइट ने पहली बार एक विचित्र असमंजस का अनुभव किया···जिस घटना को उन्होंने आज तक गदर माना था, स्वामी ने उसे एकदम ही विपरीत रूप में प्रस्तुत किया था। जैसे सारा नक्शा ही बदल गया था।···कितना विचित्र होता है किसी परिचित घटना को किसी नए कोण से देखना, उसके किसी नए पक्ष को जानना, और वह भी तब, जब आप मान चुके हों कि उस घटना का कोई और पक्ष हो ही नहीं सकता।···उन्होंने तो यह ही जाना था कि भारतीय सैनिकों ने विश्वासघात किया था। अपनी सैनिक शपथ तोड़ी थी। अपने अंग्रेज अधिकारियों की हत्याएँ की थीं।···दिल्ली, कानपुर और झाँसी में निरीह शरण माँगने आए, असहाय अंग्रेज स्त्री, पुरुषों और बच्चों की क्रूर हत्याएँ की थीं। पर शायद स्वामी का पक्ष ही सत्य था। हिंदुओं में अहिंसा का बहुत महत्त्व था।···फिर वे लोग स्त्री को देवी मानते थे···वे इस प्रकार निरीह हत्याएँ नहीं कर सकते। किंतु उन सिपाहियों में मुगल, पठान और तुर्क सिपाही भी तो रहे होंगे। उन्हें अहिंसा नहीं सिखाई गई थी, न वे स्त्रियों को उस सम्मान की दृष्टि से देखते थे···संभव है, वे हत्याएँ उन्होंने की हों···प्रतिशोध में वैसे भी तो मनुष्य पशु ही हो जाता है।

प्रो० राइट बड़े ध्यान से स्वामी को देख रहे थे।

फ्रैंकलिन ने तो कहा था कि इस संन्यासी को क्रोध आता ही नहीं और यहाँ यह किसी भयंकर बम के समान विस्फोट कर रहा है। क्या उसे ज्ञात है कि वह कितना बड़ा संकट मोल ले रहा है?

जो कुछ वह कह रहा है, वह सत्य है; किंतु क्या वह नहीं जानता कि अमेरिकी समाज इतना सहनशील नहीं है?...किंतु उसका क्रोध कितना शालीन और स्वाभाविक था। श्रोताओं ने अपनी चर्चा का आरंभ ही उसके देश और धर्म पर विभिन्न प्रकार के लांछन लगाकर किया था। ऐसे में कोई भी व्यक्ति भड़क सकता है।

"क्या सोच रहे हैं प्रोफेसर आप?" स्वामी ने अत्यंत मधुर ढंग से कहा, "आशा है कि कोई गंभीर चिंता नहीं होगी। यदि मेरी चिंता कर रहे हों तो मुझे बता दें।"

प्रो० राइट के मन में तत्काल विचार आया—क्या यह अपनी यौगिक क्षमता दिखा रहा है? क्या वह बताना चाहता है कि वह दूसरों के मन के विचार पढ़ सकता है, या यह मात्र संयोग ही है?

"क्या आपको नहीं लगता स्वामी! कि आप आग उगल रहे थे, क्या आप सदा ऐसे ही होते हैं?"

"नहीं तो! एकदम नहीं!"

"ठीक है कि आत्मरक्षा के लिए कभी-कभी कठोर भी होना पड़ता है।" प्रो० राइट ने कहा।

"नहीं! यह आत्मरक्षा नहीं थी।" स्वामी ने मंद किंतु गंभीर स्वर में कहा, "वे मुझ पर आरोप लगाते तो संन्यासी अपनी रक्षा नहीं करता। संन्यासी अपनी रक्षा के लिए भी ईश्वर पर निर्भर है। किंतु वे मेरे देश और धर्म को लांछित कर रहे थे। उनकी रक्षा तो करनी होगी।" स्वामी ठहर गए, "वस्तुतः मैं उनकी रक्षा भी नहीं कर रहा था। मैं तो उनका वास्तविक स्वरूप समझा रहा था और केवल सत्य बोल रहा था।"

स्वामी कुछ-कुछ आत्मलीन हो गए। अमेरिका में लोग अपने दोषों और अभावों के विषय में कुछ नहीं जानते और न ही भारत के गुणों के विषय में उन्हें कुछ ज्ञात है। इनके सामने भारत और हिंदुओं को कैसे मलिन करके प्रस्तुत किया गया है। इसका विरोध तो स्वामी को करना ही होगा। वे अपने देश की झूठी निंदा सुनने के लिए तो इतनी दूर नहीं आए हैं।...किंतु यह तो आरंभ है। वे सागरतट के एक एकांत छोटे-से कस्बे में हैं। एक घर की बैठक में कुछ लोगों से वार्ता कर रहे हैं। यह तो सारे अमेरिका में होगा। प्रत्येक नगर और महानगर में होगा। उन सबको ईसाई पादरियों ने यही सिखाया और पढ़ाया होगा, जो एनिक्वास्म में छुट्टियाँ बिताने आए लोग कह रहे थे।...और वे इस देश से सहायता लेने आए थे। इनके मन में हिंदुओं के प्रति जो घृणा कूट-कूटकर भरी गई है, क्या स्वामी उसे धो पाएँगे?

"मेरा विचार है स्वामी! कि ऐसे ही छुट्टियाँ बिताने आए लोगों के सामने बिना किसी निश्चित विषय के बोलने से कहीं अच्छा है कि आप परसों चर्च में प्रार्थना करने आए लोगों के सम्मुख भाषण दें।"

"मुझे चर्च के मंच से भाषण करने की अनुमति मिल जाएगी?"

"मैं उसके लिए आपको आमंत्रित कर रहा हूँ।" प्रो० राइट ने कहा, "आप जैसा वक्ता एनिक्वास्म के चर्च को कहाँ मिलेगा।"

"तो इसमें मुझे भी क्या आपत्ति हो सकती है। मैं यहाँ भी माँ की शरण में हूँ—ईसा की माता माँ मरियम की शरण में।"

प्रो० राइट ने चकित होकर स्वामी की ओर देखा : किंतु वहाँ कोई छद्म नहीं था।

राइट परिवार नाश्ता करने की तैयारी कर रहा था तो स्वामी की ढूँढ़ मची। स्वामी बाहर ऑस्टिन के साथ बैठे बातें कर रहे थे।

श्रीमती राइट को आश्चर्य हुआ : इतना धीर-गंभीर, यह हिंदू संन्यासी उस छोटे-से बच्चे के साथ क्या बातें कर रहा होगा? साधारण अमेरिकी घरों में तो प्रायः बच्चों को बड़ों की बातचीत में सम्मिलित करना तो दूर, उन्हें उस बातचीत के पास फटकने भी नहीं दिया जाता। वयस्क लोग बच्चों को इतना महत्त्व कभी नहीं देते थे कि उन्हें अपने वार्तालाप में सम्मिलित करें।...और यह स्वामी...तो क्या ऑस्टिन ही उनके साथ बातें कर रहा था?...पर ऑस्टिन के पास ऐसा क्या था, जो वह कहता और स्वामी बैठे सुनते?...

वे लोग नाश्ते की मेज पर आए तो श्रीमती राइट पूछे बिना नहीं रह सकीं, "ऑस्टिन! तुम स्वामी जी से क्या बातें कर रहे थे?"

"माँ! स्वामी जी मुझे बहुत सरस कहानियाँ सुना रहे थे।" ऑस्टिन ने अपनी उमंग में बताया, "वन में रहने वाले पशु-पक्षियों की कहानियाँ। वे सब मनुष्यों के समान ही सोचते-समझते हैं माँ!"

स्वामी मुस्कराए, "हम उन्हें पंचतंत्र की कहानियाँ कहते हैं। संस्कृत में एक पुस्तक है—पंचतंत्र। उसमें बच्चों को जीवन संबंधी कुछ मूल्य सिखाने और कुछ व्यावहारिक ज्ञान देने के लिए पशु-पक्षियों की कहानियाँ प्रस्तुत की गई हैं।"

"स्वामी तुम्हें हिंदू पूजा तो नहीं सिखा रहे थे," प्रो० राइट ने परिहास किया, "स्वामी स्वयं तो दिन में कई घंटे पूजा करते हैं।"

"मैंने स्वामी से पूजा करनी सीखी है।" ऑस्टिन से भी पहले एलिजाबेथ बोली, "कितना सरल है पापा! किसी शांत और एकांत स्थान पर बैठ जाओ और भगवान् का ध्यान करो। बस, हो गई पूजा।"

"और पापा! स्वामी कहते हैं कि जहाँ बैठकर भगवान् का ध्यान करो, वही चर्च होता है। मैंने सोचा, उसे चर्च नहीं, शांतिधाम कहना चाहिए—हाउस ऑफ क्वाएट।" ऑस्टिन ने कहा।

"तुमने ठीक ही सोचा है ऑस्टिन!" स्वामी ने उसे स्नेहमयी दृष्टि से देखा, "हम उसे ध्यानमंडप कहते हैं; किंतु उसे शांतिधाम भी कहा जा सकता है।"

"मुझे बताओ स्वामी!" सहसा प्रो० राइट गंभीर हो गए, "हमें धर्म की आवश्यकता ही क्या है? क्या हमारा जीवन धर्म के बिना ही सुचारु रूप से नहीं चल सकता?"

स्वामी ने पहले तो प्रो० राइट को तन्मयता से देखा और फिर अपनी बड़ी-बड़ी श्यामल आँखें मूँद लीं। आँखें खोलकर उन्होंने बिना किसी भूमिका के बोलना आरंभ किया, "रेल की पटरी पर एक भीमकाय इंजन तेजी से भागा जा रहा था। एक छोटा-सा कीड़ा उस पटरी पर रेंग रहा था। इंजन आ रहा है, यह देखकर उसने धीरे से पटरी से उतरकर अपने प्राण बचाए। वह क्षुद्र कीट, जो किसी भी क्षण इंजन से दबकर मर सकता था, एक प्राणी है; और इंजन इतना विराट्, इतना विशाल होने पर भी केवल एक यंत्र ही है। एक में जीवन है और दूसरा केवल जड़ पदार्थ है—उसमें चाहे कितनी शक्ति हो, कितनी गति हो, कितना वेग हो—वह मृत, जड़ यंत्र के सिवाय और कुछ भी नहीं है। वह क्षुद्र कीट, जो पटरी के ऊपर चल रहा था, इंजन के स्पर्श मात्र से जिसकी मृत्यु निश्चित थी, वह उस भीमकाय इंजन की तुलना में श्रेष्ठ और महिमासंपन्न है। वह उस असीम का ही क्षुद्र अंश है, इसी कारण वह उस शक्तिशाली इंजन से श्रेष्ठ है।..."

'स्वामी की बात का प्रोफेसर के प्रश्न से कोई प्रत्यक्ष संबंध दिखाई नहीं दे रहा था।' श्रीमती राइट सोच रही थीं, 'पर स्वामी की यही तर्क शैली थी। वे अभी घूम-फिरकर प्रोफेसर के प्रश्न पर आ जाएँगे, पर तब तक वे अपने श्रोताओं को अपनी कहानियों और उदाहरणों से इतना सहमत कर चुके होंगे कि फिर किसी का उनके निष्कर्षों से असहमत होना संभव नहीं होगा।...'

"क्यों श्रेष्ठ है वह?" स्वामी ने प्रश्न किया और फिर स्वयं ही उत्तर दिया, "जीवित प्राणी के भीतर स्वाधीनता है, बुद्धि है। जड़ पदार्थ में स्वाधीनता नहीं है, क्योंकि उसमें बुद्धि नहीं है, वह कुछ जड़ नियमों की सीमा में बद्ध है। जिस स्वाधीनता के कारण हम यंत्र से भिन्न हैं—उसी स्वाधीनता को पूर्णरूपेण पाने के लिए ही हम सारी चेष्टाएँ कर रहे हैं—उन सबका एक ही उद्देश्य है कि कैसे हम अधिकतम स्वाधीन हों। पूर्ण स्वाधीनता पाने पर ही हम पूर्णत्व पा सकते हैं।..."

"पर धर्म में पूर्णत्व पाने का प्रयत्न कहाँ है?" प्रो० राइट ने स्वामी के तर्क की दिशा को भाँपते हुए कहा, "वहाँ अधिकाधिक अपनी दुर्बलता और अपने अपूर्णत्व की स्वीकृति है। आत्मसमर्पण है। अधिक से अधिक दासता है। वहाँ स्वाधीनता कहाँ है?"

"लोग समझते हैं कि किसी अज्ञात रूप से देवादि पुरुष हमारी अपेक्षा अधिक बड़े हैं, बहुत शक्तिशाली हैं और वे हमारी स्वाधीनता में बाधा डालते हैं।" स्वामी ने श्रीमती राइट द्वारा तैयार किया हुआ चाय का प्याला उठाते हुए कहा, "इसी कारण इन सब देवताओं को वे संतुष्ट करने की चेष्टा करते हैं, जिससे वे उनका किसी प्रकार अनिष्ट न करें अर्थात् जिससे वे अधिकाधिक स्वाधीनता लाभ कर सकें।" स्वामी बिना रुके कहते गए, "समग्र संसार एक चमत्कार की आशा कर रहा है। हम कितना ही प्रयत्न क्यों न करें, यह आशा हमें नहीं छोड़ती। हम सब केवल अद्भुत और चमत्कार की ओर दौड़ रहे हैं। जीवन के अर्थ और उसके रहस्य के अविराम अनुसंधान के सिवाय हमारे मन का और क्या अर्थ है? यहूदी भी एक चमत्कार की याचना कर रहे थे। केवल यहूदी ही क्यों, समग्र जगत् ही सहस्रों वर्षों से ऐसी आशा करता आ रहा है। और समग्र जगत् में सबके भीतर एक विशिष्ट असंतोष का भाव दिखाई पड़ता है। इसका अर्थ यह है कि स्वाधीनता की प्राप्ति ही मानव जीवन का परम लक्ष्य है—जब तक वह इस स्वाधीनता की प्राप्ति नहीं करता तब तक किसी तरह भी उसका असंतोष दूर नहीं हो सकता।..."

प्रो० राइट कुछ कहने ही वाले थे कि स्वामी ने मुस्कराकर उन्हें शांत रखने के लिए अपना हाथ उठाया, "मैं आपकी बात पर ही आ रहा हूँ।"

प्रो० राइट तो मौन रह गए, किंतु श्रीमती राइट ने स्वामी को आगे बढ़ने नहीं दिया। वे अपने पति से बोलीं, "आप स्वामी को कुछ खाने-पीने भी देंगे या बातों में ही उलझाए रखेंगे।"

प्रो० राइट कुछ झल्लाकर बोले, "खाना-पीना बहुत महत्त्वपूर्ण है; किंतु इतना महत्त्वपूर्ण भी नहीं है कि दो ग्रास अधिक खिलाने के चक्कर में तुम एक सुंदर वार्तालाप को नष्ट कर दो।"

"आप तनिक भी चिंता न करें माँ! यह पेटू संन्यासी भोजन के सामने से कभी भूखा नहीं उठता।"

श्रीमती राइट मौन रह गईं; उन्हें स्वामी के मुख से अपने लिए 'माँ' संबोधन खटका था।...अमेरिका में किसी वृद्धा को भी कोई 'माँ' कहकर संबोधित नहीं करता और यह हिंदू संन्यासी उन्हें इस अवस्था में 'माँ' कह रहा है।...किंतु अगले ही क्षण उनके मन में मातृत्व जागा, जिसे देखकर उनके भीतर की नारी भयभीत हो गई।...इसमें अवस्था का प्रश्न नहीं था। यह हिंदू संन्यासी अपनी

सारी विदेशीयता, विधर्मिता और राष्ट्रीयता भूलकर, कितनी आत्मीयता से उन्हें 'माँ' कह रहा था। इसमें उनके नारीत्व की अवहेलना नहीं, उनके प्रति एक पवित्र भावना में लिपटा सम्मान था, स्नेह था...'माँ' से पवित्र संबोधन किसी नारी के लिए और क्या हो सकता है? उसमें सारी दूरी मिट जाती है। सारा अपरिचय और सारा परायापन समाप्त हो जाता है। माँ को उसकी संतान उसकी सारी कमियों और सीमाओं के बावजूद सबसे अधिक प्रेम करती है।...'

"मनुष्य की इस स्वाधीनता और मुक्ति की आकांक्षा से ही उसकी यह धारणा उत्पन्न होती है कि एक ऐसा पुरुष अवश्य है, जो संपूर्णतया मुक्तस्वभाव है। इसीलिए देखा जाता है कि ईश्वर की अवधारणा मनुष्य के मन का स्वाभाविक गुण है।" स्वामी कह रहे थे, "हम इसका अर्थ चाहे न समझें, किंतु अचेतन रूप से हमारे मानवीय भाव के साथ हमारे आध्यात्मिक भाव का, निम्न स्तर के भाव का उच्च स्तर मन के साथ संघर्ष चल रहा है, और यह संघर्ष अपना पृथक् स्वभाव बचा रखने के लिए—जिसे हम व्यक्तित्व कहते हैं—प्रयत्न करता है।" स्वामी ने रुककर प्रो० राइट की ओर देखा, "जितने दिन हम प्रकृति की नियमावली को मानकर चलते हैं, उतने दिन हम यंत्र के समान हैं—उतने दिन जगत्प्रवाह अपनी गति से चलता रहता है—उसकी शृंखला हम तोड़ नहीं सकते। नियम का पालन ही मनुष्य की प्रकृति हो जाती है; किंतु जब हमारे भीतर प्रकृति का यह बंधन तोड़कर मुक्त होने की चेष्टा उत्पन्न होती है, तभी उच्चस्तर के जीवन का प्रथम उन्मेष होना समझना चाहिए। मुक्ति, ओ मुक्ति। मुक्ति, ओ मुक्ति—यही आत्मा का संगीत है।"

"ठीक है।" इस बार प्रो० राइट ने कुछ अधिक बलपूर्वक कहा, "मुक्ति की इच्छा को, उसकी आवश्यकता को—मैं भी स्वीकार करता हूँ; किंतु हम विज्ञान के माध्यम से भी तो वही कर रहे हैं, फिर धर्म या अध्यात्म...।" उन्होंने अपना वाक्य अधूरा छोड़ दिया।

स्वामी मुस्कराए, "जिस विद्या को हम विज्ञान कहते हैं, वह सहस्रों वर्षों से स्वाधीनता लाभ की चेष्टा करती आ रही है; और लोग उसके माध्यम से स्वाधीनता चाहते भी रहे हैं। परंतु प्रकृति के भीतर तो स्वाधीनता या मुक्ति नहीं है। उसके भीतर नियम—केवल नियम हैं। विशाल सूर्यमंडल से लेकर क्षुद्र परमाणु तक सभी प्रकृति के नियमाधीन हैं। इसीलिए मनुष्य तड़पकर कहता है, 'मैं जन्म से ही प्रकृति का दास हूँ—बद्ध हूँ, तब भी एक ऐसा पुरुष है, जो प्रकृति के नियमों में बद्ध नहीं है। जो नित्यमुक्त है और प्रकृति का भी प्रभु है।' " स्वामी चाय का एक घूँट पीने के लिए रुके, "जिस प्रकार बंधन की धारणा हमारे मन का अच्छेद्य और मौलिक अंश है, ईश्वर की धारणा भी उसी प्रकार प्रकृतिगत और हमारे मन का अच्छेद्य, मौलिक अंश है। और दोनों ही स्वाधीनता की भावना से उत्पन्न हुई हैं।" स्वामी क्षण-भर के लिए रुके, "स्वाधीनता का भाव न रहने पर, एक पौधे तक में भी जीवन नहीं रह सकता। पौधे अथवा कीट में भी जीवन को व्यक्तित्व की धारणा तक ऊपर उठना पड़ता है। अज्ञात भाव से यह धारणा उसमें कार्य कर रही है—पौधा अपनी विशिष्टता, अपने विशिष्ट रूप, अपनी अस्मिता को बनाए रखने के लिए जी रहा है, प्रकृति नहीं। प्रकृति ही हमारी उन्नति के प्रत्येक सोपान को नियमित कर रही है। इस धारणा से स्वाधीनता या मुक्ति के भाव को बिलकुल उड़ा देना पड़ता है। इन दो धारणाओं का लगातार संग्राम चल रहा है। मुक्ति या स्वाधीनता के इस मूर्त विग्रहस्वरूप, प्रकृति के प्रभु को हम ईश्वर कहा करते हैं। उसको आप अस्वीकार नहीं कर सकते; क्योंकि इस स्वाधीनता के भाव के बिना जीवन धारण नहीं किया जा सकता।"

"किंतु ईश्वर की उपासना···।" प्रो० राइट ने कुछ अधैर्य से कहा।

स्वामी अब पूर्णतः अपने प्रवाह में आ चुके थे, "समग्र प्रकृति ही ईश्वर की उपासना है। जहाँ भी किसी प्रकार का जीवन है, वहीं मुक्ति का अनुसंधान है; और वह मुक्ति ही ईश्वरस्वरूप है। यह मुक्ति-लाभ करने पर निश्चय ही समग्र प्रकृति पर आधिपत्य प्राप्त होता है; और ज्ञान के बिना मुक्ति पाना असंभव है। हम जितने अधिक ज्ञानसंपन्न होते हैं, उतना ही हम प्रकृति पर आधिपत्य पा सकते हैं। और प्रकृति जितनी ही हमारी वशीभूत होती जाती है, उतने ही हम शक्तिसंपन्न, अधिक ओजस्वी होते जाते हैं; और यदि ऐसा कोई पुरुष है, जो पूर्ण मुक्त और प्रकृति का प्रभु है, तो उसे ही प्रकृति का पूर्ण भान है। वह सर्वव्यापी और सर्वज्ञ है। मुक्ति और स्वाधीनता के साथ वह पूर्ण पुरुष भी होगा। जो व्यक्ति उस पूर्ण पुरुष को प्राप्त कर लेगा, केवल वही प्रकृति के पार जाने में समर्थ होगा।···विज्ञान का लक्ष्य यह नहीं है, यह अध्यात्म का लक्ष्य है।" स्वामी ने प्रो० राइट पर एक गहरी दृष्टि डाली, "वेदांत के ईश्वर विषयक सभी विचारों के मेल में पूर्ण मुक्ति एवं स्वाधीनता से उत्पन्न परमानन्द तथा नित्य शांतिरूप धर्म की उच्चतम धारणा विद्यमान है। संपूर्ण मुक्त भाव से अवस्थान—कुछ भी उसको बद्ध नहीं कर सकता, वहाँ प्रकृति नहीं है, किसी प्रकार का परिवर्तन नहीं है। ऐसा कुछ भी नहीं है, जो उसमें किसी प्रकार का परिणाम उत्पन्न कर सके। यह मुक्त भाव आपके भीतर भी है और यही एकमात्र यथार्थ स्वाधीनता है।"

नाश्ता समाप्त हो चुका था। सबने अपने हाथ रोक लिए थे और प्लेटें परे धकेल दी थीं। किंतु कोई भी मेज से उठ नहीं रहा था।

श्रीमती राइट एक विचित्र प्रकार के असमंजस में थीं। यदि ये लोग इसी प्रकार बैठे रहे, तो घर की सारी व्यवस्था बिगड़ जाएगी। दोपहर के भोजन का क्या होगा···और घर के अन्य काम? किंतु प्रो० राइट ठीक ही कह रहे थे···घर की व्यवस्था को बनाए रखने के प्रयत्न में वे स्वामी की ये बातें रुकवा देंगी क्या?···

"ईश्वर सदा ही अपने महिमामय अपरिमाणी स्वरूप में प्रतिष्ठित है। आप और हम उसके साथ एक होने की चेष्टा कर रहे हैं; किंतु इधर बंधन की कारणीभूत प्रकृति, नित्य जीवन की छोटी-छोटी बातें—धन, नाम, यश, मानव प्रेम प्रभृति—प्राकृतिक विषयों पर निर्भर हैं। किंतु यह जो समग्र प्रकृति प्रकाश पा रही है, उसका प्रकाश किस पर निर्भर है? ईश्वर के प्रकाश से ही प्रकृति प्रकाश पाती है; सूर्य, चंद्र, तारों के प्रकाश से नहीं। उसके प्रकाशमान होने से ही और सब कुछ प्रकाशित होता है।···"

स्वामी को लग रहा था कि उनके पास बताने को बहुत कुछ है और प्रो० राइट को वह सब सुनने में रुचि थी। धीरे-धीरे स्वामी के चिंतन के विरुद्ध उनके तर्क भी जैसे शिथिल हो गए थे। वे स्वामी के ज्ञान को अधिक से अधिक पा लेना चाहते थे···दोपहर के भोजन के उपरांत भी वे दोनों बाहर लॉन में जा बैठे थे···श्रीमती राइट जब उनको यह पूछने गईं कि वे लोग कॉफी लेंगे क्या? तो उन्होंने देखा : वहाँ प्रो० वामबाँ भी आए बैठे थे। तीन-चार और लोग भी थे और स्वामी पूर्ण तल्लीनता से अपनी बात कह रहे थे।

श्रीमती राइट की इच्छा नहीं हुई कि वे उनका प्रवाह भंग करें। किंतु वे उलटे पाँव लौट भी नहीं सकीं। वे क्षण-भर यह सुनने के लिए रुकीं कि अब स्वामी किस विषय पर चर्चा कर रहे हैं, तो खड़ी की खड़ी रह गईं।

स्वामी कह रहे थे, "ईश्वर स्वतः सिद्ध है : निर्गुण, सर्वज्ञ, प्रकृति का ज्ञाता और प्रभु! सब उपासनाओं के मूल में वह विद्यमान है। हम चाहे समझें या न समझें, सब ओर उसी की उपासना हो रही है। जिसको अशुभ कहा जाता है, वह भी उसी की उपासना है। वह भी मुक्ति का ही एक खंड है। केवल यही नहीं, मैं इससे भी भीषण बात कहूँगा—जब आप कोई अशुभ काम करते हैं, तो वहाँ भी मुक्ति की अदम्य आकांक्षा ही विद्यमान रहती है। वह पथभ्रष्ट और भ्रांत हो सकती है, परंतु वह विद्यमान है अवश्य। समग्र ब्रह्मांड में मुक्ति—स्वाधीनता का स्पंदन हो रहा है। इस ब्रह्मांड के अंतःस्तल में यदि एकत्व न रहता, तो हम विविधता को समझ ही नहीं सकते थे। उपनिषद् में ईश्वर की धारणा इसी प्रकार की है। कभी-कभी यह धारणा और भी उच्चतर हो जाती है। उससे हमारे सामने एक ऐसे आदर्श की स्थापना होती है, जिससे पहले-पहल तो हमको स्तंभित रह जाना पड़ता है—स्वरूपतः हम सब ईश्वर से अभिन्न हैं। वह जो तितली का विचित्र वर्ण है, और वह जो गुलाब की कली का खिलना है—उसके मध्य भी शक्ति के रूप में वही विद्यमान है, जिसने हमें जीवन दिया है, हमारे अंतर में भी वही विराज रहा है। उसकी अग्नि से जीवन का आविर्भाव और उसकी शक्ति से कठोरतम मृत्यु होती है। उसकी छाया ही मृत्यु है और उसकी छाया ही अमृतत्व है।...जो कुछ भी भीषण है, उससे हम आखेटक द्वारा खदेड़े गए खरगोश के समान भाग रहे हैं। उससे मुँह चुराकर स्वयं को निरापद समझ रहे हैं।"

श्रीमती राइट एक कुर्सी धीरे से खिसकाकर बैठ गईं। अब स्वामी की पूरी बात सुने बिना उनका जाना संभव नहीं था।

"जो कुछ भयानक है, उसका सामना करना पड़ेगा, साहसपूर्वक उसके सामने खड़ा होना होगा।" स्वामी कह रहे थे, "यदि हमको मुक्ति या स्वाधीनता का अर्जन करना है, तो हमें प्रकृति को जीतना ही होगा। प्रकृति से भागना नहीं होगा। कापुरुष कभी जय नहीं पा सकता। हमको भय, कष्ट और अज्ञान के साथ संग्राम करना होगा, तभी वे हमारे सामने से भाग जाएँगे।" स्वामी के मुखमंडल पर असाधारण शांति आ विराजी थी, "मृत्यु क्या है? आतंक क्या है? उन सबके भीतर क्या प्रभु का आनन दिखाई नहीं देता? दुःख, कष्ट और आतंक से दूर भागकर देखो—वे तुम्हारा पीछा करेंगे। उनके सामने खड़े हो जाओ, वे भाग जाएँगे। सारा संसार सुख और आराम का उपासक है। जो कष्टप्रद है, उसकी उपासना करने का साहस बहुत कम लोग करते हैं। इन दोनों का ही अतिक्रमण मुक्ति है। मनुष्य इस दुःखदायी द्वार में से गुजरे बिना मुक्त नहीं हो सकता। हम ईश्वर की उपासना करने की चेष्टा करते हैं, किंतु प्रकृति और हमारी देह—ईश्वर और हमारे मध्य खड़ी होकर—हमें अंधा कर देती है। हमें कठोर वज्र के भीतर, लज्जा, मलिनता, दुःख—दुर्विपाक, पाप-ताप—के भीतर भी हमें उनसे प्रेम करने की शिक्षा लेनी होगी। समग्र संसार, धर्ममय ईश्वर का प्रचार चिरकाल से करता आ रहा है। मैं उसी ईश्वर का प्रचार करना चाहता हूँ, जो एक ही समान धर्म और अधर्ममय हो। यदि साहस हो तो इस ईश्वर को ग्रहण करो। यही मुक्ति का एकमात्र उपाय है। इसके द्वारा आप उस एकत्वरूप चरम सत्य में पहुँच सकेंगे, तभी यह धारणा नष्ट होगी कि एक व्यक्ति दूसरे से बड़ा है। जितना ही हम उस मुक्ति तत्त्व के पास जाते हैं, उतना ही हम ईश्वर के आश्रय में आते हैं, उतना ही हमारा दुःख-कष्ट दूर होता है। तब हम नरक के द्वार को स्वर्ग-द्वार से पृथक् नहीं समझेंगे। तब हम मनुष्य और मनुष्य में भेदबुद्धि रख यह नहीं कहेंगे कि मैं जगत् में किसी अन्य प्राणी से श्रेष्ठ हूँ। जब तक हमारी ऐसी अवस्था नहीं होती कि हम संसार में उस प्रभु के सिवाय और किसी को न देखें, तब

तक हम दुःख और कष्ट से घिरे ही रहेंगे, तब तक हम सब में भेद देखेंगे। हम भगवान् से, उस आत्मा से अभिन्न हैं, और जब तक हम ईश्वर को सर्वत्र नहीं देखेंगे, तब तक हम समग्र संसार के एकत्व का अनुभव नहीं कर सकेंगे।"

43

संध्या समय प्रसिद्ध प्राणीशास्त्री प्रो० अलफियस हैयट के घर पर बच्चों का एक नाटक होने वाला था। उसमें प्रो० राइट के दोनों बच्चे अभिनय कर रहे थे। उनकी बहुत इच्छा थी कि स्वामी भी उस नाटक को देखें।

श्रीमती राइट की समझ में नहीं आ रहा था कि स्वामी को इस प्रकार परेशान करने का क्या लाभ? सदा ईश्वर में रमे हुए इस व्यक्ति को बच्चों के इस बचकाने नाटक में समय नष्ट करने के लिए कहना···बच्चों की हठ उन्हें सुहा नहीं रही थी; किंतु बच्चे कल संध्या से ही स्वामी के आसपास इतना मँडरा चुके थे; और उन्हें इतना अपना चुके थे कि उनका नाटक हो और स्वामी उसे न देखें—यह उनको सह्य नहीं था।···श्रीमती राइट का मन थोड़ा डर भी रहा था। एक अपरिचित संन्यासी का बच्चों पर इतना प्रभाव क्या शुभ है? कहीं स्वामी उन्हें सम्मोहित तो नहीं कर रहे। भारत के विषय में उन्होंने ऐसी बहुत सारी बातें सुन रखी थीं।···किंतु फिर वे स्वयं ही अपने ऊपर हँस पड़ीं···बच्चे ही क्या! यहाँ तो बड़े-बड़े उनसे सम्मोहित हुए पड़े थे। सबसे अधिक तो प्रो० राइट ही उनके जादू में बँध चुके थे। कल संध्या समय उनकी स्थिति उस छोटे-से बच्चे के समान हो रही थी, जो घर में आए किसी अतिथि को उत्सुकतावश देखता हुआ उसके आगे-पीछे ही डोलता फिरता है। मजाल है कि अपनी इच्छा से उन्होंने एक क्षण के लिए भी स्वामी को छोड़ा हो।···अंततः उन्होंने प्रो० राइट से ही कहा, "बच्चे चाहते हैं कि स्वामी भी उनका नाटक देखें।"

"तो चलें न!" प्रोफेसर बहुत सहज भाव से बोले, "यहाँ, हमारी अनुपस्थिति में पीछे घर पर बैठे-बैठे करेंगे भी क्या?"

"संभव है, उन्हें बच्चों के नाटक में कोई रुचि न हो।"

"मेरी! मुझे तो ऐसा नहीं लगता।" प्रो० राइट ने कहा, "उस संन्यासी को संसार के प्रत्येक निर्दोष क्रियाकलाप में रुचि है—ऐसा मेरा अनुमान है। वैसे मेरा अपना स्वार्थ भी है। मैं चाहता हूँ कि इसी बहाने मैं वहाँ स्वामी का कुछ नए लोगों से परिचय करा दूँ।"

श्रीमती राइट ने आज अपने पति का यह नया ही रूप देखा था। आज तक उन्होंने देखा था कि लोग प्रो० राइट के निकट आने का प्रयत्न कर रहे हैं और प्रोफेसर उनसे अपना पीछा छुड़ाने को छटपटा रहे हैं; किंतु अब एक ऐसा व्यक्ति आया था, जिसके निकट जाने और लोगों को उसके निकट लाने का प्रयत्न स्वयं प्रो० राइट कर रहे थे।···

"फिर भी आप स्वामी से पूछ तो लें।" श्रीमती राइट ने आग्रह किया।

"अवश्य!" प्रोफेसर बोले, "उनसे पूछे बिना उन्हें कैसे ले जाऊँगा?"

स्वामी पूरी रुचि से बच्चों का नाटक देख रहे थे और वहाँ उपस्थित सारे लोगों की रुचि स्वामी में

बढ़ती जा रही थी। स्वामी इस बात से अनभिज्ञ ही थे कि प्रो० अलफियस हैयट ने प्रो० राइट से आग्रह कर उन्हें इस बात के लिए तैयार कर लिया है कि नाटक के पश्चात् वे लोग वहीं रुकेंगे और चाय पीने के बहाने कुछ लोग स्वामी से चर्चा करेंगे।

नाटक समाप्त होने के पश्चात् एलिजाबेथ और ऑस्टिन अपने साथियों के साथ स्वामी से विशेष रूप से पूछने के लिए आए कि उन्हें नाटक कैसा लगा।···स्वामी ने उनके नाटक और अभिनय की तो प्रशंसा कर दी; किंतु यह नहीं बता पाए कि उनके इस नाटक के माध्यम से, आज पुनः उन्होंने अपना बचपन देखा था। उन्हें कालिदास की उपमा स्मरण आ रही थी, उनका मन कैसे रथ पर लगे हुए झंडे के समान, पीछे लौटने को फड़फड़ा रहा था···उन्हें अपने बचपन के वे दिन स्मरण आ रहे थे, जब उन्होंने अपनी नाट्य-मंडली बनाई थी। उन्हें प्रोत्साहित करने के लिए एक नृसिंह दत्त थे, या कभी-कभी रामदादा आ जाते थे। यहाँ तो सारे बच्चों के माता-पिता आए थे। उन्होंने नाटक के लिए सारी सुविधाएँ जुटाई थीं और उन्हें प्रोत्साहित किया था। स्वामी उन्हें कैसे बताते कि भारत में भी माता-पिता अपने बच्चों से प्रेम करते हैं···कहीं-कहीं तो मोह की सीमा तक···किंतु भारतीय समाज में बच्चों के अधिकारों को इस प्रकार मान्यता प्राप्त नहीं है।

स्वामी को बच्चों से बातें तो बहुत सारी करनी थीं, किंतु प्रो० हैयट उन्हें अपने साथ घसीट ले जाने की बहुत जल्दी में थे।···स्वामी को लगा कि पिछले एक दिन में ही उनकी चर्चा सारे एनिक्वास्म में फैल गई है।···स्वामी का मन एक अद्भुत आह्लाद से भर उठा···उन्हें लगा कि अकस्मात् ही उन्हें अपने गुरु की कोई योजना समझ में आ गई है।···तो यह इच्छा है ठाकुर की। सदा कहते रहते थे कि 'तुम्हें मेरा काम करना होगा।'···तो यह काम है ठाकुर का। किस ढंग से उन्हें यहाँ भेज दिया और अब चारों ओर प्रचार कर दिया,···'देखो, भारत से एक विचित्र जंतु यहाँ आया है। इसको देखो!' यह तो मुहल्ले में आए विज्ञापन करने वाले लकड़ी की लंबी-लंबी टाँगें लगाए, विदूषक के समान हुआ। बच्चे एक विचित्र प्रकार के विदूषक को देखने की उत्सुकता में आते हैं और पदार्थ का प्रचार हो जाता है। वैसे ही ये अमेरिकी भारत से आए एक विचित्र प्राणी को देखने आते हैं और ठाकुर का प्रसाद लेकर जाते हैं।···

"अच्छा स्वामी!" प्रो० हैयट ने बात आरंभ की, "आप वेदांत की दृष्टि से मनुष्य और ईश्वर का संबंध किस रूप में स्वीकार करते हैं?"

स्वामी ने प्रो० हैयट की ओर देखा : यह प्रश्न अकस्मात् ही बातचीत के मध्य में से नहीं उभरा था। यह तो पूर्वविचारित प्रश्न था। प्रो० हैयट ने तय कर रखा होगा कि स्वामी से यह पूछना ही है। बहुत संभव है कि यह स्वामी को घेरने का ही कोई प्रयत्न हो···किंतु देखो तो ठाकुर की चतुराई! जो अमेरिकियों की घेराबंदी है, वही वेदांत का प्रचार है!···

स्वामी कुछ अंतर्मुखी हो गए। वे बोले तो उनकी वाणी में अद्भुत गांभीर्य था, "एक ही वृक्ष पर सुंदर पंखों वाले, अभिन्न सखा, दो पक्षी हैं। उनमें से एक वृक्ष के ऊपर वाले भाग पर और दूसरा नीचे वाले भाग पर बैठा है। नीचे का सुंदर पक्षी वृक्ष के मीठे और कड़वे फलों को खाता है—एक बार मीठे फल को और फिर कड़वे फल को खाता है। जिस मुहूर्त में उसने कड़वे फल को खाया, उसको कष्ट हुआ; कुछ क्षणों के बाद एक और फल खाया, और जब वह भी कड़वा लगा तो उसने ऊपर देखा। ऊपर उसको दूसरा पक्षी दिखाई दिया—वह मीठे अथवा कड़वे किसी भी फल को नहीं खाता। वह अपनी महिमा में मग्न हो स्थिर और धीर भाव से बैठा है। किंतु वह उसे देखकर भी

फिर से फल खाने लगा—अंत में उसने एक ऐसा फल खाया, जो अत्यधिक कड़वा था। तब वह फल खाने से विरक्त हो फिर उस ऊपर वाले महिमामय पक्षी को देखने लगा। धीरे-धीरे वह उस ऊपर वाले पक्षी की ओर अग्रसर होने लगा—जब वह उसके एकदम निकट पहुँचा, तब उस ऊपर वाले पक्षी की अंग-ज्योति उस पर पड़ी और धीरे-धीरे ज्योति ने उसको अपने में वेष्टित कर लिया। अब नीचे वाले पक्षी ने देखा कि वह ऊपर वाले पक्षी में परिणत हो गया है। तब से वह शांत महिमामय और मुक्त हो गया। उसे ज्ञात हो गया कि वस्तुतः वृक्ष पर दो पक्षी कभी थे ही नहीं—केवल एक ही पक्षी था। नीचे वाला पक्षी ऊपर वाले पक्षी की छाया मात्र था।" स्वामी ने पहली बार बहिर्मुखी होकर अपने श्रोताओं को देखा, "यह कथा मुंडकोपनिषद् की है। यह हमें बताती है कि वस्तुतः हम ईश्वर से अभिन्न हैं; किंतु जिस प्रकार एक सूर्य लाखों ओस-कणों में प्रतिबिंबित होकर, छोटे-छोटे लाखों सूर्यो-सा प्रतीत होता है, उसी प्रकार ईश्वर भी असंख्य जीवों के रूप में प्रतिभासित होता है।"

स्वामी ने अपनी बात समाप्त की ही थी कि श्रीमती हैयट ने तड़पकर कहा, "कहानी तो ठीक है, वरन् बच्चों के लिए बहुत रोचक है; किंतु क्या यह संभव भी है?"

"यह कहानी पंचतंत्र की नहीं, मुंडकोपनिषद् की है। बच्चों के लिए नहीं, ब्राह्मविद्या के जिज्ञासु वयस्क जनों के लिए है।" स्वामी ने कहा, "किंतु आप क्या पूछ रही हैं—क्या संभव है?"

"जो आपने बताया।" श्रीमती हैयट बोलीं, "नीचे वाले पक्षी का ऊपर वाले पक्षी से जा मिलना। मनुष्य का ईश्वर में मिल जाना।"

"अपने मूल स्वरूप को भुला देने का यही परिणाम होता है। कोई याद भी दिलाए तो न याद आता है, न उसका विश्वास होता है।" स्वामी मुस्कराए, "यदि हम अपने प्रकृत ब्रह्मस्वरूप के साथ अभिन्न होना चाहें, तो प्रतिबिंब को दूर करना आवश्यक है। विश्वप्रपंच हमारे कार्यों की सीमा कदापि नहीं हो सकता। इसीलिए कृपण अर्थ संचय करता रहता है, चोर चोरी करता रहता है, पापी पाप करता रहता है और आप दार्शनिक तर्क-वितर्क करते हैं। मुक्तिलाभ को छोड़कर हमारे जीवन का और कोई उद्देश्य नहीं है। ज्ञान से हो अथवा अज्ञान से, हम सब पूर्णता पाने की चेष्टा कर रहे हैं; और प्रत्येक व्यक्ति उसे एक न एक दिन पाएगा ही।"

"पर स्वामी! यदि हम अपने अज्ञान में भी अपनी पूर्णता, जिसे आप मुक्ति कहते हैं, की ओर ही बढ़ रहे हैं," प्रो० राइट के चेहरे पर कुछ असमंजस था, "तो फिर ये इतने सारे धर्मावतार, नबी, पैगंबर, संत, महात्मा हमें क्या उपदेश देने के लिए आते हैं? इसकी आवश्यकता ही क्या है?"

स्वामी ने भाँपा—उन्हें उन्हीं के शब्दों में बाँधने का प्रयत्न किया जा रहा था।...और कैसा तो भाव था, उनके श्रोताओं के चेहरों पर—जैसे कह रहे हों, 'स्वामी! अब क्या कहोगे तुम? तुम्हें तो पूर्णतः ध्वस्त कर दिया गया।'

और स्वामी का तेजस्वी स्वर गूँजा, " 'तुम जिस ईश्वर की अज्ञान में उपासना कर रहे हो, उसी की मैं तुम्हारे सामने घोषणा कर रहा हूँ।' किसकी घोषणा है यह?" स्वामी ने उनकी ओर देखा।

श्रोताओं ने एक-दूसरे की ओर देखा। वे नहीं जानते थे कि यह किसकी घोषणा थी।

"यह संत पॉल की घोषणा है।" अंततः स्थानीय चर्च के पादरी ने कहा।

"हाँ! यह संत पॉल की घोषणा है।" स्वामी ने समर्थन किया, "समग्र जगत् को यह शिक्षा ग्रहण करनी होगी। हमें विभिन्न वस्तुओं के भेदभाव को दूर कर सर्वत्र अभेद का दर्शन करना होगा। मनुष्य को सबको सब वस्तुओं में देखना-सीखना होगा।"

—

"यह तो ईसाई धर्म का ही प्रचार है।" अगली पंक्ति में स्वामी के अत्यंत निकट बैठी एक वृद्ध महिला ने विजय गर्व से कहा, "पर ये सब लोग तो कह रहे थे कि तुम हिंदू धर्म का प्रचार कर रहे हो।"

स्वामी की बड़ी-बड़ी आँखों में आह्लाद का मद लहराया, "मैं किसी मत का प्रचारक नहीं हूँ माता! मैं तो धर्म की चर्चा कर रहा हूँ। सत्य के मार्ग को खोज रहा हूँ। हमारे गुरुदेव कहते थे, सभी मत ईश्वर तक पहुँचने की सीढ़ियाँ हैं। कोई बाँस की है, कोई लकड़ी की, कोई लोहे की, कोई सीमेंट की। किसी से सुविधापूर्वक और जल्दी चढ़ा जा सकता है और किसी से थोड़ी कठिनाई हो सकती है। किंतु ईश्वर तक तो सब पहुँचाएँगी ही। इसीलिए हमें अपनी संकीर्ण भावनाओं को त्यागना होगा, प्रत्येक व्यक्ति में ईश्वर का दर्शन करना होगा। देखो, ईश्वर ही सब हाथों से काम कर रहे हैं, सब पैरों से चल रहे हैं, सब मुखों से भोजन कर रहे हैं, प्रत्येक व्यक्ति में वास कर रहे हैं। सारे मनों द्वारा मनन कर रहे हैं। वे स्वतः प्रमाण हैं। हमारे निज की अपेक्षा वे हमसे अधिक निकटवर्ती हैं। यही जानना धर्म है—यही विश्वास है। प्रभु मनुष्य को यह विश्वास दें।"

प्रत्येक व्यक्ति यह अनुभव कर रहा था कि सारा परिवेश जैसे एक अद्‍भुत सात्त्विकता से परिपूर्ण हो उठा था, जैसे यह प्रो० हैयट की बैठक न हो, कोई पूजास्थल हो। जहाँ अभी-अभी किसी दिव्य रूप का अनुभव किया गया हो।...

"पर हम उस अखंडता का अनुभव क्यों नहीं करते?" पीछे बैठे बड़ी-बड़ी मूँछों वाले एक व्यक्ति ने कहा।

स्वामी को लगा, उस व्यक्ति के चेहरे पर लगभग वे ही भाव हैं, जो किसी पाखंड का भंडाफोड़ करने वाले व्यक्ति के चेहरे पर होते हैं। उनका मन कुछ विचलित हुआ और एक अनाम-सा आवेश उन्हें ग्रस गया।

"जिस क्षण हम उस अखंडता का अनुभव करेंगे, उसी क्षण हम अमर हो जाएँगे।" स्वामी की वाणी मानो उनके अपने नियंत्रण से मुक्त होती जा रही थी, "भौतिक दृष्टि से देखने पर भी हम अमर हैं, सारे संसार के साथ एक हैं। जब तक एक व्यक्ति भी इस संसार में श्वास ले रहा है, तब तक मैं उसके भीतर जीवित हूँ, मैं एक संकीर्ण, क्षुद्र व्यष्टि जीव नहीं हूँ, मैं समष्टिस्वरूप हूँ। अतीत में जितने प्राणी हो गए हैं, मैं उन सभी का जीवनस्वरूप था। मैं ही बुद्ध, ईसा और मुहम्मद का आत्मस्वरूप हूँ, मैं ही चोरी करने वाला चोर हूँ। हमारे जितने लोग फाँसी पर लटके हैं, उनका भी स्वरूप मैं ही हूँ। मैं सर्वमय हूँ।" स्वामी का स्वर लौकिक नहीं रह गया था। उसका प्रवाह तथा अनुगूँज अलौकिक थी, 'तुम स्वयं समग्र जगत् के साथ अभिन्न हो'—यही मानना यथार्थ विनय है। घुटने टेककर, 'मैं पापी हूँ। मैं पापी हूँ।' चिल्लाने का नाम विनय नहीं है। जब इस भेद का आवरण छिन्न-विच्छिन्न हो जाता है, तभी सर्वोच्च उन्नति समझनी होगी। संपूर्ण जगत् का अखंडत्व—यह सर्वश्रेष्ठ धर्म है।"

स्वामी को लगा कि उन्हें जो कुछ कहना था, वे कह चुके हैं।

वे मौन हो गए। उनके साथ सारा परिवेश मौन था। उपस्थित समुदाय जैसे उनकी वाणी से, उनके विचारों से और उनकी उपस्थिति मात्र से ऐसा आच्छादित हुआ था कि अपनी पृथक् विशेषताएँ छोड़कर, उन्हीं विचारों में लीन हो गया था।

प्रातः प्रो० राइट उठे तो उन्हें लगा कि जैसे वे रात-भर सोए नहीं हैं, स्वामी के विचारों पर मनन करते रहे हैं।

ये स्वामी भी विचित्र हैं—उन्होंने सोचा—स्वयं तो कह-कहाकर चैन से सो गए और मैं रात-भर उनके उस अपरिचित लोक में भटकता रहा।···

वे अपने कमरे से बाहर आए और अनायास ही स्वामी को ढूँढ़ने लगे। अपनी इच्छा को समझ वे चौंके भी : इस समय क्या काम है उन्हें स्वामी से? वे अपने काम में लगें। नाश्ते की मेज पर स्वामी से भेंट हो जाएगी।···किंतु फिर भी न उनके पैर रुके और न ही उनकी आँखों ने स्वामी को खोजने का प्रयत्न त्यागा।

स्वामी बाहर लॉन में बच्चों के साथ खेल रहे थे।

प्रो० राइट स्तब्ध खड़े रह गए। यह गहनतम दार्शनिक गुत्थियाँ सुलझाने वाला व्यक्ति, जिसके एक-एक वाक्य से श्रोताओं के शरीर में रोमांच हो उठता है—वही स्वामी बच्चों के साथ खेल रहे हैं।···

प्रो० राइट वहीं थम गए और चुपचाप उनकी ओर देखने लगे।

स्वामी ने ऑस्टिन के हाथों से छड़ी लेकर अपने दाहिने हाथ की तर्जनी और अनामिका के बीच फँसाई और बोले, "इसे इस प्रकार पकड़ो।" फिर अँगूठे की सहायता से उसे धीरे से घुमाया, "अपनी अंगुलियों का इस पर प्रयोग करो।"

छड़ी घूम रही थी और उसको घुमाने वाली अंगुलियों का प्रयास स्पष्ट दिखाई दे रहा था; किंतु क्रमशः अंगुलियों का प्रयास बढ़ा और लकड़ी की गति भी बढ़ गई। जैसे-जैसे लकड़ी की गति बढ़ती गई, स्वामी की अंगुलियों की गति अदृश्य होती गई; और लकड़ी के स्थान पर एक वृत्त बन गया। अब वहाँ केवल घूमता हुआ वृत्त ही दिखाई पड़ रहा था।

स्वामी के चेहरे पर उल्लास था—एक खिलंदड़े लड़के के चेहरे का उल्लास, जो धीरे-धीरे मुस्कान और फिर उत्फुल्ल हँसी में बदल गया।

एलिजाबेथ और ऑस्टिन अपने मुँह खोले आश्चर्य से स्वामी का खेल देख रहे थे। प्रो० राइट ने उनके चेहरों पर एक स्पष्ट बालसुलभ ईर्ष्या देखी। स्वामी एक ऐसा खेल कर रहे थे, जो वे नहीं कर सकते थे। छोटा जॉन भी एक कोने में खड़ा अपनी प्रसन्न आँखों से यह कौतुक देख रहा था।

सहसा ऑस्टिन ने झपटकर न केवल उस चक्र को रोक लिया, वरन् उस लकड़ी को भी पकड़ लिया।

एलिजाबेथ क्रोध में चल्लाई, "ऑस्टिन! क्या कर रहे हो तुम?"

"अब मैं करूँगा।" ऑस्टिन बोला, "मेरी बारी है। पिछली बार तुमने मुझे ठीक से करने नहीं दिया था।"

"तुमसे कुछ होता तो है नहीं।" एलिजाबेथ चिल्लाई।

"ठहरो बैसी!" स्वामी ने शांत स्वर में कहा, "संसार में ऐसा कोई काम नहीं है, जो एक व्यक्ति कर सकता हो और दूसरा न कर सकता हो। बात तो केवल प्रयत्न और अभ्यास की है।"

स्वामी ने वह लकड़ी अपने हाथों से ऑस्टिन की अंगुलियों में फँसाई और उसे अपनी अंगुलियाँ घुमाकर दिखाईं, "ऐसे।"

"आइए स्वामी! हम लोग चाय पीएँ।" प्रो० राइट अपने स्थान से आगे बढ़ आए, "इन दोनों को अभ्यास करने दीजिए।"

स्वामी ने आगे बढ़कर जॉन को गोद में उठा लिया, "आओ जॉन! भीतर चलें। तुम अभी इस खेल के लिए बहुत छोटे हो।"

चाय तैयार थी। वे लोग बैठ गए तो श्रीमती राइट ने उनके लिए प्याले बनाकर उनकी ओर खिसका दिए।

प्रो० राइट ने चाय की पहली चुस्की ली और बोले, "स्वामी! कल आपने जो कुछ कहा, मैं उसके विषय में सोचता रहा हूँ। पर ये सारे मत-मतांतर इतने भिन्न हैं कि एक पर विश्वास जमते ही दूसरा असत्य लगने लगता है।..."

"आपकी कठिनाई समझता हूँ मैं। आपका पालन-पोषण उस परंपरा में हुआ है, जहाँ सत्य का एक स्थिर रूप है। उससे भिन्न प्रत्येक वस्तु असत्य हो जाती है।" स्वामी हँसे, "किंतु हमारी परंपरा यह मानती है कि सत्य इतना विराट् है कि उसे मनुष्य न तो उसकी पूर्णता में देख सकता है, न जान सकता है। वह उसके एक अंश अथवा एक पक्ष को जानता है। ऐसे में उसे यह स्वीकार करना ही होगा कि जिस किसी व्यक्ति ने सत्य के किसी अन्य अंश अथवा किसी अन्य पक्ष को देखा है, उसने भी सत्य के ही दर्शन किए हैं। सच्चाई यह है प्रोफेसर! कि हम असत्य से सत्य की ओर नहीं बढ़ते, सत्य से उच्चतर सत्य की ओर बढ़ते हैं। विभिन्न उपासना-प्रणालियाँ आत्मविरोधी नहीं हैं।..."

प्रो० राइट ने स्वामी की ओर देखा, किंतु कहा कुछ नहीं। उन्होंने चाय की चुस्की भी इस मुद्रा में ली कि स्वामी आश्वस्त हो सकें कि वे उनकी बात पूरे ध्यान से सुन रहे हैं।

स्वामी अपनी बात कहते गए, "साधक उपासना की निम्नतम प्रणाली से ही अपनी यात्रा आरंभ करता है। अपनी साधना के माध्यम से वह जड़ विषयों की चिंता से स्वयं को मुक्त करता है और उच्च आध्यात्मिक उपासना के क्षेत्र में प्रवेश करता है। अपनी आध्यात्मिक साधना की चरम सीमा पर पहुँचकर अपनी आत्मा के माध्यम से, और अपनी आत्मा में, वह उस अखंड, अनंत, समष्टिरूप ईश्वर की यथार्थ उपासना करने में सक्षम होता है। जिसका अंत है, वह जड़ है। चैतन्य का अंत नहीं है, वह अनंत है। ईश्वर चैतन्यस्वरूप है, इसीलिए वह अनंत है। आत्मा भी अनंत है; और केवल अनंत ही अनंत की उपासना में समर्थ है।" स्वामी ने प्याले को मेज पर परे खिसकाते हुए प्रो० राइट पर एक गंभीर दृष्टि डाली, "ऋषियों ने बार-बार घोषणा की है—क्षुरस्य धारा निशिता दुरत्यया दुर्गं पथस्तत कवयो वदंति—मुक्ति का पथ उस्तरे की भाँति तीक्ष्ण, दीर्घ और कठिन है। उसे पार करना बहुत ही कठिन है। इसीलिए उपनिषद् कहते हैं—उत्तिष्ठ जाग्रत प्राप्य वरदान् निबोधत। उठो, जागो और जब तक उस लक्ष्य पर पहुँच नहीं जाते, तब तक रुको मत।"

प्रो० राइट अपने स्थान से उठकर खड़े हो गए और क्षण-भर बाद ही अपनी व्याकुलता में लॉन के एक सिरे से दूसरे सिरे तक टहलने लगे। स्वामी को समझने में तनिक भी कठिनाई नहीं हुई कि वे अपने आक्रोश के दमन करने का प्रयत्न कर रहे हैं।

"प्रो० राइट!" स्वामी ने उन्हें सस्नेह पुकारा, "क्या बात है?"

प्रो० राइट आकर उनके सम्मुख खड़े हो गए और इस बार बिना किसी भूमिका के बोले, "क्या यह संभव है?"

"संभव!" स्वामी बोले, "मनुष्य साधना के बल से एक दिन देव और दानव—दोनों का ही प्रभु हो सकता है। अपने दुःखों के लिए केवल हम ही उत्तरदायी हैं; और कोई भी नहीं। आप क्या समझते

हैं कि मनुष्य यदि अमृत के लिए चेष्टा करे, तो उसके विनिमय में केवल विष ही मिलेगा। नहीं! अमृत है। उसकी प्राप्ति के निमित्त प्रयत्नशील प्रत्येक मनुष्य के लिए वह है। श्रीकृष्ण ने स्वयं कहा है : सर्वधर्मान् परित्यज्य मामेकं शरणं व्रज। अहं त्वा सर्व पापेभ्यो मोक्षयिष्यामि मा शुचः।। सभी धर्मों का परित्याग कर मेरी शरण में आ! मैं तुझे समस्त पापों के पार लगा दूँगा। भय मत कर!"

"यही! यही बात है।" प्रो० राइट आवेश में नहीं, पूर्णतः क्रोध में थे, "फिर आप कहते हैं कि ईश्वर एक है, धर्म एक है, सारी उपासनाएँ सत्य हैं।"

"क्या हुआ?" स्वामी ने शांत भाव से पूछा।

"श्रीकृष्ण भी कहते हैं कि सारे धर्मों को त्यागकर मेरी शरण में आ; हिब्रू धर्मशास्त्र में भी ईश्वर कहता है, 'मैं तेरा प्रभु, तेरा ईश्वर एक ईर्ष्यालु ईश्वर हूँ। मेरे सिवा तू किसी अन्य ईश्वर को नहीं रख सकता। मुझे कोई प्रतिद्वंद्वी सह्य नहीं है।' " प्रो० राइट आक्रोशपूर्वक बोले, "यहाँ क्या ईश्वर ही मानवों में भेद उत्पन्न नहीं कर रहा? वह स्वयं ही ईश्वर के विभिन्न रूपों को मानने वालों को परस्पर विरोधी नहीं बना रहा?"

स्वामी ने प्रोफेसर की बात पूरे धैर्य से सुनी और फिर अत्यंत मधुर ढंग से बोले, "ईश्वर के वचनों को समझने में भूल न करें प्रो० राइट! ईश्वर के सिवाय और कुछ सत्य है ही नहीं। शेष सब मात्र परछाइयाँ हैं। प्राणहीन मूर्तियाँ हैं। ईश्वर पूर्ण समर्पण माँगता है। उसे प्राप्त करना है तो सारी छायाओं को, परछाइयों को तथा मायावी प्रतिमाओं को त्यागना पड़ेगा। यह संभव नहीं है कि आप धन भी चाहें और ईश्वर से भी प्रेम करें। यश की कामना भी रखें और ईश्वर का साक्षात्कार भी कर लें। कामिनी को भी रिझा लें और ईश्वर को भी पा लें। ईश्वर को पाना है तो सब कुछ छोड़ना होगा। आपका ईश्वर और कोई नहीं होगा—न धन, न यश, न सुख, न भोग, न अहंकार, न कंचन, न कामिनी,⋯न अपना अस्तित्व।⋯आपका ईश्वर तो बस वह प्रभु ही होगा। वही होगा, और कोई नहीं होगा, कुछ नहीं होगा⋯।"

प्रो० राइट विस्मयपूर्वक स्वामी को देख रहे थे : उन्होंने इन शब्दों का अर्थ तो समझा था, किंतु उनका मर्म नहीं जाना था। बहुत संभव है कि इन शब्दों को पूजने वाले अपनी संकुचित तथा अनुदार दृष्टि के कारण, उसके मर्म तक पहुँच न पाते हों। वे अपनी संकीर्णता के कारण अपने ईश्वर तथा उसके शब्दों तथा आज्ञाओं को भी संकीर्ण कर रहे हों⋯वे दूसरों को विधर्मी कहते हैं, अज्ञानी कहते हैं, काफिर और हीदन कहते हैं⋯किंतु यहाँ खड़ा है वह व्यक्ति, जो धर्म को केवल धर्म के रूप में ही देखता है। इस धर्म या उस धर्म के रूप में नहीं। वह ईश्वर को ईश्वर के रूप में जानता है, इस देश या उस देश, इस जाति या उस जाति के ईश्वर के रूप में नहीं⋯

"स्वामी!" प्रो० राइट का स्वर आह्लाद विह्वल था, "आपको शिकागो में होने वाली धर्मसंसद में अवश्य भाग लेना चाहिए। आपकी बातें उस मंच से प्रचारित होनी चाहिए, जहाँ से वे सारे विश्व तक पहुँचें।"

स्वामी के चेहरे पर किसी प्रकार का कोई उत्साह प्रकट नहीं हुआ।

"आया तो मैं भी इसी विचार से था," अंततः स्वामी ने कहा, "किंतु धर्मसंसद में भाग लेने के लिए निवेदन करने की तिथि कब की बीत चुकी; और मेरे पास किसी संस्था का प्रतिनिधि होने का प्रमाण अथवा प्रत्यय-पत्र भी नहीं है। मैं किसी का प्रतिनिधि नहीं हूँ।"

प्रो० राइट की वाणी में कुछ आवेश झलका, "आपसे प्रमाणपत्र माँगना, सूर्य से उसके प्रकाशित

होने के अधिकार का प्रमाण-पत्र माँगना है। यह अनर्थ है।"

"जो है, वह है।" स्वामी बोले, "उन नियमों के विरुद्ध तो वहाँ मेरे बोलने की व्यवस्था नहीं हो सकती।"

"उसकी व्यवस्था मैं करूँगा।" प्रो० राइट बलपूर्वक बोले, "आप धर्मसंसद में भाग लेंगे और उसमें भाषण करेंगे!"

"आप बहुत दयालु हैं मेरे मित्र!" स्वामी धीरे से बोले, "किंतु मेरी कोई एक ही तो कठिनाई नहीं है।"

"मैं समझा नहीं।" प्रो० राइट ने कहा।

"संसद के उद्‌घाटन में अभी प्रायः पंद्रह दिन शेष हैं और मैं एक हिंदू संन्यासी हूँ।" स्वामी हँसे, "यहाँ मैं भिक्षाटन नहीं कर सकता। न ही मेरे पास शिकागो जाने और वहाँ पंद्रह दिन रहने के लिए धन ही है। वहाँ मैं रहूँगा कहाँ? खाऊँगा क्या?"

क्षण-भर को तो प्रो० राइट जैसे स्तंभित ही रह गए; किंतु शीघ्र ही उन्होंने स्वयं को सँभाला, "उसकी आप चिंता न करें। आप केवल धर्मसंसद में सम्मिलित होने की तैयारी करें। अब यह दायित्व मेरा है कि आप धर्मसंसद में भाग लें।"

स्वामी के चेहरे पर प्रसन्नता प्रकट हुई, "जो ईश्वर की इच्छा।" उन्होंने अपनी आँखें ऊपर उठाईं, "शिव! शिव!! तेरी इच्छा पूर्ण हो।"

संध्या समय प्रो० राइट स्वामी को एनिक्वास्म यूनिवर्सलिस्ट चर्च में ले गए। चर्च के पुरोहित ने स्वयं स्वामी को भाषण देने के लिए आमंत्रित किया।

स्वामी को अब तक कुछ बड़े कमरों में एकत्रित हुए, कुछ प्रशंसक श्रोताओं के सम्मुख बोलने का ही अभ्यास था। फिर भी बड़ी सभाओं को संबोधित करने का अभ्यास उन्हें करना ही था। उसके बिना तो वे अपना लक्ष्य प्राप्त नहीं कर सकते थे। वैसे इस चर्च का हॉल भी बहुत बड़ा नहीं था। हाँ! लोग ऊपर चौबारे पर भी बैठे थे।...

स्वामी के मन में स्पष्ट था कि वे अपने देश से बहुत दूर, एक अन्य देश में अपने देशवासियों से बहुत भिन्न प्रकार के लोगों के मध्य हैं। वे लोग उन्हें एक बाहरी व्यक्ति के रूप में ही देखते हैं।...उनका समाज धर्म के विषय में, धर्म के रूप में चिंतन नहीं करता। वे केवल ईसाई मत को ही धर्म मानते हैं। शेष धर्म उनके लिए विरोधी और असत्य का प्रचार करने वाले संप्रदाय मात्र हैं।...फिर भी एक ईसाई पुरोहित ने न केवल उन्हें अपने समाज के सम्मुख भाषण करने के लिए आमंत्रित किया था, वरन् बोलने के स्थान के रूप में चर्च को चुना था। यह किराए पर लिए गए हॉल में बोलना नहीं था। वे उनके धर्मस्थल की व्यासपीठ से बोल रहे थे। स्वामी का मन ईसा के सम्मुख श्रद्धा से नतमस्तक हो गया। भारत में रहकर यह संभव ही नहीं था कि वे ईसा के अनुयायियों के सम्मुख बोलने का अवसर पा सकते और वे लोग इस चाव से उन्हें सुनने के लिए आते। शायद इसीलिए उन्हें भारत से इतनी दूर आना पड़ा था।...

"मेरे अमेरिकी मित्रो!" स्वामी ने अपना भाषण आरंभ किया, "हिंदुओं के लालन-पालन में एक प्रमुख तत्त्व यह है कि आरंभ से ही उन्हें अन्य धर्मों का आदर करना सिखाया जाता है। हमें सिखाया जाता है कि भगवान् स्वयं को अनेक रूपों में प्रकट करता है और विभिन्न देश तथा काल के लोगों

ने उसे विभिन्न रूपों में देखा और पहचाना है। इसीलिए किसी एक रूप के सत्य होने और अन्य रूपों के असत्य होने का प्रश्न ही नहीं उठता। किसी एक विधि के धर्मसम्मत होने तथा अन्य विधियों के अधार्मिक तथा पाखंडपूर्ण होने की कल्पना भी नहीं की जा सकती।…"

स्वामी ने रुककर अपने श्रोताओं पर दृष्टि डाली : वे लोग पूर्ण तन्मयता से उनकी बात सुन रहे थे। यदि आरंभ में किसी के मन में कोई विरोध रहा भी हो, तो अब वह दिखाई नहीं पड़ रहा था। स्वामी ने पुनः बोलना आरंभ किया, "हिंदू प्रत्येक कार्य धार्मिक ढंग से करता है। वह धार्मिक ढंग से खाता है, धार्मिक ढंग से सोता है, प्रातःकाल धार्मिक ढंग से जागता है, धार्मिक ढंग से सत्कर्म करता है और धार्मिक ढंग से बुराई भी करता है। हमारे देशवासियों का यह विश्वास है कि निःस्वार्थ भावना ही शुभ है तथा स्वार्थ की सारी भावना अशुभ है। उनका तर्क है कि घर बनाना स्वार्थपूर्ण कार्य है, इसीलिए वह ईश्वर की उपासना तथा अतिथिदेव के लिए घर बनाता है। अपने लिए भोजन पकाना स्वार्थपूर्ण कृत्य है, इसीलिए वह दीन-दुखियों के लिए भोजन बनाता है और यदि कोई भूखा अतिथि आ जाए, तो वह उसे खिलाकर ही स्वयं खाएगा। यह भावना पूरे देश में व्याप्त है। कोई भी व्यक्ति भोजन और आश्रय की याचना कर सकता है।" स्वामी अपने प्रवाह में बोलते गए, "दुर्भिक्ष के कारण एक ब्राह्मण, उसकी पत्नी, उसके पुत्र और उसकी पुत्रवधू को कुछ समय से कुछ खाने को नहीं मिला था। परिवार का मुखिया घर से बाहर निकला और खोजकर कहीं से कुछ जौ ले आया। उसने उसके चार भाग किए और जब वह परिवार अपना भोजन करने ही वाला था, तो द्वार पर थाप हुई। बाहर एक अतिथि खड़ा था। वह भूखा था और भोजन चाहता था। उस ब्राह्मण परिवार के एक-एक सदस्य ने क्रमशः अपना भोजन उसे दे दिया। वह अपनी भूख शांत करके चला गया। उसका सत्कार करने वाले वे चारों व्यक्ति भूख से मर गए।" स्वामी रुके। उनके श्रोता जैसे यह कथा सुनकर स्तंभित रह गए थे। इस प्रकार का आतिथ्य शायद उनकी कल्पना से बाहर था।

"भारत में यह कथा यह सिखाने के लिए कही जाती है कि आतिथ्य के पवित्र नाम पर किस सीमा तक जाना चाहिए।" स्वामी ने कहा, "इसके लिए आवश्यक है कि समाज श्रेष्ठ ढंग से शिक्षित हो। उसके मूल्य उदात्त हों। वह धर्म और जीवन के मर्म को समझता हो। प्राचीन काल में भारत में शिक्षा की बहुत ही अच्छी व्यवस्था थी। शिक्षा का काम आश्रमों में होता था। आश्रम का कुलपति एक ऋषि होता था। उसका सम्मान राजा भी करता था। आश्रम में प्रवेश करने से पूर्व राजा अपने शस्त्र तथा अपना वाहन त्याग देता था। ऋषि के सम्मुख सिर झुकाकर उन्हें प्रणाम करता था और उनकी आज्ञा को शिरोधार्य करता था। प्राचीन काल में जब आश्रमों में सहशिक्षा प्रणाली फल-फूल रही थी, स्त्रियों को शिक्षा की समस्त सुविधाएँ प्राप्त थीं। भारतीय ऋषियों के विवरणों में महिला ऋषिकाओं का भी महत्त्वपूर्ण स्थान है।" स्वामी क्षण-भर के लिए रुके और पुनः बोले तो उनका स्वर पहले से भी मधुर था, "पर हम अपने ढंग से कैसे जी सकते हैं? हम अपनी शिक्षा और आध्यात्मिक चिंतन की रक्षा कैसे कर सकते हैं? संसार की सबल जातियाँ हमारा विनाश करने पर तुली हुई हैं। अंग्रेज हमें बर्बर समझते हैं और हमें सभ्य बनाना चाहते हैं—वे अंग्रेज, जिनकी अपनी सभ्यता बाइबल, बायोनेट और ब्रांडी से बनी है। इस सभ्यता ने यह स्थिति उत्पन्न कर दी है कि औसत हिंदू की आय पचास सेंट प्रतिमास रह गई है।"…स्वामी अपने आवेश में मंच के एक सिरे से दूसरे सिरे तक टहलने लगे। उनकी उत्तेजना उनके चेहरे से स्पष्ट परिलक्षित थी, "यूरोप हमें शिक्षित करना चाहता है। विदेशों में शिक्षाप्राप्त हिंदू शैम्पेन और नए विचारों से भरे हुए अपने देश लौटते हैं। उन्हें अपने देश में सब

कुछ दूषित ही दिखाई देने लगता है। वे विदेशियों से भी अधिक विदेशी हो जाते हैं और अपने देश के शत्रु होकर, उसका सब कुछ नष्ट कर देना चाहते हैं।" स्वामी का स्वर मार्मिक ही नहीं, हृदयविदारक हो उठा, "पर जब तक भारत अपने और अपने धर्म के प्रति सच्चा है, उसका कुछ नहीं बिगड़ेगा। इस भयावह निरीश्वरवादी पश्चिम ने मेरे देश में पाखंड और नास्तिकता भेजकर, उसके हृदय पर प्रहार किया है। मेरा आपसे निवेदन है कि आप अपशब्दों की बोरियाँ, भर्त्सना की गाड़ियाँ और दोषारोपों के जहाज भेजने बंद करें। प्रेम की एक अनंत धारा उस ओर बहे। हम सब मनुष्य बनें।"

स्वामी मंच से उतर आए। सभा में एक सन्नाटा-सा छा गया, जैसे स्वामी के शब्दों ने अपने श्रोताओं को न केवल बाँध लिया था, उन्हें उनकी भूल क़ा अहसास भी करा दिया था। वे अपनी भूल से नतमस्तक थे, करुणा से विगलित थे।

चर्च के पुरोहित मंच पर आए। उन्होंने सारी सभा पर एक दृष्टि डाली, जैसे कुछ आँक रहे हों। फिर धीरे से बोले, "स्वामी विवेकानन्द के भाषण के पश्चात् मेरे लिए कुछ कहना बहुत कठिन है। एक ही बात कहता हूँ कि हमें अपने धन और बल का दुरुपयोग नहीं करना चाहिए। दुर्बल की सहायता करनी चाहिए और उसे सन्मार्ग पर चलने से विचलित नहीं करना चाहिए। स्वामी का देश अपने आदर्शों पर चले, वह अपनी परंपराओं की रक्षा करे···।"

श्रीमती राइट के मन में एक विचित्र प्रकार की प्रसन्नता थी : पुरोहित ने आज यह मानवीय मार्ग कैसे अपना लिया? श्रोताओं ने अपनी पटरी से हटकर यह सब कैसे सुन लिया?···

"और हम से जो हो सके, हम उनकी सहायता करें।" पुरोहित कह रहे थे, "हम आज जो धन-संग्रह करें, वह स्वामी विवेकानन्द के देश के लिए करें, उनकी शिक्षा के लिए करें। वे उस धन से एक कॉलेज की स्थापना करें, जो शुद्ध रूप से भारतीय सिद्धांतों और मूल्यों पर चले।" पुरोहित ने रुककर अपने श्रोताओं के चेहरों को देखा, "मैं पहले ही स्पष्ट कर दूँ, आज चर्च को दिया हुआ आपका धन भारत के लिए है और उनके अपने धर्म के लिए है।···"

श्रीमती राइट का मुख विस्मय से खुल गया। क्या आज कुछ धन-संग्रह हो पाएगा? आज का एकत्रित धन हिंदू बच्चों को ईसाई बनाने के लिए नहीं, उन्हें अच्छे हिंदू बनाए रखने के लिए खर्च होगा।···

और श्रीमती राइट के आश्चर्य की सीमा नहीं रही।···सबसे पहले उठकर प्रो० राइट ने अपनी जेब के सारे नोट बिना गिने ही पात्र में डाल दिए। और उसके पश्चात् तो जैसे ताँता ही लग गया। हॉल में बैठा हुआ शायद ही कोई व्यक्ति बचा होगा जिसने अपना योगदान न किया हो।···

श्रीमती राइट को लगा कि उनके भीतर जैसे उत्फुल्लता की एक झंकार उठी है···शायद वे हँस रही थीं···या शायद वे चकित थीं···आज अमेरिका के एक चर्च में एक विधर्मी कॉलेज के लिए, उसे विधर्मी सिद्धांतों पर चलाए जाने के लिए धन-संग्रह हो रहा था···ए हीदन कॉलेज इन इंडिया, टू बी रन स्ट्रिक्टली ऑन हीदन प्रिंसिपल्स···यह चमत्कार तो स्वामी ही कर सकते थे।

श्रीमती राइट की एक सखी मिलने आई थी। दोनों बैठी चाय पी रही थीं।

"जब जॉन स्वामी जी को अपने साथ लाए तो मैं स्तब्ध-सी देखती ही रह गई।" श्रीमती राइट ने कहा, "उनका वह भगवा वस्त्र! जैसे कोई सम्राट् हो! उठा हुआ मस्तक! व्यक्तित्व में कैसी दिव्यता! वे यहाँ रहे तो लगा कि नगर उनको देखने को उमड़ रहा है। दिन-भर धर्मचर्चा। यहाँ तो धर्म का

पुनरुत्थान हो गया।"

"हमारे रमाबाई सर्किल में तो उसने जो कुछ कहा, वह किसी को भी अच्छा नहीं लगा।" सखी ने कहा।

"हाँ! वह तो होना ही था। तुम लोग पंडिता रमाबाई की सहायक जो हो।"

"उससे क्या?" सखी ने कुछ उपेक्षा से कहा।

"रमाबाई स्वयं हिंदू थीं। धर्म बदलकर ईसाई हो गईं। अब वह हिंदुओं की शत्रु हैं। उनके विरुद्ध विष उगलती हैं और ईसाई धर्म के नाम पर धन एकत्रित करती हैं।"

सखी का स्वर विरोध में एकदम ऊँचा हो गया, "क्या तुम्हारे उस स्वामी ने पैसे एकत्रित नहीं किए?"

"क्या मजे की बात है। जॉन ने स्वामी का एक भाषण चर्च में भी रखवा दिया। भाषण के पश्चात् दान संचय हुआ। भारत में बनने वाले विधर्मियों के सिद्धांतों पर चलने वाले एक विधर्मी कॉलेज के लिए पहली बार चर्च में ईसाइयों ने पैसा दिया। यह देखकर मैं एक कोने में चली गई और इतना हँसी, इतना हँसी कि अंत में रो पड़ी।"

"इतना प्रसन्न होने का कोई कारण नहीं है। सब लोग प्रसन्न नहीं हैं स्वामी से। सेंट्रल बैपटिस्ट चर्च के डॉ० गार्डनर और फादर नॉब्स बहुत रुष्ट हैं।"

"क्यों नहीं होंगे।" श्रीमती राइट ने कहा, "स्वामी ने कह जो दिया कि पादरी लोग भारत के विषय में झूठा प्रचार कर रहे हैं। यहाँ के लोगों से भारत में धर्म-प्रचार के नाम पर पैसा लूटते हैं। भारत के पास बहुत धर्म है, उसे धर्म की नहीं, उद्योगों की आवश्यकता है।"

"हमारे और भी पादरी उससे रुष्ट हैं और चाहते हैं कि वह धर्मसंसद के पहले ही इस देश से चला जाए।" सखी ने कहा।

"और जॉन कहते हैं कि स्वामी हमारे सारे विद्वान् प्रोफेसरों को मिलाकर भी उनसे अधिक विद्वान् हैं। उनको धर्मसंसद गें भाषण करने का पूरा अधिकार है। उन्हें धर्मसंसद में भाषण करना ही चाहिए।"

"उसके पास तो कोई प्रत्यय-पत्र भी नहीं है।" सखी इठलाई।

"जॉन कहते हैं कि स्वामी से प्रत्यय-पत्र माँगना सूर्य से उसके चमकने के अधिकार के लिए प्रत्यय-पत्र माँगने जैसा है। उनके प्रयत्न से स्वामी धर्मसंसद के लिए प्रतिनिधि स्वीकार कर लिए गए हैं।"

सखी ने अपने आवेश में प्याला मेज पर रखने के बहाने दे मारा, "तुम और तुम्हारे प्रो० जॉन हेनरी राइट! धर्मसंसद का आयोजन विद्वानों को एकत्रित करने के लिए नहीं, ईसाई धर्म की अन्य धर्मों पर श्रेष्ठता सिद्ध करने के लिए किया गया है।"

अब उसके लिए बैठना असंभव हो गया था। वह उठकर खड़ी हो गई।

"जा रही हो?" श्रीमती राइट ने बहुत शांत भाव से पूछा।

"और नहीं तो उस संन्यासी की प्रशंसा सुनने के लिए बैठी रहूँगी।"

"अच्छा, फिर आना।" श्रीमती राइट मुस्करा रही थीं।

44

साराटोगा से शिकागो जाने वाली डेलावेयर और हडसन रेलरोड की गाड़ी अपनी पूरी गति से शिकागो की ओर भागी जा रही थी। विश्वमेला देखने के लिए शिकागो जाने वालों को यह कंपनी आधे मूल्य में टिकट दे रही थी। इसमें मेले वालों का भी लाभ था और रेल कंपनी का भी।

स्वामी ने अपनी दृष्टि ऊपर की ओर उठाई और मन ही मन उच्चारण किया, 'शिव! शिव!!'

वे अनुभव कर रहे थे कि गाड़ी में मेले के यात्रियों की ही अधिक भीड़ थी, जैसे भारत में किसी पर्व-त्योहार पर तीर्थयात्रियों की होती है। यही कारण था कि गाड़ी में गुल-गपाड़ा भी काफी था। लोग शायद मेला देखने जाने की उत्तेजना में अधिक कोलाहलमय हो गए थे।

स्वामी भी इस यात्रा में अकेले नहीं रहे थे। अमेरिकियों की उस भीड़ में उन्हें भी एक भारतीय व्यापारी मिल गया था। मिल क्या गया था, उसी ने स्वामी को खोज निकाला था। पहले तो उन्हें वह थोड़ी-थोड़ी देर पश्चात् दूर से देखता रहा; किंतु जब स्वयं को रोक नहीं पाया, तो उनके निकट आ गया।

"आप भारत से आए हैं?" उसने हिंदी में पूछा।

"हाँ!" स्वामी ने स्वीकृति में सिर हिला दिया।

"देखा! कैसे पहचाना आपको!" वह प्रसन्न होकर बोला। बहुत संभव था कि अधिक निकट आने पर वह आत्मीयतापूर्वक उनके कंधे पर हाथ मारता।

स्वामी को भी प्रसन्नता हुई कि उन्हें एक भारतीय सहयात्री मिल गया गया; किंतु उन्हें पहचान लेने के लिए किसी विशेष योग्यता अथवा चतुराई की आवश्यकता नहीं थी। वे अपनी गंभीर वाणी में बोले, "पहचाना तो आपने खूब। किंतु मुझे पहचानने में क्या कठिनाई है। कोई भी भारतीय, मुझे—भारत के एक संन्यासी को—उसकी वेशभूषा से पहचान सकता है।" स्वामी ने रुककर उसकी ओर देखा, "आप शायद सिंधी हैं, कराची से आए हैं?"

वह व्यक्ति चकित रह गया, "आपने मुझे कैसे पहचाना?"

"मैं जादूगर हूँ।" स्वामी मुस्कराए।

"नहीं!" वह आकर स्वामी के साथ बैठ गया, "आपको अवश्य ही कोई सिद्धि प्राप्त है। क्या आप व्यक्ति को देखते ही उसके मन की बात जान जाते हैं?"

स्वामी का मुस्कराता चेहरा गंभीर हो गया, "कृपया किसी भ्रम में न रहें।" स्वामी बोले, "मैं एक साधारण संन्यासी हूँ। मैंने केवल परिहास में अपनी जादूगरी का दावा किया था।"

"तो आपने मुझे पहचाना कैसे?"

"जो भी व्यक्ति भारतीय भाषाओं और उसके प्रांतों के विषय में कुछ भी जानता है, वह आपकी भाषा, शब्दावली तथा उच्चारण को सुनते ही बता सकता है कि आप सिंधी हैं। इसके लिए किसी आध्यात्मिक सिद्धि की आवश्यकता नहीं है।"

वह व्यक्ति निराश हो गया; किंतु फिर जैसे सायास उल्लसित होता हुआ बोला, "आप मुझसे छिपा रहे हैं स्वामी जी! मुझे तो आप सिद्ध पुरुष लगते हैं; और सिद्ध पुरुष अपना प्रचार तो करते नहीं।"

"आप सच्चाई को स्वीकार न करना चाहें, तो मैं क्या कर सकता हूँ।" स्वामी मुस्कराए, "आप

इस प्रकार गेरुआ वस्त्र देखकर, आध्यात्मिक सिद्धि पर विश्वास करते रहेंगे तो अनेक पाखंडियों को सुविधा रहेगी।" स्वामी ने उसकी ओर देखा, "अच्छा है कि हम कोई और बात करें।" और फिर उन्होंने स्वयं ही बातचीत की दिशा मोड़ दी, "आप कब से हैं अमेरिका में?"

"कई वर्ष हो गए।" वह बोला; किंतु स्पष्ट था कि विषय परिवर्तन से वह प्रसन्न नहीं था, "आप कब आए?"

"मुझे तो महीना डेढ़ ही हुआ है।" स्वामी बोले, "आप व्यापार के लिए आए हैं?"

"हाँ! व्यापार ही करता हूँ।" वह बोला, "आप क्या भ्रमण के लिए आए हैं?"

स्वामी ने गाड़ी की छत की ओर देखा, जैसे पूछ रहे हों–'बताओ! मैं किसलिए आया हूँ।' फिर 'शिव! शिव!' का उच्चारण करते हुए बोले, "आया तो मैं भिक्षा माँगने था···"

"भिक्षा माँगने!" व्यापारी कुछ चकित होकर बोला, "इतनी दूर? भिक्षा तो आपको भारत में भी बहुत मिल जाती।"

"हाँ! ठीक कहा आपने।" स्वामी हँसे, "अपने लिए तो मुझे देश में ही बहुत भिक्षा मिल जाती। किंतु मैं अपने देश के लिए ही भिक्षा माँगने आया हूँ।"

"कैसी भिक्षा?" व्यापारी ने पूछा, "स्वतंत्रता की? स्वतंत्रता भीख में नहीं मिलती।"

स्वामी ने उस पर एक परीक्षक दृष्टि डाली···कहीं वह पुलिस इत्यादि से तो संबंधित नहीं है?

"नहीं! मेरा राजनीति से कोई संबंध नहीं है।" अंततः वे निःशंक स्वर में बोले, "मैं अपने देश के लिए स्वतंत्रता की कामना तो करता हूँ, किंतु उसके लिए राजनीतिक धरातल पर प्रयत्नशील नहीं हूँ। मैं चाहता हूँ कि हमारा देश समृद्ध हो, संपन्न हो, निर्धनता समाप्त हो। शायद उससे स्वाधीनता का मार्ग भी खुले।"

"पर भिक्षा से भी कोई समृद्ध हुआ है?" उस व्यापारी ने पूछा।

"मैं अपने देश के लिए औद्योगिक प्रशिक्षण की भिक्षा माँगता हूँ।" स्वामी बोले, "आपने शिकागो का विश्वमेला देखा है?"

"हाँ! देखा तो है।"

"तो उद्योग के क्षेत्र में अमेरिकियों का सामर्थ्य भी देखा होगा। यह तो बिजली और वाष्प का चमत्कार है। आवश्यकता है कि भारत में भी उद्योगधंधे खुलें। लोगों को आजीविका मिले। वे जीवन की आवश्यकताओं की ओर से निश्चिंत होकर अपने विषय में कुछ सोच सकें।"

"तो कुछ मिला आपको?" उसने पूछा।

"अभी तक तो नहीं।" स्वामी ने धीरे से कहा, "किंतु लगता है कि इस देश में याचक बनकर रहना उचित नहीं है। यहाँ भिक्षा देने का प्रचलन नहीं है। यहाँ भारत को दाता ही बनना पड़ेगा।"

"दाता!" व्यापारी हँसा, "भारत अमेरिका को क्या दे सकता है?"

"धर्म।" स्वामी बोले, "हमारे पास धर्म है, चिंतन है, दर्शन है, साधना है। अमेरिका के पास इनमें से कुछ भी नहीं है।"

"फिर तो आप भी व्यापारी हो गए।" वह हँसा, "धर्म देंगे और उद्योग लेंगे।"

"नहीं! मैं व्यापारी नहीं हूँ, न मेरा देश ही कभी व्यापारी रहा है।" स्वामी के स्वर में श्रद्धा थी, "मेरा देश तो सदा से ब्राह्मण रहा है। साधना करता है और उसका फल सारे संसार में मुक्तहस्त वितरण

करता है। भारतीय जनता की आर्थिक निर्धनता देखकर मेरे मन में करुणा जागी थी; किंतु यह देश तो आध्यात्मिक धरातल पर पूर्णतः कंगाल है। यह भूखा है। इनकी भूख मिटाए बिना मैं अपने देश की भूख की चर्चा कैसे कर सकता हूँ।" स्वामी ने उसकी ओर देखा, "सुग्रीव के शत्रु को मारे बिना, उसका दुःख-दर्द मिटाए बिना, श्रीराम ने उससे अपने शत्रु और अपने कष्ट की चर्चा नहीं की थी। मैं राम के देश से आया हूँ। उनके विपरीत आचरण कैसे कर सकता हूँ।"

स्वामी ने उस व्यक्ति के चेहरे पर अपनी दृष्टि टिकाई : शायद वह स्वामी की बात का अर्थ समझ नहीं पाया था और फिर जैसे उसने उसे समझने का प्रयत्न ही छोड़ दिया था। बोला, "अब आप कहाँ जा रहे हैं?"

"परसों शिकागो में धर्मसंसद आरंभ हो रही है।" स्वामी बोले, "उसी में भाग लेने की इच्छा है।" सहसा स्वामी ने रुककर उसकी ओर देखा, "आप शिकागो नगर से कितने परिचित हैं?"

"खूब परिचित हूँ।" वह बोला, "कोई काम हो तो कहिए।"

"मुझे धर्मसंसद की प्रबंध समिति के अध्यक्ष डॉ० बैरोज़ के कार्यालय जाना है। वैसे तो मेरे मित्रों ने कुछ निर्देश दिए हैं; किंतु यदि आप वहाँ पहुँचने में कुछ सहायता कर सकें।"

"क्यों नहीं। क्यों नहीं।" वह बोला, "वैसे तो मैं आपके साथ चलकर आपको वहाँ पहुँचा आता, किंतु मेरे एक मित्र स्टेशन पर मुझे लेने आएँगे। मुझे उनके साथ जाना होगा। पर विदा होने से पहले, आप वह पता मुझे बताइएगा, मैं आपको वहाँ का रास्ता अच्छी तरह समझा दूँगा।"

तभी उस व्यापारी की दृष्टि उसी डिब्बे में दूसरी ओर बैठे अपने किसी परिचित पर पड़ी।

"मैं अभी आया।" वह उठकर अपने उस परिचित के पास चला गया।

स्वामी ने खिड़की से बाहर देखा : बाहर सघन अंधकार हो गया था। स्वामी ने अपने अभ्यास के अनुसार आकाश की ओर ताका। आकाश पर तारे नहीं थे।...स्वामी ने स्वयं को टोका...तारे तो वहीं थे। हाँ! उन्हें दिखाई नहीं पड़ रहे थे। मनुष्य का अहंकार तो देखो : अपनी दृष्टिसीमा के कारण तारे देख नहीं पाता तो मान लेता है कि आकाश पर तारे हैं ही नहीं। जैसे पृथ्वी की ओट के कारण सूर्य को नहीं देख पाता तो मान लेता है कि सूर्यास्त हो गया। तनिक-सा सोचने पर समझ आ जाता है कि न कभी सूर्योदय होता है, न सूर्यास्त। सूर्य तो अपने स्थान पर ही वर्तमान रहता है—तेजस्वी और जाज्वल्यमान। घूमती तो धरती है और मनुष्य प्रतिदिन सूर्योदय और सूर्यास्त मान लेता है। जैसे वह जीव मात्र को जन्म लेता और मरता हुआ मान लेता है। बनता और मिटता तो शरीर है, आत्मा ने न कभी जन्म लिया है, न कभी उसकी मृत्यु होती है...न त्वेवाहं जातु नासं न त्वं नेमे जनाधिपाः। न चैव न भविष्यामः सर्वे वयमतः परम्।।[1]

गाड़ी की गति धीमी हो गई थी...शायद शिकागो स्टेशन आ गया था। स्वामी की दृष्टि अपने सहयात्रियों पर पड़ी। सब ओर एक प्रकार की हलचल थी। शायद सब उतरने की तैयारी में थे। स्वामी ने अपने स्थान पर बैठे-बैठे दृष्टि घुमाई : कहाँ है उनका वह अपरिचित मित्र, वह भारतीय व्यापारी?...ओह! वह तो पहले से ही द्वार पर खड़ा प्लेटफॉर्म पर आँखें गड़ाए हुए था। शायद वह उत्कंठित होकर अपने उस मित्र को ढूँढ़ रहा था, जो उसकी अगवानी करने आने वाला था। उसकी आतुरता देखकर तो लगता था कि जैसे वह अभी चलती गाड़ी से ही कूद पड़ेगा।

---

1. 12/2, भगवद्गीता

गाड़ी झटके से रुकी और स्वामी अपने स्थान से उठ खड़े हुए। उन्होंने देखा कि वह व्यापारी प्लेटफॉर्म पर किसी परिचित व्यक्ति को देखकर उत्फुल्ल हो हाथ हिला रहा था। गाड़ी के रुकते-रुकते ही वह प्लेटफॉर्म पर उतर गया था।...

वह शायद भूल गया था कि उसने स्वामी को उनके गंतव्य तक पहुँचने के विषय में सहायता करने का वचन दिया था। स्वामी कुछ झपटकर आगे बढ़े...उन्होंने तो उस व्यापारी का नाम तक नहीं पूछा था कि उसे पुकार सकते।

"सुनिए!" स्वामी ने उसे पुकारा।

स्वामी समझ नहीं पाए कि उसने उनकी पुकार सुन ली थी या उसने अकारण ही पलटकर पीछे देखा था। उसकी दृष्टि स्वामी पर पड़ी और उसने विदाई के प्रतीकस्वरूप अपना हाथ उठा दिया। स्वामी ने भी स्वतःचालित ढंग से अपना हाथ हिला दिया। अगले ही क्षण वह उस भीड़ में कहीं गुम हो गया था।...

स्वामी शिकागो के डियरबोर्न स्ट्रीट रेलवे स्टेशन—जो लाल ईंटों का बना हुआ था और डियरबोर्न स्ट्रीट और पोल्क स्ट्रीट के संगम पर बना हुआ था—पर उतरे थे। चारों ओर भीड़ थी और सब ही लोग बड़ी जल्दी में लग रहे थे। वैसे भी रात हो चुकी थी। सबको अपने-अपने गंतव्य तक पहुँचने की जल्दी रही होगी। जल्दी तो स्वामी को भी थी। उन्हें धर्मसंसद की प्रबंध समिति के कार्यालय पहुँचना था। प्रो० राइट ने बताया था कि कार्यालय चौबीसों घंटे खुला रहता है, क्योंकि एक तो काम ही बहुत है, दूसरे किसी भी समय कोई भी प्रतिनिधि पहुँच सकता है।...किंतु कार्यालय तो फिर कार्यालय ही है। वे जितनी जल्दी पहुँचेंगे, उतना ही अच्छा है। आधी रात बिताकर जाने का क्या लाभ—दूसरे के लिए असुविधा और अपनी भी नींद खराब।...स्वामी को किसी से तो मार्ग पूछना ही पड़ेगा।...किंतु यहाँ तो लोग इतनी जल्दी में दिख रहे थे कि कोई उनकी बात सुनेगा भी—इसमें उन्हें संदेह था।...फिर भी उन्हें पूछना तो होगा ही।

वे उस भागती-दौड़ती भीड़ से बचने के लिए हटकर एक ओर हो गए। भीड़ में लोगों को उनके वस्त्र खींचने में भी सुख मिलता था।

उन्होंने अपने कोट की जेब में हाथ डाला।...पहले वे पता तो निकालें, जहाँ उन्हें पहुँचना है।...किसी से मार्ग पूछने के लिए उसे पता तो बताना ही पड़ेगा।

स्वामी ने एक-एक कर अपनी सारी जेबें टटोल डालीं।...किंतु वह कागज कहीं नहीं मिला, जिस पर उन्होंने प्रबंध समिति के कार्यालय का पता तथा वहाँ पहुँचने के लिए मार्ग संबंधी निर्देश लिखे थे।...कहाँ गया वह कागज? उन्होंने कंधे से झोला उतारकर उसे अच्छी तरह टटोला...

सहसा उनके अधरों पर एक मुस्कान आ गई।...माँ फिर से एक बार उनकी परीक्षा ले रही थीं। वे समझते थे कि उनकी सारी समस्याओं का समाधान हो गया था। कठिनाइयों का अंत हो गया था...वे आत्मनिर्भर हो गए थे। अपने लिए सारी व्यवस्था स्वयं कर रहे थे।...

परसों प्रातः धर्मसंसद का आरंभ होने वाला था। उन्हें एक प्रतिनिधि के रूप में मान्यता मिल गई थी। वे शिकागो आ भी गए थे।...किंतु वे यह नहीं जानते कि इस नगर में उन्हें पहुँचना कहाँ है?...किसको मिलना है? किसे बताना है कि वे धर्मसंसद में भाग लेंगे, उनके रहने का प्रबंध किया जाए...यदि वे परसों तक प्रबंध समिति के कार्यालय तक ही नहीं पहुँच पाए तो? परसों क्यों...जब

संसद का कार्य आरंभ हो जाएगा, तो किसको अवकाश होगा कि वह नए प्रतिनिधियों की ओर ध्यान दे? तो क्या वे वापस प्रो० राइट के पास लौट जाएँ अथवा उन्हें तार दें कि उनसे प्रबंध समिति के अध्यक्ष का पता खो गया है?···

किंतु इस समय की तात्कालिक समस्या तो उससे भी बड़ी थी।···वे प्रबंध समिति के कार्यालय तक नहीं पहुँच पाए, उसके किसी अधिकारी से नहीं मिल पाए, जो उनके ठहरने और भोजन की व्यवस्था करता, तो वे रात कहाँ बिताएँगे···पते का कागज टटोलते हुए उन्होंने सहज ही यह भी समझ लिया था कि उनकी जेब में कहीं कोई पैसा भी नहीं था।···या तो उनकी जेब में से किसी ने वे नोट खिसका लिए थे, या फिर उन्होंने अपनी असावधानी में पते वाले उस कागज के समान वे नोट भी कहीं गिरा दिए थे।···

एनिक्वास्म से चलते हुए प्रो० राइट ने उन्हें कुछ धनराशि देने का प्रयत्न किया था, तो स्वामी एकबारगी विचलित हो उठे थे।

श्रीमती राइट ने उन्हें इस प्रकार विचलित देखकर कहा था, "स्वामी! आपके चेहरे से तो लगता है कि जैसे किसी ने आपको कोई आघात पहुँचाया हो, या आपका अपमान किया हो।···"

"धन के लिए काम करना, है तो अपमान ही!" स्वामी ने कहा था।

"पर यह धन आपके लिए तो है ही नहीं।" प्रो० राइट ने उनकी बात समझकर कहा था, "यह तो भारत में शिक्षा के प्रसार के लिए है, जो उस दिन चर्च में एकत्रित किया गया था। आपके पास तो यह थाती के रूप में ही रहेगा।"

"आप ठीक कह रहे हैं अध्यापक महाशय!" स्वामी ने कहा था, "किंतु मैं ठहरा संन्यासी! मेरे लिए तो जीवन की बड़ी से बड़ी चिंता भी इतनी बड़ी नहीं है, जितनी इस धन की रक्षा की समस्या।"

"तो इसे अभी हम ही रख लेते हैं।" प्रो० राइट ने सुझाव दिया, "यह हमारे पास भारत की धरोहर रहेगी। जब आप जाएँ, इसे साथ ले जाइएगा, या फिर जब आप इसे भारत भिजवाना चाहें, हमें बता दीजिएगा, हम भिजवा देंगे।"

स्वामी को कुछ शांति हुई, जैसे उनके माथे से कोई कलंक धुल गया हो या सिर से कोई भारी बोझ टल गया हो।···

किंतु तभी प्रो० राइट ने अलग से एक राशि उनकी ओर बढ़ाई, "और यह आपके लिए है।"

स्वामी जब से अमेरिका पहुँचे थे, उन्हें धन, उसकी रक्षा और उसके व्यय की जितनी चिंता करनी पड़ती थी, उससे वे काफी परेशान हो चुके थे। अमेरिका की धरती पर पाँव रखते ही उन्हें यह सब करना पड़ रहा था। धन के अभाव से चिंतित होकर भारत में अपने मित्रों और शिष्यों को धन भेजने के लिए भी लिखना पड़ा था···किंतु जब भी उन्होंने धन के विषय में सोचा था, उनके मन में कूड़े के ढेर को कुरेदते हुए एक कौवे का बिंब ही जागा था।···और अब प्रो० राइट फिर से···

"यह अमेरिका है मेरे मित्र!" प्रो० राइट ने बहुत स्नेह से कहा था, "यहाँ भारत की-सी स्थितियाँ नहीं हैं। यहाँ कोई घर इसीलिए नहीं बनाता कि वह उसमें अतिथि का स्वागत कर सके। कोई भोजन इसलिए नहीं पकाता कि भूखे अतिथि को पेट-भर खिला सके। यहाँ संन्यासी होते हुए भी आप भिक्षा नहीं माँग सकते। भिक्षा माँगते पाए जाएँगे तो अपमानित भी होंगे और कारागार के दर्शन भी करेंगे। यहाँ वस्तुओं के विनिमय के इस साधन के बिना आप एक पग भी नहीं चल पाएँगे।···"

और अब विनिमय का वही साधन उनके पास नहीं था। वे स्वतंत्र रूप से न कोई सवारी किराए पर ले सकते थे, न किसी होटल में ठहर सकते थे।...उन्हें धर्मसंसद की प्रबंध समिति के कार्यालय तक पहुँचना ही होगा...

स्वामी का ध्यान बहिर्मुखी हुआ। अब तक प्लेटफॉर्म से अधिकांश भीड़ छँट चुकी थी। अब प्रायः वे ही लोग रह गए थे, जिनके पास या तो सामान अधिक था, जिसकी व्यवस्था में उन्हें समय लग रहा था या फिर वे जो किसी की प्रतीक्षा कर रहे थे।...

स्वामी ने अपने सबसे निकट के व्यक्ति से बहुत नम्रता से पूछा, "महाशय! आप मुझे धर्मसंसद की प्रबंध समिति के कार्यालय का पता बता सकते हैं?"

उस व्यक्ति ने उत्तर में जो कुछ कहा, वह स्वामी समझ नहीं पाए। वह अंग्रेजी नहीं बोल रहा था। शायद उसने जर्मन में उत्तर दिया था। उसके शब्द स्वामी के लिए अबूझ थे; किंतु उसका चेहरा अबूझ नहीं था। उसके चेहरे पर छपा रोष ही नहीं, उसके नीचे दबी वितृष्णा और घृणा भी पर्याप्त मुखर थी।

पता नहीं, वह व्यक्ति अंग्रेजी समझता नहीं था या बोलना नहीं चाहता था—स्वामी सोच रहे थे—उन्हें बताया गया था कि जर्मन और फ्रांसीसी लोग अंग्रेजी का प्रयोग या तो कर नहीं सकते थे या करना नहीं चाहते थे।

स्वामी ने वही प्रश्न फ्रांसीसी में दुहराया...शायद वह व्यक्ति फ्रांसीसी समझता हो।

इस बार उस व्यक्ति ने अपनी भाषा में न केवल कुछ चिल्लाकर कहा, वरन् अपने हाथ-पैर भी कुछ इस प्रकार झटके कि यदि स्वामी तत्काल वहाँ से हट नहीं जाते तो वह उन्हें पीट ही बैठता।

स्वामी हट गए। उन्हें उस व्यक्ति पर दया आई। शायद वह अंग्रेजी और फ्रांसीसी एकदम नहीं समझता था और इस समय उनसे भी अधिक परेशान था। संभव है, रात के इस समय, शीघ्रता से सुनसान होते जा रहे इस प्लेटफॉर्म पर, अपने सामान के विषय में चिंतित और भयभीत हो।...ऐसे में सचमुच ही वह उनकी परेशानी को क्या समझेगा...

स्वामी आगे बढ़ गए। कुछ कदम चलकर वे रुके और प्लेटफॉर्म पर खड़े लोगों पर एक दृष्टि डाली। ऐसे ही सामान्य जन से पूछने का क्या लाभ? उन्हें किसी ऐसे व्यक्ति से पूछना चाहिए, जो अंग्रेजी जानता हो, स्वयं परेशान न हो और कुछ भला आदमी लगता हो।...

वे अपने स्थान पर खड़े, अपने सामने से गुजरते हुए लोगों को देखते रहे। पाँच-सात लोगों के गुजर जाने के बाद एक व्यक्ति पर उनकी दृष्टि टिकी। वह अपनी वेशभूषा और हाव-भाव से दूसरे लोगों की अपेक्षा कुछ अधिक पढ़ा-लिखा और सभ्य लग रहा था। उसके चेहरे पर क्रूरता अथवा कठोरता के भाव के स्थान पर कुछ नम्रता का भाव था। वह किसी प्रकार की जल्दी में भी नहीं लग रहा था। अपना सामान उठाए हुए, सीटी बजाता हुआ, वह मजे से जा रहा था।

स्वामी ने उसे रोका, "आप मुझे बता सकते हैं कि धर्मसंसद की प्रबंध समिति के कार्यालय में कैसे पहुँचा जा सकता है?"

उस व्यक्ति के चेहरे की सारी निश्चिंतता विलुप्त हो गई और उसने स्वामी पर इस प्रकार की दृष्टि डाली, जैसे स्वामी ने अपने अभद्र व्यवहार से उसका अपमान कर दिया हो या उसे कोई बड़ी हानि पहुँचाई हो।...उसके मुख से जर्मन के ही कुछ वाक्य उच्चरित हुए और वह इस प्रकार आगे बढ़ा कि यदि स्वामी उसके मार्ग से हट ही नहीं जाते तो वह उन्हें धकियाता हुआ बाहर निकल जाता।

शायद उसने उन्हें चोट पहुँचाने के लिए ही इस प्रकार का व्यवहार किया था।

उसके व्यवहार से हतप्रभ स्वामी कुछ क्षणों के लिए अवाक् और निष्क्रिय खड़े रहे। यह व्यवहार उनके लिए सर्वथा अप्रत्याशित था; फिर भी उससे विचलित होने, क्रोध करने अथवा उस व्यक्ति के प्रति मन में विरोध पालने का कोई लाभ नहीं था···

इस बार स्वामी ने एक कुली से जिज्ञासा की, "क्यों भाई! क्या तुम धर्मसंसद की प्रबंध समिति के कार्यालय का पता जानते हो?"

कुली ने पहले तो कुछ क्षण उन्हें विस्मय से देखा और फिर उसके चेहरे पर विद्रूप उभर आया। बोला तो वह अंग्रेजी में ही; किंतु उसकी अंग्रेजी टूटी-फूटी और आहत-विकृत थी। उसका उच्चारण जर्मनों के ही समान था, "एक नीग्रो को धर्म से क्या काम? जा, किसी की जेब काट या किसी का सामान उठाकर भागने का जुगाड़ कर! चोर साला, ठग!"

कुली ने वितृष्णा से मुँह दूसरी ओर घुमाकर घृणापूर्वक भूमि पर थूका और आगे बढ़ गया।

स्वामी ठगे-से खड़े रह गए···यहाँ तो लोग अंग्रेजी समझते नहीं···समझते हैं तो उन्हें काला आदमी मानकर उनके साथ ऐसा व्यवहार करते हैं···ऐसे में रात के इस समय, जेब में बिना एक भी पैसे के, वे बाहर सड़क पर निकलेंगे, तो क्या होगा? कैसा व्यवहार होगा उनके साथ?···उन्होंने पिछला जो समय शिकागो के बाहर, कुछ सभ्य और परिचित लोगों के मध्य बिताया था, उसके कारण वे भूल ही गए थे कि आरंभ में शिकागो में लोगों ने उनके साथ कैसा व्यवहार किया था···

स्वामी के अधरों पर एक मुस्कान आई···जैसे लोग मान लेते हैं कि हिंदू किसी एक ईश्वर के बनाए हुए हैं तथा मुसलमान तथा ईसाई किन्हीं अन्य ईश्वरों के, वैसे ही शायद उन्होंने अपने मन में मान लिया था कि भारत तो माँ काली का है और अमेरिका की भूमि किसी और की है। इसीलिए वह संन्यासी, जो भारत में ईश्वर पर निर्भर रहता था, यहाँ आकर आत्मनिर्भर होने का प्रयत्न कर रहा था। उन्होंने सोचा था कि वे अपनी व्यवस्था स्वयं करेंगे···किंतु जगदंबा की इच्छा शायद वह नहीं है। माँ ने उनके लिए कोई और ही प्रबंध कर रखा है। इस समय उनके पास न एक फूटी कौड़ी है, न कोई मित्र अथवा परिचित; न ही वे जानते हैं कि उन्हें कहाँ जाना है।—अब तो वे हैं और जगदंबा हैं। वे ही जानती हैं कि उन्हें कहाँ भेजना है, कहाँ रखना है, क्या खिलाना है और क्या काम लेना है।···

"तेरी ही इच्छा पूर्ण हो माँ!" स्वामी ने हाथ जोड़कर नमन किया, "अच्छा किया कि तुमने समझा दिया। मैं तो अपनी मूर्खता में स्वयं को ही कर्ता मान बैठा था।"

स्वामी का मन हलका हो गया। उनकी सारी चिंताएँ स्वयं ही विलीन हो गईं। जिसकी चिंता है, वह करे, उन्हें क्या पड़ी है कि अपना माथा फोड़ें।···वे तो अब कहीं पड़कर सो रहेंगे। बहुत थक गए हैं इस यात्रा से।

स्वामी प्लेटफॉर्म पर चलते चले गए। प्लेटफॉर्म समाप्त हो गया, तो यार्ड आरंभ हो गया। स्वामी ने रुककर आँख उठाई, तो उनके सामने मालगाड़ी का एक डिब्बा था···बॉक्सकार···स्वामी समझ गए, आज रात माँ ने उनके सोने की व्यवस्था यहीं की थी।

वे डिब्बे के निकट आए। उसमें बड़े झरोखे-सा एक द्वार था। नीचे घास-फूस बिखरा हुआ था स्वामी ने अपने चिंतन में जैसे सुधार किया···, 'घास-फूस बिछा है।'···हाँ! उनके लिए बिस्तर तैयार था। झरोखे का द्वार जरा-सा भिड़ा दिया जाए, तो उन्हें ठंड भी नहीं लगेगी।···ऐसे में उन्हें इस बॉक्सकार

से अच्छा शयनकक्ष और कहाँ मिलेगा?…

स्वामी ने सहज भाव से बॉक्सकार में प्रवेश किया। फूस को कुछ सरिया-सँवारकर अच्छी तरह एक बिस्तर बनाकर, निश्चिंत होकर लेट गए। अभी उन्हें नींद तो नहीं आई थी, किंतु आरंभिक सितंबर का यह मौसम उनके लिए ठंडा ही था। उस ठंड से सुरक्षित होकर वे कितने निश्चिंत और आत्ममग्न हो गए थे…

पिछले प्रायः दो सप्ताह का समय कैसे बीत गया, उन्हें उसका पता ही नहीं चला। आज उस पर दृष्टि डालते हैं, तो कैसा स्वप्न-सा लगता है वह।…एनिस्क्वास्म से विदा होकर वे श्रीमती केट टान्नैट वूड्स के निमंत्रण पर सालेम पहुँचे थे। श्रीमती वूड्स से उनकी भेंट सुश्री सैनबोर्न के घर पर हुई थी। वहीं श्रीमती वूड्स ने उन्हें सालेम आकर उनके घर पर ठहरने का निमंत्रण दिया था। यह तो उन्हें सालेम पहुँचकर ही पता लगा कि श्रीमती वूड्स 'कर्म एवं चिंतन सभा'—वर्क एंड थॉट क्लब—की संस्थापिका और अध्यक्षा थीं। यह क्लब सालेम की महिलाओं की एक सांस्कृतिक और साहित्यिक संस्था थी। उन्होंने 24 अगस्त को अपने घर कार्यकारिणी की एक बैठक कर, स्वामी को सालेम में व्याख्यान करने के लिए आमंत्रित करने का निर्णय किया था। स्थानीय समाचार-पत्रों में इस आशय की सूचना प्रकाशित करा दी गई थी और सदस्यों को निमंत्रण भेज दिए गए थे। असदस्यों के लिए टिकट की व्यवस्था थी।…

श्रीमती वूड्स को जब केट सैनबोर्न के घर पर देखा था, तो स्वामी ने उन्हें वार्धक्य की ओर बढ़ती हुई महिला मान लिया था। उनकी अवस्था अट्ठावन वर्ष की अवश्य थी; किंतु उनकी गतिविधि में तनिक भी शिथिलता नहीं आई थी। उनका एक ही पुत्र था—प्रेट्रिस। इन दिनों वह डॉक्टरी पढ़ रहा था। श्रीमती वूड्स, सुश्री सैनबोर्न के ही समान घूम-घूमकर व्याख्यान करती थीं और अपनी प्रकार की लेखिका भी थीं।…सप्ताह-भर में कैसे घुलमिल गए थे वे माँ-बेटा, स्वामी के साथ। एकदम परिवारजन जैसे। स्वामी को भी उनका घर अपने पर जैसा लगने लगा था। किंतु संन्यासी का भी क्या घर…

श्रीमती वूड्स ने उसी शाम उनके भाषण की वेसली चर्च में व्यवस्था की थी।…अब तक स्वामी ने मान लिया था कि यहाँ चर्च मात्र एक पूजास्थल नहीं था, वह यहाँ के लोगों की सामान्य गतिविधियों का केंद्र भी था।…किंतु जिस बात से स्वामी को अधिक प्रसन्नता हुई थी, वह थी डॉ० एफ० ए० गार्डनर तथा सेंट्रल बैपटिस्ट चर्च के पादरी एस० एफ० नॉब्स जैसे लोगों का उनके भाषण सुनने के लिए आना।…किंतु रमाबाई मंडली की याद उनके मन में ताजा थी।…फिर भी वे चाहते थे कि उन लोगों के संबंधों में कोई कड़वाहट न आए।

उन्होंने जानबूझकर अपने भाषण का विषय—भारत का धर्म—नहीं चुना था। वे भारत की सामाजिक और आर्थिक स्थिति की चर्चा कर रहे थे। उन्होंने भारत की निर्धनता की विषद् चर्चा की थी और बताया था कि भारत के करोड़ों लोगों की औसत आय पचास सेंट मासिक से भी कम थी। कहीं-कहीं तो पूरे के पूरे जिले के लोग एक विशेष प्रकार के वृक्ष में लगने वाले फूलों को उबालकर खाते हुए महीनों और कभी-कभी वर्षों बिता देते थे।…दूसरे जिलों में केवल पुरुष ही भात खा पाते थे। स्त्रियों और बच्चों को माड़ से ही संतोष करना पड़ता था। किसी कारण किसी वर्ष धान की फसल कम हो, या न हो, तो उसका अर्थ था—अकाल। आधे लोग दिन में एक बार भोजन कर निर्वाह

करते थे और शेष आधे लोगों को पता नहीं कि दूसरे समय का भोजन कहाँ से आएगा।···स्वामी के अपने शब्द ही उनके मन में गूँज रहे थे, 'भारत के लोगों को धर्म की अधिक आवश्यकता नहीं है, न ही उन्हें किसी श्रेष्ठतर धर्म की आवश्यकता है। उनके पास विपुल मात्रा में धर्म वर्तमान है। उन्हें आवश्यकता है व्यावहारिकता की।' उन्होंने निवेदन किया कि अमेरिका यदि भारत की सहायता ही करना चाहता है, तो भारत में धर्म-प्रचारक नहीं, उद्योगधंधों का प्रशिक्षण देने वाले लोगों को भेजे, ताकि भारतवासी अपना आर्थिक उत्थान कर सकें। धर्म तो भारत के पास पहले से ही बहुत है।···

यहीं से उन दोनों पादरियों ने अपनी टीका-टिप्पणी आरंभ कर दी थी। वे बीच-बीच में टोक रहे थे। बार-बार प्रश्न पूछने के बहाने भारत को अपमानित कर रहे थे। वे नहीं चाहते थे कि भारत के उच्च आध्यात्मिक धरातल की चर्चा की जाए। वे यह भी नहीं चाहते थे कि अमेरिका की औद्योगिक प्रगति की प्रशंसा की जाए। वे चाहते थे कि वे यह सिद्ध करें कि भारत में स्त्रियों के साथ अमानवीय व्यवहार होता है। पति की मृत्यु होने पर उन्हें पति के शव के साथ जीवित जला दिया जाता है। उन्हें पर्दे में बंद कर बंदियों के समान रखा जाता है।···

उनकी टिप्पणियों के बाद स्वामी के पास कोई विकल्प नहीं रह गया था। उन्हें उनकी आपत्तियों, आक्षेपों तथा आरोपों का उत्तर देना ही था। उन्हें कहना ही पड़ा कि हिंदू पुरुष नारी का किसी देवी के समान आदर करते हैं। उन्हें सारे कष्टों से बचाकर अलग रखा जाता था। स्त्री भी अपने पति से इतना प्रेम करती थी कि उसके बिना जीवित नहीं रह सकती थी। वे विवाह में पति से अभिन्न थीं और उनका मृत्यु में भी अभिन्न होना आवश्यक था, जिसे ऐसा लगता था, वही स्त्री पति के साथ चितारोहण करती थी, अन्यथा भारत में लाखों की संख्या में विधवाएँ जीवित थीं। उनकी अपनी माता ने भी पति के साथ चितारोहण नहीं किया था और उन्हें किसी ने उसके लिए बाध्य नहीं किया था।

उन पादरियों का इस बात पर भी बल था कि हिंदू इतने अंधविश्वासी थे कि वे स्वयं को जगन्नाथ के रथ के सम्मुख फेंक देते थे और इस प्रकार आत्महत्या कर लेते थे। स्वामी ने उन्हें बताया कि इसके लिए सामान्य हिंदुओं या हिंदू धर्म को दोष देना उचित नहीं है, क्योंकि यह काम तो कुछ धर्मोन्मादी लोगों का था। अधिकांशतः कुछ असाध्य रोगों से पीड़ित रोगी जो अपने जीवन से निराश हो चुके थे, इस प्रकार अपने प्राण देते थे।

···स्वामी ने बाद में अनुभव किया था कि श्रीमती वूड्स शायद स्वयं भी नहीं जानती थीं कि वे पादरी इस इच्छा से यहाँ आए थे। उनकी कट्टरता, अनुदारता और संकीर्णता, श्रीमती वूड्स को पसंद नहीं आई थी। परिणामतः स्वामी के प्रति वूड्स परिवार का स्नेह और भी बढ़ गया था।

श्रीमती वूड्स ने शायद बहुत सोचकर ही उनके और भाषण नहीं रखवाए थे। हो सकता है कि उनके मन में आशंका रही हो कि अधिक भाषणों से कटुता भी बढ़ेगी। संभव है कि उन्हें स्थानीय पादरियों से कुछ अधिक ही आशंकाएँ हों; या वे स्वामी से अधिक जानती रही हों कि वहाँ के लोग स्वामी के कितने अनुकूल थे और कितने प्रतिकूल···स्वामी के लिए तो यह तनिक भी महत्त्वपूर्ण नहीं था।···वे किसी से झगड़ा करने नहीं आए थे।···किंतु किसी को प्रसन्न करने के लिए न तो वे असत्य को स्वीकार कर सकते थे, न मिथ्या भाषण कर सकते थे···और न ही अपने धर्म अथवा देश पर लगाए गए झूठे आरोपों को स्वीकार कर सकते थे।···

इस बीच स्वामी के पास बहुत सारा समय था। वे घूम सकते थे, लोगों से मिल सकते थे,

अध्ययन कर सकते थे, ध्यान और मनन कर सकते थे।...यद्यपि सब कुछ ईश्वर पर छोड़कर स्वामी निश्चिंत-से दिखाई पड़ते थे; किंतु उनका ध्यान बार-बार धर्मसंसद की ओर भी जाता था। ग्यारह सितंबर से धर्मसंसद आरंभ होने वाली थी और उनके पास अभी तक कोई सूचना नहीं थी कि प्रतिनिधि के रूप में उन्हें मान्यता भी मिली है या नहीं। वे उसमें भाग ले भी पाएँगे या नहीं।...वस्तुतः उन्होंने तो अपनी ओर से यह स्वीकार कर ही लिया था कि अपने अज्ञान में वे भूल कर चुके थे और अब वे उसमें भाग नहीं ले पाएँगे। यह तो प्रो० राइट का आश्वासन और प्रयत्न ही था, जिसने उनके मन में फिर से एक आकांक्षा जगा दी थी।...

अंततः उन्होंने प्रो० राइट को एक संक्षिप्त-सा पत्र लिखा :

सालेम
30 अगस्त, 1893

प्रिय अध्यापक जी,

आज मैं यहाँ से चला जाऊँगा। आशा है कि अ।पको शिकागो से कोई सूचना आई होगी। श्री सैनबोर्न का निमंत्रण मुझे सभी निर्देशों के साथ मिल गया है। इसीलिए मैं सोमवार को सैराटोगा जाऊँगा। आपकी पत्नी के लिए शुभकामनाएँ और ऑस्टिन एवं अन्य बच्चों के लिए प्यार। वास्तव में आप एक महात्मा हैं और श्रीमती राइट तो अद्वितीय हैं।

सस्नेह, आपका
विवेकानन्द

उनकी इच्छा 30 अगस्त को ही सालेम से चले जाने की थी। वे वहाँ कर ही क्या रहे थे? पर अभी वे तय नहीं कर पाए थे कि यहाँ से वे जाएँगे कहाँ? क्या वापस शिकागो लौट जाएँ? वहाँ जाकर भी क्या करेंगे? कहाँ रहेंगे? तो क्या मेटकाफ जाएँ—कैथरीन एब्बॉट सैनबोर्न के यहाँ? पर बिना किसी निमंत्रण के? बिना किसी उद्देश्य के किसी पर बोझ बनना...?

पर संध्या समय श्रीमती वूड्स ने बहुत स्पष्ट शब्दों में उनसे कह दिया कि फ्रैंकलिन सैनबोर्न के निमंत्रण के अनुसार, वे सोमवार को ही सालेम छोड़ें, तब तक वहीं रहें। उन्होंने रविवार को ईस्ट चर्च में उनके एक और भाषण का आयोजन किया था, ताकि सूचनाओं का आदान-प्रदान तो हो, ज्ञान की वृद्धि तो हो, किंतु कटुता तथा विरोध का न प्रदर्शन हो, न प्रसार।...

सचमुच ही ईस्ट चर्च के पादरी का सारा दृष्टिकोण तथा व्यवहार पूर्णतः मैत्रीपूर्ण था। न विरोध था और न ही परायापन। स्वामी ने बड़ी आत्मीयता से उन्हें अपने देश, अपने धर्म तथा अपने लोगों के विषय में बताया था...।

रविवार के उस भाषण से पहले ही प्रो० राइट के पत्र के साथ कुछ परिचय-पत्र मिले, जो शिकागो में धर्मसंसद के विभिन्न अधिकारियों के नाम थे, जिनमें स्वामी के गुणों और योग्यता की मुक्त कंठ से प्रशंसा की गई थी।...किंतु उनका स्वामी क्या करें? यदि प्रबंधक उन्हें प्रतिनिधि की मान्यता ही नहीं देते, तो पदाधिकारियों के नाम उन परिचय-पत्रों का वे क्या करेंगे? जाने प्रो० राइट क्या कर रहे थे...पर तभी शिकागो से उन्हें थैलेस महोदय का पत्र मिल गया था, जिसमें उन्हें प्रतिनिधि के रूप में मान्यता प्रदान किए जाने की सूचना थी।...

स्वामी का हृदय एक अद्‌भुत आह्लाद से भर उठा था।...ईश्वर की योजना भी अद्‌भुत

थी।···स्वामी का मन अपने ईश्वर के प्रति स्नेह और कृतज्ञता से भर उठा था। यदि वे शिकागो में रुककर ही प्रयत्न करते रहते, तो उन्हें धर्मसंसद में भाग लेने का अवसर कदापि न मिलता। ईश्वर ने उन्हें निराशा की स्थिति में बॉस्टन भेजा। कैथरीन एब्बॉट सैनबोर्न से भेंट करवाई, उसके माध्यम से फ्रैंकलिन बैंजामिन सैनबोर्न और उसके माध्यम से प्रो० राइट तक पहुँचाया, जिनके खटखटाने से धर्मसंसद के बंद द्वार स्वामी के लिए खुल गए।

स्वामी का मन कैसा तो विह्वल हो उठा। अपनी इस कृतज्ञता को वे कैसे प्रकट करें?···ईश्वर सर्वव्यापी है, अंतर्यामी है···वह सब कुछ जानता है। वह स्वामी के मन के भाव भी जानता है···वह उनकी कृतज्ञता को भी जानता है और उनके स्नेह को भी।···पर फिर भी स्वामी आज इस भाव को अपने ही मन में सीमित रखकर संतुष्ट नहीं हो पाएँगे। उन्हें उसे अभिव्यक्त करना ही होगा···अपने संतोष के लिए···।

स्वामी कागज और कलम लेकर बैठ गए।···भाव जैसे अपने आप उमड़ रहे थे···लेखनी स्वतः चलती जा रही थी···

'पहाड़ी, घाटी, पर्वतश्रेणियों में,
मंदिर, गिरजा, मसजिद,
वेद, बाइबल, कुरान,
तुझे खोजा, इन सब में—व्यर्थ।
सघन वनों में भूले शिशु-सा
रोया—एकाकी रोया,
तुम कहाँ गए प्रभु, प्रिय?'
'चले गए।' कहा ध्वनि ने।

क्षण-भर के लिए स्वामी सजग हुए···इन दिनों अंग्रेजी में बोलने और लिखने का इतना अभ्यास हो चला था कि कविता की ये पंक्तियाँ भी अंग्रेजी में ही लिख गए थे।···पर उन्होंने स्वयं को रोका नहीं। अमेरिका में लिख रहे हैं, तो अंग्रेजी में ही सही। सब भाषाएँ ईश्वर की ही दी हुई हैं···सब भाषाएँ ईश्वर तक ही ले जाती हैं।···

वे लिखते चले गए···

दिन बीते, निशि बीतीं, वर्ष गए,
मन में ज्वाला
कब दिवस निशा में बदला, नहीं ज्ञात।
दो टूक हृदय हुए।
गंगातट पर आ लेटा,
वर्षा और ताप झेला,
तप्त अश्रुओं से धरती सींची,
जल का गर्जन लेकर रोया,
पावन नाम पुकारे सबके।

सब देशों के, सब धर्मों के,
'अरे कृपाकर! पथ दिखलाओ,
लक्ष्य प्राप्त कर चुके सभी जो
महामहिमजन ।'

बीते वर्ष करुण क्रंदन में,
प्रतिक्षण युग-सा बीता।
उस क्रंदन में, आहों में,
कोई पुकारता-सा लगा।
एक सौम्य मनभावन ध्वनि,
जो मेरी आत्मा के सब तारों से
समसुर होने में हर्षित-सी लगी–
बोली–'तनय मेरे, तनय मेरे।'
मैंने उठकर उसके उद्‌गम को खोजा,
खोजा, फिर-फिर खोजा, मुड़कर देखा,
चारों दिशि–आगे-पीछे।
बार-बार वह स्वर्गिक स्वर
मानो कहता कुछ
स्तब्ध हुई आत्मा आनंदित,
परमानन्द विमोहित समाधि।

एक चमक ने आलोकित कर दी मेरी आत्मा,
अंतरतम के द्वार हो गए मुक्त।
कितना हर्ष, कितना आनंद–क्या मिला मुझे।
मेरे प्रिय, मेरे प्राण, यहाँ?
तुम हो यहाँ; प्रिय मेरे सब कुछ।
मैं खोज रहा था तुमको
और तुम युग-युग से यहीं
महिमा के सिंहासन पर थे आसीन।

उस दिन से अब जहाँ-जहाँ मैं जाता हूँ,
वे पास खड़े रहते हैं,
घाटी, पर्वत, उच्च पहाड़ी–
अति सुदूर, अति उच्च–सभी जगह।
शशि का सौम्य प्रकाश, चमकते तारे
तेजस्वी दिनमणि में

वही चमकता—वे उसकी सुंदरता औ' शक्ति
के केवल प्रतिबिंबित प्रकाश।
तेजस्वी ऊषा, ढलती संध्या,
तरंगित सीमाहीन समुद्र
गीत विहगके औ' निसर्ग की शोभा,
उन सब में—वह है।
विपदाएँ अब मुझे जकड़तीं,
उर अशक्त मूर्च्छित-सा
प्रकृति कुचलती निज पदतल से,
कभी न झुकने वाले विंध्याचल से।
तब लगता है, सुनता हूँ,
मीठे सुर में तुमको कहते चुपके-चुपके
'मैं हूँ समीप', 'मैं हूँ समीप'।
हृदय को मिल जाती शक्ति साथ तुम्हारे
मरण सहस्रों, फिर भी निर्भय।
दे दें।
तुम्हीं ध्वनित माँ की लोरी में, जो शिशु की पलकें अलसा देती।
निर्मल बच्चों की क्रीड़ा और हँसी में,
तुम्हें देखता खड़े निकट।
पावन मैत्री के स्नेह मिलन में
खड़े बीच में साक्षी
माँ के चुंबन में, शिशु की मृदु 'अम्मा' ध्वनि में,
तुम अमृत उँडेलते।
साथ पुरातन गुरुओं के थे तुम,
सभी धर्म के तुम स्रोत,
वेद, कुरान, बाइबल
एक राग में गाते।
तेरी ही गुणगाथा।

जीवन की इस प्रवहमान धारा में,
तू आत्माओं की आत्मा,
'ॐ तत् सत् ॐ, तू है मेरा प्रभु,
मेरे प्रिय! मैं तेरा, मैं तेरा।'

कविता पूरी हुई तो स्वामी ने तत्काल प्रो० राइट को पत्र लिखा :

शनिवार, 2 सितंबर, 1893
सालेम

प्रिय अध्यापक जी,

आपने मुझे जो परिचय-पत्र दिए, उनके लिए मैं हृदय से आपका आभारी हूँ। मुझे शिकागो से थैलेस महोदय का पत्र मिला है, जिसमें प्रतिनिधियों के नाम एवं कांग्रेस के संबंध में अन्य बातें हैं।

आपके संस्कृत के प्राध्यापक ने, सुश्री सैनबोर्न को लिखते समय, भूल से मुझे पुरुषोत्तम जोशी समझ लिया है; किंतु उन्होंने बताया है कि बॉस्टन में संस्कृत का एक ऐसा पुस्तकालय है, जैसा कि भारत में भी दुर्लभ होगा, उसे देखकर मुझे प्रसन्नता होगी।

श्री सैनबोर्न ने मुझे सोमवार को साराटोगा आने के लिए लिखा है; और मैं उसी के अनुसार चला जाऊँगा। वहाँ एक सेनेटोरियम है, जहाँ खाने और रहने का प्रबंध है। इस बीच यदि कोई समाचार प्राप्त हो, तो मुझे आशा है कि आप कृपापूर्वक उसे सेनेटोरियम साराटोगा के पते पर भेज देंगे।

आप, आपकी महिमामयी पत्नी एवं प्यारे बच्चों का अमिट प्रभाव मेरे मन पर छा गया है और आप लोगों के साथ रहने पर मुझे लगता है कि मैं स्वर्ग के निकट हूँ। सर्वप्रदाता ईश्वर आपके शीश पर श्रेयस्कर आशीर्वादों की वृष्टि करें…"

स्वामी ने पत्र समाप्त किया और हस्ताक्षर करने जा ही रहे थे कि अचानक रुक गए। उन्होंने थोड़ी देर पहले लिखी कविता पर एक दृष्टि डाली, क्षण-भर सोचा…और पत्र के नीचे जोड़ा :

कविता के प्रयास में कुछ पंक्तियाँ लिख रहा हूँ। आशा है, आपका प्रेम मेरे इस अपराध को क्षमा करेगा।

आपका अभिन्न मित्र
विवेकानन्द

रविवार की शाम को स्वामी को कहीं बाहर नहीं जाना था। श्रीमती वूड्स ने अपने घर के बगीचे में ही स्वामी के एक व्याख्यान का प्रबंध किया था। यह व्याख्यान केवल बच्चों के लिए था।

स्वामी ने इस विषय में जितना सोचा, वे श्रीमती वूड्स की समझदारी तथा उनकी प्रबंधपटुता पर मुग्ध होते गए। सालेम में स्वामी के पहले भाषण के दौरान पादरियों ने अपने व्यवहार से जो कटुता उत्पन्न कर दी थी, उसे धो डालने के लिए श्रीमती वूड्स कितना प्रयत्न कर रही थीं। जब तक उस विषय में वे पूर्णतः आश्वस्त नहीं हो गईं, तब तक उन्होंने न स्वामी को कहीं और जाने दिया और न ही उनका कोई व्याख्यान ही होने दिया। प्रातः ईस्ट चर्च के व्याख्यान के समय चर्च के पादरी ने अपने व्यवहार से जैसे अन्य पादरियों के व्यवहार का प्रायश्चित्त किया था…और अब संध्या समय केवल बच्चों के सामने भाषण।…इससे अधिक सुखद स्थिति और क्या होगी कि जो बातें वे प्रो० राइट के घर में ऑस्टिन और एलिजाबेथ को सुनाते थे, जो कुछ वे श्रीमती वूड्स के पुत्र से कहते रहते थे, उन्हीं बातों को वे बच्चों के एक बड़े समूह के सम्मुख कह पाएँगे।

बच्चों के सम्मुख बोलते हुए उन्हें लगा कि वे अपने शैशव, बाल्यावस्था और किशोरावस्था को जैसे एक बार पुनः जी रहे हैं। जो खेल वे खेलते थे, जिन पर्व-त्योहारों को वे मनाते थे, जिन स्कूलों में वे पढ़ते थे, जो उनकी रुचियाँ थीं, जो उनके शौक थे, और जो उनकी जीवन पद्धति थी…उन सबकी ही तो चर्चा उन्हें करनी थी।

बच्चों ने बहुत ध्यान से उनकी बातें सुनी थीं, जैसे वे स्वामी का व्याख्यान न सुन रहे हों, किसी परीलोक की कोई रोचक कथा सुन रहे हों।···स्वामी ने अपने गुरुओं के विषय में भी उन्हें बताया। अपने गुरु के प्रति किसी भारतीय शिष्य की क्या भावना हो सकती है···स्वामी की कल्पना में श्रीरामकृष्णदेव की मूर्ति थी और वे गुरु के गुण बखानते जा रहे थे।···

तभी एक छोटी बच्ची ने उन्हें टोका, "कितने सौभाग्यशाली हैं आपके देश के बच्चे, जिन्हें ऐसे गुरु मिलते हैं। मेरी तो एक टीचर ने मुझे इतना मारा कि मेरी एक अंगुली तोड़ ही दी।" उसने पट्टी बँधी हुई अपनी अंगुली स्वामी को दिखाई।

स्वामी की आँखों के सम्मुख अपने स्कूल का दृश्य घूम गया, जब उनके एक अध्यापक ने उन्हें बेतहाशा पीटने के बाद, उन्हें उनके कानों से पकड़कर उठा लिया था और उनके कानों से खून बहने लगा था।

स्वामी ने बच्ची के सिर पर स्नेह से हाथ फेरा।

"कभी-कभी हमारे यहाँ भी ऐसी दुर्घटनाएँ हो जाती थीं।" स्वामी बोले, और फिर विस्तार से अपने पीटे जाने और घायल होने की घटना सुनाकर कहा, "किंतु तब से किसी भी बच्चे को शारीरिक दंड देने की मनाही हो गई। मैंने कष्ट पाया तो उससे अनेक बच्चों को लाभ हुआ। वैसे ही मेरी बच्ची! तुम्हारे इस कष्ट का फल अनेक बच्चे पाएँगे। तुम्हारी यह चोट उनकी रक्षा करेगी। तुम्हारी टीचर अब किसी बच्चे को नहीं पीटेगी और इस शुभ काम के पुण्य की भागी तुम होंगी।"

सोमवार को स्वामी सालेम से विदा हुए। वूड्स परिवार का स्नेह अब तक बहुत स्पष्ट था। श्रीमती वूड्स काफी भावुक हो उठी थीं और उनका पुत्र पेट्रिस तो स्वामी को जाने ही नहीं देना चाहता था। उसे यही समझाना कठिन था कि स्वामी का साराटोगा स्प्रिंग्स जाना क्यों आवश्यक है। तो उसे यह कैसे समझाया जा सकता था कि हिंदू संन्यासी को किसी एक स्थान पर अधिक समय तक रहने की अनुमति नहीं है। वह अपने मन में पनपे हुए किसी भी मोह के विरुद्ध संघर्ष करता है और उसे उखाड़ फेंकता है। यही उसका धर्म है और यही उसकी साधना।

फिर भी किसी प्रकार उसे मना लिया गया कि स्वामी को आवश्यक काम से साराटोगा जाना है, वह उन्हें जाने दे। स्वामी उनसे विदा नहीं हो रहे हैं। वे अपना काम निबटाकर फिर वहीं लौट आएँगे और तब उनसे विदा लेंगे।

"तो फिर अपना सामान लेकर क्यों जा रहे हैं?" पेट्रिस ने उलाहना दिया।

स्वामी उस किशोर के निःस्वार्थ स्नेह पर मुग्ध हो उठे। उसका तर्क भी पर्याप्त सार्थक था। उन्होंने तत्काल अपना सामान—एक ट्रंक और एक कंबल वहीं छोड़ दिया, "लो, अपना सामान यहीं छोड़कर जा रहा हूँ। तुमसे मिलने भी आऊँगा और अपना सामान लेने भी। अब तो प्रसन्न हो?"

"अपना यह हथियार लेकर क्यों जा रहे हैं?" उसने स्वामी के दंड की ओर संकेत किया।

"लो, यह हथियार भी तुम ही रखो।" स्वामी ने हँसकर वह दंड भी उसे पकड़ा दिया, "वैसे भी इसे लेकर कहीं जाता हूँ तो प्रत्येक व्यक्ति मुझे विचित्र दृष्टि से देखता है। उसे मैं अपरिचित और पराया लगता हूँ।"

उनका सामान रखवाकर पेट्रिस संतुष्ट हो गया। स्वामी एक छोटी-सी संदूकची में कुछ कपड़े और कुछ आवश्यक चीजें लेकर चले। श्रीमती वूड्स उनके साथ कुछ और दूर तक आईं, "आपने अपना सामान यहीं छोड़ दिया है। आपको असुविधा नहीं होगी स्वामी?"

"इस सामान के साथ यात्रा सुविधाजनक नहीं है श्रीमती वूड्स!" स्वामी ने प्रसन्न मुद्रा में कहा, "पेट्रिस के रूप में भगवान् ने स्वयं आकर मेरा बोझ मेरे सिर से उतरवा लिया है। मैं निश्चिंत होकर यात्रा कर सकूँगा। मैं तो एक झोले को कंधे पर टाँगकर ही यात्रा करने का अभ्यस्त हूँ।"

"और आपका वह डंडा?"

"वह मैंने ठीक ही बताया है पेट्रिस को। उसे मेरे हाथ में देखकर लोग अनावश्यक रूप से भड़क जाया करते थे।"

"और कंबल? "

"मैंने पर्याप्त ऊनी कपड़े पहन रखे हैं। जहाँ भी जाऊँगा, वहाँ जो सोने का स्थान देगा, वह बिस्तर भी तो देगा।" स्वामी बोले, "तो मैं व्यर्थ ही इतना बोझ क्यों ढोऊँ?"

स्वामी ने करवट बदली। वे क्या जानते थे कि उनसे डॉ० बैरोज का पता खो जाएगा और उन्हें न सोने का स्थान मिलेगा, न बिस्तर···। पर फिर वे स्वयं पर ही हँस पड़े···वे कैसे कह सकते हैं कि उन्हें स्थान मिला, न बिस्तर···जिसने यह स्थान दिया है, उसने स्थान के अनुकूल बिस्तर भी तो दिया ही है।

फ्रैंकलिन बैंजामिन सैनबोर्न के विषय में केट सैनबोर्न ने बताया था कि वह व्यवसाय से लेखक एवं पत्रकार था और प्रकृति से समाज-सुधारक।···उसके परिचय में यह भी बताया गया था कि वह अमेरिकी समाजशास्त्र परिषद् का सचिव था और उसी अधिकार से उसने उन्हें साराटोगा स्प्रिंग्स में होने वाले अपने सम्मेलन में भाषण देने के लिए आमंत्रित किया था।

किंतु उसका विस्तृत परिचय तो उन्हें साराटोगा पहुँचकर ही मिला। वह अपनी बहन केट सैनबोर्न से कहीं अधिक गंभीर तथा अध्ययनशील प्राणी था। दार्शनिक और आध्यात्मिक विषयों में उसकी पर्याप्त रुचि थी। उसने 'कॉनकॉर्ड स्कूल ऑफ फिलासॉफी' की स्थापना की थी और उसके विचार अनुभवातीत आंदोलन के प्रभाव में निर्मित हुए थे। वह मैसाचूसे के 'बोर्ट ऑफ चैरिटीज़' का सचिव था और छोटी-बड़ी अनेक संस्थाओं के संस्थापकों में से एक था।

'अमेरिकी समाजशास्त्री परिषद्' उन सारी संस्थाओं से सर्वथा एक भिन्न संस्था थी, जिनके संपर्क में अब तक स्वामी आए थे। वह चर्च के पादरियों, महिला क्लबों अथवा जन-संगठनों से भिन्न अमेरिका के गंभीर विद्वानों की संस्था थी और उसकी प्रकृति सर्वथा इहलौकिक थी।···और सबसे बड़ी बात यह थी कि यहाँ स्वामी का भाषण सुनने वाले लोग एक एकत्रित जनसमूह नहीं था, वह अपने-अपने क्षेत्र के विद्वानों का सम्मेलन था, जिसमें अनेक वक्ताओं में से स्वामी भी एक थे।

फ्रैंकलिन ने बहुत स्पष्ट रूप में स्वामी से कह दिया था कि वैसे तो वे अपना विषय चुनने को स्वतंत्र थे, किंतु उन्हें यह ध्यान रखना चाहिए कि यह धार्मिक या आध्यात्मिक मंच नहीं था, यह समाजशास्त्रीय मंच था। अतः वहाँ लौकिक विषयों की चर्चा ही अनुकूल पड़ेगी।

स्वामी तो फ्रैंकलिन का निमंत्रण पाकर सहज ही साराटोगा चले आए थे, तब उनका ध्यान इस ओर नहीं गया था; किंतु अब वे देख रहे थे कि अमेरिका के चुने हुए विद्वानों के बीच इस प्रकार एक अनजाने हिंदू संन्यासी को बुलाकर इस महत्त्वपूर्ण सभा में उनके भाषण की व्यवस्था करना, इस बात का स्पष्ट प्रमाण था कि फ्रैंकलिन उन्हें किस दृष्टि से देखता है। निश्चय ही प्रो० जॉन हेनरी राइट के ही समान वह भी उनके विषय में बहुत सम्मानजनक राय रखता था। और स्वामी का परिचय

कराते हुए उसने कहा भी था, "स्वामी विवेकानन्द अमेरिका में अभी जाने नहीं जाते; किंतु जो उनकी बौद्धिक प्रतिभा से तनिक-सा भी परिचित है, वह निस्संकोच कह सकता है कि इस देश के प्रमुख, महत्त्वपूर्ण तथा समस्त क्षेत्रों के श्रेष्ठ विद्वानों की इस सभा के मध्य भी स्वामी विवेकानन्द के रूप में मैं एक असाधारण और अद्‌भुत प्रतिभा को प्रस्तुत कर रहा हूँ। उनके भाषणों को सुनना हम सबका परम सौभाग्य होगा।"

स्वामी की विचार शृंखला टूटी, तो उन्हें ध्यान आया कि वे अभी सोए नहीं हैं।···बाहर कहीं दूर कोई कुत्ता भौंका था, शायद उसी से उनके विचार का प्रवाह बाधित हुआ था···

7 सितंबर, 1893 को स्वामी साराटोगा के बोर्डिंग हाउस में थे। किसी ने उनके कक्ष का कपाट खटखटाया।

स्वामी ने कपाट खोले। फ्रैंकलिन बैंजामिन सैनबोर्न उनके सामने खड़ा था।

"तुम्हारे लिए एक अच्छा समाचार लाया हूँ स्वामी!" उसने कहा।

स्वामी ने जिज्ञासा से उसकी ओर देखा।

"केट ने समाचार भेजा है कि तुम्हारे किसी शिष्य पेरुमल अलासिंगा और महाराज अजितसिंह ने कुक एंड कंपनी के माध्यम से भारत से तुम्हारे लिए कुछ रुपए भिजवाए हैं।"

"उन्होंने गुरु के प्रति अपना शिष्य धर्म निभाया, किंतु···"

"किंतु क्या?"

"मेरी एक क्षणिक दुर्बलता के कारण उन्हें इतना कष्ट हुआ। उस समय मेरा हाथ पैसों से तंग था। उसके पश्चात् तो प्रभु की प्रेरणा से मुझे बहुत सारे मित्र मिल गए।···शायद अब मुझे उन पैसों की आवश्यकता नहीं है।"

"तुम भी विचित्र आदमी हो स्वामी! तुम्हें धन-प्राप्ति से भी प्रसन्नता नहीं होती।"

स्वामी मुस्कराए, "मेरा तो धन ही कोई और है।"

स्वामी अपने मन की बात कह नहीं पाए : वे कहना चाहते थे कि अब जिन अमेरिकियों के मध्य वे हैं, वे दयावान हैं। उन्हें अब किसी वस्तु का अभाव नहीं है। वे संतुष्ट हैं।···किंतु क्या अलासिंगा और अजितसिंह ने मिलकर रुपए भिजवाए हैं? वे दोनों तो एक-दूसरे से इतनी दूरी पर हैं।

फ्रैंकलिन बैंजामिन सैनबोर्न उन्हें विदा करने के लिए स्टेशन तक आया था। वह अब पहले से भी कहीं अधिक विनीत और आत्मीय हो गया था।

"स्वामी जी!" वह चलते-चलते बोला, "यह हमारा सौभाग्य था कि हमें आप जैसा विद्वान् वक्ता मिल गया। मुझे विश्वास है कि आपसे मेरा संबंध बना रहेगा और हम आपके ज्ञान का भविष्य में भी लाभ उठा सकेंगे।"

स्वामी ने बड़ी ममता से उसके कंधे पर हाथ रखा, "सौभाग्य तो मेरा है कि मुझे इस पराए देश में भी तुम जैसा मित्र मिल गया। तुमने प्रो० राइट से मेरा परिचय करा दिया। उनके माध्यम से धर्मसंसद में सम्मिलित होने की व्यवस्था करवा दी; नहीं तो मैं शायद निराश होकर भारत लौट गया होता।"

"यह आपकी सदाशयता है कि आप मुझको इतना महत्त्व दे रहे हैं। मैंने तो बस अपना स्वार्थ

ही साधा है।" वह धीरे से बोला, "अच्छा, अब आप गाड़ी में बैठिए। समय हो रहा है।" उसने अपने झोले में से निकालकर दो समाचार-पत्र उनकी ओर बढ़ा दिए, "ये डेली सैराटोगियन के दो अंक हैं। उनमें हमारे सम्मेलन का विवरण छपा है। गाड़ी में देख लीजिएगा।"

स्वामी गाड़ी में सवार हो गए और गाड़ी के चलने और चारों ओर की हलचल के शांत होने तक वे समाचार-पत्रों को भूले ही रहे।···उधर ध्यान गया तो उन्होंने समाचार-पत्र निकाले।···हाँ! विवरण छपा था। किसी ने लाल रोशनाई से उन्हें चिह्नित भी कर दिया था। शायद फ्रैंकलिन ने ही···

'अमेरिकी समाजशास्त्रीय परिषद्' का दूसरा सम्मेलन आज टाउन हॉल में कोर्ट ऑफ अपील्स कक्ष में आरंभ हुआ···

स्वामी की दृष्टि नीचे छपे मोटे अक्षरों पर पड़ी···

सांध्य सत्र :

संध्या का सत्र आठ बजे आरंभ हुआ। कमरे में एक भी स्थान खाली नहीं था। पहले पदाधिकारियों का चुनाव हुआ···

न्यूयॉर्क के श्री ऑस्कर एस० स्ट्रॉस ने 'तुर्की तथा सभ्यता' पर एक निबंध पढ़ा, जिसमें उन्होंने बलपूर्वक इस बात का खंडन किया कि तुर्की एक असभ्य देश है।

उसके पश्चात् भारत में मद्रास नगर के एक संन्यासी स्वामी विवेकानन्द मंच पर आए, जो भारत-भर में घूमकर प्रचार करते रहे हैं। उनकी समाजशास्त्र में बहुत रुचि है तथा वे एक अत्यंत प्रतिभाशाली तथा रोचक वक्ता हैं। उन्होंने 'भारत में मुस्लिम शासन' पर व्याख्यान दिया।

आज फिर विवेकानन्द 'भारत में चाँदी के उपयोग' पर भाषण करेंगे।···

अगला चिह्नित शीर्षक था :

स्थानीय समाचार :

भारत से आने वाले एक सुशिक्षित हिंदू स्वामी विवेकानन्द इस सप्ताह अमेरिकी समाजशास्त्रीय सम्मेलन में भाग ले रहे हैं। वे डॉ० हैमिलिटन की खचाखच भरी बैठक में, अपने अद्भुत देश के रीति-रिवाजों और विश्वासों पर दो व्याख्यान दे चुके हैं। वे बहुत सुरुचिपूर्ण और रोचक वक्ता हैं। वे अत्यंत सुशिक्षित व्यक्ति हैं और उनके विषय अत्यंत वैविध्यपूर्ण तथा आकर्षक होते हैं। अपनी प्राच्य वेशभूषा में वे अत्यंत भव्य लगते हैं। आज इंस्टिट्यूट में ठीक सात बजे उन्हें देखने और सुनने के लिए आप सब आमंत्रित हैं। व्याख्यान साढ़े सात बजे समाप्त हो जाएगा।···

स्वामी ने दूसरा समाचार-पत्र खोला। उसमें भी एक स्थान पर लाल रोशनाई से चिह्नित था :

समाजशास्त्रियों के सम्मेलन में श्रेष्ठ निबंधों का विषय था—मुद्रा।

अध्यक्ष एंड्रयूज ने भारत में मुद्रा संबंधी प्रयोगों के विषय में क्या कहा—अनेक रोचक निबंध—

आज का कार्यक्रम :

सारे भाषण तथा निबंध अर्थ तथा अर्थ-व्यवस्था से ही संबंधित थे, जो समकालीन परिस्थितियों में बहुत सार्थक सिद्ध हुए। हार्टफोर्ड के कर्नल जैकब एल० ग्रीन ने द्विधातुवाद पर एक निबंध पढ़ा, जिसमें विषय पर विस्तारपूर्वक प्रकाश डाला गया था। उनके पश्चात् न्यूयॉर्क के डॉ० चार्ल्स बी० स्पह्र का निबंध 'चाँदी का महत्त्व' पढ़ा गया, जिसे श्रोताओं ने बहुत ध्यान से सुना। ब्राउन विश्वविद्यालय के प्रो० ई० बेंजामिन एंड्रयूज, जो सम्मेलन के अध्यक्ष भी हैं, ने अपना निबंध 'भारत में मुद्रा संबंधी प्रयोग' पढ़ा। यह निबंध चिंतन और बौद्धिकता की दृष्टि से अत्यंत उत्कृष्ट था।

सम्मेलन के अंत में हिंदू संन्यासी विवेकानन्द ने 'भारत में चाँदी का प्रयोग' विषय पर तर्कपूर्ण तथा रोचक व्याख्यान दिया।

स्वामी का ध्यान दूसरी ओर चला गया। अब तक वे अमेरिकी जनसमुदाय के बहुत-से वर्गों से परिचित हो चुके थे। वे बच्चों, स्त्रियों, सामान्य जन और विद्वानों के सम्मुख भाषण दे चुके थे। उन्हें मित्र भी मिले थे और विरोधी भी। वे रमाबाई मंडल के लोगों का सामना कर चुके थे, पुरोहित समुदाय के बहुत सारे लोगों से मिल चुके थे, कारागार की बंदिनियों के सामने भाषण कर चुके थे और अब विद्वानों के मध्य भी चर्चा कर चुके थे।...यह शायद धर्मसंसद के सामने बोलने की तैयारी थी। शायद माँ यही चाहती थीं। वे नहीं चाहती होंगी कि वे बिना अमेरिकी श्रोताओं की नाड़ी पहचाने, सीधे धर्मसंसद में पहुँच जाएँ। भारत से आकर, शिकागो में उतरते ही यदि उन्हें धर्मसंसद के प्रतिनिधि की मान्यता मिल गई होती, तो उन्होंने शायद ये सारे दिन शिकागो में ही बिता दिए होते और अमेरिकी श्रोताओं का तनिक भी परिचय नहीं पाया होता।...जिस समय वे एनिक्वास्म गए थे, उस समय उनके मन में श्वेत जातियों के प्रति काफी कटुता थी, शायद रमाबाई मंडल के साथ हुए टकराव के कारण; किंतु अब तो वे अमेरिका की मैत्री भावना से भी परिचित हो चुके हैं। किसी व्यक्ति से मतभेद हो सकता है, पूरी की पूरी जाति के साथ विरोध या मतभेद का क्या अर्थ—वे अमेरिकी क्या, अंग्रेज ही क्यों न हों...

प्रातः स्वामी की नींद टूटी।

क्षण-भर को तो उन्हें समझ में ही नहीं आया कि वे कहाँ हैं; किंतु रात की घटना का ध्यान आते ही सब कुछ स्पष्ट हो गया।

'अब?' उन्होंने अपने आप से पूछा।

अपने ही प्रश्न के उत्तर में वे मुस्कराए, 'अब क्या? संन्यासी पूर्णतः ईश्वर पर निर्भर होता है। जो उसकी इच्छा होगी, वह होगा। धर्मसंसद भी उसकी इच्छा से हो रही है और उनका उसमें भाग लेना भी उसकी इच्छा से ही होगा। प्रयत्न उनको करना है, वे करेंगे। सारे शिकागो नगर को पैदल छान मारेंगे और सामने पड़ने वाला प्रत्येक द्वार खटखटाएँगे। यदि ईश्वर की यह इच्छा न होती, तो उनसे डॉ० बैरोज़ का पता क्यों खो जाता? उनके पास जो थोड़े-बहुत पैसे थे, वे लुप्त क्यों हो जाते?

स्वामी यार्ड से बाहर निकल आए।

उन्होंने पहले व्यक्ति से पूछा, "क्यों भाई! क्या बता सकते हो कि धर्मसंसद का कार्यालय कहाँ है?"

उस व्यक्ति ने तुनककर उनकी ओर देखा और उसके चेहरे पर रोष प्रकट हो गया, "कलूटा कहीं का!"

वह आगे बढ़ गया। स्वामी अपलक-अवाक् उसे देखते रह गए।...अपनी आकृति और वेशभूषा पर उनका ध्यान गया : उनका भगवा चोला मैला और मसला-कुचला लग रहा था। उनके सिर पर की पगड़ी यहाँ के लोगों के लिए विचित्र-सी वस्तु थी। अमेरिकियों की तुलना में उनका रंग साँवला ही था।...उनका हाथ अनायास ही अपने चेहरे पर चला गया। दो दिनों से दाढ़ी भी नहीं बनाई

थी।...ऐसी स्थिति में अवश्य ही यहाँ उन्हें कोई भला आदमी नहीं मानेगा।...

राह चलते किसी व्यक्ति से कुछ पूछने का विचार उन्होंने छोड़ दिया। जिस किसी से पूछेंगे, वह उसी प्रकार दो-चार बातें सुनाकर चलता बनेगा और वे उसे यह कहने के लिए भी नहीं रोक पाएँगे कि वह उनकी बात तो सुन ले।...उससे तो अच्छा है कि वे किसी का द्वार खटखटाएँ। वह भला आदमी अपना घर छोड़कर तो कहीं चला नहीं जाएगा। कम से कम उनकी बात तो सुनेगा...

उन्होंने पहले घर का फाटक खोला। वे अभी भीतर प्रवेश भी नहीं कर पाए थे कि भीतर से एक व्यक्ति दौड़ता हुआ आ गया। वेशभूषा से स्पष्ट था कि वह घर का नौकर था।

"ऐ! क्या कर रहे हो?" उसने ललकारकर पूछा।

"फाटक खोल रहा हूँ।" स्वामी ने शांतिपूर्वक कहा।

"क्यों?"

"मुझे एक पता पूछना है।" स्वामी ने अत्यंत मधुर ढंग से कहा, "क्या आप ही बता देंगे?"

"भागो यहाँ से!" वह व्यक्ति किसी कटखने कुत्ते के समान गुर्राया, "यह कोई दफ्तर है या पुलिस थाना? भागो यहाँ से, नहीं तो अभी कुत्ता छोड़ता हूँ।"

"मेरी बात तो सुनो भाई!" स्वामी ने विनीत भाव से कहा।

"मुझे कुछ नहीं सुनना है।" उसने उन्हें धकियाकर फाटक बंद कर लिया, "हमारे पास चोरों और उठाईगीरों के लिए पूरा प्रबंध है। चार-चार कुत्ते हैं। एक भी छोड़ दिया तो बोटियाँ नोच लेगा तुम्हारी।"

स्वामी को वहाँ खड़े रहना अनावश्यक लगा।...माँ की इच्छा...वे आगे चल पड़े।

वे एक और द्वार के सामने रुके। यहाँ फाटक नहीं था। यह कपाट ही था। उन्होंने कपाट थपथपाए। थोड़ी-सी प्रतीक्षा के पश्चात् कपाट खुले।

कपाट खोलने वाली एक सौम्य-सी महिला थी। स्वामी कुछ कहते, उससे पहले ही उस महिला की आँखें भय से फटी-फटी-सी हो गईं। उसने एक चीख मारी और कपाट खुले छोड़कर ही भीतर भाग गई।

वहाँ खड़े रहने का कोई लाभ नहीं था। संभव है कि वह डरी हुई महिला घर के भीतर से कुछ क्रुद्ध पुरुषों के साथ लौटे। जैसी स्थिति है, उसमें कोई उनकी बात नहीं सुनेगा। संभव है कि वे लोग मान लें कि उन्होंने उस महिला से कुछ अभद्र व्यवहार किया है। बात बढ़ जाएगी तो झंझट भी बढ़ जाएगा। और उन्हें तो आज डॉ० बैरोज़ के कार्यालय में पहुँचना ही है।

स्वामी चल पड़े। समझ गए कि माँ की इच्छा नहीं है कि उन्हें यहाँ से कोई सहायता मिले। तो फिर उसकी इच्छा के विरुद्ध तो कुछ नहीं हो सकता।

स्वामी कुछ दूर चले चले गए। सहसा वे रुके और सामने जो द्वार दिखाई दिया, उसे ही खटखटा दिया।...अब तक उन्हें लगने लगा था कि वे काफी भूखे हैं और थक भी चुके हैं। यदि उन्हें डॉ० बैरोज़ के कार्यालय का पता नहीं मिलता तो उन्हें भिक्षा तो मिलनी ही चाहिए।

इस बार कपाट खोलने वाला व्यक्ति हृष्ट-पुष्ट किंतु अधेड़ वय का पुरुष था।

"क्या है?" उसके शब्दों में जिज्ञासा नहीं, ताड़ना थी, "क्या समझकर तुमने द्वार खटखटाया? तुम्हारे बाप की जागीर है कि जहाँ मर्जी घुस गए और जो दरवाजा सामने आया, उसे ही पीट दिया।"

"सुनिए...मैं...।" स्वामी ने कहना चाहा।

"सुनना क्या है।" वह अशिष्ट ढंग से बोला, "मैं तो पुलिस को भी नहीं बुलाता हूँ। तुम जैसे बहरूपिए उठाईगीरों का इलाज मैं स्वयं ही कर लेता हूँ। जब दो-चार हड्डियाँ टूट जाएँगी, तो तुम स्वयं ही पुलिस के पास जाओगे।" उसने अपने बड़े-बड़े गंदे दाँत दिखाए, "अब तुम चलते हो या दूँ एक घूँसा?"

स्वामी चल पड़े।

देश तो यह भी जगदंबा का ही है, किंतु यह भारत से भिन्न भूमि है—स्वामी सोच रहे थे—भारत निर्धन है, किंतु वहाँ सामान्य परिस्थितियों में कोई व्यक्ति भूखा नहीं मरेगा। कोई साधारण गृहस्थ भी उसे एक मुट्ठी अन्न दे ही देगा। अमेरिका एक धनाढ्य देश है, किंतु यहाँ दान की परंपरा नहीं है, भूखे के प्रति सहानुभूति नहीं है, संन्यासी के प्रति सम्मान नहीं है।...पर स्वामी क्या कर सकते हैं। वे तो भिक्षा पर ही आश्रित रह सकते हैं। माँ की इच्छा होगी तो भिक्षा आएगी। उसकी इच्छा नहीं होगी, तो नहीं आएगी...फिर जो हो, सो हो...

स्वामी चलते जा रहे थे। उन्होंने द्वार खटखटाने और किसी से पूछने का प्रयत्न ही छोड़ दिया था। अब तो वे वह ही खाएँगे, जो माँ भेजेंगी; उधर ही जाएँगे, जिधर माँ ले जाएँगी और उसी सूचना पर निर्भर करेंगे, जो माँ स्वयं भेजेंगी...

स्वामी के पग चलते जा रहे थे। वे कहाँ जा रहे हैं, वे नहीं जानते थे। किधर मुड़ रहे थे, उन्हें मालूम नहीं था। वे कहाँ-कहाँ से गुजरे, उन्होंने देखा ही नहीं...इतना तो अनुभव उन्हें हो रहा था कि वे भूखे हैं, वे थके हुए हैं, उनके लिए चलना अब कठिन हो रहा था...पर वे चलते जा रहे थे।

अंततः वे रुके। अब विश्राम किए बिना और चलना कठिन था। तो उन्हें रुक ही जाना चाहिए।...उनके पग थम गए। किंतु इस प्रकार खड़े रहने का क्या लाभ? इससे विश्राम तो होगा नहीं। पर बैठने का स्थान ही कहाँ है...उन्होंने इधर-उधर दृष्टि घुमाई...सड़क के किनारे लगा पत्थर ही एक ऐसा स्थान था, जिस पर आने-जाने वालों के लिए बाधा बने बिना बैठा जा सकता था। स्वामी आगे बढ़े और एक पत्थर पर बैठ गए।

स्वामी क्रमशः अंतर्मुखी होते जा रहे थे। एक बार उनकी इच्छा हुई भी कि व्यर्थ प्रतीक्षा में यूँ ही बैठे रहने से अच्छा है कि ध्यान करने का प्रयत्न करें...पर फिर लगा कि जिसे वे आत्मलीनता मानकर ध्यान करने की सोच रहे हैं, कहीं वह मात्र नींद का झोंका ही तो नहीं? रात शायद वे ठीक से सो न पाए हों...

तभी सड़क पार के सामने के मकान का द्वार खुलने का खटका हुआ।...स्वामी का ध्यान उधर ही चला गया। साथ ही एक आशंका भी जागी। संभव है कि वह व्यक्ति उन्हें यहाँ निठल्ला बैठा देखकर रुष्ट हो जाए। यह भी संभव है कि उसने किसी खिड़की से उन्हें देख ही लिया हो उनको भगाने के लिए ही आ रहा हो...अब तक तो उनके साथ ऐसा ही व्यवहार हुआ है।...भारत में ऐसा नहीं होता। वहाँ सबै भूमि गोपाल की है। कोई कहीं भी बैठ जाता है—सड़क के किनारे, पेड़ की छाया में, कुएँ की जगत पर...किंतु यह अमेरिका है। यहाँ मकान के सामने की सड़क को भी लोग अपनी ही संपत्ति मान लेते हैं...या सरल-सी बात कि यहाँ संन्यासी के लिए कोई भी स्थान नहीं है...ये लोग कल्पना भी नहीं कर सकते कि संन्यासी वह व्यक्ति होता है, जिसके पास अपनी कोई संपत्ति नहीं होती। अमेरिकी तो यह मानते प्रतीत होते हैं कि जिसके पास संपत्ति नहीं है, उसे जीने का अधिकार ही क्या है?...

कपाट खुले और उसके पीछे से एक महिला प्रकट हुई। स्वामी ने देखा, वह घर की नौकरानी नहीं थी। स्वामिनी हो सकती थी। चेहरा सौम्य और दयालु था, वेशभूषा संपन्न तथा कलात्मक थी। उसकी अवस्था पैंतालीस से पचास वर्षों के मध्य होगी। वह सीढ़ियाँ उतरकर घर के अहाते से बाहर निकल आई।...

स्वामी ने अपना ध्यान दूसरी ओर लगाया...कोई अपने काम से अपने घर से निकलकर कहीं भी जा सकता है। आवश्यक तो नहीं कि शिकागो का प्रत्येक व्यक्ति स्वामी के ही पीछे पड़ा हो।...

किंतु वह महिला तो सीधी स्वामी की ओर ही आ रही थी।

वह आकर उनके सम्मुख खड़ी हो गई।

स्वामी ने दृष्टि उठाकर उसकी ओर देखा : किंतु उस चेहरे पर न रूक्षता थी, न कठोरता और न ही विरोध। वह अत्यंत मैत्रीपूर्ण ढंग से मुस्करा रही थी, "महाशय! क्या आप धर्मसंसद में भाग लेने आए कोई प्रतिनिधि हैं?"

स्वामी के मन की सारी आशंकाएँ लुप्त हो गईं। लगा, कोई और महिला नहीं, स्वयं माँ काली ही आ खड़ी हुई हैं। यह तो माँ की लीला है...स्वयं छिप जाती हैं और बालक को भटकने के लिए छोड़ देती हैं; किंतु उसकी ओर से उदासीन तो नहीं होतीं। जैसे ही देखती हैं कि बालक कुछ व्याकुल हो गया है, तत्काल प्रकट होकर उसकी बाँह थाम लेती हैं।

"धन्य हो माँ! जय माँ काली!" स्वामी ने आँखें मूँदकर हाथ जोड़ नमस्कार किया।

वह महिला कुछ समझ नहीं पाई। उसने पुनः पूछा, "क्या आप धर्मसंसद में भाग लेने के लिए आए प्रतिनिधि हैं महाशय?"

स्वामी की इच्छा हुई कि माँ के चरण थामकर कहें, "सब कुछ जानते हुए भी इस प्रकार क्रीड़ा कर रही हो माँ!" पर जब माँ स्वयं को प्रकट करना नहीं चाहतीं, तो वे क्यों उसका आग्रह करें।

उन्होंने सिर हिलाकर स्वीकृति दे दी, "हाँ माँ! किंतु इस समय बड़ी कठिनाई में हूँ।"

"तो यहाँ इस प्रकार क्यों बैठे हैं?"

"बैठा कहाँ हूँ, ईश्वर ने बैठा दिया है।"

"इसका क्या अर्थ हुआ?" महिला मुस्कराई।

"कल रात शिकागो पहुँचा हूँ; पर मुझसे वह पता खो गया है, जहाँ मुझे स्वयं को प्रस्तुत करना है।"

महिला जैसे हतप्रभ हो गई, "तो यहाँ बैठे क्या कर रहे हैं?"

स्वामी मुस्कराए, "प्रभु के दूत की प्रतीक्षा।"

"एक पता सँभालकर नहीं रख सकते तो धर्म को सँभालकर कैसे रखेंगे?" उसने जैसे विनोदपूर्ण हलकी-सी डाँट पिलाई।

"सँभालकर तो मेरे पिता ही रखते हैं माता!" स्वामी ने कहा, "मैं तो उनका अबोध शिशु हूँ।"

"पता स्मरण नहीं है?"

"नहीं। एकदम नहीं। लगता है, ध्यान से पढ़ा ही नहीं।"

"धर्मशास्त्र स्मरण है, एक पता स्मरण नहीं रख सके। कैसी स्मरणशक्ति है तुम्हारी?"

"ईश्वर की लीला है माता! जो स्मरणशक्ति उसने सौंप रखी है, वह संसार का कुछ भी स्मरण नहीं रखती।"

श्रीमती हेल ने ध्यान से उनके चेहरे को देखा, "भूखे हैं?"

"और थका हुआ भी।" वे मुस्कराए, "रात मालगाड़ी के उस डिब्बे में अच्छी नींद नहीं आई और प्रातः से भूखे पेट ढाई मील से अधिक चल चुका हूँ।"

श्रीमती हेल के चेहरे पर पहले तो कुछ आवेश झलका और फिर जैसे स्वामी की अबोधता पर मुग्ध हो गईं। स्निग्ध भाव से देखकर बोलीं, "मेरे साथ आइए!"

श्रीमती हेल जाने के लिए मुड़ीं। स्वामी भी उठ खड़े हुए।

श्रीमती हेल पलटीं, "कोई सामान नहीं है?"

"संन्यासी का क्या सामान माता! पर जो कुछ बोझ था, वह स्टेशन पर क्लॉकरूम में डाल दिया था।"

"पर्ची है या वह भी खो गई?"

स्वामी ने जेब टटोलकर पर्ची निकाली, "बहुत भुलक्कड़ हूँ, किंतु यह बची रह गई।"

श्रीमती हेल ने पर्ची अपने हाथ में ले ली, "आओ!"

"जाने क्यों स्टेशन पर न कोई मेरी बात समझ सका, न मैं उनकी।"

"उस क्षेत्र में प्रायः जर्मन मजदूर रहते हैं। वे न अंग्रेजी समझते हैं, न बोलते हैं।"

स्वामी की स्थिति उस आह्लादित बालक की-सी थी, जिसने अपने सम्मुख छद्म रूप में आई अपनी माँ को पहचान लिया हो और मन ही मन माँ की लीला पर मुग्ध हो रहा हो···माँ जानती है कि वे भूखे हैं, और अजान बनकर कह रही है कि 'लगता है कि प्रातः से आपने कुछ खाया ही नहीं है।···'

ड्राइंगरूम का वैभव देखकर स्वामी चकित रह गए : माँ यहाँ बैठी उनकी प्रतीक्षा कर रही थी और वे कहाँ-कहाँ, किस-किस का द्वार खटखटा रहे थे।···तो उनको फटकार पड़नी ही चाहिए थी न, जो अपनी माँ का घर नहीं पहचानता, जो अपनी माँ का सहारा छोड़ स्वयं इधर-उधर भटकने लगता है, वह अभागा नहीं तो क्या है···

"बैठिए!" महिला ने मुस्कराकर एक कुर्सी की ओर संकेत किया, "मैं श्रीमती बेले हेल हूँ। मेरे पति का नाम श्री जॉर्ज राइट हेल है। आप?"

"मैं विवेकानन्द हूँ—एक हिंदू संन्यासी। भारत से आया हूँ ।" स्वामी बोले, "मुझसे डॉ० बैरोज़ का पता खो गया है और जो थोड़े-बहुत पैसे मेरे पास थे, वे भी मेरी असावधानी से कहीं गिर पड़े या चोरी हो गए हैं।"

"कोई बात नहीं।" वे मुस्कराईं, "आप स्वच्छ होकर कुछ खा-पी लें, तो मैं आपको डॉ० बैरोज़ के कार्यालय तक ले चलूँगी।" वे रुकीं, "लगता है आप प्रातः से काफी भटक चुके हैं।"

स्वामी ने अपने भटकने की गाथा संक्षेप में सुना दी।

"किंतु आपने डॉ० बैरोज़ का पता जानने के लिए टेलिफोन डायरेक्टरी अथवा पुलिस की सहायता क्यों नहीं ली?" श्रीमती हेल ने विस्मय से पूछा।

स्वामी ने निमिष-भर सोचा और बोले, "मैं तो एक संन्यासी की प्रवृत्ति के अनुकूल ही चलता रहा, ईश्वर के भरोसे। अन्य साधनों के विषय में तो मैंने सोचा ही नहीं।"

"आप एक्सपोजीशन के कार्यालय से भी डॉ० बैरोज़ का पता पूछ सकते थे।"

"सूझा ही नहीं।"

"चलिए, कोई बात नहीं। अब आप ठीक स्थान पर आ गए हैं।"

श्रीमती हेल ने घंटी बजाकर नौकर को बुलाया और उसे आवश्यक निर्देश देकर स्वामी को उसके साथ उनके लिए नियत कमरे में भेज दिया।

नौकर के पीछे-पीछे चलते हुए स्वामी के मन में अनेक प्रश्न उग आए थे। वे श्रीमती हेल से पूछना चाहते थे कि उन्हें कैसे मालूम हुआ कि बाहर एक ऐसा व्यक्ति बैठा हुआ है, जिसको उनकी सहायता की आवश्यकता है? उन्होंने उन्हें साधारण बेघर ठग अथवा उठाईगीरा न समझकर यह कैसे समझ लिया कि वे धर्मसंसद के लिए आए हुए प्रतिनिधि हैं?···और उनके मन में सड़क किनारे बैठे हुए एक व्यक्ति के प्रति—चाहे वह धर्मसंसद का प्रतिनिधि ही क्यों न हो—इतनी सहानुभूति क्यों है?···श्रीमती हेल दूसरों से इतनी भिन्न कैसे हैं···वे अमेरिका की नागरिक नहीं हैं, या अमेरिकी समाज का अंग नहीं हैं?···

स्नान के पश्चात् स्वामी श्रीमती हेल के भोजन-कक्ष में सहज भाव से बैठे खा रहे थे।

"आप ब्रेकफास्ट कर लें।" श्रीमती हेल ने कहा, "और जिस वस्तु की आवश्यकता हो, निःसंकोच कहें। किसी प्रकार का संकोच न करें। इसे अपना ही घर समझें।"

"पर माता! धर्मसंसद के कार्यालय का पता कहाँ से मिलेगा? वे लोग वहाँ मेरी प्रतीक्षा कर रहे होंगे।"

"ओह स्वामी! तुम बच्चों के-से अबोध हो। मैं ले चलूँगी तुमको वहाँ।"

45

श्रीमती एमिली लियन आकर घर की बैठक में बैठ गईं। जब कोई आएगा तो यहाँ से अवश्य पता लग जाएगा।

रात काफी बीत गई थी। उनका यह भरा-पूरा घर,···जिसमें दिन-भर आवागमन का कोलाहल रहता था, इस समय सर्वथा शांत सो रहा था। भरा-पूरा घर···वे मन ही मन हँसीं। इस समय तो जैसे उनका सारा कुटुंब ही उनके घर पर एकत्रित हो गया था। शिकागो के बाहर से आने वाले उनके निकट संबंधियों में से शायद ही कोई ऐसा हो, जो उनके घर में न टिका हुआ हो। वे क्या जानती थीं कि शिकागो में लगने वाले इस मेले का उनके घर पर यह प्रभाव पड़ेगा।···वैसे स्वभाव से न वे अतिथिविरोधी थीं, न उनके पति जॉन बी० लियन। वे दोनों तो अपने सत्कार के लिए प्रसिद्ध थे। तभी तो मेला आरंभ होने से पहले, जब उनके चर्च—फर्स्ट प्रेस्बिटेरियन चर्च—के अध्यक्ष, डॉ० बैरोज़ ने पूछा था कि धर्मसंसद के लिए आने वाले किसी प्रतिनिधि को वे अपने घर पर ठहराना चाहेंगी, तो उन्होंने सहर्ष उसकी अनुमति दे दी थी।···अनुमति ही क्या···सच तो यह है कि उन्होंने आग्रहपूर्वक कहा था कि एक प्रतिनिधि उनके घर पर अवश्य ठहराया जाए। इसी रूप में वे धर्मसंसद के आयोजन में सहयोगी होकर अपने चर्च की सेवा कर सकेंगी। वे जानती थीं कि उनके पति जॉन को धर्म में कोई विशेष रुचि नहीं थी और धर्मांधता से तो उन्हें घृणा ही थी; किंतु दर्शनशास्त्र में उनकी गहरी रुचि थी।···संभव है कि जॉन को आने वाले उस प्रतिनिधि से मिलकर प्रसन्नता ही हो।···घर पर जब उन्होंने अपने पति से इसकी चर्चा की, तो जॉन ने हँसकर

कहा, "इतना बड़ा घर है हमारा। एक आध प्रतिनिधि को टिका लेने से यहाँ कौन-सी भीड़ हो जाएगी। पर उन्हें बता दिया है न कि वे किसी उदार विचारों के व्यक्ति को भेजें। किसी धर्मांध कठमुल्ले को हमारे घर न भेजें।"

"यह बात कहीं मैं भूल सकती हूँ।" श्रीमती लियन ने उत्तर दिया था।

पर तब श्रीमती लियन क्या जानती थीं कि उस प्रतिनिधि के आने से पहले ही प्रदर्शनी देखने के लिए आने वाले कुटुंबियों से उनका घर इतना भर जाएगा कि एक भी और व्यक्ति को ठहराने का अवकाश नहीं रहेगा।...इस बात का अहसास उन्हें तब हुआ, जब उन्हें अपने कमरे भी अपने अतिथियों को देने पड़े।

स्वामी अपराह्न के समय डॉ० जॉन एच० बैरोज़ की बैठक में बैठे थे। उनके साथ तीन पुरुष और थे।

"स्वामी! ये डॉ० जॉन हैनरी बैरोज़ हैं। शिकागो के धर्मवृद्ध। ये फर्स्ट प्रेस्बिटेरियन चर्च, शिकागो के धर्मगुरु हैं। हम इन्हीं के घर में बैठे हैं। ये ही धर्मसंसद के मूल प्रबंधक हैं। आपके विषय में प्रो० जॉन हेनरी राइट ने इन्हें ही लिखा था।" पहले पुरुष ने दूसरे की ओर संकेत किया, "और ये हैं पादरी जॉर्ज कैंडलिन्। ये अभी-अभी चीन से लौटे हैं। इन्होंने वहाँ सोलह वर्षों तक धर्म-प्रचार का काम किया है।"

"स्वामी! आप भारत में कहाँ रहते हैं?" डॉ० बैरोज़ ने पूछा।

"मेरा कोई घर नहीं है।"

"तो?"

"मैं भारत में कॉलेज-कॉलेज घूमकर छात्रों के सम्मुख भाषण करता हूँ। यहाँ आने से पहले मैं मद्रास में था।"

"मैं समझता हूँ कि यहाँ आकर आपको कोई कष्ट नहीं हुआ होगा।" डॉ० बैरोज़ ने कहा।

"नहीं! लोगों का व्यवहार बहुत शालीन और सहानुभूतिपूर्ण है।"

"संसद का प्रतिनिधि बनकर कैसा लग रहा है आपको?"

"प्रसन्न हूँ। संभव है, धर्म के इतिहास पर इस संसद का कुछ सुखद प्रभाव पड़े।"

"आप यहाँ क्या अपेक्षा लेकर आए हैं?" पादरी कैंडलिन ने पूछा।

"कुछ सीखने की अपेक्षा से आया हूँ। जो सत्य यहाँ पाऊँगा, उसे मैं अपने देश के डेढ़ करोड़ निष्ठावान ब्राह्मणों तक पहुँचाऊँगा।" स्वामी ने उत्तर दिया।

"आप ठीक स्थान पर आए हैं। आपको प्रकाश मिलेगा। हमारा विश्वास है कि ईसाई मत अन्य सारे धर्मों के पैर ही नहीं उखाड़ देगा, वह उनका स्थान भी ले लेगा।" डॉ० बैरोज़ ने कहा, "उसमें वे सारे सत्य सम्मिलित हैं, जो अन्य धर्मों में एक-एक, दो-दो कर कहे गए हैं। उनके अतिरिक्त हम उस प्रभु के गुण गाते हैं, जो त्राता है, मसीहा है।" वे रुके, "यद्यपि प्रकाश का अंधकार से कोई मेल नहीं है, किंतु झुटपुटे उजाले से उसका कुछ संबंध अवश्य है। प्रभु ने अपना प्रकाश देकर, अपने साक्षी संसार में भेजे हैं। इसीलिए जिनके मन में क्रॉस का पूरा प्रकाश है, उन्हें मंद प्रकाश में ठोकरें खाते हुए लोगों के प्रति बंधुत्व का भाव रखना ही चाहिए।"

"मैं वही बंधुत्व लेकर आपके पास आया हूँ डॉ० बैरोज़!" स्वामी ने कहा।

शिकागो में 262 मिशिगन एवेन्यू। हलके जैतूनी हरे रंग का मकान।

संध्या के समय एक व्यक्ति ने द्वार खटखटाया। थोड़ी प्रतीक्षा के पश्चात् उसने आतुरता से पुनः खटखटाया और इस बार जोर से खटखटाया।

श्रीमती एमिली लियन ने कपाट खोले।

"क्यों भले आदमी! तुम थोड़ा धीरज नहीं रख सकते? कोई द्वार पर तो बैठा नहीं कि तुमने कपाट थपथपाए और द्वार खुल गया।"

"क्षमा कीजिएगा श्रीमती लियन! मैं कुछ जल्दी में हूँ।"

"मैं तुम्हारी जल्दी में भाग-दौड़कर गिरकर अपनी हड्डी नहीं तुड़वाना चाहती।" श्रीमती लियन ने कहा।

"मुझे खेद है श्रीमती लियन! मैं आपके दि फर्स्ट प्रेस्बिटेरियन चर्च से आया हूँ। आपने अनुरोध किया था कि धर्मसंसद का एक प्रतिनिधि आपके घर भी ठहरा दिया जाए।"

"हाँ! पर उसके मस्तिष्क के द्वार खुले होने चाहिए। मेरे पति को दर्शनशास्त्र में तो रुचि है किंतु धर्मांधता से उन्हें बहुत घृणा है।"

"ठीक है। हमारे चर्च के लोग उन्हें लेकर आएँगे; किंतु उनके यहाँ पहुँचने तक आधी रात तो बीत ही जाएगी।"

"आधी रात! खैर! कौन है? किस धर्म का है?"

"यह तो मैं नहीं जानता।" उस व्यक्ति ने कहा।

व्यक्ति ने हाथ के संकेत से नमस्कार किया और चला गया। श्रीमती लियन वहीं खड़ी उसे जाते देखती रहीं। वस्तुतः वे उस प्रतिनिधि और अपने घर की स्थिति के विषय में सोच रही थीं। न तो घर में स्थान बचा था और न वे अतिथि को मना कर सकती थीं।

सहसा किसी निश्चय पर पहुँचकर उन्होंने कपाट बंद कर दिए।

श्रीमती लियन भीतर आईं। उनका बड़ा पुत्र एक कमरे से निकलकर आया। श्रीमती लियन ने उसे रोक लिया।

"सुनो पुत्र! तुम जरा पड़ोस में मिस्टर डेविड के घर चले जाओ। उनसे कहो कि हम अपने चार अतिथि उनके घर ठहराना चाहते हैं।"

"क्यों माँ!"

"हमारे चर्च वाले आज धर्मसंसद के एक प्रतिनिधि को हमारे घर ठहरने के लिए भेज रहे हैं। और हमारे सारे कमरे अपने संबंधियों से ही भर चुके हैं। इस प्रदर्शनी को देखने के लिए संसार-भर से तो हमारे संबंधी ही आए हुए हैं।"

"तो आप चर्च वालों को मना कर दीजिए।"

"मना कर दूँ? अरे, मैंने स्वयं ही तो उनसे कहा था कि वे एक प्रतिनिधि को हमारे घर में ठहरा सकते हैं।"

"ओह!"

रात के ग्यारह बज रहे थे। घर में सब सो चुके थे। केवल श्रीमती लियन को ही नींद नहीं आ रही

थी। उन्होंने पूरे घर का एक चक्कर लगाया। सब सो चुके थे। सब कमरों के द्वार बंद थे। रसोई में से चीजें समेट दी गई थीं।

वे अपने कमरे में लौट आईं। उनके पति जॉन बी० लियन भी सो चुके थे। वे भी बिस्तर पर लेट गईं।

तभी बाहर की घंटी बजी। उन्होंने दीवार पर लगी घड़ी को देखा। सवा बारह का समय था। वे धीरे से उठीं ताकि उनके पति की नींद खराब न हो। चलकर बाहर के द्वार तक आईं और कपाट खोले।

"आपके प्रतिनिधि श्रीमती लियन!"

श्रीमती लियन ने अपने हाथ से ठेलकर पूरा कपाट खोल दिया : सामने स्वामी खड़े थे।

श्रीमती लियन चौंकी ही नहीं, कुछ भयभीत भी हो गईं। भगवा चोगा। लाल कमरबंद और गेरुए रंग की पगड़ी। उनकी दृष्टि स्वामी के चेहरे पर टिकी रह गई।

स्वामी मुस्कराए।

श्रीमती लियन ने स्वयं को संयत किया, "आइए!"

"मैं चलता हूँ श्रीमती लियन!" साथ आए व्यक्ति ने कहा, "नमस्कार!"

स्वामी को भीतर आने का मार्ग देकर, श्रीमती लियन ने कपाट बंद कर, चिटकिनी चढ़ा दी। स्वामी खड़े प्रतीक्षा करते रहे।

"क्या नाम है आपका?" अंततः श्रीमती लियन ने पूछा।

"नाम तो विवेकानन्द है माता!"

'माता' संबोधन पर श्रीमती लियन ने जैसे रोमांचित होकर उनकी ओर देखा। क्षणिक आह्लाद भी उभरा; किंतु फिर चिंता की छाया ने उसे ढँक लिया।

"भारत में लोग संन्यासियों को स्वामी कहते हैं, इसलिए मैं स्वामी विवेकानन्द कहलाता हूँ।"

एक कमरे के सामने आकर श्रीमती लियन ने धकेलकर कपाट खोला, "इस समय परिवार के सारे लोग सो चुके हैं। उनसे आप प्रातः ही मिल पाएँगे।"

"आपको मेरे कारण जागना पड़ा।" स्वामी के स्वर में क्षमायाचना थी।

"कोई बात नहीं। वह मेरा दायित्व था। आपको इस समय किसी वस्तु की आवश्यकता तो नहीं?"

"नहीं! किसी भौतिक पदार्थ की आवश्यकता नहीं है।"

श्रीमती लियन मुस्कराईं और चली गईं।...भौतिक पदार्थ की आवश्यकता नहीं, तो न जाने, इस संन्यासी को किस चीज की आवश्यकता थी।

प्रातः जॉन लियन ने आँखें खोलीं, तो देखा कि श्रीमती लियन अपने बिस्तर पर बैठी हुई थीं।

"अरे, तुम जगी बैठी हो!"

"हाँ! तुम्हारे जागने की ही प्रतीक्षा कर रही थी।"

"क्यों? मेरे बिना तुम्हारा कौन-सा काम रुका पड़ा है?" जॉन ने हँसकर कहा, "क्या तुम चाहती हो कि आज सुबह की चाय मैं बनाऊँ?"

"सुनो जॉन!" श्रीमती लियन उनके परिहास से तनिक भी प्रभावित नहीं हुईं, "रात को धर्मसंसद

का वह प्रतिनिधि आ गया है…"

"तो? घर में जगह नहीं है क्या?"

"नहीं! वह तो मैंने कर लिया है। पर वह प्रतिनिधि काला है—पूर्वी भारत से आया है।"

"तो?"

"अरे, तुम समझते क्यों नहीं।" श्रीमती लियन कुछ खीजकर बोलीं, "हमारे वे सारे संबंधी, जो इस समय यहाँ टिके हुए हैं, रंगभेद के विषय में कितने असहिष्णु हैं। जो व्यक्ति गोरा नहीं है, वह उनके लिए हमारे काले नीग्रो दासों के समान है। वे स्वामी को हमारे घर में टिकने देंगे, या उसे निकाल बाहर करेंगे, या हमसे रुष्ट होकर स्वयं चले जाएँगे?…"

जॉन की मुद्रा भी चिंतनशील हो गई।

"क्यों न हम स्वामी को घर के पास के किसी अच्छे होटल में ठहरा दें?"

"नहीं!" जॉन का स्वर निष्कंप था, "मैं समाचार-पत्र पढ़ने जा रहा हूँ। स्वामी को भी मेरे अध्ययन कक्ष में ही भेज दो। मैं उससे जरा बात कर लूँ।"

श्रीमती लियन मेज पर नाश्ता लगवा रही थीं। नीग्रो नौकर-नौकरानियाँ उनकी सहायता कर रही थीं। तभी जॉन अपने अध्ययन कक्ष से लौटकर आए।

"अभी कोई नहीं आया?"

"हम तो आ गए हैं दादा जी!"

उनकी विधवा बहू और पोती आ गई थीं। जॉन भी कुर्सी पर बैठ गए।

"तुम अच्छी बिटिया हो, इसलिए आ गई हो।" जॉन बोले, "आओ, बैठो! बैठो बहू!"

"क्या सोचा?" श्रीमती लियन ने चिंतित स्वर में पूछा।

"मैंने स्वामी से बात की है।" जॉन बोले तो उनका स्वर प्रखर और दृढ़ था, "एमिली! हमारा कोई संबंधी रहे या जाए, किंतु स्वामी तब तक यहीं रहेंगे, जब तक वे स्वयं चाहेंगे।" वे रुके, "आज तक जितने लोग हमारे घर में आए हैं, यह भारतीय उन सबसे अधिक प्रतिभाशाली और सात्त्विक पुरुष है।"

46

11 सितंबर, 1893 ई०। प्रातः दस बजे, दस घंटे बजे। धर्मसंसद के प्रतिनिधि एक शोभायात्रा के रूप में प्रकट हुए। अध्यक्ष बॉनी और कार्डिनल गिब्बंस एक-दूसरे के हाथ पकड़े सबसे आगे थे। उनके पीछे संसद के अधिकारी और प्रबंधक थे। उसके पश्चात् प्रतिनिधि आए। उन लोगों ने हॉल के पिछले द्वार से प्रवेश किया और श्रोताओं के मध्य से मार्ग बनाते हुए मंच की ओर आए। प्रतिनिधियों की उसी भीड़ में स्वामी भी थे। वे कुछ घबराए हुए-से लग रहे थे। सूखी जिह्वा से अपने सूखे होंठों को गीला करने का प्रयत्न कर रहे थे। शोभायात्रा मंच तक आ पहुँची और सब लोग अपने लिए नियत स्थान पर बैठ गए।

मंच के केंद्र में पश्चिमी संसार के रोमन कैथोलिक चर्च के सबसे बड़े धर्माधिकारी, कार्डिनल गिब्बंस बैठे थे। उनके लिए राजसिंहासन-सी दिखने वाली कुर्सी का प्रबंध किया गया था। उन्होंने ही प्रार्थना कर सभा का उद्घाटन किया। उनकी दाईं और बाईं ओर पूर्वी देशों के प्रतिनिधि बैठे थे, जिनके भड़कीले रंगों के परिधान कार्डिनल के लोहित रंग के चोगे से प्रतिस्पर्धा कर रहे थे। ब्रह्म, बुद्ध और मुहम्मद के उन अनुयायियों में स्वामी भी बैठे थे। उनका नयनाभिराम चटख भगवा परिधान, राजस्थानी पगड़ी, ध्यानाकर्षक नयन-नक्श और ताँबई वर्ण उस भीड़ में भी छिप नहीं रहा था। उनके साथ बंबई से आए ब्राह्म समाज के प्रतिनिधि नागरकर बैठे थे। अगले व्यक्ति लंका के बौद्ध प्रतिनिधि धर्मपाल थे, फिर कलकत्ता से आए, ब्राह्म समाज के ही प्रतापचंद्र मजूमदार थे। उसी भीड़ में जैन मत के प्रतिनिधि वीरचंद गांधी थे और ब्राह्मविद्या मत के चक्रवर्ती और स्वयं श्रीमती एनी बेसेंट थीं। मजूमदार, स्वामी के पुराने परिचित थे। चक्रवर्ती से उनका परिचय परस्पर नाम जानने तक का ही था।...आगार और ऊपर का चौबारा लोगों से ठसाठस भरा हुआ था। छह-सात सहस्र व्यक्तियों से कम क्या होंगे! स्वामी ने इतने लोगों के सामने कभी भाषण नहीं दिया था। इस प्रकार के धुरंधर धर्माधिकारियों के मध्य भी वे कभी नहीं बैठे थे। वे तो भारत की धूल-मिट्टी में घूमने वाले, भिक्षा माँगकर खाने वाले, मनमौजी संन्यासी थे।...उनके होंठ सूखते जा रहे थे।

गिब्बंस प्रार्थना कर चुके थे। अब मंत्रपाठ, प्रार्थना, आशीर्वाद और परिचय का दौर चल रहा था।

सभा के प्रथम वक्ता ग्रीक चर्च के आर्कबिशप जांटे थे।

“भगवान् ने सारे मनुष्यों को जन्म दिया, अतः वह हमारा पिता है। उसको न मानना नास्तिकता है। मैं अपने दोनों हाथ उठाकर हृदयानुभूत प्रेम से आपके महान् देश अमेरिका तथा प्रसन्न एवं यशस्वी अमेरिकियों को आशीर्वाद देता हूँ।”

बॉनी ने तालियाँ बजाते हुए कहा, “आप वस्तुतः महान् हैं।”

हॉल में भी तालियों की गड़गड़ाहट बढ़ती ही चली गई।

ब्राह्म समाज के प्रतापनारायण मजूमदार का भाषण प्रभावशाली था। उन्होंने अपना भाषण समाप्त कर हार्दिक धन्यवाद दिया। श्रोताओं ने उदार मन से तालियाँ बजाईं। किंतु स्वामी को लग रहा था कि चक्रवर्ती का भाषण मजूमदार से भी अधिक महत्त्वपूर्ण था। उन सबके भाषण पूर्वलिखित लगते थे। कम से कम उसकी तैयारी तो पहले से अवश्य ही की गई थी।...और एक स्वामी थे कि न कुछ लिखकर लाए थे, न कुछ सोचकर आए थे। इस समय भी कुछ निश्चय नहीं कर पा रहे थे कि वे क्या बोलेंगे। धुरंधरों की इस भीड़ में बिना तैयारी के आना उचित नहीं था।

चीन के पुग क्वांग यु आए और ढेरों तालियाँ बजती चली गईं। लोग अपने-अपने स्थान पर उठकर खड़े हो गए और रूमाल तथा हाथ हिलाते रहे।

बॉनी ने कुछ चकित होकर अपने साथ बैठे कार्डिनल गिब्बंस से पूछा, “इन्होंने तो अभी भाषण किया भी नहीं। लोग इतने प्रसन्न क्यों हैं?”

कार्डिनल हँसे, “आपने अपने भाषण में कह दिया कि हमने अपने देश में चीन के साथ शिष्ट व्यवहार नहीं किया है। ये लोग उसी व्यवहार की क्षतिपूर्ति कर रहे हैं।”

स्वामी तब तक अपने स्थान पर अंतर्मुखी-से बैठे थे, जैसे उपासना कर रहे हों। उनके साथ वाली कुर्सी पर फ्रांसीसी पादरी जी० बॉनी मॉरी बैठे थे।

तभी मंच पर से स्वामी का नाम पुकारा गया।

"इस बार भी आप कुछ बोलेंगे या नहीं, डेलिगेट?" डॉ० बैरोज़ स्वामी की ओर देख रहे थे, "अपने इन श्रोताओं को आप दो शब्दों में अपना आशीर्वाद भी नहीं देंगे?"

"आप बोलते क्यों नहीं?" मॉरी बोले, "आप तीन बार अपनी बारी छोड़ चुके हैं।"

स्वामी क्या बताते कि बुलाए जाने पर भी वे क्यों नहीं बोल रहे।···उन्होंने अपनी घबराहट को समेटा। मन ही मन देवी सरस्वती को नमन किया। आँखें खोलीं। मुस्कराकर मॉरी की ओर देखा···उस दृष्टि में कृतज्ञता भी थी और प्रसन्नता भी। वे उठकर व्यासपीठ पर आ गए। डॉ० बैरोज़ ने उनका परिचय दिया।

उनका चेहरा आवेश से धधक रहा था। उन्होंने अपने सामने बैठे उन श्रोताओं का सिंहावलोकन किया। लोगों की दृष्टि जैसे बँध गई। ऐसा सन्नाटा छाया, जैसे आँधी आने वाली हो। सारा हॉल निस्पंद था।

"अमेरिकी बहनो और भाइयो!"

उनका वह संबोधन हॉल में जैसे विद्युत् की धारा के समान बह गया। सारा हॉल तालियों की गड़गड़ाहट से गूँज उठा। लोग अपने स्थानों पर उठकर खड़े हो गए। सुंदर युवतियाँ बैंचों पर चलती हुई स्वामी की ओर बढ़ती दिखाई दीं।

अध्यक्षद्वय—बॉनी और कार्डिनल—चकित होकर एक-दूसरे की ओर देखते रह गए···आखिर यह हुआ क्या है?

स्वामी अकबका-से गए। वे दो मिनटों तक आगे बोलने का प्रयत्न करते रहे, किंतु उस कोलाहल में कुछ भी बोलना संभव नहीं था। क्रमशः तालियाँ कुछ धीमी पड़ीं तो स्वामी ने बोलना आरंभ किया :

"जिस सौहार्द और स्नेह से आपने हम लोगों का स्वागत किया है, उससे मेरा हृदय अकथनीय आह्लाद से भर उठा है। गौतम जिसके एक सदस्य मात्र थे, संसार की उस प्राचीनतम ऋषि परंपरा की ओर से मैं आप सबका धन्यवाद करता हूँ। जैन और बौद्ध मत जिसकी शाखाएँ मात्र हैं, संसार के धर्मों की उस जननी की ओर से मैं आपके प्रति आभार प्रकट करता हूँ। और सारी जातियों और संप्रदायों के करोड़ों हिंदुओं की ओर से मैं आपके प्रति कृतज्ञता प्रकट करता हूँ।

"मैं उन वक्ताओं के प्रति भी धन्यवाद ज्ञापित करता हूँ, जिन्होंने इस सभामंच पर से कहा कि ये दूर-दूर से आए विभिन्न राष्ट्रों के प्रतिनिधि यहाँ जिस सहिष्णुता का अनुभव करेंगे, उसे अपने देशों में ले जाएँगे। इस विचार के लिए मैं उनका आभारी हूँ।

"मुझे उस धर्म से संबंधित होने का गौरव प्राप्त है, जिसने संसार को सहिष्णुता और सर्वस्वीकृति का पाठ पढ़ाया। हम न केवल संसार में सबके प्रति सहिष्णुता में विश्वास करते हैं, वरन् सारे धर्मों को सत्य मानते हैं। मैं आपको यह बताते हुए गर्व का अनुभव कर रहा हूँ कि मेरा संबंध उस धर्म से है, जिसकी पवित्र भाषा संस्कृत में अंग्रेजी के शब्द एक्सक्लूजन का अनुवाद ही नहीं हो सकता।"

हॉल में जोर की तालियों की गर्जना देर तक होती रही। कोलाहल कुछ कम हुआ तो स्वामी पुनः बोले :

"मुझे उस राष्ट्र का सदस्य होने का गर्व प्राप्त है, जिसने संसार के सारे धर्मों और देशों के उत्पीड़ित और निराश्रित लोगों को अपने यहाँ आश्रय दिया है। आपको यह बताते हुए मुझे गर्व का

अनुभव हो रहा है कि हमने इसराइलियों के पवित्र अवशेषों को अपने हृदय में छिपाकर रखा है। वे उस समय हमारे पास आए थे, जब रोमन अत्याचारियों ने उनके पवित्र मंदिर को ध्वस्त किया था। मुझे उस धर्म से संबंधित होने का गर्व है, जिसने महान् जोरोस्त्रियन राष्ट्र के अवशेषों को आश्रय दिया और आज भी उनका पालन कर रहा है।

"भाइयो! मैं आपके सम्मुख एक स्तोत्र की कुछ पंक्तियाँ उद्धृत कर रहा हूँ, जिसका प्रत्येक हिंदू बालक प्रतिदिन उच्चारण करता है। मैं अनुभव करता हूँ कि इस स्तोत्र, जिसका मैं अपने शैशव से आज तक जप करता आया हूँ, जिसका भारत में करोड़ों-करोड़ लोग नित्य जप करते हैं, की आत्मा अंततः साकार हो गई है : 'विभिन्न स्रोतों से निकलकर, अंततः समुद्र में मिलने वाली नदियों के समान, हे प्रभो! भिन्न-भिन्न रुचि के अनुसार, विभिन्न कुटिल अथवा सरल मार्गों से जाने वाले लोग अंत में आकर तुझमें ही मिल जाते हैं।'[1]

"यह सभा जो संसार की आज तक की सर्वश्रेष्ठ सभाओं में से एक है, अपने आप में यह संकेत है, गीता में प्रचारित उस अद्भुत उपदेश की घोषणा है : 'हे अर्जुन! जो भक्त मुझे जिस प्रकार भजते हैं, मैं भी उनको उसी प्रकार भजता हूँ। क्योंकि सभी मनुष्य सब प्रकार से मेरे ही मार्ग का अनुसरण करते हैं।'[2]

"सांप्रदायिकता, धर्मांधता और उनकी भयंकर संतान कट्टरवादिता, इस संसार पर बहुत राज कर चुकीं। उन्होंने पृथ्वी पर हिंसा का तांडव किया है, संसार पर रक्त की वर्षा की है, सभ्यताओं का नाश किया है और राष्ट्रों को हताशा के सागर में डुबोया है। किंतु अब उनका अंतकाल आ गया है और मैं पूरी निष्ठा से विश्वास करता हूँ कि आज प्रातः संसार के विभिन्न धर्मों के प्रतिनिधियों के सम्मान में जो घंटध्वनि हुई थी, वह कट्टरता की मृत्यु की घोषणा थी। वह खड्ग अथवा लेखनी से किए जाने वाले सारे अत्याचारों के लिए, और विभिन्न मार्गों से एक ही लक्ष्य की ओर जाते हुए भाइयों के मध्य वर्तमान कठोर भावों की मृत्यु की घोषणा थी।...."

सभा में फिर से तालियों का झंझावात उत्पन्न हो गया।

स्वामी अपने स्थान पर आ बैठे। वे एक प्रकार की क्लांति का अनुभव कर रहे थे। शायद भावनाओं के आवेग ने उन्हें थका दिया था।

धर्मसंसद से लौटने के बाद से ही श्रीमती हेल कुछ उद्विग्न-सी थीं। ऐसी अनमनी हो रही थीं कि लगता था, जैसे वे वहाँ उपस्थित ही नहीं थीं, जहाँ बैठी थीं।

"क्या बात है प्रिये?" जॉर्ज हेल ने उनकी ओर देखा, "कहाँ भटक रही हो? तुम्हारा ध्यान कहाँ है?"

"कुछ अटपटा कर बैठी क्या?"

"सब कुछ ही अटपटा कर रही हो। इतनी अन्यमनस्क तो तुम कभी नहीं थीं।"

श्रीमती हेल ने अपने पति की ओर देखा, "मुझे लगता है, मुझसे एक भूल हो गई है।"

---

1. शिव महिम्न स्तोत्र
2. श्रीमद्भगवद्गीता

"क्या हो गया?" जॉर्ज बोले, "भूल तो मनुष्य से ही होती है।"

"आपने स्वामी को बोलते सुना?"

"हुँ!"

"क्या आपको नहीं लगा कि उस समय सारा परिवेश कितना सात्त्विक हो गया था। लोग कितने उत्तेजित थे। मेरे तो रोंगटे ही खड़े हो गए थे, जैसे सारे शरीर में विद्युत् की धारा बह चली हो।"

"कुछ तो विशिष्ट था ही।" जॉर्ज बोले, "नहीं तो लोग पागलों के समान तालियाँ क्यों बजाते? बैंचों पर क्यों चलते?"

"वह मात्र शब्दों का ही तो प्रभाव नहीं हो सकता।"

"प्रभाव तो शब्दों का ही था; किंतु उन शब्दों में विद्युत् भरी थी—चार्ज्ड थे शब्द।" जॉर्ज बोले, "जहाँ तक मैं समझता हूँ, हिंदू लोग इसी को साधना कहते हैं। मुझे लगता है कि उस साधना का प्रभाव ही विद्युत् की तरंग के समान हो सकता है। उसकी प्रकृति अलौकिक है।" वे रुके, "किंतु तुमसे क्या भूल हो गई?"

"सब लोगों ने अपने घरों में धर्मसंसद के प्रतिनिधियों को ठहराया, हम भी तो किसी को ठहरा सकते थे।"

"ओह!" जॉर्ज हँस पड़े, "तो तुम स्वामी विवेकानन्द को अपने घर पर ठहराना चाहती हो?"

"और नहीं तो क्या?" श्रीमती हेल बोलीं, "वे अच्छे-खासे हमारे घर के सामने आकर बैठ गए। मैं उन्हें भीतर भी ले आई।...और मेरी मूर्खता देखो, ले जाकर डॉ बैरोज़ को सौंप आई, इन्हें कहीं ठहरा दीजिए।"

"और उन्होंने उन्हें लियन के घर ठहरा दिया।" जॉर्ज बोले, "तब तुम नहीं जानती थीं कि वे संसद में पहले दिन ही इतने महत्त्वपूर्ण हो जाएँगे। तुमने तो उन्हें एक साधारण हिंदू पादरी समझा था।"

"नहीं, ऐसा तो नहीं था। उनका असाधारण आकर्षण और सात्त्विकता तो मुझे पहले ही क्षण दिख गई थी। उन्होंने मुझे माँ कहा तो मेरे मन में ममता भी जागी। किंतु मैंने सोचा कि मैं डॉ० बैरोज़ की व्यवस्था में टाँग क्यों अड़ाऊँ?"

"व्यवस्था डॉ० बैरोज़ की नहीं थी, मेरी भोली बेले! व्यवस्था तो ईश्वर की है। उसने स्वामी के ठहरने की व्यवस्था लियन के घर में ही की थी।"

"पर अब मैं क्या करूँ?"

"क्या चाहती हो?"

"कल डॉ० बैरोज़ से कहूँगी कि वे स्वामी को हमारे घर भेज दें।"

"इतना उतावलापन उचित नहीं है प्रिये!" जॉर्ज बोले, "डॉ० बैरोज़ के लिए इस प्रकार के परिवर्तन कठिनाई उत्पन्न करेंगे।...और फिर लियन को भी यह बुरा लगेगा। स्वामी किसी होटल में रुके होते तो बात कुछ और थी। जब तक उन्हें कोई जानता नहीं था, तब की बात भी कुछ और थी। अब तो शिकागो के प्रत्येक समर्थ परिवार में उनके लिए स्थान है। यदि तुम इस प्रकार का अनुरोध करोगी, तो और भी अनेक परिवार इस प्रकार का उद्यम करेंगे। यह कोई नहीं मानेगा कि तुम उनकी सात्त्विकता के प्रति अपनी ममता के कारण उन्हें अपने निकट रखना चाहती हो। माना जाएगा कि उनकी ख्याति से आकृष्ट होकर तुम उसमें सहभागिनी होना चाहती हो।"

"तो मैं क्या करूँ? मुझे तो ऐसा लग रहा है कि मेरा पुत्र परदेस से घर लौटा था और मैं उसे पहचानने में असमर्थ रही। उसे ब्रेकफास्ट कराकर ठहरने के लिए कहीं और भेज आई। क्या करूँ मैं अपनी इस खोटी बुद्धि का?"

"करना क्या है।" जॉर्ज बोले, "अभी तो संसद चलेगी। तुम प्रतिदिन उनसे मिल सकती हो। वे कुछ और स्थानों पर भी निमंत्रित होंगे, वहाँ भी जा सकती हो। उन्हें चाय इत्यादि के बहाने अपने घर भी आमंत्रित कर सकती हो।…"

"वहाँ सारे अमेरिका से लोग आए हैं। सब उनसे मिलेंगे, उनसे परिचय बढ़ाएँगे। उन्हें अपने नगरों और अपने घरों में बुलाएँगे। डिट्रायट की श्रीमती जॉन बागले तो उन्हें आज ही निमंत्रण दे रही थीं।"

"तुम भी निमंत्रण दे सकती हो।" जॉर्ज बोले, "संसद के बाद शिकागो अथवा अमेरिका में रहने के समय तक के लिए स्थायी निवास का निमंत्रण।"

"हाँ! मैं भी तो कह सकती हूँ कि, 'पुत्र! धर्मसंसद के समाप्त हो जाने पर और कहीं जाने की आवश्यकता नहीं है। जब तक यहाँ हो, अपनी माँ के पास आकर रहो।' "

"अच्छा विचार है।…या कहो कि अच्छी योजना है।" जॉर्ज बोले, "संभव है कि उन्हें और भी निमंत्रण मिलें। मुझे पूरा विश्वास है कि लियन परिवार भी उन्हें अपने घर पर रोके रखना चाहेगा। पर इस बार तुम चूकना मत।"

"वे एक पता भूल गए थे तो मैं उन पर कटाक्ष कर रही थी और स्वयं मैं उस महात्मा को ही पहचान नहीं पाई।"

"अच्छा, अब सो जाओ। कल प्रातः से ही तुम्हें फिर धर्मसंसद में जाना है।"

कोलंबस आगार में एक प्रकार की भगदड़ मची हुई थी। लोग उठकर बाहर की ओर भाग रहे थे—स्त्रियाँ और पुरुष सब। उस भगदड़ में धक्का-मुक्की भी हो रही थी। कुछ चीख-चिल्लाहट भी थी। किसी महिला की टोपी गिर गई थी, किसी के बाल उलझ गए थे। किसी ने आगे बढ़ने की आतुरता में अपने अगले व्यक्ति के कंधे पर हाथ रख दिया था और अगला व्यक्ति उसे हटाने का प्रयत्न कर रहा था। किसी का पैर दूसरे के पैर पर पड़ गया था। इतनी अराजक अफरातफरी पहले तो कभी नहीं हुई थी।

मंच पर बैठे लोग भी उत्सुकता से उस ओर देख रहे थे। एक प्रतिनिधि घबराकर उठने लगा, "कोई दुर्घटना हो गई लगती है।"

साथ बैठे प्रतिनिधि ने उसकी बाँह पकड़कर बैठा लिया, "बैठे रहिए! घबराहट का कोई कारण नहीं है।"

पहला प्रतिनिधि बौखलाए हुए स्वर में बोला, "तो ये सब लोग पागल हो गए हैं क्या?"

"हाँ! ये सब उस स्वामी विवेकानन्द से हाथ मिलाने के लिए भाग रहे हैं। इस स्थिति में वह बेचारा आवश्यक होने पर प्रसाधन तक भी नहीं पहुँच पाएगा।" वह हँसा।

पहला प्रतिनिधि अवाक्-सा मुँह खोले अपने साथी का चेहरा तकता रह गया।

श्रीमती ब्लाडजेट अपने स्थान पर बैठे-बैठे गीली आँखों से यह सब देख रही थीं।…अमेरिकी सुंदरियों का सारा यौवन जैसे स्वामी के लिए निवेदित हो रहा था…इस प्रस्ताव के लिए तो स्वर्गलोक

के देवता भी तड़पते होंगे।···उनके होंठ काँपे। वे जैसे अपने आप से ही बोलीं, 'यदि तुम इस प्रलोभन का संवरण कर सकते हो मेरे बच्चे, तो तुम सचमुच देवता हो।···'

संसद का पाँचवाँ दिन था—15 सितंबर, 1893। शुक्रवार। अपराह्न में सभा का वातावरण कुछ अधिक ही उद्दंड हो उठा था। ऐसा लगता था कि विभिन्न संप्रदायों में आज रक्तपात ही हो जाएगा। किसी वक्ता के लिए भी बोलना कठिन हो गया था। कोलाहल था कि शांत ही नहीं हो रहा था। प्रत्येक संप्रदाय का प्रतिनिधि सारे शील और तर्क को भूलकर, अपने सिद्धांतों की श्रेष्ठता का प्रतिपादन करने के लिए वितंडावाद पर उतर आया था। अंततः स्वामी अपने स्थान से उठे।

"भाइयो! मैं आप लोगों को एक छोटी-सी कहानी सुनाता हूँ।···"

सभागार में कुछ शांति हुई। जहाँ तर्क के खड्ग चल रहे थे, वहाँ एक कहानी। कहानी का क्या काम था? पर स्वामी कहानी सुनाना चाह रहे थे···और उनके श्रोता उनको सुनना चाहते थे। कहानी थी, तो कहानी ही सही···

"अभी जिन वक्ता महोदय ने अपना व्याख्यान समाप्त किया है, उनके इस वचन को आप लोगों ने सुना है कि 'आओ, हम लोग एक-दूसरे को बुरा कहना बंद कर दें।' उन्हें इस बात का बड़ा खेद है कि लोगों में सदा इतना मतभेद क्यों रहता है। हम सब चाहते हैं कि हममें इतना मतभेद न रहे। हम एकमत हो जाएँ। प्रेम और शांति से जीवन व्यतीत करें। पृथ्वी पर शांति विराजे···किंतु ऐसा होता नहीं है, क्यों?" स्वामी ने अपनी दृष्टि सारे आगार में घुमाई, "चलिए, इस कहानी से अपने प्रश्न का उत्तर माँगते हैं।"

सब ओर सन्नाटा छा गया। ऐसी कौन-सी कहानी थी, जो संसार की इस विकट बौद्धिक समस्या का समाधान करने वाली थी?

"एक कुएँ में बहुत समय से एक मेढक रहता था। वह वहीं पैदा हुआ था और वहीं उसका पालन-पोषण हुआ था।" स्वामी ने कहना आरंभ किया, "वह मेढक अभी छोटा ही था। आज के क्रमविकासवादी वहाँ नहीं थे, जो यह बताते कि उस मेढक की आँखें थीं या नहीं; पर कहानी के लिए यह मान लेना चाहिए कि उसकी आँखें थीं। जल के क्षुद्र जंतुओं और कीड़ों को खाकर जल को शुद्ध रखने के लिए वह प्रतिदिन इतना परिश्रम करता था, जितना हमारे आधुनिक कीटतत्त्ववादियों को यशस्वी बना दे।

"वह मेढक धीरे-धीरे मोटा और तगड़ा हो गया। एक दिन समुद्र से एक मेढक उस ओर आया और कुएँ में गिर पड़ा।

" 'तुम कहाँ से आए हो?' कूपमंडूक ने पूछा।

" 'मैं समुद्र से आया हूँ।'

" 'समुद्र! भला कितना बड़ा है वह? क्या वह भी उतना ही बड़ा है, जितना बड़ा मेरा कुआँ है?' यह कहते हुए उसने कुएँ के एक किनारे से दूसरे किनारे तक छलाँग लगाई।

"समुद्री मेढक ने कहा, 'मेरे मित्र! भला समुद्र की उपमा तुम इस छोटे-से कुएँ से कैसे दे सकते हो?'

"कूपमंडूक ने दूसरी छलाँग लगाई, 'तो क्या इतना बड़ा है?'

"समुद्री मेढक ने कहा, 'मूर्खता की बातें मत करो। क्या समुद्र की तुलना इस कुएँ से हो सकती है?'

"कूपमंडूक चिढ़कर बोला, 'जा-जा! मेरे कुएँ से विशाल और कुछ हो ही नहीं सकता। संसार में इससे विराट् और कुछ नहीं है। झूठा कहीं का। अरे, इसे पकड़कर कुएँ से बाहर निकालो।'

"भाइयो! ऐसे संकीर्ण भाव ही कलह के कारण हैं।" स्वामी बोले, "मैं हिंदू हूँ। मैं अपने छोटे से कुएँ में बैठा, यही समझता हूँ कि मेरा कुआँ ही संपूर्ण संसार है। ईसाई लोग भी अपने क्षुद्र कुएँ में यही समझते हैं कि सारा संसार उसी कुएँ में है। और मुसलमान भी तुच्छ कुएँ में बैठे उसी को सारा ब्रह्मांड मानते हैं। मैं आप अमेरिकावासियों का आभार मानता हूँ कि आप लोग हमारे इन क्षुद्र संसारों की सीमाओं को तोड़ने का प्रयत्न कर रहे हैं। मैं आशा करता हूँ कि भविष्य में परमात्मा, आपके इस उद्योग में सहायता देकर आपका मनोरथ पूर्ण करेंगे।"

तीन और दिनों तक स्वामी कुछ नहीं बोले। 19 सितंबर को वे अपना मुख्य भाषण देने के लिए खड़े हुए।

"आज स्वामी विवेकानन्द हिंदू धर्म का परिचय देंगे।" डॉ० बैरोज़ ने कहा, "यद्यपि हमारे पास भारत के कई प्रतिनिधि हैं। उनमें से कुछ बंगाल से भी आए हैं। किंतु श्रोता ध्यान दें कि वे सब किन्हीं संस्थाओं, विचारधाराओं, संगठनों और संप्रदायों के प्रतिनिधि हैं। हिंदू धर्म का प्रतिनिधित्व करने वाले स्वामी विवेकानन्द एक ही वक्ता हैं। और हिंदू धर्म भारत का प्रमुख धर्म है।"

आज स्वामी को तनिक भी घबराहट नहीं थी। सामने बैठे श्रोता जैसे उनके चिरपरिचित मित्र थे। वे स्वामी को पहचानते थे और स्वामी उन्हें जान गए थे। मंच पर बैठे विद्वानों की विद्वत्ता की थाह वे पा चुके थे। उनके पदों और संगठनों का स्वामी के मन पर तनिक भी आतंक नहीं था।

स्वामी ने बहुत सहज भाव से बोलना आरंभ किया, "ऐतिहासिक युग के पूर्व के केवल तीन ही धर्म आज संसार में विद्यमान हैं—हिंदू, पारसी और यहूदी। ये तीन धर्म अनेकानेक प्रचंड आघातों के बाद भी लुप्त न होकर आज भी जीवित हैं। यह उनकी आंतरिक शक्ति का परिणाम है। पर जहाँ हम यह देखते हैं कि यहूदी धर्म ईसाई धर्म को पचा नहीं सका, वरन् अपनी सर्वविजयिनी संतान ईसाई धर्म के द्वारा अपने जन्मस्थान से निर्वासित कर दिया गया और यह कि केवल मुट्ठी-भर पारसी ही अपने महान् धर्म की गाथा गाने के लिए अब शेष हैं, वहीं आधुनिक विज्ञान के नवीनतम आविष्कार जिसकी प्रतिध्वनि मात्र हैं, ऐसे वेदांत के अत्युच्च आध्यात्मिक भाव से लेकर सामान्य मूर्तिपूजा एवं तदानुषंगिक अनेकानेक पौराणिक दंतकथाओं, बौद्धों के अज्ञेयवाद तथा जैनों के निरीश्वरवाद तक के लिए हिंदू धर्म में स्थान है। तो वह कौन-सा सामान्य बिंदु है, जहाँ इतनी विभिन्न दिशाओं में जाने वाली त्रिज्या रेखाएँ केंद्रस्थ होती हैं? वह कौन-सा एक सामान्य आधार है, जिस पर इतने परस्पर विरोधी लगने वाले ये सब भाव आश्रित हैं?"

लगा कि हॉल में बैठे श्रोताओं की जिज्ञासा के कारण श्वास प्रक्रिया ही रुक गई।

"हिंदू जाति ने अपना धर्म अपौरुषेय वेदों से प्राप्त किया है। उनकी धारणा है कि वेद अनादि और अनंत हैं। संभव है कि आपको यह हास्यास्पद लगे। कोई पुस्तक अनादि और अनंत कैसे हो सकती है? पर यहाँ ऐसा ही है। वेद का अर्थ है—विभिन्न कालों में विभिन्न व्यक्तियों द्वारा आविष्कृत आध्यात्मिक सिद्धांतों का संचित कोश। गुरुत्वाकर्षण का सिद्धांत मानव-जाति द्वारा आविष्कृत होने से पूर्व भी विद्यमान था। और आज यदि मानव-जाति उसे विस्मृत कर दे, तो भी वह अपना कार्य करता रहेगा। ठीक वही बात आध्यात्मिक नियमों के विषय में भी सत्य है। एक आत्मा का दूसरी

आत्मा के साथ और प्रत्येक आत्मा का परम पिता परमात्मा के साथ, जो नैतिक और दिव्य आध्यात्मिक संबंध है—वह ऋषियों द्वारा आविष्कृत होने से पूर्व भी विद्यमान था; और यदि किसी काल में हम उसे स्मरण न रखें, तो भी वह वैसा ही बना रहेगा।

"इन सत्यों या नियमों का आविष्कार करने वाले महामानव ऋषि कहलाते हैं और हम उन्हें पूर्णत्व-प्राप्त विभूति मानकर उनका सम्मान करते हैं। यह बताते हुए मुझे हर्ष हो रहा है कि इन अतिशय उन्नत ऋषियों में कुछ स्त्रियाँ भी थीं।

"यह संशय किया जा सकता है कि आध्यात्मिक सत्य अनंत चाहे हों; किंतु उनका आदि तो अवश्य होना चाहिए। वेद हमें यह सिखाते हैं कि सृष्टि का न आदि है, न अंत; अतः उसका नियमन करने वाले ये नियम भी अनादि और अनंत हैं। विज्ञान ने सिद्ध कर दिया है कि सारी सृष्टि की समग्र शक्ति-समष्टि का परिणाम सदा एक ही रहता है। तो यदि ऐसा कोई समय था, जब किसी भी वस्तु का अस्तित्व नहीं था, उस समय यह संपूर्ण व्यक्त शक्ति कहाँ थी? कुछ लोग मानते हैं कि वह ईश्वर में निष्क्रिय रूप में समाहित थी। तब तो ईश्वर कभी निष्क्रिय और कभी सक्रिय है। इससे तो वह विकारशील हो जाएगा। प्रत्येक विकारशील पदार्थ मिश्रित होता है; और प्रत्येक मिश्रित पदार्थ में वह परिवर्तन अवश्यंभावी है, जिसे हम विनाश कहते हैं। यदि हम ईश्वर को विकारशील मानेंगे, तो उसकी भी कभी न कभी मृत्यु हो जाएगी, जो सर्वथा असंभव और हास्यास्पद कल्पना है। अतः ऐसा समय कभी नहीं था, जब सृष्टि नहीं थी। सृष्टि अनादि है। स्रष्टा और सृष्टि मानो दो समानांतर रेखाएँ हैं, जिनका न आदि है, न अंत। ईश्वर नित्यक्रियाशील महाशक्तिस्वरूप है, सर्वविधाता है, जिसकी प्रेरणा से प्रलयपयोधि में से नित्यशः एक के बाद एक ब्रह्मांड का सृजन होता है। कुछ काल तक उनका पालन होता है; और तत्पश्चात् वे पुनः नष्ट कर दिए जाते हैं। प्रत्येक हिंदू बालक प्रतिदिन अपने गुरु के साथ पाठ करता है—'सूर्याचन्द्रमसौ धाता यथापूर्वमकल्पयत्' अर्थात् इस सूर्य और इस चंद्रमा को विधाता ने पूर्व कल्पों के सूर्य और चंद्रमा के समान निर्मित किया है। यह सिद्धांत आधुनिक विज्ञान द्वारा भी अनुमोदित है।

"मैं अपनी आँखें बंद कर यदि अपने अस्तित्व 'मैं' का अनुभव करने का प्रयत्न करूँ, तो मुझमें किस भाव का उदय होता है? 'मैं शरीर हूँ।' तो क्या मैं भौतिक पदार्थों के समूह के सिवाय और कुछ नहीं हूँ? वेदों की घोषणा है—नहीं! मैं शरीर नहीं हूँ। मैं इस शरीर में रहने वाली आत्मा हूँ। शरीर मर जाएगा; किंतु मैं नहीं मरूँगा। मैं इस शरीर में विद्यमान हूँ और जब शरीर का क्षय होगा, तब भी मैं विद्यमान रहूँगा। इस शरीर को ग्रहण करने के पूर्व भी मैं विद्यमान था। आत्मा किसी पदार्थ से सृष्ट नहीं हुई है, क्योंकि सृष्टि का अर्थ है, भिन्न-भिन्न द्रव्यों का संयोग। संयोग का परिणाम है, भविष्य में अवश्यंभावी वियोग। अतएव यदि आत्मा का सृजन हुआ है, तो उसकी मृत्यु भी होनी चाहिए। इससे सिद्ध होता है कि आत्मा का सृजन नहीं हुआ था। वह कोई सृष्ट पदार्थ नहीं है।

"कुछ लोग जन्म से ही सुखी होते हैं। पूर्ण स्वास्थ्य का आनंद भोगते हैं। उन्हें सुंदर शरीर, उत्साहपूर्ण मन और सभी आवश्यक सामग्री प्राप्त होती है। अन्य कुछ लोग जन्म से ही दुखी होते हैं। कोई शारीरिक रूप से अपंग होता है, कोई बौद्धिक दृष्टि से मंद। वे येन केन प्रकारेण अपने जीवन के दुखी दिन काटते हैं। ऐसा क्यों? यदि ये सभी जीव उस दयालु और न्यायी ईश्वर ने उत्पन्न किए हैं, तो उसने एक को सुखी और दूसरे को दुखी क्यों बनाया? भगवान् ऐसा पक्षपाती क्यों है? फिर ऐसा मानने से भी बात नहीं बनती कि जो अभी दुखी है, वह भविष्य में सुखी हो जाएगा। न्यायी

और दयालु ईश्वर की इस सृष्टि में कोई वर्तमान जीवन में भी दुखी क्यों रहे? दूसरी बात यह कि सृष्टि के उत्पादक ईश्वर को मान्यता देने वाला यह सिद्धांत, सृष्टि में इस वैषम्य का कोई कारण तक बताने का प्रयत्न नहीं करता। वह एक स्वेच्छाचारी प्रभु के निष्ठुर व्यवहार को ही प्रकट करता है।

"स्पष्ट है कि यह कल्पना युक्तिविरोधिनी है। अतः हमें यह स्वीकार करना ही होगा कि इस जन्म के पूर्व के कुछ कारण होने चाहिए, जिनसे मनुष्य इस जीवन में सुखी या दुखी होता है। ये कारण हैं, उसके अपने ही पूर्वानुष्ठित कर्म! आनुवंशिकता का सिद्धांत मानता है कि मनुष्य के शरीर और मन का गठन, उसके पिता और पितामह के अनुकूल होगा। इस सिद्धांत की क्या स्थिति है?...यह स्पष्ट है कि जीवनस्रोत—जड़ और चैतन्य—इन दो धाराओं में प्रवाहित हो रहा है। यदि जड़ और जड़ के विकार ही आत्मा, मन, बुद्धि आदि सबके उपयुक्त कारण सिद्ध हो सकते हैं, तो स्वतंत्र आत्मा के अस्तित्व को मानने की आवश्यकता ही नहीं रह जाती। किंतु यह सिद्ध नहीं किया जा सकता कि चैतन्य का विकास जड़ से हुआ है। अतएव यह स्वीकार कर लेने पर कि एक जड़ पदार्थ से सब कुछ सृष्ट हुआ है, यह भी स्वीकार करना निःसंशय युक्तियुक्त होगा कि एक मूल चैतन्य से ही समस्त सृष्टि कार्य का निर्वाह हो रहा है। यह केवल युक्तियुक्त ही नहीं, वांछनीय भी है।

"यह अस्वीकार नहीं किया जा सकता कि कुछ शारीरिक प्रवृत्तियाँ माता-पिता से प्राप्त होती हैं; किंतु इसका संबंध केवल शारीरिक गठन से है, जिससे जीवात्मा की कोई विशेष प्रवृत्ति प्रकट होती है। उसकी इस प्रवृत्ति विशेष का कारण, उसी के पूर्वकृत कर्म हुआ करते हैं। एक विशेष प्रवृत्ति वाला जीवात्मा, 'योग्य योग्येन युज्यते' के नियमानुसार उसी शरीर को धारण करता है, जो उस प्रवृत्ति को प्रकट करने के लिए सबसे उपयुक्त आधार हो। विज्ञान कहता है कि प्रवृत्ति या स्वभाव अभ्यास से बनता है; और अभ्यास बारंबार अनुष्ठान का फल है। नवजात शिशु को वर्तमान जीवन से वह प्रवृत्ति प्राप्त नहीं हो सकती, अतः उसकी स्वाभाविक प्रवृत्तियों का कारण, पुनः-पुनः अनुष्ठित उसके पूर्वकर्मों को मानना आवश्यक हो जाता है।

"अपने पूर्वजन्म की कोई बात मुझे स्मरण क्यों नहीं है? इसका समाधान सरल है। मैं अभी आपके सम्मुख अंग्रेजी बोल रहा हूँ। यह मेरी मातृभाषा नहीं है। इस समय अपनी मातृभाषा का कोई भी शब्द मेरे चित्त में नहीं है। किंतु उन शब्दों को स्मरण करने का थोड़ा-सा प्रयत्न करने पर ही वे मेरे मन में उमड़ने लगते हैं। मानससमुद्र की सतह पर जो कुछ होता है, वही हमें बोधगम्य होता है। हमारी शेष अनुभव राशि उसके तल में छिपी रहती है। उद्यमपूर्वक मंथन करने की आवश्यकता है, वे सारे अनुभव उठकर ऊपरी सतह पर आ जाएँगे और पूर्वजन्मों की सारी स्मृतियाँ जाग उठेंगी।..."

हॉल में जोरदार तालियाँ बजीं, जैसे उस विशाल भीड़ की किसी निजी समस्या का समाधान हो गया हो और वे लोग किसी दीर्घकालीन पीड़ा से मुक्त हो गए हों।

"पूर्वजन्म के संबंध में यही साक्षात् प्रमाण है।" स्वामी बोले, "ऋषिगण समस्त संसार को ललकारकर कह रहे हैं कि हमने उस रहस्य का पता लगा लिया है, जिससे स्मृतिसागर को उसकी गहराई तक मथा जा सकता है। उस विधि का प्रयोग करो और अपने पूर्वजन्मों की स्मृति प्राप्त कर लो।

"हिंदू का विश्वास है कि वह आत्मा है। 'इस आत्मा को शस्त्र काट नहीं सकते, अग्नि जला नहीं सकती, पानी गला नहीं सकता, वायु उसे सोख नहीं सकती।' हिंदुओं की धारणा है कि आत्मा एक ऐसा वृत्त है, जिसका केंद्र शरीर में अवस्थित है, किंतु उसकी परिधि कहीं नहीं है। मृत्यु का अर्थ

केवल इतना ही है कि उस केंद्र का स्थानांतरण एक शरीर से दूसरे शरीर में हो जाता है। यह आत्मा भौतिक नियमों के वशीभूत नहीं है। वह स्वरूपतः नित्य-शुद्ध-बुद्ध-मुक्त स्वभाव है। किंतु किसी अचिंत्य कारण से वह स्वयं को जड़ से बँधी हुई पाती है और मायावश स्वयं को जड़ ही समझने लगती है।

"प्रश्न यह है कि यह विशुद्ध, पूर्ण और विमुक्त आत्मा स्वयं को जड़ क्यों मानने लगी है? पूर्ण को अपूर्ण होने का भ्रम कैसे हो सकता है? हिंदू सत्य का निष्कपट पुजारी है। वह मिथ्या तर्क-युक्ति का सहारा नहीं लेना चाहता। वह सत्यनिष्ठ के समान इस प्रश्न का सामना करने का साहस रखता है। अतः उत्तर देता है, 'मैं नहीं जानता। मैं नहीं जानता कि पूर्ण आत्मा स्वयं को अपूर्ण कैसे मानने लगी। जड़ पदार्थों के संयोग से स्वयं को जड़ नियमाधीन कैसे समझने लगी।' पर वस्तुस्थिति जो है, वही रहेगी। प्रत्येक व्यक्ति स्वयं को शरीर मानता है। हिंदू यह समझने का प्रयत्न नहीं करता कि मनुष्य स्वयं को शरीर क्यों समझता है। 'यह ईश्वर की इच्छा है।'—यह इस शंका का कोई समाधान नहीं है। यह उत्तर, हिंदू के उत्तर 'मैं नहीं जानता।' से किसी प्रकार अधिक यथार्थ नहीं है।

"हमने देखा कि आत्मा अनादि और अमर है, पूर्ण और अनंत है। और मृत्यु का अर्थ है, केंद्र का एक शरीर से दूसरे शरीर में स्थानांतरण। वर्तमान हमारे पूर्व कर्मों द्वारा सुनिश्चित होता है; और भविष्य हमारे वर्तमान कर्मों द्वारा। आत्मा, जन्म और मृत्यु के चक्र में अनवरत घूमती हुई, कभी ऊपर उठती है और कभी उसका पतन हो जाता है।

"प्रश्न उठता है कि क्या मनुष्य उस छोटी-सी नौका के समान है, जो प्रचंड तूफान में पड़कर, एक क्षण किसी वेगवान तरंग के फेनिल शिखर पर चढ़ जाती है और दूसरे क्षण भयानक गर्त में धकेल दी जाती है। मनुष्य इस प्रकार अपने अच्छे और बुरे कर्मों से नितांत परवश हो, केवल इधर-उधर भटकता फिरता है? क्या वह कार्य-कारण के सतत प्रवाही, निर्मम, भीषण और गर्जनशील प्रवाह में पड़ा हुआ शक्तिहीन, निस्सहाय, भग्नपोत मात्र है? क्या वह उस कर्मचक्र के नीचे पड़ा हुआ एक क्षुद्र कीटाणु मात्र है, जो कर्मचक्र पतिशोक से व्याकुल विधवा के आँसुओं तथा अनाथ बालक की आहों की तनिक भी परवाह न करते हुए अपने मार्ग में आने वाली सभी वस्तुओं को कुचल डालता है? इस प्रकार के विचार से अंतःकरण काँप उठता है। पर प्रकृति का नियम तो यही है। तो क्या कोई आशा नहीं है? इससे बचने का कोई उपाय नहीं है? यही करुण पुकार, निराशा-विह्वल हृदय के अंतःस्तल से ऊपर उठी और उस करुणानिधान विश्वपिता के सिंहासन तक जा पहुँची। वहाँ से आशा तथा सांत्वना की वाणी निकली और एक वैदिक ऋषि के अंतःकरण में प्रेरणा रूप से आविर्भूत हुई। ईश्वरीय शक्ति द्वारा अनुप्राणित इस महर्षि ने संसार के सामने खड़े होकर, घन गंभीर स्वर में इस आनंद संदेश की घोषणा की :

शृणवंतु विश्वे अमृतस्य पुत्रा, आ ये धामानि दिव्यानि तस्थुः।
वेदाहमेतं पुरुषं महान्तम्, आदित्यवर्ण तमसः परस्तात्।
तमेव विदित्वाऽतिमृत्युमेति, नान्यः पंथा विद्यतेऽयनाय।[1]

" 'हे अमृत के पुत्रो! हे दिव्यधामवासी देवगण, सुनो! मैंने उस अनादि पुरातन पुरुष को पहचान

1. श्वेताश्वर उपनिषद्, 2/5, 3/5

लिया है, जो समस्त अज्ञान, अंधकार और माया से परे है। केवल उस पुरुष को पहचानकर ही तुम मृत्यु के चक्र से छूट सकते हो। दूसरा कोई पथ नहीं है।'

"कैसा मधुर और आशाजनक संबोधन है, 'हे अमृत के पुत्रो!' बंधुओ! इसी मधुर नाम से पुकारने की मुझे अनुमति है। हिंदू तुम्हें पापी कहना अस्वीकार करता है। तुम तो ईश्वर की संतान हो, अमर आनंद के भागीदार हो, पवित्र और पूर्ण आत्मा हो। तुम इस मर्त्यभूमि पर देवता हो। तुम पापी? मनुष्य को पापी कहना ही पाप है। वह मानव स्वभाव पर घोर लांछन है। उठो, आओ, ऐ सिंहो! इस मिथ्या भ्रम को झटककर दूर फेंक दो कि तुम भेड़ हो। तुम तो जरा-मरण-रहित नित्यानन्दमय आत्मा हो। तुम जड़ पदार्थ नहीं हो। तुम केवल शरीर नहीं हो। जड़ पदार्थ तो तुम्हारा दास है, तुम उसके दास नहीं हो।

"अतः वेद ऐसी घोषणा नहीं करते कि यह सृष्टि व्यापार कतिपय भयावह, निर्दय अथवा निर्मम विधानों का प्रवाह है और न यही कि कार्य-कारण का एक अच्छेद्य बंधन है; वरन् वे यह घोषित करते हैं कि इन सब प्राकृत नियमों के मूल में, प्रत्येक अणु-परमाणु में तथा शक्ति के प्रत्येक स्पंदन में ओतप्रोत वही एक पुराणपुरुष विराजमान है, 'जिसके आदेश से वायु चलती है, अग्नि दहकती है, बादल बरसते हैं और मृत्यु पृथ्वी पर इतस्ततः नाचती है।'[1]

"और उस पुरुष का स्वरूप क्या है? वह सर्वव्यापी, शुद्ध, निराकार, सर्वशक्तिमान है। सब पर उसकी पूर्ण दया है। 'तू हमारा पिता है, तू हमारी माता है, तू हमारा परम प्रेमास्पद सखा है। तू ही सभी शक्तियों का मूल है। तू ही इन अखिल भुवनों का भार वहन करने वाला है। तू मुझे इस जीवन के क्षुद्र भार को वहन करने में सहायता दे।' वैदिक ऋषियों ने यही गाया है कि हम उसकी पूजा किस प्रकार करें? प्रेम द्वारा ही उसकी पूजा की जा सकती है। 'ऐहिक तथा पारत्रिक समस्त प्रिय वस्तुओं से भी अधिक प्रिय जानकर, उस परम प्रेमास्पद की पूजा करनी चाहिए।'

"वेद हमें शुद्ध प्रेम के विषय में इस प्रकार की शिक्षा देते हैं। श्रीकृष्ण, जिन्हें हिंदू पृथ्वी पर पूर्णावतार मानते हैं, इस प्रेम के पूर्ण विकास की साधना के संबंध में कहते हैं कि मनुष्य को इस संसार में कमलपत्र के समान रहना चाहिए। पानी में रहकर भी कमलपत्र उससे भीगता नहीं, उसी प्रकार मनुष्य को भी संसार में रहना चाहिए। उसका हृदय ईश्वर की ओर लगा रहे और हाथ निर्लिप्त रूप से काम में लगे रहें। इहलोक अथवा परलोक में पुरस्कार की आशा से ईश्वर से प्रेम करना बुरी बात नहीं, पर केवल प्रेम के लिए ही ईश्वर से प्रेम करना सर्वोत्तम है और उसके सामने यही प्रार्थना करनी चाहिए :

न धनं न जनं न सुंदरीं कवितांवा जगदीश कामये।
मम जन्मनि जन्मनीश्वरे भवताद् भक्तिरहैतुकी त्वयि।।[2]

"हे भगवान्! मुझे न तो संपत्ति चाहिए, न संतति, न विद्या। यदि तेरी इच्छा है तो सहस्रों बार जन्म-मृत्यु के चक्र में पड़ूँगा, पर हे प्रभु, केवल इतना ही दे कि मैं फल की आशा छोड़कर तेरी भक्ति करूँ। केवल प्रेम करने के लिए ही तुझ पर मेरा निःस्वार्थ प्रेम हो।' उस समय भगवान् कृष्ण के शिष्य धर्मराज युधिष्ठिर भारत के सम्राट् थे। उनके शत्रुओं ने उन्हें राजसिंहासन से च्युत कर दिया था और

---

1. कठोपनिषद् 2/3/3
2. श्री चैतन्य महाप्रभु, शिक्षाटकम्, 4

उन्हें अपनी सम्राज्ञी के साथ हिमालय के जंगल में आश्रय लेना पड़ा था। वहाँ एक दिन सम्राज्ञी ने उनसे प्रश्न किया, 'नाथ! आप इतने धार्मिक हैं कि लोग आपको धर्मराज कहते हैं। तो फिर आपको इतना दुःख क्यों सहना पड़ रहा है?' युधिष्ठिर ने उत्तर दिया, 'महारानी! देखो, यह हिमालय कैसा भव्य और सुंदर है। मैं इससे प्रेम करता हूँ। यह मुझे कुछ नहीं देता, पर मेरा स्वभाव है कि मैं भव्य और सुंदर वस्तु से प्रेम करता हूँ। उसी प्रकार मैं ईश्वर से प्रेम करता हूँ। वह अखिल सौंदर्य और समस्त सुषमा का मूल है। वही एक ऐसा पात्र है, जिससे प्रेम करना चाहिए। मैं किसी पदार्थ के लिए उससे प्रार्थना नहीं करता। मैं उससे कोई वस्तु नहीं माँगता। उसकी जहाँ इच्छा हो, मुझे रखे। मैं तो सब अवस्थाओं में केवल प्रेम करने के लिए ही उससे प्रेम करना चाहता हूँ। मैं प्रेम में सौदा नहीं कर सकता।'[1]

"वेद कहते हैं कि आत्मा ब्रह्मस्वरूप है, वह केवल पंचभूतों के बंधनों में बँध गई है और उन बंधनों के टूटने पर वह अपने पूर्व के पूर्णत्व को प्राप्त हो जाएगी। इस अवस्था का नाम मुक्ति है, जिसका अर्थ है स्वाधीनता, अपूर्णता–जन्म-मृत्यु आधि-व्याधि से छुटकारा। आत्मा का वह बंधन केवल ईश्वर की दया से ही टूट सकता है और उसकी दया शुद्ध, पवित्र स्वभाव वाले जीवों को ही प्राप्त होती है। अतएव पवित्रता ही उसके अनुग्रह की प्राप्ति का उपाय है। जब उसकी दया होती है, तब शुद्ध और पवित्र हृदय में वह आविर्भूत होता है। विशुद्ध और निर्मल मनुष्य इसी जीवन में ईश्वरदर्शन प्राप्त कर कृतार्थ हो जाता है। 'तब उसकी समस्त कुटिलता नष्ट हो जाती है। सारे संदेह दूर हो जाते हैं।'[2]···तब वह कार्य-कारण के भयानक नियम के हाथ का खिलौना नहीं रह जाता। यही हिंदू धर्म का मूलभूत सिद्धांत है–यही उसका वास्तविक भाव है। हिंदू शब्दों और सिद्धांतों के जाल में समय बिताना नहीं चाहता। यदि इस साधारण वैषयिक जीवन के परे और भी कोई अवस्था है, कोई अतींद्रिय जीवन है, तो वह उसका प्रत्यक्ष अनुभव करना चाहता है। यदि उसमें कोई आत्मा है, जो जड़ वस्तु नहीं है, यदि कोई सर्वव्यापी परमात्मा है, तो वह उसका साक्षात्कार कर लेना चाहता है; क्योंकि ईश्वर के केवल प्रत्यक्ष दर्शन से ही उसकी समस्त शंकाएँ दूर होंगी। अतः ऋषि ईश्वर के विषय में, आत्मा के विषय में यही सर्वोत्तम प्रमाण देता है कि 'मैंने आत्मा का दर्शन किया है। मैंने ईश्वर का दर्शन किया है।'और यही पूर्णत्व की एकमात्र शर्त है। भिन्न-भिन्न मत और मतांतरों या सिद्धांतों पर विश्वास करने के प्रयत्न–हिंदू धर्म नहीं है। हिंदू धर्म प्रत्यक्ष अनुभूति और साक्षात्कार का धर्म है। हिंदू धर्म का मूल मंत्र है, 'मैं आत्मा हूँ' यह विश्वास होना और तद्रूप बन जाना।

"अतः हिंदुओं की सारी साधना प्रणाली का लक्ष्य है–सतत अध्यवसाय द्वारा पूर्ण बन जाना, देवता बन जाना, ईश्वर के निकट जाकर उनके दर्शन कर लेना। और इस प्रकार ईश्वर सान्निध्य को प्राप्त होकर उस सर्वलोक पिता के समान पूर्ण हो जाना।'''मनुष्य पूर्णत्व को प्राप्त कर असीम आनंद का जीवन व्यतीत करता है। वह सर्वोत्कृष्ट लाभस्वरूप परमानन्दधाम ईश्वर को प्राप्त करके परम आनंद का अधिकारी हो जाता है।

"तुरीय अथवा निर्विकल्प अवस्था का नाम ही पूर्णावस्था है। और यह निर्विकल्प अवस्था तो एकमेव, अद्वितीय और गुणातीत है, जिसमें व्यक्तित्व कदापि नहीं रह जाता। अतः जब आत्मा पूर्णत्व

1. महाभारत, वनपर्व 31/2-5
2. मुंडकोपनिषद् 2/3/3

को प्राप्त कर लेती है, तब वह ब्रह्म के साथ एकता को प्राप्त होती है। द्वैत ज्ञान से रहित हो जाने के कारण वह स्वयं ही सत्स्वरूप, ज्ञानस्वरूप एवं आनंदस्वरूप हो जाती है। हम इस अवस्था के विषय में कुछ पाश्चात्य दार्शनिकों के ग्रंथों में बारंबार पढ़ते हैं कि मनुष्य अपने व्यक्तित्व को खोकर जड़ता प्राप्त करता है या पत्थर के समान हो जाता है। इससे उन पंडितों की अनभिज्ञता ही दीख पड़ती है। जिनको कभी चोट नहीं लगी, वे ही घाव के चिह्न का परिहास कर सकते हैं।

"यदि एक शरीर में आत्मबोध होने से इतना आनंद होता है, तो दो शरीरों में आत्मबोध का आनंद अधिक उत्कट होना चाहिए। उसी प्रकार क्रमशः अनेक शरीरों में आत्मबोध के साथ-साथ आनंद की मात्रा भी अधिकाधिक बढ़नी चाहिए। जब विश्वात्मा का बोध हो जाएगा, तो आनंद की परम अवस्था प्राप्त हो जाएगी।

"उस असीम विश्व व्यक्तित्व की प्राप्ति के लिए इस दुःखमय क्षुद्र व्यक्तित्व के बंधन का अंत होना चाहिए। जब मैं प्राणस्वरूप हो जाऊँगा, तभी मृत्यु के हाथों से मेरा छुटकारा हो सकता है। जब मैं आनंदस्वरूप हो जाऊँगा, तभी दुःख से छुटकारा हो सकता है। विज्ञान भी अंततः इसी सिद्धांत पर आ पहुँचा है। विज्ञान ने सिद्ध कर दिया है कि यह शरीर प्रत्यक्ष तथा सदा एक-सा नहीं है। हमारा यह भौतिक व्यक्तित्व भ्रम मात्र है। वास्तव में इस निरविच्छन्न जड़सागर में यह क्षुद्र शरीर तरंगवत् सदा परिवर्तित होता रहता है प्रतिक्षण नवीन होता रहता है। किंतु हमारा चैतन्यांश कभी परिवर्तनशील या भ्रमात्मक नहीं है। अतः वह पूर्णतया सत्य है और इसी कारण केवल यह अद्वैतज्ञान ही कि 'मैं एकमेव अद्वितीय आत्मा हूँ।' एकमात्र युक्तियुक्त सिद्धांत है।

"विज्ञान एकत्व की खोज के सिवाय और कुछ नहीं है। ज्यों ही विज्ञान की कोई शाखा पूर्णता तक पहुँच जाएगी, त्यों ही उसकी प्रगति थम जाएगी, क्योंकि वह अपने लक्ष्य तक पहुँच चुका होगा। उदाहरणार्थ, रसायनशास्त्र एक बार उस मूल द्रव्य का पता लगा ले, जिससे और सारे द्रव्य बन सकते हैं, तो फिर वह और आगे नहीं बढ़ सकेगा। भौतिकशास्त्र जब उस मूल शक्ति का पता लगा लेगा, जिससे अन्य शक्तियाँ प्रकट होती हैं, तब वह पूर्णता को प्राप्त होगा। वैसे ही धर्मशास्त्र भी उस समय पूर्णता को प्राप्त हो जाएगा, जब वह उस मूल कारण को जान लेगा, जो इस मर्त्यलोक में एकमात्र अमृतस्वरूप है। जो इस नित्य परिवर्तनशील जगत् का एकमात्र अचल-अटल आधार है। जो एकमात्र परमात्मा है और अन्य सब आत्माएँ जिसके प्रतिबिंबस्वरूप हैं। इस प्रकार अनेकेश्वरवाद, द्वैतवाद आदि में से होते हुए इस अद्वैतवाद की प्राप्ति होती है। धर्मशास्त्र इससे आगे नहीं जा सकता। यही सारे विज्ञानों का चरम लक्ष्य है।

"सभी शास्त्र अंत में इस सिद्धांत पर पहुँचने वाले हैं। आज विज्ञान इस जगत् को सृष्टि का नाम देना नहीं चाहता, वह उसे विकास मात्र कहता है। हिंदू को प्रसन्नता इस बात की है कि जिस सिद्धांत को वह अपने अंतःकरण में इतने दिनों से धारण किए हुए था, वही सिद्धांत आज बड़ी प्रबल भाषा में, विज्ञान के अत्यंत आधुनिक प्रयोगों द्वारा अधिक स्पष्ट रूप से सिद्ध करके सिखाया जा रहा है।"

स्वामी जैसे साँस लेने को रुके और पुनः बोले, "अब हम वेदांत-दर्शन के उत्तुंग शिखर से नीचे उतरकर साधारण अशिक्षित लोगों के धर्म की ओर आते हैं। आरंभ में ही मैं आपको बता देना चाहता हूँ कि भारत में अनेकेश्वरवाद नहीं है। प्रत्येक मंदिर में आप यही पाएँगे कि भक्तगण सर्वव्यापित्व से लेकर ईश्वर के सभी गुणों का आरोप उन मूर्तियों में करते हैं। यह न तो अनेकेश्वरवाद है और

न ही किसी देव विशेष का प्राधन्यवाद। गुलाब को चाहे दूसरा कोई भी नाम क्यों न दे दिया जाए, पर उसकी सुगंध वैसी ही रहेगी।

"मेरे शैशव की बात है। एक ईसाई पादरी कुछ लोगों की भीड़ जमा करके धर्मोपदेश कर रहा था। बहुत सारी रोचक बातों के साथ वह पादरी यह भी कह गया कि 'यदि मैं तुम्हारी देवमूर्ति को एक डंडा लगाऊँ, तो वह मेरा क्या कर सकती है?' एक हिंदू श्रोता ने तत्काल उत्तर दिया, 'यदि मैं तुम्हारे ईश्वर को गाली दे दूँ तो वह मेरा क्या कर सकता है?' पादरी बोला, 'मरने के पश्चात् वह तुम्हें दंडित करेगा।' हिंदू तनकर बोला, 'जब तुम मरोगे तो हमारी देवमूर्ति भी तुम्हें उसी प्रकार उपयुक्त दंड देगी।' वृक्ष अपने फलों से जाना जाता है। जब मुझे ऐसे मूर्तिपूजक दिखते हैं, जिनके चारित्र्य, आध्यात्मिक भाव और प्रेम अतुलनीय होते हैं, तब मैं यही सोचता हूँ कि क्या पाप से पवित्रता उत्पन्न हो सकती है?

"अंधविश्वास मनुष्य का महान् शत्रु है, पर हठधर्मी उससे भी बढ़कर है। ईश्वर यदि सर्वव्यापी है, तो ईसा के अनुयायी 'गिरजाघर' नामक एक स्वतंत्र स्थान में उसकी आराधना के लिए क्यों जाते हैं? क्यों वे क्रूस को इतना पवित्र मानते हैं? प्रार्थना के समय अपना मुख आकाश की ओर क्यों उठाते हैं? कैथोलिक गिरजाघरों में इतनी मूर्तियाँ क्यों होती हैं? प्रोटेस्टेंट ईसाइयों के मन में प्रार्थना के समय इतनी भावमयी मूर्तियाँ क्यों रहती हैं? मेरे भाइयो! मन में किसी मूर्ति के बिना आए, कुछ सोच सकना उतना ही असंभव है, जितना श्वास लिए बिना जीवित रहना। स्मृति की उद्दीपक भाव परंपरा के अनुसार, जड़मूर्ति के दर्शन से मानसिक भाव विशेष का उद्दीपन होने से तदनुरूप मूर्ति-विशेष का भी आविर्भाव होता है। इसीलिए तो हिंदू आराधना के समय बाह्य प्रतीक का उपयोग करता है। वह आपको बतलाएगा कि यह बाह्य प्रतीक उसके मन को अपने ध्यान के विषय—परमेश्वर—में एकाग्रता से स्थिर रहने में सहायता करता है। वह भी यह बात उतनी ही अच्छी तरह से जानता है, जितनी अच्छी तरह से आप जानते हैं कि वह मूर्ति न तो ईश्वर ही है, न सर्वव्यापी ही। सच पूछिए तो दुनिया के लोग 'सर्वव्यापित्व' का जो अर्थ समझते हैं, वह तो केवल एक शब्द या प्रतीक मात्र है। क्या परमेश्वर का भी कोई क्षेत्रफल है? नहीं है न? तो भी जिस समय हम सर्वव्यापी शब्द का उच्चारण करते हैं, उस समय विस्तृत आकाश या विशाल भूमिखंड की ही कल्पना अपने मन में लाने के सिवाय हम और क्या करते हैं?

"तात्पर्य यह है कि अपनी मानसिक प्रकृति के नियमानुसार हमें अपनी अनंतत्व की भावना को नीले आकाश या अपार समुद्र की कल्पना से संबद्ध करना पड़ता है। उसी प्रकार हम पवित्रता के भाव को अपने स्वभावानुसार गिरजा, मसजिद या क्रूस से जोड़ देते हैं। हिंदू लोग पवित्रता, नित्यत्व, सर्वव्यापित्व आदि-आदि भावों का संबंध देवमूर्तियों से जोड़ते अवश्य हैं, किंतु अंतर यह है कि जहाँ अन्य लोग अपना सारा जीवन गिरजाघर की किसी मूर्ति की भक्ति में बिता देते हैं और उससे आगे नहीं बढ़ते, क्योंकि उनके लिए तो धर्म का अर्थ यही है कि वे कुछ विशिष्ट सिद्धांतों को स्वीकार कर लें और अपने मानव भाइयों की भलाई करते रहें। वहीं एक हिंदू की सारी धर्म-भावना प्रत्यक्ष अनुभूति या साक्षात्कार में केंद्रीभूत हुआ करती है। मनुष्य को ईश्वर का साक्षात्कार करके, स्वयं ईश्वर बनना है। मूर्तियाँ, मंदिर, गिरजाघर या शास्त्र ग्रंथ तो धर्मजीवन की बाल्यावस्था में केवल आधार या सहायक मात्र हैं, पर मनुष्य को तो उत्तरोत्तर उन्नति ही करनी चाहिए।

"साधक को कहीं भी रुकना नहीं चाहिए। वेदों का वाक्य है कि 'बाह्यपूजा या मूर्तिपूजा सबसे

नीचे की अवस्था है। आगे बढ़ने का प्रयास करते समय, मानसिक प्रार्थना, साधना की दूसरी अवस्था है। और सबसे उच्च अवस्था तो वह अवस्था है, जब परमेश्वर का साक्षात्कार हो जाए।[1] वही अनुरागी साधक जो पहले मूर्ति के सामने झुककर पूजा प्रणामादि में मग्न रहता था, अब ज्ञान लाभ के पश्चात् क्या कह रहा है—'सूर्य उस परमात्मा को प्रकाशित नहीं कर सकता, न चंद्रमा, न तारागण ही, वह विद्युत्प्रभा भी परमेश्वर को उद्भासित नहीं कर सकती, तब इस सामान्य अग्नि की बात ही क्या? ये सब उसी परमेश्वर के कारण उद्भासित होते हैं।'[2] यह साधक बाह्य मूर्तिपूजा की अवस्था को पार कर चुका। किंतु अन्य धर्मावलंबियों के समान वह मूर्तिपूजा को गाली नहीं देता और न उसे पाप का मूल ही बताता है। वह तो उसे जीवन की एक आवश्यक अवस्था मानकर उसे स्वीकार करता है। शैशव ही यौवनादि का जन्मदाता है। तो क्या किसी वृद्ध पुरुष का अपने शैशव या युवावस्था को पाप या दूषित कहना उचित होगा?

"यदि कोई मनुष्य अपने बाह्यभाव को मूर्ति के सहारे अधिक सलरता से अनुभव कर सकता है, तो क्या उसे पाप कहना उचित होगा? और जब वह उस अवस्था के परे पहुँच गया है, तब भी उसके लिए मूर्तिपूजा को भ्रमात्मक कहना समुचित होगा? हिंदू की दृष्टि से मनुष्य असत्य से सत्य की ओर नहीं जा रहा, वह निम्नतर सत्य से उच्चतर सत्य की ओर अग्रसर हो रहा है। हिंदू के मतानुसार क्षुद्र अज्ञानी के धर्म से लेकर, वेदांत के अद्वैतवाद तक जितने भी धर्म हैं, वे सभी अपने-अपने जन्म तथा अवस्थाभेद के अनुसार उस अनंत ब्रह्म के ज्ञान तथा उपलब्धि के उपाय हैं। ये उपाय उन्नति की सीढ़ियाँ हैं। प्रत्येक जीव उस युवा गरुड़ पक्षी के समान है, जो धीरे-धीरे ऊँचा उठता हुआ तथा अधिकाधिक शक्ति संपादित करता हुआ अंत में उस प्रकाशमय सूर्य के पास पहुँच जाता है।

"विभिन्नता में एकता—यही तो प्रकृति की रचना है। और हिंदुओं ने इसे भली भाँति पहचाना है। अन्य धर्मों के कुछ निर्दिष्ट मतवाद विधिबद्ध कर दिए गए हैं। सारे समाज को उन्हें मानना अनिवार्य कर दिया गया है। वे समाज के सामने केवल एक ही नाप की कमीज रख देते हैं, जो राम, श्याम और हरि सबके शरीर पर ठीक आनी चाहिए। यदि वह कमीज राम या श्याम के शरीर पर ठीक नहीं बैठती, तो उसे बिना कमीज के ही नंगे बदन रहना होगा। हिंदुओं ने जान लिया है कि निरपेक्ष ब्रह्मतत्त्व की उपलब्धि, धारण या प्रकाश, केवल सापेक्ष के सहारे ही हो सकता है। मूर्तियाँ, क्रूस या चाँद तो आध्यात्मिक उन्नति के सहायक मात्र हैं। वे मानो बहुत-सी खूँटियाँ हैं, जिन पर धार्मिक भावनाएँ लटकाई जाती हैं। ऐसी बात नहीं है कि प्रत्येक के लिए इन साधनों की आवश्यकता हो, पर बहुतों के लिए तो यह आवश्यक हुआ ही करते हैं; और जिनको अपने लिए इन साधनों की सहायता की आवश्यकता नहीं रहती, उन्हें यह कहने का कोई अधिकार नहीं है कि इन साधनों का आश्रय लेना अनुचित है।

"भारतवर्ष में मूर्तिपूजा कोई भयावह या जघन्य बात नहीं है। वह व्यभिचार की जननी नहीं है, वरन् वह तो अविकसित मन के लिए उच्च आध्यात्मिक भाव को ग्रहण करने का उपाय है। हिंदुओं में बहुत सारे दोष हैं, पर उनके ये सारे दोष अपने शरीर को दंड देने तक ही सीमित हैं। वे कभी अन्य धर्मावलंबियों का गला काटने नहीं जाते। एक धर्मांध हिंदू स्वयं को भले ही चिता पर जला डाले,

1. महानिर्वाणतंत्र, चतुर्थ उल्लास 12
2. कठोपनिषद् 2/2/15

वह विधर्मियों को जलाने के लिए कभी अग्नि प्रज्वलित नहीं करेगा, जैसा कि यूरोप में इंक्विजीशन के समय में ईसाइयों ने किया था। हिंदुओं का धर्म, डायनों को जलाने वाले ईसाई धर्म से अधिक दोषी नहीं है।

"हिंदुओं की दृष्टि में धर्म—जगत् के भिन्न-भिन्न रुचि वाले स्त्री-पुरुषों का, विभिन्न अवस्थाओं एवं परिस्थितियों में से होते हुए, उस एक ही लक्ष्य—ईश्वरलाभ—की ओर अग्रसर होना है। प्रत्येक धर्म धर्मभावापन्न मानव को ब्रह्म में परिणत करने के लिए प्रयत्नशील है और वही ईश्वर इन समस्त धर्मों का प्रेरक है। तो फिर ये सब धर्म, परस्पर इतने विरोधी क्यों हैं? हिंदुओं का कहना है कि यह विरोध केवल आभास मात्र है, वास्तविक नहीं। विभिन्न अवस्थापन्न, भिन्न-भिन्न प्रकृति वाले लोगों के लिए उपयोगी होने के लिए उस एक ही सत्य ने इस प्रकार परस्पर विरोधी भाव धारण किए हैं।

"एक ही ज्योति भिन्न-भिन्न रंग के काँच में से भिन्न-भिन्न रूपों में प्रकट होती है। विभिन्न स्वभाव वाले लोगों के लिए उपयुक्त होने की दृष्टि से यह वैभिन्य आवश्यक भी है। परंतु प्रत्येक के अंतःस्तल में—प्रत्येक धर्म में उसी एक सत्य का राज है। कृष्णावतार में भगवान् ने हिंदुओं को उपदेश दिया, 'प्रत्येक धर्म में मैं, मौक्तिकमाल में सूत्र के समान पिरोया हुआ हूँ। जहाँ भी तुम्हें मानव सृजन-प्रक्रिया को उन्नत बनाने वाली और पावन करने वाली अतिशय पवित्रता और पावनशक्ति दिखाई दे, तो जान लो कि वह मेरे तेज के अंश से ही उत्पन्न हुई है।'[1] इस शिक्षा का परिणाम? सारे संसार को मेरी यह चुनौती है कि वह समग्र संस्कृत दर्शनशास्त्र में एक भी ऐसी उक्ति दिखा दे, जिसमें यह बताया गया हो कि केवल हिंदुओं का ही उद्धार होगा, अन्य धर्मावलंबियों का नहीं। भगवान् कृष्ण द्वैपायन व्यास का वचन है, 'हमारी जाति और संप्रदाय की सीमा के बाहर भी पूर्णत्व को पहुँचे हुए मनुष्य हैं।'[2]

"प्रश्न उठ सकता है कि ईश्वर में ही अपने सभी भावों को केंद्रित करने वाला हिंदू अज्ञेयवादी बौद्ध धर्म और निरीश्वरवादी जैन धर्म पर कैसे श्रद्धा रख सकता है? यद्यपि बौद्ध तथा जैन ईश्वर पर निर्भर नहीं रहते, तथापि उनके धर्म में 'मनुष्य में देवत्व या ईश्वरत्व का विकास'—जैसे महान् सत्य पर ही पूरा जोर दिया गया है। यही प्रत्येक धर्म का केंद्रस्थ सत्य है। उन्होंने जगत्पिता जगदीश्वर को भले ही न देखा हो, पर उनके पुत्रस्वरूप, आदर्श मनुष्य बुद्धदेव या 'जिन' को तो देखा है, और जिसने पुत्र को देख लिया, उसने पिता को भी देख लिया!

"भाइयो! हिंदुओं के धार्मिक विचारों का यही संक्षिप्त विवरण है। हो सकता है कि हिंदू अपनी संपूर्ण योजना के अनुसार कार्य न कर सका हो। किंतु यदि कभी कोई सार्वभौमिक धर्म हो सकता है, तो वह ऐसा ही होगा, जो देश या काल से मर्यादित न हो, जो उस अनंत भगवान् के समान ही अनंत हो, जिस भगवान् के संबंध में वह उपदेश देता है, जिसकी ज्योति भगवान् कृष्ण के भक्तों, ईसा के प्रेमियों, संतों और पापियों पर समान रूप से प्रकाशित होती हो, जो न तो ब्राह्मणों का हो, न बौद्धों का, न ईसाइयों का और न मुसलमानों का, वरन् इन सभी धर्मों का समष्टिस्वरूप होते हुए भी जिसमें उन्नति का अनंत पथ खुला रहे, जो इतना व्यापक हो कि अपनी अनंत प्रसारित बाहुओं द्वारा सृष्टि के प्रत्येक मनुष्य का आलिंगन करे और उसे अपने हृदय में स्थान दे, चाहे वह मनुष्य

1. गीता 7/7
2. वेदांत सूत्र, 3/4/36

हिंसक पशु से किंचित् ही विकसित हुआ हो, नीच बर्बर; अति नीच बर्बर और जंगली ही क्यों न हो, अथवा अपने मस्तिष्क और हृदय के सद्गुणों के कारण मानव-समाज से इतना ऊँचा क्यों न उठ गया हो कि लोग उसकी मानवीय प्रकृति में शंका करते हुए देवता के समान उसकी पूजा करते हों। वह विश्वधर्म ऐसा होगा जिसमें अविश्वासियों पर अत्याचार करने या उनके प्रति असहिष्णुता प्रकट करने की नीति नहीं रहेगी, वह धर्म प्रत्येक स्त्री और पुरुष के ईश्वरीय स्वरूप को स्वीकार करेगा और उसका संपूर्ण बल मनुष्य मात्र को अपनी सच्ची ईश्वरीय प्रकृति का साक्षात्कार करने में सहायता देने में ही केंद्रित होगा।

"आप ऐसा सार्वभौमिक उदार धर्म सामने रखिए और सारे राष्ट्र आपके अनुयायी बन जाएँगे। सम्राट् अशोक की धर्मसभा केवल बौद्धों की ही थी। अकबर बादशाह की धर्मसभा अधिक उपयुक्त होते हुए भी केवल शोभा की ही वस्तु थी। पर 'प्रत्येक धर्म में ईश्वर है।' इस बात की घोषणा दुनिया के सभी प्रदेशों में करने का भार नियति ने अमेरिका के लिए ही रख छोड़ा था। वह ही परमेश्वर, जो हिंदुओं का ब्रह्म, पारसियों का अहुरमज़्द, बौद्धों का बुद्ध, मुसलमानों का अल्लाह, यहूदियों का जेहोवा और ईसाइयों का स्वर्गस्थ पिता है, आपको अपने उदार उद्देश्य को कार्यान्वित करने की शक्ति प्रदान करे। पूर्व गगन में नक्षत्र उदित हुआ, कभी धुँधला और कभी देदीप्यमान होते हुए धीरे-धीरे पश्चिम की ओर यात्रा करते करते उसने समस्त जगत् की परिक्रमा कर डाली और अब वह पुनः पूर्व क्षितिज में सहस्रगुणी अधिक उज्ज्वलता के साथ उदित हो रहा है।

"ऐ स्वाधीनता की मातृभूमि कोलंबिया, तू धन्य है! तूने पड़ोसियों के रक्त से अपने हाथ कभी कलंकित नहीं किए, तूने अपने प्रतिवेशियों का सर्वस्व हरण कर सहज में धनी और संपन्न होने की चेष्टा नहीं की। अतएव तू ही सभ्य जातियों में अग्रणी होकर शांति पताका फहराने की अधिकारिणी है।"

स्वामी मौन हो गए और हॉल में तालियों का जैसे भूचाल आ गया।

47

'शिकागो टाइम्स' के कार्यालय में बड़ी चहलपहल थी।

"इन पादरियों ने यह सोचकर शिकागो में यह अखाड़ा बनाया था कि संसार के सारे धर्मों के लोगों को यहाँ बुलाकर पटकनी दे देंगे। उन्होंने कभी यह कल्पना भी नहीं की थी कि भारत से एक ऐसा मल्ल आ जाएगा, जो इन्हें इनके घर में घुसकर ऐसा चित करेगा कि ये आकाश ताकते रह जाएँगे।" एक पत्रकार ने कहा।

"अरे, ऐसा क्या कर दिया उसने?" दूसरे ने पूछा।

"तुमने देखा नहीं, उसके शब्द सुनकर लोग कैसे पागल हो गए थे। हमारे पास एक भी ऐसा ज्ञानी वक्ता है?"

"ज्ञानी वक्ता! माई फुट! अरे, ये स्त्रियाँ तो होती ही पागल हैं। कोई मेधावी व्यक्ति तो उससे प्रभावित हुआ नहीं। इन औरतों ने उसका रंग-बिरंगा परिधान देखा और उस पर मर-मिटीं। कौन सुनता है तर्क को और कौन देखता है ज्ञान को।" दूसरे पत्रकार ने कहा।

"केवल परिधान?"

"नहीं, केवल परिधान नहीं। वह युवा भी है और असाधारण रूप से सुदर्शन भी। हमारा कोई वक्ता उतना युवा नहीं है। सब बुड्ढे खूसट बैठा दिए वहाँ।"

"मैं जानता हूँ कि तुम अपनी रपट में यही लिखोगे कि उसके आकर्षक नारंगी रंग के कोट, उसके लाखे रंग के कमरबंद और केसरिया पगड़ी ने अमेरिकी महिलाओं का मन मोह लिया है, किंतु सत्य यह नहीं है।"

"क्या है सत्य?" दूसरे पत्रकार ने चुनौती दी।

"अमेरिकियों ने आज से पहले कभी ऐसा कोई पुरुष देखा ही नहीं था, जिसने आध्यात्मिक सच्चाइयों का इस प्रकार साक्षात् अनुभव किया हो।"

"आध्यात्मिक सच्चाइयाँ! माई फुट!"

"तुम चाहे न मानो, किंतु सत्य यही है।" तीसरे पत्रकार ने हस्तक्षेप किया, "आज तक हमने माना कि उनके धर्म जैसे प्राचीन छायाएँ मात्र हैं, जो ईसाई मत के प्रकाश के पड़ते ही शून्य में विलीन हो जाएँगी। किंतु वे और विशेष रूप से हिंदू धर्म का वह प्रतिनिधि—साधारण लोग नहीं हैं। उनकी आँखों से ईसाइयों ने भी पहली बार उनके धर्मों की गरिमा और गंभीरता को देखा है।"

"अरे, क्या गहराई है उनके धर्म में?" दूसरा पत्रकार वितृष्णा से बोला।

"ईसाइयों ने पहली बार सीखा है कि अन्य धर्मों का भी वही लक्ष्य है, जो हमारे धर्म का है। वे धर्म भी मानवता के परिष्कार का काम कर रहे हैं। नैतिकता और उच्च आदर्शों के प्रचार में वे हमारे सहयोगी हैं, विरोधी नहीं। ऐसे ही तो सहस्रों अमेरिकी वहाँ घंटों नहीं बैठे रहते।" तीसरे पत्रकार ने कहा।

"तुम यह क्यों मानते हो कि वे उस हिंदू संन्यासी को ही सुनने बैठे रहते हैं? वे ईसाई वक्ताओं को भी तो सुनते हैं।" दूसरा बोला।

"हाँ! लोग गर्मी में घंटों बैठे तुम्हारे ईसाई विद्वानों के उबाऊ और नीरस वक्तव्य इस आशा में बैठे सुनते रहते हैं कि हिंदू संन्यासी पंद्रह मिनट तो बोलेगा।" तीसरे ने कहा, "जिस दिन स्वामी विवेकानन्द का नाम वक्ताओं में होता है, उस दिन सत्र आरंभ होने से घंटा-भर पहले ही भीड़ से हॉल के दरवाजे टूटने लगते हैं। अध्यक्ष स्वामी को अंत तक बैठाए रखता है, ताकि श्रोता उठकर घर न चले जाएँ। तुम जानते नहीं हो कि स्वामी का भाषण समाप्त होने पर एक तिहाई श्रोता उठकर हॉल से चले जाते हैं।"

"बेकार की बात। हमारे वक्ताओं ने जैसी खरी-खरी सुनाई हैं…।" दूसरा बोला।

"सुनाई हैं तो सुनी भी हैं।" पहला पत्रकार निश्चयात्मक स्वर में बोला, "स्वामी विवेकानन्द ने उनकी प्रत्येक बात का उत्तर दिया है।"

कोलंबस आगार में मोटा-तगड़ा पादरी जोसेफ कुक पूरे जोश से बोल रहा था।

"यह स्पष्ट है कि हम ईश्वर, अपनी अंतरात्मा और अपने पिछले पाप-कृत्यों से मुक्त नहीं हो सकते। यह ध्रुव सत्य है कि आकाश के नीचे और मानव-जाति के मध्य सिवाय ईसाई धर्म के कोई ऐसा धर्म नहीं है जो अंतरात्मा, ईश्वर और अपने पाप-कृत्यों से संगति बैठाकर आत्मा को शांति दे सके।…"

स्वामी का मन जैसे निरंतर उसका प्रतिवाद कर रहा है, "तुम अमृत के पुत्र हो! भूतल पर चलने वाली दिव्य विभूतियाँ हो! तुम पापी? मनुष्य को पापी कहना अपने आप में एक पाप है। यह मानव-जाति का अपमान है।"

जोसेफ कुक का व्याख्यान चल रहा है, "मनुष्य के मौलिक पाप को अस्वीकार कर स्वामी ने सिद्ध कर दिया है कि वह सच्चे धर्म के विषय में कुछ नहीं जानता।...वह प्राणांतक असत्य की शिक्षा दे रहा है। धिक्कार है उन पर जो इस ज्ञानांध मार्गदर्शक का अनुसरण कर अपने विनाश की ओर जा रहे हैं।..."

स्वामी का चेहरा सत्य के तेज से उद्भासित था, "हम जो पूर्व से यहाँ आए हैं, दिनोदिन बैठे यह सुनते रहे हैं कि हमें ईसाई धर्म स्वीकार कर लेना चाहिए, क्योंकि ईसाई देश बहुत समृद्ध हैं। हम देखते हैं कि इंग्लैंड संसार का सबसे समृद्ध देश है; किंतु वह पच्चीस करोड़ एशियावासियों की गर्दनें अपने पैरों तले दबाए हुए है। इतिहास बताता है कि ईसाई यूरोप की समृद्धि स्पेन से आरंभ हुई। स्पेन की समृद्धि मैक्सिको की हत्या से आरंभ हुई। ईसाई देश अपने मानव बंधुओं का गला काटकर धनी बनते हैं। इस मूल्य पर किसी हिंदू को समृद्धि नहीं चाहिए।"

संध्या समय। एक बड़े ड्राइंगरूम में श्रीमती पाल्मर, श्रीमती हेनरोटिन, श्रीमती बेले हेल तथा अन्य महिलाएँ एकत्रित थीं। स्वामी वहाँ मुख्य अतिथि थे।

"स्वामी जी! हमें बताया गया है कि भारत की महिलाएँ बहुत पिछड़ी, दबी-कुचली हुई हैं।" एक महिला ने कहा, "वे स्वयं को पुरुष के पैर की जूती समझती हैं। क्या हमारे ये पादरी सच बोल रहे हैं?"

"जब वे जूते से ऊपर देखते ही नहीं तो और क्या बताएँगे।"

"तो भारत में नारीत्व का आदर्श क्या है?" श्रीमती पाल्मर ने पूछा।

"पूर्ण स्वाधीनता। और उसका गंतव्य है—सतीत्व। पत्नी भारतीय परिवार की धुरी है। उसकी स्थिरता और दृढ़ता उसके सतीत्व पर ही निर्भर करती है।"

"हिंदू स्त्रियाँ बहुत धार्मिक होती हैं?" श्रीमती हेनरोटिन ने जिज्ञासा की।

"बहुत आध्यात्मिक। बहुत धार्मिक। संसार की सारी महिलाओं से अधिक धार्मिक।" स्वामी बोले, "यदि हम भारतीय स्त्रियों के पारंपरिक गुण सुरक्षित रखते हुए उनका मानसिक स्तर ऊँचा उठा सकें तो भविष्य की हिंदू नारी संसार की आदर्श नारी होगी।"

"आपको अमेरिकी नारी में कोई गुण दिखाई नहीं दिया स्वामी?" श्रीमती बेले हेल हँसीं।

"जैसी महिलाएँ इस देश में हैं, संसार में कहीं नहीं हैं माँ!" स्वामी ने कहा, "निर्मल, स्वतंत्र, आत्मविश्वासी तथा दयालु। महिलाएँ ही इस देश की आत्मा और जीवन हैं। सारी विद्या और संस्कृति उन्हीं में संचित है।...मैं अमेरिकी महिलाओं को देखकर अवाक् हूँ।"

"स्वामी! इससे तो हम फूलकर कुप्पा हो जाएँगी।" श्रीमती हेल ने कहा।

"मैं अपनी ईर्ष्या से लड़ता हूँ।" स्वामी ने कहा, "आप अपने अहंकार से लड़िए।"

48

स्वामी के कमरे में कार्नेलिया खेल रही थी। स्वामी एक कुर्सी पर बैठे कोई पुस्तक पढ़ रहे थे। ज़ोया एक खिड़की के निकट खड़ी बाहर की ओर देख रही थी। सहसा वह स्वामी की ओर मुड़ी।

"स्वामी! कई बार मैं समझ नहीं पाती कि अपने पति के देहांत के पश्चात् मैं इस घर में क्या कर रही हूँ। पर मुझे यह घर इतना अपना लगता है कि मैं इसे त्यागने की कल्पना भी नहीं कर सकती।"

स्वामी मुस्कराए, "तुम्हारे विवाह के पश्चात् से यही तुम्हारा घर है बहन! तुम केवल अपने पति की पत्नी ही नहीं हो, इस घर की बहू भी तो हो। कार्नेलिया को अपने पिता के घर में रहना है और तुम उसकी माँ हो। तो कहाँ जाओगी तुम?"

"मुझे अपने पति बहुत याद आते हैं। वे जैसे मेरी आत्मा में बसे हुए हैं। आप समझते हैं कि मुझे दूसरा विवाह करना चाहिए?" ज़ोया ने पूछा।

"विवाह तो संतान के लिए होता है और वह तुम्हारे पास है।"

"तो मैं अपना यह लंबा जीवन किसके सहारे काटूँगी?"

"क्या ईश्वर का सहारा पर्याप्त नहीं है बहन?" स्वामी का स्वर गंभीर हो गया, "सुख देने वाला पति नहीं, ईश्वर है। उसी में मन लगाओ।"

ज़ोया स्वामी की ओर देखती रह गई : स्वामी के चेहरे पर एक अलौकिक भाव था।...पता नहीं ज़ोया के मन में यह बात क्यों नहीं आई...

छह वर्षों की कार्नेलिया स्कूल से लौटी। उसके कंधे पर स्कूल का बस्ता झूल रहा था। वह दौड़ती हुई कपाट ठेलकर स्वामी के कमरे में घुस गई। स्वामी उस समय अपनी पगड़ी बाँध रहे थे। उन्होंने हलके से मुड़कर देखा, "आ गई बिटिगा!"

कार्नेलिया रुकी नहीं, दौड़कर उनकी गोद में चढ़ गई।

"स्वामी! आप अपना यह हैट बार-बार खोलते और बाँधते क्यों हैं?"

"क्योंकि यह हैट नहीं, पगड़ी है। इसे हर बार खोलना और बाँधना ही पड़ता है। अच्छा बताओ, आज क्या पढ़कर आईं?"

कार्नेलिया गोद से उतर गई। उसने अपना बस्ता खोलकर एटलस निकाल ली। उसमें से विश्व का मानचित्र निकालकर दिखाया, "आज हमने यह पढ़ा।"

स्वामी ने ध्यान से मानचित्र को देखा और भारत पर अंगुली रखकर बोले, "देखो, यह है मेरा देश—भारत।"

"यह गुलाबी देश?" कार्नेलिया ने पूछा।

"हाँ! यही गुलाबी देश, जिसे विदेशी काला करने पर तुले हुए हैं।"

कार्नेलिया को ढूँढ़ती हुई ज़ोया भी वहीं आ गई, "स्कूल से आकर किसी से नहीं मिलती शैतान बच्ची! सीधे स्वामी को परेशान करने आ जाती हो।"

"मुझे स्वामी से मोर और बंदर की कहानी सुननी है।" कार्नेलिया ने कहा।

ज़ोया ने कार्नेलिया को गोद में उठा लिया, "सुन लेना। पर अभी स्वामी को भोजन कर बाहर

जाना है।"

"क्यों?"

"क्योंकि उनको एक स्थान पर भाषण करना है।"

"स्वामी इतने भाषण क्यों करते हैं मामा?" कार्नेलिया ने पूछा।

"क्योंकि उन्हें और कुछ करना ही नहीं आता।" स्वामी ने कहा।

भोजन की मेज पर जॉन लियन, श्रीमती लियन, कार्नेलिया, ज़ोया तथा स्वामी बैठे थे।

"स्वामी! आपको कुछ विशेष चाहिए तो···।" श्रीमती लियन ने कहा।

"नहीं माता! मेरे गुरु ने कहा था कि मुझे वही खाना है, जो आप खाते हैं।"

"किंतु हमारे भोजन में मसाला नहीं होता न! आपको फीका-फीका लगता होगा!"

"नहीं! ऐसी कोई बात नहीं।" स्वामी ने कहा।

"अच्छा लीजिए, यह है टोबास्को सॉस।" श्रीमती लियन ने एक शीशी उनकी ओर बढ़ा दी, "इसकी कुछ बूँदें मैं सलाद पर डाला करती हूँ। बहुत तीखी है। आप इसकी एक-दो बूँदें अपने भोजन पर डाल लें।"

स्वामी ने शीशी थाम ली। उसे देखा और फिर उसका ढक्कन खोलकर सारी सॉस अपनी प्लेट में डाल ली। सबके मुँह आश्चर्य से खुल गए।

"स्वामी, यह बहुत ही तीखी मिर्च है।" श्रीमती लियन ने कहा, "आप खा नहीं पाएँगे।"

स्वामी ने एक चम्मच भरकर मुख में डाला। उसका स्वाद लिया और मुस्कराए, "बहुत अच्छी है। इसने मेरी जिह्वा का स्वाद फिर से जगा दिया है।"

श्रीमती लियन उन्हें मुग्ध भाव से देखती रहीं, "तुम एकदम भोले बच्चे हो स्वामी!···मैं जब सोचती हूँ कि संसद समाप्त हो जाएगी और तुम यहाँ से चले जाओगे, तो मेरा मन डूबने लगता है।"

"जब अपने मन में मेरे जैसे मोटे बच्चे को बैठाएँगी तो उसके भार से मन डूबेगा ही।"

"मार खाओगे तुम!" श्रीमती लियन ने लीलामय ढंग से उन्हें थप्पड़ दिखाया।

सिंफनी कंसर्ट समाप्त हो गया तो स्वामी और ज़ोया हॉल से बाहर निकले।

"आपको अच्छा लगा?" ज़ोया ने पूछा, "कुछ रस आया?"

"हाँ! बहुत सुंदर था।"

"किंतु आप कुछ सोच रहे हैं।" ज़ोया ने कहा।

"मैं दो बातों को लेकर कुछ असमंजस में हूँ।"

ज़ोया ने उनकी ओर देखा।

"कार्यक्रम के अंत में घोषणा की गई है कि कल यही कार्यक्रम संध्या समय दोहराया जाएगा।"

"हाँ!"

"भारत में ॠतुओं और दिन के प्रहर के अनुसार संगीत अपना रूप बदलता है।" स्वामी बोले, "दोपहर का संगीत कुछ और होता है और संध्या का कुछ और। जो संगीत अपराह्न के समय आपके कानों को अच्छा लगता है, वही संध्या समय आपको उतना मनोहारी नहीं लगेगा।"

"और दूसरी बात?"

"संगीत में ओवरटोन का सर्वथा अभाव और स्वरों के मध्य इतना अंतराल मुझे बहुत विचित्र लगा। मेरे कानों को इस संगीत में वैसे ही रंध्र लगते हैं, जैसे उस स्विस चीज में होते हैं, जो तुम मुझे खाने को देती हो।"

ज़ोया चकित दृष्टि से स्वामी की ओर देखती रह गई : उसका ध्यान इन दोनों बातों की ओर नहीं गया था।

स्वामी, लियन आवास में प्रवेश कर रहे थे। उनके हाथ में एक पोटली थी, जैसे रूमाल में कुछ बाँधकर लाए हों। श्रीमती लियन खाने की मेज के पास खड़ी थीं।

"आज बहुत प्रसन्न लग रहे हैं स्वामी! भाषण के पश्चात् बहुत पैसे मिले क्या?"

स्वामी ने कुछ नहीं कहा। अपने हाथ की पोटली ढीली कर मेज पर उलट दी। उसमें सिक्के और नोट थे।

"कितने हैं?" श्रीमती लियन ने पूछा।

"नहीं जानता।"

"तुम बहुत भोले हो मेरे बच्चे! बैठो!"

श्रीमती लियन एक कुर्सी पर बैठ गईं। स्वामी भी साथ की कुर्सी पर बैठ गए। श्रीमती लियन ने नोट और सिक्के पृथक् किए। सिक्कों की ढेरियाँ लगाईं।

"इन्हें गिनना सीखो स्वामी! नहीं तो किसी दिन कोई तुम्हें ठग ले जाएगा।"

"आप इन्हें सँभालिए। यह किसी और का धन है, किसी और के काम के लिए है। मेरा इसमें क्या है माता!"

"ठीक है, मैं बैंक जाकर इन्हें आपके खाते में जमा करा दूँगी; किंतु आप इन्हें गिनिए और पिछली राशि में जोड़कर इनका कुल योग निकालिए।"

स्वामी पैसों को गिनना सीखने का अभिनय-सा करने लगे। कुछ ही देर में ऊबकर सारे पैसे श्रीमती लियन की ओर खिसका दिए।

"आज मुझे ज्ञात हुआ है माता! कि मेरे प्राण जिसमें बसते हैं, वह अमेरिका में ही है।"

श्रीमती लियन ने चौंककर स्वामी की ओर देखा, "वह लड़की अविवाहित है?"

स्वामी जोर से हँसे, "वह कोई स्त्री नहीं है माता! वह है—संगठन। मेरे गुरु रामकृष्णदेव के शिष्य अकेले-अकेले एक ग्राम में जाते हैं और एक वृक्ष के नीचे बैठकर प्रतीक्षा करते हैं कि जिनको उनकी आवश्यकता है, वे आएँ और उनका परामर्श लें। यह तो मैंने अमेरिका में देखा है कि संगठन से कैसा चमत्कार हो सकता है।"

श्रीमती लियन कुछ शांत हुईं, "वह तो ठीक है, किंतु क्या यह सत्य है स्वामी! कि कोई युवती आपको बहका नहीं रही? आपके रूप, बुद्धि और ऊर्जा ने अमेरिका की अनेक असाधारण सुंदरी युवतियों को उन्मादी बना रखा है। आप सांसारिक विषयों में इतने अबोध हैं। कहीं ऐसा न हो कि उनके द्वारा आपका कोई अहित हो जाए।"

"ओह! माताएँ सब जगह एक जैसी ही होती हैं।" स्वामी हँसे, "यह सत्य है कि मैं किसी कृषक द्वारा दिए गए भात का एक कटोरा खाकर, रात को बरगद की छाया में सोने वाला निर्धन संन्यासी हूँ; किंतु यह भी उतना ही सत्य है कि मैं बड़े-बड़े राजाओं के महलों में भी अतिथि होकर रहता हूँ।

वहाँ रात्रि-भर एक युवती दासी मोर पंख झुलाने के लिए नियुक्त कर दी जाती है। ऐसी स्थितियों का मुझे अभ्यास है। आप मेरी चिंता न करें मेरी अमेरिकी माता!'' स्वामी मौन ही नहीं हो गए, अन्यमनस्क भी हो गए।

"कहाँ खो गए स्वामी?"

स्वामी मुस्कराए, "खोया नहीं था माँ! उनको खोज रहा था, जो संसार की माया में भटक गए हैं।"

"ऐसे मत खो जाना कि हम तुम्हें खोजते रह जाएँ।" श्रीमती लियन कुछ रुककर बोलीं, "क्या ऐसा नहीं हो सकता स्वामी! कि तुम संसद के पश्चात् भी हमारे पास रहो?"

"माता! मैं आपका पुत्र हूँ, किंतु संन्यासी हूँ।" स्वामी बोले, "और संन्यासी स्थायी रूप से कहीं नहीं रह सकता।"

"ओह!"

थॉमस कुक एंड कंपनी के कलकत्ता कार्यालय में एक अंग्रेज अधिकारी एक पत्र हाथ में लेकर बैठा हुआ है। दूसरे को यह सब कुछ विचित्र-सा लगा।

"क्या बात है? बड़ी देर से उस कागज से बातें कर रहे हो। कोई प्रेम-पत्र है क्या?"

"है तो प्रेम-पत्र ही, किंतु मेरे नाम नहीं है।" पहला व्यक्ति बोला, "कोई कालीकृष्ण दत्ता है, जो किसी स्वामी विवेकानन्द के संबंधियों और मित्रों की ओर से लिख रहा है कि यह स्वामी हमारी कंपनी के माध्यम से बंबई से अमेरिका गया था।" वह कुछ रुका, "तुम जानते हो उसको?"

"नहीं! मैं नहीं जानता। मैं संन्यासियों की खोज-खबर नहीं रखता।···क्या चाहता है कालीकृष्ण दत्ता?"

"संन्यासी का पता चाहता है।" पहला व्यक्ति बोला, "लिख रहा है कि उसने अमेरिका में कोई बहुत बड़ा काम किया है, इसलिए वहाँ के समाचार-पत्रों में उसके विषय में जो कुछ छप रहा है, वह सारी सामग्री हम अपनी एजेंसियों के माध्यम से एकत्रित कराकर उनको उपलब्ध कराएँ। वे उसका खर्च दे देंगे।"

"संन्यासी और बड़ा काम!" दूसरा व्यक्ति हँसा, "सबसे अधिक घंटे भीख माँगकर उसने कोई रिकॉर्ड बनाया है क्या?···बाई द वे···वह सीधा उस संन्यासी को ही क्यों नहीं लिखता?"

"उसका तो कोई पता ही नहीं है। कहता है कि संन्यासियों की परंपरा के अनुसार वह न तो अपना पता भेजेगा, न अपनी कुशल के विषय में कुछ लिखेगा।"

"ऐसी तर्कशून्य और स्टुपिड परंपराएँ क्यों बना लेते हैं ये लोग?"

लियन परिवार भोजन के लिए जुटा था। श्रीमती लियन, उनका छोटा पुत्र बॉब, विधवा बहू ज़ोया और कार्नेलिया जैसे ध्यानमग्न बैठे थे। सब चुप थे।···कार्नेलिया ने अपनी माँ के कान में धीरे से कुछ कहा। ज़ोया ने श्रीमती लियन की ओर एक मौन संकेत कर कार्नेलिया को चुप रहने को कहा। तभी जॉन लियन भी आ गए। उन्होंने अपनी पत्नी को देखा : वह गुमसुम-सी बैठी थी। जॉन लियन कुर्सी खींचकर बैठ गए।

"क्या बात है, गुमसुम बैठी हो। स्वामी का कोई समाचार नहीं आया, इसलिए?"

श्रीमती लियन ने मुस्कराने का प्रयत्न किया, "हाँ! जाने कहाँ भटक रहा होगा। पत्र भी तो नहीं लिखता।"

"कहीं चैन से बैठे तो पत्र भी लिखे।" जॉन बोले, "दिन-भर रेलगाड़ी में यात्रा करेगा और फिर किसी स्थान पर भाषण कर फिर से गाड़ी में जा बैठेगा। बिना विश्राम किए एक ही दिन में ढाई सौ मीलों की यात्रा करेगा। दिन-भर रेलगाड़ी में होगा या लेक्चर थियेटर में। न सो पाएगा, न खा पाएगा।"

"क्यों दादा जी! स्वामी विश्राम क्यों नहीं करते?" कार्नेलिया ने पूछा।

"बेटी, उन्होंने स्लेटन लैक्चर ब्यूरो वालों से भाषण करने का अनुबंध कर लिया है। वे एक दिन उनका भाषण अमेरिका के दक्षिण में रखेंगे तो दूसरे दिन कनाडा की सीमा पर। उनका तेल निकाल लेंगे लैक्चर ब्यूरो वाले।"

"पर स्वामी ने तो उनसे तीन वर्षों का अनुबंध कर लिया है।"

"संन्यासी है। सांसारिक लोगों की चतुराई तो समझता नहीं।" जॉन बोले, "अब वे उसे सारे अमेरिका में दौड़ाते रहेंगे।"

"पर उनको इसकी आवश्यकता ही क्या थी?" ज़ोया भी स्वयं को रोक नहीं पाई।

"उसे भारत में एक कॉलेज खोलने के लिए धन चाहिए।" श्रीमती लियन ने कहा।

"पर उतना धन तो उनकी एक अपील पर मिल जाएगा।"

"मिल सकता है, किंतु वह अपने श्रम से ही धन एकत्रित करना चाहता है।" श्रीमती लियन बोलीं।

"श्रम से धन।" जॉन मुस्कराए, "इंगरसोल एक व्याख्यान के पांच-छह सौ डॉलर लेता है और स्वामी को ये क्या देंगे—तीस से अस्सी डॉलर।"

"मुझे उसके लिए भय भी लगता है। इस देश में सब स्थानों पर अच्छे ही लोग तो नहीं हैं।" श्रीमती लियन उदास थीं।

49

स्वामी तल्लीन होकर भाषण कर रहे थे :

"मैं उन संन्यासियों में से हूँ, जिन्हें इस देश के सबसे बड़े मंच पर से भिखारी कहा गया है। वक्ता ने अपनी घृणा दर्शाने के लिए यह कहा, किंतु यह मेरे जीवन का गौरव है। मैं इस अर्थ में ईसा समान होने का गर्व कर सकता हूँ। आज जो उपलब्ध है, मैं वह खाता हूँ और कल के लिए सोचता भी नहीं हूँ। लिली के फूलों को देखो, वे न खेती करते हैं और न सूत कातते हैं। बारह वर्ष हो गए, मैं ऐसे ही जी रहा हूँ। मैं नहीं जानता कि मेरा अगला भोजन कहाँ से आएगा। मैं अपने प्रभु के नाम पर भिखारी होने पर गर्व का अनुभव करता हूँ। पूर्वी देशों में पैसे लेकर विद्यादान नीच कर्म माना जाता है। और पैसे लेकर भगवान् के नाम का प्रचार करना तो इतना पतित काम है कि उसके लिए पुजारी की जाति छीनकर उस पर थूका जाएगा।...यदि भारत और चीन में पुजारी संगठित हो जाएँ, तो समाज और मानवता के पुनर्निर्माण के लिए अद्‌भुत ऊर्जा मिलेगी। मैंने भारत में संगठन का प्रयत्न किया; किंतु धन के अभाव में असफल रहा। संभव है, अमेरिका में मुझे वह सहायता मिल

जाए। किंतु हम जानते हैं कि ईसाई लोगों से किसी हिंदू को सहायता मिलना बहुत कठिन है।

"अमेरिका के ईसाई भाइयो! आप लोगों को हिंदुओं की आत्मा बचाने के लिए मिशनरी भेजने का बहुत चाव है। मैं आपसे पूछता हूँ कि हिंदुओं के शरीर को बचाने के लिए आपने क्या किया है? ईसाई मिशनरी हिंदुओं की सहायता का प्रस्ताव करते हैं; किंतु शर्त यह है कि हिंदू अपने पूर्वजों का धर्म छोड़कर ईसाई हो जाएँ। सैकड़ों ऐसे चर्च हैं, जो हिंदुओं की सहायता से बनाए गए हैं; किंतु एक भी हिंदू मंदिर ऐसा नहीं है, जिसके लिए किसी ईसाई ने एक धेला भी दिया हो।

"भूख की पीड़ा से तड़पकर मरते हुए मनुष्य को धर्म का उपदेश देना उसका अपमान है। यदि बंधुत्व भाव को साक्षात् करना चाहते हो, तो हिंदुओं को हिंदू रहते हुए सहानुभूति दो। आप मिशनरी भेजिए, जो उन्हें रोटी कमाना सिखाएँ, धर्म के नाम पर मूर्खताएँ सिखाने के लिए नहीं।...."

इंगरसोल के ड्राइंगरूम में इंगरसोल और स्वामी—दोनों आमने-सामने बैठे सिगार पी रहे थे।

"स्वामी! आपको बहुत साहसी नहीं होना चाहिए। मैं उसे आपका दुस्साहस ही कहूँगा। बहुत स्पष्ट भी नहीं कह देना चाहिए सब कुछ। नए सिद्धांत प्रतिपादित करते हुए बहुत सावधान रहना चाहिए। अमेरिकियों के जीवन और उनकी आस्थाओं की समीक्षा करते हुए भी सावधान रहना चाहिए।"

"क्यों? सत्य और स्पष्ट बोलने में किसी को क्या आपत्ति हो सकती है?"

इंगरसोल मुस्कराए, "आप पचास वर्ष पहले इस देश में प्रचार करने आए होते तो आपके गले में रस्सी का फंदा डालकर आपको किसी पेड़ से टाँग दिया गया होता या आपको जीवित जला दिया गया होता, या फिर पत्थर मार-मारकर ग्राम से बाहर निकाल दिया गया होता।"

स्वामी भी हँसे, "इसीलिए तो माँ ने मुझे पचास वर्ष बाद भेजा है।"

"आप जानते हैं, मैं अज्ञेयवादी हूँ। मानता हूँ कि सब कुछ नहीं जाना जा सकता। अपने ज्ञान की सीमा के भीतर ही सुख उठाना चााहता हूँ। मैं केवल इस संसार को जानता हूँ। इसीलिए इस संसार का पूर्ण लाभ उठाना चाहता हूँ। संतरे को पूरी तरह निचोड़ना चाहता हूँ। उसे तब तक चूसते जाना चाहता हूँ, जब तक वह पूरी तरह सूख ही न जाए।"

स्वामी हँसे, "इस संतरे को मैं और भी अच्छी तरह चूसना चाहता हूँ। इसलिए आपकी तुलना में कुछ अधिक ही प्राप्त करता हूँ।"

"कैसे?" इंगरसोल ने कुछ चकित होकर पूछा।

"आप अज्ञेयवादी हैं, अतः सब कुछ जान नहीं सकते। हम मानते हैं कि मूल तत्त्व को जान लेने से और कुछ जानना शेष नहीं रहता।" स्वामी बोले, "मैं जानता हूँ कि मेरी मृत्यु नहीं होगी। अतः मैं तनिक भी शीघ्रता में नहीं हूँ। मैं जानता हूँ कि भय का कोई कारण नहीं है, इसीलिए मैं संसार को निचोड़ने और जीवन को चूसने का सुख प्राप्त करता हूँ। मेरा कोई दायित्व नहीं है। कोई बंधन नहीं है—न पत्नी का, न बच्चों का, न संपत्ति का। इसीलिए मैं प्रत्येक मानव से प्रेम कर सकता हूँ। मेरे लिए प्रत्येक मानव में ईश्वर विराजमान है। मनुष्य को ईश्वर के रूप में प्रेम करने की कल्पना करें। संसाररूपी संतरे को इस प्रकार निचोड़ें, इस प्रकार चूसें और सहस्रों गुणा अधिक सुख पाएँ। प्रत्येक बूँद का स्वाद लें।"

स्वामी रेलगाड़ी में थे और रेलगाड़ी मोइनेस के पास से गुजर रही थी। उनके साथ वाली सीट पर एक काउब्वाय बैठा था।

"तुम ईश्वर को मानते हो?" काउब्वाय ने पूछा।

"हाँ!"

"मैं प्रेस्बिटेरियन ईसाई हूँ। और तुम?" काउब्वाय ने पूछा।

"मैं हिंदू हूँ।"

"ईसाई नहीं हो?"

"नहीं।"

"तो नरक में सड़ोगे।" काउब्वाय कुछ चिंतित हो उठा, "तुम्हारी आत्मा को कौन बचाएगा?"

स्वामी उसकी ओर देखकर मुस्कराए, "मृत्यु अवश्यंभावी है न?"

"हाँ! हर आदमी को मरना है।"

"मरकर नरक में सड़ने से बचने के लिए तुम्हारा शरीर कयामत की प्रतीक्षा में कब्र में पड़ा अनंत काल तक सड़ता रहेगा?"

"हाँ! और कर ही क्या सकते हैं?" वह बोला।

"मेरी मृत्यु के पश्चात् मेरे शरीर को जला दिया जाएगा। मेरी आत्मा अपनी रक्षा के लिए पुनः जन्म लेगी या जाकर ब्रह्म में समा जाएगी।"

काउब्वाय मुख खोले आश्चर्य से उन्हें देखता रह गया।

"तुम कब्र में प्रतीक्षा करना पसंद करोगे या चाहोगे कि फिर से एक नया जन्म और एक नया शरीर मिल जाए, ताकि तुम स्वयं अपने कर्मों के माध्यम से अपनी आत्मा की रक्षा कर सको?"

काउब्वाय कुछ असमंजस से बोला, "फिर से जन्म लेना ही ठीक रहेगा।"

स्वामी ने हॉल गें बैठे श्रोताओं को ध्यान से देखा…

"हम हिंदू ईश्वर के प्रेम के कारण उसकी उपासना करने में विश्वास करते हैं, उसके वरदानों के लोभ में नहीं। कोई देश, कोई राष्ट्र, कोई समाज ईश्वर को तब तक प्राप्त नहीं कर सकता, जब तक वह केवल प्रेम के कारण ईश्वर की उपासना करने को तैयार न हो। एक बार एक शिष्य ने अपने गुरु से पूछा, उसे ईश्वर कब प्राप्त होंगे? गुरु उसे पानी के एक सरोवर के निकट ले गए और उसे पानी में धक्का दे दिया। शिष्य सँभल नहीं सका और पानी में गिर गया। उसने कुछ डुबकियाँ भी खाईं। बड़ी कठिनाई से वह उठा। गुरु ने उसे पुनः पानी में धक्का ही नहीं दे दिया, उसकी गर्दन पकड़कर उसे पानी में डुबो दिया। शिष्य को समझ नहीं आया कि उसके गुरु उसकी हत्या क्यों करना चाहते हैं। उसने बड़ी कठिनाई से गुरु को धक्का देकर स्वयं को मुक्त किया। 'क्या कर रहे हैं आप?' उसने गुरु को डाँटा। 'क्या हुआ?' गुरु ने पूछा। 'साँस के बिना मेरे प्राण निकल रहे थे।' शिष्य बोला। 'इसी प्रकार जिस दिन ईश्वर के बिना तुम्हारे प्राण निकलने लगेंगे, उस दिन तुम्हें ईश्वर मिल जाएँगे।' "

स्वामी एक अन्य स्थान पर भाषण दे रहे थे। श्रोता बदले हुए थे, किंतु परिवेश वैसा ही था।

"एक हिंदू को ईसाई बनाने का सामान्य खर्च 30,000 डॉलर है, जो आप दे रहे हैं। आपका पादरी हमें गर्दन से पकड़ता है और कहता है : ओ, तुम रास्कली हीदन, तुम्हें ईसाई धर्म स्वीकार

करना होगा। ईसाई हिंदू की सहायता नहीं करेगा। वह धर्मांतरित हिंदू की ही सहायता करेगा। उनकी नहीं, जो अपने धर्म के प्रति निष्ठावान रहेंगे। यदि आज मैं ईसाई हो जाऊँ तो कल ही मुझे भारत में निर्धनों के लिए बनाए जाने वाले अपने विद्यालय के लिए दस लाख डॉलर मिल जाएँगे। किंतु मैं अपने परिश्रम से धन एकत्रित करना पसंद करता हूँ। यद्यपि उतना धन कमाने के लिए शायद मेरा सारा जीवन भी पर्याप्त नहीं है।"

50

"मुझे भय है कि कहीं स्वामी हमारी धर्मदासियों में न घिर जाएँ।" श्रीमती लियन ने उदास स्वर में कहा।

"धर्मदासियाँ कौन मामा?" ज़ोया ने पूछा।

"ओह! वे असाधारण रूप से धर्मोमादिनी हैं।" जॉन बोले, "वे पादरियों की मुट्ठी में हैं। जैसे वे चाहते हैं, उन्हें नचाते हैं और वे किसी के भी जीवन को नरक बना देती हैं।"

"पर उनका भी क्या दोष है पापा! यह जाल भी तो पादरियों का ही बिछाया हुआ है।" बॉब ने कहा, "आपको याद है, हमें बचपन से ही वह गीत रटाया गया था, जिसमें कहा गया है कि हिंदू माताएँ अपने बच्चे मगरमच्छों के खाने के लिए नदी में बहा देती हैं।"

"ओह वह!" ज़ोया बोली, "वह तो मैंने भी पढ़ा है :

See the heathen mother stand
Where the sacred current flows ;
With her own maternal hands
Mid the waves her babe she throws.

Hark , I hear the piteous scream ;
Frightful monsters seize their prey,
Or dark and bloody stream
Bears the struggling child away.

Fainter now and fainter still,
Breaks the cry upon the ear,
but the mothers' heart is steel
She unmoved that cry can hear.

Send, oh send the Bible there.
Let its precept reach the heart
She may then her child spare
Act the tender mother's part.

"तभी तो स्वामी ने कहा था कि हिंद महासागर का सारा कीचड़ भी उस मल से कम है, जिसका लेप इन पादरियों ने उसकी मातृभूमि पर कर दिया है।" जॉन बोले।

"कभी-कभी सोचती हूँ कि स्वामी की माँ ने उसका किसी सुंदर-सी लड़की से विवाह कर उसे

बाँधकर अपने पास ही क्यों नहीं रख लिया।" श्रीमती लियन बोलीं, "क्यों छोड़ दिया उसे इस प्रकार इस क्रूर संसार में भटकने को।"

"तुम क्या समझती हो कि उन्होंने ऐसा करने का प्रयत्न नहीं किया होगा?" जॉन लियन ने पूछा।

"स्वामी चर्चा कर रहे थे कि उनके पिता ने उनकी जन्मपत्रिका बनवाई थी," ज़ोया ने बताया, "जिसमें उनके लिए यह भविष्यवाणी थी कि वे संन्यासी के रूप में पृथ्वी तल पर भ्रमण करेंगे।"

"तो फिर ईश्वर की इच्छा के विरुद्ध कोई क्या कर सकता है!" श्रीमती लियन ने कहा।

प्रतापचंद मजूमदार ने श्रोताओं का धन्यवाद किया और अपना भाषण समाप्त कर मंच पर अपने आसन पर आ बैठे।

श्रोताओं में से एक व्यक्ति उठ खड़ा हुआ, "आपका भाषण मैंने पूरे ध्यान से सुना है। आपने उसमें स्वामी विवेकानन्द और उनके गुरु श्रीरामकृष्ण परमहंसदेव की भरपूर निंदा की है।…"

"मैंने किसी की निंदा नहीं की, केवल उन लोगों का स्वरूप स्पष्ट किया है।" मजूमदार ने कहा।

उस श्रोता ने अपना हाथ ऊँचा उठाया, उसमें एक पत्रिका थी, "यह थीइस्टिक क्वार्टरली रिव्यू, का अक्तूबर, 1879 का अंक है। इसमें लिखा है :

"मेरा मन अभी उसी प्रकाश में डूबा हुआ है, जो यह अद्भुत दिव्य मानव, जब और जहाँ जाता है, अपने चारों ओर प्रकट करता है। यह दिव्य पुरुष हिंदू धर्म में माधुर्य और गहराई का जीवंत प्रमाण है। उन्होंने अपने शरीर को पूर्णतः नियंत्रित कर रखा है। वह पूर्ण आत्मा है—सत्य और धर्म से परिपूर्ण, आनंद से आप्लावित और ईश्वरीय कृपा से प्राप्त सात्त्विकता में निमज्जित।…उसकी निष्कलुष पवित्रता, उनकी अनिर्वचनीय आशीषपूर्ण उपस्थिति, उनका अपुस्तकीय अनंत ज्ञान, उनकी शिशु सरीखी शांति और सारे मानवों के प्रति प्रेम, सर्वव्याप्त, सर्वस्वीकार्य, ईश्वरीय प्रेम ही उनका एकमात्र पुरस्कार है।…हमारा अपना धार्मिक आदर्श उनसे कुछ भिन्न है; किंतु वे हमें अपना जितना भी समग्र देंगे, हम प्रसन्नतापूर्वक उनके चरणों में बैठेंगे, ताकि उनसे सात्त्विकता का उदात्तस्वरूप, असांसारिकता, आध्यात्मिकता और ईश्वरीय प्रेम का मद प्राप्त कर सकें।" उस श्रोता ने अपनी बात जारी रखी, "इस निबंध का शीर्षक है—परमहंस श्रीमत्रामकृष्ण। और इसके लेखक का नाम है—प्रतापचंद्र मजूमदार। जहाँ तक मैं समझता हूँ, यह आपका ही लिखा हुआ है। आपका ही नाम प्रतापचंद्र मजूमदार है न!"

मजूमदार ने वह पत्रिका पकड़ ली, उसे उलट-पलटकर देखा। उसके चेहरे पर हवाइयाँ उड़ने लगीं।

"हाँ! मेरा नाम प्रतापचंद्र मजूमदार है। यह निबंध मैंने ही लिखा था। तब मुझे पूरी जानकारी नहीं थी। मैं एक भ्रम में फँसकर यह लिख बैठा था।"

"अब आपका भ्रम दूर हो गया है और आप सारे संसार को भ्रमित करने निकल पड़े हैं।" वह व्यक्ति बोला, "धर्म की चर्चा करते हैं और नैतिकता का कण नहीं है आपमें।"

जॉर्ज हेल के घर की बड़ी-सी लॉबी में बहुमूल्य कालीन बिछा हुआ था। स्वामी उस पर अपने जूतों में रोलर स्केट्स बाँधे हुए दक्षतापूर्वक वेग से दौड़ रहे थे। विभिन्न स्थानों में मेरी हेल, हैरियेट हेल, इसाबेल मैक्किंडले तथा हैरियट मैक्किंडले खड़ी थीं। स्वामी उनके निकट से निकलते तो वे जैसे उन्हें रोकने और पकड़ने का प्रयत्न करतीं।

"स्वामी! अब आप रुक भी जाइए।" मेरी हेल ने कहा, "पिछले दो दिनों से आप निरंतर रोलर

स्केट्स पर ही दौड़ रहे हैं, और कोई बात ही नहीं करते।"

"कोई सुनेगा तो कहेगा कि मैं संसार में सबसे अधिक समय तक अनवरत स्केटिंग करने का कीर्तिमान बना रहा हूँ।" स्वामी का वेग कम हो गया और वे धीरे-धीरे थम गए।

"ऐसा समझने वाला तो वही होगा, जिसको न भाषा का ज्ञान होगा, न मुहावरों का।" हैरियेट बोली।

"और यदि किसी को ऐसी भ्रांति हुई भी तो हम उसे बता देंगे कि आपने बीच में भोजन किया था; और रात को सोए भी थे।" इसाबेल ने जोड़ दिया।

"तो वह पूछेगा कि सोए तो थे; किंतु स्केट्स पहने हुए सोए थे या उतारकर?"

"स्वामी प्लीज! ये स्केट्स उतारिए।" मेरी ने कहा।

स्वामी उसके निकट आ गए, "तुम्हें मेरा स्केटिंग सीखना पसंद नहीं?"

"नहीं, ऐसी बात तो नहीं है," मेरी ने कहा, "किंतु आप तो भूत के समान किसी चीज के पीछे ही पड़ जाते हैं।"

स्वामी ने एक कुर्सी पर बैठकर स्केट्स उतारे, "भूत के समान पीछे पड़ जाने को ही एकाग्रता कहते हैं, उसके बिना जीवन में कोई असाधारण सफलता भी नहीं मिलती।"

"एकाग्रता तो ठीक है; किंतु यहाँ तो दो दिनों से लग रहा है कि आप न हमारे घर में हैं और न ही हमारे साथ हैं।" इसाबेल बोली।

"तो कहाँ हूँ?" स्वामी चकित थे।

"आप स्केटिंग रिंग में अपने स्केट्स के साथ हैं और स्केटिंग चैंपियन बनने का अभ्यास कर रहे हैं?" मेरी ने कहा।

"नहीं! ऐसा कुछ भी नहीं है।" स्वामी बोले, "किसी और के सामने और किसी और स्थान पर स्केटिंग करने का शायद कोई अवसर ही न आए। यह तो मैं अपनी एक कामना को इतना तृप्त कर लेना चाहता हूँ कि फिर कभी वह कामना ही न जागे।...पर तुम लोग मुझे क्यों रोक रही हो?"

"स्वामी! मेरी सहेलियों का विचार है कि एक हिंदू संन्यासी अवश्य ही ज्योतिषी होना चाहिए। आप हमें हमारा भविष्य बताएँ।" मेरी ने आग्रह किया।

"मैं ज्योतिषी नहीं हूँ।" स्वामी हँसे, "पर उससे क्या। मैं तुम्हारा भविष्य तो जानता ही हूँ।"

"क्या?" वे चारों बहनें एक साथ चिल्लाईं।

सबसे पहले हैरियेट हेल झपटकर उनके पास आई। उसने उनके सामने अपना हाथ पसार दिया, "तो सबसे पहले आप मेरा भविष्य बताइए।"

"हाथ देखने की आवश्यकता नहीं है।"

"तो कैसे बताएँगे?"

"तुम्हारा जीवन सबसे अधिक सौभाग्यपूर्ण और सुखी होगा। तुम इतनी कल्पनाशील और भावुक नहीं हो कि अपनी दुर्गति होने दो। हाँ! इतनी भावनाएँ अवश्य हैं कि तुम्हारा जीवन मधुर हो सके। और पर्याप्त सहजबुद्धि और कोमलता भी है कि जीवन में आने वाले क्रूर तत्त्वों को मृदुल कर सको।"

"और मैं स्वामी?" हैरियेट मैक्किंडले बीच में आ कूदी।

"तुम भी वैसी ही हो। शायद हैरियेट हेल से कुछ अधिक ही।" स्वामी बोले, "तुम जैसी लड़कियाँ अच्छी पत्नियाँ सिद्ध होती हैं।"

"और मैं?" मेरी ने पूछा।

"तुम तेजस्विनी हो। साहसी हो। विराट् और शानदार। तुम एक अच्छी रानी सिद्ध हो सकती हो—रूप में, बुद्धि में। तुम जोशीली, उत्साही, संकट से खेलने वाले वीर पति के साथ फबोगी। किंतु मेरी बहना! पत्नी की भूमिका में तुम बहुत सफल नहीं रहोगी। सामान्य जीवन के आरामपसंद, व्यावहारिक और पैर घसीटने वाले आलसी पति के तो तुम प्राण ही खींच लोगी।"

"और इसाबेल के विषय में क्या विचार है?" मेरी ने कहा।

"इसाबेल का स्वभाव भी तुम्हारे ही जैसा है। हाँ! किंडरगार्टन वाले इस काम ने बच्चों के साथ रहने के कारण अवश्य ही उसे धैर्य और सहनशीलता का पाठ पढ़ाया है। संभव है कि इसके बाद वह एक अच्छी पत्नी भी सिद्ध हो सके।"

"छोड़िए स्वामी! आप क्या जानें कि अच्छी पत्नी क्या होती है। आपने तो विवाह ही नहीं किया।" इसाबेल बोली।

स्वामी हँस पड़े, "मैंने तो कभी संतान को भी जन्म नहीं दिया, पर मैं जानता हूँ कि अच्छी माँ क्या होती है।"

"स्वामी! अच्छी माँ और अच्छी पत्नी को छोड़िए। यह बताइए कि क्या आप जानते हैं कि सुंदर युवती कैसी होती है?" मेरी ने कहा, "शिकागो वाले मानते हैं कि हमारी इसाबेल, वीनस डि मेलो के समान सुंदर है।"

"मैंने वीनस डी मेलो को देखा है और तुम ठीक कहती हो, इसाबेल का चेहरा उस मूर्ति से बहुत मिलता है। हाँ! इसके हाथ उसके हाथों से कहीं अधिक सुंदर हैं। मूर्ति के हाथ तो टुंडे ही हैं—मेरी दृष्टि से।"

"इसका क्या अर्थ हुआ? मात्र समानता से तो कुछ भी प्रमाणित नहीं होता।" हैरियेट ने आपत्ति की।

स्वामी मुस्कराए, "इसाबेल सुंदर है, क्योंकि वह वीनस के समान है; और वीनस सुंदर है, क्योंकि वह इसाबेल के समान है। मेरा तो विचार है कि इसाबेल उस मूर्ति से कहीं अधिक सुंदर है।…"

हैरियेट के चेहरे पर एक वक्र मुस्कान उभरी, "लगता है स्वामी! आप इसाबेल से प्रेम करने लगे हैं।"

"प्रेम करने लगा हूँ? इसका क्या अर्थ हुआ?" स्वामी बोले, "मैं उससे प्रेम करता हूँ। मैं तुम चारों से प्रेम करता हूँ। कौन ऐसा भाई होगा, जो अपनी बहनों से प्रेम नहीं करता।"

"मेरा अभिप्राय वह नहीं था…।" हैरियेट ने प्रतिवाद किया।

"समझता हूँ। किंतु अपने सुख के लिए किसी की कामना प्रेम नहीं है मेरी समझदार बहना! प्रेम का वास्तविक अर्थ समझना चाहिए।" स्वामी बोले, "बिना किसी कामना के जब आप किसी के लिए कुछ करते हैं, तो वह प्रेम होता है। जब मैं तुम्हारे घर के सामने सड़क पार भूखा-प्यासा, खोया-सा बैठा था और तुम्हारी माता मुझे घर के भीतर ले आई थीं, सारी सुविधाएँ दी थीं और मुझे मेरे गंतव्य पर पहुँचा दिया था, तो उसमें उनका कोई स्वार्थ नहीं था। वह उनका प्रेम था।"

"मामा को तो पता चलना चाहिए कि कोई व्यक्ति कठिनाई में है, वे अपने सारे काम छोड़कर उसकी सहायता करने चल देंगी।" मेरी ने कहा।

"मामा ही ऐसा नहीं करतीं, तुम सब भी वही करती हो। तुम सब में सात्त्विक आत्माएँ हैं। अन्यथा मैं तुम्हारे घर को अपना घर कैसे मान सकता था?"

51

मुंशी जगमोहनलाल अपने हाथ में अक्षयकुमार घोष का 6 अक्तूबर, 1893 का बंबई से लिखा हुआ पत्र लिए बैठे थे। यह उसका दूसरा पत्र था। पिछला पत्र उसने 20 सितंबर को लिखा था। वे उसे अच्छी तरह समझते थे। वह स्वामी विवेकानन्द का नाम लिए बिना एक वाक्य भी नहीं कहता था, किंतु उस सबके मूल में केवल अपनी आजीविका के लिए प्रार्थना करता रहता था। उसके सारे पत्र चाटुकारिता से भरे हुए होते थे। यहाँ तक कि वह महाराजा अजितसिंह के चरणधूलि चाटने के विषय में भी लिख चुका था।···किंतु इस बार अपने स्थायी सुर के साथ-साथ, पत्र का अधिकांश भाग छबीलदास लल्लू भाई को समर्पित था। इसका अर्थ था कि वह वहाँ तक भी जा पहुँचा था। वह इतना चतुर था कि कहीं से भी सुरंग बनाकर कहीं तक पहुँच सकता था।···इस पत्र से तो लगता था कि वह प्रायः छबीलदास लल्लू भाई के घर जाया करता था। बैरिस्टर रामदास से भी कुछ मित्रता बना ली थी।···उसने स्वामी जी के संदर्भ में छबीलदास लल्लू भाई का पक्ष प्रस्तुत किया था। निश्चित रूप से यह पत्र छबीलदास लल्लू भाई और उनके पुत्र बैरिस्टर रामदास को दिखाकर भेजा गया होगा, अन्यथा उनका गुणगान करने का लाभ ही क्या था? अक्षयकुमार निःस्वार्थ भाव से तो कोई काम करता नहीं था।···लिखा था कि बॉस्टन पहुँचने तक छबीलदास लल्लू भाई सदा स्वामी के साथ थे। जापान और चीन में उनके साथ रहने की भी चर्चा थी।···पर इस चर्चा का क्या लाभ? वहाँ तो स्वामी जी को कोई कष्ट नहीं था। उसने लिखा था कि शिकागो में स्वामी जी का बहुत स्वागत हुआ। उन्हें पूर्व और पश्चिम के धर्मों पर एक तुलनात्मक अध्ययन प्रस्तुत करने के लिए कहा गया था; किंतु स्वामी जी ने उसे स्वीकार नहीं किया।···

जगमोहनलाल चकित रह गए। अक्षयकुमार घोष यह सब कैसे लिख रहा है! जब तक छबीलदास लल्लू भाई स्वामी जी के साथ थे, स्वामी जी को शिकागो में किसी प्रकार की कोई मान्यता नहीं मिली थी, तभी तो वे बॉस्टन जाने के लिए बाध्य हुए। बाद में उनका जो भी सम्मान हुआ, उसके साक्षी छबीलदास लल्लू भाई नहीं थे। वे तो स्वामी जी को बॉस्टन में छोड़कर वापस भारत आ चुके थे। तो यह अक्षयकुमार, छबीलदास के घर से यह समाचार कैसे ला रहा है?

उसने यह भी लिखा था कि स्वामी और छबीलदास बॉस्टन में एक होटल में रह रहे थे। किंतु यह नहीं लिखा कि वे लोग शिकागो छोड़कर बॉस्टन क्यों आए? पैसे की कमी के कारण ही तो! जब छबीलदास स्वामी के साथ थे और छबीलदास के पास धन की कमी नहीं थी, तो स्वामी को बाध्य होकर अपने शिष्यों को तार क्यों भेजना पड़ा? पैसों के लिए पत्र क्यों लिखना पड़ा? छबीलदास लल्लू भाई के होते हुए, स्वामी को शीत का कष्ट क्यों हुआ? क्या छबीलदास लल्लू भाई के पास भी ऊनी कपड़े नहीं थे?···अक्षयकुमार ने लिखा था कि छबीलदास लल्लू भाई ने स्वामी से पैसों के विषय में पूछा और यह भी कहा कि उन्हें सहायता की आवश्यकता हो तो वे उनके लंदन कार्यालय को सूचित कर सकते हैं।···यदि इस वक्तव्य को सत्य मान भी लिया जाए, तो इतना तो स्पष्ट ही था कि छबीलदास लल्लू भाई पूछकर ही रह गए, उन्होंने स्वामी को कुछ दिया तो नहीं। यदि वे देते और स्वामी न लेते तो एक बात थी। छबीलदास लल्लू भाई उनसे पूछ रहे थे और स्वामी आर्थिक सहायता के लिए भारत में अपने शिष्यों को पत्र और तार भेज रहे थे।···क्या अर्थ है इसका?···स्वामी जी ने अपने एक पत्र में अपने एक मित्र के बनियापन की चर्चा की है, कहीं वह छबीलदास लल्लू भाई

ही तो नहीं। महाराज अजितसिंह इस पत्र को पढ़कर एक ही बात कहेंगे···'बाणिया है यह छबीलदास लल्लू भाई भी!'

अक्षयकुमार ने यह भी लिखा है कि बॉस्टन के पास के स्थान से कोई मिस विलार्ड स्वामी जी को बॉस्टन ले गई? कौन है यह मिस विलार्ड? कहाँ मिली वह स्वामी जी को? उसे स्वामी जी के बॉस्टन के पास के किसी स्थान पर होने का पता कैसे चला? उसके भरोसे क्यों छोड़ गए छबीलदास स्वामी जी को? यदि अक्षयकुमार कैथरीन एब्बॉट सैनबोर्न की चर्चा कर रहा है, तो उसे तो स्वामी जी ने स्वयं ही तार भेजा था? क्यों भेजा था? क्योंकि वे पैसे की तंगी में थे और चाहते थे कि पैसे की बचत हो।···क्या यह सब ज्ञात नहीं था छबीलदास को?

और इस अक्षयकुमार का क्या करें मुंशी जी! उसे सदा ही पैसों की और नौकरी की आवश्यकता रहती है।···उसे ही क्यों? स्वामी जी का अपना भाई यह महेन्द्रनाथ दत्त, एक भी ऐसा पत्र नहीं लिखता, जिसमें अपनी गरीबी का रोना न रोता हो।···उसके पत्र अपने रोग, अपनी निर्धनता और अपने पारिवारिक दायित्वों की चर्चा से भरे पड़े होते हैं, जैसे उन सबके बोझ तले वह दबकर मर ही जाएगा। जबकि सौ रुपए प्रतिमास तो खेतड़ी से ही जा रहे हैं।···इतने से भी उसका पेट नहीं भरता।···एक ओर तो लिखता है कि अपने रोगों से वह इसी वर्ष मर जाएगा। उसकी एक बहन भी तेईस वर्ष की अवस्था में मर गई थी। और दूसरी ओर कानून की पढ़ाई करने के लिए विलायत जाना चाहता है। उसके लिए उसे सात सहस्र रुपए चाहिए।···यह नहीं सोचता कि जिनके पास घर चलाने के लिए साधन नहीं होते, वे पढ़ाई के लिए विलायत नहीं जाते···कलकत्ता में कानून की पढ़ाई नहीं होती क्या? स्वामी जी के पिता वहीं पढ़े, स्वयं स्वामी जी ने कानून की अपनी पढ़ाई वहीं पूरी की।···और इन्हें विलायत जाना है···ये लोग राजा अजितसिंह की उदारता को मूर्खता समझते हैं क्या?

52

स्वामी लियन परिवार से मिलने आए थे। श्रीमती लियन, ज़ोया और कार्नेलिया उनके साथ ड्राइंगरूम में आ बैठीं।

"स्वामी! मेरी बहू तुम्हारे सामने एक जिज्ञासा रखना चाहती है।" श्रीमती लियन ने कहा, "यदि तुम कोई समाधान दे सको।···"

स्वामी ने स्नेह-भरी दृष्टि से ज़ोया को देखा, "तो पूछती क्यों नहीं हो बहन?"

"बात कुछ विचित्र-सी है, इसलिए संकोच होता है।"

"चिंता मत करो। इस विचित्र व्यक्ति से लोग विचित्र जिज्ञासाएँ ही करते हैं।" स्वामी बोले।

"स्वामी! आप शिकागो से बाहर चले गए तो मैंने धर्म, दर्शन और अध्यात्म के विषय में कुछ अध्ययन किया। थोड़ी-सी साधना करने का भी प्रयत्न किया और तब मैंने एक दिन पाया कि···" ज़ोया ने अपना वाक्य अधूरा छोड़ दिया।

स्वामी ने दृष्टि उठाकर उसकी ओर देखा, "क्या पाया?"

"एक पुराने और फटे हुए पत्र के टुकड़े मेरे हाथ लग गए।" ज़ोया ने कहा, "मैं इस चिंता में उन्हें बटोरकर उलट-पलट रही थी कि कहीं वह कोई महत्त्वपूर्ण पत्र तो नहीं है, जिसे भूल से फाड़

दिया गया हो। और तभी···" वह पुनः चुप हो गई।

स्वामी सहित सबने उसकी ओर देखा।

"आप मेरा विश्वास करेंगे?" ज़ोया ने पूछा।

"मैंने तुमको कभी मिथ्याभाषिणी नहीं माना।" स्वामी ने कहा।

"मेरी आँखों के सामने एक व्यक्ति का चेहरा और उसका मन साकार होने लगे, जैसे कोई चित्र उभरा हो और कोई उस व्यक्ति के गुण-अवगुण बता रहा हो।"

"ओह! यह!" स्वामी सहज भाव से हँसे, "मन निर्मल हो तो साधना के आरंभिक दिनों में कुछ ऐसी शक्तियाँ अपने आप ही प्राप्त हो जाती हैं। मेरे साथ भी ऐसा हुआ था। तब मैं बालक था, इन बातों को समझता नहीं था। लोगों को चकित करने के लिए मैं इसका प्रदर्शन भी कर दिया करता था। तब मेरे गुरु ने मुझे समझाया। उन्होंने बताया कि ऐसी क्षमता का प्रयोग केवल संसार के कल्याण के लिए करना चाहिए, अपने किसी लाभ अथवा प्रदर्शन के लिए नहीं। जिन हाथों में यह गुण आ जाता है, वे दूसरों को उनकी पीड़ा से मुक्त भी कर सकते हैं। प्रभु के दिए अपने इस उपहार का उपयोग लोगों को रोगमुक्त करने के लिए करो।"

उन्हें बताया गया था कि वहाँ विश्वविद्यालय के कुछ भूतपूर्व अध्यापक सामूहिक रूप में रह रहे थे। वे स्वामी से मिलना भी चाहते थे और उन्हें सुनना भी चाहते थे। स्वामी के मन में भी जिज्ञासा थी कि विश्वद्यिालय का त्याग कर सामूहिक रूप से वे किस प्रकार का जीवन व्यतीत कर रहे हैं। यदि वे पठन-पाठन का कोई प्रकल्प लिए बैठे हैं, तो उनका जीवन दूसरे प्रकार का होना चाहिए। किंतु वे कृषि की ओर लौट गए थे। हमारे प्राचीन ऋषि भी अपने आरण्यक जीवन में गोधन का पालन करते थे। संभवतः कृषि का विकास भी उन्होंने ही किया हो। वे ज्ञानी थे। उनमें चिंतन की क्षमता थी। वे प्रयोग कर नए आविष्कार करना जानते थे। ऐसे में यदि उन्होंने गायों, अश्वों तथा कृषि के संदर्भ में नए अनुसंधान किए हों तो आश्चर्य की क्या बात है।···इस युग में अमेरिका में भी कुछ ऐसे लोग हैं, जो विश्वविद्यालय छोड़कर खेतों में आ बैठे हैं। उनके पास गौवें भी हैं औरे घोड़े भी।···किंतु वे ऋषि नहीं कहलाते, काउब्वाय कहलाते हैं।···तो क्या हुआ? वे अपने साथ विश्वविद्यालय से ज्ञान लेकर आए होंगे। चिंतन की क्षमता उनमें भी है। ज्ञान से उनका नाता टूटा नहीं होगा, नहीं तो साधारण काउब्वाय को स्वामी विवेकानन्द के भाषण से क्या लेना-देना था? सूक्ष्म ज्ञान में न केवल उनकी रुचि होनी चाहिए, उसको समझने की क्षमता भी उनमें होनी चाहिए।

उन्होंने स्वामी का स्वागत किया और उन्हें अच्छी जगह ठहराया।

"हमारे बीच आकर आपको कुछ आश्चर्य हुआ?"

स्वामी कोई उत्तर देते, उससे पहले ही दूसरे ने कहा, "मैं जरा आपका परिचय करा दूँ।"

"अवश्य।" स्वामी ने कहा।

"ये सज्जन पहले प्रो० जॉन आर्थर हुआ करते थे। दर्शनशास्त्र के अध्यापक थे; और इनके मन में प्रश्न था कि चिंतन और कर्म में कोई संबंध है या नहीं? सिद्धांत और व्यवहार कहीं जाकर एक बिंदु पर मिलते हैं या नहीं? इसलिए विश्वविद्यालय का चिंतनक्षेत्र छोड़कर कृषि के व्यवहार क्षेत्र में आ गए।" उस व्यक्ति ने कहा, "मैं प्रो० हैनरी ऑक्सफोर्ड हूँ। मेरा क्षेत्र कृषि विज्ञान है। मैं उत्पादन का दर्शन ढूँढ़ रहा हूँ। क्या सचमुच स्वर्ग नामक कोई स्थान है? क्या वहाँ सचमुच ही कभी आदम

और हौवा का अस्तित्व था? वहाँ शैतान के बहकावे में आदम ने सेब खाया था या गेहूँ का दाना? स्वर्ग में सेब के बाग होते हैं या गहूँ के खेत या दोनों? और अन्न खाने वाला मनुष्य क्यों स्वर्ग में रह नहीं सकता? स्वर्ग का अन्न से क्या विरोध है? क्या इसलिए कि वहाँ शौचालय नहीं हुआ करते? स्वर्ग के वासी यदि अन्न नहीं खाते तो क्या खाते हैं? कुछ खाते भी हैं, या कुछ नहीं खाते? यदि वे कुछ न खाकर भी जीवित हैं, तो उनके शरीर का संयंत्र निश्चित रूप से मनुष्य से बहुत भिन्न होगा···"

"आपके प्रश्न तो सचमुच बहुत गंभीर हैं।" स्वामी हँस पड़े, "किंतु स्वर्ग लोक में शौचालयों के अस्तित्व के विषय में आपका शोधपत्र संसार में कहीं प्रकाशित नहीं हो पाएगा।"

"वह अवसर आएगा तो हम अपनी शोधपत्रिका प्रकाशित करेंगे। अपना नया विश्वविद्यालय खड़ा कर लेंगे।" प्रो० ऑक्सफोर्ड ने कहा, "इस समय हम आपके माध्यम से एक प्रयोग करना चाहते हैं।"

"क्या? मैं भी आपके शोध का पदार्थ हूँ?"

"पदार्थ नहीं, पात्र।" वह बोला, "क्योंकि प्रयोग जरा सूक्ष्म है।"

"हमें सूचना मिली है कि एक स्थान पर आपने अपने व्याख्यान में कहा है कि जिसने इंद्रियातीत अनुभूति प्राप्त कर ली है, उसे प्रत्येक स्थिति में संतुलित रहना चाहिए।"

"हाँ! मैंने ऐसा कहा ही नहीं है, यह सत्य है।"

"हम इसकी जाँच करना चाहते हैं।" प्रो० जॉन आर्थर ने कहा, "हमारे पास ऐसा कोई व्यक्ति नहीं है, जिसे इंद्रियातीत अनुभव प्राप्त हो। हम यह भी नहीं जानते कि इंद्रियातीत अनुभव जैसी कोई चीज होती भी है या नहीं। इस समय आप हमारे प्रयोग के ऑब्जैक्ट हैं। आपके माध्यम से हम जानेंगे कि इंद्रियातीत अनुभव और ज्ञान होता भी है या नहीं, होता है तो वह क्या होता है? और इंद्रियातीत अनुभव के पश्चात् क्या कोई व्यक्ति सदा संतुलित रह सकता है?"

स्वामी मुस्कराए, "मुझे भाषण के लिए बुलाया गया है, प्रयोगशाला के ऑब्जेक्ट के रूप में नहीं।"

"आपको तो भाषण ही करना है।" प्रो० ऑक्सफोर्ड ने कहा, "शेष तो हम करेंगे।"

वे लोग स्वामी को किसी सभागार इत्यादि में नहीं ले गए। जहाँ ले गए, वह नगर का एक सार्वजनिक चौराहा था। वहाँ न कोई मंच था और न भाषण के अनुकूल परिवेश। लकड़ी के एक बड़े टब को बीच चौराहे पर औंधा रख दिया गया था।

"आइए, पधारिए! यही आपका मंच है।"

उन सबकी दृष्टि स्वामी पर टिकी हुई थी : क्या स्वामी इस व्यवहार से विचलित होते हैं?

स्वामी उस टब पर चढ़ गए।

"अपना व्याख्यान आरंभ कीजिए।" प्रो० ऑक्सफोर्ड ने कहा, "हमारे यहाँ श्रोता, व्याख्यान आरंभ होने के पश्चात् आते हैं और अच्छा लगे तो रुकते हैं, अन्यथा चले जाते हैं।"

स्वामी ने अपना व्याख्यान आरंभ किया; और शीघ्र ही वे आत्मलीन हो गए।

प्रो० आर्थर और प्रो० ऑक्सफोर्ड ने अपने साथियों की ओर देखा : जाने कहाँ से अनेक बंदूकें प्रकट हो गईं और अकस्मात् ही जैसे वहाँ कोई भयंकर युद्ध आरंभ हो गया। कानों को बहरा कर देने वाली गोलियाँ चलने की आवाजें आने लगीं।···काफी धूम-धड़ाका कर लेने के पश्चात् उन्होंने स्वामी की ओर देखा। स्वामी उस सबसे अविचलित अपना व्याख्यान दिए जा रहे थे।

बंदूकधारियों ने अपने सेनापतियों की ओर देखा : यह संन्यासी तो चिहुँक भी नहीं रहा! क्या करें?

प्रो० ऑक्सफोर्ड ने अपने कान को छुआ।

अगले ही क्षण जैसे गोलियों की आँधी स्वामी के कानों के पास से होकर निकल गई।

आत्मलीन स्वामी पूर्ववत् अपना व्याख्यान देते रहे, अंत तक···जैसे उनके आसपास कुछ घटित ही न हुआ हो। वे अपनी अंतश्चेतना में डूबे हुए थे, जिसकी वे उस समय चर्चा कर रहे थे। व्याख्यान समाप्त हुआ।

अपने कंधों पर अपनी बंदूकें सजाए, उन कृषक-बुद्धिजीवियों ने स्वामी को घेर लिया। स्वामी के चारों ओर वृत्त पर वृत्त बनते गए। वे वृत्त गतिमान हुए और एक प्रकार के अपरिष्कृत नृत्य में बदल गए। वे विभिन्न प्रकार के स्वर निकालकर अपनी प्रसन्नता प्रकट कर रहे थे और गा रहे थे–'ही इज़ ए राइट गुड फैलो।'

बाद में प्रो० ऑक्सफोर्ड ने बताया कि इस सारे क्रम में यदि स्वामी ने कहीं भय का तनिक-सा भी कोई लक्षण दिखाया होता तो उन लोगों ने स्वामी पर भीरु अथवा कोमल होने की मुहर लगा दी होती, जो उनकी दृष्टि में एक भयंकर कलंक था।···साथ ही उन्होंने मान लिया होता कि इंद्रियातीत ज्ञान इत्यादि एकदम बकवास हैं और भारत का यह संन्यासी अमेरिकियों को मूर्ख बनाने का प्रयत्न कर रहा है।

स्वामी जब नगर में पहुँचे, तो अत्यंत थके हुए थे। स्वागत समिति के सचिव ने उन्हें शालीनतापूर्वक ले जाकर एक छोटे-से कमरे में बैठाया, जहाँ पर्याप्त अँधेरा था। वहाँ एक ही कुर्सी पड़ी थी, जो कमजोर और खस्ता हालत में थी। शायद वह किसी के बैठने के लिए नहीं थी। किंतु स्वामी बहुत थके हुए थे, वे खड़े नहीं रह सकते थे। उस हलके अँधेरे में उन्हें वह कुर्सी दिखाई दी। वह उनके लिए वरदान थी।···वे जाकर धँसने की मुद्रा में उस पर बैठ गए। स्वामी उसमें क्या धँसे, कुर्सी ही धँस गई और पीछे की ओर पलट गई। स्वामी एक विचित्र स्थिति में थे। वे उस कुर्सी में बुरी तरह फँसे हुए थे और जमीन पर चित पड़े थे। यदि वे स्वयं को उससे मुक्त करने का प्रयत्न करते, तो न केवल अपने कपड़े गंदे कर लेते, वरन् शरीर पर घाव भी लगा लेते।

वे धैर्यपूर्वक उसी प्रकार पड़े रहे और स्वागत समिति के सचिव के आने की प्रतीक्षा करते रहे, जो उन्हें अपने साथ मंच पर ले जाने वाला था। और वे कर भी क्या सकते थे!···अंततः सचिव उस अँधेरे कमरे में प्रकट हुआ। बिना यह देखे कि स्वामी कहाँ और किस स्थिति में हैं, बोला, "स्वामी! आइए! श्रोता आपकी प्रतीक्षा कर रहे हैं।"

"वे मेरी प्रतीक्षा में हैं और मैं यहाँ एकत्राता की प्रतीक्षा कर रहा हूँ।"

"मैं आपकी बात समझा नहीं।" सचिव ने कहा।

"आपके श्रोताओं को तब तक प्रतीक्षा करनी पड़ेगी, जब तक आप स्वयं आकर इस कुर्सी को तोड़कर मुझे इस कारागार से मुक्त नहीं करते, जिसमें मैं फँसा हुआ हूँ।"

सचिव की समझ में कुछ नहीं आ रहा था। वह उस अँधेरे में टटोलता हुआ उनके निकट पहुँचा : वह उनकी क्या सहायता कर सकता था?···

स्वामी को इस स्थिति में देखकर उसके चेहरे पर हवाइयाँ उड़ने लगीं। वह उन्हें कैसे मुक्त कराएगा? इस प्रक्रिया में या तो कुर्सी टूटेगी, या स्वामी टूटेंगे। ऐसे में वह उन्हें श्रोताओं तक कैसे

ले जाएगा। स्वामी को चोट लग गई और वे रुष्ट हो गए, तो जाने व्याख्यान के लिए तैयार भी होंगे या उनकी मरहम-पट्टी के लिए उन्हें डॉक्टर के पास ले जाना पड़ेगा⋯

⋯कहीं आज का व्याख्यान निरस्त ही न करना पड़े⋯

स्वामी ने अपनी और उसकी स्थिति पर जोर का ठहाका लगाया, "मित्र! या तो कुर्सी कुछ बड़ी और पक्की बनवाओ। और यदि यही कुर्सी रखनी है तो अपने लिए कोई दुबला-पतला और हलका-फुलका वक्ता चुना करो।"

स्वामी स्टेशन पर गाड़ी से उतरे ही थे कि स्वागत समिति के सदस्य दौड़ पड़े। उनमें से प्रत्येक ने पुष्पगुच्छ देकर उनका स्वागत किया। वे लोग उन्हें दोनों ओर से घेरकर ऐसे चल रहे थे, जैसे उनके साथ चलकर स्वयं गौरवान्वित हो रहे हों। उन्हें मार्ग दिखाते हुए वे बिछे जा रहे थे।⋯

किसी यात्री का सामान ढोकर कुछ पैसे कमाने की प्रतीक्षा में स्टीफन कब से प्लेटफॉर्म पर खड़ा था। उसने यह दृश्य देखा तो उसकी आँखें फटी रह गईं। किसी यात्री की प्रतीक्षा में तो वह पिछले घंटे-भर से खड़ा था; किंतु ऐसा दृश्य देखने के लिए तो जैसे वह शताब्दियों से प्रतीक्षारत था। कैसा सौभाग्यशाली दिन था आज कि वह एक काले आदमी का इन गोरे लोगों द्वारा इतना सम्मान होते देख रहा था। ऐसा लग रहा था, जैसे वह काला इनका स्वामी था; और ये गोरे उसके दास।⋯उसे लगा कि न केवल उसका हृदय प्रसन्नता से फूल उठा है, उसमें असाधारण साहस भी भर आया है।

वह लोगों को धकियाता हुआ स्वामी के सामने आ खड़ा हुआ, "मुझे बेहद, बेहद प्रसन्नता है कि तुम्हारे रूप में हमारी अपनी जाति का एक व्यक्ति इतना बड़ा आदमी बन गया है कि ये गोरे तुम्हारे पैरों तले बिछ जाना चाहते हैं। क्या मैं अपने इतने महान् जाति भाई से हाथ मिलाने का सौभाग्य प्राप्त कर सकता हूँ?"

स्वामी ही नहीं, उनका स्वागत करने आए स्वागत समिति के सारे लोग भी समझ गए कि वह नीग्रो कुली स्वामी को नीग्रो मानकर उनके स्वागत से प्रसन्न हो रहा है।

स्वामी को उस स्थिति में से उबरने में क्षण-भर भी नहीं लगा। उन्होंने पूरे उत्साह से स्टीफन का आगे बढ़ा हुआ हाथ अपने दोनों हाथों में लेकर भींचा और बोले, "धन्यवाद मेरे भाई! धन्यवाद!"

स्टीफन को ऐसी प्रसन्नता अपने जीवन में कभी नहीं हुई थी। उसका वश चलता तो वह स्वामी का हाथ चूम लेता; किंतु स्वागत समिति के सदस्य उन्हें लेकर आगे बढ़ चुके थे।⋯पर जो हो चुका था, उतना भी उसके लिए पर्याप्त था। उसका वर्षों पुराना कोई स्वप्न पूरा हुआ था।

स्वामी के लिए यह ऐसा कोई पहला अवसर नहीं था। प्राच्य निवासी होने के कारण अमेरिकियों की दृष्टि में वे काले थे। दक्षिणी अमेरिका के कई क्षेत्रों में तो उन्हें अफरीकी ही माना जाता था। इसी संदर्भ में कई बार उनका अपमान भी किया गया था। किंतु स्वामी उन अभद्र वचनों और दृष्टियों के प्रति उदासीन ही रहते थे। यह उनका एक प्रकार का आध्यात्मिक दर्प ही था। जाति-भेद का क्या अर्थ, जबकि वे प्रत्येक जीव में अपने प्रभु को ही देखते थे। प्रत्येक मनुष्य उनका भाई था।⋯

वे लोग बाहर आकर गाड़ी में बैठ गए तो स्वागत समिति के एक सदस्य ने कुछ चकित होकर पूछा, "आपने उसे क्यों नहीं बताया कि आप नीग्रो नहीं, भारतीय हैं?"

स्वामी ने कुछ उत्तेजित होकर उत्तर दिया, "क्या मैं किसी और को नीच बताकर स्वयं को श्रेष्ठ सिद्ध करूँ? मैं ऐसा काम करने के लिए इस पृथ्वी पर नहीं आया हूँ मेरे मित्र!"

स्वामी शांत हुए तो उन्होंने इस प्रकार की अनेक घटनाएँ सुनाईं, जिसमें नीग्रो लोगों ने उन्हें अपने समाज का व्यक्ति समझकर उन पर विश्वास किया था। नीग्रो मानकर ही प्रायः उन्हें गोरे नाई की दुकान पर तिरस्कृत कर बाहर निकाल दिया जाता था। दक्षिणी अमेरिका के कई महत्त्वपूर्ण नगरों में उनको उनकी काली त्वचा के कारण होटल में स्थान देने से मना कर दिया गया था। ऐसी स्थिति में उनके व्याख्यानों के प्रबंधकों को अनेक बार वैकल्पिक व्यवस्था करनी पड़ी थी।

वे हँसे, "ऐसा भी हुआ कि रात को होटलों के जिन स्वामियों ने मुझे स्थान देने से मना कर दिया था, अगली सुबह समाचार-पत्रों में मेरे भाषणों के विषय में पढ़कर अथवा लोगों को सम्मानपूर्वक व्यवहार करते देख-सुनकर उन्हें पश्चात्ताप हुआ और वे क्षमा माँगने आए।···अमेरिका में मेरे लिए इसमें कुछ भी नया नहीं है।"

53

संध्या समय रामकृष्णानन्द उधर से निकल रहे थे तो अपने मित्र नरेन्द्र के परिवार से मिलने का लोभ संवरण नहीं कर सके। उन्हें मालूम था कि नरेन्द्र को यह प्रिय नहीं था कि गृहस्थों के समान वे लोग एक-दूसरे के परिवारों की जानकारी रखने में अपना समय नष्ट करें। वे तो स्वयं ही अपने परिवार से सारे संपर्क तोड़ चुके थे। संन्यासी या तो साधना करता है या फिर सेवा। सामाजिक झंझटों में अपना समय नष्ट नहीं करता···फिर भी रामकृष्णानन्द ने उनके कपाट का साँकल खटखटा ही दिया।

महेन्द्र ने द्वार खोला। उसने इस प्रकार अकस्मात् ही रामकृष्णानन्द को अपने सामने देखा तो कुछ अचकचा गया। सायास चेहरे पर प्रसन्नता का भाव पोतकर, एक ओर हटकर उसने मार्ग दिया, "आइए शशि दा! या स्वामी जी कहूँ?"

रामकृष्णानन्द भीतर आए, "तुमको पूरी छूट है, जो कहना चाहो, कहो। यदि मैं नरेन्द्र को नरेन्द्र कह सकता हूँ, वे मुझे शशि कह लेते हैं तो तुम भी मुझे शशि दा कह सकते हो।"

किंतु रामकृष्णानन्द से छिपा नहीं रहा कि महेन्द्र के स्वर में एक प्रकार का उपहास भी था। वे जब भी महेन्द्र से मिले हैं, उन्हें लगा है कि संन्यास अथवा संन्यासियों के प्रति उसके मन में जो भी भाव हो; किंतु अपने भाई और उनके साथियों के संन्यास के प्रति एक प्रकार की वक्रता सदा से उसके मन में रही है। जाने उन्हें ऐसा क्यों लगता है कि महेन्द्र उन लोगों के संन्यास को सम्मान नहीं दे पाता है। उसके मन में कुछ शिकायतें हैं, या फिर वह उनके संन्यास को पाखंड मानता है, जैसे वे लोग संन्यासी न हों, किसी नाटक में संन्यासी का अभिनय कर रहे हों···

"कैसे हो?"

रामकृष्णानन्द को लगा कि उनके प्रश्न मात्र से ही महेन्द्र के चेहरे का मुस्कराता कवच दरक गया है और उसके पीछे का अवसाद झाँकने लगा है।···कहीं ऐसा तो नहीं कि उनके आने से पहले घर में कोई झगड़ा चल रहा हो। महेन्द्र उन्हें तनिक भी स्वस्थ नहीं लग रहा था।

"ठीक ही हूँ।" उसने हँसने का प्रयत्न किया।

"माँ कैसी हैं?"

"कैसी होंगी? ठीक ही हैं।"

भुवनेश्वरी ने कमरे में से झाँका, "ओह शशि! तुम आए हो। अच्छा ही है कि तुम आ गए।"

"मेरी आवश्यकता थी क्या माँ? तो मुझे बुला लिया होता।"

"एक ओर माँ कहते हो और दूसरी ओर अपने मठ में जाने की मनाही कर रखी है। स्वयं आते हो तो भी परायों के समान आते हो। माँ! कैसी माँ!!"

रामकृष्णानन्द मुस्कराए, "आपकी खीज उचित ही है। किंतु क्या करूँ, संन्यास के कुछ बंधन होते हैं। और फिर ये नियम तो स्वयं नरेन्द्र के बनाए हुए हैं। मैं उनका उल्लंघन तो नहीं कर सकता न!"

"उल्लंघन करने को कौन कहता है, किंतु दुःख-सुख का समाचार तो मिलना चाहिए न! जिसे मैंने नरेन्द्र कहा था, वह अपने मन से विविदिशानन्द बनकर घूमता रहा। जब तक हमें पता चले कि विविदिशानन्द कौन है, वह विवेकानन्द बनकर विदेश चला गया। अब जब तक वह समाचार न दे, किसी को कैसे पता चल सकता है कि अमेरिका का वह विजेता विवेकानन्द मेरा ही पुत्र है।"

"क्या नरेन्द्र का कोई समाचार आया है?"

"नरेन्द्र का समाचार आता तो कलह किस बात की होती। आया है इसके कॉलेज से समाचार।"

"क्या समाचार आया है?"

"बोलता क्यों नहीं?" भुवनेश्वरी ने महेन्द्र को टोका।

"दादा! बी० ए० की परीक्षा निकट आ रही है। मेरी ओर से पढ़ाई की तैयारी पूरी है, किंतु सेशन और परीक्षा की फीस एक सौ बीस रुपए है, जो 15 जनवरी तक जमा करानी है। मैं माँ को यही बता रहा था।"

"यह तो मुझे बताकर मुक्त हो जाता है; किंतु मैं एक सौ बीस रुपए कहाँ से लाऊँ? मेरे पास तो रसोई के खर्च के लिए भी पैसे नहीं हैं। नहीं तो इसे दे देती और कहती कि इस महीने हम भोजन नहीं करेंगे। तू बी० ए० की परीक्षा में बैठ जा!"

"मैं माँ को न बताऊँ तो फिर किसको बताऊँ?" महेन्द्र भी कुछ उत्तेजित स्वर में बोला।

तो यह चल रहा था घर में—रामकृष्णानन्द ने सोचा—ऐसे में महेन्द्र का चेहरा उतरा हुआ ही होना चाहिए था।

"…किसका धर्म है संतान का पालन-पोषण करना।" महेन्द्र ने अपने मन की बात कह दी, "एक बार मेरी शिक्षा पूरी हो जाए, तो फिर मैं भी किसी काम-धंधे से लगूँ।"

"धर्म सारे माता-पिता के ही होते हैं, संतान का कोई धर्म नहीं होता?" भुवनेश्वरी ठहरे किंतु दृढ़ स्वर में बोलीं, "तेरे बराबर के लड़के पूरा का पूरा परिवार सँभालते हैं।"

"यह बात कभी दादा से भी कही थी?" महेन्द्र बोला, "वे क्यों घर छोड़कर चले गए?"

रामकृष्णानन्द सन्न रह गए…महेन्द्र यह सब सोचता है।…

"कहा था उससे भी।" भुवनेश्वरी ने कठोर स्वर में कहा, "जब तक वह घर में रहा, परिवार को सँभालने का प्रयत्न करता ही रहा। घर में खाने को नहीं होता था तो माँ से खाना माँगने नहीं आता था। वह दावत में जा रहा है, कहकर दिन-भर भूखा ही बिता देता था, ताकि तुम लोग भोजन कर सको। घर छोड़ा तो छोड़ दिया। कुछ दिया नहीं तो कुछ माँगने भी नहीं आता था।" उनका स्वर कुछ धीमा हुआ, "जाते-जाते भी कुछ प्रबंध तो वह करके ही गया है। खेतड़ी के महाराज के पैसे न आते तो हमारे पास अपने भोजन का भी प्रबंध नहीं था।"

"इस बार खेतड़ी से पैसे नहीं आए क्या?" रामकृष्णानन्द ने पूछा।

"नहीं! वहाँ से तो पैसे नियमित आ रहे हैं।" भुवनेश्वरी ने बताया, "किंतु उनको कैसे मालूम होगा कि इस बार महेन्द्र की परीक्षा की फीस भी जानी है।"

"तो उन्हें यह बताया जा सकता है।" महेन्द्र ने कहा।

"तो बता! लिख उनको पत्र! उन्होंने तुम्हें पटा लिखकर दिया है न कि तुम्हारा सारा खर्च वे उठाएँगे।"

"पटा लिखकर न दिया हो, किंतु समय पड़ने पर सहायता तो वे करते ही हैं। वे एक रियासत के राजा हैं और दादा के शिष्य हैं।…"

रामकृष्णानन्द समझ गए कि उनके आने से पहले माँ-बेटे में यही तकरार हो रही होगी, तभी तो दोनों का ही माथा गरम है।

"माँ! आप उन्हें अपना आशीर्वाद भेजते हुए अपनी आवश्यकता बता सकती हैं।" रामकृष्णानन्द ने कहा।

"संन्यास नरेन्द्र ने लिया है। वह किसी की भी भिक्षा स्वीकार कर सकता है। मैं भिक्षा नहीं माँग सकती। बुरे से बुरे दिनों में भी नहीं माँग सकी। मैं उस पुरुष की पत्नी हूँ, जो सारे नगर में 'दाता' के नाम से जाना जाता था।…अभी ऐसे दुर्दिन नहीं आए कि मुझे कटोरा थामना पड़े।"

"आप ठीक कहती हैं।" रामकृष्णानन्द उनसे सहमत हो गए, "गृहस्थ के लिए यह काम कठिन है।…पर यदि मैं उनको पत्र लिख दूँ तो आप अन्यथा तो नहीं मानेंगी।"

"तुम लिखोगे!" भुवनेश्वरी का स्वर कोमल हो गया।

"क्यों, मुझे क्या है?" रामकृष्णानन्द बोले, "मैं तो हूँ ही भिखारी।"

भुवनेश्वरी के मुख पर मुस्कान आ गई, "मुझे बताया गया था कि तुम मठ में तपस्या करने वाले अपने गुरुभाइयों के भोजन का प्रबंध करने के लिए कमंडल लेकर भिक्षाटन के लिए निकल पड़ते थे। मठ के लिए तुम माता अन्नपूर्णा हो।"

"संसार में सब कुछ माता अन्नपूर्णा का ही है माँ! जो भी लेगा, उसी के भंडार में से लेगा। माँ के भंडार से लेकर उसकी संतान के मुख में डालने में कैसा संकोच!" रामकृष्णानन्द उठ खड़े हुए, "आप चिंता न करें माँ! जगदंबा सारा प्रबंध कर देंगी।"

भुवनेश्वरी का स्वर पहली बार सहज प्रसन्न हुआ, "चाय पीकर जाओ शशि! जैसी भी हूँ, मैं भी माँ हूँ। माँ के पास आकर सुच्चे मुँह चला जाएगा, यह मुझे अच्छा नहीं लगेगा।"

"जैसी तुम्हारी इच्छा माँ!" रामकृष्णानन्द पुनः बैठ गए, "वैसे मैं भूल ही गया था कि मैं कुछ समाचार-पत्र लाया था।…"

"कबाड़ी से?" भुवनेश्वरी ने पूछा, "संन्यासी तो समाचार-पत्रों के लिए पैसे जुटा नहीं सकता और फिर तुम्हारे गुरु तो समाचार-पत्रों को पसंद नहीं करते थे।"

"वे समाचार-पत्रों का विरोध करते थे, क्योंकि वे सांसारिकता के प्रतीक थे। मैं वे समाचार-पत्र लाया हूँ, जिनमें हमारे नरेन्द्र की चर्चा है। विदेशी समाचारों में हमारे गुरुभाई की किस रूप में प्रशंसा है, सुनो!"

भुवनेश्वरी ने घर के भीतर से भूपेन्द्र को भी बुला लिया, "सुन रे! अपने दादा की प्रशंसा सुन!"

"न्यूयॉर्क क्रिटिक नामक पत्र ने लिखा है, But eloquent as were many brief speeches, nó one expressed as well the spirit of the parliament and its limitations as the Hindu monk. I copy his address in full, but I can only suggest its effect on the audience, for he is an orator by divine right, and his strong intelligent face in its picturesque setting of yellow and orange was hardly less interesting than these earnest words and the rich rhythmical utterances he gave them.

"His culture, his eloquence and his fascinating personality have given us a new idea of Hindu Civilisation. His fine intelligent face and his deep musical voice prepossesing one atonce in his favour, has preeched in clubs and churches untill his faith has become familiar to us. He speaks without notes, presenting facts and his conclusion with great art, the most convincing sincere and rising often to rich inspiring eloquence."

रामकृष्णानन्द ने रुककर उनकी ओर देखा और अपनी ही प्रसन्नता में बोले, "और देखिए हेराल्ड ने लिखा है : Vivekananda is undoubtedly the greatest figure in the Parliament of religion . After hearing him we feel how foolish it is to send missionaries to this learned nation ."

"अपने ऐसे पुत्र को मैं घर में बाँधकर रखती तो भारतमाता का माथा आज इतना ऊँचा कैसे होता?"

रामकृष्णानन्द उठे तो महेन्द्र कुछ विचलित होकर बोला, "तो आप खेतड़ी पत्र लिखेंगे न दादा?"

"लिखूँगा क्या! लाओ, कागज और लेखनी। यहीं बैठकर तुम्हारे सामने लिख देता हूँ।"

"नहीं। ऐसी तो कोई बात नहीं है। आप अपनी सुविधा से लिखें।"

"ठीक है। कल अवश्य लिख दूँगा।"

और अगले दिन रामकृष्णानन्द ने लिखा :

कलकत्ता, 24 दिसंबर, 1893

आदरणीय मुंशी जगमोहनलाल जी,

मैं कल संध्या समय महेन्द्रनाथ दत्त से मिला था। वह अपनी माता और भाई के साथ सकुशल है। उसने बी० ए० की परीक्षा की तैयारी कर ली है। किंतु उसकी कठिनाई यह है कि कॉलेज के इस सत्र और परीक्षा की फीस मिलाकर उसे कॉलेज में एक सौ पच्चीस रुपए जमा कराने हैं। यदि पंद्रह जनवरी, 1894 तक फीस जमा नहीं कराई जाती तो उसका नाम काट दिया जाएगा। महाराज स्वामी जी के परिवार का पूरा ध्यान रख रहे हैं। यदि तत्काल यह सहायता भी भेज दी जाती है तो यहाँ सारी चिंताएँ दूर हो जाएँगी।

आपका
रामकृष्णानन्द[1]

---

1. मूल पत्र अंग्रेजी में है :

I saw Mahendranath last evening. He is now well with his mother, younger brother and co. He has prepared for his B.A. examination; but he is put to difficulty for his colleges' session and examination fees, which amounts to Rs. 125.00 and also for the charges of family expenses. And moreover if the fees are not paid up by the 15th of January 1894, at the latest, his name will be struck off the roll. When his Highness takes keen interest in his Swamiji's family, immediate help may come, when all fears and cares will be orer.

Yours' Faithfully
Ramakrishnananda

54

स्वामी को मद्रास से अपने शिष्यों के पत्र मिले थे और उनके मन में अनेक योजनाएँ अँगड़ाइयाँ लेने लगी थीं। मद्रास में यह समाचार भी पहुँच गया था कि अमेरिका में स्वामी का विरोध हो रहा है। उस विरोध का स्वरूप और आकार समझाना भी आवश्यक था; और उन लोगों को आश्वस्त भी करना था कि स्वामी किसी गंभीर संकट में नहीं हैं।

उन्होंने पत्र लिखा :

द्वारा, जॉर्ज डब्ल्यू० हेल,
541, डियरबोर्न एवेन्यू, शिकागो
24 जनवरी, 1894

प्रिय मित्रो,

मुझे तुम्हारे पत्र मिले। यह जानकर आश्चर्य हुआ कि मेरे संबंध में इतनी अधिक बातें भारत पहुँच रही हैं। 'इंटीरियर' पत्रिका द्वारा मेरी आलोचना–निंदा–का तुमने उल्लेख किया है। वह सभी अमेरिकियों का मत नहीं है। यह पत्रिका बहुप्रचारित भी नहीं है। यहाँ के लोग इसे अति रूढ़िवादी प्रेस्बिटेरियन लोगों की पत्रिका कहते हैं। यह बहुत ही कट्टर संप्रदाय है। किंतु ये सारे लोग दुर्जन भी नहीं हैं। किसी बहुपरिचित नाम को अपमानित कर अपना प्रचार करना ही इस पत्रिका की नीति है। सामान्य अमेरिकी और बहुत-से पादरी मेरा पर्याप्त सम्मान करते हैं। वे लोग समझते हैं कि किसी सम्मानित व्यक्ति को गाली देकर अपना प्रचार करना–पत्रकारों की नीति है। उससे थोड़ा वावेला मचता है। हो-हल्ला होता है। चर्चा होती है। चार लोग बात करते हैं।···अतः सामान्य अमेरिकी इसे पत्रकारों के चोंचले मानकर बहुत महत्त्व भी नहीं देता।···किंतु भारत के पादरी मेरी इस निंदा का लाभ उठाकर अवश्य ही मुझे कलंकित करने का प्रयत्न करेंगे। यदि वे ऐसा करते दिखाई दें, तो उनसे कहना, 'हे यहूदी, याद रख, तुझ पर ईश्वर का न्याय घोषित हुआ है।' उन लोगों के प्राचीन भवन की नींव भी ढह रही है। वे पागलों के समान कितना भी चिल्लाएँ, उनका नाश अवश्यंभावी है। मुझे उन पर दया आती है। अब भारत और अमेरिका दो पृथक् संसार नहीं हैं कि सूचनाओं का आवागमन ही न होता हो। अब मिथ्या प्रवाद फैलाकर, यहाँ के लोगों से पैसा ऐंठकर, इन पादरियों का भारत में जाकर जीवन का सुख भोगना उतना सरल नहीं रह गया है।···एक बात और, इनके प्रधान पादरियों में से कोई भी मेरा विरोधी नहीं है। जो भी हो, जब तालाब में उतरा हूँ तो अच्छी तरह स्नान करूँगा ही।

धर्मसंसद में हिंदू धर्म के विषय में जो संक्षिप्त विवरण मैंने पढ़ा था, उसका कुछ अंश (एक समाचार-पत्र की कतरन के रूप में) भेज रहा हूँ। मेरे अधिकांश भाषण स्वतःस्फूर्त ही होते हैं। आशा है कि इस देश से विदा होने से पहले उन्हें पुस्तकाकार तैयार कर सकूँगा।

मुझे भारत से किसी प्रकार की सहायता की आवश्यकता नहीं है। अब यहाँ मुझे किसी प्रकार का कोई अभाव नहीं है। तुम लोगों के पास जो धन है, उससे इस संक्षिप्त भाषण का मुद्रण कर उसे प्रसारित करो। विभिन्न भाषाओं में इसका अनुवाद करवाकर इसे चारों ओर वितरित कर दो। इससे हमारे देश के मानस पर हमारी कार्यप्रणाली और हमारा उद्देश्य अंकित होंगे। साथ ही एक मुख्य विद्यालय और चारों दिशाओं में उसकी शाखाओं की स्थापना की बात मत भूलना। सहायता लाभ

के लिए मैं यहाँ प्राणपण से प्रयत्न कर रहा हूँ। तुम लोग भी वहाँ प्रयत्न करो। दृढ़तापूर्वक कार्य करो।

किडी का पत्र मिला। जातिभेद रहेगा या जाएगा—इस प्रश्न में मेरी अधिक रुचि नहीं है। मेरा विचार है कि भारत तथा शेष संसार में, मनुष्य जाति में जिन उदार भावों का विकास हुआ है, उनकी शिक्षा निर्धन से निर्धन और तुच्छ से तुच्छ व्यक्ति को दी जाए; और फिर उन्हें स्वयं विचार करने का अवसर दिया जाए। महत्त्वपूर्ण है—विचार और कार्य की स्वतंत्रता। वही जीवन, उन्नति और कुशल-क्षेम का एकमात्र साधन है। स्वतंत्रता के अभाव में व्यक्ति, जाति तथा राष्ट्र की अवनति निश्चित है। जो व्यक्ति समाज, जाति, संप्रदाय अथवा राष्ट्र किसी व्यक्ति के स्वतंत्र विचार या कर्म में बाधा डालते हैं—वे राक्षसी हैं और उनका विनाश अवश्यंभावी है। किंतु स्मरण रहे कि वह स्वतंत्रता किसी को हानि पहुँचाने वाली नहीं होनी चाहिए।

जीवन में मेरी सर्वोच्च अभिलाषा यह है कि एक ऐसा चक्र प्रवर्तन कर दूँ, जो उच्च एवं श्रेष्ठ विचारों को सबके द्वार पर पहुँचा दे। फिर स्त्री हो या पुरुष—उसे अपने भाग्य का निर्णय स्वयं करने दो। हमारे पूर्वजों तथा अन्य देशों ने जीवन के महत्त्वपूर्ण प्रश्नों पर क्या विचार किया है—यह सर्वसाधारण को जानने दो। उन्हें यह देखने दो कि अन्य लोग क्या कर रहे हैं, फिर उन्हें अपना निर्णय करने दो। रासायनिक द्रव्य इकट्ठे कर दो और उन्हें प्रकृति के नियमानुसार अपना आकार धारण करने दो।

अमेरिकी महिलाओं के विषय में मेरी धारणा है कि वे मेरी परम हितैषिणी हैं। केवल शिकागो में ही नहीं, संपूर्ण अमेरिका में। उनकी सहानुभूति के संदर्भ में मैं अपनी कृतज्ञता व्यक्त करने में असमर्थ हूँ। प्रभु उन्हें आशीर्वाद दें। इस देश में महिलाएँ अपनी राष्ट्रीय संस्कृति की प्रतिनिधि हैं। पुरुष अपने कार्यों में इतने व्यस्त हैं कि अपने परिष्कार के लिए भी उनके पास समय नहीं है। इस देश में प्रत्येक बड़े आंदोलन की प्राण, यहाँ की महिलाएँ हैं।

परिश्रम करो, अटल रहो और भगवान् पर श्रद्धा रखो। काम आरंभ कर दो। मैं भी शीघ्र ही आ जाऊँगा। 'धर्म को बिना हानि पहुँचाए जनता की उन्नति' को अपना नीति वाक्य बना लो। स्मरण रखो कि हमारा राष्ट्र झोंपड़ियों में बसता है। खेद है कि उन लोगों के लिए कभी किसी ने कुछ नहीं किया। हमारे आधुनिक सुधारक विधवाओं का विवाह करवाने में लगे हुए हैं। निश्चय ही मुझे प्रत्येक सुधार से सहानुभूति है; किंतु राष्ट्र की भावी उन्नति विधवाओं को पति मिलने पर निर्भर नहीं, वरन् जनता की अवस्था पर निर्भर है। क्या तुम जनता की उन्नति कर सकते हो? बिना उनकी स्वाभाविक आध्यात्मिक वृत्ति को नष्ट किए, क्या उनको उनका खोया हुआ व्यक्तित्व वापस कर सकते हो? क्या अभिन्नता, स्वतंत्रता, कार्य-कौशल और पौरुष में तुम पश्चिमी देशों के भी गुरु बन सकते हो? क्या उसी के साथ-साथ धर्म विश्वास और स्वाभाविक धार्मिक वृत्ति में हिंदुओं की परम मर्यादा पर जमे रह सकते हो? यह हमारा काम है और हम इसे करेंगे ही। तुम सबने इसी के लिए जन्म लिया है। अपने आप में विश्वास रखो। दृढ़ विश्वास से ही बड़े-बड़े कर्मों की उत्पत्ति होती है। सदा आगे बढ़ो। मरते दम तक निर्धनों, दलितों के प्रति सहानुभूति रखना, यही हमारा आदर्श वाक्य है। वीर युवको! आगे बढ़ो!

शुभाकांक्षी
विवेकानन्द

55

स्वामी को सप्ताह में बारह-बारह, चौदह-चौदह और कभी इससे भी अधिक व्याख्यान देने पड़ रहे थे। शारीरिक और मानसिक परिश्रम बहुत अधिक होने के कारण वे स्वयं को प्रायः थका-सा अनुभव करते थे।···दूसरी ओर लग रहा था कि व्याख्यानों के सब विषय समाप्त होते जा रहे थे। नया बोलने के लिए उनके पास कुछ भी नहीं था। विषय समाप्त हो जाएँगे, तो वे क्या करेंगे? कल जब श्रोताओं के सामने खड़े होंगे, तो उनसे नया क्या कहेंगे? मस्तिष्क में कोई नया विचार, नया भाव ही नहीं उठेगा, तो?···मन चिंतित ही नहीं, उद्विग्न भी हो उठा था।

स्वामी व्याख्यान देकर अपने कमरे में लौटे थे। मन में निरंतर चिंता बनी हुई थी।···बस, अब सब कुछ कह दिया। अब क्या उपाय हो? व्याख्यान का काम बंद कर दें? लैक्चर ब्यूरो से क्या कहें? वे लोग उन्हें मुक्त कर देंगे क्या? यदि कोई कानूनी अड़चन आ गई तो स्वामी क्या करेंगे?

···क्लांति इतनी थी कि नींद भी नहीं आ रही थी···एक विचित्र प्रकार की तंद्रा ने उन्हें जकड़ रखा था। उस अर्द्धनिद्रित अवस्था में स्वामी को लगा कि कोई उनके सिरहाने खड़ा व्याख्यान दे रहा है। व्याख्यान सर्वथा नए विषय पर था और उसमें कितनी ही नई बातों पर मौलिक ढंग से विचार किया गया था। कितने ही नए भाव और नई बातें थीं···यह सब तो इस जन्म में उन्होंने कभी सुना ही नहीं था···कभी स्वप्न में भी ये बातें उनके ध्यान में नहीं आई थीं।···कौन बोल रहा था यह सब? उन्होंने मुड़कर देखना चाहा, किंतु शरीर उनकी आज्ञा नहीं मान रहा था। वे न केवल मुड़ नहीं सकते थे, हिलना भी उनके वश का नहीं था। लगता था, केवल एक ही इंद्रिय काम कर रही थी—श्रवणेंद्रिय! लगता था, वहाँ कोई व्यक्ति था ही नहीं। बस, एक स्वर था, जो बोलता जा रहा था···

प्रातः जब वे सोकर उठे, तो वह व्याख्यान उनकी चेतना में एकदम जीवंत था—वे विषय, वे तर्क, वह शैली—सब कुछ। निश्चित रूप से उन्होंने कोई स्वप्न नहीं देखा था। किंतु वह व्याख्यान अवश्य सुना था। न वह यथार्थ था, न स्वप्न···किंतु वह व्याख्यान उन्होंने सुना था। कैसे?

उसके पश्चात् उन्होंने अपनी अर्द्धसुषुप्ति और अर्द्धजाग्रतावस्था में···अपनी तंद्रा में, अपनी चेतना के किसी अज्ञात लोक में···ऐसे व्याख्यान उन्होंने कितनी ही बार सुने। कभी-कभी तो व्याख्यान का स्वर इतना ऊँचा होता था कि दूसरे कमरों में ठहरे हुए अन्य लोगों को भी सुनाई पड़ने लगता था। इसका पता स्वामी को तब लगा, जब प्रातः साथ के कमरे में ठहरे व्यक्ति ने उनसे पूछा, "स्वामी! कल रात आप किससे वार्तालाप कर रहे थे?"

"अपनी आत्मा से।" वे हँस पड़े।

वह व्यक्ति भी हँस पड़ा, "आप अधिक जोर से बोलते हैं या आपकी आत्मा?"

"जिसका जोर चल जाए।" स्वामी ने वार्तालाप किसी और दिशा में मोड़ दिया।

इस प्रकार के प्रश्नों को स्वामी किसी न किसी प्रकार टाल जाते थे। कभी वाक्चातुर्य से, कभी विषय परिवर्तन से, कभी उसे निजी मामला बताकर···बताते भी क्या! ऐसी घटनाओं को स्पष्ट करना सरल तो था नहीं।

किंतु ऐसी अद्भुत घटनाओं पर वे स्वयं चकित नहीं हुए थे। वे इसे मस्तिष्क की व्यापक क्षमता का ही एक रूप मानते थे। वे इसे मस्तिष्क का स्वतंत्र और स्वतःचालित कर्म कहते थे।···वे मानते थे कि यदि मस्तिष्क में विचारों के कुछ बीज डाल दिए जाएँ, तो मस्तिष्क स्वाभाविक रूप से उनका

विस्तार करने लगता है। सर्जनात्मक क्षमता उसकी सहायता करती है, ताकि उन विचारों को उत्कृष्टता और पूर्णता से कहा और लिखा जाए। शायद यह वह चरम स्थिति है, जिसमें मस्तिष्क स्वयं अपना गुरु बन जाता है।...स्वामी का विश्वास था कि उपनिषद् की रचना के समय पुरातन ऋषियों को इसी प्रकार का अनुभव होता था।

इन्हीं दिनों स्वामी ने अपने भीतर असाधारण योग शक्ति स्वतः प्रस्फुटित होती देखी। यदि वे चाहते तो किसी को भी अपने स्पर्श मात्र से पूरी तरह बदल सकते थे। बहुत दूर किसी अन्य स्थान पर घटित होती घटनाओं को वे स्पष्ट रूप से देख सकते थे। अनेक अवसरों पर जिज्ञासुओं ने बिना पूछे ही स्वामी से अपने प्रश्नों के उत्तर पाए। स्वामी किसी व्यक्ति के भूतकाल को देख सकते थे और एक ही दृष्टि में उसके मन के विचारों को पढ़ सकते थे।...मनुष्य की आँखों से उसके मन के सब भावों को जान जाते थे। किसी के मन में कोई कैसी भी जटिल बात क्यों न हो, वह सब उनके सामने हस्तामलकवत् प्रत्यक्ष हो जाती थी। प्रायः ऐसी बातें वे बताते नहीं थे। किंतु किसी कारणवश जब कभी किसी को बता दिया, वह या तो उनका शिष्य बन गया, या फिर अपने मन के कलुष को इस प्रकार प्रकट होते देख, वह फिर कभी उनके सामने नहीं पड़ा।

56

वापस शिकागो पहुँचने पर स्वामी को दीवान जी साहब का एक पत्र मिला। स्वामी को आश्चर्य हुआ कि दीवान जी साहब कलकत्ता में उनके घर गए थे, ताकि वे अपने प्रिय स्वामी के परिवार का परिचय प्राप्त कर सकें। वे उनके परिवार से मिलकर बहुत प्रभावित हुए थे। उनकी आर्थिक स्थिति को देखकर दीवान जी का मन विगलित हो उठा था और उन्होंने स्वामी को लिखा था कि क्या स्वामी का दायित्व नहीं था कि वे समाज में रहकर धनोपार्जन कर अपनी माता और भाइयों का पालन-पोषण करते? ऐसे योग्य पुरुष की माँ आर्थिक तंगी में रहे, इसे कोई कैसे स्वीकार कर सकता है?

स्वामी को प्रसन्नता हो रही थी कि दीवान जी उनकी दुःखिनी माँ एवं भाइयों से मिलने गए थे, उनका समाचार भेज रहे थे।...पर दीवान जी ने उनके हृदय के कोमलतम तंतु का स्पर्श किया था। वे दीवान जी को कैसे समझाते कि वे कोई पाषाण हृदय पशु नहीं थे। यदि सारे संसार में वे किसी से प्रेम करते थे, तो अपनी माता से। फिर भी उनका दृढ़ विश्वास था कि यदि वे संसार का त्याग न करते, तो जिस महान् आदर्श का, उनके गुरुदेव श्रीरामकृष्ण परमहंस देव, उपदेश करने आए थे, उसका प्रकाश न होता; और वे नवयुवक कहाँ होते, जो आज के भौतिकवाद और भोगविलास की उत्ताल तरंगों को परकोटे के समान रोक रहे थे? उन्होंने भारत का बहुत कल्याण किया है—विशेषतः बंगाल का, और अभी तो काम आरंभ ही हुआ है। परमात्मा की कृपा से ये लोग ऐसा काम करेंगे, जिससे जगत् युग-युग तक इनको आशीर्वाद देगा।...इसीलिए एक ओर था भारत एवं संसार के धर्मों के विषय में स्वामी का कल्पित स्वप्न, और उन लाखों नर-नारियों के प्रति उनका प्रेम, जो युगों से डूबते जा रहे हैं, और कोई उनकी सहायता करने वाला नहीं है—यही नहीं, उनकी ओर तो कोई ध्यान भी नहीं देता है।...और दूसरी ओर था, उनके अपने परिवारजनों और प्रियजनों का कष्ट। स्वामी ने पहला पक्ष चुना था, 'शेष सब प्रभु करेंगे।' यदि उन्हें किसी बात का विश्वास है, तो वह यह कि

प्रभु उनके साथ हैं। जब तक वे निष्कपट हैं, तब तक उनका विरोध कोई नहीं कर सकता, क्योंकि प्रभु ही निष्कपट लोगों के सहायक हैं। भारत में अनेकानेक ऐसे व्यक्ति थे जो स्वामी को समझ नहीं सके, और वे बेचारे समझते भी कैसे, क्योंकि खाने-पीने की दैनिक क्रिया को छोड़कर उनका ध्यान कभी आगे बढ़ा ही नहीं।...दीवान जी जैसे ही कोई-कोई उदार हृदय वाले मनुष्य उनका मान करते हैं–यह स्वामी भली प्रकार जानते और समझते हैं। भगवान् दीवान जी का भला करें।...परंतु मान हो या अपमान, स्वामी ने तो इन नवयुवकों का संगठन करने के लिए ही जन्म लिया है। ये ही क्या, प्रत्येक नगर में सैकड़ों युवक उनके साथ चलने को तैयार खड़े थे; और स्वामी चाहते थे कि उन्हें अबाध्य गतिशील तरंगों के समान, वे भारत में सब ओर भेज दें। जो लोग दीन-हीन एवं पद-दलित हैं, उनके द्वार पर सुख, स्वच्छंदता, नीति, धर्म एवं शिक्षा पहुँचे।...और यह काम स्वामी अवश्य करेंगे या मरेंगे।

भारतीय समाज में आज न चिंतन है, न गुणग्राहकता। एक सहस्र वर्ष के दासत्व का स्वाभाविक परिणाम है–भीषण ईर्ष्या और संदेहशील प्रकृति। इन दुर्गुणों से ग्रस्त समाज प्रत्येक नए विचार का वैरभाव से विरोध ही कर सकता है; और वही भारतीय समाज कर रहा है।...किंतु स्वामी का मन कहता है–ईश्वर महान् है। वही स्वामी है। उसी के नियम हैं। वही नियंत्रक है। तो इस देश का अनिष्ट कैसे हो सकता है!

दीवान जी ने अपने पत्र में मठ में होने वाली आरती की भी चर्चा की थी। स्वामी के गुरुभाइयों द्वारा भगवान् के रूप में अपने गुरु की पूजा भी उन्हें कुछ आपत्तिजनक लगी थी।...पर क्या दीवान जी नहीं जानते कि भारत के प्रायः सभी मठों में आरती प्रचलित है। और वेदों में प्रथम धर्म माना गया है–गुरु की पूजा। इसमें गुण और दोष दोनों ही पक्ष देखने में आते हैं,...परंतु दीवान जी का ध्यान इस ओर जाना चाहिए कि स्वामी के गुरुभाइयों का एक अनुपम संघ है। उनमें से किसी को भी अधिकार नहीं है कि वह अपने धार्मिक भाव का दूसरों पर बलपूर्वक आरोपण करे।...हममें से बहुत-से लोग मूर्तिपूजा में विश्वास नहीं करते, किंतु उनको दूसरों के द्वारा की जाने वाली मूर्तिपूजा का खंडन करने का कोई अधिकार नहीं है। ऐसा करने से हमारे धर्म का मुख्य सिद्धांत टूटता है। फिर ईश्वर भी मनुष्य के रूप में और मनुष्य के द्वारा ही जाना जा सकता है। प्रकाश का स्फुरण सब स्थानों पर होता है–अँधेरे से अँधेरे कोने में भी–परंतु वह दीपक के रूप में ही मनुष्य के सामने प्रत्यक्ष रूप में दिखाई पड़ता है।...इसी प्रकार यदि ईश्वर सर्वत्र है; परंतु हम उसे एक विराट् मनुष्य के रूप में ही देख सकते हैं। ईश्वर के लिए जितने विचार हैं–दयालु, पालक, सहायक, रक्षक–ये सब मानवीय भावात्मक विचार हैं। और साथ ही ये सब विचार किसी मनुष्य में ही गुँथे हुए मिलेंगे। चाहे उसे गुरु मानिए, चाहे ईश्वरीय दूत या अवतार। मनुष्य अपनी प्रकृति से बाहर नहीं जा सकता। जैसे आप अपने शरीर में से बाहर नहीं कूद सकते। यदि कुछ लोग अपने गुरु की उपासना करें, तो उसमें क्या हानि है, विशेष रूप से जबकि वह गुरु सब ऐतिहासिक ईश्वरीय दूतों का सम्मिश्रण करने पर भी, उनसे सौ बार अधिक पवित्र हो। यदि ईसा मसीह, कृष्ण और बुद्ध की पूजा करने में कोई हानि नहीं है, तो उस मनुष्य की–श्रीरामकृष्ण परमहंस देव की–पूजा करने में क्या हानि हो सकती है, जिसके विचार या कर्म को अपवित्रता छू तक नहीं गई है। जिसकी बुद्धि अंतर्ज्ञान द्वारा सारे ईश्वरीय दूतों से–जो कि एकपक्षवादी हैं–कहीं अधिक बढ़ी-चढ़ी है? दर्शन, विज्ञान या अन्य किसी भी विद्या की थोड़ी भी सहायता न लेकर इसी महापुरुष ने जगत् के इतिहास में सर्वप्रथम सत्य संबंधी इस तथ्य

का प्रचार किया कि सभी धर्म सत्य हैं; और यही सत्य वर्तमान समय में संसार में सर्वत्र प्रतिष्ठित हो रहा है।

स्वामी के गुरुभाइयों में से किसी ने भी दीवान जी से यह नहीं कहा होगा कि वे गुरुपूजा अवश्य करें। नहीं! नहीं! नहीं! हमें यह भी अधिकार नहीं है कि हम किसी दूसरे को पूजा से रोकें। क्यों? क्योंकि ऐसा करने से इस अद्वितीय समाज का—जिसकी संसार में कोई उपमा नहीं है—पतन हो जाएगा। दस मत और दस विचार के दस मनुष्य मेल से रह रहे हैं।...

'थोड़ा धैर्य रखिए दीवान जी साहब!' स्वामी ने मन ही मन दीवान जी को संबोधित किया, 'ईश्वर दयालु और महान् है। अभी आप बहुत कुछ देखेंगे।...हम सारे धर्मों को न केवल सहन करते हैं, उन्हें स्वीकार भी करते हैं और प्रभु की सहायता से सारे संसार में इसका प्रचार करने का प्रयत्न कर रहे हैं।'

प्रत्येक मनुष्य तथा प्रत्येक राष्ट्र को महान् बनाने के लिए तीन बातें आवश्यक हैं...स्वामी सोच रहे थे...1. सौजन्य की शक्ति में विश्वास। 2. ईर्ष्या और संदेह का अभाव। 3. जो धर्मपथ पर चलने में और सत् कर्म करने में संलग्न हो, उसकी सहायता करना।...क्या कारण है कि हिंदू राष्ट्र अपनी अद्भुत बुद्धि तथा अन्य गुणों के रहते हुए भी खंड-खंड हो गया? ईर्ष्या के कारण! शायद ही कभी कहीं कोई जाति परस्पर क्षुद्र भाव से ईर्ष्या करने वाली, या एक-दूसरे के सुयश से ऐसी डाह करने वाली हुई हो, जैसी कि यह दुर्भाग्यमंडित हिंदू जाति है। कौन नहीं जानता कि पश्चिमी देशों में इसका सर्वथा अभाव है।

भारत में तीन मनुष्य एक साथ मिलकर पाँच मिनट के लिए भी कोई काम नहीं कर सकते। प्रत्येक मनुष्य अधिकार प्राप्त करने के लिए प्रयास करता है और अंत में पूरे संगठन की दुर्दशा हो जाती है। भगवान्! भगवान्! कब हम ईर्ष्या करना छोड़ेंगे? ऐसे राष्ट्र में विशेषतः बंगाल में एक ऐसे दल का निर्माण करना, जो परस्पर मतभेद रखते हुए भी अटल प्रेम के सूत्र में बँधा हो—क्या यह आश्चर्यजनक बात नहीं है? यह संघ क्रमशः बढ़ता रहेगा। यह अद्भुत उदारता अविरुद्ध गति से सारे भारतवर्ष में फैल जाएगी एवं घोर अज्ञान, द्वेष, जातिभेद, पुराने अंधविश्वास और ईर्ष्या—जो इस दासों के राष्ट्र की पैतृक संपत्ति है—इनके होते हुए भी यह उदार भाव इस राष्ट्र में संजीवनी शक्ति का संचार करेगा।...

57

पादरी ह्यूम ने 'डिट्रायट फ्री प्रेस' का 11 फरवरी, 1894 का अंक पढ़ा। उसकी दृष्टि स्वामी संबंधी एक टिप्पणी पर अटक गई :

'धर्मसंसद से अब तक स्वामी ने विभिन्न नगरों और महानगरों में असंख्य श्रोताओं के सामने व्याख्यान दिए हैं। उन श्रोताओं के मन में स्वामी के प्रति प्रशंसा का भाव है। स्वामी के व्यक्तित्व का आकर्षण उनमें उत्साह जगाता है। और ऐसा लगता है कि वे जिस किसी विषय को लेते हैं—वह प्रकाशित ही नहीं, जीवंत हो उठता है। स्वामी के ही समान अनेक महान् प्रश्नों के उत्तर पृथ्वी के दूसरे सिरे से आए हैं और अमेरिकियों को आंदोलित कर देने वाले हैं। जब यह साँवला काले बालों

वाला संभ्रांत गौरवशाली व्यक्ति अपने पीले लबादे में उठकर उन्हीं की भाषा में शुद्ध, असाधारण और प्रवाहपूर्ण भाषण देता है, तो स्वामी के श्रोता चकित रह जाते हैं।…'

पादरी की दृष्टि शून्य को घूरने लगी, जैसे उसे निगल जाएगी। उन आँखों में घृणा घनीभूत होने लगी; और उसके पश्चात् जैसे वह पागल हो गया। उसने पागलपन के दौरे में समाचार-पत्र को उठाकर भूमि पर पटक दिया।

उसका चेहरा काला पड़ता गया। उसके जबड़े भिंच गए और उसकी आँखों में घृणा जैसे सजीव हो उठी। उसका चेहरा इतना विकृत हो गया कि देखने वाले को भय लगने लगे। वह अपने पैरों से समाचार-पत्र को कुचलता हुआ घर से बाहर चला गया।

12 फरवरी, 1894 को प्रातः एक बजे डिट्रायट के रेलवे स्टेशन पर हिमपात हो रहा था। श्रमिक बेलचों से रेल की पटरी पर से बर्फ हटा रहे थे, तभी गाड़ी आई। उसके आगे दो इंजन लगे हुए थे।

पॉल एफ० बागले प्लेटफॉर्म पर खड़ा प्रतीक्षा कर रहा था। एक डिब्बे में से स्वामी उतरे। उनका भगवा वस्त्र उनको पहचान लेने के लिए पर्याप्त था। पॉल बागले उनके स्वागत के लिए आगे बढ़ा। उन्होंने हाथ मिलाए।

"आपको कष्ट तो बहुत हुआ होगा। गाड़ी सात घंटे विलंब से पहुँची है।"

"नहीं! कष्ट क्या होना था। रास्ते-भर हिमपात होता रहा। बर्फ हटाई जाती रही और दो-दो इंजन गाड़ी को खींचते रहे।" स्वामी बोले, "मेरे लिए यह सब नया था, अतः रुचि से देखता रहा।"

"आइए चलें!" पॉल ने कहा, "माँ तो सो गई हैं, हाँ! मेरी बहनें आपके स्वागत के लिए जाग रही होंगी।"

"इस समय? प्रातः का एक बज गया है।"

"हाँ! वे सारी रात जागने का व्रत लिए बैठी हैं।"

श्रीमती जॉन जे० बागले के घर में भव्य भोज का-सा परिवेश था। महिलाएँ और पुरुष अपने सर्वश्रेष्ठ वस्त्रों में सज-धजकर आए थे—बिशप, पादरी, रब्बी, प्रोफेसर, मेयर तथा उसकी पत्नी…। डिट्रायट के तीन सौ महत्त्वपूर्ण लोग उपस्थित थे। कमरे की छत बहुत ऊँची थी। गैस से जलने वाले फानूस, रंगीन गोलों और क्रिस्टल के पेंडेंट से कक्ष सजा हुआ था।

"कितना विचित्र है न कि हमने एक विदेशी अधर्मी को धार्मिक विषयों पर बोलने के लिए डिट्रायट बुलाया है।" एक महिला अपनी सखी से कह रही थी।

"वह जब से इस देश में आया है, कितने ही ईसाइयों को हिंदू बना चुका है।" सखी ने कहा।

"शिकागो के 'प्रेस्बिटेरियन पत्र' के संपादक ने लिखा है कि जब तक धर्मसंसद चल रही थी, विवेकानन्द हमारा अतिथि था। किंतु अब संसद समाप्त हो चुकी है। अब हमें पूरे जोश और रोष से उस पर और उसके मिथ्या सिद्धांतों पर आक्रमण करना चाहिए।" एक पुरुष ने कहा।

पादरी निन्दे और श्रीमती बागले के साथ स्वामी ने कक्ष में प्रवेश किया। लोगों ने तालियाँ बजाकर उनका स्वागत किया।

सबसे पहले एक पत्रकार लपककर सामने आया, "क्या आपके देश में धर्मांतरण का प्रयत्न नहीं किया जाता?"

"हम ईसाई पादरियों के समान कभी भी धर्म-प्रचार नहीं करते। हम अपने धार्मिक सिद्धांत किसी दूसरे धर्मावलंबी पर आरोपित करने का प्रयत्न नहीं करते।" स्वामी ने कहा।

निन्दे ने पत्रकार को रोक दिया, "अभी कुछ प्रतीक्षा करो मेरे पुत्र! तुम्हें भी प्रश्न पूछने का अवसर दिया जाएगा।"

श्रीमती बागले निन्दे और स्वामी को लेकर मंच पर आ गईं।

"मित्रो! अपने इस भारतीय मित्र स्वामी विवेकानन्द को आपके सम्मुख प्रस्तुत करते हुए मुझे प्रसन्नता हो रही है।" निन्दे ने उच्च स्वर में कहा, "शिकागो में हुई धर्मसंसद में दिए गए इनके भाषणों के कारण सारा संसार इनको जान गया है। हमारे लिए यह प्रसन्नता का विषय है कि श्रीमती जॉन बागले के निमंत्रण पर वे डिट्रायट आए हैं। हम जानते हैं कि मिशिगन के भूतपूर्व गवर्नर स्वर्गीय श्री जॉन जडसन बागले की धर्मपत्नी श्रीमती बागले डिट्रायट की सबसे प्रभावशाली महिला ही नहीं हैं, वे अतीव सुसंस्कृत तथा असाधारण आध्यात्मिक गुणों की स्वामिनी भी हैं। वे पाँच महीने पूर्व धर्मसंसद में स्वामी जी से मिली थीं। उनके निमंत्रण पर ही स्वामी यहाँ आए हैं। हमें इसके लिए श्रीमती बागले का कृतज्ञ होना चाहिए।"

"कृतज्ञ न कुछ और! हमें तो स्थानीय समाचार-पत्रों में विज्ञापन देना चाहिए कि जिन ईसाइयों को अपना धर्म-परिवर्तन कर हिंदू बनना हो, वे श्रीमती जॉन जे० बागले के घर पर इस आशय का अपना प्रार्थना-पत्र भेज सकते हैं।" श्रोताओं में से एक पुरुष ने फुसफुसाकर अपने साथी से कहा, "एक हिंदू संन्यासी, जिसने धर्मसंसद को अपने भाषणों से प्रभावित किया था, उन भद्र महिला का अतिथि है। हमने उसे अपनी आत्माओं के परित्राण और स्वयं को अपने पापों से मुक्ति दिलाने के लिए बुलाया है।"

उसके साथी ने घबराकर मंच की ओर देखा। इस बीच निन्दे स्वामी को बोलने के लिए आमंत्रित कर चुके थे; और स्वामी उठकर खड़े हो रहे थे।

"हमारा धर्म अधिकांश धर्मों और सारे ईसाई संप्रदायों से प्राचीन है। ईसाई संप्रदायों को उनके आत्मविरोधी लक्षणों और उनके परस्पर द्वेष के कारण मैं धर्म नहीं कहता। ये सीधे हिंदू धर्म से आए हैं। उसकी एक महत्त्वपूर्ण शाखा हैं। कैथोलिक धर्म ने भी अपने सारे रूप हमसे ही प्राप्त किए हैं। अपने पापों की स्वीकृति और प्रायश्चित्त, संतों के प्रति विश्वास तथा अन्य बहुत कुछ···एक कैथोलिक पादरी ने यह पूर्ण साम्य देखा और कैथोलिक धर्म के इस मूल उत्स को पहचाना, उसको उसके पद से हटा दिया गया, क्योंकि उसने इस सत्य को अपनी एक पुस्तक में प्रकाशित कर दिया था।···"

"आप अपने धर्म में अज्ञेयवादियों को भी स्वीकार करते हैं?" एक पत्रकार ने चिल्लाकर पूछा।

"हाँ! दार्शनिक अज्ञेयवादियों को, जिन्हें तुम नास्तिक कहते हो। जब भगवान् बुद्ध से उनके एक शिष्य ने पूछा, 'क्या ईश्वर का अस्तित्व है?' उन्होंने उत्तर दिया, 'ईश्वर! मैंने ईश्वर की चर्चा कब की? मैंने तो कहा, भले बनो, भला करो।' "

"आप लोग अन्य धर्म के लोगों को हिंदू क्यों नहीं बनाते?" दूसरे पत्रकार ने पूछा, "क्या धर्म-प्रचार को आप लोग अपमानजनक काम मानते हैं?"

"हमें अपने पंथ को महान् बताकर अन्य लोगों का अपमान नहीं करना चाहिए। पूज्यपूजन

होना चाहिए। जो जितने सम्मान के योग्य है, उसे उतना सम्मान देना चाहिए। दूसरों की सेवा कर हम अपने पंथ का प्रचार ही करते हैं। दूसरों का अपमान कर हम अपने पंथ की सेवा नहीं कर सकते।"

"तो फिर आपकी आत्मा का परित्राण कैसे होगा? कौन करेगा?"

"भगवान् बुद्ध ने कहा है, अपने मोक्ष का कार्य स्वयं करो। मैं तुम्हारी सहायता नहीं कर सकता। कोई किसी की सहायता नहीं कर सकता। अपनी सहायता स्वयं करो। अपने दीपक स्वयं बनो।"

डिट्रायट में जर्मन भाषा की अध्यापिका सुश्री मार्ग्रेट कुक अपनी एक सखी के साथ खाने की मेज पर बैठी थीं। उनकी नौकरानी उनके पास खड़ी कुछ कहने का साहस बटोर रही थी। अंततः साहस कर वह बोली, "मिस कुक! आज तीन दिन हो गए, आपने अपने हाथ भी नहीं धोए हैं। जर्मन भाषा के अध्यापक ऐसे ही होते हैं क्या?"

सखी ने आश्चर्य से मिस कुक की ओर देखा, "मार्ग्रेट! तुमने तीन दिनों से अपने हाथ नहीं धोए?"

मिस कुक अपने हृदय के पूर्ण स्नेह से अपने हाथों को निहारती बैठी रहीं। कुछ बोलीं नहीं।

"क्या बात है?" सखी ने आग्रहपूर्वक पूछा।

मिस कुक कुछ नहीं बोलीं तो नौकरानी ही बोली, "उस दिन उस हिंदू संन्यासी से हाथ जो मिला आई हैं।"

सखी ने पुनः मिस कुक की ओर आश्चर्य से देखा, जैसे उसे नौकरानी की बात का विश्वास ही न हो रहा हो।

"उस दिन स्वामी विवेकानन्द आए थे न श्रीमती बागले के घर। मैं भी वहाँ थी। मैंने उनका भाषण सुना। भाषण के पश्चात् विदा होते हुए उनसे हाथ मिलाया। सहसा मैं एकदम अभिभूत-सी रह गई। मुझे उनकी प्रशंसा में कहने को एक भी शब्द नहीं सूझा। स्वामी ने मेरा हाथ कई क्षणों तक पकड़े रखा।..."

"तो क्या हो गया?" सखी बोली, "अब तुम अपने हाथ ही नहीं धोओगी?"

"उनकी वह अन्वेषी दृष्टि मैं कभी नहीं भूल पाऊँगी।" मिस कुक बोलीं, "उनकी महानता और पवित्रता मेरे इस हाथ में कुछ ऐसी बस गई है कि मैं इस हाथ को धोकर अपनी इस निधि से वंचित नहीं होना चाहती।..."

"ओह मार्ग्रेट!" सखी की समझ में नहीं आ रहा था कि वह क्या कहे?

58

'डिट्रायट फ्री प्रेस' का एक उपसंपादक बिशप निन्दे का पत्र लेकर संपादक के पास आया।

संपादक ने दृष्टि उठाकर उसकी ओर देखा।

"बिशप निन्दे ने छापने के लिए एक पत्र भेजा है।"

संपादक ने स्मरण करने का प्रयत्न किया, "बिशप निन्दे।...वही, जिसने श्रीमती बागले के घर स्वामी को लोगों से परिचित कराया था?"

"जी! वही!"

"क्या कहता है?" संपादक ने पूछा।

"श्रीमती बागले को प्रसन्न करने के लिए वहाँ स्वामी का परिचय कराने चला तो गया, पर अब उसका पादरीपन संकट में पड़ गया है। अपना स्पष्टीकरण दे रहा है।"

"क्या लिखा है?"

उपसंपादक ने कुर्सी खींच ली और बैठ गया।

तभी डेलडॉक भी आकर खड़ा हो गया।

संपादक ने उसकी ओर देखा, "डेलडॉक! तुम भी स्वामी के भाषण में उपस्थित थे?"

"हाँ! था!"

संपादक ने उपसंपादक की ओर देखा, "पढ़ो!"

"लिखा है, 'मुझे मेरे कुछ अत्यंत विश्वसनीय मित्रों ने बहुत आग्रहपूर्वक निमंत्रित किया था और इच्छा प्रकट की थी कि चूँकि मैं भारत-भ्रमण कर आया हूँ, इसलिए मैं स्वामी का उनके श्रोताओं से परिचय करा दूँ। उन्होंने मुझे इस आश्वस्ति के साथ बुलाया था कि वहाँ ऐसा कुछ भी नहीं कहा जाएगा, जो किसी ईसाई के कानों को कष्ट दे। मैंने माना था कि वहाँ किसी धार्मिक पूर्वाग्रह के बिना संसार के सबसे रोचक देश के रीतिरिवाजों का वर्णन कर विद्वान् वक्ता हमारा मनोरंजन करेंगे।' "

"झूठ बोल रहा है यह।" डेलडॉक तड़पकर बोला, "भारत का भ्रमण करके आने वाला डिट्रायट में यह इकलौता व्यक्ति तो नहीं है। अभी कुछ दिन पहले ही तो नगर में फ्रेड्रिक स्टियर्न ने अपने भारत-भ्रमण के विषय में भाषण किए थे। और भी बहुत लोग हैं जो भारत से घूमकर आए हैं।"

"आगे पढ़ो।" संपादक ने संकेत किया।

"वक्ता ने हिंदुओं के गुणों को बढ़ा-चढ़ाकर बताया है और ईसाई राष्ट्रों की निंदा की है। वह इस बात को नहीं जानता कि हिंदुओं में जो नैतिकता है भी, वह ईसाई पादरियों द्वारा ईसा मसीह के उपदेशों के कारण जागी है।..."

डेलडॉक पुनः बीच में कूद पड़ा, "निन्दे को क्या यह ज्ञात नहीं है कि बुद्ध, ब्रह्म, कंफ्यूशस तथा अन्य उद्धारकों की नैतिक मान्यताएँ ईसा के जन्म से भी पूर्व विद्यमान थीं। मनुष्य में देवत्व तथा भ्रातृ भाव का पाठ मनुष्यों को युगों पहले से पढ़ाया जा रहा है।"

संपादक ने उसकी ओर देखा, "तुम्हारे पास निन्दे की प्रत्येक बात का उत्तर है?"

"हाँ! यदि तुम उसका पत्र छापोगे, तो तुम्हें मेरा उत्तर भी छापना पड़ेगा।" डेलडॉक ने कहा।

संपादक ने उपसंपादक की ओर देखा, "निन्दे के पत्र में सत्य तो नहीं है; किंतु तुम इसे छापो। पत्रकारिता की दृष्टि से यह रोचक मामला है। इसी बहाने डिट्रायट में कुछ गर्मी आएगी।"

"पर निन्दे इस हिंदू संन्यासी से इतना चिढ़ता क्यों है?" उपसंपादक ने कहा, "हम सैकड़ों ईसाई पादरी भारत भेजते हैं, यदि एक हिंदू पादरी हमारे मध्य आ गया तो कौन-सा पाप हो गया?"

दो दिन बाद 'डिट्रायट ईवनिंग न्यूज' का एक उपसंपादक हाथ में कुछ कागज लिए हुए संपादक के

केबिन में आया, "आपके निर्देश के अनुसार संपादकीय लिख दिया है।"

"खूब नंगा लिखा है न?" संपादक ने पूछा, "लिख दिया है न कि पुट अप और शट अप? या तो योगियों के वे चमत्कार करके दिखाओ या फिर स्पष्ट स्वीकार करो कि तुम वह सब कुछ नहीं कर सकते।"

"एक बात पूछूँ सर!"

संपादक ने दृष्टि उठाकर उसकी ओर देखा।

"आपका इन चमत्कारों पर इतना बल क्यों है?"

"नहीं जानते?" संपादक ने कहा, "अब न तो तुम्हारी पीढ़ी के लोग जानते हैं, न समझते हैं। अरे, चमत्कार दिखाए थे नाजरेथ के ईसा ने। अब ये भी वे चमत्कार दिखाएँगे तो ये ईसा मसीह के समकक्ष नहीं हो जाएँगे?"

"आज वह हिंदू यूनिटेरियन चर्च में बोलेगा।"

"बोलता रहे। सहस्रों अमेरिकी उससे अच्छा और लंबा बोल सकते हैं।" संपादक ने चिढ़कर कहा।

एक व्यक्ति ने संपादक के केबिन में प्रवेश किया और नमस्कार कर उसके सामने खड़ा हो गया।

संपादक ने हलके से सिर हिलाकर उसके नमस्कार को स्वीकार किया, "कौन हैं आप?"

"मैं ओ० पी० डेलडॉक हूँ। सुना है, आप स्वामी के विरुद्ध संपादकीय लिख रहे हैं।"

"संपादक हूँ तो संपादकीय लिखूँगा ही। किसी के पक्ष में लिखूँ, विपक्ष में लिखूँ। दैट इज नन ऑफ योर बिजनेस।"

"सर! ये ओ० पी० डेलडॉक हैं।" उपसंपादक ने कहा, "ये स्वामी के विरोधियों के विरोध में लिखते हैं।"

"सीधे क्यों नहीं कहते कि मैं स्वामी के पक्ष में लिखता हूँ।" डेलडॉक ने कहा, "कट्टरपंथियों के इस युग में भी स्वामी विभिन्न संप्रदायों और उपासना पद्धतियों के मध्य एकता और मानव-मात्र में भाईचारा स्थापित करने का प्रयत्न कर रहे हैं। उनका विरोध मानव एकता का विरोध करना है।"

"जाओ, तुम अपना काम करो। हमें उपदेश मत दो।" संपादक ने उसे डाँटा।

"उपदेश देने नहीं आया हूँ। यह बताने आया हूँ कि यदि स्वामी के विरोध में संपादकीय लिखोगे तो उनके पक्ष में मेरा पत्र भी छापना पड़ेगा।" डेलडॉक ने कहा।

17 फरवरी, 1894 को स्वामी अपने कमरे में बैठे थे। नौकरानी एक युवक को साथ लेकर आई, "ये किसी समाचार-पत्र से आए हैं। आपसे बात करना चाहते हैं। आने दूँ?"

"नहीं आने दोगी और ये आना ही चाहेंगे तो क्या करोगी?"

"कुत्ते छोड़ दूँगी।"

"नहीं! कुत्ते मत छोड़ो। इन्हें ही छोड़ जाओ।" स्वामी हँसे, "आओ भाई! यहाँ बैठो!"

युवक सहमा-सा आकर कुर्सी पर बैठ गया।

"कहो!"

"मैं ईवनिंग न्यूज का प्रतिनिधि हूँ। हमने आपके विरुद्ध एक बहुत कठोर संपादकीय छापा है।"

स्वामी मुस्कराए।

"आप अब भी कोई चमत्कार दिखाएँगे क्या?"

स्वामी का स्वर गंभीर हो गया, "मैं कोई जादूगर नहीं हूँ। और दूसरी बात यह है कि मैं जिस हिंदू धर्म का प्रचारक हूँ, वह चमत्कारों, जादू-टोने पर आधृत नहीं है। हम इन बातों को स्वीकार नहीं करते।"

"आप योगी नहीं हैं?"

"योगी कोई जादूगर नहीं होता। वे सारे चमत्कार, जो भारत में बाजारों और चौराहों पर दिखाए जाते हैं और विदेशी पत्रों में जिनका प्रचार होता है, केवल हाथ की सफाई और सम्मोहन के चमत्कार हैं। वे न योग हैं, न हिंदू धर्म।"

"तो हम छाप दें कि आप स्वयं यह स्वीकार कर रहे हैं कि आप कोई चमत्कार नहीं कर सकते!" प्रतिनिधि ने धमकी दी।

"अवश्य छाप दो।" स्वामी ने सहज भाव से कहा, "सत्य छापने में संकोच कैसा?"

फ्रांसिस बागले स्कूल तो आ गई थी, किंतु उसके मन में वे सारी बातें, जो पिछले कुछ दिनों में उसके घर-परिवार में घटी थीं, इतनी सजीव थीं कि वह अपने आपको रोक नहीं पा रही थी। उसकी इच्छा हो रही थी कि वह अपनी सारी सहेलियों को स्वामी के विषय में बताए।

कक्षा की सारी लड़कियाँ अनुशासनबद्ध बैठी हैं। उन सबका ध्यान अध्यापिका की ओर था। सहसा अध्यापिका की दृष्टि फ्रांसिस पर पड़ी। वह अपने साथ बैठी लड़की से कुछ कानाफूसी कर रही थी।...अध्यापिका रुक गई। उसने घूरकर उसे देखा।

"फ्रांसिस बागले! तुम्हारा ध्यान पढ़ाई में नहीं है।"

"नहीं! मैं सुन रही हूँ टीचर!"

"नहीं! तुम बातें कर रही हो।" अध्यापिका ने साथ बैठी लड़की से पूछा, "तुम बताओ सोफिया! यह क्या कह रही थी?"

सोफिया कुछ सहमी-सी उठकर खड़ी हो गई, "इसके घर में भारत का एक योगी आया हुआ है। यह उसका एक चमत्कार सुना रही थी।"

"क्या चमत्कार है?"

"टीचर!..."

श्रीमती बागले के विराट् भवन के अंतिम छोर पर स्थित एक आगार में अनेक लोग एकत्रित थे। दीवारों के साथ कुर्सियाँ लगी हुई थीं, किंतु उन पर बहुत कम लोग बैठे हुए थे। अधिकांश लोग कमरे के मध्य में ही झुंडों के रूप में खड़े थे। उत्तेजना और हलचल का वातावरण था। श्रीमती बागले प्रसन्न नहीं थीं; किंतु उनके निकट ही स्वामी प्रसन्न मुद्रा में खड़े थे। एक प्रौढ़ व्यक्ति, जो अपनी वेशभूषा से अत्यधिक संभ्रांत लग रहा है, कुछ अधिक ही शेखी में खड़ा था।

"तो फिर आओ मेरे साथ!" उस व्यक्ति ने अपनी जेब में से चाबियों का गुच्छा निकाला, "आओ!"

वह आगे-आगे चलता गया। स्वामी उसके साथ चल पड़े। अन्य अनेक लोग भी उनके पीछे

जुलूस के रूप में चल पड़े। किंतु अधिकांश लोग उदासीन-से अपने स्थान पर ही खड़े परस्पर वार्तालाप में व्यस्त रहे। श्रीमती बागले असमंजस में कुछ क्षण खड़ी रहीं; और फिर वे भी उनके पीछे चल पड़ीं। फ्रांसिस भी उनके साथ थी, जैसे उनका पल्लू पकड़े-पकड़े उनके साथ चल रही हो।

यह सार्थ आगे बढ़ता गया।

उस व्यक्ति ने भवन के दूसरे छोर पर बने फ्रांसिस के दादा—श्री बागले—के अध्ययन कक्ष का ताला खोला, कपाट हटाए और भीतर प्रवेश कर गया। उसके साथ आए लोग भी भीतर चले आए।

"आपको अकेले यहाँ छोड़कर हम सब बाहर निकल जाएँगे।" उस व्यक्ति ने कहा, "हम बाहर से ताला लगा देंगे और फिर हम उस पार्लर में आनंद मनाएँगे।"

स्वामी ने कुछ नहीं कहा। बस, मुस्कराते रहे। इधर-उधर देखा और एक कुर्सी पर बैठ गए। उस व्यक्ति ने अपनी देख-रेख में सबको कमरे से बाहर निकाला और स्वयं भी बाहर निकल आया। श्रीमती बागले अब भी स्वामी के पास ही खड़ी थीं और उनकी अंगुली थामे फ्रांसिस भी वहीं थी।

उस व्यक्ति ने श्रीमती बागले को बाहर आने का संकेत किया, "ओह, कम ऑन मिसिज बागले!"

श्रीमती बागले ने एक निरीह-सी दृष्टि स्वामी पर डाली और कमरे से बाहर निकल आईं। फ्रांसिस ने उनका हाथ और भी कसकर पकड़ लिया था। वह घिसटती-सी उनके साथ बाहर आ गई।

उस व्यक्ति ने कपाट भिड़ाकर कुंडा लगा दिया और ऊपर से ताला जड़ दिया।

वह पलटा तो उसके चेहरे पर विजय की मुस्कान थी।

वे लोग पार्लर में लौट आए। वहाँ लोग अब भी खड़े परस्पर बातें कर रहे थे। सेवक-सेविकाएँ उनको खाने और पीने की सामग्री उपलब्ध करा रहे हैं। वह व्यक्ति दिग्विजयी नायक के समान सबके मध्य में आ खड़ा हुआ था। प्रकटतः वह श्रीमती बागले से बातें कर रहा था, किंतु वस्तुतः वह अपनी विजय का समारोह मना रहा था।...

फ्रांसिस देख रही थी, उसकी दादी तनिक भी प्रसन्न नहीं थीं।

"मैं जानता हूँ कि स्वामी पाखंडी नहीं हैं," वह व्यक्ति श्रीमती बागले को सांत्वना दे रहा था, "किंतु इस योग के जादू का भी तो भाँड़ा फूटना चाहिए।"

"किंतु हमें स्वामी को इस प्रकार परीक्षा देने के लिए बाध्य नहीं करना चाहिए था। यह उनका अपमान है।..." श्रीमती बागले ने दुखी मन से कहा।

तभी किसी ने उस व्यक्ति के कंधे को थपथपाया। वह व्यक्ति घूमा और सबका ध्यान उस ओर चला गया।...श्रीमती बागले की आँखें भी उस ओर उठ गईं।...वहाँ स्वामी खड़े मुस्करा रहे थे।

"मैं इसका विश्वास नहीं कर सकता।" उस व्यक्ति के कंठ से फूटा।

"मत करो। अच्छा है, मत करो।" स्वामी ने कहा।

"पर आप तो वहाँ स्टडी में बंद थे।"

स्वामी मुस्कराए, "मैं अब भी बंद हूँ।"

वह व्यक्ति झटके से पीछे हटा और तेजी से स्टडी की ओर चल पड़ा। श्रीमती बागले भी अनजाने ही फ्रांसिस की अंगुली थामे उसके साथ चल पड़ीं। वे नहीं चाहती थीं कि कमरे के कपाट खुलने पर वह वहाँ अकेला ही हो।

एक छोटी-सी भीड़ भी उनके पीछे चल पड़ी।

वह व्यक्ति आ तो गया, किंतु द्वार के सम्मुख आकर जैसे जड़ हो गया था। लोगों ने उसे घेर लिया था और वह अपने हाथों में चाबियाँ पकड़े कुछ सोच रहा था। अंततः उसने ताला खोला और किवाड़ों को धक्का दिया।...सामने स्वामी उसी कुर्सी पर बैठे एक पुस्तक पढ़ रहे थे।

वे उठकर खड़े हो गए और मधुर ढंग से मुस्कराए, "आप देख सकते हैं कि मैंने यहाँ कोई उत्पात नहीं किया है।"

"ओह माई गॉड!" अध्यापिका ने कहा, "किंतु यह कैसे संभव है?"

"मैंने स्वयं देखा है टीचर!" फ्रांसिस ने कहा।

"तुमने कोई सपना देखा होगा बच्ची!" अध्यापिका ने कहा, "या फिर किसी से सुनकर तुमने उसका विश्वास कर लिया होगा।"

अलासिंगा एक प्रकार की व्याकुलता में कमरे के एक कोने से दूसरे कोने तक टहल रहे थे। उनकी पत्नी दीवार से पीठ लगाए भूमि पर बैठी थी। अपने पति को इस प्रकार टहलते हुए देखकर वे ऊब चुकी थी।

"आखिर आपकी परेशानी क्या है? क्या ऐसा नहीं हो सकता?"

"योगशास्त्र के अनुसार ऐसा संभव है कि एक व्यक्ति एक ही समय में दो स्थानों पर प्रकट हो। ठाकुर के विषय में भी ऐसी चर्चा है कि वे एक समय में एक से अधिक स्थानों पर प्रकट हुए थे।"

"तो फिर आप किस परेशानी में धरती को रौंदे जा रहे हैं?"

अलासिंगा ने उसकी ओर देखा, "स्वामी को जितना मैं जानता हूँ, उससे यह विश्वास करना कठिन है कि स्वामी ने ऐसा शक्ति प्रदर्शन किया होगा अथवा अपनी शक्ति की ऐसी परीक्षा लिए जाने की अनुमति दी होगी अथवा उन्होंने अपने मित्रों को प्रभावित करने अथवा उनका मनोरंजन करने के लिए ऐसा शक्ति प्रदर्शन किया होगा।"

"मेरा विचार है कि अब आप विश्वास कर ही लीजिए।" पत्नी ने अपना निष्कर्ष सुना दिया।

59

17 फरवरी, 1894 की संध्या को यूनिटेरियन चर्च, डिट्रायट के हॉल में स्वामी मंच पर खड़े थे।

उनसे पहला प्रश्न एक महिला ने किया, "क्या हिंदू अपने बच्चों को मगरमच्छों को खिला देते हैं?"

स्वामी मुस्कराए, "यदि ऐसा हुआ होता तो आज भारत की जनसंख्या तीस करोड़ कैसे हो जाती? मगरमच्छ तीस करोड़ हो गए होते और कुछ वृद्ध हिंदू बचे होते। बच्चे नहीं बचते और बच्चे नहीं बचते तो युवा कौन होता?"

"तो फिर क्या हमारे उस जहाजी ने झूठ कहा है, जिसने स्वयं यह सब देखा है?" दूसरी महिला तड़पकर बोली।

स्वामी कुछ आवेश में आ गए, "क्या देखा है आपके जहाजी ने?" उन्होंने स्वयं को संयत किया, "मुझे नहीं मालूम कि आपके जहाजी ने क्या देखा है। मैं तो इतना ही जानता हूँ कि उसने गंगा के मुहाने पर दो-चार शव बहते हुए देखे, जो संयोग से बच्चों के ही थे। वह कोई दुर्घटना भी हो सकती थी या फिर कोई संयोग। हिंदुओं में बाल मृत्यु होने पर अनेक स्थानों पर उनके शरीर को जलसमाधि दी जाती है। समुद्र में भाटा के कारण वे शव मुहाने पर एकत्रित हो गए होंगे। तो आपके जहाजी ने यह सिद्धांत बना लिया कि हिंदू माताएँ अपने बच्चों को मगरमच्छों को खिला देती हैं।" वे रुके, "कोई आपके कब्रिस्तान को देखे और यह सिद्धांत प्रतिपादित करे कि ईसाई लोग अपने भाई-बंधुओं का वध कर उनके शवों को छिपाने के लिए भूमि में दबा देते हैं।..."

श्रोताओं में शोर मच गया। कहीं आक्रोश था है और कहीं हास्य। कहीं स्वामी का समर्थन था और कहीं विरोध।

एक महिला ने चिल्लाकर पूछा, "क्या आपकी माँ ने आपको मगरमच्छ को खिलाने के लिए गंगा में प्रवाहित नहीं किया?"

स्वामी गंभीर हो गए। फिर जैसे प्रयत्नपूर्वक अपने क्षोभ को संयत कर मुस्कराए, "जब मैं छोटा-सा शिशु था तो मेरी माँ भी मगरमच्छ को खिलाने के लिए मुझे गंगातट पर ले गई थीं। उन्होंने मुझे मगरमच्छ के सामने डाल भी दिया था। किंतु मैं इतना मोटा बच्चा था कि मगरमच्छ के मुख में नहीं समाया और वह मेरी माता को 'नो थैंक यू' कहकर आगे बढ़ गया।"

हॉल में हँसी का ज्वार फूटा और एक प्रकार की अराजकता फैल गई। किंतु प्रश्न अभी भी शेष थे।

"हिंदू माता-पिता लड़कियों को ही मगरमच्छों को क्यों खिला देते हैं?" एक महिला उठकर खड़ी हो गई।

"शायद इसलिए कि लड़कियों का मांस कुछ अधिक कोमल होता है और जलचर उसे सुविधा से चबा सकते हैं।"

हॉल के दूसरे कोने से एक महिला इंजन की सीटी की-सी तीखी आवाज में चिल्लाई, "यह बात भारतीय जलचरों के विषय में नहीं, अमेरिकी पुरुषों के विषय में कही जानी चाहिए।"

हॉल में अधिकांश लोग हँस रहे थे कि एक तमतमाई हुई महिला उठ खड़ी हुई, "ये लोग मसखरापन कर रहे हैं। पर मुझे सच-सच बताओ कि क्या हिंदू अपनी स्त्रियों को जला नहीं देते?"

स्वामी का स्वर दृढ़ हो गया, "भारत में लोग स्त्रियों को नहीं जलाते। मेरे पिता के देहांत के पश्चात् मेरी माँ आज भी वर्तमान हैं। विधवाओं को जला दिया जाता तो वृंदावन में इतनी विधवाएँ कहाँ से आतीं? हिंदुओं ने तो कभी चुड़ैलों को भी नहीं जलाया, जो तुम सदा से करते आए हो।"

इस बार एक पुरुष उठ खड़ा हुआ, "किंतु अविश्वासी लोगों को ईसा की शरण में लाने में क्या दोष है? यह तो उनके हित के लिए ही है।"

स्वामी का स्वर फिर कुछ आक्रोशमय हो गया, "भोले-भाले अबोध लोगों को उत्कोच देकर, ललचाकर, बहकाकर, फुसलाकर, झूठ बोलकर उनका धर्मांतरण करवाना और यह कहना कि भगवान् ने संसार में कुछ ही लोगों को इसके लिए चुना है, मानवता के साथ अत्याचार है।" स्वामी की मुद्रा बदली और वे प्रवाह में आ गए, "एक बात मैं तुमसे कहूँगा। और मेरा आशय अप्रिय आलोचना नहीं है। तुम क्या करने के लिए मनुष्य को सिखाते, वस्त्र देते, शिक्षा और द्रव्य देते हो? इसके लिए

न, कि वह मेरे देश में जाकर मेरे सभी पूर्वजों को, मेरे धर्म को और सभी बातों को कोसें और गालियाँ दें। वे एक मंदिर के निकट जाते हैं और कहते हैं, 'हे मूर्तिपूजको! तुम नरक में गिरोगे।' पर वे भारत के मुसलमानों के प्रति ऐसा करने का साहस नहीं करते, क्योंकि वहाँ तलवार निकल पड़ेगी। हिंदू बहुत नम्र होता है। वह मुस्कराकर चल देता है और कहता है, 'मूर्ख को बकने दो।' उनका यही दृष्टिकोण है। और तब यदि तुमको, जो अपने आदमियों को गालियाँ देना और आलोचना करना सिखाते हो, मैं नितांत सदुदेश्यपूर्वक तनिक-सी आलोचना से छूता भी हूँ, तो तुम सिहर उठते हो और चिल्लाते हो, 'हमें न छुओ!' हम अमेरिकी हैं। हम संसार के सब लोगों की आलोचना करते हैं, उन्हें कोसते हैं, उन्हें गालियाँ देते हैं। उनसे कुछ भी कहते हैं, पर 'हमें न छुओ! हम छुईमुई हैं।' तुम जो चाहो सो करो, पर साथ ही मैं तुमको बताने जा रहा हूँ कि हम जैसे हैं, वैसे रहते हुए संतुष्ट हैं। और एक बात में हम अधिक अच्छे भी हैं, हम अपने बालकों को ऐसी भयानक चीजें निगलना नहीं सिखाते, जहाँ उनको हर वस्तु तो प्रसन्नता देने वाली है, केवल मनुष्य ही नीच है। और जब कभी भी तुम्हारे पुरोहित हमारी आलोचना करें, तो वे यह याद रखें कि यदि संपूर्ण भारत उठ खड़ा हो और हिंद महासागर तल का संपूर्ण कीचड़ उठा ले और उसे पाश्चात्य देशों की ओर फेंके, तो भी वह उसका अति सूक्ष्मांश भी न होगा, जो तुम हमारे साथ कर रहे हो। और यह किसलिए? क्या हमने कभी एक भी धर्म-प्रचारक संसार में किसी का धर्म परिवर्तित करने के लिए भेजा? हम तो तुमसे कहते हैं, 'तुमको तुम्हारा धर्म कल्याणकारी हो, पर मुझे अपना धर्म रखने दो।' तुम अपने धर्म को आक्रामक धर्म कहते हो। तुम आक्रामक हो, पर तुमने कितनों को पाया है? संसार में हर छठवाँ व्यक्ति चीनी प्रजा है अर्थात् बौद्ध है, और तब जापान, तिब्बत, रूस और साइबेरिया, बर्मा और श्याम हैं; और यह चाहे अच्छा न लगे, किंतु यह ईसाई नैतिकता, यह कैथोलिक संप्रदाय, सब उन्हीं से निःसृत हैं। अच्छा, तो यह कैसे किया गया? तुम बताओ कि अपने दंभ और आत्मश्लाघा के बावजूद, बिना रक्तपात के, बिना तलवार के, ईसाइयत कहाँ सफल हुई है? संपूर्ण विश्व में मुझे एक स्थान दिखाओ, केवल एक मैं कहता हूँ, ईसाई धर्म के संपूर्ण इतिहास में मुझे एक दिखलाओ; केवल एक। मैं दो नहीं चाहता। मैं जानता हूँ, तुम्हारे पूर्वजों का किस प्रकार धर्मांतरण किया गया। उनके सामने दो मार्ग थे, धर्म परिवर्तन करें या मारे जाएँ, बस, यही। तुम अपने समस्त दंभ के बावजूद इस्लाम धर्म से क्या अच्छा कर सकते हो। 'बस हमीं हैं।' और क्यों? क्योंकि हम दूसरे को मार सकते हैं।' अरबों ने यह कहा और उन्होंने दंभ किया और आज अरब कहाँ हैं? वे गृहहीन हैं। रोमन ऐसा कहा करते थे और आज वे कहाँ हैं? शांति लाने वाले ही धन्य हैं, पृथ्वी उन्हीं की होगी! ऐसी वस्तुएँ भूमिसात हो जाती हैं, वे रेत पर बनी होती हैं। वे बहुत समय तक नहीं टिक सकतीं।

"हर ऐसी वस्तु, जो स्वार्थ पर आधारित हो, प्रतियोगिता जिसका दाहिना हाथ हो और भोग जिसका लक्ष्य हो, शीघ्र या कुछ विलंब से अवश्य नष्ट होगी। ऐसी वस्तुएँ अवश्य नष्ट होंगी। भाइयो! मैं तुमको बताऊँ, यदि तुम जीवित रहना चाहते हो, यदि वास्तव में तुम चाहते हो कि तुम्हारा राष्ट्र जीवित रहे, तो ईसा के पास लौट चलो। तुम ईसाई नहीं हो। नहीं। एक राष्ट्र के रूप में नहीं हो। ईसा के पास लौट चलो। उनके पास लौट चलो, जिनके पास कहीं सिर टेकने को स्थान न था। चिड़ियों के घोसले हैं और पशुओं की माँद हैं, पर मनुष्य के इस पुत्र के पास अपना सिर टेकने को कोई स्थान नहीं है।' तुम्हारा धर्म ऐसा धर्म है, जो विलास के नाम पर प्रचारित होता है। भाग्य का यह कैसा व्यंग्य है? यदि तुम जीवित रहना चाहते हो, तो इसे उलट दो। मैंने जो कुछ इस देश में सुना

है, वह सब छल-पाखंड है। यदि इस राष्ट्र को जीवित रखना है, तो इसे ईसा के पास लौटने दो। तुम ईश्वर और कुबेर की सेवा एक साथ नहीं कर सकते। यह सारी समृद्धि ईसा से आई है? ईसा इस प्रकार की सभी नास्तिकता को अस्वीकार कर देते। कुबेर के साथ आने वाली सारी समृद्धि क्षणिक है। वास्तविक स्थिरता ईश्वर में है। यदि तुम इन दोनों का—इस आश्चर्यजनक समृद्धि और ईसा के सिद्धांतों का—समन्वय कर सको तो ठीक है। पर यदि तुम ऐसा न कर सको, तो अधिक अच्छा होगा कि तुम ईसा के पास लौट जाओ। इस समृद्धि को तिलांजलि दो। ईसा के बिना महलों में रहने से अच्छा है कि तुम चिथड़े पहनकर ईसा के साथ रहो।"

60

"आज का 'इंडियन मिरर' पढ़ा?"

रामकृष्णानन्द ने सिर उठाकर शारदानन्द की ओर देखा, "मैं यहाँ साधना और ठाकुर की सेवा करता हूँ या समाचार-पत्रों का वाचन?"

"बड़ा आनंददायक समाचार है, हमारे नरेन्द्र बाबा के विषय में।" शारदानन्द ने कहा।

रामकृष्णानन्द की सारी उदासीनता हवा हो गई, "क्या लिखा है?"

"लो, पढ़ लो।" शारदानन्द ने समाचार-पत्र आगे बढ़ाया।

"नहीं! तुम ही पढ़ो।"

"अनपढ़ कहीं का।" शारदानन्द मुस्कराए, "सुन! कलकत्ता, 22 फरवरी, 1894। जब शिकागो में होने वाली धर्मसंसद की कार्यकारिणी ने संसार-भर के प्रत्येक संप्रदाय, धर्म और उपासना पद्धति की संस्था को आमंत्रित किया कि वह अपना प्रतिनिधि भेजे, तो हमें चिंता हुई कि क्या हमें कोई ऐसा हिंदुओं का हिंदू मिलेगा, जिसे सागर पार जाने में संकोच न हो, और साथ ही वह इतना ज्ञानी और योग्य हो कि धर्मसंसद में न केवल हिंदू धर्म के स्वरूप को प्रकाशित कर सके, जिससे न केवल सभ्य संसार में हिंदू धर्म का औचित्य स्थापित कर सके, वरन् संसार के प्रत्येक धर्म को मानने वाले श्रद्धालु, आध्यात्मिक लोगों के मन में इसके प्रति सम्मान जगा सके।…"

"इसमें नरेन्द्र के विषय में क्या है?" रामकृष्णानन्द की उदासीनता फिर से उभर आई।

"अरे, सुन तो, आगे क्या लिखा है।" शारदानन्द ने कहा, "जब हमें विश्वसनीय सूत्रों से ज्ञात हुआ कि स्वामी विवेकानन्द ने जिस योग्यता, ज्ञान और वाणी के चमत्कार से धर्मसंसद में हिंदू धर्म को स्थापित किया है, तो न केवल हमारी सारी चिंता विलुप्त हो गई, वरन् सारे कृत्यों के कर्ता उस परमपिता परमात्मा के प्रति कृतज्ञता से नतमस्तक हो गए, जिन्होंने अपने अबोधगम्य विधान से उचित व्यक्ति को उचित स्थान पर भेज दिया था। यह हिंदू धर्म की (जिसका विशेषकर ईसाइयों ने क्रूरतापूर्वक आकलन किया है और तुच्छतापूर्वक समझा और समझाया है) स्थिति और अवस्था की माँग थी कि संसार के सामने उसका वास्तविक रूप प्रस्तुत किया जाए। धर्मसंसद का मंच वस्तुतः वह प्रभावशाली मंच था, जहाँ से हिंदू धर्म का पक्ष प्रस्तुत किया जा सकता और उन सारे आक्षेपों और लांछनों को धोया जा सकता, जिनसे अपने स्वार्थ के लिए अनेक लोगों तथा समाजों ने बार-बार इसे कलंकित किया है। यहीं से संसार के सारे धर्मों में इसकी महानता की प्रतिष्ठा भी की जा सकती

थी। यह हमारे लिए राष्ट्रीय गौरव का विषय है कि धर्मसंसद में हिंदू धर्म का प्रतिनिधि अपने इस महान् कार्य को करने में समर्थ था। उन्होंने अपना दायित्व इस योग्यता से निभाया है कि आज सारा हिंदू संसार कृतज्ञता से उनके सम्मुख नतमस्तक है।"

"यह तो एकदम सत्य ही लिखा है।" रामकृष्णानन्द ने समर्थन कर दिया।

"आगे सुनो।" शारदानन्द ने पढ़ना जारी रखा, "हिंदू धर्म के महान् सिद्धांतों को प्रतिपादित करने वाले सुवक्ता के रूप में उनकी ख्याति अमेरिका के नगरों और महानगरों में बड़े वेग से प्रसारित हुई है। हमें ज्ञात हुआ है कि संसद के समापन के पश्चात् से अमेरिका की जनता में स्वामी के भाषणों की बड़ी प्रबल माँग है। निमंत्रणों की बाढ़ है। अनेक व्यक्तियों, संस्थाओं और स्थानों की ओर से प्रबल आग्रह है कि वे अमेरिका में अधिक समय तक रहें और अपने भाषणों द्वारा उस देश के लोगों को लाभान्वित करें। अमेरिका के एक सम्मानित नागरिक श्री०ए० वॉन ने कलकत्ता में अपने एक मित्र को 27 दिसंबर के पत्र में लिखा : 'स्वामी सारे देश में भव्य और लोकोत्तर भाषण कर रहे हैं। वे यहाँ अत्यंत लोकप्रिय हैं।' कुछ अमेरिकी पादरी स्वामी द्वारा किए गए हिंदू धर्म के उत्थान से पीड़ित और हताश होकर अमेरिकियों की दृष्टि से उन्हें गिराने के लिए उन पर झूठे आरोप लगा रहे हैं। हमें खेद है कि इस दुष्कृत्य में कुछ भारतीय भी उनके साथ हैं।…"

"हाय! हमारा दुर्भाग्य!" रामकृष्णानन्द ने कहा, "यह ईर्ष्या कब हमारा पीछा छोड़ेगी?"

"आगे भी तो सुन!" शारदानन्द बोले, "किंतु उनके शत्रु उनके चरित्र और उनके ज्ञान में एक भी त्रुटि खोजने में असमर्थ रहे हैं। परिणामतः अमेरिका और कनाडा की जनता में स्वामी निरंतर महानतर सिद्ध हो रहे हैं। उनकी लोकप्रियता इस ऊँचाई तक पहुँची है कि हमें बताया गया है कि उनकी एक प्रकार से पूजा की जा रही है।"

"यह भी सत्य है।"

"हाँ! और संपादक की टिप्पणी देख।" शारदानन्द ने आगे पढ़ा, "स्वामी विवेकानन्द द्वारा प्रस्तुत किए गए हिंदू धर्म के सिद्धांतों और सत्यों के प्रति सहस्रों की संख्या में अमेरिकियों का आकर्षण और उत्साह और उनका मुग्ध होना इस बात का प्रमाण है कि ईसाइयों ने हिंदू धर्म के तत्त्व में एक उच्चतर और सात्त्विक धार्मिक आदर्श पाया है, जो ईसाई धर्म उन्हें आज तक नहीं दे सका था। अमेरिका में स्वामी के मिशन का जो भी व्यावहारिक प्रभाव हो, किंतु इसमें कोई संदेह नहीं है कि साधारण अमेरिकी के मन में हिंदू धर्म का सम्मान बढ़ा है और इसका सारा श्रेय स्वामी को है, जिसके लिए सारा हिंदू समाज स्वामी का कृतज्ञ है।"

शारदानन्द ने समाचार-पत्र तह कर एक ओर रख दिया।

"मेरा विचार है कि यह सूचना नरेन्द्र के परिवार को भी देनी चाहिए और हमारे सारे गुरु भाइयों के पास भी पहुँचनी चाहिए।" रामकृष्णानन्द ने कहा।

"अवश्य!" शारदानन्द बोले, "हमारे लिए यह बहुत गर्व का दिन है। अब मेरी समझ में आ रहा है कि ठाकुर किसे माँ का काम कहते थे।"

61

श्रीमती बागले अपनी सखियों के साथ बैठी थीं। उन्होंने चाय का प्याला उठाया और एक चुस्की ले कर रख दिया।

"स्वामी जी ने जितना समय हमारे साथ बिताया, उनके सान्निध्य का प्रत्येक क्षण हमारे लिए आनंददायक रहा। डिट्रायट के विभिन्न क्लबों में उन्हें आमंत्रित किया गया। संभ्रांत परिवारों में उनके सम्मान में भोज दिए गए ताकि अधिक से अधिक संख्या में लोग उनसे मिल सकें, उनसे बातें कर सकें, उनके विचारों को सुन सकें। सब स्थानों पर उनका सम्मान हुआ, जिसके वे अधिकारी थे।"

"कुछ स्थानों पर कुछ लोगों ने उनको अपमानित करने का भी प्रयत्न किया, किंतु परिणाम स्वरूप उनका सम्मान बढ़ा ही, कम नहीं हुआ।" एक महिला ने उनका समर्थन किया।

"एक पार्टी में एक महानुभाव ने उनके ज्ञान की परीक्षा लेने के लिए…"

"परीक्षा लेने के लिए नहीं, उनका उपहास करने के लिए…" किसी ने संशोधन किया।

"चलो, उपहास के लिए ही सही, उनसे पूछा कि वे रसायनशास्त्र की किन पुस्तकों को पढ़ने का परामर्श देंगे।"

"स्वामी ने तो अंग्रेजी में लिखी हुई रसायनशास्त्र की पुस्तकों की लंबी सूची ही गिना दी, जैसे वे रसायनशास्त्र के प्रोफेसर हों।" पहली महिला स्वयं को रोक नहीं पाई।

"और वह जो एक भद्र पुरुष ने खगोलशास्त्र की पुस्तकों के विषय में पूछा था, जैसे उनको अनपढ़ समझते हों।"

"उसे तो उन्होंने और भी लंबी सूची गिनाई जो उसकी सात पीढ़ियों में किसी ने न सुनी हो।"

"एक स्त्री ने क्राइस्ट का अर्थ पूछा था।" एक सखी बोली।

"उन्होंने उसका अर्थ ही नहीं बताया, और भी बहुत-कुछ समझा दिया।" श्रीमती बागले ने कहा, "उन्होंने अमेरिका की दो बातों की बहुत प्रशंसा की है।"

"क्या?" कई महिलाओं ने एक साथ पूछा।

"अमेरिका में स्त्रियों की सामाजिक प्रतिष्ठा और उनकी बुद्धिमत्ता।" श्रीमती बागले ने कहा।

तीसरी सखी को यह पर्याप्त नहीं लगा। बोली, "उन्होंने यह भी कहा है कि हमने निर्धनता की समस्या का समाधान कर लिया है। निर्धनों के साथ हमारा व्यवहार बहुत अच्छा है। हमने उनके लिए औषधालयों और धर्म-संस्थानों की स्थापना की है। श्रम बचाने के लिए मशीनें बनाई हैं।"

"किंतु उनके मन में हमारी भौतिक उन्नति और संपत्ति के लिए कोई सम्मान नहीं है।" श्रीमती बागले ने कहा, "वे मानते हैं कि उससे मानवता का पतन होता है।"

बैपटिस्ट चर्च में पादरी उपदेश दे रहे थे :

"विवेकानन्द और उसके धर्म को मानने वाले एकदम पूजा नहीं करते। वे जानते ही नहीं कि प्रार्थना क्या होती है। किससे प्रार्थना करेंगे वे? उनका ब्रह्म तो निराकार है। शरीर नहीं है उस बेचारे का। कोई अंग नहीं है। कान नहीं हैं। वह सुन ही नहीं सकता। कान हों तो सुने।"

सेंट्रल क्रिश्चियन चर्च में पादरी न्यूमैन अपने भक्तों को समझा रहे थे :

"आज मुझे यहाँ इस बात की चर्चा करनी पड़ रही है, क्योंकि यहाँ ऐसे लोग वर्तमान हैं, जो उस हिंदू संन्यासी की कही हुई प्रत्येक बात को सत्य मानने को तैयार बैठे हैं। अपने उन खोखले सिद्धांतों में आस्था रखने के लिए मैं उस हिंदू संन्यासी की प्रशंसा कर सकता हूँ; किंतु मैं यह विश्वास ही नहीं करता कि विवेकानन्द भारत अथवा हिंदुओं का प्रतिनिधि है।...जिस प्रकार इस नगर की स्त्रियाँ उसके पीछे भागीं और उसकी प्रशंसा कर उसे आकाश में ले जा बैठाया, उसे देखकर मैं चकित हूँ। उसके अपने देश की स्त्रियाँ होतीं तो वे अपने आँचल से अपना मुँह ढाँपकर घर के किसी अँधेरे कोने में छिपी बैठी रहतीं।...किसी भी राष्ट्र की नैतिकता समाज में उसकी स्त्रियों की स्थिति से जाँची-परखी जाती है। मैं आपको उस देश की स्त्रियों के विषय में बताना चाहता हूँ। स्त्रियों की ऐसी हीन दशा होने पर भी विवेकानन्द का कहना है हमारे धर्म-प्रचारक भारत में जाएँ और वहाँ से नैतिकता सीखकर आएँ।"

इप्सिलांती में पादरी एच० एम० मोरे अपना प्रवचन करते हुए कह रहे थे :

"विवेकानन्द ने जो कहा है, वह सत्य नहीं है। वह अर्द्धसत्य है। वह मिथ्या है, किंतु सत्य के समान आभास देता है। हम स्वीकार करते हैं कि डिट्रायट में गिरजाघरों के आसपास भी मदिरापान, व्यभिचार और क्रूरता विद्यमान है। किंतु वह सब कुछ कलकत्ता में भी है। यहाँ वह सब कुछ हमारे धर्म के विरोध में आदिम बर्बरता के अवशेष के रूप में वर्तमान है, जो अब तक ईसाइयों द्वारा समाप्त नहीं किया जा सका है। किंतु कलकत्ता में वह सब उनके देवमंदिरों में वर्तमान है और उनके देवी-देवताओं तथा धर्म-सिद्धांतों द्वारा मान्य है। भारत में मदिरापान और व्यभिचार के लिए अपने देवी-देवताओं का अनुकरण भर ही करना पड़ता है।

"यहाँ विवेकानन्द से कुछ प्रश्न पूछे गए थे। उसने छद्म स्पष्टता तथा परिहास में उनके उत्तर दिए। क्या हिंदू माताएँ अपने शिशुओं को मगरमच्छों को खिला देती हैं? क्या हिंदू स्वयं को जगन्नाथ के रथ के नीचे कुचलवाकर आत्महत्या करते हैं? क्या वे अपनी विधवाओं को उनके पतियों के शवों के साथ जला देते हैं? वह सत्य बताए। और उनसे प्रभावित होकर रब्बी ने कह दिया कि हमारे यहाँ से धर्म-प्रचारकों को भारत भेजना मात्र हमारा उन्माद है।..."

डॉ० बॉग्स अपने चर्च में उपदेश दे रहे थे :

"एक ब्राह्मण अपने देश में शूद्रों से घृणापूर्ण व्यवहार करता है। उनको अछूत मानता है। और फिर यहाँ, अमेरिका में आकर मानवों के भाईचारे की बात करता है।...हिंदू धर्म का कोई त्राता नहीं है। केवल ईसा ही भारत को बचा सकते हैं। भारत को ईसाई धर्म-प्रचारकों की सदा आवश्यकता रही है। आज भी है और सबसे अधिक है।...हमें ईसा के धर्मध्वज को लहराते जाना है। हमें भारत में अधिक से अधिक धर्म-प्रचारक भेजने चाहिए; और अपने पुष्कल विश्वास को बनाए रखना चाहिए।"

'वेस्ट फोर्ट स्ट्रीट' में अलान शेल्डेन के मकान की पहली मंजिल पर एक बैनर फड़फड़ा रहा था :

'फोर्ट स्ट्रीट प्रेस्बिटेरियन चर्च की मिशनरी सोसायटी की बैठक'

भवन के भीतर एक बड़े कक्ष में बैठक हो रही थी। बैठे हुए प्रत्येक व्यक्ति के सामने परंपरानुसार उसका नाम लिखा हुआ था। जो वक्ता इस समय बोल रहे थे, उनके सामने पट्टिका थी—(पादरी) डॉ० थैकवैल।

"हिंदुओं का विश्वास है कि ईश्वर क्रोधी, क्रूर तथा रक्त का प्यासा है। वह उनका संहार करने को उद्यत है, इसलिए उसे शांत करना होगा।..."

एक खुले परिसर में किसी बड़े सम्मेलन का-सा दृश्य था। द्वार पर बैनर लगा हुआ था :

'दि स्टूडेंट वॉलेंटियर मिशनरी मूवमेंट का दूसरा अंतर्राष्ट्रीय सम्मेलन
(28 फरवरी से 4 मार्च)'

चारों ओर चहल-पहल थी। प्रतिनिधियों के बैठे होने और मंच पर से भाषण होते रहने का कार्यक्रम चलता जा रहा था। उस समय कुछ प्रस्ताव पारित हो रहे थे। श्रोताओं में से कुछ लोग खड़े होकर आपत्ति भी कर रहे थे। मंच का प्रयत्न सदा उन्हें आश्वस्त किए जाने का था।

'मिशिगन क्रिश्चियन एडवोकेट' का प्रतिनिधि बड़ी देर से बैठा सारी कार्यवाही देख और सुन रहा था। वह बार-बार अपनी घड़ी भी देख रहा था। उसे समय से समाचार भेजना था, ताकि वह आज के ही समाचार-पत्र में छप सके।...

उसने अपनी रपट बनाई : 'इससे पूर्व संख्या की दृष्टि से इतना बड़ा सम्मेलन डिट्रायट में कभी नहीं हुआ। इसका संसार में दूरगामी परिणाम होगा। धर्म-प्रचारकों के सम्मेलन की दृष्टि से यह न केवल डिट्रायट में होने वाला सबसे विशाल और महत्त्वपूर्ण सम्मेलन है, वरन् इस महादेश में होने वाला सबसे विराट् सम्मेलन है। संभव है, संसार-भर में होने वाले धर्म-प्रचारकों के सम्मेलनों में से यह सबसे अधिक महत्त्वपूर्ण हो। इसमें 1187 प्रतिनिधियों ने भाग लिया। वे 294 शिक्षण संस्थाओं से आए थे। वे 38 वर्गों में बाँटे गए थे। विभिन्न मिशनरी सोसायटियों के प्रतिनिधियों के रूप में 50 सचिवों, 50 रिटंर्ड धर्म-प्रचारकों, यंगमैन क्रिश्चियन एसोसिएशन के प्रतिनिधि और अन्य संस्थाओं के प्रतिनिधियों को मिलाकर इसमें 1357 लोगों ने भाग लिया। यह सम्मेलन डिट्रायट में स्वामी विवेकानन्द के व्याख्यानों का ईसाई धर्म-प्रचारकों द्वारा दिया गया उत्तर है।

'सम्मेलन के अंत में सम्मेलन के अध्यक्ष पादरी मॉट के द्वारा भारत के धर्म-प्रचारकों की ओर से भी एक संदेश पढ़ा गया। यह संदेश स्वामी विवेकानन्द के नगर कलकत्ता से भेजा गया था। उसमें कहा गया था कि भारत को इस समय एक सहस्र उत्साही और उद्यमी धर्म-प्रचारक स्वयंसेवकों की आवश्यकता है।'

'ट्रिब्यून' कार्यालय में संपादक अपने कक्ष में अपने सहयोगियों से चर्चा कर रहे थे :

"यदि एक ईसाई यह जानता है कि वह किसमें और क्यों विश्वास करता है, तो उसे स्वामी विवेकानन्द से कोई भय नहीं होना चाहिए। यदि वह अपनी आस्था एक प्लेट में लिए घूमता है, जो तनिक-से झटके से भूमि पर गिर सकती है, तो अब समय आ गया है कि वह गिर ही जाए।" संपादक ने तमककर कहा, "एक पादरी, जो अपने श्रोताओं की बुद्धि का सम्मान करता है, उसके लिए यह उचित नहीं है कि वह उनको बताए कि संसार में केवल एक ही धर्म है। समय आ गया है कि विभिन्न धर्मों का तुलनात्मक अध्ययन किया जाए।...पर वह पादरी डॉ० गोर्डन कहता है कि अमेरिका से धर्म-प्रचारक न केवल संसार-भर में जाएँ, वरन् ईश्वर के दूत बनकर जाएँ।...एक भारतीय अविश्वासी पश्चिम के ईसाई देशों में अपने धर्म का प्रचार करे, सहस्रों लोग उसे सिर पर उठा लें, उसका अनुसरण करें—पादरियों की दृष्टि में यह असह्य और अक्षम्य अपराध है।"

"इंग्लैंड ने भारत में सुधार किए…एकदम बकवास…। इंग्लैंड ने सती प्रथा बंद की, तो केवल इसलिए कि वह उसमें से धन अर्जित नहीं कर सकता था।" जे० स्टील ने कहा, "इंग्लैंड जहाजों के जहाज भरकर मदिरा और उसे बेचने तथा वितरित करने वाले अपने प्रतिनिधि भेजता है। यदि विधवाएँ बनाकर अधिक धन कमा सकता तो इंग्लैंड वही करता। भारत उसकी मदिरा नहीं चाहता। चीन उसकी अफीम नहीं चाहता। किंतु इंग्लैंड ने अपनी तोपों के बल पर चीन में अफीम बेची और भारत में मदिरा। मैं समझता हूँ कि धर्म-प्रचारकों की सबसे अधिक आवश्यकता इंग्लैंड को ही है। और विदेशों में धर्म-प्रचारक भेजने वालों को उसकी उपेक्षा नहीं करनी चाहिए।…" उन्होंने कुछ रुककर दृढ़ स्वर में कहा, "यदि ईश्वर की इस हरी-भरी पृथ्वी पर धर्म-प्रचारकों की सबसे अधिक आवश्यकता कहीं है, तो वह बॉस्टन में डॉ० गॉर्डन के अपने चर्च में ही है।"

"ठीक कहते हैं आप।" डेलडॉक ने कहा, "विदेश सैर करने जाने के अपने मोह में वे भूल जाते हैं कि उनके अपने देश की ही स्त्रियाँ और पुरुष इतने दुराचारी हैं कि सबसे अधिक धर्म-प्रचार की आवश्यकता अपने घर में ही है। हमें भारत और चीन से कुछ धर्म-प्रचारक चाहिए, कुछ अच्छे धर्म-प्रचारक, क्योंकि बुरे धर्म-प्रचारक तो हमारे अपने पास पहले से ही बहुत हैं।…वे मूर्तिपूजक हैं तो हम क्या हैं? हम भी प्रतिमाओं की पूजा करते हैं। वे प्रतिमाएँ हैं—सोना और चाँदी। अन्य मूर्तिपूजक सुरा और सुंदरी के मंदिर की पूजा करते हैं। हत्याएँ, रक्तपात, दंगे, अराजकता, पत्नी, बच्चों और पशुओं के प्रति क्रूरता—जिनके साथ वे दासों का-सा व्यवहार करते हैं। हमारी राष्ट्रीयता मनुष्य के रक्त में घुटनों तक डूबी है। रक्त हमारे धर्म का मूलाधार है। उन्नीसवीं शताब्दी में अमेरिका में बाल हत्याएँ इतनी सामान्य थीं कि कोई उसकी ओर ध्यान भी नहीं देता था। बाल-दासता और स्त्री-दासता, स्वेट हाउसेस, आत्महत्याएँ। समाज, राज्य और जातियाँ। उत्कोच, राजनीति, प्रेस में भ्रष्टाचार। हम अपराधियों को पीड़ित करते हैं, जलाते हैं और फंदे में टाँग देते हैं। हमारे यहाँ दंगे होते हैं। हम कारागार बनाते हैं। पागलखानों का निर्माण करते हैं, और उनको लबालब भरे रखते हैं। हमारे अधिकतम संभ्रांत परिवारों में अफीमची लोग हैं। राजपथों पर डकैतियाँ, बहुपत्नीत्व और वेश्यागामिता भयंकर स्थिति तक पहुँच गई है। सत्ताधारियों के द्वारा व्यभिचार के अड्डे किराए पर दिए जाते हैं। हमारे पादरी भी कोई संत नहीं हैं। वे प्रायः मर्यादा से पतित होते ही रहते हैं। किंतु जब वे यहाँ पतित होते हैं, उनको विदेश में धर्म-प्रचार के लिए भेज दिया जाता है। हमारी महिलाएँ दासता की कड़ियों में इस प्रकार बँधी हैं कि उन्हें संगठित होकर अपने लिए अधिकार माँगने पड़ते हैं; और अपनी रक्षा के लिए कानून बनवाने की माँग करनी पड़ती है। हमारे यहाँ भुखमरी है, भिक्षावृत्ति है, अपराध हैं, हड़तालें हैं, श्रमिकों के दंगे हैं। हम कौन होते हैं हिंदुओं को नैतिकता और धर्म सिखाने वाले?"

62

उषाकाल में डिट्रायट रेलवे स्टेशन पर स्वामी एक गाड़ी से उतरे। दोनों बागले बहनें—फलोरेंस बागले शर्मन और हैलेन बागले—उनकी प्रतीक्षा कर रही थीं। वे आतुरता से उनकी ओर बढ़ीं।

"प्रणाम!"

"कैसी हो मेरी बहनो?"

"आइए! बाहर गाड़ी में बातें करते हैं। यहाँ तो ठंड बहुत है।"

वे तीनों बाहर निकलकर शीघ्रातिशीघ्र गाड़ी में बैठ गए।

"आपके भाषण के लिए टिकटें तो लगभग सारी बिक चुकी हैं।" फलोरेंस ने कहा,"आपके भाषण के पहले ही वातावरण बहुत गरमा गया है। चारों ओर उत्तेजना है।"

स्वामी मुस्कराकर चुप रह गए।

"आपके यहाँ से जाने के पश्चात् इन कठमुल्ले पादरियों की बन आई है। जिसको देखा, वही अपने धर्मोपदेश में ईश्वर की प्रशंसा के स्थान पर आपकी निंदा कर रहा है।"

"यही तो धार्मिक उपदेश है कि जो सामने न हो और अपना बचाव न कर सके, उसकी भरपूर निंदा करो।" हैलेन ने कहा।

स्वामी मुस्कराए, "तो तुमने मुझे उनसे भिड़ने के लिए बुलाया है!"

"भिड़ने के लिए नहीं।" हैलेन ने शीघ्रता से कहा, "किंतु आपका मित्र वर्ग चाहता है कि आप इस निंदा का निराकरण करें।"

स्वामी के चेहरे पर एक प्रकार की विवशता झलकी, "मेरी बहना! तुम्हारा स्नेह मैं समझता हूँ; किंतु मैं संन्यासी हूँ। संन्यासी को स्पष्टीकरण देने, अपना बचाव करने की अनुमति नहीं है। मैं उनसे इस प्रकार का वाग्युद्ध करना नहीं चाहता।"

"आत्मरक्षा न करें; किंतु सत्य की रक्षा तो करें।" फलोरेंस ने कहा, "यदि आप अपने आदर्शों और सिद्धांतों की रक्षा नहीं करेंगे, तो आपके द्वारा प्रचारित वे सारे सिद्धांत झूठे मान लिए जाएँगे।"

स्वामी गंभीर हो गए, "यही तो चिंता का विषय है और यही मेरा द्वंद्व है।"

गाड़ी रुक गई। घर आ गया था।

श्रीमती बागले उनका स्वागत करने के लिए द्वार पर खड़ी थीं। वे अत्यंत प्रसन्न मुद्रा में थीं, जैसे उनकी कोई चिरप्रतीक्षित कामना पूरी हुई हो।

स्वामी का बैग उनके कमरे में पहुँच गया और वे एक कुर्सी पर बैठ गए तो श्रीमती बागले ने एक पत्र स्वामी की ओर बढ़ाया।

"आपके नाम यह मिस्टर पाल्मर का पत्र है। वे तो चाहते थे कि यह स्टेशन पर ही आपको दे दिया जाए; किंतु मैंने ऐसा उचित नहीं समझा।"

"ऐसा है तो इसमें कोई गंभीर संदेश होना चाहिए।"

स्वामी ने पत्र खोला और उसे एक ही दृष्टि में पढ़ गए। पत्र को तह करते हुए उन्होंने श्रीमती बागले की ओर देखा, "पाल्मर महाशय इस बात से प्रसन्न नहीं हैं कि मैं फिर आपके ही यहाँ ठहर रहा हूँ। वे आज दोपहर बाद मुझे लेने आएँगे।"

"दोपहर बाद लेने आएँगे न! अभी आए तो नहीं बैठे।" श्रीमती बागले हँसीं, "आप अपना सामान खोलिए और स्नान-ध्यान कीजिए। मैं कुछ खाने का प्रबंध करती हूँ।"

स्वामी अचकचा गए, "अब सामान खोलूँ और दोपहर बाद फिर उसे इस बैग में भरूँ। इतना झमेला कौन करे?"

"मुझे आश्चर्य है स्वामी!" श्रीमती बागले बोलीं, "कि सृष्टि की जटिलतम गुत्थियों को सुलझाने वाले व्यक्ति के लिए एक छोटे-से बैग में से सामान निकालना और फिर उसे व्यवस्थित रूप से भरना

कितना बड़ा काम है?"

"यह सामान खोलना और भरना बहुत झमेला है श्रीमती बागले! मैं इससे बचा ही रहूँ तो अच्छा है।"

"तो बँधा पड़ा रहे न।" फ्लोरेंस ने कहा, "इसमें हानि ही क्या है?"

"तो स्वामी शेव कैसे करेंगे?" श्रीमती बागले ने पूछा।

"नहीं करूँगा। दोपहर बाद शेव करने से ही क्या बिगड़ जाएगा?"

दोपहर बाद स्वामी पाल्मर के घर आ गए। वे दोनों बैठे काफी पी रहे थे।

"मैंने आपका अनुबंध देख लिया है। अन्य अनेक विधिविदों को भी दिखा लिया है। यह अनुबंध नहीं है, धोखाधड़ी है।" पाल्मर बोले, "आप इससे किसी भी क्षण मुक्त हो सकते हैं।"

"किंतु मैं संन्यासी हूँ। अपने बचाव में मुकदमा नहीं लड़ सकता। अपने बचाव के लिए ईश्वर पर निर्भर हूँ।"

"आप ईश्वर पर ही निर्भर रहिए।" पाल्मर बोले, "ईश्वर हमें आदेश कर रहा है कि चूँकि आप मुकदमा नहीं लड़ सकते, इसलिए हम लड़ें। मैंने लैक्चर ब्यूरो वालों को सूचना भिजवा दी है। आशा है कि न्यायालय में गए बिना ही कोई समझौता हो जाएगा।"

"वे मुझे इतनी सुविधा से मुक्त कर देंगे?" स्वामी के स्वर में कुछ संशय था।

"नहीं करेंगे तो स्वयं जेल जाएँगे। मैंने आपके व्याख्यानों की व्यवस्था के लिए एक और आदमी ढूँढ़ लिया है। उसका नाम होल्डन है। वह शायद स्टेलटन के समान चतुर न हो; किंतु वह बेईमान नहीं है।"

पेरुमल अलासिंगा पत्र पढ़ रहे थे।

"स्वामी जी का पत्र है?" पत्नी ने पूछा।

"तुमने कैसे जाना?"

"इतनी श्रद्धा से तुम किसी और का पत्र पढ़ते हो क्या? कैसे हैं स्वामी जी?"

"डिट्रायट में पाल्मर के घर हैं। पाल्मर के प्रयत्न से स्टेलटन के लैक्चर ब्यूरो से मुक्त हो गए हैं। किंतु उनका नया प्रबंधक होल्डन भी बहुत दक्ष नहीं है। स्वामी प्रसन्न नहीं हैं। वे और व्याख्यान देना भी नहीं चाहते। ऊब गए हैं।"

"क्या, यह सब लिखा है उन्होंने?"

"और क्या अपने मन से बनाकर कह रहा हूँ। उन्होंने लिखा है : आई डू नॉट केयर फॉर लैक्चरिंग ऐनी मोर। इट इज टू डिस्गस्टिंग।"

"क्यों?"

"अरे, ऐसे में व्याख्यान देना भी एक व्यवसाय बन जाता है। व्यवसाय का ध्येय है—अधिक से अधिक धन कमाना। प्रबंधक चाहते हैं कि उन विषयों पर बोला जाए और इस प्रकार बोला जाए, जो लोगों को प्रिय हो। अधिक टिकटें बिकें, अधिक धन आए। स्वामी जी क्या वहाँ लोगों का मनोरंजन करने के लिए भाषण देंगे? वे भाँड हैं क्या?"

"तो फिर धन कैसे एकत्रित होगा?" पत्नी ने पूछा।

"उन्होंने लिखा है कि इस समय उनके पास इतना पैसा है कि वे मार्ग में दर्शनीय स्थलों को देखते हुए भारत लौट सकें।"

'डिट्रायट क्रिटिक' के संपादक और एक संवाददाता कार्यालय में प्रवेश कर रहे थे।

"लोग कहते हैं कि विवेकानन्द अपने व्याख्यानों से बहुत सारा धन कमा रहा है। ऐसे तो हमारे देश का बहुत सारा धन भारत चला जाएगा।" संवाददाता ने कहा।

"मैंने भी बहुत सुना है कि अपने इस रोमांचक अभियान में हीदन चिंतन के महान् सत्यों और आध्यात्मिक आशीर्वादों का प्रचार कर डिट्रायट में विवेकानन्द बहुत सारा धन कमा रहा है।" संपादक ने कहा।

"वही तो।"

"पर मैं जानता हूँ कि वह कितना कमा रहा है।" संपादक हँसा, "अपने इस सारे व्यायाम से वह जितना कमा पा रहा है, उतना तो हम विदेशों में काम करने वाले अपने ईसाई धर्म-प्रचारकों को पेट पालने के लिए बिना तनिक भी विचार किए दे देते हैं।"

पाल्मर का घर एक विशाल प्रासाद जैसा था। उस समय वहाँ कहीं कोई नहीं था। स्वामी अकेले ही आरामकुर्सी पर बैठे हुए थे। उनके अधरों में सिगार दबा था और हाथों में समाचार-पत्र था। सहसा उन्होंने मुस्कराकर समाचार-पत्र रख दिया और उठ खड़े हुए।

...ये लोग मुझे एक वातचक्र कहते हैं। कहते हैं कि मैं बहुत काम कर रहा हूँ। कर्म का ज्वर चढ़ा हुआ है मुझे।...पर ये सब व्यर्थ की बातें है। मैं कुछ नहीं हूँ। ईश्वर ही एकमात्र कर्ता है। हम उसके हाथ की कठपुतलियाँ हैं। केवल कठपुतलियाँ।...भाषणों से जितनी लोकप्रियता और सुविधा मिलती जाती है, मन उससे उतना ही ऊबता जाता है।...मेरा अंतिम व्याख्यान अब तक के व्याख्यानों में सर्वश्रेष्ठ था। मिस्टर पाल्मर कितने उल्लसित थे और श्रोता सम्मोहित-से बैठे रहे। व्याख्यान पूरा करने के पश्चात् ही मेरा ध्यान इस ओर गया कि मैं इतनी देर तक बोला हूँ। कोई भी वक्ता श्रोताओं की बेचैनी और अपकर्षण को भाँप लेता है। भगवान् मुझे इस प्रकार की बकवास से बचाए।...वैसे अब तक सब कुछ ठीक है; किंतु मैं नहीं जानता कि जबसे मैं यहाँ हूँ, मेरा मन क्यों इतना उदास है।...शायद मैं भाषणबाजी से तंग आ चुका हूँ। सब बकवास है। यह सैकड़ों प्रकार के मानव पशुओं से मिलना मुझे व्याकुल कर गया है।...मुझे लगता है कि मैं लिख नहीं सकता, बोल नहीं सकता, किंतु मैं बहुत गहराई से सोच सकता हूँ।...और जब मैं प्रवाह में आ जाऊँ तो आग उगल सकता हूँ।...किंतु यह कुछ थोड़े-से चुने हुए लोगों के सामने ही होना चाहिए। यदि वे चाहें तो मेरे विचारों को प्रचारित-प्रसारित कर सकते हैं—मैं नहीं। यह श्रम का विभाजन है। एक ही व्यक्ति चिंतन और प्रसारण में सफल नहीं होता। चिंतन और मनन के लिए व्यक्ति को स्वतंत्र होना पड़ता है—विशेषकर आध्यात्मिक चिंतन के लिए।...चिंतन की स्वतंत्रता पर यह बल इसलिए है ताकि यह सिद्ध हो सके कि मनुष्य कोई यंत्र नहीं है। यही सारे धार्मिक विचारों का मकरंद है। दैनंदिन के मशीनी जीवन में इस प्रकार का चिंतन संभव नहीं है। प्रत्येक वस्तु को मशीन के धरातल पर ले आने वाली प्रवृत्ति ने ही, पाश्चात्य देशों को यह अद्भुत समृद्धि दी है और यही है, जिसने सारे धर्मों को उनके द्वार से दूर हटा दिया है। जो कुछ बचा भी है, उसे पश्चिमी देशों ने यांत्रिक व्यायाम में बदल दिया है।...

"'मुझे बहुत वितृष्णा होती है कि किन्हीं श्रोताओं की रुचि और सनक के अनुकूल मुझे उसी धरातल पर उतरकर बोलना पड़े।'''वे मुझे योद्धा संन्यासी कहते हैं; किंतु मेरा यह शक्तिशाली पौरुष किसी असावधान द्रष्टा को ही 'योद्धा' लगता होगा। मेरा संघर्ष शायद ही कभी शालीनता से विहीन रहा हो। जो मेरे संघर्षशील रूप के पार नहीं देख सके, वे नहीं जानते कि मैं अपनी सारी गतिविधियों में दैवी आदेश माँगता और पाता रहा हूँ।'''

सहसा स्वामी का ध्यान मेरी हेल द्वारा शिकागो से भिजवाए गए पत्र की ओर चला गया। उन्हें मेरी को पत्र भी लिखना था :

डिट्रायट
18 मार्च, 1894

प्रिय बहन मेरी,

कलकत्ता का पत्र भेजने के लिए हार्दिक धन्यवाद।

यह कलकत्ता के मेरे गुरुभाइयों द्वारा भेजा गया था। मेरे गुरुदेव के जन्म-महोत्सव को मनाने के अवसर पर व्यक्तिगत निमंत्रण के रूप में लिखा गया था। गुरुदेव के विषय में तुमने बहुत कुछ सुना है। अतः इस पत्र को फिर तुम्हारे पास लौटा रहा हूँ। पत्र में लिखा है कि मजूमदार कलकत्ता लौट आया है और यह प्रचार कर रहा है कि विवेकानन्द अमेरिका में विश्व के समस्त पाप कर रहा है। भगवान् उसका भला करें। तुम चिंता मत करना। भारत में लोग मेरे चरित्र को बहुत अच्छी तरह जानते हैं। मेरे गुरुभाई, मेरे जीवन-भर के संगी मुझे इतना पहचानते हैं कि वे इस बकवास का कभी विश्वास नहीं करेंगे। वे मजूमदार की मूर्खतापूर्ण हरकतों पर हँसेंगे।'''यह तुम्हारे अमेरिका का 'अद्‌भुत आध्यात्मिक पुरुष' है। यह उनका दोष नहीं है। जब तक कोई वास्तव में आध्यात्मिक न हो जाए, अर्थात् जब तक किसी को आत्मस्वरूप में वास्तविक अंतर्दृष्टि प्राप्त नहीं हो जाती और आत्मा के जगत् की एक झाँकी नहीं मिल जाती, तब तक वह बीज को भूसे से, असली गहराई को थोथी बातों से पृथक् नहीं कर सकता। मुझे बेचारे मजूमदार के लिए खेद है। उसका इतना पतन हुआ! वह कहता है कि मैं अमेरिकी महिलाओं के साथ असंयमी पाशविक जीवन जी रहा हूँ!! उस वयस्क बालक का भगवान् भला करें। अमेरिका की महिलाएँ मुझे उससे अधिक अच्छी तरह जानती हैं।

तुम्हारा भाई
विवेकानन्द

63

'ईवनिंग न्यूज' के एक उपसंपादक ने संपादक के केबिन में प्रवेश करते ही पूछा, "सर! आपने विवेकानन्द का भाषण सुना?"

"हाँ! सुना ही नहीं, उससे प्रभावित भी हुआ।" संपादक ने कहा, "सचमुच हमें कोई अधिकार नहीं है कि हम एशियाई लोगों के घरों में जाकर उनसे यह कहें कि वे सहस्रों वर्षों से धर्म के रूप में एक मलिन छाया का पीछा करते रहे हैं; और यदि वे हमारा नया धर्म स्वीकार नहीं करेंगे तो इस संसार में उनका यह जीवन निश्चित रूप से यातनामय होगा। इस जीवन के पश्चात् उनकी आत्मा

नरक की यंत्रणा सहेगी।"

"पर हमारे पादरी तो कहते हैं कि हमें यही करना चाहिए।" उपसंपादक ने कहा।

"करें; किंतु तब दूसरे धर्मों को अपना प्रचार करने और हमारे धर्म को भला-बुरा कहने का अधिकार भी दें।" संपादक ने कहा, "उसके लिए वे एकदम तैयार नहीं हैं। प्रचार तो दूर, एशिया से यहाँ आकर एक व्यक्ति अपने धर्म के विषय में बता ही रहा है तो पादरी लोग अपने क्षोभ से मरे जा रहे हैं।...ये रूढ़िवादी ईसाई पादरी अपने धर्म को संसार का एकमात्र सच्चा धर्म मानते हैं और शेष सबको शैतान का कृतित्व समझते हैं। यह न न्याय है, न समान अधिकार।"

"पर विवेकानन्द के एक भाषण ने सबको चुप करा दिया। उन्होंने उसी में सबको समेट लिया। अब कहीं कोई विरोध सुनाई नहीं पड़ता।"

"पर मेरा अनुभव कहता है कि ये पादरी चुप बैठने वाले नहीं हैं।" संपादक ने चिंतित स्वर में कहा।

"यह बंगाली पादरी मजूमदार तो अनर्थ कर रहा है।" रामकृष्णानन्द कुछ आवेश में थे।

"क्यों? क्या हुआ?" शारदानन्द ने कहा, "आज प्रातः ही गुरुस्मरण के स्थान पर मजूमदार कहाँ से स्मरण हो आया?"

"नरेन्द्र का पत्र आया है।" रामकृष्णानन्द ने उनकी ओर पत्र बढ़ा दिया।

"शरत भैया! तनिक पढ़कर सुना दो।" लाटू ने कहा, "तनिक हम भी सुन लें नरेन्द्र बाबा की बात।"

शारदानन्द ने पत्र पढ़ा :

द्वारा, जॉर्ज डब्ल्यू० हेल
541, डियरबोर्न एवेन्यू, शिकागो
19 मार्च, 1894

प्रिय राखाल,

इस देश में आने के बाद मैंने तुम्हें कोई पत्र नहीं लिखा। पर हरिदास भाई—जूनागढ़ के दीवान जी साहब—के पत्र से सब समाचार मालूम हुआ। गिरीशचंद्र घोष और तुमने हरिदास भाई का उत्तम सत्कार किया—यह उचित ही हुआ।

इस देश में मुझे कुछ भी अभाव नहीं है। पर यहाँ भिक्षाटन का प्रचलन नहीं है। मुझे परिश्रम—अर्थात् स्थान-स्थान पर व्याख्यान देना पड़ता है। यहाँ—शिकागो में—जैसी गर्मी है, शीत भी वैसा ही है। गर्मी कलकत्ता से तनिक भी कम नहीं। शीत की क्या बात कहूँ। समग्र देश दो-तीन हाथ, और कहीं-कहीं चार-पाँच हाथ गहरी बर्फ में ढँका रहता है। हाँ! दक्षिण की ओर हिमपात नहीं होता। पर बर्फ तो छोटी चीज हुई। जब पारा 32 डिग्री पर रहता है, तब हिमपात होता है। कलकत्ता में पारा 60 डिग्री से नीचे बहुत कम उतरता है। इंग्लैंड में कभी-कभी शून्य तक भी जाता है। पर यहाँ पारा शून्य से 40-50 डिग्री नीचे तक चला जाता है। उत्तरी क्षेत्र में, जहाँ कनाडा है, पारा जम जाता है। उस समय एल्कोहल के तापमापक यंत्र का उपयोग किया जाता है। जब बहुत ही ठंड होती है, अर्थात् जब पारा 20 डिग्री से नीचे रहता है, तब हिमपात नहीं होता। मेरी धारणा थी कि हिमपात हुआ और भयंकर शीत हुआ। सत्य यह नहीं है। हिमपात जरा कम ठंडे दिनों में होता है। अत्यधिक

शीत में एक प्रकार का नशा हो जाता है। उस समय गाड़ियाँ नहीं चलतीं। बिना पहिए का एक यान–स्लेज–घसीट लिया जाता है। सब कुछ जमकर कठोर हो जाता है--नदी, नाले और झील पर से हाथी भी चलकर पार हो सकता है। नियाग्रा का प्रचंड प्रवाह वाला विशाल निर्झर जमकर पत्थर हो गया है; परंतु मैं स्वस्थ और प्रसन्न हूँ। पहले थोड़ा भय लगता था···किंतु फिर अपनी आवश्यकता से बँधा, रेल से यात्रा करता हुआ, एक दिन कनाडा के पास, दूसरे दिन अमेरिका के दक्षिणी क्षेत्र में व्याख्यान देता फिरता हूँ। घरों के समान गाड़ियाँ भी वाष्प के नलों से खूब गर्म रखी जाती हैं। चारों ओर हिम के श्वेत ढेर हैं। कैसी अनोखी शोभा है।

मैं भयभीत था कि मेरी नाक और मेरे कान गिर न जाएँ, पर आज तक कुछ नहीं हुआ। हाँ! बाहर जाते समय ढेरों ऊनी कपड़े, उस पर फर का कोट, जूते, उन जूतों पर ऊनी जूते–इस प्रकार कवचरक्षित होकर जाना पड़ता है। साँस निकलते ही दाढ़ी में जम जाती है। उस पर तमाशा यह कि घर के भीतर, बिना बर्फ का एक डला डाले ये लोग पानी तक नहीं पीते। घर के अंदर गर्मी है। प्रत्येक कमरा और सीढ़ियाँ–वाष्प के माध्यम-से गर्म रखे जाते हैं। ये लोग कला-कौशलों में अद्वितीय हैं। भोग-विलास में अद्वितीय हैं, धन कमाने में अद्वितीय हैं और खर्च करने में भी अद्वितीय हैं। एक कुली की दैनिक आय छह रुपए है, नौकर की भी वही। तीन रुपयों से कम में किराए की गाड़ी नहीं मिलती। चार आने से कम का चुरुट नहीं है। चौबीस रुपयों में मध्यम कोटि का एक जोड़ा जूता मिलता है। पाँच सौ रुपयों में एक जोड़ा कपड़े–एक परिधान! जैसा कमाते हैं, खर्च भी वैसा ही करते हैं। एक एक व्याख्यान में दो सौ रुपयों से तीन सहस्र रुपयों तक मिल सकते हैं। मुझे पाँच सौ रुपए तक मिले हैं। हाँ! अब मेरा भाग्य भी खुल गया है। ये लोग मुझसे स्नेह करते हैं और सहस्रों लोग मेरा व्याख्यान सुनने आया करते हैं।

प्रभु की इच्छा से मजूमदार महाशय से मेरी यहाँ भेंट हुई। पहले तो बड़ी प्रीति थी, पर जब सारे शिकागो के नर-नारी, मेरे पास झुंड के झुंड आने लगे, तब मजूमदार भैया के मन में आग जलने लगी। मैं तो देख-सुनकर दंग रह गया। मेरे जैसा उनका न हुआ, इरागें गेरा वया दोष?···और मजूमदार ने धर्मसभा में और पादरियों के सामने मेरी यथेष्ट निंदा की। 'वह कोई नहीं। ठग है, ढोंगी है। वह तुम्हारे देश में कहता है कि मैं साधु हूँ।' इत्यादि कहकर मेरे विषय में उनके मन में भ्रांतियाँ उत्पन्न कर दीं। अध्यक्ष बैरोज का मन इतना फेर दिया कि वे मुझसे अच्छी तरह बात भी नहीं करते। वे लोग पुस्तकों और पत्रकों द्वारा मुझे भरसक दबाने का प्रयत्न कर रहे हैं। किंतु गुरुदेव मेरे साथ हैं, दूसरे लोग मेरा क्या कर सकते हैं? सारा अमेरिका मेरा आदर करता है, भक्ति करता है, गुरु जैसा मानता है।–मजूमदार बेचारा क्या करे? पादरी इत्यादि भी मेरा क्या कर सकते हैं? और ये लोग भी तो विद्वान् हैं। यहाँ इतना कहने से ही नहीं चलता कि--'हम लोग विधवाओं से विवाह करते हैं।' 'हम लोग मूर्तिपूजा नहीं करते'···इत्यादि-इत्यादि। केवल पादरियों के यहाँ यह बात चलती है। भाई, ये लोग तत्त्वविज्ञान सीखना चाहते हैं । विद्या चाहते हैं। कोरी बातों से नहीं चलेगा।

धर्गपाल वड़ा अच्छा लड़का है। ज्यादा पढ़ा-लिखा नहीं है। किंतु भला आदमी है। इस देश में उसका काफी आदर-सत्कार हुआ।

भाई, मजूमदार को देखकर मेरी बुद्धि ठिकाने आ गई है। भर्तृहरि ने ठीक ही कहा है, जो अकारण दूसरों के हित के बाधक हैं, वे कैसे हैं, हमें नहीं मालूम–ये निघ्नंति निरर्थकं परहितं ते के न जानीमहे। सब दुर्गुण कट जाते हैं, किंतु अभागी ईर्ष्या नहीं मिटती। हमारी जाति का यही दोष है।

केवल परनिंदा और ईर्ष्या। वे सोचते हैं कि हमीं बड़े हैं। और कोई बड़ा न होने पाए।

—विवेकानन्द

“इस कलकत्ता में ही इतने राक्षस क्यों उत्पन्न हो जाते हैं?” लाटू जाने किससे पूछ रहा था।

“क्योंकि यहाँ विवेकानन्द जैसे युग पुरुष उत्पन्न होते हैं।” रामकृष्णानन्द ने उल्लसित स्वर में कहा, “समझे स्वामी अद्‌भुतानन्द! चिंता की बात नहीं है। यह कलकत्ता नगर इस मजूमदार की बुद्धि ठिकाने लगा देने में पूर्णतः सक्षम है।”

64

संध्या बीत चुकी थी। रात्रि का अंधकार अपना पूरा अधिकार जता चुका था। गली में हलका-सा प्रकाश तो था, किंतु सर्वथा एकांत था। रॉबर्ट ए० ह्यूम अपने पादरी के चोगे में सिमटे-से चले जा रहे थे। वे पर्याप्त सशंक लग रहे थे। अपनी झुकी आँखों से चतुराईपूर्वक इधर-उधर देख रहे थे। वे नहीं चाहते थे कि कोई भी उन्हें इस समय यहाँ देख पाए।

वे एक मकान के द्वार पर रुके। इधर-उधर देख, एकांत पा, संतुष्ट होकर कपाट खटखटाए। द्वार नहीं खुला तो दूसरी बार खटखटाया।

इस बार द्वार खुल गया। कपाट की ओट अब भी थी। भीतर अँधेरा था। प्रकाश करने का कोई प्रयत्न नहीं किया गया था। ह्यूम जल्दी से भीतर प्रवेश कर गए।

“सब लोग आ गए?” ह्यूम ने पूछा।

“हाँ! आपकी ही प्रतीक्षा थी।” उस व्यक्ति ने बताया।

व्यक्ति मुड़ गया। ह्यूम उसके पीछे-पीछे सीढ़ियाँ चढ़ने लगे।

कुछ लोग ऊपर के एक कमरे में बैठे थे। कमरे में इतना ही उजाला था कि कभी-कभी किसी चेहरे का कोई पक्ष दिखाई पड़ जाए। चेहरे स्पष्ट रूप से दिखाई नहीं पड़ रहे थे।

“मेरा विचार है कि हम जानते हैं कि हम सब यहाँ क्यों एकत्रित हुए हैं।” ह्यूम ने बात आरंभ की।

“मैं तो इतना ही जानता हूँ कि हम किसी बहुत ही महत्त्वपूर्ण विषय पर गोपनीय चर्चा करने के लिए एकत्रित हुए हैं।” एक व्यक्ति ने कहा।

“हाँ! विषय गोपनीय नहीं है; किंतु चर्चा अवश्य गोपनीय है।”

“आप जानते हैं कि शिकागो में धर्मसंसद का आयोजन हमने इसलिए नहीं किया था कि पिछड़े हुए कंगाल देशों से अविश्वासी हीदन यहाँ आकर हमारा और हमारे धर्म का अपमान करें और अपने पिछड़े और अवैज्ञानिक धर्म का प्रचार करें।...” एक अन्य व्यक्ति ने कहा, “किंतु वही हुआ है। उस हिंदू संन्यासी विवेकानन्द ने अमेरिका में अपने सहस्रों प्रशंसक उत्पन्न कर लिए हैं।...”

“मैं नहीं जानता था कि हमारी स्त्रियाँ इतनी मूर्ख हैं कि वे उसके पीछे इस प्रकार लग जाएँगी।” तीसरे व्यक्ति ने कहा।

ह्यूम ने अपने हाथ के संकेत से उन्हें चुप कराने का प्रयत्न किया, “इसका अर्थ है कि आप

भी इस बात से उतने ही विचलित हैं जितना कि मैं हूँ, तभी तो अपनी स्त्रियों को मूर्ख कह रहे हैं।"

"तो हम उस विवेकानन्द की मूर्खतापूर्ण बातों का उत्तर क्यों नहीं देते?" चौथे व्यक्ति ने जिज्ञासा की।

"हमने उसकी बातों का उत्तर दिया। शिकागो में भी और डिट्रायट में भी; किंतु उसका परिणाम क्या हुआ? उसके अनुचरों का सार्थ बढ़ता गया।"

"तो क्या हम उसकी पिटाई नहीं कर सकते?" पाँचवें व्यक्ति ने कहा।

"कर तो सकते हैं; किंतु मुझे भय है कि उसे उससे भी लाभ ही होगा।" ह्यूम ने कहा, "उसके प्रति लोगों की सहानुभूति और भी बढ़ेगी।"

"तो फिर क्या करना चाहिए?" पहले व्यक्ति ने पूछा।

"मेरी समझ में तो एक ही बात आती है कि उसके प्रति लोगों की सहानुभूति को घृणा में बदल देना चाहिए। इस एक हीदन के भाषणों के प्रभावस्वरूप हमें विदेशों में धर्म-प्रचार के लिए लोगों से दान-रूप में मिलने वाली राशि आधी भी नहीं रह गई है। यह हमारा प्रचार-कार्य ही नहीं रोक रहा, हमारे पेट पर भी लात मार रहा है।"

"तो समाधान क्या है?"

"उसके लिए एक ही उपाय मेरी समझ में आता है कि हम योजनाबद्ध रूप से उसको बदनाम करें।" ह्यूम ने कहा, "उसके चरित्र का हनन करें। खंडन करें। लोगों को बताएँ कि वह सच्चरित्र संन्यासी नहीं, पाखंडी, व्यभिचारी और लंपट है···।"

"बिना किसी आधार के?"

"क्यों न हम उसे रिझाने के लिए कुछ असाधारण सुंदरियों को उसके पास भेजें।" पहले व्यक्ति ने कहा।

"अद्भुत! यह तो मैंने सोचा ही नहीं।" ह्यूम के चेहरे पर मुस्कान थी, "कोई कितना ही संन्यासी क्यों न बने। उसके बिस्तर में एक निर्वस्त्र सुंदरी घुस जाए, तो उसका संन्यास उसके रक्त के आवेग को रोक लेगा क्या?"

"संभव ही नहीं है।" पहले व्यक्ति ने कहा, "यदि वह पुरुष है तो।"

"किंतु वे सुंदरियाँ आएँगी कहाँ से?" ह्यूम ने पूछा।

"डॉलर वह चुंबक है, जो सुंदरीरूपी लोहे को घसीट लाता है।" दूसरा व्यक्ति बोला, "डॉलर फेंको। देखो, कैसी-कैसी सुंदरियाँ आ जाती हैं। डिट्रायट में वेश्याओं की कमी हो तो दूसरे नगरों से बुला लो।"

"अच्छा विचार है।" ह्यूम सहमत हो गए।

लिली अपने कमरे में केवल अंतर्वसनों में लेटी थी। कुछ समझ नहीं आया तो उठकर सिगरेट सुलगा ली। तभी कपाट खटके।

"ओह-हो!" वह झल्लाई-सी उठी और उसने कपाट खोले। उसकी सहयोगिनी रोजा बाहर से लौटी थी। उसने बहुत आकर्षक और भड़काऊ वस्त्र पहन रखे थे। पूरा श्रृंगार किए हुए थी; किंतु चेहरे से कुछ उदास और अधिक परेशान लग रही थी।

"क्यों, मुर्गा नहीं फँसा?" लिली ने पूछा।

रोजा के चेहरे पर वितृष्णा उभरी, “वह कोई ग्राहक नहीं था।”

“तो फिर तुम अपना समय नष्ट करने क्यों गई थी?”

“अरे, वह पादरी ह्यूम!” रोजा झल्लाकर बोली, “उसने मुझे पैसे देकर भेजा था कि मैं जाकर उस हिंदू संन्यासी को पटाऊँ।”

“विचित्र बात है, मजा हिंदू संन्यासी ले और पैसे पादरी ह्यूम दे।”

“गंदी बातें मत कर।” रोजा ने उसे डाँट दिया।

“भड़क क्यों रही है, तुझसे नहीं पटा?”

“उसकी उपस्थिति मात्र से मुझे संकोच होने लगा।” रोजा बोली, “मुझे लगा कि उसकी पवित्रता के सामने मैं मल का ढेर हूँ।”

“क्यों, वह पुरुष नहीं है?”

“दिव्य पुरुष है। वह संन्यासी तो एक सरल और सात्त्विक शिशु है। उसके सामने शरीर उघाड़ने में तो मुझे भी लज्जा आने लगी। उसने मुझे जब माँ कहकर पुकारा तो मैं भूमि में ही गड़ गई।”

“ये पादरी बातें तो धर्म की करता है, किंतु जाने कैसे-कैसे नीचे कर्म करता और करवाता है।” लिली ने कहा।

रोजा ने बुरा-सा मुँह बनाया, “मुझे तो अब पादरी शब्द से ही उबकाई आने लगी है।”

65

संध्या का समय था। श्रीमती स्मिथ श्रीमती बागले से भेंट करने आई थीं; और वे लोग बतियाने की मुद्रा में बैठ गई थीं। सेविका मेज पर चाय का सामान रख गई थी। उन्होंने अपना-अपना प्याला उठा लिया था।

“आपने बहुत अच्छा किया श्रीमती स्मिथ कि आप आ गईं। देखिए, आपके आ जाने से संध्या कितनी सुहावनी हो गई है।”

श्रीमती स्मिथ हँसीं, “आप किसी भी बात को शिष्ट रूप से कहने में कितनी दक्ष हैं। वैसे तो मुझे भी मेरा अकेलापन नोचता रहता है; किंतु···किंतु मैं एक विशेष प्रयोजन से आई हूँ। यह कहिए कि अपनी एक चिंता आपसे बाँटने आई हूँ। पर अभी तक साहस नहीं कर पाई कि आपसे कहूँ या न कहूँ।”

“क्यों, ऐसी क्या बात है? मैं नहीं जानती थी कि आप मुझसे इस प्रकार भय खाती हैं।”

“भय नहीं, संकोच है। शालीनता का संकोच। कहीं मैं आपको अपनी बातों से कष्ट न पहुँचाऊँ।”

“कहिए, कहिए! निस्संकोच कहिए! आप ऐसा भी क्या कह देंगी कि जिससे मुझे कष्ट पहुँचेगा।”

“नगर में आपके मित्र स्वामी विवेकानन्द के विषय में बहुत चर्चा है।” श्रीमती स्मिथ ने कहा।

“चर्चा तो होगी ही। उनका व्यक्तित्व ही ऐसा है। वे एक सात्त्विक, ऊर्जावान और महान् व्यक्ति हैं। ईश्वर के ध्यान में डूबे ही नहीं रहते, उसके साथ जीते हैं। वे सरल हैं और एक अबोध शिशु

के समान विश्वसनीय हैं।…"

"यही सब तो मेरे संकोच का कारण है।…" श्रीमती स्मिथ बोलीं, "जिसको आप इतना पवित्र मानती हैं, उसके विषय में एक महिला ने मुझे बताया कि यह सब तो मात्र दिखावा है। वह प्रथम कोटि का व्यभिचारी और लंपट है। उसके रूप और वाणी-चातुर्य से लड़कियाँ उसके जाल में फँस जाती हैं। आप जानती ही हैं कि युवतियाँ अपनी इस अपरिपक्व अवस्था में कितनी भोली…या कहिए कि मूर्ख होती हैं। कितनी जल्दी पुरुष पर विश्वास कर लेती हैं। उसकी ओर आकृष्ट हो जाती हैं। हमारे कुछ पादरी तो स्पष्ट रूप से कह रहे हैं कि आप अपनी पुत्रियों को उससे दूर ही रखें।…"

श्रीमती बागले का क्षोभ छिप नहीं सका, "किसने कहा है आपसे यह सब?"

"एक महिला ने, जो बड़ी कठिनाई से उसके चंगुल से बच पाई है, उसका तो जीवन ही नष्ट हो जाने को था।"

"कौन है वह विश्वसुंदरी?" श्रीमती बागले का स्वर रोष से भर आया था, "जिन धनाढ्य सुंदरियों ने स्वयं जाकर स्वामी के सम्मुख आत्मसमर्पण के प्रस्ताव रखे, उनका तो स्वामी ने तिरस्कार कर दिया; और अब यह स्वर्ग की कोई अप्सरा उत्पन्न हो गई है, जिसे स्वामी स्वयं अपने चंगुल में फँसाने पर लगे हैं।" उन्होंने स्वयं को कुछ संयत किया, "श्रीमती स्मिथ! स्वामी स्त्री में केवल माँ को देखते हैं। वे अपने सान्निध्य से अपने प्रतिरोधी उत्पन्न नहीं करते; लोगों के लिए जीवन के एक उच्चतर धरातल तक आरोहण संभव करते हैं। उनके निकट रहकर लोग मानवनिर्मित वर्गों और संप्रदायों से परे देखने लगते हैं और अपने धार्मिक विश्वासों के बावजूद स्वामी के साथ तादात्म्य का अनुभव करते हैं।"

"ठीक है, ठीक है। किंतु अपनी इन अबोध बच्चियों को संकट से बचाने में हानि ही क्या है?" श्रीमती स्मिथ ने कहा, "और मुझे बताया गया कि स्वयं को बदनामी से बचाने के लिए आपको अपनी एक युवती नौकरानी को भी घर से निकालना पड़ा है।…वह शायद गर्भवती…।"

श्रीमती बागले का स्वर बहुत तीखा हो आया, "अपनी अबोध बच्चियाँ!…आप बचाने की बात कर रही हैं। मैं चाहती हूँ कि अमेरिका का प्रत्येक नागरिक स्वामी विवेकानन्द को जाने। और यदि भारत में ऐसी और विभूतियाँ हों तो उन्हें वह अमेरिका भेजे।" और निमिष-भर रुककर जैसे वे तड़पकर बोलीं, "और किस नौकरानी की बात कर रही हैं आप?…स्वामी आपके पादरी नहीं हैं, जो नीग्रो नौकरानियों को भी नहीं बख्शते और उन्हें दंडित करने के लिए भारत या चीन भेजना पड़ता है।"

श्रीमती बागले की सबसे छोटी और अविवाहित पुत्री हैलेन सहसा ही उधर चली आई।

"ओह मिसिज स्मिथ! मैं नहीं जानती थी कि आप भी यहाँ बैठी हैं। कैसी हैं आप?"

"हैलेन!" श्रीमती बागले कुछ वक्र स्वर में बोलीं, "ये मुझे बताने आई हैं कि स्वामी एक दुश्चरित्र व्यक्ति हैं और हमें उनसे अपनी बच्चियों को बचाना चाहिए।"

"क्या?"

श्रीमती स्मिथ ने कुछ साहस कर कहा, "यह भी कहा जा रहा है कि स्वामी न तो संन्यासी हैं और न ही हिंदू धर्म अथवा भारत के प्रतिनिधि। वे तो…"

"तो क्या हैं वे—ठग?" हैलेन ने पूछा।

"ऐसी सूचनाएँ भारत से ही आ रही हैं मेरी बच्ची! यह भी कहा जा रहा है कि विवेकानन्द

जो कुछ कह रहा है, वह सब उसका व्यक्तिगत चिंतन है। वह हिंदू धर्म नहीं है। उसके विचार किसी हिंदू संप्रदाय को स्वीकार्य नहीं हैं।"

हैलेन कुछ उत्तेजित हो उठी, "यह सब झूठ है—आदि से अंत तक। स्वामी के चरित्र की शुद्धता में अविश्वास करना पाप है। उनका सम्मान किए बिना कोई उन्हें जान ही नहीं सकता। उनके जैसा आध्यात्मिक पुरुष और कहाँ मिलेगा?"

"आप डिट्रायट की जिस महिला की चर्चा कर रही हैं, वह कौन है, मैं नहीं जानती। जानना भी नहीं चाहती।" श्रीमती बागले ने कुछ कठोर स्वर में कहा, "मैं केवल इतना जानती हूँ कि उसकी इस कहानी का एक-एक शब्द मिथ्या, पापजनित और अपवित्र है।"

"किंतु मैं उसे खोज निकालूँगी ताकि एक बार यह स्पष्ट हो जाए कि डिट्रायट में स्वामी विवेकानन्द के विषय में कौन ऐसी कहानियाँ गढ़ रहा है।" हैलेन ने कहा।

संध्या के समय प्रतापचंद मजूमदार के घर उनके कुछ संगी-साथी आए हुए थे। अमेरिका से लौट आने पर मजूमदार के घर लोगों का आवागमन कुछ अधिक ही हो गया था। वे गपशप की मुद्रा में बैठे थे। खान-पान का भी प्रबंध था।

मजूमदार बोला तो उसका स्वर अत्यंत क्षोभ से भरा हुआ था, "बहुत ख्याति बटोर रहा था। ब्राह्मसमाज की कहीं चर्चा ही नहीं। बस, वेदांत ही वेदांत। हमारी बिल्ली हमीं से म्याऊँ। कल तक तो ब्राह्मसमाज में कीर्तन करता था, आज ठाकुर का चेला वेदांती हो गया है। गोपियों में कान्ह बना बैठा था। अपनी विजय पर बहुत इतरा रहा था।"

"तो तुम अपना खून खौलाकर क्या कर लोगे?" एक साथी ने संदेश का टुकड़ा मुँह में डालते हुए कहा।

"जो करना था, वह कर दिया मैंने।"

"क्या कर दिया?"

मजूमदार की मुद्रा एक विजेता की-सी हो गई, "शिकागो की धर्मसंसद में ही अध्यक्ष जॉन बैरोज़ को कह दिया था कि वह संन्यासी-वंन्यासी कोई नहीं है। यहाँ आकर साधु बना बैठा है। परले सिरे का ढोंगी और ठग है। जॉन बैरोज़ को मुझ पर इतना विश्वास था कि उसने नरेन्द्र से ढंग से बात भी नहीं की। यहाँ कलकत्ता में आकर मैंने लोगों को कह दिया कि मैं तो लौट आया हूँ; किंतु वह नहीं आएगा। वह वहाँ अमेरिका में अत्यंत पापपूर्ण लंपट जीवन व्यतीत कर रहा है। अमेरिकी सुंदरियों के साथ ऐश कर रहा है। भोगी और विलासी है वह। निकृष्ट कोटि का पशुजीवन जी रहा है। दूसरों के धन से खाओ-पियो और उनकी स्त्रियों के साथ मौज करो। और उधर लिख दिया अमेरिका में अनेक लोगों को कि वह हिंदुओं के किसी भी संप्रदाय का प्रतिनिधि नहीं है। यहाँ गिरीशचंद्र घोष के नाटकों में अभिनय करने वाला एक साधारण अभिनेता है। कोई सच्चरित्र व्यक्ति नहीं है वह। शिथिल चरित्र की साधारण अभिनेत्रियों का मित्र है। यहाँ मंच पर संन्यासी का अभिनय करता था, वहाँ जीवन में कर रहा है।"

"अच्छा, नरेन्द्र ने कभी नाटकों में भी अभिनय किया है?" एक मित्र ने पूछा।

"नरेन्द्र नहीं, शामी बिबेकानोन्दो बोलो।" दूसरा मित्र परिहास की मुद्रा में बोला, "नहीं तो उसके शिष्य लोग रुष्ट हो जाएँगे।"

"अच्छा! शामी बिबेकानोन्दो ही सही। पर उसने कभी नाटक में भी काम किया है?"

"गाता तो वह सदा ही था।" मजूमदार ने कहा, "नाटक में भी काम किया है। क्या नाम था उस नाटक का…"

"नववृंदावन थियेटर में अभिनय किया है उसने।" तीसरे साथी ने बताया।

"न भी किया हो तो क्या फर्क पड़ता है।" दूसरा साथी बोला, "यहाँ कौन-सा कोर्ट ऑफ इंक्वायरी के सामने शपथपूर्वक कोई वक्तव्य दिया है।"

"पर नववृंदावन थियेटर के नाटकों में तो हमारे गुरु केशवचन्द्र सेन ने भी अभिनय किया था।" पहले साथी ने कहा, "वे ही तो उस मंडली के नेता थे। तो क्या वे भी दुश्चरित्र थे?"

"वैसे तो पंद्रह वर्ष पूर्व मजूमदार ने नरेन्द्र के गुरु से मिलकर उनकी प्रशंसा में बहुत कुछ लिखा था।" दूसरा साथी बोला, "यह भी लिखा था कि मेरा मन अभी भी उस दिव्य परिवेश में डूबा हुआ है, जो उस अद्‌भुत महापुरुष के चारों ओर बनता चलता है। यह दिव्य पुरुष हिंदू धर्म की पवित्रता और गरिमा का प्रमाण है।"

मजूमदार ने उसे घूरकर देखा, "तू हमारा अबोध मित्र है, जो बुद्धिमान शत्रु से भी अधिक घातक होता है। हमारे गुरु मोशाय ने किया था, अभिनय तो किया था। तेरा यह सब बकना बहुत आवश्यक है क्या?"

"अरे, तो मैं कौन-सा नरेन्द्र से कहने जा रहा हूँ या अमेरिका में किसी को पत्र लिखकर सूचना दे रहा हूँ।" पहला साथी बोला, "तुम सबके सामने ही तो कहा है…।"

"वह तो ठीक है; किंतु तेरी मूर्खता यह है कि तू उस छोकरे की तुलना अपने गुरु से करता है।" मजूमदार ने उसे डाँटा।

"भूल हुई।…पर मजूमदार! तुम्हारे कहने से अमेरिकी जनता मान जाएगी कि नरेन्द्र व्यभिचारी और पाखंडी है?"

"अरे, अकेला मैं ही नहीं कह रहा हूँ।" मजूमदार हँसा, "बंबई में नागरकर यही काम कर रहा है। एक ईसाई महिला भी है—सोराबजी। वह भी यही कर रहीं है। थियोसोफिकल सोसायटी वाले भी कर रहे हैं। अमेरिका और भारत के पादरी तो अत्यंत संगठित होकर उसके पीछे पड़ गए हैं। वह ऐसा बदनाम होगा कि कोई भला परिवार उसे अपने घर में प्रवेश नहीं करने देगा। किसी भले घर की महिला उसका मुख नहीं देखेगी।"

मजूमदार की आँखों में आसुरी क्रूरता उभरी। उसका मुख द्वेष से जैसे काला पड़ गया।

रात्रि को मजूमदार सोने से पहले कुछ पढ़ रहा था कि उसकी पत्नी ने टोका, "आज तुम्हारे बहुत से मित्र आए।"

मजूमदार ने बिना उसकी ओर देखे हुंकारा भर दिया।

"खूब मौज-मजा रहा।"

"हुँ!"

पत्नी ने उसके हाथ से पुस्तक छीन ली, "क्यों पड़े हो उस लड़के के पीछे? पहले तो कभी तुम नरेन्द्र के इतने विरोधी नहीं थे।"

मजूमदार ने क्रोध से उसकी ओर देखा, "पहले कभी उसने मेरा कुछ छीना भी नहीं था।"

"तो अब क्या छीन लिया है? जो संसार त्यागकर संन्यासी हो गया, वह किसी का क्या छीन सकता है?"

"जानना चाहती हो क्या छीना है उसने मेरा?"

"यही तो पूछ रही हूँ।"

मजूमदार तमतमा उठा, "मैं दस वर्ष पूर्व भी अमेरिका गया था।"

"जानती हूँ।"

"मेरे भाषणों के आधार पर मुझे वहाँ एक श्रेष्ठ वक्ता, धर्म व्याख्याता और आध्यात्मिक पुरुष माना गया था।"

"जानती हूँ।"

"मैं एक समाचार-पत्र का संपादक हूँ। मैंने एक पुस्तक लिखी है 'दि ऑरियेंटल क्राइस्ट'। वह पुस्तक अमेरिका में बहुत लोकप्रिय है।"

"ज्ञात है यह सब मुझे।" पत्नी झल्लाकर बोली, "उसमें ईसाई धर्म का ही प्रचार है। हिंदुओं के पक्ष का उसमें कुछ भी नहीं है।"

"हाँ! यही सब है तो क्या। उसने मुझे वहाँ लोकप्रिय बनाया। इस बार भी जब तक वह नरेन्द्र धर्मसंसद में बोला नहीं था, तब तक सब ठीक था, किंतु···"

"तुम्हारी बारी आई, तुम संसद में बोले। उसकी बारी आई, वह बोला।" पत्नी ने कहा, "तुम्हारा व्याख्यान उसके समान नहीं हुआ तो इसमें उस बेचारे का क्या दोष? उसने तुम्हें कोई गाली तो नहीं दी। तुम्हारी बारी तो नहीं छीनी। तुम्हारे विरुद्ध तो कुछ नहीं कहा।"

मजूमदार अपना संयम खो बैठा, "भूसा भरा है तुम्हारी मुंडी में। उसने मेरी सारी ख्याति छीन ली। मेरा सारा महत्त्व समाप्त कर दिया। ऐसा हो गया कि मैं कुछ हूँ ही नहीं। जिसने मेरा अस्तित्व ही मिटा दिया, मैं उसे ऐसे ही छोड़ दूँगा क्या?"

"नहीं! ऐसे ही छोड़ क्यों दोगे। झूठ बोलोगे, प्रवाद फैलाओगे और फिर धर्म और अध्यात्म की बात करोगे। अध्यात्म में ईर्ष्या और द्वेष का क्या काम? तुम ईर्ष्याग्नि में जल रहे हो और पतन के कर्दम में गहरे से गहरे धँसते जा रहे हो।"

"मेरे साथ शास्त्रार्थ मत करो।" मजूमदार ने उसे धमकाया, "मैं मोक्ष के लिए नहीं, यश और वैभव के लिए अमेरिका गया था।"

"वह तो तुम्हें मिल ही रहा है। 'दि इंडियन मिरर' देख लिया है न! तुम्हारे अपने भाई ने छापी है तुम्हारी यशोगाथा।"

"नरेन्द्रनाथ सेन ने?" मजूमदार का मुख आश्चर्य से खुल गया, "क्या छापा है?"

पत्नी ने समाचार-पत्र उसकी ओर बढ़ा दिया, "पढ़कर अपनी ईर्ष्याग्नि बुझा लो। नहीं जानते तो मुझसे सुन लो। ईर्ष्या अपने आधार को ही जलाती है। जलोगे तुम ही, उस संन्यासी का कुछ नहीं बिगड़ेगा।"

डिट्रायट के एक विशाल आगार में विराट् भोज का आयोजन था। लोग आ-जा रहे थे। सबके हाथों में प्याले या प्लेटें थीं। मिलना-जुलना हो रहा था। हाथ मिलाना, गले मिलना, गाल का चुंबन करना···प्रणाम-अभिवादन। हँसी-ठट्ठा।···स्वामी भी उस भीड़ में एक ओर खड़े थे। उन्हें उनके कुछ

अपरिचित प्रशंसकों ने घेर रखा था।

"अभी तक तो आप भले-चंगे थे स्वामी!" एक महिला ने कहा, "अकस्मात् ही आप इतने अनमने क्यों हो गए हैं?"

दूसरी महिला ने अपनी कोहनी मारकर पहली को सावधान किया।

स्वामी ने उस गोपनीय चेष्टा को देख लिया और मुस्कराए, "मुझे भी कुछ ऐसा ही लगा है। लगता है, अनिद्रा ने मुझे कुछ शिथिल कर दिया है।"

"तो आप एक कप कॉफी पी लें।" एक पुरुष ने कहा, "निद्रा नहीं आएगी। तंद्रा दूर हो जाएगी।"

"हाँ! यही उपयुक्त उपचार है शिथिलता का।"

"मैंने तो समझा कि आप समाधि की ओर जा रहे हैं।···" दूसरी महिला ने कहा।

स्वामी हँसे, "यह भी संभव है। मैं कुछ अंतर्मुखी हो रहा हूँ।"

एक अन्य पुरुष कॉफी ले आया, "लीजिए कॉफी। आप पीते नहीं, नहीं तो मैं आपके लिए मदिरा भी ला सकता था।"

"मदिरा न लाने की आपकी कृपा को स्मरण रखूँगा।" कॉफी का कप पकड़ते हुए स्वामी बोले, "मुझे क्षमा कीजिएगा, आपकी लाई हुई कॉफी आपकी संगति में नहीं पी सकूँगा। हॉल के दूसरे सिरे पर मुझे कुछ और मित्र दिखाई दे रहे हैं। मैं उनको भी नमस्कार कर लूँ।"

"क्यों नहीं। क्यों नहीं।" कॉफी लाने वाले पुरुष ने कहा, "यहाँ इतने लोग हैं, सब ही आपसे मिलना चाहते हैं और स्वभावतः आप भी उनसे मिलना चाहेंगे।"

स्वामी कॉफी का प्याला थामे चल पड़े। वे जैसे स्वयं को अकेला और उस जनसमूह से पृथक् सा अनुभव करने लगे थे। वे स्वयं समझ रहे थे कि वे अर्द्धसमाधि या सम्मोहन की-सी अवस्था में थे। उनकी आँखें अर्द्धनिमीलित-सी हो रही थीं। आसपास के लोग उनकी चेतना से जैसे विलुप्त हो गए थे। बस, एक छाया-सी उनके साथ चल रही थी। वह छाया एक रहस्यमय वृत्त में घिरी हुई थी।···सहसा उस वृत्त का विस्तार हुआ। स्वामी भी उस वृत्त की परिधि के भीतर आ गए। वह छाया और स्वामी किसी ऐसे लोक में थे, जहाँ और किसी का अस्तित्व नहीं था।···और कोई नहीं था···। स्वामी ने पहचाना : वह ठाकुर की छाया थी।···

स्वामी ने कुछ बोलने का प्रयत्न किया, किंतु बोल नहीं पाए। बोलना आवश्यक भी नहीं था। वे पूर्णतः भावविभोर थे।

छाया के मुख से जैसे संगीत झंकृत हुआ, 'यह कॉफी मत पीना। इसमें विष है। तुम्हारे प्राण लेने का षड्यंत्र किया जा रहा है।'

स्वामी ने प्रेम और कृतज्ञता के भावों में डूबे अश्रुपूरित नेत्रों से ठाकुर की छाया की ओर देखा, "आप यहाँ भी मेरे साथ हैं गुरुदेव!"

"मैं सदा तुम्हारे साथ हूँ।"

वह प्रकाशवलय विलीन हो गया। छाया विलुप्त हो गई। स्वामी की आँखें खुल गईं।···अब वे पूर्णतः सामान्य स्थिति में थे।

कॉफी का प्याला उन्होंने जूठे बर्तनों में रख दिया।

स्वामी ऊपर से शांत लग रहे थे, किंतु उनके मन में द्वंद्वों के झंझावात चल रहे थे।...कैसी तो ग्लानि थी, जो उनका पीछा नहीं छोड़ रही थी।...मेरी मूर्खता ही थी कि मद्रास के उन लड़कों के कहने में आकर मैं यहाँ धर्मसंसद में भाग लेने आ गया। मैं क्या जानता था कि उसके साथ इतने बवंडर उठ खड़े होंगे...संसार में कहाँ कौन मेरे विषय में क्या कहता है, उसकी चिंता नहीं है मुझे। किंतु कलकत्ता में मेरी वृद्धा माता हैं। जीवन-भर वे कष्ट और यातनाएँ सहती रही हैं। उन कष्टों में भी उन्होंने मुझे ईश्वर और मानव की सेवार्थ अर्पित कर दिया। अब वे सुनेंगी कि उनकी सबसे प्यारी संतान, उनका यह संन्यासी पुत्र, इस दूर देश में पापपूर्ण जीवन व्यतीत कर रहा है, जैसा कि मजूमदार प्रचारित कर रहा है, तो वे अपने प्राण ही दे देंगी।...पर मैं जानता हूँ कि ईश्वर महान् हैं। उनकी संतान को कोई चोट नहीं पहुँचा सकता।...किंतु मुझे चिंता तो होती ही है...मैंने संन्यासी होते हुए भी अपने लिए समर्थन माँगा। मैंने अलासिंगा को लिखा...कि क्या वह मद्रास में रामनाड या अन्य किसी प्रभावशाली व्यक्ति की अध्यक्षता में एक ऐसी सभा आयोजित कर सकता है, जिसमें हिंदू धर्म का प्रतिनिधित्व करने के लिए मेरा समर्थन एवं संतोष प्रकट किया जाए?...और फिर उस पारित प्रस्ताव को यहाँ के शिकागो हेरल्ड, इंटर ओशन तथा न्यूयॉर्क सन, और डिट्रायट के कमर्शियल एडवर्टाइज़र में प्रकाशनार्थ भेज दिया जाए। उसकी प्रतियाँ धर्मसंसद शिकागो के अध्यक्ष डॉ० बैरोज़ को शिकागो में भेजी जाएँ।...उसे मैंने यह भी लिखा कि इस सभा को जितना बड़ा बना सको, बनाओ। धर्म और देश के नाम पर सभी महत्त्वपूर्ण लोगों को उसमें भाग लेने के लिए पकड़ो। मैसूर के राजा और दीवान से इस सभा और उसके उद्देश्यों का समर्थन करने वाले पत्र प्राप्त करने की चेष्टा करो। ऐसा ही पत्र खेतड़ी से प्राप्त करो। जितनी बड़ी सभा और जितना उसका शोर मचा सको, उतना ही अच्छा है।...देश के सभी भागों से समर्थन प्राप्त करो। इसमें जितनी जल्दी हो, उतना ही अच्छा। इसका बहुत व्यापक परिणाम होगा मेरे भाई! ब्राह्मसमाज के लोग यहाँ मेरे विरुद्ध हर तरह की बकवास कर रहे हैं। हमें जितनी शीघ्र हो सके, उनका मुँह बंद करना है।...मैं ठीक नहीं जानता। किंतु गिरीशचन्द्र घोष तथा अन्य मित्र मेरे स्वर्गीय गुरुदेव के सभी प्रेमियों को एकत्र कर ऐसा ही काम कलकत्ता में भी कर सकते हैं। वे कर सकें तो और भी अच्छा है। उनसे भी ऐसा ही प्रस्ताव पारित करने को कहो। कलकत्ता में ऐसे सहस्रों लोग हैं, जो हमारे आंदोलन के प्रति सहानुभूति रखते हैं।...

...पर यह सब किसी संन्यासी का काम है कि वह अपने शिष्यों को कहे कि वे उसकी प्रशंसा करें, उसका प्रचार करें, उसका समर्थन करें?...और मैंने अलासिंगा को यह भी लिखा...यदि वे ईसाई पादरी तुम्हें कहते हैं कि मैंने संन्यासी जीवन के दो महाव्रतों—ब्रह्मचर्य और निर्धनता—का उल्लंघन किया है, तो उनसे कहो कि वे महा झूठे हैं। उस पादरी ह्यूम को लिखो कि वह स्पष्ट और साफ शब्दों में तुम्हें बताए कि उसने मेरे चरित्र में ऐसा क्या देखा है। या वह उन लोगों के नाम बताए, जिन्होंने उसे ये सूचनाएँ दी हैं। सूचना देने वाले प्रत्यक्षदर्शी हैं अथवा अफवाहों पर विश्वास कर ऐसा कह रहे हैं। यह रहस्य पूर्णतः खुलना चाहिए। इस झंझट का अंत होना चाहिए। अतः इसकी तह तक जाओ।...

...संन्यासी को अपने गुरु और ईश्वर पर निर्भर रहना चाहिए, जैसे आप रहते थे ठाकुर! अपने भरण-पोषण के लिए, अपने मानापमान के लिए, अपने जीवन और मृत्यु के लिए। पर मेरी भी क्या ईश्वर-निर्भरता हुई?...अपने शिष्यों को भी अपने चरित्र का स्पष्टीकरण देना पड़ रहा है मुझे।...शिष्यों को ही क्यों, अपने मित्रों को भी। सबको अपने सच्चरित्र होने का विश्वास दिलाता रहा हूँ।...प्रो० राइट को भी तो लिखा है : ...संन्यासी को आत्मरक्षा की चिंता नहीं करनी चाहिए।...किंतु मैं नैतिक रूप

से बाध्य हूँ कि अपने चरित्र के विषय में आपको पूर्णरूपेण संतुष्ट रखूँ।...अतः आपसे विनती है कि आप उस पुस्तिका और उन पत्रों को न तो प्रकाशित ही करें और न किसी अन्य व्यक्ति को दिखाएँ ही।

पादरियों के उन सारे प्रयत्नों की मैं चिंता नहीं करता; किंतु ईर्ष्या के जिस ज्वार का शिकार मजूमदार हुआ था, उससे मुझे बहुत कष्ट हुआ। प्रभु से प्रार्थना करता हूँ कि मजूमदार को सद्‌बुद्धि प्राप्त हो। वे एक महान् और श्रेष्ठ व्यक्ति हैं, जिन्होंने अपना सारा जीवन सत्कार्यों में ही लगाया है। इससे मेरे गुरुदेव का यह कथन सत्य सिद्ध हो जाता है कि कोई कितना ही पवित्र और श्रेष्ठ बनने का प्रयत्न क्यों न करे, यदि वह संसार में है, तो उसकी प्रकृति का कोई न कोई अंश पतन की ओर प्रेरित हो ही जाता है। ईश्वर का पथ संसार के पथ से ठीक विपरीत है। ईश्वर और कुबेर की एक साथ सिद्धि बहुत कम लोगों को होती है।

मैं कभी धर्म-प्रचारक नहीं रहा और न कभी बनूँगा। मेरा स्थान तो हिमालय में है। अब तक मैंने आपको संतुष्ट रखा है और पूर्ण नैतिक संतोष के साथ मैं कह सकता हूँ, 'मेरे ईश्वर! मैंने अपने बंधुओं को भयानक दुःख में देखा। मैंने इससे मुक्ति का मार्ग भी खोजा और पाया—मैंने उस उपाय का जीवन में प्रयोग करने का पूर्ण प्रयत्न किया; किंतु असफल रहा। अब तेरी इच्छा पूर्ण हो।...'

66

न्यूयॉर्क के 'यूनियन लीग क्लब' के सदस्यों की दर्शन, धर्म और अध्यात्मविद्या में गंभीर रुचि थी। श्रीमती आर्थर स्मिथ शिकागो में स्वामी से मिलीं तो उन्होंने उन्हें न्यूयॉर्क आने का निमंत्रण दे डाला।

न्यूयॉर्क में श्रीमती स्मिथ ने उनका परिचय 'यूनियन लीग क्लब' के अन्य महत्त्वपूर्ण सदस्यों से कराया। डॉ० एगबर्ट गुर्नसे विद्वान् और धनी व्यक्ति तो थे ही, वे इकहत्तर वर्षों के अत्यंत योग्य, प्रख्यात और नगर के अत्यंत लोकप्रिय चिकित्सक भी थे। वे एलोपैथी और होम्योपैथी के मिश्रण से लोगों का उपचार करते थे। लेखक भी थे और अनेक पत्रिकाओं के संपादक भी। 'ब्रुकलीन डेली टाइम्स' के संस्थापक और 'न्यूयॉर्क मेडिकल न्यूज़ टाइम्स' के संस्थापक और प्रधान संपादक थे। न्यूयॉर्क में अनेक आयुर्वैज्ञानिक संस्थाओं की स्थापना उन्होंने की थी और अत्यंत सम्मानित 'यूनियन लीग क्लब' के संस्थापक भी वे ही थे। वे उदार मन और खुले मस्तिष्क के व्यक्ति थे। उन्होंने अपने जीवन का अधिकांश भाग अपने समाज को दुःख और कष्टों से मुक्त करने में ही लगाया था।

स्वामी को डॉ० तथा श्रीमती गुर्नसे के घर पर ठहराया गया था। यह चार मंजिला पत्थर का मकान 528 फिफ्थ एवेन्यू पर एक शांत वीथि में था। यहाँ शरीर और कपड़ों को काला करने वाला धुआँ और कानों को फाड़ने वाला शोर नहीं था। कभी-कभी किसी गाड़ी के पहियों या घोड़ों की टापों से उसकी शांति अस्थायी रूप से भंग हो जाती थी।

स्वामी को श्रीमती स्मिथ ने पहले ही बता दिया था कि डॉ० गुर्नसे का एक युवा पुत्र था, जिसका पिछली जुलाई में देहांत हो गया था। अब उनकी केवल एक पुत्री ही थी। स्वामी ने देखा कि वृद्ध दंपती ने अपने उस दुःख को ईश्वर प्रेम और सात्त्विक जीवनदर्शन की ढाल पर बड़ी वीरता से झेला था।

तीसरी सदस्या सुश्री हैलेन मिलर गाउल्ड थीं। वे जय गाउल्ड की ज्येष्ठ पुत्री और उनकी संपत्ति की उत्तराधिकारिणी थीं।

परिचय के समय तो कोई विशेष चर्चा नहीं हुई; किंतु दो दिन बाद, चार अप्रैल को हैलेन डॉ० गुर्नसे के घर आई। वे लोग बैठक में बैठे थे और श्रीमती गुर्नसे चाय तैयार कर रही थीं।

"डॉ० गुर्नसे! मैं आपको एक कष्ट देने आई हूँ।" हैलेन ने अभिवादन के पश्चात् बैठते हुए कहा।

"आदेश कीजिए मिस हैलेन मिलर गाउल्ड! आप ऐसी प्राणी ही नहीं हैं, जो किसी को कष्ट दे सकें।" डॉ० गुर्नसे के स्वर में औपचारिक शिष्टाचार कम और मन का विश्वास ही अधिक बोल रहा था, "आपके जैसी धार्मिक महिला मैंने दूसरी नहीं देखी।"

"मैं एक दुस्साहस करना चाहती हूँ। क्या आप मुझे उसकी अनुमति देंगे?"

डॉ० गुर्नसे और श्रीमती डॉ० गुर्नसे ने आश्चर्य से उसकी ओर देखा : यह एक दुस्साहसी पिता की पुत्री कौन-सा दुस्साहस करना चाहती है।

"मैं स्वामी को अपने घर पर ठहरने का निमंत्रण देना चाहती हूँ। आपको कोई आपत्ति तो नहीं होगी?"

श्रीमती गुर्नसे स्तब्ध-सी रह गईं। डॉ० गुर्नसे की मुद्रा भी कुछ गंभीर हो गई।

अंततः डॉ० गुर्नसे ने पूछ ही लिया, "क्या स्वामी ने कहा है, या आपको लगा है मिस गाउल्ड कि उन्हें यहाँ कोई असुविधा है?" वे कुछ रुके और फिर जोड़ा, "यद्यपि मैं यह भली प्रकार जानता हूँ कि आप उनके लिए मुझसे अधिक सुविधाएँ जुटाने में समर्थ हैं।"

हैलेन कुछ संकुचित हो उठी। उसने इस प्रकार के किसी प्रश्न की अपेक्षा नहीं की थी।

"नहीं! उन्होंने मुझसे कुछ नहीं कहा है। मैं यह भी जानती हूँ कि उन्हें सुविधाओं की कोई विशेष चिंता भी नहीं है।" हैलेन ने कहा, "यह तो केवल मेरी अपनी इच्छा है। मैं अपने घर में उनकी उपस्थिति से धन्यता का अनुभव करना चाहती हूँ।"

"स्वामी पर मेरा एकाधिकार नहीं है।" डॉ० गुर्नसे ने कहा, "आपका या किसी और का भी उन पर उतना ही अधिकार है, जितना मेरा। उनसे हमारा संबंध अधिकार का नहीं, स्नेह का है। पर स्वामी के इस परिवार में आने से जैसे हमारी कुछ क्षतिपूर्ति हुई है।"

"कैसी क्षतिपूर्ति?"

"स्वामी के आने से इस घर में एक पुत्र आ गया है।" डॉ० गुर्नसे बोले, "यद्यपि स्वामी और हमारे पुत्र में सिवाय उनकी अवस्था के और कोई समानता नहीं है, किंतु स्वामी की उपस्थिति मात्र से जैसे वह अभाव समाप्त हो जाता है।"

"स्वामी हमारा पुत्र नहीं है; किंतु वह एक साक्षात् पुत्र है।" श्रीमती गुर्नसे ने कहा, "जब वह मुझे माँ कहकर पुकारता है, तो तुम्हें कैसे बताऊँ मेरी बच्ची कि मुझे कैसी अलौकिक तृप्ति होती है।...पर यह कोई ऐसा कारण नहीं है, जिससे तुम स्वामी को अपने घर पर आमंत्रित न करो।"

"यदि स्वामी को अच्छा लगे तो आप उन्हें अवश्य आमंत्रित करें।" डॉ० गुर्नसे ने कहा, "पुत्र, माता-पिता के पास न हो, तो भी वह उनका पुत्र ही रहता है।"

"मैं उन्हें अपने घर पर नहीं, अपनी एस्टेट में ठहराऊँगी। वहाँ प्रकृति की गोद में रहकर स्वामी को अच्छा लगेगा।" हैलेन ने मंद स्वर में कहा, "किंतु यह स्वीकार करने में मुझे तनिक भी संकोच नहीं

है कि मैं जो कुछ कर रही हूँ, वह स्वामी के सुख के लिए नहीं, अपने स्वार्थ के लिए कर रही हूँ।"

"हाँ! वे प्रकृति के पुत्र हैं। प्रकृति को साक्षात् अपनी माता मानते हैं।" डॉ० गुर्नसे ने स्वीकार किया, "सदा हिमालय और गंगा की चर्चा करते हैं।"

"और तुम्हारा स्वार्थ भी क्या होगा पुत्री! तुम्हारा स्वार्थ भी जनहित का ही कोई रूप होगा।" श्रीमती गुर्नसे जैसे अपने आपसे ही बोलीं।

स्वामी और हैलेन लिंडहर्स्ट एस्टेट में बने हैलेन के उद्यान भवन में प्रातः भ्रमण कर रहे थे।

"कितनी भूमि में बना है आपका यह प्रासाद?" स्वामी ने प्रशंसा के भाव से जिज्ञासा की।

"पापा ने अपनी जागीर की इस पाँच सौ एकड़ भूमि को अत्यंत सावधानी से विकसित किया था।

"घास के लंबे-चौड़े मैदान, गाड़ी के जाने के लिए वीथियाँ, पानी के स्रोतों तथा झरनों द्वारा अलंकरण। अद्‌भुत है यह सब! इसका प्रबंध कौन करता है?"

"कर्मचारियों की एक पूरी सेना है।"

"वह तो अनिवार्य ही है। चालीस कमरों का भवन, अतिथिगृह, अश्वशाला, गाड़ीघर, सेवकों के लिए आवास, तैरने के लिए सरोवर तथा गेंद इत्यादि खेलने के मैदान!..."

"मेरे पिता सादा और मितव्ययी जीवन व्यतीत करते थे। उनकी रुचि व्यय से अधिक संचय में थी।" हैलेन ने कहा, "किंतु लिंडहर्स्ट के इस ग्रीन हाउस में उन्होंने खुले मन से पैसा लगाया था। सहस्रों जातियों के अल्पोपलब्ध वनस्पतियों को संगृहीत किया था। इसमें दस सहस्र से भी अधिक ऐसे पौधे हैं, जिनकी देख-रेख वे स्वयं करते थे। हाँ! उनके साथ प्रशिक्षित मालियों की एक सेना अवश्य हुआ करती थी। उनके देहांत के पश्चात् मैंने भी इसे उसी रूप में बचाकर रखा है। पर खैर..."

वह मौन हो गई। स्वामी ने उसकी ओर देखा किंतु कुछ कहा नहीं।

"मेरे पिता अपने पीछे लगभग पचास करोड़ डॉलर की संपत्ति छोड़ गए हैं, जिसकी उत्तराधिकारिणी और संचालिका मैं हूँ।" हैलेन ने कहा, "पर मैं उससे तनिक भी सुखी नहीं हूँ।"

स्वामी ने आश्चर्य से उसकी ओर देखा, "वैसे तो भारतीय चिंतन यही मानता है कि धन से सुख नहीं मिलता; किंतु तुम भारतीय नहीं हो। तुम क्यों सुखी नहीं हो?"

"शायद आप जानते हों कि मेरे पिता अमेरिका के महान् डाकू सामंत कहलाते थे। वे अत्यंत धनाढ्य थे। जितने धनाढ्य थे, उतने ही अनैतिक, चरित्रहीन और षड्‌यंत्रकारी। मैं एक क्षण के लिए भी भूल नहीं पाती कि यह पाप की कमाई है।"

"तुम जानती हो न कि तुम यह सब अपने पिता के विषय में कह रही हो?"

"जानती हूँ; किंतु सत्य को स्वीकार करने में मुझे कोई संकोच नहीं है।" हैलेन ने कहा, "यह संपत्ति मेरे लिए नागों की गुफा प्रमाणित हो रही है। वे नाग मुझे दिन-रात डसते रहते हैं; किंतु मैं उस गुफा को त्याग नहीं सकती।"

"क्यों?"

"मेरे तीन छोटे भाई-बहन हैं।" हैलेन बोली, "मुझे क्या अधिकार है कि मैं उनकी संपत्ति नष्ट कर दूँ। हाँ! अपने भाग की संपत्ति से मुक्ति पाने का मैं कोई मार्ग खोज रही हूँ।"

"मिला कोई मार्ग?"

"ऐसा कुछ आभास तो हो रहा है।"

"यदि तुम्हें लगता है कि बाद में तुम्हें पश्चात्ताप नहीं होगा, तो मुक्त हो जाओ।"

हैलेन मुस्कराई। ऐसी मुस्कान पहली बार उसके चेहरे पर आई थी। स्वामी समझ नहीं पाए कि वह एक लुब्धा की मुस्कान थी अथवा किसी को लुब्ध करने के लिए थी, "यह नहीं पूछेंगे कि वह कौन-सा मार्ग है?"

"धन-संपत्ति की बातों से मुझे घबराहट होने लगती है मिस गाउल्ड! इन विषयों में मैं कभी कोई अच्छा परामर्शदाता सिद्ध नहीं हो सकता।" स्वामी को जैसे पसीना आ गया, "मेरे लिए इतना ही पर्याप्त है कि भगवान् की कृपा से आप उस संपत्ति में लिप्त नहीं हैं।"

"जानती हूँ। फिर भी आपसे चर्चा करना चाहती हूँ।"

"जैसी आपकी इच्छा!"

"भोजन के पश्चात् हम इस संदर्भ में विस्तार से बातचीत कर सकते हैं।"

स्वामी ने कोई उत्तर नहीं दिया।

"तुम लोग विश्राम कर सकते हो।" हैलेन ने अपनी बहन और भाइयों से कहा। वे लोग भोजन कर मेज से उठे ही थे, "मैं बाहर लॉन में स्वामी के साथ कुछ आवश्यक चर्चा करना चाहती हूँ।"

हैलेन और स्वामी लॉन में आ गए।

"स्वामी! मैं अपनी अधूरी बात पूरी करना चाहती हूँ।" हैलेन ने कहा, "प्रभु ने मुझे अपनी इस संपत्ति से मुक्ति पाने का एक मार्ग सुझाया है।"

"प्रभु तुम पर कृपालु हैं।" स्वामी बोले, "प्रसन्नता का विषय है।"

"मैं सोचती हूँ कि संपत्ति से मुक्त होने के स्थान पर मैं उसका सदुपयोग करूँ। उस संपत्ति से दीन-दुखियों और असहाय लोगों के लिए विद्यालय, विश्वविद्यालय, अस्पताल और आश्रम इत्यादि बन सकते हैं।"

"यह तो बहुत अच्छा विचार है।" स्वामी सहज रूप से उल्लसित थे।

स्वामी की प्रसन्नता देखकर हैलेन कुछ चंचल हो उठी, "है न! और भारत के हिंदुओं से बढ़कर इस समय सहायता की और किसे आवश्यकता है। मैंने सुना है कि आप उनके लिए ही कुछ करने के लिए इस देश में धन प्राप्त करने आए थे।"

"ठीक सुना है तुमने।" स्वामी बोले, "आया तो मैं इसीलिए था। पर यहाँ आकर ज्ञात हुआ कि हिंदुओं को धन की जितनी आवश्यकता है, अमेरिकियों को उससे भी अधिक अध्यात्म की आवश्यकता है।···इसीलिए मेरा लक्ष्य कुछ बदल गया।"

"वह ठीक है स्वामी! मुझे भी धन से अधिक धर्म की आवश्यकता है।" हैलेन ने कहा, "मेरे पास धन है, आपके पास धर्म है।···"

स्वामी मुस्कराए, "तुम कोई व्यापार करना चाहती हो?"

"व्यापार नहीं, अपने जीवन को सार्थक करना चाहती हूँ।" हैलेन ने कहा, "आप यह सारा धन स्वीकार करें। उसे भारत में हिंदुओं की सहायता के लिए जिस प्रकार चाहें, व्यय करें।···"

"इस दान से तुम्हें पुण्य कमाने की इच्छा है?"

"नहीं! अपना लक्ष्य पाने की।"

स्वामी ने जिज्ञासा-भरी आँखों से उसकी ओर देखा : उन्हें हैलेन असहज रूप से चंचल और आतुर लग रही थी।

"मैं अपना सारा धन त्यागकर संन्यासिनी नहीं होना चाहती। अमेरिका में धर्म-प्रचारक लोग चर्च से वेतन पाते हैं। हम शायद भारत के संन्यासी के समान भिक्षा पर निर्भर रह भी नहीं सकते। हैलेन मिलर गाउल्ड चर्च के वेतन पर अपना जीवनयापन करने की कल्पना भी नहीं कर सकती। इसलिए चाहती हूँ कि मैं अपने पति के साथ एक अत्यंत सेवापरायण धार्मिक जीवन व्यतीत करूँ।"

"मन में पति की कामना है तो तुम अपना सारा धन हिंदुओं के कल्याणार्थ मुझे देने का प्रस्ताव भी कैसे कर सकती हो?"

हैलेन ने रुककर उनके चेहरे को देखा और फिर कुछ सलज्ज भाव से बोली, "क्योंकि मैंने पति के रूप में आपको चुना है। मैं अपनी सारी संपत्ति के साथ आपको समर्पित हूँ। हम दोनों मिलकर धर्म-कार्य करेंगे।"

स्वामी अकस्मात् ही अत्यंत विचलित हो उठे, "बहुत-बहुत धन्यवाद हैलेन!"···उन्होंने प्रयत्नपूर्वक अपना स्वर कुछ कोमल, मधुर और सहानुभूतिपूर्ण बनाया, "किंतु मेरे लिए इस प्रस्ताव का कोई अर्थ नहीं है।"

"क्यों? मैं आपके मनोनुकूल सुंदर नहीं हूँ?"

"नहीं! तुम्हारे सौंदर्य में किसी को संदेह नहीं हो सकता।" स्वामी बोले, "किंतु मैं संन्यासी हूँ। मैं अपना सब कुछ—शरीर, मन और आत्मा—अपने जीवन के स्वामी, अपने गुरु श्रीरामकृष्ण परमहंसदेव को समर्पित कर चुका हूँ। अब और किसी के लिए मेरे पास कुछ भी नहीं है।"

"पर मैं आपसे कुछ माँग तो रही ही नहीं।"

"तुम स्वयं मुक्त होकर मुझे बाँधने का प्रयत्न कर रही हो। तुम मुझ पर, मेरे जीवन पर सबसे बड़ा अधिकार माँग रही हो। पत्नी, पति की सहधर्मिणी भी होती है और स्वामिनी भी। उसके धर्म की स्वामिनी, उसके पुण्य की स्वामिनी।"

हैलेन कुछ संकुचित हो उठी, किंतु उसने धैर्य नहीं छोड़ा। कुछ प्रयत्न कर बोली, "मैं सच कहती हूँ कि आपको मुझसे अधिक समर्पित पत्नी भारत में भी नहीं मिलेगी।"

स्वामी सहज भाव से हँसे, "जो स्वयं समर्पित हो चुका, वह किसी और का समर्पण कैसे स्वीकार कर सकता है।···वैसे हैलेन! मेरे जीवन का लक्ष्य पत्नी की नहीं, ईश्वर की प्राप्ति है।"

हैलेन स्तब्ध खड़ी रह गई। उससे कहीं कोई भूल हो गई थी···या तो उसने इस संन्यासी को ढंग से पहचाना नहीं था या फिर उसे अपने शरीर के ताप से इस संन्यासी के भीतर के पुरुष को पिघलाना नहीं आया था···

"मेरे इस प्रस्ताव के लिए आप मुझसे घृणा करने लगेंगे स्वामी?"

"नहीं तो!" स्वामी सहज हो गए, "तुम्हारा प्रस्ताव न घृणा योग्य है, न अनुचित। वह अत्यंत मनमोहक और आकर्षक प्रस्ताव है। किंतु वह एक सांसारिक प्रस्ताव है, जो इस संन्यासी के लिए उतना ही निरर्थक है, जितना किसी जलचर के लिए वायुमंडल में बना हुआ राजमहल। कोई अपनी मृत्यु का प्रस्ताव कैसे स्वीकार कर सकता है?"

उसी उद्यान भवन में सरोवर के तट पर स्वामी और हैलेन टहल रहे थे।

हैलेन अब तक पर्याप्त सहज हो चुकी थी। वह स्वामी का भाव समझ गई थी और उनसे रूठने का भाव उसके मन में आया ही नहीं था। वे उसके भीतर की नारी की ओर थोड़ा-सा भी आकृष्ट होते, तो वह उन्हें रिझाती भी, रूठती भी, मनाती भी···किंतु स्वामी में शायद नारी पर रीझने वाला तत्त्व ही नहीं था···

"स्वामी! आप इतना तो समझ ही गए होंगे कि मैं इस संपत्ति का भोग नहीं कर सकती।"

"कोई संपत्ति का भोग नहीं करता। संपत्ति ही मनुष्य का भोग करती है।"

"तो मैं इसे किसी न किसी को तो समर्पित कर ही दूँगी।"

"शुभ विचार है।"

"यह अमेरिका है स्वामी जी! हम अमेरिकी महिलाएँ या तो धन पर निर्भर रहती हैं या फिर अपने पति पर। धर्म पर पूर्ण आस्था होते हुए और ईश्वर को सर्वशक्तिमान मानते हुए भी मैं आपके समान ईश्वर पर निर्भर नहीं रह सकती।"

स्वामी चुपचाप उसकी ओर देखते रहे : आज क्या है उसके मन में?

"मैं पति का सहारा पाए बिना अपनी संपत्ति का त्याग नहीं कर सकती।" हैलेन ने कहा, "वस्तुतः मैं अपने पति के साथ अपनी संपत्ति को बाँटना चाहती हूँ और चाहती हूँ कि वह इसका सदुपयोग करे।"

"तो तुम बंधन का परिवर्तन चाहती हो, बंधन से मुक्त होना नहीं चाहतीं।"

"आप इसे जो भी कहें।···यदि मैंने यहाँ किसी अमेरिकी से विवाह कर लिया तो वह कोई ईसाई ही होगा।"

"स्वाभाविक है।"

"ऐसे में यदि संपत्ति का दान भी किया तो वह भारत के हिंदुओं के लिए नहीं, अमेरिका के ईसाइयों के लिए होगा।···" उसने स्वामी की ओर देखा, किंतु वे सर्वथा मौन थे, "संभव है, चर्च के माध्यम से वह धन उन धर्म-प्रचारक पादरियों के हाथ में जाए, जो भारत के हिंदुओं को ईसाई बनाने के लिए एड़ी-चोटी का जोर लगा रहे हैं।"

"शिव! शिव!!" स्वामी बोले, "यदि ईश्वर की यही इच्छा है तो मैं क्या कर सकता हूँ बहन!"

"आप हठ छोड़ दें तो इतनी संपत्ति भारत के हिंदुओं के कल्याण के लिए प्राप्त कर सकते हैं; और उनके उत्थान में सहायक हो सकते हैं।"

स्वामी का तेज जागा, "पहली बात तो यह है हैलेन कि शर्तों के साथ आया हुआ धन न तो मैं स्वीकार कर सकता हूँ और न ही भारत के निर्धन हिंदुओं का उससे कोई कल्याण हो सकता है। और···"

"और?"

"मेरी कामना है कि तुम्हारा धन भोग में नहीं, किसी कल्याणकारी लक्ष्य में व्यय हो। किसी का भला हो। हिंदू और ईसाई का भेद मैं नहीं करता। विवेकानन्द सांप्रदायिक वैमनस्य को दूर करने आया है, उसका पोषण करने नहीं। इस भेदभाव का अंत होना ही चाहिए।"

हैलेन स्तब्ध खड़ी रह गई : क्या सचमुच संसार में कोई ऐसा मनुष्य हो सकता है, जिसने कंचन और कामिनी के लोभ को इस सीमा तक जीत लिया हो? और स्वामी के मन में तो दूसरे धर्मों के लिए कोई दुर्भावना भी नहीं है। कैसा निष्कलुष पुरुष है यह···

67

10 अप्रैल को स्वामी को श्रीमती हेल का पत्र मिला था।

स्वामी सोच ही रहे थे कि उन्हें पत्र लिखकर अपना सारा समाचार दें। उन्हें नियमित समाचार न मिले तो वे उद्विग्न हो जाती थीं। वैसे उन्होंने पूछा भी था कि स्वामी सैल्वेशन आर्मी के विषय में क्या सोचते हैं। वे स्वामी की आर्थिक स्थिति के विषय में भी चिंतित थीं।

वे उन्हें बताना चाहते थे कि उनके मन में सैल्वेशन आर्मी के लिए बहुत सम्मान था। वस्तुतः सैल्वेशन आर्मी और ऑक्सफोर्ड मिशन के सदस्य ही ऐसे ईसाई-प्रचारक थे, जिनके लिए स्वामी के मन में कुछ सम्मान था। वे लोग साधारणजन बनकर भारत के लोगों के मध्य उनके साथ रहते थे। भगवान् उनका भला करें।···किंतु यदि कभी यह बात खुली कि वे लोग सेवा की आड़ में कोई चतुराई कर रहे हैं, तो स्वामी को उसका बहुत दुःख होगा।···

वे श्रीमती हेल को बताना चाहते थे कि उन्होंने व्याख्यानों से पैसा कमाना बंद कर दिया है। वे अपना और पतन नहीं देख सकते थे। जब तक मन में एक लक्ष्य था, वे वह काम कर सकते थे। अब जब वह लक्ष्य ही नहीं रहा, तो वे अपने लिए पैसा नहीं कमा सकते थे। यह उनके सिद्धांतों के विरुद्ध था।

भारत लौटने के लिए उनके पास पर्याप्त धन था। न्यूयॉर्क में उन्होंने पैसा कमाने का एक भी प्रयत्न नहीं किया था। मित्र लोग जो उपहार देना चाहते थे, वह लेने से भी मना कर दिया था।···

उन्हें फ्लैग का स्मरण हो आया। विलियम जोसेफ फ्लैग एक प्रख्यात अधिवक्ता, कांग्रेसमैन, लेखक, ब्राह्मविद्या के प्रेमी और तुलनात्मक दर्शनशास्त्र के विद्यार्थी थे। फ्लैग से उपहार लेने से भी उन्होंने मना कर दिया था।···फ्लैग की भांजी थी—श्रीमती कॉर्नेलियस वांडेरबिल्ट—अमेरिका के संभ्रांत परिवारों के शोभनकक्षों की महारानी और कल्पनातीत संपत्ति की स्वामिनी। पता नहीं क्यों इस समय अनेक धनाढ्य लोग स्वामी के चारों ओर घिर आए थे। वे उनके मित्र थे अथवा उनके निकट आने को आतुर थे। पता नहीं—माँ स्वामी की परीक्षा लेना चाहती थीं या उन धनाढ्य लोगों से स्वामी के कार्य में कुछ सहयोग करवाना चाहती थीं?···किंतु स्वामी ने उनसे कुछ भी नहीं लिया। उनका धन अस्वीकार कर दिया। डिट्रायट में भी दानियों का धन उनको लौटाने का प्रयत्न किया था। उन्हें बताया था कि अपने लक्ष्य में सफल होने की कोई संभावना न देखते हुए, उनका धन अपने पास रखने का उन्हें कोई अधिकार नहीं था। उन मित्रों ने उनकी बात नहीं मानी और कहा कि यदि वे चाहें तो उस धन को समुद्र में फेंक दें।···किंतु अब वे और धन नहीं ले सकते थे। वे श्रीमती हेल से कहना चाहते थे, 'माता! अब मैं पर्याप्त धनी हूँ। भगवान् मुझे जहाँ भी भेजते हैं, वहाँ दयालु व्यक्ति और परिवार मिल जाते हैं। इसीलिए

पाशविक संसार में लिप्त होने का मेरे लिए कोई कारण नहीं है। प्रभु मुझे निष्ठावान, अबोध और निर्धन लोगों के मध्य रखें और पाखंडी तथा शेखीखोरों की छाया भी मुझे न छुए। मेरे गुरु कहा करते थे कि पाखंडी गिद्धों के समान होते हैं, जो आकाश पर बहुत ऊँचे उड़ते हैं; किंतु उनका हृदय भूमि पर पड़े मुर्दा मांस में होता है।...'

मठ में बहुत उत्साह था। सारे गुरुभाई जैसे आह्लाद के सागर में तैर रहे थे। बाहर से लौटते हुए ब्रह्मानन्द और शारदानन्द दोनों ही 'दि इंडियन मिरर' की एक एक प्रति खरीद लाए थे।

"सुनो, यह अंग्रेजी का पत्रकार क्या लिख रहा है।" ब्रह्मानन्द ने क़हा।

रामकृष्णानन्द को जानने की बहुत उत्सुकता थी कि अंग्रेजी के पत्रकार ने क्या लिखा है। अद्‌भुतानन्द को अपने अनपढ़ होने का इतना दुःख कभी नहीं हुआ था।

"देखो, आज इसने सिद्ध कर दिया है कि वह अंग्रेजी का पत्रकार तो है किंतु अंग्रेज नहीं है। वह अब भी भारतीय हिंदू है। अंग्रेजी पढ़ लेने और अंग्रेज हो जाने में बहुत अंतर है।" ब्रह्मानन्द बोले।

"अरे, लिखा क्या है?" रामकृष्णानन्द का अधैर्य बोला।

"पढ़ता हूँ!" ब्रह्मानन्द ने पढ़ना आरंभ किया, "कलकत्ता, 10. 4. 1894। एक पैगंबर अपने देश में सम्मानित नहीं होता, यह एक साधारण बात है, जो जीवन में प्रायः प्रमाणित होती है। यह पर्याप्त संदेहास्पद है कि यदि स्वामी विवेकानन्द अमेरिका न जाते तो अपने जीवन में वे इतने सुविख्यात होते। स्वामी की सफलता के लिए उदारहृदय अमेरिकियों का धन्यवाद किया जाना चाहिए। यह हमें ज्ञात है कि स्वामी अपने अमेरिकी श्रोताओं को हिंदू धर्म की ओर कितना आकृष्ट कर पाए हैं। हम समझते हैं कि स्वामी की इस सफलता को देखते हुए, एक अभिनंदन-पत्र प्रस्तुत करके सभी हिंदू उनके प्रति अपनी कृतज्ञता ही प्रकट करेंगे। धर्मसंसद के प्रबंधकों के प्रति भी अपनी कृतज्ञता प्रकट की जानी चाहिए। उनकी सहायता के बिना स्वामी को अमेरिका में अपने कार्य के लिए पैर जमाने का स्थान ही नहीं मिलता। हमें विश्वास है कि हमारे देश में हमारे सारे हिंदू भाई इस आंदोलन में हमारे साथ होंगे। स्वामी जी अभी भी अमेरिका में हैं। तनिक भी विलंब किए बिना यह अभिनंदन-पत्र उनको वहीं भेजा जाना चाहिए। हमें अपने अमेरिकी मित्रों को भी ज्ञात करा देना चाहिए कि उन्होंने जो सद्‌व्यवहार हमारे एक हिंदू भाई के साथ किया है, उसके प्रति हम अकृतज्ञ नहीं हैं। इन अभिनंदन-पत्रों को तैयार करने में अब तनिक भी विलंब नहीं करना चाहिए, और उसके लिए हमें अपने पूरे देश से हिंदू भाइयों के विचार एकत्रित करने चाहिए।'"

"लिखा तो एकदम ठीक है।" रामकृष्णानन्द ने कहा, "प्रत्येक हिंदू को स्वामी का भी कृतज्ञ होना चाहिए कि उन्होंने हम सबका सिर संसार में ऊँचा किया है, और अमेरिका के निवासियों के प्रति भी आभार का अनुभव करना चाहिए कि उन्होंने हमारे नरेन्द्र बाबा को इस प्रकार अपने सिर पर उठाया है। उन्हें आदर, मान और सम्मान दिया है।"

"होना चाहिए नहीं, हमें यह काम करना है।" ब्रह्मानन्द बोले, "हमें सोचकर ही नहीं रह जाना चाहिए, उसे व्यवहार के धरातल पर कर दिखाना चाहिए।"

"प्रत्येक हिंदू का यह कर्तव्य है; किंतु हम तो नरेन्द्र के गुरुभाई हैं। हमारा तो यह धर्म है।" रामकृष्णानन्द बोले, "हमें आज से ही इस कार्य में लग जाना चाहिए।"

तभी मास्टर मोशाय महेन्द्रनाथ गुप्त आए, "कुछ सुना तुम लोगों ने?"

"सुना नहीं, पढ़ा है।" शारदानन्द ने 'इंडियन मिरर' का अंक उनके सामने रख दिया।

"यह पढ़ लिया है मैंने।" मास्टर मोशाय बोले, "मैं धर्मपाल से मिलकर आ रहा हूँ।"

"कौन धर्मपाल?" अद्‌भुतानन्द ने पूछा।

"शिकागो की धर्मसंसद में लंका के बौद्ध प्रतिनिधि।"

"वे कलकत्ता में हैं?"

"हाँ! वे भद्र पुरुष हैं। सज्जन हैं। उनके मन में स्वामी के प्रति तनिक भी ईर्ष्या नहीं है–जैसी मजूमदार के मन में है।"

"क्या कहते हैं धर्मपाल?"

"उनका कहना है," मास्टर मोशाय बोले, "सत्य ही सारे हिंदुओं को अपने प्रतिनिधि स्वामी विवेकानन्द को मिले सम्मान के प्रति गर्व का अनुभव होना चाहिए; और प्रत्येक हिंदू परिवार से स्वामी को आशीर्वाद तथा शुभकामनाएँ भेजी जानी चाहिए।"

"सद्‌विचार है।" रामकृष्णानन्द बोले, "सचमुच धर्मपाल के मन में ईर्ष्या नहीं है, कुतर्क और दुर्भावना नहीं है।"

"पर ये बातें तो एकांत में कहने की नहीं हैं। इन्हें तो मंच से कहना चाहिए। पत्र-पत्रिकाओं में प्रकाशित करवाना चाहिए।"

"वे मंच से भी कह रहे हैं। मेरा अनुमान है कि दो-एक दिनों में उनका ऐसा ही कोई वक्तव्य समाचार-पत्रों में भी प्रकाशित हो जाएगा।" मास्टर मोशाय बोले, "इतना ही नहीं, धर्मपाल का विचार है कि धर्मसंसद की सफलता का एक बहुत बड़ा कारण स्वामी विवेकानन्द हैं। यदि वे उसमें सम्मिलित न हुए होते तो धर्मसंसद कठमुल्लाओं की कोरी बकवाद तक ही सीमित होकर रह जाती। वहाँ किसी को आध्यात्मिक प्रकाश का आभास भी न होता और मजूमदार जैसे वक्ताओं के लिए श्रोता भी खोजने पड़ते।"

68

अखंडानन्द पलिताना से होते हुए भावनगर आए। भावनगर में उन्होंने अपने परिचित ठिकानों पर स्वामी की ढूँढ़ मचाई तो ज्ञात हुआ कि वे अमेरिका में हैं। अखंडानन्द की भावनगर के प्रति सारी रुचि समाप्त हो गई। वे कठिनाई से वहाँ पंद्रह दिन ही टिक पाए और नानडियाड में दीवान जी साहब के घर पर आतिथ्य ग्रहण करते हुए बंबई पहुँच गए। बंबई में राखाल हालदार का साथ था, किंतु मन रम नहीं रहा था। स्वामी के बिना यह देश ही सूना हो गया था क्या? फिर भी किसी प्रकार एक मास कट ही गया। अंततः वे राखाल हालदार के साथ पुणे चले आए। यहाँ उन्हें स्वामी ब्रह्मानन्द का पत्र मिला कि वे आबू आ जाएँ। पत्र पाकर अखंडानन्द रुक नहीं पाए। आबू में और कोई नहीं था तो ब्रह्मानन्द तो थे ही। उनका मन ऐसा उखड़ा हुआ था कि बिना किसी सहारे के कहीं भी टिकना संभव नहीं लग रहा था। आखिर पुणे में क्या था, जो वे आबू नहीं जा सकते थे।

आबू रोड स्टेशन पर उन्हें ब्रह्मानन्द और तुरीयानन्द मिले। वे दोनों ही बहुत प्रसन्न लग रहे

थे, जैसे उनकी तपस्या संतोषपूर्ण ढंग से चल रही हो।···

"खेतड़ी के महाराजा अजितसिंह ने खेतड़ी भवन एक प्रकार से हमारी सुविधा के लिए हमें प्रदान कर दिया है। वहाँ तपस्या में किसी प्रकार की विघ्न-बाधा नहीं है।"

"किंतु अजितसिंह को हमसे इतना प्रेम क्यों है?" अखंडानन्द ने पूछा।

"सब नरेन्द्र बाबा का चमत्कार है।" ब्रह्मानन्द ने कहा, "अजितसिंह स्वामी की कोई भी सेवा करने को तैयार हैं। मुझे तो लगता है कि यदि स्वामी इच्छा प्रकट करें तो अजितसिंह अपना खेतड़ी भवन हमारे मठ के लिए भी दे सकते हैं।"

"स्वामी हमारा राजमार्ग हैं।" तुरीयानन्द बोले, "वे जहाँ-जहाँ से होकर जाते हैं, वहाँ के द्वार हम सबके लिए भी खुल जाते हैं।"

"तुम जानते हो कि स्वामी अमेरिका क्यों गए हैं?" ब्रह्मानन्द ने पूछा।

"नहीं।"

"पश्चिमी भारत में यात्रा करते हुए स्वामी धनियों द्वारा पीड़ित निर्धनों के कष्टों पर प्रायः अश्रु बहाया करते थे। वे कहा करते थे, 'यहाँ लोग इतने निर्धन हैं कि वे धर्म की बात सुन भी नहीं सकते। मैं उनको धर्म उस दिन सिखाऊँगा, जिस दिन मैं उनके दुःख दूर कर दूँगा। इसीलिए मैं कुबेर की भूमि—अमेरिका—जा रहा हूँ। देखना है कि क्या मैं इन निर्धनों के लिए वहाँ से कुछ धन ला सकता हूँ!' "

"स्वामी ने ठाकुर का संदेश ठीक-ठीक समझा है।" अखंडानन्द जैसे अपने आपसे कह रहे थे, "परमात्मा के इस प्रतिरूप—मनुष्य—की सेवा।"

"मुझे तो लग रहा है गंगाधर कि तुम अभी पूर्णतः स्वस्थ नहीं हुए हो। छाती और उदर के अपने रोगों से मुक्त नहीं हो पाए हो। तुम्हें विश्राम की आवश्यकता है।" ब्रह्मानन्द ने उन्हें परामर्श दिया, "तुम खेतड़ी चले जाओ। वहाँ की शुष्क जलवायु तुम्हारे रोग को दूर करने में सहायक होगी।"

"मुझे लगता है कि मैं इस जीवन में विश्राम ही करता रहूँगा। तपस्या के लिए नया जन्म लेना पड़ेगा।"

"नहीं, इतना निराश होने की भी बात नहीं है।" ब्रह्मानन्द हँसे, "अभी तो तुम हमारे साथ अजमेर और पुष्कर होते हुए जयपुर चलो। स्वामी के भक्तों के घर हमें आश्रय मिल जाएगा···।"

"और न ही स्वामी से भेंट होगी, न डाँटकर वे पूछेंगे कि हम उनका पीछा क्यों कर रहे हैं।" तुरीयानन्द हँसे, "उनके विदेश में होने का एक लाभ तो उठा लो। निर्भय होकर सारे देश में विचरो। कहीं कोई बंधन नहीं है।"

अजितसिंह ने स्वामी अखंडानन्द का खेतड़ी में स्वागत किया। उनके आतिथ्य का यथोचित प्रबंध कर दिया। उपचार के लिए वैद्य नियुक्त किया।

"आप अस्वस्थ हैं महाराज! जब तक पूर्णतः स्वस्थ न हो जाएँ, तब तक कहीं जाने का विचार भी मन में न लाएँ। मेरी तो इच्छा है कि आप स्वस्थ होने के पश्चात् भी आजीवन यहीं रहें।" अजितसिंह बोले, "मैं अपने गुरु के लिए यहाँ एक आश्रम बनवाना चाहता था। आजीवन उनकी सेवा करना चाहता था। वह सौभाग्य मुझे नहीं मिला, तो उनके गुरुभाई की सेवा में ही संतोष प्राप्त करूँगा।"

अखंडानन्द भी हँसे, "आप जानते हैं राजन्! संन्यासी कहीं भी आजीवन नहीं रहता। फिर भी इतना तो स्पष्ट है कि मुझे एक दीर्घ काल तक खेतड़ी में रहना है।"

"अवश्य! आप इसे अपना मठ समझकर, अपनी दिनचर्या के अनुसार अपना समय व्यतीत करें।" राजा बोले, "हमें तो बस अपनी संगति का सुख देते रहें।"

अजितसिंह के विनम्र व्यवहार और शिष्टाचार पर अखंडानन्द मुग्ध हो गए। वे देख रहे थे कि उनकी देखभाल एक विशिष्ट राज-अतिथि के रूप में हो रही थी। कुछ कहने की आवश्यकता नहीं होती थी। प्रत्येक वस्तु समय से अपने आप उपस्थित हो जाती थी।

स्वयं को खाली पाकर अखंडानन्द एक दिन पुस्तकालय में चले गए। घूम-घूमकर देखते रहे कि कहाँ क्या रखा है। वे प्रसन्न थे कि पुस्तकालय में न केवल पुस्तकों का बहुत बड़ा भंडार था, वरन् चयन भी बहुत सुरुचिपूर्ण था। अखंडानन्द को मेरठ के वे दिन स्मरण हो आए जब वहाँ के सार्वजनिक पुस्तकालय से स्वामी पुस्तकें मँगवाकर पढ़ते थे। लगता था, इस पुस्तकालय के निर्माण में भी राजा अजितसिंह के साथ-साथ स्वामी का भी सहयोग रहा होगा।

अखंडानन्द ने पुस्तकालय से 'थियोडोर पारकर' की ग्रंथावली अपने कमरे में मँगवा ली। स्वाध्याय का इससे अच्छा अवसर और कब मिलेगा। न केवल वे अपनी आवश्यकताओं की ओर से सर्वथा निश्चिंत थे, उनके स्वास्थ्य की भी अच्छी देखभाल हो रही थी। औषधियों और अनुकूल जलवायु से वह सुधर भी रहा था।···

सहसा उनकी रुचि संस्कृत काव्य की ओर मुड़ गई।···उनको लगा कि काव्य का पूर्ण आनंद लेने के लिए दर्शनशास्त्र और भारत का इतिहास पढ़ना भी आवश्यक है।···अध्ययन भी कैसी विचित्र चीज है। जितना अधिक पढ़ो, अपना अज्ञान उतना ही उजागर होता जाता है। पढ़ने की प्यास उतनी ही अधिक जागती है।

"केया नाम है तुम्हारा?" अखंडानन्द ने राजपुरुष को पुकारा।

राजपुरुष ने उन्हें कुछ अटपटी दृष्टि से देखा और पूछा, "मेरा नाम पूछ रहे हैं?"

"हाँ! ओई।"

"मेरा नाम राजेन्द्र सिंह है।"

"राजेन्द्रोसिंह।"

"राजेन्द्रो नहीं, स्वामी जी! राजेन्द्रसिंह।"

अखंडानन्द को लगा कि राजेन्द्रसिंह के स्वर में अवमानना नहीं थी; किंतु उसके मन की पीड़ा थी। उसे अपना नाम इस प्रकार बिगाड़ा जाना अच्छा नहीं लगा था।

"हम लोग बंगाल में ओही बोलते हैं।" अखंडानन्द ने उसे सांत्वना दी, "राजेन्द्रो!"

"आप वहाँ जो भी बोलते हों।" राजेन्द्रसिंह ने कहा, "किंतु मेरा नाम राजेन्द्रसिंह है। संस्कृत का शब्द है और संस्कृत में उसका उच्चारण राजेन्द्र है। हम हिंदी में भी वही उच्चरित करते हैं। आप विद्वान् पुरुष हैं। इतने समय से हिंदी भाषी प्रदेशों में भ्रमण कर रहे हैं। आज तक तो राजेन्द्रो को राजेन्द्र हो ही जाना चाहिए था।"

आज तक किसी ने अखंडानन्द को उनके उच्चारण के लिए टोका नहीं था, इसीलिए उनका ध्यान भी इस ओर नहीं गया था।···राजेन्द्रसिंह ने भी उच्चारण के लिए नहीं, अपना नाम बिगाड़ने के लिए टोका था। उसे उसका पूर्ण अधिकार था···

"ऐसा करो राजेन्द्रसिंह!" अखंडानन्द प्रयत्नपूर्वक बोले, "मुझे पुस्तकालय से 'भाषा भास्कर' ग्रंथ मँगवा दो। तुम्हारे नाम के बहाने मैं अपना हिंदी उच्चारण सुधार ही लूँ।"

उनका स्वास्थ्य कुछ ठीक हुआ, तो मालसीसर के ठाकुर भूरसिंह और उनके छोटे भाई ठाकुर चतुरसिंह उन्हें अपने साथ मालसीसर ले गए। अखंडानन्द को भी तो भ्रमण कर जगदंबा के विभिन्न रूपों को ही देखना था। किंतु मालसीसर में उन्हें वेदांत के साथ-साथ संस्कृत और हिंदी का अध्ययन करने की ऐसी सुविधा प्राप्त हुई कि वे वहाँ छह महीने रह गए।

वे अध्ययन में लगे थे; किंतु उनकी आँखें बंद नहीं थीं। शेखावटी के सामान्य जन से आठ महीनों तक मिलकर उन्हें उनके सुख-दुःख का हाल ज्ञात हुआ। उनके कष्ट को देखकर अखंडानन्द सुखी कैसे रह सकते थे। चारों ओर शोषण, दमन और असहायता का राज्य था।

बहुत सोचकर उन्होंने स्वामी को लिखा : "आरंभ में मैंने जनसंकुल स्थान छोड़े और अकेला ही तिब्बत और हिमालय में भ्रमण करता रहा। किंतु शायद वे वर्ष मैंने व्यर्थ ही नष्ट किए।...पिछले चार-पाँच वर्षों से मैं गुजरात, कच्छ, काठियावाड़ और राजपूताना के नगरों और ग्रामों में घूमता रहा हूँ। इन वर्षों में मुझे श्रमिकों और कृषकों की वास्तविक अवस्था का परिचय मिला, जो हिमालय में रहते हुए कभी संभव नहीं होता। मैंने जाना कि सुख और दुःख समाज में होता है, न्याय और अन्याय समाज में होता है, सेवा और शोषण समाज में होता है—पर्वतों की चोटियों पर नहीं।

"लाखों गरीबों का खून-पसीना बहाकर कमाया हुआ धन थोड़े-से धनाढ्य लोगों को इस प्रकार लुटाते हुए देख मेरे जीवन की सुख-शांति नष्ट हो गई है। मैंने अच्छी तरह समझ लिया है कि जब तक मेरे देश के दुःख और कष्ट दूर नहीं होते, मेरे मन को शांति नहीं मिल सकती। मैंने सोचा था कि मैं संन्यासी हूँ, अतः मुझे तत्काल ही मानसिक शांति मिल जाएगी, किंतु यह आशा स्वप्न के समान विलीन हो गई है। जब से मैंने देखा है कि मेरे देश—दान और धर्म के इस देश—की कैसी दुर्दशा हो रही है, मेरा जीवन अशांति और दुःख का घर हो गया है। सुखी जीवन का मेरा स्वप्न सदा के लिए नष्ट हो गया है।

"मैंने निश्चय कर लिया है कि यदि आप मुझे इन लोगों की सेवा के लिए प्रोत्साहित नहीं करते तो मैं यह देश सदा के लिए छोड़कर चला जाऊँगा। मेरे मन की ऐसी स्थिति है कि मैं इस देश के लिए कुछ किए बिना यहाँ रह नहीं सकता।

"सामाजिक वैषम्य से ही यह बुराई आई है। जैसे आध्यात्मिक क्षेत्र में सारी बुराइयों का मूल द्वैत के विचार में है, वैसे ही समाज में यह दोष वैषम्य को स्वीकार कर लेने से होता है। भेद के विचार से ही ऊँच और नीच की धारणाएँ जन्म लेती हैं और हम समाज में दोहरा व्यवहार करने लगते हैं। यह भेद ही सारी बुराइयों की जड़ है।

"मैं अपनी आँखों में अश्रु भरकर ठाकुर के सामने रोया करता हूँ। यह वैषम्य क्यों है? आपने संसार में सबको समान रूप से धन क्यों नहीं दिया?...भारत में इस समय सबसे अधिक आवश्यकता अन्न की है। एक भूखे व्यक्ति को धर्म के रहस्य क्या समझ में आएँगे? मनोवैज्ञानिकों के जटिल विवादों से उसको क्या लेना-देना? उसे क्या काम है सांख्य दर्शन के समाधानों और वेदांत के माया के सिद्धांत से?"

उन्होंने पत्र भेज दिया, किंतु मन में सहस्रों शंकाएँ पालते रहे : क्या स्वामी जैसा आध्यात्मिक पुरुष उनकी इन सांसारिक चिंताओं का समर्थन करेगा?

अखंडानन्द उदयपुर के पाला गणेशजी के मंदिर में ठहरे हुए थे।

मंदिर के पुरोहित ने सूचना दी, "स्वामी जी! महाराणा के राजपुरोहित दान देने के लिए संन्यासियों की सूची बना रहे हैं।"

"अच्छी बात है।" अखंडानन्द ने उसकी ओर देखा : पुरोहित हाँफ रहा था, जैसे भागता-दौड़ता आया हो, "राजा को चाहिए कि वह धर्म-कार्य में सहायक हों।"

पुरोहित कहना चाहता था कि वह यह सूचना राजा की प्रशंसा के लिए नहीं दे रहा है। पर उसने कहा नहीं। अपनी साँस को संयत करता हुआ बोला, "राजा का दान प्रतिव्यक्ति के हिसाब से मिलता है। वे आपसे साधुओं की संख्या पूछेंगे।"

"तो?"

"उनसे कहिएगा कि आपके साथ आठ संन्यासी और भी हैं।"

अखंडानन्द ने आश्चर्य से उसकी ओर देखा, "पर मैं तो अकेला हूँ। वे शेष आठ कहाँ हैं?"

"आप उसकी चिंता न करें। उसे हम देख लेंगे।"

अखंडानन्द ने कोई उत्तर नहीं दिया। मंदिर का पुरोहित निश्चिंत होकर चला गया।

राजपुरोहित आए।

"कहाँ से आए हैं महाराज?"

"चला तो कलकत्ता से था।"

"बंगाली हैं।"

"जी! बंगाली था। अब भारत का हूँ।"

"हिंदी अच्छी बोल लेते हैं।"

"राजस्थान की देन है।"

"आपके साथ और कितनी मूर्तियाँ हैं महाराज?" राजपुरोहित ने पूछा, "कितनी राशि उन लोगों के लिए पर्याप्त होगी?"

अखंडानन्द इन बातों के अभ्यस्त नहीं थे। अपने मन की राशि बताकर भी कोई दान माँगता है। दान तो वह है, जो दाता ने दे दिया।

"व्यक्ति तो मैं अकेला ही हूँ।" वे बोले, "किंतु अपने लिए भी कुछ लेने से पहले मेरी कुछ शर्तें हैं। वे पूरी हों तो मैं दान स्वीकार कर सकता हूँ।"

राजपुरोहित हँसे, "अच्छा! याचक की भी शर्तें होती हैं—यह तो आज ही सुना। पहले तो कभी ऐसा याचक देखा ही नहीं।"

"मैं याचक नहीं, संन्यासी हूँ।"

"अच्छा! अपनी शर्तें कहिए।"

"यदि महाराणा की संतानों में कोई भूखा नहीं है और महाराणा स्वयं दान देने के लिए आते हैं, तो शायद मैं उन पर कृपा कर दान स्वीकार कर लूँ।"

राजपुरोहित की आँखें कुछ फटी-सी गईं। मंदिर का पुजारी तो वहाँ से खिसक ही गया।

"महाराणा की संतान कैसे भूखी रह सकती है?" राजपुरोहित ने कहा, "आप क्या कह रहे हैं स्वामी जी?"

"मैं जानता हूँ कि महाराणा की एक ही वैध संतान है, जिसका पालन-पोषण राजसी ठाट से हो रहा है। मैं उसकी चर्चा नहीं कर रहा।" अखंडानन्द बोले, "प्रजा भी राजा की संतान है। महाराणा

की अट्ठारह लाख प्रजा है। यदि वे सब संतुष्ट हैं और उनमें से कोई भी भूखा नहीं है, तो मैं मान लूँगा कि महाराणा की संतानों में से कोई भूखा नहीं है।"

"आपके पास क्या प्रमाण है कि महाराणा की प्रजा भूखी है?"

अखंडानन्द कुछ बिफर गए, "मैंने स्वयं देखा है कि निर्धन और असहाय प्रजा अपना अन्न भूमि में गाड़कर रखती है कि वह महाराणा या उनके कर्मचारियों के हाथों में न पड़ जाए। राजपुरुष लौट जाते हैं तो कृषक भूमि को खोदकर अपना अन्न निकालता है। क्या अर्थ है इसका? प्रजा अपने राजा और उनके कर्मचारियों से उतनी ही भयभीत है, जितनी कि डाकुओं से। राजा और डाकू में कुछ तो अंतर होना चाहिए।"

राजपुरोहित के मुख पर अनेक रंग आए और गए। अंततः अपना दमन कर, दाँत भींचकर बड़ी कठिनाई से उन्होंने पूछा, "पक्का है कि आप महाराणा का दान स्वीकार नहीं करेंगे?"

"नहीं।"

राजपुरोहित अब तक मुखर रूप से आगबबूला हो चुके थे। वे बिना कुछ कहे लौट गए।

किंतु मंदिर का पुरोहित तो बरस ही पड़ा, "यह कोई संन्यासियों का ढंग है। संन्यासी इतना उद्दंड होता है क्या? लगता है कि आप तो जनता में महाराणा के विरुद्ध विद्रोह का अभियान चला रहे हैं। आप राजा के प्रति निष्ठावान नहीं हैं।"

"मैं मेवाड़ की अट्ठारह लाख प्रजा के प्रति निष्ठावान हूँ।"

"मेवाड़ की अट्ठारह लाख प्रजा का सारा कष्ट क्या तुम सहन करोगे?" पुजारी का चेहरा विकृत हो उठा, "वे लोग तुम्हारी हत्या कर देंगे। तुम्हारे कारण हमारा मंदिर भी संकट में पड़ गया है।"

अखंडानन्द ने कुछ नहीं कहा।

संध्या समय, उदयपुर हाई स्कूल के हेडमास्टर आए।

"वे सारी बातें, जो आपने कही हैं, महाराणा तक पहुँचा दी गई हैं।"

"मैंने इसीलिए कही थीं। मैं चाहता हूँ कि वे महाराणा तक पहुँचें और वे अपनी प्रजा का दुःख समझें।"

"तो आपकी इच्छा पूरी हुई है। किंतु आपकी बातें सुनकर महाराणा के मन में प्रजा के लिए करुणा नहीं, आपके प्रति रोष जन्मा है। मेवाड़ में इस प्रकार के व्यवहार को राजद्रोह माना जाता है।"

"तो मानते रहें। संन्यासी को राजभक्त बनना भी नहीं है।"

"महाराणा रुष्ट हैं। जो कोई आपसे मिलेगा, महाराणा उसे भी अपना विरोधी मानेंगे। अब कोई महत्त्वपूर्ण व्यक्ति यहाँ आने का साहस नहीं करेगा।"

"कोई बात नहीं। मैं जनसाधारण में रहकर ही प्रसन्न हूँ।"

"आपको किसी भूमिगत कारागार में डाल दिए जाने का षड्यंत्र भी रचा जा रहा है। सावधान रहें।" हेडमास्टर चले गए।

अखंडानन्द जितने सावधान हो सकते थे, हो गए।

मंदिर के आसपास जब भी कोई कोलाहल होता, मंदिर का पुजारी मान लेता कि अखंडानन्द के बंदी होने का समय आ गया है।

"वे लोग आपको बंदी करने आ गए हैं।" वह प्रायः कहता, "हम बड़ी सुविधा से आठ-दस

लोगों के भाग का दान पा सकते थे, पर आपकी तपस्या खा गई सबको। वह तो हुआ नहीं, अब आपके कारण हम भी सदा प्रताड़ित किए जाएँगे।"

दो-एक दिनों तक तो मुख्यमंत्री के भतीजे के माध्यम से कुछ सहायता आती रही; किंतु फिर उसने भी संदेश भेज दिया कि वह कुछ भी करने में असमर्थ है। यदि वह अखंडानन्द की सहायता करेगा तो स्वयं संकट में पड़ जाएगा।

अखंडानन्द उनकी स्थिति समझ रहे थे। उनसे संबंध रखने का अर्थ था महाराणा के कोप का भाजन बनना। अखंडानन्द नहीं चाहते थे कि उनके कारण कोई महाराणा से प्रताड़ित हो। उन्होंने निश्चय किया कि वे उदयपुर के किसी महत्त्वपूर्ण व्यक्ति से दान नहीं लेंगे।

अखंडानन्द का ध्यान अपने वस्त्रों की ओर गया—वे चिथड़े हो चुके थे।

"पुजारी जी, कोई रामनामी चादर मिलेगी—मेरे पास वस्त्र नहीं हैं।"

पुजारी एक वक्र हँसी हँसा, "आप जैसे महान् संन्यासी को वस्त्र की आवश्यकता ही क्या है? आप तो दिगंबर भी रह सकते हैं।"

"वन में होता तो दिगंबर भी रह लेता, किंतु आपके नगर और मंदिर की लाज तो रखनी ही पड़ेगी।"

"तो मंदिर को त्याग दीजिए, उसकी लज्जा की चिंता नहीं करनी पड़ेगी।"

अखंडानन्द पुजारी का तात्पर्य समझ रहे थे। वह किसी प्रकार उनसे मुक्ति चाहता था, किंतु न स्पष्ट शब्दों में कह पा रहा था और न ही किसी और के बहकाने से उन्हें निकाल पा रहा था। अब उन्हें मंदिर और यह नगर त्याग ही देना था, किंतु वे इस अवस्था में बाहर कैसे जाते? वस्त्र तो चाहिए ही थे।

अखंडानन्द को जयपुर के हरिसिंह लाडखानी का स्मरण हो आया। उन्होंने कहा था कि कभी मेरी आवश्यकता पड़े, तो मुझे स्मरण कीजिएगा।

अखंडानन्द निर्णय नहीं कर पा रहे थे कि वे अजितसिंह को लिखें या हरिसिंह लाडखानी को। अंततः किसी अंतःप्रेरणा से हरिसिंह को ही लिखने की ठानी।

मंदिर का पुजारी बहुत दिनों के पश्चात् अपने चेहरे पर मुस्कान लिए हुए उनके पास आया।

"आपके लिए कैसे वस्त्र मँगवा दूँ?"

अखंडानन्द ने उसे कुछ आश्चर्य से देखा, "मेरे पास पैसे नहीं हैं।"

"पर मेरे पास हैं।" पुजारी बोला।

"आपके पास तो सदा ही थे।" अखंडानन्द बोले, "किंतु वे मुझ पर व्यय करने के लिए तो नहीं हैं।"

"नहीं! ये आपके ही पैसे हैं।"

"मेरे?"

"हाँ! जयपुर से ड्राफ्ट आया है। मैंने अपने हस्ताक्षरों से ही वह डाकिए से ले लिया था।"

"उसने मेरे नाम का ड्राफ्ट आपको कैसे दे दिया?"

"यहाँ आपको जानता ही कौन है। वह तो मुझे ही जानता है।"

"कहाँ हैं पैसे?"

"आपको पैसों का क्या करना है। मैं आपके लिए भोजन और वस्त्रों की व्यवस्था कर रहा हूँ।"

अखंडानन्द समझ गए कि पुजारी ने उन पैसों पर अधिकार जमा लिया है। अब वह उनकी आवश्यकताएँ चाहे पूरी कर दे; किंतु रुपए उन्हें नहीं देगा।

"ठीक है।" वे बोले, "किंतु मेरे निकट जो भील हैं, मैं उनको भूखा नहीं देख सकता।"

"उनके भोजन का भी प्रबंध कर दूँगा, किंतु वह भी आपके खाते में ही होगा।" पुजारी ने मुस्कराकर कहा।

"ठीक है। मेरे खाते में ही सही। जिनका पालन राजा नहीं कर पा रहे, उनका पालन संन्यासी के माध्यम से हो, यही तो भगवान् की लीला है।"

अखंडानन्द को अपना लक्ष्य स्पष्ट दिखाई दे रहा था।...सेवा...किंतु सेवा का कार्य मेवाड़ में नहीं, खेतड़ी में हो सकता था, यद्यपि उसकी अधिक आवश्यकता मेवाड़ में ही थी।...

अखंडानन्द ने राजा को मात्र एक पत्र लिखा। राजा ने तत्काल पत्रोत्तर दिया और उसमें उनके लिए खेतड़ी आने का अत्यंत सम्मानजनक निमंत्रण था।...अखंडानन्द 1894 के आरंभ में खेतड़ी लौटे और तभी अमेरिका से स्वामी का पत्र आया :

अमेरिका
1894

प्रिय अखंडानन्द,

तुम्हारा पत्र पाकर अति प्रसन्नता हुई। बड़े ही आनंद का विषय है कि खेतड़ी में रहते हुए तुम्हारे स्वास्थ्य में अच्छी वृद्धि हुई है।

तारक दादा ने मद्रास में खूब काम किया है। बड़ा ही आनंददायक समाचार है। मैंने मद्रासवासियों से उनकी बहुत प्रशंसा सुनी है।

राजपूताना में विभिन्न स्थानों पर रहने वाले ठाकुरों में आध्यात्मिक और परोपकार के भाव के विकास का प्रयत्न करो। हमें काम करना है और काम केवल बैठे रहने से नहीं होता। अलसीसर, मलसीसर और जो वहाँ दूसरे सर हैं, वहाँ जाया करो। मन लगाकर संस्कृत और अंग्रेजी का अध्ययन करो। प्रतीत होता है कि गुणनिधि पंजाब में होगा। उसको मेरा विशेष प्रेम पहुँचाना और उसे खेतड़ी ले आना। तुम उसकी सहायता से संस्कृत पढ़ो और उसे अंग्रेजी पढ़ाओ। मुझे उसका पता भेजना। गुणनिधि है अच्युतानन्द सरस्वती।

खेतड़ी नगर की दरिद्र एवं निम्न जातियों के द्वार-द्वार जाओ और उन्हें धर्म का उपदेश दो। उन्हें भूगोल तथा इस प्रकार के विषयों का मौखिक पाठ पढ़ाओ। जब तक दरिद्रों के लिए कोई काम न करो, तब तक खाली बैठकर राजभोग खाकर—'हे प्रभु रामकृष्ण' कहने का कोई लाभ न होगा। कभी-कभी दूसरे गाँवों में भी जाओ तथा लोगों को जीवन-कला की शिक्षा दो और धर्मोपदेश भी करो। कर्म, उपासना और ज्ञान—पहले कर्म, उससे मन शुद्ध हो जाएगा नहीं तो राख के ढेर पर पड़ी आहुति की भाँति सभी निष्फल हो जाएगा। जब गुणनिधि आ जाए, तब राजपूताना के प्रत्येक गाँव में दरिद्र और कंगालों के द्वार-द्वार घूमो। यदि लोग तुम्हारे भोजन को दूषित बताएँ तो उस प्रकार के भोजन को तुरंत त्याग दो। दूसरों के हित के लिए घास खाकर रहना अच्छा है। गेरुआ वस्त्र भोग के लिए

नहीं है, वह वीर-कार्य की पताका है। अपने शरीर, मन और वाणी को जगत्‌हिताय अर्पण करना होगा। तुमने पढ़ा है, 'मातृ देवो भव, पितृ देवो भव'—अपनी माता को ईश्वर जानो, अपने पिता को ईश्वर जानो। मैं कहता हूँ 'दरिद्र देवो भव, मूर्ख देवो भव।' दरिद्र, निरक्षर, मूर्ख और दुखी—यही तुम्हारे ईश्वर हों। यह जानो कि केवल इन्हीं की सेवा करना परम धर्म है।

साशीर्वाद
विवेकानन्द

स्वामी के पत्र ने अखंडानन्द के मन में जैसे उत्साह का हिमालय उत्पन्न कर दिया। उन्हें कुछ करना ही होगा। वे करेंगे। किए बिना अन्न ग्रहण करना पाप है…

अखंडानन्द का उत्साह देखकर राजा ने कहा, "आप कार्य कीजिए। जो सहायता चाहिए होगी, वह राज्य की ओर से दी जाएगी।"

अपने मन के उत्साह, स्वामी विवेकानन्द के आदेश और अजितसिंह की सहायता से अखंडानन्द सक्रिय हो गए। शिक्षा का प्रसार पहला काम था। खेतड़ी इतना पिछड़ा हुआ क्षेत्र नहीं था। वहाँ हाई स्कूल की स्थापना हो चुकी थी, योग्य और श्रेष्ठ अध्यापक नियुक्त किए जा चुके थे, किंतु छात्रों की संख्या अधिक नहीं थी। लोगों में शिक्षा के प्रति विशेष उत्साह नहीं था। पढ़कर क्या होगा? अखंडानन्द चकित थे—जिस शिक्षा को वे सर्वोपरि मान रहे थे, जिस पर देश और समाज का उत्थान और कल्याण टिका था, उसी के विषय में पूछा जा रहा था कि पढ़कर क्या होगा?…पर भ्रमण और पूछताछ से कुछ तथ्य उनके सामने प्रकट हुए।…धनी-मानी ठाकुरों के लड़के या तो अजमेर के मेयो कॉलेज जैसी संस्थाओं में चले जाते थे या वे शिक्षा का कोई महत्त्व नहीं मानते थे। उनके लिए शिक्षा, धनार्जन का माध्यम था और धन उनके पास पहले भी बहुत था।

तो फिर ये लड़के कौन थे, जो न धनी थे, न जीविकोपार्जन में लगे हुए थे और न सुशिक्षित थे? समाज को रसातल की ओर ले जाने वाले ये कौन लोग थे? अखंडानन्द ने घर-घर जाकर देखा।

"क्यों बेटा! तुम पढ़ने क्यों नहीं जाते? विद्या में अनुराग नहीं है या उसे व्यर्थ की चीज मानते हो?"

"नहीं स्वामी जी! इनमें से कोई भी बात नहीं है।" वह बोला।

"तो और क्या कारण हो सकता है?"

"हम दरोगा जाति के हैं। खेतड़ी में हमारी जाति के सैकड़ों घर हैं। हर घर में चार-पाँच लड़के तो हैं ही, पर हममें से कोई भी पाठशाला नहीं जाता।"

"पर क्यों नहीं जाते?"

"यहाँ ऐसी ही प्रथा है।"

अखंडानन्द की समझ में यह प्रथा नहीं आई।

अखंडानन्द ने दरोगा जाति के कुछ लोगों से मिल-जुलकर उनकी पंचायत बुलाई। लोग जानते थे कि स्वामी ज़ी को राजा का समर्थन प्राप्त है। उनके निमंत्रण पर पंचायत में न आना एक प्रकार से राजा को रुष्ट करना था। वे आए।

"तुम्हारी जाति के सैकड़ों घर हैं और प्रत्येक घर में पाठशाला जाने योग्य अवस्था के बच्चे हैं।" अखंडानन्द ने कहा, "तो फिर आप उन्हें पाठशाला क्यों नहीं भेजते?"

"क्या लाभ?" चौधरी ने कहा, "पाँच-सात का होते-होते बच्चा राजा, राजपरिवार अथवा अधिकारियों की सेवा का कार्य पा लेता है। जब उसे उस कम अवस्था में ही आजीविका मिल गई, तो फिर पढ़-लिखकर क्या होगा?"

"क्या आजीविका है?" अखंडानन्द के स्वर में आवेश का मिश्रण हो गया, "चरण-सेवा करने, जूठे बर्तन माँजने, मैले कपड़े धोने, साफ-सफाई करने जैसे कामों को ही आजीविका नहीं कहते। उससे श्रेष्ठ ढंग की भी आजीविका हो सकती है।"

"हमारे बच्चों को कोई सेना, कार्यालय या कचहरी में ले लेगा क्या?" चौधरी ने कहा, "पढ़ जाएँगे तो भी यही काम करेंगे। आज तो वे ये सारे काम अपनी इच्छा से करते हैं। पढ़-लिखकर उनके लिए किसी के जूते सीधे करते रहना, किसी का हुक्का अथवा पीकदान उठाए-उठाए फिरना, किसी के लात-घूँसे खाना अथवा अपनी माँ-बहनों के विषय में गंदी गालियाँ सुनना और भी कठिन हो जाएगा।"

"पर ऐसा क्यों होगा? वे सुशिक्षित होंगे तो अपनी योग्यतानुसार नौकरी पाएँगे। अपने पद के अनुसार सम्मान पाएँगे।..."

"आप ऐसा सोचते हैं। किंतु ऐसा होगा नहीं।" चौधरी पूर्णतः आश्वस्त था।

अखंडानन्द राजा के पास पहुँचे।

"महाराज! मेरी समझ में नहीं आ रहा कि यह दरोगा जाति क्या है और उनके लड़कों को उनकी योग्यता के अनुकूल सेवा का अवसर क्यों नहीं मिल सकता।"

"दरोगा जाति कोई जाति या वर्ण तो है नहीं। बस, एक प्रकार का काम करने के कारण उनका एक कबीला-सा बन जाता है और वे सब एक जाति के मान लिए जाते हैं।" राजा ने कहा, "वे लोग अधिकांशतः तो राज्य की सेवा में ही हैं।"

"पर उनमें से कोई उच्च पद पर भी है या सब चाकर ही हैं?" अखंडानन्द ने कहा, "पुरुष का चाकर होना तो फिर एक बात है, यदि उनकी स्त्रियाँ भी ठाकुरों की ही सेवा में हैं, तो उनका सम्मान सुरक्षित रह पाता होगा, इसमें मुझे संदेह है।"

"मुझे तो लगता नहीं कि उस जाति के कुछ लोग पढ़ते भी हैं।"

"पर क्यों नहीं पढ़ते?"

राजा ने मुंशी जगमोहनलाल को बुला भेजा।

"मुंशी जी! दरोगा जाति के लोगों का पढ़ने-लिखने से इतना विरोध क्यों है?"

"महाराज! यदि वे भी पढ़-लिखकर अधिकारी हो जाएँगे, तो राजा और ठाकुरों की सेवा के लिए चाकर कहाँ से आएँगे?"

"क्या इसका अर्थ है कि जानबूझकर किसी नीति के अधीन उन्हें शिक्षा से वंचित रखा जाता है?"

"नहीं महाराज! उन्हें राजसेवा के लिए आरक्षित रखा जाता है।"

"वे बाड़े के पशु हैं, जिन्हें बलि के लिए पाला-पोसा जाता है?"

"यह नीति न अपनाई जाए तो राजपरिवार, ठाकुरों तथा उच्च अधिकारियों के लिए ग़ोले गोलियाँ कहाँ से आएँगे? पढ़-लिखकर तो वे इस प्रकार की सेवाओं के लिए सहमत नहीं होंगे। इसीलिए दरोगा जाति के लड़कों को पाठशाला में प्रवेश नहीं दिया जाता। शिक्षा वर्जित है, उनके

लिए। इससे पहले कि वे पढ़ने-लिखने योग्य हों, उन्हें कहीं न कहीं जोत दिया जाता है।"

"यह तो अन्याय है मुंशी जी!" राजा ने कहा।

"नौकरी में लगे रहने के कारण दरोगों के लड़कों के पास पढ़ने का समय ही कहाँ है।" और अंततः मुंशी जी ने कह ही दिया, "और उच्च कर्मचारी उनकी शिक्षा के सर्वथा विरोधी हैं।"

"यह पाप है मुंशी जी!" राजा के चेहरे पर वितृष्णा के भाव उपजे, "हम उन्हें पशु बने रहने को बाध्य नहीं कर सकते···।"

"किंतु महाराज! उच्च अधिकारी···।"

"उच्च अधिकारी किसी के भाग्यविधाता नहीं हो सकते।"

"किंतु अभी तक तो राज्य की ओर से ही दरोगा जाति के लिए शिक्षा वर्जित है।"

"आज से, इसी क्षण से वह आज्ञा निरस्त की जा रही है। दरोगा जाति को भी अपने बच्चों को सुशिक्षित करने का उतना ही अधिकार होगा, जैसा कि अन्य जातियों को है।" अजितसिंह बोले, "राज्य के स्कूलों को तत्काल आदेश जारी किया जाए कि वे विद्यार्थियों के प्रवेश के समय उनकी जाति के आधार पर उन्हें नहीं रोकेंगे।"

"जैसी महाराज की आज्ञा!" मुंशी जी बोले।

"और आज तक अजाने में किए गए इस पाप की भरपाई करनी होगी।" अजितसिंह ने कहा, "राज्य की ओर से दरोगों के पढ़ने वाले लड़कों के पेटिए का प्रबंध भी तुरंत कर दिया जाए।"

"पेटिया क्या?" अखंडानन्द चौंके।

"भोजन।" राजा बोले, "उनको स्कूल के समय में राज्य की ओर से भोजन भी दिया जाए कि कहीं वे भोजन के अभाव में स्कूल छोड़कर भाग ही न जाएँ।"

संध्या समय मुंशी पुनः राजा के पास आए, "महाराज! राजपुरुषों को यह व्यवस्था अच्छी नहीं लगी है। उन लोगों ने विरोध किया है और कहा है कि दरोगों के लड़के राज में नौकरी करते हैं, उन्हें स्कूल में भेजने से राजकाज की हानि होगी।"

राजा मुस्कराए, "कौन स्वामी स्वेच्छा से अपने दासों को मुक्त करेगा? आपने किसी गूजर को देखा है, जो अपने पशुओं का बंधन खोल दे और उन्हें अपनी मनमानी दिशा में जाने दे?"

"नहीं महाराज!"

"तो उच्च अधिकारी दरोगों के लड़कों को कैसे मुक्त कर देंगे?" राजा बोले, "किंतु मुंशी जी! दरोगा लोग गाय-भैंस नहीं हैं। पशु नहीं हैं वे। मनुष्य हैं, हमारे और आपके जैसे। जिन उच्च अधिकारियों को मेरे इस आदेश से विरोध है, वे आज ही अपने त्याग-पत्र देकर स्वयं को राज्य के दायित्व से मुक्त कर सकते हैं।"

अखंडानन्द अपना प्रातः का नित्यकर्म कर, स्नान-ध्यान कर राजा के जागने की प्रतीक्षा कर रहे थे। उन्हें महल में रहने का स्थान दिया गया था। जहाँ राजा सोते थे, उसकी दूसरी ओर बरामदे में अखंडानन्द का आसन था। ग्रीष्म ऋतु थी। अखंडानन्द प्रातः ही उठ जाते थे। राजा के उठने में प्रतिदिन देर हुआ करती थी।···पर आज तक उन्हें राजा का इस प्रकार विलंब से उठना इतना नहीं

अखरा था। आज तो उन्हें यह विलंब असह्य लग रहा था।

राजा के सामने पड़ते ही अखंडानन्द स्वयं को रोक नहीं पाए, "आप शैयात्याग किस समय करते हैं राजन्?"

"आठ बजे तक तो उठ ही जाता हूँ महाराज!" राजा कुछ संकुचित होकर बोले, "कभी-कभी नौ भी बज जाते हैं।"

"इस प्रकार विलंब से उठने की आदत आपको कब से है?" अखंडानन्द चौंके : कहीं वे अपनी मर्यादा का अतिक्रमण तो नहीं कर रहे। उन्होंने जोड़ दिया, "प्रातः विलंब से उठने का अभ्यास स्वास्थ्य के लिए शुभ नहीं है।"

"शुभ तो नहीं है महाराज!" राजा सहमत हो गए।

अब अखंडानन्द ने स्वयं को रोका नहीं। मन में आई बात कह ही गए, "विशेषकर एक राजा के लिए तो यह अभ्यास बहुत ही बुरा है। आप पर इतने लोगों की रक्षा का भार है और आप निश्चिंत होकर नौ बजे तक सोते रहें—यह बात क्या राजधर्म के अनुकूल है?"

"आप ठीक कह रहे हैं महाराज!"

"हमारी परंपरा यह मानती है कि यदि लक्ष्मीपति नारायण भी गंदे कपड़े पहनें, अपने दाँत न माँजें, भूख से अधिक खाएँ, दूसरों के प्रति कठोर शब्द कहें और सूर्योदय और सूर्यास्त के समय सोते रहें, तो धन और ऐश्वर्य की देवी लक्ष्मी अपने उन पति नारायण का भी त्याग कर देती है।"

राजा ने सरल भाव से नम्र शब्दों में उत्तर दिया, "पुरानी आदत है महाराज! छुड़ाए छूटती भी नहीं।…"

"कब से है?"

"बहुत समय से।" राजा बोले, "आप जानते ही हैं कि मेरा शैशव अपने माता-पिता की स्नेह-छाया में नहीं बीता। जयपुर दरबार स्वर्गवासी महाराज सवाई रामसिंह जी की मुझ पर बड़ी कृपा थी। मेरी देखभाल भी वे स्वयं ही करते थे। मैं प्रायः उनके साथ ही रहा करता था। रात को तीन बजे तक महाराज बिलियर्ड खेला करते थे। मैं भी उनके साथ रहता था। खेलता भी था। ऐसी दशा में देर तक सोने और देर से उठने का अभ्यास हो गया। महाराज दस बजे उठते थे। मैं उनसे कुछ पहले उठता था।"

"…किंतु अब…"

"किंतु अब यह प्रमाद नहीं होगा। मैं प्रातः जल्दी उठूँगा।" राजा ने कहा, "कहिए, इस समय कैसे कष्ट किया?"

"इस नई व्यवस्था के बाद छात्रों की संख्या पहले से तीन गुनी हो गई है।"

"शुभ समाचार है। अब खेतड़ी की जनता अनपढ़, जाहिल और मूर्ख नहीं रहेगी।"

"किंतु कुछ छात्रों के पास पुस्तकों के लिए भी धन की व्यवस्था नहीं है।"

"तो इस प्रयोजन से एक कोश की स्थापना करें, जिससे उनके लिए पुस्तकों की व्यवस्था हो सके। हम और रानी साहिबा उसमें पूरा सहयोग करेंगे। अन्य जो लोग चाहें, वे भी अपना योगदान कर सकते हैं।"

अखंडानन्द ने दरबार में वेदांत के विषय में अपना प्रवचन समाप्त ही किया था कि एक दरबारी उठ

खड़ा हुआ, "आप जो कुछ बता रहे हैं, उसमें हमारे राजा जी के लिए कुछ भी नया नहीं है। राजा जी वेदांत के विषय में सब कुछ जानते हैं।"

अखंडानन्द ने अकबकाकर उसकी ओर देखा, "क्या कह रहे हैं आप? एक संन्यासी अस्सी वर्षों तक वेदांत का अध्ययन करता रहे, तो वह उसके लिए पर्याप्त नहीं है। और आपके राजा ने भोग और मनोरंजन के जीवन में उसका पूर्ण ज्ञान प्राप्त कर लिया है?"

"आप कहना चाहते हैं कि राजा जी को वेदांत का ज्ञान नहीं है?" दरबारी झगड़ने को तैयार था, "हमारे राजा अज्ञानी हैं?"

अखंडानन्द ने स्वयं को संयत किया, "यदि आप कहते कि उन्हें इस क्षेत्र का पर्याप्त ज्ञान नहीं है, तो शायद वे कुछ सीखने का प्रयत्न करते।"

दरबार में सन्नाटा छा गया।

"आपने ठीक कहा महाराज! एकदम ठीक कहा।" अंततः अजितसिंह ही बोले, "मेरा विचार है कि आप इन प्रवचनों को तब तक चलाएँ, जब तक आप स्वयं यह अनुभव न कर लें कि मेरे सभासदों को वेदांत का पर्याप्त ज्ञान हो गया है।"

69

अजितसिंह को स्वामी का 28 फरवरी का लिखा पत्र 7 अप्रैल को मिला था। उनके मन में जैसे कोई उत्सव उतर आया था। स्वामी ने ठीक ही शिकायत की थी कि अजितसिंह उन्हें अधिक पत्र नहीं लिखते।...अजितसिंह सोच रहे थे कि स्वामी की शिकायत में उनका स्नेह बोल रहा था। अजितसिंह को अपनी यह भूल स्वीकार कर लेनी चाहिए। जिन स्वामी को पत्र लिखने के लिए लोग तड़प रहे थे, वे ही स्वामी अजितसिंह से उनके पत्र की माँग कर रहे थे।...किंतु उन्हें स्वामी को सूचित करना चाहिए कि उनकी कठिनाई क्या थी। जब तक स्वामी ने कुछ अधिक समय तक शिकागो में रहने का निर्णय नहीं किया था, तब तक उन तक पत्र पहुँचाया ही कैसे जा सकता था। पहले स्वामी यात्राओं पर थे और फिर स्वयं अजितसिंह यात्राओं पर निकल गए थे।...बंबई, द्वारका, विरावेल, गिरिनार इत्यादि। फिर रामपुर के नवाब के विवाहोत्सव में सम्मिलित होने के लिए रामपुर जाना पड़ गया। किंतु जो भी हो, उन्हें अपने इस प्रमाद के लिए स्वामी से क्षमा माँगनी चाहिए।

स्वामी इस समय एक कष्टप्रद मानसिक यातना में से गुजर रहे थे। विदेशी और विधर्मी तो उनके पीछे पड़े ही थे। उनके अपने देशवासी भी विरोधियों के साथ मिलकर उनकी पीठ पीछे उनकी निंदा कर रहे थे।...वैसे अजितसिंह ने सदा से यही माना था कि इन बातों से विचलित होने का कोई विशेष कारण नहीं है; किंतु प्रत्येक मनुष्य का अपना स्वभाव होता है।...अजितसिंह जानते थे कि स्वामी को उनके द्वारा परामर्श दिए जाने का कोई औचित्य नहीं था। वे उनसे कहीं अधिक ज्ञानी थे। फिर भी इतना निवेदन तो वे करना ही चाहते थे कि अपने ही देशवासियों द्वारा उनकी पीठ पीछे की गई चुगली और निंदा से उन्हें विचलित नहीं होना चाहिए था। उस निंदा और चुगली का कोई महत्त्व नहीं था और वह उनकी कोई क्षति नहीं कर सकती थी। कहावत है न : क्रयविक्रय वेलयं कचः कचः मणिः मणिः। यदि इन छोटे-छोटे तुच्छ कारणों से स्वामी जैसा महापुरुष भी पश्चिम से सहायता पाकर

अपने देश के उद्धार की योजना त्याग देगा, तो और कौन है, जो कभी उसका प्रयत्न भी कर सकता है।···तो क्या अजितसिंह चाहते हैं कि स्वामी सदा उनसे दूर विदेश में रहें। नहीं! नहीं! ऐसा नहीं है···वे सदा चाहेंगे कि स्वामी उनके साथ रहें, क्योंकि वे नहीं जानते कि उनका जीवन कब तक है? कौन जानता है? किसी को अगले पल की भी सूचना नहीं है। फिर भी अजितसिंह इस प्रकार स्वार्थी नहीं हो सकते। वे चाहेंगे कि स्वामी भारत के निर्धन और दुखी लोगों की उन्नति के लिए प्रयत्न करते रहें।

उनके मन में स्वामी को देखने की इच्छा इतनी प्रबल थी कि मन होता था कि स्वामी को लिखें कि वे तत्काल भारत लौट आएँ···किंतु उनके भीतर की ही कोई शक्ति उनकी लेखनी को रोक देती थी। वे अपनी इच्छा के ठीक विपरीत लिखने को बाध्य हो जाते थे कि स्वामी अमेरिका में ही रहें, वहीं रहें, जहाँ के लोग मनुष्य के जौहरी थे। मनुष्य की योग्यता को पहचानते थे।

···स्वामी अखंडानन्द ने भी स्वामी के नाम एक पत्र लिखा था, वह भी भेजना था। अजितसिंह उसे अपने ही लिफाफे में डाल देंगे। जगमोहन लाल जयपुर में थे, किंतु यह जानकर उन्हें प्रसन्नता ही होगी कि अजितसिंह ने उनके कहे बिना भी स्वामी को उनका दंडवत प्रणाम निवेदित किया है। और हाँ···स्वामी को यह भी सूचित करना है कि खेतड़ी के पर्वतों में जो शेर विचर रहा था और जिसने लगभग 50 गाएँ खा डाली थीं, उसे पकड़ लिया गया था।···

70

प्राचार्या का क्रोध उनके मुख पर प्रकट होने लगा था, "यह अपमानजनक है। मैं आपके मैनेजर से बात करना चाहती हूँ।"

"आप किसी से भी बात कर लें।" क्लर्क पूर्ण आत्मविश्वास के साथ बोला, "नियम मैंने नहीं बनाए हैं।" वह रुका, "एक बात और बता दूँ। ये नियम नार्थाम्पटन होटल एसोसिएशन के बनाए हुए हैं। आप अपने इन अतिथि को नगर के किसी भी होटल में नहीं ठहरा पाएँगी।"

प्राचार्या पर जैसे घड़ों पानी पड़ गया। उन्होंने अत्यंत संकुचित होकर स्वामी की ओर देखा। स्वामी सर्वथा अविचलित, सहज भाव से खड़े थे।

"आप उद्विग्न न हों।" वे बोले, "मेरे साथ पहले भी यह हो चुका है। अब मैं इस प्रकार के व्यवहार का कुछ-कुछ अभ्यस्त हो गया हूँ।"

"वह तो ठीक है किंतु···"

प्राचार्या ने और कुछ नहीं कहा। वे होटल से बाहर निकलने के लिए मुड़ गईं।···वे बेहद चिंतित थीं और उनके मन में जैसे कोई भयंकर वात्यचक्र चल रहा था। उन्होंने कल्पना भी नहीं की थी कि इस प्रकार की अपमानजनक दुर्घटना भी हो सकती है, अन्यथा वे स्वामी को ठहराने के लिए कोई वैकल्पिक व्यवस्था भी करतीं। उनके अपने घर में भी ऐसा कोई स्थान नहीं था। कॉलेज का हॉस्टल···किंतु वह लड़कियों के लिए था···वहाँ ठहराना तो दूर, पुरुष का प्रवेश भी निषिद्ध था···।

प्राचार्या उन्हें अपने घर ले आईं।

"यह मेरा घर है।" वे कुछ संकोच से बोलीं, "यहाँ भी आपके योग्य कोई कमरा खाली नहीं

है। आप नहा-धो लें। कुछ खा-पी लें। तब तक मैं कोई प्रबंध करती हूँ।"

"प्रबंध हो जाएगा, तो ठीक है, अन्यथा मैं आपके ड्राइंगरूम के सोफे पर भी रात बिता सकता हूँ।" स्वामी ने कहा, "मुझे उसमें कोई कष्ट नहीं होगा।"

"किंतु वह हमारे लिए बहुत अपमानजनक होगा।"

प्राचार्या अपने घर से चलीं तो उनका मन विक्षिप्त-सा हो रहा था।...ऐसा अभद्र व्यवहार!

उन्होंने तो अपनी ओर से ऐसा अच्छा प्रबंध कर रखा था। बढ़िया होटल...बढ़िया परिवेश...बढ़िया सेवा...

काउंटर पर खड़े क्लर्क ने स्वामी पर एक उड़ती-सी दृष्टि डाली; किंतु उनको कोई महत्त्व नहीं दिया। उसने बहुत आदर से प्राचार्या की ओर देखा, "यस मैडम!"

"मैं स्मिथ कॉलेज की प्रिंसिपल हूँ।" उन्होंने कहा, "हमने एक कमरा आरक्षित करवाया था। हमारे अतिथि आ गए हैं। इन्हें इनके कमरे तक पहुँचाने का प्रबंध कर दें।"

क्लर्क ने स्वामी की ओर नहीं देखा, जैसे वे वहाँ हों ही नहीं।

"आपके वे अतिथि कहाँ हैं?"

प्राचार्या ने बहुत सम्मान से स्वामी की ओर संकेत किया, "आप हैं स्वामी विवेकानन्द। ये हमारे कॉलेज में दो भाषण करेंगे।"

"वह तो ठीक है मैडम! आपके कॉलेज में होने वाले व्याख्यानों के विषय में तो मैं कुछ नहीं कह सकता; किंतु हमारे होटल में अश्वेत लोगों को ठहराने का कोई प्रावधान नहीं है।"

"स्वामी जी भारतीय साधु हैं, ये नीग्रो नहीं हैं।"

क्लर्क सर्वथा अडिग रहा, "मैंने किसी देश विशेष का नाम नहीं लिया। मेरा कहना तो इतना ही है कि ये अश्वेत हैं।"

प्राचार्या स्तब्ध सी खड़ी रह गईं। होटल का यह साधारण क्लर्क स्वामी विवेकानन्द जैसे विश्वविख्यात विद्वान् को काला आदमी कहकर होटल में ठहराने से इंकार कर रहा है।

"पर एक कमरा हमारे नाम पर आरक्षित है। उस आरक्षण का अर्थ ही क्या है?"

"कमरा तो अब भी आपके लिए आरक्षित है।" क्लर्क बोला, "आप वहाँ अपने किसी भी यूरोपीय अथवा श्वेत अमेरिकी अतिथि को ठहरा सकती हैं।"

प्राचार्या के मन में अब एक ही विकल्प था—श्रीमती चार्ल्स का गेस्ट हाउस, जिसे किन्हीं अज्ञात कारणों से प्रायः वे केवल 'हाउस' ही कहती थीं। पर जाने श्रीमती चार्ल्स का व्यवहार कैसा हो। उनसे प्राचार्या की कोई विशेष मैत्री भी नहीं थी और वे स्वतंत्र रूप से सोचने वाली, किसी के दबाव में न आने वाली, काफी उद्दंड महिला थीं। अपने बनाए हुए नियमों को वे अनुशासन मानती थीं और उनसे टलती नहीं थीं।...किंतु और कोई विकल्प भी तो नहीं था।

श्रीमती चार्ल्स ने उन्हें स्थिर दृष्टि से देखा, "आपके अतिथि को मैं लड़कियों के कमरे में तो ठहरा नहीं सकती—चाहे वह संन्यासी ही क्यों न हो।...पर मेरे पास एक गेस्टरूम है। थोड़ा छोटा है; किंतु बुरा नहीं है। आप चाहें तो मैं उनके लिए वह कमरा तैयार करवा दूँ।" उन्होंने प्राचार्या की ओर देखा, "पर आप अपने संन्यासी से पूछ लीजिए, उन्हें लड़कियों के साथ 'हाउस' में ठहरने में कोई

आपत्ति तो नहीं है। मेरा अभिप्राय है कि लड़कियों के साथ ठहरने से उनका ब्रह्मचर्य कलंकित तो नहीं होगा। वैसे हमारे चर्च के पादरी तो ऐसी स्थिति को बाध्य होकर बड़ी प्रसन्नता से स्वीकार करते हैं।" उसने अपनी बाईं आँख दबाई और हलके से हँसी, "आपके अतिथि को खाना भी उन लड़कियों के साथ ही खाना पड़ेगा। एक ही टेबल पर। मैं अपने हाउस का अनुशासन किसी भी स्थिति में किसी के लिए भी नहीं तोड़ सकती।"

"उन्हें कोई आपत्ति होनी तो नहीं चाहिए। सुना है, इन मामलों में बहुत उदार है। फिर भी मैं एक बार उनसे पूछ लूँगी।"

"बहुत उदार न हों, तो ही अच्छा। सबको अपनी मर्यादा में रहना चाहिए।" श्रीमती चार्ल्स बोलीं।

प्राचार्या इतनी चिंतित थीं कि वे श्रीमती चार्ल्स के परिहास में रस नहीं ले सकीं। गंभीर स्वर में बोलीं, "नार्थाम्पटन की होटल एसोसिएशन के नियमों का तो आप पर कोई बंधन नहीं है न?"

"नहीं! मैं होटल एसोसिएशन की सदस्या नहीं हूँ। न ही नार्थाम्पटन नगर, उन होटल एसोसिएशन वालों के बाप की जागीर है।" वे बोलीं, "मेरा घर कोई होटल नहीं है। वैसे होटल एसोसिएशन वाले चाहें तो मेरा बहिष्कार कर सकते हैं। मैं तो पहले से ही उनका बहिष्कार किए बैठी हूँ।" वे हँस रही थीं।

71

मार्था ब्राउन फिनके प्रथम वर्ष की छात्रा के रूप में स्मिथ कॉलेज में पिछले वर्ष के सितंबर में प्रविष्ट हुई थी। अपनी उस अवस्था में अनुशासन का बंधन किसे अच्छा लगता है। अट्ठारहवाँ वर्ष अनुशासन मानता ही कहाँ है।…मन तथा आत्मा संबंधी प्रश्नों में उसकी बहुत रुचि थी। असंख्य जिज्ञासाएँ मन को हिल्लोलित करती रहती थीं; पर समाधान कहाँ था। चर्च में सुने गए उपदेशों से प्रश्नों का समाधान होने के स्थान पर उलझनें और बढ़ जाती थीं। धर्म के नाम से ही उसे कुछ-कुछ भय लगने लगा था। धर्म उसे मुक्त नहीं करता था, बाँधता था। उसका विकास नहीं करता था, उस पर टनों बोझ लाद देता था। उसे लगता था कि धर्म एक ऐसा शिकंजा है, जिसमें एक बार प्रविष्ट हो जाने पर वह कसता ही जाता है और अंततः मनुष्य की हड्डियाँ तक चूर कर देता है।

कॉलेज के हॉस्टल में स्थान न मिलने के कारण मार्था तीन और नई लड़कियों के साथ परिसर के निकट ही श्रीमती चार्ल्स के 'हाउस' में रहने लगी थी। उसे लगा कि श्रीमती चार्ल्स निरंकुश शासन करने वाली एक स्वतंत्र चिंतक और विनोदी स्वभाव की महिला थीं। मार्था एक ओर उनसे घबराती थी और दूसरी ओर उनके खुले स्वभाव के कारण उनसे प्यार भी करती थी। वह स्वयं नहीं जानती थी कि श्रीमती चार्ल्स के प्रति उसका भय प्रबल था अथवा प्रेम। शायद दोनों का सम्मिश्रण कोई तीसरा ही भाव बनकर उसके मन में समा गया था।

कॉलेज में समाचार था कि स्वामी विवेकानन्द दो व्याख्यानों के लिए आ रहे हैं। मार्था के मन में थोड़ी-सी उत्सुकता जागी थी। भाषण तो होते ही रहते थे। कई बार नीतिशास्त्र के नाम पर धार्मिक

उपदेश भी हुआ करते थे। किंतु आश्चर्य! इस बार एक विदेशी और विधर्मी व्यक्ति को आमंत्रित किया गया था।···

मार्था ने भारत के विषय में अपने शैशव में ही बहुत कुछ सुना था। उसकी माँ ने एक बार तो मिशनरी के रूप में भारत जाने वाले एक युवक से विवाह करने का निश्चय ही कर लिया था।···प्रतिवर्ष उनकी चर्च मिशनरी एसोसिएशन से धन की एक पेटी भारत में स्त्रियों के उत्थान के लिए भेजी जाती थी। भारत कितना गर्म देश था और वहाँ साँप खुले रूप से सड़कों पर घूमते थे। वहाँ अविश्वासी हीदन अपने अज्ञान में लकड़ी और पत्थर के सम्मुख सिर झुकाते थे।···वह भारत के इतिहास, साहित्य और संस्कृति के विषय में कितना कम जानती थी। उसने विलियम केरे की जीवनी पढ़ी थी। गोवा में संत फ्रांसिस ज़ेवियर के विषय में सुना था। किंतु वह सब तो केवल मिशनरियों की दृष्टि से ही था। एक वास्तविक भारतीय से बात करने का अवसर···कैसी उत्सुकता थी उसके मन में।···वह देश उसके लिए बच्चों की कहानियों का कोई परीलोक था। स्वामी वहीं से आ रहे थे।···

यह समाचार भी मिला कि वे 'हाउस' में ठहरेंगे। उनके साथ ही भोजन करेंगे। वे लोग चाहेंगी तो उनसे भारत संबंधी प्रश्न भी पूछ सकेंगी।

अतिथिकक्ष सजा दिया गया था। वे आए। मार्था ने बहुत उत्सुकता से देखा : एक भव्य व्यक्तित्व। उन्होंने काले रंग का प्रिंस अलबर्ट कोट पहन रखा था। पतलून काली थी और सिर पर पीली पगड़ी थी। चेहरे पर एक रहस्यवादी अबोधगम्य भाव था। आँखों में बिजलियाँ चमक रही थीं, जैसे उनसे कोई शक्ति निःसृत हो रही हो।

मार्था को लग रहा था कि वह और उसकी सहेलियाँ एक प्रकार से श्रद्धानत और मौन थीं। श्रीमती चार्ल्स उनके साथ-साथ चलती हुई उन्हें मार्ग दिखा रही थीं। उन पर स्वामी का कोई रौब पड़ा हो—ऐसा एकदम नहीं लग रहा था। वस्तुतः वे किसी के भी रौब में आने वाली स्त्री नहीं थीं। वे उनसे काफी सहज, जीवंत और सजीव वार्तालाप कर रही थीं।

"सुना है कि कुछ ईसाई पादरी आपको चर्च में भी भाषणों के लिए आमंत्रित करते हैं।"

"हाँ! कई बार ऐसा अवसर भी आता है।" स्वामी गंभीर भाव से बोले।

"आपको विचित्र नहीं लगता कि हमारे कट्टर धर्मांध पादरी आपको चर्च में भाषण देने के लिए बुला रहे हैं?" श्रीमती चार्ल्स बोलीं, "क्या आप इसे उनकी मजबूरी और अपनी लोकप्रियता मानते हैं?"

"नहीं तो।" स्वामी बोले, "मैं तो इतना ही मानता हूँ कि धर्म और ईश्वर की चर्चा के लिए चर्च से अधिक उपयुक्त और कौन-सा स्थान हो सकता है।"

श्रीमती चार्ल्स ने संकोचविहीन अबाध ठहाका लगाया, "धर्म और ईश्वर की चर्चा। अरे, वे आपको घेरने के लिए बुलाते हैं। इसको सांसारिक भाषा में कहूँ तो वे आपका आखेट करना कहते हैं। अभी तक कर नहीं पाए, यह उनकी असहायता है।"

निकट आकर श्रीमती चार्ल्स ने मेज के पास की एक कुर्सी खींचकर स्वामी को उस पर बैठने का संकेत किया। स्वयं भी बैठ गईं और विभिन्न कोनों में स्वयं को छिपाकर झाँकती हुई लड़कियों को भी संकेत किया, "आ जाओ लड़कियो! मैं तुम्हें भारत से आए अपने इस अतिथि से मिलाऊँ।"

वे आकर मेज के चारों ओर बैठ गईं। स्वामी ने अपना हाथ उठाकर आशीर्वाद दिया, "सुखी रहो बच्चियो! प्रभु तुम्हें सत्य मार्ग पर चलने की प्रेरणा दें।"

मार्था स्वामी के साथ वाली कुर्सी पर बैठी थी। वह पूछना चाहती थी कि सत्य मार्ग क्या होता है और उस पर चलने का लाभ क्या है; किंतु सम्मान के अतिरेक के कारण एक शब्द भी नहीं बोल सकी।

"किंतु चर्च तो हमारे प्रभु ईसा का गुणगान करने के लिए बनाए गए हैं।" इस बार श्रीमती चार्ल्स भी गंभीर थीं।

स्वामी ने उनकी ओर देखा और सहसा मन ही मन किसी निर्णय पर पहुँचकर बोले, "यह सामने वाली सड़क कहाँ जाती है?"

"स्मिथ कॉलेज तक।"

"तो जिसे भी स्मिथ कॉलेज तक पहुँचना हो, उसके लिए यही मार्ग है।" स्वामी बोले, "आप यह तो नहीं कह सकतीं कि यह स्मिथ कॉलेज पहुँचने का आपका मार्ग है। मैं इससे कैसे जा सकता हूँ।"

"एकदम ठीक कहा आपने।" श्रीमती चार्ल्स चहककर बोलीं, "पादरी भी तो यही कहते हैं कि ईश्वर तक पहुँचने का एकमात्र मार्ग ईसा मसीह ही हैं। जिसे ईश्वर तक पहुँचना है, उसे ईसा मसीह के मार्ग से ही जाना होगा।"

"हाँ! यहाँ से स्मिथ कॉलेज तक जाना है, तो इसी मार्ग से जाना होगा।" स्वामी बोले, "किंतु यदि मैं किसी और मुहल्ले से स्मिथ कॉलेज पहुँचना चाहूँ, तो क्या मुझे पहले इस सड़क पर आना होगा और फिर स्मिथ कॉलेज जाना होगा?"

"नहीं! उसके लिए और मार्ग भी हैं।"

"तो मैं आपके पादरियों को यही समझाना चाहता हूँ कि प्रत्येक मुहल्ले से कोई न कोई मार्ग स्मिथ कॉलेज जाता है। महत्त्वपूर्ण मार्ग नहीं है, महत्त्वपूर्ण है स्मिथ कॉलेज पहुँचना।" स्वामी बोले, "चर्च हो या मंदिर। हम वहाँ उन मार्गों की चर्चा करते हैं, जिनसे ईश्वर तक पहुँचा जा सकता है। अब यह तो प्रत्येक व्यक्ति को सोचना है कि वह किस मुहल्ले में रहता है, उसके पास कौन-सी सवारी है और उसे किस मार्ग से ईश्वर तक पहुँचना है। इसमें हमारा मार्ग और तुम्हारा मार्ग कैसा?"

"पर हमारे पादरी तो कहते हैं कि जिस मार्ग की चर्चा बाइबल में है, उसके अतिरिक्त दूसरा कोई मार्ग हो ही नहीं सकता।" मार्था ने बहुत साहस कर धीरे से कहा।

"ठीक कहती हो मेरी बच्ची!" स्वामी बोले, "तुम यदि एक ही मुहल्ले में रहो, दूसरे किसी मुहल्ले में कभी जाओ ही नहीं। तुम पूरे नगर का मानचित्र ही न देखो, तो तुम्हारे लिए एक ही मार्ग रह जाएगा, अपने मुहल्ले का मार्ग।"

"इसका क्या अर्थ हुआ?" मार्था ने पूछा।

"उन्होंने बाइबल के अतिरिक्त और कुछ पढ़ा ही नहीं है, जाना ही नहीं है।" स्वामी बोले, "वे जानते ही नहीं हैं कि श्रीकृष्ण ने क्या कहा है, बुद्ध ने क्या कहा है?"

"आप जानते हैं कि ईसा ने क्या कहा है?" श्रीमती चार्ल्स ने जैसे चुनौती दी, "बाइबल में क्या लिखा है?"

"मैं ईसा से उतना ही प्रेम करता हूँ, जितना कि श्रीकृष्ण से।" स्वामी बोले, "मैंने बाइबल को भी उतनी ही बार पढ़ा है, जितनी बार गीता पढ़ी है।"

"मैं आपकी परीक्षा नहीं लूँगी।" श्रीमती चार्ल्स हँसकर उठ गईं।

मार्था चकित-सी रह गई। वह परंपरावादी प्रोटैस्टेंट मर्यादाओं में पली और बड़ी हुई थी। उसके परिवार में मुक्त चिंतन को संकटपूर्ण माना जाता था। उसे सदा घर की सीमाओं में रोककर रखा गया था। उसकी एक सखी एक वर्ष पूर्व वसार कॉलेज में पढ़ने गई थी तो उसके विषय में यही कहा गया था कि वह विधर्मी हो गई है।···और यहाँ यह हिंदू संन्यासी, हिंदू होते हुए भी बाइबल पढ़ता है और ईसा से प्रेम करता है। क्या इससे उसकी अपने धर्म में आस्था समाप्त नहीं हो जाएगी?

अंततः बहुत ही भीरु स्वर में उसने धीरे से पूछा, "बाइबल पढ़ने से आपकी अपने धर्म में आस्था समाप्त नहीं हो जाएगी?"

"धर्म का अर्थ है ईश्वर से प्रेम।" स्वामी बोले, "उसका विभाजन कैसे हो सकता है। धर्म तो धर्म ही रहेगा, वह अपना और पराया कैसे हो सकता है। क्या मेरा स्मिथ कॉलेज और तुम्हारा स्मिथ कॉलेज पृथक्-पृथक् हो सकते हैं? स्मिथ कॉलेज तो स्मिथ कॉलेज ही रहेगा।"

"तो फिर संसार में इतने पृथक्-पृथक् धर्म क्यों हैं?" मार्था अनायास ही पूछ बैठी।

"विभाजन वे करते हैं, जो उपासना पद्धति को धर्म मानते हैं।" स्वामी बोले, "यदि मैं अपनी उपासना पद्धति को धर्म मानता हूँ तो संसार में अनेक धर्म हैं; किंतु यदि मैं ईश्वर के प्रेम को धर्म मानता हूँ और उसे प्राप्त करना चाहता हूँ, तो धर्म केवल धर्म है। वह एक है और अविभाज्य है। इसीलिए हमारे यहाँ कहा गया, 'आ नो भद्राः यवतु···।' "

"इसका क्या अर्थ है?"

"सारी दिशाओं से उत्तम विचार हम तक आएँ।"

"यह कौन-सी भाषा है?"

"संस्कृत।"

"किस पुस्तक से है यह उक्ति?"

"वेद से।" स्वामी बोले, "वेद हिंदुओं का धार्मिक ग्रंथ है। हिंदुओं का बाइबल।"

मार्था के मन के अनेक भग अनायास ही कहीं विलीन हो गए थे।

संध्या समय सिटी हॉल में स्वामी का भाषण था। हॉल भरा हुआ था और लोग बड़ी उत्सुकता से सुन रहे थे। स्वामी ने अपने भाषण में मानव-जाति की एकता की स्थापना की। उन्होंने भारत के लोगों के विकास के साथ-साथ अन्य जातियों के विकास की भी चर्चा की। कहा, पृथ्वी के किसी भी कोने में रहने वाले लोग, चाहे कितने भी दूर के हों, परस्पर संबंधी हैं। समय की दूरी और जलवायु की भिन्नता के कारण उनके रंग में कुछ अंतर आ गया है। उनकी भाषाओं में कुछ भेद हो गया है। उपसना पद्धतियाँ भिन्न प्रकार से विकसित हो गई हैं। भूगोल और इतिहास के भेद के कारण रीति-रिवाज अलग प्रकार से बन गए हैं। किंतु मानव-जाति की एकता एक साधारण तथ्य है, जिसको प्रमाणित करने के लिए बहुत परिश्रम की आवश्यकता नहीं है।

उसके पश्चात् उन्होंने सर्वथा अनौपचारिक रूप में भारतीय रीति-रिवाजों, जीवन-शैली, मान्यताओं और विश्वासों की चर्चा की। उन्होंने एक हिंदू बालक के जन्म के वर्णन से आरंभ किया। उसके संस्कारों के विषय में बताया। उसके विद्यारंभ, उसके विवाह और उसकी गृहस्थी का वर्णन किया।

परिवार में स्त्रियों के स्थान की चर्चा करते हुए उन्होंने दिव्य मातृत्व के हिंदू सिद्धांत की स्थापना की—माँ का सदा सम्मान, प्रायः माँ की पूजा, आस्था और श्रद्धा,—ऐसे सिद्धांत हैं, जिन्हें नारी का

अधिकतम सम्मान करने वाला और निःस्वार्थी अमेरिकी, पुत्र, पिता और पति कल्पना भी नहीं कर सकता। इन्हीं चर्चाओं के मध्य उन्होंने अमेरिकियों को लाभ के लोभ, सुविधाएँ पाने के राष्ट्रीय रोग और डॉलर की पूजा जैसी बातों के लिए कठोर फटकार बताई।

मार्था अपने कमरे में लौटी तो उसे भाषण का एक शब्द भी स्मरण नहीं था। स्मरण था तो मंच पर खड़ा एक प्रभावशाली व्यक्तित्व—लाल चोगा, नारंगी कमरबंद और पीली पगड़ी। अंग्रेजी भाषा का अद्‌भुत ज्ञान और एक सुरीला अनुरणनमय स्वर।

अगले दिन रविवार था। मार्था कुछ आराम से उठी।

'डेली हेराल्ड' उठाया। उसमें स्वामी के भाषण की लंबी रपट थी; किंतु टिप्पणियों के साथ। संवाददाता स्वामी की प्रशंसा करने से स्वयं को रोक नहीं पाया था। खुली निंदा भी उसने नहीं की थी; किंतु आलोचना करने से भी नहीं चूका था। उसने लिखा था :

"हिंदू जीवन-शैली के विषय में अनौपचारिक भाषण एक रोचक पार्लर संवाद के रूप में था, जो सरल वार्तालाप शैली के रूप में दक्षतापूर्वक व्यक्त किया गया था। श्रोताओं में अनेक कारणों से इस विषय में बहुत रुचि थी। किंतु कुछ लोगों को इस कारण से निराशा हुई कि वक्ता ने पूरे संसार की चर्चा करते हुए भी कुछ विषयों को बहुत संक्षेप में प्रस्तुत किया। लोग उनसे कुछ और विस्तार से सुनना चाहते थे, यद्यपि स्वामी का भाषण किसी भी अमेरिकी मंच के लिए अत्यंत दीर्घ और विस्तृत था।···

"वक्ता बार-बार अपने मुख्य विषय से हटकर अपने और अंग्रेजीभाषी जातियों के रीति-रिवाजों और उनकी मान्यताओं की तुलना करने लगता था—सामाजिक, नैतिक और धार्मिक तुलना। निष्कर्ष के रूप में वह सदा अपने पक्ष की श्रेष्ठता स्थापित करता था। यद्यपि यह सब कुछ बहुत नम्रता, शालीनता और मर्यादापूर्वक होता था।···कुछ श्रोता, जो हिंदू विचारों के विरोधी नहीं हैं और उनके अच्छे जानकार भी हैं, वक्ता से पूछना चाहते थे कि हिंदू स्त्री के विषय में आदर्श तो अच्छे हैं किंतु इस आदर्श को कितने हिंदू परिवारों में आचरण में उतारा जाता है?··· "

मार्था को टिप्पणी पूर्णतः पूर्वाग्रहग्रस्त लगी।···संसार में कितने धर्मों और समाजों में अपने आदर्शों का पालन किया जाता है? ईसा ने कहा कि यदि कोई तुम्हारे एक गाल पर थप्पड़ मारे तो तुम उसके सम्मुख अपना दूसरा गाल कर दो।···कितने ईसाई एक थप्पड़ खाकर दूसरा गाल प्रस्तुत करने को तैयार हैं? ईसा ने रोगियों और असहायों की सेवा करने को कहा। कितने ईसाई छूत के रोगियों के निकट जाने को तैयार हैं? कितने ईसाई डॉक्टर बिना फीस लिए निर्धन रोगियों का उपचार करने को तैयार हैं?···किंतु उन लोगों के व्यवहार के कारण ईसा के आदर्शों का महत्त्व तो कम नहीं हो जाता···संवाददाता ने केवल अपना विरोध जताया था, विचार नहीं किया था।···

मार्था कमरे से निकलकर बाहर आई। अभी बहुत सवेरा था। स्नानागार से पानी के छपाकों की ध्वनि आ रही थी। इतनी सुबह तो उनमें से कोई नहीं नहाता था और वह भी रविवार के दिन। न ही उनके नहाने से इस प्रकार पानी के छपाकों की ध्वनि होती थी। नहाने वाला एक अपरिचित भाषा में अत्यंत सुरीले स्वर में कुछ पाठ कर रहा था। 'हाउस' की कुछ लड़कियाँ सारी शालीनता और शिष्टाचार भूलकर, उस स्वर को सुनने के लिए स्नानागार के द्वार के निकट एक-दूसरे पर गिरती-पड़ती गठरी बनकर बैठ गईं।···मार्था समझ गई कि स्वामी ही इतनी सुबह नहा रहे थे और

यह स्वर भी उनका ही था। स्वर के संगीत में बहुत रस था···किंतु यदि श्रीमती चार्ल्स तक यह समाचार पहुँच गया कि एक पुरुष के नहाते समय लड़कियाँ स्नानागार के द्वार से लगी बैठी थीं तो···। उन लड़कियों के 'हाउस' से निकाले जाने की भी स्थिति आ सकती थी।

नाश्ते की मेज पर मार्था का फिर स्वामी से सामना हुआ।

"आप बहुत सवेरे नहा लेते हैं?"

"हम एक ऊष्म देश के निवासी हैं। प्रातः उठकर सबसे पहले नहाने का काम ही करते हैं।" स्वामी बोले, "रात का आलस्य भी धुल जाता है और शरीर का मैल भी। तन और मन में स्फूर्ति आती है। वैसे हम नहाए बिना पूजा भी नहीं करते।"

"आप नहाते हुए भी पूजा कर रहे थे?" एक लड़की ने पूछा।

"नहीं! उसे पूजा तो नहीं कह सकते। हाँ! वह कुछ श्लोकों का पाठ था। चाहें तो हम उसे प्रार्थना कह सकते हैं।"

"उसका अर्थ क्या है?"

"मैं पहले अपने सिर पर पानी का एक लोटा डालता हूँ और तब अपने वक्ष पर। हर बार मैं सारे जीवों के सुख के लिए प्रार्थना करता हूँ।"

मार्था को झटका लगा।···उसे भी प्रातः की प्रार्थना का अभ्यास था। किंतु वह प्रार्थना पहले अपने लिए थी, फिर अपने परिवार के लिए। सारे विश्व को अपने परिवार में सम्मिलित कर उनके सुख के लिए प्रार्थना करने की बात तो न कभी उसे सूझी थी और न ही कभी उसे सिखाया गया था।

"पर हम सबके सुख के लिए प्रार्थना क्यों करें?" एक लड़की ने पूछा।

"क्योंकि हम सब उस एक ईश्वर के ही अंश हैं। एक माता प्रकृति ने ही ये इतने सारे शरीर धारण कर रखे हैं। हम देखने में भिन्न हैं, किंतु तत्त्वतः एक ही हैं।" स्वामी बोले, "स्वयं को शेष जीवों से भिन्न मानना अहंकार है। अहंकार से स्वार्थ का जन्म होता है। हम मानते हैं कि स्वार्थ अनैतिकता और मूर्खता है, परमार्थ ही नैतिक है। स्वार्थहीनता ही बुद्धिमानी है।"

स्वामी नाश्ता कर उठ खड़े हुए।

"हम अभी आपसे कुछ और बातें करना चाहती हैं।" मार्था ने कहा।

"सैर के लिए चलें—बातें भी हो जाएँगी और प्रकृति का सौंदर्य भी निहार लेंगे। मन को स्वच्छता, सात्त्विकता और स्फूर्ति मिलेगी।"

चारों लड़कियाँ सहमत हो गईं। स्वामी को बीच में रख, दो उनकी बाईं ओर और दो दाईं ओर—वे सड़क पर निकल आईं।

लड़कियों को संकोच था। बात कहाँ से आरंभ करें।···किंतु चर्चा ही न की तो साथ आने का लाभ क्या?

"आप कहते हैं कि ईश्वर एक ही है···" एक लड़की ने कहा।

"सर्वशक्तिमान ईश्वर दो हो सकते हैं क्या?"

"पर हमें तो यही बताया जाता है कि हमारा ईश्वर ही वास्तविक ईश्वर है। शेष नकली और झूठे हैं—दे आर फॉल्स गॉड्स।" मार्था ने कहा।

"यह बात वे लोग कह सकते हैं, जो मानते हैं कि ईश्वर एक से अधिक हैं। इसलिए मेरे और

तुम्हारे ईश्वर, सच्चे और झूठे ईश्वर की बात उठती है। हिंदुओं में असंख्य देवी-देवताओं की मान्यता है; किंतु हम मानते हैं कि वे सब एक ही ईश्वर के अनेक रूप हैं। हम उनमें से किसी की भी पूजा करें, उसी ईश्वर की ही पूजा करते हैं।"

"तो फिर वह एक ईश्वर ही क्यों विभिन्न धर्मों के विभिन्न ग्रंथ लिखता है। क्यों उनमें एक-दूसरे की विरोधी बातें बताता है। क्यों उसके प्रतिनिधि एक-दूसरे के विरुद्ध तर्क देते हैं।"

स्वामी हँस पड़े। मार्था का ध्यान गया, उनके दाँत बहुत सुंदर थे। अमेरिकी लोगों में ऐसे सफेद, चमकदार और एकसार दाँत शायद ही कहीं दिखाई पड़ें।

"संसार के अलग-अलग देशों में पृथक्-पृथक् प्रकार के फूल खिलते हैं। विभिन्न ऋतुओं में विभिन्न प्रकार के फल और फूल उपलब्ध होते हैं। किंतु उनको उत्पन्न करने वाली प्रकृति तो एक ही है न? गुलाब और कमल दो अलग प्रकार के फूल हैं तो उनको उत्पन्न करने वाले ईश्वर भी दो होंगे क्या?"

"नहीं!"

"वे फल और फूल एक-दूसरे से भिन्न दीखते हैं; किंतु एक-दूसरे के शत्रु तो नहीं हैं न?" स्वामी ने रुककर चारों लड़कियों की ओर देखा, "संस्कृत की एक उक्ति है : 'सत्य एक ही है किंतु विद्वान् लोग उसे विभिन्न रूपों में कहते हैं।' प्रकृति की जिस ऊर्जा को एक स्थान की मिट्टी कमल के रूप में प्रस्तुत करती है, उसी को दूसरे स्थान की मिट्टी गुलाब के रूप में जन्म देती है। सूर्य एक ही है, किंतु वह उत्तरी ध्रुव में कुछ और दिखाई देता है, यूरोप में कुछ और तथा अफ्रीका की मरुभूमि में कुछ और। जो उसे केवल एक स्थान से देखता है, वह उसका एक ही प्रकार से वर्णन करता है। वह दूसरे रूपों को जानता ही नहीं है। किंतु सूर्य को प्रत्येक स्थान से प्रत्येक समय देखने वाला व्यक्ति धोखा नहीं खा सकता।"

"तो क्या हमारे पैगंबर सत्य को पूरी तरह नहीं जानते?"

"यह भी संभव है, क्योंकि ईश्वर जब मनुष्य के रूप में जन्म लेता है तो मानव-शरीर की सीमाएँ उसके ईश्वरत्व को एक सीमा तक बाधित करती ही हैं। वैसे भी सत्य इतना विराट् है कि मानव की बुद्धि उसे उसकी संपूर्णता में नहीं देख सकती। अनेक बार लोग उसके एक अंश मात्र को पूर्ण सत्य मान लेते हैं और दूसरे अशों को झुठलाने लगते हैं।" स्वामी ने बहुत मधुर ढंग से कहा, "और यह भी संभव है कि पैगंबर के कहने का वह अर्थ न हो, जो उसके भाष्यकार बता रहे हैं। ईसा ने वह सब नहीं कहा है, जो तुम्हारे मिशनरी कह रहे हैं। ईसाई पादरियों की बहुत सारी बातें मुझे वितृष्णा से भर जाती हैं।"

"जैसे?"

"ईसाई सिद्धांत वाक्यों में निरंतर ईसा के रक्त की चर्चा मेरे मन में वितृष्णा जगाती है।" स्वामी ने कहा, "हम अहिंसक देश के लोग इस प्रकार की उपमाओं और उदाहरणों को सहजता से पचा नहीं पाते।"

मार्था अपने भीतर कहीं डूब गई।...उसे भी वह भजन कभी रुचिकर नहीं लगा था : 'इमानुएल की नाड़ियों से निकाले हुए रक्त से भरा हुआ एक फव्वारा है।'...किंतु चर्च के एक सर्वस्वीकृत सिद्धांत की आलोचना करना कितने साहस का काम है। इतने संगठित और शक्तिशाली चर्च के विरोध में अकेली मार्था कैसे खड़ी हो जाती। वह आज तक यह बात अपनी जिह्वा पर नहीं ला पाई थी।...

किंतु शायद स्वामी के लिए ऐसा संकट नहीं था। वे एक तो ईसाई नहीं थे, फिर वे स्वतंत्र रूप से चिंतन करने वाले उदारचेता मनुष्य थे। उस स्वतंत्रताप्रेमी आत्मा ने जैसे मार्था के मन को भी झकझोर कर जगा दिया था। उसे लगा, स्वामी ने उसे भी मुक्त चिंतन का वरदान दिया है। उसमें इतना साहस आ गया था कि वह अपनी बुद्धि और रुचि के अनुसार धर्म के क्षेत्र में भी चुनाव कर सके, अपने स्वभाव के अनुसार त्याग ग्रहण कर सके। चर्च या उसका परिवार उसकी इच्छा के विरुद्ध उस पर कुछ भी आरोपित नहीं कर सकते।

स्वामी ने अपने भाषण में भारत के पवित्र ग्रंथों—वेदों—की चर्चा की थी। मार्था ने उन्हीं के संबंध में चर्चा चलाई।

"आप हमें वेदों के विषय में कुछ बता सकते हैं?"

"बता तो सकता हूँ; किंतु एक तो वह बहुत विस्तृत और गंभीर विषय है : सुबह की सैर के समान हलका-फुलका नहीं है।" वे मुस्कराए, "दूसरे, अभी तुम्हारी पृष्ठभूमि उनके लिए तैयार नहीं है। तुममें जिज्ञासा है तो तुम स्वयं उन ग्रंथों को पढ़ो।···और यदि संभव हो तो उनकी मूल भाषा—संस्कृत—में पढ़ो। अनुवाद कितना भी अच्छा हो, उसमें वह सौंदर्य नहीं रहता।"

मार्था ने उसी क्षण अपने मन में संकल्प किया कि वह संस्कृत भाषा सीखेगी। उसने सुना था कि संस्कृत जर्मन के बहुत निकट की भाषा है।···किंतु वह भविष्य की बात थी। वह अपने विषय में जानती थी कि वह उस धरती के समान थी, जहाँ अंकुरित हुए बीज अनेक बार काँटों द्वारा छेद कर नष्ट कर दिए जाते थे।···इस समय उसे उस वैश्विक सुसमाचार से बहुत संतोष हो रहा था, जिसका प्रचार स्वामी जी कर रहे थे। वह विश्वास करना चाहती थी कि ईश्वर मनुष्य के भीतर है। मनुष्य आरंभ से ही ईश्वर का अंश है, शाश्वत है, अमृतपुत्र है। उसका जन्म पाप से नहीं, ईश्वर की कृपा से हुआ है।···यह प्रत्येक जीव के लिए समान रूप से सत्य है। तो फिर मनुष्य और किस बात की आकांक्षा कर सकता है?

"स्वागी जी! जब प्रत्येक मनुष्य के हृदय में ईश्वर है और सारे शरीर माता प्रकृति के ही हैं, तो हम आकार-प्रकार और स्वभाव में एक-दूसरे से इतने भिन्न कैसे हैं?"

स्वामी मुस्कराए, "हिम, वाष्प और जल में क्या अंतर है?"

"तत्त्वतः तीनों एक ही हैं।"

"हिम अचल है, जल बहता है, वाष्प उड़ता है। कितना भेद है।" स्वामी बोले, "इतना ही नहीं। जल कहीं मीठा है, कहीं नमकीन और कहीं कड़ुवा। कहीं स्वच्छ नीला है, कहीं गदला है और कहीं कीचड़ बन गया है। किंतु है तो वह पानी ही।"

"ठीक कह रहे हैं आप।" मार्था ने मन ही मन उनका समर्थन किया, "कोई मनुष्य हिम के समान स्वच्छ और पारदर्शी और दूसरा कीचड़ के समान गदला, मैला और मलिन।"

संध्या समय स्वामी से मिलने के लिए 'हाउस' में कॉलेज के अध्यक्ष आए। दर्शनशास्त्र के विभागाध्यक्ष आए। अनेक प्रोफेसर आए। नार्थाम्पटन के अनेक चर्चों के पादरी आए। और आए एक सुविख्यात साहित्यकार। 'हाउस' की लड़कियों के लिए यह एक अत्यंत महत्त्वपूर्ण घटना थी। आज तक उनके हाउस में ऐसा कोई व्यक्ति नहीं आया था, जिससे मिलने नगर के इतने महत्त्वपूर्ण लोग आए हों।

···किंतु स्वामी के प्रति प्रातः से अब तक विकसित आत्मीयता कहीं डरकर दुबक गई थी। वे

कॉलेज के अध्यक्ष के सामने बराबरी के धरातल पर स्वामी से कैसे बातें कर सकती थीं। स्वामी ने उन्हें अपने साथ बराबरी का व्यवहार करने का अधिकार दिया था। वे लोग साथ बैठे थे, साथ-साथ खाया था और साथ-साथ घूमने गए थे। किंतु कॉलेज के अध्यक्ष, प्रोफेसर और नगर के पादरी तो उनके साथ वैसा व्यवहार नहीं करेंगे। अपनी उत्सुकता का दमन कर वे अपने कमरे में भी नहीं जा सकीं। सारी लड़कियाँ एक मौन चूहे के समान बैठक के एक कोने में दुबकी बैठी थीं; और उन बड़े लोगों का तप्त वाद-विवाद सुन रही थीं।

···लगता था कि इतने सारे लोगों द्वारा स्वामी को घेरकर अखाड़ेबाजी की चुनौती दी जा रही थी। विषय एक ही था कि संसार में एकमात्र सच्चा धर्म ईसा का धर्म ही है। स्वामी के पास क्या प्रमाण है कि संसार का कोई और धर्म भी सच्चा हो सकता है।···निश्चित रूप से उन अमेरिकी विद्वानों को एक अन्याययुक्त अतिरिक्त सुविधा प्राप्त थी। सारा विवाद अंग्रेजी भाषा में हो रहा था और उसका सारा विषय भी ईसाई सिद्धांतों को लेकर था। अमेरिकी प्रोफेसरों और पादरियों की यह अपनी भाषा थी और उनका अपना धर्म था। उनके लिए यह दैनिक चर्चा के विषय थे। कोई कैसे अपेक्षा कर सकता है कि दूर-दराज के एक देश, भारत से आया एक हिंदू इन विद्वान् विचारकों के ही क्षेत्र में, उन्हीं की भाषा में उनका सामना कर पाएगा; चाहे वह अपने आपमें कितना भी ज्ञानी क्यों न हो। इन अमेरिकी विद्वानों को वेदों के विषय में क्या ज्ञात था? अभी स्वामी संस्कृत की एक उक्ति बोल दें तो ये उनका मुख देखने लगेंगे।···मार्था का मन अवसाद और चिड़चिड़ाहट में डूब रहा था। उसे अपनी असहायता पर क्रोध आ रहा था। उसे लग रहा था कि उसके सामने एक चौराहे पर बहुत-से पहलवान एक असहाय बच्चे को घेरकर पीट रहे हैं और वह उस बच्चे की सहायता के लिए कुछ नहीं कर सकती।···

किंतु मार्था का अवसाद टिका नहीं। वह चकित थी कि पादरियों के द्वारा प्रस्तुत किए गए, बाइबल के उद्धरणों के उत्तर में स्वामी बाइबल से ही विपरीत विचारों और सिद्धांतों के उत्तर दे रहे थे। अपने तर्कों के समर्थन में उन्होंने अंग्रेज दार्शनिकों के विचार और अंग्रेजी के कवियों की पंक्तियाँ उद्धृत कीं। वर्ड्स्वर्थ और टामस ग्रे जैसे कवियों की पंक्तियाँ मानो उन्हें कंठस्थ थीं। वे बार-बार उन धर्म धुरंधरों और ज्ञान के मल्लों को पटकनियाँ दिए जा रहे थे। अखाड़े में निरंतर उनकी विजय की दुंदुभी बज रही थी।···मार्था बार-बार अपने आपसे पूछ रही थी कि उसकी सहानुभूति अपने देश के विद्वानों के साथ क्यों नहीं थी? वह क्यों इतनी प्रसन्न और उल्लसित थी कि स्वामी ने धर्म की परिधि को इतना व्यापक कर दिया था कि उसमें सारी मानवता समा जाए। क्या उनके शब्दों की प्रतिध्वनि उसके अपने मन में भी उठ रही थी।···या यह मात्र उनके व्यक्तित्व का सम्मोहन था।···वह कुछ निश्चय नहीं कर पा रही थी। उसे इतना ही मालूम था कि उनकी विजय में उसे अपनी विजय का अनुभव हो रहा था।

"आपके पास एक कोट है। आप चाहते हैं कि प्रत्येक व्यक्ति उसी कोट को पहने।" स्वामी कह रहे थे, "यदि उसकी बाँहें लंबी हैं तो अपनी बाँहें कटवा दे; किंतु कोट वही रहेगा। हम कहते हैं कि प्रत्येक व्यक्ति के नाप का कोट हो। व्यक्ति को अपने स्वभाव और क्षमता के अनुसार धर्म का रूप और उपासना पद्धति चुनने की स्वतंत्रता है। हम असत्य से सत्य की ओर नहीं जाते, निम्नतर सत्य से उच्चतर सत्य की ओर जाते हैं। संसार में जितनी भी उपासना पद्धतियाँ हैं और हो सकती हैं, वे सब उसी प्रभु की ही उपासना हैं। भूखे आदमी को रोटी देते हुए यह शर्त रखना कि

वह ईसा को अपना तारणहार माने, धर्म नहीं, डकैती है। वह आपका धर्म अपनी आत्मा की भूख की रक्षा के लिए नहीं, अपने जीवन की रक्षा की बाध्यता में स्वीकार कर रहा है।"

"ऐसा कौन कर रहा है?" एक पादरी ने पूछा।

"आपके सारे मिशनरी भारत और अनेक निर्धन देशों में और कर ही क्या रहे हैं। वे धर्म-प्रचार के नाम पर ठगी कर रहे हैं, केवल ठगी।" स्वामी का निर्भीक स्वर जैसे उन सबका दिल दहला गया।

"मिस्टर स्वामी!" बिशप ने कठोर स्वर में कहा, "आपकी बातें सुनकर मुझे बाइबल की ही एक उक्ति स्मरण हो आ रही है। ईसा ने कहा है, 'रिपेंट, फॉर द किंगडम ऑफ हेवेन इज़ एट हैंड।' क्या अर्थ है इसका? यह आप जैसे लोगों के लिए ही कहा गया है। आप जो कुछ कह रहे हैं, जिन सिद्धांतों का प्रचार कर रहे हैं, उनके लिए आपको पश्चात्ताप करना चाहिए। पश्चात्ताप करेंगे तो ईसा की शरण में आएँगे। तभी स्वर्ग का साम्राज्यं आपके निकट आएगा।"

स्वामी मुस्कराए, "ईसा की उक्ति तो सही है। मैं उससे पूर्णतः सहमत हूँ। किंतु मेरा आपसे कहना है कि पहले उसका अर्थ तो समझ लीजिए, फिर उसका प्रचार कीजिए।"

"हम तो समझ चुके हैं। आप ही नहीं समझे हैं, इसीलिए ईसा की शरण में नहीं आ रहे हैं। अतः ईसा कहते हैं—रिपेंट! अनुताप करो। स्वर्ग का साम्राज्य तुम्हें भी मिल सकता है, पर उसके लिए पहले तुम पश्चात्ताप करो।"

"स्वर्ग का साम्राज्य निकट है, तो उसमें पछताने की क्या बात है। यह तो प्रसन्न होने की बात है।" स्वामी बोले, "तब तो ईसा को कहना चाहिए था कि खुशियाँ मनाओ, क्योंकि स्वर्ग का साम्राज्य निकट है। ईसा की शरण में जाने से स्वर्ग का साम्राज्य मिल सकता है तो उस समय तो स्वयं ईसा उनके सम्मुख खड़े थे।"

"आप न जाने क्या ऊलजलूल बक रहे हैं।" बिशप का अधैर्य उनके चेहरे से उन्मुक्त झरने के समान बह रहा था।

स्वामी जैसे अपने भीतर कहीं खो गए, " 'रिपेंट, फॉर द किंगडम ऑफ हेवेन इज़ एट हैंड।' अनुताप करो क्योंकि स्वर्ग का साम्राज्य आसन्न है। यह रिपेंट शब्द यूनानी भाषा में metanoeite है। आप लोगों ने अंग्रेजी में उसका अनुवाद कर लिया है—रिपेंट। metanoeite का शाब्दिक अर्थ है—ज्ञान। मेटा अर्थात् परे, पीछे, बाद में। तो इस वाक्य का अर्थ हुआ—ज्ञान से परे जाओ और भीतर देखो, वहाँ तुम्हें अपने भीतर स्वर्ग का साम्राज्य मिलेगा।"

"किस ज्ञान से परे जाओ?" बिशप ने तड़पकर पूछा।

"इंद्रियों के ज्ञान से परे जाओ। इंद्रियातीत ज्ञान की ओर बढ़ो। ईसा की इन उक्तियों से हमारा कोई विरोध नहीं है।" स्वामी बोले, "एट हैंड का अर्थ भी आप कालगणना में करते हैं कि वह निकट भविष्य में आने वाला है। ईसा कह रहे हैं कि वह तुम्हारे निकट है। उपनिषद् कहते हैं, प्रभु तुम्हारे हृदय में है। प्रत्येक जीव के हृदय में है। केवल तुम उसे देख नहीं पा रहे हो।"

बिशप का चेहरा लाल टमाटर जैसा हो गया; किंतु वे कुछ बोले नहीं।

"पर बाइबल के संदर्भ में यहाँ यूनानी भाषा कहाँ से आ गई? आप हिब्रू या लैटिन भाषा की बात करते तो भी कोई औचित्य होता।" एक अन्य पादरी हँसा, "भारतीय होते हुए भी आप काफी पढ़े-लिखे लगते हैं। इतना तो आप जानते ही होंगे कि बाइबल का ओल्ड टेस्टामेंट हिब्रू में और न्यू

टेस्टामेंट लैटिन में लिखा गया था, क्योंकि उस समय वहाँ रोमनों का राज्य था; और रोमनों की भाषा लैटिन है।"

"आप भी काफी पढ़े-लिखे लगते हैं।" स्वामी बोले, "जो इतना तक जानते हैं कि उस समय येरुशलम पर रोमन राज कर रहे थे; किंतु यह नहीं जानते कि उस समय भी वहाँ पढ़े-लिखे लोगों की भाषा यूनानी ही थी। साम्राज्य का सारा काम यूनानी में ही होता था। लैटिन के उस सीमा तक विकास में कुछ समय लगा था।"

"पर पश्चिम का कोई दार्शनिक इस इंद्रियातीत ज्ञान को नहीं मानता। आप पूर्व के चिंतन को बलात् हम पर थोप रहे हैं।" दर्शनशास्त्र विभाग के अध्यक्ष पादरी की सहायता को आए।

"सर विलियम हैमिल्टन ने लिखा है कि—'जहाँ दर्शन समाप्त होता है, वहाँ से धर्म आरंभ होता है।' " स्वामी ने उनकी ओर देखा, "आशा है कि आप सर विलियम हैमिल्टन को पाश्चात्य दार्शनिकों में ही गिनते होंगे।" स्वामी का स्वर और भी प्रखर हो गया, "धर्म कभी बुद्धि के क्षेत्र में रहा है और न कभी रह सकता है। बौद्धिक तार्किकता इंद्रियों द्वारा उपलब्ध तथ्यों पर आधारित होती है। इधर धर्म का इंद्रियों से कोई सरोकार ही नहीं। अज्ञेयवादी कहते हैं कि वे ईश्वर को नहीं जान सकते। वे ठीक कहते हैं, क्योंकि उन्होंने अपनी इंद्रियों के सामर्थ्य को थाह लिया और फिर भी ईश्वर की दिशा में रंचमात्र भी आगे नहीं बढ़ सके।"

मार्था को स्पष्ट लग रहा था कि उसके कॉलेज के ये सारे महान् लोग निस्संदेह संकीर्ण बुद्धि के थे। अपने बंद सिद्धांतों के बाहर कुछ नहीं देख सकते थे। अपनी चतुराई और धोखाधड़ी में ही दक्ष थे। वे इस उक्ति को कैसे मान सकते थे कि 'जो कोई जिस किसी मार्ग से भी आता है, मैं उसे स्वीकार करता हूँ।'

शिकागो में स्वामी ने ईसाई पादरियों का द्वेष देखा था। उन्होंने देखा कि पाश्चात्य ज्ञान के इन विद्वानों में भी वही भावना है। स्वामी का स्वर भी कुछ कठोर हो गया। अमेरिका के इन विद्वानों पर प्रेम का प्रभाव नहीं होता, यद्यपि ईसा ने उन्हें प्रेम का महत्त्व समझाया है। इन पर केवल शक्ति का प्रभाव होता है, चाहे उससे वे सहमत न भी हो पाएँ।

वार्तालाप अत्यंत विनीत और शालीन वातावरण में आरंभ हुआ था। कुछ समय में वह उतना नम्र और विनीत नहीं रहा; और फिर उसमें कटुता आने लगी। पादरी जैसे-जैसे पराजित होते जाते थे, वैसे-वैसे ही अधिक क्रूर होते जा रहे थे। किंतु स्वामी के सामने उनकी एक नहीं चल पा रही थी।

मार्था को लगा कि स्वामी की विजय का प्रभाव उसके जीवन की धारा की दिशा को कहीं बदलता जा रहा है। वह सचमुच ही धर्म के वास्तविक स्वरूप के निकट पहुँच रही है।···

72

25 अप्रैल को शिकागो से एक पैकेट आया। स्वामी ने खोला तो देखा, उसमें इसाबेल मैक्किंडली और श्रीमती हेल के पत्र थे। इसाबेल ने कलकत्ता से स्वामी के नाम आया एक पैकेट भेजा था। स्वामी ने पैकेट खोला। उनके गुरुभाइयों ने सूचनाओं की एक पूरी पोटली ही भेज दी थी। इसाबेल भी जानना

चाहती थी कि उस पैकेट में क्या था।

स्वामी को स्मरण हो आया कि उन्हें बहुत सारे पत्र लिखने थे। उन्होंने पहला पत्र प्रो० जॉन हेनरी राइट को लिखा :

25 अप्रैल, 1894

प्रिय अध्यापक जी,

मैं आपके निमंत्रण के लिए अत्यंत कृतज्ञ हूँ। मैं 7 मई को आपके पास आऊँगा। जहाँ तक बिस्तर का प्रश्न है, मेरे मित्र! आपका प्रेम और आपका निर्मल हृदय, पत्थर को भी सुखद बिस्तर बना सकता है।

मुझे खेद है कि मैं लेखकों के अल्पाहार के लिए सालेम नहीं जा रहा हूँ। मैं 7 मई को घर आ रहा हूँ।

आपका
विवेकानन्द

इसाबेल को पत्र वे अगले दिन ही लिख पाए :

26 अप्रैल, 1894

प्रिय बहन,

तुम्हारा पत्र कल मिला। तुम पूर्णतः ठीक थीं।–मुझे उस पागल 'इंटीरियर'[1]–शिकागो इंटीरियर–का मजाक पसंद आया। किंतु भारत से आई डाक, जो मुझे तुमने कल भेजी है, जैसा मदर चर्च ने अपने पत्र में लिखा है, सचमुच दीर्घ काल के बाद मिला एक शुभ संवाद है। दीवानजी का बहुत सुंदर पत्र है। वे वयोवृद्ध सज्जन हमेशा सहायता को तत्पर रहते हैं। ईश्वर उन्हें प्रसन्न रखें। फिर कलकत्ता में मेरे बारे में प्रकाशित एक पुस्तिका है–स्पष्ट है कि मेरे जीवनकाल में ही कम से कम एक बार तो पैगंबर को अपने देश में ही सम्मान तो प्राप्त हुआ। भारतीय एवं अमेरिकी अखबारों और पत्रों में मेरे विषय में प्रकाशित सामग्री के उद्धरण हैं। कलकत्ता के पत्रों में प्रकाशित उद्धरण तो विशेषकर संतोषप्रद हैं, पर शैली निम्नकोटि की है। उसे मैं तुम्हारे पास नहीं भेजूँगा। उसमें मुझे विशिष्ट, अद्भुत और इसी ढंग के बेकार के विशेषणों से विभूषित किया गया है, परंतु उन्होंने मुझे सारे राष्ट्र की कृतज्ञता भी भेजी है। अब केवल एक बात के सिवा मुझे कोई चिंता नहीं है कि मेरे देशवासी या अन्य लोग मेरे विषय में क्या कहते हैं। मेरी बूढ़ी माँ हैं। वे जीवन-भर यातना सहती रहीं और इन कष्टों के बीच भी मुझे ईश्वर और मानव की सेवार्थ अर्पण कर सकीं। किंतु उन्होंने अपनी सबसे प्यारी संतान को–अपनी आशा को–दूर देश में घोर अनैतिक पाशविक जीवन बिताने के लिए त्यागा–जैसा कि मजूमदार कलकत्ता में प्रचारित कर रहे हैं, जब वे यह जानेंगी, तो प्राण ही त्याग देंगी। पर ईश्वर महान् है। उसकी संतान को कोई चोट नहीं पहुँचा सकता।

बिना मेरे प्रयास के ही भेद खुल गया। क्या तुम जानती हो कि हमारे महत्त्वपूर्ण पत्रों का वह संपादक कौन है, जो मेरी प्रशंसा करता है? और ईश्वर को धन्यवाद देता है कि मैं हिंदुत्व का प्रतिनिधित्व करने अमेरिका आया। वह मजूमदार का भाई है, सगा नहीं, कज़न है–मौसेरा या फुफेरा

1. शिकागो इंटीरियर–एक प्रेस्बिटेरियन अखबार, जो स्वामी का विरोधी था।

भाई। उसका नाम है, नरेन्द्रनाथ सेन!! बेचारा मजूमदार! ईर्ष्यावश उसने झूठ बोलकर अपना ही अहित किया है। ईश्वर जानता है, मैंने अपनी सफाई देने का कोई प्रयास नहीं किया।

फोरम में मैंने गांधी जी का लेख इसके पूर्व ही पढ़ लिया था।

यदि तुम्हारे पास गत मास का 'रिव्यू ऑफ रिव्यूज़' हो तो उसमें से भारत की अफीम समस्या पर भारत के एक सर्वोच्च अंग्रेज अधिकारी के द्वारा हिंदुओं के संबंध में दी हुई साक्षी पढ़कर माँ को सुना देना। उसने हिंदुओं की तुलना अंग्रेजों से की है और हिंदुओं को आकाश तक ऊँचा उठा दिया है। सर लेपेल ग्रिफिन हमारी जाति के कट्टर शत्रु थे। पता नहीं उनमें यह परिवर्तन कैसे हुआ।

बॉस्टन में श्रीमती ब्रीड के यहाँ, समय बहुत अच्छा बीता और प्रो० राइट से भेंट हुई। मैं फिर बॉस्टन जा रहा हूँ। दर्जी मेरा नया गाउन बना रहा है—कैंब्रिज विश्वविद्यालय (हावर्ड) में मेरा व्याख्यान होगा और वहाँ मैं प्रो० राइट का अतिथि रहूँगा। बॉस्टन के पत्रों में मेरे स्वागत में वे लोग खूब लिख रहे हैं।

अब मैं इन वाहियात कामों से थक गया हूँ। मई के उत्तरार्द्ध में मैं शिकागो आऊँगा। और कुछ दिन ठहरने के बाद मैं पुनः पूर्व चला जाऊँगा। मैंने पिछली रात को वाल्डोर होटल में व्याख्यान दिया था। श्रीमती स्मिथ ने दो डॉलर प्रति टिकट बेचे। हालाँकि हॉल पूरा भरा हुआ था, किंतु था छोटा ही। अभी तक वह राशि मुझे नहीं मिली है। आशा है, दो-एक दिनों में मिल जाएगी।

लिन में मुझे सौ डॉलर प्राप्त हुए। मैं उनको भेज नहीं रहा हूँ। क्योंकि मुझे नया गाउन और कुछ ऊटपटाँग लेना है।

बॉस्टन में मैं अधिक पैसा कमाने की आशा नहीं रखता, फिर भी मैं यदि कर सकूँ तो अमेरिका के मस्तिष्क को संभव हो तो उद्वेलित करने का प्रयत्न तो करना ही चाहिए।

तुम्हारा प्यारा भाई
विवेकानन्द

73

शनिवार, 28 अप्रैल, 1894 को मद्रास के हिंदुओं की एक सार्वजनिक सभा 5.30 बजे सायं पचैयप्पा हॉल में दीवान बहादुर एस० सुब्रमण्य अय्यर के सभापतित्व में हुई। उसमें शिकागो में हुई धर्मसंसद में हिंदू धर्म का प्रतिनिधित्व करने के लिए स्वामी का धन्यवाद किया गया और अमेरिकी जनता के प्रति आभार व्यक्त किया गया कि उन्होंने स्वामी के साथ सद्भावनापूर्ण व्यवहार किया था।

सभा में बहुत बड़ी संख्या में हिंदू भद्र पुरुष एकत्रित हुए थे और लगता था कि सारे नगर के ही नहीं, आसपास के विद्यार्थी भी वर्षा के जल के समान स्वतः बहते हुए उस सागर में आ मिले थे। राजा सर रामस्वामी मुदालियार तथा दीवान बहादुर एस० सुब्रमण्य अय्यर सी० आई० पी० के प्रस्तावों को स्वीकार किया गया। रामनाड के राजा भास्कर सेतुपति किन्हीं कारणों से स्वयं तो सभा में उपस्थित नहीं हो पाए थे; किंतु उन्होंने अपनी शुभकामनाओं का एक विस्तृत तार भेजा था। रायबहादुर एस० शेषैया इत्यादि कुछ महापुरुषों ने इस उद्देश्य के प्रति सहानुभूति के पत्र लिखे थे, जो वहाँ पढ़कर सुनाए गए।

कार्यवाही आरंभ करते हुए अध्यक्ष ने कहा कि उन्हें कोई संदेह नहीं था कि यहाँ उपस्थित सारे लोग सहमत थे कि भविष्य में एक लंबे समय तक भारतीय लोग, पश्चिम की सभ्यता में जो कुछ अच्छा था, उसे सीखते और ग्रहण करते रहेंगे; किंतु उनका विश्वास था कि एक विषय ऐसा भी है, जो भारतीय वाङ्मय में अपार विपुलता के साथ उपलब्ध था, और वह भारत को ज्ञान के लिए पश्चिम की ओर जाने को प्रतिबाधित करता है। वह है—हिंदुओं का धर्म और दर्शन। उन्हें इसमें कोई संदेह नहीं था कि हमारे देश में लोग न तो अपने दर्शन को समझते थे, न ही अपने महान् सिद्धांतों से उनका कोई विशेष परिचय था; और न ही वे जीवन में उस पर आचरण करते थे। फिर भी उनका विश्वास था कि पश्चिम के उन्नत राष्ट्रों से चाहे वे जितना कुछ सीखें, किंतु धर्म और दर्शन के क्षेत्र में उनसे कुछ भी सीखा नहीं जा सकता था। यदि लोग उनसे सहमत थे तो इस बात से भी सहमत होंगे कि अमेरिका में स्वामी विवेकानन्द का काम अत्यंत महत्त्वपूर्ण था। भारत के एक पुत्र, जो पश्चिम की भाषा जानते थे, के लिए यह संभव हो सका था कि वह पश्चिम में वेदांत का प्रचार करे। धर्मांतरण अथवा धर्म परिवर्तन के लिए नहीं, वरन् अमेरिकी जनता के सामने उस ज्ञान को सरल रूप में रखने के लिए। सत्य के इन सिद्धांतों को पश्चिम के सम्मुख रखने का सबसे बड़ा लाभ यह था कि वे लोग पदार्थ की बड़ी सूक्ष्मता से छानबीन करते थे और एक बार वे सहमत हो जाते थे, तो उस सत्य को अन्य लोगों तक संप्रेषित करने का प्रयत्न करते थे। इस दृष्टि से स्वयं स्वामी विवेकानन्द एक महान् आत्मा हैं, जिनको इस प्रकार का काम सौंपा जा सकता है। यह आवश्यक था कि पश्चिमी देश वेदांत के सत्य को अंगीकार करें। भारत में कहा जाता है—यथा राजा तथा प्रजा। यदि पश्चिमी देश पूर्व के दर्शन को स्वीकार कर लें, तो अन्य देश तथा स्वयं भारतीय उस सत्य को और अच्छी तरह स्वीकार करेंगे। स्वामी विवेकानन्द का अमेरिका में जो सम्मान किया गया है, वह यह बताता है कि पचास वर्ष पूर्व, राजा राममोहन राय के समय से यह समय अधिक अनुकूल है।

अध्यक्ष का विचार था कि मद्रास में सभा कर लेना और अपने भाषणों में स्वामी की प्रशंसा कर देना ही पर्याप्त नहीं था। आवश्यक था कि सभा औपचारिक प्रस्ताव पारित करे और लिखित रूप में उन्हें अमेरिका भिजवाए। अध्यक्ष ने श्री सी० रामचंद्रराव से निवेदन किया कि वे सभा के सम्मुख आवश्यक प्रस्ताव विचारार्थ रखें।

पहला प्रस्ताव श्री सी० रामचंद्रराव ने सभा के सम्मुख रखा : "यह सभा स्वामी विवेकानन्द का धन्यवाद करती है कि उन्होंने शिकागो में हुई धर्मसंसद में भारत का प्रतिनिधित्व किया और वहाँ के लोगों के सम्मुख हिंदू धर्म का सुबोध, प्रांजल और स्वच्छ स्वरूप प्रस्तुत किया।"

प्रस्ताव के संदर्भ में सब लोग इस प्रकार सहमत थे कि किसी को एक अक्षर बदलने की भी आवश्यकता का अनुभव नहीं हुआ। आकाश को गुँजा देने वाली तालियों से उसका स्वागत किया गया और प्रस्ताव को सर्वसम्मति से पारित माना गया।

तालियाँ कुछ थमीं तो दूसरा प्रस्ताव श्री एम० ओ० पार्थसारथि आयंगर के द्वारा प्रस्तुत किया गया : "मद्रास नगर में आयोजित भारत के हिंदुओं की यह सभा अमेरिकावासियों के प्रति अपना हार्दिक आभार व्यक्त करती है कि उन्होंने हम सबके प्रतिनिधि स्वामी विवेकानन्द का सौहार्दपूर्ण और सहानुभूतिपूर्ण स्वागत किया।"

दूसरा प्रस्ताव भी पहले के ही समान सर्वसम्मति से पारित कर दिया गया।

74

29 अप्रैल, 1894। डॉ० गुर्नसे के घर रविवार को अपराह्न डिनर पार्टी थी, जिसमें प्रत्येक अतिथि एक भिन्न धार्मिक संप्रदाय का सदस्य था। डॉ० गुर्नसे स्वयं रॉबर्ट इंगरसोल का दृष्टिकोण स्पष्ट कर रहे थे, जो इस समय नगर में नहीं थे। कार्डिनल की इस आयोजन में रुचि तो थी; किंतु किन्हीं अज्ञात कारणों से उन्होंने न तो भोजन का निमंत्रण स्वीकार किया और न ही अपना प्रतिनिधि भेजा। मिस गिब्बन स्वयं कैथोलिक थीं और उनका प्रशिक्षण प्रख्यात जेसुइट पादरी विलियम ओ ब्रीम पार्दो द्वारा हुआ था।

डॉ० गुर्नसे, मिस गिब्बन के चिकित्सक थे। इस नाते उन पर उनका अधिकार था। उन्होंने मिस गिब्बन को कैथोलिज्म का प्रतिनिधित्व करने के लिए बुला भेजा। वहाँ डॉ० पर्खस्ट भी उपस्थित थे। प्रसिद्ध अमेरिकी अभिनेत्री, मिनि मैडर्न फिस्के उस समय डॉ० गुर्नसे के घर अतिथि थीं। डॉ० गुर्नसे ने उन्हें भी इसमें सम्मिलित कर लिया। भोजन की मेज पर चौदह व्यक्ति थे।

डॉ० गुर्नसे ने उन्हें पहले ही समझा दिया था। स्वामी न उनके धर्म के थे, न उनके देश के। वे उनसे भिन्न थे। अतः उनसे वे वैसा ही व्यवहार नहीं कर सकते थे, जैसा वे परस्पर एक-दूसरे से करते थे। उन लोगों में परस्पर एक प्रकार का मौन समझौता था कि प्रत्येक व्यक्ति स्वामी के धार्मिक मतभेद और उनके पैगन दृष्टिकोण के प्रति विनम्र और शालीन रहेगा। उनका अपमान नहीं करेगा। उनसे झगड़ा नहीं करेगा।···

डिनर आरंभ हुआ और साथ ही चर्चा भी। चर्चा बहुत शीघ्र ही तप्त हो उठी थी। स्वामी के साथ किसी का कोई कटु विवाद नहीं हुआ। सारा दंगल ईसाई संप्रदायों की परस्पर कटुता को लेकर ही होता रहा। वे एक मत होते तो स्वामी से हिंदुओं के विषय में चर्चा करते।···

मिस गिब्बन स्वामी के साथ बैठी थीं। वे दोनों ही मुस्कराते हुए उन ईसाई संप्रदायों के प्रतिनिधियों की एक-दूसरे के प्रति असहिष्णुता को देख रहे थे। बीच-बीच में डॉ० गुर्नसे उन लोगों को बहलाने के लिए कोई विनोदी अथवा समझदारी की बात कह देते थे, ताकि आपसी चर्चा कहीं घातक ही न हो जाए। बीच-बीच में स्वामी कुछ अति लघु भाषण कर देते थे, जिनमें अपने देश और वहाँ के जीवन का कुछ स्पष्टीकरण होता था। उससे ईसाइयों से उनका भेद भी स्पष्ट होता था।

"आप हर बार अपने धर्म और दर्शन की श्रेष्ठता प्रमाणित कर देते थे।" मिस गिब्बन ने कहा, किंतु उनके स्वर में कहीं शिकायत नहीं थी।

"मैं तो केवल यह बताता हूँ कि हिंदू क्या मानते हैं।" स्वामी ने कहा, "यदि आपको लगता है कि वह श्रेष्ठ है, तो मैं आपसे असहमत क्यों हूँगा।"

"मैं भी आपसे कोई विरोध नहीं जता रही।" मिस गिब्बन ने कहा, "आखिर ये ईसाई संप्रदाय भी तो अपनी भिन्नता को ही अपनी श्रेष्ठता के रूप में प्रस्तुत कर रहे हैं।"

"आप लोग भिन्नता को भिन्नता के रूप में क्यों स्वीकार नहीं करते? क्यों आवश्यक है कि जो आपसे भिन्न है, वह आपसे हीन ही है। वह असत्य ही है।" स्वामी ने कहा, "मूसा ने अपने सत्य को प्रचारित किया और ईसा ने अपने सत्य को। क्यों आवश्यक है कि हम उन दोनों में किसी एक को ही सत्य मानें और दूसरे का त्याग करें? हम क्यों दोनों को ही स्वीकार नहीं कर सकते? आखिर तो वे दोनों ही धर्मपुरुष थे। दोनों ही ईश्वर का संदेश लेकर आए थे। बस, उनके अनुभव भिन्न भिन्न थे।"

"उसके लिए बहुत उदार हृदय चाहिए स्वामी!" डॉ० गुर्नसे ने कहा, "यहाँ तो एक हृदय में एक ही विचार, एक ही पैगंबर, एक ही ग्रंथ रह सकता है।"

"इसमें अपने हृदय को विशाल करने की विशेष आवश्यकता नहीं है।" स्वामी हँस पड़े, "किंतु अपने ईश्वर की विराटता को पहचानने की आवश्यकता है, जो एक सत्य को अनेक भाषाओं में, अनेक लोगों के मुँह से, अनेक शैलियों में कह सकता है। हम स्वयं संकुचित होते हैं तो अपने ईश्वर को भी अत्यंत संकीर्ण और संकुचित बना डालते हैं। हम दूसरों के सिद्धांतों का नहीं, अपने ईश्वर का ही विरोध कर रहे होते हैं।"

"क्या भारत में प्रत्येक व्यक्ति उतना ही उदार है स्वामी, जितने कि आप हैं?" मिस गिब्बन ने पूछा।

"आपके प्रश्न का उत्तर देने से पहले मुझे यह मानना होगा कि मैं स्वयं बहुत उदार हूँ—यह आत्मप्रशंसा होगी।" स्वामी हँस पड़े, "दूसरी बात यह है कि किसी भी धर्म का प्रत्येक अनुयायी, एक जैसा नहीं होता। मैं तो केवल इतना ही कह सकता हूँ कि हमारा धर्म हमको यह सिखाता है।"

"मैं मानती हूँ कि आपका धर्म तो सबको एक ही बात सिखाता है, किंतु अपने धर्म को अपने आचरण, मन और आत्मा में शायद ही किसी ने इतना उतारा होगा, जितना कि आपने उतारा है।" मिस गिब्बन बोलीं, "मुझे लगता है कि आप ही अमेरिका में वेदांत केंद्र खोलने के लिए सबसे योग्य व्यक्ति हैं।"

"अमेरिका में वेदांत केंद्र!" स्वामी कुछ चमत्कृत होकर बोले।

"यह ठीक रहेगा।" डॉ० गुर्नसे हँस पड़े, "अमेरिका के ईसाइयों को अपने मतभेद कम करने के लिए वेदांत का पाठ पढ़ना चाहिए।"

भोजन के पश्चात् उन्होंने शोभनकक्ष में कहा, "मिस गिब्बन! आपका और मेरा दर्शन एक ही है और हमारे मतों का हृदय भी समान है।"

घर लौटकर मिस गिब्बन ने अपनी माँ को सब कुछ विस्तार से बताया।

माँ बोलीं, "कैसा भयानक था तुम्हारा वह डिनर! वे सारे मैथोडिस्ट, बैपटिस्ट और प्रेस्बिटेरियंस; और उन सबके ऊपर नारंगी रंग के कपड़ों में एक काला पैगन।"

किंतु उनके मन में स्वामी से मिलने और बात करने की ललक जाग उठी : कैसा होगा वह पैगन, जो इन सारे ईसाई संप्रदायों के झगड़ों में भी शांत बैठा रहता है और उनमें किसी प्रकार की सामान्य भूमि खोजने का प्रयत्न करता है।

बाद में वे स्वामी को पसंद करने लगीं। स्वामी के लिए वे पर्याप्त विनोद की सामग्री थीं। उनकी विचित्र किंतु अकृत्रिम टिप्पणियों पर स्वामी ठहाका लगाकर हँस पड़ते थे।

मेट्रोपॉलिटन ऑपेरा में सोमवार की रात को 'फॉस्ट' का एक भव्य प्रदर्शन हो रहा था। प्रायः सारे ही बड़े-बड़े अभिनेता उसमें अभिनय कर रहे थे। सारा संभ्रांत स्त्री समाज अपने बॉक्सों में बैठा था। वे बैठी गप्पें मार रही थीं, एक-दूसरे से मिल रही थीं, कुछ विलंब से आकर सारे दर्शकों को अपनी ओर आकृष्ट कर रही थीं। वे सब कुछ कर रही थीं, बस, ऑपेरा ही न देख रही थीं, न सुन रही थीं। वास्तव में तो वे हीरों से ढके अपने शरीर के सौंदर्य को प्रदर्शित कर रही थीं।…

स्वामी कभी ऑपेरा देखने नहीं गए थे। मिस गिब्बन ने उन्हें अपने साथ ले जाने का प्रस्ताव रखा ही था कि माँ स्तब्ध रह गईं। वे अपनी बेटी से तो कुछ नहीं बोलीं, पलटकर स्वामी से ही कह बैठीं, “किंतु तुम काले हो। संसार क्या कहेगा?”

स्वामी ने इस टिप्पणी का भी बुरा नहीं माना। हँसे और बोले, “मैं अपनी बहन के साथ बैठ जाऊँगा। मैं जानता हूँ, वे उसका बुरा नहीं मानेंगी।”

मिस गिब्बन उन्हें अपने साथ ले आईं। उनकी सीटें आर्केस्ट्रा के ध्यानाकर्षक स्थान पर थीं। मिस गिब्बन को लग रहा था कि आज वे इतने सुंदर लग रहे थे, जितने पहले कभी नहीं लगे। आस-पास के प्रत्येक व्यक्ति का ध्यान उनमें ही ऐसा लगा हुआ था कि मिस गिब्बन को विश्वास हो गया कि उस रात उनमें से किसी ने भी ऑपेरा नहीं सुना।

स्वामी ने धीरे से पूछा, “यह जो ऑपेरा हम देखने आए हैं, इसकी कथा क्या है?”

मिस गिब्बन ने उन्हें ‘फॉस्ट’ की कथा सुनानी आरंभ की। माँ ने बेटी की ओर देखा, “हे भगवान्! तुम जैसी एक युवती को ऐसी भयानक गंदी कथा एक पुरुष को नहीं सुनानी चाहिए।”

“यदि यह कथा इस योग्य नहीं है, तो आप अपनी पुत्री को यहाँ आने के लिए बाध्य क्यों करती हैं?” स्वामी ने पूछा।

“समाज के प्रचलन की दृष्टि से ऑपेरा जाना होता है।” माँ ने कहा, “कथाएँ तो सारी की सारी ही ऐसी गंदी होती हैं; किंतु उसका यह अर्थ थोड़ी है कि जवान लड़कियाँ पुरुषों के साथ उनकी चर्चा करें। हमें उनकी चर्चा नहीं करनी चाहिए।”

स्वामी मुस्कराकर चुप रह गए; किंतु थोड़ी ही देर में उन्होंने पुनः जिज्ञासा की, “वह व्यक्ति जो गाकर उस सुंदरी से प्रेम जता रहा है, क्या वह सचमुच उससे प्रेम करता है?”

“हाँ! स्वामी जी!” मिस गिब्बन ने कहा।

“किंतु वह उसका अपराधी है और उसे दुखी कर रहा है।”

“हाँ!” मिस गिब्बन ने पुनः स्वीकार किया।

“ओह! अब मेरी समझ में आया,” ‘स्वामी बोले, “वह उस सुंदरी से प्रेम नहीं करता। वह उस लाल परिधान वाले दुमदार सुदर्शन पुरुष से प्रेम करता है। तुम उसे क्या कहती हो? शैतान—डेविल।”

स्वामी के निर्मल मन ने इस प्रकार अपने आप आकलन कर लिया। उन्हें न तो ऑपेरा पसंद आया और न ही उसके दर्शक।

दो अंकों के मध्यांतर में संभ्रांत समाज की एक अत्यंत सम्मानित किशोरी उनके पास आई और माँ से बोली, “मामा यह जानने के लिए मरी जा रही हैं कि पीले परिधान में आपके साथ यह भव्य पुरुष कौन है।”

“यह काला पुरुष—भव्य पुरुष! ओ मेरी माँ!” माँ ने अपने सिर पर हाथ मारा।

75

इसाबेल बार-बार आग्रह कर रही थी कि स्वामी उसे तत्काल वह पुस्तक भेजें, जो उनके विषय में कलकत्ता से छपकर आई थी। उसे पता होता कि जो पैकेट वह उन्हें भेज रही है, उसमें कोई ऐसी

पुस्तक भी है, तो वह पैकेट खोलकर शिकागो में ही वह पुस्तक निकाल लेती।···पर स्वामी को जाने क्यों लग रहा था कि उनका वह पुस्तक भेजना उचित नहीं होगा। उसमें एक प्रकार से आत्मरति झलकती है—अहंकार, स्वयं को श्रेष्ठ सिद्ध करने का प्रयत्न, यश की लिप्सा···वे नहीं चाहते थे कि वे ऐसा कोई काम करें।···तो फिर उन्होंने उस पुस्तक की चर्चा ही क्यों की···अंततः उन्होंने इसाबेल को पत्र लिखा :

न्यूयॉर्क
2 मई, 1894

प्रिय बहन,

मैं विवश हूँ। अभी तत्काल तुमको पुस्तिका नहीं भेज सकूँगा। अखबार की कुछ कतरनें भारत से आई हैं, वे तुम्हें भेज रहा हूँ। पढ़ने के पश्चात् कृपया इन्हें श्रीमती बागले को भेज देना। इस समाचार-पत्र के संपादक मजूमदार के संबंधी हैं—उसके कज़न। बेचारा मजूमदार। मैं उसके लिए दुखी हूँ।

मुझे यहाँ अपने कोट के लिए अभीष्ट नारंगी रंग का कपड़ा नहीं मिल सका। अतः जो सबसे अनुकूल था, उसी से संतोष करना पड़ा। गहरे लाल रंग में चटक पीले की आभा वाला। कुछ दिनों में कोट तैयार हो जाएगा।

अभी उस दिन वाल्डोर्फ में व्याख्यान से मुझे 70 डॉलर प्राप्त हुए हैं। कल के व्याख्यान से, आशा है, कुछ अधिक प्राप्त होंगे।

7 मई से 19 मई तक बॉस्टन में कार्यक्रम है, पर वे लोग बहुत कम पैसे देंगे।

कल मैंने तेरह डॉलर का एक पाइप खरीदा है—कृपया फादर पोप[1] से इसकी चर्चा मत करना। कोट में 30 डॉलर लगेंगे। मुझे ठीक खाना मिल रहा है···और पर्याप्त डॉलर भी। अगले व्याख्यान के बाद कुछ राशि बैंक में जमा करवा सकूँगा।

शाम को एक निरामिष भोज में बोलने जा रहा हूँ। हाँ! मैं निरामिष हूँ, क्योंकि जब वैसा खाना मिलता है, तो मैं उसे अधिक पसंद करता हूँ। परसों दिन के खाने का निमंत्रण और है लीमन एबॉट के यहाँ। समय बहुत अच्छा बीत रहा है। बॉस्टन में अच्छा—बहुत अच्छा बीतेगा—केवल उस गर्हित भाषणबाजी को छोड़कर। 19 के बाद, बॉस्टन से शिकागो। एक कुदान···और फिर आराम और विश्राम की एक लंबी साँस। दो-तीन सप्ताह तक विश्राम।···बस, बैठा रहूँगा और बातें करूँगा। बातें और धूम्रपान।

हाँ! तुम्हारे न्यूयॉर्क के लोग बहुत भले हैं। सिर्फ बुद्धि के स्थान पर धन अधिक है।

मैं हार्वार्ड विश्वविद्यालय के विद्यार्थियों के बीच भाषण देने जा रहा हूँ। श्रीमती ब्रीड ने बोस्टन और हार्वार्ड में तीन व्याख्यान आयोजित किए हैं। कुछ की आयोजना लोग यहाँ भी कर रहे हैं, जिससे शिकागो जाते समय मैं एक बार फिर न्यूयॉर्क आऊँगा और उन्हें कुछ जोरदार मुक्के लगाकर, मूर्खों को जेबियाऊँगा और शिकागो उड़ जाऊँगा।

न्यूयॉर्क और बॉस्टन से यदि तुम्हें कुछ ऐसा मँगाना हो, जो शिकागो में न मिलता हो, तो जल्दी

---

1. श्री जॉर्ज डब्ल्यू० हेल।

ही लिख देना। अब मेरे पास ढेर-से डॉलर हैं। तुम जो चाहोगी, क्षण-भर में भेज दूँगा। यह न सोचना कि उसमें कुछ अशोभन होगा—मेरे संबंध में कोई पाखंड नहीं। यदि मैं भाई हूँ, तो भाई हूँ—मैं संसार में किसी से घृणा करता हूँ, तो वह पाखंड है।

तुम्हारा स्नेही भाई
विवेकानन्द

76

अपने कार्यक्रम के अनुसार 6 मई को स्वामी बॉस्टन में प्रो० राइट के घर पहुँच गए। प्रो० राइट ने खुली बाँहों से उनका स्वागत किया; किंतु श्रीमती राइट की असहजता स्वामी की आँखों से छिपी नहीं रह सकी। उन्हें लगा कि पति-पत्नी में भी कुछ तनाव है।

"मुझे लगता है कि मैं गलत समय में आप दोनों के बीच आ गया हूँ।" स्वामी ने मृदुल भाव से कहा।

"एक संन्यासी किसी पति-पत्नी के बीच में कैसे आ सकता है। आप हमारे घर में आए हैं, हम दोनों के बीच नहीं।" प्रो० राइट मुस्कराए, "आपको यह तो नहीं लग रहा कि आपका उचित स्वागत नहीं हो रहा?"

"श्रीमती राइट कुछ अन्यमनस्क-सी हैं।" स्वामी ने कहा, "मैं नहीं जानता कि मेरे विषय में मेरे विरोधी जो प्रचार कर रहे हैं, यह उसका प्रभाव है⋯।"

"व्यर्थ की बातें मत सोचिए मेरे मित्र!" प्रो० राइट हँस पड़े, "और कुछ नहीं है, मेरी कुछ असंतुष्ट हैं।"

"असंतुष्ट हैं? मुझसे?"

"सारी सृष्टि आपके चारों ओर ही तो नहीं घूमती।" प्रो० राइट बोले, "संतुष्ट और असंतुष्ट होने के और भी कारण हो सकते हैं। आप बाल-ब्रह्मचारी हैं, इसलिए आपको यह सूचना देना मेरा प्रथम और परम पवित्र कर्तव्य है कि पत्नी के असंतोष का सर्वप्रथम निमित्त उसका पति ही होता है। यह अधिकार और किसी को नहीं दिया जा सकता।⋯" उन्होंने रुककर स्वामी की ओर देखा, "ध्यान दीजिएगा, मैंने पति को निमित्त कहा है, कारण नहीं; और वह उसके लिए उत्तरदायी तो एकदम ही नहीं है।"

"अपने परिवार के कुछ गोपनीय रहस्य खुल जाने का भय न होता, तो मैं भी अपना मुँह खोलती।" श्रीमती राइट के चेहरे पर भी एक वक्र मुस्कान उभरी, "तब ये इस प्रकार अनाप-शनाप नहीं बोल पाते।"

"यदि बात पारिवारिक रहस्यों की है तो मैं कुछ नहीं कहता।" स्वामी ने कहा।

"लो, मैं पारिवारिक रहस्य भी खोल ही देता हूँ।" प्रो० राइट ने कहा, "मैंने पहले ही आपको सूचित किया था कि हमारे घर में आपको देने के लिए अलग से बेडरूम नहीं है। मेरी का विश्वास है कि आपके लिए उचित बिस्तर का प्रबंध न कर हम आपके सत्कार में कोताही बरत रहे हैं। यह न हमारे लिए सम्मानजनक है, न आपके लिए।"

"पर यह बात तो हो चुकी थी···"

"हाँ! हो तो चुकी थी, किंतु मेरी इससे संतुष्ट नहीं है। उसका कहना है कि जिस महात्मा को सारा अमेरिका अपने सिर-आँखों पर उठाए हुए है, हम उसे शोभनकक्ष में कौच पर सोने के लिए बाध्य करें··· ।"

स्वामी जोर से हँस पड़े, "श्रीमती राइट! आपका जन्म तो अमेरिका में हुआ है; किंतु मैं पूरे विश्वास से कह सकता हूँ कि आपकी आत्मा पूर्णरूपेण भारतीय है।"

"कैसे?" पहली बार श्रीमती राइट के चेहरे का तनाव कुछ कम हुआ।

"हमारे यहाँ अतिथि को देवता माना जाता है : अतिथि देवो भव। स्वयं चाहे धरती पर सोएँ किंतु अतिथि को शैया और बिस्तर दिया ही जाएगा।" स्वामी बोले, "किंतु अमेरिका में तो किसी को सोने के लिए शोभनकक्ष का कौच भी दे दिया जाए तो वह उस पर कृपा ही मानी जाती है।"

"वह ठीक है···"

स्वामी ने अपना हाथ उठाकर उन्हें रोक दिया, "मैं जानता हूँ कि अनेक बार मेरे मित्रों के घरों में सादा भोजन--साधारण दाल-भात होने पर भी मेरे मित्र मुझे भोजन के लिए आमंत्रित कर लेते थे; किंतु उनकी पत्नियाँ तब तक संतुष्ट नहीं होती थीं, जब तक मछली और दूध का प्रबंध न हो जाए। वे मानती थीं कि आतिथ्य गृहस्वामिनी का दायित्व है। यदि अतिथि को दाल-भात खिलाकर विदा कर दिया जाए, तो गृहस्वामिनी अपने धर्म पर खरी नहीं उतरी।"

"यही तो कह रही हूँ तब से।" श्रीमती राइट ने कहा, "इनका क्या है। ये तो रात-भर आपको बैठाए, आपसे बातें करते रहेंगे। रात-भर एक क्षण को सोने नहीं देंगे।···और प्रातः कॉफी का प्याला पिलाकर विदा कर देंगे।···इन्हें निमिष-भर को भी नहीं लगेगा कि आपके साथ कोई ज्यादती हुई है।"

"वैसे मैं आपको पूरी सच्चाई से बता दूँ कि मेरे लिए प्रो० राइट से रात-भर बातें करना, गहरी और सुखद नींद सोने से अधिक आनंददायक होगा।"

"तो आज रात आप वही आनंद प्राप्त करें; किंतु मैं नहीं चाहूँगी कि यह व्यवस्था एक रात से अधिक हो।"

"करने को तो मैं कल स्वामी के लिए किसी होटल में व्यवस्था कर दूँ, किंतु यदि स्वामी को लगा कि मैं इन्हें अपने घर से निकाल रहा हूँ तो?"

"और होटल वाले ने इस काले आदमी को कमरा देना अस्वीकार कर दिया तो?" स्वामी हँसे।

"तब हमारा यह कौच तो है ही।" प्रो० राइट हँस रहे थे।

"हमारे अतिथि होते हुए भी आपको होटल में रहना बुरा तो नहीं लगेगा?" श्रीमती राइट ने पूछा।

"आपके संतोष और सुविधा के लिए मैं होटल तो क्या बॉस्टन के रेल स्टेशन के विश्रामगृह में भी रह सकता हूँ।" स्वामी ठहाका लगाकर हँस पड़े।

"स्वामी! अब आप विश्राम करें—अपने इस काऊच पर।" प्रो० राइट ने एक ललित मुस्कान के साथ कहा, "पर उससे पहले आपसे आज की रात का अंतिम प्रश्न पूछना चाहता हूँ।"

स्वामी ने उनकी ओर देखा-भर, किंतु उनका चेहरा पूर्णतः गंभीर था। अब उस पर हास्य का आभास भी नहीं था।

"आपके ठहाके के पीछे भी अवसाद का अंश है।" प्रो० राइट बोले, "आप जैसे भक्त के मन

में अवसाद के लिए कोई स्थान नहीं होना चाहिए।"

"आप ठीक कह रहे हैं अध्यापक जी!" स्वामी बोले, "किंतु मेरा मन दो कारणों से विचलित है।"

प्रो० राइट स्वामी की ओर देखते रहे।

"आप जानते हैं कि मेरे विषय में बहुत सारे अपवाद प्रचारित किए जा रहे हैं। भारत और अमेरिका के कट्टरपंथी ईसाई समाचार-पत्र मेरे विषय में वह सब कुछ छाप रहे हैं, जो मेरे सारे परिश्रम को धूल में मिला सकता है।" स्वामी बोले, "मुझे भय है कि मेरे वे मित्र, जिन्हें मैं किसी भी अवस्था में अपने मन से दूर नहीं करना चाहता, कहीं मेरे विषय में प्रचारित अपवादों के कारण मुझे अपने मन से दूर न कर दें।…"

"और?"

"मेरी सच्चाई के साथ उन सिद्धांतों की सत्यता भी जुड़ी हुई है, जिनका मैं प्रतिपादन कर रहा हूँ।" स्वामी बोले, "यदि मुझ पर से विश्वास उठ गया, तो उन सिद्धांतों को भी अविश्वसनीय माना जाएगा।"

"आप व्यर्थ चिंतित न हों मेरे मित्र! आप पर कोई अविश्वास नहीं कर रहा। उन अपवादों के सत्य और उनको प्रचारित करने वालों के चरित्र से भी लोग परिचित ही हैं।"

मंगलवार, 8 मई, 1894 को स्वामी ने महिला कॉलेज, हार्वार्ड एनेक्सी में छात्राओं के सम्मुख भाषण दिया। यह भाषण अत्यंत काव्यात्मक था और उसमें अनेक उद्धरण थे। इतना अनुभूतिपरक भाषण उन छात्राओं ने पहले कभी नहीं सुना था। अतः उनका भाषण के वेग में बह जाना स्वाभाविक ही था।

उसके पश्चात् बारी आई अमेरिकी समाज के दोषों और उनकी मूर्खताओं की…स्वामी कुछ हलके स्तर पर आ गए।

"भारत में कुलीन विधवाएँ पुनर्विवाह नहीं करतीं।" स्वामी बोले, "निम्न जाति की विधवाएँ विवाह कर सकती हैं। वे जो चाहे खा सकती हैं, पी सकती हैं, नाच सकती हैं, जितने पति चाहें प्राप्त कर सकती हैं और जब चाहें उन्हें छोड़ सकती हैं। संक्षेप में, वे उन सारी सुविधाओं का सुख उठा सकती हैं, जो इस देश में उच्च वर्ग की महिलाओं को प्राप्त हैं।…"

बृहस्पतिवार, 10 मई को कॉजिल के घर पर स्वामी का भाषण था…

"जब हम कट्टर होते हैं तो अपने आपको तपाते हैं। हम स्वयं को रथ के नीचे फेंक देते हैं। हम अपना गला काट लेते हैं। हम कीलों के बिस्तर पर सो जाते हैं। किंतु जब आप कट्टर होते हैं, आप दूसरों का गला काटते हैं। आप उन्हें आग में जला देते हैं और कीलों के बिस्तर पर सुला देते हैं। आप अपने शरीर को बहुत सुख देते हैं।…"

स्वामी कह तो सच ही रहे थे, किंतु इस प्रकार की असहिष्णु आलोचना श्रीमती राइट के लिए कठिनाई उत्पन्न करती थी।…मानव-मन में जो कुछ भी मृत अथवा बाधास्वरूप था, स्वामी एक आँधी के समान उसे उखाड़ फेंकते थे, साथ ही वे नई और शक्तिशाली उपज के लिए नए बीज भी बो देते थे। वे जीवन की गंभीर सत्यों का वर्णन करते हुए, लोगों को उनके मन में छिपे दोष बता देने

का भी साहस रखते थे। स्वामी भाषण करते हुए अपने सामने जब मूर्ख, धूर्त और पाखंडी चेहरे देखते थे तो बड़ी सूक्ष्मता से उन्हें भीतर से बाहर पलट देते थे। उनके जीवन की असंगतियों और आत्मविरोधों को जीवंत रूप में उनके सामने प्रस्तुत कर देते थे।

श्रीमती राइट जानती थीं कि स्वामी का यह रूप अनेक लोगों के लिए सुखद नहीं था। एक बार बॉस्टन में उनको सुनने के लिए बड़ी संख्या में लोग एकत्रित हुए थे। विषय था, 'मेरे गुरुदेव।' गुरु के विषय में सोचते ही स्वामी के मन में त्याग की ज्वाला जलने लगती थी। उस समय भी उनका मन जैसे त्याग की साक्षात् प्रतिमा बना हुआ था। वे स्वार्थ और लोभ की प्रतिमा को ध्वस्त करने के लिए अग्निस्फुलिंग छोड़ रहे थे।...उनके सम्मुख अधिकांशतः घोर सांसारिक लोग बैठे थे। त्याग से अप्रभावित। आध्यात्मिकता से सर्वथा शून्य। स्वामी को लगा, ऐसे श्रोताओं के सम्मुख अपने गुरु के प्रति अपने भावों को प्रकट करना पाप होगा। गुरु का अपमान होगा।...परिणामतः उन्होंने अमेरिका के भौतिक और सांसारिक विचारों पर भयंकर आक्रमण करना आरंभ किया।...उनका स्वर इतना प्रखर और लोगों के मन के कलुष पर सीधा प्रहार करने वाला था कि सैकड़ों लोग तत्काल ही हॉल से उठकर चले गए।...किंतु स्वामी उन सबसे अप्रभावित, अंत तक अपना भाषण करते रहे। अगले दिन सारे समाचार-पत्र उनके भाषण के पक्ष और विपक्ष की चर्चा से भरे हुए थे। किंतु सबने ही उनकी निर्भीकता, स्पष्टवादिता और ईमानदारी की प्रशंसा की थी।

77

स्वामी ने भी समाचार-पत्रों में छपी हुई सामग्री देखी थी; किंतु उनका मन यह भूल ही नहीं पाता था कि वे उन लोगों के सामने भाषण करने को बाध्य हैं, जिनमें आध्यात्मिकता का लेश मात्र भी नहीं है। तो फिर क्या कर रहे हैं वे? क्यों कर रहे हैं? इन प्रश्नों से पीछा छुड़ाने के लिए वे श्रीमती टेल को पत्र लिखने बैठ गए...

बॉस्टन
11 मई, 1894

प्रिय माता,

7 मई से मैं प्रतिदिन यहाँ भाषण कर रहा हूँ। श्रीमती फेयरचाइल्ड के घर पर मैं श्रीमती हौवे की भांजी से मिला। उन्होंने आज मुझे डिनर पर आमंत्रित किया है। श्रीमती वाल्डीनेन से अभी मेरी भेंट नहीं हुई है। व्याख्यान का पारिश्रमिक यहाँ सबसे कम है और सबके अपने-अपने स्वार्थ हैं। आपका महानगर न्यूयॉर्क, बॉस्टन से कहीं अधिक पारिश्रमिक देता है। अतः मैं न्यूयॉर्क लौटने का प्रयत्न कर रहा हूँ; किंतु बॉस्टन में प्रतिदिन काम मिलता है।

मुझे कुछ विश्राम चाहिए। मुझे लगता है, मैं बहुत थक गया हूँ और निरंतर यात्राओं ने मेरे स्नायुओं को थका डाला है। किंतु मैं शीघ्र ही स्वस्थ हो जाऊँगा। पिछले कुछ दिन मैं जुकाम और ज्वर से पीड़ित था और ऊपर से रोज के भाषण। आशा है, दो-एक दिनों में इस सबसे मुक्त हो जाऊँगा।

मैंने 30 डॉलर में एक बड़ा अच्छा गाउन खरीदा है। उसका रंग ठीक पहले वाला तो नहीं है। पीलापन लिए हुए सिंदूरी रंग है।

मेरे पास लिखने को अधिक कुछ नहीं है। वही भाषण, भाषण, भाषण। मैं शिकागो चला जाना चाहता हूँ और अपना मुँह बंद रखना चाहता हूँ। अपने मुख, कंठ, फेफड़ों और मस्तिष्क को कुछ विश्राम देना चाहता हूँ। यदि मुझे न्यूयॉर्क न जाना पड़ा तो मैं शीघ्र ही शिकागो आ जाऊँगा।

आपका आज्ञाकारी
विवेकानन्द

तीन दिन पश्चात् उन्होंने पुनः श्रीमती हेल को पत्र लिखा :

बॉस्टन
14 मई, 1894

प्रिय माता,

आपको न्यूयॉर्क से भेजे गए 125 डॉलर मिले होंगे। कल मैं यहाँ से 100 डॉलर और भेजूँगा। बॉस्टनवासी अपना स्वार्थ सिद्ध करना चाहते हैं।

ओह! यहाँ लोग जितने नीरस और शुष्क हैं। लड़कियाँ भी शुष्क विवादी तत्त्वमीमांसा की बात करती हैं। यह स्थान हमारे बनारस के समान है, जहाँ केवल नीरस तत्त्वमीमांसा होती है। यहाँ कोई भी मेरे प्रिय को नहीं जानता। यहाँ के लोगों के लिए धर्म अत्यंत शुष्क पाषाण है। मुझे उन लोगों की कोई चिंता नहीं है, जो मेरे प्रिय से प्रेम नहीं करते। सुश्री हौवे को यह मत बताइएगा, उन्हें बुरा लगेगा।

मैं कलकत्ता से आया पार्सल पहले नहीं भेज सका। भारतीय समाचार-पत्रों से लिए गए उद्धरण मुझे पसंद नहीं आए। विशेषकर जब वे किसी को पूर्णतः काले रंगों से रँग देना चाहते हैं। हमारे लोग ब्राह्मसमाज से इतनी घृणा करते हैं कि अवसर मिलते ही वे अपने मन की घृणा उगल देना चाहते हैं। मुझे यह अच्छा नहीं लगता। किसी के प्रति कितनी भी शत्रुता हो, उसके सत्कार्यों को धो नहीं डालना चाहिए। वैसे भी ब्राह्म लोग धर्म के क्षेत्र में अभी शिशु हैं। वे कभी भी धर्म के बहुत ज्ञानी नहीं रहे। वे केवल बोलना चाहते थे, विवाद करना चाहते थे। प्रिय को (ईश्वर को) देखने का उन्होंने कभी कोई प्रयत्न नहीं किया। और जब तक कोई दिव्य दर्शन का प्रयत्न नहीं करता, मुझे लगता है, उसका कोई धर्म ही नहीं है। उसके पास पुस्तकें हो सकती हैं, आकार हो सकते हैं, सिद्धांत हो सकते हैं, शब्द, तर्क, संप्रदाय—सब कुछ हो सकता है; किंतु धर्म नहीं हो सकता। धर्म तभी आरंभ होता है, जब आत्मा अपने प्रिय के लिए रोने और तड़पने लगती है। उससे पहले नहीं। इसीलिए ब्राह्मसमाज से धर्म के क्षेत्र में, एक साधारण गृहस्थ से अधिक कुछ भी अपेक्षा नहीं की जा सकती।

आपका
विवेकानन्द

78

14 मई, 1894 को मिनर्वा थियेटर में कलकत्ता की महाबोधि सोसायटी की ओर से एक सभा हुई। मुख्य वक्ता धर्मपाल थे और अध्यक्षता सर नरेन्द्र कृष्ण के० सी० आई० कर रहे थे। मुख्य वक्ता ने अपनी इच्छा से बौद्ध दर्शन पर बोलने के स्थान पर अपना विषय चुना था—'स्वामी विवेकानन्द

और अमेरिका में हिंदू धर्म'। कलकत्ता की महाबोधि सोसायटी के पदाधिकारियों ने दबे स्वर में उनसे आग्रह भी किया कि वे बौद्ध धर्म और दर्शन पर बोलें। वह ही बोलें, जो कुछ वे शिकागो की धर्मसंसद में बोलकर आए हैं।...किंतु धर्मपाल भूल नहीं पाए थे कि स्वामी ने धर्मसंसद में बौद्ध धर्म को हिंदू धर्म की विद्रोहिणी संतान कहा था और बौद्धों को हिंदुओं से तनिक भी पृथक् नहीं किया था। धर्मपाल अच्छी तरह समझ रहे थे कि स्वामी जिस हिंदू धर्म को प्रतिष्ठित कर रहे थे, वह भारत में और भारतीय दर्शन के अंतर्गत जन्म लेने वाले सारे दर्शनों, सारे सिद्धांतों और सारी उपासना पद्धतियों का संघ था। वे बाँटने में नहीं, सबको संगठित करने में विश्वास रखते थे।...ईसाई पादरियों ने जिस प्रकार धर्मसंसद में ब्राह्मसमाज, जैन, बौद्ध तथा कुछ संप्रदायों को आमंत्रित कर, हिंदुओं की मुख्य धारा को उपेक्षित कर, उनको छोटे-छोटे टुकड़ों में बाँटने का प्रयत्न किया था, वह हिंदुओं के लिए अत्यंत घातक था। उससे ईसाई बहुत सरलता से इस महान् धर्म को तुच्छ बना सकते थे।...और धर्मपाल समझ रहे थे कि हिंदुओं को इससे लड़ना है। बिना निमंत्रण के, हिंदुओं के किसी मठ से आशीर्वाद लिए बिना स्वामी का शिकागो पहुँचना और अपनी बात को इस प्रभावशाली ढंग से विश्व मंच पर प्रस्तुत करना, दैवी इच्छा से ही संभव हुआ था। धर्मपाल उसमें ईश्वर की इच्छा देख रहे थे...

धर्मपाल ने अत्यंत सरलता और शालीनता से एक संस्मरण के रूप में वह सब कह सुनाया, जो कुछ वे धर्मसंसद में स्वामी विवेकानन्द के मुख से सुनकर आए थे। यह एक प्रकार से एक चक्षुसाक्षी के द्वारा कलकत्तावासियों के सम्मुख धर्मसंसद में स्वामी की भूमिका का पहला प्रामाणिक विवरण था। धर्मपाल ने अत्यंत भावुक मन से कहा कि प्रत्येक हिंदू को अपने इस प्रतिनिधि पर गर्व होना चाहिए और उन्हें अपना यह भाव न केवल स्वामी तक पहुँचाना चाहिए, अमेरिका के लोगों को भी जताना चाहिए।

'इंडियन मिरर' ने सभा का विस्तृत विवरण प्रस्तुत करते हुए बलपूर्वक कहा कि उनके लिए यह अत्यंत प्रसन्नता का विषय है, क्योंकि वे भी यही बात कह रहे हैं। यह इसीलिए और भी आवश्यक हो जाता है, क्योंकि कलकत्ता के ही कुछ लोगों के द्वारा स्वामी विवेकानन्द को कलंकित करने के घृणित प्रयत्न किए गए हैं।

अंत में जापान के बौद्ध आर्क बिशप परम पावन उत्तोकी ने भी स्वामी के प्रयत्नों की मुक्त कंठ से प्रशंसा की।

उस दिन स्वामी के गुरुभाइयों ने आलम बाजार के अपने मठ में एक प्रकार से दीपावली ही मना डाली।

79

16 मई को बॉस्टन में स्वामी ने अपने भाषण में कहा, "हिंदू विवाह के बहुत पक्ष में नहीं हैं। इसलिए नहीं कि वे लोग स्त्रियों से घृणा करते हैं, वरन् इसलिए कि हमारा धर्म हमें नारी की पूजा करना सिखाता है। प्रत्येक नारी में वह माता का रूप देखता है और कोई पुरुष अपनी माता से विवाह करना नहीं चाहेगा। ईश्वर हमारे लिए माता के रूप में है। स्वर्ग में बैठे भगवान् की क्या चिंता करना। हमारे

लिए तो वह माँ के रूप में हमारे सामने है। विवाह को हम एक निम्नकोटि की अभद्र स्थिति मानते हैं। और यदि कोई पुरुष विवाह करता है तो इसलिए, क्योंकि उसे धर्म के आचरण में एक सहायिका की आवश्यकता होती है।

"आप कहते हैं कि हम अपनी महिलाओं के साथ दुर्व्यवहार करते हैं। संसार के किस राष्ट्र ने अपनी स्त्रियों के साथ दुर्व्यवहार नहीं किया? यूरोप अथवा अमेरिका में एक पुरुष धन के लिए किसी स्त्री से विवाह कर सकता है और उसके डॉलरों पर अधिकार जमा लेने के पश्चात् उसे धक्के देकर घर से बाहर निकाल सकता है। इसके विपरीत भारत में जब एक स्त्री धन के लिए विवाह करती है, उसकी संतान दास मानी जाती है। जब एक धनी मनुष्य विवाह करता है, उसका धन उसकी पत्नी के अधिकार में चला जाता है। वह अपने धन की स्वामिनी को अपने घर से बाहर नहीं निकाल सकता।

"अमेरिका में जब कोई महिला युवा और सुंदर नहीं रह जाती है, उसके लिए जीवन कठिन हो जाता है; किंतु भारत में जब कोई वृद्ध महिला कहीं जाती है तो उसे मार्ग देने के लिए राजा भी एक ओर हट जाते हैं। उनका भारत में इतना सम्मान किया जाता है।

"हिंदुओं को मुसलमान और ईसाई जो धार्मिक उपदेश दे रहे हैं, उससे कहीं अच्छा है कि वे उन्हें भोजन और शिक्षा दें।'''

"आप कहते हैं कि हम हीदन हैं, अशिक्षित हैं, असभ्य हैं; किंतु हम अपने मन में आपके अपरिष्कार और असंस्कार पर हँसते हैं। हमारे समाज में धन से नहीं, वंश और चरित्र से जाति मानी जाती है। भारतीय समाज में अपार धन भी आपको सम्मान नहीं दिला सकता। एक वर्ण में निर्धन से निर्धन भी उतना ही महत्त्वपूर्ण है, जितना कि अधिकतम धनी व्यक्ति। और जाति का यह सबसे बड़ा गुण है।

"धन ने संसार में केवल युद्ध करवाए हैं और ईसाइयों ने उसके कारण एक-दूसरे की गर्दनें काटी हैं। धनाकांक्षा ने ईर्ष्या, घृणा और धनपिशाचता को जन्म दिया है। चारों ओर आपाधापी है। जाति मनुष्य को इन सबसे बचा लेती है। उससे मनुष्य कम पैसों में भी जीवनयापन कर लेता है और सबको आजीविका प्राप्त होती है। मनुष्य अपनी आत्मा के विषय में भी चिंतन करने का अवसर पाता है। हम भारतीय समाज में इसी को महत्त्वपूर्ण मानते हैं।

"ब्राह्मण का जन्म ईश्वरोपासना के लिए होता है। जिसका वर्ण जितना उच्चतर है, उसकी मर्यादा के बंधन उतने ही कठोर हैं।"

लॉरेंस, मैसाचूसे से प्रकाशित होने वाले 'ईवनिंग ट्रिब्यून' का 16 मई, 1894 का अंक स्वामी के सामने था। उसने न केवल उनके महिला क्लब में भाषण का विवरण अपने ढंग से छापा था? उस पर संपादकीय टिप्पणी भी की थी। उसने लिखा था, 'विषय की स्थापना अत्यंत बेढंगी और अव्यवस्थित थी। आवाज बहुत धीमी थी। उच्चारण स्पष्ट नहीं था, अतः उनकी बात को समझना सरल नहीं था।'

स्वामी सोच रहे थे'''यह उस पत्रकार की ईमानदार राय थी? उसका व्यक्तिगत विरोध था? या भारत में उनके शत्रुओं ने उनके विषय में संदेह के जो बीज बोए थे, उनका फल अमेरिका पहुँचने लगा था?

'बॉस्टन डेली एडवर्टाइजर' ने तो अपने 16 मई, 1894 के अंक में उनके विषय में काफी मसाला छापा था :

भारत का एक पैगंबर

कुछ समय पहले बॉस्टन के आसपास बौद्ध धर्म का अध्ययन एक लोकप्रिय विषय था। किंतु जैसे भारत में एक सहस्र वर्ष पहले, बौद्ध धर्म को वास्तविक हिंदू धर्म ने अपदस्थ कर दिया था, वैसे ही बॉस्टन के लोगों में हिंदू धर्म बौद्ध धर्म को अपदस्थ करता दिखाई दे रहा है। इसका एक कारण यहाँ हिंदू संन्यासी स्वामी विवेकानन्द की उपस्थिति और उनके भाषण हैं, जिन्होंने धर्मसंसद में भी श्रोताओं को बहुत मुग्ध किया था।

भारत में अपने महत्त्व के प्रमाण के रूप में वे मद्रास के पाच्यप्पा कॉलेज के रासायनिकी के अध्यापक का प्रमाणपत्र प्रस्तुत करते हैं। भारत यहाँ से इतनी दूर है कि यहाँ बहुत कम लोगों को ज्ञात होगा कि मद्रास का पाच्यप्पा कॉलेज भारत में ईसाई विरोधी भावना का गढ़ है। इस कॉलेज के लोगों ने ब्रैडलाफ तथा इंगरसोल की रचनाओं से ईसाई धर्म का स्वरूप ग्रहण किया है और उन्हीं के आधार पर ये ईसाई मत पर आक्रमण कर रहे हैं।

हमने जब धर्मसंसद में विवेकानन्द को दिए गए महत्त्व की रपट छापी और वे समाचार भारत पहुँचे तो वहाँ के समाचार-पत्रों ने भी उस पर टिप्पणी की। उन्हीं टिप्पणियों में से एक—दक्षिण भारत के अग्रणी ईसाई पत्र 'दि क्रिश्चियन पैट्रियट', जिसका संपादन एक भारतीय ईसाई कर रहे हैं और जो विलायत के कैंब्रिज विश्वविद्यालय के स्नातक हैं, अपने 7 दिसंबर, 1893 के अंक में कहते हैं :

'यद्यपि युवा हिंदू संन्यासी, जो स्वामी विवेकानन्द के छद्म नाम से शिकागो में प्रकट हुआ है, अमेरिकी समाचार-पत्रों के द्वारा ब्राह्मण बताया जा रहा है; और यद्यपि इस गलत सूचना की पुष्टि हमारे समकालीन 'दि बंगाली' ने भी कर दी है, किंतु हम निश्चित रूप से जानते हैं कि विवेकानन्द ब्राह्मण नहीं है। वह और कोई नहीं, सिमुलिया (कलकत्ता) के स्वर्गीय बाबू विश्वनाथ दत्त, जो हाई कोर्ट के वकील थे, का पुत्र बाबू (मिस्टर) नरेन्द्रनाथ दत्त है। बाबू नरेन्द्रनाथ दत्त कलकत्ता विश्वविद्यालय का एक प्रतिभाशाली स्नातक है। और अभी कुछ ही दिन हुए हैं कि उसने संन्यासी का जीवन अंगीकार किया है।'

क्या सिद्ध करना चाहते हैं ये लोग? स्वामी सोच रहे थे।…वे वंश से ब्राह्मण नहीं हैं और किसी ने भूल से एक संन्यासी को ब्राह्मण मान लिया, तो स्वामी पाखंडी और चरित्रहीन हो गए? उन्होंने तो कभी नहीं कहा कि वे ब्राह्मण हैं। और क्या महत्त्व है इसका उनके काम के संदर्भ में?…इस प्रकार के अवांतर प्रसंगों को उनका अपना नगर ही तो हवा दे रहा था।…'बॉस्टन डेली एडवर्टाइज़र' ने कलकत्ता से प्रकाशित होने वाले ब्राह्मसमाज के प्रकाशन 'दि इंडियन एवेंजेलिकल रिव्यू' के अप्रैल 1894 के अंक से उद्धृत किया था :

"जब तक हमें शिकागो से समाचार नहीं मिला था, तब तक हम नहीं जानते थे कि कलकत्ता में हमारे मध्य एक ऐसा जीनियस है, जैसा कि अब हम जानते हैं। यह केवल ईसा के शब्दों को प्रमाणित करता है 'प्राफेट का सब कहीं सम्मान होता है, सिवाय उसके अपने देश में।' इससे भी अधिक हमें अपने स्वामी में ईसाई मत के सत्य होने का प्रमाण मिलता है। जिसे वह हिंदू सिद्धांत कहकर प्रचारित कर रहा है और जिन बातों ने उसके शब्दों को बल दिया है, वह ईसाई सिद्धांत के सत्यों का उदार मिश्रण था। ये सत्य उसने कलकत्ता के एक ईसाई मिशनरी कॉलेज में ही प्राप्त किए थे। सत्य, असत्य का विरोधी होता है, जो असत्य हिंदू धर्म का आधार है। वह प्रचार कर रहा है 1. विश्वबंधुत्व,

2. अंतरात्मा पर ईश्वर का अधिकार। हिंदुओं का जातिवाद इन दोनों का ही विरोध करता है, और ब्रिटिश सरकार के कानून की सीमा में उन लोगों को दंडित करता है, जो इन दोनों का आचरण करते हैं। जो व्यक्ति अपने एक मानव भाई के साथ बैठकर खा लेता है, अथवा धार्मिकता के क्षेत्र में उसकी प्रकाशमान अंतरात्मा का अनुकरण करना स्वीकार करता है, और ईसाई हो जाता है, वह सारे भारत में शारीरिक और मानसिक वध से दंडित किया जाएगा। और तब भी यह बाबू सागर पार जाकर धर्मसंसद में कहता है कि हिंदू किसी को दंडित नहीं करते और वे सारे मानवों से प्रेम करते हैं।"

इतना ही नहीं, उसने कलकत्ता से प्रकाशित होने वाले मजूमदार के पत्र 'यूनिटी एंड मिनिस्टर' को भी उद्‌धृत किया था, " 'दि इंडियन मिरर' ने 'नव हिंदू' बाबू नरेन्द्रनाथ दत्त उर्फ 'विवेकानन्द' की प्रशंसा में ऐसे कई-कई आलेख प्रकाशित किए हैं। हमें एक संन्यासी के विषय में ऐसे गुणकीर्तन के प्रकाशन में कोई आपत्ति नहीं है; किंतु हम उस समय से उसे अच्छी तरह जानते हैं, जब वह 'नव वृंदावन थियेटर' के मंच पर अभिनय करने के लिए हमारे पास आया था अथवा इस नगर के ब्राह्मसमाज में भजन गाया करता था। इसीलिए समाचार-पत्रों के कितने भी आलेख हों, उसके चरित्र के आकलन के विषय में हमें वे कुछ भी नया नहीं बता सकते। हमें प्रसन्नता है कि हमारे इस पुराने मित्र ने अपने व्याख्यानों के माध्यम से अमेरिका में अच्छा प्रभाव डाला है। किंतु हम जानते हैं कि यह आधुनिक हिंदू धर्म या नव हिंदू धर्म, जिसका प्रतिनिधि हमारा यह मित्र है, पारंपरिक हिंदू धर्म अथवा सनातन धर्म नहीं है। हमारे इस मित्र की एकमात्र उपलब्धि होगी, कालापानी पार के मलेच्छों का भोजन खाना, जिसके लिए सनातन धर्म उसे कभी क्षमा नहीं करेगा। हमारा यह समकालीन समाचार-पत्र विवेकानंद की ख्याति को बढ़ाने में अपना सारा बल लगा ले, हमें कोई आपत्ति नहीं है; किंतु जब वे इस प्रकार का प्रलाप छापेंगे, तो हम चुप नहीं रह सकते।"

तो 'डेली एडवर्टाइज़र' इस आंदोलन में सम्मिलित हो गया है···स्वामी सोच रहे थे···मजूमदार कहना चाहता है कि स्वामी हिंदू ही नहीं हैं।···और चूँकि वह उनको उनके संन्यासपूर्व के दिनों से जानता है, इसलिए वे आध्यात्मिक चर्चा नहीं कर सकते और हिंदू धर्म के प्रतिनिधि नहीं हो सकते। इसके विपरीत वह उन्हें रूढ़िवादी हिंदुओं का भय भी दिखा रहा है।···

किंतु स्वामी के आश्चर्य का ठिकाना नहीं रहा, जब उन्होंने देखा कि अगले ही दिन 'डेली एडवर्टाइज़र' ने उनके पक्ष में किसी अज्ञात 'एस' का एक पत्र छापा था :

" 'आपके समाचार-पत्र में स्वामी विवेकानन्द के विषय में जो उद्धरण प्रकाशित हुए हैं, लोगों को कुछ विषयों में भ्रमित कर सकते हैं। विशेषकर उन लोगों को, जो शब्दों के परे छिपे अर्थ को नहीं समझ सकते।

"जिन भारतीय पत्रों से उद्धरण लिए गए हैं, वे सब ईसाई पत्र हैं। अंतिम पत्र, जो मजूमदार द्वारा संपादित है, वह ब्राह्मसमाज का प्रतिनिधित्व करता है। हिंदू धर्म के किसी भी रूप अथवा संप्रदाय का नहीं।

"ये सारे उद्धरण हिंदू समाचार-पत्रों पर आक्रमण करते हैं, विशेषकर 'दि इंडियन मिरर' और 'दि बंगाली' पर, क्योंकि वे स्वामी विवेकानन्द का समर्थन करते हैं। मेरे पास कलकत्ता के समाचार-पत्र हैं। मैं उनमें से दो महत्त्वपूर्ण पत्रों—'इंडियन मिरर' (जो स्पष्टतः प्रमुख समाचार-पत्र है और एक हिंदू के द्वारा संपादित होता है) तथा 'अमृतबाजार पत्रिका' (जो भारत में अपना महत्त्वपूर्ण स्थान रखता है और उसके संपादक भी एक हिंदू सज्जन हैं।) में से दो उद्धरण भेज रहा हूँ :

1. 'हम एक ऐसे व्यक्ति की खोज में व्यग्र थे, जो धर्मसंसद में हिंदू धर्म पर प्रकाश डाल सके। न केवल वह सभ्य समाज की आँखों में उसे औचित्यपूर्ण ढंग से स्थापित कर सके, वरन् आध्यात्मिक धर्म संप्रदायों के मन में उसके लिए सम्मान भी जगा सके। जब स्वामी विवेकानन्द के संबंध में हमें प्रामाणिक समाचार मिले, हमने उस ईश्वर के प्रति कृतज्ञता का अनुभव किया, जिसने अपने रहस्यपूर्ण विधान से उचित व्यक्ति को खोजकर उचित स्थान पर खड़ा कर दिया। यह हमारे लिए राष्ट्रीय गौरव का अवसर है कि हिंदू धर्म के प्रतिनिधि ने चुनौती को स्वीकार कर स्वयं को उसके योग्य सिद्ध किया। उन्होंने अपना दायित्व इस योग्यता से पूर्ण किया है कि आज सारा हिंदू समाज हृदय से उनका कृतज्ञ है।'

2. 'सुविख्यात विवेकानन्द (परमपूज्य रामकृष्ण परमहंस के शिष्य) ने अपने भाषणों से उन लोगों के सामने हिंदू धर्म का वास्तविक रूप स्पष्ट किया है, जिन्हें आज तक यही बताया गया था कि हिंदू शैतान के उपासक हैं।'

"अब यह स्पष्ट है कि सारे हिंदू उनको अपना सच्चा प्रतिनिधि मानते हैं। उन्होंने कभी नहीं कहा कि वे ईसाई धर्म अथवा ब्राह्मसमाज के प्रतिनिधि हैं।

आपका
एस"

स्वामी को एक प्रकार के आध्यात्मिक आनंद का अनुभव हुआ। 'बॉस्टन डेली एडवर्टाइजर' सर्वथा उनके विरुद्ध नहीं था—यह उनके लिए आनंद का विषय था; किंतु उससे भी अधिक आनंद का कारण था, भारत के हिंदुओं की प्रतिक्रिया—वे उन्हें अपना प्रतिनिधि मान रहे थे, उन्हें अंगीकार कर रहे थे, अपने धर्म का समर्थन कर रहे थे, उसके पक्ष में खड़े हो रहे थे, उस पर गर्व कर रहे थे।...स्वामी 'डेली एडवर्टाइज़र' के प्रति एक प्रकार की कृतज्ञता का अनुभव कर रहे थे कि उसने इस प्रकार का समाचार उन तक पहुँचा दिया था।

...अब उन्हें अपने यश-अपयश से निरपेक्ष होकर अपने कार्य की ओर ध्यान देना चाहिए।...हाँ, काली का पत्र बहुत दिनों से आया हुआ था। वह उन पर लगाए गए अपवादों से बहुत विचलित था। उसे तो पत्र लिखकर वे निश्चिंत कर ही दें।...

संयुक्त राज्य अमेरिका
1894

प्रिय काली,

...शिवा वः संतु पंथानः—तुम्हारा पथ कल्याणमय हो।...अपने सबके लिए मठ बनाने के लिए मैं स्वयं चंदा जमा करूँगा और यदि इस बात के लिए लोग मेरी निंदा करें, तो इसमें हमें बुरा या भला मानने का क्या कारण है? तुम अपने मन को उच्च और स्थिर रखो। तुम्हें कोई हानि नहीं पहुँचेगी। तुम लोगों का आपस में अत्यंत प्रेमभाव हो और जनता की टीका-टिप्पणी के प्रति उदासीनता का भाव हो, इतना ही पर्याप्त है।

यहाँ के समाचार-पत्र आदि मेरे विषय में जो कुछ लिखते हैं, उसे मैं अग्निदेव को समर्पित करता हूँ। तुम भी वही करो। यही उचित है।

गुरुदेव के काम के लिए जनता में कुछ प्रखर प्रचार की आवश्यकता थी, वह हो गया, यह अच्छा हुआ। अब तुम्हें किसी प्रकार भी विचारहीन नेता की बकवाद पर ध्यान देना उचित नहीं है।

चाहे मैं धन एकत्र करूँ या कुछ और करूँ, क्या क्षुद्र मनुष्यों का मतामत, प्रभु के कार्य में बाधा डाल सकता है?

तुम लोग जमीन के दो प्लॉट खरीदने की व्यवस्था करो। लोग जो कहेंगे, कहने दो। जो चाहे समाचार-पत्रों में मेरे पक्ष और विपक्ष में लिखे, उसे लिखने दो। तुम्हें उसकी ओर कुछ भी ध्यान नहीं देना चाहिए।

तुम्हारा
विवेकानन्द

अभेदानन्द को तो उन्होंने लिख दिया कि वह उनके यश-अपयश की चिंता न करे···किंतु प्रो० राइट निरंतर उनका ध्यान अमेरिका के समाचार-पत्रों में उनके विरोध में छपे पत्रों की ओर दिला रहे थे। वे चिंतित थे कि कहीं अमेरिका की जनता उन आक्षेपों पर विश्वास ही न कर ले।···स्वामी ने जो कुछ अभेदानन्द को लिखा था, वे पूर्णतः उस पर विश्वास करते थे; किंतु प्रो० राइट कहीं यह संकेत तो नहीं कर रहे कि अमेरिका में स्वामी के मित्र भी उन आक्षेपों पर विश्वास कर सकते हैं, यदि ऐसा हुआ तो अनर्थ हो जाएगा। स्वामी ऐसा कभी नहीं चाहेंगे कि प्रो० राइट, श्रीमती बागले तथा जॉर्ज हेल जैसे उनके मित्र उन्हें झूठा, पाखंडी और दुश्चरित्र मान लें।···स्वामी अपने पक्ष की आवश्यक सामग्री उन्हें सूचनार्थ भेजते रहे थे; किंतु आज उनके मन में कुछ नया ही आ रहा था···अंततः उन्होंने उन्हें एक पत्र लिखा :

17 बेकन स्ट्रीट, बॉस्टन
18 मई, 1894

प्रिय अध्यापक जी,

अब तक आपको पुस्तिका और पत्र मिल गए होंगे। यदि आप चाहें तो मैं शिकागो से भारतीय राजाओं और कुछ मंत्रियों के कुछ पत्र आपके पास भिजवाऊँ। उनमें से एक मंत्री तो अफीम के कमीशन के सदस्य भी रह चुके हैं, जो शाही कमीशन के अधीन बैठा था। यदि आपको विश्वास न हो तो मैं उन सबसे लिखित रूप में भिजवा दूँ कि मैं ठग नहीं हूँ। पर भाई! हमारे जीवन का आदर्श तो मौन, अप्रचार तथा अस्वीकार में है।

हम लोग त्यागने के लिए हैं, ग्रहण करने के लिए नहीं। यदि मेरे सिर पर यह धुन सवार न होती तो मैं यहाँ कभी न आता। मैं इसी आशा से आया था कि धर्म महासभा में सम्मिलित होने से मेरे कार्य में सहायता मिलेगी, अन्यथा जब मेरे अपने लोग मुझे यहाँ भेजना चाहते थे, तब मैं सदा उन्हें मना करता रहा था। मैं उनसे यही कहकर आया हूँ, 'यदि आप मुझे भेजना चाहते हैं तो भेजें, किंतु संसद में सम्मिलित होना न होना, मेरी इच्छा पर निर्भर करता है।' उन्होंने मुझे यह स्वतंत्रता देकर ही यहाँ भेजा है।

शेष सारा कुछ आपने कर दिया।

मेरे कृपालु मित्र! मैं नैतिक रूप से बाध्य हूँ कि मैं आपको पूर्णरूपेण संतुष्ट रखूँ। किंतु शेष संसार की मैं चिंता नहीं करता कि वह मेरे विषय में क्या कहता है। संन्यासी को आत्मरक्षा की चिंता नहीं करनी चाहिए। अतः मैं आपसे विनती करता हूँ कि आप उस पुस्तिका और उन पत्रों को न

तो प्रकाशित ही करें और न किसी अन्य को ही दिखाएँ। मैं उन बूढ़े ईसाई मिशनरी की अधिक चिंता नहीं करता; किंतु ईर्ष्या के जिस ज्वर का शिकार मजूमदार हुए थे, उससे मुझे बड़ा आघात लगा। मैं प्रार्थना करता हूँ कि उनको सद्बुद्धि प्राप्त हो। वे एक महान् और श्रेष्ठ व्यक्ति हैं, जिन्होंने अपना सारा जीवन सत्कार्यों में ही लगाया है। इससे मेरे गुरुदेव का यह कथन सिद्ध हो जाता है, 'काजल की कोठरी में कैसा ही सयाना क्यों न जाए, काजल की एक रेख लगेगी, लगेगी।' इसलिए कोई कितना भी पवित्र और श्रेष्ठ बनने का प्रयत्न क्यों न करे, जब तक वह इस संसार में है, उसकी प्रकृति का कुछ अंश पतन की ओर प्रवृत्त हो ही जाता है।

ईश्वर का पथ संसार के पथ से सर्वथा विपरीत है। ईश्वर और कुबेर की साथ-साथ सिद्धि बहुत कम लोगों को होती है।

मैं कभी मिशनरी नहीं रहा, और न कभी बनूँगा। मेरा स्थान तो हिमालय में है। अब तक मैंने अपने को संतुष्ट रखा है और पूर्ण नैतिक संतोष के साथ मैं कह सकता हूँ, 'मेरे परमेश्वर! मैंने अपने बंधुओं को भयानक दुःख में देखा। मैंने इससे मुक्ति का मार्ग खोजा और पाया—मैंने उस उपाय के प्रयोग का पूरा प्रयत्न किया, किंतु असफल रहा। अब तेरी इच्छा पूर्ण हो।'

आप सब पर ईश्वर की कृपा सदा बनी रहे।

आपका स्नेही
विवेकानन्द

उन्होंने प्रो० राइट वाला पत्र पूरा किया ही था कि ध्यान आया कि स्वामी शारदानन्द का पत्र भी उत्तर की अपेक्षा में रखा हुआ है। आज पत्र लिखने ही बैठे हैं, तो उन्हें भी पत्र लिख ही दें।

संयुक्त राज्य अमेरिका
20 मई, 1894

प्रिय शरत,

तुम्हारा पत्र मिला और यह जानकर सुख हुआ कि शशि ने स्वास्थ्य-लाभ कर लिया है। मैं तुम्हें एक अचरज की बात बता रहा हूँ। जब कभी तुम लोगों में से कोई भी अस्वस्थ हो जाए, तो वह स्वयं या तुम लोगों में से कोई उसे मानस-चक्षु में प्रत्यक्ष करे। इस तरह देखते-देखते मन में सोचो और दृढ़तापूर्वक कल्पना करो कि वह पूर्णरूपेण स्वस्थ हो गया है। इस क्रिया से वह शीघ्र ही आरोग्य लाभ करेगा। अस्वस्थ व्यक्ति को बिना कुछ बताए भी तुम ऐसा कर सकते हो। और सहस्रों कोस दूर से भी यह क्रिया की जा सकती है। इसे सदा स्मरण रखो और कभी अस्वस्थ मत होओ।

यदि तुम लोग चाहो तो मैंने मठ के लिए जो राशि भेजी है, उसमें से 300 रुपए गोपाल को दे देना। संप्रति मेरे पास इतने पैसे नहीं हैं कि और भेज सकूँ। अब मुझ पर मद्रास का भी दायित्व है।

सान्याल अपनी पुत्रियों के विवाह के विषय में इतना दीन क्यों हो गया है, यह मेरी समझ में नहीं आता। वह अपनी पुत्रियों को उस घृणित संसार में क्यों धकेलना चाहता है, जिससे वह स्वयं मुक्त होने का प्रयत्न कर रहा है। मेरा मत है कि यह नितांत निंदनीय है। पुत्र का हो अथवा पुत्री का, मैं विवाह के नाम से ही घृणा करता हूँ। मैं किसी को बंधन में बाँधने में सहायक कैसे हो सकता

हूँ! यदि मेरा भाई-बहन विवाह कर ले तो मैं उससे संपर्क ही नहीं रखूँगा। दूर कर दूँगा। इस संदर्भ में मैं दृढ़ संकल्प हूँ।

सप्रेम तुम्हारा
विवेकानन्द

80

प्रो० राइट ने स्वामी के पत्र के उत्तर में ऐसा कुछ नहीं लिखा था, जिससे उन्हें अपनी सच्चरिता के विषय में विश्वास दिलाने के लिए स्वामी को प्रमाण जुटाने पड़ते; किंतु 24 मई को स्वामी शिकागो पहुँच गए थे और यहाँ उनके पास आवश्यक सामग्री थी और उनका मन चाहता था कि वे प्रो० राइट के मन से संदेह की छाया भी मिटा दें।...कभी-कभी तो उनको संदेह होने लगता कि स्वामी को पिछली बार प्रो० राइट के घर में स्थान नहीं मिला और उनके लिए होटल में व्यवस्था की गई, कहीं वह भी इसी संदेह के कारण ही तो नहीं थी। प्रो० राइट संदेह न भी करें, श्रीमती राइट उस प्रकार की बातों में बह सकती हैं। वे दोनों उन पर अविश्वास न भी करें—किंतु जनमत का ध्यान तो उन्हें भी हो सकता है...स्वामी पत्र लिखने बैठ गए :

541, डियरबोर्न एवेन्यू, शिकागो
24 मई, 1894

प्रिय अध्यापक जी,

मैं राजपूताना के वर्तमान शासकों में से एक, खेतड़ी के महाराज का एक पत्र आपके पास भेज रहा हूँ। दूसरा पत्र वर्तमान अफीम कमिशनर तथा भारत के बड़े राज्यों में से एक जूनागढ़ के भूतपूर्व मंत्री का है। आशा है कि आपको इससे विश्वास हो जाएगा कि मैं धोखेबाज नहीं हूँ।

एक बात मैं आपको बताना भूल गया कि मैंने श्री मजूमदार के दल के प्रमुख के साथ कभी घनिष्ठ संबंध नहीं रखा। यदि वे ऐसा कहते हैं तो यह सत्य नहीं है। आप पत्रों को देखने के पश्चात् अपनी सुविधा से मुझे लौटा दें। पुस्तक न भेजें, उसकी मुझे कोई आवश्यकता नहीं है।

मेरे प्रिय मित्र! मैं आपको हर प्रकार से विश्वास दिलाने को बाध्य हूँ कि मैं वस्तुतः संन्यासी हूँ; किंतु केवल आपको ही। सामान्य लोग मेरे विषय में क्या कहते और सोचते हैं, इसकी मुझे कोई चिंता नहीं है। प्राचीन भारत के एक राजा भर्तृहरि, जिन्होंने संन्यास ले लिया था, का कथन है : 'कोई तुम्हें संत कहेगा, कोई चांडाल, कोई पागल तो कोई दानव। सबको अनसुना कर अपना काम करते चलो।'

पुनश्च : पंडित शिवनाथ शास्त्री के दल से मेरा संबंध था—समाज-सुधार के विषयों तक। केशवचंद्र सेन और प्रतापचन्द मजूमदार को मैंने कभी बहुत ईमानदार नहीं माना। अपनी धारणा बदलने का अब भी कोई कारण नहीं है। धार्मिक विषयों में मेरा अपने मित्र पंडित जी से भी मतभेद था। मैं संन्यास को संसार का सर्वोच्च आदर्श मानता हूँ और वे उसे पाप मानते थे।

ब्राह्मसमाज का प्रचार कुछ दिन कलकत्ता में हुआ था, जैसे आपके देश में ईसाई विज्ञान का हुआ। और फिर वह अपनी मृत्यु मर गया। उसने समाज-सुधार का अपना लक्ष्य पूर्ण किया। उसकी

मृत्यु पर न मुझे हर्ष है, न विषाद। उसका धार्मिक मूल्य एक कौड़ी भी नहीं था। उसे मरना ही था। यदि मजूमदार सोचता है कि उसका कारण मैं हूँ तो यह उसकी भूल है। मैं आज भी उन समाज-सुधारों का समर्थक हूँ। किंतु वह मूढ़ धर्म पुराने वेदांत के सामने टिक नहीं पाया, इसमें मैं क्या कर सकता हूँ। क्या यह मेरा दोष है? मजूमदार अपनी वृद्धावस्था में बच्चे हो गए हैं। और जो ढंग उन्होंने अपनाया है, वह ठीक वही है, जो कट्टरपंथी पादरी अपनाते हैं। भगवान् उस पर कृपा करें और उसे उचित मार्ग दिखाएँ।

आपका
विवेकानन्द

81

अस्वस्थ और क्लांत स्वामी शिकागो आ गए। जून का अधिकांश भाग वे हेल परिवार में रहे। इससे उनको वह विश्राम मिला, जिसकी उनको बहुत दिनों से अपेक्षा और प्रतीक्षा थी। इसी बीच उन्हें श्रीमती बागले का एक पत्र मिला था, जिसमें उन्होंने लिखा था कि वे छुट्टियाँ मनाने के लिए एनिस्क्वाम जा रही हैं। उन्होंने स्वामी को भी वहाँ आकर उनके साथ छुट्टियाँ मनाने का निमंत्रण भेजा था। स्वामी ने वहाँ जाने की तैयारी भी कर ली थी, किंतु उनके जाने से पहले ही उन्हें डाक से 'डिट्रायट फ्री प्रेस' का 11 जून का अंक मिला। इसे डिट्रायट से श्रीमती बागले ने भेजा था। उस अंक में 'बॉस्टन डेली एडवर्टाइज़र' में स्वामी के विषय में पूर्वप्रकाशित सारा मसाला पुनः प्रकाशित किया था।...स्वामी के लिए उसमें कुछ भी नया नहीं था। किंतु श्रीमती बागले ने वह अंक उन्हें क्यों भेजा है? उसके साथ श्रीमती बागले का कोई पत्र नहीं था, न ही अलग डाक से उन्हें कुछ लिखा था। तो क्या अर्थ था इसका? क्या श्रीमती बागले ने उस मसाले पर विश्वास कर लिया था? क्या उन्होंने स्वामी के साथ अपने संबंध विच्छिन्न कर लिए थे? तभी तो पत्र भी नहीं लिखा था। पत्र-व्यवहार भी बंद। तो फिर उनका एनिस्क्वाम जाने का क्या अर्थ? क्या श्रीमती बागले अपने घर में उनका स्वागत करेंगी?...स्वामी का मन खिन्न हो उठा। ऐसे तो उनके सारे मित्र एक एक-कर उनसे दूर होते जाएँगे।...

उन्हें स्मरण हो आया, उन्होंने प्रो० राइट को कुछ और पत्र भेजने के लिए लिखा था। यह भी लिखा था कि वे एनिस्क्वाम में उनसे मिलेंगे तो वे पत्र ले लेंगे, किंतु वे पत्र उन्होंने भेजे नहीं थे।...ऐसा न हो कि यह विलंब उनके संबंधों के लिए घातक हो जाए। उनके पत्र पहुँचने से पहले ही प्रो० राइट के सामने भी कोई ऐसी ही सामग्री पड़ जाए और वे भी स्वामी का अविश्वास करने लग जाएँ। स्वामी ने तत्काल प्रो० राइट को पत्र लिखा :

18 जून, 1894
541 डियरबोर्न एवेन्यू, शिकागो

प्रिय अध्यापक जी,

कुछ अन्य पत्रों को भेजने में विलंब के लिए मुझे क्षमा करें—इससे पहले मैं उन्हें खोज ही नहीं पाया। एक सप्ताह में मैं न्यूयॉर्क जा रहा हूँ।

मैं नहीं जानता कि मैं एनिस्क्वाम जाऊँगा या नहीं। जब तक मैं आपको पुनः न लिखूँ, कृपया

ये पत्र मुझे न भेजें। बॉस्टन के समाचार-पत्र में मेरे विरुद्ध छपे लेख के कारण श्रीमती बागले विचलित हो गई लगती हैं। उन्होंने डिट्रायट से मुझे उसकी एक प्रति भेजी है और पत्र-व्यवहार बंद कर दिया है। भगवान् उनका भला करें। वे मुझ पर बहुत कृपालु रही हैं।

बंधु! आपके समान वीर हृदय सामान्य बात नहीं है। यह विचित्र स्थान है—हमारा यह संसार। समग्रतः मैं ईश्वर का कृतज्ञ हूँ कि मुझे इस देश के लोगों का इतना स्नेह मिला। मैं यहाँ किसी प्रकार के प्रत्यय-पत्र से भी विहीन पूर्ण अपरिचित व्यक्ति था। फिर भी भगवान् सब कुछ अच्छा ही करते हैं।

सदा से आपका कृतज्ञ

विवेकानन्द

पुनश्च : ईस्ट इंडिया की डाक टिकटें बच्चों के लिए हैं, यदि उन्हें अच्छी लगें तो।

श्रीमती बागले एनिस्क्वाम जाने की तैयारी में ही थीं कि उन्होंने 'डिट्रायट फ्री प्रेस' का 11 जून का अंक देखा। वे 'बॉस्टन डेली एडवर्टाइज़र' में यह सब कुछ देख चुकी थीं। किंतु 'डिट्रायट फ्री प्रेस' ने उसे पुनः प्रकाशित कर घाव फिर से हरा कर दिया था। उस पर उनकी श्रीमती स्मिथ का एक पत्र भी आ गया था कि वे 'डिट्रायट फ्री प्रेस' का अंक देखकर अपने मित्र की छवि के दर्शन कर लें। उस पत्र से श्रीमती बागले को बहुत कष्ट पहुँचा था। उन्हें स्मरण था कि श्रीमती स्मिथ पहले भी ऐसी बातें कर चुकी थीं।…वे एनिस्क्वाम जाने की जल्दी में थीं।…पता नहीं स्वामी ने यह सब देखा भी था या नहीं। श्रीमती बागले ने वह अंक स्वामी को भेज दिया कि वे उसे देख लें। एनिस्क्वाम में वे आएँगे ही, वहाँ उनसे इस विषय में विस्तृत चर्चा करनी होगी। इस प्रवाद को जड़ से मिटाना होगा…और जहाँ तक श्रीमती स्मिथ का संबंध है, उन्हें तो वे करारा उत्तर देंगी। वे डिट्रायट से तो पत्र नहीं लिख पाईं किंतु एनिस्क्वाम पहुँचते ही उन्होंने लिखा :

एनिस्क्वाम

22.6.1894

प्रिय श्रीमती स्मिथ,

आप मेरे प्रिय मित्र विवेकानन्द के विषय में लिख रही हैं। मैं प्रसन्न हूँ कि मुझे उनके चरित्र के प्रति अपनी प्रशंसा का भाव व्यक्त करने का अवसर मिला है। और यह बात मेरे मन में तीखा रोष जगाती है कि कोई उन्हें लांछित करे। हम अमेरिकियों को उन्होंने जीवन का उच्चतर स्वरूप दिखाया है, जिससे हम पहले कभी परिचित नहीं थे। एक पुराने परंपरावादी नगर डिट्रायट के सारे क्लबों में उन्हें इस प्रकार सम्मानित किया गया था, जैसे पहले कभी किसी को नहीं किया गया। और मुझे केवल इतना लगता है कि जो कोई भी उनके विरुद्ध एक भी शब्द कहता है, वह उनकी महानता और उनकी आध्यात्मिकता से जलता है। लोग उनसे ईर्ष्या क्यों करते हैं? वे तो ऐसा कुछ नहीं करते, जिससे किसी के मन में ईर्ष्या जन्मे।

वे ईसाइयों के लिए एक प्रकाश के समान आए। उन्होंने हम सबके लिए एक ऐसा व्यावहारिक जीवन संभव बनाया, जो दिव्य तथा अधिक सात्त्विक था। धार्मिक गुरु के रूप में वे एक आदर्श हैं। मैं उनके समान पवित्र किसी और को नहीं जानती। यह कहना अनुचित और असत्य है कि वे असंयमी हैं। जो लोग उनके संपर्क में आए हैं, उनके चरित्र की दिव्यता की उत्साहपूर्वक चर्चा करते हैं। डिट्रायट

के पुरुष, जो बहुत सूक्ष्मता से निर्णय करते हैं, वे भी उनका सम्मान करते हैं और उनके प्रशंसक हैं।...स्वामी मेरे घर में तीन सप्ताह से भी अधिक तक अतिथि के रूप में रहे और मेरे पुत्रों, मेरे जामाताओं और मेरे पूरे परिवार ने उनको सदा ही एक अत्यंत भद्र पुरुष के रूप में देखा। वे शालीन और नम्र हैं। उनका संग सदा ही चित्ताकर्षक होता है। वे ऐसे अतिथि हैं, जिनका सब स्थानों पर सदा स्वागत होता है।

मैंने उनको यहाँ एनिक्वास्म में अपने ग्रीष्म निवास पर आमंत्रित किया है और वे मेरे परिवार में सदा ही सम्मान और सत्कार पाएँगे। उन लोगों के प्रति मेरे मन में विरोध और क्षोभ से अधिक दुःख का भाव है, जो किंचित् भी उनके विरुद्ध बोलते हैं; क्योंकि वे नहीं जानते कि वे क्या कह रहे हैं।

वे जब भी शिकागो में रहे हैं, अधिकांश समय श्रीमती और श्री जॉर्ज डब्ल्यू० हेल के साथ रहे हैं। मेरा विचार है कि वह स्वामी का घर ही रहा है। उन लोगों ने स्वामी को अतिथि के रूप में निमंत्रित किया था और अंततः वे उनसे विलग होने के एकदम इच्छुक नहीं थे। हेल परिवार प्रेस्बिटेरियन है। सुसंस्कृत और सभ्य लोग हैं। वे स्वामी की प्रशंसा करते हैं, उनका सम्मान करते हैं और उनसे प्रेम करते हैं। स्वामी दृढ़ चरित्र के ऐसे महान् पुरुष हैं, जो ईश्वर के साथ सहवास करते हैं। वे इतने सरल और विश्वासयोग्य हैं, जैसे कोई अबोध शिशु। मैंने डिट्रायट में उनके लिए एक स्वागत सभा आयोजित की, जिसमें महिलाएँ और भद्र पुरुष थे। दो सप्ताह पश्चात् उन्होंने मेरी पार्लर में आमंत्रित अतिथियों के सम्मुख भाषण दिया। उनमें वकील, न्यायमूर्ति, मंत्री, सेनाधिकारी, चिकित्सक, व्यापारी तथा उनकी पत्नियाँ एवं पुत्रियाँ थीं। विवेकानन्द ने 'प्राचीन हिंदू दार्शनिक और उनके विचार' विषय पर दो घंटे का व्याख्यान दिया। सबने पूर्ण रुचि से उसे अंत तक सुना। जहाँ कहीं भी स्वामी ने भाषण दिया, लोगों ने प्रसन्नता से उसे सुना और कहा, "हमने कभी किसी मनुष्य को इस प्रकार बोलते नहीं सुना।" स्वामी किसी का विरोध नहीं करते, लोगों को उनके स्तर से ऊँचा उठा देते हैं। लोग मानव-निर्मित वर्गों और संप्रदायों से ऊपर उठकर देखते हैं और स्वामी के धार्मिक विश्वासों के साथ तादात्म्य का अनुभव करते हैं।

प्रत्येक व्यक्ति उनको जानकर और उनके साथ एक ही घर में रहकर, पहले से श्रेष्ठतर हो जाएगा।...मैं चाहती हूँ कि प्रत्येक अमेरिकी विवेकानन्द को जाने और यदि भारत के पास ऐसे ही और व्यक्ति हैं, तो वह उन्हें भी अमेरिका भेज दे।

आपकी

श्रीमती जॉन जे० बागले

82

'मदर चर्च' (श्रीमती बेले हेल) तथा 'फादर पोप' (जॉर्ज डब्ल्यू० हेल) पहले ही सागरतट पर किन्हीं स्वास्थ्यकर स्थानों पर छुट्टियाँ बिताने चले गए थे। सप्ताह-भर पहले चारों बहनें भी शिकागो से बाहर—कहीं, जहाँ प्रकृति अत्यंत निकट हो, चली गई थीं। स्वामी शिकागो में ही विश्राम कर रहे थे। वे श्रीमती बागले के निमंत्रण पर एनिक्वास्म भी नहीं गए थे। एकांत के एक आरंभिक अवसाद

के पश्चात् स्वामी एक प्रकार के उन्माद का अनुभव कर रहे थे। यह भक्ति का उन्माद था। उन्हें लगता था कि ऐसे ही उन्माद में ठाकुर या तो नृत्य करने लगते थे, या फिर समाधि में चले जाते थे। किंतु इस उन्माद की चर्चा करना चाहते थे। अपने उस प्रियतम के प्रति प्रेम के उन्माद की चर्चा किससे करें? कौन समझेगा उसको? प्रत्येक व्यक्ति अपने मन, अपनी बुद्धि और अपनी इंद्रियों से ही तो किसी भाव को ग्रहण करता है। कौन समझेगा उनके भाव को? इसकी चर्चा तो किसी सात्त्विक आत्मा से ही की जा सकती है। तभी तो सत्संग होता है, वे इस समय सत्संग के लिए भक्तों की मंडली कहाँ से लाएँ?...

वे कुछ देर टहलते रहे और फिर पत्र लिखने बैठ गए...

द्वारा, श्री जॉर्ज डब्ल्यू० हेल
541, डियरबोर्न एवेन्यू, शिकागो
26 जून, 1894

प्रिय बहनो,

हिंदी के महान् कवि तुलसीदास ने अपनी रामायण के स्वस्तिवाचन में लिखा है :

बंदौं संत असंतन चरना। दुखप्रद उभय बीच कछु बरना।।
बिछुरत एक प्रान हर लेई। मिलत एक दारुन दुख देई।।

मैं इस बात के सत्य को स्वीकार करता हूँ। जिन भगवद्प्रिय साधुजनों के साथ प्रेम करने के सिवाय मेरे लिए और कुछ भी कार्य अवशिष्ट नहीं है, उनका विरह मेरे लिए मृत्यु के समान वेदनादायक है। किंतु यह सब अनिवार्य है। हे मेरे प्रियतम के वेणु संगीत! तुम बजते रहो, मैं तुम्हारा ही अनुसरण कर रहा हूँ। हे महत्भाव मधुर प्रकृति सहृदय पवित्र आत्माओ! तुमसे वियुक्त होकर मुझे जो कष्ट हो रहा है, यातनाएँ मिल रही हैं, उसे व्यक्त करना मेरे लिए असंभव है। हाय! यदि मैं स्टोइक दार्शनिकों के समान सुख-दुःख से निर्विकार रह सकता।

आशा है तुम लोग सुंदर ग्रामीण दृश्यों का आनंद ले रही होंगी।

या निशा सर्वभूतानां तस्याम जागर्ति संयमी।
यस्याँ जाग्रति भूतानि सा निशा पश्यतः मुनेः।।

समस्त प्राणियों के लिए जो रात्रि है, संयमी पुरुष उसमें जागते रहते हैं और जब प्राणिसमूह जागते हैं, आत्मज्ञानी मुनि के लिए तब वह रात्रिस्वरूप है।

इस जगत् की धूल तक भी तुम्हारा स्पर्श न कर सके, क्योंकि कवियों की उक्ति है कि जगत् मानो फूलमालाओं से ढका हुआ सड़ा मुर्दा है। यदि संभव हो तो इसका स्पर्श तक न करना। तुम भी स्वर्गीय पक्षी के शावक हो—इस मलिन पंकिल पल्लवस्वरूप जगत् को अपने पाँवों से छूने से पहले ही तुम पुनः आकाश की ओर जाते हो।

'ओह! तुम जो जाग रहे हो, फिर से सो मत जाना।'

'जागतिक प्राणियों के प्रेम के अनेक विषय हैं—उनको उनसे प्रेम करने दो। हमारे प्रिय तो एक ही हैं—हमारे प्रभु। सांसारिक लोगों की बातों की हमें कोई चिंता नहीं। किंतु जब वे हमारे प्रिय को चित्रित करना चाहते हैं, उन्हें विभिन्न प्रकार के विशेषणों से विकृत करते हैं तब हमें भय लगता है।

वे जो भी कुछ करना चाहें, करते रहें, हमारे लिए तो उनका एकमात्र रूप है—प्रियतम! प्रियतम!! प्रियतम!!! वे प्रेम के सिवाय और कुछ भी नहीं हैं।'

यह कौन जानना चाहता है कि उनमें कितनी शक्ति, कितने गुण और हमारा कल्याण करने का कितना सामर्थ्य है। हमारी सदा के लिए घोषणा है कि हम धन-संपत्ति के लिए उनसे प्रेम नहीं करते। हम अपने प्रेम का विक्रय नहीं करते। हम याचना नहीं, समर्पण करते हैं।

हे दार्शनिक! तुम उनके स्वरूप, उनके ऐश्वर्य तथा गुण की बातें करना चाहते हो? मूर्ख! उनके अधरों के एक चुंबन मात्र के लिए हमारे प्राण निकल रहे हैं। तुम संसार के इस कूड़े को बाँधकर अपने घर ले जाओ और मेरे लिए मेरे प्रियतम का एक चुंबन भेज दो। कर सकते हो?

मूर्ख! किसके सम्मुख भय और त्रास से, अपने लड़खड़ाते घुटने टेक रहे हो? मैं अपने कंठहार को उनकी ग्रीवा में डालकर उन्हें बाँधकर अपने साथ ले जा रहा हूँ। मुझे भय है कि कहीं एक निमिष को भी वे मुझे छोड़कर अन्यत्र न चले जाएँ। हार, मेरा प्रेम है। उसका धागा मेरा प्रेमोन्माद है। तुम इस रहस्य को नहीं जानते हो और वह असीम प्रेम में बँधकर मेरी मुट्ठी में आ जाता है। क्या तुम नहीं जानते कि इस विराट् सृष्टि के संचालक, वृंदावन की गोपियों की नूपुरध्वनि के ताल पर नाचते फिरते थे।

मेरे इस उन्माद को क्षमा करना। अव्यक्त को शब्दों में व्यक्त करने की मेरी इस धृष्टता को क्षमा करना। यह मात्र अनुभूति का विषय है।

सदा मेरा शुभाशीर्वाद जानना।

तुम्हारा भाई
विवेकानन्द

83

हेल परिवार शिकागो में अपने घर पर था नहीं। प्रो० राइट की ओर से भी स्वामी को आश्वस्त कर सकने वाला कोई समुचित उत्तर नहीं आया था। श्रीमती बागले का पत्र आने में जितना विलंब होता जा रहा था, स्वामी का संदेह उतना ही पुष्ट होता जा रहा था कि वे उनसे रुष्ट हो गई हैं और स्वामी के विरोधियों के प्रचार पर विश्वास कर बैठी हैं।···उधर भारत के अपने मित्रों से समाचार पाने के लिए स्वामी इतने उतावले हो रहे थे और वे सबके सब जैसे सो गए थे। स्वामी की उद्विग्नता की कोई सीमा नहीं थी। वे अपने देश से सहस्रों मील दूर बैठे, कार्य आरंभ कर उसके मध्य में बैठे थे। नहीं जानते थे कि उन्हें आगे बढ़ना है या भविष्य में सब कुछ छोड़-छाड़कर पीछे हट जाना पड़ेगा।···

तभी मैसूर से जि० जि० का पत्र आया। उसने वह पत्र न्यूयॉर्क में डॉ० गुर्नसे के पते पर लिखा था। स्वामी आगे-आगे चलते रहे और पत्र पीछे-पीछे। और अब वह पत्र आधी दुनिया घूमकर शिकागो पहुँचा था।···उन्होंने उत्तर देने के लिए जि० जि० का पता खोजना आरंभ किया। पता अधूरा भी था और अस्पष्ट भी। उससे किसी प्रकार का संतोष होने के स्थान पर स्वामी की खीज कुछ और बढ़ गई। उन्हें लगा कि उनका धैर्य सर्वथा चुक गया है। वे ऊब चुके हैं अपने इन शिष्यों की मूर्खताओं से···क्या समझता है जि० जि०—वे सर्वज्ञ हो चुके हैं। वह अपना पता भी ठीक से नहीं लिखेगा और

वे जान लेंगे कि पत्र कहाँ से आया है और उसका उत्तर किस पते पर जाना है!...अपने कर्नाटकीय अद्‌भुत पते का उल्लेख कुछ स्पष्ट रूप से करना चाहिए था...। और फिर यह पत्र, जो आधी दुनिया घूमकर आया है...क्यों नहीं समझते ये लोग कि शिकागो के सिवाय और किसी पते पर पत्र लिखना बहुत भारी भूल है।...पर भूल तो स्वयं स्वामी से ही हुई थी। उन्हें अपने मित्रों की सूक्ष्म बुद्धि के विषय में पहले ही विचार कर लेना चाहिए था।...वे अपने प्रत्येक पत्र पर वह पता लिख देते थे, जहाँ वे ठहरे होते थे—किसी नगर में, किसी गाँव में, किसी कस्बे में, किसी होटल में, किसी के घर में। किसी रेलवे स्टेशन के प्लेटफॉर्म पर बैठे पत्र लिखते तो उसी का पता दे देते।...और उनके ये मित्र, पत्रों के ऊपर लिखे हुए किसी भी पते पर उन्हें उत्तर लिख भेजते थे। उन्हें अपने इन मद्रासी बृहस्पतियों से कहना होगा कि क्या उन्हें यह ज्ञात नहीं है कि उनके पत्रों के पहुँचने से पहले ही, स्वामी पत्र पर लिखे अपने उस पते से एक सहस्र मील की दूरी पर पहुँच जाते हैं, क्योंकि वे निरंतर यात्रा पर हैं, अनवरत। शिकागो में जॉर्ज डब्ल्यू० हेल का घर ही अमेरिका में उनका स्थायी पता है।...

जि० जि० ने उनसे उनके कार्य के विषय में पूछा था। क्या बताते वे अपने कार्य के विषय में?...वह तो लगभग शून्य होने को था। यद्यपि उनका उद्देश्य अत्यंत श्रेष्ठ था, किंतु संप्रति वह एकदम निर्मूल एवं व्यर्थ सिद्ध हो चुका था...

भारत के जो समाचार उन्हें मिल रहे थे, उनका आधार एकमात्र मद्रास से प्राप्त सूचनाएँ ही थीं। यह समाचार तो निरंतर मिल रहे थे कि भारत में सभी लोग उनसे प्रसन्न थे, उनकी बड़ी प्रशंसा कर रहे थे। किंतु यह तो उनके और उनके शिष्यों के मध्य की बात थी। निजी बात। उसे सार्वजनिक क्षेत्र में कौन जानता था। अलासिंगा के भेजे हुए एक समाचार-पत्र के तीन वर्ग इंच अंश को छोड़कर अन्य किसी भी भारतीय पत्र में उनके विषय में कुछ भी प्रकाशित हुआ है, ऐसा कोई प्रमाण उनके सामने नहीं है, जिसे वे अमेरिका में अपने मित्रों और साथियों के सम्मुख प्रस्तुत कर सकें।...दूसरी ओर अमेरिकी पादरी, भारत में ईसाइयों के वक्तव्यों को परिश्रम से संगृहीत कर नियमित रूप से यहाँ प्रकाशित कर रहे थे। वे घर-घर, द्वार-द्वार जाकर प्रयास कर रहे थे कि स्वामी के मित्र उन्हें त्याग दें। वे अपने उद्देश्य में पूर्णतया सफल हो चुके थे, क्योंकि भारत में उनके समर्थन में व्यक्त किया गया एक शब्द भी यहाँ नहीं पहुँच रहा है। भारत की हिंदू पत्रिकाएँ, अत्यंत बढ़ा-चढ़ाकर स्वामी की प्रशंसा कर सकती हैं, किंतु उनकी एक भी पंक्ति अमेरिका नहीं पहुँची।...परिणाम? कोई कहे या न कहे किंतु यहाँ के बहुत-से लोग उन्हें ठग समझने लगे हैं। प्रो० राइट ने कुछ नहीं कहा, श्रीमती बागले ने कुछ नहीं कहा...वे मौन हैं। भगवान् ही जाने कि उनके मन में क्या है।...एक तो ये पादरी ही स्वामी के पीछे पड़े हुए हैं। साथ ही अमेरिका में उपस्थित भारतीय भी ईर्ष्यावश उनका साथ दे रहे हैं।...और उन सबका मुँहतोड़ उत्तर देने के लिए स्वामी के पास कुछ भी नहीं है।

स्वामी के मन में बार-बार यह आ रहा था कि केवल मद्रास के कुछ एक लड़कों के आग्रह से धर्मसंसद में भाग लेने के लिए चल पड़ना उनकी मूर्खता ही थी।...आखिर तो वे लड़के ही थे...बालः। हालाँकि वे उन लोगों के चिर कृतज्ञ थे। किंतु वे कुछ उत्साही, पर कार्यक्षमताविहीन युवक मात्र ही तो थे।...स्वामी अपने साथ कोई परिचय-पत्र नहीं लाए, तो वे पादरियों तथा ब्राह्मसमाजियों के सम्मुख यह कैसे प्रमाणित कर सकते हैं कि वे ठग नहीं हैं।...वे यह मानकर चल रहे थे कि इतने विशाल देश—भारत—के लिए, स्वामी के समर्थन में कुछ एक वाक्यों का व्यय कोई विशेष कठिन कार्य नहीं होगा। उनकी धारणा थी कि मद्रास तथा कलकत्ता में कुछ भद्र पुरुषों की एक सभा आयोजित करना

तथा उसमें उन्हें तथा अमेरिकावासियों को उनके प्रति किए गए सद्व्यवहार के लिए धन्यवादसूचक एक प्रस्ताव स्वीकृत कराकर, उसकी एक-एक प्रतिलिपि औपचारिक ढंग से अर्थात् उन-उन समाजों के मंत्रियों द्वारा अमेरिका में डॉ० बैरोज़ को भेजकर उनसे विभिन्न पत्रिकाओं में प्रकाशित कराने के लिए प्रार्थना करना तथा उसी प्रकार बॉस्टन, न्यूयॉर्क तथा शिकागो की विभिन्न पत्रिकाओं में भेजना, बहुत श्रमसाध्य कार्य नहीं होगा। किंतु अब वे देख रहे थे कि भारत के लिए यह कार्य अत्यंत कष्टसाध्य तथा कठिन था। पिछले एक वर्ष के भीतर भारत से किसी ने उनके लिए एक शब्द तक नहीं कहा था और यहाँ सब लोग उनके विपक्ष में खड़े दिखाई पड़ रहे थे।

स्वामी के मित्र अपने-अपने घरों में बैठे उनके विषय में चाहे जो भी कुछ क्यों न कहते रहें, यहाँ इस तथ्य को कौन जानता है। दो महीने पहले उन्होंने अलासिंगा को मद्रास में एक सभा आयोजित करने के लिए लिखा था। उसने उनके पत्र का उत्तर ही नहीं दिया। उसका मन भी कुछ शिथिल हो गया लगता था।...उधर उनके गुरुभाई, नासमझों के समान कोई विशेष प्रमाण दिए बिना ही, केशव सेन के विषय में नाना प्रकार की आलोचनाएँ कर रहे हैं; और मद्रासी लोग भी, थियोफिस्टों के विषय में। स्वामी का लिखा हुआ उनके सामने रखकर शत्रुओं की संख्या ही बढ़ा रहे हैं। हाय! यदि भारत में कोई बुद्धिमान कर्मशील व्यक्ति उनकी सहायता को मिलता। किंतु प्रभु की इच्छा ही पूर्ण होगी—वे, जो इस देश में ठग घोषित हुए, यह उनकी अपनी मूर्खता थी कि वे कोई परिचय-पत्र लिए बिना धर्मसंसद में आ गए। आशा थी कि यहाँ बहुत मिल जाएँगे, किंतु अब उन्हें अकेले ही धीरे-धीरे कार्य करना होगा।

उन्हें लगने लगा था, अमेरिकी लोग साधारणतया हिंदुओं से लाखों गुना अच्छे थे और अकृतज्ञ तथा हृदयहीनों के देश की अपेक्षा, यहाँ वे कहीं अधिक कार्य कर सकते थे। अस्तु, कर्म के अनुष्ठान के द्वारा उन्हें अपना प्रारब्ध क्षय करना होगा। आई मस्ट वर्क माई कर्म आउट...उन्होंने सोचा : जहाँ तक आर्थिक स्थिति का प्रश्न था, वह ठीक ही थी और ठीक ही रहेगी।...पिछली जनगणना में थियोसोफिस्टों की संख्या समग्र अमेरिका में 625 थी। यदि स्वामी उनके साथ मिलकर काम करने की सोचें तो सहायता मिलनी तो दूर, क्षण-भर में उनका सारा कार्य चौपट हो जाएगा—यह वे भारत से चलने से पहले ही देख चुके थे। अलासिंगा ने उन्हें लंदन जाकर श्री आल्ड के साथ भेंट करने के लिए लिखा था। वह मूर्खों के समान निरर्थक बातें बना रहा है। बालकों के समान उसे स्वयं यह पता नहीं है कि वह क्या कह रहा है। इन मद्रासी शिशुओं में किसी बात को अपने पेट में छिपाने तक की सामर्थ्य नहीं है। दिन-भर व्यर्थ की बातें बनाते रहते हैं और जब काम करने का समय आता है, तब कहीं किसी का भी पता नहीं चलता। पचास-साठ व्यक्तियों को एकत्र कर दो-चार सभाएँ करके अभी तक जो स्वामी की सहायता मात्र के लिए, दो-चार फालतू शब्द तक नहीं लिखवा सके, वे मूर्ख समस्त संसार को शिक्षा प्रदान करने की लंबी-चौड़ी डींगें हाँकते हैं।

हिंदुओं को काफी परख लिया था उन्होंने। अब जो प्रभु की इच्छा है, वही होगा। नतमस्तक होकर सब कुछ स्वीकार करने को वे प्रस्तुत थे। वे कृतघ्न नहीं हैं—मद्रासियों ने उनके लिए जो कुछ किया है, वे उसके योग्य नहीं थे। और उन्होंने अपनी शक्ति से अधिक ही स्वामी की सहायता की है। यह उनकी अपनी मूर्खता थी—वे भूल गए कि हम हिंदू लोग अभी मनुष्य नहीं बन पाए हैं। स्वामी अपनी आत्मनिर्भरता खोकर अन्य लोगों पर आश्रित हो गए थे, इसीलिए उन्हें इतना कष्ट उठाना पड़ा। प्रत्येक क्षण वे यही आशा लगाए बैठे थे कि भारत से उन्हें कुछ सहायता अवश्य मिलेगी। किंतु वह कभी नहीं मिली। विशेषकर गत दो महीनों से प्रतिक्षण उनकी चिंता तथा यातना की कोई सीमा

नहीं थी—भारत से एक समाचार-पत्र तक उन्हें प्राप्त नहीं हुआ। उनके अमेरिकी मित्र महीनों तक प्रतीक्षा करते रहे, करते रहे; जब कोई भी समाचार नहीं मिला, एक आवाज तक नहीं सुनाई दी, तब बहुतों का उत्साह भंग हो गया और उन लोगों ने स्वामी को त्याग दिया। मनुष्यों पर, पशुधर्मियों पर निर्भर रहने का यह दंड स्वामी को मिला—क्योंकि उनके देशवासियों में अभी तक मनुष्यता का विकास नहीं हुआ है। अपनी प्रशंसा सुनने के लिए वे अत्यंत उत्सुक रहते हैं, पर जब दूसरों की सहायता के लिए कुछ कहने का अवसर आता है, तब उनकी चुटिया तक का पता नहीं चलता।

मद्रासी युवकों के वे आभारी थे। प्रभु सदैव उनका कल्याण करे।...कहीं से सहायता मिले या न मिले, किंतु वे अमेरिका नहीं छोड़ेंगे। किसी सिद्धांत का प्रचार करने के लिए, अमेरिका विश्व में सबसे उपयुक्त स्थान है, अतः शीघ्र अमेरिका छोड़ने की उनकी कोई योजना नहीं थी। और छोड़ा ही क्यों जाए। यहाँ उन्हें खाने तथा पहनने को मिल रहा था, अनेक व्यक्ति सदय व्यवहार कर रहे थे, और यह सब दो-चार अच्छी बातें कहने के बदले में मिल रहा था।...ऐसी सहृदय जाति को छोड़कर पशु प्रकृति, कृतघ्न, बुद्धिहीन, अनंतकाल से कुसंस्कार में फँसे हुए, दयाहीन, ममतारहित, भाग्यहीनों के देश में वे क्यों जाएँ?...

सहसा उन्हें लगा कि वे किसी से भी असंतुष्ट नहीं हैं। उन्हें स्वयं से ही असंतोष है। अपने जीवन में उनके लिए यह पहला अवसर था...उन्होंने दूसरों की सहायता पर निर्भर रहने की भयानक भूल की और अब उसी का फल भुगत रहे हैं। यह दोष उनका ही था, किसी और का नहीं। प्रभु मद्रासियों का कल्याण करें। उनका हृदय बंगालियों की अपेक्षा अधिक उन्नत है। बंगाली तो निरे मूर्ख हैं। उनके पास न कोई हृदय है, न ही कोई दृढ़ता। विदा! विदा!! समुद्र के वक्षस्थल पर वे अपनी नाव छोड़ चुके हैं। जो कुछ होना हो, हो ले।

84

और फिर एक प्रकार का चमत्कार हो गया। थोड़े दिनों के अंतराल में ही स्वामी को कलकत्ता और मद्रास से वहाँ होने वाली सभाओं के समाचार मिले। वहाँ के समाचार-पत्रों में प्रकाशित अंश प्राप्त हुए। अलासिंगा का विस्तृत पत्र मिला।...और स्वामी को लगा कि अपने उतावलेपन और उत्तेजना में उन्होंने अकारण ही आकाश-पाताल सोच डाला, अपने शिष्यों और मित्रों के विषय में अनर्थपूर्ण विचारों को अपने मन में ही स्थान नहीं दिया। उन्हें बहुत कुछ ऐसा लिख भी दिया, जो उनके मन को आहत करेगा।...ऐसा ही तब हुआ था, जब अमेरिका पहुँचते ही उन्हें लगा था कि उनके पैसे समाप्त हो रहे हैं। उन्होंने घबराकर अलासिंगा को तार भेज दिया था और वह बेचारा परेशान होता फिरा था।...आज यह सामग्री उनके सामने थी। 'इंडियन मिरर' ने वही प्रस्तावित किया था, जो वे चाहते थे...और अलासिंगा को उनके पत्र लिखे जाने से पहले ही मद्रास की सभा में उनके समर्थन में प्रस्ताव पारित ही नहीं हुआ था, अमेरिकावासियों के प्रति भी कृतज्ञता प्रकट की गई थी कि उन्होंने हिंदुओं के प्रतिनिधि स्वामी विवेकानन्द के साथ ऐसा सौहार्दपूर्ण व्यवहार किया था।...और कलकत्ता में महाबोधि सोसायटी की सभा...स्वामी की आँखों में कृतज्ञता के अश्रु आ गए। उन्होंने तत्काल हेल बहनों को पत्र लिखा :

ओ मेरी बहनो,

जगदंबा की जय हो! उसने मुझे मेरी इच्छाओं, आशाओं और अपेक्षाओं से अधिक दे दिया है। झोली भर दी है इस संन्यासी की। प्रॉफेट का सम्मान हो गया है और वह भी ब्याज समेत। मैं प्रभु की कृपा को देखकर प्रसन्नता से बच्चों के समान रो रहा हूँ। मेरी बहनो! वह अपने जनों को कभी नहीं छोड़ता। 'मैं जो पत्र तुम्हें भेज रहा हूँ, वह सब कुछ स्पष्ट कर देगा।···और अब पत्र-पत्रिकाओं में मुद्रित सामग्री भी अमेरिका पहुँच रही है। जिन लोगों ने मेरे लिए यह सब किया है, वे सारे नाम मेरे देश के अमूल्य रत्न हैं। सभा के अध्यक्ष कलकत्ता के सर्वप्रमुख सात्त्विक पुरुष थे। दूसरे व्यक्ति महेशचंद्र न्यायरत्न वहाँ के संस्कृत महाविद्यालय के प्राचार्य हैं--सारे भारत के प्रमुख ब्राह्मणों में से एक। सरकार भी उनको इस रूप में मान्यता देती है। अनुलग्न पत्र तुम्हें सब कुछ बता देगा। ओ मेरी बहनो! कैसा दुष्ट हूँ मैं कि प्रभु की इतनी कृपा होते हुए भी कभी-कभी मेरा विश्वास डाँवाडोल हो जाता है। यह देखते हुए भी कि मैं प्रतिक्षण प्रभु के हाथों में हूँ, कभी-कभी मन निराश और अवसादग्रस्त हो जाता है। मेरी बहनो! ईश्वर है, वह ऐसा पिता है, ऐसी माता है, जो अपने बच्चों का त्याग कभी नहीं करता। कभी भी नहीं। कभी भी नहीं। चमत्कारी कथाओं को त्यागो और उसके आँचल में शरण लो। मैं और लिख नहीं सकता। मैं किसी भावुक स्त्री के समान रो रहा हूँ।

सस्नेह तुम्हारा
विवेकानन्द

स्वामी का मन कुछ शांत हुआ, तो उन्हें अलासिंगा के पत्र का भी स्मरण हो आया। मद्रास में तो अलासिंगा ने वह सब बहुत पहले ही कर डाला था, जो वे चाहते थे···और वे समझ रहे थे कि वह उन्हें भूल गया है, उन्हें त्याग चुका है, उनके पत्र का उत्तर भी नहीं दे रहा है। क्या-क्या उन्होंने नहीं सोचा और क्या-क्या भला-बुरा उन्होंने उसे कहा नहीं···उन्हें उसे तत्काल पत्र लिखना चाहिए :

संयुक्त राज्य अमेरिका
11.7.1894

प्रिय अलासिंगा,

सिवाय 541, डियरबोर्न एवेन्यू, शिकागो, के और किसी पते पर तुम मुझे पत्र मत भेजना। तुम्हारा पिछला पत्र समूचे देश का चक्कर काटकर मुझ तक पहुँचा है; और वह भी इसलिए कि लोग मुझे जानते हैं।

सभा के प्रस्ताव की कुछ प्रतिलिपियाँ डॉ० बैरोज़ को भेजना। साथ ही मेरे प्रति सदय व्यवहार के लिए, उनका धन्यवाद कर एक पत्र भी लिखना तथा अमेरिका की पत्रिकाओं में इस समाचार के प्रकाशन का अनुरोध करना। इससे मिशनरी लोगों द्वारा मुझ पर लगाए गए मिथ्या आरोप—कि मैं किसी का भी प्रतिनिधि नहीं हूँ—का समुचित खंडन हो जाएगा।

मेरे बच्चे! कार्य किस प्रकार करना चाहिए, इसकी शिक्षा ग्रहण करो। नियमानुसार कार्य करने के निश्चय से ही हम महान् कार्य कर सकेंगे। गत वर्ष मैंने केवल बीज बोया था। इस वर्ष मैं फसल काटना चाहता हूँ। इस सारी अवधि में भारत में जहाँ तक हो सके, उत्साह का भाव बनाए रखो। किडी को अपने मार्ग पर चलने दो, समय आने पर वह उचित मार्ग पर आ जाएगा। अपने मार्ग

पर चलने की उसे पूर्ण स्वतंत्रता है। उससे पत्रिका में लिखने के लिए कहो। इससे उसका मन ठीक रहेगा। उसे मेरा आशीर्वाद कहना।

पत्रिका शीघ्र प्रकाशित करने की व्यवस्था करो। मैं बीच-बीच में लेखादि भेजता रहूँगा। बॉस्टन के हार्वार्ड विश्वविद्यालय के अध्यापक जॉन हेनरी राइट को भी प्रस्ताव की एक प्रतिलिपि भेजना। साथ ही पत्र में इस बात का उल्लेख कर उन्हें धन्यवाद देना कि वे ही अमेरिका में प्रथम व्यक्ति हैं, जिन्होंने मुझे मित्र-रूप से ग्रहण किया था और उनसे यह समाचार पत्रिकाओं में प्रकाशित करने का भी अनुरोध करना। इससे मिशनरियों का यह कथन कि मैं किसी का भी प्रतिनिधि होकर नहीं आया, मिथ्या प्रमाणित हो जाएगा। डिट्रायट में भाषण से मुझे 900 डॉलर, अर्थात् 2,700 रुपए मिले। अन्य भाषणों में से एक में एक घंटे के अंदर 2,500 डॉलर अर्थात् 7,500 रुपए कमाए; किंतु मुझे केवल 200 डॉलर ही मिले। एक दुष्ट भाषण कंपनी ने मुझे ठग लिया। अब मैंने उनका साथ छोड़ दिया है। यहाँ पर खर्च में भी मेरा काफी रुपया उठ चुका है। इस समय मेरे पास केवल 3,000 डॉलर हैं।

आगामी वर्ष मुझे बहुत कुछ छपवाना है। अब मेरा विचार नियमित रूप से काम करने का है। कलकत्ता में भी लिख देना कि मेरे तथा मेरे कार्य के विषय में वहाँ की पत्रिकाओं में जो कुछ भी प्रकाशित हो, उसे बिना किसी काट-छाँट के वे लोग यहाँ भेजते रहें। तुम भी मद्रास से इसी प्रकार भेजते रहो। पूर्ण शक्ति के साथ आंदोलन करते रहो। एकमात्र इच्छाशक्ति से ही सब कुछ हो जाएगा। पत्रिका प्रकाशन तथा अन्य खर्चों के लिए बीच-बीच में मैं कुछ भेजने की चेष्टा करूँगा। संगठित होकर तुम्हें एक समिति की स्थापना करनी होगी, जिसका नियमित अधिवेशन होना चाहिए और जहाँ तक संभव हो, उसका पूरा विवरण मुझे भेजते रहना। मैं भी नियमित रूप से कार्य करने का प्रयास कर रहा हूँ। इस वर्ष अर्थात् आगामी जाड़े में मुझे काफी रुपए मिलेंगे—इसीलिए मुझे प्रतीक्षा करनी होगी। इस बीच में तुम आगे बढ़ते रहो। श्री पॉल केरस को भी एक पत्र लिखना। यद्यपि वे मेरे मित्र भी हैं, फिर भी उनसे हमारे लिए प्रयत्न करने का अनुरोध करना। तुम जितना उत्साह उत्पन्न कर सको, उतना ही अच्छा। हाँ! झूठ के प्रति अवश्य सावधान रहो। कार्य में लग जाओ, मेरे बच्चो! उत्साहाग्नि तुममें स्वयं प्रदीप्त हो उठेगी। श्रीमती जी० डब्ल्यू० हेल—श्रीमती बेले हेल—मेरी परम हितैषिणी हैं। मैं उनको माता तथा उनकी कन्याओं को भगिनी मानता और पुकारता हूँ। उनको भी प्रस्ताव की एक प्रतिलिपि भेज देना। अपनी ओर से एक पत्र के द्वारा उनको धन्यवाद देना। संगठन की प्रवृत्ति का हमारे स्वभाव में पूर्णतः अभाव है, उसे भरना होगा। संगठन का एक बहुत बड़ा रहस्य है—ईर्ष्या और विद्वेष का न होना। अपने भाइयों के विचारों को मानने के लिए सदा तत्पर रहो और उनसे सदा मेल बनाए रखने का प्रयत्न करो। जीवन का समय थोड़ा है, उसे एक महान् उद्देश्य के लिए समर्पित कर दो।

नरसिंह के विषय में तुमने कुछ भी नहीं लिखा है। वह तो प्रायः भूखों मर रहा है। मैंने उसे कुछ भेजा था। उसके बाद उसका कोई भी समाचार मुझे नहीं मिला। पता नहीं, वह कहाँ है। मुझे वह पत्र तक नहीं लिखता। अक्षय एक अच्छा लड़का है, उसके प्रति मेरा विशेष स्नेह है। थियोसोफिस्टों के साथ विवाद करने की कोई आवश्यकता नहीं। मैं जो कुछ लिखता हूँ, उनसे जाकर मत कहना। अरे मूर्ख, क्या तुम्हें पता नहीं कि थियोसोफिस्टों ने ही पहले आकर हम लोगों के लिए मार्ग बनाया। जॉर्ज हिंदू है और कर्नल ऑल्कट बौद्ध है। जॉर्ज यहाँ के योग्यतम व्यक्ति हैं, इसीलिए हिंदू थियोसोफिस्टों से जॉर्ज का समर्थन करने के लिए कहना। यदि तुम उन्हें एक सम-धर्मावलंबी होने तथा

अमेरिका में हिंदू धर्म के प्रचार के लिए धन्यवादस्वरूप कोई पत्र लिख सको, तो उनका हृदय उछल उठेगा। किसी संप्रदाय विशेष में सम्मिलित न होकर हमें प्रत्येक संप्रदाय के प्रति सहानुभूति प्रकट करनी चाहिए तथा सबके साथ मिल-जुलकर काम करना चाहिए।

भारत में जो कुछ हो रहा है, उसका पूरा-पूरा विवरण मुझे भेजते रहना।...जी० जी० का एक सुंदर पत्र मुझे मिला है।—प्रभु ऐसे वीरहृदय तथा महान् आदर्शवादी बच्चों का कल्याण करे। बालाजी, सेक्रेटरी तथा हमारे अन्य बंधुओं से हमारा प्यार कहना। निरंतर कार्य करते रहो। अपने प्रेम के द्वारा सब पर विजय प्राप्त करो। मैंने मैसूर के राजा साहब को एक पत्र लिखा है तथा कुछ चित्र भेजे हैं। आशा है कि अब तुम लोगों को भी मेरे भेजे हुए चित्र मिल गए होंगे। भेंट के रूप में एक चित्र रामनाड के राजा को भी भेज देना। उनमें भाव संचार के लिए जहाँ तक संभव हो, प्रयत्न करते रहना। खेतड़ी के महाराजा साहब के साथ भी पत्र-व्यवहार करते रहना।

कार्य के विस्तार का प्रयत्न करते रहो। यह ध्यान रखना कि गति और उन्नति ही जीवन के चिह्न हैं। तुम्हारा पत्र मिलने में विलंब के कारण मैं प्रायः निराश हो चुका था। अब पता चला कि तुम्हारी निर्बुद्धि ही उसका एकमात्र कारण है। मैं निरंतर भ्रमण कर रहा हूँ, इसीलिए पत्र को भी विभिन्न स्थानों का चक्कर लगाना पड़ता है, तब कहीं उसे मेरा पता चलता है। इस बात की ओर तुम्हारा विशेष ध्यान होना चाहिए कि सभी कार्य ठीक-ठीक नियमानुसार होने चाहिए।

शुभाकांक्षी
विवेकानन्द

85

जॉर्ज राइट हेल दिन-भर की डाक देख रहे थे। एक पत्र भारत से भी आया था। भेजने वाले का नाम तथा पता उनके लिए बहुत परिचित नहीं था। किसी अपरिचित का पत्र आना कोई नई बात नहीं थी; किंतु वे पत्र अमेरिका के नगरों से ही आते थे, यह पत्र भारत से था। उत्सुकता में पत्र खोला और पढ़ने लगे :

प्रिय महोदय,

आपको यह पत्र लिखकर जो कष्ट मैं दे रहा हूँ, आशा है कि उसके लिए आप मुझे क्षमा करेंगे।

मुझे यह जानकर दुःख हुआ है कि अमेरिका में कुछ लोगों ने कहा है कि स्वामी विवेकानन्द वह नहीं हैं, जो वे सार्वजनिक रूप से दिखाई पड़ते हैं। उनके एक मित्र के रूप में यह बताने की अनुमति दीजिए कि वे पिछले कई वर्षों से मेरे परिचित हैं। मैं उनके प्रति सम्मान और श्रद्धा रखता हूँ। उन्होंने सामान्य मानवता के हित में, अनिच्छा से जो अभियान स्वीकार किया है, उसमें उनकी पूरी निष्ठा है। उन्होंने अपना परिवार और सामाजिक संबंध पिछले बारह वर्षों से त्याग दिए हैं और अपनी आत्मा और दूसरों के कल्याण के लिए स्वयं को पूर्णतः समर्पित कर दिया है। वे एक घोषित और सर्वविदित ध्येय को लेकर अमेरिका गए हैं। वह है--अमेरिकी राष्ट्र को हिंदू धर्म के वास्तविक स्वरूप से परिचित करवाना—जिसका ज्ञान उन्होंने इतना प्राप्त किया है कि हमारे मन में उनके इस

ज्ञान के प्रति श्रद्धा का भाव है। वे हिंदुओं के सच्चे और वास्तविक मित्र हैं और उनके धर्म के दृढ़ प्रवक्ता हैं। मैंने कलकत्ता में उनकी माता और भाइयों को देखा है। जहाँ मैं पिछले नवंबर-दिसंबर में राजकीय अफीम आयोग के सदस्य के रूप में गया था। स्वामी उनसे कोई संबंध नहीं रखते, क्योंकि वे संन्यासी हो गए हैं।

मैं आपको अलग डाक से एक पत्रक भेज रहा हूँ, जिसका ध्येय आपको अपना परिचय देना है।

सत्य को प्रमाणित करने के लिए आप मेरे इस पत्र का जिस रूप में चाहें, प्रयोग कर सकते हैं।

आपका
हरिदास बिहारीदास
2.8.1894

श्री हेल को स्मरण हो आया, शायद कभी स्वामी ने अपने इन मित्र की चर्चा की थी। वे जूनागढ़ के दीवान थे और सरकारी रूप में अफीम कमीशन के सदस्य रहे थे।

"यह देखो।" उन्होंने श्रीमती हेल से कहा, "स्वामी के एक मित्र का पत्र आया है। वे हमें विश्वास दिलाने का प्रयत्न कर रहे हैं कि स्वामी वस्तुतः एक संन्यासी हैं, किसी प्रकार के अभिनेता अथवा नाचने-गाने वाले भाँड नहीं।"

श्रीमती हेल ने पत्र ले लिया और पढ़कर बोलीं, "इस सबकी क्या आवश्यकता है? हम जानते हैं कि स्वामी एक सच्चे संन्यासी और आध्यात्मिक पुरुष हैं।"

"हमें आवश्यकता नहीं है, किंतु कोई कारण तो होगा।"

श्रीमती हेल ने सोफे पर बैठ अपनी पुस्तक उठा ली। जॉर्ज राइट हेल खिड़की के पास चले गए। लग रहा था कि वे बाहर का दृश्य देख रहे हैं; किंतु उनके मन की उथल-पुथल उन्हें कुछ देखने नहीं दे रही थी। सहस्रों प्रश्न और आपत्तियाँ उनके मन को स्थिर होने से रोक रही थीं।

सेविका ने आकर एक लिफाफा उनकी ओर बढ़ाया, "यह अभी-अभी एक व्यक्ति दे गया है।"

"पर दिन की अंतिम डाक तो आ चुकी है।" श्रीमती हेल ने जैसे अपने आपसे कहा।

"वह डाकिया नहीं, कोई संदेशवाहक था।" सेविका ने कहा।

जॉर्ज राइट हेल ने लिफाफा पकड़ लिया। सेविका को जाने का संकेत किया और श्रीमती हेल की ओर देखा। श्रीमती हेल का ध्यान भी उनकी ओर ही लगा हुआ था।

श्री हेल ने लिफाफा खोला और पत्र को देखा—उस पर न भेजने वाले का नाम और अता-पता था और न ही कोई दिनांक इत्यादि लिखा गया था। उन्होंने पत्र पढ़ना आरंभ किया :

"सम्मान्य श्री हेल,

शिकागो में किसी से छिपा नहीं है कि आप यहाँ के सबसे सम्मानित और धार्मिक व्यक्ति हैं। किंतु यह भी किसी से छिपा नहीं है कि आपके परिवार में चार-चार सुंदरी युवतियाँ हैं। उनके सम्मान की रक्षा आपके प्रत्येक हितैशी का धर्म है। अतः मैं अपने इस पत्र के माध्यम से अपना दायित्व निभा रहा हूँ।

स्वामी विवेकानन्द नाम के हिंदू संन्यासी का चरित्र अब किसी से छुपा नहीं है। वह व्यक्ति चाहे संन्यासी का वेश बनाए हुए है; किंतु उससे परिचित प्रत्येक व्यक्ति यह जानता है कि वह एक लंपट और व्यभिचारी पुरुष है। वह अमेरिका में दूसरों के धन के सहारे पराई स्त्रियों के साथ विलास में लिप्त है।

आप स्वयं समझदार हैं। आपको यह बताने की आवश्यकता नहीं है कि यदि आप अपने घर की युवतियों के सम्मान और चरित्र की रक्षा करना चाहते हैं तो उन्हें इस लंपट संन्यासी से दूर ही रखें और अपने घर के द्वार उस संन्यासी के लिए एकदम बंद कर दें। अन्यथा बाद में आपको पश्चात्ताप के सिवाय कुछ हाथ नहीं लगेगा।

आपका
एक शुभचिंतक''

जॉर्ज राइट हेल के चेहरे पर वितृष्णा के भाव उभरे। उन्होंने उस पत्र को एक कोने से इस प्रकार पकड़ रखा था, जैसे कोई घृणित वस्तु थामने को बाध्य हो गए हों--मरी हुई छिपकली अथवा कोई सड़ा-गला चूहा। वे धीरे-धीरे चलते हुए दीवार में बनी हुई अँगीठी के निकट पहुँचे और उन्होंने उस पत्र को लपटों में छोड़ दिया।

श्रीमती हेल ने आश्चर्य से उन्हें देखा, "क्या था यह?"

"कूड़ा। सड़ा हुआ दुर्गंधपूर्ण कूड़ा।"

"आग में क्यों डाल दिया? कूड़े की टोकरी में क्यों नहीं डाला?"

"उसमें अत्यंत घातक रोगों के विषाक्त कीटाणु लिपटे हुए थे। अपने घर की पवित्रता को बनाए रखने के लिए, उनका आग में जल जाना ही श्रेयस्कर था।"

86

'इंडियन मिरर' के पहली सितंबर, 1894 के अंक में 'हिंदू' से एक समाचार उद्‌धृत किया गया था :

'परमहंस स्वामी विवेकानन्द द्वारा धर्मसंसद, शिकागो में हिंदू धर्म की साहसपूर्ण प्रस्तुति तथा अमेरिका में हिंदू धर्म के सम्मान को प्रतिष्ठित करने के उपलक्ष्य में अपनी कृतज्ञता व्यक्त करने के लिए, कुंभकोनम की जनता ने 22 अगस्त को पोर्टर टाऊन हॉल में एक सभा का आयोजन किया। सभा के प्रयोजन से अपनी सहानुभूति प्रकट करने के लिए वहाँ बहुत बड़ी संख्या में छात्र समुदाय उपस्थित था। दीवान बहादुर आर० रघुनाथ राव ने सभा की अध्यक्षता की।"

26 अगस्त को प्रातः बेंगलूरु में सेंट्रल कॉलेज के लैक्चर हॉल में एक विराट् सभा हुई। मैसूर राज्य के दीवान सर के० शेषाद्रि अय्यर ने उसकी अध्यक्षता की।

पाँच अक्तूबर, 1894 को स्वामी विवेकानन्द की जन्मस्थली और भारत की तत्कालीन राजधानी कलकत्ता के टाऊन हॉल में स्वामी विवेकानन्द को धन्यवाद देने तथा अमेरिकी जनता के प्रति अपनी

कृतज्ञता प्रकट करने के लिए एक विराट् सभा का आयोजन किया गया। इसका आयोजन हिंदू धर्म की विभिन्न संस्थाओं के आधिकारिक प्रतिनिधियों के साथ मिलकर स्वामी के गुरुभाइयों ने किया था। इसमें हिंदू धर्म के विभिन्न सिद्धांतों को मानने वाले चार सहस्र लोगों ने भाग लिया। अपनी विद्वत्ता और धर्मनिष्ठा के लिए प्रसिद्ध पंडितों, बड़े जमींदारों और जागीरदारों, उच्च न्यायालय के न्यायमूर्तियों, प्रख्यात सामाजिक नेताओं, वकीलों, राजनीतिज्ञों, प्राध्यापकों तथा अन्य अनेक क्षेत्रों के प्रतिष्ठित लोग वहाँ उपस्थित थे। इसकी अध्यक्षता राजा प्यारे मोहन मुकर्जी सी० एस० आई० ने की।

अध्यक्ष ने अपने भाषण में कहा, "···आज की संध्या, हम यहाँ अपना आभार व्यक्त करने के लिए एकत्रित हुए हैं, किसी ऐसे व्यक्ति के प्रति नहीं जिसने राज की असाधारग सेवा कर स्वयं को विशिष्ट प्रमाणित किया हो, न ही किसी ऐसे व्यक्ति के प्रति, जिसने राजनीतिज्ञ के रूप में कोई असाधारण ख्याति और विजय प्राप्त की हो; हम तीरा वर्ष के उस साधारण संन्यासी के प्रति अपनी हार्दिक भक्ति प्रकट करने के लिए इस विराट् सभा के रूप में एकत्रित हुए हैं, जो असाधारण योग्यता, कौशल और विवेकपूर्वक महान् अमेरिकी जनता के सम्मुख हमारे धर्म के सत्य सिद्धांतों को स्थापित करता रहा है।···जिसने लोगों की निष्ठा आकृष्ट की है। भ्राता विवेकानन्द ने हिंदू धर्म के महान् सत्यों की व्याख्या कर सभ्य संसार के एक महत्त्वपूर्ण अंग की आँखें खोल दी हैं और उन्हें विश्वास दिला दिया है कि धर्म और दर्शन के क्षेत्रों में मानव-चिंतन की महान् उपलब्धियाँ, पाश्चात्य साहित्य और विज्ञान में नहीं, हमारे प्राचीन शास्त्रों में प्रकट हुई हैं। मैं यह देखकर अत्यंत प्रसन्न हूँ कि हमारे देश के इस असाधारण उपकारकर्ता के चरणों में अपने हृदय की भक्ति समर्पित करने के लिए इतने विशिष्ट और प्रभावशाली लोग इतनी बड़ी संख्या में यहाँ एकत्रित हुए हैं।"

'इंडियन मिरर' के संपादक नरेन्द्रनाथ सेन ने कहा, "···वर्तमान सभा इस नगर में अपनी तरह की एक अनुपमेय सभा है। क्योंकि जैसा कि सामान्यतः होता है, हम आज किसी उच्च राजपदाधिकारी को सम्मानित करने के लिए नहीं, वरन् एक हिंदू तपस्वी के प्रति सम्मान व्यक्त करने के लिए एकत्रित हुए हैं, जिसने सागर पार कर अपनी विद्वत्ता, ज्ञान तथा वाणी से हिंदू धर्म के उद्देश्य को प्रचारित, प्रसारित और अग्रसर किया है। स्वामी विवेकानन्द की इस सफलता ने हिंदुओं को एक राष्ट्र के रूप में नया जीवन प्रदान किया है। हिंदुओं के वर्तमान अंधकारपूर्ण इतिहास में यह उज्ज्वल प्रकाश किरण है और इसने उन्हें आशा और आस्था से भर दिया है, जो पहले कभी नहीं हुआ। हमारी परिस्थितियाँ कुछ ऐसी रहीं कि हम तब तक निराशा और हताशा में डूबते चले गए, जब तक कि यह उपलब्धि हमारे सामने प्रकट नहीं हुई—जो एक प्रतिभाशाली हिंदू के अमेरिका में हिंदू धर्म के हितों की रक्षा के लिए सतत और कठिन प्रयासों से आविर्भूत हुई। उससे हमारी आत्माएँ पुनः कुछ ऊर्जस्वित हुईं और हमारे मन में आशाएँ और इच्छाएँ अंकुरित हुईं।···

"इस देश के लिए स्वामी विवेकानन्द की सेवाएँ इतनी विराट् और महान् हैं कि उसके कथन में अतिशयोक्ति असंभव है। यदि आज की संध्या हम स्वामी जी के प्रति अपना सम्मान और कृतज्ञता अभिव्यक्त करने के लिए यहाँ एकत्रित न हुए होते तो हम हिंदू कहलाने के योग्य नहीं रह जाते···"

तकी के ताल्लुकेदार राय जितेन्द्र नाथ चौधरी ने कहा, "कुछ क्षेत्रों में कहा गया है कि विश्व धर्मसंसद में वास्तविक हिंदू धर्म का प्रतिनिधित्व नहीं हुआ; किंतु कलकत्ता की यह सभा इस प्रकार के वक्तव्यों के मिथ्या होने का प्रमाण प्रस्तुत करती है।..."

'इंडियन नेशन' के संपादक एन० एन० घोष ने कहा, "...स्वामी विवेकानन्द की सफलता से अधिक उज्ज्वल और आकस्मिक सफलता संभव नहीं है। वाणी की उपलब्धियों के इतिहास में इससे अधिक चामत्कारिक आज तक और कुछ नहीं हुआ। एक अज्ञात हिंदू संन्यासी अपने अर्द्धप्राच्य परिधान में एक ऐसी सभा को संबोधित कर रहा था, जिसके आधे से अधिक श्रोता उसके नाम का भी शुद्ध उच्चारण नहीं कर सकते थे। वह एक ऐसे विषय पर बोल रहा था, जो श्रोताओं के विचारों से कोसों दूर था और उसने तत्काल उनकी श्रद्धा और सम्मान अर्जित कर लिया। वक्ता की योग्यता और प्रस्तुतिकरण अवश्य ही अद्भुत और चामत्कारिक रहे होंगे। किंतु हमें यह नहीं भूलना चाहिए कि इसमें उनका भी समान श्रेय है जिन्होंने उन्हें सराहा, प्रोत्साहित किया, उनके व्याख्यानों के लिए अवसरों का आविष्कार किया और उन्हें उदारता से धैर्यपूर्वक सुना।...मुझे बताया गया है कि नियमतः प्रतिनिधियों को निमंत्रित किया जाता था। स्वामी विवेकानन्द आमंत्रित लोगों में से नहीं थे। अतः नियमों के आधार पर उन्हें धर्मसंसद में बोलने से रोकने में तनिक भी कठिनाई नहीं थी। किंतु डॉ० बैरोज़ ने कृपापूर्वक उन वैधानिक अड़चनों को बाधित कर, उनका श्रोताओं से परिचय कराया और उन्हें सम्मानपूर्वक बोलने का अवसर दिया। स्वामी विवेकानन्द ने ईसाई मत के विषय में सदा प्रशंसात्मक वाक्य ही नहीं कहे, अनेक बार तो उन्हें कुछ कठोर झटके भी दिए। उस पर भी अमेरिका के श्रोताओं के एक बड़े भाग ने उन्हें रुचिपूर्वक सुना और उनकी योग्यता को उत्साहपूर्वक सराहा।...

अमेरिका में स्वामी विवेकानन्द की असाधारण उपलब्धियाँ कर्म नहीं हैं, वे केवल आश्वासन हैं। उनका वास्तविक कार्य तो भारत में ही होगा। मेरी धारणा है कि भारत की मुक्ति राजनीति से नहीं, धर्म से होगी। इस देश में राजनीति तो एक मुखौटा है, जो अपनी इच्छानुसार पहना और उतारा जा सकता है। वह लोगों के चेहरों पर मात्र ढीलढाले ढंग से चिपका हुआ है। धर्म हमारा प्राणाधार है और अनिवार्य है। वह हमें अपने रक्त के साथ उत्तराधिकार में मिलता है। यह हमारी प्रकृति के अंतर्तम तंतुओं तक जा पहुँचता है, हमारी अस्थि-मज्जा तक में जा समाता है। आज की सभा इस नगर में इस तथ्य का एक छोटा-सा प्रमाण है। यह उन लोगों के द्वारा आयोजित की गई है, जो आंदोलनों की कला से अनभिज्ञ हैं। आयोजकों में अधिकांशतः नंगे पाँव चलने वाले काशायधारी संन्यासी हैं। यदि वे राजनीतिक आंदोलनों के लिए प्रयुक्त पारंपरिक तंत्र का उपयोग जानते तो यह सभा इससे दस गुना बड़ी होती।"

सभा के अंत में स्वामी के कार्य के महत्त्व को रेखांकित करते हुए, हिंदुओं की एकता को सुदृढ़ करने के प्रयत्नों के सम्मुख नतमस्तक होते हुए, अनेक प्रस्ताव पारित किए गए :

1. यह सभा धर्मसंसद शिकागो में हिंदू धर्म के हितों की रक्षा करने तथा संसद के पश्चात् अमेरिका में हिंदू धर्म के कल्याणार्थ कार्य करने के लिए स्वामी विवेकानन्द के प्रति अपनी कृतज्ञता प्रकट करने की इच्छुक है।

2. यह सभा धर्मसंसद के अध्यक्ष, डॉ० जे० एच० बैरोज़, धर्मसंसद के विज्ञान अनुभाग के अध्यक्ष श्री मर्विन मेरी स्नेल तथा सामान्य अमेरिकी जन के प्रति अपना आभार व्यक्त करती है कि

उन्होंने हमारे प्रतिनिधि स्वामी विवेकानन्द का स्नेह और सम्मानपूर्ण सत्कार किया।

3. यह सभा अपने अध्यक्ष से अनुरोध करती है कि वे स्वामी विवेकानन्द, डॉ० बैरोज़ तथा श्री स्नेल को इन प्रस्तावों की प्रतियाँ संप्रेषित करें। साथ ही उनसे निवेदन है कि स्वामी विवेकानन्द की सेवा में लिखा गया यह पत्र भी ससम्मान उन्हें भिजवा दें।

श्रीमत् विवेकानन्द स्वामी की सेवा में

श्रीमन्

5 सितंबर, 1894 को टाउन हॉल में आयोजित, कलकत्ता तथा उसके उपनगरों के हिंदू निवासियों की इस विराट् प्रतिनिधि तथा प्रभावशाली सभा के अध्यक्ष के रूप में, सितंबर 1893 में शिकागो में हुई, धर्मसंसद में उनके धर्म का सम्मानजनक प्रतिनिधित्व करने के लिए स्थानीय हिंदुओं की कृतज्ञता को आप तक संप्रेषित करने में मुझे अपार हर्ष का अनुभव हो रहा है।

हिंदू धर्म के प्रतिनिधि के रूप में अमेरिका जाकर आपने जो कष्ट सहे हैं और जो त्याग किए हैं, उनके प्रति हम सब लोगों, जिनका प्रतिनिधित्व कर आपने हमें गौरवान्वित किया है, के हृदय प्रशंसा के भाव से आपूर्त हैं। आपने अपने भाषणों और पूछे गए प्रश्नों के समुचित उत्तरों से हिंदू धर्म की मर्यादा की रक्षा कर, जिस लक्ष्य—आर्य धर्म के गौरव—की सेवा की है, वह हम सबको प्रिय है और उसके लिए हम आपका आभार स्वीकार करना चाहते हैं।

मंगलवार, 19 सितंबर, 1893 को धर्मसंसद में अपने भाषण में आपने हिंदू धर्म के सिद्धांतों का जैसा प्रतिपादन किया, एक भाषण की सीमा में उससे श्रेष्ठतर, परिशुद्ध और सरस प्रतिपादन संभव ही नहीं है। उसके पश्चात् भी अन्य अवसरों पर उसी विषय पर आपके व्याख्यान उतने ही सुस्पष्ट और यथातथ्य थे। हिंदुओं के दुर्भाग्य से, युगों से उनके धर्म की भ्रमित व्याख्याएँ की जा रही थीं और उसे गलत समझा जा रहा था, इसलिए वे अपने उस भाई के प्रति विशेष रूप से कृतज्ञ हैं, जिसने एक अपरिचित देश में, एक भिन्न धर्म का आचरण करने वाले अज्ञात लोगों के मध्य इस संभ्रम को नष्ट करने का साहस और सामर्थ्य दिखाया। हम उन सब श्रोताओं और आयोजकों के प्रति भी कम आभारी नहीं हैं, जिन्होंने उदार हृदय से आपका स्वागत किया, आपको अपने विचार अभिव्यक्त करने के लिए मंच और अवसर दिया, आपको आपके कार्य के लिए प्रोत्साहित किया और आपको सहानुभूति और धैर्य से सुना। हिंदू धर्म ने अपने इतिहास में पहली बार एक व्रतधारी प्रचारक (मिशनरी) पाया है। और यह हमारा असाधारण सौभाग्य है कि वह आप जैसा योग्य और समर्थ व्यक्ति है। आपके देशवासी, आपके सहवासी और आपके सहधर्मानुयायी यह मानते हैं कि यदि वे इस प्राचीनतम धर्म के विषय में वास्तविक और सत्य ज्ञान प्रचारित करने के श्रम और प्रयास के लिए अपनी हार्दिक, सहानुभूतिमयी कृतज्ञता संप्रेषित नहीं करेंगे, तो वे अपने एक पवित्र कर्तव्य से च्युत होंगे।

जो कार्य आपने आरंभ किया है, उसे पूर्णता तक पहुँचाने के लिए प्रभु आपको ऊर्जा और शक्ति प्रदान करें।

निष्ठापूर्वक आपके
प्यारेमोहन मुकर्जी
सभापति

❑ ❑